Джордж Р.Р. Мартин

Джордж Р.Р. Мартин

Битва Королей

Цикл «Песнь льда и огня»

АСТ

москва

УДК 821.111(73)-313.2
ББК 84 (7Сое)-44
М29

George R. R. Martin
A CLASH OF KINGS

Перевод с английского Н.И. Виленской

Оформление А.А. Кудрявцева

Компьютерный дизайн А.Б. Ткаченко

Печатается с разрешения автора и литературных агентств
The Lotts Agency и Andrew Nurnberg.

Подписано в печать 27.05.14. Формат 84х108 ¹/₃₂.
Усл. печ. л. 42. Доп. тираж 10000 экз. Заказ № 1107/14.

Мартин, Джордж Р. Р.

М29   Битва королей: из цикла «Песнь льда и огня» : [фантастический роман] / Джордж Р. Р. Мартин; пер. с англ. Н.И. Виленской. — Москва: АСТ, 2014. — 797, [3] с.

ISBN 978-5-17-076207-1

Джордж Мартин — «живой классик» мировой фантастики, талантливейший из современных мастеров фэнтези, чьи произведения удостоены самых высоких наград жанра.

Его шедевром по праву считается эпопея «Песнь льда и огня» — величайшая фэнтези-сага со времен Толкина!

УДК 821.111(73)-313.2
ББК 84 (7Сое)-44

ПРОЛОГ

Хвост кометы рассек утреннюю зарю. Красная полоса кровоточила, словно рана, на розовато-пурпурном небосклоне над утесами Драконьего Камня.

Мейстер стоял на овеваемом ветром балконе своих покоев. Сюда к нему прилетали вороны после долгих странствий. Они порядком загадили горгулий — адского пса и двуногого дракона, возвышавшихся на двенадцать футов по обе стороны от него, двух из тысячи изваяний, хранящих стены древней крепости. Когда мейстер впервые приехал на Драконий Камень, армия каменных чудовищ наводила на него оторопь, но с годами он к ним привык и думал о них, как о старых друзьях. Сейчас он вместе с горгульями взирал на небо с недобрым предчувствием.

Мейстер Крессен не верил в дурные предзнаменования. И все же... За всю свою долгую жизнь он не видел кометы столь яркой и такого жуткого цвета — цвета крови, пламени и заката. Может быть, горгульи видели? Они здесь пробыли гораздо дольше, чем он, и останутся здесь, когда его не будет. Если бы их каменные языки могли говорить...

Что за глупые мысли. Мейстер оперся на парапет. Внизу о берег било море, пальцы ощущали шероховатость черного камня. Говорить с горгульями и читать на небе приметы! Никчемный старик, впавший в детство. Неужели приобретенная тяжким опытом мудрость покинула его вместе со здоровьем и силой? Он мейстер, обученный и получивший нагрудную цепь в прославленной Староместской Цитадели. И все это ради того, чтобы теперь предаваться суевериям, словно невежественный крестьянин?

И все же, все же... Комета последнее время пылала даже днем, и бледно-серый дым поднимался над Драконьей горой позади замка, а вчера белый ворон принес из самой Цитадели давно ожидаемую, но оттого не менее устрашающую весть о конце лета. Предзнаменования слишком многочисленны, чтобы закрывать на них глаза. Знать бы только, что они означают.

— Мейстер Крессен, к нам пришли, — произнес Пилос мягко, словно не желая вторгаться в мрачные думы старика. Знай он, какая чепуха у старца в голове, он заорал бы в голос. — Принцесса хочет посмотреть белого ворона. — Пилос, всегда точный в словах, называет ее принцессой, поскольку ее лорд-отец теперь король. Король дымящейся скалы посреди соленого моря, но тем не менее король. — С нею ее дурак.

Старик повернулся спиной к рассвету, придерживаясь за дракона, чтобы не упасть.

— Проводи меня до стула и пригласи их сюда.

Пилос, взяв Крессена за руку, ввел его в комнату. В молодости Крессен был скор на ногу, но к восьмидесяти годам ноги стали подкашиваться под ним. Два года назад он упал и сломал себе бедро, которое так и не срослось как следует. В прошлом же году, когда он занемог, Цитадель прислала сюда Пилоса — всего за несколько дней до того, как лорд Станнис закрыл остров... чтобы помогать Крессену в его трудах, так было сказано, но Крессен-то знал, в чем дело. Пилос должен заменить его, когда он умрет. Крессен не возражал. Надо же кому-нибудь занять его место — и случится это скорее, чем ему бы хотелось.

Младший мейстер усадил его за стол, заваленный книгами и бумагами.

— Приведи ее. Негоже заставлять леди ждать. — Он махнул рукой, чтобы поспешали, — слабый жест человека, не способного более спешить. Кожа его сморщилась, покрылась пятнами и так истончилась, что под ней виднелись жилы и кости. И как они дрожали теперь, эти руки, некогда столь ловкие и уверенные...

Пилос вернулся с девочкой, робеющей, как всегда. За ней, подскакивая боком, как это у него водилось, тащился ее дурак в потешном колпаке из старого жестяного ведра, увенчанном оленьими рогами и увешанном коровьими колокольцами. При каждом его прыжке колокольчики звенели на разные лады: динь-дон, клинь-клон, бим-бом.

— Кто это жалует к нам в такую рань, Пилос? — спросил Крессен.

— Это мы с Пестряком, мейстер. — Невинные голубые глаза смотрели на него с некрасивого, увы, лица. Дитя унаследовало квадратную отцовскую челюсть и злосчастные материнские уши, а тут еще последствия серой хвори, едва не уморившей ее в колыбели. Одна щека и сторона шеи у нее омертвела, кожа там растрескалась и лупится, на ощупь словно каменная и вся в черных и серых пятнах. — Пилос сказал, что нам можно посмотреть белого ворона.

— Ну конечно, можно. — Разве он мог в чем-нибудь ей отказать? Ей и так слишком во многом отказано. Ее зовут Ширен, в следующие именины ей исполнится десять лет, и она самый печальный ребенок из всех детей, которых знал мейстер Крессен. «Ее печаль — это мой позор, — думал старик, — еще одна моя неудача». — Мейстер Пилос, сделайте мне одолжение, принесите птицу с вышки для леди Ширен.

— С величайшим удовольствием. — Пилос — учтивый юноша. Ему не больше двадцати пяти, но держится он степенно, как шестидесятилетний. Ему бы чуточку больше юмора, больше *жизни* — вот то, чего здесь недостает. Мрачные места нуждаются в свете, а не в серьезности, Драконий же Камень мрачен как нельзя более: одинокая цитадель, окруженная бурными солеными водами, с дымящейся горой на заднем плане. Мейстер должен ехать, куда его посылают, поэтому Крессен прибыл сюда со своим лордом двенадцать лет назад и служил ему усердно. Но он никогда не любил Драконий Камень, никогда не чувствовал здесь себя по-настоящему дома. В последнее время, пробуждаясь от беспокойных снов, в которых ему являлась красная женщина, он часто не мог сообразить, где находится.

Дурак повернул свою пятнистую плешивую голову, глядя, как Пилос поднимается по крутой железной лестнице на вышку, и его колокольчики зазвенели.

— На дне морском птицы носят чешую, а не перья, — сказал он. — Я знаю, я-то знаю.

Даже для дурака Пестряк являл собой жалкое зрелище. Может быть, когда-то над его шутками и смеялись, но море отняло у него этот дар вместе с доброй половиной рассудка и всей его памятью. Тучный и дряблый, он постоянно дергался, трясся и нес всякий вздор. Теперь он смешил только девочку, и только ей было дело до того, жив он или умер.

Безобразная девочка, печальный шут и старый мейстер в придачу — вот история, способная исторгнуть слезы у любого.

— Посиди со мной, дитя. — Крессен поманил Ширен к себе. — Сейчас совсем еще рано, едва рассвело. Тебе следовало бы сладко спать в своей постельке.

— Мне приснился страшный сон про драконов. Они хотели меня съесть.

Девочка мучилась кошмарами, сколько мейстер ее помнил.

— Мы ведь с тобой уже говорили об этом, — сказал он ласково. — Драконы ожить не могут. Они высечены из камня, дитя. В старину наш остров был крайней западной оконечностью владений великой Валирии. Валирийцы возвели эту крепость и создали каменные изваяния с искусством, которое мы давно утратили. Замок, чтобы обороняться, должен иметь башни повсюду, где сходятся под углом две стены. Валирийцы придали башням форму драконов, чтобы сделать крепость более устрашающей, и с той же целью увенчали их тысячью горгулий вместо простых зубцов. — Он взял ее розовую ладошку в свои покрытые старческими пятнами руки и легонько пожал. — Ты сама видишь — бояться нечего.

Но Ширен это не убедило.

— А эта штука на небе? Далла и Матрис разговаривали у колодца, и Далла сказала, что слышала, как красная женщина говорила матушке, что это дракон выдыхает огонь. А если драконы дышат, разве они не могут ожить?

«Уж эта красная женщина, — уныло подумал мейстер. — Мало ей забивать своими бреднями голову матери, она еще и сны дочери должна отравлять. Надо будет поговорить с Даллой построже, внушить ей, чтобы не повторяла подобных историй».

— Огонь на небе — это комета, дитя мое, хвостатая звезда. Скоро она уйдет, и мы больше никогда в жизни ее не увидим. Вот посмотришь.

Ширен храбро кивнула:

— Матушка сказала, что белый ворон извещает о конце лета.

— Это правда, миледи. Белые вороны прилетают только из Цитадели. — Пальцы мейстера легли на его цепь — все ее звенья были выкованы из разных металлов, и каждое символизировало его мастерство в особой отрасли знания. В дни своей гордой юности он

8

носил ее с легкостью, но теперь она тяготила его, и металл холодил кожу. — Они больше и умнее других воронов и носят только самые важные письма. В этом сказано, что Конклав собрался, обсудил наблюдения, сделанные мейстерами по всему государству, и объявил, что долгое лето наконец завершилось. Десять лет, два месяца и шестнадцать дней длилось оно — самое длинное на памяти живущих.

— Значит, теперь станет холодно? — Ширен, летнее дитя, не знала, что такое настоящий холод.

— Да, со временем. Быть может, боги по милости своей пошлют нам теплую осень и обильные урожаи, чтобы мы могли подготовиться к зиме. — В народе говорили, что долгое лето предвещает еще более долгую зиму, но мейстер не видел нужды пугать ребенка этими россказнями.

Пестряк звякнул своими колокольцами:

— На дне морском всегда стоит лето. Русалки вплетают водяные цветы в свои косы и носят платья из серебристых водорослей. Я знаю, я-то знаю!

— Я тоже хочу платье из серебристых водорослей, — хихикнула Ширен.

— На дне морском снег идет снизу вверх, а дождь сух, словно кость. Я знаю, уж я-то знаю!

— А у нас тоже будет снег? — спросила девочка.

— Да, будет. — (Хорошо бы он не выпадал еще несколько лет и недолго лежал.) — А вот и Пилос с птицей.

Ширен восторженно вскрикнула. Даже Крессен не мог не признать, что птица имеет внушительный вид: белая как снег, крупнее любого ястреба, с яркими черными глазами — последнее означало, что она не просто альбинос, а настоящий белый ворон, выведенный в Цитадели.

— Ко мне, — позвал мейстер. Ворон расправил крылья, шумно пролетел через комнату и сел на стол перед Крессеном.

— А теперь я займусь вашим завтраком, — сказал Пилос. Крессен, кивнув, сказал ворону:

— Это леди Ширен.

Ворон мотнул головой, будто кланяясь, и каркнул:

— Леди. Леди.

Девочка раскрыла рот:

— Он умеет говорить?

— Всего несколько слов. Я говорил тебе — они умны, эти птицы.

— Умная птица, умный человек, умный-разумный дурак, — сказал шут, побрякивая колокольчиками, и запел: — Тени собрались и пляшут, да, милорд, да, милорд. Не уйдут они отсюда, нет, милорд, нет, милорд. — Он перескакивал с ноги на ногу, бренча и трезвоня вовсю.

Белый ворон закричал, захлопал крыльями и взлетел на железные перила лестницы, ведущей на вышку. Ширен как будто стала еще меньше.

— Он все время это поет. Я говорила, чтобы он перестал, но он не слушается. Я боюсь. Велите ему замолчать.

«Вряд ли у меня получится, — подумал старик. — В былое время я заставил бы его замолчать навеки, но теперь...»

Пестряк попал к ним еще мальчишкой. Светлой памяти лорд Стеффон нашел его в Волантисе, за Узким морем. Король — старый король, Эйерис II Таргариен, который в то время не совсем еще лишился рассудка, послал его милость подыскать невесту для принца Рейегара, не имевшего сестер, на которых он мог бы жениться. «Мы нашли великолепного шута, — написал лорд Крессену за две недели до возвращения из своей безуспешной поездки. — Он совсем еще юн, но проворен, как обезьяна, и остер, как дюжина придворных. Он жонглирует, загадывает загадки, показывает фокусы и чудесно поет на четырех языках. Мы выкупили его на свободу и надеемся привезти домой. Роберт будет от него в восторге — быть может, он даже Станниса научит смеяться».

Крессен с грустью вспоминал об этом письме. Никто так и не научил Станниса смеяться, а уж юный Пестряк и подавно. Откуда ни возьмись сорвался шторм, и залив Губительные Валы оправдал свое имя. «Горделивая» — двухмачтовая галея лорда Стеффона — разбилась в виду его замка. Двое старших сыновей видели со стены, как море поглотило отцовский корабль. Сто гребцов и матросов потонули вместе с лордом Стеффоном и его леди-женой, и прибой долго еще выносил тела на берег близ Штормового Предела.

Шута выбросило на третий день. Мейстер Крессен был при этом — он помогал опознавать мертвых. Шут был гол, вывалян в мокром песке, кожа на его теле побелела и сморщилась. Крессен счел его мертвым, как и всех остальных, но, когда Джомми взял парня за лодыжки и поволок к повозке, тот вдруг выкашлял воду и сел. Джомми до конца своих дней клялся, что Пестряк был холодным, как медуза.

Никто так и не узнал, как провел Пестряк эти два дня. Рыбаки уверяли, что какая-то русалка научила его дышать под водой в обмен на его семя. Сам Пестряк ничего не рассказывал. Шустрый остряк-парнишка, о котором писал лорд Стеффон, так и не добрался до Штормового Предела; вместо него нашли другого человека, сломленного духом и телом, — он и говорил-то с трудом, какие уж там остроты! Но по его лицу сразу было видно, кто он. В вольном городе Волантисе принято татуировать лица рабов и слуг, и парень ото лба до подбородка был разукрашен в красную и зеленую клетку.

«Бедняга рехнулся, весь изранен и не нужен никому, а меньше всего самому себе, — сказал старый сир Харберт, тогдашний кастелян Штормового Предела. — Милосерднее всего было бы дать ему чашу макового молока. Он уснет, и все его страдания кончатся. Он поблагодарил бы вас за это, останься у него разум». Но Крессен отказался и в конце концов одержал победу. Впрочем, он не знал, доставила ли его победа хоть сколько-нибудь радости Пестряку — даже и теперь, много лет спустя.

— Тени собрались и пляшут, да, милорд, да, милорд, — пел дурак, мотая головой и вызванивая: динь-дон, клинь-клон, бим-бом.

— Милорд, — прокричал белый ворон. — Милорд, милорд, милорд.

— Дурак поет, что ему в голову взбредет, — сказал мейстер своей напуганной принцессе. — Не надо принимать его слова близко к сердцу. Завтра он, глядишь, вспомнит другую песню, а эту мы больше не услышим. — «Он чудесно поет на четырех языках», — писал лорд Стеффон...

— Прошу прощения, мейстер, — сказал вошедший Пилос.

— Ты забыл про овсянку, — усмехнулся Крессен — это было не похоже на Пилоса.

— Мейстер, ночью вернулся сир Давос. Я услышал об этом на кухне и подумал, что надо тотчас же оповестить вас.

— Давос... ночью, говоришь ты? Где он сейчас?

— У короля. Он почти всю ночь там пробыл.

В прежние годы лорд Станнис велел бы разбудить мейстера в любое время, чтобы испросить его совета.

— Надо было мне сказать, — расстроенно произнес Крессен. — Надо было разбудить меня. — Он выпустил руку Ширен. — Простите, миледи, но я должен поговорить с вашим лордом-отцом. Проводи меня, Пилос. В этом замке чересчур много ступенек, и мне сдается, что они назло мне прибавляются каждую ночь.

Ширен и Пестряк вышли вместе с ними, но девочке скоро надоело приноравливаться к шаркающей походке старика, и она убежала вперед, а дурак с отчаянным трезвоном поскакал за ней.

«Замки немилостивы к немощным», — сказал себе Крессен, спускаясь по винтовой лестнице башни Морского Дракона. Лорд Станнис находился в Палате Расписного Стола, в верхней части Каменного Барабана, центрального строения Драконьего Камня, — так его прозвали за гул, издаваемый его древними стенами во время шторма. Чтобы добраться до Барабана, нужно пройти по галерее, миновать несколько внутренних стен с их сторожевыми горгульями и черными железными воротами и подняться на столько ступенек, что даже думать об этом не хочется. Молодежь перескакивает через две ступеньки зараз, но для старика с поврежденным бедром каждая из них — сущее мучение. Ну что ж, придется потерпеть, раз лорд Станнис не идет к нему сам. Хорошо еще, что можно опереться на Пилоса.

Ковыляя по галерее, они прошли мимо ряда высоких закругленных окон, выходящих на внешний двор, крепостную стену и рыбацкую деревню за ней. На дворе лучники практиковались в стрельбе по мишеням, и слышались команды: «Наложи — натяни — пускай». Стрелы производили шум стаи взлетающих птиц. По стенам расхаживали часовые, поглядывая между горгульями на войско, стоящее лагерем внизу. В утреннем воздухе плыл дым от костров — три тысячи человек стряпали себе завтрак под знаменами своих лордов. За лагерем стояли на якоре многочисленные корабли. Ни одному судну, прошедшему в виду Драконьего Камня за последние полгода, не позволялось уйти с острова. «Ярость» лорда Станниса, трехпалубная боевая галея на триста весел, казалась маленькой рядом с окружавшими ее пузатыми карраками и барками.

Часовые у Каменного Барабана знали мейстеров в лицо и пропустили беспрепятственно.

— Подожди меня здесь, — сказал Крессен Пилосу, войдя внутрь. — Будет лучше, если я пойду к нему один.

— Уж очень высоко подниматься, мейстер.

— Думаешь, я сам не помню? — улыбнулся Крессен. — Я так часто взбирался по этим ступенькам, что знаю каждую по имени.

На половине пути он пожалел о своем решении. Остановившись, чтобы перевести дыхание и успокоить боль в ноге, он услышал стук сапог по камню и оказался лицом к лицу с сиром Давосом Сивортом, сходящим навстречу.

Давос был худощав, а его лицо сразу выдавало простолюдина. Поношенный зеленый плащ, выцветший от солнца и соли, покрывал его тощие плечи поверх коричневых, в тон глазам и волосам, дублета и бриджей. На шее висела потертая кожаная ладанка, в бородке густо сквозила седина, перчатка скрывала искалеченную левую руку. Увидев Крессена, он приостановился.

— Когда изволили вернуться, сир Давос? — спросил мейстер.

— Еще затемно. В мое излюбленное время.

Говорили, что никто не может провести корабль в темноте хотя бы наполовину так искусно, как Давос Беспалый. До того как лорд Станнис посвятил его в рыцари, он был самым отпетым и неуловимым контрабандистом во всех Семи Королевствах.

— И что же?

Моряк покачал головой:

— Все так, как вы и предсказывали. Они не пойдут с ним, мейстер. Они его не любят.

«И не полюбят, — подумал Крессен. — Он сильный человек, одаренный, даже... даже мудрый, можно сказать, но этого недостаточно. Всегда было недостаточно».

— Вы говорили со всеми из них?

— Со всеми? Нет. Только с теми, что соизволили принять меня. Ко мне они тоже не питают любви, эти благородные господа. Для них я всегда буду Луковым Рыцарем. — Короткие пальцы левой руки Давоса сжались в кулак, — Станнис велел обрубить их на один сустав, все, кроме большого. — Я разделил трапезу с Джулианом Сванном и старым Пенрозом, а Тарты встретились со мной ночью, в роще. Что до других, то Дерик Дондаррион то ли пропал без вести, то ли погиб, а лорд Карон поступил на службу к Ренли. В Радужной Гвардии он теперь зовется Брюсом Оранжевым.

— В Радужной Гвардии?

— Ренли учредил собственную королевскую гвардию, — пояснил бывший контрабандист, — но его семеро носят не белое, а все цвета радуги, каждый свой цвет. Их лорд-командующий — Лорас Тирелл.

Очень похоже на Ренли Баратеона: основать новый блестящий рыцарский орден в великолепных ярких одеждах. Еще мальчишкой он любил яркие краски, богатые ткани и постоянно придумывал новые игры. «Смотрите! — кричал он бывало, бегая со смехом по залам Штормового Предела. — Я дракон», или: «Я колдун», или: «Я бог дождя».

Резвый мальчик с буйной гривой черных волос и веселыми глазами теперь вырос — ему двадцать один год, но он продолжает играть в свои игры. Смотрите: я король. «Ох, Ренли, Ренли, милое

13

дитя, знаешь ли ты, что делаешь? А если бы и знал — есть ли кому до тебя дело, кроме меня?» — печально подумал Крессен.

— Чем объясняли лорды свой отказ? — спросил он сира Давоса.

— Это все делали по-разному — кто деликатно, кто напрямик, кто извинялся, кто обещал, кто попросту врал. Да что такое слова, в конце концов? — пожал плечами Давос.

— Неутешительные же вести вы ему привезли.

— Что поделаешь. Я не стал обманывать его ложными надеждами — сказал все начистоту.

Мейстер Крессен вспомнил, как посвятили Давоса в рыцари после снятия осады Штормового Предела. Лорд Станнис с небольшим гарнизоном около года удерживал замок, сражаясь против многочисленного войска лордов Тирелла и Редвина. Защитники были отрезаны даже от моря — его днем и ночью стерегли галеи Редвина под винно-красными флагами Бора. Всех лошадей, собак и кошек в Штормовом Пределе давно уже съели — настала очередь крыс и кореньев. Но однажды в ночь новолуния черные тучи затянули небо, и Давос-контрабандист под их покровом пробрался мимо кордонов Редвина и скал залива Губительные Валы. Трюм его черного суденышка с черными парусами и черными веслами был набит луком и соленой рыбой. Как ни мал был этот груз, он позволил гарнизону продержаться до подхода к Штормовому Пределу Эддарда Старка, прорвавшего осаду.

Лорд Станнис пожаловал Давосу тучные земли на мысе Гнева, маленький замок и рыцарское звание... но приказал отрубить суставы на пальцах его левой руки в уплату за многолетние бесчинства. Давос подчинился, но с условием, что Станнис сделает это сам, отказываясь претерпеть такую кару от человека более низкого звания. Лорд воспользовался тесаком мясника, чтобы исполнить свою задачу вернее и чище. Давос выбрал для своего вновь учрежденного дома имя Сиворт*, а гербом — черный корабль на бледно-сером поле, с луковицей на парусах. Бывший контрабандист любил говорить, что лорд Станнис оказал ему благодеяние — теперь ему на четыре ногтя меньше приходится чистить и стричь.

Да, такой человек не станет подавать ложных надежд, не станет смягчать горькую правду.

— Сир Давос, истина может стать тяжким ударом даже для такого человека, как лорд Станнис. Он только и думает о том, как

_____
* Это можно перевести как «Достойный моря».

14

вернется в Королевскую Гавань во всем своем могуществе, сокрушит своих врагов и возьмет то, что принадлежит ему по праву. А теперь...

— Если он двинется с этим жалким войском на Королевскую Гавань, то обречет себя на погибель. Не с таким числом туда выступать. Я ему так и сказал, но вы ведь знаете, как он горд. Скорее мои пальцы отрастут заново, чем этот человек прислушается к голосу рассудка.

Старик вздохнул.

— Вы сделали все, что могли. Теперь я должен присоединить свой голос к вашему. — И он устало возобновил свое восхождение.

Лорд Станнис Баратеон занимался делами в большой круглой комнате со стенами из голого черного камня и четырьмя узкими высокими окнами, выходящими на четыре стороны света. В центре ее стоял стол, от которого и происходило ее название, — массивная деревянная колода, вырубленная и обработанная по велению Эйегона Таргариена еще до Завоевания. Расписной Стол имел более пятидесяти футов в длину, половину этого в самом широком месте и менее четырех футов в самом узком. Столяры Эйегона вытесали его в виде карты Вестероса, старательно выпилив по краям все мысы и заливы. На его поверхности, покрытой потемневшим за триста лет лаком, были изображены Семь Королевств времен Эйегона: реки и горы, города и замки, леса и озера.

Единственный в комнате стул стоял в точности на том месте, которое занимал Драконий Камень у побережья Вестероса, и был слегка приподнят для лучшего обзора карты. На нем сидел человек в туго зашнурованном кожаном колете и бриджах из грубой бурой шерсти. Когда мейстер вошел, он поднял голову.

— Я знал, что ты придешь, старик, даже и незваный. — В его голосе не было тепла — ни сейчас, да, впрочем, и почти никогда.

Станнис Баратеон, лорд Драконьего Камня и милостью богов законный наследник Железного Трона Семи Королевств, был человеком плечистым и жилистым. Его лицо и тело было покрыто кожей, выдубленной на солнце и ставшей твердой как сталь. Люди считали его жестким, и он действительно был таким. Ему еще не исполнилось тридцати пяти, но он уже сильно облысел, и остатки черных волос окаймляли его голову за ушами словно тень короны. Его брат, покойный король Роберт, в свои последние годы отпустил бороду. Мейстер Крессен не видел его с бородой, но говорили, что это была буйная поросль, густая и косматая. Станнис, будто наперекор брату, стриг свои бакенбарды коротко, и они иссиня-черными пятнами пролегли вдоль его впалых щек к прямоугольной челюсти. Глаза под тяжелыми бровями казались открытыми ранами — темно-синие, как ночное море. Рот его привел бы в отчаяние самого забавного из шутов: со своими бледными, плотно сжатыми губами он был создан для суровых слов и резких команд — этот рот забыл об улыбке, а смеха и вовсе не знал. Иногда по ночам, когда мир затихал, мейстеру Крессену чудилось, будто он слышит, как лорд Станнис скрипит зубами на другой половине замка.

— В прежние времена вы бы меня разбудили, — сказал старик.

— В прежние времена ты был молод. Теперь ты стар, немощен и нуждаешься в сне. — Станнис так и не научился смягчать свои речи, притворяться или льстить: он говорил то, что думал, и ему не было дела, нравится это другим или нет. — Ты уже знаешь, конечно, что сказал мне Давос. Ты всегда все знаешь, так ведь?

— От меня было бы мало пользы, если бы я чего-то не знал. Я встретил Давоса на лестнице.

— И он, полагаю, выложил тебе все как есть? Лучше бы я обрезал ему язык вместе с пальцами.

— Плохой посланник получился бы из него тогда.

— Да и сейчас не лучше. Штормовые лорды не желают принимать мою сторону. Я им, как видно, не по нраву, а то, что дело мое правое, для них ничего не значит. Трусливые отсиживаются за своими стенами и ждут, куда ветер подует и кто вернее одержит победу. Те, что посмелее, уже примкнули к Ренли. *К Ренли!* — Он выплюнул это имя так, будто оно жгло ему язык.

— Ваш брат был лордом Штормового Предела последние тринадцать лет. Эти лорды — присягнувшие ему знаменосцы...

— Да — хотя по правилам должны были бы присягнуть мне. Я не напрашивался на Драконий Камень. Он мне даром не был нужен. Я прибыл сюда, потому что здесь гнездились враги Роберта, и он приказал мне искоренить их. Я построил для него флот и делал за него его работу, как преданный младший брат, и Ренли должен был выказать такую же преданность мне. Ну и как же Роберт меня отблагодарил? Сделал меня лордом Драконьего Камня, а Штормовой Предел со всеми его доходами отдал Ренли. Баратеоны сидят в Штормовом Пределе уже триста лет, и он по праву должен был перейти ко мне, когда Роберт занял Железный Трон.

Эту старую обиду Станнис всегда чувствовал остро, а теперь и подавно. Его нынешние трудности проистекали как раз отсюда, ибо Драконий Камень, при всей своей древности и мощи, властвовал лишь над горсткой местных островных лордов, чьи владения были слишком скудно заселены, чтобы дать Станнису потребное количество воинов. Даже вместе с наемниками, прибывшими к нему из-за Узкого моря, из вольных городов Мира и Лисса, войско за стенами замка было слишком мало, чтобы свергнуть дом Ланнистеров.

— Возможно, Роберт поступил с вами несправедливо, — осторожно ответил мейстер, — но он имел на то веские причины. Драконий Камень долго был оплотом дома Таргариенов. Роберту нужен был сильный муж, чтобы править здесь, а Ренли тогда еще не вышел из детского возраста.

— Он и до сих пор из него не вышел. — Голос Станниса гневно раскатывался по пустому покою. — Это вороватый ребенок, который полагает, что сумеет сдернуть корону у меня с головы. Что он сделал такого, чтобы заслужить трон? В совете он перешучивался с Мизинцем, а на турнирах облачался в свои великолепные доспехи и позволял вышибать себя из седла тем, кто сильнее. Вот и все, что можно сказать о моем брате Ренли, который возомнил себя королем. И за что только боги послали мне братьев? Скажи!

— Я не могу отвечать за богов.

— Мне сдается, последнее время у тебя и вовсе ни на что нет ответов. Как зовут мейстера Ренли? Не послать ли мне за ним — авось он лучше посоветует. Как ты думаешь, что сказал этот мейстер, когда мой брат вознамерился украсть у меня корону? Какой совет дал твой собрат моему изменнику-родичу?

— Меня удивило бы, если бы лорд Ренли спросил чьего-то совета, ваше величество. — Младший из трех сыновей лорда Стеффона вырос смелым, но бесшабашным, предпочитающим действовать внезапно, а не по зрелом размышлении. В этом, как и во многом другом, он был похож на своего брата Роберта и совсем не походил на Станниса.

— Ваше величество!.. — передразнил Станнис. — Ты величаешь меня королевским титулом, но где оно, мое королевство? Драконий Камень да несколько скал в Узком море, вот и все. — Он спустился с возвышения, на котором сидел, и его тень на столе скользнула по реке Черноводной и лесу, где стояла теперь Королевская Гавань. Страна, которую он намеревался взять в свои руки, лежала перед ним — такая близкая и такая недосягаемая. — Нынче вечером я даю ужин моим лордам-знаменосцам, каким ни на есть: Селтигару, Веларнону, Бар-Эммону — всей честной компании. Скудный выбор, по правде сказать, но что поделаешь — других мне братья не оставили. Этот лиссенийский пират Салладор Саан тоже будет там и предъявит мне новый счет, Морош-мириец начнет стращать меня течениями и осенними штормами, а лорд Сангласс благочестиво сошлется на волю Семерых. Селтигар захочет знать, когда к нам присоединятся штормовые лорды. Веларион пригрозит увести своих людей домой, если мы не выступим незамедлительно. И что же я им скажу? Что мне теперь делать?

— Истинные ваши враги — это Ланнистеры, милорд. Если бы вы с братом выступили против них совместно...

— Я не стану договариваться с Ренли, — отрезал Станнис тоном, не допускающим возражений. — Во всяком случае, пока он именует себя королем.

— Хорошо, тогда не с Ренли, — уступил мейстер. Его господин упрям и горд — уж если он решил что-то, его не отговоришь. — Есть и другие, кроме него. Сына Эддарда Старка провозгласили Королем Севера, и за ним стоит вся мощь Винтерфелла и Риверрана.

— Зеленый юнец и еще один самозваный король. Прикажешь мне поощрять раздробление моего королевства?

— Полкоролевства все-таки лучше, чем ничего, — и если вы поможете мальчику отомстить за отца...

— С какой стати мне мстить за Эддарда Старка? Он для меня пустое место. Вот Роберт — Роберт его любил. Любил как брата, о чем мне неоднократно доводилось слышать. Его братом был я, а не Нед Старк, но никто не сказал бы этого, видя, как он со мной обходится. Я отстоял для него Штормовой Предел — мои люди голодали, пока Мейс Тирелл и Пакстер Редвин пировали под нашими стенами. И что же, отблагодарил меня Роберт? Нет. Он отблагодарил Старка — за то, что снял осаду, когда мы уже перешли на крыс и коренья. По приказанию Роберта я построил флот, я правил Драконьим Камнем от его имени. И что же — может быть, он взял меня за руку и сказал: «Молодчина, брат, что бы я без тебя делал?» Нет — он обругал меня за то, что я позволил Виллему Дарри увезти с острова Визериса и малютку, точно я мог этому помешать. Я заседал в его совете пятнадцать лет, помогая Аррену править государством, пока Роберт пил и распутничал, но, когда Джон умер, разве брат назначил меня своей десницей? Нет, он поскакал к своему милому другу Неду Старку и предложил эту честь ему. Да только добра это им обоим не принесло.

— Все так, милорд, — мягко сказал мейстер. — Вы видели много обид, но стоит ли поминать прошлое? Будущее еще может улыбнуться вам, если вы объединитесь со Старками. Можно также подумать и о других. Что вы скажете о леди Аррен? Если королева убила ее мужа, она наверняка захочет добиться справедливости. У нее есть маленький сын, наследник Джона Аррена. Если обручить его с Ширен...

— Он слабый и хворый мальчуган, — возразил лорд Станнис. — Даже его отец сознавал это, когда просил взять его на Драконий Камень. Служба в пажах могла бы пойти ему на пользу, но проклятая Ланнистерша отравила лорда Аррена, прежде чем тот успел это осуществить, и теперь Лиза прячет мальчика в Орлином Гнезде. Она с ним ни за что не расстанется, ручаюсь тебе.

— Тогда пошлите Ширен в Гнездо. Драконий Камень — слишком мрачное место для ребенка. Отправьте с ней ее дурака, чтобы рядом было знакомое лицо.

— Хорошо лицо, хоть и знакомое — не налюбуешься. — Станнис нахмурился, размышляя. — Впрочем... попытаться, пожалуй, стоит...

— Значит, законный правитель Семи Королевств должен обращаться за помощью к вдовам и узурпаторам? — спросил резкий женский голос с порога.

Мейстер, обернувшись, склонил голову.

— Миледи, — произнес он, удрученный тем, что не слышал, как она вошла.

— Я ни к кому не обращаюсь за помощью, — хмуро ответил Станнис. — Запомни это, женщина.

— Рада это слышать, милорд. — Леди Селиса была ростом со своего мужа, худощавая и худолицая, с торчащими ушами, острым носом и усиками на верхней губе. Она выщипывала их ежедневно и проклинала не реже, но они неизменно отрастали заново. У нее были блеклые глаза, суровый рот, а голос хлестал точно кнут. — Леди Аррен — ваш вассал, так же как Старки, ваш брат Ренли и все остальные. Вы их единственный законный король. Не пристало вам просить их заключать с ними сделки, дабы получить то, что бог вручил вам по праву.

Она сказала «бог», а не «боги». Красная женщина опутала ее душу, отвратив от богов Семи Королевств, и старых и новых, ради того единственного, который зовется Владыкой Света.

— Твой бог может оставить свои дары при себе, — сказал лорд Станнис, не разделявший пыла своей новообращенной супруги. — Мне нужны мечи, а не его благословения. У тебя, часом, нигде не припрятано войска? — В его голосе не было нежности. Станнис никогда не умел обращаться с женщинами, даже с собственной женой. Отправившись в Королевскую Гавань, чтобы заседать в совете Роберта, он оставил Селису с дочерью на Драконьем Камне. Писал он ей редко, а навещал еще реже; свой супружеский долг он выполнял пару раз в год, не находя в этом никакого удовольствия, и сыновья, на которых он надеялся, так и не появились на свет.

— Войска есть у моих братьев, дядьев и кузенов, — ответила Селиса. — Весь дом Флорентов встанет под ваше знамя.

— Дом Флорентов способен выставить от силы две тысячи мечей. — Говорили, что Станнис знает, какими силами располагает каждый дом Семи Королевств. — И я бы не стал так уж полагаться на ваших братьев и дядей, миледи. Земли Флорентов чересчур близко к Хайгардену, чтобы ваш лорд-дядя рискнул навлечь на себя гнев Мейса Тирелла.

— Помощь придет не только от них. — Леди Селиса подошла поближе. — Посмотрите в ваши окна, милорд. Вот он пылает на небе — знак, которого вы ждали. Он рдеет как пламя, как огненное сердце истинного бога. Это Его знамя — и ваше! Смотрите: зарево ширится по небу, как горячее дыхание дракона, а ведь вы — лорд Драконьего Камня. Это означает, что ваше время пришло. Не может быть знака вернее! Вам суждено отплыть с этой угрюмой скалы, как некогда сделал Эйегон Завоеватель, и покорить всех, кто противостоит вам, как покорил он. Скажите лишь слово — и вся сила Владыки Света будет вашей.

— И сколько же мечей даст мне твой Владыка Света?

— Столько, сколько вам будет нужно. Для начала — все мечи Штормового Предела, Хайгардена и их лордов-знаменосцев.

— Давос убедит тебя в обратном. Они все присягнули Ренли. Они любят моего дражайшего младшего братца, как любили Роберта... и как никогда не любили меня.

— Да, — ответила она. — Но если бы Ренли умер...

Станнис, прищурив глаза, воззрился на свою леди, и Крессен не сдержал языка.

— Не пристало вам думать об этом, ваше величество, что бы Ренли ни натворил...

— Натворил? То, что он делает, уже не шалости — это измена. Мой брат молод и крепок, — сказал Станнис жене, — и его окружает огромное войско вкупе с этими его радужными рыцарями.

— Мелисандра видела в пламени его смерть.

— Братоубийство — это страшное злодейство, милорд, — произнес пораженный ужасом Крессен. — Прошу вас, послушайте меня...

Леди Селиса смерила его взглядом:

— И что же вы ему скажете, мейстер? Посоветуете удовольствоваться половиной королевства, преклонив колена перед Старками и продав нашу дочь Лизе Аррен?

— Я уже слушал тебя, Крессен, — сказал Станнис. — Теперь я послушаю ее. Ты свободен.

Мейстер с трудом преклонил колено и заковылял прочь из комнаты, чувствуя спиной взгляд леди Селисы. Спустившись с лестницы, он уже едва держался на ногах.

— Помоги мне, — сказал он Пилосу.

Благополучно вернувшись к себе, он отпустил молодого мейстера и снова вышел на балкон, глядя на море между двух горгулий. Один из боевых кораблей Салладора Саана с яркими полосатыми бортами шел мимо замка по серо-зеленым волнам, мерно работая веслами. Крессен смотрел на него, пока тот не скрылся за мысом. Если бы его страхи могли исчезнуть столь же легко! Подумать только, до чего он дожил...

Мейстер, возлагая на себя свою цепь, отказывается от надежды иметь детей, но Крессен знал, что такое отцовские чувства. Роберт, Станнис, Ренли... трех сыновей он вырастил после того, как гневное море взяло к себе лорда Стеффона. Неужели он так дурно выполнил свою задачу, что теперь принужден будет смотреть, как один из них убивает другого? Нет, он не может этого допустить — и не допустит.

Все это — дело рук женщины. Не леди Селисы, а той, другой. Красной женщины, как зовут ее слуги, боясь поминать ее имя.

— Ну, я-то не побоюсь его назвать, — сказал мейстер каменной собаке. — Мелисандра. — Мелисандра из Асшая, колдунья, заклинательница теней и жрица Рглора, Владыки Света, Пламенного Сердца, Бога Огня и Тени. Надо остановить безумие, ползущее от нее по Драконьему Камню.

После ясного утра комната показалась мейстеру темной и мрачной. Старик дрожащими руками зажег свечу и прошел в свой кабинет под вороньей вышкой, где ровными рядами стояли на полках мази, настои и прочие снадобья. Мейстер отыскал за глиняными кувшинчиками на нижней полке флакон индигового стекла не больше его мизинца, встряхнул его, и внутри что-то загремело. Тяжело опустившись на стул, Крессен сдул с флакона пыль и высыпал на стол его содержимое. На пергамент упало около дюжины мелких кристалликов. При свете свечи они сверкали, как драгоценные камни, и мейстеру подумалось, что он никогда еще не видел пурпура такой чистоты и яркости.

Цепь у него на шее стала вдруг очень тяжелой. Он потрогал один из кристаллов кончиком пальца. Такой крошечный — а между тем имеет власть над жизнью и смертью. Их делают из одного растения, которое встречается только на островах Яшмового моря, на другом конце света. Подсушенные листья замачивают в растворе извести, сахара и кое-каких редких специй с Летних островов. После листья выбрасывают, а в настой для густоты добавляют золу и дают ему кристаллизоваться. Дело это долгое и трудоемкое, составляющие части дороги, и достать их нелегко. Но алхимики из Лисса знают этот секрет, и Безликие из Браавоса... да и мейстеры тоже, хотя в стенах Цитадели об этом говорить не любят. Всем известно, что мейстер получает серебряное звено в своей цепи, если овладевает искусством врачевания, — но люди предпочитают не помнить, что умеющий врачевать умеет также и убивать.

Крессен забыл, как называется это растение в Асшае или кристаллы в Лиссе. В Цитадели это средство звалось попросту «душитель». Если растворить такой кристалл в вине, шейные мускулы человека сожмутся крепче, чем кулак, стиснув гортань. Говорят, лицо жертвы становится таким же пурпурным, как маленькое кристаллическое семечко, из которого произросла смерть, — но с человеком, подавившимся за едой, происходит то же самое.

А нынче вечером лорд Станнис дает пир своим знаменосцам, где будет его леди-жена... и красная женщина, Мелисандра из Асшая.

«Надо отдохнуть, — сказал себе мейстер Крессен. — Когда стемнеет, мне понадобятся все мои силы. Мои руки не должны трястись, и мужество не должно меня оставить. Страшное дело я задумал, но оно должно быть сделано. Если боги есть, они простят меня, я уверен». Он мало спал последние дни — короткий сон подкрепит его для предстоящего испытания. Мейстер устало добрел до постели, но и с закрытыми глазами продолжал видеть комету, неистово красную в сумраке его снов. «Быть может, это моя комета», — подумал он, уже засыпая. Кровавая звезда, предвещающая убийство...

Когда он проснулся, в спальне было темным-темно, и все суставы в его теле ныли. Крессен сел, нашарил свою клюку и с тяжелой головой встал. «Уже поздно, — подумал он, — но меня не позвали на ужин». Прежде его всегда звали на пиры, и сидел он рядом с солонкой, близ лорда Станниса. Лицо Станниса всплыло перед его внутренним взором — лицо не мужчины, а мальчика, которым тот был когда-то — ребенком, ежащимся в тени, в то время как все солнце доставалось его брату. Что бы он ни делал, Роберт делал это лучше и быстрее. Бедный мальчик... нужно поспешить, для его же блага.

Мейстер нашел кристаллы там, где их оставил, и собрал их с пергамента. У него не было полого кольца, какими, как говорят, пользуются лисские отравители, но в широких рукавах его мантии имелось множество больших и малых карманов. Мейстер спрятал кристаллы душителя в один из них, открыл дверь и позвал:

— Пилос! Где ты? — Не дождавшись ответа, он позвал снова, погромче: — Пилос, мне нужна твоя помощь. — Ответа по-прежнему не было. Странно: каморка молодого мейстера находилась всего на один пролет ниже, и он должен был слышать.

В конце концов Крессен кликнул слуг и сказал им:

— Поторопитесь. Я слишком долго проспал. Должно быть, они уже пируют, едят и пьют... надо было меня разбудить. — Что же случилось с мейстером Пилосом? Старик ничего не мог понять.

Он снова прошел по длинной галерее. Ночной ветер, пахнущий морем, проникал в большие окна. Факелы мигали на стенах Драконьего Камня, а в лагере горели сотни костров, точно звездное небо упало на землю. Вверху пылала красным огнем зловещая комета. Ты слишком стар и мудр, чтобы бояться таких вещей, сказал себе мейстер.

Двери Великого Чертога были вделаны в пасть каменного дракона. У входа мейстер отпустил слуг. Ему лучше войти одному, чтобы не показаться слабым. Тяжело опираясь на клюку, он взобрался на последние несколько ступеней и прошел под каменными зубами. Двое часовых распахнули перед ним высокие красные двери, и навстречу хлынули шум и свет. Крессен вступил в пасть дракона.

За стуком ножей о тарелки и гулом голосов слышалось пение Пестряка: «...да, милорд, да, милорд», и звенели его колокольчики. Та же жуткая песня, которую он пел нынче утром. «Не уйдут они отсюда, нет, милорд, нет, милорд». За нижними столами рыцари, лучники и наемные капитаны разламывали ковриги черного хлеба, макая его в рыбную похлебку. Здесь не было ни громкого смеха, ни непристойных возгласов, обычных на пирах, — лорд Станнис такого не допускал.

Крессен направился к помосту, где сидели лорды с королем. По дороге ему пришлось обойти Пестряка. Пляшущий шут за своим трезвоном не видел и не слышал мейстера. Перескакивая с ноги на ногу, он налетел на старика, вышиб у него клюку, и оба рухнули на пол. Вокруг поднялся хохот. Зрелище получилось смешное, спору нет.

Дурак прижался своей пестрой рожей к самому лицу Крессена, потеряв свой жестяной колпак с рогами и колокольцами.

— А на дне морском ты падаешь вверх, — объявил он. — Я знаю, я-то знаю. — Он со смехом вскочил на ноги и снова заплясал.

Мейстер, стараясь не усугублять своего смешного положения, слабо улыбнулся и попытался встать, но в бедре так стрельнуло, что старик испугался, не сломал ли его снова. Чьи-то сильные руки подхватили его под мышки и поставили на ноги.

— Благодарю вас, сир, — пробормотал он и обернулся посмотреть, кто из рыцарей пришел к нему на помощь.

— Нужно быть осторожнее, мейстер, — сказала леди Мелисандра низким голосом, отдающим музыкой Яшмового моря. Как всегда, она была в красном с головы до пят. Просторное платье из огненного шелка с прорезями на рукавах и лифе открывало более темную кроваво-красную ткань внизу. Цепь червонного золота на шее, еще туже мейстерской, украшал единственный большой рубин. Волосы ее были не такие, как обычно бывают у рыжих, — они имели цвет полированной меди и ярко блестели при свете факелов. Даже глаза у нее были красные... зато кожа, безупречно гладкая, без единого изъяна, светилась молочной белизной. Стройная женщина, грациозная, выше большинства рыцарей, полногрудая, с тонкой талией и сердцевидным лицом. Мужские взоры подолгу задерживались на ней, и мейстеры не были исключением. Многие находили ее красавицей. Но она не была красивой. Красной была она — красной и страшной.

— Б-благодарю вас, миледи.

— Человек вашего возраста должен смотреть, куда идет. Ночь темна и полна ужасов.

Это слова из ее молитвы, вспомнил мейстер. «Ничего, у меня своя вера», — подумал он и сказал ей:

— Только дети боятся темноты. — Но не успел он это произнести, Пестряк снова завел свою песню:

— Тени собрались и пляшут, да, милорд, да, милорд.

— Вот вам и загадка, — сказала Мелисандра. — Умный дурак и глупый мудрец. — Она подобрала с пола колпак Пестряка и нахлобучила его на голову Крессену. Колокольчики тихо зазвенели. — Корона под стать вашей цепи, лорд мейстер. — Мужчины за столами смеялись.

Крессен, сжав губы, попытался побороть свою ярость. Она думает, что он слаб и беспомощен, но еще до конца ночи она убедится в обратном. Стар он или нет, он остается мейстером Цитадели.

— Мне не нужно иной короны, кроме истины, — сказал он, снимая дурацкий колпак с головы.

— В этом мире есть истины, которым не учат в Староместе. — Мелисандра отвернулась от него, взметнув красными шелками, и вернулась за высокий стол, где сидел король Станнис со своей королевой. Мейстер отдал рогатый колпак Пестряку и последовал за ней.

На его месте сидел Пилос.

Старик уставился на него и наконец произнес:

— Мейстер Пилос, вы... вы не разбудили меня.

— Его величество приказал вас не тревожить. — У Пилоса хватило совести покраснеть. — Он сказал, что вы ему здесь не понадобитесь.

Крессен оглядел рыцарей, капитанов и лордов. Вот пожилой и унылый лорд Селтигар в мантии, расшитой красными крабами. Вот красивый лорд Веларион в шелке цвета морской волны — белый с золотом морской конек у него на шее хорошо подходит к его длинным светлым волосам. Лорд Бар Эммон, толстый четырнадцатилетний юнец, запеленат в пурпурный бархат, подбитый мехом белого котика. Сир Акселл Флорент не стал красивее даже в пышном красновато-коричневом наряде с лисьим мехом, набожный лорд Сангласс носит лунные камни на шее, запястьях и пальцах, лисский капитан Салладор Саан блещет красным атласом, золотом и каменьями. Только сир Давос одет просто, в бурый дублет и зеленую шерстяную мантию, и только сир Давос смотрит на него с жалостью.

— Ты слишком стар и бестолков, чтобы быть мне полезным. — Похоже на голос лорда Станниса — но нет, не может этого быть. — Отныне моим советником будет Пилос. Он уже занимается воронами, поскольку ты больше не можешь взбираться на вышку. Я не допущу, чтобы ты уморил себя у меня на службе.

Мейстер Крессен заморгал. «Станнис, мой лорд, мой грустный угрюмый мальчик, не делай этого. Разве ты не знаешь, как я заботился о тебе, жил ради тебя, любил тебя, несмотря ни на что? Да, любил, больше, чем Роберта или Ренли, ибо ты был нелюбимым ребенком и больше всех нуждался во мне».

— Как вам будет угодно, милорд, — сказал Крессен вслух, — но я... я голоден. Позволено ли мне будет занять место за вашим столом? — (Рядом с тобой, где я сидел всегда...)

Сир Давос поднялся со скамьи:

— Мейстер окажет мне честь, если сядет рядом со мной, ваше величество.

— Дело твое. — Станнис отвернулся и сказал что-то Мелисандре, сидевшей на почетном месте, по правую руку от него. Леди Селиса сидела по левую руку, и ее улыбка не уступала блеском ее драгоценностям.

«Сир Давос сидит слишком далеко, — уныло подумал Крессен. — Добрая половина лордов-знаменосцев отделяет контрабандиста от высокого стола. Надо сесть поближе к ней, если я хочу бросить душителя в ее чашу, но как?»

Пестряк скакал вокруг мейстера, пока тот совершал свой медленный путь вокруг стола к Давосу Сиворту.

— Здесь мы едим рыбу, — весело сообщил шут, размахивая своим дурацким жезлом, — а на дне морском рыбы едят нас. Я знаю, я-то знаю.

Сир Давос подвинулся, освобождая место на скамье.

— Нам всем бы сегодня следовало облачиться в дурацкий наряд, — проворчал он, когда мейстер сел рядом, — потому что мы собираемся свалять большого дурака. Красная женщина углядела в пламени победу, и Станнис вознамерился действовать, невзирая на то, сколько нас. Боюсь, что еще до конца этой затеи мы все увидим то, что повидал Пестряк, — морское дно.

Крессен спрятал руки в рукавах, как будто для того, чтобы погреть их, и нащупал кристаллы под шерстью.

— Лорд Станнис.

Станнис повернулся к нему, но первой ответила леди Селиса:

— *Король* Станнис. Вы забываетесь, мейстер.

— Он стар и слабеет разумом, — ворчливо сказал ей король. — В чем дело, Крессен? Говори.

— Если вы собираетесь выйти в море, вам необходимо объединиться с лордом Старком или леди Аррен...

— Я ни с кем не намерен объединяться.

— Не более, чем свет объединяется с тьмой. — Леди Селиса взяла мужа за руку.

Станнис кивнул:

— Старки хотят украсть половину моего королевства — как Ланнистеры украли мой трон, а мой родной братец — крепости и мечи, принадлежащие мне по праву. Все они узурпаторы и враги мне.

«Я потерял его», — в отчаянии подумал Крессен. Если бы можно было как-нибудь незаметно подобраться к Мелисандре и к ее чаше... всего на один миг.

— Вы законный наследник вашего брата Роберта, истинный государь Семи Королевств, король андалов, ройнаров и Первых Людей, — отважно произнес мейстер, — но при всем при том не можете надеяться на победу, не имея союзников.

— У него есть союзник, — заявила леди Селиса. — Рглор, Владыка Света, Пламенное Сердце, Бог Огня и Тени.

— Боги — союзники в лучшем случае ненадежные, — не уступал старик, — а этот здесь и вовсе бессилен.

— Вы так думаете? — Леди Мелисандра повернула голову, и ее рубин сверкнул, став на миг ярким, как комета. — За такие умные речи вас следует снова увенчать вашей короной.

— Да, — согласилась леди Селиса, — короной Пестряка. Она тебе в самый раз, старик. Надень ее снова. Я приказываю.

— На дне морском головных уборов не носят, — вмешался Пестряк. — Я знаю, я-то знаю.

Лорд Станнис насупил свои тяжелые брови и стиснул зубы, молча двигая челюстью. Он всегда стискивал зубы, когда сердился.

— Дурак, — сказал он наконец, — исполни приказ моей леди-жены. Отдай Крессену свой колпак.

«Нет, — подумал старый мейстер. — Ты не мог сказать такого. Ты всегда был справедлив и при всей своей суровости никогда не был жестоким. Ты ни над кем не насмехался — ведь ты не знаешь, что такое смех».

Пестряк запрыгал к нему, звеня колокольчиками: динь-дон, клинь-клон, бим-бом-бом. Мейстер сидел молча, пока дурак надевал свой рогатый колпак ему на лоб. Его голова поникла под тяжестью жестяной шапки, и колокольчики звякнули.

— Пусть теперь поет, когда захочет дать совет, — сказала леди Селиса.

— Ты заходишь слишком далеко, женщина, — ответил лорд Станнис. — Он старый человек и хорошо служил мне.

«Сейчас я сослужу тебе последнюю службу, мой милый лорд, мой бедный одинокий сын». Крессен внезапно понял, как ему быть. Чаша сира Давоса стояла перед ним, наполовину полная красным вином. Мейстер нашел в рукаве кристаллик, зажал его между большим и указательным пальцами и протянул руку к чаше. Только бы сделать это плавно, ловко, без суеты, взмолился он — и боги вняли его мольбе. В один миг его пальцы опустели. Уже много лет его рука не была столь твердой и легкой. Давос видел, но мейстер мог поручиться, что больше никто не заметил. Крессен встал, держа чашу в руке.

— Пожалуй, я и впрямь вел себя как дурак. Не хотите ли разделить со мной чашу вина, леди Мелисандра? В честь вашего бога, Владыки Света? В знак его могущества?

Красная женщина испытующе посмотрела на него.

— Извольте.

Мейстер чувствовал, что все взоры устремлены на него. Когда он перелез через скамью, Давос ухватил его за рукав пальцами, обрубленными лордом Станнисом, и шепнул:

— Что вы делаете?

— То, что должно быть сделано, — ответил ему Крессен, — ради нашей державы и души моего господина. — Он оторвал от себя руку Давоса, пролив немного вина на устланный тростником пол.

Женщина спустилась с помоста навстречу ему. Все смотрели на них, но Крессен видел только ее. Красный шелк, красные глаза, красный рубин на шее, красные губы приоткрыты в легкой улыбке. Она накрыла его руку, держащую чашу, своей, горячей, точно от лихорадки.

— Еще не поздно вылить все вино, мейстер.

— Нет, — прошептал он хрипло. — Нет.

— Ну, как угодно. — Мелисандра Ашайская взяла чашу из его рук и сделала долгий, глубокий глоток. Когда она вернула чашу Крессену, вина осталось совсем немного. — А теперь вы.

Его руки тряслись, но он заставил себя быть сильным. Мейстер из Цитадели ничего не должен бояться. Вино было кислое. Он выпустил пустую чашу из рук, она упала на пол и разбилась.

— Он имеет силу и здесь, милорд, — сказала женщина. — А огонь очищает. — Рубин у нее на шее мерцал красным светом.

Крессен хотел ответить, но слова застряли у него в горле. Кашель, одолевший его при попытке хлебнуть воздуха, перешел в тонкий свист, и железные пальцы стиснули его горло. Но даже упав на колени, он продолжал трясти головой, отрицая ее силу,

28

отрицая ее магию, отрицая ее бога. «Дурак, дурак», — прозвенели колокольчики на жестяном колпаке, а красная женщина смотрела на него с жалостью, и пламя свечей плясало в ее красных, красных глазах.

АРЬЯ

В Винтерфелле ее прозвали Арья-лошадка, и она думала, что хуже этой клички ничего не может быть, пока Ломми Зеленые Руки не нарек ее Вороньим Гнездом.

Трогая свою голову, она сознавала, что это имя ей дали не напрасно. Когда Йорен уволок ее в переулок, она подумала, что он хочет ее убить, но старик только зажал ее, как в тисках, и обрезал все ее лохмы своим кинжалом. Ветерок раскидал по булыжнику клочья грязных каштановых волос, унося их к септе, где умер ее отец. «Я увожу из города кучу мужчин и мальчишек, — проворчал Йорен, царапая ей голову острой сталью. — Стой смирно, *мальчик*». Когда он закончил, немногие волосы, оставшиеся у нее на голове, торчали во все стороны.

После он сказал ей, что до самого Винтерфелла она будет сиротой Арри. «За ворота, думаю, мы выйдем без труда, а вот дорога — другое дело. Тебе долго придется путешествовать в дурном обществе. На этот раз я веду к Стене тридцать человек, и не думай, что они все такие же, как твой сводный брат. — Йорен встряхнул ее, чтобы лучше запомнила. — Лорд Эддард открыл мне тюрьмы, и господских детей я там не нашел. Из этой шайки половина тут же выдаст тебя королеве за помилование и пару серебряков, а другая сделает то же самое, только сперва изнасилует тебя. Поэтому держись от них подальше, а малую нужду справляй в лесу. Это будет труднее всего, так что много не пей».

Из Королевской Гавани они вышли легко, как он и предсказывал. Стражники Ланнистеров у ворот останавливали всех, но Йорен назвал одного из них по имени, и его повозки пропустили беспрепятственно. На Арью никто даже не взглянул. Они искали девочку благородного происхождения, дочь десницы короля, а не тощего мальчишку с неровно откромсанными волосами. Арья ни разу не оглянулась назад. Ей хотелось, чтобы Черноводная вышла из берегов и смыла весь город — с Блошиным Концом, Красным

Замком, Великой Септой и всеми жителями, — а первым делом принца Джоффри с его матушкой. Но она знала, что этого не будет, к тому же в городе осталась Санса. Вспомнив об этом, Арья перестала желать потопа и стала думать о Винтерфелле.

А вот насчет малой нужды Йорен ошибся. Самым трудным оказалось не это, а Ломми Зеленые Руки и Пирожок, мальчишки-сироты. Йорен подобрал их на улице, посулив, что в Дозоре их будут кормить и обувать. Остальных он нашел в тюрьме. «Дозору нужны воины, — сказал он им в день отъезда, — но за неимением лучшего сойдете и вы».

В его добычу входили воры, браконьеры и насильники. Хуже всех были трое, которых он взял из каменных мешков, — они, как видно, пугали даже его, потому что он вез их скованными по рукам и ногам и говорил, что они останутся в железах до самой Стены. У одного из них на месте отрезанного носа зияла дыра, а у лысого толстяка с заостренными зубами и мокнущими язвами на щеках в глазах не было ничего человеческого.

Из Королевской Гавани они выехали с пятью повозками, нагруженными припасами для Стены: кожами и отрезами ткани, железными брусьями, клеткой с воронами, книгами, бумагой и чернилами, кипой кислолиста, кувшинами с маслом, ящичками с лекарствами и специями. Повозки тащили лошади. Йорен купил еще двух верховых и полдюжины ослов для мальчишек. Арья предпочла бы настоящего коня, но на осле ехать было лучше, чем в повозке.

Мужчины не обращали на нее внимания, но с мальчишками ей посчастливилось меньше. Она была на два года моложе самого младшего из них, не говоря уж о ее малом росте и худобе, а ее молчание Ломми и Пирожок принимали за признак страха, глупости или глухоты.

— Глянь-ка, какой меч у Вороньего Гнезда, — сказал Ломми однажды утром, когда они тащились мимо плодовых садов и овсяных полей. Он был подмастерьем красильщика до того, как начал воровать, и руки у него остались зелеными по локоть. Когда он смеялся, то реготал, как ослы, на которых они ехали. — Откуда у такой подзаборной крысы, как он, взялся меч?

Арья угрюмо прикусила губу. В голове поезда маячил выцветший черный плащ Йорена, но она решила, что ни за что не станет звать на помощь.

— Может, он оруженосец, — заметил Пирожок. Его покойная мать была булочницей, и он день-деньской возил по улицам свою тележку, выкрикивая: «Пирожки! Пирожки горячие!» — Маленький оруженосец знатного лорда.

— Какой он оруженосец? Ты посмотри на него. Спорю, что и меч у него не настоящий. Жестяной, поди, игрушечный.

Насмешек над Иглой Арья не могла вынести.

— Это меч, выкованный в замке, дурак, — рявкнула она, повернувшись в седле, — и советую тебе заткнуться.

Мальчишки заржали.

— Где ж ты взял такой, Воронье Гнездо? — осведомился Пирожок.

— Спер, где ж еще, — рассудил Ломми.

— Нет! — крикнула Арья. Иглу ей подарил Джон Сноу. Пусть себе зовут ее Вороньим Гнездом, но она не потерпит, чтобы Джона обзывали вором.

— Если меч краденый, то мы можем его забрать, — сказал Пирожок. — Ведь это не его вещь. Мне бы такой пригодился.

— Давай отними, — подзадорил его Ломми. Пирожок лягнул пятками своего осла и подъехал поближе.

— Эй, Воронье Гнездо, давай сюда меч. — Волосы у него были как солома, толстая ряшка обгорела на солнце и лупилась. — Ты все равно не умеешь с ним обращаться.

«Еще как умею, — могла бы сказать Арья. — Я уже убила одного мальчишку, толстого, вроде тебя. Я ткнула его в живот, и он умер, и тебя я тоже убью, если будешь приставать». Но она промолчала. Йорен не знал о конюшонке — кто его знает, что он сделает с ней, если проведает об этом. Арья полагала, что в их отряде есть и убийцы — те трое колодников уж точно душегубы, — но королева не ищет их, так что разница есть.

— Погляди на него, — заржал Ломми, — сейчас заплачет. Так ведь, Воронье Гнездо?

Ночью она и правда плакала, потому что ей приснился отец. Но утром она проснулась с сухими, хотя и красными, глазами и теперь не смогла бы пролить ни слезинки, даже если бы ее жизнь зависела от этого.

— Нет, он штаны намочит, — заявил Пирожок.

— Отстаньте от него, — сказал лохматый черный парень, ехавший позади них. Ломми прозвал его Быком из-за рогатого шлема, который тот все время полировал, но никогда не надевал на себя. Над Быком Ломми насмехаться не осмеливался. Тот был старше и к тому же велик для своего возраста, с широкой грудью и сильными руками.

— Ты лучше отдай меч Пирожку, Арри, — сказал Ломми. — Уж очень он ему приглянулся. Пирожок одного мальчика до смерти запинал — и с тобой то же самое сделает.

— Я повалил его и пинал по яйцам, пока он не помер, — похвастался Пирожок. — У него из яиц кровь потекла, а писька вся почернела. Лучше отдай мне меч.

Арья сняла с пояса учебный.

— На, возьми этот. — Ей не хотелось драться.

— На кой мне эта палка. — Он подъехал вплотную к ней и потянулся к Игле.

Арья, размахнувшись, хлопнула его осла по крупу деревянным мечом. Ослик с ревом взвился на дыбы, скинув Пирожка. Арья тоже соскочила наземь и ткнула Пирожка деревяшкой в живот, когда он попытался встать. Он охнул и хлопнулся обратно. Тогда она огрела его по лицу, и его нос хрустнул, как сухая ветка. Потекла кровь. Пирожок завыл, и Арья обернулась к Ломми, который сидел на своем осле открывши рот.

— Ты тоже хочешь мой меч? — Но он не хотел. Он прикрыл лицо зелеными руками и завопил, чтобы она убиралась.

— Сзади! — крикнул Бык, и Арья крутнулась на месте. Пирожок привстал на колени с большим острым камнем в кулаке. Арья позволила ему бросить — она пригнула голову, и камень просвистел мимо. Тогда она набросилась на Пирожка. Он вскинул руку, но она ударила его по ней, и по щеке, и по колену. Он хотел ее схватить, но она отскочила, будто танцуя, и треснула его деревяшкой по затылку. Он свалился, снова встал и подался к ней, шатаясь, — красный, перемазанный грязью и кровью. Арья ждала, приняв стойку водяного плясуна. Когда он подошел достаточно близко, она ткнула его между ног — так сильно, что, будь у деревянного меча острие, оно вышло бы между ягодиц.

Когда Йорен оттащил ее от Пирожка, тот валялся на земле, наложив полные штаны, и рыдал, а она продолжала молотить его что есть мочи.

— Хватит, — проревел черный брат, выхватив у нее деревянный меч, — ты убьешь его, дурака! — Ломми и другие подняли крик, но Йорен рявкнул на них: — А ну заткнитесь, пока я сам вас не заткнул. Если такое повторится, я привяжу вас к повозкам и волоком потащу к Стене. Тебя это в первую очередь касается, Арри. Пошли со мной, быстро.

Все смотрели на нее, даже трое скованных в фургоне. Толстяк щелкнул своими острыми зубами и зашипел, но Арья не обратила на него внимания.

Старик свел ее с дороги в лес, не переставая ругаться.

— Будь у меня хоть на грош здравого смысла, я оставил бы тебя в Королевской Гавани. Слышишь, мальчик? — Он всегда называл ее «мальчик», делая ударение на этом слове. — Спусти-ка штаны. Давай-давай, здесь тебя никто не увидит. — Арья угрюмо повиновалась. — А теперь стань к тому дубу. Вот так. — Она обхватила руками ствол и приникла лицом к грубой коре. — А теперь кричи, да погромче.

«Не стану кричать», — упрямо подумала она, но, когда Йорен приложил ей деревяшкой по голому телу, завопила помимо воли.

— Что, больно? А вот этак? — Меч свистнул в воздухе. Арья завопила снова, цепляясь за дерево, чтобы не упасть. — И еще разок. — Арья закусила губу и съежилась в ожидании. Удар заставил ее взвиться и завыть. «Но плакать я не стану, — твердила она про себя. — Я Старк из Винтерфелла, и наша эмблема — лютоволк, а лютоволки не плачут». По левой ноге у нее бежала струйка крови, ляжки и ягодицы горели. — Ну, может быть, теперь ты меня послушаешь. В следующий раз, как накинешься с этой палкой на кого-нибудь из своих братьев, получишь в два раза больше. Все, прикройся.

«Они мне не братья», — подумала Арья, наклоняясь, чтобы подобрать штаны, но благоразумно промолчала. Руки у нее дрожали, пока она возилась с завязками.

— Больно тебе? — спросил Йорен.

Спокойная, как вода, сказала она себе, как учил ее Сирио Форель, и ответила:

— Немножко.

— Пирожнику куда больнее, — сплюнув, сказал старик. — Это не он убил твоего отца, девочка, и не воришка Ломми. Сколько их ни бей, его не вернешь.

— Я знаю, — мрачно буркнула она.

— Есть кое-что, чего ты не знаешь. Я сам не знал, что так получится. Я уже собрался в дорогу, купил и загрузил повозки, как вдруг приходит ко мне человек с парнишкой, с полным кошельком и с посланием — не важно от кого. «Лорд Эддард скоро наденет черное, — говорит он мне, — подожди, и он отправится с тобой». Зачем, по-твоему, я пришел тогда в септу? Да только все обернулось по-другому.

— Джоффри, — выдохнула Арья. — Хоть бы его кто-нибудь убил!

— Убьет еще, да только не я и не ты. — Йорен сунул ей деревянный меч обратно. — Возьми в повозке кислолист и пожуй, — сказал он, когда они снова вышли на дорогу. — Легче станет.

33

Ей и правда стало легче, хотя вкус у кислолиста был противный, а слюна от него окрашивалась в кровавый цвет. Несмотря на это, она весь этот день, и завтрашний, и послезавтрашний шла пешком — на осле сидеть было невмоготу. Пирожку было еще хуже: Йорену пришлось передвинуть несколько бочек, чтобы устроить его в задке повозки на мешках с ячменем, и парень ныл каждый раз, когда колесо наезжало на камень. Ломми Зеленые Руки, хотя и не пострадал, держался от Арьи как можно дальше.

— Всякий раз, как ты смотришь на него, он дергается, — сказал ей Бык, с чьим ослом она шагала рядом. Она не ответила. Держать язык за зубами было, пожалуй, надежнее всего.

В ту ночь она, лежа в своем тонком одеяле на твердой земле, смотрела на красную комету, прекрасную и пугающую в то же время. «Красный меч», называл ее Бык, утверждая, что она похожа на раскаленный клинок, только что вынутый из горна. Прищурив глаза особым образом, Арья тоже видела меч — только не новый, а Лед, длинный отцовский клинок из волнистой валирийской стали, красный от крови лорда Эддарда, когда сир Илин, королевский палач, срубил ему голову. Йорен заставил ее отвернуться в тот миг, но она все равно думала, что Лед должен был выглядеть так, как эта комета.

Когда она наконец уснула, ей приснился дом. Королевский Тракт на пути к Стене проходит мимо Винтерфелла. Йорен обещал, что высадит ее там — и никто так и не узнает, кто она. Ей ужасно хотелось снова увидеть мать, Робба, Брана и Рикона... но больше всех она скучала по Джону Сноу. Вот бы приехать к Стене раньше Винтерфелла, чтобы Джон опять взъерошил ей волосы и назвал сестричкой. «Я по тебе скучала», — скажет она, а он в тот же миг скажет то же самое, как всегда у них бывало. Ей так хотелось этого — больше всего на свете.

САНСА

Настало утро именин короля Джоффри — яркое и ветреное, и длинный хвост кометы был виден сквозь летящие по небу облака. Санса смотрела на него из окна своей башни, когда сир Арис Окхарт пришел, чтобы проводить ее на турнир.

— Как вы думаете, что это означает? — спросила она.

— Комета пророчит славу вашему жениху. Смотрите, как пылает она на небе в день его именин, словно сами боги подняли флаг в его честь. В народе ее называют кометой короля Джоффри.

Джоффри, конечно, так и говорят, но Санса не была уверена, что это правда.

— Я слышала, как служанки называли ее Драконьим Хвостом.

— Король Джоффри сидит там, где некогда сидел Эйегон Драконовластный, в замке, построенном его сыном. Он наследник королей-драконов, а красный — цвет дома Ланнистеров, и это еще один знак. Эта комета послана, чтобы возвестить о восшествии Джоффри на трон, нет сомнений. Она означает, что он восторжествует над своими врагами.

«Неужели это правда?» — подумала она. Могут ли боги быть столь жестоки? Ее мать теперь тоже враг Джоффри, и ее брат Робб. Ее отец умер по приказу короля. Неужели матушка и Робб будут следующими? Эта комета красна, но Джоффри — Баратеон не менее, чем Ланнистер, а герб Баратеонов — черный олень на золотом поле. Разве боги не должны были послать Джоффри золотую комету?

Санса закрыла ставни и отвернулась от окна.

— Вы сегодня просто прелестны, миледи, — сказал сир Арис.

— Благодарю вас, сир. — Зная, что Джоффри непременно потребует ее присутствия на турнире в его честь, она уделила особое внимание своему лицу и одежде. На ней было платье из бледно-пурпурного шелка, а волосы покрывала сетка с лунными камнями, подарок Джоффри. Длинные рукава платья скрывали синяки на руках — ими ее тоже одарил Джоффри. Когда ему сказали, что Робба провозгласили Королем Севера, он впал в ужасную ярость и послал сира Бороса побить ее.

— Пойдемте? — Сир Арис предложил ей руку, и Санса, опершись на нее, вышла из комнаты. Если уж ее должен конвоировать кто-то из королевских гвардейцев, пусть это будет он. Сир Борос вспыльчив, сир Меррин холоден, странные мертвые глаза сира Мендона вселяют в нее тревогу, сир Престон обращается с ней, как с несмышленым ребенком. Арис Окхарт учтив и всегда говорит с ней приветливо. Однажды он даже не подчинился Джоффри, когда тот велел ему ударить ее. В конце концов он все-таки ударил, но не сильно, как сделали бы сир Меррин или сир Борос, и он как-никак возразил королю. Другие подчинялись без возражений... кроме Пса, но его Джофф никогда не просил ее наказывать. На то имелись пятеро других.

У сира Ариса светло-каштановые волосы и довольно приятное лицо. Сегодня он просто ослепителен в своем белом шелковом плаще, застегнутом на плече золотым листом, с развесистым дубом, вышитым блестящей золотой нитью на груди камзола.

— Как по-вашему, кто сегодня победит? — спросила Санса, спускаясь с ним по лестнице рука об руку.

— Я, — улыбнулся сир Арис. — Но боюсь, в такой победе мало чести. Турнир будет не из важных. На него записалось не более сорока человек, считая оруженосцев и вольных всадников. Не слишком почетно вышибать из седла зеленых юнцов.

«То ли дело последний турнир», — подумала Санса. Король Роберт устроил его в честь ее отца. Знатные лорды и именитые бойцы съехались на него со всех концов государства, и весь город собрался поглядеть на них. Ей хорошо помнилось это великолепие: поле, уставленное вдоль реки шатрами с рыцарским щитом над каждой дверью, длинные ряды шелковых вымпелов, трепещущих на ветру, блеск солнца на яркой стали и золоченых шпорах. Дни проходили под пение труб и гром копыт, а по ночам пировали и веселились. Это были самые волшебные дни в ее жизни — но теперь ей казалось, что все это происходило в другом столетии. Роберт Баратеон мертв, а ее отец обезглавлен как изменник на ступенях Великой Септы Бейелора. Теперь в стране три короля, за Трезубцем бушует война, и город наполнили толпы бегущих от нее людей. Неудивительно, что турнир Джоффа приходится проводить за толстыми стенами Красного Замка.

— Вы не знаете, королева будет присутствовать? — Санса всегда чувствовала себя спокойнее при Серсее, сдерживавшей злобные выходки сына.

— Боюсь, что нет, миледи. Она сейчас на совете, который собрался по какому-то срочному делу. — Сир Арис понизил голос. — Лорд Тайвин засел в Харренхолле, вместо того чтобы привести свое войско в город, как приказывала королева. Ее величество в ярости. — Он помолчал, пока мимо не прошли гвардейцы Ланнистеров в алых плащах и с гребнями на шлемах. Сир Арис любил посплетничать, но лишь когда был уверен, что посторонние его не слышат.

Плотники поставили во внешнем дворе галерею и устроили ристалище. Поле и правда получилось жалкое, а горстка зрителей заполняла только половину сидений. Большей частью это были солдаты городской стражи в золотых плащах или красные гвардейцы дома Ланнистеров. Лордов и леди при дворе осталось совсем немного. Серолицый лорд Джайлс Росби кашлял в розовый шелковый платок. Леди Танда сидела в компании своих дочерей, скучной тихони Лоллис и языкатой Фалисы. Был здесь также чернокожий Джалабхар Ксо, изгнанник, которому больше некуда было деваться, и леди Эрмесанда, малютка на коленях у своей кормилицы. Говорили, что ее скоро выдадут за одного из кузенов королевы, чтобы Ланнистеры смогли получить ее земли.

Король сидел под красным балдахином, небрежно перекинув одну ногу через резную ручку кресла. Принцесса Мирцелла и принц Томмен устроились позади него. В глубине королевской ложи стоял на страже Сандор Клиган, держа руки на поясе. Белоснежный плащ королевского гвардейца, застегнутый драгоценной брошью, выглядел нелепо поверх бурого грубошерстного камзола и кожаного колета с заклепками.

— Леди Санса, — кратко доложил Пес, увидев ее. Голос у него был как пила, входящая в дерево, и одна сторона рта из-за ожогов на лице и горле дергалась, когда он говорил.

Принцесса Мирцелла робко кивнула Сансе в знак приветствия, зато пухлый маленький принц Томмен так и подскочил.

— Санса, ты слышала? Я сегодня тоже участвую в турнире. Мама мне разрешила. — Томмену было восемь, и он напоминал Сансе ее собственного младшего брата, Брана. Мальчики были одногодками. Бран остался в Винтерфелле. Теперь он калека, зато ему ничего не грозит.

Санса отдала бы все на свете, чтобы быть рядом с ним.

— Я опасаюсь за жизнь вашего противника, — серьезно сказала она Томмену.

— Его противник будет набит соломой, — сказал Джофф, вставая. На нем был позолоченный панцирь со львом, стоящим на задних лапах, — впору на войну отправляться. Сегодня ему исполнилось тринадцать, и он был высок для своего возраста, зеленоглазый и золотоволосый, как все Ланнистеры.

— Ваше величество, — сказала Санса, присев в реверансе.

Сир Арис поклонился:

— Прошу извинить меня, ваше величество. Я должен приготовиться к состязанию.

Джоффри небрежным жестом отпустил его и оглядел Сансу с ног до головы.

— Я рад, что ты надела мои камни.

Итак, король сегодня расположен быть галантным. Санса испытала облегчение.

— Я благодарна вам за них... и за ваши приветливые слова. Поздравляю ваше величество с днем ваших именин.

— Садись, — приказал Джоффри, указав ей на свободное место рядом с собой. — Ты слышала? Король-попрошайка умер.

— Кто? — Санса испугалась на миг, подумав, что он имеет в виду Робба.

— Визерис. Последний сын безумного короля Эйериса. Он скитался по Вольным Городам еще до моего рождения, называя себя королем. Так вот, мать говорит, что дотракийцы наконец короновали его — расплавленным золотом. — Джоффри засмеялся. — Забавно, тебе не кажется? Ведь их эмблемой был дракон. Все равно как если бы твоего изменника-братца загрыз волк. Может быть, я и правда скормлю его волкам, когда поймаю. Я говорил тебе, что намерен вызвать его на поединок?

— Мне очень хотелось бы посмотреть на это, ваше величество. — (Больше, чем ты думаешь.) Санса отвечала ровно и учтиво, но Джоффри все равно прищурил глаза, стараясь понять, не насмехается ли она над ним. — Вы нынче тоже выйдете на поле? — поспешно спросила она. Король нахмурился.

— Моя леди-мать сказала, что мне не подобает участвовать в турнире, устраиваемом в мою честь. Иначе я стал бы первым. Верно ведь, Пес?

— Среди этого сборища? — дернул ртом Пес. — Почему бы и нет?

«На отцовском турнире первым был он», — вспомнила Санса.

— А вы будете сегодня сражаться, милорд? — спросила она.

— Не стоит труда надевать доспехи, — презрительно процедил он. — Это турнир комаришек.

— Ишь, как злобно мой Пес лает, — засмеялся король. — Быть может, я прикажу ему сразиться с победителем этого дня. Насмерть. — Джоффри любил заставлять людей сражаться насмерть.

— Тогда у вас станет одним рыцарем меньше. — Пес так и не принес рыцарского обета. Его брат был рыцарем, а он ненавидел своего брата.

Запели трубы. Король сел на место и взял Сансу за руку. Прежде это заставило бы ее сердце забиться сильнее — но это было до того, как он в ответ на мольбу о милосердии поднес ей голову ее отца. Теперь его прикосновение было ей омерзительно, но она знала, что показывать этого нельзя, и принудила себя сидеть смирно.

— Сир Меррин Трант из Королевской Гвардии, — объявил герольд.

38

Сир Меррин появился с западной стороны двора в блистающих, украшенных золотом белых доспехах, на молочно-белом скакуне с пышной серой гривой. Плащ струился позади него, как снегопад. В руке он держал двенадцатифутовое копье.

— Сир Хоббер из дома Редвинов, что в Бору, — пропел герольд.

Сир Хоббер выехал с восточной стороны на черном жеребце в винно-красной с синим попоне, с копьем, раскрашенным в те же цвета. Его щит украшала виноградная гроздь — герб его дома. Близнецы Редвины, как и Санса, были гостями королевы помимо своей воли. Сансе хотелось бы знать, кто придумал выставить их на турнир Джоффри. Уж наверное, не они сами.

По сигналу мастера над ристалищем бойцы опустили свои копья и пришпорили коней. Зрители, солдаты и знатные господа, подбадривали их криками. Рыцари сшиблись посреди двора в грохоте дерева и стали. Копья, и белое и полосатое, раскололись в щепки. Хоббер Редвин пошатнулся, но удержался в седле. Повернув коней, рыцари разъехались по своим концам поля, где оруженосцы вручили им новые копья. Сир Хорас, близнец Хоббера, кричал, поддерживая брата.

Но при втором наскоке сир Меррин ударил острием копья в грудь сиру Хобберу и выбил его из седла. Тот с грохотом рухнул наземь, и сир Хорас, выбранившись, поспешил ему на помощь.

— Скверный бой, — сказал король Джоффри.

— Сир Бейлон Сванн из Стонхельма, что на Красном Дозоре, — возвестил герольд. Шлем сира Бейлона украшали широкие белые крылья, а на его щите черные лебеди сражались с белыми. — Моррос из дома Слинтов, наследник лорда Яноса Харренхоллского.

— Поглядите-ка на этого тупоголового выскочку, — фыркнул Джофф достаточно громко, чтобы его слышала половина зрителей. Моррос, всего лишь оруженосец, притом недавний, весьма неуклюже управлялся с копьем и щитом. Копье, как было известно Сансе, рыцарское оружие, Слинты же низкого происхождения. Лорд Янос командовал городской стражей, прежде чем Джоффри пожаловал ему Харренхолл и ввел в свой совет.

Хоть бы он упал и осрамился, с ожесточением подумала Санса. Хоть бы сир Бейлон его убил. Когда Джоффри объявил ее отцу смертный приговор, это Янос Слинт схватил отрубленную голову лорда Эддарда за волосы и показал ее королю и народу под плач и крики Сансы.

Моррос был в плаще в черную и золотую клетку поверх черной, инкрустированной золотом брони, на щите красовалось окровавленное копье, которое его отец избрал эмблемой своего вновь учрежденного дома. Но, посылая коня вперед, он, видимо, не знал, что делать со щитом, и копье сира Бейлона угодило прямо в эмблему. Моррос выронил свое и зашатался. При падении одна его нога застряла в стремени, и конь поволок его по полю, стукая головой о землю. Джофф презрительно заулюлюкал, Санса же ужаснулась. Значит ли это, что боги вняли ее мстительной мольбе? Но когда Морроса Флинта освободили, он был жив, хотя и весь в крови.

— Томмен, мы выбрали тебе не того противника, — сказал король брату. — Соломенный рыцарь сражается лучше, чем этот.

Следующим настал черед сира Хораса Редвина. Он превзошел своего брата, победив пожилого рыцаря, чей щит украшали серебряные грифоны на белом и голубом поле. Старик не сумел поддержать великолепия своего герба.

— Жалкое зрелище, — скривил губы Джоффри.

— Я ж говорил — комаришки, — отозвался Пес.

Королю становилось скучно, и это беспокоило Сансу. Она опустила глаза и решила молчать, несмотря ни на что. Когда Джоффри Баратеон пребывал в дурном настроении, любое неосторожное слово могло привести его в ярость.

— Лотор Брюн, вольный всадник на службе лорда Бейлиша, — выкрикнул герольд. — Сир Донтос Красный из дома Холлардов.

Вольный всадник, маленький человечек в щербатой броне без девиза, появился в западном конце, но его противника не было видно. Затем на поле рысцой выбежал гнедой жеребец в красных и багровых шелках, но без сира Донтоса. Рыцарь появился миг спустя, ругаясь почем зря. Кроме панциря и пернатого шлема, на нем ничего более не было. Он гнался за конем, сверкая тощими бледными ногами, и его мужское естество непристойно болталось. Зрители покатывались со смеху, выкрикивая оскорбления. Ухватив коня за уздечку, сир Донтос попытался сесть на него, но скакун не желал стоять смирно, а рыцарь был так пьян, что никак не мог попасть босой ногой в стремя.

Все уже просто изнемогали от смеха... все, но не король. Сансе было хорошо знакомо выражение в глазах Джоффри — такой же взгляд был у него, когда он в Великой Септе Бейелора приговорил к смерти лорда Эддарда Старка. Сир Донтос Красный наконец отказался от своих бесплодных усилий, уселся в грязь, снял свой шлем с плюмажем и крикнул:

— Сдаюсь! Принесите мне вина.

Король встал:

— Подать сюда бочку из подвалов! Сейчас мы утопим его в ней.

— Нет, так нельзя! — вырвалось у Сансы. Король повернул к ней голову:

— Что ты сказала?

Санса не могла поверить в собственную глупость. С ума она, что ли, сошла — сказать королю «нельзя» перед половиной его двора? Она и не хотела ничего говорить... но ведь сир Донтос, пьяный, глупый и никчемный, не сделал никому зла.

— Ты сказала «нельзя»? Я не ослышался?

— Прошу вас, ваше величество... я хотела только сказать, что это было бы дурным знаком... убивать человека в день ваших именин.

— Лжешь. Тебя следует утопить вместе с ним, если он так тебе дорог.

— Он мне ничуть не дорог, ваше величество, — отчаянно лепетала она. — Топите его, рубите ему голову... только умоляю, сделайте это завтра, а не сегодня, не в ваши именины. Это очень несчастливый знак... для всех, даже для королей, так во всех песнях поется:

Джоффри помрачнел. Он понимал, что она лжет, он это видел. Он заставит ее поплатиться за это.

— Девушка верно говорит, — вмешался Пес. — Что человек посеет в свои именины, то пожинает весь год. — Он говорил равнодушно, словно его вовсе не заботило, верит ему король или нет. Правда ли это? Санса не знала. Сама она сочинила это только что, чтобы избежать наказания.

Джоффри, недовольно поерзав на сиденье, щелкнул пальцами в сторону сира Донтоса.

— Убрать его. Я казню этого дурака завтра.

— Вот-вот — он дурак, — сказала Санса. — Ваше величество очень тонко это подметили. Ему больше подходит быть дураком, чем рыцарем, правда? Его следует одеть в шутовской наряд и заставить веселить вас. Он не заслуживает такой милости, как быстрая смерть.

Король пристально посмотрел на нее.

— А ты, пожалуй, не так глупа, как говорит матушка. — Он возвысил голос. — Ты слышал, что сказала миледи, Донтос? Отныне ты мой новый дурак. Будешь спать вместе с Лунатиком и одеваться в пестрое.

41

Сир Донтос, которого близкая смерть отрезвила, упал на колени.

— Благодарю вас, ваше величество. И вас, миледи. Благодарю.

Гвардейцы Ланнистеров увели его прочь, и к королевской ложе подошел мастер над ристалищем.

— Ваше величество, как мне поступить — вызвать нового соперника для Брюна или огласить следующую пару?

— Ни то, ни другое. Это комаришки, а не рыцари. Я их всех предал бы смерти, не будь это мои именины. Турнир окончен. Пусть все убираются с глаз долой.

Мастер над ристалищем поклонился, но принц Томмен был не столь послушен.

— А как же я? Я должен выехать против соломенного человека.

— В другой раз.

— Но я хочу сегодня!

— Мало ли что ты хочешь.

— А мама сказала, что можно!

— Да, сказала, — подтвердила принцесса Мирцелла.

— Мама, мама, — передразнил король. — Что вы как маленькие?

— Мы и есть маленькие, — заявила Мирцелла.

— С этим не поспоришь, — засмеялся Пес.

— Хорошо, — сказал Джоффри. — Даже мой брат не может быть хуже, чем они. Мастер, поставьте кинтану — Томмен хочет поиграть в комара.

Томмен весело завопил и побежал одеваться, мелькая толстыми ножками.

— Желаю удачи, — сказала ему вслед Санса.

В дальнем конце поля поставили кинтану, и для принца оседлали пони. Противником Томмена было кожаное, набитое соломой чучело ростом с ребенка. Оно стояло на поворотной опоре, со щитом в одной руке и тряпичной палицей в другой. Кто-то нацепил ему на голову пару оленьих рогов. Санса вспомнила, что отец Джоффри король Роберт тоже носил оленьи рога на шлеме... но их носит и королевский дядя, лорд Ренли, вставший на путь измены и объявивший себя королем.

Двое оруженосцев облачили принца в его нарядные, красные с серебром, доспехи. На шлеме у него высился пышный плюмаж из красных перьев, а на щите резвились вместе лев Ланнистеров и коронованный олень Баратеонов. Оруженосцы усадили Томмена на коня, а сир Арон Сантагар, мастер над оружием Красного Замка, вручил принцу тупой серебряный меч с клинком в форме листа, сделанный по руке восьмилетнего мальчика.

Томмен высоко вскинул меч.

— Бобровый Утес! — прокричал он тонким ребячьим голосом, пришпорил своего пони и поскакал по утоптанной земле к кинтане. Леди Танда и лорд Джайлс разразились ободряющими возгласами, и Санса присоединилась к ним. Король угрюмо молчал.

Томмен перевел пони на мелкую рысь и нанес мечом солидный удар по щиту чучела, проезжая мимо. Кинтана повернулась, и мягкая палица хлопнула принца по затылку. Томмен вылетел из седла и упал, дребезжа, словно груда пустых котелков. Меч он потерял, пони ускакал прочь, а зрители грохнули со смеху. Король Джоффри смеялся громче и дольше всех, но принцесса Мирцелла выскочила из ложи и бросилась к младшему брату.

В Сансе неожиданно взыграла дерзкая отвага.

— Вам тоже следовало бы пойти с ней, — сказала она королю. — Вдруг ваш брат ушибся.

— Ну и что? — пожал плечами Джоффри.

— Вы должны помочь ему и сказать, какой он молодец. — Санса уже не могла остановиться.

— Чучело скинуло его в грязь. Тоже мне молодец.

— А мальчуган-то не робкого десятка, — заметил Пес. — Хочет попытаться еще раз.

Томмену помогли сесть на пони. «Жаль, что старший не он, а Джоффри, — подумала Санса. — За Томмена я охотно вышла бы замуж».

Но тут у ворот замка послышался шум. Загрохотали цепи, решетку подняли, железные петли заскрипели, и ворота открылись.

— Кто приказал? — вскричал Джоффри. В городе было неспокойно, и ворота Красного Замка оставались закрытыми день и ночь.

Под решеткой, позвякивая сталью, проехал конный отряд. Клиган приблизился к королю, опустив руку на меч. У новоприбывших был изнуренный, пыльный и обтрепанный вид, но ехали они под штандартом с ланнистерским львом, золотым на красном поле. Несколько человек имели на себе красные плащи и кольчуги ланнистерских солдат, но большинство составляли вольные всадники и наемники в разномастных доспехах и острой стальной щетине... а следом ехали дикари из сказок старой Нэн, из страшных сказок, которые так любил Бран. Косматые и бородатые, они были одеты в звериные шкуры и вареную кожу. У некоторых на руках и головах виднелись окровавленные повязки, у других недоставало глаз, ушей и пальцев.

В середине на высоком рыжем коне в странном седле с высокими луками спереди и сзади ехал брат королевы, карлик Тирион Ланнистер, тот, кого прозвали Бесом. Он отпустил бороду, и его острая мордочка заросла пегим, желтым и черным волосом, жестким, как проволока. Спину его покрывал плащ из меха сумеречного кота, черный в белую полоску. Он держал поводья левой рукой — правую поддерживала белая шелковая перевязь. При всем при том он оставался таким же уродцем, каким Санса запомнила его в Винтерфелле, со своим выпирающим лбом и разномастными глазами. Она в жизни не встречала более безобразного человека.

Но Томмен пришпорил своего пони и с восторженным воплем поскакал через двор. Один из дикарей, громадный и такой заросший, что видны были одни глаза, выхватил мальчика из седла во всех его доспехах и поставил на землю перед дядей. Томмен закатился смехом, отразившимся от стен. Тирион хлопнул его по панцирю, и Санса с изумлением увидела, что эти двое одного роста. Мирцелла подбежала к брату. Карлик схватил ее в охапку и закружил.

Поставив визжащую девочку, он поцеловал ее в лоб и направился через двор к Джоффри. Два его человека последовали за ним — чернявый наемник с кошачьей походкой и тощий парень с пустым отверстием на месте одного глаза. Томмен и Мирцелла замыкали процессию.

Карлик преклонил колено перед королем.

— Ваше величество.

— Ты, — произнес Джоффри.

— Я, — подтвердил Бес, — хотя как ваш дядя и старший по возрасту я заслуживал бы более учтивого приветствия.

— Мы слышали, что ты умер, — сказал Пес.

Глаза маленького человечка — и зеленый, и черный — обдали большого холодом.

— Я говорю с королем, а не с его шавкой.

— Я рада, что ты не умер, — сказала Мирцелла.

— Полностью разделяю твое чувство, милое дитя. Миледи, — сказал Тирион Сансе, — я сожалею о ваших потерях. Поистине боги жестоки.

44

Санса не знала, что сказать. Как он может сожалеть о ее потерях? Уж не смеется ли он над ней? Боги здесь ни при чем. Джоффри — вот кто жесток.

— Прими и ты мои соболезнования, Джоффри, — сказал карлик.

— По поводу чего?

— У тебя, помнится, был отец. Такой здоровенный, свирепый, с черной бородищей — припоминаешь? Он был у нас королем до тебя.

— А, ты о нем. Да, прискорбный случай. Его убил вепрь.

— Так говорят у вас при дворе, ваше величество?

Джоффри нахмурился, и Санса почувствовала, что должна что-то сказать. Как это говорила септа Мордейн? «Броня леди — ее учтивость». Одевшись в свою броню, Санса произнесла:

— Я сожалею, что моя леди-мать взяла вас в плен, милорд.

— Об этом многие сожалеют — и пожалеют еще сильнее... однако благодарю вас за участие. Джоффри, где я могу найти твою мать?

— Она с моим советом. Твой брат Джейме продолжает проигрывать сражения. — Джоффри сердито глянул на Сансу, словно это была ее вина. — Старки захватили его в плен, мы потеряли Риверран, а теперь ее глупый братец называет себя королем.

— Кто только не называет себя королем в наши дни, — с кривой улыбкой ответил карлик.

Джоффри не совсем понял, что он хотел сказать, но вид у короля сделался подозрительным и немного растерянным.

— Это верно. Хорошо, дядя, я рад, что ты жив. Ты привез мне подарок ко дню моих именин?

— Да. Свой ум.

— Я предпочел бы голову Робба Старка. — Джофф покосился на Сансу. — Томмен, Мирцелла, идемте.

Сандор Клиган задержался еще на миг.

— На твоем месте я придержал бы язык, малыш, — сказал он, прежде чем последовать за своим господином.

Санса осталась одна с карликом и его чудищами. Не зная, что бы еще сказать, она наконец вымолвила:

— Я вижу, вы ранены.

— Один из ваших северян угостил меня булавой в битве на Зеленом Зубце. Я спасся только тем, что свалился с коня. — Он присмотрелся к Сансе, и его ухмылка стала чуть помягче. — Это из-за утраты отца вы так печальны?

45

— Мой отец был изменником, — тут же ответила Санса. — Как и мой брат и моя леди-мать. — Она быстро выучилась, как надо отвечать. — Но я верна своему возлюбленному Джоффри.

— Не сомневаюсь. Верна, как лань, окруженная волками.

— Львами, — шепнула она, не подумав, и беспокойно оглянулась — но ее никто не слышал.

Ланнистер взял ее руку и пожал:

— Я очень мелкий лев, дитя мое, и клянусь, что не стану на вас нападать. А теперь прошу меня извинить, — добавил он с поклоном. — У меня срочное дело к королеве и ее совету.

Санса посмотрела, как он уходит, раскачиваясь из стороны в сторону на каждом шагу, точно смешная кукла из балаганчика. «Он ласковее, чем Джоффри, — подумала она, — но королева тоже была со мной ласкова. Он Ланнистер, этот карлик, ее брат и дядя Джоффри, он не может быть моим другом». Санса любила принца Джоффри всем сердцем, а королеве верила и восхищалась ею. Они отплатили ей за любовь и доверие головой ее отца. Больше она не повторит своей ошибки.

ТИРИОН

В белом одеянии королевского гвардейца сир Мендон Мур походил на мертвеца в саване.

— Ее величество приказывала ни под каким видом не прерывать заседания совета.

— Позвольте мне все же побеспокоить ее, сир. — Тирион достал из рукава пергаментный свиток. — У меня письмо от моего отца, лорда Тайвина Ланнистера, десницы короля. Вот его печать.

— Ее величество не желает, чтобы ее беспокоили, — медленно, словно тупице, не способному понять с первого раза, повторил сир Мендон.

Джейме как-то сказал Тириону, что Мур самый опасный из королевских гвардейцев — исключая, конечно, его самого, — поскольку по его лицу никогда не видно, что он сделает потом. Тирион был бы рад любому намеку. Бронн и Тиметт скорее всего убьют рыцаря, если дело дойдет до мечей, — но вряд ли стоит начинать с убийства одного из защитников Джоффри. С другой стороны, нельзя позволять прогонять себя прочь — это дурно сказывается на авторитете.

— Сир Мендон, я еще не представил вам своих спутников. Это Тиметт, сын Тиметта, Красная Рука клана Обгорелых. А это Бронн. Вы, вероятно, помните сира Вардиса Игена, капитана стражи лорда Аррена?

— Да, я его знаю. — Блеклые серые глаза сира Мендона смотрели равнодушно, как неживые.

— Вернее, знали, — с улыбочкой поправил Бронн.

Сир Мендон не соизволил ответить.

— Как бы там ни было, — беззаботно продолжал Тирион, — мне в самом деле нужно повидать мою сестру и вручить ей письмо. Будьте столь любезны, откройте нам дверь.

Белый рыцарь молчал. Тирион уже собрался вторгнуться силой, но сир Мендон неожиданно отступил в сторону.

— Вы можете пройти, но без них.

«Победа хоть и маленькая, но приятная», — подумал Тирион. Он выдержал первое испытание. Проходя в дверь, Тирион Ланнистер чувствовал себя почти высоким. Пять королевских советников внезапно умолкли, прервав свою беседу.

— Ты, — сказала его сестра Серсея тоном недоверчивым и неприязненным в равной мере.

— Теперь я вижу, у кого Джоффри перенял свои манеры. — Тирион полюбовался валирийскими сфинксами, стерегущими дверь, с видом небрежной уверенности в себе. Серсея чует слабость, как собака — страх.

— Что ты здесь делаешь? — Красивые зеленые глаза сестры вперились в него без малейшего намека на привязанность.

— У меня письмо от нашего лорда-отца. — Тирион вразвалку подошел к столу и положил на него туго скатанный свиток.

Евнух Варис, взяв письмо, повертел его в напудренных пальцах.

— Как любезно со стороны лорда Тайвина. И каким красивым золотистым воском он пользуется. — Он поднес свиток к глазам. — Печать, по всей видимости, настоящая.

— Разумеется, она настоящая. — Серсея вырвала письмо у него из рук, взломала печать и развернула пергамент.

Тирион смотрел, как она читает. Серсея заняла королевское место — видимо, Джоффри не часто оказывает совету честь своим присутствием, как, впрочем, и Роберт. Поэтому Тирион взобрался на стул десницы, что было вполне уместно.

— Бессмыслица какая-то, — сказала наконец королева. — Мой лорд-отец шлет моего брата, чтобы тот занял его место в совете. Он просит нас считать Тириона десницей короля вплоть до того времени, когда прибудет к нам сам.

Великий мейстер Пицель погладил свою пушистую белую бороду и важно кивнул.

— Полагаю, нам следует уважить волю лорда Тайвина.

— Согласен. — Брыластый, лысеющий Янос Слинт смахивал на лягушку, которая пыжится, силясь казаться больше, чем есть. — Мы отчаянно нуждаемся в вас, милорд. Мятежи по всему государству, зловещий знак на небе, волнения на городских улицах...

— А кто в этом виноват, лорд Янос? — резко спросила Серсея. — За порядок отвечают ваши золотые плащи. Что до тебя, Тирион, то ты лучше послужил бы нам на поле битвы.

— Нет уж, спасибо, — засмеялся он. — Довольно с меня полей битвы. На стуле я сижу лучше, чем на лошади, и предпочитаю кубок вина боевому топору. А как же барабанный гром, спросите вы, и солнце, блистающее на броне, и великолепные скакуны, которые ржут и рвутся в бой? Но от барабанов у меня болит голова, в доспехах, блистающих на солнце, я поджариваюсь, точно гусь в праздник урожая, а великолепные скакуны засирают все как есть. Впрочем, я не жалуюсь. После гостеприимства, оказанного мне в Долине Аррен, барабаны, конское дерьмо и мухи кажутся просто блаженством.

— Хорошо сказано, Ланнистер, — со смехом сказал Мизинец. — Вот человек, который мне по сердцу.

Тирион улыбнулся ему, вспомнив некий кинжал с рукояткой из драконьей кости и клинком из валирийской стали. «Надо будет поговорить с тобой об этом — и поскорее», — подумал он. Как-то этот предмет беседы покажется лорду Петиру?

— Прошу вас, — сказал он членам совета, — позвольте мне быть вам полезным по мере моих *малых сил*.

Серсея перечитала письмо сызнова.

— Сколько человек ты привел с собой?

— Несколько сотен. В основном это мои люди. Со своими отец не пожелал расстаться. Он как-никак ведет войну.

— Что проку нам будет от твоих нескольких сотен, если Ренли двинется на город или Станнис отплывет с Драконьего Камня? Я прошу войско, а отец шлет мне карлика. Десницу назначает король с согласия своего совета — и Джоффри назначил нашего лорда-отца.

48

— А наш лорд-отец назначил меня.

— Он не может этого сделать без согласия Джоффа.

— Если ты считаешь необходимым обсудить это с лордом Тайвином, он стоит в Харренхолле со своим войском, — сообщил Тирион. — Милорды, не позволите ли вы мне поговорить с сестрой с глазу на глаз?

Варис встал первым, улыбаясь умильно, как всегда.

— Как вы, должно быть, соскучились по прелестному голосу вашей дражайшей сестрицы. Милорды, прошу вас, оставим их одних на несколько мгновений. Заботы, одолевающие наше несчастное государство, могут немного подождать.

Янос Слинт и великий мейстер Пицель тоже поднялись — один нерешительно, другой величественно. Мизинец был последним.

— Я прикажу стюарду приготовить вам комнаты в крепости Мейегора, — предложил он.

— Благодарю, лорд Петир, но я займу бывшие покои лорда Старка в башне Десницы.

— Стало быть, вы храбрее меня, Ланнистер, — засмеялся Мизинец. — Всем известно, какая судьба постигла двух последних десниц.

— Двух? Если уж вам хочется напугать меня, почему бы не сказать «четырех»?

— Четырех? — поднял бровь Мизинец. — Неужели и другие десницы до лорда Аррена нашли в этой башне свой печальный конец? Боюсь, я был слишком молод, чтобы уделять этому внимание.

— Последний десница Эйериса Таргариена был убит при взятии Королевской Гавани, хотя я не думаю, что он успел обосноваться в башне. Он пробыл десницей всего две недели. А его предшественника сожгли заживо. Перед этими были еще двое — они умерли без гроша в изгнании, но почитали себя счастливцами. Думается, из всех десниц только моему лорду-отцу удалось покинуть Королевскую Гавань, не лишившись имени, имущества и какой-либо части тела.

— Захватывающе, — сказал Мизинец. — Тем больше причин, по которым я предпочел бы ночевать в темнице.

«Быть может, твое желание еще сбудется», — подумал Тирион, но вслух сказал:

— Отвага сродни безумию — так я по крайней мере слышал. Какое бы проклятие ни тяготело над башней Десницы, я, хотелось бы думать, настолько мал, что оно меня не заметит.

Янос Слинт засмеялся, Мизинец улыбнулся, а великий мейстер Пицель с церемонным поклоном вышел из комнаты вслед за ними.

— Надеюсь, отец прислал тебя не затем, чтобы ты докучал нам уроками истории, — сказала Серсея, когда они удалились.

— Как я соскучился по твоему прелестному голосу, — вздохнул Тирион.

— Чего бы мне хотелось, так это вырвать нашему евнуху язык горячими щипцами. В своем ли уме наш отец? Или письмо подделал ты? — Серсея перечитала послание еще раз, с возрастающим раздражением. — С чего ему вздумалось навязать мне тебя? Я хотела, чтобы он сам приехал. — Она смяла пергамент в руках. — Я — регент Джоффри, и я послала ему королевский приказ!

— А он взял и не послушался. У него большая армия — он может себе это позволить. Впрочем, не он первый, верно?

Серсея сжала губы, и краска бросилась ей в лицо.

— Если я объявлю, что это письмо — подделка, и велю бросить тебя в темницу, меня послушаются, ручаюсь тебе.

Тирион понимал, что ступает по талому льду. Один неверный шаг — и он провалится.

— Не сомневаюсь, — дружелюбно сказал он. — И наш отец, у которого большая армия, тоже не оставит это без внимания. Но зачем тебе нужно бросать меня в темницу, милая сестра, — меня, который проделал столь долгий путь, чтобы помочь тебе?

— Твоя помощь мне не требуется. Я вызвала отца, а не тебя.

— Да, — согласился он, — но по-настоящему тебе нужен только Джейме.

Сестра считает себя тонкой бестией, но они как-никак росли вместе. Он читал по ее лицу, как по одной из своих любимых книг — сейчас он видел на нем ярость, страх и отчаяние.

— Джейме...

— ...мой брат не меньше, чем твой, — прервал ее Тирион. — Предоставь мне свою поддержку, и я обещаю тебе: мы освободим Джейме и вернем его к нам целым и невредимым.

— Каким образом? Мальчишка Старк и его мать вряд ли забудут, что мы обезглавили лорда Эддарда.

— Это верно — но его дочки все еще у тебя, не так ли? Я видел старшую во дворе с Джоффри.

— Да, это Санса. Я дала понять, что младшая тоже у меня, но это неправда. Я послала за ней Меррина Транта, когда Роберт умер, но вмешался ее проклятый учитель танцев, и девчонка сбежала. С тех пор ее никто не видел. Скорее всего ее нет в живых. В тот день многие расстались с жизнью.

Тирион надеялся, что обе дочери Старка здесь, но делать нечего — придется обойтись одной.

— Расскажи мне о наших друзьях-советниках.

Она оглянулась на дверь:

— А что?

— Отец, похоже, их сильно недолюбливает. Когда я уезжал, он представлял себе, как выглядели бы их головы на стене рядом с головой лорда Старка. — Тирион подался через стол к сестре. — Ты уверена в их преданности? Ты им доверяешь?

— Я никому не доверяю, — отрезала Серсея, — но они мне нужны. Так отец думает, что они ведут нечистую игру?

— Скорее подозревает.

— Почему? Ему что-то известно?

Тирион пожал плечами:

— Ему известно, что недолгое правление твоего сына составило долгую вереницу безумств и несчастий. Из этого следует, что кто-то дает Джоффри скверные советы.

Серсея посмотрела на брата испытующе:

— У Джоффа не было недостатка и в хороших советах. Он всегда отличался сильной волей. Теперь, когда он стал королем, он думает, что должен поступать как хочет, а не как ему велят.

— Короны творят странные вещи с головами, на которые надеты, — согласился Тирион. — То, что случилось с Эддардом Старком, — работа Джоффри?

Королева скорчила гримасу:

— Ему было велено простить Старка, позволить ему надеть черное. Эддард навсегда убрался бы с нашей дороги, и мы могли бы заключить мир с его сыном, но Джофф решил устроить народу зрелище позанимательнее. Что мне было делать? Он потребовал головы лорда Эддарда перед доброй половиной города. А Янос Слинт и сир Илин в тот же миг эту голову отчекрыжили, не успела я и слова сказать! — Серсея сжала руку в кулак. — Верховный септон жалуется на то, что мы осквернили септу Бейелора кровью, дав ему ложные сведения относительно наших намерений.

— Его можно понять. Значит, наш *лорд* Слинт принимал в этом прямое участие? Скажи, а кто придумал пожаловать ему Харренхолл и дать место в совете?

— Все это устроил Мизинец. Мы нуждались в золотых плащах Слинта. Эддард Старк стакнулся с Ренли и написал Станнису, предлагая ему трон. Мы могли бы лишиться всего и чуть было не лишились. Если бы Санса не пришла ко мне и не рассказала о планах своего отца...

— Да ну? — поразился Тирион. — Его родная дочь? — Санса всегда казалась ему такой славной девочкой, милой и вежливой.

— Девчонка влюбилась по уши и готова была на все ради Джоффри — пока он не оказал ей королевскую милость, срубив голову ее отцу. Тут ее любовь быстро прошла.

— Его величество, как никто, умеет завоевывать сердца своих подданных, — криво улыбнулся Тирион. — А уволить сира Барристана Селми из Королевской Гвардии тоже придумал Джоффри?

— Джоффри хотел возложить на кого-то вину за смерть Роберта, — вздохнула Серсея, — и Варис предложил сира Барристана. Почему бы и нет? Это дало Джейме пост лорда-командующего и место в совете и позволило Джоффу бросить кость своему псу. Джофф очень привязан к Сандору Клигану. Мы собирались предложить Селми земли и замок — это больше, чем старый дуралей заслуживал.

— Я слышал, что этот ничтожный старый дуралей убил двух стражников Слинта, когда они попытались схватить его у Грязных ворот.

Серсея заметно приуныла:

— Яносу следовало бы послать побольше людей. Он не столь надежен, как нам бы желалось.

— Сир Барристан командовал Королевской Гвардией Роберта Баратеона, — указал ей Тирион. — Они с Джейме — единственные, кто остался в живых из семерых гвардейцев Эйериса Таргариена. В народе о нем говорят так же, как о Сервине Зеркальном Щите и о принце Эйемоне, Драконьем Рыцаре. Что, по-твоему, станут говорить люди, увидев его рядом с Роббом Старком или Станнисом Баратеоном?

Серсея отвела взор:

— Я об этом не подумала.

— Зато отец подумал. Поэтому он и прислал меня — чтобы положить конец этому безумию и взять в руки твоего сына.

— Если Джофф меня не слушается, он не послушается и тебя.

— Может, и послушается.

— С какой стати?

— Он знает, что ты его не тронешь.

Серсея сузила глаза:

— Если ты думаешь, что я позволю тебе тронуть моего сына, то у тебя бред.

Тирион вздохнул. Она упустила суть, как это часто с ней бывало.

— Я, как и ты, ничего ему не сделаю, — заверил он. — Но мальчик должен *бояться* — только тогда он будет слушаться. — Он взял сестру за руку. — Я твой брат, и я тебе нужен, согласна ты признать это или нет. И твоему сыну я тоже нужен, если он хочет усидеть на своем дурацком железном стуле.

Серсея оторопела, когда он к ней прикоснулся.

— Ты всегда был хитер.

— На свой малый лад, — усмехнулся он.

— Может быть, попытаться стоит... но не надо заблуждаться, Тирион. Если я и приму тебя, ты будешь десницей короля по названию и моей десницей по сути. Ты будешь делиться со мной всеми своими планами и намерениями и не сделаешь ничего без моего согласия. Ты понял меня?

— Еще бы.

— И ты согласен?

— Разумеется, — солгал он. — Я весь твой, сестра. — (Пока это мне необходимо.) — У нас теперь одна цель, и мы не должны иметь секретов друг от друга. Ты говоришь, что лорда Эддарда приказал убить Джоффри, сира Барристана уволил Варис, а лорда Слинта нам навязал Мизинец. Но кто убил Джона Аррена?

Серсея вырвала у него руку:

— Откуда мне знать?

— Безутешная вдова в Орлином Гнезде, похоже, думает, что это был я. Я хотел бы знать, почему эта мысль пришла ей в голову.

— Понятия не имею. Этот дурень Эддард Старк обвинил в том же самом меня. Судя по его намекам, он подозревал... думал...

— Что ты спишь с нашим милым Джейме?

Она ударила его по щеке.

— Думаешь, я столь же слеп, как отец? — Тирион потер ушибленное место. — Мне нет дела, с кем ты спишь... хотя это не совсем справедливо, что ты даешь одному брату и не даешь другому.

Она снова отвесила ему пощечину.

— Потише, Серсея, я ведь шучу. По правде сказать, я предпочел бы смазливую шлюшку. Никогда не мог понять, что находит в тебе Джейме, кроме своего отражения.

Новая оплеуха. Щеки у Тириона горели, но он улыбался.

— Если будешь продолжать в том же духе, я могу и рассердиться.

Она удержала руку:

— А мне-то что?

— У меня появились новые друзья, которые тебе не понравятся. Как ты убила Роберта?

— Он сам себя убил. Мы только помогли. Когда Роберт погнался за вепрем, Лансель подал ему крепкого вина. Его любимое красное, но в три раза крепче того, к которому он привык. Мой дурак любил это пойло. Ему бы остановиться вовремя — но нет, он выхлестал один мех и послал Лансея за другим. Вепрь довершил остальное. Жаль, что тебя не было на поминках, Тирион. Ты никогда еще не пробовал столь чудесного кабана. Его зажарили с грибами и яблоками, и у него был вкус триумфа.

— Поистине, сестра, ты родилась, чтобы стать вдовой. — Тириону скорее нравился Роберт, этот здоровенный хвастливый болван... отчасти, безусловно, и потому, что Серсея его терпеть не могла. — А теперь, если ты уже перестала лупить меня по щекам, я удаляюсь. — Он обхватил ножки стула своими ногами и неуклюже сполз на пол.

— Я не разрешала тебе удалиться, — нахмурилась Серсея. — Я хочу знать, как ты намерен освободить Джейме.

— Я скажу тебе, когда сам буду знать. Замысел, как всякий плод, должен созреть. Сейчас я собираюсь проехаться по городу и посмотреть, как обстоят в нем дела. — Тирион положил руку на голову сфинкса у двери. — Прежде чем уйти, хочу попросить тебя: позаботься о том, чтобы Санса Старк была цела и невредима. Обидно будет потерять обеих дочерей.

Выйдя из зала совета, Тирион кивнул сиру Мендону и зашагал прочь по длинному сводчатому коридору. Бронн поравнялся с ним, но Тиметт, сын Тиметта, исчез бесследно.

— А где наша Красная Рука? — осведомился Тирион.

— Пошел осматривать замок. Такие, как он, не созданы для долгого ожидания за дверью.

— Надеюсь, он не убьет никого из важных персон. — Воины, которых Тирион привел с собой из Лунных гор, были преданы ему на свой дикарский лад, но отличались гордым нравом и вспыльчивостью и на всякое оскорбление, действительное или воображаемое, отвечали сталью. — Постарайся найти его, а заодно позаботься, чтобы разместили и накормили всех остальных. Я хочу, чтобы их поселили в казарме под башней Десницы, только пусть стюард не помещает Каменных Ворон рядом с Лунными Братьями, а Обгорелых и вовсе надо отделить от других.

— А ты что будешь делать?

— Поеду обратно в «Сломанную наковальню».

— Без охраны? — ухмыльнулся Бронн. — Говорят, на улицах опасно.

— Я вызову капитана сестриной стражи и напомню ему, что я Ланнистер не меньше, чем она. Пусть не забывает, что он присягал Бобровому Утесу, а не Серсее или Джоффри.

Час спустя Тирион выехал из Красного Замка в сопровождении дюжины ланнистерских гвардейцев в красных плащах и с гребнями на шлемах. Проезжая под воротами, он увидел головы, выставленные на стене. Почерневшие от разложения и смолы, они давно уже стали неузнаваемыми.

— Капитан Виларр, — сказал Тирион, — я хочу, чтобы к завтрашнему дню их сняли. Отдайте их Молчаливым Сестрам для погребения. — «Трудненько будет понять, какая которому телу принадлежит, — подумал он, — но делать нечего. Даже в разгар войны нужно соблюдать какие-то приличия».

Виларр заколебался:

— Его величество приказал, чтобы головы изменников оставались на стене, пока он не займет три оставшиеся свободными пики.

— Дайте-ка угадаю. Одна для Робба Старка, две других для лордов Станниса и Ренли, не так ли?

— Точно так, милорд.

— Моему племяннику нынче исполнилось тринадцать, Виларр, — не забывайте об этом. Завтра этих голов здесь не будет, иначе одна из пустых пик может получить несколько иное украшение. Вы меня поняли, капитан?

— Я сам присмотрю за тем, чтобы их убрали, милорд.

— Вот и хорошо. — Тирион тронул коня каблуками и пустился рысью, предоставляя красным плащам поспевать за собой.

Он сказал Серсее, что намерен посмотреть, как дела в городе, и это была не совсем ложь. Тириону Ланнистеру не слишком нравилось то, что он видел. Улицы Королевской Гавани всегда были людными и крикливыми, но теперь здесь чувствовалась угроза — Тирион не помнил такого по своим прошлым посещениям. На улице Ткачей валялся в канаве голый труп, и стая бездомных собак терзала его, однако никто не вмешивался. Многочисленные стражники расхаживали повсюду парами в своих золотых плащах, черных кольчужных рубахах и с железными дубинками под рукой. На рынках оборванные люди распродавали свои пожитки за любую цену, которую им давали... и наблюдался явный недостаток крестьян, продающих съестное. То немногое, что имелось в наличии, стоило втрое дороже, чем год назад. Один торговец предлагал крыс, зажаренных на вертеле, выкрикивая: «Свежие крысы! Свежие крысы!» Свежие крысы, конечно, предпочтительнее тухлых, с этим не поспоришь. Пугало то, что эти крысы выглядели аппетитнее, чем большая часть продаваемого в мясных рядах. На Мучной улице чуть ли не у каждой лавки стояла охрана. «В тяжелые времена наемники стоят дешевле, чем хлеб», — подумал Тирион.

— С привозом дело плохо? — спросил он Виларра.

— Неважно, — признался тот. — В приречье идет война, а лорд Ренли поднимает мятежников в Хайгардене, поэтому дороги на юг и на запад перекрыты.

— Что предпринимает по этому поводу моя дражайшая сестра?

— Она стремится укрепить город. Лорд Слинт утроил численность городской стражи, а королева поставила тысячу мастеровых на оборонные работы. Каменщики укрепляют стены, плотники сотнями строят скорпионы и катапульты, лучных дел мастера готовят стрелы, кузнецы куют клинки, а Гильдия Алхимиков пообещала выставить десять тысяч горшков дикого огня.

Тирион беспокойно поерзал в седле. Его порадовало, что Серсея не сидит сложа руки, но дикий огонь — предательская штука, а десять тысяч горшков способны всю Королевскую Гавань превратить в головешки.

— Где же сестра взяла деньги, чтобы заплатить за все это? — Ни для кого не было тайной, что король Роберт обременил казну долгами, алхимики же бескорыстием никогда не славились.

— Лорд Мизинец всегда изыщет способ, милорд. Он учредил налог для тех, кто хочет войти в город.

— Да, это верный доход. — «Умно, — подумал Тирион. — Умно и жестоко». Десятки тысяч людей бегут от войны в мнимую безопасность Королевской Гавани. Он видел их на Королевском Тракте — детей, матерей и озабоченных отцов, провожавших его лошадей и повозки жадными глазами. Добравшись до города, они, безусловно, отдадут все, что у них есть, только бы пройти за эти высокие надежные стены... хотя они крепко бы призадумались, если бы знали о диком огне.

Гостиница под вывеской, изображающей сломанную наковальню, стояла неподалеку от городских стен, близ Божьих ворот, через которые Тирион утром въехал в город. Мальчишка-конюх подбежал, чтобы помочь Тириону сойти с коня.

— Отправляйтесь со своими людьми обратно в замок, — сказал карлик Виларру. — Я буду ночевать здесь.

— Не опасно ли это, милорд? — усомнился Виларр.

— Что вам сказать, капитан? Когда я покидал эту гостиницу утром, в ней было полно Черноухих. С Чиллой, дочерью Чейка, никто не может считать себя в безопасности. — И Тирион ушел в дом, оставив озадаченного капитана снаружи.

В общей комнате его встретили бурным весельем. Он узнал гортанный хохоток Чиллы и мелодичный смех Шаи. Девушка пила вино за круглым столиком у очага вместе с тремя Черноухими, которых Тирион оставил ее охранять, и каким-то толстяком, сидящим к нему спиной. «Должно быть, хозяин гостиницы», — подумал Тирион, но тут Шая обратилась к нему по имени, и незнакомец встал.

— Дражайший милорд, как я рад вас видеть, — воскликнул евнух со сладкой улыбкой на покрытом пудрой лице.

— Лорд Варис? — опешил Тирион. — Не ожидал встретить вас здесь. — Иные его побери: как он ухитрился разыскать их так быстро?

— Извините за вторжение. Мне не терпелось познакомиться с вашей молодой леди.

— Молодая леди, — смакуя, повторила Шая. — Вы наполовину правы, милорд, — я и верно молода.

«Восемнадцать лет, — подумал Тирион. — Ей восемнадцать, и она шлюха, но сообразительная, ловкая в постели, как кошечка, с большими темными глазами, густой гривой черных волос, сладким, мягким, жадным ротиком... и моя! Будь ты проклят, евнух».

— Боюсь, что это я вторгся к вам, лорд Варис, — с деланной учтивостью сказал он. — Когда я вошел, вы все от души веселились.

— Милорд Варис хвалил Чиллины уши и говорил, что ей, наверное, многих пришлось убить, чтобы составить такое прекрасное ожерелье, — пояснила Шая. Тириона покоробило, что она называет Вариса милордом: так она и его звала в шутку во время их любовных игр. — А Чилла сказала ему, что только трусы убивают побежденных.

— Храбрые оставляют человека в живых и дают ему случай смыть свой позор, отобрав свое ухо обратно, — внесла ясность Чилла, маленькая смуглая женщина, чье жуткое ожерелье насчитывало сорок шесть человеческих ушей, высохших и сморщенных.

Тирион как-то раз сосчитал. — Только так ты можешь доказать, что не боишься врагов.

— А милорд сказал, — прыснула Шая, — что он не мог бы спать, будь он Черноухим, — ему все время бы снились одноухие враги.

— Мне такая опасность не грозит, — заметил Тирион. — Я своих врагов боюсь и потому всех их убиваю.

— Не хотите ли выпить с нами, милорд? — хихикнув, спросил Варис.

— Охотно. — Тирион сел рядом с Шаей. В отличие от нее и Чиллы он понимал, что здесь происходит. Варис явился сюда недаром. Когда он говорит: «Мне не терпелось познакомиться с вашей молодой леди», это значит: «Ты хотел спрятать ее, но я узнал, где она и кто она такая, и вот я здесь». Тириону хотелось знать, кто его предал. Хозяин, мальчишка-конюх, стражник у ворот... или кто-то из его собственных людей?

— Я люблю возвращаться в город через Божьи ворота, — сказал Варис Шае, наполняя кубки вином. — Фигуры на них так прекрасны, что каждый раз вызывают у меня слезы. Эти глаза так выразительны, правда? Кажется, будто они следят за тобой, когда ты проезжаешь под сводом.

— Я не заметила, милорд. Завтра схожу посмотрю, если хотите.

«Не беспокойся, милая, — подумал Тирион, покачивая свой кубок. — Плевать он хотел на эти фигуры. Глаза, о которых он толкует, — его собственные. Он хочет сказать, что следил за нами, и узнал, что мы здесь, в тот же миг, как мы проехали в ворота».

— Будьте осторожны, дитя мое, — говорил Варис. — Сейчас в Королевской Гавани небезопасно. Я хорошо знаю эти улицы, но сегодня испытывал почти что страх, думая, как пойду сюда одинокий и безоружный. В наши смутные времена повсюду подстерегают злодеи, да-да. Люди с холодной сталью и еще более холодными сердцами. — «Куда я пришел один и без оружия, могут прийти и другие с мечами в руках», — подразумевала его речь.

Но Шая только посмеялась:

— Если они захотят напасть на меня, Чилла живо с ними разделается, и у них станет на одно ухо меньше.

Варис расхохотался, словно в жизни ничего смешнее не слышал. Но в его глазах, когда он перевел их на Тириона, не было смеха.

58

— С вашей молодой леди очень приятно беседовать. На вашем месте я очень хорошо заботился бы о ней.

— Я так и делаю. Если кто-то попробует тронуть ее... я слишком мал, чтобы быть Черноухим, и на мужество не претендую. — (Видишь? Я говорю на твоем языке, евнух. Тронь ее только — и ты лишишься головы.)

— А теперь я вас оставлю, — сказал Варис и встал. — Я знаю, как вы должны быть утомлены. Я хотел только приветствовать вас, милорд, и сказать, как я рад вашему приезду. Наш совет очень нуждается в вас. Вы видели комету?

— Я карлик, но не слепой. — На Королевском Тракте ему казалось, что комета пылает на полнеба, затмевая луну.

— В городе ее называют Красной Вестницей. Говорят, что она идет, как герольд перед королем, оповещая о грядущих огне и крови. — Евнух потер свои напудренные руки. — Вы позволите загадать вам на прощание загадку, лорд Тирион? В одной комнате сидят три больших человека: король, священник и богач. Между ними стоит наемник, человек низкого происхождения и невеликого ума. И каждый из больших людей приказывает ему убить двух других. «Убей их, — говорит король, — ибо я твой законный правитель». «Убей их, — говорит священник, — ибо я приказываю тебе это от имени богов». «Убей их, — говорит богач, — и все это золото будет твоим». Скажите же — кто из них останется жив, а кто умрет? — И евнух с глубоким поклоном вышел из комнаты в своих мягких туфлях.

Чилла фыркнула, а Шая наморщила свое хорошенькое личико.

— Жив останется богач — правда?

Тирион задумчиво пригубил вино:

— Все может быть. Мне думается, это зависит от наемника. — Он поставил кубок. — Пойдем-ка наверх.

Ей пришлось подождать его на верхней ступеньке, потому что у нее ноги были стройные и легкие, а у него — короткие и спотыкливые. Но Шая встретила его улыбкой.

— Ты по мне скучал? — поддразнила она, беря его за руку.

— Ужасно, — признался он. Ее рост был чуть выше пяти футов, однако ему все равно приходилось смотреть на нее снизу вверх. Только с ней ему это не мешало. На нее приятно было смотреть снизу.

— Ты будешь скучать по мне все время в своем Красном Замке, — сказала она, идя с ним в свою комнату. — Когда будешь лежать в холодной постели в башне Десницы.

— Это чистая правда. — Тирион охотно взял бы ее с собой, но его лорд-отец запретил ему. «Свою шлюху ты ко двору не потащишь», — заявил лорд Тайвин. Привезти ее в город — это было все, на что осмелился Тирион. Его положение целиком зависит от лорда-отца, и девушке придется это понять. — Но ты будешь жить неподалеку. У тебя будет дом с охраной и слугами, и я буду навещать тебя так часто, как только смогу.

Шая ногой распахнула дверь. Сквозь мутные стекла узкого окошка была видна Великая Септа Бейелора, венчающая холм Висеньи, но Тириона отвлекло другое зрелище. Шая, нагнувшись, взялась за подол своего платья, стянула его через голову и швырнула в сторону. Белья она не признавала.

— Ты не будешь знать отдыха, — сказала она, стоя перед ним, розовая и прелестная, с рукой на бедре. — Будешь думать обо мне всякий раз, когда ляжешь в постель. Между ног у тебя отвердеет, а помочь будет некому, и ты ни за что не уснешь, если только... — На лице Шаи появилась вредная ухмылочка, которую Тирион так любил. — Не потому ли эта башня называется башней Десницы, а, милорд?

— Замолчи и поцелуй меня, — приказал он.

Он почувствовал вино на ее губах, и ее маленькие твердые груди, пока она развязывала его бриджи.

— Мой лев, — прошептала она, когда он прервал поцелуй, чтобы раздеться. — Мой сладкий лорд, мой гигант Ланнистер. — Тирион толкнул ее на кровать. Когда он вошел в нее и ее ногти впились Тириону в спину, она закричала так, что Бейелор Благословенный, должно быть, проснулся в своей гробнице. Никогда еще боль не приносила ему такого удовольствия.

«Дурак, — подумал он потом, когда они лежали на провисшем тюфяке среди скомканных простыней. — Неужто жизнь ничему тебя не научила, карлик? Она шлюха, будь ты проклят, и любит твои деньги, а не твои мужские достоинства. Вспомни Тишу!» Но когда его пальцы коснулись ее соска, тот отвердел, и он увидел у нее на груди след своего страстного укуса.

— Что ты будешь делать теперь, когда стал десницей короля, милорд? — спросила она, когда он взял в ладонь этот теплый славный холмик.

— То, чего Серсея не ожидает, — произнес Тирион, наклоняя голову к ее стройной шейке. — Вершить правосудие.

БРАН

Бран предпочитал твердый камень подоконника мягкой перине и одеялам. В постели стены и потолок давили на него, в постели комната была его камерой, а Винтерфелл — тюрьмой. Широкий мир за окном манил его к себе.

Он не мог ни ходить, ни лазать, ни охотиться, ни сражаться деревянным мечом, как раньше, — но смотреть он мог. Он любил смотреть, как в Винтерфелле загораются огни, когда за ромбами окон башен и зданий зажигают свечи и растапливают камины, любил слушать, как поют на звезды лютоволки.

Последнее время волки часто снились ему. «Они говорят со мной, как с братом», — думал он, когда они поднимали вой. Он почти что понимал их... не то чтобы по-настоящему, но почти... точно они пели на языке, который он знал когда-то, а потом забыл. Пусть Уолдеры боятся, а в Старках течет волчья кровь. Так сказала ему старая Нэн, добавив: «Только в одних она сильнее, чем в других».

Долгий, печальный вой Лета был полон горя и тоски, Лохматый Песик был более свирепым. Их голоса разносились эхом по дворам и залам, пока весь замок не начинал гудеть, и тогда казалось, что в Винтерфелле целая стая волков, а не двое... Двое, а раньше было шестеро. «Может, они тоже скучают по своим братьям и сестрам? — думал Бран. — Может, это они зовут Серого Ветра и Призрака, Нимерию и Леди? Хотят, чтобы они вернулись домой и стая собралась снова?»

«Кто поймет, что на уме у волка?» — сказал сир Родрик Кассель, когда Бран спросил его, почему они воют. Леди-мать Брана назначила сира Родрика кастеляном на время своего отсутствия, и его обязанности не оставляли ему времени на всякие пустяки.

«Это они на волю просятся, — заявил Фарлен, мастер над псарней, любивший волков не больше, чем его собаки. — Им не нравится сидеть взаперти, и винить их в этом нельзя. Дикий зверь должен жить на воле, а не в замке».

«Они хотят поохотиться, — предположил повар Гейдж, кидая кубики сала в большой котел с похлебкой. — У волка чутье куда лучше, чем у человека. Уж верно они чуют какую-нибудь дичину».

Мейстер Лювин был другого мнения: «Волки часто воют на луну — а наши воют на комету. Видишь, какая она яркая, Бран? Быть может, они думают, что это луна».

61

Когда Бран повторил это Оше, она громко рассмеялась. «У твоих волков мозгов побольше, чем у твоего мейстера. Они знают то, что этот серый человек давно забыл». То, как она это сказала, заставило Брана вздрогнуть, а когда он спросил у нее, что означает комета, она ответила: «Кровь и огонь, мальчик, — ничего хорошего».

Септона Шейли Бран тоже спросил про комету, когда они вместе разбирали свитки, уцелевшие после пожара в библиотеке. «Это меч, убивающий лето», — сказал септон, и когда из Староместа вскоре прилетел белый ворон с известием о начале осени, стало ясно, что он был прав.

Но старая Нэн думала иначе, а она жила на свете дольше, чем любой из них. «Драконы, — сказала она, подняв голову и принюхиваясь. Она почти совсем ослепла и не могла видеть комету, но уверяла, что чует ее. — Это драконы, мальчик». Нэн никогда не величала его принцем.

Ходор сказал только «Ходор» — больше ничего он говорить не умел.

А волки все выли и выли. Часовые на стене ругались, собаки в конурах лаяли как оголтелые, кони в стойлах брыкались, Уолдеры у огня тряслись, и даже мейстер Люин жаловался, что не может спать по ночам. Только Бран ничего не имел против. Сир Родрик приговорил волков к заточению в богороще после того, как Лохматый Песик укусил Уолдера Малого, но камни Винтерфелла проделывали со звуком странные вещи, и порой Брану казалось, что волки здесь, во дворе, у него под окном. А в другие разы он мог поклясться, что они бегают по крепостной стене, как часовые. Он жалел, что не может их видеть.

Зато комету, висящую над караульной и Часовой башней, он видел отлично. Чуть дальше стояла Первая Твердыня, круглая и приземистая, и ее горгульи чернели на фоне пурпурного зарева. Раньше Бран знал там каждый камень и внутри, и снаружи; он облазил все эти строения, взбираясь по стенам с такой же легкостью, как другие мальчики по лестнице. Их кровли были его тайными убежищами, а вороны на верхушке разрушенной башни — его закадычными друзьями.

А потом он упал.

Бран этого не помнил, но все говорили, что он упал, — значит это скорее всего правда. Он чуть не умер тогда. Теперь, когда он видел обветшавших от непогоды горгулий на Первой Твердыне, где с ним это случилось, что-то сжималось у него в животе. Больше он не мог ни лазать, ни бегать, ни ходить, ни биться на мечах, и былые его мечты о рыцарстве приобрели прокисший вкус.

Лето выл в тот день, когда упал Бран, и долго после, когда он лежал переломанный в постели, — об этом сказал Брану Робб, уходя на войну. Лето скорбел о нем, а Лохматый Песик и Серый Ветер разделяли его горе. И в ту ночь, когда ворон принес весть о смерти отца, волки тоже узнали это. Бран был с Риконом в башне мейстера, и они говорили о Детях Леса, когда Лето и Лохматый Песик заглушили речь Лювина своим воем.

Кого они оплакивают теперь? Может быть, враги убили Короля Севера, который прежде был его братом Роббом? Или его сводный брат, бастард Джон Сноу, упал со Стены? А может, умерла мать или кто-то из сестер? Или дело в чем-то другом, как думают мейстер, септон и старая Нэн?

«Будь я по-настоящему лютоволком, я понимал бы их песню», — грустно думал Бран. В своих волчьих снах он бегал по склонам гор, торосистых ледяных гор выше всякой башни, и стоял на вершине под полной луной, видя у своих ног весь мир, как в былые времена.

— Оооооо, — попробовал провыть Бран. Он приложил ладони ковшом ко рту и поднял голову к комете: — Оооооооооооооо, аооооооооо. — Звук получился глупый, тонкий и жалкий — сразу слышно, что воет мальчик, а не волк. Но Лето сразу отозвался, перекрыв своим низким басом тоненький голос Брана, и Лохматый Песик примкнул к хору. Бран снова испустил долгий звук, и они стали выть вместе, последние из стаи.

На шум явился часовой, Хэйхед с шишкой на носу. Он увидел, что Бран воет у окна, и спросил:

— Что случилось, мой принц?

Брану было странно, что его называют принцем, — хотя он и правда наследник Робба, а Робб теперь Король Севера. Он повернул голову и завыл на стражника:

— Оооооооооо. Ооо-оо-оооооооооооо.

Хэйхед сморщился:

— А ну-ка перестаньте.

— Оооооооо-оооооооо. Оооооо-ооо-оооооооооо.

Часовой ретировался и вернулся с мейстером Лювином — в сером, с тугой цепью на шее.

— Бран, эти звери и без тебя производят достаточно шума. — Он прошел через комнату и положил руку мальчику на лоб. — Час поздний, и тебе давно пора спать.

— Я разговариваю с волками. — Бран стряхнул руку мейстера.

— Может быть, Хэйхед уложит тебя в постель?

— Я сам могу лечь. — Миккен вбил в стену ряд железных брусьев, и Бран мог передвигаться по комнате на руках. Это было дело долгое, трудное, и потом у него болели плечи, но Бран терпеть не мог, когда его носили.

— Только я не хочу спать и не буду.

— Все должны спать, Бран. Даже принцы.

— Когда я сплю, я превращаюсь волка. — Бран отвернулся и снова стал смотреть в ночь. — А волкам снятся сны?

— Я думаю, всем живым существам они снятся — только не такие, как у людей.

— А мертвым? — Бран подумал об отце, чье изваяние высекал каменотес в темной крипте под Винтерфеллом.

— На этот счет говорят по-разному, а сами мертвые молчат.

— А деревьям?

— Деревьям? Нет.

— А вот и снятся, — с внезапной уверенностью сказал Бран. — Им снятся свои сны. Мне иногда снится дерево. Чардрево, как у нас в богороще. Оно зовет меня. Только волчьи сны лучше. Я чую разные запахи, а иногда чувствую вкус крови.

Мейстер Лювин оттянул цепь, натиравшую ему шею.

— Тебе бы проводить побольше времени с другими детьми...

— Ненавижу других детей. — Бран подразумевал Уолдеров. — Я же приказывал, чтобы их отправили прочь.

— Фреи — воспитанники твоей леди-матери, — посуровел мейстер, — и присланы сюда по ее особому указанию. Ты не можешь прогнать их — кроме того, это нехорошо. Куда они денутся, если мы их прогоним?

— К себе домой. Это из-за них меня разлучили с Летом.

— Маленький Фрей не хотел, чтобы на него нападали, — не больше, чем я.

— Это был Лохматый Песик. — Большой черный волк Рикона так одичал, что даже Бран иногда его боялся. — Лето никогда никого не кусал.

— Лето перервал человеку горло в этой самой комнате — забыл? Пойми: те милые волчата, которых вы с братьями нашли в снегу, выросли в опасных зверей. Фреи правильно делают, что опасаются их.

— Это Уолдеров надо было отправить в богорощу. Пусть бы играли там в своего лорда переправы, а Лето опять бы спал со мной.

Если я принц, почему вы меня не слушаетесь? Я хочу кататься на Плясунье, а Элбелли не выпускает меня за ворота.

— И правильно делает. В Волчьем Лесу опасно — ты сам должен был это понять после своей последней прогулки. Хочешь, чтобы разбойники взяли тебя в плен и продали Ланнистерам?

— Лето спас бы меня, — упорствовал Бран. — Принцам всегда разрешают плавать по морю, охотиться на вепря в лесу и поражать цель копьем.

— Бран, дитя мое, зачем ты так мучаешь себя? Когда-нибудь ты сможешь проделать все это, но пока что тебе всего восемь лет.

— Лучше бы я был волком. Тогда я жил бы в лесу, спал, когда захочу, и нашел бы Арью и Сансу. Я отыскал бы их по запаху и спас, а когда Робб пошел бы в бой, я дрался бы рядом с ним, как Серый Ветер. Я разорвал бы глотку Цареубийцы своими зубами, вот так, и война бы кончилась, и все вернулись бы в Винтерфелл. Если бы я был волком. — И Бран завыл: — Ооооооо-ооо-оооооооо.

Люви́н повысил голос:

— Настоящий принц был бы рад...

— ААААААА-ОООООООООО, — завыл Бран еще громче. — ОООООО-ОООООООООО.

— Ну, как знаешь, — сдался мейстер и ушел с горестным и в то же время недовольным видом.

Когда Бран остался один, выть ему сразу расхотелось, и через некоторое время он умолк. «Я и был им рад, — с обидой сказал он про себя. — Я вел себя как настоящий лорд Винтерфелла — разве не так?» Когда Уолдеры только прибыли из Близнецов, это Рикон хотел, чтобы они уехали. «Хочу мать, отца и Робба, — визжал четырехлетний малыш, — а не этих чужих мальчиков». Как раз Брану пришлось его успокаивать и оказывать Фреям радушный прием. Он предложил им мясо, мед и место у огня — даже мейстер Люви́н сказал потом, что он молодец.

Но это все было до игры.

Для игры необходимо было бревно, шест, водоем и большое количество шума. Главное условие составляла вода, как заявили Брану оба Уолдера. Вместо бревна можно обойтись доской или даже рядом камней, а вместо шеста взять ветку, да и кричать не обязательно, но без воды играть невозможно. Поскольку мейстер Люви́н и сир Родрик не отпускали детей в Волчий Лес на поиски ручья, пришлось ограничиться одним из мутных прудов в богороще. Уолдеры никогда еще не видели, как горячая вода выходит из земли с пузырями, но оба согласились, что так играть будет еще лучше.

Их обоих звали Уолдер Фрей. Уолдер Большой сказал, что в Близнецах целая куча Уолдеров, и все они названы в честь их деда, лорда Уолдера Фрея. «А в Винтерфелле у всех свои имена», — надменно заявил Рикон, услышав об этом.

По правилам игры бревно клали поперек водоема, и один игрок становился посередине с шестом. Это и был лорд переправы, и когда другие приближались к нему, он говорил: «Я лорд переправы, кто идет?» Тогда другой игрок должен был сказать, кто они такие и зачем им нужно переправиться на ту сторону. Лорд мог заставить его поклясться и ответить на его вопросы. Правду говорить было не обязательно, но клятву надо было соблюдать, пока не скажешь «чур-чура», и весь фокус заключался в том, чтобы сказать «чур-чура» так, чтобы лорд переправы не заметил. Тогда можно было попробовать сшибить лорда в воду и стать лордом самому, но только если ты сказал «чур-чура» — иначе ты вылетал из игры. Лорд же мог скинуть в воду кого и когда угодно, и палка была только у него.

На деле игра сводилась к пиханию, тычкам и падениям, а также спорам о том, сказал кто-то «чур-чура» или нет. Уолдер Малый был лордом переправы чаще других.

Он назывался Уолдером Малым, хотя был высок и толст, с красным лицом и большим круглым пузом. Уолдер Большой был, наоборот, тощим, остролицым и на полфута ниже Малого. «Он на пятьдесят два дня старше меня, — объяснял Уолдер Малый, — потому и считается, что он больше, зато я расту быстрее».

— Мы двоюродные братья, а не родные, — добавлял маленький Уолдер Большой. — Моего отца зовут Джеммос — он сын лорда Уолдера от четвертой жены. А мой кузен — Уолдер, сын Меррета. Его бабушка была Кракехолл, третья жена лорда Уолдера, и как наследник он стоит впереди меня, хотя я и старше.

— Всего на пятьдесят два дня, — возражал Уолдер Малый. — И Близнецы все равно никому из нас не достанутся, глупая голова.

— Нет, достанутся — мне. Впрочем, мы не единственные Уолдеры. У сира Стеврона есть внук, Уолдер Черный, четвертый по очереди наследник, есть Уолдер Рыжий, сын сира Эммона, и Уолдер-Бастард — он вообще не наследник и зовется Риверс, а не Фрей. И еще девочки, которых зовут Уолдами.

— И Тир. Ты всегда забываешь про Тира.

— Он Уолт*ир*, а не Уолдер. И он идет после нас, поэтому его можно не считать. Ну его, он мне никогда не нравился.

Сир Родрик поселил их в бывшей спальне Джона Сноу, потому что Джон теперь Ночной Дозорный и никогда не вернется домой. Брану это пришлось очень не по душе — как будто Фреи пытались занять место Джона.

Он с грустью смотрел, как Уолдеры играют с кухонной девчонкой Репкой и дочками Джозета, Бенди и Широй. Уолдеры объявили, что Бран будет судьей, который решает, кто сказал «чур-чура», а кто нет, но когда игра началась, они тут же забыли о нем.

Крики и плеск скоро привлекли других игроков: Паллу с псарни, Келона, сынишку Кейна, Тома младшего, чей отец, Толстый Том, погиб вместе с отцом Брана в Королевской Гавани. Все они очень быстро промокли и перепачкались. Палла, черная с головы до пят, со мхом в волосах, задыхалась от смеха. Бран не слышал, чтобы столько смеялись, с той самой ночи, когда прилетел кровавый ворон. «Будь у меня ноги, я их всех посшибал бы в воду, — с горечью подумал он. — Никто не смог бы стать лордом переправы, кроме меня».

Под конец из богорощи прибежал Рикон вместе с Лохматым Песиком. Он посмотрел, как Репка с Уолдером Малым дерутся из-за палки. Репка потеряла равновесие и со страшным плеском плюхнулась в воду, а Рикон закричал: «Я! Теперь я! Я тоже хочу играть!» Уолдер Малый поманил его к себе, и Лохматый Песик хотел тоже прыгнуть на бревно. «Нет, Лохматик, — сказал ему Рикон, — волков в игру не берут. Оставайся с Браном». И волк остался.

Он сидел смирно, пока Уолдер Малый не перетянул Рикона палкой поперек живота. Не успел Бран и глазом моргнуть, волк махнул на бревно, вода окрасилась кровью, и Уолдеры завопили что есть мочи. Рикон смеялся, сидя в грязи, и Ходор примчался к пруду с криком: «Ходор! Ходор! Ходор!»

После этого случая Рикон, как ни странно, проникся приязнью к Уолдерам. Больше они не играли в лорда переправы, зато играли в дев и чудовищ, в кошки-мышки, в приди-ко-мне-в-замок и всякое другое. Когда Рикон был на их стороне, Уолдеры вторгались на кухню за пирожками и пряниками, носились по крепостным стенам, бросали кости щенкам в конурах и упражнялись с деревянными мечами под бдительным надзором сира Родрика. Рикон показал им даже глубокие склепы под замком, где каменотес трудился над памятником отцу. «Не имеешь права! — наорал Бран на младшего, узнав об этом. — Это наше место, место Старков!» Но Рикон и ухом не повел.

...Дверь в спальню открылась. Вошел мейстер Люмин с зеленым кувшинчиком, в сопровождении Оши и Хэйхеда.

— Я приготовил тебе сонный настой, Бран.

Оша подхватила его в охапку — она была очень высока для женщины, жилистая и сильная — и без труда отнесла на кровать.

— Теперь ты будешь спать без сновидений, — сказал мейстер, раскупоривая кувшин. — Крепко и сладко.

— Правда? — Брану очень хотелось в это поверить.

— Да. Пей.

Бран выпил. Снадобье было густое и отдавало мелом, но в него добавили мед, и оно легко пошло внутрь.

— Завтра тебе станет лучше. — Люмин улыбнулся Брану, потрепал его по голове и вышел, но Оша задержалась и спросила:

— Снова волчьи сны?

Бран кивнул.

— Ты бы не боролся так, мальчик. Я видела, как ты говорил с сердце-деревом. Быть может, боги пытаются ответить тебе.

— Боги? — уже сонно пробормотал он. Лицо Оши расплылось и стало серым. Сладко и крепко, подумал он.

Но когда тьма сомкнулась над ним, он очутился в богороще. Он тихо пробирался между серо-зелеными страж-деревьями и скрюченными дубами, старыми, как само время. «А ведь я хожу», — ликующе подумал он. Частью души он сознавал, что это только сон, но даже сон о том, что он ходит, был лучше, чем действительность его комнаты: стены, потолок и дверь.

Между деревьями было темно, но комета освещала ему путь, и ноги ступали уверенно. Он шел на четырех ногах, здоровых, быстрых и сильных, чувствовал под собой землю, тихое потрескивание палых листьев, толстые корни и твердые камни, глубокие слои лесной подстилки. Это было славное чувство.

Запахи наполняли его голову, живые и пьянящие: пахучий зеленый ил горячих прудов, густой перегной под лапами, белки на дубах. Запах белок напоминал ему вкус горячей крови и косточки, хрустящие на зубах. Его рот наполнился слюной. Он ел всего полдня назад, но в мертвом мясе нет радости, даже если это оленина. Он слышал, как стрекочут и шуршат белки над ним, в безопасности среди своих листьев: они не так глупы, чтобы спускаться вниз, где он бегает с братом.

Брата он тоже чуял. Знакомый запах, сильный и земляной, черный, как братнина шерсть. Брат носился вдоль стен, полный ярости. Круг за кругом, день и ночь, неутомимо ищущий... добычу, выход, мать, других братьев и сестер, свою стаю... ищущий и никогда не находящий.

Стены высились за деревьями, мертвые человечьи скалы, со всех сторон замыкающие этот кусочек живого леса. Пятнистые, серые, поросшие мхом, но толстые, крепкие и высокие — через такие ни один волк не перепрыгнет. Холодное железо и расщепленное дерево загораживали все отверстия, оставленные в этих грудах камней. Брат останавливался у каждой дыры и яростно щерил клыки, но путь оставался закрытым.

Он сам кружил так же в первую ночь, но понял, что пользы от этого никакой. Рычи не рычи, путь все равно не откроется. Сколько ни бегай вдоль стен, они не отступят. Сколько ни задирай ноги, чтобы пометить деревья, человека не отпугнешь. Мир вокруг них сузился, но за огороженным стенами лесом по-прежнему стоят большие серые скалы с человечьими пещерами. *Винтерфелл*, вспомнил он внезапно. А за высокими, до неба, человечьими утесами зовет настоящий мир — и он должен ответить на зов или умереть.

АРЬЯ

Они ехали с рассвета до сумерек, мимо лесов, плодовых садов и опрятных полей, через деревеньки, шумные рыночные города и крепкие остроги. Когда темнело, они разбивали лагерь и ели при свете Красного Меча. Мужчины поочередно несли стражу. За деревьями Арья замечала костры других путников. С каждой ночью их становилось все больше, и с каждым днем Королевский Тракт делался все более людным.

Они шли и утром, и днем, и ночью, старики и малые дети, мужчины высокого и низкого роста, босоногие девушки и женщины с младенцами на руках. Некоторые ехали в фермерских повозках или тряслись в телегах, запряженных волами. Еще больше народу ехало верхом — на тягловых лошадях, пони, мулах, ослах, на всем, что могло передвигать ноги. Одна женщина вела за собой дойную корову с маленькой девочкой на спине. Кузнец толкал тележку со своим инструментом — молотками, щипцами и даже наковальней,

69

а чуть позже Арья увидела другого мужчину с тележкой, где лежали двое детишек, завернутых в одеяло. Больше всего людей двигалось пешком — с пожитками на плечах, усталые, настороженные. Они шли на юг, к Королевской Гавани, и едва ли один из ста перекидывался словом с Йореном и его подопечными, едущими на север. Арья не понимала, почему в ту сторону никто больше не направляется.

Многие путники были вооружены. Арья видела кинжалы, серпы, топоры, а кое-где и мечи. Некоторые делали себе из толстых веток дубинки или узловатые посохи. Люди сжимали свое оружие в руках и не сводили глаз с катящихся мимо повозок Йорена, однако пропускали их. Тридцать человек — это внушительная сила, что бы они ни везли в своих повозках.

«Смотри своими глазами, — говорил Сирио. — Слушай своими ушами».

Однажды какая-то сумасшедшая закричала им с обочины дороги:

— Дураки! Вас убьют там, дураки! — Она была тощая, как огородное пугало, с впалыми глазами и сбитыми в кровь ногами.

В следующий раз к Йорену подъехал купец на серой кобыле и предложил купить у него повозки со всем, что в них есть, за четверть цены.

— Идет война, у тебя все равно все отнимут — лучше продай мне, дружище.

Йорен повернулся к нему своей сутулой спиной и плюнул.

В тот же день Арья увидела первую могилу у дороги — маленькую, вырытую для ребенка. На сыром холмике лежал кристалл, и Ломми хотел взять его, но Бык сказал ему, что мертвых лучше не тревожить. Через несколько лиг Прейд заметил целый ряд свежих могил. С тех пор дня не проходило без подобных находок.

Однажды Арья проснулась затемно, испугавшись сама не зная чего. Вверху Красный Меч делил небо с тысячью звезд. Ночь показалась Арье необычайно тихой, хотя она слышала негромкий храп Йорена, потрескивание костра и шорохи, производимые осликами. Но чувство было такое, словно мир затаил дыхание, и это наводило на Арью дрожь. Она уснула опять, прижимая к себе Иглу.

Утром Прейд не проснулся. Тогда она поняла, чего ей недоставало: его кашля. Они выкопали ему могилу, схоронив наемника на том месте, где он спал. Перед этим Йорен снял с него все ценное. Одному достались сапоги Прейда, другому его кинжал. Кольчугу и шлем Йорен тоже отдал, а меч протянул Быку.

— С такими ручищами, как у тебя, невредно будет научиться владеть им.

Мальчуган по имени Тарбер бросил на тело Прейда пригоршню желудей, чтобы над могилой вырос дуб.

В тот вечер они остановились на ночлег в деревне около увитой плющом гостиницы. Йорен сосчитал монеты в своем кошельке и решил, что они могут позволить себе горячий ужин.

— Спать будем снаружи, как всегда, зато у них тут есть баня, если кому охота помыться горячей водой с мылом.

Арья на это не решилась, хотя пахло от нее теперь не лучше, чем от Йорена. Живность, обитающая в ее одежде, проделала с ней весь путь от Блошиного Конца, и топить ее было как-то нечестно. Тарбер, Пирожок и Бык встали в очередь ожидающих омовения, другие расположились перед баней или собрались в общей комнате. Йорен даже послал Ломми отнести пиво трем закованным.

Все — и мытые, и немытые — поужинали горячими пирогами со свининой и печеными яблоками. Хозяин налил им по кружке пива за счет заведения.

— У меня брат надел черное, давно уже. Умный был паренек и услужливый, но однажды попался на том, что воровал перец со стола милорда. Ну, любил он перец, что поделаешь. Он всего-то щепотку стянул, но сир Малкольм был человек крутой. У вас на Стене есть перец? — Йорен покачал головой, и хозяин вздохнул: — Жаль. Уж больно Линк его любил.

Арья отхлебывала из своей кружки потихоньку, между кусками теплого пирога. Отец тоже иногда давал им пиво. Санса морщилась от его вкуса и говорила, что вино гораздо более благородный напиток, но Арье, в общем, нравилось. От мыслей о Сансе и об отце ей стало грустно.

В гостинице было полно людей, направляющихся на юг, и весть о том, что Йорен следует в другую сторону, встретили общим презрением.

— Скоро вы повернете обратно, — сказал хозяин. — На север проезда нет. Половина полей сожжена, а тот народишко, что еще остался, сидит, запершись в своих острогах. У нас одни постояльцы на рассвете уходят, а к сумеркам прибывают другие.

— Нам до этого дела нет, — упорствовал Йорен. — Талли или Ланнистеры, нам все едино. Дозор ни на чью сторону не становится.

«Лорд Талли — мой дедушка», — подумала Арья. Ей было далеко не все едино, но она прикусила губу и стала слушать дальше.

— Воюют не только Ланнистеры и Талли, — возразил хозяин. — Там еще и дикари с Лунных гор — попробуй-ка втолкуй им, что ты ни на чьей стороне. Кроме того, в дело вмешались Старки — их ведет молодой лорд, сын покойного десницы.

Арья встрепенулась и навострила уши. Уж не Робб ли это?

— Я слыхал, этот парень ездит в бой на волке, — сказал желтоволосый малый.

— Дурьи россказни, — плюнул Йорен.

— Человек, который мне это рассказал, сам видел. Клянется, что этот волк здоровый, как лошадь.

— Клятва еще не значит, что это правда, Ход, — заметил хозяин. — Ты вот клянешься, что уплатишь мне долг, а я от тебя еще гроша ломаного не видел. — Гости расхохотались, а желтоголовый побагровел.

— У волков нынче голодный год, — молвил другой, в замызганном зеленом плаще. — Вокруг Божьего Ока они так осмелели, что такого никто и не помнит. Режут кого попало — овец, коров, собак — и людей не боятся. Кто сунется в тот лес ночью, может проститься с жизнью.

— Опять-таки сказки, и правды в них не больше, чем в других.

— Я слышала то же самое от моей двоюродной сестры, а она не из тех, кто лжет, — заявила одна старуха. — Она говорит, что стая эта большая, сотни голов, и все на подбор людоеды. А вожаком у них волчица, тварь из седьмого пекла.

Волчица? Арья хлебнула пива. Где это Божье Око — не рядом ли с Трезубцем? Жаль, что карты нет. Нимерию она оставила около Трезубца. Ей не хотелось этого делать, но Джори сказал, что выбора нет, — если волчица вернется с ними, ее убьют за то, что она покусала Джоффри, хотя тот вполне это заслужил. Пришлось кричать и бросаться камнями, и только когда несколько камней Арьи попали в цель, волчица наконец отстала. «Наверно, она меня теперь и не узнает, — подумала Арья. — А если она меня помнит, то ненавидит».

— Я слышал, что как-то адова сука явилась в деревню, — сказал человек в зеленом плаще. — День был базарный, народу полно, а она пришла как ни в чем не бывало и вырвала младенца из рук матери. Когда это дошло до лорда Мотона, он и его сыновья поклялись покончить с ней. Они выследили волчицу до ее логова со стаей гончих и едва-едва ушли живыми, а из собак ни одна не вернулась.

— Сказки это, — не сдержавшись выпалила Арья. — Волки не едят младенцев.

— Тебе-то почем знать, паренек? — спросил человек в зеленом плаще.

Не успела Арья придумать ответ, как Йорен сгреб ее за руку.

— Мальчишка нахлебался пива, только и всего.

— А вот и нет. Не едят они младенцев...

— Выйди вон, *мальчик*... и поучись молчать, когда взрослые разговаривают. — Йорен пихнул ее к боковой двери, ведущей на кухню. — Ступай и присмотри, чтобы конюх напоил наших лошадей.

Арья вышла, сама не своя от ярости.

— Не едят, — буркнула она и пнула камень, подвернувшийся ей под ноги. Он укатился под фургон.

— Мальчик, — позвал чей-то ласковый голос. — Славный мальчик.

Это был один из закованных. Арья настороженно приблизилась, держа руку на рукояти Иглы.

Узник, брякнув цепями, показал ей на пустую кружку.

— Человеку охота еще пивка. Эти тяжелые оковы вызывают у человека жажду. — Он был самый молодой из трех, стройный, красивый и всегда улыбался. Волосы его, рыжие с одной стороны и белые с другой, сбились в грязный колтун после тюрьмы и дороги. — Человек и в баньку бы с радостью сходил, — добавил он, видя, как смотрит на него Арья, — а мальчик завел бы себе друга.

— У меня уже есть друзья.

— Это вряд ли, — сказал безносый, толстый и приземистый, с мощными ручищами. Руки, ноги, грудь и даже спина у него поросли черными волосами. Он напоминал Арье картинку из книги, где изображалась обезьяна с Летних островов. Из-за дыры на лице на него нельзя было смотреть долго.

Лысый открыл рот и запищал, точно огромная белая ящерица. Арья отшатнулась, а он разинул рот еще шире — там болтался обрубок языка.

— Перестань, — вскричала она.

— Человек не выбирает, с кем ему сидеть в каменном мешке, — сказал красивый с бело-рыжими волосами. Что-то в его манере говорить напоминало ей Сирио, но и отличалось от него. — Эти двое невежи, и человек просит за них прощения. Тебя зовут Арри, правда?

— Его зовут Воронье Гнездо, — сказал безносый. — И он ходит с палкой. Гляди, лоратиец, как бы он тебя ею не огрел.

73

— Человеку остается только стыдиться своих спутников, Арри. Человек имеет честь быть Якеном Хгаром из вольного города Лората. Попасть бы туда снова. Товарищей человека по заточению зовут Рорж, — он указал кружкой на безносого, — и Кусака. — Кусака снова зашипел на нее, показав желтые заостренные зубы. — Нужно же как-нибудь называть человека, правда? Кусака не может говорить и не умеет писать, но зубы у него очень острые, поэтому его называют Кусакой и он улыбается. Тебе приятно с нами познакомиться?

— Нет. — Арья попятилась прочь от повозки. «Они ничего мне не сделают, — твердила она про себя, — они прикованы».

— Человеку впору заплакать. — Красивый перевернул кружку вверх дном, а безносый Рорж с ругательствами швырнул свою в Арью. Оковы сделали бросок неуклюжим, но тем не менее тяжелая оловянная кружка угодила бы ей в голову, если бы она не отскочила.

— А ну принеси нам пива, прыщ. Быстро!

— Захлопни пасть! — (А как поступил бы в таком случае Сирио?) Арья вынула свой деревянный меч.

— Поди-ка сюда — я суну тебе эту палку в задницу и отделаю до крови.

Страх ранит глубже, чем меч. Арья заставила себя подойти к повозке. Каждый шаг давался ей труднее, чем предыдущий. «Свирепая, как росомаха, спокойная, как вода», — пело у нее в голове. Сирио не побоялся бы их. Она могла уже дотронуться до колеса, когда Кусака вскочил и дернулся к ней, гремя цепями. Кандалы остановили его руки в полуфуте от ее лица, и он зашипел. Она ударила его — сильно, прямо между его маленьких глазок.

Кусака с воплем отшатнулся назад и что было мочи дернул свою цепь. Она натянулась, и Арья услышала, как скрипит старое сухое дерево днища повозки, куда цепь была вделана. На руках, протянувшихся к Арье, надулись жилы, но цепь держала крепко, и колодник в конце концов повалился на пол. Из язв у него на щеках сочилась кровь.

— У мальчика храбрости больше, чем здравого смысла, — заметил Якен Хгар.

Арья попятилась. Почувствовав чью-то руку у себя на плече, она обернулась и вскинула деревянный меч, но это оказался Бык.

— Чего тебе?

Он примирительно поднял руки.

— Йорен никому из нас не велел подходить к этим троим.

— Я их не боюсь, — заявила Арья.

— Ну и дурак. А я вот боюсь. — Бык взялся за свой меч, и Рорж засмеялся. — Пойдем-ка отсюда.

Арья, вызывающе шаркнув ногой, позволила Быку увести себя. Они вышли к фасаду гостиницы, преследуемые смехом Роржа и шипением Кусаки.

— Давай подеремся! — сказала Арья Быку. Ей очень хотелось отлупить кого-то.

Он растерянно моргнул. Густые черные волосы, еще мокрые после бани, падали на его синие глаза.

— Я ж тебя побью.

— Не побьешь.

— Ты не знаешь, какой я сильный.

— А ты не знаешь, какой я шустрый.

— Ну, ты сам напросился, Арри. — Бык достал меч Прейда. — Сталь дешевая, но это настоящий меч.

Арья вынула из ножен Иглу.

— Это хорошая сталь, так что мой меч всамделишней твоего.

— Смотри же не реви, если я тебя задену, — покачал головой Бык.

— Смотри сам не зареви. — Она ступила вбок, приняв стойку водяного плясуна, но Бык не шелохнулся, глядя на что-то позади нее. — Что там такое?

— Золотые плащи, — сказал он, и его лицо окаменело.

«Не может быть», — подумала Арья, но, когда обернулась, увидела их. Они ехали по дороге, шестеро в черных кольчугах и золотых плащах городской стражи. На офицере был черный, покрытый эмалью панцирь с четырьмя золотыми дисками. У гостиницы они остановились. «Смотри своими глазами», — шепнул Арье голос Сирио. Ее глаза подметили, что кони взмылены, — их гнали долго и не щадили. Спокойная как вода она взяла Быка за руку и отошла с ним обратно, к высокой живой изгороди.

— Что ты делаешь? — сказал он. — Пусти.

— Будь тихим, как тень, — прошептала она, пригибая его вниз. Несколько людей Йорена сидели перед баней, ожидая своей очереди.

— Эй, ребята, — крикнул им один из золотых плащей. — Это вы собираетесь надеть черное?

— Ну, скажем, мы, — последовал осторожный ответ.

— Мы бы лучше к вам пошли, — сказал старый Рейзен. — На Стене, говорят, уж больно холодно.

Офицер золотых плащей спешился.

— Я должен взять у вас одного парня.

Из гостиницы вышел Йорен, утирая косматую черную бороду.

— Кому это он понадобился?

Остальные стражники тоже спешились и стали рядом со своими конями.

— Почему мы прячемся? — спросил Бык.

— Это я им нужен, — прошипела Арья в его пахнущее мылом ухо. — Тихо.

— Его требует королева, старик, и не твое это дело, — ответил офицер, доставая из-за пояса ленту. — Вот приказ ее величества, а вот печать.

Бык за изгородью недоверчиво покрутил головой:

— Зачем ты сдался королеве, Арри?

— Тихо ты! — Она пихнула его в плечо.

Йорен пощупал ленту с нашлепкой из золотистого воска и сплюнул.

— Красивая вещица. Только парень-то теперь Ночной Дозорный. И мне насрать, что он там натворил у вас в городе.

— Королеву твое мнение не интересует, старик, и меня тоже. Я должен взять парня и возьму.

Арья подумала, не убежать ли ей. Но далеко она на своем осле не ускачет от конных золотых плащей. И она уже устала бегать. Она бежала, когда за ней пришел сир Меррин, и еще раз, когда убили ее отца. Будь она настоящей водяной плясуньей, она вышла бы к ним с Иглой и убила их всех и больше никогда ни от кого бы не бегала.

— Никого вы не возьмете, — сказал Йорен. — На то есть закон.

Золотой плащ вынул короткий меч:

— Вот он, твой закон.

— Это не закон, это меч. У меня у самого такой есть.

— Старый ты дурак, — улыбнулся офицер. — Со мной пятеро человек.

Йорен плюнул:

— А со мной тридцать.

Золотые плащи засмеялись.

— Эти-то? — сказал здоровый детина с перебитым носом. — Ну, подходи, кто первый? — У него в руке тоже сверкнула сталь.

— Я. — Тарбер выдернул вилы из копны сена.

76

— Нет, я. — Тесак, толстый каменщик, достал молоток из кожаного фартука, который никогда не снимал.

— Я. — Курц поднялся с земли со свежевальным ножом в руке.

— Мы с дружком. — Косс натянул свой лук.

— Да все мы. — Рейзен вскинул вверх свой длинный тяжелый посох.

Голый Доббер вышел из бани, неся одежду в узелке, увидел, что происходит, и бросил все, кроме кинжала.

— Да тут никак драка?

— Точно. — Пирожок на четвереньках устремился за большим камнем. Арья не верила своим глазам. Ведь она Пирожка ненавидит! Почему он вступился за нее с опасностью для собственной жизни?

Стражник с перебитым носом все еще полагал, что это смешно.

— Эй, деточки, уберите-ка ваши камни и палки, пока вас не отшлепали. Из вас ни один не знает, каким концом держать меч.

— Я знаю! — Арья не позволит им умереть за нее, как умер Сирио. Проскользнув через изгородь с Иглой в руке, она приняла стойку водяного плясуна.

Сломанный Нос заржал, а офицер смерил ее взглядом.

— Положи меч, девочка — тебя здесь никто не обидит!

— Я не девочка! — завопила она в ярости. Что с ними такое? Они проделали такой путь ради нее, и вот она перед ними, а они только скалятся. — Это я вам нужен!

— Нам нужен он. — Офицер указал мечом на Быка, который вылез из укрытия и стал рядом с Арьей, держа наготове дешевый клинок Прейда.

Повернувшись к Быку, офицер на миг упустил из виду Йорена — и совершил ошибку. Черный брат в то же мгновение приставил меч к его кадыку.

— Ты не получишь ни одного — иначе я сейчас погляжу, поспело ли твое яблочко. В гостинице у меня есть десять или пятнадцать братьев, если до тебя посейчас не дошло. На твоем месте я бросил бы это перышко, сел на лошадку и двинул обратно в город. — Йорен плюнул и нажал острием чуть сильнее. — Ну так как?

Пальцы офицера разжались, и меч упал в пыль.

— Мы возьмем его себе, — сказал Йорен. — Добрая сталь на Стене всегда пригодится.

— Будь по-твоему — пока. За мной. — Золотые плащи вложили мечи в ножны и расселись по коням. — Беги к своей Стене скорее, старикан. В следующий раз я прихвачу вместе с бастардом твою голову.

— Люди получше тебя грозились это сделать. — Йорен плашмя хлопнул своим мечом по крупу офицерского коня, и тот понесся прочь по дороге. Стражники последовали за ним.

Когда они скрылись из виду, Пирожок восторженно завопил, но Йорен обозлился еще пуще против прежнего.

— Дурак! Думаешь, на этом конец? В следующий раз он не станет совать мне свою поганую ленту. Скажите остальным, чтобы вылезли из корыт — надо ехать. Будем двигаться всю ночь — может, и опередим их малость. — Он подобрал офицерский меч. — Кому дать?

— Мне! — крикнул Пирожок.

— Только не проткни им Арри. — Йорен протянул мальчишке меч рукоятью вперед и подошел к Арье, но обратился не к ней, а к Быку: — Похоже, ты нужен королеве до зарезу, парень.

— Он-то ей зачем? — растерялась Арья.

— А ты зачем, подзаборник? — насупился Бык.

— Ты и сам бастард! — (А может, он просто притворяется бастардом?) — Как твое настоящее имя?

— Джендри, — не совсем уверенно ответил он.

— Не знаю, на кой вы оба кому-то нужны, — сказал Йорен, — но они вас все равно не получат. Дальше поедете на конях и, как только увидите золотой плащ, шпарьте к Стене так, точно за вами дракон гонится. На нас, остальных, им наплевать.

— Только не на тебя, — сказала Арья. — Тот человек сказал, что отрубит тебе голову.

— Ну если он сумеет снять ее у меня с плеч, пусть, так и быть, забирает.

ДЖОН

— Сэм! — тихо позвал Джон.

Здесь пахло бумагой, пылью и годами. Полки, нагруженные книгами в кожаных переплетах и старинными свитками, уходили высоко во мрак. Сквозь них просачивался слабый желтый свет одинокой лампы. Джон задул свою коптилку, опасаясь оставлять открытое пламя в этом скопище бумаг, и пошел на огонек, пробираясь по узким проходам под сводчатым потолком. Весь в черном, темноволосый и сероглазый, он был как тень во мраке. На руках у него были черные перчатки чертовой кожи — на правой из-за ожогов, на левой потому, что в одной перчатке у человека дурацкий вид.

Сэмвел Тарли сидел в стенной нише, сгорбившись над столом. Свет шел от лампы у него над головой. Заслышав шаги Джона, он поднял голову.

— Ты что тут, всю ночь просидел?

— Ну что ты! — возразил Сэм.

— Ты не завтракал с нами, и твоя постель не смята. — Раст предположил, что Сэм дезертировал, но Джон в это не поверил. Дезертирство требует своего рода отваги, а Сэм этим похвастаться не может.

— Разве теперь уже утро? Тут, внизу, не видно, день или ночь.

— Ох и дурачина же ты, Сэм. Ручаюсь, ты еще пожалеешь о своей постели, когда придется спать на голой земле.

Сэм зевнул:

— Мейстер Эйемон послал меня поискать карты для лорда-командующего. Я даже и не думал... Джон, а книги-то видал? Их здесь тысячи!

Джон посмотрел вокруг:

— В винтерфеллской библиотеке было больше ста тысяч. Ну и как, нашел ты карты?

— О да. — Пальцы Сэма, толстые как сосиски, прошлись по груде книг и свитков на столе. — Не меньше дюжины. — Он развернул лист пергамента. — Краска поблекла, но еще видно, где составитель отметил селения одичалых, а в другой книге... где же она? Я ее только что читал. — Он откопал под свитками пыльный том в полусгнившей коже и произнес с почтением: — Вот. Это описание путешествия от Сумеречной Башни до Пустынного мыса на Стылом Берегу, сделанное разведчиком по имени Редвин. Даты нет, но он упоминает о Доррене Старке как о Короле Севера — стало быть, книга написана еще до Завоевания. Джон, они сражались с великанами! Редвин даже с Детьми Леса имел дело — тут все написано. — Сэм с бесконечной осторожностью переворачивал страницы. — Он и карты нарисовал, смотри...

— Может, ты тоже напишешь о нашем путешествии, Сэм.

Джон хотел приободрить приятеля, но промахнулся. Сэму меньше всего хотелось вспоминать о том, что ждет их завтра. Его руки бесцельно перебирали свитки на столе.

— Есть и другие карты. Будь у меня побольше времени... тут все так перепутано. Я мог бы привести все это в порядок, знаю, что мог бы... но на это нужно время, целые годы.

— Мормонту карты понадобятся несколько раньше. — Джон вытащил из кучи свиток и сдул с него часть пыли. Когда он развернул пергамент, уголок отломился. — Гляди, этот уже крошится, — сказал он, вглядываясь в поблекшие письмена.

— Осторожно. — Сэм перегнулся через стол и взял у Джона свиток, держа его, как раненого зверька. — Ценные книги переписываются, когда в этом есть нужда. С самых старых снималось до полусотни копий.

— Ну, эту грамоту можно не переписывать. Двадцать три бочонка соленой трески, восемнадцать кувшинов рыбьего жира, бочонок соли...

— Список припасов — а возможно, счет.

— Ну и кому это надо знать — сколько соленой трески было съедено шестьсот лет назад?

— Мне надо. — Сэм заботливо вернул свиток на место. — Из таких вот описей очень много можно узнать, правда. Например, сколько человек состояло тогда в Дозоре, как они жили, что ели...

— Ели они еду, а жили так, как мы живем.

— Не скажи. Этот склеп — настоящая сокровищница, Джон.

— Тебе виднее. — Сам Джон в этом сомневался. Сокровищница — это золото, серебро, драгоценные камни, а не пыль, пауки и гнилая кожа.

— Конечно. — Сэм был старше Джона и по закону считался взрослым мужчиной, а посмотреть на него — мальчишка, и больше ничего. — Я нашел рисунки, которые делались на деревьях, и книгу о языке Детей Леса... и еще разное, чего даже в Цитадели нет — свитки из древней Валирии, роспись чередования зимы и лета, составленную мейстерами тысячу лет назад...

— До нашего возвращения книги никуда не денутся.

— Да — если мы вернемся.

— Старый Медведь берет с собой двести опытных людей, и три четверти из них — разведчики. Куорен Полурукий приведет из Сумеречной Башни еще сотню братьев. Ты будешь в такой же безопасности, как в замке своего лорда-отца на Роговом Холме.

Сэм выдавил из себя грустную улыбку:

— Не сказать, чтобы мне там было так уж безопасно.

«Боги играют с нами жестокие шутки, — подумал Джон. — Вот Пип и Жаба так и рвутся в поход, а их оставляют в Черном Замке.

Зато Сэмвел Тарли, сам не отрицающий, что он трус, толстый, робкий и владеющий навыками верховой езды не лучше, чем мечом, отправляется в Зачарованный Лес. Старый Медведь берет с собой две клетки воронов, чтобы подавать вести о своем путешествии, а мейстер Эйемон слеп и слишком слаб, чтобы ехать с ними, — поэтому вместо него приходится брать его стюарда».

— Ты нам нужен, чтобы ходить за воронами, Сэм. И должен же кто-то помогать мне усмирять Гренна.

Многочисленные подбородки Сэма заколыхались.

— За воронами мог бы смотреть ты или Гренн — да кто угодно, — с нотками отчаяния в голосе сказал он. — Я бы тебе показал, что нужно делать. И грамоту ты знаешь — ты мог бы писать письма за лорда Мормонта не хуже, чем я.

— Я стюард Старого Медведя. Я должен буду прислуживать ему, ходить за его конем, ставить ему палатку. У меня не останется времени, чтобы смотреть еще и за птицами. Сэм, ты произнес слова. Теперь ты брат Ночного Дозора.

— Брат Ночного Дозора не должен так бояться.

— Мы все боимся — ведь мы же не дураки. — Слишком много разведчиков пропало у них за последние два года — и среди них Бенджен Старк, дядя Джона. Двух дядиных людей нашли в лесу мертвыми, однако в ночи мертвецы ожили. Обожженные пальцы Джона до сих пор вздрагивали, когда он вспоминал об этом. Ему все еще снился упырь, мертвый Отор с горящими синими глазами и ледяными черными руками, но Сэму об этом напоминать не стоило. — «В том, что ты боишься, нет позора, — говорил мне отец, — главное, как мы встречаем свой страх». Пойдем, я помогу тебе донести карты.

Сэм с несчастным видом кивнул. Полки стояли так тесно, что им пришлось идти гуськом. Библиотечный подвал выходил в один из подземных ходов, которые братья называли червоточинами, — они соединяли Черный Замок с его башнями. Летом червоточинами пользовались редко — там бегали разве что крысы и прочие гады, — но зимой дело обстояло по-иному. Когда снег достигал глубины сорок или пятьдесят футов, а с севера задувал ледяной ветер, только подземные ходы и поддерживали жизнь в Черном Замке.

«Скоро мы испытаем это на себе», — думал Джон, пока они поднимались наверх. Он видел гонца, который прилетел к мейстеру Эйемону с вестью о конце лета, — большого ворона из Цитадели, белого и молчаливого, как призрак. В раннем детстве Джон уже пережил зиму, но все говорили, что та зима была короткая и мягкая. Эта будет другой — он чувствовал нутром.

Ступени были слишком круты, и Сэм, когда они вылезли наверх, пыхтел, как кузнечные мехи. Плащ Джона защелкал на резком ветру. Призрак спал под глинобитной стеной амбара, но при появлении Джона проснулся, поставил торчком лохматый белый хвост и потрусил за ним.

Сэм покосился на Стену. Она нависала над ними — ледяной утес семиста футов вышиной. Иногда она представлялась Джону живым существом со своими настроениями. Лед в ней менял окраску от малейшей разницы в освещении. Стена была то густосиней, как замерзшая река, то грязно-белой, как залежалый снег, а когда на солнце набегало облако, она становилась серой, как щербатый камень. Стена тянулась на восток и на запад, сколько видел глаз, столь огромная, что бревенчатые срубы и каменные башни замка казались маленькими рядом с ней. Это был край света.

«А мы собираемся туда, за этот край».

На утреннем небе за тонкими серыми облаками проглядывала бледная красная полоса. Черные братья нарекли небесную страницу Факелом Мормонта, говоря (не совсем в шутку), что боги послали ее, чтобы осветить старику дорогу через Зачарованный Лес.

— Эта комета такая яркая, что теперь ее видно даже и днем, — сказал Сэм, заслоняя глаза стопкой книг.

— Не заглядывайся, Старый Медведь ждет свои карты.

Призрак выбежал вперед. Замок казался покинутым — многие разведчики отправились в бордель Кротового городка, поискать зарытые сокровища и напиться до одури. Гренн ушел с ними — Пип, Халдер и Жаба предложили оплатить его первую женщину в честь первого похода. Джона и Сэма тоже звали, но Сэм боялся шлюх почти так же, как Зачарованного Леса, а Джон отказался наотрез. «Вы идите, коли охота, — сказал он Жабе, — а я дал обет».

Проходя мимо септы, они услышали поющие голоса. Одним перед боем требуются шлюхи, другим — боги, и неизвестно, кому из них потом будет лучше. Джона септа манила не больше, чем бордель, — его боги живут в диких местах, где чардрева простирают свои белые, как кость, ветви. «У Семерых за Стеной нет власти, — подумал он, — зато мои боги будут ждать меня».

У арсенала сир Эндрю Тарт обучал новичков. Ночью их привел Конви, один из вербовщиков, которые странствуют по Семи Королевствам, набирая людей для Стены. Новое пополнение состояло из седого старца, опирающегося на посох, двух белокурых мальчишек, по виду братьев, хлыщеватого юнца в грязном атласном наряде и дурачка с ухмылкой во весь рот, который, как видно, возомнил себя воином. Сейчас сир Эндрю доказывал ему, что он ошибся. Этот мастер над оружием был не так крут, как сир Аллистер Торне, но после его уроков синяки тоже оставались. Сэм морщился при каждом ударе, но Джон смотрел внимательно.

— Ну, что ты о них скажешь, Сноу? — Донал Нойе стоял в дверях своей оружейни с голой грудью под кожаным фартуком и не прикрытым в кои-то веки обрубком левой руки. Толстое брюхо, мощная грудь, плоский нос и черная щетина на подбородке не делали Нойе красавцем, но Джону было приятно его видеть — оружейник стал ему настоящим другом.

— От них пахнет летом, — сказал Джон, когда сир Эндрю, наскочив на одного из рекрутов, повалил его наземь. — Где это Конви их откопал?

— В темнице одного лорда близ Чаячьего Города. Разбойник, брадобрей, нищий, двое сирот и шлюха мужского пола. И с такими-то нам приходится оборонять области, заселенные человеком.

— Ничего, сойдут. — Джон по-свойски улыбнулся Сэму. — Мы ведь сгодились.

Нойе поманил его к себе:

— Слышал новости о своем брате?

— Да, вечером. — Новости принес Конви со своими новобранцами, и в трапезной об этом только и говорили. Джон сам толком не знал, как к этому отнестись. Робб — король? Его брат, с которым он играл, сражался, разделил свою первую чашу вина? Но не материнское молоко. «Поэтому Робб будет пить летнее вино из драгоценного кубка, а я — хлебать талую воду из ручьев, сложив руки ковшом». — Робб будет хорошим королем, — проявив лояльность, сказал Джон.

— Да ну? — Кузнец посмотрел ему в глаза. — Надеюсь, что так, парень, однако когда-то и о Роберте говорили то же самое.

— Это ведь ты ковал ему боевой молот? — вспомнил Джон.

— Да, я был его человеком, человеком Баратеонов, кузнецом и оружейником в Штормовом Пределе, пока не лишился руки. Я так стар, что помню лорда Стеффона до того, как его взяло море, а его трех сыновей знал с тех пор, как им дали имена. И скажу тебе — Роберт стал совсем не тот, когда надел корону. Некоторые люди — как мечи, они созданы для боя. Повесь их на стенку — и они заржавеют.

— А его братья? — спросил Джон.

Оружейник поразмыслил немного:

— Роберт — это чистая сталь. Станнис — чугун, черный и прочный, но хрупкий. Он ломается, но не гнется. А Ренли — это медь. Она блестит и приятна для глаз, но в конечном счете немногого стоит.

«А из какого металла сделан Робб?» — подумал Джон, но спрашивать не стал. Раз Нойе человек Баратеонов, он скорее всего считает Джоффри законным королем, а Робба изменником. Среди братьев Ночного Дозора существовал негласный уговор — не копать в таких делах слишком глубоко. Люди прибывают на Стену со всех Семи Королевств, и былую любовь и преданность забыть нелегко, какие бы клятвы ты ни принес... кому это знать, как не Джону. Взять Сэма — его дом присягнул Хайгардену, чей лорд, Тирелл, поддерживает короля Ренли. Лучше о таких вещах не говорить. Ночной Дозор ничью сторону не держит.

— Нас ждет лорд Мормонт, — сказал Джон.

— Раз так, не буду задерживать. — Нойе хлопнул его по плечу и улыбнулся. — Да будут с тобой завтра боги, Сноу. И привези с собой своего дядю, слышишь?

— Привезем непременно.

Лорд-командующий Мормонт поселился в Королевской башне после того, как пожар уничтожил его собственную. Джон оставил Призрака с часовыми за дверью.

— Опять ступеньки, — уныло пробурчал Сэм. — Ненавижу лестницы.

— Ну уж в лесу их точно не будет.

Не успели они войти в горницу, ворон сразу углядел их и завопил:

— Сноу!

Мормонт прервал свою беседу.

— Долго же вы проваландались с этими картами. — Он расчистил место на столе, где стояли остатки завтрака. — Давайте их сюда. Я посмотрю их позже.

Торен Смолвуд, жилистый разведчик со слабым подбородком и еще более слабым ртом, укрытым в жидкой бороденке, смерил Сэма и Джона холодным взглядом. Он был из прихвостней Аллистера Торне и не любил их обоих.

— Место лорда-командующего должно находиться в Черном Замке, откуда он и отдает приказы, — сказал Смолвуд Мормонту, не обращая внимания на них. — У меня такое мнение.

— Такое, такое, такое, — захлопал крыльями ворон.

— Вот станешь лордом-командующим и будешь поступать согласно своему мнению — но я как будто еще не умер и братья не избрали тебя на мое место.

— Теперь, когда Бен Старк пропал, а сир Джареми убит, Первым Разведчиком стал я, — упорствовал Смолвуд, — и вылазкой командовать тоже должен я.

Но Мормонт остался тверд.

— Я уже послал за Стену Бена Старка, а до него сира Уэймара. Я не намерен посылать еще и тебя, а после сидеть и неизвестно сколько ждать твоего возвращения. Кроме того, Старк остается Первым Разведчиком, пока мы не будем знать с полной уверенностью, что он умер. И если этот день настанет, его преемника назначу я, а не ты. А теперь довольно занимать мое время. Ты не забыл, что мы выезжаем чуть свет?

Смолвуд встал с места.

— Как прикажете, милорд, — сказал он и сердито глянул на Джона, словно это была его вина.

— Первый Разведчик! — Старый Медведь воззрился на Сэма. — Уж скорее я назначу Первым Разведчиком тебя. Он имеет наглость говорить мне в лицо, что я слишком стар, чтобы ехать с ним. А как по-твоему, парень, — стар я или нет? — Казалось, что волосы, покинувшие пятнистый череп Мормонта, переместились в косматую седую бороду, ниспадающую на грудь. Мормонт запустил в нее руку. — По-твоему, я дряхлый старец?

Сэм только пискнул что-то — Старый Медведь наводил на него ужас.

— Нет, милорд, — поспешно вмешался Джон. — Вы крепки, как... как...

— Нечего меня умасливать, Сноу, — ты знаешь, что я терпеть этого не могу. Давай-ка глянем на ваши карты. — Мормонт бегло просмотрел их, ворча себе под нос. — Это все, что ты смог найти?

— Т-там есть еще, м-милорд, — промямлил Сэм, — но б-беспорядок...

— Эти все старые, — сказал Мормонт, и ворон подхватил:

— Старые, старые.

— Селения могли исчезнуть, но холмы и реки остались на месте, — заметил Джон.

— И то верно. Ты уже отобрал воронов, Тарли?

— М-мейстер Эйемон хочет с-сам отобрать их вечером, после к-кормежки.

— Мне нужны самые лучшие птицы. Умные и сильные.

— Сильные, — сказал его собственный ворон, охорашиваясь. — Сильные, сильные.

— Если случится так, что нас всех перебьют, пусть мой преемник знает, где и как мы умерли.

Сэмвел Тарли от таких слов лишился дара речи. Мормонт подался вперед:

— Тарли, когда я был наполовину моложе тебя, моя леди-мать сказала мне: не стой с открытым ртом, иначе ласка примет его за свою норку и залезет тебе прямо в горло. Если хочешь сказать что-то, говори, если нет — остерегайся ласок. — Он махнул рукой на них обоих. — Ступай прочь, не до тебя. Мейстер уж верно найдет тебе какое-нибудь дело.

Сэм сглотнул, попятился и устремился прочь так быстро, что чуть не поскользнулся на тростнике.

— Что, этот парень и правда такой дурак, каким кажется? — спросил лорд-командующий, когда он ушел.

— Дурак, — заверил ворон. Мормонт не стал дожидаться, когда Джон ответит.

— Его лорд-отец занимает высокий пост в совете короля Ренли, и я подумал было, не послать ли к нему сынка... но решил, что не стоит. Ренли не станет слушать этого толстого нытика. Пошлю сира Арнелла. Он не в пример круче, а мать у него из Фоссовеев зеленого яблока.

— Не скажет ли милорд, что он хочет получить от короля Ренли?

— То же самое, что от них от всех, парень. Людей, лошадей, мечи, доспехи, зерно, сыр, вино, шерсть, гвозди... Ночной Дозор не гордый, мы берем что дают. — Мормонт побарабанил пальцами по грубо обтесанной столешнице. — Сир Аллистер, если ветры будут благоприятны, доберется до Королевской Гавани к перемене луны... но не знаю, будет ли прок от этого мальчишки Джоффри. Дом Ланнистеров никогда не был другом Дозору.

— Торне покажет им руку упыря. — Жуткую бледную руку с черными пальцами — она и в склянке шевелилась, как живая.

— Жаль, что у нас нет другой — мы бы послали ее Ренли.

— Дайвен говорит, за Стеной можно найти что угодно.

— Да, говорит. Он говорит также, что в последнюю свою вылазку видел медведя пятнадцати футов вышиной. — Мормонт фыркнул. — Моя сестра будто бы взяла медведя себе в любовники — скорее уж я поверю в это, чем в зверя пятнадцати футов ростом. Впрочем, когда мертвые встают... и все-таки нет, человек должен верить только своим глазам. Я видел, как встают мертвые, а вот гигантских медведей еще не видел. — Он вперил в Джона долгий, испытующий взгляд. — Кстати, о руках. Как там твоя?

— Лучше. — Джон стянул перчатку и показал руку Мормонту. Шрамы покрывали всю нижнюю часть предплечья, и новая розовая кожица была еще тугой и нежной, но дело шло на поправку. — Только чешется. Мейстер Эйемон говорит, что это хорошо. Он дал мне мазь, чтобы я взял ее с собой в поход.

— Ожоги не помешают тебе орудовать Длинным Когтем?

— Нет, не думаю. — Джон согнул и разогнул пальцы, как велел ему делать мейстер. — Я должен каждый день разрабатывать пальцы, чтобы они оставались гибкими, — так сказал мейстер Эйемон.

— Эйемон хоть и слепой, а дело свое знает. Я молюсь, чтобы боги даровали ему еще лет двадцать. Ты знаешь, что он мог бы стать королем?

— Он говорил мне, что его отец был королем, — удивился Джон, — но я думал, что сам он — младший сын.

— Так и есть. Отцом его отца был Дейерон Таргариен, второй этого имени, присоединивший Дорн к государству. Договор предусматривал его женитьбу на дорнийской принцессе. Она родила ему четверых сыновей. Мейекар, отец Эйемона, был самым младшим из них, а Эйемон — его третьим сыном. Имей в виду, все это происходило задолго до моего рождения, хотя Смолвуд и считает меня древним старцем.

— Мейстера Эйемона назвали в честь Рыцаря-Дракона.

— Верно. Некоторые полагают, что настоящим отцом короля Дейерона был принц Эйемон, а не Эйегон Недостойный. Но как бы там ни было, наш Эйемон не унаследовал воинственной натуры Рыцаря-Дракона. Как говорит он сам, меч у него был медлителен, зато ум скор. Неудивительно, что дед отправил его в Цитадель. Тогда ему было лет девять или десять... и на очереди к престолу он был тоже не то девятым, не то десятым.

Джон знал, что Эйемон отметил больше сотни своих именин. Трудно было представить дряхлого, сморщенного, слепого мейстера маленьким мальчиком не старше Арьи.

— Эйемон корпел над книгами, — продолжал Мормонт, — когда старший из его дядей, наследный принц, по несчастной случайности погиб на турнире. Он оставил двух сыновей, но и они вскоре последовали за ним в могилу после великого Весеннего Мора. Король Дейерон тоже умер, и корона перешла ко второму сыну короля, Эйерису.

— К Безумному Королю? — Джон совсем запутался. Эйерис царствовал перед Робертом — значит, не так уж давно.

— Нет, к Эйерису Первому. Тот, кого низложил Роберт, был второй этого имени.

— Как давно было то, о чем вы рассказываете?

— Лет восемьдесят назад или около того — и все-таки я еще не родился, когда Эйемон уже выковал с полдюжины звеньев своей мейстерской цепи. Эйерис женился на своей родной сестре, как было заведено у Таргариенов, и правил лет десять или двенадцать. Эйемон между тем принял обет и оставил Цитадель, чтобы служить при дворе какого-то мелкого лорда... а его дядя-король умер, не оставив потомства. Железный Трон перешел к последнему из четырех сыновей Дейерона — к Мейекару, отцу Эйемона. Новый король призвал ко двору всех своих сыновей и Эйемона тоже хотел ввести в свой совет, но тот отказался, не желая незаконно занимать место, по праву принадлежащее великому мейстеру. Вместо этого он стал служить в замке своего старшего брата, другого Дейерона. Брат этот тоже умер — кажется, от оспы, которую подхватил у какой-то шлюхи, оставив после себя только слабоумную дочь. Следующим по старшинству братом был Эйерион.

— Эйерион Чудовище? — Сказка о Принце, Который Возомнил Себя Драконом, была одной из самых страшных историй старой Нэн и очень нравилась маленькому брату Джона Брану.

— Он самый, хотя он себя величал Эйерионом Пламенным. Однажды, будучи в подпитии, он влил в себя сосуд дикого огня, сказав своим друзьям, что это превратит его в дракона, но боги по милости своей превратили его в труп. Неполный год спустя король Мейекар погиб в битве с мятежным лордом.

Джон имел кое-какое понятие об истории государства — их винтерфеллский мейстер об этом позаботился.

— В тот же год состоялся Великий Совет, — сказал он, — и лорды, минуя младенца-сына принца Эйериона и дочь принца Дейерона, вручили корону Эйегону.

— Верно, но не совсем. Сначала они негласно предложили ее Эйемону. Он сказал им, что боги предназначили его служить, а не править, и отказался нарушить свой обет, хотя сам верховный септон предлагал разрешить его. Делать нечего. Ни один разумный человек не желал видеть на троне отпрыска Эйериона, а дитя Дейерона, будучи женского пола, страдало к тому же слабоумием, поэтому лордам не осталось иного выбора, как отдать корону младшему брату Эйемона Эйегону, пятому этого имени. Этого короля прозвали Эйегон Невероятный, ибо он родился четвертым сыном четвертого сына. Эйемон знал — и был прав, — что, если он останется при дворе, люди, недовольные правлением его брата, захотят его использовать, и поэтому удалился на Стену. Здесь он и оставался, пока его брат и сын его брата, а там и внук всходили на престол и умирали — и пока Джейме Ланнистер не пресек род Королей-Драконов.

— Король, — каркнул ворон, перелетел через горницу и сел Мормонту на плечо. — Король, — повторил он, переминаясь с лапы на лапу.

— Видать, ему нравится это слово, — улыбнулся Джон.

— Его легко произнести — и полюбить тоже легко.

— Король, — повторила птица.

— По-моему, это он вас хочет короновать, милорд.

— В стране и без того три короля — чересчур много, на мой вкус. — Мормонт почесал ворона под клювом, не сводя глаз с Джона Сноу. Тот почувствовал себя странно.

— Милорд, для чего вы рассказали мне историю мейстера Эйемона?

— Разве для всего должна быть причина? — Мормонт хмуро поерзал на стуле. — Твоего брата Робба провозгласили Королем Севера, и это связывает тебя с Эйемоном. У вас обоих братья короли.

— Нас связывает не только это. Мы оба дали обет.

Старый Медведь громко фыркнул, и ворон, снявшись с него, описал круг по комнате.

— Дайте мне по человеку на каждый нарушенный обет, который я видел, и у Стены никогда не будет недостатка в защитниках.

— Я всегда знал, что Робб будет лордом Винтерфелла.

Мормонт посвистал. Птица вернулась к нему и села на руку.

— Лорд — одно дело, король — другое. — Он достал из кармана горсть зерна и дал ворону. — Твоего брата Робба оденут в шелк, бархат и атлас ста разных цветов, ты же будешь жить и умрешь в черной кольчуге. Он женится на прекрасной принцессе, и она родит ему сыновей — у тебя жены не будет, и ты никогда не возьмешь в руки родное дитя. Робб будет править, ты — служить, и люди будут звать тебя вороной, а его — ваше величество. Певцы будут славить каждый его чих, твои же подвиги останутся невоспетыми. Скажи мне, что все это тебя не волнует, Джон, и я скажу, что ты лжешь, — и не погрешу против истины.

Джон напрягся как натянутая тетива.

— А если бы даже и волновало, то что я могу — я, бастард?

— Как же ты намерен жить дальше — ты, бастард?

— Волноваться — и соблюдать свои обеты.

КЕЙТИЛИН

Корону для ее сына только что выковали, и Кейтилин Старк казалось, что этот убор тяжело давит на голову Робба.

Древняя корона Королей Зимы пропала триста лет назад — Торрхен Старк отдал ее Эйегону Завоевателю, когда преклонил перед ним колено. Что сделал с короной Эйегон, не знал никто. Кузнец лорда Хостера хорошо сделал свою работу, и новая корона, если верить сказкам, очень походила на старую. Разомкнутый обруч из кованой бронзы, покрытый рунами Первых Людей, венчали девять черных железных зубцов в форме мечей. О золоте, серебре и драгоценных камнях не было и помину. Бронза и железо — вот металлы зимы, темные и пригодные для борьбы с холодом.

Они сидели в Великом Чертоге Риверрана, дожидаясь, когда приведут пленного, и Кейтилин заметила, что Робб сначала сдвинул корону назад, на свои густые, цвета осени, волосы, потом вернул на место, потом покрутил, точно от этого она меньше сжимала ему лоб. «Нелегкое это дело — носить корону, — подумала Кейтилин, — особенно для мальчика пятнадцати лет».

Когда стража ввела пленника, Робб потребовал свой меч. Оливар Фрей подал его рукоятью вперед, и король, обнажив клинок, возложил его себе на колени — грозный знак.

— Ваше величество, вот человек, который был вам нужен, — объявил сир Робин Ригер, капитан гвардии дома Талли.

— На колени перед королем, Ланнистер! — вскричал Теон Грейджой, и сир Робин заставил пленника преклонить колена.

«Этот на льва никак не похож», — подумала Кейтилин. Сир Клеос Фрей — сын леди Дженны, сестры лорда Тайвина Ланнистера, но ему не досталось ничего от знаменитой красоты Ланнистеров — ни зеленых глаз, ни золотистых волос. Вместо этого он унаследовал крутые каштановые кудри, слабый подбородок и тонкие черты своего родителя, сира Эммона Фрея, второго сына старого лорда Уоллера. Глаза у него блеклые, водянистые и без конца мигают — но это, возможно, от яркого света. В подземельях Риверрана темно и сыро... а сейчас они к тому же битком набиты.

— Встаньте, сир Клеос. — Голос Робба был не столь ледяным, как у его отца, но и не походил на голос пятнадцатилетнего мальчика. Война сделала его мужчиной до срока. Сталь на его коленях слабо мерцала в утреннем свете.

Но не меч вызывал тревогу у сира Клеоса, а зверь, Серый Ветер, как назвал его Робб, лютоволк крупнее самой большой собаки, поджарый и темный как дым, с глазами цвета расплавленного золота. Когда зверь вышел вперед и обнюхал пленного рыцаря, все в зале почуяли запах страха. Сира Клеоса взяли во время битвы в Шепчущем Лесу, где Серый Ветер перегрыз глотки полудюжине человек.

Рыцарь поспешно встал и так явно начал пятиться, что кое-кто из зрителей не сдержал смеха.

— Благодарю вас, милорд.

— Ваше величество! — рявкнул лорд Амбер, Вольный Джон, самый громогласный из северных знаменосцев Робба... а также самый преданный и самый свирепый, по его собственному уверению. Он первый провозгласил сына Кейтилин Королем Севера и не потерпел бы никакого пренебрежения по отношению к своему новому сюзерену.

— Виноват, — торопливо поправился сир Клеос. — Ваше величество.

«Он не из храбрых, — подумала Кейтилин. — Поистине больше Фрей, чем Ланнистер. Его кузен, Цареубийца, вел бы себя по-иному. Сир Джейме Ланнистер никогда не выговорил бы этот титул сквозь свои безупречные зубы».

— Я вызвал вас из темницы, чтобы вы отвезли мое послание вашей кузине Серсее Ланнистер в Королевскую Гавань. Вы поедете под мирным знаменем, взяв с собой тридцать моих лучших людей.

Сир Клеос испытывал явное облегчение:

— Буду счастлив доставить послание вашего величества королеве.

— Вы должны понять, что я вас не освобождаю. Ваш дед лорд Уолдер обещал мне поддержку от имени дома Фреев. Многие ваши дядья и кузены в Шепчущем Лесу сражались на нашей стороне, вы же предпочли стать под львиное знамя. Это делает вас Ланнистером, а не Фреем. Поклянитесь своей рыцарской честью, что вы, доставив мое письмо, снова вернетесь сюда с ответом королевы.

91

— Клянусь, — тут же ответил сир Клеос.

— Вас слышали все, кто присутствует в этом зале, — заметил ему сир Эдмар Талли, брат Кейтилин, говоривший от имени Риверрана и лордов Трезубца вместо их умершего отца. — Если не вернетесь, вся страна узнает, что вы клятвопреступник.

— Я исполню свою клятву, — чопорно ответил сир Клеос. — Что содержится в письме?

— Предложение мира. — Робб встал с мечом в руке, Серый Ветер занял место рядом с ним, и в зале настала тишина. — Скажите королеве-регентше, что, если она примет мои условия, я вложу меч в ножны и положу конец войне между нами.

Кейтилин заметила, как в задней части зала высокий, тощий лорд Рикард Карстарк растолкал стражу и вышел вон. Больше никто не двинулся с места, а Робб оставил уход Карстарка без внимания.

— Оливар, бумагу, — приказал он. Оруженосец принял у него меч и подал свернутый пергамент.

Робб развернул его:

— Во-первых, королева должна освободить моих сестер и доставить их морем в Белую Гавань. Само собой разумеется, что помолвка Сансы с Джоффри Баратеоном должна считаться расторгнутой. Когда я получу от моего кастеляна известие о том, что сестры благополучно вернулись в Винтерфелл, я освобожу кузенов королевы, оруженосца Виллема Ланнистера и вашего брата Тиона Фрея, коих препровожу в Бобровый Утес или в другое место, по желанию королевы.

Кейтилин хотелось бы знать, какие мысли прячутся за всеми этими лицами, за нахмуренными лбами и плотно сжатыми губами.

— Во-вторых, нам должно быть возвращено тело моего лорда-отца, дабы он мог обрести покой рядом со своими братом и сестрой в крипте Винтерфелла, как сам бы того желал. Останки его гвардейцев, погибших вместе с ним в Королевской Гавани, тоже следует возвратить.

«На юг отправились живые люди, а домой вернутся их кости. Нед был прав. Мое место в Винтерфелле, сказал он мне, но разве я его послушала? Ступай, сказала я, — ты должен стать десницей Роберта для блага нашего дома и наших детей... это моя вина, моя и ничья иная».

— В-третьих, я должен получить обратно отцовский меч, Лед, — здесь, в Риверране.

Ее брат сир Эдмар Талли стоял, заложив большие пальцы за пояс, с каменным лицом.

— В-четвертых, пусть королева прикажет своему отцу лорду Тайвину освободить моих рыцарей и лордов-знаменосцев, взятых в плен на Зеленом Зубце. Когда он сделает это, я освобожу пленных, взятых в Шепчущем Лесу и в позднейшем сражении, — всех, кроме сира Джейме Ланнистера, который останется моим заложником, чтобы обеспечить послушание своего отца.

Кейтилин старалась разгадать, что означает хитрая улыбка на лице Теона Грейджоя. Он всегда держал себя так, будто его забавляет что-то, недоступное остальным, и Кейтилин это не нравилось.

— И наконец, король Джоффри и королева-регентша должны отречься от всех своих притязаний на северные области. Север более не часть их владений, но свободное и независимое королевство, как в старину. В него входят все земли Старков к северу от Перешейка, а также земли, орошаемые рекой Трезубец и ее притоками, от Золотого Зуба на западе до Лунных гор на востоке.

— КОРОЛЬ СЕВЕРА! — взревел Большой Джон, взмахнув кулачищем величиной с окорок. — Старк! Старк! Король Севера!

Робб снова скатал пергамент в трубку.

— Мейстер Виман начертил карту, где показаны границы нашего королевства. Вы отвезете копию королеве. Лорд Тайвин должен отойти за эти границы, прекратив набеги, поджоги и грабежи. Королева-регентша и ее сын должны отказаться от каких бы то ни было податей с моего народа и освободить моих лордов и рыцарей от всех клятв, обещаний, долгов и обязательств перед Железным Троном и домами Баратеонов и Ланнистеров. Кроме того, Ланнистеры доставят мне в залог нашего мира десять знатных заложников, выбранных по обоюдному нашему согласию. Я приму их как почетных гостей в соответствии с их родом и званием. В том случае, если условия этого договора будут соблюдаться, я буду ежегодно освобождать двух заложников и возвращать их родным и близким. — Робб бросил свернутый пергамент к ногам рыцаря. — Таковы мои условия. Если она примет их, мы заключим мир. Если нет... — он свистнул, и Серый Ветер зарычал, оскалив зубы, — она получит еще один Шепчущий Лес.

— Старк! — снова взревел Большой Джон, и другие голоса подхватили его клич. — Старк, Старк, Король Севера! — Лютоволк задрал голову и завыл.

Сир Клеос сделался синевато-белым, как прокисшее молоко.

— Королева получит ваше послание, ми... ваше величество.

— Хорошо. Сир Робин, пусть его накормят досыта и дадут ему чистую одежду. Он отправится в путь на рассвете.

— Будет исполнено, ваше величество, — сказал сир Робин Ригер.

— На этом и покончим. — Рыцари и лорды-знаменосцы преклонили одно колено, когда Робб двинулся к выходу вместе с Серым Ветром. Оливар Фрей забежал вперед, чтобы открыть ему дверь. Кейтилин с братом последовала за сыном.

— Ты все сделал как надо, — сказала она Роббу, когда они вышли на галерею, — хотя эти шуточки с волком больше пристали мальчику, чем королю.

Робб с улыбкой почесал Серого Ветра за ухом.

— Зато какую рожу он скорчил! Ты видела, матушка?

— Я видела, как лорд Карстарк вышел вон.

— Я тоже заметил. — Робб снял с себя корону и отдал Оливару. — Отнеси ее ко мне в опочивальню.

— Слушаюсь, ваше величество.

— Могу поспорить, многие чувствовали то же самое, что и лорд Карстарк, — сказал Эдмар. — Как можно говорить о мире, когда Ланнистеры словно чума опустошают владения моего отца, грабя его добро и убивая его людей? Говорю снова: мы должны выступить на Харренхолл.

— У нас слишком мало сил для этого, — уныло ответил Робб.

— Сидя здесь, мы сильнее не станем, — настаивал Эдмар. — Наше войско тает день ото дня.

— А кто в этом повинен? — напустилась на брата Кейтилин. Именно по настоянию Эдмара Робб после коронации разрешил речным лордам разъехаться по собственным землям, чтобы защитить их от врага. Сир Марк Пайпер и лорд Карил Венс уехали первыми. Лорд Джонас Браккен последовал за ними, намереваясь отбить назад свой сожженный дотла замок и похоронить павших, а теперь и лорд Ясон Маллистер изъявил желание вернуться в свое поместье Сигард, чудом не затронутое войной.

— Нельзя требовать от моих речных лордов, чтобы они сидели сложа руки, когда их поля топчут, а крестьян предают мечу, — сказал Эдмар, — но лорд Карстарк — северянин. Нехорошо будет, если он покинет нас.

— Я поговорю с ним, — сказал Робб. — Он потерял в Шепчущем Лесу двух сыновей. Кто упрекнет его в том, что он не желает заключить мир с их убийцами — и с убийцами моего отца...

— Дальнейшее кровопролитие не вернет нам отца, а лорду Рикарду — сыновей, — заметила Кейтилин. — Предложение должно быть сделано — хотя мудрее было бы поставить более мягкие условия.

— Будь они мягче, я поперхнулся бы ими. — У сына пробивалась бородка, более рыжая, чем волосы на голове. Роббу кажется, что она придает ему суровый, королевский... взрослый вид. Но с бородой или без нее, он остается пятнадцатилетним мальчишкой и жаждет мести не больше, чем Рикард Карстарк. Ей стоило труда добиться от него даже этих злосчастных условий.

— Серсея Ланнистер никогда не согласится обменять твоих сестер на пару своих кузенов. Ей нужен ее брат, и тебе это прекрасно известно. — Кейтилин много раз говорила ему об этом, но оказалось, что короли прислушиваются к своим матерям далеко не так, как простые сыновья.

— Я не могу освободить Цареубийцу, даже если бы захотел. Мои лорды никогда мне этого не позволят.

— Твои лорды сделали тебя своим королем.

— И с той же легкостью могут переделать все обратно.

— Если за твою корону нам благополучно возвратят Арью и Сансу, мы с радостью уплатим эту цену. Половина твоих лордов жаждет прикончить Ланнистера в его темнице. Если он умрет у нас в плену, будут говорить, что...

— ...что он вполне этого заслуживал, — прервал ее Робб.

— А твои сестры? — резко спросила Кейтилин. — Они тоже заслуживают смерти? Ручаюсь тебе, что Серсея, если хоть один волосок упадет с головы ее брата, отплатит нам кровью за кровь...

— Ланнистер не умрет. С ним никому даже говорить нельзя без моего ведома. Ему дают пищу, воду, свежую солому — это больше, чем полагалось бы. Но я не намерен его освобождать — даже ради Арьи и Сансы.

Кейтилин вдруг заметила, что сын смотрит на нее сверху вниз. Неужели это из-за войны он так быстро вырос — или все дело в короне, которую на него возложили?

— Ты боишься снова встретиться с Джейме Ланнистером в поле — ведь так?

Серый Ветер зарычал, словно гнев Робба передался ему, а Эдмар Талли положил руку на плечо Кейтилин.

— Не надо, Кет. В этом мальчик прав.

— Не называй меня мальчиком. — Робб выплеснул гнев на своего злополучного дядю, жславшего его поддержать. — Я почти взрослый, и я король — твой король, сир. А Джейме Ланнистера я не боюсь. Я побил его один раз и побью еще, если придется, только... — Он откинул волосы с глаз. — Вот на отца я бы Цареубийцу обменял, а...

— ...А на девочек — нет? — с ледяным спокойствием спросила Кейтилин. — Девочки в счет не идут, так?

Робб не ответил, но глаза у него стали обиженными. Голубые глаза, глаза Талли — это она дала их ему. Она сделала ему больно, но он слишком сын своего отца, чтобы признаться в этом.

«Ты ведешь себя недостойно, — сказала она себе. — Боги праведные, что со мной сталось? Робб делает что может, он очень старается, я же вижу... но я потеряла Неда, скалу, на которую опиралась моя жизнь. Я не выдержу, если потеряю еще и девочек».

— Я сделаю для сестер все, что можно, — сказал Робб. — Если у королевы есть хоть немного здравого смысла, она примет мои условия. Если нет, я заставлю ее пожалеть о том дне, когда она мне отказала. — Ему явно не хотелось продолжать этот разговор. — Матушка, ты уверена, что не хочешь ехать в Близнецы? Там не воюют, и ты познакомилась бы с дочерью лорда Фрея, чтобы помочь мне выбрать невесту, когда война кончится.

«Он хочет, чтобы я уехала, — устало подумала Кейтилин. — Королям, как видно, матерей иметь не полагается, и я говорю ему вещи, которых он не желает слышать».

— Ты достаточно взрослый, чтобы решить без материнской помощи, которая из дочек лорда Уолдера тебе по вкусу, Робб.

— Тогда поезжай с Теоном. Он отправляется завтра. Он поможет Маллистерам доставить пленников в Сигард и отплывет на Железные острова. Ты могла бы тоже сесть на корабль и к новой луне вернуться в Винтерфелл, если ветры будут благоприятны. Бран и Рикон нуждаются в тебе.

«В отличие от тебя — это ты хочешь сказать?»

— Моему лорду-отцу осталось совсем немного времени. Пока твой дед жив, мое место в Риверране, рядом с ним.

— Я мог бы приказать тебе как король.

Кейтилин пропустила это мимо ушей.

— Говорю тебе еще раз: пошли в Пайк кого-нибудь другого, а Теона оставь при себе.

— Кто же лучше договорится с Бейлоном Грейджоем, чем его сын?

— Ясон Маллистер. Титос Блэквуд. Стеврон Фрей. Кто угодно... только не Теон.

Робб присел на корточки рядом с Серым Ветром, ероша волку шерсть и стараясь не смотреть матери в глаза.

— Теон храбро сражался за нас. И я рассказывал тебе, как он спас Брана от одичалых в лесу. Если Ланнистеры не захотят заключить мир, мне понадобятся боевые ладьи лорда Грейджоя.

— Ты получишь их вернее, если оставишь его сына в заложниках.

— Теон полжизни пробыл в заложниках.

— На то были причины. Бейлону Грейджою доверять нельзя. Вспомни — он тоже носил корону, хотя и недолго. Может статься, он мечтает надеть ее снова.

— Я его за это не виню, — встав, сказал Робб. — Я — Король Севера, а он пусть будет королем Железных островов, если хочет. Я буду рад надеть на него корону, если он поможет мне свалить Ланнистеров.

— Робб...

— Я пошлю Теона. Доброго дня, матушка. Пошли, Серый Ветер. — Робб быстро удалился, и лютоволк потрусил за ним.

Кейтилин оставалось только посмотреть ему вслед. Ее сын стал ее королем. Какое это странное чувство. Приказывай, сказала она ему во Рву Кейлин, — вот он и приказывает.

— Пойду навещу отца, — сказала она. — Хочешь со мной, Эдмар?

— Мне надо сказать пару слов новым лучникам, которых обучает сир Десмонд. Я зайду к нему позже.

Если он еще будет жив, подумала Кейтилин, но промолчала. Брат охотнее пошел бы на битву, чем к одру умирающего.

Самый короткий путь к центральному зданию замка, где лежал ее отец, вел через богорощу с ее густой травой, дикими цветами, зарослями вязов и краснодрева. Листва шелестела на деревьях, ничего не зная о вести, которую принес в Риверран белый ворон две недели назад. Настала осень, объявил Конклав, — но боги еще не оповестили об этом леса и ветры, за что Кейтилин была благодарна им. Осень всегда страшит, ибо впереди у нее маячит призрак зимы, и даже мудрецы не ведают, не окажется ли следующий урожай последним.

Хостер Талли, лорд Риверрана, лежал в своей горнице, выходящей на восток, где реки Камнегонка и Красный Зубец сливались под стенами его замка. Он спал, когда вошла Кейтилин, — волосы и борода у него были белыми, как его простыни, и смерть, растущая внутри, изглодала могучее некогда тело.

Рядом с кроватью, все еще в кольчуге и замызганном дорожной грязью плаще, сидел брат отца, Черная Рыба. Его сапоги покрывала густая пыль.

— Робб уже знает, что ты вернулся, дядя? — Сир Бринден Талли был глазами и ушами Робба, командиром его разведчиков и передовых отрядов.

— Нет, я пришел сюда прямо с конюшни, поскольку мне сказали, что король держит совет. Я подумал, что его величество захочет сначала выслушать мои новости наедине. — Черная Рыба был высок, худощав, с седыми волосами и четкими движениями, с морщинистым, обветренным, гладко выбритым лицом. — Как он?

Кейтилин поняла, что он спрашивает не о Роббе.

— Почти так же. Мейстер дает ему сонное вино и маковое молоко, чтобы облегчить боль, поэтому он большей частью спит, а вот ест очень мало. Мне кажется, что он слабеет с каждым днем.

— Он говорит что-нибудь?

— Да... но смысла в его словах все меньше и меньше. Он сожалеет о незаконченных делах, вспоминает о людях, давно умерших, и временах, давно минувших. Порой он забывает, который теперь год, и не узнает меня. Однажды он назвал меня именем матери.

— Он все еще тоскует по ней, и у тебя ее лицо. Скулы, подбородок...

— Ты помнишь ее лучше, чем я. Ее так давно нет с нами. — Кейтилин села на кровать и отвела прядь тонких белых волос, упавшую отцу на лицо.

— Каждый раз, уезжая, я не ведаю, застану ли его в живых. — Несмотря на их ссоры, между отцом и его братом, от которого он когда-то отрекся, существовали тесные узы.

— Хорошо, что вы хотя бы помирились.

Некоторое время они сидели молча, потом Кейтилин подняла глаза.

— Ты упомянул о новостях, которые Роббу следует знать?

Лорд Хостер застонал и повернулся на бок, как будто слышал. Бринден встал.

— Давай-ка выйдем. Не нужно его будить.

Они вышли с ним на каменный треугольный балкон, выступающий наружу, точно нос корабля. Дядя хмуро посмотрел вверх.

— Теперь ее и днем видно. Мои люди называют ее Красной Вестницей... но о чем она возвещает?

Тусклый красный хвост кометы выделялся на глубокой синеве, словно длинная царапина на лике бога.

— Большой Джон сказал Роббу, что это старые боги развернули красное знамя мщения за Неда. Эдмар думает, что это знак победы Риверрана — он видит там рыбу с длинным хвостом в цветах Талли, красное на голубом. — Кейтилин вздохнула. — Хотела бы я быть столь же уверенной. Темно-красный — цвет Ланнистеров.

— Это не цвет Ланнистеров — и не красный речной ил Талли. Это кровь размазана по небу, дитя.

— Чья кровь — их или наша?

— Разве была когда-нибудь война, где только одна сторона проливала бы кровь? Все земли вокруг Божьего Ока обагрены огнем и кровью. Война дошла на юге до Черноводной, а на севере перекинулась через Трезубец и докатилась почти до Близнецов. Марк Пайпер и Карил Венс одержали кое-какие мелкие победы, и этот южный лордик Берик Дондаррион постоянно налетает на фуражиров лорда Тайвина, скрываясь после в лесу. Сир Бертон Кракехолл, говорят, все похвалялся, будто убил Дондарриона, пока не угодил со своим отрядом в засаду лорда Берика и не положил всех своих людей до единого.

— Вместе с лордом Бериком воюют гвардейцы Неда из Королевской Гавани, — вспомнила Кейтилин. — Да сохранят их боги.

— Дондаррион и этот красный жрец из его отряда достаточно умны, чтобы сами себя уберечь, если верить байкам о них, — но лорды-знаменосцы твоего отца дело иное. Не надо было Роббу отпускать их. Они разбежались, как куропатки, и каждый пытается защитить свое, а это глупо, Кет, очень глупо. Джонаса Браккена ранили в стычке среди руин его замка, а его племянник Хендри погиб. Титос Блэквуд прогнал Ланнистеров со своих земель, но они угнали всех коров и свиней, подчистили все до зернышка и не оставили ему ничего, кроме Древорона и выжженной пустыни вокруг. Люди Дарри отбили замок своего лорда, но не прошло и двух недель, как Грегор Клиган налетел на них и вырезал весь гарнизон вместе с лордом.

— Но ведь Дарри совсем еще мальчик, — ужаснулась Кейтилин.

— Да, притом последний в роду. За него дали бы хороший выкуп, но зачем золото такому бешеному псу, как Грегор Клиган? Клянусь, голова этого зверя стала бы достойным подарком для всех жителей нашего королевства.

Кейтилин знала, сколь дурная репутация у сира Грегора, и все же...

— Не говори мне о головах, дядя. Серсея вздела голову Неда на пику над стеной Красного Замка, оставив ее на поживу воронам и мухам. — Даже теперь ей трудно было поверить, что Неда нет на свете. Иногда по ночам она просыпалась в темноте, и ей казалось, что он здесь, рядом с ней. — Клиган — всего лишь слепое орудие лорда Тайвина. — Кейтилин думала, что настоящая угроза заключается в нем, Тайвине Ланнистере, лорде Бобрового Утеса, Хранителе Запада, отце королевы Серсеи, сира Джейме-Цареубийцы, Тириона-Беса и деде Джоффри Баратеона, вновь коронованного мальчика-короля.

— И то правда, — согласился сир Бринден. — А Тайвин Ланнистер, скажу я тебе, не дурак. Он сидит за надежными стенами Харренхолла, кормит свое войско нашим хлебом и жжет то, чего не может забрать. Грегор — не единственный пес, спущенный им с цепи. Сир Амори Лорх тоже рыщет в поле, и какой-то наемник из Клохора, предпочитающий калечить, а не убивать. Я видел, что они за собой оставляют. Целые деревни предаются огню, женщин насилуют и кромсают их тела, детей убивают, убитых бросают непогребенными на съедение волкам и диким собакам... от этого даже мертвым тошно.

— Эдмар придет в ярость, когда услышит.

— Лорду Тайвину только того и надобно. Всякое зверство имеет свою цель. Он хочет выманить нас в поле, чтобы сразиться.

— Как бы Робб не поддался на эту уловку, — испугалась Кейтилин. — Ему не сидится на месте, а Эдмар, Большой Джон и другие только и подзуживают его. — Ее сын одержал две большие победы, разбив Джейме Ланнистера сперва в Шепчущем Лесу, а затем под стенами Риверрана, но если послушать некоторых его лордов-знаменосцев, он просто новый Эйегон Завоеватель.

Бринден Черная Рыба поднял седую кустистую бровь.

— Дураки же они после этого. У меня, Кет, на войне первое правило такое: никогда не делай того, чего желает твой враг. Лорд Тайвин сам навязывает нам поле сражения — он хочет, чтобы мы двинулись на Харренхолл.

— Харренхолл. — Каждый ребенок на Трезубце знал сказку о Харренхолле, огромной крепости, которую король Харрен Черный возвел близ Божьего Ока триста лет назад, когда Семь Королевств в самом деле были семью королевствами и речными землями правили Железные Люди с островов. Харрен в гордыне своей пожелал построить замок выше всех в Вестеросе. Сорок лет ушло на постройку — замок рос, как черная тень, на берегу озера, а люди

Харрена тем временем грабили соседей, отбирая у них камень, лес, золото и рабочих. Тысячи пленных погибли в рудниках, или прикованные к волокушам, или при возведении пяти колоссальных башен. Люди замерзали зимой и умирали от жары летом. Чардрева, простоявшие три тысячи лет, валили на балки и стропила. Ради осуществления своей мечты Харрен разорил и речные земли, и Железные острова. И в тот день, когда король поселился в своем наконец-то построенном замке, Эйегон Завоеватель высадился в Королевской Гавани.

Кейтилин помнила, как старая Нэн рассказывала эту сказку ее детям в Винтерфелле, неизменно заканчивая словами: «И тогда король Харрен узнал, что толстые стены и высокие башни от драконов не спасают. Ведь драконы умеют летать». Харрен со всем своим семейством погиб в огне, охватившем его чудовищную крепость, и ни один знатный дом, владевший Харренхоллом с тех пор, не знал счастья. При всем своем могуществе это темное и проклятое место.

— Не хотела бы я, чтобы Робб сражался в тени этого замка, — призналась Кейтилин. — Но и бездействовать тоже нельзя, дядя.

— Никак нельзя, — согласился он. — Я еще не сказал тебе самого худшего. Люди, которых я послал на запад, донесли, что у Бобрового Утеса собирается новая рать.

Еще одно войско Ланнистеров. От этой вести ей стало дурно.

— Нужно немедленно сообщить об этом Роббу. Кто ею командует?

— Сир Стаффорд Ланнистер, как говорят. — Бринден смотрел на сливающиеся внизу реки, и его красный с голубым плащ трепетал на ветру.

— Еще один племянник? — Ланнистеры из Бобрового Утеса были необычайно большим и плодовитым родом.

— Кузен. И брат покойной жены лорда Тайвина, стало быть, дважды родня. Он уже стар и малость туповат, но у него есть сын, Девин, — этот будет пострашнее.

— Остается надеяться, что в бою этой армией будет командовать отец, а не сын.

— У нас еще есть немного времени до встречи с ними. Это войско состоит из наемников, вольных всадников и зеленых юнцов, набранных в притонах Ланниспорта. Сиру Стаффорду придется вооружить и обучить их, прежде чем вести на битву... и не будем забывать, что лорд Тайвин — это не Цареубийца. Он не станет действовать наобум. Он будет ждать терпеливо и носа не высунет из Харренхолла до выступления сира Стаффорда.

— Если только...

— Да?

— Если какая-нибудь новая угроза не вынудит его покинуть Харренхолл.

— Лорд Ренли, — задумчиво произнес Бринден.

— *Король* Ренли. — Если она собирается просить помощи у этого человека, придется величать его так, как он того требует.

— Может статься. — Бринден сверкнул зубами в хищной улыбке. — Но он захочет чего-то взамен.

— Того же, что хотят все короли, — почестей.

ТИРИОН

Янос Слинт был сыном мясника, и смех его звучал так, точно он разделывал тушу.

— Еще вина? — спросил его Тирион.

— Не откажусь. — Лорд Янос подставил чашу. Сложением он напоминал бочку и был способен вместить столько же жидкости. — Это красное просто чудо. Из Бора, верно?

— Дорнийское. — Слуга по знаку Тириона наполнил чашу. Если не считать челяди, они с лордом Яносом были одни в Малом Чертоге, и стол, где горели свечи, окутывала тьма. — Диковина своего рода. Дорнийские вина не часто имеют такой букет.

— Букет, — подхватил смахивающий на лягушку лорд, отхлебнув здоровенный глоток. Янос Слинт был не из тех, кто смакует напитки, это Тирион подметил сразу. — Вот то самое слово, которое я искал. У вас прямо-таки дар на слова, лорд Тирион. И какую забавную историю вы рассказали.

— Рад, что вам понравилось. Но я не лорд в отличие от вас. Зовите меня просто Тирион, лорд Янос.

— Как угодно. — Янос хлебнул еще, забрызгав свой белый атласный дублет. Сверху на нем был золотой полуплащ, застегнутый миниатюрным копьем с наконечником, покрытым темно-красной эмалью. Не оставалось сомнений в том, что Янос здорово захмелел.

Тирион, прикрыв рукой рот, тихонько рыгнул. Он не так налегал на вино, как лорд Янос, но тоже был полон до краев. Первым делом, поселившись в башне Десницы, он справился о лучшей в городе кухарке и взял ее к себе. В этот вечер на ужин у них был суп из бычьих хвостов, летний салат с орехами, виноградом, сладким красным укропом и тертым сыром, горячий пирог с крабами, тыква с пряностями и куропатки в масле. К каждому блюду подавалось свое вино. Лорд Янос уверял, что никогда еще не ел так вкусно.

— Вы еще наверстаете свое, когда поселитесь у себя в Харренхолле, — сказал Тирион.

— Безусловно. Вот возьму и переманю к себе вашу кухарку — что вы на это скажете?

— Войны разыгрывались и по менее важным причинам, — сказал Тирион, и оба от души посмеялись. — Только храбрый человек мог избрать Харренхолл своим поместьем. Замок так мрачен и так огромен... дорого станет его содержать. Говорят даже, что он проклят.

— Стану я бояться груды камней. Храбрый, вы говорите? Тому, кто хочет подняться, приходится быть храбрым. Взять хоть меня. Да, Харренхолл! А почему бы и нет? Вы меня поймете. Вы тоже храбрый человек, я это чувствую. Хоть маленький, а храбрый.

— Вы слишком добры. Еще вина?

— Нет, право же, хватит... а, проклятие богам, будь по-вашему. Почему нет? Храбрый человек пьет до отвала!

— Это правда. — Тирион наполнил чашу лорда Слинта до краев. — Я просмотрел имена тех, кого вы прочите на свое старое место начальника городской стражи.

— Славные ребята. Любой из шестерых подойдет, но я бы взял Аллара Дима. Моя правая рука — отличный парень, преданный. Выберите его, и вы не пожалеете — если король одобрит, конечно.

— Само собой. — Тирион отпил немного из своей чаши. — Я сам подумывал о сире Джаселине Байвотере. Он три года был капитаном караула у Грязных ворот и отличился во время восстания Бейлона Грейджоя. Король Роберт посвятил его в рыцари в Пайке — однако его в вашем списке нет.

Янос хлебнул вина и подержал его во рту, прежде чем проглотить.

— Байвотер... Ну что ж. Он, конечно, храбрец, только... уж больно жесткий. И со странностями. Люди его не любят. Потом он калека — потерял руку при Пайке, за это его и сделали рыцарем. Не слишком выгодная сделка, на мой взгляд, — рука в обмен на сира. Сир Джаселин чересчур много понимает о себе и своей чести, вот что. Его лучше оставить там, где он есть, ми... Тирион. Аллар Дим — вот кто вам нужен.

— Мне сказали, что Дима в городе недолюбливают.

— Его боятся — это лучше всякой любви.

— Я что-то слышал о нем. Какая-то заваруха в борделе?

— Было дело. Но это не его вина. Он не хотел убивать ту женщину — она сама напросилась. Он ее предупредил, чтобы не мешалась.

— Мать все-таки... следовало ожидать, что она попытается спасти свое дитя. Отведайте-ка этого сыра, он хорошо идет с вином. Скажите, почему вы доверили эту тяжелую задачу именно Диму?

— Хороший командир должен знать своих людей, Тирион. Одни годятся для одной работы, другие для другой. Грудной младенец — дело нелегкое. Не всякий на это способен, даже если речь идет о шлюхе и ее отродье.

— Да, пожалуй. — При слове «шлюха» Тирион вспомнил Шаю, и Тишу задолго до нее, и всех других женщин, которые брали с него деньги и принимали в себя его семя.

— Дим — суровый человек для суровой работы, — продолжал Слинт. — Делает то, что ему велят, а после ни слова. — Он отрезал себе ломоть сыра. — Хороший сыр, острый. Дайте мне хороший острый ножик и хороший острый сыр — и я счастлив.

— Угощайтесь, пока можно. Речные земли объяты пламенем. Ренли сидит королем в Хайгардене — скоро хороший сыр будет трудно достать. Кто, собственно, послал вас к той шлюхе?

Лорд Янос, бросив на Тириона подозрительный взгляд, засмеялся и махнул на него куском сыра:

— А вы хитрец, Тирион. Хотели подловить меня, да? Только одного вина и сыра мало, чтобы заставить Яноса Слинта сказать больше положенного. Тем и горжусь. Никаких вопросов — и ни слова после.

— Вы с Димом — два сапога пара.

— Вот-вот. Сделайте его командиром стражи, когда я уеду к себе в Харренхолл, и вы не пожалеете.

Тирион отломил кусочек сыра. И верно острый, весь в прожилках — в самый раз подходит к вину.

— Кого бы ни назначил король, ему нелегко будет заменить вас. У лорда Мормонта такое же затруднение.

— Я думал, Мормонт — это леди, которая спит с медведями.

— Я говорю о ее брате Джиоре, лорде-командующем Ночного Дозора. Когда я гостил у него на Стене, он сетовал, что не может подобрать достойного человека на свое место. В Дозоре нынче мало достойных людей. Он спал бы спокойнее, будь у него человек вроде вас — или храброго Аллара Дима.

— Ну, этого он вряд ли дождется! — заржал Слинт.

— Казалось бы, вы правы — но жизнь порой принимает неожиданный оборот. Вспомните Эддарда Старка, милорд. Едва ли он мог предположить, что его жизнь оборвется на ступенях септы Бейелора.

— Как и кто-либо другой, — усмехнулся лорд Янос.

— Жаль, что меня тогда не было здесь. Говорят, даже Варис был удивлен.

Лорд Янос засмеялся так, что его объемный живот затрясся.

— Паук. Все-то он видит, все знает — а вот этого не знал.

— Да и откуда? — В голосе Тириона впервые пробился холодок. — Ведь это он убедил мою сестру помиловать Старка при условии, что тот наденет черное.

— А? Что? — растерянно заморгал Слинт.

— Мою сестру, — терпеливо, словно недоумку, втолковывая, повторил Тирион. — Серсею. Королеву-регентшу.

— А-а... — Слинт сглотнул, — это так... но приказ отдал король, милорд. Сам король.

— Королю тринадцать лет, — напомнил ему Тирион.

— Тем не менее он король. — Слинт насупился, тряся щеками. — Правитель Семи Королевств.

— Вернее сказать, одного или двух из семи. Можно взглянуть на ваше копье?

— Копье?

— То, которым застегнут ваш плащ.

Лорд Янос недоумевающе отколол булавку и подал Тириону.

— У нас в Ланниспорте золотых дел мастера работают лучше, — заметил тот. — Эта эмалевая кровь ярковата, на мой взгляд. Скажите, милорд, вы сами вогнали ему копье в спину или отдали приказ?

— Отдал приказ — и сейчас поступил бы так же. Лорд Старк был изменник. — Лысина Слинта побагровела, парчовый плащ свалился на пол. — Он пытался подкупить меня.

— Не ведая о том, что вы уже продались.

Слинт со стуком поставил чашу на стол.

— Вы что, пьяны? Думаете, я буду сидеть здесь и слушать, как оскорбляют мою честь?

— Какую там честь. Спору нет, ты заключил более выгодную сделку, чем сир Джаселин. Лордство и замок за копье в спину, ко-

торое к тому же вонзил не ты. — Тирион швырнул золотую булавку обратно Слинту. Она ударилась о грудь вскочившего на ноги
Яноса и со звоном упала на пол.

— Мне не нравится ваш тон, мил... Бес. Я лорд Харренхолла и
королевский советник — кто ты такой, чтобы выговаривать мне
подобным образом?

Тирион склонил голову набок:

— Полагаю, тебе прекрасно известно, кто я такой. Сколько у
тебя сыновей?

— Что тебе до моих сыновей, карлик?

— Карлик? — вспылил Тирион. — Лучше бы ты остановился
на Бесе. Я Тирион из дома Ланнистеров, и если боги не обделили
тебя хотя бы тем разумом, который даруют моллюску, ты когда-
нибудь возблагодаришь их на коленях за то, что имел дело со мной,
а не с моим лордом-отцом. Итак, сколько у тебя сыновей?

В глазах у Яноса появился страх.

— Т-трое, милорд. И дочь. Прошу вас, милорд...

— Не надо просить. — Тирион соскользнул со стула. — Даю
тебе слово, что ничего худого с ними не случится. Младших опре-
делят в оруженосцы, и если они будут служить усердно и преданно,
то со временем смогут стать рыцарями. Пусть не говорят, что
дом Ланнистеров не вознаграждает за верную службу. Старший
сын унаследует титул лорда Слинта и эту твою жуткую эмблему. —
Он пнул ногой золотое копье. — Ему дадут землю, а усадьбу он
построит себе сам. Не Харренхолл, конечно, но ему и в ней хорошо будет. Он же выдаст замуж сестру.

Янос Слинт из красного сделался белым.

— А-а... к-как же... я? — Щеки у него тряслись, как студень.

— Ты хочешь знать, что будет с тобой? — Тирион дал Слинту
потрястись еще немного и ответил: — Каррака «Летний сон» отходит с утренним приливом. Ее владелец сказал мне, что она зайдет в
Чаячий Город, в Три Сестры, на остров Скагос и в Восточный Дозор. Когда увидишь лорда-командующего Мормонта, передай ему
мой горячий привет и скажи, что я не забыл о нуждах Ночного
Дозора. Желаю вам долгих лет и хорошей службы, милорд.

Когда Янос Слинт смекнул, что его в конечном итоге не казнят,
краски вернулись на его лицо. Он выпятил челюсть.

— Это мы еще посмотрим, Бес. Карлик. Как бы ты сам не
отправился в плавание на этом корабле, чтобы послужить на
Стене. — У него вырвался смех, похожий на лай. — Ты тут сильно грозился, но мы поглядим. Я как-никак друг короля. Посмот-

рим, что скажет об этом Джоффри. И Мизинец, и королева, да-да. У Яноса Слинта много друзей. Посмотрим, кто отплывет отсюда утром.

Слинт повернулся кругом, как стражник, которым был совсем недавно, и зашагал через Малый Чертог, стуча сапогами по камню. Он взошел по ступеням, распахнул дверь... и увидел перед собой высокого, с квадратным подбородком человека в черном панцире и золотом плаще. К его правой руке была приделана железная кисть.

— Здравствуй, Янос, — сказал он, поблескивая глубоко посаженными глазами из-под нависшего лба и шапки русых с проседью волос. Шестеро золотых плащей вошли в Малый Чертог вслед за ним, а Янос Слинт попятился.

— Лорд Слинт, — сказал Тирион, — я полагаю, вы знакомы с сиром Джаселином Байвотером, новым командиром городской стражи.

— Вас ждут носилки, милорд, — сказал сир Джаселин Слинту. — Пристань далеко, а на улицах темно и небезопасно. Взять его.

Когда золотые плащи вывели своего бывшего начальника, Тирион подозвал сира Джаселина к себе и вручил ему свернутый пергамент.

— Путешествие будет долгим, и лорду Слинту понадобится общество. Позаботьтесь, чтобы эти шестеро отправились вместе с ним.

Байвотер проглядел список и улыбнулся.

— Слушаюсь.

— Там значится некий Дим, — тихо сказал Тирион. — Скажите капитану, что никто не будет в обиде, если этого малого смоет за борт еще до Восточного Дозора.

— Говорят, в этих северных водах часто штормит, милорд. Сир Джаселин откланялся и удалился, шурша плащом. По пути он наступил на парчовый плащ Слинта.

Тирион допил остатки дорнийского вина. Слуги сновали взад-вперед, убирая со стола. Вино он велел оставить. Когда они ушли, в зал тихо проскользнул Варис, пахнущий лавандой, в широких одеждах того же цвета.

— Все прошло прелестно, дражайший милорд.

— Почему же тогда у меня во рту такой мерзкий вкус? — Тирион прижал пальцы к вискам. — Я велел им бросить Аллара Дима в море, и мне очень хочется проделать то же самое с тобой.

— Исход мог бы вас разочаровать. Штормы приходят и уходят, волны плещут, большие рыбы пожирают малых, а я знай себе плыву. Могу я попробовать вино, которое так понравилось лорду Слинту?

Тирион хмуро указал ему на штоф. Варис наполнил чашу.

— А-ах. Сладкое, как лето. — Он сделал еще глоток. — Я чувствую, как оно поет у меня на языке.

— А я-то думал, что это за шум. Вели ему замолчать — у меня и без того голова лопается. Это была моя сестра — вот чего не сказал мне наипреданнейший лорд Янос. Это Серсея послала золотых плащей в тот бордель.

Варис нервно хихикнул — надо полагать, он знал это с самого начала.

— Ты знал, но молчал, — укорил его Тирион.

— Ваша дражайшая сестра, — сказал Варис скорбно — того и гляди заплачет. — Тяжело говорить такое человеку, милорд. Я не знал, как вы это воспримете. Могу я надеяться на ваше прощение?

— Нет, — рявкнул Тирион. — Будь ты проклят — и она с тобой вместе. — Он знал, что Серсею тронуть не сможет, даже если очень захочет, а он совсем не был уверен, что хочет этого. Но ему претило изображать из себя скомороха, наказывая мелкую сошку вроде Яноса Слинта и Аллара Дима, в то время как сестра продолжает свое жестокое дело. — Впредь говори мне все, что знаешь, лорд Варис. Все.

— Долго пришлось бы рассказывать, милорд, — лукаво улыбнулся евнух. — Я много чего знаю.

— Однако дитя спасти не сумел.

— Увы. Был еще один бастард, мальчик-подросток. Его я убрал из города от греха подальше... но мне, признаться, в голову не пришло, что и младенцу может грозить опасность. Девчушка, которой не было и года, дочь жалкой шлюхи... какой от нее мог быть вред?

— Она родилась от Роберта, — с горечью сказал Тирион. — Серсее, видимо, и этого было довольно.

— Да. Все это очень печально. Я горько виню себя за бедную малютку и за ее мать, такую юную и так любившую короля.

— Любившую или нет — кто знает. Может ли шлюха любить кого-то по-настоящему? — Тирион не знал погибшую, но вместо нее ему представлялись Шая и Тиша. — Ладно, не отвечай. Некоторые вещи я предпочитаю не знать. — Шаю он поселил в просторном доме с собственным колодцем, конюшней и садом; он дал ей слуг, чтобы ухаживали за ней, белую птицу с Летних островов, чтобы ее развлекала, стражу для охраны, шелка, серебро и драгоценные камни. Но она не была спокойна и говорила, что хочет видеть его чаще, служить и помогать ему. «Лучше всего ты помогаешь мне тут, под одеялом», — сказал он ей однажды после любви, положив голову ей на грудь, со сладко ноющими чреслами. Она не ответила, только посмотрела — и он понял, что она ждала от него не таких слов.

Тирион вздохнул и снова хотел налить себе вина, но вспомнил лорда Яноса и отодвинул штоф.

— Но относительно смерти Старка сестра, кажется, сказала правду. За это безумие мы должны благодарить моего племянника.

— Король Джоффри отдал приказ, а Янос Слинт и сир Илин Пейн выполнили его незамедлительно и без колебаний...

— ...так, словно ожидали этого заранее. Да, мы уже обсуждали все это, и без всякого толку. Безумие.

— Теперь, когда городская стража у нас в руках, вы можете позаботиться о том, милорд, чтобы его величество не совершал дальнейших... безумств. Есть, конечно, еще и гвардия королевы...

— Красные плащи? Виларр присягал Бобровому Утесу, и он знает, что я здесь по указанию отца. Серсее трудновато будет обратить его людей против меня... кроме того, их только сотня, а у меня полторы сотни своих. И шесть тысяч золотых плащей — если Байвотер действительно тот, за кого ты поручился.

— Вы найдете в сире Джаселине отважного, порядочного, исполнительного... и благодарного человека.

— Благодарного, да только кому? — Тирион не доверял Варису, хотя не мог отрицать, что тот очень полезен и дело свое знает. — Почему вы, собственно, так стараетесь для меня, лорд Варис? — спросил он, разглядывая мягкие руки евнуха, его гладкое напудренное лицо и скользкую улыбочку.

— Вы наш десница. Я служу государству, королю и вам.

— Как служили Джону Аррену и Эддарду Старку?

— Я служил лорду Аррену и лорду Старку столь же усердно. Их безвременная смерть опечалила и ужаснула меня.

— Что тогда сказать обо мне? Я, по всей видимости, буду следующим.

— О, надеюсь, что нет, — сказал Варис, покачивая вино в своей чаше. — Власть — странная штука, милорд. Вы уже разрешили загадку, которую я загадал вам тогда в гостинице?

— Я задумывался над ней пару раз, — признался Тирион. — Король, священник и богач — кто умрет, а кто останется жив?

Кому подчиняется наемник? У этой загадки нет ответа — вернее, их слишком много. Все зависит от человека с мечом.

— Между тем он никто. У него нет ни короны, ни золота, ни благословения богов — только кусок заостренной стали.

— Этот кусок стали имеет власть над жизнью и смертью.

— Истинно так... но если нами правят люди с мечами, почему мы тогда притворяемся, будто власть принадлежит королям? Почему сильный мужчина с мечом подчиняется ребенку вроде Джоффри или пропитанному вином олуху вроде его отца?

— Потому что короли, как мальчики, так и пьяные олухи, могут позвать других сильных мужчин с мечами.

— Значит, этим другим воинам и принадлежит власть. Или нет? Откуда они берут свои мечи? И опять-таки почему повинуются чьим-то приказам? — Варис улыбнулся. — Одни говорят, что власть заключается в знании. Другие — что ее посылают боги. Третьи — что она дается по закону. Однако в тот день на ступенях септы Бейелора наш святейший верховный септон, законная королева-регентша и ваш столь хорошо осведомленный слуга оказались так же беспомощны, как всякий разносчик или медник в толпе. Как по-вашему, кто убил Эддарда Старка? Джоффри, отдавший приказ? Сир Илин Пейн, нанесший удар мечом? Или... кто-то другой?

Тирион склонил голову набок.

— Чего ты хочешь — чтобы я разгадал твою проклятую загадку или чтобы голова у меня разболелась еще пуще?

— Тогда я сам скажу, — улыбнулся Варис. — Власть помещается там, где человек *верит*, что она помещается. Ни больше ни меньше.

— Значит, власть — всего лишь фиглярский трюк?

— Тень на стене... но тени могут убивать. И порой очень маленький человек отбрасывает очень большую тень.

— Лорд Варис, — с улыбкой сказал Тирион, — я начинаю питать к вам странную привязанность. Может, я еще и убью вас, но, пожалуй, не без грусти.

— Я воспринимаю это как высшую похвалу.

— Кто же ты такой, Варис? — Тириону вдруг взаправду захотелось это узнать. — Люди говорят, ты паук.

— Шпионы и осведомители редко пользуются любовью, милорд. Я всего лишь верный слуга государства.

— И евнух, не будем забывать.

— Я редко забываю об этом.

110

— Меня тоже зовут полумужем, но ко мне, пожалуй, боги были добрее. Я мал, и ноги у меня кривые, и я не пробуждаю в женщинах пылких желаний... но все-таки я мужчина. Шая не первая женщина в моей постели, и когда-нибудь я смогу жениться и стать отцом. Если боги будут милостивы, мой сын пойдет красотой в дядю, а умом в отца. Ты же лишен такой надежды. Карлики — шутка богов... но евнухов создают люди. Кто сотворил это с тобой, Варис? Когда и зачем? Кто ты на самом деле?

Улыбка не исчезла с лица евнуха, но глаза больше не смеялись.

— Вы очень добры, что спрашиваете об этом, милорд, но моя история длинна и печальна, между тем измена не дремлет. — Он достал из рукава пергамент. — Капитан королевской галеи «Белый олень» собирается сняться с якоря через три дня, чтобы предложить свой корабль и свой меч лорду Станнису.

— И мы, полагаю, должны преподать ему кровавый урок? — вздохнул Тирион.

— Сир Джаселин может устроить так, чтобы он просто исчез, но королевский суд помог бы обеспечить верность других капитанов.

«И занять моего августейшего племянника».

— Делай как знаешь. Пусть Джоффри отпустит ему порцию своего правосудия.

Варис сделал пометку на пергаменте.

— Сир Хорас и сир Хоббер Редвины подкупили часового с тем, чтобы он в послезавтрашнюю ночь выпустил их через калитку. Они намереваются отплыть на пантосийской галее «Лунный бегун» под видом гребцов.

— Может, посадить их на весла на несколько годков — и посмотреть, как им это понравится? Но нет, моя сестра не захочет лишиться столь дорогих гостей. Скажи об этом Джаселину. Пусть подкупленному ими человеку объяснят, как почетно быть братом Ночного Дозора. И пошлите людей на «Лунного бегуна» на тот случай, если Редвины найдут еще одного стража, желающего подзаработать.

— Слушаюсь. — Еще одна пометка на пергаменте. — Ваш Тиметт нынче вечером в игорном притоне на Серебряной улице убил сына некого виноторговца за то, что тот плутовал в плашки.

— Он и правда плутовал?

— Вне всякого сомнения.

— Стало быть, честные люди этого города должны сказать Тиметту спасибо — а я позабочусь, чтобы и король его отблагодарил.

Евнух, хихикнув, сделал еще пометку.

— Мы также подверглись внезапному нашествию святых. Комета пробудила к жизни целый сонм проповедников и пророков. Они попрошайничают в кабаках и харчевнях и сулят гибель и разрушение всем, кому не лень их слушать.

— Скоро будет триста лет со дня высадки Эйегона, — пожал плечами Тирион, — полагаю, этого следовало ожидать. Пусть себе проповедуют.

— Но они сеют страх, милорд.

— И отбивают у тебя хлеб?

Варис прикрыл рот рукой:

— Как это жестоко с вашей стороны, милорд. И последнее. Прошлым вечером леди Танда дала небольшой ужин. У меня есть перечень блюд и список гостей, если желаете взглянуть. Первую заздравную чашу лорд Джайлс поднял за короля, на что сир Бейлон Сванн заметил: «Для этого нам понадобятся три чаши». Многие смеялись.

— Полно, полно. Сир Бейлон просто пошутил. Застольные измены меня не интересуют, лорд Варис.

— Вы столь же мудры, сколь и милостивы, милорд. — Пергамент исчез в широком рукаве. — У нас обоих много дел. Я вас оставляю.

После его ухода Тирион еще долго сидел, глядя на свечу и думая, как воспримет его сестра новость об отставке Яноса Слинта. Вряд ли с радостью — но он не видел, что Серсея может предпринять по этому поводу, кроме отправки сердитого послания лорду Тайвину в Харренхолл. Тирион теперь распоряжается городской стражей, к чему следует добавить полтораста свирепых горцев и растущее число наемников, вербуемых Бронном. По всем понятиям он хорошо защищен.

Эддард Старк, надо полагать, думал точно так же.

Когда Тирион вышел из Малого Чертога, Красный Замок был темен и тих. Бронн ждал в его горнице.

— Что Слинт? — спросил он.

— Лорд Янос отплывет к Стене с утренним приливом. Варис хочет мне внушить, что я заменил человека Джоффри одним из своих. Вернее будет сказать, что я заменил человека Мизинца ставленником самого Вариса, но пусть будет так.

— Должен тебя уведомить, что Тиметт убил человека...

— Варис мне говорил.

Наемника это, похоже, не удивило.

112

— Этот дурак думал, что одноглазого легче будет надуть. Тиметт пригвоздил его руку к столу кинжалом и голыми руками разорвал ему горло. Он напрягает пальцы вот этак и...

— Избавь меня от подробностей — мой ужин и так еле держится в животе. Как у тебя дела с новобранцами?

— Неплохо. Вечером записались еще трое.

— Откуда ты знаешь, кого брать, а кого нет?

— Я смотрю на них. Спрашиваю, где они сражались, и прикидываю, насколько хорошо они врут. Ну а потом даю им случай убить меня, да и сам не сижу сложа руки.

— И многих ты убил?

— Ни одного из тех, кто может нам пригодиться.

— А если кто-то из них убьет тебя?

— Такого уж точно стоит взять на службу.

Тирион немного захмелел и очень устал.

— Скажи, Бронн, если бы я велел тебе убить младенца... маленькую девочку, грудную... ты бы сделал это? Без всяких вопросов?

— Без всяких вопросов? Ну нет. — Наемник потер большой палец об указательный. — Я спросил бы сколько.

«Зачем же мне тогда твой Аллар Дим, лорд Слинт? — подумал Тирион. — У меня своих таких целая сотня». Ему хотелось засмеяться или заплакать — а больше всего побыть с Шаей.

АРЬЯ

Дорога превратилась в две колеи, проложенные в траве.

Зато здесь некому было показывать пальцем, в какую сторону они направились. Людской поток, катящийся по Королевскому Тракту, здесь сочился слабой струйкой.

Плохое заключалось в том, что дорога эта петляла, как змея, путаясь с другими, еще более узкими. Порой она пропадала вовсе и появлялась только пол-лиги спустя, когда все уже переставали надеяться. Арью это бесило. Местность здесь была довольно приятная — невысокие холмы и поля-террасы, пересеченные лугами, рощами и маленькими долинками, где ивы клонились над ленивыми мелкими ручьями. Но из-за извивов дороги они не ехали, а скорее ползли.

Особенно медленно двигались повозки, чьи оси скрипели под тяжелым грузом. Десять раз на дню приходилось останавливаться, чтобы вытащить колесо, застрявшее в колее, или соединить две упряжки, чтобы въехать на скользкий от грязи склон. Однажды посреди густой дубравы они столкнулись с парой волов, везущей дрова, и никак не могли разъехаться. Пришлось ждать, когда дровосеки выпрягут волов, повернут свою телегу, запрягут ее снова и двинутся в ту же сторону, откуда приехали. Волы тащились еще медленнее, чем их повозки, так что в тот день они почти совсем не продвинулись.

Арья невольно оглядывалась через плечо, гадая, когда же золотые плащи их догонят. Ночью она просыпалась от малейшего шума и хваталась за Иглу. Теперь они всегда выставляли часовых, когда разбивали лагерь, но Арья им не доверяла, особенно мальчикам. От шустрых сироток из закоулков Королевской Гавани здесь было мало проку. Она пробиралась мимо них, тихая, как тень, чтобы справить ночью нужду в лесу, и ни один ее не заметил. Однажды, когда караулил Ломми Зеленые Руки, она залезла на дуб и прыгала с дерева на дерево, пока не оказалась прямо у него над головой, а ему и невдомек было. Она бы прыгнула на него, если б не знала, что он своим воплем разбудит весь лагерь и Йорен снова задаст ей трепку.

Ломми и другие мальчишки теперь относились к Быку с почтением за то, что его разыскивала сама королева, но его это не радовало.

— Не знаю, что я ей такого сделал, — говорил он сердито. — Я исполнял свою работу, только и всего. Меха, клещи, подай-принеси. Я собирался стать оружейником, но мастер Мотт сказал, что я должен поступить в Ночной Дозор. Больше я знать ничего не знаю. — И он уходил полировать свой шлем — красивый, круглый, с прорезью для глаз и двумя большими бычьими рогами. Бык все время начищал его масляной тряпкой до такого блеска, что шлем отражал пламя костра, но на себя никогда не надевал.

— Спорю, что он бастард того изменника, — сказал Ломми однажды ночью, понизив голос, чтобы Джендри не слышал. — Волчьего лорда, которому отсекли башку на ступенях Великой Секты Бейелора.

— Ничего подобного, — заявила Арья. У ее отца был только один бастард — Джон.

Она ушла за деревья, жалея, что не может просто оседлать свою лошадь и ускакать домой. Это была хорошая лошадь, гнедая кобылка с белой звездочкой на лбу. И Арья всегда считалась хорошей наездницей. Она могла бы ускакать и никогда больше их не видеть, если сама не захочет. Только тогда некому будет разведывать для нее дорогу, прикрывать сзади или охранять, когда она спит, и когда золотые плащи ее схватят, она будет совсем одна. Безопаснее остаться с Йореном и остальными.

— Мы недалеко от Божьего Ока, — сказал однажды утром Черный Брат. — На Королевском Тракте нам будет небезопасно, пока мы не переправимся через Трезубец. Поэтому пойдем в обход озера вдоль западного берега — там нас вряд ли будут искать. — И когда две колеи в очередной раз пересеклись с двумя другими, Йорен повернул повозки на запад.

Здесь возделанные земли уступили место лесу, деревни и остроги были меньше и стояли дальше друг от друга, холмы выше и долины глубже. Еду становилось добывать все труднее. В городе Йорен запасся соленой рыбой, сухарями, салом, репой, бобами, ячменем и кругами желтого сыра, но все это они уже съели. Вынужденный перейти на подножный корм, Йорен обратился к Коссу и Курцу, отсидевшим за браконьерство. Он посылал их в лес впереди поезда, и ввечеру они возвращались с оленями, привязанными к шесту, или связками куропаток на поясе. Мальчики собирали ежевику у дороги или забирались на изгородь и обрывали яблоки, когда случалось проезжать мимо плодового сада.

Арья, ловкая лазальщица и проворная сборщица, любила промышлять в одиночку. Как-то ей попался кролик. Бурый и жирный, он смешно дергал носом. Кролики бегают быстрее кошек, зато по деревьям лазать не умеют. Она оглушила его своей палкой и сгребла за уши, а Йорен приготовил его с грибами и диким луком. Арье дали целую ножку, потому что кролика поймала она. Арья поделилась с Джендри. Все остальные получили по полной ложке жаркого, даже трое колодников. Якен Хгар вежливо поблагодарил Арью за такое лакомство, Кусака с блаженным видом облизал грязные пальцы, но Рорж только посмеялся и сказал:

— Тоже мне охотник. Воронье Гнездо, гроза кроликов.

На кукурузном поле близ острога под названием Белый Шиповник их окружили какие-то крестьяне, требуя платы за собранные початки. Йорен, поглядев на их серпы, бросил им несколько медяков.

— Было время, когда человек в черном ел досыта от Дорна до Винтерфелла и даже знатные лорды почитали за честь приютить его под своим кровом, — горько посетовал он. — А теперь всякий смерд норовит содрать с нас монету за червивое яблоко.

— Эта сладкая кукуруза чересчур хороша для такой вонючей старой вороны, — огрызнулся один из деревенских. — Убирайся с нашего поля и головорезов своих забирай, не то мы посадим тебя на кол вместо пугала для других ворон.

Ночью они запекли початки в листьях, переворачивая их раздвоенными прутиками, и съели с пылу с жару. Арье это блюдо очень понравилось, но Йорен слишком рассердился, чтобы есть. Черный как туча или как его плащ, он расхаживал по лагерю, бормоча что-то себе под нос.

Назавтра посланный на охоту Косс прискакал обратно, чтобы предупредить Йорена о расположившихся впереди ратниках.

— Их там человек двадцать или тридцать, в кольчугах и полушлемах. Некоторые сильно изранены, а один умирает, судя по его крикам. Эти вопли позволили мне подобраться поближе. У них имеются щиты и копья, но конь только один, да и тот хромой. Они стоят на том месте довольно долго — уж больно там воняет.

— Не видел, какое у них знамя?

— Пятнистая дикая кошка, желтая с черным, на грязно-буром поле.

Йорен сунул в рот пучок кислолиста.

— Не знаю такого, — признался он. — Поди разбери, на чьей они стороне. Ежели их так потрепали, они наверняка захотят отнять наших коняг, за кого бы там ни воевали. А может, и не только коняг. Свернем-ка лучше в сторону. — Пришлось сделать крюк в несколько миль, и это стоило им не меньше двух суток, но старик сказал, что они еще дешево отделались. — Спешить особо некуда — на Стене вам торчать до конца своих дней. Когда-нибудь да доберемся.

Они снова повернули на север, и Арья стала замечать у полей караулы. Одни караульщики молча стояли у дороги, провожая угрюмыми взглядами всех проезжих. Другие разъезжали верхами, с топорами, притороченными к седлам. На одном сухом дереве сидел человек с луком в руках и полным колчаном на соседней ветке. Увидев людей, он наложил на лук стрелу и не спускал с них глаз, пока последняя повозка не скрылась из виду. Йорен бранился не переставая.

— Ишь ты, занял позиции. Хотел бы я на него поглядеть, когда придут Иные. Тогда-то он вспомнит о Дозоре!

День спустя Доббер заметил красное зарево на вечернем небе.

— Либо эта дорога снова вильнула вбок, либо солнце заходит на севере.

116

Йорен поднялся на пригорок, чтобы лучше видеть, и объявил:

— Пожар. — Он послюнил палец и поднял его вверх. — Ветер дует не в нашу сторону, но лучше погодим здесь.

Стемнело, а пожар разгорался все сильнее — теперь казалось, что пылает весь северный небосклон. Иногда чувствовался даже запах дыма, но ветер не менялся, и пламя не приближалось к ним. К утру пожар догорел, но им все равно спалось не очень-то крепко.

В середине дня они добрались до места, где прежде была деревня. Поля обгорели на многие мили вокруг, от домов остались обугленные остовы. Повсюду валялись почерневшие туши животных. Потревоженное воронье, накрывшее их живым одеялом, с карканьем взмыло вверх. Из-за частокола еще поднимался дым. Крепкий на вид палисад на поверку оказался недостаточно надежным.

Выехав вперед, Арья увидела обгоревшие тела, насаженные на острые колья вдоль ограды, — руки мертвых были воздеты, словно они пытались заслониться от пожиравшего их пламени. Йорен остановился на некотором расстоянии от селения и велел Арье с мальчишками стеречь повозки, а сам с Тесаком и Мурхом отправился в деревню пешком. Когда они вошли в разбитые ворота, изнутри поднялась воронья стая, и вороны в клетках, которых Йорен вез с собой, раскричались в ответ сородичам.

— Может, и нам пойти? — спросила Арья Джендри, видя, что Йорен долго не возвращается.

— Йорен велел ждать. — Голос Джендри звучал как-то глухо. Арья посмотрела на него и увидела, что он надел свой сверкающий шлем с большими закругленными рогами.

Когда мужчины наконец вернулись, Йорен нес на руках маленькую девочку, а Мурх и Тесак — женщину на рваном одеяле. Девочка, не старше двух лет, все время плакала — тихо и сдавленно, словно у нее в горле что-то застряло. Говорить она то ли еще не научилась, то ли забыла, как это делается. У женщины правая рука была обрублена по локоть, а глаза, хотя и открытые, казалось, не видели ничего.

— Не надо, — беспрестанно твердила она. — Не надо, не надо. — Рорж счел это забавным и стал ржать через дыру на месте носа, а Кусака присоединился к нему, пока Мурх не обругал их и не велел заткнуться.

Йорен приказал расчистить для женщины место в задке одной из повозок.

— Да поживее, — добавил он. — Как стемнеет, сюда сбегутся волки, и они еще не самое страшное.

— Я боюсь, — прошептал Пирожок, глядя, как мечется в бреду однорукая женщина.

— Я тоже, — призналась Арья. Он стиснул ее плечо.

— По правде-то я никакого мальчика не убивал, Арри. Продавал матушкины пирожки, и все дела.

Арья отъехала вперед, насколько хватило храбрости, чтобы не слышать, как плачет девочка и женщина стонет «не надо». Ей вспомнилась сказка старой Нэн о человеке, которого злые великаны заточили в темный замок. Смелый и хитроумный, он обманул великанов и бежал... но за стенами замка его подстерегли Иные и выпили его горячую красную кровь. Теперь Арья понимала, что он должен был чувствовать.

К вечеру женщина умерла. Джендри и Тесак вырыли ей могилу на склоне холма, под плакучей ивой. Подул ветер, и Арье послышалось, как длинные поникшие ветки шепчут: «Не надо. Не надо. Не надо». Волосы у нее на затылке стали дыбом, и она чуть не бросилась наутек от могилы.

— Нынче огня разводить не будем, — сказал им Йорен. На ужин они ели сырые коренья, найденные Коссом, с чашкой сухих бобов, а запивали водой из ближнего ручья. У воды был странный вкус, и Ломми сказал, что это мертвецы гниют где-то выше по течению. Пирожок хотел побить его, но старый Рейзен их растащил.

Арья выпила много, чтобы хоть чем-то наполнить живот. Она не надеялась уснуть, но все-таки уснула, а когда пробудилась, было темным-темно и ее мочевой пузырь готов был лопнуть. Бок о бок с ней лежали спящие, закутанные в плащи и одеяла. Арья нашарила Иглу, встала и прислушалась. Она различала тихие шаги часового, и люди беспокойно ворочались во сне. Рорж храпел, Кусака дышал с присвистом. В другом фургоне ширкала сталь о камень — там сидел Йорен, жевал кислолист и точил свой кинжал.

Пирожок был в числе караульных.

— Ты куда? — спросил он, видя, что Арья идет к деревьям. Она махнула в сторону леса. — Нельзя. — Пирожок сильно осмелел, получив собственный меч, хотя клинок был короткий и он орудовал им, как мясницким ножом. — Старик никому не велел отлучаться.

— Мне отлить надо.

— Отлей вон у того дерева. В лесу всякое может быть, Арри. Я слышал, как волки воют.

Йорен не одобрил бы, если бы она опять подралась. Она притворилась испуганной.

— Волки? Правда, что ли?

— Точно слышал.

— Ладно, обойдусь, пожалуй. — Она вернулась к своему одеялу и притворилась, что спит, пока шаги Пирожка не затихли вдали. Тогда она юркнула в лес с другой стороны лагеря, тихая, как тень. Здесь тоже были часовые, но она пробралась мимо них без труда и для пущей уверенности отошла вдвое дальше, чем делала обычно. Убедившись, что поблизости никого нет, она приступила к делу.

Она сидела на корточках со спущенными штанами, когда услышала под деревьями какой-то шорох. «Пирожок, — в панике подумала она. — Он меня выследил». Но глаза, устремленные на нее, зажглись отраженным лунным светом. В животе у Арьи похолодело, и она схватилась за Иглу, не заботясь, что намочит штаны. Два глаза, четыре, восемь, двенадцать... целая стая.

Один зверь вышел из-за деревьев и уставился на нее, оскалив зубы. В голове у нее не осталось ни одной мысли, кроме как о том, какой она была дурой и как будет злорадствовать Пирожок, когда утром найдут ее обглоданный труп. Но волк повернулся и затрусил обратно во тьму, а глаза в тот же миг исчезли. Вся дрожа, Арья завязала штаны и пошла на далекий шаркающий звук, к лагерю и к Йорену.

— Волки, — прошептала она, забравшись к нему в повозку. — Там, в лесу.

— Понятное дело, — сказал он, не глядя на нее.

— Они меня напугали.

— Да ну? — Он сплюнул. — А говорят, ваша порода с волками запанибрата.

— Нимерия была лютоволчица. — Арья обхватила себя руками. — Это другое дело. И потом она убежала. Мы с Джори бросали в нее камнями, пока она не отстала, иначе королева приказала бы ее убить. — Ей грустно было вспоминать об этом. — Могу поспорить: будь она в городе, она не дала бы им отрубить отцу голову.

— У мальчика-сироты отца нет — забыла? — Кислолист окрашивал слюну в красный свет, и казалось, что у Йорена изо рта идет кровь. — Нам надо бояться только тех волков, что ходят на двух ногах, — тех, что спалили ту деревню.

— Я домой хочу, — жалобно сказала Арья. Она очень старалась быть храброй, свирепой, как росомаха, и все такое, но в конце-то концов она всего лишь маленькая девочка.

Черный брат оторвал от кипы еще пучок кислолиста и сунул в рот.

— Надо было мне оставить тебя там, где взял, *мальчик*. Всех вас. В городе, сдается мне, безопаснее.

— Мне все равно. Я хочу домой.

— Вот уж скоро тридцать лет, как я вожу людей к Стене. — Слюна пузырилась у Йорена на губах, как кровавая пена. — И за все это время потерял только троих. Один старик помер от лихорадки, парня ужалила змея, покуда он облегчался, да один дурак хотел убить меня во сне и получил нож в горло за свои хлопоты. — Он провел кинжалом вдоль собственного горла, чтобы показать ей. — Трое за тридцать лет. — Он выплюнул свою жвачку. — Наверно, надо было сесть на корабль. Так, конечно, по пути больше никого не соберешь, зато оно умнее... только я уже тридцать лет путешествую по этому тракту. — Он спрятал кинжал в ножны. — Иди спать, *мальчик*, — слышишь?

Она попыталась, но, лежа под тонким одеялом, все время слышала волчий вой... и еще один звук, более слабый, изредка долетающий с ветром и похожий на человеческие крики.

ДАВОС

В утреннем воздухе стоял дым горящих богов.

Теперь они пылали все — Матерь и Дева, Воин и Кузнец, Старица с перламутровыми глазами, Отец с позолоченной бородой и даже Неведомый, изваянный как нечто среднее между зверем и человеком. Старое сухое дерево, покрытое бесчисленными слоями краски и лака, трещало вовсю. Прохладный воздух мерцал от жара, и горгульи с каменными драконами на стенах замка колебались, словно Давос смотрел на них сквозь пелену слез. Еще похоже, будто они дрожат, шевелятся...

— Злое это дело, — сказал Аллард, хотя у него хватило ума понизить голос. Дейл согласно буркнул что-то.

— Молчите, — сказал им Давос. — Помните, где находитесь. — Его сыновья хорошие ребята, но еще молодые и горячие, особенно Аллард. — Останься я контрабандистом, Аллард в конце концов оказался бы на Стене. Станнис избавил его от этой участи — этим я ему тоже обязан...

Сотни людей собрались у ворот замка, чтобы посмотреть, как сжигают Семерых. Пахло гарью. Даже солдатам было не по себе от такого надругательства над богами, которым они поклонялись всю свою жизнь.

Красная женщина трижды обошла вокруг костра, творя молитву — один раз по-асшайски, другой по-валирийски, третий на общем языке. Только последнюю Давос и понял.

— Рглор, озари нашу тьму. Владыка Света, мы приносим тебе в дар этих ложных богов, семь образов врага твоего. Прими их и озари нас светом своим, ибо ночь темна и полна ужасов.

Королева Селиса вторила ее словам. Станнис наблюдал бесстрастно, стиснув каменные челюсти под иссиня-черной коротко подстриженной бородой. Он оделся роскошнее обычного, словно для выхода в септу.

Септа Драконьего Камня стояла там, где некогда Эйегон Завоеватель преклонил колена в ночь своего отплытия — но это не спасло ее от людей королевы. Они опрокинули алтари, стащили вниз статуи и разбили витражи боевыми молотами. Септон Барре мог только проклясть их, но сир Губард Рамбтон с тремя сыновьями стал на защиту своих богов. Рамбтоны убили четырех солдат королевы, но остальные одолели их. Вслед за этим Гансер Сангласс, самый мягкосердечный и набожный из лордов, заявил Станнису, что не может более поддерживать его. Сангласса бросили в душную клеть вместе с септоном и двумя оставшимися в живых сыновьями сира Губарда. Другие лорды не замедлили усвоить этот урок.

Давос-контрабандист никогда не придавал богам особого значения, хотя, как большинство мужчин, приносил жертву Воину перед битвой, Кузнецу, когда спускал на воду корабль, и Матери, когда жена должна была родить. Зрелище их сожжения вызывало у него дурноту, и не только дым был тому причиной.

Мейстер Крессен не допустил бы этого. Но старик бросил вызов владыке Света и был наказан за свою дерзость — так по крайней мере гласила молва. Только Давос знал правду. Он видел, как мейстер бросил что-то в чашу с вином. Яд, конечно, — что же еще? Он выпил смертную чашу, чтобы избавить Станниса от Мелисандры, но бог красной женщины чудесным образом защитил ее. Давос сам охотно убил бы Мелисандру, но что он мог поделать там, где даже мейстер из Цитадели потерпел неудачу? Он, выскочка, бывший контрабандист, Давос с Блошиного Конца, Луковый Рыцарь.

Вокруг горящих богов плясало красивое пламя — красное, желтое и оранжевое. Септон Барре как-то говорил Давосу, что их изваяли из мачт кораблей, привезших первых Таргариенов из Валирии. За истекшие века их красили и перекрашивали, золотили, серебрили, убирали дорогими камнями. «Их красота сделает жертву еще более желанной для Рглора», — сказала Мелисандра Станнису, когда богов повергли ниц и выволокли за ворота замка.

Дева лежала поперек Воина, раскинув руки, словно обнимая его. Огонь лизал лицо Матери, и казалось, что она содрогается. Кожаная рукоять меча, пронзившего ее сердце, цвела красным пламенем. Отец лежал в самом низу — его свалили первым. Пальцы на руке Неведомого чернели и отваливались один за другим, превращаясь в тлеющие угли. Лорд Селтигар кашлял, закрывая морщинистое лицо полотняным платком, расшитым красными крабами. Мирийцы перекидывались шутками, наслаждаясь теплом костра, но молодой лорд Бар-Эммон покрылся землистыми пятнами, а лорд Веларион смотрел не на костер, а на короля.

Давос многое бы дал, чтобы разгадать его думы, но такой, как Веларион, с ним делиться не станет. От него, Давоса Сиворта, разит рыбой и луком, а лорд Высокого Прилива ведет свой род из древней Велирии, и принцы Таргариены трижды брали в жены девиц его дома. Так же обстоит дело и с прочими лордами. Он никому не может довериться, и ни один из них не пригласит его на свой совет. И сыновей его они презирают. Но их внуки будут состязаться с моими на турнирах, и когда-нибудь их кровь сочетается браком с моей. Со временем мой черный кораблик взлетит столь же высоко, как морской конек Велариона или красные крабы Селтигара.

В том случае, если Станнис завоюет свой трон. Если же он проиграет...

Всем, что у него есть, Давос обязан ему. Станнис сделал его рыцарем, дал почетное место за своим столом и боевую галею вместо контрабандистского шлюпа. Дейл и Аллард тоже командуют галеями, Марик — мастер над гребцами на «Ярости», Девана король взял к себе в оруженосцы, Маттос помогает отцу на «Черной Бете». Когда-нибудь Девана посвятят в рыцари, и двух младшеньких тоже. Мария хозяйничает в маленьком замке на мысе Гнева, и слуги зовут ее «миледи», а Давос может охотиться на красного оленя в собственных лесах. Все это он получил от Станниса Баратеона ценой нескольких пальцевых суставов. И это даже справедливо — ведь Давос всю свою жизнь плевал на королевские законы. Станнис заслужил его преданность. Давос потрогал ладанку, висящую на кожаном шнурке, обвитом вокруг шеи. Свои отрубленные пальцы он носил с собой на счастье, и сейчас счастье требовалось ему, как никогда. Как и всем нам, а пуще всего — лорду Станнису.

Пламя лизало серое небо, и клубился черный дым. Когда ветер нес его на людей, они мигали и терли глаза. Аллард отвернулся, кашляя и ругаясь. «Это вкус грядущего, — думал Давос. — Многому еще суждено сгореть в огне до конца войны».

Мелисандра, в алых шелках и кровавом бархате, с глазами красными, как рубин у нее на шее, изрекла:

— В древних книгах Асшая сказано, что придет день после долгого лета, когда звезды прольют кровь и холодное дыхание тьмы коснется мира. В этот страшный час некий воин вынет из огня пылающий меч, и меч этот будет Светозарным, Красным Мечом Героев, и тот, кто владеет им, будет новым Азором Ахаи, и тьма расступится перед ним. — Она возвысила голос, чтобы слышали все и каждый. — Азор Ахаи, возлюбленный Рглором! Воин Света, Сын Огня! Приди, твой меч ждет тебя! Приди и возьми его!

Станнис Баратеон шагнул вперед, как солдат, идущий в бой. Оруженосцы последовали за ним. Сын Давоса Деван надел на правую руку короля толстую стеганую рукавицу. На мальчике был кремовый дублет с вышитым на груди огненным сердцем. Брайен Фарринг, одетый так же, накинул на плечи Станнису жесткий кожаный плащ. За спиной у Давоса нестройно зазвенели колокольчики.

— На дне морском от огня идет не дым, а пузырьки, а пламя там зеленое, синее и черное, — пропел Пестряк. — Я знаю, я-то знаю.

Король, сцепив зубы и завернувшись в кожаный плащ, сунул руку в огонь. Пальцами, защищенными рукавицей, он схватил меч, пронзающий сердце Матери, и сильным рывком выдернул его из горящего дерева. Он поднял меч, и вокруг раскаленной вишневой стали вспыхнуло зеленое, как яшма, пламя. Охрана бросилась гасить затлевшую кое-где одежду короля.

— Огненный меч! — воскликнула королева Селиса, а сир Акселл Флорент и другие ее приближенные подхватили крик. — Огненный меч! Он светится! Светится! Огненный меч!

Мелисандра воздела руки.

— Смотрите! Нам был обещан знак, и вот мы видим его! Вот он, Светозарный! Азор Ахаи вернулся к нам! Слава Воину Света! Слава Сыну Огня!

123

В ответ послышались нестройные крики. Рукавица Станниса загорелась. Выругавшись, король сунул меч острием в землю и сбил огонь о бедро.

— Властитель, озари нас светом своим! — воззвала Мелисандра.

— Ибо ночь темна и полна ужасов, — отозвалась Селиса и ее присные. «Может, и мне надо сказать эти слова? — подумал Давос. — Входит ли это в мой долг перед Станнисом? Его ли это бог на самом деле?» Обрубленные пальцы свело судорогой.

Станнис снял рукавицу и бросил ее наземь. Боги в костре стали совсем уже неузнаваемыми. У Кузнеца отвалилась голова, подняв столб искр и пепла. Мелисандра запела что-то по-ашайски — голос ее поднимался и опадал, как прибой. Станнис, скинув прожженный кожаный плащ, молча слушал ее. Светозарный, воткнутый в землю, еще светился тускло-красным огнем, но зеленое пламя уже угасало.

Когда женщина допела свою песнь, от богов остались одни головешки, и терпение короля истощилось. Он взял королеву под локоть и повел обратно в замок, оставив Светозарный торчать в земле. Красная женщина задержалась, наблюдая, как Деван и Брайен Фарринг заворачивают обожженный, почерневший меч в королевский кожаный плащ. «Не больно-то он красив теперь, Красный Меч Героев», — подумал Давос.

Несколько лордов тихо переговаривались в подветренной от костра стороне. Заметив, что Давос смотрит на них, они умолкли. Если Станнис падет, они и меня уничтожат в тот же миг. Давос не примыкал ни к ним, ни к людям королевы — честолюбивым рыцарям и мелким лордам, которые объявили себя приверженцами Владыки Света и тем завоевали милость леди — нет, королевы, запомни это! — Селисы.

Костер начал гаснуть, когда Мелисандра и оруженосцы удалились с драгоценным мечом. Давос с сыновьями присоединился к толпе, идущей к берегу и кораблям.

— Деван держится молодцом, — заметил отец.

— Рукавицу не уронил — и то ладно, — согласился Дейл.

— Что это за огненное сердце у него на груди? — спросил Аллард. — Эмблема Баратеонов — коронованный олень.

— Лорд может выбрать себе не одну, а несколько эмблем, — ответил Давос.

— Скажем, черный кораблик и луковицу — да, отец? — улыбнулся Дейл.

Аллард пнул подвернувшийся под ноги камень.

— Иные бы взяли нашу луковицу... и огненное сердце в придачу. Дурное это дело — сжигать Семерых.

— С каких пор ты стал такой набожный? — осведомился Давос. — Что может смыслить сын контрабандиста в божественных делах?

— Я сын рыцаря, отец. Если ты не будешь об этом помнить, то и никто не будет.

— Сын рыцаря. Но не рыцарь. И не станешь им, если будешь мешаться в дела, которые тебя не касаются. Станнис — наш законный государь, и нам не подобает приставать к нему с расспросами. Мы водим его корабли и выполняем его приказы — вот и все.

— Если уж речь об этом, отец, — сказал Дейл, — мне не нравятся бочки, которые прислали мне на «Ярость». Зеленая сосна — вода в них сразу испортится.

— Я получил такие же для «Леди Марии», — подтвердил Аллард. — Все мореное дерево забрали люди королевы.

— Я поговорю об этом с королем, — пообещал Давос. Лучше уж он сам, чем Аллард. Его сыновья хорошие бойцы, а моряки и вовсе отменные, но с лордами говорить не умеют. «Они низкого рода, как и я, но не любят, когда им напоминают об этом. Глядя на наш герб, они видят только черный корабль, гордо летящий по ветру, а на луковицу закрывают глаза».

На памяти Давоса в их гавани никогда еще не было так многолюдно. На каждом причале грузили провизию, и все гостиницы кишели солдатами, которые пили, играли в кости или высматривали шлюх. Напрасная надежда — таких женщин Станнис на свой остров не допускал. У берега теснились корабли — боевые галеи и рыбачьи лодки, крепкие карраки и плоскодонные барки. Лучшие места для стоянки занимали самые крупные корабли: флагман Станниса «Ярость» покачивался между «Лордом Стефороном» и «Морским оленем». Рядом стояли серебристая «Гордость Дрифтмарка» лорда Веларион с тремя своими сестрами, нарядный «Красный коготь» лорда Селтигара, статная «Мечрыба» с длинным железным носом. В море на якоре «Валирийка» Салладора Саана возвышалась среди двух дюжин более мелких полосатых лисских галей.

Обветшалая гостиница стояла в конце каменной пристани, где были причалены «Черная Бета», «Дух» и «Леди Мария» с полудюжиной других галей на сотню и меньше весел. Давосу захотелось пить. Он расстался с сыновьями и направил свои стопы к гостинице. У входа в нее торчала горгулья вполовину человеческого роста. Дожди и соль сильно попортили ее, но они с Давосом были старые друзья.

— Будь здорова, — шепнул он, проходя внутрь, и потрепал ее по каменной голове.

В шумной харчевне Салладор Саан ел виноград из деревянной чаши. Увидев Давоса, он махнул ему рукой.

— Садись со мной, сир рыцарь. Съешь ягоду. Или две. Сладкие — просто чудо. — Щегольство этого вкрадчивого, всегда улыбающегося лиссенийца вошло в поговорку по обеим сторонам Узкого моря. Сегодня он облачился в кафтан из серебряной парчи с прорезными рукавами, такими длинными, что их концы волочились по полу. Пуговицами ему служили яшмовые обезьянки, а на жидких белых кудряшках сидела ярко-зеленая шапка с павлиньими перьями.

Давос протолкался между столами. До того, как сделаться рыцарем, он часто покупал товары у Салладора Саана. Лиссениец сам был контрабандистом, а заодно торговцем, банкиром, знаменитым пиратом и самозваным принцем Узкого моря. Когда пират богатеет, все готовы признать его принцем. Давос сам совершил путешествие в Лисс, чтобы переманить старого негодяя на службу к лорду Станнису.

— Вы видели, как горят боги, милорд? — спросил Давос.

— У красных жрецов в Лиссе большой храм. Они всегда что-нибудь жгут и взывают к своему Рглору. Надоели они мне со своими кострами. Будем надеяться, что королю Станнису это тоже скоро надоест. — Явно не боясь быть услышанным, он ел свой виноград и смахивал пальцем прилипшие к губе косточки. — Вчера пришла моя «Тысячецветная птица», добрый сир. Это не военный корабль, а торговое судно, и по пути она завернула в Королевскую Гавань. Ты уверен, что не хочешь виноградинку? Там, говорят, голодают. — Салладор с улыбкой покачал кистью перед Давосом.

— Все, что мне нужно, это эль — и новости.

— Вы, вестеросцы, всегда торопитесь. Какой в этом прок? Кто спешит жить, спешит к могиле. — Салладор рыгнул. — Лорд Бобрового Утеса прислал своего карлика управлять Королевской Гаванью. Видно, надеется, что его рожа отпугнет всех врагов или что мы все помрем со смеху, когда Бес появится на стене. Карлик прогнал олуха, который командовал золотыми плащами, и поставил на его место рыцаря с железной рукой. — Он сдавил между пальцами виноградину — кожица лопнула, и потек сок.

К ним пробилась служанка, хлопая по тянущимся к ней рукам. Давос заказал кружку эля и просил Салладора:

— Насколько хорошо защищен город?

— Стены там высокие и крепкие, но кто будет стоять на них? Они строят скорпионы и огнеметы, верно, но золотых плащей мало, да и те новички, а других у них нет. Быстрый удар, как делает ястреб, падая на зайца, — и город наш. Если ветер будет попутным, завтра к вечеру ваш король сможет взойти на Железный Трон. Карлика мы оденем в дурацкий наряд и будем колоть ему задницу копьями, чтобы он плясал нам, а ваш добрый король, быть может, даст мне на ночь прекрасную королеву Серсею. Я слишком долго живу в разлуке со своими женами, служа ему.

— У тебя нет жен, пират, — только наложницы, и тебе хорошо платят за каждый день твоей службы и за каждый корабль.

— Только на словах. Добрый сир, мне нужно золото, а не слова на бумаге. — Он бросил виноградину себе в рот.

— Ты получишь свое золото, когда мы возьмем казну в Королевской Гавани. В Семи Королевствах нет человека честнее, чем Станнис Баратеон. Он свое слово сдержит. — Что за мир, подумал Давос, где контрабандисты низкого рода должны ручаться за честь королей?

— Да, он говорит то же самое. А я говорю — давайте это сделаем. Даже этот виноград не такой спелый, как тот город, дружище.

Служанка принесла эль, и Давос дал ей медную монету.

— Может, мы и могли бы взять Королевскую Гавань, как ты говоришь, — только вот долго ли мы ее удержим? Известно, что у Тайвина Ланнистера в Харренхолле большое войско, а лорд Ренли...

— Ах да, младший брат. Тут дела обстоят не столь хорошо, друг мой. Король Ренли не сидит сложа руки. Виноват — здесь он лорд Ренли. Столько королей, что язык заплетается. Братец Ренли вышел из Хайгардена со своей прекрасной молодой королевой, великолепными лордами, блестящими рыцарями и большим пехотным войском и идет по Дороге Роз к тому самому городу, о котором мы говорим.

— Он взял с собой жену?!

— Да — только не сказал мне зачем. Может, ему неохота расставаться с теплым гнездышком между ее ног даже на одну ночь, а может, он просто верит в свою победу.

— Надо сказать королю.

— Я уже позаботился об этом, добрый сир. Хотя его величество так хмурится каждый раз, когда видит меня, что я боюсь являться пред его очи. Может, я больше нравился бы ему, если бы носил власяницу и никогда не улыбался? Но я человек откровенный — пусть терпит меня в шелках и парче. Не то я уведу свои корабли туда, где меня больше любят. Этот меч — никакой не Светозарный, дружище...

Внезапная перемена разговора смутила Давоса:

— Меч?

— Ну да — тот, который извлекли из огня. Мне многое рассказывают — людям нравится моя улыбка. На что Станнису обгоревший меч?

— Горящий меч, — поправил Давос.

— Обгоревший — и радуйся, что это так. Знаешь сказку о том, как был выкован Светозарный? Я тебе расскажу. Было время, когда весь мир окутывала тьма. Чтобы сразиться с нею, герою нужен был меч, какого никогда еще не бывало. И вот Азор Ахаи, не смыкая глаз, тридцать дней и тридцать ночей работал в храме, закаляя свой клинок в священном огне. Огонь и молот, огонь и молот — и вот наконец меч был готов. Но когда герой погрузил его в воду, сталь разлетелась на куски.

Будучи героем, он не мог просто пожать плечами и утешиться таким вот великолепным виноградом, поэтому он начал снова. На этот раз он ковал пятьдесят дней и пятьдесят ночей, и меч вышел еще краше первого. Азор Ахаи поймал льва, чтобы закалить клинок в его алой крови, но меч снова рассыпался на части. Велико было горе героя, но он понял, что должен сделать.

Сто дней и сто ночей ковал он третий клинок, и когда тот раскалился добела в священном огне, Азор Ахаи призвал к себе жену. «Нисса-Нисса, — сказал он ей, ибо так ее звали, — обнажи свою грудь и знай, что я люблю тебя больше всех на свете». И она сделала это — не знаю уж почему, — и Азор Ахаи пронзил дымящимся мечом ее живое сердце. Говорят, что ее крик, полный муки и радости, оставил трещину на лунном диске, но кровь ее, душа, сила и мужество перешли в сталь. Вот как был выкован Светозарный, Красный Меч Героев.

Понял теперь, к чему я клоню? Радуйся, что его величество вытащил из костра обыкновенный обгоревший меч. Слишком яркий свет ранит глаза, дружище, а огонь жжется. — Салладор Саан, причмокнув, доел последнюю виноградину. — Как ты думаешь, когда король прикажет нам выйти в море, добрый сир?

— Я думаю, скоро — если его бог так захочет.

— Значит, его бог — не твой, сир? Какому же богу молится сир Давос Сиворт, рыцарь лукового корабля?

Давос глотнул эля, чтобы выиграть время. Здесь полно народу, а ты не Салладор Саан, напомнил он себе. Будь поосторожнее с ответом.

— Мой бог — король Станнис. Он создал меня и благословил своим доверием.

— Я это запомню. — Салладор Саан встал из-за стола. — Прошу прощения. От винограда я проголодался, а на «Велирийке» меня ждет обед. Рубленая баранина с перцем и жареные чайки, фаршированные грибами, сладким укропом и луком. Скоро мы будем вместе пировать в Красном Замке, а карлик нам споет. Когда будешь говорить с королем Станнисом, будь добр, не забудь упомянуть, что к новолунию он будет должен мне еще тридцать тысяч драконов. Лучше бы он отдал этих богов мне. Они были слишком красивы, чтобы жечь их, и я выручил бы за них приличную цену в Пентосе или в Мире. Ну ладно — я прощу его, если он даст мне на ночь королеву Серсею. — Лиссениец хлопнул Давоса по спине и вышел с таким видом, словно гостиница принадлежала ему.

Сир Давос Сиворт еще долго сидел над своей кружкой и думал. Год назад он побывал со Станнисом в Королевской Гавани — на турнире, который король Роберт устроил в честь именин принца Джоффри. Он помнил красного жреца Тороса из Мира и пылающий меч, которым тот орудовал в общей схватке. Жрец представлял собой красочное зрелище в развевающихся красных одеждах и с клинком, объятым бледно-зеленым пламенем, но все знали, что это не настоящее волшебство, — меч в конце концов погас, и Бронзовый Джон Ройс оглоушил Тороса обыкновенной палицей.

Поглядеть бы на настоящий огненный меч. Но такой ценой... Думая о Ниссе-Ниссе, Давос представлял себе свою Марию, добродушную толстуху с обвисшими грудями и ласковой улыбкой, лучшую женщину в мире. Он попытался вообразить, как пронзает ее мечом, и вздрогнул. «Нет, не гожусь я в герои, — решил он. — Если это цена волшебного меча, мне она не по карману».

Он допил свой эль и вышел, снова потрепав горгулью по голове и пожелав ей удачи. Она им всем понадобится, удача.

Уже совсем стемнело, когда к «Черной Бете» пришел Деван с белым как снег конем в поводу.

— Мой лорд-отец, — сказал мальчик, — его величество приказывает вам явиться к нему в Палату Расписного Стола. Садитесь на коня и отправляйтесь сей же час.

Давосу приятно было поглядеть на Девана в пышном наряде оруженосца, но королевский приказ вызвал у него тревогу. «Уж не надумал ли Станнис выйти в море? Салладор Саан — не единственный капитан, утверждающий, что Королевская Гавань созрела для атаки, но первое, чему обучается контрабандист, — это терпение. На победу нам надеяться нечего. Я так и сказал мейстеру Крессену в тот день, как вернулся на Драконий Камень, и ничего с тех пор не изменилось. Нас слишком мало, а врагов слишком много. Для нас весла на воду — это смерть. Тем не менее Давос сел на коня — что ему оставалось?»

Из Каменного Барабана, когда он подъехал, как раз вышло около дюжины знатных рыцарей и лордов-знаменосцев. Лорды Селтигар и Веларион коротко кивнули Давосу, остальные же сделали вид, что вовсе его не видят, — только сир Акселл Флорент остановился перемолвиться с ним словом.

Дядя королевы Селисы был толст, как бочка, с громадными ручищами и кривыми ногами. Уши у него торчали, как у всех Флорентов, — больше даже, чем у племянницы, и в них росли жесткие волосы, но это не мешало ему слышать все, что делается в замке. Сир Акселл был кастеляном Драконьего Камня десять лет, пока Станнис заседал в совете Роберта, а теперь сделался самым доверенным лицом королевы.

— Сир Давос, рад видеть вас, как всегда.

— Взаимно, милорд.

— Впрочем, я еще утром вас заметил. Как весело пылали эти ложные боги, правда?

— Ярко горели, спору нет. — Давос не доверял этому человеку при всей его учтивости. Дом Флорентов присягнул Ренли.

— Леди Мелисандра говорит, что иногда Рглор позволяет своим преданным слугам увидеть в пламени будущее. Нынче утром мне показалось, что я вижу в огне танцовщиц, прекрасных дев в желтом шелку, — они плясали и кружились перед великим королем. Мне думается, это правдивое видение, сир. Это одна из картин торжества, ожидающего его величество, когда мы возьмем Королевскую Гавань и трон, принадлежащий ему по праву.

«Такие пляски не во вкусе Станниса», — подумал Давос, но поостерегся перечить дяде королевы.

— Я видел только огонь — притом от дыма у меня глаза заслезились. Прошу прощения, сир, меня ждет король. — Давос прошел мимо, гадая, зачем он понадобился сиру Акселлу. Он человек королевы, я — короля.

Станнис сидел у Расписного Стола с кучей бумаг перед собой. За его плечом стоял мейстер Пилос.

— Сир, — сказал король подошедшему Давосу, — взгляните на это письмо.

Тот послушно взял в руки бумагу.

— Написано красиво, ваше величество, — вот кабы я еще прочитать это мог. — В картах Давос разбирался не хуже кого другого, а вот писанину так и не одолел. Зато Деван знает грамоту, и младшенькие, Стеффон и Станнис, тоже.

— Да, я забыл. — Король раздраженно нахмурил брови. — Пилос, прочти ему.

— Слушаюсь, ваше величество. — Мейстер взял у Давоса пергамент и прочистил горло. — «Все знают, что я — законный сын Стеффона Баратеона, лорда Штормового Предела, от его леди-жены Кассаны из дома Эстермонтов. Честью нашего дома клянусь в том, что мой возлюбленный брат Роберт, наш покойный король, законных наследников не оставил. Отрок Джоффри, отрок Томмен и девица Мирцелла суть плоды гнусного кровосмешения Серсеи Ланнистер с ее братом, Джейме Цареубийцей. По праву рождения и крови я ныне требую вернуть мне Железный Трон Семи Королевств Вестероса, и пусть все добрые люди присягнут мне на верность. Писано при Свете Владыки, под собственноручной подписью и печатью Станниса из дома Баратеонов, первого этого имени, короля андалов, ройнаров и Первых Людей, правителя Семи Королевств». — Пилос с тихим шорохом свернул пергамент.

— Поставь «сиром Джейме Цареубийцей», — хмуро указал Станнис. — Кем бы он ни был, он остается рыцарем. Не знаю также, стоит ли называть Роберта «возлюбленным братом». Он любил меня не больше, чем был обязан, как и я его.

— Это всего лишь вежливый оборот, ваше величество, — заметил Пилос.

— Это ложь. Вычеркни. Мейстер говорит, что у нас в наличии сто семнадцать воронов, — сказал Станнис Давосу, — и я намерен использовать их всех. Я разошлю сто семнадцать таких писем во все концы государства, от Бора до Стены. Надеюсь, что хотя бы сто из них достигнут своего назначения вопреки бурям, ястребам и стрелам, и сто мейстеров прочтут мои слова стольким же лордам в их горницах и опочивальнях, после чего письма как пить дать отправятся в огонь, а прочитавшие их будут молчать. Все эти лорды любят Джоффри, или Ренли, или Робба Старка. Я их законный король, но они отрекутся от меня, дай им только волю. Поэтому мне нужен ты.

— Я к вашим услугам, государь, — как всегда.

— Я хочу, чтобы ты отплыл на «Черной Бете» на север — к Чаячьему Городу, Перстам, Трем Сестрам, даже в Белую Гавань зайди. Твой сын Дейл отправится на «Духе» к югу, мимо мыса Гнева и Перебитой Руки, вдоль дорнийского побережья до самого Бора. Каждый из вас возьмет с собой сундук с письмами, которые вы будете оставлять в каждом порту, остроге и рыбацком селении. Будете приколачивать их к дверям септ и гостиниц для всякого, кто умеет читать.

— Таких мало, — заметил Давос.

— Сир Давос прав, ваше величество, — сказал Пилос. — Лучше, чтобы эти письма читались вслух.

— Лучше, но опаснее. Радушного приема эти слова не встретят, — возразил Станнис.

— Дайте мне рыцарей, которые будут их читать, — предложил Давос. — У них это выйдет доходчивей, чем у меня.

Станнису это, видимо, понравилось.

— Хорошо, ты получишь их. Я могу набрать целую сотню рыцарей, которым чтение больше по душе, чем битва. Будь откровенен, когда можно, и скрытен, когда должно. Пусти в ход все свои контрабандистские штуки: черные паруса, потаенные бухты и прочее. Если тебе не достанет писем, возьми в плен пару септонов и засади их за переписку. Твой второй сын мне тоже понадобится. Он поведет «Леди Марию» через Узкое море, в Браавос и другие Вольные Города, чтобы доставить такие же письма тамошним правителям. Пусть весь мир знает о моей правоте и о бесчестье Серсеи.

«Узнать-то он узнает, — подумал Давос, — но вот поверит ли?» Он задумчиво посмотрел на мейстера Пилоса, и король перехватил этот взгляд.

— Мейстер, пора браться за переписку. Нам понадобится много писем — и скоро.

— Слушаюсь, — сказал Пилос и с поклоном удалился. Король дождался, когда он уйдет, и спросил:

— О чем ты не хотел говорить в присутствии моего мейстера, Давос?

— Государь, Пилос неплохой парень, но каждый раз, глядя на его цепь, я не могу не пожалеть о мейстере Крессене.

— Старик сам повинен в своей смерти! — Станнис уставился в огонь. — Я не звал его на тот пир. Он гневил меня, он давал мне

132

дурные советы, но я не хотел, чтобы он умер. Я надеялся, что он хоть несколько лет поживет на покое. Он вполне это заслужил, но... — король скрипнул зубами, — но он умер. И Пилос хорошо служит мне.

— Дело не столько в Пилосе, сколько в письме. Нельзя ли узнать, что говорят о нем ваши лорды?

Станнис фыркнул:

— Селтигар находит его восхитительным. Если б я показал ему содержимое моего судна, он и это нашел бы восхитительным. Другие кивают головами, как гуси, — кроме Веларона, который полагает, что дело решит сталь, а не слова на пергаменте. Как будто я сам не знаю. Пусть Иные возьмут моих лордов — я хочу знать твое мнение.

— Вы пишете прямо и сильно.

— И правдиво.

— И правдиво. Но у вас нет доказательств этого кровосмешения. Их не больше, чем было год назад.

— Доказательство своего рода имеется в Штормовом Пределе. Бастард Роберта. Зачатый в мою свадебную ночь, на постели, приготовленной для меня и моей жены. Делена принадлежит к дому Флорентов и была девицей, когда Роберт взял ее, поэтому он признал ребенка. Его зовут Эдрик Шторм, и говорят, он вылитый отец. Если люди его увидят, а потом посмотрят на Джоффри и Томмена, у них невольно возникнут сомнения.

— Кто ж его увидит в Штормовом-то Пределе?

Станнис побарабанил пальцами по Расписному Столу.

— В этом и заключается трудность. Одна из многих. — Он поднял глаза на Давоса. — Ты хотел сказать еще что-то — так говори. Я не для того сделал тебя рыцарем, чтобы ты изощрялся в пустых любезностях. На то у меня есть лорды. Выкладывай, Давос.

Давос послушно склонил голову:

— Там в конце есть одна фраза... как бишь ее? «Писано при Свете Владыки...»

— Да. И что же? — Король сцепил зубы.

— Народу не понравятся эти слова.

— Как и тебе? — резко спросил Станнис.

— Не лучше ли будет сказать: «Писано пред очами богов и людей» или «Милостью богов старых и новых...»

— Ты что, святошей заделался, контрабандист?

— О том же я мог бы спросить и вас, господин мой.

— Вот оно что? Похоже, мой новый бог тебе не больше по душе, чем мой новый мейстер?

— Я не знаю Владыку Света, — признался Давос, — зато богов, которых мы сожгли нынче утром, я знал. Кузнец хранил мои корабли, а Матерь дала мне семерых крепких сыновей.

— Сыновей тебе дала жена. Ей ведь ты не молишься? То, что мы сожгли утром, — всего лишь дерево.

— Может, оно и так — но когда я мальчишкой попрошайничал в Блошином Конце, септоны меня иногда кормили.

— Теперь тебя кормлю я.

— Вы дали мне почетное место за вашим столом, а я взамен говорю вам правду. Народ не станет вас любить, если вы отнимете у него богов, которым он всегда поклонялся, и навяжете им нового, чье имя даже выговорить трудно.

Станнис рывком поднялся на ноги.

— Рглор. Что тут такого трудного? Не будут любить, говоришь? А разве меня когда-нибудь любили? Можно ли потерять то, что никогда не имел? — Станнис подошел к южному окну, глядя на освещенное луной море. — Я перестал верить в богов в тот самый день, как «Горделивая» разбилась в нашем заливе. Я поклялся никогда более не поклоняться богам, способным столь жестоко отправить на дно моих отца и мать. В Королевской Гавани верховный септон все вещал, бывало, что добро и справедливость исходят от Семерых, но то немногое, что я видел из того и другого, проистекало всегда от людей.

— Но если вы не верите в богов...

— ...то зачем обременять себя новым? — прервал Станнис. — Я задавал себе тот же вопрос. В божественных делах я мало что понимаю, да и понимать не хочу, но красная жрица имеет силу.

(Да — но что это за сила?)

— Крессен имел мудрость, — сказал Давос.

— Я верил в его мудрость и в твою хитрость — а что я получил взамен, контрабандист? Штормовые лорды отправили тебя несолоно хлебавши. Я пришел к ним как нищий, и они насмеялись надо мной. Ну что ж — я не стану больше просить, а им будет не до смеха. Железный Трон мой по праву, а попробуй возьми его! В стране четыре короля, а у трех других золота и людей больше, чем у меня. Все, чем владею я, — это корабли и она. Красная Женщина. Известно ли тебе, что половина моих рыцарей даже имя ее называть боится? На колдунью, способную вселить такой страх во взрослых мужчин, нельзя смотреть

134

свысока, даже если она ни на что более не способна. Тот, кто боится, все равно что побит. Но может быть, она способна и на большее — скоро я это узнаю.

Мальчишкой я как-то подобрал раненую самку ястреба, выходил ее и назвал Гордокрылой. Она сидела у меня на плече, летала за мной из комнаты в комнату, брала пищу у меня из рук, вот только в небо подниматься не хотела. Я постоянно брал ее на охоту, но она никогда не взлетала выше деревьев. Роберт прозвал ее Слабокрылой. У него самого был сокол по имени Гром, который бил без промаха. В конце концов наш двоюродный дед сир Харберт посоветовал мне взять другую птицу. С Гордокрылой я только дурака из себя строю, сказал он — и был прав. — Станнис Баратеон отвернулся от окна и от призраков, блуждающих над морем к югу от замка. — Семеро посылали мне разве что воробьев. Пришло время попробовать другую птицу, Давос. Красного ястреба.

ТЕОН

В Пайке не было якорной стоянки, но Теон Грейджой хотел взглянуть на отцовский замок с моря — как десять лет назад, когда боевая галея Роберта Баратеона увезла его в приемыши к Эддарду Старку. В тот день он стоял у борта, слушая, как плещут весла и бьет барабан мастера, а Пайк таял вдали. Теперь он хотел видеть, как Пайк приближается, поднимаясь из моря.

«Мариам», послушная его желаниям, обогнула мыс. Паруса хлопали, а капитан проклинал ветер, команду и капризы знатных лордов. Теон, натянув на голову капюшон плаща, ждал, когда появится его дом.

На берегу не было ничего, кроме голых утесов, и замок казался одним из них — его стены, башни и мосты, сложенные из такого же черно-серого камня, омывались теми же солеными водами, поросли той же темно-зеленой плесенью, и те же морские птицы гадили на них. Полоса суши, на которой Грейджои воздвигли свою крепость, некогда вонзалась в океан, как меч, но волны, бившие в нее денно и нощно, раздробили ее еще пару тысяч лет назад. Остались три голых островка да дюжина скал, торчащих из воды, как колонны храма какого-то морского бога, а гневные валы по-прежнему пенились вокруг них.

Темный, мрачный и грозный, Пайк словно врос в эти острова и утесы. Стена, отгораживающая его от материка, смыкалась вокруг большого каменного моста, перекинутого к самому большому острову. Там стоял массивный Большой замок, а дальше — Кухонный и Кровавый замки, каждый на своем островке. Башни и службы, расположенные на скалах, соединялись с ближними утесами крытыми переходами, а с дальними — подвесными мостами.

Морская башня торчала на самом конце сломанного меча, круглая и высокая, самая старая в замке. Волны изглодали скалу, служившую ей основанием. Низ башни побелел от вековой соли, верх оброс толстым одеялом зеленого лишайника, зубчатый венец почернел от копоти сторожевых костров.

Над Морской башней развевалось отцовское знамя. «Мариам» была еще слишком далеко, но Теон и так знал, что на нем изображен гигантский кальмар дома Грейджоев, золотой кракен, раскинувший щупальца по черному полю. Знамя на железном шесте трепетало от ветра, как птица, рвущаяся в полет. Здесь на кракена не падала тень реющего над ним лютоволка Старков.

Ни одно зрелище еще не затрагивало Теона так глубоко. В небе над замком сквозь редкие облака виднелся красный хвост кометы. Маллистеры всю дорогу от Риверрана до Сигарда спорили о том, что она предвещает. «Это моя комета», — сказал себе Теон, просунув руку под плащ на меху. В его кармане, в кошельке из промасленной кожи, лежало письмо от Робба Старка — бумага, чья ценность равнялась короне.

— Узнаете ваш замок, милорд? Он остался таким же, как вам запомнился? — спросила дочь капитана, прильнув к нему сбоку.

— Теперь он кажется меньше, чем был, — признался Теон, — но это, возможно, из-за расстояния. — «Мариам» — пузатая торговая шхуна из Староместа, везущая вино, ткани и зерно в обмен на железную руду, а капитан ее — пузатый южанин. Суровое море, бьющее в подножие замка, заставляет его толстые губы трястись, и он держится от земли дальше, чем хотелось бы Теону. Капитан с островов на своей ладье прошел бы вдоль самых утесов, под высоким мостом, соединяющим воротную башню с Большим замком. Юмсаниа не смог отважиться на такое, остался на безопасном расстоянии, и Теону приходится довольствоваться видом Пайка издали. «Мариам» даже и теперь приходится лавировать, чтобы не угодить на скалы.

— Тут, должно быть, очень ветрено, — заметила дочь капитана.

— Ветрено, холодно и сыро, — засмеялся Теон. — Незавидное место, по правде сказать... но мой лорд-отец говорил мне, что в суровых местах растут суровые люди, а суровые люди правят миром.

Капитан, сам зеленый как море, подошел к ним и спросил с поклоном:

— Можем ли мы теперь идти в порт, милорд?

— Можете, — с легкой улыбкой на губах ответил Теон. Обещанное им золото сделало из южанина льстивого раба. Путешествие получилось бы совсем другим, если бы в Сигарде Теона, как он надеялся, ждала ладья с островов. Железные капитаны горды, обладают несгибаемой волей и к знатности почтения не питают. Острова слишком малы, чтобы поклоняться кому-то, а ладья и того меньше. Если каждый капитан, как принято говорить, — король на своем корабле, неудивительно, что острова называют страной десяти тысяч кораблей. А когда ты видишь, как твой король срет на борт и зеленеет во время бури, тебе трудно преклонять колено и притворяться, что перед тобой бог. «Людей создает Утонувший Бог, — сказал несколько тысяч лет назад старый король Уррен Красная Рука, — но короны создают сами люди».

Притом у ладьи на дорогу ушло бы вполовину меньше времени. «Мариам», по правде сказать, — просто корыто, и Теону не хотелось бы оказаться на ней во время шторма. Впрочем, жаловаться ему особенно не на что. Он жив-здоров, не утонул, и в этом путешествии были свои прелести. Он обнял девушку одной рукой и сказал ее отцу:

— Извести меня, когда придем в Лордпорт. Мы будем внизу, в моей каюте. — И он увел девушку на корму, а отец угрюмо посмотрел им вслед.

Каюта, собственно, принадлежала капитану, но он отдал ее в распоряжение Теона, когда они отплыли из Сигарда. Дочь свою он, правда, гостю не предоставил, но она легла к Теону в постель по доброй воле. Чаша вина, немного тихих слов — и готово. Девица казалась пухловатой на его вкус и вся покрыта веснушками, но ее груди хорошо ложились ему в ладони, и она была девственницей, когда он ее взял. Не совсем обычно в ее возрасте, но хорошо для разнообразия. Капитан этого явно не одобрял, и Теону забавно было смотреть, как тот подавляет свое бешенство, рассыпаясь в любезностях перед знатным лордом. Обещанный кошель с золотом никогда не покидал капитанских мыслей.

Теон сбросил мокрый плащ, и девушка сказала:

— Как вы, должно быть, рады вернуться домой, милорд. Сколько же лет вас не было?

— Десять или около того. Я был десятилетним мальчишкой, когда меня увезли в Винтерфелл и отдали на воспитание Эддарду Старку. — Воспитанник по названию, заложник по сути. Полжизни в заложниках... но теперь этому конец. Он снова распоряжается собственной жизнью, и ни одного Старка вокруг. Он привлек к себе капитанскую дочь и чмокнул ее в ухо. — Снимай плащ.

Она опустила глаза, вдруг засмущавшись, но сделала, как он велел. Когда тяжелый мокрый плащ упал с ее плеч на палубу, она слегка поклонилась Теону и улыбнулась. Улыбка у нее была глуповатая, но Теон никогда не требовал от женщин ума.

— Иди сюда, — приказал он. Она повиновалась.

— Я никогда еще не бывала на Железных островах.

— Считай, что тебе повезло. — Он погладил ее по волосам, темным и тонким, растрепавшимся на ветру. — Это неприветливая, каменистая земля, не обещающая покоя и унылая на вид. Смерть здесь всегда где-то рядом, а жизнь скудна и сурова. Мужчины вечерами пьют эль и спорят о том, кому из них хуже живется — рыбакам, которые бьются с морем, или крестьянам, которые пытаются что-то вырастить на своей тощей почве. По правде говоря, хуже всего приходится рудокопам — они гнут спину под землей, и чего ради? Железо, свинец, олово — вот единственные наши сокровища. Не диво, что островитяне былых времен занимались морским разбоем.

Глупышка будто и не слушала его.

— Я могла бы сойти с вами на берег — если бы вы пожелали...

— Можешь сойти, коли охота, — согласился Теон, тиская ее грудь, — только, боюсь, не со мной.

— Я готова работать у вас в замке, милорд, чистить рыбу, печь хлеб и сбивать масло. Отец говорит, что не едал ничего вкуснее моей похлебки из крабов с перцем. Вы могли бы найти мне местечко у себя на кухне, и я бы готовила вам ее.

— А по ночам согревала бы мне постель? — Он нащупал тесемки ее корсажа и стал развязывать их ловкими, опытными пальцами. — В былые времена я привез бы тебя домой, как трофей, и сделал бы своей женой, хотела бы ты этого или нет. Все Железные Люди так поступали. У мужчины была каменная жена, настоящая, уроженка островов, как и он, и были морские жены, взятые в набегах.

Девушка широко раскрыла глаза — но не потому, что он обнажил ее груди.

— Я согласна стать вашей морской женой, милорд.

— Увы, те времена миновали. — Теон обвел пальцем тяжелую грудь, спускаясь к пухлому коричневому соску. — Мы уже не летаем по ветру, неся огонь и меч, и не берем то, что нам хочется. Мы ковыряемся в земле и закидываем в море сети, как все прочие, и почитаем себя счастливыми, если на зиму у нас есть соленая треска и овсянка. — Он взял сосок в рот и прикусил так, что девушка ахнула.

— Можете взять меня снова, если хотите, — шепнула она ему на ухо.

Он оторвался от ее груди, оставив на коже темно-красную отметину.

— Я хочу научить тебя кое-чему новому. Развяжи мне тесемки внизу и поласкай ртом.

— Ртом?

Он легонько провел пальцем по ее пухлым губам.

— Эти губы для того и созданы, милая. Если хочешь быть моей морской женой, делай, как я велю.

Поначалу она стеснялась, но для своего невеликого разума освоилась быстро, к удовольствию Теона. Рот у нее был столь же влажный и приятный, как другое отверстие, и ему не приходилось слушать ее глупую болтовню. «В прежние времена я и правда сделал бы ее своей морской женой, — думал он, запустив пальцы в ее спутанные волосы. — В прежние времена, когда мы еще жили по старому закону — топором, а не киркой, и брали, что хотели, будь то богатство, женщины или слава. Тогда Железные Люди не работали под землей — этим занимались невольники, они же копались в земле или выращивали коз и овец. Ремеслом островитян была война. Утонувший Бог создал их для набегов и насилия — они терзали королевства и вписывали свои имена в память живущих огнем, кровью и песнями».

Эйегон Драконовластный уничтожил старый закон. Он сжег Черного Харрена, вернул его королевство слабосильным речным жителям и превратил Железные острова в заштатную провинцию обширного государства. Но старые кровавые предания еще рассказывались на островах — у костров из плавника, у дымных очагов и даже в высоких чертогах Пайка. Среди титулов Теонова отца числилось «Лорд-Жнец», в то время как девиз Грейджоев гласил «Мы не сеем».

И не столько ради такого пустяка, как корона, поднял свое восстание лорд Бейлон, сколько для того, чтобы вернуться к старому закону. Роберт Баратеон с помощью своего друга Эддарда Старка положил кровавый конец этой мечте, но теперь они оба мертвы. Вместо них правят мальчишки, и государство, выкованное Эйегоном, раскололось на куски. «Сейчас то самое время, — думал Теон, пока дочь капитана водила губами по его плоти, — тот самый год, тот самый день, а я — тот самый человек». Он криво улыбнулся, гадая, что скажет отец, услышав, что Теон, самый младший, мальчуган, заложник, преуспел там, где сам лорд Бейлон потерпел поражение.

Заключительный миг налетел внезапно, как шторм, и семя Теона наполнило рот девушки. Испуганная, она хотела отпрянуть, но Теон удержал ее за волосы. Она поднялась и прильнула к нему.

— Так хорошо, милорд?

— Неплохо.

— Солоно, — пожаловалась она.

— Как море?

Она кивнула:

— Я всегда любила море, милорд.

— Я тоже. — Он покатал ее сосок между пальцами. Это правда. Море для Железных Людей — это свобода. Он не вспоминал об этом, пока «Мириам» не отплыла из Сигарда, но вспомнил, услышав поскрипывание мачт и снастей, капитанские команды и гул ветра в парусах — звуки столь же знакомые, как биение собственного сердца, и столь же утешительные. «Больше я их не забуду, — клялся себе Теон. — Никогда больше не стану удаляться от моря».

— Возьмите меня с собой, милорд, — ныла дочь капитана. — Мне не обязательно жить у вас в замке. Я могла бы остаться где-нибудь в городе и быть вашей морской женой. — Она хотела погладить его по щеке, но Теон отвел ее руку и встал с койки.

— Мне место в Пайке, а твое — на этом корабле.

— Я не могу больше оставаться здесь.

Он завязал свои бриджи.

— Почему?

— Из-за отца. Когда вы уйдете, он накажет меня, милорд, будет ругать меня и бить.

Теон накинул плащ.

— Такие уж они, отцы, — согласился он, застегнув серебряную пряжку. — Скажи ему, что он должен радоваться. Я столько раз тебя брал, что ты скорее всего беременна — не каждому выпадает честь растить королевского бастарда. — Она уставилась на него, и он вышел, оставив ее в каюте.

«Мариам» огибала лесистый мыс. Под его поросшими сосной скалами выбирали сети около дюжины рыбачьих лодок. Поодаль от них меняла галс большая барка. Теон прошел на нос, чтобы лучше видеть. Первым делом он заметил замок — твердыню рода Ботли. В детские годы Теона замок был слеплен из дерева и глины, но Роберт Баратеон сровнял его с землей, а лорд Савейн после отстроил из камня, и приземистое строение венчало вершину холма. На невысоких угловых башнях висели бледно-зеленые флаги с косяками серебристых рыб.

Под сомнительной защитой рыбьего замка лежала деревня Лордпорт с кишащей кораблями гаванью. Когда Теон покидал Лордпорт, здесь было дымящееся пепелище, и сожженные ладьи усеивали каменный берег, как скелеты мертвых китов, а от домов не осталось камня на камне. Десять лет спустя следы войны почти исчезли. Жители построили себе новые хижины, взяв камни от старых, и накопали свежего дерна для крыш. Рядом с пристанью выросла новая гостиница, вдвое больше старой, с каменным нижним этажом и двумя деревянными верхними. Но септу наверху так и не отстроили, и от нее остался только семиугольный фундамент. Видимо, свирепость Роберта Баратеона отбила у островитян охоту поклоняться новым богам.

Теона больше занимали корабли, чем боги. Между бесчисленных рыбачьих мачт он разглядел тирошийскую торговую галею, а рядом — неуклюжую иббенесскую барку с просмоленным корпусом. Ладьи, числом не менее пятидесяти или шестидесяти, стояли на якоре в море или лежали на галечном берегу к северу от гавани. На парусах кое-где виднелись эмблемы других островов: кровавая луна Винчей, черный боевой рог лорда Гудбразера, серебряный серп Харло. Теон искал «Молчаливого», корабль своего дяди Эурона. Этой поджарой, наводящей страх красной ладьи нигде не было видно, зато отцовский «Великий кракен» находился здесь, с большим железным тараном в форме давшего ему название животного на носу.

Уж не созвал ли лорд Бейлон знамена в честь прибытия своего сына? Теон снова нащупал кожаную ладанку под плащом. Об этом письме никто не знал, кроме него самого и Робба Старка: они не дураки, чтобы доверять свои секреты птицам. Но и лорд Бейлон тоже далеко не глупец. Он вполне мог догадаться, для чего его сын наконец возвращается домой, и поступить соответственно.

Эта мысль не обрадовала Теона. Отцовская война давно проиграна. Теперь его, Теона, время — его план, его слава, а со временем и его корона. Тем не менее ладьи собрались — вот они, все налицо.

Впрочем, это могло быть просто мерой предосторожности — на тот случай, если война перекинется через море. Старики предусмотрительны по природе своей — а отец уже стар, как и дядя Виктарион, командующий Железным Флотом. Дядя Эурон — дело иное, но «Молчаливого», похоже, нет в порту. «Все к лучшему, — сказал себе Теон. — Так я скорее смогу нанести свой удар».

Пока «Мариам» пробиралась к пристани, Теон беспокойно расхаживал по палубе, оглядывая берег. Он не ожидал увидеть самого лорда Бейлона, но должен же был отец прислать кого-то, чтобы встретить его. Стюарда Сайласа Кислоротого, лорда Ботли, а то и Дагмера Щербатого. Хорошо бы увидеть снова страшную Дагмерову образину. Не может быть, чтобы они не знали о его приезде. Робб посылал воронов из Риверрана, а когда в Сигарде не оказалось ладьи, Ясон Маллистер отправил в Пайк собственных птиц, предположив, что посланцы Робба не долетели.

Однако Теон не видел ни знакомых лиц, ни почетного караула, ожидающего, чтобы сопроводить его из Лордпорта в Пайк, — люди на берегу занимались каждый своим делом. Грузчики катали бочки с вином с тирошийского судна, рыбаки кричали, распродавая дневной улов, детишки путались под ногами. Жрец в зелено-синих одеждах Утонувшего Бога вел по берегу двух лошадей; потаскушка, свесившись из окна гостиницы, зазывала проходящих иббенесских матросов.

«Мариам» встречали несколько лордпортских купцов.

— Мы из Староместа, — отвечал на их вопросы капитан, пока корабль швартовался, — везем яблоки и апельсины, вина из Бора, перья с Летних островов. Есть перец, выделанные кожи, штука мирийского кружева, зеркала и пара сладкозвучных староместных арф. — С борта спустили сходни. — А еще я привез вам вашего наследника.

Лордпортцы уставились на Теона, как бараны, явно не понимая, кто он такой. Это разозлило его. Он сунул золотого дракона в руку капитану.

— Вели своим людям снести мои вещи на берег. Трактирщик, — рявкнул он, сходя по трапу. — Мне нужна лошадь.

— Как прикажете, милорд, — ответил тот, даже не подумав поклониться. Теон уже забыл, как дерзки бывают островитяне. — У меня как раз есть подходящая. Куда путь изволите держать?

142

— В Пайк. — Этот болван его все еще не узнавал. Надо было надеть свой золотой дублет с вышитым на груди кракеном.

— Тогда вам надо отправляться поскорей, чтоб поспеть в Пайк дотемна. Мой мальчишка поедет с вами и покажет вам дорогу.

— Твой мальчишка не понадобится, — пробасил кто-то, — и лошадь тоже. Я сам провожу своего племянника в отчий дом.

Это был тот самый жрец, что вел лошадей по берегу. Люди преклонили перед ним колено, а трактирщик пробормотал: «Мокроголовый».

Жрец, высокий и тощий, с огненными черными глазами и крючковатым носом, был одет в зеленое, серое и синее — цвета Утонувшего Бога. Через плечо у него висел на кожаном ремне мех с водой, в ниспадающие до пояса черные волосы и косматую бороду были вплетены сухие водоросли.

В памяти Теона шевельнулось что-то. Лорд Бейлон в одном из своих редких и кратких писем упоминал, что младший его брат попал в шторм и ударился в святость, когда его благополучно вынесло на берег.

— Дядя Эйерон? — нерешительно произнес Теон.

— Да, это я, племянник. Твой лорд-отец поручил мне привезти тебя. Едем.

— Сейчас, дядя. — Теон повернулся к «Мариам». — Мои вещи.

Матрос доставил вниз высокий тисовый лук и колчан со стрелами, но сундучок с одеждой принесла сама капитанская дочь.

— Милорд. — Глаза у нее были красные. Когда он взял сундучок, она сделала движение, словно хотела его обнять — на глазах у своего отца, его дяди-священника и половины острова.

Теон ловко уклонился:

— Благодарю.

— О, милорд, я так люблю вас.

— Мне пора ехать. — Теон большими шагами устремился вдогонку за дядей, уже ушедшим далеко вперед. — Я не ждал тебя, дядя. Я надеялся, что мой лорд-отец и леди-мать захотят встретить меня после десятилетней разлуки или пришлют Дагмера с почетным караулом.

— Не твое дело обсуждать приказания Лорда-Жнеца из Пайка. — Жрец держался холодно — совсем не так, как помнилось Теону. Эйерон Грейджой был самым приветливым из его дядей, озорным и смешливым, любившим песни, эль и женщин. — Что касается Дагмера, он отправился на Старый Вик — твой отец поручил ему поднять Стонхаузов и Драммов.

— С какой целью? И зачем собрались ладьи?

— А зачем они всегда собираются? — Дядя оставил лошадей у гостиничной коновязи. Дойдя до них, он повернулся к Теону. — Скажи правду, племянник. Ты теперь молишься богам?

Теон почти вовсе не молился — но говорить такое священнику, хотя бы и ро́дному дяде, не подобало.

— Нед Старк молился дереву. Нет, его боги мне чужие.

— Это хорошо. Стань на колени.

Под ногами были сплошные камни и грязь.

— Дядя, я...

— На колени! Или ты чересчур возгордился, пожив на зеленых землях?

Теон преклонил колени. Он приехал сюда с определенной целью, и помощь Эйерона могла понадобиться ему. Ради короны стоит испачкать бриджи в грязи и конском навозе.

— Наклони голову. — Дядя откупорил свой мех и полил голову племянника морской водой. Она промочила волосы, попала в глаза, проникла за ворот плаща и дублета и заструилась по спине. Глаза от соли защипало так, что Теон чуть не вскрикнул. Он чувствовал на своих губах вкус океана. — Да возродится раб твой Теон из моря, как возродился ты, — произнес нараспев Эйерон Грейджой. — Благослови его солью, благослови его камнем, благослови его сталью. Племянник, ты еще помнишь слова?

— То, что мертво, умереть не может, — припомнил Теон.

— То, что мертво, умереть не может, — эхом отозвался дядя, — оно лишь восстает вновь, сильнее и крепче, чем прежде. Встань.

Теон встал, моргая слезящимися от соли глазами. Дядя молча закупорил мех, отвязал свою лошадь и сел в седло. Теон последовал его примеру. Оставив за собой гостиницу и гавань, они миновали замок лорда Ботли и углубились в каменные холмы. Жрец не сказал более ни слова.

— Я половину жизни провел вне дома, — произнес наконец Теон. — Изменилось ли что-то на островах за это время?

— Мужчины ловят рыбу, копают землю и умирают. Женщины в муках рожают детей и тоже умирают. День сменяется ночью. Ветры дуют, и за приливом следует отлив. Острова все те же, какими создал их наш бог.

«Каким же он стал угрюмым», — подумал Теон.

— Найду ли я в Пайке мою сестру и мою леди-мать?

— Нет, твоя мать на Харло, у своей сестры. Ее мучает кашель, а там погода помягче. Твоя сестра ушла на своем «Черном Ветре» на

Большой Вик с посланиями твоего лорда-отца, но скоро вернется, будь уверен.

Теону не нужно было говорить, что Аша теперь водит ладью «Черный Ветер». Он не видел сестру десять лет, но об этом знал. Странно, что она так назвала свой корабль — волк Робба Старка зовется Серый Ветер.

— Старки серые, а Грейджои черные, — с улыбкой пробормотал он, — но ветры, похоже, одолевают нас обоих. — Жрец промолчал. — Ну а ты, дядя? Ты не был священником, когда я отплыл из Пайка. Я помню, как ты пел старые разбойные песни, стоя на столе с рогом эля в руке.

— Я был молод тогда и тщеславен, но море унесло мои безумства и мое тщеславие. Тот человек утонул, племянник. Морская вода наполнила его легкие, и рыбы съели пелену у него на глазах. Восстав из моря, я стал видеть все по-иному.

Он не только угрюм, но еще и безумен. Старый Эйерон Грейджой нравился Теону куда больше.

— Дядя, зачем отец созвал свои мечи и паруса?
— Он сам скажет тебе об этом в Пайке.
— Я хотел бы знать заранее.
— От меня ты ничего не узнаешь. Нам запрещено говорить об этом.

— Даже со мной? — В Теоне вспыхнул гнев. Он водил людей в бой, охотился вместе с королем, не раз отличался на турнирах, скакал бок о бок с Бринденом Черной Рыбой и Большим Джоном Амбером, сражался в Шепчущем Лесу, спал со столькими девками, что всех и не упомнишь, а дядя по-прежнему обращается с ним, как с десятилетним мальчиком. — Если отец строит военные планы, я должен их знать. Я не первый встречный — я наследник Пайка и Железных островов.

— Это мы еще посмотрим.

Слова дяди обожгли Теона как пощечина.

— То есть как «посмотрим»? Оба моих брата погибли, и я теперь у отца единственный сын.

— У него есть еще и дочь.

Аша. Она на три года старше Теона, но все же...

— Женщина наследует лишь в том случае, если нет наследника мужского пола по прямой линии. Я не позволю лишить себя своих прав, предупреждаю тебя.

— Ты предупреждаешь служителя Утонувшего Бога, мальчик? Я вижу, ты забыл все, что знал. И ты большой дурак, если полагаешь, что твой лорд-отец передаст свои священные острова одному из Старков. А теперь помолчи. Дорога длинна и без твоей сорочьей трескотни.

Теон придержал язык, хотя и неохотно. Вот, значит, как обстоит дело. Как будто десять лет в Винтерфелле сделали его Старком. Да, лорд Эддард воспитывал его вместе с собственными детьми, но он так и не стал одним из них. Весь замок, от леди Старк до последней судомойки, знал, что он заложник, обеспечивающий послушание своего отца, и все относились к нему соответственно. Даже бастарда Джона Сноу уважали больше.

Лорд Эддард время от времени пытался быть ему отцом, но Теон всегда видел в нем человека, который принес в Пайк огонь и кровь, а его увез из родного дома. Ребенком он боялся сурового лица Старка и его большого темного меча. А леди Старк держалась с ним еще более отстраненно и подозрительно, если такое возможно.

Что до детей, то младшие почти все то время, что он жил в Винтерфелле, были малыми ребятами. Только Робб да его сводный брат Джон Сноу были достаточно большими, чтобы Теон удостаивал их своим вниманием. Бастард был угрюмый парень, чувствительный к насмешкам, он завидовал знатному происхождению Теона и ревновал к нему Робба. К самому Роббу Теон даже привязался немного, как к младшему брату... но об этом лучше не упоминать. В Пайке, как видно, война еще не завершилась. Теона это не удивляло. Железные острова живут прошлым — настоящее слишком сурово и неприглядно, чтобы его выносить. Кроме того, отец и дядя уже стары, а старые лорды все такие: они уносят свою заплесневелую кровную вражду с собой в могилу, ничего не забывая и ни с чем не мирясь.

У Маллистеров, сопровождавших Теона из Риверрана в Сигард, наблюдалось то же самое. Патрек Маллистер был неплохой парень — они с Теоном разделяли склонность к вину, женщинам и соколиной охоте. Но старый лорд Ясон, заметив, что его наследнику нравится общество Теона, отозвал Патрека в сторону и напомнил ему, что Сигард построили для защиты побережья от грабителей с Железных островов, из коих главные — Грейджои из Пайка. Гулкая Башня Сигарда получила свое название из-за громадного бронзового колокола, который в старину сзывал в замок горожан и селян, когда на западном горизонте показывались ладьи морских разбойников.

«Попробуй скажи ему, что за последние триста лет колокол звонил только однажды», — сказал Патрек Теону на другой день, поделившись с ним отцовскими наставлениями и кувшином зеленого яблочного вина.

«Это было, когда мой брат штурмовал Сигард». Лорд Ясон убил Родрика Грейджоя под стенами своего замка и отбросил островитян обратно в залив. «И если твой отец полагает, что я из-за этого питаю к нему вражду, то это лишь потому, что он не знал Родрика».

Они много смеялись над этим по дороге к одной любвеобильной молодой мельничихе, знакомой Патрека. Жаль, что теперь Патрека нет рядом. Маллистер он или нет, он был бы куда более приятным спутником, чем суровый старый священник, в которого превратился дядя Эйерон.

Дорога, по которой они ехали, вилась вверх по каменистым склонам. Вскоре море скрылось из виду, хотя в сыром воздухе по-прежнему пахло солью. Кони ровно шли в гору мимо пастушьей хижины и заброшенного рудника. Новый, благочестивый Эйерон Грейджой был не из разговорчивых, и они совершали путь в мрачном молчании.

— Лорд Винтерфелла теперь — Робб Старк, — не выдержал наконец Теон.

— Что один волк, что другой — разница невелика.

— Робб нарушил свою присягу Железному Трону и объявил себя Королем Севера. Там идет война.

— Вороны мейстера летают над солью не хуже, чем над камнем. Твои новости давно устарели.

— Настали новые времена, дядя.

— Всякий новый день похож на старый.

— В Риверране думают по-другому. Там говорят, что красная комета — вестница нового века. Посланница богов.

— Да, это знак — только не от их богов, а от нашего. Это горящая головня, с какими ходили в старину. Пламя Утонувшего Бога воссияло из моря, и оно возвещает о высоком приливе. Пора ставить паруса и идти в чужие земли с огнем и мечом, как делывал он.

— Полностью с тобой согласен, — улыбнулся Теон.

— Бог спрашивает человека о согласии не больше, чем буря — дождевую каплю.

Эта капелька когда-нибудь станет королем, старик. Теону надоело слушать дядино ворчание. Он пришпорил коня и с улыбкой пустился рысью.

Солнце клонилось к закату, когда они достигли стен Пайка — темного каменного полумесяца между двумя утесами, с воротами

147

посередине и тремя прямоугольными башнями с каждой стороны. Теон еще различал шрамы, нанесенные камню катапультами Роберта Баратеона. Новая южная башня поднялась над руинами старой, чуть светлее других и еще не обросшая лишайником. В том месте Роберт проломил стену и ворвался в замок по щебню и мертвым телам с боевым молотом в руке, а Нед Старк шел рядом. Теон смотрел на них из безопасной Морской башни. Порой во сне ему все еще виделись факелы и слышался грохот рухнувших стен.

Ворота были открыты, заржавевшая решетка поднята — его ждали. Незнакомые стражники на стене смотрели, как Теон Грейджой возвращается домой.

За крепостной стеной с полсотни ярдов суши вели к морю и небу. Здесь помещались конюшни, псарня и еще кое-какие службы. Овцы и свиньи теснились в загонах, собаки бегали на воле. На юге вздымались утесы, и широкий каменный мост вел в Большой замок. Спрыгнув с седла, Теон услышал шум прибоя. Подошел конюх, чтобы принять лошадь. Пара тощих ребятишек и несколько невольников пялили на него глаза, но ни лорда-отца, ни кого-либо другого, памятного ему по детским годам, не было видно. «Хорошо же меня встречают», — подумал он.

Жрец остался в седле.

— Разве ты не останешься на ночь и не разделишь с нами мясо и мед, дядя?

— Мне было велено привезти тебя, и я тебя привез. Меня ждут дела моего бога. — Эйерон Грейджой повернул коня и проехал обратно в ворота под грязными пиками решетки.

Сгорбленная старая карга в бесформенном сером платье настороженно приблизилась к Теону.

— Милорд, меня послали показать вам ваши комнаты.

— Кто послал?

— Ваш лорд-отец.

Теон снял перчатки.

— Выходит, ты знаешь, кто я. Почему отец сам не вышел встретить меня?

— Он ждет вас в Морской башне, милорд. Когда вы отдохнете с дороги.

«А я-то считал Неда Старка холодным человеком».

— Ну а ты кто такая?

— Хелья, домоправительница в замке вашего лорда-отца.

— Прежде стюардом был Сайлас. Его еще звали Кислоротым. — Теон и сейчас помнил, как от старика разило винным духом.

— Он уж пять лет как помер, милорд.

— А что мейстер Квелен?

— Покоится в море. Теперь за воронами ходит Вендамир.

«Я здесь как чужой, — подумал Теон. — Все вроде по-прежнему — и все не так».

— Ладно, покажи мне комнаты, женщина.

Она с чопорным поклоном повела его к мосту. Что-что, а мост Теон помнил хорошо: его древние камни, скользкие от влаги и зеленые от лишайника, море, ревущее под ногами, словно дикий зверь, соленый ветер, хватающий за одежду.

Представляя, как он вернется домой, Теон всегда рисовал себе уютную спаленку в Морской башне, где обитал в детстве. Но старуха привела его в Кровавый замок. Комнаты здесь были больше и лучше обставлены, но холодные и сырые. Теону предоставили ряд покоев с потолками такими высокими, что они терялись во мраке. Возможно, он был бы более доволен, если бы не знал, что от этих самых комнат Кровавый замок и получил свое название. Тысячу лет назад здесь были убиты в своих постелях сыновья Речного короля, а их изрубленные на куски тела отправили отцу на материк.

Но Грейджоев в Пайке убивали лишь изредка, да и то собственные братья, а оба его брата мертвы. Не страх перед призраками заставлял Теона с неудовольствием оглядывать свое жилище. Драпировки на стенах позеленели от плесени, тюфяк отсырел и слежался, тростник на полу завял. Годы прошли с тех пор, как эти комнаты кто-то открывал. Сырость пронизывала до костей.

— Мне нужна горячая вода и огонь в камине, — сказал Теон старухе. — В других комнатах пусть разожгут жаровни, чтобы хоть немного согреть их. И, праведные боги, пришли кого-нибудь сменить этот тростник.

— Да, милорд. Как прикажете. — И старуха удалилась.

Вскоре ему принесли горячую воду — вернее, чуть теплую и вдобавок морскую, но он все-таки смыл дорожную пыль с лица, рук и волос. Пока двое невольников разжигали жаровни, он снял грязное дорожное платье и оделся для встречи с отцом. Он выбрал сапоги из тонкой черной кожи, мягкие шерстяные серебристо-серые бриджи и черный бархатный дублет с золотым кракеном Грейджоев на груди. На шею он надел тонкую золотую цепь и опоясался ремнем из беленой кожи. На одном бедре он прицепил кинжал, на другом — длинный меч в полосатых, черных с золотом ножнах. Попробовав кинжал на пальце, он вынул из сумки на поясе точильный брусок и несколько раз провел им по лезвию. Он гордился тем, что оружие у него всегда острое.

— Чтоб к моему возвращению тростник сменили, а в комнате было тепло, — приказал он невольникам, натягивая черные перчатки — шелковые, с тонким золотым узором.

Теон вернулся в Большой замок по крытому переходу. Эхо его шагов сливалось с неумолчным рокотом моря внизу. Чтобы попасть в Морскую башню на ее кривом каменном столбе, нужно было пройти еще три моста, более узких, чем этот. Последний был подвесным и от крепкого соленого ветра плясал под ногами, как живой. На середине пути душа у Теона ушла в пятки. Далеко внизу волны выбрасывали высокие плюмажи пены, разбиваясь о скалы. Мальчиком он запросто бегал по этому мосту даже темной ночью. Мальчишки не верят, что с ними может случиться худое, но взрослым лучше знать.

Серая деревянная дверь с железными гвоздями оказалась запертой изнутри. Он постучал в нее кулаком и выругался, когда щепка проткнула его перчатку. Дерево отсырело и крошилось, гвозди заржавели.

Миг спустя ему открыл стражник в черном железном панцире и круглом шлеме.

— Это вы будете сын?

— С дороги — не то сейчас узнаешь, кто я такой. — Страж отступил, и Теон поднялся по винтовой лестнице в горницу.

Отец, в длинном лежалом одеянии из тюленьих шкур, грелся у жаровни. Услышав шаги по камню, лорд Железных островов поднял глаза и взглянул на своего последнего оставшегося в живых сына. Отец был меньше ростом, чем запомнилось Теону, и очень худой. Бейлон Грейджой всегда был тощим, но теперь он выглядел так, будто боги положили его в котел и выварили все мясо, оставив на костях только кожу и волосы. Весь костлявый, жесткий, а лицо точно вытесали из кремня. Глаза тоже кремневые, черные и острые, а волосы от долгих лет и соленого ветра стали как зимнее море — серое, с белыми гребешками. Ничем не перевязанные, они свисали до самого пояса.

— Девять лет, так? — промолвил наконец лорд Бейлон.

— Десять. — Теон снял порванную перчатку вместе с целой.

— Они забрали мальчика. Кто ты теперь?

— Мужчина. Твоя кровь и твой наследник.

— Там видно будет, — проворчал лорд Бейлон.

— Будет, — пообещал Теон.

— Десять лет, говоришь ты. У Старка ты пробыл столько же, сколько и у меня. А теперь приехал как его посланник.

— Не его. Лорд Эддард мертв, обезглавлен королевой Ланнистер.

— Они оба мертвы. Старк и Роберт, разрушивший мои стены своими каменюгами. Я поклялся пережить их обоих и пережил. Но суставы мои по-прежнему ноют от холода и сырости, что живы эти двое, что нет. Так какой мне прок от их смерти?

— Есть прок. — Теон подошел поближе. — Я привез письмо...

— Это Нед Старк так одевал тебя? — прервал старик, прищурив глаза. — Ему нравилось рядить тебя в шелк и бархат, как свою дочурку?

Кровь бросилась в лицо Теону.

— При чем здесь дочурка? Если тебе не по вкусу мой наряд, я сменю его.

— Придется сменить. — Лорд Бейлон встал, отбросив свои меха. — А эта цацка у тебя на шее — чем она куплена, золотом или железом?

Теон потрогал золотую цепь. Он забыл. Ведь это было так давно... Согласно старому закону, только женщины могли носить украшения, купленные за деньги, воин же снимал их с врагов, убитых его собственной рукой. Это называлось «платить железом».

— Ты краснеешь, как девушка, Теон. Я задал тебе вопрос. Ты платил за нее золотом или железом?

— Золотом, — сознался Теон.

Отец поддел цепь пальцами и дернул. Теону показалось, что у него сейчас оторвется голова, но цепь порвалась первой.

— Моя дочь взяла себе в любовники топор, и я не потерплю, чтобы мой сын обвешивался побрякушками, как шлюха. — Лорд Бейлон бросил порванную цепь в жаровню, на горящие угли. — Все так, как я и боялся. Зеленые земли размягчили тебя, и ты стал одним из Старков.

— Ошибаешься. Нед Старк был моим тюремщиком, и в крови у меня все те же соль и железо.

Лорд Бейлон отвернулся, грея над огнем костлявые руки.

— Однако старковский щенок шлет тебя ко мне, как ручного ворона, со своим письмишком в клюве.

— Это не письмишко, а важное письмо, и он пишет в нем то, что подсказал ему я.

— Значит, волчий король прислушивается к твоим советам? — Это как будто позабавило лорда Бейлона.

— Да, прислушивается. Мы охотились вместе, учились, делили мясо и мед, сражались бок о бок. Я заслужил его доверие. Он смотрит на меня как на старшего брата...

151

— Нет. — Отец ткнул пальцем ему в лицо. — Здесь, в Пайке, в моем присутствии, ты не будешь звать братом сына того человека, который предал твоих родных братьев мечу. Или ты забыл Родрика и Марона, кровь от крови твоей?

— Я ничего не забыл. — На самом-то деле Нед Старк не убивал его братьев. Родрика убил лорд Ясон Маллистер в Сигарде, Марон погиб под руинами старой южной башни... но Старк разделался бы с ними столь же быстро, доведись им встретиться в бою. — Я прекрасно помню моих братьев. — Он и правда помнил хмельные издевки Родрика заодно с жестокими выходками и бесконечным враньем Марона. — Я помню и то, что отец мой был королем. — Он достал письмо Робба и подал его старику. — Вот, прочтите... ваше величество.

Лорд Бейлон взломал печать и развернул пергамент. Его черные глаза быстро забегали по строчкам.

— Итак, мальчишка дарит мне корону, а я за это должен истребить его врагов. — Тонкие губы старика искривились в улыбке.

— Робб сейчас у Золотого Зуба. Когда Зуб падет, он пройдет через холмы за один день. Лорд Тайвин стоит с войском в Харренхолле, отрезанный от запада, пленный Цареубийца сидит в Риверране. На западе Роббу противостоит только сир Стаффорд Ланнистер со своими зелеными новобранцами. Сир Стаффорд неизбежно займет позицию между армией Робба и Ланниспортом. Поэтому город будет не защищен, когда мы нагрянем на него с моря. И если боги нам помогут, Бобровый Утес тоже падет, прежде чем Ланнистеры спохватятся.

— Бобровый Утес никому еще не сдавался, — проворчал лорд Бейлон.

— Все когда-нибудь случается в первый раз. — Теон улыбнулся, предвкушая сладость этой победы, но не дождался ответной улыбки.

— Вот, значит, почему Робб Старк послал тебя сюда после столь долгого отсутствия? Чтобы добиться моего согласия на его план?

— Это мой план, а не Робба, — гордо заявил Теон, думая: «Победа тоже будет моей, а со временем и корона». — Я сам возглавлю атаку, если ты позволишь. В награду я попрошу пожаловать мне Бобровый Утес, когда мы отобьем его у Ланнистеров. — Владея Утесом, он удержит за собой Ланниспорт и золотые земли запада. Дом Грейджоев никогда еще не знал такого богатства и власти.

— Недурную награду ты требуешь за план и несколько чернильных строчек. — Отец перечел письмо. — Щенок ничего не говорит о награде. Он пишет письмо, что ты говоришь от его имени, я же должен выслушать тебя и отдать ему свои мечи и паруса, а он взамен даст мне корону. — Он впился в сына своими кремневыми глазами. — Даст мне корону, — резко повторил он.

— Он просто не так выразился, это следует понимать...

— Следует понимать так, как сказано. Мальчишка даст мне корону. А то, что дают, можно и отобрать. — Лорд Бейлон бросил письмо на угли, поверх цепочки. Пергамент съёжился, почернел и вспыхнул.

— Ты с ума сошёл? — опешил Теон.

Отец влепил ему пощёчину.

— Следи за своим языком. Ты теперь не в Винтерфелле, а я не Робб Молокосос. Я Грейджой, Лорд-Жнец из Пайка, Король Соли и Камня, Сын Морского Ветра, и ни один человек не может дать мне корону. Я уплачу железную цену и сам возьму свою корону, как Уррон Красная Рука пять тысяч лет назад.

Теон попятился от внезапной вспышки отцовского гнева.

— Что ж, бери, — бросил он, чувствуя, как горит щека. — Назови себя Королём Железных островов, если охота... пока война не кончится и победитель, оглядевшись, не приметит старого дурака, сидящего на своих камнях с железной короной на голове.

Лорд Бейлон засмеялся:

— Что ж, по крайней мере ты не трус. Но и я не дурак. Для чего, по-твоему, я собрал свои корабли — чтобы они болтались на якоре? Я выкрою себе королевство огнём и мечом... но не на западе и не по указке короля Робба Молокососа. Бобровый Утёс чересчур силён, а лорд Тайвин уж больно хитёр. Ланниспорт мы могли бы взять, но нипочём бы его не удержали. Нет, у меня на примете другое яблочко... может, не такое сладкое и сочное, но спелое, и устеречь его некому.

«О чём ты?» — мог бы спросить Теон, но он уже понял о чём.

ДЕЙЕНЕРИС

Дотракийцы прозвали комету «шиерак кийя», кровавая звезда. Старики говорили, что она пророчит беду, но Дейенерис Таргариен впервые увидела её на небе в ту ночь, когда сожгла кхала Дрого, в ту ночь, когда вылупились её драконы. «Она возвещает о моем приходе, — говорила себе Дени, глядя в ночное небо. — Боги послали ее, чтобы указать мне путь».

Но когда она изложила эту мысль словами, ее служанка Дореа ахнула.

— В той стороне лежат красные земли, кхалиси. Страшные места — так говорят табунщики.

— Мы должны идти туда, куда указывает комета, — настаивала Дени. По правде сказать, другого пути у нее и не было.

Она не смела повернуть на север через безбрежный океан травы, именуемый Дотракийским морем. Первый же кхаласар, который встретится, поглотит горстку ее людей. Воинов убьют, а остальных возьмут в рабство. Земли Ягнячьего Народа к югу от реки для них тоже закрыты. Их слишком мало, чтобы обороняться даже от этих мирных людей, а у лхазарян нет причин любить их. Она могла бы двинуться вниз по реке в порты Меерен, Юнкаи и Астапор, но Ракхаро заметил ей, что в ту сторону направился кхаласар Поно с тысячами пленных, чтобы продать их на невольничьих рынках, гниющими язвами усеивающих берега Залива Работорговцев.

— С чего мне бояться Поно? — возразила Дени. — Когда он бывал у Дрого, то всегда говорил со мной ласково.

— Ко Поно говорил с вами ласково, — сказал сир Джорах Мормонт, — но кхал Поно вас убьет. Он первым покинул Дрого, взяв с собой десять тысяч воинов, — а у нас их сто.

«Не сто, а четверо, — подумала Дени. — Остальные — это женщины, старики и мальчишки, еще не заплетающие волосы в косу».

— У меня есть драконы, — сказала она.

— Детеныши драконов. Один взмах аракха — и им конец, хотя Поно скорее всего оставит их себе. Драконьи яйца были ценнее рубинов, живой же дракон не имеет цены. Их всего трое на всем белом свете. Каждый, кто увидит их, захочет отнять, моя королева.

— Они мои, — свирепо отрезала она. Они родились из ее нужды и ее веры, из смерти ее мужа, и мертворожденного сына, и мейеги Мирри Маз Дуур. Дени вошла в огонь, давший им жизнь, и они сосали молоко из ее набухших грудей. — Никто не отнимет их у меня, пока я жива.

— После встречи с кхалом Поно вы недолго проживете. То же касается кхала Чхако и остальных. Надо идти туда, где их нет.

Дени назначила его первым своим гвардейцем... а поскольку совет Мормонта не расходился с предзнаменованием, путь ее был ясен. Созвав людей, она села на свою серебристую кобылу. Волосы ее сгорели в погребальном костре Дрого, и служанки облачили ее в шкуру храккара, белого льва Дотракийского моря, убитого покойным кхалом. Его устрашающая морда покрывала голый череп Дени, как капюшон, а мех плащом окутывал плечи и спину. Белый дракон, запустив острые коготки в львиную гриву, обвил хвостом руку Дени, а сир Джорах занял свое привычное место рядом с ней.

— Мы пойдем вслед за кометой, — сказала Дени своему кхаласару. Никто не произнес ни слова против. Они были людьми Дрого, но теперь они — ее люди. Они нарекли ее Неопалимой и Матерью Драконов. Ее слово для них закон.

Они ехали ночью, а днем прятались от солнца под своими шатрами. Вскоре Дени поняла, что Дореа говорила правду. Это была негостеприимная страна. Они оставляли за собой мертвых и умирающих лошадей. Поно, Чхако и прочие увели с собой лучшее, что было в табунах Дрого, оставив Дени старых, тощих, хромых и злонравных животных. Так же обстояло дело и с людьми. «Они не сильные, — говорила себе Дени, — поэтому я должна быть сильной и за них тоже. Я не должна проявлять ни страха, ни слабости, ни сомнений. Как бы я ни боялась в душе, наружно я должна оставаться королевой». Она чувствовала себя старше своих четырнадцати лет. Если она и была когда-то ребенком, это время ушло.

На третий день похода у них умер первый человек. Беззубый старик с мутными голубыми глазами свалился с седла и больше уже не поднялся, а час спустя его не стало. Кровяные мухи жужжали над трупом, перенося его злосчастье на живых.

— Давно пора, — заявила Ирри, одна из служанок. — Человек не должен жить дольше, чем его зубы. — Остальные согласились с ней. Дени приказала убить самую слабую из полудохлых кляч, чтобы старику было на чем ехать в полночном краю.

Две ночи спустя умер грудной младенец, девочка. Мать ее выла весь день, но нечем было помочь ее горю. Бедная девчушка была слишком мала, чтобы ездить верхом. Бескрайние черные травы полночной страны не для нее — ей придется родиться в этом мире еще раз.

В красной пустыне корма было мало, а воды еще меньше. Это был унылый край низких холмов и голых, продуваемых ветром равнин. Русла рек высохли, как мертвые кости. Кони щипали жесткую бурую призрак-траву, торчащую пучками у скал и сухих деревьев. Дени посылала вперед разведчиков, но они не находили ни родников, ни колодцев — только мелкие стоячие пруды, высыхающие под жарким солнцем. Чем дальше углублялись они в пустыню, тем меньше делались эти пруды и тем реже встречались. Если на этих пространствах из камня, песка и красной глины и обитали боги, то жесткие, сухие, глухие к молитвам о дожде.

Сначала у них вышло вино, потом перебродившее кобылье молоко, которое табунщики любят больше меда. На исходе были лепешки и вяленое мясо. Охотники не могли найти дичи, и они кормились мясом павших лошадей. Смерть следовала за смертью. Малые дети, старухи, больные, глупые и неосмотрительные — жестокая земля всех забирала себе. Дореа отощала, глаза у нее ввалились, и мягкие золотистые волосы высохли, как солома.

Дени голодала и терпела жажду наравне со всеми. Молоко в ее грудях иссякло, соски потрескались и кровоточили. Она худела день ото дня, пока не стала твердой, как палка, но боялась не за себя, а за драконов. Ее отца убили еще до ее рождения, как и ее отважного брата Рейегара. Мать умерла, производя ее на свет, пока снаружи ревела буря. Добрый сир Виллем Дарри, любивший ее по-своему, умер от долгой болезни, когда она была совсем еще маленькой. Ее брат Визерис, кхал Дрого, бывший ее солнцем и звездами, даже сын, которого она носила, — боги всех их взяли к себе. «Но моих драконов они не получат», — поклялась Дени.

Драконы были не больше тощих кошек, которых она видела в доме магистра Иллирио в Пентосе... пока не расправляли крылья. Каждое крыло было втрое больше самого детеныша — великолепно расцвеченный веер из прозрачной кожи, натянутой на длинные тонкие косточки. Если посмотреть как следует, дракон почти целиком состоял из шеи, хвоста и крыльев. «Какие маленькие», — думала Дени, когда кормила их из рук. Вернее, пыталась кормить, потому что драконы ничего не ели. При виде кровавых кусочков конины они шипели, плевались, пускали дым из ноздрей, но есть не желали... пока Дени не вспомнила то, что рассказывал ей в детстве Визерис.

«Только драконы и люди едят мясо жареным», — говорил он.

Она велела своим служанкам зажарить конину дочерна, и драконы накинулись на нее с жадностью, выбрасывая головы вперед, как змеи. В день они поглощали такого обугленного мяса в несколько раз больше, чем весили сами, и наконец-то стали расти и крепнуть. Дени дивилась гладкости их чешуи и идущему от них жару... в холодные ночи казалось, что их тела дымятся.

Каждый вечер, когда кхаласар трогался в путь, она брала одного из драконов себе на плечо. Двух других Ирри и Чхику везли в сплетенной из шерсти клетке на шесте между своими конями. Они ехали следом за Дени, и она никогда не теряла их из виду. Только тогда они вели себя тихо.

— Драконов Эйегона назвали в честь богов древней Валирии, — сказала она своим кровным всадницам однажды утром после долгого ночного перехода. — Дракона Висеньи звали Вхагар, дракона Рейенис — Мираксес, а Эйегон летал верхом на Балерионе, Черном Ужасе. Говорят, дыхание Вхагара было столь жарким, что плавило рыцарские доспехи и поджаривало человека внутри, Мираксес глотал коней целиком, а Балерион изрыгал пламя черное, как его чешуя, и крылья его были так огромны, что тень их накрывала целые города, когда он пролетал над ними.

Дотракийцы взирали на детенышей с тревогой. Самый крупный из трех был черный, лоснящийся, с ярко-алым узором на чешуе, крыльях и рожках.

— Кхалиси, — шепнул Агго, — вот он, Балерион, — он возродился снова.

— Очень может быть, кровь от моей крови, — серьезно ответила Дени, — но для этой новой жизни нам понадобится новое имя. Я назову всех троих именами тех, кого взяли у меня боги. Зеленый будет зваться Рейегалем, как мой отважный брат, погибший на зеленых берегах Трезубца. Белый с золотом будет Визерионом. Визерис был жесток, слаб и боязлив, тем не менее он был моим братом. Его дракон совершит то, чего не смог он.

— А черный? — спросил сир Джорах Мормонт.

— Черного я назову Дрогоном.

Но пока драконы благоденствовали, кхаласар ее таял на глазах, а земля вокруг делалась еще более скудной. Даже призрак-травы почти не стало. Лошади падали на ходу — их осталось так мало, что кое-кому пришлось тащиться дальше пешком. Дореа подхватила лихорадку, и с каждой лигой ей делалось все хуже. На губах и руках у нее вздулись кровавые пузыри, волосы выпадали клочьями, и однажды вечером она не смогла сесть на коня. Чхого сказал, что ее надо либо бросить, либо привязать к седлу, но Дени вспомнилась одна ночь в Дотракийском море, когда лиссенийка научила ее секретам любви, которыми она еще крепче привязала к себе Дрого. Она напоила Дореа водой из собственного бурдюка, положила ей на лоб влажную повязку и держала ее за руку, пока смерть не остановила лихорадочной дрожи. Только тогда Дени разрешила кхаласару продолжать путь.

Других путников им не встречалось. Дотракийцы стали боязливо поговаривать о том, что комета завела их в самые недра ада.

Как-то утром, когда они разбили лагерь среди черных, изглоданных ветром камней, Дени спросила сира Джораха:

— Может быть, мы заблудились? Неужели у этой пустыни нет конца?

— Есть, — устало ответил он. — Я видел карты, составленные торговцами, моя королева. Немногие караваны прошли этот путь, но там, на востоке, лежат великие королевства и города, полные чудес: Йи Ти, Кварт, Асшай, что у Края Теней...

— Но доживем ли мы, чтобы их увидеть?

— Не стану лгать вам. Путь оказался труднее, чем я осмеливался предположить. — Лицо рыцаря было серым и изможденным. Рана на бедре, которую он получил в схватке с кровниками кхала Дрого, так и не зажила до конца. Дени видела, что он гримасничает, садясь на коня, и в седле сидит неловко. — Мы можем погибнуть, если пойдем дальше... но если мы повернем обратно, нам уж точно конец.

Дени поцеловала его в щеку. Он улыбнулся, и на душе у нее потеплело. «Я должна быть сильной за нас обоих, — подумала она. — Он рыцарь, но я — кровь дракона».

Следующий найденный ими пруд был обжигающе горяч, и от него несло серой, но их бурдюки почти совсем опустели. Дотракийцы охлаждали воду в горшках и кувшинах и пили еще теплой. Вкус был не менее скверным, чем запах, но вода есть вода, а их мучила жажда. Дени с отчаянием смотрела на горизонт. Их осталось две трети против прежнего, а красная пустыня все тянулась без конца и края. «Комета насмеялась надо мной, — подумала Дейенерис, взглянув на небо. — Неужели я прошла полмира и видела рождение драконов лишь для того, чтобы умереть вместе с ними в этой раскаленной пустыне?» Она не могла в это поверить.

Рассвет нового дня застал их на растрескавшейся красной равнине. Дени уже хотела скомандовать привал, когда высланные ею разведчики галопом вернулись назад.

— Там город, кхалиси, — кричали они. — Бледный, как луна, и прекрасный, как девушка. До него ехать час, не больше.

— Показывайте, — сказала она.

Город, представший перед ней, со своими белыми, мерцающими башнями и стенами был так красив, что она приняла его за мираж.

— Не знаешь ли ты, что это за место? — спросила она сира Джораха.

Рыцарь устало качнул головой:

— Нет, моя королева. Так далеко на востоке я никогда не бывал.

Мерцающие белые стены сулили отдых и покой, возможность поправиться и окрепнуть. Дени хотелось одного: ринуться к ним во весь опор, но вместо этого она сказала своим кровным всадникам:

— Кровь моей крови, ступайте вперед и узнайте, как называется этот город и какого приема мы можем там ожидать.

— Будет исполнено, кхалиси, — сказал Агго.

Немного времени спустя они вернулись. Ракхаро перегнулся с седла. На его поясе из медальонов висел большой изогнутый аракх, который Дени вручила ему, назвав своим кровным всадником.

— Это мертвый город, кхалиси, без имени и бога, с выломанными воротами. Только ветер да мухи гуляют по его улицам.

Чхику содрогнулась:

— Там, где нет богов, по ночам правят пир злые духи. Таких мест лучше избегать — это все знают.

— Это все знают, — согласилась Ирри.

— Все, но не я. — Дени, послав коня вскачь, первая въехала в разрушенные ворота на тихую улицу. Сир Джорах и кровные всадники последовали за ней, а дальше потянулись все прочие.

Она не знала, давно ли покинут этот город, но его белые стены, такие красивые издали, потрескались и раскрошились. За ними тянулись путаные извилистые переулки с белеными, без окон, фасадами домов. Здесь существовал только белый цвет, как будто местные жители не имели понятия о красках. Кое-где на месте домов остались только груды щебня, в других местах виднелись следы пожара. Там, где сходились шесть улиц, Дени увидела пустой мраморный постамент. По всей видимости, здесь побывали дотракийцы. Быть может, статуя, некогда украшавшая этот постамент, стоит вместе с другими похищенными богами в Вейес Дотрак, и она, Дени, раз сто проезжала мимо нее. Визерион у нее на плече зашипел.

Они разбили лагерь перед разоренным дворцом, на обдуваемой ветром площади, где между камнями росла призрак-трава. Дени послала мужчин обследовать руины. Они пошли неохотно, но все-таки пошли... и вскоре один покрытый шрамами старик вернулся, подпрыгивая и ухмыляясь, с руками, полными фиг. Плоды были маленькие и сморщенные, но люди накинулись на них, отталкивая друг друга и запихивая фиги себе за щеки.

Другие посланцы тоже доложили о плодовых деревьях, укрытых в тайных садах за стенами домов. Агго нашел дворик, увитый лозами мелкого зеленого винограда, Чхого обнаружил колодец с чистой холодной водой. Попадались им и кости непогребенных с выбеленными солнцем, проломленными черепами.

— Призраки, — бормотала Ирри. — Страшные духи. Нам нельзя оставаться здесь, кхалиси, — это их место.

— Я не боюсь призраков. Драконы сильнее их. (А фиги важнее.) — Ступайте с Чхику, найдите мне чистого песка для омовения и не докучайте больше своими глупыми разговорами.

В прохладе своего шатра Дени жарила на углях конину и думала, как быть дальше. Здесь есть вода и пища и достаточно травы, чтобы подкормить коней. Приятно каждый день просыпаться на том же месте, бродить по тенистым садам, есть фиги и пить холодную воду сколько душе угодно.

Ирри и Чхику вернулись с ведрами белого песка, Дени разделась, и они отскребли ее дочиста.

— У тебя отрастают волосы, кхалиси, — заметила Чхику, сдувая песок с ее спины. Дени провела рукой по голове — она и правда покрылась пушком. Дотракийские мужчины заплетают волосы в длинные намасленные косы и стригут только тогда, когда терпят поражение. «Быть может, и мне следует так делать, — подумала она, — чтобы все помнили, что сила Дрого теперь живет во мне. Кхал Дрого умер с неостриженными волосами — немногие могли похвалиться этим».

Рейегаль расправил зеленые крылья, пролетел с полфута и шлепнулся на ковер. Упав, он в ярости забил хвостом, вытянул шею и завопил. «Будь у меня крылья, мне бы тоже хотелось летать», — подумала Дени. Таргариены былых времен отправлялись на войну верхом на драконах. Она попыталась представить себе, каково это — лететь по воздуху, сидя на шее дракона. Должно быть, так же, как когда стоишь на вершине горы, — только лучше. Ты видишь под собой весь мир. Если подняться повыше, можно увидеть даже Семь Королевств и дотронуться рукой до кометы.

Ирри нарушила ее думы, сказав, что снаружи ждет сир Джорах Мормонт.

— Впусти его, — велела Дени. Натертая песком кожа горела. Она завернулась в свою львиную шкуру. Храккар был куда больше ее и прикрывал все, что следовало прикрыть.

— Я принес вам персик, — сказал, преклонив колени, сир Джорах. Персик был такой маленький, что поместился у нее на ладони, и переспелый, но, откусив от него, Дени чуть не заплакала. Она ела его медленно, смакуя каждый кусочек. Сир Джорах сказал, что сорвал его с дерева близ западной стены.

— Вода, фрукты и тень, — молвила перемазанная сладким соком Дени. — Сами боги привели нас в это место.

— Мы должны отдохнуть здесь, пока не наберемся сил. Красные земли немилостивы к слабым.

— Мои служанки говорят, что здесь водятся призраки.

— Призраки водятся везде. Мы носим их с собой, куда бы ни отправились.

«Это верно, — подумала она. — Визерис, кхал Дрого, мой сын Рейего — они всегда со мной».

— Как зовут твоего призрака, Джорах? Моих ты знаешь.

— Линесса, — с застывшим лицом сказал он.

— Твоя жена?

— Вторая жена.

Дени видела, что ему больно говорить о ней, но ей хотелось узнать, в чем тут дело.

— Больше ты ничего не хочешь сказать? — Львиная шкура соскользнула с плеча, и Дени поправила ее. — Она была красива?

— Очень красива. — Взгляд сира Джораха скользнул от ее плеча к лицу. — Увидев ее впервые, я подумал, что сама Дева спустилась к нам с небес. По рождению она гораздо выше, чем я. Она была младшей дочерью лорда Лейтона Хайтауэра из Староместа. Белый Бык, командовавший гвардией вашего отца, — ее двоюродный дядя. Хайтауэры — старинный род, очень богатый и очень гордый.

— И преданный, — сказала Дени. — Я помню, Визерис говорил, что Хайтауэры остались верны моему отцу.

— Да, это правда.

— Брак устроили ваши отцы?

— Нет. Наша женитьба — долгая и скучная история, ваше величество. Я не хотел бы утомлять вас.

— Мне все равно нечего делать. Пожалуйста, расскажи.

— Как прикажет моя королева. — Сир Джорах нахмурился. — Моя родина... вы должны понять это, чтобы понять все остальное. Медвежий остров прекрасен, но очень далек. Представьте себе старые скрюченные дубы и высокие сосны, цветущий терновник, серые камни, поросшие мхом, ледяные речки, сбегающие с крутых холмов. Усадьба Мормонтов построена из огромных бревен и окружена земляным валом. Мой народ, не считая немногих земледельцев, живет на берегу и промышляет морем. Остров лежит далеко на севере, и зимы у нас суровее, чем вы можете себе вообразить, кхалиси.

Однако мой остров вполне устраивал меня, и я никогда не испытывал недостатка в женщинах. Были у меня и рыбачки, и крестьянские дочки — и до свадьбы, и после. В первый раз я женился молодым, на девице, которую выбрал мне отец, — на Гловер из Темнолесья. Мы прожили с ней десять лет или около того. Она была нехороша собой, но доброго нрава. Я привязался к ней на свой лад, хотя нас связывал скорее долг, нежели страсть. Трижды она выкидывала, пытаясь родить мне наследника. После третьего раза она так и не оправилась и вскоре умерла.

Дени легонько сжала его руку.

— Мне очень жаль.

Сир Джорах кивнул:

— К тому времени мой отец надел черное, и я стал полноправным лордом Медвежьего острова. У меня не было нужды в брачных предложениях, но прежде чем я успел принять решение, лорд Бейлон Грейджой поднял восстание против узурпатора, и Нед Старк созвал свои знамена на подмогу другу Роберту. Решающая битва произошла на Пайке. Когда камнеметные машины Роберта пробили стену короля Бейлона, первым в брешь ворвался жрец из Мира, но я ненамного отстал от него. Так я заслужил рыцарское звание.

Чтобы отпраздновать победу, Роберт устроил близ Ланниспорта турнир. Там я и встретил Линессу, девицу вдвое моложе меня. Она приехала из Староместа с отцом посмотреть, как состязаются ее братья. Я не мог оторвать от нее глаз. В припадке безумия я попросил у нее знак отличия, чтобы носить на турнире, не надеясь, что она исполнит мою просьбу, — но она ее исполнила.

Я дерусь не хуже всякого иного, кхалиси, но на турнирах никогда не блистал. Но, обвязав вокруг руки ленту Линессы, я стал другим человеком. Я выигрывал схватку за схваткой. Я свалил лорда Ясона Маллистера и Бронзового Джона Ройса. Сир Риман Фрей, его брат сир Хостин, лорд Уэнт, Дикий Вепрь, даже сир Борос Блаунт из королевской Гвардии — никто не устоял передо мной. В последнем поединке я обломал девять копий о Джейме Ланнистера, и король Роберт увенчал меня лаврами победителя. Я короновал Линессу королевой любви и красоты и в тот же вечер пошел к ее отцу и попросил ее руки. Я был пьян — и от вина, и от славы. По всем статьям меня следовало бы с позором отправить прочь, но лорд Лейтон принял мое предложение. Мы поженились там же, в

Ланниспорте, и две недели не было на свете человека счастливее меня.

— Только две недели? — Даже Дени было отпущено больше счастья с Дрого, ее солнцем и звездами.

— Две недели ушло на то, чтобы доплыть от Ланниспорта до Медвежьего острова. Мой дом горько разочаровал Линессу. Там было слишком холодно, слишком сыро, слишком далеко, а замок казался ей бревенчатой хижиной. Не было у нас ни скоморохов, ни балов, ни ярмарок. Редко-редко забредал к нам какой-нибудь певец, и золотых дел мастера на острове тоже не имелось. Даже еда обернулась мучением. Мой повар мало что умел готовить, кроме жареного мяса да похлебки, и Линессе скоро опротивела рыба и оленина.

Я жил ради ее улыбки. Я послал в Староместа за новым поваром и выписал из Ланниспорта арфиста. Я добывал ей все, чего она желала, — златокузнецов, ювелиров и портных, но этого было недостаточно. На Медвежьем острове много медведей и деревьев, а всего остального мало. Я построил для нее красивый корабль, и мы плавали в Ланниспорт и Староместа на празднества и ярмарки — однажды сходили даже в Браавос, где я занял у ростовщиков уйму денег. Я завоевал ее руку и сердце, как победитель турнира, поэтому я выходил на другие турниры ради нее, но волшебство утратило силу. Я так ни разу больше и не отличился, а каждое поражение означало потерю коня и турнирных доспехов — их приходилось выкупать или заменять новыми. Мне это было не по средствам. Наконец я настоял на возвращении домой, но там дела у нас пошли еще хуже, чем прежде. Я не мог больше платить повару и арфисту, а Линесса просто взбесилась, когда я заикнулся о том, чтобы заложить ее драгоценности.

А дальше... я стал делать вещи, о которых мне стыдно рассказывать. Ради золота — чтобы Линесса могла сохранить свои драгоценности, своего арфиста и своего повара. В конце концов я потерял все. Услышав, что Эддард Старк собирается на Медвежий остров, я до того забыл о чести, что не решился предстать перед его судом и бежал, взяв с собой жену. Ничто не имеет значения, кроме нашей любви, говорил я себе. Мы бежали в Лисс, и я продал свой корабль, чтобы как-то прожить.

Видно было, что рассказ причиняет ему боль, и Дени не хотелось его принуждать, но ей нужно было знать, чем все это закончилось.

— Она умерла там? — мягко спросила Дени.

— Только для меня. Через полгода все золото вышло, и мне пришлось стать наемным солдатом. Пока я сражался с браавосцами на войне, Линесса перебралась в дом купецкого старшины Трегара Ормоллена. Говорят, она теперь его главная наложница и даже его жена ее боится.

Дени ужаснулась:

— И ты ее ненавидишь?

— Почти так же сильно, как люблю. Прошу извинить меня, моя королева, — я очень устал.

Дени отпустила его, но, когда он уже собрался выйти, она не удержалась и спросила:

— Какая она была, твоя леди Линесса?

— Она немного похожа на вас, Дейенерис, — печально улыбнулся сир Джорах. — Сладких вам снов, моя королева.

Дени, вздрогнув, плотнее закуталась в львиную шкуру. «Похожа на меня». Это объясняет то, чего Дени прежде не понимала. «Он хочет меня, — сказала она себе. — Он любит меня, как любил ее, — не как рыцарь свою королеву, а как мужчина женщину». Она попыталась представить себе, как целует сира Джораха, ласкает, как он входит в нее, — но тщетно. Закрывая глаза, она видела не его, а Дрого.

Кхал Дрого был ее солнцем и звездами, ее первым мужчиной — а может быть, и последним. Мейега Мирри Маз Дуур поклялась, что Дени никогда не родит живое дитя — кто же захочет взять ее, бесплодную, в жены? И разве может кто-нибудь соперничать с Дрого, кто умер, ни разу не обрезав волос и теперь ведет свой звездный кхаласар по полночным землям?

Она слышала, с какой тоской сир Джорах говорил о своем Медвежьем острове. «Меня он никогда не получит, но когда-нибудь я верну ему его дом и честь. Это я могу сделать и сделаю».

Никакие призраки в ту ночь не тревожили ее сон. Ей снился Дрого и то, как они впервые ехали с ним рядом в ночь их свадьбы. Только во сне под ними были не кони, а драконы.

Наутро она призвала к себе своих кровных всадников:

— Кровь моей крови, вы нужны мне. Каждый из нас выберет себе трех лошадей, самых крепких и здоровых из тех, что у нас остались. Нагрузите на них воды и провизии, сколько увезут, и отправляйтесь в дорогу. Агго поедет на юго-запад, Ракхаро прямо на юг, ты же, Чхого, — на юго-восток за шиерак кийя.

— Что мы должны искать, кхалиси? — спросил Чхого.

— Все, что встретится впереди. Другие города, живые и мертвые. Караваны и оседлых жителей. Реки, озера и большое соленое море. Узнайте, как далеко простирается эта пустыня и что лежит по ту ее сторону. Я не намерена снова искать дорогу вслепую, когда покину это место. Я должна знать, куда ехать и как лучше добраться туда.

И они уехали, позвякивая колокольчиками в волосах, а Дени с горсткой живых осталась в городе, который они назвали Вейес Толорро. Город Костей. Дни шли за днями. Женщины собирали фрукты в садах мертвецов, мужчины чистили коней и чинили седла, стремена и обувь. Дети бегали по улицам, собирая старые бронзовые монеты, осколки пурпурного стекла и каменные кувшинчики с ручками в виде змей. Одну женщину ужалил красный скорпион, но больше смертей не было. Лошади начали прибавлять в теле. Дени лечила рану сира Джораха сама, и та заживала.

Ракхаро вернулся первым. «На юге красная пустыня тянется бесконечно, — сказал он, — а после упирается в дурную горькую воду. Ничего там нет, кроме песков, обветренных скал и колючей поросли». Он клялся, что видел скелет дракона — такой огромный, что проехал на коне сквозь его большие черные челюсти. Больше ничего примечательного ему не встретилось.

Дени дала ему дюжину самых сильных мужчин и велела им перекопать площадь. Если между камнями растет призрак-трава, прорастут и другие травы, когда камни уберут. В воде у них недостатка нет — скоро площадь зазеленеет.

Вторым вернулся Агго. «На юго-западе все голо и выжжено», — сказал он. Агго нашел руины еще двух городов — меньше, чем Вейес Толорро, но в остальном таких же. Один из них охраняли черепа, воздетые на ржавые железные пики, и он не решился войти туда, но второй обследовал по мере возможности. Он показал Дени найденный там железный браслет с необработанным огненным опалом величиной с ее большой палец. Там были еще какие-то свитки, но они высохли и угрожали рассыпаться, поэтому Агго их не взял.

Дени поблагодарила его и отправила чинить ворота. Если кто-то пересек пустыню в старину, чтобы завоевать эти города, такое могло повториться снова.

— На всякий случай мы должны быть готовы ко всему, — заявила она.

Чхого не было так долго, что Дени уже стала бояться за него, но наконец, когда его почти уже не ждали, он появился на юго-востоке. Один из часовых, выставленных Агго, увидел его первым и закричал. Дени взбежала на стену, чтобы посмотреть своими глазами. Это была правда. Чхого вернулся, и не один. С ним ехали три незнакомца в причудливых одеждах, верхом на безобразных горбатых животных крупнее лошади.

Они остановились у городских ворот и подняли головы к Дени.

— Кровь моей крови, — сказал Чхого, — я доехал до большого города Кварта и вернулся с тремя людьми, которые захотели сами посмотреть на тебя.

— Что ж, смотрите, если охота, — сказала Дени, — но сперва назовите мне свои имена.

Бледный синегубый человек ответил на гортанном дотракийском:

— Я Пиат Прей, великий маг.

Лысый с драгоценным кольцом в носу ответил на валирийском Вольных Городов:

— Я Ксаро Ксоан Даксос из числа Тринадцати, купецкий старшина Кварта.

Женщина в лакированной деревянной маске ответила на общем языке Семи Королевств:

— Я Куэйта из Края Теней. Мы хотим видеть драконов.

— Вы их увидите, — сказала им Дейенерис Таргариен.

ДЖОН

На старых картах Сэма эта деревня называлась Белое Древо. По мнению Джона, это место не заслуживало звания деревни: четыре хижины из неоштукатуренного камня вокруг пустого овечьего загона и колодца. Домишки были крыты дерном, окна затянуты обтрепавшимися кожами. Над ними простирались белые ветви и темно-красные листья чудовищно громадного чардрева.

Это было самое большое дерево, которое Джону Сноу доводилось видеть: ствол добрых восьми футов в обхвате, а ветви укрывали своим пологом всю деревню. Но тревогу в нем вызывала не столько величина дерева, сколько лицо на нем, особенно рот: не просто щель, как обычно, а дупло с рваными краями, где могла поместиться целая овца.

Но там, внутри, не овечьи кости — и в пепле лежит не овечий череп.

— Старое дерево, — хмуро произнес Мормонт с седла.

— Старое, — подтвердил ворон у него на плече. — Старое, старое, старое.

— И сильное. — Джон чувствовал его мощь.

Торен Смолвуд спешился рядом со стволом, весь черный в своем панцире и кольчуге.

— Гляньте-ка на эту образину. Неудивительно, что люди боялись их, когда впервые пришли в Вестерос. Так бы и срубил эту погань.

— Мой отец верил, что перед сердце-деревом солгать нельзя, — сказал Джон. — Старые боги знают, когда человек лжет.

— Мой отец тоже в это верил, — сказал Старый Медведь. — Дай-ка мне взглянуть на этот череп.

Джон спешился. За спиной у него в черных кожаных ножнах висел Длинный Коготь, полуторуручный бастардный* клинок, который подарил ему Старый Медведь за спасение своей жизни. Бастардный меч для бастарда, пошучивали братья. Рукоять для него переделали по-новому, снабдив ее волчьей головой из бледного камня, клинок же был из валирийской стали — старый, легкий и смертельно острый.

Став на колени, Джон запустил руку в перчатке в дупло, красное от высохшего сока и почерневшее от огня. Под черепом лежал еще один, поменьше, с отломанной челюстью, полузасыпанный пеплом и осколками костей.

Старый Медведь, взяв его обеими руками, заглянул в пустые глазницы.

— Одичалые сжигают своих мертвых — мы всегда это знали. Жаль, что я не спросил, почему они это делают, когда их еще можно было найти кое-где.

Джон вспомнил упыря с горящими синими глазами на бледном мертвом лице. Теперь-то уж ясно почему.

— Если бы кости могли говорить, этот парень рассказал бы нам о многом, — проворчал Мормонт. — Как он умер, кто сжег его и зачем. И куда девались одичалые. — Он вздохнул. — Дети Леса, говорят, умели разговаривать с мертвыми, но я не умею. — Он швырнул череп обратно в дупло, подняв облачко пепла. — Обшарьте эти дома, а ты, Великан, полезай на дерево и оглядись. Надо и

---

* Клинок, имеющий грубую крупнозернистую структуру поверхности.

собак попробовать. Может, на этот раз след окажется посвежее. — Но было ясно, что он не особенно на это надеется.

Дозорные разошлись по домам попарно, чтобы ничего не пропустить. Джону достался Эддисон Толетт, тощий как пика оруженосец, которого братья прозвали Скорбным Эддом.

— Мало нам того, что мертвые встают, — сказал он Джону. — Старый Медведь хочет, чтоб они еще и заговорили. Это добром не кончится, ручаюсь. И кто сказал, что кости не лгут? Почему это мертвый должен быть правдивее или умнее, чем при жизни? Скорей всего он стал бы ныть и жаловаться — земля, мол, чересчур холодна, надгробная плита мала, да и червей у других побольше, чем у него...

Джону пришлось пригнуться, чтобы пройти через низкую дверь. Внутри был плотно утоптанный земляной пол — никакой мебели, никаких признаков, что здесь жили люди, если не считать золы под дымовым отверстием в крыше.

— Хорошо жилье, нечего сказать, — заметил он.

— Я тоже родился в таком вот доме, — пригорюнился Скорбный Эдд. — И провел в нем свои лучшие годы — все плохое началось потом. — В одном углу валялась куча соломы, и Эдд посмотрел на нее с тоской. — Я отдал бы все золото Бобрового Утеса, лишь бы снова поспать в постели.

— Вот это ты называешь постелью?

— Я называю постелью все, что мягче земли и имеет над собой крышу. — Эдд понюхал воздух. — Навозом пахнет.

— Да, только старым. — Запах был очень слаб — видимо, дом покинули уже довольно давно. Джон порылся в соломе, чтобы проверить, не спрятано ли чего внизу, и обошел стены. Это не заняло у него много времени. — Тут ничего нет.

Он и не ожидал ничего найти. Белое Древо — четвертая деревня, которую они проезжают, и все четыре заброшены. Люди ушли, забрав свои скудные пожитки и всю живность, которую имели. Следов нападения нигде не замечалось. Пусто, только и всего.

— Как ты думаешь, что могло с ними случиться? — спросил Джон.

— Такое, что мы и вообразить себе не можем, — заверил Скорбный Эдд. — Я, впрочем, могу, только говорить не хочу. Довольно одного знания, что всех нас ждет погибель, — незачем думать об этом заранее.

Две собаки обнюхивали дверь изнутри, остальные рыскали по деревне. Четт ругал их почем зря со злостью, которая, похоже, ни-

168

когда его не покидала. При свете, проникающем сквозь красные листья чардрева, прыщи у него на лице казались еще ярче. Увидев Джона, он сузил глаза — любви они друг к другу не питали.

В других домах тоже ничего не нашлось.

— Ушли, — крикнул ворон Мормонта, взлетев на ветку чардрева. — Ушли, ушли, ушли.

— Год назад в Белом Древе еще жили одичалые. — Торен Смолвуд, в черной блестящей кольчуге и чеканном панцире сира Джареми Риккера, больше походил на лорда, чем сам Мормонт. Тяжелый плащ, подбитый соболем, был застегнут скрещенными серебряными молотами Риккеров. Плащ тоже принадлежал раньше сиру Джареми... но сира Джареми убил упырь, а в Ночном Дозоре ничего даром не пропадает.

— Год назад королем был Роберт, и в стране царил мир, — заметил коренастый Джармен Баквел, командир разведчиков. — За год многое может измениться.

— Неизменным остается одно, — вставил сир Малладор Локе, — чем меньше одичалых, тем меньше хлопот. Что бы там с ними ни стряслось, я по ним плакать не стану. Грабители и убийцы, все до одного.

Красные листья над Джоном зашуршали, сучья разошлись, и показался человек, скачущий с ветки на ветку, как белка. Бедвик был ростом не выше пяти футов, и только седина в волосах выдавала его возраст. Другие разведчики прозвали его Великаном. Сидя в развилке у них над головой, он сказал:

— На севере какая-то вода — озеро, что ли. На западе кремнистые холмы, не очень высокие. Больше ничего не видать, милорды.

— Заночевать можно здесь, — предложил Смолвуд.

Старый Медведь взглянул на небо сквозь белые ветки и красные листья чардрева.

— Нет. Великан, сколько там еще до заката?

— Три часа, милорд.

— Пойдем на север, — решил Мормонт. — Если успеем добраться до озера, разобьем лагерь на берегу, авось и рыбы наловим. Джон, тащи бумагу, надо написать мейстеру Эйемону.

Джон нашел в седельной сумке пергамент, перо и чернила и принес лорду-командующему.

«В Белом Древе, — нацарапал Мормонт. — Четвертая деревня, и все пусты. Одичалые ушли».

— Найди Тарли, и пусть он это отправит. — Мормонт свистнул, ворон слетел к нему, сел на голову коня, покрутил головой и сказал:

— Зерно. — Конь заржал.

Джон развернул своего лохматого конька. За чардревом росли другие деревья, поменьше, и Дозорные, расположившись под ними, чистили коней, жевали солонину, справляли нужду, чесались и разговаривали. Получив команду двигаться дальше, они умолкли и расселись по коням. Сначала отправились передовые Джармена Баквела, потом авангард под командованием Торена Смолвуда. Далее следовал Старый Медведь со своим отрядом, сир Малладор Локе с вьючными лошадьми и наконец арьергард сира Оттина Уитерса. Итого двести человек и в полтора раза больше лошадей.

Днем они ехали по звериным тропам и вдоль ручьев, «дорогами Дозора», забираясь все дальше и дальше в глушь, ночью разбивали лагерь под звездным небом и видели над собой комету. Из Черного Замка братья выехали в хорошем настроении, с шутками и прибаутками, но мрачное молчание леса скоро взяло свое. Шутки стали реже, а ссоры чаще. Никто не желал сознаваться, что он боится — они как-никак были Ночным Дозором, — но Джон чувствовал, как им тревожно. Четыре пустых деревни, ни одного одичалого, даже дичь куда-то подевалась. Зачарованный Лес никогда еще не казался более зачарованным — это признавали даже ветераны.

Джон снял перчатку, чтобы дать подышать обожженным пальцам. Экий мерзкий вид. Он вдруг вспомнил, как ерошил волосы Арье. Его сестричка, тоненькая как прутик. Как-то она теперь? Ему было немного грустно думать, что он, может быть, никогда уже не взлохматит ей волосы. Он стал сгибать и разгибать пальцы. Если боевая рука оцепенеет и утратит гибкость, это может для него плохо кончиться. За Стену без меча лучше не соваться.

Сэмвелл Тарли был там же, где другие стюарды, и поил своих лошадей. Их у него на попечении было трое: его собственная и две вьючных, каждая из которых везла большую плетеную клетку с воронами. Птицы, завидев Джона, захлопали крыльями и подняли шум. Некоторые их крики подозрительно напоминали слова.

— Ты что, говорить их учишь? — спросил Джон Сэма.

— Так, понемножку. Трое уже умеют говорить «снег» и «Сноу».

— С меня довольно и одной птицы, которая кличет меня по имени, а «снег» для черного брата слово не слишком приятное. — Снег на севере часто означает смерть.

— Что там, в Белом Древе?

170

— Кости, пепел и пустые дома. — Джон подал Сэму свернутый пергамент. — Старый Медведь велел отправить это Эйемону.

Сэм взял птицу из клетки, погладил ей перья, прикрепил письмо и сказал:

— Лети домой, храбрец. Домой. — Ворон каркнул что-то в ответ, и Сэм подкинул его в воздух. Тот захлопал крыльями и полетел ввысь сквозь кроны деревьев. — Жаль, что он и меня не может прихватить с собой.

— Все маешься?

— Д-да... но уже не так боюсь, как раньше, правда. В первую ночь, когда кто-нибудь вставал отлить, мне каждый раз казалось, что это одичалые крадутся, чтобы перерезать мне глотку. Я боялся, что если закрою глаза, то больше уж их не открою... но в конце концов все-таки рассвело. — Сэм заставил себя улыбнуться. — Может, я и трус, но не дурак. У меня все тело ноет от езды и ночевок на земле, но я почти уже совсем не боюсь. Смотри. — Он вытянул руку — показать, что она не дрожит. — И я работаю над своими картами.

«Странное дело, — подумал Джон. — Двести храбрых мужчин отправились за Стену, и единственный из них, кто стал бояться не больше, а меньше, — это Сэм, сам себя признающий трусом».

— Мы еще сделаем из тебя разведчика. Глядишь, и в передовых окажешься, как Гренн. Может, мне поговорить на этот счет со Старым Медведем?

— Посмей только! — Сэм натянул на голову капюшон своего необъятного черного плаща и взгромоздился на лошадь. Она была ездовая, медлительная и неповоротливая, но лучше подходила для его веса, чем маленькие коньки, на которых ехали разведчики. — Я надеялся, что мы останемся ночевать в деревне, — с грустью сказал он. — Хорошо бы снова поспать под крышей.

— Крыш там все равно на всех не хватило бы. — Джон улыбнулся Сэму на прощание и отъехал. Почти вся колонна уже выступила в путь, и он двинулся в объезд деревни, чтобы избежать толкотни. Он уже насмотрелся на Белое Древо.

Призрак выскочил из подлеска так внезапно, что конь шарахнулся и взвился на дыбы. Белый волк, когда охотился, убегал далеко, но везло ему ненамного больше, чем фуражирам, которых посылал за дичью Смолвуд. Дайвен как-то у костра сказал Джону, что в лесу так же пусто, как и в деревнях. «Ну, нас ведь много, — ответил Джон. — И шум, который мы производим, наверно, распугивает дичь». «Так оно или нет, что-то ее распугало — это точно».

Конь успокоился, и Призрак потрусил рядом. В зарослях терновника Джон поравнялся с Мормонтом.

— Ну что, отправили птицу? — спросил Старый Медведь.

— Да, милорд. Сэм учит их говорить.

— Он еще пожалеет об этом, — фыркнул Старый Медведь. — Шуму от этих проклятых тварей хоть отбавляй, а путного ничего не услышишь.

Некоторое время они ехали молча. Потом Джон сказал:

— Если мой дядя тоже нашел эти деревни пустыми...

— ...то захотел узнать причину этого, — закончил за него лорд Мормонт, — но кому-то или чему-то нежелательно было, чтобы он узнал. Ну что ж, с Куореном нас будет триста, и враг, кто бы он ни был, нас просто так не возьмет. Мы найдем его, Джон, обещаю.

«Или они нас», — подумал Джон.

АРЬЯ

Река сине-зеленой лентой сверкала под утренним солнцем. По ее берегам густо рос тростник, и Арья заметила, как побежали круги от скользнувшей по мелководью водяной змеи. Вверху лениво кружил ястреб.

Все здесь казалось таким мирным... пока Косс не нашел мертвеца.

— Вон там, в тростнике, — показал он, и Арья тоже увидела. Тело солдата безобразно раздулось. Его зеленый плащ зацепился за корягу, и маленькие серебристые рыбки объедали ему лицо.

— Говорил я вам, что тут мертвяки, — сказал Ломми, — раз вода мертвечиной отдает.

Йорен, увидев труп, плюнул.

— Доббер, погляди, есть ли на нем что ценное. Кольчуга, нож, пара монет — все равно. — Пришпорив своего мерина, он въехал в реку, но конь увяз в мягком иле, и за тростниками было глубоко. Йорен сердито повернул назад — мерин до колен перемазался в бурой жиже. — Тут нам не перейти. Косс, ступай вверх по течению и поищи брод, а вы, Уот и Горрен, поезжайте вниз. Мы будем ждать вас здесь. Поставьте часовых.

Доббер нашел у мертвеца на поясе кожаный кошелек с четырьмя медяками и локоном светлых волос, перевязанным красной лентой. Ломми и Тарбер, раздевшись догола, полезли в воду, и Ломми стал кидаться в Пирожка илом, крича:

— Пирожок из грязи! Пирожок из грязи!

Рорж в повозке ругался, грозился и требовал расковать его, пока Йорена нет, но никто не обращал на него внимания. Курц поймал рыбу голыми руками. Арья видела, как он это сделал: он стоял на мелководье, спокойный, как вода, а потом его рука метнулась, как змея, и схватила плывущую мимо рыбу. Это проще даже, чем ловить кошек, — у рыб-то когтей нет.

Разведчики вернулись в середине дня. Уот доложил, что на милю вниз был деревянный мост, только его кто-то сжег. Йорен оторвал от кипы порцию кислолиста.

— С лошадьми, да и с ослами, мы могли бы переправиться вплавь, но повозки нам не перетащить. Притом на севере и западе дым, сплошные пожары — лучше нам, думаю, остаться на этом берегу. — Он взял прутик и нарисовал в грязи круг, проведя от него черту. — Это Божье Око, река течет от него на юг. Мы сейчас вот здесь. — Он ткнул прутом рядом с линией. — С запада, как я намеревался, озеро нам обойти не удастся, а восточный берег выведет нас обратно на Королевский Тракт. — Йорен показал туда, где линия соединялась с кругом. — Здесь, сколько мне помнится, должен быть город, крепость с каменной стеной, и господская усадьба там есть — не из важных, но у лорда наверняка имеется охрана или пара рыцарей. Если пойдем по реке на север, будем там еще засветло. У них должны быть лодки — продадим все, что у нас есть, и наймем одну. — Он провел линию через весь круг снизу доверху. — Если боги пошлют нам попутный ветер, мы приплывем вот сюда, в город Харрен, и купим там новых лошадей, а нет, так в Харренхолле остановимся. Это усадьба леди Уэнт, а она всегда была другом Дозора.

— В Харренхолле водятся привидения, — округлил глаза Пирожок.

— Тьфу на твои привидения, — плюнул Йорен. — По коням.

Арья помнила, что рассказывала о Харренхолле старая Нэн. Злой король Харрен заперся в его стенах, но Эйегон выпустил своих драконов, и пламя поглотило весь замок. Нэн говорила, что огненные духи до сих пор посещают почерневшие башни. Бывало, что люди ложились там спать в полном здравии, а утром их находили мертвыми, сгоревшими. Арья не до конца в это верила — притом это было давно. Пирожок просто дурак — в Харренхолле живут не привидения, а рыцари. Арья сможет открыться леди Уэнт, и рыцари благополучно проводят ее домой. Рыцари всегда всех защищают, особенно женщин. Может быть, леди Уэнт даже маленькой плаксе окажет помощь.

Дорога вдоль реки хоть и не шла в сравнение с королевской, но была не в пример лучше, чем прежде, и повозки в кои-то веки катились гладко. За час до заката они увидели первое жилье — уютный домик с соломенной крышей посреди пшеничного поля. Йорен покричал, но никто ему не отозвался.

— Мертвые все, поди. Или попрятались. Доббер, Рей, за мной. — Они обследовали дом, и Йорен, вернувшись, проворчал: — Ни посуды, ни денег — хоть бы грош. Скотины тоже нет. Ушли хозяева скорее всего. Может, мы даже встретили их на Королевском Тракте. — Но тут хотя бы не было пожара и не валялись мертвые тела. На огороде за домом они накопали немного луку и кореньев и набрали целый мешок тыкв.

Чуть дальше по дороге стояла хижина лесника с нетронутой поленницей рядом, а над рекой на десятифутовых сваях торчал еще один домишко. Ни там ни сям никого не было. В полях зрели пшеница, кукуруза и ячмень, но дозорные не сидели на деревьях и не расхаживали по межам с серпами. Наконец показался городок — кучка белых домов вокруг крепостных стен, большая септа под деревянной кровлей, господская усадьба на пригорке в западном конце... и опять-таки ни единого человека.

Йорен хмуро призадумался, сидя на коне.

— Не нравится мне это — но делать нечего. Надо посмотреть как следует — может, народ где и прячется. Может, какие лодки остались либо оружие.

Оставив десятерых охранять повозки и маленькую плаксу, черный брат разделил остальных на четыре отряда по пять человек и послал обыскивать город.

— Смотрите в оба глаза и слушайте в оба уха, — наказал он им, а сам поехал в усадьбу лорда посмотреть, не осталось ли кого там.

Арья оказалась в одной компании с Джендри, Пирожком и Ломми. Толстопузый Уот прежде греб на галее, стало быть, мог сойти за моряка, поэтому их Йорен отрядил к озеру на поиски лодки. Они ехали мимо тихих белых домов, и у Арьи по телу бегали мурашки. Пустой город пугал ее почти так же, как сожженная деревня, где они нашли маленькую плаксу и однорукую женщину. Зачем люди ушли отсюда, бросив свои дома? Что могло нагнать на них такого страху?

Солнце уже садилось, и дома отбрасывали длинные тени. Внезапный стук заставил Арью схватиться за Иглу, но это всего лишь ставня хлопала на ветру. После речного простора городская теснота наводила тревогу.

Увидев между домами и деревьями озеро, Арья стиснула лошадь коленями, проскакав мимо Уота и Джендри, и вынеслась на зеленый луг у покрытого галькой берега. Под закатным солнцем тихая гладь озера сверкала, как чеканная медь. Арья еще не встречала таких больших озер — того берега не было видно. Слева на крепких деревянных столбах стояла над водой ветхая гостиница, справа вдавался в озеро длинный причал, а дальше к востоку тянулись другие деревянные пальцы, запущенные городом в воду. Но единственная лодка валялась у гостиницы с совершенно прогнившим днищем.

— Пусто, — разочарованно протянула Арья. Как же им теперь быть?

— А гостиница-то, — заметил Ломми, когда подъехали остальные. — Может, там еда какая осталась? Или эль?

— Давай поглядим, — предложил Пирожок.

— Нечего тут, — рявкнул Уот. — Йорен велел искать лодку.

— Лодки все забрали. — Арья в душе знала, что это правда: можно обыскать хоть весь город, но, кроме этой гнилушки, все равно ничего не найдешь. Вода тихо плескалась вокруг ее ног. Появились светлячки, мигая своими огоньками. Зеленая вода была теплая, как слезы, но не соленая. От нее пахло летом, илом и всем, что растет. Арья погрузила в нее лицо, смывая дневную пыль и пот. Когда она подняла голову, струйки побежали за ворот, и это было приятно. Жаль, что нельзя раздеться совсем и поплавать, порезвиться в теплой воде, как розовая выдра. Может, ей удалось бы доплыть до самого Винтерфелла.

Уот позвал ее, чтобы помогала искать, и она принялась заглядывать в сараи, пока ее лошадь паслась на лугу. Им попадались паруса, гвозди, ведра с застывшей смолой и кошка с выводком котят, но лодок не было.

Когда вернулись Йорен и остальные, в городе стало темно, как в лесу.

— В усадьбе никого, — сказал он. — Лорд то ли ушел на войну, то ли спрятался где-то со всеми домочадцами. В городе ни лошади, ни свиньи, но без еды мы не останемся. Тут где-то разгуливал гусь, кур я тоже видел, а в Божьем Оке полно рыбы.

— Все лодки увели, — сообщила Арья.

175

— Можно залатать дно у той, что на берегу, — сказал Косс.

— В ней разве что четверо поместятся.

— Гвозди у нас есть, а вокруг полно деревьев, — вмешался Ломми. — Можем сами построить лодки.

— Ты что-нибудь смыслишь в постройке лодок, красильщик? — плюнул Йорен.

— Лучше плот, — предложил Джендри. — Плот всякий может построить. Вырубим шесты и поплывем.

Йорен призадумался.

— Для шестов будет слишком глубоко, если плыть напрямик, но если держаться у берега... Повозки придется бросить, но мысль неплохая. Я это обмозгую — утро вечера мудренее.

— Может, заночуем в гостинице? — сказал Ломми.

— Мы заночуем в крепости, заперев ворота. В каменных стенах мне лучше спится.

— Нельзя нам тут оставаться, — не сдержалась Арья. — Местные все убежали, даже лорд.

— Арри трусит, — заржал Ломми.

— Я-то нет, — отрезала она, — а вот они да.

— Ты у нас парнишка смышленый, — сказал Йорен, — но все дело в том, что здешних жителей волей-неволей затрагивает война, а нас нет. Ночной Дозор ни на чьей стороне, потому и врагов у нас быть не может.

«И друзей тоже», — подумала она, но на сей раз промолчала. Ломми и все остальные смотрели на нее, и ей не хотелось показаться трусихой.

Ворота крепости были скреплены большими гвоздями. Внутри лежала пара железных брусьев толщиной с молодые деревца. Когда их вставили одним концом в ямку у ворот, а другим в гнездо, получился огромный Х-образный засов. После того как они обследовали крепость сверху донизу, Йорен сказал, что это, конечно, не Красный Замок, но на ночь вполне сгодится. Десятифутовой вышины стены были сложены из грубого неоштукатуренного камня с деревянным настилом поверху. На северной стороне имелась калитка, а в деревянном амбаре под соломой Геррен обнаружил люк, ведущий в узкий, извилистый подземный ход. Геррен прошел его до конца и оказался у озера. Йорен велел поставить на люк повозку, чтобы никто не пробрался к ним этим путем, разделил всех на три стражи, а Тарбера, Курца и Тесака послал на башню караулить. Курцу дали охотничий рог, чтобы затрубить в случае опасности.

Повозки и животных завели внутрь и заперли за ними ворота. В шатком амбаре могла поместиться скотина со всего города. Убежище, где прятались горожане в опасные времена, было еще больше — низкое длинное каменное строение под соломенной крышей. Косс, выйдя за калитку, поймал гуся и двух кур, и Йорен разрешил развести костер. В крепости имелась большая кухня, но всю утварь с нее забрали. Стряпать выпало Джендри, Дробберу и Арье. Доббер велел ей ощипать птицу, пока Джендри колол дрова.

— А я почему не могу дрова колоть? — спросила она, но никто ее не слушал. Она надулась и принялась ощипывать курицу. Йорен, сидя на другом конце скамьи, точил о брусок кинжал.

Когда ужин был готов, Арья получила куриную ножку и немного лука. За едой все говорили мало, даже Ломми. Джендри, поев, стал полировать свой шлем с таким видом, точно его тут и вовсе нет. Маленькая плакса плакала, но когда Пирожок дал ей кусок гусятины, она мигом управилась с ним и стала ждать, не дадут ли еще.

Арье досталась вторая стража, и она улеглась на соломенный тюфяк в убежище, но сон не шел к ней. Она попросила у Йорена брусок и принялась точить Иглу. Сирио Форель говорил, что тупой клинок — все равно что хромая лошадь. Пирожок, присев на соседнем тюфяке, следил за ее работой.

— Где ты взял такой хороший меч? — спросил он. Она сверкнула на него глазами, и он примирительно вскинул руки. — Я ж не говорю, что ты его украл, — просто хочу знать, где ты его взял, вот и все.

— Брат подарил, — буркнула она.

— А я и не знал, что у тебя брат есть.

Арья почесала себя под рубашкой. В соломе были блохи — хотя непонятно, какое неудобство могла принести парочка новых.

— У меня их много.

— Старшие или младшие?

Не надо было ей говорить об этом. Йорен велел ей держать язык за зубами.

— Старшие. У них тоже мечи есть — длинные мечи, и они научили меня, как убивать людей, которые ко мне пристают.

— Я не пристаю, я просто разговариваю. — Пирожок ушел, и Арья свернулась калачиком на тюфяке. Где-то в передней части дома плакала маленькая девочка. Хоть бы она унялась наконец. Ну почему она все время плачет?

Должно быть, Арья уснула, хотя даже не помнила, как закрыла глаза, и ей приснилось, что снаружи воет волк — да так жутко, что она сразу проснулась. Сев на тюфяке с бьющимся сердцем, она крикнула:

— Пирожок, проснись. Уот, Джендри, вы что, не слышали? — Она натянула один сапог.

Мужчины и мальчишки вокруг заворочались.

— Что стряслось-то? — спрашивал Пирожок.

— Чего не слышали? — ворчал Джендри.

— Арри приснился плохой сон, — сказал кто-то.

— Да нет же, я слышал, — настаивала она. — Это был волк.

— У Арри волки в голове, — засмеялся Ломми.

— Пусть себе воют, — сказал Геррен, — они там, а мы тут.

— Волки крепость штурмовать не станут, — согласился Уот.

— Я ничего не слыхал, — заявил Пирожок.

— Это был волк, — крикнула она, натягивая второй сапог. — Случилось что-то плохое — вставайте!

Не успели они обрушиться на нее с новыми насмешками, как вой раздался снова — только теперь это был не волк, это Курц дул в свой охотничий рог, поднимая тревогу. В мгновение ока все повскакали, натягивая одежду и хватая то оружие, которое имели. Когда рог затрубил опять, Арья бросилась к воротам. Пробегая мимо амбара, она услышала, как Кусака яростно рвет свои цепи, а Якен Хгар окликнул ее:

— Мальчик! Славный мальчик! Что там, война? Освободи нас, мальчик, — человек хочет сражаться!

Но она бежала дальше, не слушая его. За стеной стал слышен лошадиный топот и крики.

Она взобралась наверх. Парапеты были для нее высоки, и ей пришлось стать ногами в трещину между камнями, чтобы выглянуть наружу. На миг ей показалось, что город кишмя кишит светляками — потом она поняла, что это люди с факелами мечутся между домами. Занялась соломенная крыша, и оранжевый язык лизнул брюхо ночи. За ним последовали другие, и скоро огни заполыхали повсюду.

Джендри взобрался к ней со шлемом на голове.

— Сколько их там?

Арья попыталась посчитать, но всадники носились слишком быстро, размахивая своими факелами.

— Сто или двести — не знаю. — Сквозь рев пламени слышались крики. — Скоро они за нас примутся.

— Гляди, — показал Джендри.

Между горящих домов к крепости двигалась конная колонна. Пожар оранжево-желтыми бликами озарял шлемы, кольчуги и панцири всадников. Один держал знамя на длинном копье. Арье показалось, что оно красное, но об этом трудно было судить ночью, когда кругом ревел пожар: сейчас все казалось черным, красным или оранжевым.

Огонь перекидывался с одного дома на другой. Вот вспыхнуло дерево, и его ветви оделись пляшущей рыжей кроной. Все, кто был в крепости, поднялись — одни стояли на стенах, другие унимали испуганных животных внизу. Что-то стукнулось об ногу Арьи — она посмотрела и увидела маленькую плаксу.

— Уйди! — крикнула Арья, выдернув ногу. — Что ты здесь делаешь? Беги спрячься, глупая.

Всадники остановились перед воротами.

— Эй, в крепости! — крикнул рыцарь в высоком остроконечном шлеме. — Откройте именем короля!

— Это которого же? — отозвался старый Рейзен, не успел Уот его остановить.

Йорен взошел на стену у ворот со своим выгоревшим черным плащом на шесте.

— Оставайтесь там, где вы есть! — прокричал он. — Жители покинули город.

— А ты кто такой, старик? — осведомился рыцарь. — Трусливый пес лорда Берика? Если этот жирный дурак Торос с тобой, спроси его, как ему нравится огонь, зажженный нами.

— Нет здесь таких. Только парни для Ночного Дозора. Нам до вашей войны дела нет. — Он поднял шест повыше. — Не видите, что ли, что знамя у нас черное?

— Это также цвет дома Дондаррионов, — заметил вражеский знаменосец. Теперь Арья разглядела его флаг: золотой лев на красном поле. — Эмблема лорда Берика — пурпурная молния на черном.

Арья вдруг вспомнила, как бросила в Сансу апельсин и забрызгала соком ее дурацкое шелковое платье. Тогда на турнире был какой-то южный лорд, и глупая сестрина подружка Джейни в него влюбилась. У него была молния на щите, и отец Арьи послал его отрубить голову брату Пса. Как будто тысячу лет назад это было, в другой жизни, с другим человеком... с Арьей Старк, дочерью десницы, а не с сироткой Арри. Разве Арри мог знаться с лордами?

179

— Ты что, слепой? — Йорен помахал плащом из стороны в сторону. — Где ты видишь тут свою поганую молнию?

— Ночью все знамена черные, — ответил рыцарь в остроконечном шлеме. — Открывай, не то мы будем считать вас разбойниками, стакнувшимися с врагами короля.

Йорен плюнул.

— Кто вами командует?

— Я. — Другие всадники расступились, давая дорогу, и пламя отразилось в броне боевого коня. Командир был грузный человек с мантикором на щите и витыми узорами на стальном панцире. В открытом забрале шлема виднелась бледная свинячья образина. — Сир Амори Лорх, знаменосец лорда Тайвина Ланнистера из Бобрового Утеса, десницы короля. Настоящего короля — Джоффри. — Голос у него был высокий и тонкий. — Его именем приказываю вам открыть ворота.

Город горел, в воздухе стоял дым, и красных искр было больше, чем звезд.

— Не вижу в этом нужды, — нахмурился Йорен. — С городом делайте что хотите, нам до него дела нет, а нас оставьте в покое. Мы вам не враги.

«Смотрите вашими глазами», — хотелось Арье крикнуть людям внизу.

— Разве они не видят, что мы не лорды и не рыцари? — прошептала она.

— Я думаю, им все равно, Арри, — шепнул в ответ Джендри.

Она посмотрела на лицо сира Амори, как Сирио учил ее смотреть, и поняла, что Джендри прав.

— Если вы не предатели, откройте ворота, — настаивал сир Амори. — Мы убедимся, что ты говоришь правду, и продолжим свой путь.

Йорен жевал кислолист.

— Говорю тебе — здесь никого нет, кроме нас. Даю вам слово.

Рыцарь в высоком шлеме рассмеялся:

— Ворона дает нам свое слово.

— Ты, часом, не заблудился, старик? — хохотнул кто-то из копьеносцев. — Стена далеко к северу отсюда.

— Еще раз приказываю тебе именем короля Джоффри доказать свою верность ему и открыть ворота, — сказал сир Амори.

Йорен долго думал, жуя свою жвачку, потом плюнул и сказал:

— Что-то не хочется.

— Я так и думал. Вы отказываетесь подчиниться приказу короля и тем изобличаете себя как мятежников, черные на вас плащи или нет.

— У меня тут мальчики. Дети.

— Дети и старики умирают одинаково. — Сир Амори лениво поднял кулак, и кто-то метнул копье из тени, отбрасываемой пожаром. Копье, должно быть, метило в Йорена, но попало в Уота рядом с ним. Острие вонзилось в горло и вышло из затылка, темное и влажное. Уот схватился за древко и мешком свалился со стены.

— Возьмите крепость и убейте их всех, — скучливо произнес сир Амори. Полетели другие копья. Арья дернула Пирожка за полу камзола, пригнув его вниз. Снаружи гремели доспехи, шуршали мечи, вынимаемые из ножен, копья стукались о щиты вперемешку с руганью и топотом копыт. Над головами у них пролетел, роняя искры, факел и шлепнулся в грязь на дворе.

— К оружию! — вскричал Йорен. — Станьте пошире и защищайте стену там, где они будут атаковать. Косс, Утрег, держите калитку. Ломми, вытащи копье из Уота и стань на его место.

Пирожок стал доставать свой короткий меч и уронил его. Арья сунула клинок ему в руку.

— Я не умею с ним обращаться, — сказал он, глядя на нее белыми глазами.

— Это легко. — Но ложь застряла у Арьи в горле, потому что за парапет ухватилась чья-то рука. При свете горящего города Арья видела ее так ясно, словно время остановилось. Толстые мозолистые пальцы с курчавыми черными волосками между костяшками, с грязью под ногтем большого пальца. Страх ранит глубже, чем меч, напомнила себе Арья, когда вслед за рукой показалась верхушка круглого шлема.

Она взмахнула Иглой сверху вниз, и кованная в замке сталь рубанула прямо по костяшкам.

— Винтерфелл! — закричала Арья. Хлынула кровь, пальцы отлетели прочь, и шлем исчез так же внезапно, как и появился.

— Сзади! — завопил Пирожок. Арья обернулась. На стену лез другой солдат, бородатый и без шлема, держа кинжал в зубах, чтобы освободить обе руки. Когда он перекинул ногу через парапет, Арья ткнула мечом ему в глаза. Игла не коснулась его — он отшатнулся и упал. Хоть бы он хлопнулся лицом вниз и язык себе откусил.

— Ты за ними следи, а не за мной! — рявкнула она на Пирожка. В следующий раз тот сам рубанул врага по рукам своим коротким мечом и скинул вниз.

Лестниц у сира Амори не имелось, но по крепостным стенам, сложенным из дикого камня, карабкаться было легко, и врагам не было конца и края. На месте каждого, кого Арья рубила, колола и спихивала со стены, тут же появлялся другой. Рыцарь в остроконечном шлеме взобрался на гребень, но Йорен накрыл его своим черным знаменем и сунул кинжал в щель его доспехов. Со всех сторон летели факелы, и языки пламени еще долго стояли у Арьи перед глазами. Золотой лев на красном поле напоминал ей о Джоффри, и она жалела, что его здесь нет: она вогнала бы Иглу в его ухмыляющуюся рожу. Четверо солдат с топорами бросились на ворота, но Косс снял их из лука одного за другим. Доббер повалил своего противника на стену, а Ломми размозжил врагу голову камнем, не успел тот встать, и заулюлюкал — но у Доббера в животе торчал нож, и он тоже не поднялся больше. Арья перескочила через убитого парня не старше Джона — у него была отрублена рука. Она вроде бы этого не делала, хотя кто знает? Куил взмолился о пощаде, но рыцарь с осой на щите раздробил ему лицо своей шипастой булавой. Пахло кровью, дымом, железом и мочой, но потом все эти запахи как-то слились воедино. Какой-то тощий человечек ухитрился взобраться на стену, и она кинулась на него вместе с Джендри и Пирожком. Джендри ударил его мечом, сбив шлем с головы. Он был лысый и напуганный, у него недоставало зубов, и бороденка была седая — Арья даже пожалела его, но все равно убила, крича: «Винтерфелл! Винтерфелл!», а Пирожок с криком «Пироги горячие!» рубанул врага по тонкой шее.

Когда тощий упал, Джендри забрал его меч и спрыгнул во двор, где тоже кипела битва. Огонь мерцал на кольчугах и клинках — враги то ли перелезли где-то через стену, то ли прорвались в калитку. Арья спрыгнула рядом с Джендри — мягко, как учил ее Сирио. В ночи звенела сталь и слышались крики раненых и умирающих. Арья не знала, куда бежать, — смерть была повсюду.

Тут Йорен встряхнул ее и заорал:

— *Мальчик!* Уходи отсюда — наше дело пропащее. Собери мальчишек, кого сможешь, и уводи их. Скорей!

— Но как? — крикнула она.

— Через тот люк. В амбаре.

И он снова кинулся в бой. Арья схватила Джендри за руку, крича:

— Он велел нам уходить. Через амбар.

Глаза Быка в прорезях шлема отражали огонь. Он кивнул. Они позвали Пирожка со стены и нашли Ломми Зеленые Руки — он лежал с пробившим ногу копьем. Геррен был ранен слишком тяжело, чтобы бежать с ним. В хаосе и дыму, среди мертвых тел, сидела маленькая плакса. Арья схватила ее за руку, но девчушка не хотела идти — даже шлепки не помогали. Арья потащила ее за собой правой рукой, держа Иглу в левой. Ночь светилась тускло-красным огнем. «Это амбар горит», — подумала Арья. Пламя факела, упавшего в солому, лизало его стены, и животные, запертые внутри, кричали в голос. Из амбара выскочил Пирожок.

— Арри, скорее! Ломми уже там! Брось ее, если не хочет идти!

Арья упрямо тащила девочку за собой. Пирожок шмыгнул обратно, но вместо него выбежал Джендри. От огня его шлем так сиял, что рога казались оранжевыми. Он вскинул маленькую плаксу себе на плечо.

— Бежим!

В амбаре было жарко, как в печи. Клубился дым, и задняя стена пылала сверху донизу. Лошади и ослы бились и кричали. «Бедные», — подумала Арья. Потом она увидела повозку и трех закованных в ней. Кусака рвал цепи, и кровь текла у него по рукам. Рорж пинался и ругался во всю глотку. Якен Хгар крикнул:

— Мальчик! Славный мальчик!

Открытый люк был всего в нескольких футах перед ней, но огонь распространялся быстро, пожирая сухое дерево и солому с такой быстротой, что даже не верилось. Арья вспомнила страшное обоженное лицо Пса.

— Ход узкий, — крикнул Джендри. — Ее тут не протащишь.

— Толкай перед собой, — ответила Арья.

— Добрые, хорошие мальчики, — звал, кашляя, Якен Хгар.

— Снимите эти сраные цепи! — орал Рорж.

Джендри их не слушал.

— Лезь ты первый, потом она, потом я. Скорее — ход длинный.

— Ты куда дел топор, когда дрова колол?

— Он там, около убежища. — Джендри бросил взгляд на закованных. — Я бы лучше ослов спас, да времени нет.

— Бери ее! — крикнула Арья. — Тащи! И выскочила из амбара, а огонь бил у нее за спиной горячими красными крыльями. Снаружи была блаженная прохлада, но люди гибли повсюду. Косс бросил свой клинок в знак того, что сдается, но его убили на месте. Все заволокло дымом. Йорена не было видно, но топор торчал там, где Джендри его оставил, — у поленницы рядом с убежищем. Арья выдернула его из чурбана, и чья-то рука в кольчуге схватила ее. Она вогнала топор врагу между ног. Лица она не видела — только темную кровь, проступившую сквозь железные звенья. Возвращение в амбар оказалось самым трудным делом в ее жизни. Дым полз из открытой двери, как черный змей, а внутри кричали ослы, лошади и люди. Она закусила губу, пригнулась и проскочила в месте, где дым был не так густ.

Ослик, охваченный огненным кольцом, вопил от ужаса и боли, и пахло паленой шерстью. Крыша тоже горела, роняя вниз дерево и солому. Арья зажала рукой нос и рот. Повозку за дымом не было видно, но рев Кусаки указывал путь.

Рядом выросло колесо. Повозка подскочила и проехала с полфута — это Кусака опять рванул свои цепи. Якен увидел Арью, но тут и дышать было трудно, не то что разговаривать. Она швырнула топор в повозку. Рорж поймал его и поднял над головой, Пот, смешанный с копотью, стекал по его безносому лицу. Арья, кашляя, пустилась бегом. Позади сталь обрушилась на старое дерево — еще раз и еще. Миг спустя раздался громовой треск, и из повозки вывалилось днище.

Арья вниз головой нырнула в туннель, на глубину в пять футов. Грязь набилась ей в рот, но ничего, это был восхитительный вкус — земли, воды, червей, жизни. Под землей было темно и прохладно — наверху лилась кровь, ревел огонь, валил дым и визжали гибнущие животные. Арья повернула пояс, чтобы Игла не мешала, и поползла. Футов через десять она услышала шум, похожий на рев какого-то чудища, и в туннель хлынуло облако дыма и черной пыли, пахнущее адом. Арья, задержав дыхание, ткнулась лицом в грязь и заплакала — сама не зная о ком.

ТИРИОН

Королева не была расположена ждать Вариса.

— Измена сама по себе зло, — с яростью заявила она, — но это явная, ничем не прикрытая подлость, и я не желаю, чтобы этот приторный евнух учил меня, как поступать с подлецами.

Тирион взял у сестры письма и сравнил их. Это были две копии, совершенно одинаковые, хотя и написанные разным почерком.

— Первое получил мейстер Френкен в замке Стокворт, — пояснил великий мейстер Пицель, — второе передал нам лорд Джайлс.

Мизинец расчесал пальцами бороду.

— Если Станнис даже их не забыл, то такое же послание почти наверняка получил каждый лорд Семи Королевств.

— Я хочу, чтобы эти письма сожгли все до единого, — провозгласила Серсея. — Ни один намек на это не должен достичь ушей моего сына и моего отца.

— Думаю, что отец уже услышал — и не только намек, — сухо заметил Тирион. — Станнис, без сомнения, послал птиц и в Бобровый Утес, и в Харренхолл. Что до сожжения писем, то какой в этом смысл? Песенка спета, вино пролито, девица брюхата. Да и не столь это страшно, как кажется.

Серсея повернулась к нему, сверкая зелеными глазами.

— У тебя что, вовсе мозгов нет? Ты читал, что там написано? «Отрок Джоффри» — вот как он выражается. И при этом смеет обвинять меня в кровосмешении, убийстве и измене!

«Обвиняет, потому что ты виновна. — Удивительно было видеть, как кипятится Серсея из-за этих обвинений, хотя ей прекрасно известно, что это чистая правда. — Если мы проиграем войну, ей следует поступить в балаган — она прирожденная лицедейка». Тирион дождался, когда она умолкнет, и сказал:

— Нужно же Станнису чем-то оправдать свой мятеж. Что он, по-твоему, должен был написать? «Джоффри — законный сын и наследник моего брата, но я тем не менее намерен отнять у него трон?»

— Я не потерплю, чтобы меня обзывали шлюхой!

«Полно, сестра, — он ведь не утверждает, что Джейме тебе платил». Тирион притворился, что читает письмо заново. Была там одна любопытная фразочка...

— «Писано при Свете Владыки», — прочел он вслух. — Странное выражение.

Пицель прочистил горло:

— Подобные слова часто встречаются в письмах и документах из Вольных Городов, и означают они «писано пред ликом бога», только и всего. Перед богом красных жрецов — так следует понимать.

— Варис еще несколько лет назад говорил мне, что леди Селиса связалась с красной жрицей, — вспомнил Мизинец.

Тирион постучал пальцем по письму:

— Как видно, ее лорд-супруг пошел по той же дорожке. Мы можем использовать это против него. Пусть верховный септон объявит народу, что Станнис изменил своим богам так же, как своему королю...

— Да, да, — нетерпеливо бросила королева, — но сначала нужно помешать этой мерзости распространяться. Совет должен издать указ, грозящий всякому, кто будет говорить о кровосмешении или называть Джоффа бастардом, отсечением языка.

— Разумная мера, — кивнул великий мейстер Пицель, звякнув своей цепью.

— Глупость, — вздохнул Тирион. — Вырвав человеку язык, вы не докажете, что он лжец, а лишь дадите понять, что боитесь его слов.

— Ну а что ты предлагаешь? — осведомилась сестра.

— Да ничего. Пусть себе шепчутся — эта история им скоро надоест. Всякий, у кого есть хоть щепотка разума, поймет, что это лишь неуклюжая попытка оправдать узурпацию. Разве Станнис приводит какие-то доказательства? Да и как бы он мог, когда все это ложь? — Тирион послал сестре сладчайшую улыбку.

— Это так, — пришлось признать ей, — но...

— Ваше величество, здесь ваш брат прав. — Петир Бейлиш сложил пальцы домиком. — Попытавшись замять эти разговоры, мы лишь придадим им видимость достоверности. Лучше отнестись к ним с презрением, как к жалкой выдумке, каковы они и есть. Скажу еще, что с огнем следует бороться огнем.

— О каком огне вы говорите? — испытующе посмотрела на него Серсея.

— Об истории того же рода, в которую притом будет легче поверить. Лорд Станнис многие годы своего супружества провел вдалеке от жены. Не то чтобы я упрекал его за это — я поступал бы так же, будь я женат на леди Селисе. Но если мы скажем, что дочь у него незаконная, а Станнис рогоносец... простой народ всегда склонен верить худшему о своих лордах, особенно таких суровых, мрачных и щепетильных, как Станнис Баратеон.

— Его никогда особенно не любили, это правда. — Серсея подумала немного. — Хорошо, мы отплатим ему его же монетой. Кого бы только дать леди Селисе в любовники? У нее, кажется, двое братьев — а ее дядя все это время был с ней на Драконьем Камне...

— Да, сир Акселл Флорент — ее кастелян. — Мизинец, как ни противен был Тириону его план, придумал неплохо. Станнис никогда не был влюблен в свою жену, но он ощетинивается как еж всякий раз, когда дело касается его чести, и недоверчив по природе. Если удастся посеять раздор между ним и его сторонниками, это будет большая помощь. — Я слышал, у девочки флорентовские уши.

— Один торговец из Лисса сказал мне, — с небрежным жестом произнес Мизинец, — что лорд Станнис, должно быть, очень любит свою дочь, поскольку уставил весь свой замок ее изваяниями. «Милорд, — пришлось ответить мне, — это горгульи». Сир Акселл мог бы подойти в отцы Ширен, но я знаю по опыту: чем нелепее и безобразнее выдумка, тем охотнее ее повторяют. У Станниса есть необычайно уродливый дурак, полоумный и с татуировкой на лице.

Великий мейстер ахнул, пораженный:

— Но ведь не станете же вы утверждать, что леди Селиса легла в постель с дураком?

— Только дурак и мог лечь в постель с Селисой Флорент. А ей он, вероятно, напоминал о Станнисе. Всякая хорошая ложь должна содержать в себе крупицу правды, чтобы слушатель мог передохнуть. Дело обстоит так, что дурак этот всей душой предан девочке и сопровождает ее повсюду. Они даже похожи немного — у Ширен такое же застывшее пестрое лицо.

— Но ведь это от серой хвори, которую бедняжка перенесла в младенчестве, — растерялся Пицель.

— Мне мое объяснение больше нравится, — сказал Мизинец, — и народу оно тоже придется по душе. В народе верят, что, если беременная женщина съест кролика, ребенок у нее родится с длинными ушами.

Серсея одарила Мизинца улыбкой, которую обычно приберегала для Джейме.

— Какой же вы злой, лорд Петир.

— Благодарю, ваше величество.

— И заядлый лжец к тому же, — далеко не столь ласково вставил Тирион. «Этот опаснее, чем я думал», — сказал он себе.

Зеленовато-серые глаза Мизинца встретились с разномастным взглядом карлика без малейшего смущения.

— У каждого из нас свой талант, милорд.

Королева была слишком захвачена желанием отомстить, чтобы заметить этот обмен любезностями.

— Обманут полоумным дураком! Станниса осмеют в каждом кабаке по эту сторону Узкого моря.

— Но это не должно исходить от нас, — сказал Тирион, — иначе всем станет ясно, что мы это сочинили, желая обелить себя.

У Мизинца и на это был готов ответ:

187

— Шлюхи любят посплетничать, а я как раз владею парой борделей. Варис тоже, без сомнения, сумеет посеять слухи в пивных и харчевнях.

— Где он, к слову сказать? — нахмурилась Серсея.

— Я сам желал бы это знать, ваше величество.

— Паук ткет свою тайную паутину днем и ночью, — зловеще сказал великий мейстер. — Я не доверяю ему, милорды.

— А он о вас отзывается хорошо. — Тирион слез со стула. Он-то знал, чем занят евнух, но остальным советникам знать это было не обязательно. — Прошу извинить, милорды, — меня ждут другие дела.

— Дела короля? — сразу насторожилась Серсея.

— Вам нет нужды о них беспокоиться.

— Об этом мне судить.

— Хочешь испортить мне сюрприз? Я готовлю Джоффри подарок — цепочку.

— На что ему твоя цепочка? У него их и так больше, чем нужно, и золотых, и серебряных. Если ты возомнил, что сможешь купить его любовь своими подарками...

— О, я уверен, что король и без того меня любит, как и я его. Я думаю также, что моя цепь однажды станет ему дороже всех остальных. — Тирион откланялся и вразвалку пошел к двери.

Бронн ждал у дверей зала совета, чтобы проводить его обратно в башню Десницы.

— Кузнецы ожидают твоего появления в твоей приемной, — сказал наемник, когда они шли через двор.

— Ожидают моего появления. Очень мило сказано, Бронн. Скоро ты станешь настоящим придворным — чего доброго, и колени начнешь преклонять.

— Не пошел бы ты, карлик.

— Охотно пошел бы — только к Шае. — Леди Танда весело махала Тириону с вершины лестницы. Он сделал вид, что не замечает ее, и прибавил шагу. — Позаботься, чтобы мне приготовили носилки. Я отправлюсь со двора, как только закончу с этим делом. — Двое Лунных Братьев несли караул у двери в башню. Тирион приветливо поздоровался с ними и скорчил гримасу, начиная взбираться по лестнице. От долгого подъема к опочивальне у него болели ноги.

Его двенадцатилетний оруженосец раскладывал одежду на кровати. Подрик Пейн был до того застенчив, что старался все делать исподтишка. Тирион не мог отделаться от подозрения, что отец навязал ему этого парня в насмешку.

— Ваш убор, милорд, — пробормотал мальчик, когда Тирион вошел. Смотрел он при этом на свои сапоги. Под, даже если выдавливал из себя какие-то слова, в глаза никогда не глядел. — Для приема. И цепь десницы.

— Хорошо. Помоги мне одеться. — Черный бархатный колет был усажен золотыми заклепками в виде львов, цепь состояла из массивных золотых рук, каждая из которых сжимала запястье другой. Под принес багровый шелковый плащ с золотой каймой, скроенный по росту Тириона — на обычном человеке он выглядел бы как пелерина.

Личная приемная десницы была не столь велика, как королевская, и, уж конечно, не могла сравниться с тронным залом, но Тириону нравились мирийские ковры, драпировки на стенах и ощущение уюта. Стюард у входа возгласил:

— Тирион Ланнистер, десница короля. — Карлику и это понравилось. Кузнецы, оружейники и скобяные торговцы, созванные Бронном, опустились на колени.

Он взгромоздился на высокое сиденье под круглым золотистым окном и велел им встать.

— Я знаю, что вы народ занятой, поэтому буду краток. Под, будь любезен. — Мальчик подал ему холщовый мешок. Тирион развязал его, перевернул, и содержимое с глухим лязгом вывалилось на ковер. — Их мне сделали в кузнице замка, и мне нужна еще тысяча точно таких же.

Один из кузнецов, снова опустившись на колени, осмотрел три громадных цепных звена, скрепленных вместе.

— Крепкая цепь.

— Крепкая, но короткая. Вроде меня. Надо ее удлинить. Как твое имя?

— Меня кличут Железным Брюхом, милорд. — Кузнец, коренастый и плечистый, в простом наряде из кожи и шерсти, имел ручищи толщиной с бычью шею.

— Я хочу, чтобы все кузни в Королевской Гавани ковали такие звенья и сращивали их. Всю прочую работу следует отставить. Пусть каждый человек, умеющий обращаться с железом, займется этим, будь он мастер, подмастерье или ученик. Проезжая по Стальной улице, я хочу слышать звон молотков и днем, и ночью. И мне нужен сильный человек, который надзирал бы за этой работой. Согласен ты взяться за такое дело, мастер Железное Брюхо?

189

— Пожалуй, да, милорд, — но как быть с мечами и кольчугами, которые требует королева?

— Ее величество приказали, — подхватил другой кузнец, — ковать в большом количестве кольчуги и доспехи, мечи, кинжалы и топоры — для вооружения новых золотых плащей, милорд.

— Это все подождет, сначала цепь.

— Прощения просим, милорд, но королева сказала, что тем, кто не представит работу в назначенном количестве, раздробят руки молотом — на собственной наковальне, милорд.

Добрая Серсея — она всегда старается завоевать любовь народа.

— Руки никому не раздробят — даю вам слово.

— Железо нынче вздорожало, — заметил Железное Брюхо, — а для такой цепи его понадобится много, и угля тоже.

— Лорд Бейлиш даст вам денег сколько нужно, — пообещал Тирион. Он надеялся, что уж в этом-то Мизинец ему не откажет. — И я прикажу городской страже разыскивать для вас железо. Расплавьте все подковы в этом городе, если будет нужда.

Вперед вышел пожилой человек в богатом камчатном камзоле с серебряными застежками и плаще на лисьем меху. Став на колени, он изучил образцы звеньев и объявил:

— Милорд, это грубая работа, не требующая мастерства. Она впору тем, кто гнет подковы и кует котлы, но я, с позволения вашей милости, мастер-оружейник. Это работа не для меня и не для моих братьев по цеху. Мы куем мечи звонкие, как песня, и доспехи под стать богам, а не это.

Тирион наклонил голову, вперив в него свои разномастные глаза.

— Как зовут тебя, мастер-оружейник?

— Саллореон, милорд. И если десница дозволит, я почту за честь сковать ему доспехи, подобающие его дому и высокому посту. — Кое-кто из кузнецов усмехнулся, но Саллореон продолжал как ни в чем не бывало: — Панцирь и чешую, как мне думается. Чешуя с позолотой яркой, как солнце, панцирь покроем багряной ланнистерской эмалью. Для шлема я предложил бы голову демона с длинными золотыми рогами. Когда вы выйдете в бой, враг в ужасе побежит.

«Голова демона, — скорбно подумал Тирион. — Хорошего же они обо мне мнения».

— Мастер Саллореон, все свои грядущие битвы я намерен вести вот на этом стуле. Мне нужна цепь, а не демонские рога. Поэтому позволь сказать тебе вот что: либо ты будешь ковать цепь, либо носить ее. Выбор за тобой. — Он встал и удалился, не оглядываясь.

Бронн ждал его у ворот с носилками и конным эскортом Черноухих.

— Ты знаешь, куда ехать, — сказал ему Тирион и позволил себя подсадить. Он делал все, что мог, чтобы накормить этот голодный город: поставил несколько сотен плотников на постройку рыбачьих лодок вместо катапульт, открыл Королевский Лес для всех, у кого достанет смелости пересечь реку, послал золотых плащей промышлять съестное на юг и на запад — но в городе его по-прежнему встречали обвиняющими взорами. Крытые носилки защищали его от них и давали время поразмыслить.

Медленно следуя по извилистой Дороге Тени у подножия холма Эйегона, Тирион думал об утренних событиях. Сестра, охваченная гневом, не разглядела истинного значения письма Станниса Баратеона. Его обвинения без доказательств ничего не стоят: главное то, что он именует себя королем. Как-то теперь поступит Ренли? Не могут же они оба сесть на Железный Трон.

Тирион приоткрыл немного занавеску и выглянул наружу. Черноухие ехали по обе стороны от него в своих жутких ожерельях. Бронн впереди расчищал путь. Прохожие смотрели на них, и Тирион играл сам с собой, стараясь различить среди них осведомителей. Те, у которых наиболее подозрительный вид, скорее всего невинны — а невинных следует остерегаться.

Место, куда он направлялся, находилось за холмом Рейенис, и на улицах было людно, поэтому на дорогу ушел добрый час. Тирион подремывал, но проснулся, когда носилки остановились, протер глаза и вышел, опершись на руку Бронна.

Дом был в два этажа, внизу каменный, вверху деревянный. В одном его углу торчала круглая башенка. Стекла во многих окнах были цветные. Над дверью покачивался красивый фонарь в виде шара из позолоченного металла и алого стекла.

— Бордель, — сказал Бронн. — Зачем мы сюда явились?

— Зачем, по-твоему, люди посещают такие места?

— Тебе Шаи мало? — засмеялся наемник.

— Для походных утех она неплоха, но мы больше не на биваке. У маленьких мужчин большой аппетит, а здешние девки, как мне сказали, достойны самого короля.

— Разве он уже дорос для таких дел?

— Речь не о Джоффри. О Роберте. Это был его излюбленный дом. — (Впрочем, и Джоффри, быть может, в самом деле уже дорос. Об этом стоит подумать.) — Если ты и Черноухие захотите поразвлечься, валяйте, но у Катаи девушки дорогие. На этой улице есть дома подешевле. Оставь здесь одного человека, чтобы он знал, где найти других, когда я пожелаю вернуться.

— Будет сделано, — кивнул Бронн. Черноухие заухмылялись.

Внутри Тириона встретила высокая женщина в развевающихся шелках, с черной кожей и глазами цвета сандалового дерева.

— Катая, — с низким поклоном назвалась она. — А ваша милость...

— Обойдемся без имен — они опасны. — Здесь пахло диковинными специями, а мозаика на полу изображала двух женщин, сплетенных в любовном объятии. — У тебя тут красиво.

— Это плод моих долгих трудов. Рада, что деснице у нас понравилось. — Голос ее, похожий на текучий янтарь, играл переливами Летних островов.

— Титулы могут быть не менее опасны, чем имена. Покажи мне своих девушек.

— С великой радостью. Вы найдете, что они столь же нежны, как и прекрасны, и искушены во всех искусствах любви. — Она сделала грациозный жест рукой, и Тирион последовал за ней со всем достоинством, которое позволяли его ноги — вдвое короче, чем у нее.

За резным мирийским экраном с изображениями цветов и задумчивых дев, позволяющим наблюдателю оставаться невидимым, располагалась общая комната. Старик наигрывал на свирели что-то веселое. В алькове пьяный тирошиец с пурпурной бородой, развалясь на подушках, держал на коленях женщину. Он расшнуровал ей корсаж и поливал груди вином из чаши, а потом слизывал. Еще две девицы играли в плашки у цветного окна — одна конопатенькая с голубым вспочком в медовых волосах, другая с кожей черной и гладкой, как темный янтарь, большими глазами и маленькими острыми грудками. Их просторные шелка придерживались на талии бисерными поясками. Сквозь тонкую ткань на солнце, льющемся через цветные стекла, просвечивали их юные тела. Тирион ощутил трепет возбуждения.

— Осмелюсь предложить вам темнокожую, — сказала Катая.

— Она совсем еще ребенок.

— Ей шестнадцать, милорд.

«В самый раз для Джоффри», — подумал Тирион, вспомнив слова Бронна. Его, Тириона, первая женщина была еще моложе. Какой застенчивой казалась она, когда впервые сняла через голову платье. Длинные темные волосы и голубые глаза, где впору утонуть — он и утонул. Как давно это было... экий ты дурак, карлик.

— Эта девушка родом с твоих земель?

— В ней течёт летняя кровь, милорд, но родилась моя дочь здесь, в Королевской Гавани. — Должно быть, он не сдержал своего удивления, и Катая сказала: — У нас женщине не зазорно быть в доме мягких подушек. На Летних островах высоко ценят тех, кто способен доставить удовольствие в любви. Многие знатные юноши и девы посвящают такому служению несколько лет после своего созревания, угождая этим богам.

— При чём же здесь боги?

— Боги создали не только наши души, но и тела — разве не так? Они дали нам голоса, чтобы мы возносили им молитвы. Они дали нам руки, чтобы мы строили им храмы. Они вдохнули в нас желание, чтобы мы и этим способом поклонялись им.

— Не забыть сказать об этом верховному септону. Если бы я мог молиться своим мужским естеством, я был бы гораздо набожнее. С радостью принимаю твоё предложение.

— Сейчас позову дочь. Пойдёмте.

Девушка встретила его у подножия лестницы. Она была выше Шаи, хотя и не такая высокая, как мать. Ей пришлось стать на колени, чтобы Тирион мог поцеловать её.

— Меня зовут Алаяйя, — сказала она с лёгкой тенью материнского акцента. — Идёмте, милорд. — Держа его за руку, она поднялась на два пролёта вверх и пошла по длинному коридору. Из-за одной двери слышались стоны и крики, из-за другой — смешки и шёпот. Член Тириона готов был выпрыгнуть наружу. «Не опозориться бы», — подумал он, поднимаясь с Алаяйей на башенку. Дверь наверху была только одна. Алаяйя ввела его внутрь и закрыла её. Он увидел большую кровать под балдахином, высокий шкаф с резными любовными сценами и узкое окно, застеклённое красными и жёлтыми ромбами.

— Ты очень красива, Алаяйя, — сказал Тирион. — Само совершенство с головы до пят. Но сейчас меня более всего занимает твой язычок.

— Милорд сам убедится, что мой язычок хорошо выдрессирован. Меня с малых лет учили, когда пускать его в ход, а когда нет.

— Вот и хорошо, — улыбнулся он. — Ну, так что же мы с тобой будем делать? Есть у тебя какие-нибудь предложения?

— Есть. Если милорд откроет шкаф, он найдёт там то, что ищет.

Тирион поцеловал ей руку и забрался в пустой шкаф. Алаяйя закрыла за ним дверцы. Он нащупал заднюю стенку и сдвинул её вбок. За ней было чёрным-черно, но скоро он нашарил железную перекладину лестницы. Взявшись за нее и найдя ногой нижнюю, он стал спускаться. Где-то гораздо ниже улицы лестница кончилась, и открылся земляной туннель. Там Тириона ждал Варис со свечой в руке.

Евнух был сам на себя не похож. Лицо в шрамах, черная щетина, остроконечный шлем, кольчуга поверх вареной кожи, кинжал и короткий меч у пояса.

— Надеюсь, Катая была любезна с милордом?

— Даже слишком. Ты уверен, что на нее можно положиться?

— Я ни в чем не уверен в этом суетном и предательском мире, милорд. Но у Катаи нет причин любить королеву, и она знает, что от Аллара Дима избавилась благодаря вам. Пойдемте? — И Варис двинулся по подземному ходу.

У него даже походка стала другая, заметил Тирион, и пахнет от него не лавандой, а кислым вином и чесноком.

— Мне нравится твой новый наряд.

— Моя работа не позволяет мне разъезжать по улицам с отрядом рыцарей. Поэтому, покидая замок, я принимаю подходящий к случаю облик и тем сохраняю свою жизнь, чтобы и далее служить вам.

— Кожа тебе к лицу. Тебе следовало бы явиться в таком виде на следующее заседание совета.

— Ваша сестра не одобрила бы этого, милорд.

— Она намочила бы себе юбки. — Тирион улыбнулся в темноте. — Я не заметил, чтобы ее шпионы следили за мной.

— Рад это слышать, милорд. Некоторые из людей вашей сестры служат также и мне, — без ее ведома. Я был бы огорчен, если бы они позволили себя заметить.

— Я тоже буду огорчен, если окажется, что я лазал по шкафам и страдал от неудовлетворенной похоти понапрасну.

— Отчего же понапрасну. Пусть знают, что вы здесь. Вряд ли у кого-нибудь хватит смелости прийти к Катае под видом клиентов, но осторожность никогда не помешает.

— Как это вышло, что в борделе имеется потайной ход?

— Он был вырыт для другого десницы, которому честь не позволяла посещать такой дом открыто. Катая строго хранит тайну этого хода.

— Однако ты о нем знаешь.

— Маленькие пташки летают даже под землей. Осторожно, здесь крутые ступеньки.

Они вылезли в люк и оказались на конюшне, примерно в трех кварталах от холма Рейенис. Когда Тирион захлопнул дверцу, в стойле заржала лошадь. Варис задул свечу, прилепив ее к балке, и Тирион огляделся. В конюшне стояли три лошади и мул. Подойдя к лысому мерину, Тирион посмотрел на его зубы.

— Старикан — и мне сдается, у него одышка.

— На таком, понятно, в битву не поскачешь — но ехать можно, и внимания он не привлекает. Как и другие. А конюхи, кроме них, ничего не замечают. — Евнух снял с колышка плащ — грубошерстный, выцветший, потертый и очень большой. — Позвольте-ка. — Он накинул плащ на плечи Тириону, укутав его с головы до ног, и нахлобучил на голову капюшон. — Люди видят то, что ожидают увидеть, — сказал он, расправляя складки. — Карлики встречаются далеко не так часто, как дети, поэтому они увидят ребенка... Мальчика в старом отцовском плаще, которого отец послал куда-то по делу. Но еще лучше, если вы будете приходить сюда ночью.

— Впоследствии я так и предполагаю поступать, но сегодня Шая ждет меня. — Он поселил ее в доме с высокой оградой в северо-восточном углу Королевской Гавани, недалеко от моря, но не осмеливался посещать ее там из страха, что его выследят.

— Которую из лошадей вы возьмете?

— Да хоть бы и эту, — пожал плечами Тирион.

— Сейчас оседлаю. — Варис снял с другого колышка уздечку и седло.

Тирион в тяжелом плаще беспокойно топтался на месте.

— Ты пропустил весьма интересное заседание. Станнис короновал сам себя.

— Я знаю.

— Он обвиняет моих брата и сестру в кровосмешении. Хотел бы я знать, как это пришло ему в голову?

— Вероятно, он прочел книгу и обратил внимание на цвет волос одного из бастардов, как Нед Старк, а до него Джон Аррен. Возможно и то, что кто-то нашептал ему об этом. — Смех евнуха в отличие от его обычного хихиканья прозвучал низко и гортанно.

— Кто-то вроде тебя?

— Какое подозрение! Это был не я.

— Будь это ты, ты все равно бы не признался.

— Верно. Но зачем бы я стал выдавать секрет, который хранил столь долго? Можно обмануть короля, но от сверчка в тростнике и пташки в каминной трубе не укроешься. Да и бастарды были у всех на виду.

— Бастарды Роберта? Что же в них такого особенного?

— У него их было восемь, насколько мне известно, — сказал Варис, возясь с седлом. — Матери у них были рыжие и златокудрые, каштановые и русые, но детишки все получились черные, как воронята... и, как вороны, предвещали беду. Стоило посмотреть на Джоффри, Мирцеллу и Томмена, вышедших из чрева вашей сестры золотистыми, как солнышко, чтобы заподозрить неладное.

Тирион покачал головой. Если бы она хоть одного ребенка родила от мужа, этого хватило бы, чтобы развеять все подозрения... но тогда она не была бы Серсеей.

— Если этим шептуном был не ты, то кто же?

— Какой-нибудь предатель. — Варис затянул подпругу.

— Мизинец?

— Имен я не называл.

Тирион позволил евнуху подсадить его в седло.

— Лорд Варис, — сказал он сверху, — порой мне кажется, что вы лучший мой друг в Королевской Гавани, а порой — что вы худший мой враг.

— Как странно. Вы у меня вызываете такие же чувства.

БРАН

Он открыл глаза задолго до того, как бледные пальцы рассвета просунулись сквозь его ставни.

В Винтерфелл на праздник урожая съехались гости. Утром они будут состязаться, наскакивая с копьями на кинтаны во дворе. Когда-то он не находил бы себе места от волнения, предвкушая такое событие, но то было раньше.

Теперь все иначе. Уолдеры будут ломать копья вместе с оруженосцами из свиты лорда Мандерли, но Бран не примет в этом участия. Он будет сидеть в отцовской горнице и изображать из себя принца.

«Слушай и учись быть лордом», — сказал ему мейстер Люин.

Бран не просил, чтобы его делали принцем. Он всегда мечтал стать рыцарем, мечтал о блестящих доспехах, реющих знаменах, копье и мече, о боевом скакуне под собой. Почему он должен проводить свои дни, слушая, как старики толкуют о вещах, которые он понимает только наполовину? Потому что ты сломанный, напомнил ему голос внутри. Лорд на своем мягком стуле может быть калекой — Уолдеры говорят, их дед такой слабый, что его всюду носят в паланкине, — а вот рыцарю на боевом коне нужна сила. К тому же его долг стать настоящим лордом. «Ты наследник своего брата и Старк из Винтерфелла», — сказал сир Родрик и напомнил Брану, что Робб тоже принимал отцовских знаменосцев.

Лорд Виман Мандерли прибыл из Белой Гавани два дня назад — сначала он ехал на барже, потом в носилках, ибо для верховой езды был слишком толст. Его сопровождала большая свита: рыцари, оруженосцы, более мелкие лорды и леди, герольды, музыканты и даже один жонглер — под знаменами и в камзолах ста разных цветов. Бран приветствовал их в Винтерфелле с высокого каменного сиденья своего отца, чьи подлокотники были изваяны в виде лютоволков, и сир Родрик после сказал, что он молодец. Если бы на этом все и кончилось, Бран не имел бы ничего против, но это было только начало.

«Праздник — хороший предлог, — объяснял ему сир Родрик, — но человек не стал бы ехать за сто лиг лишь ради кусочка утки и глотка вина. Такой путь может совершить только тот, кто имеет к нам важное дело».

Бран смотрел в неровный каменный потолок у себя над головой. Робб, конечно, сказал бы ему «не будь ребенком». Бран прямо-таки слышал его и их лорда-отца. «Зима близко, Бран, а ты уже почти взрослый. Исполняй свой долг».

Когда ввалился Ходор, улыбаясь и напевая что-то не в лад, Бран уже покорился своей участи. Ходор помог ему умыться и причесаться.

— Сегодня белый шерстяной дублет, — распорядился Бран. — И серебряную пряжку. Сир Родрик хочет, чтобы я был похож на лорда. — Бран по мере возможности предпочитал одеваться сам, но некоторые задачи — как натягивание бриджей и завязывание башмаков — его раздражали. С Ходором получалось быстрее. Когда ему показывали, как делать то или иное, он управлялся с этим очень ловко, и руки у него при всей его силище были ласковые.

— Могу поспорить, из тебя тоже получился бы рыцарь, — сказал ему Бран. — Если бы боги не отняли у тебя разум, ты стал бы великим рыцарем.

— Ходор? — заморгал тот невинными, ничего не понимающими карими глазами.

— Да. — Бран показал на него. — Ходор.

У двери висела крепкая корзина из кожи и прутьев, с отверстиями для ног. Ходор продел руки в лямки, затянул на груди ремень и стал на колени перед кроватью. Бран, держась за вбитые в стену брусья, продел в дыры свои неживые ноги.

— Ходор, — сказал конюх и встал. В нем было около семи футов росту, и Бран у него на спине чуть ли не стукался головой о потолок. Мальчик пригнулся, когда они вышли в дверь. Однажды Ходор, унюхав запах свежего хлеба, припустил на кухню бегом, и Бран приложился так, что мейстеру Лювину пришлось зашивать ему голову. Миккен дал ему из оружейни старый ржавый шлем без забрала, но Бран старался не надевать его. Уолдеры смеялись, когда видели его в шлеме.

Он держался за плечи Ходора, пока они спускались по винтовой лестнице. Снаружи уже топотали кони и бряцали мечи — сладкая музыка. «Я только погляжу, — сказал себе Бран. — Взгляну разочек, и все».

Лорды из Белой Гавани со своими рыцарями и латниками появятся позже. Сейчас двор принадлежал их оруженосцам в возрасте от десяти до сорока лет. Брану так захотелось быть среди них, что даже в животе заныло.

На дворе поставили две кинтаны — столбы с крутящейся перекладиной, имеющей на одном конце щит, а на другом тряпичную палицу. На щитах, раскрашенных в красные и золотые цвета, были коряво намалеваны львы Ланнистеров, уже порядком пострадавшие от первых ударов.

При виде Брана в корзине те, кто его еще не знал, вытаращили глаза, но он уже научился не обращать на это внимания. По крайней мере со спины Ходора ему все было видно — ведь он возвышался над всеми. Уолдеры как раз садились на коней. Они привезли из Близнецов красивые доспехи, блестящие серебряные панцири с голубой эмалевой гравировкой. Гребень шлема Уолдера Большого был сделан в виде замка, со шлема Уолдера Малого струился плюмаж из голубого и серого шелка. Щиты и камзолы у них тоже были разные. Уолдер Малый сочетал двойные башни Фреев с ощетинившимся вепрем дома своей бабки Кракехолл и пахарем дома своей матери, Дарри. Уолдер Большой имел на щите усаженное воронами дерево дома Блэквудов и сдвоенных змей Пэгов. «Как они жадны до почестей, — подумал Бран, глядя, как они берут копья. — А вот Старкам, кроме лютоволка, ничего не нужно».

Их серые в яблоках кони были быстры, сильны и прекрасно вышколены. Бок о бок Уолдеры поскакали к кинтанам. Оба попали в щит и пронеслись мимо, прежде чем палицы успели задеть их. Удар Уолдера Малого был сильнее, но Брану показалось, что Уолдер Большой лучше сидит на коне. Он отдал бы обе свои бесполезные ноги, чтобы выехать против любого из них.

Уолдер Малый, отбросив расщепившееся копье, увидел Брана и натянул поводья.

— Неважнецкий у тебя конь.

— Ходор не конь, — сказал Бран.

— Ходор, — сказал Ходор.

Уолдер Большой тоже подъехал к ним:

— У коня ума больше, это уж точно.

Мальчишки из Белой Гавани стали толкать друг дружку локтями и пересмеиваться.

— Ходор. — Парень смотрел на обоих Фреев с добродушной улыбкой, не зная, что над ним смеются. — Ходор! Ходор!

Конь Уолдера Малого заржал.

— Гляди-ка, они разговаривают. Может, «ходор» по-лошадиному значит «я тебя люблю»?

— А ну заткнись, Фрей. — Бран почувствовал, что краснеет.

Уолдер Малый пришпорил коня и толкнул им Ходора.

— А если не заткнусь, тогда что?

— Он натравит на тебя своего волка, кузен, — предостерег Уолдер Большой.

— Ну и пусть. Я всегда хотел иметь волчий плащ.

— Лето тебе башку оторвет, — сказал Бран.

Уолдер Малый стукнул себя кольчужным кулаком по груди:

— У него что, зубы стальные? Где уж ему прокусить панцирь и кольчугу!

— Довольно! — прогремел, перекрывая шум во дворе, голос мейстера Лювина. Неясно было, что мейстер успел услышать, но то, что он слышал, явно рассердило его. — Я не потерплю больше этих глупых угроз. Так-то ты ведешь себя в Близнецах, Уолдер Фрей?

— Да, если хочу. — Уолдер Малый смотрел сверху на Лювина угрюмо, словно говоря: ты всего лишь мейстер, и не тебе укорять Фрея с Переправы!

— Так вот, воспитанники леди Старк так себя в Винтерфелле не ведут. С чего все началось? — Мейстер посмотрел на всех по очереди. — Ну-ка говорите, не то...

— Мы шутили над Ходором, — сознался Уолдер Большой. — Я сожалею, если мы обидели принца Брана. Мы только посмеяться хотели. — У этого хотя бы хватило совести устыдиться, а Уолдер Малый только надулся.

— Ну да, я шутил, только и всего, — заявил он.

Бран видел сверху, что лысина мейстера побагровела, — он, как видно, рассердился еще пуще.

— Хороший лорд защищает и утешает слабых и убогих, — сказал он Фреям. — Я не позволю вам делать Ходора мишенью своих жестоких шуток, слышите? Он хороший, добрый парень, работящий и послушный — это больше, чем можно сказать о любом из вас. — Мейстер погрозил пальцем Уолдеру Малому. — А ты держись подальше от богорощи и от волков, не то ответишь. — Хлопая длинными рукавами, он отошел на несколько шагов и оглянулся. — Пойдем, Бран. Лорд Виман ждет.

— Ходор, ступай за мейстером, — скомандовал Бран.

— Ходор, — ответил тот и широкими шагами устремился за Лювином по лестнице Большого замка. Мейстер придержал дверь, и Бран низко пригнулся, держась за шею Ходора.

— Уолдеры... — начал он.

— Не желаю больше слышать об этом, — бросил усталый и раздраженный мейстер. — Ты прав, что вступился за Ходора, но тебе вообще не следовало там быть. Сир Родрик и лорд Виман успели позавтракать, дожидаясь тебя. Я должен сам бегать за тобой, как за малым ребенком?

— Нет, — устыдился Бран. — Я сожалею. Я только хотел...

— Я знаю, чего ты хотел, — немного смягчился Лювин. — Ладно — дело прошлое. Не хочешь ли о чем-нибудь спросить меня перед началом беседы?

— Мы будем говорить о войне?

— Ты вообще говорить не будешь. Тебе пока еще восемь лет...

— Скоро девять.

— Восемь, — твердо повторил мейстер. — Скажешь что полагается — и молчи, пока сир Родрик и лорд Виман тебя не спросят.

— Хорошо, — кивнул Бран.

— Я не скажу сиру Родрику, что произошло между тобой и Фреями.

— Спасибо.

Брана водрузили на дубовое отцовское кресло с зелеными бархатными подушками у длинного стола на козлах. Сир Родрик сидел по правую его руку, а мейстер Лювин — по левую, с перьями, чернильницей и листом чистого пергамента. Бран провел рукой по грубой поверхности стола и попросил у лорда Вимана прощения за опоздание.

— Принцы не опаздывают, — приветливо ответил тот. — Это другие приходят раньше, чем нужно, вот и все. — Виман Мандерли раскатился громовым смехом. Неудивительно, что он не мог ездить верхом, — на вид он весил больше иного коня, а его многоречивость не уступала толщине. Он начал с того, что попросил Винтерфелл утвердить новых таможенников, назначенных им в Белой Гавани. Старые придерживали серебро для Королевской Гавани, вместо того чтобы платить новому Королю Севера.

— Королю Роббу надо также чеканить свою монету, — заявил лорд, — и в Белой Гавани для этого самое место. — Он предложил, что сам займется этим делом, если король дозволит, и начал рассказывать о том, как укрепил оборону порта, называя цену каждого улучшения.

Кроме чеканки монеты, лорд Мандерли предложил построить Роббу военный флот.

— У нас уже несколько веков нет своих сил на море, с тех пор как Брандон Поджигатель предал огню корабли своего отца. Дайте мне золота, и через год я представлю вам достаточно галей, чтобы взять и Драконий Камень, и Королевскую Гавань.

Разговор о военных кораблях заинтересовал Брана. Если бы его спросили, он бы ответил, что затея лорда Вимана показалась ему великолепной. Он уже видел эти корабли в своем воображении. Хотел бы он знать, может ли калека командовать одной из таких галей? Сир Родрик пообещал отослать предложение Вимана на рассмотрение Роббу, а мейстер Лювин сделал запись на пергаменте.

Настал полдень. Мейстер Лювин послал Рябого Тома на кухню, и они пообедали прямо в горнице сыром, каплунами и черным овсяным хлебом. Лорд Виман, терзая птицу толстыми пальцами, учтиво осведомился о леди Хорнвуд, своей кузине.

— Вы ведь знаете, она урожденная Мандерли. Быть может, когда ее горе утихнет, она снова захочет стать Мандерли, а? — Он оторвал зубами кусок крыла и широко улыбнулся. — Я, со своей стороны, уже восемь лет как вдовею. Давно пора взять другую жену, вы не находите, милорды? Одному плохо. — Бросив кость на пол, он взялся за ножку. — А если леди предпочитает мужчину помоложе, так мой Вендел тоже не женат. Теперь он на юге, сопровождает леди Кейтилин, но уж верно захочет жениться, когда вернется. Он храбрый парень и веселый — как раз такой, который снова научит ее смеяться, а? — Он утер жирный подбородок рукавом камзола.

Бран слышал, как звенит сталь под окнами. Брачные дела его не занимали — ему хотелось во двор.

Лорд подождал, когда уберут со стола, и заговорил о письме, полученном им от лорда Тайвина Ланнистера, взявшего в плен на Зеленом Зубце его старшего сына сира Вилиса.

— Он предлагает вернуть его мне без всякого выкупа, если я отзову своих людей из войска его величества и дам клятву не воевать больше.

— Вы, конечно же, откажете ему? — сказал сир Родрик.

— На этот счет не опасайтесь. У короля Робба нет более преданного слуги, чем Виман Мандерли. Однако мне очень не хотелось бы, чтобы мой сын томился в Харренхолле больше, чем нужно. Это дурное место. Проклятое, так говорят люди. Не то чтобы я верил этим басням — однако поглядите, что случилось с Яносом Слинтом. Королева сделала его лордом Харренхолла, а ее брат тут же сместил. И отослал, говорят, на Стену. Хорошо бы поскорее устроить размен пленными. Я ведь знаю, Вилису неохота сидеть без дела, пока война идет. Он храбр, мой сын, и свиреп, как мастифф.

У Брана уже ныли плечи от сидения на одном месте, но тут беседа подошла к концу. Когда Бран ужинал, рог возвестил о прибытии еще одной гостьи — леди Донеллы Хорнвуд. С ней не было рыцарей и вассалов — только шестеро усталых латников в пыльных оранжевых камзолах, украшенных головами лося.

— Мы бесконечно сожалеем о ваших потерях, миледи, — сказал ей Бран, когда она пришла поздороваться с ним. Лорд Хорнвуд погиб в битве на Зеленом Зубце, их единственный сын пал в Шепчущем Лесу. — Винтерфелл не забудет этого.

— Я рада. — Она была бледная, изможденная, совсем убитая горем. — Я очень устала, милорд, и буду благодарна, если вы позволите мне отдохнуть.

— Разумеется, — сказал сир Родрик. — Поговорить мы и завтра успеем.

Назавтра почти все утро прошло в разговорах о зерне, овощах и солонине. Когда мейстеры в своей Цитадели объявляют о начале осени, умные люди откладывают впрок долю каждого урожая... а вот какую долю, это еще предстояло решить. Леди Хорнвуд откладывала пятую часть, но по совету мейстера Лювина пообещала увеличить ее до четверти.

— Болтонский бастард собирает людей в Дредфорте, — предупредила она. — Надеюсь, для того, чтобы увести их на юг и присоединиться к своему отцу у Близнецов, но, когда я послала спросить о его намерениях, он заявил, что Болтоны не допускают вопросов от женщин. Точно он законный сын и имеет право на это имя.

— Лорд Болтон никогда не признавал его, насколько мне известно, — сказал сир Родрик. — Должен вам сказать, что я совсем не знаю его.

— Его мало кто знает, — ответила леди Хорнвуд. — Он жил у своей матери, но два года назад молодой Домерик умер и Болтон остался без наследника. Тогда-то он и вызвал бастарда в Дредфорт. Этот юноша очень хитер, и у него есть слуга, почти столь же жестокий, как он сам. Слугу зовут Вонючкой — говорят, он никогда не моется. Они охотятся вместе, бастард и этот Вонючка, и не на оленя. Тому, что рассказывают, трудно поверить, пусть даже речь идет о Болтоне. А теперь, когда мой лорд-муж и мой милый сын ушли к богам, этот бастард зарится на мои земли.

Брану захотелось дать леди сотню человек для защиты ее прав, но сир Родрик сказал только:

— Пусть себе зарится — но если он осмелится перейти к действиям, его постигнет суровая кара. Вам нечего опасаться, миледи... но, возможно, со временем, когда ваше горе пройдет, вы сочтете благоразумным снова выйти замуж.

— Я неспособна более рожать, а красота моя давно увяла, — с усталой улыбкой ответила она, — однако мужчины увиваются за мной вовсю — я такого и в девичестве не видала.

— Но никто из них не завоевал вашу благосклонность? — спросил Люин.

— Я согласна выйти замуж, если его величество прикажет, но Морс Воронье Мясо — пьяная скотина, притом старше моего отца. Что до моего высокородного кузена Мандерли, моя постель недостаточно велика, чтобы вместить его, а я определенно слишком хрупка, чтобы его выдержать.

Бран знал, что мужчины ложатся на женщин, когда они спят вместе. Да уж — под лордом Мандерли спать, наверное, все равно что под конской тушей. Сир Родрик сочувственно кивнул.

— У вас будут и другие поклонники, миледи. Авось подберем кого-нибудь, кто вам больше по вкусу.

— Думаю, вам не придется искать долго, сир.

Когда она оставила их, мейстер Люин улыбнулся:

— Мне кажется, сир Родрик, что миледи предпочитает вас.

Сир Родрик смущенно откашлялся.

— Какая она грустная, — сказал Бран. Сир Родрик кивнул:

— Грустная и милая и совсем недурна для женщины своих лет, при всей ее скромности. Однако способна нарушить мир в королевстве твоего брата.

— Как это? — удивился Бран.

— У нее нет прямого наследника, — объяснил мейстер Лювин, — поэтому на земли Хорнвудов будут претендовать многие. Толхарты, Флинты и Карстарки связаны с домом Хорнвудов по женской линии, а у Гловеров в Темнолесье воспитывается бастард лорда Хариса. У Дредфорта, насколько мне известно, никаких прав нет, но их земли соседствуют, и Русе Болтон не из тех, кто упустит подобный случай.

Сир Родрик подергал себя за бакенбарды.

— Если так, ее лорд-сюзерен должен найти ей достойного супруга.

— А почему бы ей не выйти замуж за вас? — спросил Бран. — Ведь она вам нравится, а у Бет была бы мать.

Старый рыцарь положил руку на плечо Брану.

— Спасибо на добром слове, мой принц, но я ведь только рыцарь, да и стар уже. Я мог бы несколько лет оберегать ее земли, но после моей смерти леди Хорнвуд оказалась бы в том же положении, да и Бет грозила бы опасность.

— Пусть тогда наследником станет бастард лорда Хорнвуда, — сказал Бран, вспомнив своего сводного брата Джона.

— Это устроило бы Гловеров, а возможно, и тень лорда Хорнвуда, — сказал сир Родрик, — но не думаю, что это понравится леди Хорнвуд. Ведь мальчик не ее кровь.

— И все же это заслуживает рассмотрения, — заметил мейстер Лювин. — Леди Донелла сама говорит, что неспособна больше рожать. Если не бастард, то кто же?

— Разрешите мне вас покинуть, — попросил Бран. Он слышал, как звенит во дворе сталь, — это оруженосцы бились на мечах.

— Ступай, мой принц, — сказал сир Родрик. — Ты вел себя молодцом. — Бран покраснел от удовольствия. Быть лордом, оказывается, не так уж скучно, а поскольку леди Хорнвуд далеко не так многословна, как лорд Мандерли, у Брана осталось еще несколько часов дневного времени, чтобы навестить Лето. Он охотно проводил время с волком всякий раз, когда сир Родрик и мейстер позволяли.

Не успел Ходор войти в богорощу, Лето сразу выскочил из-под дуба, словно знал, что они идут. Рядом в подлеске мелькнула поджарая черная тень.

— Лохматик, — позвал Бран, — иди сюда. — Но волк Рикона исчез так же быстро, как появился.

Ходор, зная любимое место Брана, отнес его к пруду, где под развесистым сердце-деревом молился прежде лорд Эддард. По пруду бежала рябь, колебля отражение чардрева, между тем ветра не было. Бран удивился.

Но тут из-под воды с плеском вынырнула Оша — так неожиданно, что даже Лето отскочил и зарычал. Ходор тоже шарахнулся, заныв в страхе «Ходор, Ходор», и Бран потрепал его по плечу.

— Как ты можешь здесь купаться? — спросил он Ошу. — Разве тебе не холодно?

— В младенчестве я сосала льдинки, мальчик. Я люблю холод. — Оша подплыла к берегу и вышла — голая, вся в мурашках. Лето подкрался поближе и понюхал ее. — Я хотела достать до дна.

— Я и не знал, что тут дно есть.

— Может статься, что и нет. — Она усмехнулась. — Чего уставился, мальчик? Женщин никогда не видал?

— Видал. — Бран сто раз купался с сестрами в горячих прудах и со служанками тоже. Но Оша не такая — не мягкая и округлая, а жесткая и угловатая. Ноги у нее жилистые, а груди как два пустых кошелька. — У тебя много шрамов.

— И все нелегко мне достались. — Она отряхнула свою бурую рубаху от листьев и натянула ее через голову.

— Ты сражалась с великанами? — Оша утверждала, что за Стеной до сих пор живут великаны. Бран надеялся когда-нибудь увидеть хоть одного.

— С людьми. — Она подпоясалась куском веревки. — С черными большей частью. Даже убила одного. — Она потрясла волосами, отросшими ниже ушей за время ее пребывания в Винтерфелле. Теперь она была уже не такой страшной, как та женщина, что пыталась ограбить и убить его в Волчьем Лесу. — Ныне на кухне толковали про тебя и про Фреев.

— Ну и что они говорили?

— Что только глупый мальчишка способен задирать великана, — хмыкнула она, — и что мир наш вовсе свихнулся, если калеке приходится этого великана защищать.

— Ходор не понял, что над ним смеялись. И он никогда не дерется. — Бран вспомнил, как когда-то отправился на рынок с матерью и септой Мордейн. Они взяли с собой Ходора, чтобы нести покупки, но он потерялся. Когда они его нашли, какие-то мальчишки загнали его в угол и тыкали палками, а он кричал «Ходор!», ежился и загораживался руками, даже не пытаясь дать отпор своим мучителям. — Септон Шейли говорит, у него мягкое сердце.

— Да — и такие ручищи, что могут отвернуть человеку голову. Так или этак, пусть лучше следят за этим Уолдером. И ты тоже следи. За тем большим, которого зовут Малым — правильно зовут, мне сдается. Снаружи он большой, а внутри маленький, и подлый до мозга костей.

— Он не посмеет меня тронуть. Он боится Лета, хотя и говорит, что нет.

— Что ж, может, он не такой глупый, как кажется. — Оша лютоволков побаивалась. В тот день, когда ее взяли, Лето и Серый Ветер разорвали трех одичалых на куски. — А может, и такой — тогда от него тоже добра ждать нечего. — Она подвязала волосы. — Тебе еще снятся волчьи сны?

— Нет. — Он не любил говорить о своих снах.

— Принц должен уметь врать получше, — засмеялась она. — Что ж, твои сны — твоя забота, а мне пора назад на кухню, пока Гейдж не разорался и не начал махать своей поварешкой. С вашего позволения, мой принц.

«Зря она спросила о волчьих снах», — думал Бран, пока Ходор нес его по лестнице в спальню. Он старался не засыпать как можно дольше, но в конце концов сон всегда его одолевал. В эту ночь ему приснилось чардрево. Оно смотрело на него своими глубокими красными глазами, звало его своим кривым деревянным ртом. Трехглазая ворона слетела с его бледных ветвей, клюнула Брана в лицо и выкрикнула его имя голосом острым как меч.

Его разбудил звук рога. Бран повернулся на бок, радуясь тому, что проснулся. Внизу слышался конский топот и крики. Еще гости — под хмельком, судя по шуму. Хватаясь за брусья, он перебрался с кровати на подоконник. На знамени был гигант в разорванных цепях — значит это приехали Амберы со своих северных земель за Последней рекой.

На следующий день он принимал их — двух дядьев Большого Джона, старых, но буйных, с бородами такими же белыми, как их плащи из шкуры северного медведя. Морса ворона однажды приняла за мертвого и клюнула в глаз — с тех пор он носил фальшивый, из драконьего стекла. Старая Нэн рассказывала, что он зажал ту ворону в кулак и откусил ей голову, с тех пор его и прозвали Воронье Мясо. А вот почему его тощего брата Хозера зовут Смерть Шлюхам, она так и не сказала.

Не успели они сесть, Морс сразу попросил позволения жениться на леди Хорнвуд.

— Все знают, что Большой Джон — правая рука Молодого Волка. Кто, как не Амбер, лучше сохранит земли вдовицы и кто из Амберов может быть лучше меня?

— Леди Донелла еще горюет по мужу, — сказал мейстер Лювин.

— Под моими мехами она найдет хорошее средство от горя, — засмеялся Морс. Сир Родрик учтиво поблагодарил его и обещал представить это предложение на рассмотрение самой леди и короля.

Хозеру было нужно другое: корабли.

— С севера ползут одичалые — никогда еще столько не видел. Они переплывают Тюлений залив на своих лодчонках и высаживаются на нашем берегу. Ворон в Восточном Дозоре слишком мало, чтобы им помешать, они и шмыгают на сушу что твои хорьки. Нам нужны ладьи да крепкие мужчины, чтобы плавать на них. Большой Джон увел с собой слишком много народу. Половина нашего урожая пропала из-за того, что жать было некому.

Сир Родрик подергал свои бакенбарды.

— У вас в лесах растут высокие сосны и старые дубы, а у лорда Мандерли полным-полно моряков и корабельщиков. Вместе вы сможете построить достаточно кораблей, чтобы охранять оба ваших побережья.

— Мандерли? — фыркнул Морс Амбер. — Этот мешок сала? Я слышал, его собственные люди прозвали его Лордом Миногой. Он же едва ходит. Если ткнуть ему в брюхо мечом, оттуда вылезут десять тысяч угрей.

— Да, он толст, — согласился сир Родрик, — зато не глуп. Придется вам с ним договориться — иначе король узнает о причине вашего отказа. — И свирепые Амберы, к изумлению Брана, покорились, хотя и ворчали сильно.

Во время беседы с Амберами прибыли Гловеры из Темнолесья и большой отряд Толхартов из Торрхенова Удела. Галбарт и Роберт Гловеры оставили Темнолесье на жену Роберта, но в Винтерфелл приехала не она, а их стюард.

— Миледи просит извинить ее отсутствие. Ее дети еще слишком малы для такого путешествия, и ей не хотелось оставлять их одних. — Бран скоро понял, что Темнолесьем по-настоящему управляет стюард, а не леди Гловер. Тот сказал, что откладывает всего лишь десятую часть урожая. Некий местный мудрец заверил его, что перед холодами еще будет теплое духово лето. Мейстер Лювин высказал свое нелицеприятное мнение о местных мудрецах, а сир Родрик приказал стюарду впредь откладывать пятую часть и расспросил его о бастарде лорда Хорнвуда, мальчике Ларенсе Сноу. На севере всем бастардам знатных домов давали фамилию Сноу — «снег». Мальчику было около двенадцати, и стюард хвалил его ум и отвагу.

— Ты хорошо придумал насчет бастарда, Бран, — сказал после мейстер Лювин. — Когда-нибудь ты станешь хорошим лордом для Винтерфелла.

— Нет, не стану. — Бран знал, что лордом ему не бывать, как и рыцарем. — Робб женится на одной из Фреев, вы мне сами сказали, и Уолдеры так говорят. У него родятся сыновья, и лордами в Винтерфелле после него будут они, а не я.

— Может быть, и так, Бран, — сказал сир Родрик, — но я был женат трижды, и мои жены рожали мне только дочерей. Теперь у меня, кроме Бет, никого не осталось. Брат мой Маррин прижил четырех крепких сыновей, но из них только Джори дожил до взрослых лет. Когда его убили, род Маррина угас вместе с ним. Нельзя быть уверенным в том, что будет завтра.

На следующий день настал черед Леобальда Толхарта. Он говорил о погоде, о глупости простонародья и о том, как его племянник рвется в бой.

— Бенфред собрал собственную роту копейщиков. Все они мальчишки не старше девятнадцати лет, но каждый мнит себя новым Молодым Волком. Я сказал им, что они всего лишь молодые зайцы, но мальчишки только посмеялись надо мной. Теперь они именуют себя Дикими Зайцами и носятся по округе с кроличьими шкурками на концах копий, распевая рыцарские песни.

Бран нашел это великолепным. Он помнил Бенфреда Толхарта, громогласного верзилу, — тот часто бывал в Винтерфелле со своим отцом сиром Хелманом, дружил с Роббом и Теоном Грейджоем. Но сиру Родрику явно не понравилось то, что он услышал.

— Если бы королю требовались еще воины, он послал бы за ними. Скажите своему племяннику, что он должен оставаться в Торрхеновом Уделе, как приказал его лорд-отец.

— Непременно скажу, сир, — заверил Леобальд и лишь тогда заговорил о леди Хорнвуд. Бедняжка — ни мужа, чтобы отстоять ее земли, ни сына, чтобы их унаследовать. Его леди-жена тоже Хорнвуд, сестра покойного лорда Халиса, как им, без сомнения, известно. — Пустой дом — печальный дом. Я подумываю, не отдать ли мне своего младшего сына леди Донелле — пусть воспитывает его, как своего. Берену скоро десять, он славный парнишка и ее родной племянник. С ним ей будет веселее, и он даже мог бы принять имя Хорнвуд...

— Если его назначат наследником? — вставил мейстер Лювин.

— ...И продолжил бы их род, — закончил Леобальд.

Бран знал, что полагается сказать теперь.

— Благодарю вас за ваше предложение, милорд, — выпалил он, опередив сира Родрика. — Мы направим его на рассмотрение моему брату Роббу — ну и леди Хорнвуд, конечно.

Леобальд, видимо, удивился тому, что Бран подал голос.

— Благодарю, мой принц, — сказал он, но Бран увидел в его светло-голубых глазах жалость с примесью чего-то еще — радуется, наверно, что этот калека не его сын. На миг Бран возненавидел этого человека.

Зато мейстеру Лювину Леобальд понравился.

— Пожалуй, Берен Толхарт — наилучший выход, — сказал он, когда тот ушел. — По крови он наполовину Хорнвуд, и если он возьмет имя своего дяди...

— ...он все-таки останется мальчиком, — сказал сир Родрик, — и трудновато ему будет отстоять свои земли от таких, как Морс Амбер или этот бастард Русе Болтона. Надо подумать как следует и подать Роббу дельный совет, прежде чем он примет решение.

— Надо будет принять в расчет и то, какой лорд Роббу больше выгоден. Речные земли — часть его королевства. Быть может, Робб пожелает скрепить этот союз, выдав леди Хорнвуд за одного из лордов Трезубца? Блэквуда, скажем, или Фрея?

— Она может взять одного из наших Фреев, — предложил Бран. — Пусть хоть обоих забирает, если охота.

— Это недобрые слова, мой принц, — мягко пожурил сир Родрик.

Уолдеры тоже недобрые. Бран хмуро опустил глаза и промолчал.

В последующие дни из других усадеб прилетели вороны с письмами, выражающими сожаление. Бастарда из Дредфорта не будет на празднике, Мормонты и Карстарки ушли на юг с Роббом, лорд Локе слишком стар, чтобы пуститься в путь, леди Флинт ждет ребенка, во Вдовьем Дозоре заразная болезнь. В конце концов все главные вассалы дома Старков как-то известили о себе, кроме Хоуленда Рида, островного жителя, давно уже не вылезавшего из своих болот, и Сервинов, чей замок стоял всего в половине дня езды от Винтерфелла. Лорд Сервин был в плену у Ланнистеров, но сын его, четырнадцатилетний подросток, одним ясным ветреным утром прибыл с двумя десятками копейщиков. Бран скакал на Плясунье по двору, когда они въехали в ворота, и пустился рысью им навстречу. Клей Сервин всегда дружил с Браном и его братьями.

— Доброе утро, Бран, — весело воскликнул Клей. — Или тебя теперь надо называть принц Бран?

— Только если захочешь.

— А почему бы нет? — засмеялся Клей. — У нас теперь все короли да принцы. Станнис и в Винтерфелл прислал письмо?

— Станнис? Не знаю.

— Он теперь тоже король. Он пишет, что королева Серсея спала со своим братом, поэтому Джоффри — бастард.

— Джоффри Дурное Семя, — проворчал один из рыцарей Сервина. — Не диво, что он так вероломен, раз у него отец Цареубийца.

— Да, — подхватил другой, — боги не терпят кровосмешения. Вспомните, как они низвергли Таргариенов.

У Брана пресеклось дыхание, словно чья-то гигантская рука стиснула ему грудь. Он почувствовал, что падает, и отчаянно вцепился в поводья Плясуньи.

Должно быть, ужас отразился у него на лице, потому что Клей сказал:

— Бран! Тебе нехорошо? Ну, объявился еще один король — что тут такого?

— Робб и его побьет. — Бран повернул Плясунью к конюшне под удивленными взглядами Сервина и его свиты. В ушах у него шумело, и он упал бы, не будь он привязан к седлу.

В ту ночь он молил отцовских богов не посылать ему сновидений. Но боги, если и слышали, не вняли его мольбе — кошмар, который они ему послали, был хуже всякого волчьего сна.

— Лети или умри! — вскричала трехглазая ворона, клюнув его. Он плакал и просил, но ворона не знала жалости. Она выклевала ему сперва левый глаз, потом правый, а когда он ослеп, клюнула его в лоб, вогнав свой страшный острый клюв глубоко в череп. Он завопил так, что легкие чуть не лопнули. Голову ему словно топором раскололи, но когда ворона выдернула свой клюв, вымазанный мозгами и облепленный осколками кости, Бран снова прозрел. То, что он увидел, заставило его ахнуть от страха. Он цеплялся за башню в несколько миль высотой — пальцы у него скользили, ногти скребли по камню, ноги — дурацкие, бесполезные, неживые ноги — тянули вниз.

— Помогите! — закричал Бран. В небе над ним появился золотой человек и поднял его на башню.

— Чего не сделаешь ради любви, — тихо произнес человек и швырнул Брана в воздух.

ТИРИОН

— Сон у меня уже не тот, что в молодости, — сказал великий мейстер Пицель, словно желая извиниться за назначенную на рассвете встречу. — Лучше уж встать еще затемно, чем ворочаться без сна в постели, думая о незавершенных делах. — Его тяжелые веки вопреки словам придавали ему сонный вид.

В комнатах под вороньей вышкой служанка мейстера подала им вареные яйца, компот из слив и овсянку, а Пицель прочел молитву.

— В наши печальные времена, когда повсюду голод, я стараюсь ограничиваться самыми скромными кушаньями.

— Похвально. — Тирион облупил большое коричневое яйцо, некстати напомнившее ему лысую голову великого мейстера. — Но я иного мнения. Я съедаю все, что есть, — на случай если завтра этого не будет. А что, ваши вороны тоже рано поднимаются?

Пицель огладил белоснежную бороду, ниспадающую ему на грудь.

— О да. Послать за пером и чернилами после завтрака?

— Нет нужды. — Тирион положил на стол рядом с тарелкой два пергамента, туго скатанные в трубочку и запечатанные воском с обоих концов. — Отошлите вашу девушку, чтобы мы могли поговорить.

— Оставь нас, дитя, — приказал Пицель, и служанка поспешно вышла. — Итак, эти письма...

— Предназначаются для Дорана Мартелла, принца Дорнийского. — Тирион откусил верхушку яйца — ему недоставало

211

соли. — Здесь две копии одного и того же письма. Пошлите самых быстрых своих птиц — это дело чрезвычайной важности.

— Я отправлю их сразу после завтрака.

— Отправьте лучше сейчас. Компот может подождать, а вот государство едва ли. Лорд Ренли ведет свое войско по Дороге Роз, и никто не знает, когда лорд Станнис отплывет с Драконьего Камня.

— Если так угодно милорду... — заморгал Пицель.

— Ему угодно.

— Мой долг служить вам. — Пицель величественно поднялся на ноги, звякнув своей цепью. Она была тяжелая — в нее входило около дюжины мейстерских ожерелий, сплетенных вместе и украшенных драгоценными камнями. Тириону казалось, что золота, серебра и платины в ней гораздо больше, чем звеньев из неблагородных металлов.

Пицель поворачивался так медленно, что Тирион успел доесть яйцо и попробовать компот — водянистый и сильно разваренный, — прежде чем услышал хлопанье крыльев. Тогда он встал, увидел ворона, особенно черного на рассветном небе, и торопливо направился к полкам в дальнем углу комнаты.

Аптека мейстера являла собой внушительное зрелище: десятки горшочков, запечатанных воском, сотни закупоренных пузырьков, флаконы матового стекла, бесчисленные кувшины с сушеными травами. Каждый сосуд был снабжен ярлычком, надписанным аккуратной рукой мейстера. «Какой упорядоченный ум», — подумал Тирион. В самом деле — стоило посмотреть повнимательнее, чтобы понять, что здесь всякому снадобью отведено свое место. И сколь любопытны эти снадобья. Тирион заметил «сладкий сон» и «ночную тень», маковое молоко, «слезы Лисса», порошок серого лова, «волчью смерть» и «пляску демона», яд василиска, слепыш, «вдовью кровь»...

Встав на цыпочки, он снял с верхней полки маленький запыленный пузырек, прочел ярлык, улыбнулся и сунул бутылочку в рукав.

Он сидел за столом и облупливал второе яйцо, когда великий мейстер осторожно слез по лесенке.

— Готово, милорд, — сообщил старец и сел. — Такие дела лучше исполнять незамедлительно, истинно так... чрезвычайной важности, вы говорите?

— Да-да. — В овсянку, чересчур густую, не помешало бы добавить масла и меда. Теперь в Королевской Гавани, правда, трудно достать и то, и другое, но в замке лорда Джайлса всего вдоволь. Половину своей провизии замок получал либо от него, либо с земель леди Танды. Росби и Стокворт располагались немного к северу от города, и война еще не затронула их.

— Принцу Дорнийскому. Могу ли я узнать...

— Лучше не надо.

— Воля ваша. — Любопытство Пицеля так назрело, что Тирион почти чувствовал его вкус. — Может быть, королевский совет...

Тирион постучал деревянной ложкой по краю миски.

— Совет существует, чтобы *советовать* королю, мейстер.

— Именно так — а наш король...

— ...тринадцатилетний мальчик. И от его имени говорю я.

— Конечно, конечно. На то вы и десница. Но превосходнейшая ваша сестра, королева Серсея, она...

— ...несет тяжкое бремя на своих прелестных белых плечах. Я не намерен усугублять это бремя. А вы? — Тирион наклонил голову, вперив в великого мейстера испытующий взгляд.

Пицель опустил глаза в тарелку. Разномастные радужки Тириона, черная и зеленая, чем-то беспокоили людей — он это знал и пользовался этим вовсю.

— Вы, безусловно, правы, милорд, — произнес старик между двумя ложками компота. — Это очень благородно с вашей стороны — так... щадить королеву.

— Такой уж я человек. — Тирион вернулся к невкусной овсянке. — Заботливый. В конце концов, Серсея — моя любимая сестра.

— И женщина к тому же. Весьма незаурядная женщина, но все же... нелегко особе слабого пола вникать во все государственные дела.

«Нашлась тоже нежная голубка. Спросите о ней Эддарда Старка».

— Я рад, что нашел в вас единомышленника. Благодарю за угощение — но мне предстоит длинный день. — Тирион слез со стула. — Уведомьте меня в случае получения ответа из Дорна.

— Непременно, милорд.

— Меня и больше никого.

— О... разумеется. — Покрытая пятнами рука Пицеля вцепилась в бороду — так утопающий цепляется за веревку, — и это порадовало Тириона. *Первый*, — подумал он.

С трудом спустившись по лестнице, он вышел во двор. Солнце уже поднялось довольно высоко, и замок начал просыпаться. По стенам вышагивали часовые, рыцари и латники бились на затупленных мечах. Бронн сидел на кромке колодца. Две хорошенькие служанки пробежали мимо, неся большую корзину с тростником, но наемник даже не посмотрел на них.

— Бронн, ты приводишь меня в отчаяние, — сказал Тирион. — Такая прелестная картинка, а ты смотришь на олухов, гремящих железом.

— В этом городе около сотни заведений, где я за стертый медный грош могу получить бабенку, какую захочу, — а вот наблюдение за этими олухами может когда-нибудь спасти мне жизнь. Кто этот парень в клетчатом синем камзоле, с тремя глазами на щите?

— Какой-то межевой рыцарь. Таллад, как он себя именует. А что?

Бронн откинул волосы с глаз.

— Он из них самый лучший — но и у него свой ритм. Когда он атакует, то наносит одни и те же удары в одном и том же порядке. — Бронн усмехнулся. — В стычке со мной это его погубит.

— Он присягнул Джоффри и вряд ли станет драться с тобой. — Тирион двинулся через двор, Бронн рядом, приноравливаясь к его коротким шажкам. За последние дни наемник приобрел почти пристойный вид. Он вымыл и причесал свои темные волосы, был свежевыбрит и носил черный панцирь офицера городской стражи. Ланнистерский багряный плащ у него на плечах имел узор из золотых рук — плащ подарил Бронну Тирион, когда назначил его капитаном своей личной гвардии.

— Много ли у нас сегодня просителей?

— Тридцать с лишком. Почти все с жалобами или хотят поклянчить чего-то, как всегда. В том числе и твоя любимица.

Тирион застонал:

— Леди Танда?

— Ее паж. Она опять зовет тебя на ужин. Будет олений окорок, фаршированный гусь под соусом из шелковицы и...

— ...ее дочь, — кисло завершил Тирион. Со дня его прибытия в Красный Замок леди Танда повела против него кампанию, опираясь на неисчерпаемый арсенал пирогов с миногой, дикой кабанятины и взбитых сливок. Видимо, она забрала себе в голову, что знатный карлик прекрасно подойдет в мужья ее дочери Лоллис — крупной, рыхлой, слабоумной девице, все еще девственной, по слухам, в свои тридцать три года. — Передай ей мои сожаления.

— Ты не любишь фаршированного гуся? — съехидничал Бронн.

214

— Ешь его сам, а заодно и женись на девице. А еще лучше пошли Шаггу.

— Шагга скорее съест девицу и женится на гусыне. Притом Лоллис тяжелее его.

— Это верно, — согласился Тирион, проходя по крытой галерее между двумя башнями. — Кому еще до меня нужда?

Наемник посерьезнел.

— Там ждет ростовщик из Браавоса с какими-то бумагами — он хочет видеть короля по поводу некого долга.

— Джофф умеет считать только до двадцати. Отправь ростовщика к Мизинцу — этот с ним поладит. Еще?

— Какой-то лордик с Трезубца говорит, что люди твоего отца сожгли его замок, изнасиловали жену и перебили всех крестьян.

— На то война. — Тирион чуял здесь руку Грегора Клигана — или сира Амори Лорха, или квохорца, еще одного отцовского пса. — Чего он хочет от Джоффри?

— Новых крестьян. Рассыпается в уверениях своей преданности престолу и просит возместить ущерб.

— Я приму его завтра. — Речной лорд — в самом ли деле он предан или говорит так с горя — может пригодиться. — Пригляди, чтобы его хорошо устроили и накормили горячим. Пошли ему также новую пару сапог — хороших — в дар от короля Джоффри. — Щедрый жест никогда не повредит.

Бронн коротко кивнул.

— Еще тебя добивается целая свора булочников, мясников и зеленщиков.

— Я уже сказал им, что ничего не могу им дать. — Провизия поступала в Королевскую Гавань тонкой струйкой, да и в основном предназначалась для замка и гарнизона. Цены на овощи, коренья, муку и фрукты достигли головокружительной высоты, и Тириону даже думать не хотелось о том, какое мясо варится в котлах харчевен Блошиного Конца. Лучше уж рыба. У них еще оставалась река и море... пока лорд Станнис не вышел в плавание.

— Они просят защиты. Прошлой ночью одного пекаря зажарили в его собственной печи, обвинив в том, что он слишком много заламывал за хлеб.

— А он заламывал?

— Его уж теперь не спросишь.

— Надеюсь, его не съели?

— Насколько я слышал, нет.

— Следующего съедят, — мрачно посулил Тирион. — Я и так защищаю их как могу. Золотые плащи...

— Торговцы уверяют, что в толпе, убившей булочника, были и золотые плащи. Просители требуют встречи с самим королем.

— Ну и дураки. — Тирион отослал бы их со словами сожаления, племянник прогонит их кнутами и копьями. Тириону даже хотелось допустить их к королю... но он не смел. Рано или поздно враг подступит к Королевской Гавани — не один, так другой, — вовсе ни к чему заводить предателей внутри городских стен. — Скажи им, что король Джоффри разделяет их опасения и сделает для них все возможное.

— Им нужен хлеб, а не посулы.

— Если я дам им хлеб сегодня, завтра они придут к воротам и запросят вдвое больше. Кто там еще?

— Черный брат со Стены. Стюард говорит, он привез с собой мертвую руку в склянке.

— Удивляюсь, как это ее никто не съел. Его, пожалуй, надо повидать. Это, случаем, не Йорен?

— Нет. Какой-то рыцарь, Торне.

— Сир Аллистер? — Из всех черных братьев, кого он видел на Стене, сир Аллистер Торне пришелся Тириону по вкусу менее всего. Озлобленный, низкий человек, придающий слишком большое значение собственной персоне. — Нет, мне что-то пока не хочется видеть сира Аллистера. Найди ему каморку, где тростник не меняли уже с год, и пусть его рука погниет еще немного.

Бронн прыснул и пошел своей дорогой, а Тирион начал взбираться по лестнице. Ковыляя через внешний двор, он услышал, как поднимают решетку. У ворот ждала его сестра с большим отрядом.

На своем белом скакуне она возвышалась над ним — богиня в зеленом наряде.

— Здравствуй, брат, — не слишком приветливо сказала она. Королева осталась недовольна тем, как он разделался с Яносом Флинтом.

— Ваше величество, — учтиво поклонился Тирион. — Ты сегодня прелестна. — Серсея была в золотой короне и горностаевом плаще. В ее свиту входили сир Борос Блаунт из Королевской Гвардии — в белой чешуйчатой броне и хмурый, как обычно; сир Бейлон Сванн, с луком на отделанном серебром седле; лорд Джайлз Росби, кашляющий пуще обыкновенного; Галлин-пиромант из Гильдии Алхимиков и новый фаворит королевы, ее кузен сир Лансель Ланнистер, бывший оруженосцем у ее покойного мужа и произведенный в рыцари по настоянию вдовы. Охрану составляли Виларр и двадцать его гвардейцев. — Куда это ты собралась?

— Я объезжаю городские ворота, чтобы осмотреть новые скорпионы и огнеметные машины. Должен же кто-то проявить заботу о городской обороне, раз ты к этому безразличен. — Ясный зеленый взор Серсеи был прекрасен, даже когда выражал презрение. — Меня уведомили, что Ренли Баратеон вышел из Хайгардена. Он идет по Дороге Роз со всем своим войском.

— Мне Варис сказал то же самое.

— Он может быть здесь к полнолунию.

— Нет, если будет двигаться столь же неспешно, — заверил ее Тирион. — Он каждую ночь пирует в каком-нибудь замке и устраивает ассамблею на каждом перекрестке.

— И каждый день к нему собирается все больше знамен. Говорят, в его войске уже сто тысяч человек.

— Ну, это вряд ли.

— За ним стоят Штормовой Предел и Хайгарден, дурак ты этакий. Все знаменосцы Тирелла, кроме Редвинов, да и за них меня надо благодарить. Пока побитые оспой двойняшки остаются в моих руках, лорд Пакстер будет сидеть в Бору и радоваться, что можно не лезть в драку.

— Жаль, что ты и Рыцаря Цветов не зажала в своем прелестном кулачке. Но у Ренли есть и другие заботы помимо нас. Наш отец в Харренхолле, Робб Старк в Риверране... на его месте я вел бы себя почти так же. Шел бы вперед потихоньку, выставлял бы напоказ свою силу, наблюдал и выжидал. Пусть мои соперники воюют — мне спешить некуда. Если Старк нас побьет, весь юг упадет в руки Ренли, точно плод с ветви, и это без единой потери. Ну а если выйдет по-иному, он обрушится на нас, не дав собраться с силами...

Серсею это не успокоило.

— Я хочу, чтобы ты заставил отца прийти с армией в Королевскую Гавань.

«Где этой армии делать совершенно нечего — разве что внушать тебе чувство безопасности».

— Когда это я мог заставить отца сделать то или иное?

— Ну а когда ты намерен освободить Джейме? Он стоит сотни таких, как ты.

— Только не говори об этом леди Старк, — криво усмехнулся Тирион. — У нас нет на обмен сотни таких, как я.

— Отец, должно быть, ума лишился, посылая сюда тебя. Пользы от тебя никакой — один вред. — Серсея тряхнула поводьями, повернула коня и рысью выехала за ворота в струящемся позади горностаевом плаще, а свита последовала за ней.

По правде сказать, Ренли Баратеон не внушал Тириону и половины того страха, что его брат Станнис. Ренли пользуется любовью простого народа, но он никогда еще не водил людей в бой. Станнис же — человек жесткий, холодный и непреклонный. Знать бы, что происходит на Драконьем Камне... но ни один из рыбаков, которым Тирион заплатил и послал шпионить за островом, так и не вернулся. Даже осведомители, которые, как утверждает евнух, имеются у него в замке Станниса, хранят зловещее молчание. Но в море замечены полосатые лисские галеи, и Варису доносят из Мира о капитанах, поступивших на службу к Станнису. Если Станнис ударит с моря, пока его брат Ренли будет штурмовать ворота, голову Джоффри скоро вздернут на пику. Хуже того — рядом с ней окажется голова Тириона. Удручающая мысль. Надо как-то удалить Шаю из города, пока дело не обернулось совсем скверно.

Подрик Пейн, потупившись, стоял у дверей в горницу.

— Он там, — произнес парень, обращаясь к поясной пряжке Тириона. — В вашей горнице, милорд.

Тирион вздохнул:

— На меня смотри, Под. Меня бесит, когда ты разговариваешь с моим паховым щитком, тем более его на мне нет. Кто у меня в горнице?

— Лорд Мизинец. — Подрик мельком взглянул на Тириона и тут же опустил глаза. — То есть лорд Петир. Лорд Бейлиш. Мастер над монетой.

— Послушать тебя, так их там полным-полно. — Парень сгорбился, точно его ударили, и Тирион ни с того ни с сего почувствовал себя виноватым.

Лорд Петир сидел у окна, томный и нарядный, в бархатном сливовом дублете и желтом атласном плаще, положив руку в перчатке на колено.

— Король стреляет зайцев из арбалета, — сказал он. — Зайцы побеждают. Хотите взглянуть?

Чтобы взглянуть, Тириону пришлось стать на цыпочки. Один заяц лежал убитый, другой, дергая длинными ушами, издыхал со стрелой в боку. Израсходованные стрелы валялись на утоптанной земле, как солома, раскиданная бурей.

— Давай! — крикнул Джоффри. Егерь выпустил зайца, которого держал, и тот поскакал прочь. Джоффри спустил курок арбалета и промахнулся на два фута. Заяц встал на задние лапы и уставился на короля, дергая носом. Джофф, выругавшись, покрутил вороток, заново натянув тетиву, но заяц ускакал, не успел он зарядить стрелу. — Давай другого! — Егерь запустил руку в садок. Этот зверек, бурый, затерялся среди камней, а торопливый выстрел Джоффа едва не угодил сиру Престону в пах.

Мизинец отвернулся от окна и спросил Подрика:

— Любишь ты тушеную зайчатину, мальчик?

Под вперил взор в сапоги гостя — красивые, из красной кожи с черным орнаментом.

— Это едят, милорд?

— Да. Скоро зайцы разбегутся по всему замку, и мы будем есть это три раза в день.

— Все лучше, чем крысы на вертеле, — сказал Тирион. — Оставь нас, Под. Впрочем, лорд Петир, может быть, желает выпить чего-нибудь.

— Благодарю покорно. «Выпей с карликом — и завтра проснешься на Стене», как говорят в замке. Черное делает мою нездоровую бледность еще заметнее.

«Не бойся, милорд, — подумал Тирион, — для тебя я припас не Стену». Он сел на высокий, с мягкими подушками стул и сказал:

— Как вы нынче нарядны, милорд.

— Вы меня огорчаете. Я стараюсь быть нарядным каждый день.

— Это новый дублет?

— Да. Вы очень наблюдательны.

— Сливовое и желтое. Это цвета вашего дома?

— Нет. Но человеку надоедает носить одни и те же цвета день за днем — по крайней мере мне.

— И кинжал у вас красивый.

— Правда? — Мизинец с озорным блеском в глазах извлек его из ножен и оглядел, словно видел впервые. — Валирийская сталь, а рукоятка из драконьей кости. Простоват немного, конечно. Он ваш, если пожелаете.

— Мой? — Тирион посмотрел на него долгим взором. — Ну уж нет. — «Он знает, наглец. Он знает и знает, что я знаю, но думает, что я не посмею его тронуть».

Если был когда-нибудь человек в золотой броне, то это Петир Бейлиш, а не Джейме Ланнистер. Знаменитые доспехи Джейме —

это просто позолоченная сталь, а вот Мизинец... Тирион узнал о славном Петире такое, что его еще больше обеспокоило.

Десять лет назад Джон Аррен дал Бейлишу какую-то мелкую должность в таможне, где лорд Петир вскоре отличился, собирая втрое больше, чем все другие королевские сборщики. Король Роберт был известный мот, и человек, способный получать с двух золотых драконов третий, стал бесценным приобретением для королевского десницы. Мизинец взлетел наверх с быстротой стрелы. За свои три года при дворе он сделался мастером над монетой, вошел в Малый Совет, а доходы в казну возросли в десять раз против тех, что получал злосчастный предшественник Петира... правда, и долги короны сильно увеличились. Искусным жонглером был Петир Бейлиш.

И умной головой. Он не просто собирал золото и запирал его в сокровищницу, о нет. Он отделывался от кредиторов короля обещаниями и пускал королевское золото в оборот. Он скупал повозки, лавки, дома, корабли. Он скупал зерно, когда зерна было в избытке, и продавал хлеб, когда хлеба недоставало. Он покупал шерсть на севере, полотно на юге и кружево в Лиссе, запасал это впрок, красил и продавал. Золотые драконы плодились и множились, а Мизинец все отдавал их в люди и пригонял домой вместе с выводком.

При этом он всюду пристраивал своих людей. Хранителей Ключей, всех четверых, назначил он, а также королевского счетовода и королевского весовщика и начальников всех трех монетных дворов. Из десяти портовых смотрителей, откупщиков, таможенных сержантов, сборщиков пошлин, скупщиков шерсти, ростовщиков, винокуров девять были людьми Мизинца. В большинстве своем они происходили из средних слоев: сыновья купцов и мелких лордов, порой даже чужестранцы, — но на поверку оказывались куда способнее своих высокородных предшественников.

Никому не приходило в голову оспаривать эти назначения — да и зачем бы? Мизинец ни для кого не представлял угрозы. Умный, улыбчивый, открытый, всеобщий друг, всегда способный раздобыть столько золота, сколько нужно королю или деснице, и притом очень скромного происхождения, чуть выше межевого рыцаря, — он был не из тех, кого боятся. Не было у него ни знаменосцев, ни армии вассалов, ни укрепленного замка, ни сколько-нибудь заметных владений, ни видов на выгодную женитьбу.

«Так как же посмею я его тронуть, даже если он изменник?» — думал Тирион и вовсе не был уверен, что посмеет, по крайней мере теперь, когда идет война. Со временем он мог бы заменить людей Мизинца на ключевых постах своими, но...

Со двора донесся крик.

— Ага. Его величество убил зайца, — заметил лорд Бейлиш.

— Очень неповоротливого, как видно. Милорд, вы воспитывались в Риверране — и, как я слышал, очень сблизились с Талли.

— Верно. Особенно с дочками.

— И насколько же?

— Я лишил их невинности — этого довольно?

Свою ложь — Тирион был почти уверен, что это ложь, — Мизинец преподнес с таким небрежным видом, что многие бы поверили. Быть может, это Кейтилин Старк лжет? И о том, как лишилась невинности, и о кинжале? Чем дольше Тирион жил, тем больше убеждался, что ничего не бывает простым и мало что можно принимать на веру.

— Меня дочери лорда Хостера не любят, — признался он. — Вряд ли они захотят выслушать какое бы то ни было мое предложение, но к тем же словам, исходящим от вас, могут отнестись более благосклонно.

— Смотря какие это будут слова. Если вы намерены предложить Сансу в обмен на вашего брата, поищите кого-нибудь другого. Джоффри никогда не расстанется со своей игрушкой, а леди Кейтилин не такая дура, чтобы сменять Цареубийцу на девчонку.

— А если и Арью приложить? Я разослал людей на ее поиски.

— Пусть ищущие сначала найдут.

— Буду иметь это в виду, милорд. Я, собственно, надеялся на ваш успех с леди Лизой. Для нее у меня есть более заманчивое предложение.

— Лиза покладистее Кейтилин, это верно... но и боязливее, притом, как я слышал, ненавидит вас.

— Она полагает, что на то у нее есть причина. Когда я гостил у нее в Гнезде, она уверяла, что это я убил ее мужа, и не желала слышать никаких оправданий. Быть может, она изменится ко мне, если я выдам ей настоящего убийцу Джона Аррена?

Мизинец выпрямился:

— Настоящего убийцу? Признаться, мне стало любопытно. И кого же вы предлагаете?

Настал черед Тириона улыбнуться.

— Такие подарки я делаю только своим друзьям. Лиза Аррен должна будет это понять.

— Что же вам нужно — ее дружба или ее мечи?

— И то, и другое.

Мизинец погладил свою аккуратную бородку.

— У Лизы свои заботы. Кланы из Лунных гор стали беспокоить ее пуще прежнего... и теперь горцы лучше вооружены.

— Печально, — сказал вооруживший горцев Тирион Ланнистер. — Но я мог бы ей в этом помочь. Одно мое слово...

— И чего же это слово будет ей стоить?

— Я хочу, чтобы леди Лиза с сыном признали Джоффри своим королем, присягнули ему на верность и...

— ...и вступили в войну со Старками и Талли? В вашем пудинге налицо таракан, Ланнистер. Никогда Лиза не пошлет своих рыцарей против Риверрана.

— Я об этом и не прошу. Во врагах у нас нет недостатка. Она могла бы помочь нам против лорда Ренли или лорда Станниса, буде тот двинется с Драконьего Камня. Взамен я обещаю ей возмездие за смерть Джона Аррена и мир в Долине. Я даже назначу ее выродка Хранителем Востока, как его отца. — «Хочу посмотреть, как он полетит», — пропищал в памяти Тириона детский голосок. — А чтобы скрепить договор, я отдам ей мою племянницу.

В зеленовато-серых глазах Петира Бейлиша, к удовольствию Тириона, отразилось искреннее удивление.

— Мирцеллу?

— Она сможет выйти за маленького лорда Роберта, когда подрастет, а до тех пор будет воспитанницей леди Лизы в Гнезде.

— А что скажет об этом ее величество королева? — Тирион пожал плечами, и Мизинец расхохотался. — Я так и думал. Вы опасный человечек, Ланнистер. Ну что ж, я могу пропеть эту песенку Лизе. — Снова хитрая улыбка и озорной огонек в глазах. — Если захочу.

Тирион молча кивнул, зная, что долгого молчания Мизинец не выдержит.

— Итак, — нимало не смущаясь, сказал после паузы тот, — что же вы припасли для меня?

— Харренхолл.

Любопытно было наблюдать за лицом Мизинца. Его отец был самым мелким из маленьких лордов, дед — безземельным межевым рыцарем; по наследству лорду Петиру досталось не более нескольких акров каменистой земли на обдуваемом ветрами побережье Перстов. Харренхолл же — одно из богатейших имений Семи Королевств, его земли обширны и плодородны, замок входит в число самых мощных крепостей государства... и будет побольше Риверрана, где Петир Бейлиш воспитывался и откуда был изгнан, как только посмел поднять взор на дочь лорда Хостера.

Мизинец не спеша поправил плащ, но Тирион уловил жадный блеск в его хитрых кошачьих газах. «Вот ты и мой», — подумал карлик.

— Харренхолл проклят, — с деланной скукой в голосе молвил наконец лорд Петир.

— Ну так сровняйте его с землей и постройте заново по своему вкусу. В монете у вас недостатка не будет. Я намерен сделать вас лордом-сюзереном Трезубца. Эти речные лорды доказали, что доверять им нельзя. Пусть присягают вам, если хотят сохранить свои земли.

— Даже Талли?

— Если из Талли к тому времени кто-нибудь останется.

Мизинец походил на мальчишку, только что украдкой откусившего кусочек медовых сот. Он, конечно, опасается пчел, но мед так сладок...

— Харренхолл со всеми его землями и доходами, — задумчиво произнес он. — Одним ударом вы делаете меня чуть ли не самым крупным лордом государства. Я не хотел бы показаться неблагодарным, милорд, но все же — почему?

— Вы хорошо послужили моей сестре в деле престолонаследия.

— Как и Янос Слинт, которому пожаловали тот же самый замок Харренхолл — и отняли обратно, когда Слинт перестал быть нужен.

— Тут вы меня поймали, милорд, — засмеялся Тирион. — Что вам сказать? Вы нужны мне, чтобы переманить к нам леди Лизу, — а в Яносе Слинте я и верно больше не нуждался. — Он передернул плечами. — Лучше уж вы в Харренхолле, чем Ренли на Железном Троне — что может быть проще?

— В самом деле — что? А понимаете ли вы, что мне, быть может, придется переспать с Лизой Аррен, чтобы добиться ее согласия на этот брак?

— Не сомневаюсь, что вы с честью выдержите это испытание.

— Я как-то сказал Неду Старку, что когда ты остаешься голый наедине с дурнушкой, то единственный выход — это закрыть глаза и приниматься за дело. — Мизинец сложил пальцы домиком и посмотрел в разномастные глаза Тириона. — Дайте мне две недели на устройство моих дел и приготовьте корабль, который отвезет меня в Чаячий Город.

— Очень хорошо.

Мизинец встал:

— Приятное было утро, Ланнистер. И полезное... для нас обоих, полагаю. — Он поклонился, мелькнув желтым плащом, и направился к двери.

«*Второй*», — подумал Тирион.

Он прошел в свою спальню и стал ждать Вариса, который вскоре должен был явиться. Наверно, он придет в сумерках или когда взойдет луна... но лучше бы пораньше. Тирион надеялся этой ночью навестить Шаю и был приятно удивлен, когда всего час спустя Гальт из Каменных Ворон сообщил ему, что напудренный ждет у двери.

— Как жестоко с вашей стороны так мучить великого мейстера, — пожурил евнух. — Он неспособен хранить секреты.

— Что я слышу? Ворона говорит, что ворон черен? Или вы не хотите знать, что я предложил Дорану Мартеллу?

— А если мои пташки уже донесли мне об этом? — хихикнул Варис.

— Вот как? — Это самое Тирион и хотел услышать. — Ну, дальше.

— Дорнийцы пока не торопятся вступать в войну. Доран Мартелл созвал свои знамена, но и только. Его ненависть к дому Ланнистеров хорошо известна, и все полагают, что он поддержит лорда Ренли. И вы хотите этому помешать.

— Это всякому ясно.

— Единственная загадка здесь в том, что вы предлагаете ему за союз с вами. Принц человек сентиментальный — он все еще оплакивает свою сестру Элию и ее невинное дитя.

— Отец однажды сказал мне, что ни один лорд не позволит чувствам восторжествовать над честолюбием... а у нас в королевском совете как раз освободилось место после того, как лорд Янос надел черное.

— Место в совете тоже не пустяк, — согласился Варис, — но достаточно ли этого, чтобы гордый человек забыл об убиении своей сестры?

— Зачем же забывать? — улыбнулся Тирион. — Я пообещал выдать ему убийц его сестры — живыми или мертвыми, как он пожелает. После окончания войны, разумеется.

Варис внимательно посмотрел на него.

— Мои пташки говорят мне, что Элия выкрикнула... некое имя, когда за ней пришли.

— Что же это за тайна, раз она всем известна? В Бобровом Утесе все знают, что Элию и ее ребенка убил Грегор Клиган. Говорят, он изнасиловал принцессу, не смыв с рук крови и мозгов ее сына.

— Эта тайна присягнула на верность вашему лорду-отцу.

— Отец первый скажет, что пятьдесят тысяч дорнийцев стоят одного бешеного пса.

Варис погладил свою пудреную щеку.

— А если принц Дорван потребует не только крови рыцаря, выполнившего приказ, но и крови лорда, который приказ отдал?

— Во главе мятежа стоял Роберт Баратеон, и все приказы в конечном счете исходили от него.

— Роберта не было в Королевской Гавани.

— Дорана Мартелла тоже.

— Хорошо. Кровь в угоду его гордости, кресло в угоду честолюбию. И, само собой, золото и земли в придачу. Лакомое предложение... но в лакомстве может скрываться яд. Будь я на месте принца, я потребовал бы чего-то большего, прежде чем протянуть руку к этим сотам. Какого-нибудь знака доброй воли, какой-нибудь верной заруки на случай измены. — Варис расплылся в самой елейной из своих улыбок. — Так кого же вы ему даете?

— Ты сам знаешь, — вздохнул Тирион.

— Ну, если угодно, то да, Томмена. Ведь нельзя же предлагать Мирцеллу и Дорану Мартеллу, и Лизе Аррен разом.

— Напомни, чтобы я больше не играл с тобой в угадалки. Ты плутуешь.

— Томмен хороший мальчик.

— Если забрать его у Серсеи и Джоффри, пока он еще мал, из него и человек может вырасти хороший.

— И хороший король?

— Король у нас Джоффри.

— Но если с его величеством приключится что-то худое, наследником будет Томмен. Такой мягкий по натуре и такой... послушный.

— Ты не в меру подозрителен, Варис.

— Воспринимаю это как похвалу, милорд. Ну что же — принц Доран вряд ли останется равнодушен к высокой чести, которую вы ему оказываете. Очень ловко, должен признать... если бы не один маленький изъян.

— Имя которому — Серсея? — засмеялся карлик.

— Что такое интересы государства против любви матери к родному чаду? Быть может, королева ради чести своего дома и безопасности своей страны согласилась бы еще расстаться либо с Томменом, либо с Мирцеллой, но с обоими сразу? Нет.

— Чего Серсея не знает, то меня не тревожит.

— Ну а если ее величество прознает о ваших планах до того, как они осуществятся?

— Тогда я буду знать наверное, что человек, рассказавший ей о них, — мой враг.

Варис хихикнул, а Тирион подумал: *Третий*.

САНСА

«Приходите вечером в богорощу, если хотите попасть домой».

Слова оставались теми же, как ни перечитывала их Санса с тех пор, как обнаружила у себя под подушкой клочок пергамента. Она не знала, как попало сюда письмо и кто послал его. Оно не имело ни подписи, ни печати, и почерк был ей незнаком. Санса спрятала пергамент на груди, повторяя шепотом, совсем тихо: *«Приходите вечером в богорощу, если хотите попасть домой».*

Что это могло означать? Не отнести ли записку королеве в доказательство своего хорошего поведения? Санса нервно потерла живот. Безобразный багровый синяк, который оставил там сир Меррин, сделался желтым, но все еще болел. Рыцарь был в кольчужной рукавице, когда ударил ее. Она сама виновата. Давно пора научиться получше скрывать свои чувства, чтобы не сердить Джоффри. Услышав, что Бес послал лорда Слинта на Стену, она забылась и сказала: «Надеюсь, что его там заберут Иные». И вызвала недовольство короля.

«Приходите вечером в богорощу, если хотите попасть домой».

Санса так усердно молилась. Быть может, боги наконец ответили ей и шлют настоящего рыцаря, чтобы ее спасти? Одного из близнецов Редвинов или лысого сира Бейлона Сванна... или Берика Дондарриона, молодого лорда, в которого влюбилась ее подружка Джейни Пуль, с рыжевато-золотистыми волосами и звездами на черном плаще?

«Приходите вечером в богорощу, если хотите попасть домой».

Может, это жестокая шутка Джоффри — как в тот день, когда он повел ее на крепостную стену, чтобы показать ей голову отца? Или уловка, чтобы доказать ее неверность? Что, если в богороще ее будет ждать сир Илин Пейн, молча сидящий под сердце-деревом со Льдом в руке и высматривающий белесыми глазами, не идет ли она?

«Приходите вечером в богорощу, если хотите попасть домой». Когда дверь открылась, Санса поспешно затолкала записку под простыню и села сверху. Пришла ее горничная — похожая на мышку, с жидкими каштановыми волосами.

— Чего тебе? — спросила Санса.

— Будет ли миледи принимать ванну?

— Разведи-ка лучше огонь... я что-то озябла. — Санса дрожала, хотя минувший день был жарким.

— Слушаюсь.

Санса подозрительно следила за девушкой. Видела она записку или нет? Не она ли положила ее под подушку? Вряд ли: девица на вид глупа и не из тех, кому стали бы доверять секреты, однако Санса плохо ее знает. Королева меняла прислугу Сансы каждые две недели, чтобы та ни с кем не успела подружиться.

Когда огонь в камине разгорелся, Санса коротко поблагодарила служанку и отослала ее. Девушка подчинилась беспрекословно, как всегда, но Сансе показалось, что глаза у нее хитрые. Небось побежит сейчас докладывать королеве или Варису. Санса была уверена, что все ее служанки шпионят за ней.

Оставшись одна, она бросила пергамент в огонь, следя, как он съеживается и чернеет. «Приходите вечером в богорощу, если хотите попасть домой». Она подошла к окну. Внизу по подъемному мосту вышагивал рыцарь маленького роста, в бледных, как луна, доспехах и тяжелом белом плаще. Судя по росту, это мог быть только сир Престон Гринфилд. Королева позволяла Сансе свободно передвигаться по замку, но, конечно, захотела бы узнать, куда та направляется в столь поздний час. Сир Престон непременно спросит об этом — а что ему сказать? Санса порадовалась, что сожгла письмо.

Она расшнуровала платье и легла в постель, но спать не могла. «Там ли он еще?» — думала она. Долго ли он будет ждать? Как это жестоко — послать ей записку и ничего толком не сказать. Мысли эти повторялись снова и снова.

Если бы кто-нибудь сказал ей, что делать! Ей недоставало септы Мордейн, а еще больше — верной подруги Джейни Пуль. Септа лишилась головы вместе с остальными — только за то, что служила дому Старков. Что случилось с Джейни, Санса не знала — она просто исчезла из своей комнаты, и никто ни словом не упомянул о ее судьбе. Санса старалась не думать о них слишком часто, но воспоминания порой приходили не спросясь, и тогда было трудно удержаться от слез. Санса даже о сестре иногда скучала. Арья теперь уже в Винтерфелле — шьет, танцует, играет с Браном и маленьким Риконом, даже в зимний городок может поехать, если захочет. Сансе тоже разрешали ездить верхом, но только по двору, а это скучно — все время скакать по кругу.

Лежа без сна, Санса услышала крики — сначала далеко, потом все громче и громче. Слов она не разбирала, но шум усиливался — топотали кони, бежали куда-то люди, и кто-то выкрикивал команды. Она подкралась к окну. Солдаты бежали на стену с копьями и факелами. «Ступай в постель, — сказала она себе. — Это тебя не касается — просто в городе снова какие-то беспорядки». У колодцев только и было разговору, что об этих волнениях. В городе скопилось много людей, бежавших от войны, и многим не на что жить, поэтому они грабят и убивают друг друга. «Ступай в постель».

Однако белый рыцарь покинул свой пост, и мост через сухой ров никем не охранялся.

Санса не раздумывая бросилась к платяному шкафу. «Ой, что же такое я делаю? — говорила она себе, одеваясь. — Это безумие». На крепостной стене метались факелы. Может, это Станнис и Ренли пришли наконец, чтобы убить Джоффри и отнять у него трон своего брата? Но нет: тогда стража подняла бы мост, отрезав крепость Мейегора от внешнего замка. Санса набросила простой серый плащ и взяла нож, которым резала мясо. Если это ловушка, лучше уж умереть, чем позволить им и дальше обижать себя. Она спрятала нож под плащом.

Когда она выскользнула наружу, мимо пробежал отряд гвардейцев в красных плащах. Санса выждала время и перебежала через неохраняемый мост. Мужчины во дворе опоясывались мечами и седлали коней. Она увидела сира Престона у конюшни вместе с тремя другими королевскими гвардейцами — их белые плащи ярко светились под луной. Они облачали Джоффри в доспехи. У Сансы перехватило дыхание при виде короля, но он, к счастью, ее не заметил — он кричал, требуя свой меч и арбалет.

Шум стал слабее, когда она отошла подальше, не смея оглянуться назад из страха, что Джоффри ее увидит или, того хуже, погонится за ней. Впереди вилась лестница, пересеченная полосами мерцающего света из узких окон наверху. Санса совсем запыхалась, когда взобралась наверх. Вбежав под темную колоннаду, она прислонилась к стене, чтобы перевести дух. Что-то задело ее ногу, и она чуть из кожи не выпрыгнула — но это был только кот, тощий и черный, с наполовину оторванным ухом. Он зашипел на нее и шмыгнул прочь.

Когда она добралась до богорощи, звон клинков и крики стали едва слышными. Санса плотнее запахнулась в плащ. Здесь пахло землей и листьями. «Леди понравилось бы здесь», — подумала девочка. В богороще было что-то дикое даже тут, посреди замка и посреди города, и чувствовалось, что старые боги следят за тобой тысячами невидимых глаз.

Санса предпочитала материнских богов отцовским. Ей нравились статуи, картины на витражах, аромат курений, септоны в пышных одеждах и кристаллах, волшебная игра радуг над алтарями, выложенными перламутром, ониксом и ляпис-лазурью. Но она не могла отрицать, что в богороще есть своя сила. Особенно ночью. «Помогите мне, — молилась Санса, — пошлите мне друга, истинного рыцаря, который стал бы моим защитником...»

Она переходила от дерева к дереву, трогая грубую кору. Листья касались ее щек. Может быть, она опоздала? Не мог же он уйти так скоро? Да и был ли он здесь? Не подать ли голос? Тут так тихо...

— Я уж боялся, что вы не придете, дитя мое...

Санса обернулась. Из мрака вышел человек — плотный, с толстой шеей, неуклюжий. На нем был серый плащ с капюшоном, но когда лунный луч коснулся его лица, Санса сразу узнала его по багровым щекам и носу.

— Сир Донтос, — с упавшим сердцем прошептала она. — Так это вы?

— Да, миледи. — Он подошел поближе, дохнув на нее винным перегаром, и протянул ей руку.

— Нет! — Санса отпрянула, убрав свою руку под плащ, где был спрятан нож. — Что... что вам от меня нужно?

— Я хочу лишь помочь вам — как вы помогли мне.

— Вы пьяны, не так ли?

— Я выпил всего одну чашу, для храбрости. Если меня поймают, то спустят мне кожу со спины.

«Что же тогда сделают со мной?» Сансе опять вспомнилась Леди. Та нюхом чуяла ложь, но теперь она мертва. Отец убил ее из-за Арьи. Санса достала нож, держа его перед собой обеими руками.

— Вы хотите меня заколоть? — спросил Донтос.

— Хочу. Говорите, кто послал вас.

— Никто, прекрасная леди, — клянусь моей рыцарской честью.

— Рыцарской? — Джоффри разжаловал его из рыцарей в дураки — теперь Донтос стоит даже ниже, чем Лунатик. — Я молилась богам, чтобы они послали мне рыцаря, — молилась от всего сердца, а они посылают мне старого пьяного дурака.

— Ну что ж, я это заслужил. Только странное дело... все те годы, что я был рыцарем, я, в сущности, был дураком, а теперь, когда я дурак, я почему-то чувствую себя рыцарем. А причиной этому вы... ваше милосердие, ваше мужество. Вы спасли меня не только от Джоффри, но и от себя самого. В песнях тоже поют о дураке, который был величайшим рыцарем всех времен...

— Флориан, — дрожащим голосом произнесла Санса.

— Я буду вашим Флорианом, прекрасная леди, — смиренно сказал Донтос, упав перед ней на колени.

Санса медленно опустила нож. Голова вдруг стала очень легкой, словно она плыла. «Это безумие — доверяться такому пьянице, но если я откажу ему, представится ли случай снова?»

— Как... как вы намерены увезти меня отсюда?

— Труднее всего будет вывести вас из замка. Когда мы это сделаем, вы сможете уплыть домой на корабле. Я должен буду найти деньги и сделать нужные приготовления, вот и все.

— А нельзя ли уйти прямо сейчас? — не смея надеяться, спросила она.

— Нынче же ночью? Нет, миледи. Боюсь, что нет. Сначала мне надо придумать надежный способ вывести вас из замка, когда время придет. Это будет нелегко и не так скоро. За мной ведь тоже следят. — Он облизнул губы. — Может быть, вы уберете свое оружие?

Санса спрятала нож под плащом.

— Встаньте, сир.

— Благодарю, прекрасная леди. — Сир Донтос неуклюже поднялся на ноги, отряхивая колени. — Страна еще не знала более достойного человека, чем ваш лорд-отец, но я остался в стороне и позволил убить его. Я ничего не сказал, ничего не сделал... а вот вы, когда Джоффри хотел меня убить, вступились за меня. Леди, я никогда не был героем, я не Раэм Редвин и не Баррис тан Храбрый. Я не побеждал на турнирах, не отличался на войне... но все-таки я *был* рыцарем, и вы помогли мне вспомнить, что это значит. Моя жизнь немногого стоит, но она теперь ваша. — Сир Донтос положил руку на скрюченный ствол сердце-дерева, и Санса заметила, что он дрожит. — Перед богами вашего отца клянусь вернуть вас домой.

Он поклялся — поклялся перед лицом богов.

— Я отдаю себя в ваши руки, сир. Но как я узнаю, что время пришло? Вы снова пошлете мне письмо?

Сир Донтос беспокойно огляделся:

— Это слишком опасно. Лучше приходите сюда, в богорощу, — так часто, как только сможете. Это самое безопасное — единственное безопасное — место. Больше встречаться негде — ни у вас, ни у меня, ни на лестнице, ни во дворе, даже если нам кажется, что мы одни. Камни в Красном Замке имеют уши, и только здесь мы можем говорить свободно.

— Хорошо. Я запомню.

— И если при других я покажусь вам жестоким, насмешливым или равнодушным, простите меня, дитя. Я должен играть свою роль, и вы делайте то же самое. Один неверный шаг — и наши головы окажутся на стене рядом с головой вашего отца.

— Я понимаю, — кивнула она.

— Вы должны быть храброй и сильной... и терпеливой, терпеливой прежде всего.

— Я буду... но, пожалуйста, постарайтесь устроить это побыстрее. Мне страшно.

— Мне тоже, — слабо улыбнулся сир Донтос. — А теперь вам пора идти, пока вас не хватились.

— А вы не пойдете со мной?

— Лучше не надо. Нас не должны видеть вместе.

Санса пошла было... но вернулась и поцеловала Донтоса в щеку, закрыв глаза.

— Мой Флориан. Боги услышали мою молитву.

Она побежала вдоль реки, мимо маленькой кухни и через свиной двор. Хрюканье свиней в загонах заглушало ее шаги. Домой. «Он хочет увезти меня домой, он защитит меня, мой Флориан». Песни о Флориане и Джонквиль она любила больше всех остальных. И Флориан тоже был некрасив, хотя и не такой старый.

Она стремглав неслась вниз по лестнице, когда откуда-то сбоку выскочил человек, и она врезалась прямо в него. Железные пальцы стиснули ей запястье, не дав упасть, и хриплый низкий голос сказал:

— С этих ступенек падать долго, пташечка. Хочешь убить нас обоих? — Смех у него был, как пила по камню. — Я верно угадал?

Пес.

— Нет, милорд, что вы. Прошу прощения. — Санса отвела глаза, но поздно: он видел ее лицо. — Отпустите, вы делаете мне больно. — Она попыталась вырваться.

— А почему это пташечка Джоффа порхает по лестницам среди ночи? — Она не ответила, и он встряхнул ее. — Где ты была?

— В богороще, милорд, — сказала она, не посмев солгать. — Я молилась... за моего отца и за короля, чтобы с ним не случилось худого.

— Думаешь, я настолько пьян, что поверю тебе? — Пес отпустил ее. Он слегка покачивался, и полосы света падали на его жуткое обожженное лицо. — Ты уже совсем женщина... личико, грудки, да и ростом стала выше... но ты всего лишь глупая маленькая пташка, да? Поешь песенки, которым тебя научили. Ну так спой и мне. Давай. Что-нибудь о рыцарях и прекрасных девах. Ты ведь любишь рыцарей, правда?

Он пугал ее.

— Настоящих — да, милорд.

— Настоящих, — передразнил он. — Никакой я не милорд — не больше, чем рыцарь. Как мне вбить это тебе в голову? — Клиган качнулся и чуть не упал. — Боги, как же я набрался. Любишь ты вино, пташка? Настоящее вино? Штоф красного, темного как кровь — вот все, что нужно мужчине. И женщине тоже. — Он засмеялся и потряс головой. — Напился как свинья, будь я проклят. Ладно, пташка, лети обратно в клетку. Я провожу тебя туда. Поберегу тебя для короля. — Пес с неожиданной мягкостью направил ее вниз по лестнице. Спускался он в мрачном молчании, словно позабыл, что Санса идет рядом.

Дойдя до крепости Мейегора, она с тревогой увидела, что мост теперь охраняет сир Борос Блаунт. Он повернул свой высокий белый шлем, услышав их шаги, и Санса съежилась под его взглядом. Сир Борос из королевских гвардейцев был хуже всех — безобразный собой, с дурным нравом, вечно хмурый.

— Не бойся его, девочка. — Пес опустил тяжелую руку на ее плечо. — Если лягушку раскрасить полосками, тигром она от этого не станет.

Сир Борос поднял забрало.

— В чем дело, сир?

— Засунь своего сира поглубже, Борос. Это ты у нас рыцарь, а я нет. Я королевский пес — помнишь?

— Король уже искал своего пса.

— Пес пил. Это ты должен был охранять короля нынче ночью, сир. Ты и прочие мои *братья*.

— Почему вы в такой час не у себя в комнатах, леди? — обратился Борос к Сансе.

— Я ходила в богорощу помолиться за здравие короля. — Ложь на этот раз прозвучала более гладко, почти как правда.

— Ты думал, она сможет уснуть при таком-то шуме? — вмешался Клиган. — Что там, собственно, стряслось?

— Дурачье собралось у ворот, — сказал сир Борос. — Кто-то распустил слух о свадебном пире Тирека, и эти оборванцы забрали себе в голову, что их тоже угостят. Его величество возглавил вылазку и разогнал их.

— Храбрый юноша, — дернул ртом Клиган.

«Посмотрим, каким он будет храбрым, когда встретится с моим братом», — подумала Санса. Пес перевел ее через мост. Поднимаясь с ним по лестнице, она спросила:

— Почему вы позволяете людям называть себя псом, а рыцарем не позволяете?

— Собак я люблю больше, чем рыцарей. Отец моего отца был псарем в Утесе. В один осенний год лорд Титос попал между львицей и ее добычей. Львице невдомек было, что она у Ланнистеров в гербе, — она задрала коня милорда и с милордом сделала бы то же самое, но тут подоспел мой дед с гончими. Три собаки погибли, но остальные отогнали львицу. Дед мой лишился ноги, и Ланнистер за это наградил его землями и замком, а сына его взял в оруженосцы. С тех пор у нас в гербе те самые три собаки, на желтом, как осенняя трава, поле. Собака отдаст за тебя жизнь и никогда тебе не солжет. И смотрит тебе прямо в глаза. — Он поддел ее за подбородок, больно стиснув кожу. — Не то что маленькие пташки, правда? Так ты мне и не спела.

— Я... я знаю песню о Флориане и Джонквиль.

— Флориан и Джонквиль? Дурак и его потаскушка. Нет уж, уволь. Но когда-нибудь ты мне споешь, будет тебе этого хотеться или нет.

— Я охотно спою вам.

— Такая красотка, а врать не умеешь, — фыркнул Сандор Клиган. — Ты знаешь, что собаки чуют ложь? Погляди вокруг и принюхайся хорошенько: здесь все лжецы, все до одного, и каждый лжет лучше, чем ты.

АРЬЯ

Взобравшись на самую высокую ветку, Арья увидела между деревьями дымовые трубы. Соломенные крыши сгрудились вокруг озера и впадающего в него ручейка, и деревянный причал вдавался в воду у длинного, низкого, крытого сланцем дома.

Арья продвинулась чуть подальше, пока ветка не прогнулась под ней. Лодок у причала не было, но из нескольких труб поднимался дым, и возле конюшни виднелась повозка.

Тут кто-то есть. Арья задумчиво прикусила губу. Все прочие места, попадавшиеся им, были покинуты, будь то фермы, деревни, замки, септы или амбары. Все, что могло сгореть, Ланнистеры жгли, то, что могло умереть, убивали. Они даже лес подожгли, но он был еще зелен и влажен после недавних дождей, поэтому не загорелся. «Они и озеро зажгли бы, будь их воля», — сказал Джендри и был прав. В ночь их бегства огни горящего города так ярко сверкали на воде, что казалось, будто озеро и правда горит.

Когда на следующую ночь они наконец набрались духу вернуться в крепость, там ничего не было, кроме черных руин, остовов сгоревших домов и трупов. Бледный дым кое-где еще поднимался над пеплом. Пирожок умолял их не ходить, а Ломми обзывал их дураками и уверял, что сир Амори схватит их и тоже убьет, но Лорх и его люди к тому времени давно уже уехали. Ворота были выломаны, стены частично разрушены, и внутри валялись непогребенные тела. Даже Джендри было страшно на это смотреть.

— Они убили всех до одного, — сказал он. — И мертвых уже обгрызли собаки, гляди.

— Или волки.

— Волки ли, собаки, все едино. Здесь больше делать нечего.

Но Арья не хотела уходить, пока не найдет Йорена. Его не могли убить, твердила она себе, он слишком крут для этого, и он брат Ночного Дозора. Она так и сказала Джендри, когда они искали Йорена среди убитых.

Удар топора раздробил ему череп, но лохматая борода могла принадлежать только ему, как и одежда — грязная, замызганная и такая выгоревшая, что из черной превратилась в серую. Сир Амори Лорх даже своих не позаботился похоронить, и рядом с Йореном лежали трупы четверых ланнистеровских латников. Сколько же еще понадобилось, чтобы одолеть его?

«Он хотел отвезти меня домой», — думала она, пока они копали старику могилу. Мертвых было слишком много, чтобы схоронить их всех, но Арья решила, что уж Йорена-то они похоронят. «Он должен был доставить меня в Винтерфелл. Он обещал». Арье хотелось не то заплакать, не то пнуть его тело.

Это Джендри вспомнил об усадьбе лорда и тех троих, кого Йорен туда послал. Ланнистеры их тоже атаковали, но у старой башни был только один вход, притом высоко, и поднимались туда по приставной лестнице. Когда лестницу втянули внутрь, попасть туда стало невозможно. Ланнистеры навалили вокруг башни хворосту и подожгли, но камень не горит, а уморить защитников голодом у Лорха недостало терпения. Тесак открыл дверь на зов Джендри, а Курц сказал, что им лучше пробираться на север, чем поворачивать назад, и Арья возымела надежду все-таки попасть в Винтерфелл.

Что ж, эта деревня не Винтерфелл, но соломенные крыши обещали тепло, приют, а может быть, даже еду, если у них хватит смелости пойти туда. Если это не Лорх там засел. Он передвигается верхом, а стало быть, быстрее, чем они.

Арья еще долго сидела на дереве, надеясь увидеть хоть что-нибудь, могущее развеять ее сомнения: человека, лошадь или знамя. Пару раз она замечала какое-то движение, но дома стояли слишком далеко, чтобы быть уверенной. Однажды оттуда донеслось громкое ржание.

Кругом во множестве порхали птицы, большей частью вороны. Они кружились и над соломенными крышами, где казались Арье не больше мух. К востоку на солнце мерцало голубизной Божье Око, заполняя полмира. Порой, когда они медленно брели по илистому берегу (Джендри не признавал никаких дорог, и даже Пирожок с Ломми это понимали), Арье казалось, что озеро ее зовет. Ей хотелось прыгнуть в эти тихие голубые воды, снова почувствовать себя чистой, поплавать и поплескаться, погреться на солнышке. Но она не решалась ни раздеться, ни постирать одежду — ведь другие могли увидеть ее. В конце дня она часто садилась на берегу и болтала в воде ногами. Вконец развалившиеся сапоги пришлось выбросить. Идти босиком поначалу было тяжело, но волдыри в конце концов прошли, порезы зажили, а подошвы ног стали жесткими, как подметки. Славно было чувствовать под ними землю и мягкий ил, который продавливался между пальцами.

С дерева Арья видела на северо-востоке маленький лесистый остров. В тридцати ярдах от берега скользили по воде три черных лебедя, такие безмятежные... им никто не сказал, что идет война, и не было им дела до горящих городов и убитых людей. Арья смотрела на них с завистью, и ей даже немного хотелось самой стать лебедем — но при этом ей хотелось его съесть. С утра она перекусила толчеными желудями и десятком жуков. Жуки не так уж плохи, когда к ним привыкнешь. Червяки хуже, но боль в животе, когда ты целыми днями ничего не ешь, еще неприятнее. Жуков найти просто — стоит только перевернуть камень. Арья уже как-то съела жука, когда была маленькая — просто так, чтобы заставить Сансу повизжать, — поэтому повторить это ей был нетрудно. Ласка тоже не боялась, но Пирожок выблевал своего жука обратно, а Ломми и Джендри даже пробовать не стали. Вчера Джендри поймал лягушку и поделился ею с Ломми, а Пирожок несколько дней назад нашел ежевику и обобрал куст дочиста, но в основном они пробавлялись желудями. Курц показал им, как толочь желуди камнями и делать из них кашицу. Вкус у нее был премерзкий.

Жаль, что браконьер умер. Он знал о лесе больше, чем все они, вместе взятые, но, когда он втаскивал лестницу на башню, в плечо ему попала стрела. Тарбер залепил рану илом и мхом, и пару дней Курц уверял, что ему хорошо, даже когда горло у него почернело и краснота поползла на подбородок и на грудь. Но однажды утром он не смог встать, а на следующее утро умер.

Они похоронили его под грудой камней. Тесак взял себе его меч и охотничий рог, а Тарбер — лук, сапоги и нож. А потом они ушли, захватив все это с собой. Оставшиеся сначала думали, что эти двое просто охотятся, что скоро они вернутся с дичью и всех накормят. Они ждали долго, пока Джендри не велел двигаться дальше. Может быть, Тарбер и Тесак сочли, что им будет легче без кучи ребят, с которыми одни хлопоты. Их можно было понять, но Арья не могла не возненавидеть их за это.

Пирожок под деревом залаял по-собачьи. Подавать сигналы таким образом научил их Курц, сказав, что это старая браконьерская хитрость. Но он не успел показать им, как делать это правильно, и птицам Пирожок подражал из рук вон плохо. Собака у него получалась лучше, но ненамного.

Арья, растопырив руки, перескочила со своей ветки на нижнюю. Водяные плясуны никогда не падают. Легконогая, цепко обхватывая ветку пальцами ступней, она прошла несколько футов, снова прыгнула вниз и, перебирая руками листья, добралась до ствола. Грубая кора давала хорошую опору пальцам рук и ног. Арья быстро спустилась и ловко спрыгнула с высоты шесть футов.

Джендри подхватил ее под локоть.

— Долго же ты там сидел. Что ты видел?

— Рыбачью деревню, совсем маленькую, к северу вдоль берега. Тридцать шесть соломенных крыш и одна сланцевая, я сосчитал. Еще я видел повозку. Там кто-то есть.

На ее голос из кустов вылезла Ласка. Это Ломми так ее назвал. Он сказал, что она похожа на ласку, — это была неправда, но не могли же они и дальше звать ее «маленькой плаксой», тем более что плакать она наконец перестала. Она вся перемазалась — чего доброго, опять ела землю.

— А людей ты видел? — спросил Джендри.

— Нет, только крыши — но некоторые трубы дымятся, и я слышал, как ржет лошадь. — Ласка крепко обхватила ручонками ногу Арьи — теперь она часто так делала.

— Если там есть люди, то есть и еда, — сказал Пирожок слишком громко — Джендри все время наказывал им вести себя тихо, но толку от этого было чуть. — Может, и нам достанется.

— Убить нас тоже могут запросто, — сказал Джендри.

— Надо сдаться — тогда не убьют, — возразил Пирожок.

— И ты туда же.

Ломми Зеленые Руки сидел между двух толстых дубовых корней. Во время взятия крепости копье пробило ему левую икру. К концу следующего дня он еще ковылял на одной ноге, держась за Джендри, а теперь и этого не мог. Они нарубили веток и сделали ему носилки, но тащить его было делом трудным и медленным, и он ныл всякий раз, когда его встряхивали.

— Правильно, надо сдаться, — сказал он. — Йорену тоже следовало так поступить. Надо было открыть ворота, как ему велели.

Арье уже опостылели рассуждения Ломми о том, как должен был поступить Йорен. Он только об этом и говорил, пока они его несли, — об этом, о своей ноге и о своем пустом животе.

— Да, — согласился Пирожок, — ведь ему приказали открыть ворота именем короля. Такие приказы всегда выполняют. Сам виноват, старый хрен вонючий. Если б он сдался, ничего б они нам не сделали.

— Рыцари да лорды берут в плен только друг дружку, — нахмурился Джендри, — чтобы выкуп потом получить, а на таких, как мы, им наплевать, сдаемся мы или нет. Что ты еще видел?

— Если это рыбацкая деревня, рыбу нам точно продадут, — сказал Пирожок. Озеро просто кишело рыбой, но им было нечем ее ловить. Арья попробовала хватать ее руками, как делал Косс, но рыба была проворнее, чем голуби, а вода обманывала глаз.

— Насчет рыбы не знаю, — сказала Арья, запустив руку в спутанные волосы Ласки и думая, не лучше ли их обрезать, — но над водой толкутся вороны — видно, там лежит какая-то падаль.

— Наверно, рыбу выкинуло на берег, — предположил Пирожок. — Если вороны ее едят, то и нам можно.

— А можно и ворон наловить, — сказал Ломми. — Разведем костер и зажарим их, как цыплят.

Джендри оброс бородой, густой и черной, и у него был очень свирепый вид, когда он хмурился.

— Я сказал — никаких костров.

— Но Ломми голоден, — заныл Пирожок, — и я тоже.

— Мы все голодные, — заметила Арья.

— Только не ты, — сплюнул Ломми. — Ты жрешь червяков.

Арье захотелось пнуть его прямо по ране.

— Я ведь предлагал и тебе накопать, если хочешь.

Ломми скривился:

— Если б не нога, я поохотился бы на вепря.

— На вепря, — передразнила она. — Для охоты на вепря нужно особое копье, нужны лошади и собаки, и люди, чтобы поднять зверя. — Ее отец охотился на вепря в Волчьем Лесу с Роббом и Джоном. Однажды он даже Брана взял, но Арью не брал никогда, хотя она старше Брана. Септа Мордейн сказала, что такая охота не для леди, а мать пообещала только, что Арья, когда подрастет, получит собственного ястреба. Теперь она подросла — но, будь у нее ястреб, она бы его съела.

— Ты-то что понимаешь в охоте на вепря? — сказал Пирожок.

— Побольше тебя.

Джендри был не в настроении слушать их перепалку.

— Замолчите оба. Мне надо подумать. — Он всегда морщился, когда думал, точно это причиняло ему сильную боль.

— Давай сдадимся, — сказал Ломми.

— Тебя что, заклинило? Мы даже не знаем, кто там, в той деревне. Может, удастся стащить немного еды.

— Ломми стащил бы, если б не его нога, — сказал Пирожок. — В городе он был вором.

— Был, да плохим, — сказала Арья. — Хорошего бы не поймали.

Джендри прищурился на солнце.

238

— Лучше всего попытаться вечером. Как стемнеет, пойду на разведку.

— Лучше я, — сказала Арья. — Ты слишком шумишь.

Джендри принял свой свирепый вид.

— Пойдем оба.

— Пусть Арри идет, — сказал Ломми. — Он ловчее тебя.

— Я сказал — мы пойдем оба.

— А если вы не вернетесь? Пирожок не сможет нести меня один, сам знаешь.

— И волки тут водятся, — поддержал Пирожок. — Я слышал их ночью, когда сторожил. Совсем близко.

Арья тоже их слышала. Она спала на ветках вяза, проснулась от воя и сидела добрый час, прислушиваясь, с бегающими по телу мурашками.

— А ты даже огонь не разрешаешь развести, чтобы отогнать их, — продолжал Пирожок. — Нехорошо это — бросать нас волкам на съедение.

— Никто вас не бросает, — проворчал Джендри. — У Ломми есть копье на случай волков, да и ты при нем остаешься. Мы только посмотрим — и сразу назад.

— Кто бы там ни был, вы должны сдаться, — захныкал Ломми. — Мне нужно лекарство для ноги — она очень болит.

— Если нам подвернется лекарство, мы тебе принесем. Пошли, Арри. Я хочу подобраться поближе, пока солнце не село. Пирожок, присмотри за Лаской, чтобы не увязалась за нами.

— В прошлый раз она меня лягнула.

— Я сам тебя лягну, если ты ее не удержишь. — И Джендри, не дожидаясь ответа, надел свой шлем и зашагал прочь.

Арье пришлось бежать за ним вприпрыжку. Джендри был на пять лет старше и на фут выше ее, к тому же длинноногий. Некоторое время он ничего не говорил, только ломился через лес с сердитым лицом, производя очень много шума. Наконец он остановился и сказал:

— Мне кажется, Ломми умрет.

Арья не удивилась. Курц тоже умер от раны, а он был куда крепче Ломми. Когда приходила ее очередь его нести, она чувствовала, какой Ломми горячий, и от его ноги плохо пахло.

— Может, мы найдем мейстера...

— Мейстеры бывают только в замках, а если бы мы даже его и нашли, он не стал бы марать руки о такого, как Ломми. — Джендри пригнулся под нависшей веткой.

— Неправда. — Арья была уверена, что мейстер Лювин помог бы всякому, кто к нему обратился.

— Он умрет, и чем скорее это будет, тем лучше для нас всех. Мы не можем его бросить — хотя если б ранили тебя или меня, он бы нас бросил, сам знаешь. — Они спустились в овраг и поднялись на крутой противоположный склон, цепляясь за корни. — Мне обрыдло его тащить и обрыдли его разговоры о сдаче. Если б он мог стоять на ногах, я вышиб бы ему зубы. От него нам никакого проку — и от плаксы тоже.

— Не трогай Ласку — она просто голодная, и ей страшно. — Арья оглянулась, но девочки в кои-то веки за ними не было. Пирожок, наверное, удержал ее, как наказывал Джендри.

— От нее один вред, — упрямо повторил Джендри. — От нее, от Пирожка и от Ломми. Они нам только мешают — когда-нибудь нас убьют из-за них. Ты единственный на что-то годишься, даже если ты девчонка.

Арья застыла на месте:

— Я не девчонка!

— Девчонка, девчонка. Думаешь, я такой же дурак, как все они?

— Нет, ты еще глупее. Все знают, что в Ночной Дозор девчонок не берут.

— Это верно. Не знаю, зачем Йорен тебя взял, но, думаю, какая-то причина у него была. Ты девчонка.

— Нет!

— Тогда достань свой стручок и пописай. Ну, давай.

— Я не хочу писать. Хотел бы, так достал.

— Врешь. Ты не хочешь его вынимать, потому что у тебя его нет. Я ничего не замечал, пока нас было тридцать, но ведь ты за нуждой всегда уходишь в лес, а мы с Пирожком этого не делаем. Если ты не девчонка, то, наверно, евнух какой-нибудь.

— Сам ты евнух.

— А вот и нет, — улыбнулся Джендри. — Хочешь, покажу? Мне-то скрывать нечего.

— Нет, есть что, — выпалила Арья, стараясь увести разговор в сторону от стручка, которого не имела. — Те золотые плащи приехали в гостиницу за тобой, а ты так и не сказал нам почему.

— Я сам не знаю. Я думал, что Йорен знает, но он мне ничего не сказал. А вот ты с чего взял, будто они за тобой явились?

Арья прикусила губу, вспомнив, что сказал Йорен, когда обрезал ей волосы: «Из этой шайки половина тут же выдаст тебя королеве за помилование и пару серебряков, а другая сделает то же самое, только сперва изнасилует тебя». Но Джендри не такой — за ним тоже охотится королева.

— Я скажу, если и ты мне скажешь, — решилась наконец она.

— Сказал бы, если б знал, Арри... или как там тебя зовут. У тебя ведь девчоночье имя.

Арья сердито уставилась себе под ноги. Притворяться бесполезно. Джендри знает, и у нее в штанах нет ничего, чтобы его разубедить. Ей остается либо достать Иглу и убить его здесь же на месте, либо довериться ему. Она не была уверена, что сумеет убить его, даже если решится на это: у него тоже есть меч, и он намного сильнее. Придется сказать правду.

— Только Ломми и Пирожок этого знать не должны, — сказала она.

— От меня они ничего не узнают.

— Арья. — Она подняла на него глаза. — Меня зовут Арья. Из дома Старков.

— Старков... — Он помолчал. — Старком звали королевского десницу, которого казнили как изменника.

— Он не изменник. Это был мой отец.

Джендри округлил глаза:

— Так вот почему ты подумала...

— Ну да. Йорен вез меня домой, в Винтерфелл.

— Значит, ты из благородных... леди...

Арья оглядела свои лохмотья и босые ноги, все в мозолях и трещинах. Под ногтями грязь, локти в струпьях, руки исцарапаны. Септа Мордейн ее бы не узнала, а Санса, может, и узнала бы, но притворилась, что не узнаёт.

— Моя мать леди и сестра тоже, но я ею никогда не была.

— Нет, была. Ты дочь лорда и жила в замке, так ведь? И ты... о боги, я никогда... — У Джендри вдруг сделался испуганный вид. — Мне не надо было говорить это... ну, про стручки. И если я справлял при тебе нужду и все такое, то... прошу прощения, миледи.

— Перестань! — прошипела Арья. Смеется он над ней, что ли?

— Нет уж, миледи, я знаю, как себя вести, — стоял на своем Джендри. — Когда к нам в лавку приходили благородные девицы со своими отцами, хозяин всегда велел мне преклонять колено и говорить, только если со мной заговорят, и называть их «миледи».

— Если ты будешь называть меня «миледи», это даже Пирожок заметит. И нужду справляй как справлял.

— Как прикажете, миледи.

Арья стукнула его кулаками в грудь — он споткнулся и шлепнулся наземь.

— Ничего себе дочь лорда! — засмеялся он.

— Вот тебе в придачу. — Она лягнула его в бок, но он только засмеялся еще пуще. — Гогочи сколько хочешь — а я пойду посмотрю, что там в деревне. — Солнце уже опустилось за деревья — вот-вот начнет темнеть. На этот раз Джендри пришлось ее догонять. — Чуешь, чем пахнет? — спросила она.

Он принюхался:

— Тухлой рыбой?

— Ты сам знаешь, что нет.

— Надо поосторожнее. Я пойду кругом, на запад, погляжу, есть ли там дорога. Должна быть, если ты видела повозку. А ты ступай к берегу. Если понадобится помощь, залай по-собачьи.

— Глупости. Если мне понадобится помощь, я буду звать «на помощь». — Она шмыгнула прочь, тихо ступая босыми ногами по траве, и оглянулась через плечо. Джендри смотрел ей вслед с тем мучительным выражением, которое появлялось у него на лице в минуты раздумий. Решил, наверно, что нельзя посылать леди воровать еду. Ох, какого же дурака он теперь начнет из себя строить.

Она подошла поближе к деревне, и запах стал сильнее. Нет, это было совсем не похоже на тухлую рыбу: пахло гораздо хуже. Арья сморщила нос.

Деревья начали редеть — теперь она перебегала от куста к кусту, тихая, как тень. Через каждые несколько ярдов она останавливалась и прислушивалась. На третий раз она услышала лошадей и мужской голос. Запах стал еще мерзостнее. Человеческие трупы — вот что это такое. От Йорена и других пахло так же.

К югу от деревни стояли густые заросли ежевики. Когда Арья добралась до них, потянулись длинные тени и стали появляться светляки. Соломенные крыши виднелись за самой изгородью. Арья прокралась вдоль нее, нашла проход и поползла на животе, пока не увидела то, откуда шел запах.

У тихо плещущих вод Божьего Ока поставили длинную виселицу из сырого зеленого дерева, и предметы, бывшие прежде людьми, висели на ней вверх ногами, а вороны клевали их, перелетая с одного на другой. На каждую ворону приходилась сотня мух. С озера подул ветер, и ближайший труп слегка повернулся на цепи. Вороны склевали ему пол-лица, и видно было, что над ним потрудились не только они, а кое-кто покрупнее. Горло и грудь были растерзаны, зеленые внутренности и лохмотья гниющего мяса свисали из разодранного живота. Одну руку оторвали по самое плечо. Кости валялись тут же, обглоданные дочиста.

Арья заставила себя рассмотреть всех, повторяя: тверда, как камень. Все были мертвы и до того изуродованы, что она не сразу поняла, что их раздели, прежде чем повесить. Они не были похожи на голых людей — они вообще на людей не походили. Вороны выклевали им глаза и попортили лица. От шестого в длинном ряду осталась только нога — она так и болталась на цепи, колыхаясь от ветра.

Страх ранит глубже, чем меч. Мертвецы ее не тронут, а вот те, кто убил их, могут. За виселицей, около длинного низкого дома у воды — того самого, со сланцевой крышей, — стояли двое мужчин в кольчужных рубахах, опираясь на копья. С пары шестов, воткнутых в илистую почву, свисали знамена — одно вроде бы красное, другое побледнее, белое или желтое, но ветер был слаб, и в сумерках Арья не могла даже разглядеть, принадлежит красное знамя Ланнистерам или нет. Но льва ей видеть было не обязательно. Она видела повешенных — кто же еще мог это сделать, как не Ланнистеры?

Потом раздался крик.

Двое с копьями обернулись, услышав его, и показался третий, толкающий перед собой пленника. Стало слишком темно, чтобы различать лица, но пленник был в блестящем стальном шлеме, и Арья, увидев рога, поняла, что это Джендри. Дурак, дурак, ДУРАК! Будь он рядом, она лягнула бы его еще раз.

Часовые что-то громко говорили, но она была слишком далеко, чтобы разобрать слова, да тут еще вороны орали и хлопали крыльями. Один из копейщиков сорвал шлем у Джендри с головы и о чем-то его спросил. Ответ солдату, как видно, не понравился, потому что он двинул Джендри в лицо тупым концом копья и сбил его с ног. Тот, кто взял Джендри в плен, пнул его, а второй копейщик примерил рогатый шлем. Затем Джендри поставили на ноги и повели к длинному дому. Когда открыли тяжелую дверь, оттуда выскочил маленький мальчик, но один из солдат схватил его за руку и швырнул обратно. Арья услышала изнутри плач и крик, такой громкий и полный боли, что сама больно прикусила губу.

Джендри тоже впихнули туда и заперли за ним дверь. В этот миг с озера дунул ветер, и знамена, расправившись, заполоскали. На одном был золотой лев, чего Арья и боялась, на другом три тонкие фигуры бежали по желтому, как масло, полю. Собаки. Арья уже видела как-то этих собак, но где?

Но это было не важно. Главное то, что Джендри схватили. Он глупый и упрямый, но все-таки его надо спасать. Знают ли они, что его ищет королева?

Часовой снял свой шлем и надел вместо него шлем Джендри. Арью это рассердило, но тут она ничего поделать не могла. Ей показалось, что в длинном здании без окон снова кто-то кричит, но каменные стены глушили звук, и наверняка сказать было трудно.

Арья дождалась смены караула и еще долго потом оставалась на месте. Солдаты сновали взад-вперед. У ручья поили лошадей. Из леса вернулись охотники с тушей оленя на шесте. Оленя освежевали, выпотрошили, затем на том берегу ручья развели костер, и запах жареного мяса потек оттуда, смешиваясь со смрадом мертвечины. Пустой желудок Арьи свело судорогой, и ее чуть не вырвало. На вкусный запах из домов вышли другие мужчины, почти все в кольчугах или вареной коже. Когда олень изжарился, самые лакомые куски отнесли в какой-то дом.

Арья надеялась, что в темноте сможет подползти и выпустить Джендри, но часовые зажгли от костра факелы. Оруженосец принес двум караульщикам мясо и хлеб, потом к ним присоединились еще двое, и они стали передавать из рук в руки мех с вином. Когда он опустел, двое ушли, но другие два, с копьями, остались.

Руки и ноги у Арьи совсем затекли, когда она наконец выбралась из ежевики обратно в лес. Там было черным-черно — тонкий серпик луны лишь изредка мелькал в летящих по небу тучах. «Тихая как тень», — сказала себе Арья, пробираясь между деревьями. В темноте она не решалась бежать, боясь споткнуться о корень или сбиться с дороги. Слева тихо плескало о берег Божье Око, справа ветер шелестел листвой. Где-то далеко выли волки.

Ломми и Пирожок чуть не обмарались со страху, когда она вышла из леса позади них.

— Тихо, — шикнула она, обнимая прижавшуюся к ней Ласку.

— Мы уж думали, вы нас бросили, — сказал Пирожок, глядя на нее круглыми глазами. В руке он держал свой короткий меч, который Йорен отнял у золотого плаща. — Я принял тебя за волка.

— А где Бык? — спросил Ломми.

— Его схватили. Мы должны его освободить. Пошли со мной, Пирожок. Мы подкрадемся, убьем часовых, и я открою дверь.

Пирожок и Ломми переглянулись.

— А сколько их там?

— Я не считала, — созналась Арья. — Не меньше двадцати — но часовых только двое.

Пирожок смотрел на нее так, словно вот-вот заплачет.

— С двадцатью нам нипочем не справиться.

— Ты должен будешь справиться только с одним. Я убью другого, мы выпустим Джендри и убежим.

— Сдаться надо, вот что, — сказал Ломми. — Пойти и сдаться.

Арья упрямо потрясла головой.

— Тогда хотя бы брось эту затею, Арри, — взмолился Ломми. — Они про нас не знают. Спрячемся и подождем, когда они уйдут. Мы ж не виноваты, что Джендри попал в плен.

— Дурак ты, Ломми, — сердито бросила Арья. — Без Джендри ты умрешь. Кто тебя нести-то будет?

— Вы с Пирожком.

— Все время, без смены? Мы не потянем. Джендри у нас самый сильный. Да говори что хочешь, мне дела нет. Я иду обратно. Так как, Пирожок?

Пирожок посмотрел на Ломми, на нее и снова на Ломми и сказал неохотно:

— Я с тобой.

— Ломми, держи Ласку.

Он обхватил малышку руками.

— А если волки придут?

— Сдавайся, — посоветовала Арья.

Ей казалось, что дорога до деревни заняла у них несколько часов. Пирожок в темноте все время спотыкался, уходил куда-то в сторону, и ей приходилось возвращаться за ним. В конце концов она взяла его за руку и повела.

— Просто иди за мной и не шуми. — Когда на небе отразился слабый отсвет деревенских огней, она сказала: — Там, за изгородью, виселица, а на ней мертвецы, но ты их не бойся — и помни, что страх ранит глубже, чем меч. Мы должны вести себя очень тихо и двигаться медленно. — Пирожок кивнул.

Она первой пролезла сквозь ежевику и подождала его. Пирожок вылез бледный, запыхавшийся и весь исцарапанный. Он хотел сказать что-то, но Арья зажала ему рот. На четвереньках они проползли мимо виселицы, под качающимися трупами. Пирожок ни разу не посмотрел вверх и не издал ни звука.

245

Но тут ворона села ему на спину, и он глухо вскрикнул.

— Кто идет? — прогремел во тьме чей-то голос.

Пирожок вскочил на ноги.

— Я сдаюсь! — Он отшвырнул от себя меч, вспугнув дюжину ворон и вызвав целый переполох. Арья схватила его за ногу и попыталась повалить обратно, но он вырвался и побежал вперед, размахивая руками. — Я сдаюсь!

Арья тоже вскочила и выхватила Иглу, но ее уже окружили. Она замахнулась на того, кто был ближе, но он отразил удар одетой в сталь рукой, кто-то другой сбил ее с ног, а третий вырвал у нее меч. Она укусила кого-то, но зубы клацнули о холодную грязную кольчугу.

— Ишь, злющий какой, — засмеялся солдат и так треснул Арью кольчужным кулаком, что у нее чуть голова не слетела с плеч.

Они что-то громко говорили над ней, но она не разбирала ни слова — так звенело в ушах. Она хотела уползти, но земля поехала куда-то. Они забрали Иглу. Позор был хуже боли, хотя болело очень сильно. Этот меч ей подарил Джон, а Сирио учил ее им пользоваться.

Наконец кто-то сгреб ее спереди за куртку и поставил на колени. Пирожок тоже стоял на коленях, а перед ним высился самый большой человек из всех, кого Арья видела, великан из сказок старой Нэн. Она не заметила, откуда он взялся. По его желтому камзолу неслись три черные собаки, а лицо точно из камня вырубили. Внезапно Арья вспомнила, когда видела этих собак. В ночь турнира в Королевской Гавани, когда все рыцари вывесили щиты у своих шатров.

«Этот принадлежит брату Пса, — сказала ей Санса, когда они прошли мимо трех собак на желтом поле. — Вот увидишь — он даже больше Ходора. Его прозвали Скачущей Горой».

Арья повесила голову, плохо сознавая, что происходит вокруг. Пирожок снова заявил, что сдается, а Гора сказал:

— Веди нас к остальным. — Арья потащилась назад мимо виселицы, а Пирожок обещал солдатам, что будет печь им пироги и плюшки — пусть только не трогают его. С ними пошли четверо мужчин — у одного был факел, у другого длинный меч, у двоих копья.

Ломми они нашли там же, где оставили, под дубом.

— Я сдаюсь, — закричал он, как только их увидел, бросил копье и поднял руки, до сих пор зеленые от краски. — Сдаюсь.

Человек с факелом огляделся.

— Тут больше никого? Пекаренок говорил, что есть еще девчонка.

— Она убежала, когда услышала вас. Вы очень шумели.

«Беги, Ласка, — подумала Арья, — беги быстро, как только можешь, спрячься и никогда не возвращайся назад».

— Скажи, где найти этого сукина сына Дондарриона, и тебя накормят горячим.

— Кого? — опешил Ломми.

— Говорил я тебе, эти знают не больше, чем те деревенские суки. Только время терять.

— Что у тебя с ногой, парень? — спросил один из копейщиков.

— Меня ранили.

— А идти можешь? — заботливо осведомился тот.

— Нет. Придется уж вам меня нести.

— Нести, говоришь? — Солдат небрежно поднял копье и вогнал его в мягкое горло Ломми. Паренек не успел сдаться еще раз — он дернулся и затих. Солдат вынул копье, и темная кровь фонтаном хлынула из раны. — Тоже выдумал — нести.

ТИРИОН

Его предупредили, чтобы он оделся потеплее, и Тирион постарался на совесть: надел толстые клетчатые бриджи и шерстяной дублет, а поверх накинул плащ из шкуры сумеречного кота, приобретенный в Лунных горах. Плащ, до нелепости длинный, был сшит на человека вдвое выше. Тирион, когда не ехал верхом, заворачивался в него несколько раз и смахивал на шар из полосатого меха.

Однако он был рад, что послушался совета. Холод в этом темном склепе пронизывал до костей. Тиметт тут же улепетнул обратно наверх. Они находились где-то под холмом Рейенис, за Гильдией Алхимиков. Сырые каменные стены обросли селитрой, и единственным источником света служил закрытый фонарь, который с великой осторожностью нес Галлин-пиромант.

Неудивительно, что он так бережется — с такой-то посудой вокруг. Тирион взял в руки один из горшков — рыжий и круглый, словно глиняный плод. Немного великоват для его ладони, но обычному рослому человеку придется как раз по руке. А стенки так тонки, что его просили не сжимать сосуд слишком сильно — как бы не лопнул в кулаке. Поверхность грубая, шершавая. Галлин сказал, что это делается нарочно: гладкий сосуд скорее выскользнет из пальцев.

Тирион наклонил шар, чтобы заглянуть внутрь, и дикий огонь медленно потек к горлышку. Это вещество должно быть мутно-зеленого цвета, но фонарь светит слишком тускло, чтобы проверить.

— Густой, — заметил он.

— Это от холода, милорд, — пояснил Галлин, бледный, с мягкими влажными руками и подобострастными манерами. На нем была длинная мантия в черную и алую полоску, подбитая соболем, изрядно облезшим и побитым молью. — При нагревании субстанция становится более текучей — как лампадное масло.

«Субстанция» — так пироманты называли дикий огонь, а друг к другу они обращались «ваша мудрость». Это раздражало Тириона не меньше, чем намеки на обширнейшие тайные знания, которыми алхимики будто бы обладали. Когда-то их гильдия и вправду была могущественной, но за последние века мейстеры из Цитадели вытеснили алхимиков почти повсеместно. От прежнего ордена осталась малая горстка, да и те уже даже не делают вид, что способны преобразовывать один металл в другой... но дикий огонь они умеют делать.

— Мне говорили, будто вода его не гасит.

— Это так. Воспламенившись, субстанция будет гореть, пока не иссякнет. Более того — она пропитывает ткань, дерево, кожу и даже сталь, отчего они тоже загораются.

Тирион вспомнил красного жреца Тороса из Мира и его пылающий меч. Даже самое тонкое покрытие из дикого огня способно гореть целый час. Торосу после каждой схватки требовался новый меч, но Роберт любил жреца и охотно снабжал его оружием.

— А почему же она глину не пропитывает?

— Пропитывает, милорд. Под этим склепом есть другой, где мы храним более старые сосуды, еще со времен короля Эйериса. Он пожелал, чтобы сосуды делались в виде фруктов. Весьма опасные плоды, милорд десница, и очень, очень спелые. Мы запечатали их воском и накачали в нижний склеп воды, но тем не менее... По правилам их следовало бы уничтожить — но при взятии Королевской Гавани погибло слишком много наших мастеров, а те, что остались, неспособны справиться с этой задачей. Кроме того, больше половины запаса, сделанного нами для короля Эйериса, потеряно. В прошлом году в хранилище под Великой Септой Бейелора обнаружили двести сосудов. Никто не помнит, как они попали туда, но излишне говорить вам, что верховный септон пришел в ужас. Я сам проследил за тем, чтобы их благополучно оттуда убрали. Я наполнил повозку песком и взял себе наиболее ловких послушников. Мы работали только по ночам, и...

— ...справились со своей работой превосходно, не сомневаюсь в этом. — Тирион положил сосуд на место. Горшки занимали весь стол, по четыре в ряд, и терялись где-то во мраке. Дальше виднелись другие столы — много столов. — И что же, эти фрукты покойного короля Эйериса еще годятся в дело?

— О, разумеется... но тут нужна осторожность, милорд, большая осторожность. С возрастом субстанция становится еще более, как бы это сказать... капризной. Любой огонь способен воспламенить ее, любая искра. Если сосуды слишком сильно нагреть, они загорятся непроизвольно. Их нельзя выставлять на солнечный свет, даже на короткое время. Как только внутри сосуда загорается огонь, субстанция сильно расширяется, и сосуд разлетается на куски. И если поблизости от него стоят другие сосуды, они тоже взрываются, и тогда...

— Сколько у вас сосудов в настоящее время?

— Утром его мудрость Мунсифер доложил мне, что их семь тысяч восемьсот сорок. В это число входят и четыре тысячи сосудов короля Эйериса.

— Переспелые, стало быть.

— Его мудрость Малльярд ручается, что мы сможем представить полных десять тысяч сосудов, как и обещали королеве. — Такие виды на будущее вызывали у пироманта прямо-таки непристойную радость.

Да, если враг даст вам время. Пироманты строго хранили тайну изготовления дикого огня, но Тирион знал, что дело это долгое, опасное и трудоемкое. Должно быть, эти десять тысяч сосудов сродни похвальбе знаменосца, который клянется представить своему лорду десять тысяч мечей, а на поле битвы выводит сто двух человек. Будь у нас и в самом деле десять тысяч...

Тирион не знал, восторгаться ему или ужасаться — вероятно, и то, и другое.

— Надеюсь, что ваши братья по гильдии не станут проявлять ненужной поспешности, ваша мудрость. Десять тысяч негодных сосудов и даже один такой нам ни к чему... и мы, разумеется, не хотим никаких несчастных случаев.

— Несчастных случаев не будет, милорд десница. Субстанция готовится опытными мастерами в голых каменных помещениях, и каждый готовый сосуд подмастерье немедленно уносит сюда. Над каждой мастерской находится комната, доверху заполненная песком. На нее наложено могущественное заклятие. Если в мастерской возникнет пожар, пол провалится, и песок сразу погасит пламя.

— И горе злополучному мастеру. — Под заклинанием Галлин скорее всего подразумевал какой-нибудь ловкий трюк. Тирион хотел бы осмотреть одну из этих мастерских, чтобы понять, в чем секрет, но времени на это не было — разве только после войны...

— Мои братья всегда осторожны. Но, если быть откровенным...

— Прошу вас, говорите.

— Субстанция течет по моим жилам и наполняет мое сердце, как у каждого пироманта. Мы уважаем ее мощь. Но если взять обычного солдата у одного из королевских огнеметов... самая малая ошибка в пылу боя может привести к катастрофе. Это надо повторять снова и снова. Мой отец говорил то же самое королю Эйерису, а его отец — старому королю Джейехерису.

— И те, как видно, слушали. Если бы они спалили этот город, мне бы уж верно кто-нибудь сказал. Итак, вы советуете соблюдать осторожность?

— Большую осторожность. Огромную.

— А этих глиняных сосудов у вас достаточно?

— Да, милорд, — благодарю за вашу заботу.

— Значит, вы не станете возражать, если я возьму у вас немного... тысяч несколько?

— Несколько тысяч?!

— Или сколько сможет выделить мне ваша гильдия без ущерба для себя. Речь идет о пустых сосудах, поймите. Пусть их разошлют капитанам всех городских ворот.

— Хорошо, милорд, но зачем?

Тирион улыбнулся, глядя на него снизу вверх.

— Вы велите мне одеться тепло, и я одеваюсь, вы велите мне быть осторожным, и я... — Он пожал плечами. — Я видел достаточно. Не будете ли вы столь любезны проводить меня до носилок?

— С величайшим удовольствием, милорд. — Галлин поднял фонарь и повел Тириона обратно к лестнице. — Хорошо, что вы посетили нас. Это большая честь. Слишком долго королевский десница не жаловал нас своим присутствием. Последним был лорд Россарт, принадлежавший к нашему ордену, — еще при короле Эйерисе. Король Эйерис питал большой интерес к нашей работе.

«Король Эйерис использовал вас, чтобы поджаривать своих врагов». Брат Джейме рассказал Тириону кое-что о Безумном Короле и его ручных пиромантах.

— Джоффри тоже заинтересуется ею, не сомневаюсь. — «И потому его лучше держать от вас подальше».

— Мы смеем надеяться, что король посетит нашу Гильдию собственной светлейшей персоной. Я уже говорил об этом с вашей царственной сестрой. Великий праздник...

По мере того как они поднимались, становилось теплее.

— Его величество запретил всякие празднества до окончания войны. — (По моему настоянию.) — Король считает неприличным пировать, когда его народ голодает.

— Решение, достойное золотого сердца, милорд. Быть может, тогда наши братья могли бы посетить короля в Красном Замке. Мы показали бы то, что умеем, чтобы немного отвлечь его величество от многочисленных забот. Дикий огонь — не единственный секрет нашего древнего ордена. В нашем распоряжении много чудес.

— Я поговорю об этом с сестрой. — Тирион не возражал против нескольких магических фокусов — но довольно и того, что Джофф заставляет людей сражаться насмерть, недоставало еще, чтобы ему понравилось сжигать их заживо.

Когда они наконец выбрались наверх, Тирион скинул меховой плащ и взял его на руку. Гильдия Алхимиков представляла собой настоящий лабиринт из черного камня, но Галлен уверенно вывел его в Галерею Железных Факелов, длинную и гулкую, где двадцатифутовые опоры из черного металла были окружены мерцающим зеленым ореолом. Призрачное пламя, отражаясь от черного полированного мрамора стен и пола, озаряло галерею изумрудным сиянием. Тирион подивился бы такому зрелищу, если б не знал, что железные факелы зажгли не далее как утром в его честь и потушат, как только за ним закроется дверь. Дикий огонь слишком дорог, чтобы тратить его впустую.

По широкой закругленной лестнице они вышли на улицу Сестер, к подножию холма Висеньи. Тирион распрощался с Галленом и пошел к Тиметту, сыну Тиметта, ожидавшему его с эскортом Обгорелых. Выбор был в самый раз, учитывая цель его сегодняшней поездки. Кроме того, увечья Обгорелых вселяли страх в городскую чернь, что было отнюдь не лишним. Три ночи назад у ворот Красного Замка снова собралась толпа, требуя хлеба. В ответ со стены посыпались стрелы, убив четырех человек, а Джофф крикнул горожанам, что разрешает им есть своих мертвых. Чем завоевал еще больше сердец.

Тирион удивился, увидев рядом с носилками Бронна.

— А ты что здесь делаешь?

— Разношу послания. Железная Рука срочно требует тебя к Божьим воротам — не знаю зачем. А еще тебя вызывают в Мейегор.

— *Вызывают?* — Тирион знал только одну особу, к которой могло относиться это слово. — Чего Серсее от меня надо?

Бронн пожал плечами:

— Королева приказывает тебе вернуться в замок немедля и явиться в ее покои. Так мне сказал ваш хлипкий кузен. Отрастил четыре волоса на губе и думает, что он мужчина.

— Прибавим к четырем волоскам рыцарство. Он теперь *сир* Лансель, не забывай. — Тирион знал, что сир Джаселин не стал бы посылать за ним без веской причины. — Съезжу сначала к Байвотеру. Доложи моей сестре, что я не замедлю явиться к ней.

— Ей это не понравится.

— Вот и хорошо. Чем дольше Серсея будет ждать, тем больше обозлится, а от гнева она глупеет. Пусть лучше будет злой и глупой, чем сдержанной и хитрой. — Тирион бросил в носилки плащ, и Тиметт помог сесть ему самому.

Рынок в Божьих воротах, где в обычные времена было полным-полно крестьян, продающих овощи, был почти пуст. Сир Джаселин вышел навстречу Тириону, приветственно вскинув железную руку.

— Милорд, здесь ваш кузен Клеос Фрей — он приехал из Риверрана под мирным знаменем с письмом от Робба Старка.

— Старк предлагает условия мира?

— Фрей говорит, что да.

— Славный мой кузен. Проводите меня к нему.

Сира Клеоса поместили в тесную, без окон, караульную. Увидев Тириона, он встал.

— Как же я рад тебя видеть, Тирион.

— Такое мне не часто доводится слышать, кузен.

— Серсея с тобой?

— Сестра занята другими делами. Это письмо от Старка? — Тирион взял со стола пергамент. — Сир Джаселин, я вас более не задерживаю.

Байвотер откланялся и вышел.

— Меня просили передать его в собственные руки королевы-регентши, — сказал сир Клеос.

— Я передам. — Тирион бросил взгляд на карту, приложенную Роббом к письму. — Все в свое время, кузен. Сядь отдохни. Ты совсем измучен. — Это была чистая правда.

— Да. — Сир Клеос опустился на скамью. — Плохи дела в речных землях, Тирион, особенно вокруг Божьего Ока и вдоль Королевского Тракта. Речные лорды жгут собственный урожай, чтобы уморить нас голодом, а фуражиры твоего отца сжигают каждую деревню, взятую ими, и предают поселян мечу.

«На то и война. Простолюдинов убивают, высокородных держат ради выкупа. Надо лишний раз возблагодарить богов за то, что я родился Ланнистером».

Сир Клеос провел пальцами по редким каштановым волосам.

— Нас даже под мирным знаменем атаковали дважды. Волки в кольчугах, жаждущие растерзать всякого, кто слабее их. Одни боги знают, на чьей они стороне начинали воевать, — теперь они сами себе господа. Мы потеряли трех человек, и вдвое больше ранены.

— А что наш враг? — Тирион изучал предложенные в письме условия. Мальчишка не так уж много просит — всего-навсего полкоролевства, возвращения пленных и посылки заложников, отцовский меч... ах да, и сестер тоже.

— Мальчик сидит в Риверране без дела. Думаю, он боится сойтись с твоим отцом в открытом поле. Силы его тают день ото дня — речные лорды разъезжаются, чтобы защитить собственные земли.

Отец так и предполагал. Тирион свернул в трубочку карту Старка.

— Эти условия нам не подходят.

— Быть может, вы согласитесь хотя бы обменять девочек Старков на Тиона и Виллема? — жалобно спросил сир Клеос.

Тион Фрей был его младшим братом.

— Нет, — мягко сказал Тирион, — но мы предложим им собственные условия обмена. Я должен посовещаться с Серсеей и Малым Советом. Мы выработаем условия и пошлем тебя с ними в Риверран.

Клеоса это явно не обрадовало.

— Не думаю, милорд, что Робб Старк согласится. Мира хочет леди Кейтилин, а не он.

— Леди Кейтилин хочет вернуть своих дочерей. — Тирион сполз со скамьи, держа в руке письмо. — Сир Джаселин позаботится о том, чтобы тебя обогрели и накормили. Судя по твоему виду, тебе надо хорошенько выспаться, кузен. Я пошлю за тобой, когда что-нибудь станет известно.

Сир Джаселин со стены наблюдал, как упражняются внизу несколько сотен новобранцев. При том количестве беженцев, что наводняло Королевскую Гавань, не было недостатка в мужчинах, готовых вступить в городскую стражу за кормежку и соломенный тюфяк, но Тирион не питал иллюзий относительно того, как проявит себя это оборванное воинство в случае боя.

— Вы хорошо сделали, что послали за мной, — сказал он. — Оставляю сира Клеоса на ваше попечение. Окажите ему самый внимательный прием.

— А его эскорт? — спросил начальник стражи.

— Накормите их, дайте чистую одежду и найдите мейстера, чтобы позаботился о раненых. Но в город чтобы носа не совали — ясно? Незачем Роббу Старку знать, как обстоят дела в Королевской Гавани.

— Предельно ясно, милорд.

— И еще одно. Алхимики пришлют ко всем воротам большое количество глиняных горшков. Используйте их для обучения людей, которые будут состоять при огнеметах. Наполните горшки зеленой краской, и пусть учатся заряжать и стрелять. Всякого, кто прольет краску, следует заменить. Когда они набьют руку с краской, переходите на лампадное масло — пусть зажигают сосуды и стреляют горящими. Когда они выучатся делать это, не обжигаясь, то и с диким огнем смогут справиться.

Сир Джаселин почесал щеку железной рукой.

— Умно придумано. Только не по вкусу мне это алхимическое дерьмо.

— Мне тоже, но приходится пользоваться тем, что дают.

В носилках Тирион задернул занавески и оперся локтем о подушку. Серсея будет недовольна тем, что он перехватил письмо Старка, но отец послал его сюда управлять, а не ублажать Серсею.

Тирион полагал, что Робб Старк дал им просто золотой случай. Пусть себе сидит в Риверране, мечтая о легком мире. Тирион в ответ предложит свои условия, дав Королю Севера ровно столько, чтобы тот не терял надежды. Пусть сир Клеос таскает свой фреевский костяк взад-вперед со взаимными предложениями и возражениями. А их кузен сир Стаффорд тем временем обучит и вооружит свое новое войско, которое собрал в Бобровом Утесе. Как только он будет готов, они с лордом Тайвином выступят с двух сторон и раздавят, как тисками, Талли и Старков.

Если бы братья Роберта были столь же сговорчивы. Ренли Баратеон, двигаясь медленно, как ледник, все же ползет на северо-восток со своим огромным южным войском, и Тирион еженощно опасается, что его разбудят известием, что лорд Станнис со своим флотом поднимается по Черноводной. Дикого огня, по всему, у них будет достаточно, но все же...

Шум на улице прервал его мысли, и Тирион осторожно выглянул в щелку. Они проезжали Сапожную площадь, где под кожаными навесами собралась изрядная толпа, чтобы послушать какого-то пророка. Балахон из некрашеной шерсти, подпоясанный веревкой, выдавал в нем нищенствующего брата.

— Мерзость и разврат! — пронзительно возглашал он. — Вот он, знак! Вот она, кара, ниспосланная Отцом! — Он показал на размытую красную черту кометы. Далекий замок на холме Эйегона был виден прямо у него за спиной, и комета зловеще висела над его башнями. «Он хорошо выбрал свою сцену», — подумал Тирион. — Мы раздулись и распухли от скверны. Брат совокупляется с сестрой на ложе королей, и плод их греха пляшет во дворце под дудку уродливого маленького демона. Благородные леди предаются похоти с дураками и рождают чудовищ! Даже верховный септон забыл своих богов! Он купается в душистой воде и лакомится жаворонками и миногами, когда его паства голодает! Гордыня торжествует над молитвой, нашими замками правят мерзкие твари, и золото ставится превыше всего... но больше этому не бывать! Гнилое лето кончилось, и король-распутник мертв! Когда вепрь вспорол ему брюхо, смрад поднялся до небес, и тысяча змей выползла из него, шипя и жаля. — Пророк снова указал костлявым пальцем на комету и замок. — Вот она, Вестница! Очиститесь, вопиют боги, не то мы сами очистим вас! Омойтесь вином добродетели, иначе вас омоет огонь! Огонь!

— Огонь! — подхватили другие голоса, но ругань и свист заглушили их.

Это утешило Тириона. Он дал команду двигаться дальше. Обгорелые врезались в толпу, расчищая дорогу, и носилки закачались, как корабль на волнах. Уродливый маленький демон — подумать только! А вот насчет верховного септона негодяй прав. Как это выразился о нем Лунатик? «Благочестивый муж, столь почитающий Семерых, что ест за всех разом, когда садится за стол». Тирион улыбнулся, вспомнив шутку дурака.

До Красного Замка они, к его удовольствию, добрались без дальнейших происшествий. Тирион поднялся к себе гораздо более обнадеженный, чем на рассвете. «Время — вот все, что мне нужно, время, чтобы собрать все куски в одно целое. Когда цепь будет готова...»

Он открыл дверь в свою горницу, и Серсея обернулась к нему от окна, колыхнув юбками.

— Как ты смеешь пренебрегать моим зовом?

— Кто впустил тебя в мою башню?

— Твою башню? Это королевский замок моего сына.

— Да, я слышал. — Ее вторжение отнюдь не обрадовало Тириона. Кравн еще получит свое — сегодня стражу несли его Лунные Братья. — Я как раз собирался прийти к тебе сам.

— Неужели!

Он закрыл за собой дверь.

— Ты сомневаешься во мне?

— Всегда — и у меня есть на то причины.

— Мне больно это слышать. — Он направился к буфету за вином — от разговоров с Серсеей у него каждый раз появлялась жажда. — Никакой вины за собой я не знаю.

— Какой же ты мерзкий гаденыш. Мирцелла — моя единственная дочь. И ты воображаешь, что я позволю продать ее, будто мешок овса?

«Мирцелла, — подумал он. — Итак, яичко проклюнулось. Посмотрим, какого цвета птенчик».

— Отчего же непременно мешок овса? Мирцелла — принцесса, следовательно, можно сказать, рождена для такой судьбы. Или ты собираешься выдать ее за Томмена?

Она размахнулась, выбив чашу у него из рук и расплескав вино по полу.

— Язык бы тебе вырвать за такие слова, хоть ты мне и брат. Регент при Джоффри я, а не ты, и я не позволю, чтобы Мирцеллу отправили дорнийцу таким же манером, как меня когда-то отправили Роберту Баратеону.

Тирион стряхнул вино с пальцев и вздохнул.

— Почему, собственно? В Дорне ей будет куда безопаснее, чем здесь.

— Ты совсем дурак или притворяешься? Ты знаешь не хуже меня, что Мартеллам не за что любить нас.

— Зато им есть за что нас ненавидеть. И тем не менее я думаю, что они согласятся. Обида, нанесенная принцу Дорану домом Ланнистеров, насчитывает всего одно поколение, а со Штормовым Пределом и Хайгарденом дорнийцы воюют уже тысячу лет. Непонятно, почему Ренли считает Дорн своим союзником. Мирцелле девять, Тристану Мартеллу одиннадцать — я предложил поженить их, когда она достигнет четырнадцатого года. До того времени она будет жить в Солнечном Копье, как почетная гостья, под опекой принца Дорана.

— Как заложница, — сжала губы Серсея.

— Как почетная гостья — и думаю, Мартелл будет обращаться с ней лучше, чем Джоффри с Сансой Старк. Я располагаю послать с ней сира Ариса Окхарта. Рыцарь из Королевской Гвардии в качестве телохранителя никому не позволит забыть, кто она такая.

— Много будет пользы от твоего сира Ариса, если Доран Мартелл решит искупить смерть своей сестры смертью моей дочери.

— Мартелл слишком благороден, чтобы убивать девятилетнюю девочку, особенно столь милую и невинную, как Мирцелла. Пока она у него, он может быть уверен, что мы выполним свои обязательства, а условия договора слишком заманчивы, чтобы отказываться. Мирцелла — лишь часть этих условий. Я предлагаю ему убийцу его сестры, место в совете, кое-какие замки на Марках...

— Это слишком. — Серсея отошла от него, шурша юбками, насторженная, как львица. — Ты предлагаешь ему слишком много, притом без моего ведома и согласия.

— Мы говорим о принце Дорнийском. Предложи я меньше, он бы плюнул мне в лицо.

— Это слишком! — настаивала Серсея.

— А ты бы что ему предложила — свою щель? — вспылил Тирион.

Он не успел увернуться от пощечины, и голова у него отлетела назад.

— Милая, дражайшая сестрица. Объявляю тебе: сейчас ты ударила меня в последний раз.

— Не надо мне угрожать, малыш, — засмеялась она. — Думаешь, письмо отца тебя охранит? Это всего лишь бумажка. У Эддарда Старка тоже была такая — и что же?

«У Эддарда Старка не было городской стражи, — подумал Тирион, — и моих горцев, и наемников, набранных Бронном. Однако у меня тоже все основано на доверии — к Варису, к сиру Джаселину Байвотеру, к Бронну. Быть может, лорд Старк заблуждался так же, как и я».

Однако вслух он не сказал ничего — умный человек не станет лить дикий огонь на жаровню. Вместо этого он снова налил себе вина.

— Как по-твоему, что будет с Мирцеллой, если Королевская Гавань падет? Ренли и Станнис воткнут ее голову рядом с твоей.

Серсея залилась слезами.

Тирион удивился бы меньше, если бы сюда влетел сам Эйегон Завоеватель верхом на драконе, жонглируя лимонными пирогами. Он не видел сестру плачущей со времен их детства в Бобровом Утесе. Он неуклюже сделал шаг в ее сторону. Когда твоя сестра плачет, ее полагается утешать... но Серсею? Он с опаской тронул ее за плечо.

— Не трогай, — отшатнулась она. Это не должно было задеть его, однако задело — хуже всякой пощечины. Серсея тяжело дышала — вся красная, обуреваемая гневом и горем. — И не смотри на меня так... только не ты.

Тирион повернулся к ней спиной, чтобы дать ей успокоиться.

— Я не хотел тебя пугать. Обещаю тебе, с Мирцеллой ничего худого не случится.

— Лжешь. Я не ребенок, чтобы успокаивать меня пустыми обещаниями. Ты обещал освободить Джейме — а где он?

— В Риверране, полагаю, в целости и сохранности — вот и пусть хранится, пока я не найду способа его вызволить.

Серсея шмыгнула носом:

— Надо было мне родиться мужчиной. Тогда бы я ни в ком из вас не нуждалась, и ничего бы этого не случилось. Как мог Джейме позволить, чтобы этот мальчишка взял его в плен? А отец — я была дурой, что так полагалась на него, но где он теперь, когда он так нужен? Чем он занимается?

— Войной.

— За стенами Харренхолла? Странный способ вести войну. Больше похоже на то, что он прячется.

— Присмотрись получше.

— А как еще это можно назвать? Отец сидит в одном замке, Робб Старк в другом, и никто ничего не делает.

— Сидение сидению рознь. Каждый из них ждет, когда двинется другой, но лев спокоен, подобран и подергивает хвостом, олененок же замер от страха, и кишки у него превратились в студень. Он знает, что лев прикончит его, куда бы он ни скакнул.

— А ты уверен, что наш батюшка — это лев?

— Этот зверь нарисован на наших знаменах, — хмыкнул Тирион.

Серсея пропустила шутку мимо ушей.

— Если бы в плен взяли отца, Джейме не сидел бы сложа руки, уверяю тебя.

«Да, Джейме расколошматил бы свое войско под стенами Риверрана, послав к Иным неравенство сил. Он никогда не отличался терпением — как и ты, дражайшая сестрица».

— Не все такие храбрецы, как Джейме, но есть и другие способы выиграть войну. Харренхолл крепок и хорошо расположен.

— В отличие от Королевской Гавани, что прекрасно известно нам обоим. Пока отец играет с маленьким Старком во льва и олененка, Ренли идет по Дороге Роз и того и гляди может появиться у наших ворот.

— Этот город за один день тоже не возьмешь, а от Харренхолла до нас путь недолог — прямиком по Королевскому Тракту. Ренли не успеет еще собрать свои осадные машины, когда отец ударит на него сзади. Его войско будет молотом, а городские стены — наковальней. Славная получится картинка.

Зеленые глаза Серсеи впились в него — настороженные, но очень желающие поверить в то, что он говорил.

— А если Робб Старк выступит первым?

— Харренхолл находится достаточно близко от бродов через Трезубец — Русе Болтон не сможет перевести северную пехоту, чтобы соединиться с конницей Молодого Волка. Старк не может идти на Королевскую Гавань, не взяв сначала Харренхолл, а на это у него силенок даже и с Болтоном не хватит. — Тирион улыбнулся самой обаятельной из своих улыбок. — Тем временем отец выжмет весь жир из речных земель, а дядя Стаффорд соберет в Утесе свежих рекрутов.

— Откуда ты все это знаешь? — подозрительно спросила Серсея. — Может, отец поделился с тобой своими намерениями, посылая тебя сюда?

— Нет — я просто посмотрел на карту.

Подозрительность в ее взгляде сменилась презрением.

— И ты все это придумал собственной дурной головой, правда, Бес?

Тирион цокнул языком:

— Скажи мне вот что, дражайшая сестрица: не будь перевес на нашей стороне, разве Старки начали бы переговоры о мире? — Он достал письмо, привезенное сиром Клеосом Фреем. — Молодой Волк шлет нам свои условия. Неприемлемые, само собой, но лиха беда начало. Хочешь посмотреть?

— Да. — В один миг она вновь преобразилась в королеву. — Откуда у тебя это? Письмо должны были доставить мне.

— На то и десница, чтобы передавать тебе то и другое. — Он отдал сестре письмо. Щека у него еще горела от ее оплеухи. «Пусть хоть кожу с меня сдерет, лишь бы дала согласие на дорнийский брак». Он чувствовал, что это согласие все равно что у него в кармане.

Кроме того, он знал теперь, кто ей наушничает... в этом и заключалась изюминка этого пудинга.

БРАН

Плясунью облачили в попону из белоснежной шерсти с серым лютоволком дома Старков, а Брана — в серые бриджи и белый дублет, отделанный по рукавам и вороту серой белкой. У сердца была приколота волчья голова из темного янтаря в серебряной оправе. Бран предпочел бы Лето серебряному волку на груди, но сир Родрик был непреклонен.

Пологие каменные ступени остановили Плясунью только на миг. Бран послал ее вперед, и она их запросто преодолела. За дубовыми, окованными железом дверьми Великого Чертога стояли в ряд восемь длинных столов — по четыре с обеих сторон срединного прохода. Люди сидели на скамьях плечом к плечу.

— Старк! — кричали они, вскакивая на ноги, пока Бран ехал мимо них. — Винтерфелл! Винтерфелл!

Бран был достаточно большой, чтобы понять, что на самом деле они приветствуют не его: они празднуют урожай и победы Робба, славят его лорда-отца, и деда, и всех Старков, правивших здесь восемь тысячелетий. Он понимал это и все-таки пыжился от гордости. Проезжая через зал, Бран и думать забыл о том, что он сломанный. Когда он под взглядами всех собравшихся достиг помоста, Оша с Ходором отстегнули сбрую, державшую его в седле, сняли его с лошади и усадили на высокий трон его предков.

Сир Родрик сидел по левую руку от него вместе со своей дочерью Бет, Рикон — по правую. Рыжие лохмы малыша так отросли, что падали на горностаевую мантию. Но он никому не давал себя стричь, пока матери не было. Последнюю служанку, которая попыталась это сделать, он покусал.

— Я тоже хочу покататься, — сказал он, когда Ходор увел Плясунью. — Я езжу лучше тебя.

— Ничего не лучше — молчи сиди, — сказал Бран младшему брату. Сир Родрик громко потребовал тишины. Бран, повысив голос, приветствовал всех от имени своего брата, Короля Севера, прося гостей возблагодарить богов, старых и новых, за победы Робба и обильный урожай.

— Да увеличатся наши блага сторицей, — закончил он, подняв отцовский серебряный кубок.

— Сторицей! — Оловянные кружки, глиняны чаши, окованные железом рога с громом сошлись вместе. Брану вино сдобрили медом, корицей и гвоздикой, но оно все-таки было крепче, чем он привык. Пока он пил, ему казалось, что горячие дрожащие пальцы проникают ему в грудь. Голова у него кружилась, когда он поставил кубок.

— Молодец, Бран, — сказал сир Родрик. — Лорд Эддард гордился бы тобой.

Сидевший чуть ниже мейстер Лювин тоже кивнул одобрительно, и слуги начали разносить еду.

Такого Бран еще не пробовал. Блюдо следовало за блюдом так быстро, что он едва успевал отщипнуть. Огромные ноги зубров, зажаренные с луком-пореем, пироги с начинкой из оленины, моркови и грибов, бараньи отбивные с медом и гвоздикой, утка, кабанятина с перцем, гусь, голуби и каплуны на вертелах, ячменная похлебка с говядиной, холодный компот. Лорд Виман привез из Белой Гавани двадцать бочонков рыбы, переложенной солью и водорослями: сига и сельдь, крабов и мидий, треску и семгу, омара и миногу. К столу подавали черный хлеб, медовые коврижки и овсяные бисквиты, репу, горошек и свеклу, бобы, тыкву и огромные красные луковицы. На сладкое были печеные яблоки, вишневые пирожные и груши в крепком вине. На каждом столе выше и ниже соли лежали круги белого сыра, и слуги сновали туда-сюда со штофами подогретого со специями вина и охлажденного осеннего эля.

Музыканты лорда Вимана играли отменно, но скоро арфу, скрипку и рожок не стало слышно за смехом, разговорами, стуком посуды и рычанием собак, дерущихся из-за объедков. Певец пел славные песни: «Железные копья», «Сожжение кораблей», «Медведь и прекрасная дева», но слушал его, похоже, только Ходор, который топтался рядом с дударем, перескакивая с ноги на ногу.

Шум постепенно перешел в настоящий рев, густой поток звуков. Сир Родрик говорил с мейстером Лювином поверх кудрявой головы Бет, счастливый Рикон кричал что-то Уолдерам. Бран не хотел сажать Фреев за высокий стол, но мейстер напомнил ему, что они скоро породнятся: Робб женится на одной из их теток, Арья выйдет замуж за дядюшку. «Вот уж нет, только не Арья», — сказал Бран, но мейстер настоял на своем, и Фреи сидели рядом с Риконом.

Каждое блюдо первым делом подносили Брану, чтобы он мог взять причитающуюся лорду долю, но когда дело дошло до уток, он уже не мог больше есть, а только кивал одобрительно и отсылал блюдо прочь. То, что пахло особенно вкусно, он отправлял одному из лордов на помосте в знак дружбы и расположения, как учил его мейстер Лювин. Семгу он послал бедной грустной леди Хорнвуд, вепря — шумливым Амберам, гуся с ягодами — Клею Сервину, огромного омара — Джозету, мастеру над конями, который не был ни лордом, ни гостем, зато вышколил Плясунью так, что Бран мог ездить на ней. Он посылал сладости Ходору и старой Нэн только за то, что любил их. Сир Родрик напомнил ему о названых братьях, и Бран послал Уолдеру Малому вареную свеклу, а Уолдеру Большому — репу с маслом.

На нижних скамьях винтерфеллцы сидели вперемешку с простолюдинами из зимнего городка, соседями из ближних острогов и челядью лордов-гостей. Одних Бран видел впервые, других знал очень хорошо, но все они казались ему одинаково чужими. Он смотрел на них как-то издали, словно из окна своей спальни во двор, видя все, но ни в чем не принимая участия.

Оша ходила между столами, разливая эль. Кто-то из людей Леобальда Толхарта полез ей под юбку, и она разбила кувшин о его голову, к хохоту окружающих. А вот женщина, которой Миккен запустил руку за корсаж, как будто ничего против не имела. Фарлен заставлял свою рыжую суку служить, протягивая ей кости, старая Нэн расковыривала корку горячего пирога морщинистыми пальцами. Бран улыбнулся ей. Лорд Виман за высоким столом накинулся на блюдо с дымящимися миногами, словно на вражеское войско. Он был так толст, что сир Родрик велел сколотить для него особый широкий стул, но смеялся часто и громко и, пожалуй, нравился Брану. Бедная леди Хорнвуд сидела около него с лицом как каменная маска и что-то жевала без всякого аппетита. На другом конце высокого стола пьяные Хозер и Морс играли, сшибаясь рогами для питья, как рыцари на турнире.

«Тут слишком жарко, слишком шумно, и они все перепились. — У Брана все тело чесалось под его шерстяным нарядом, и ему вдруг захотелось оказаться подальше отсюда. — В богороще сейчас прохладно, от горячих прудов поднимается пар, и шелестят красные листья чардрева. Запахи там богаче, чем здесь, а скоро взойдет луна, и мой брат будет петь, глядя на нее».

— Бран, ты ничего не ешь, — сказал сир Родрик.

Сон наяву был таким живым, что Бран не сразу понял, где находится.

— Попозже, сейчас у меня живот так набит, что вот-вот лопнет.

Белые усы старого рыцаря стали розовыми от вина.

— Ты вел себя молодцом, Бран. И здесь, и на беседах с лордами. Когда-нибудь из тебя тоже выйдет прекрасный лорд.

«Но я-то хочу быть рыцарем». Бран отпил еще глоток медового вина из отцовского кубка, радуясь, что можно за что-то ухватиться. На кубке скалилась, как живая, голова лютоволка. Серебряная морда вжалась в ладонь Брана, и он вспомнил, как отец при нем в последний раз пил из этого кубка.

Это было на пиру в честь приезда короля Роберта, прибывшего со всем двором в Винтерфелл. Тогда еще стояло лето. Родители Брана сидели на помосте рядом с королем, королевой и ее братьями. Дядя Бенджен тоже был здесь, весь в черном. Бран, его братья и сестры сидели вместе с детьми короля, Джоффри, Томменом и принцессой Мирцеллой, которая все время с обожанием смотрела на Робба. Арья исподтишка через стол строила рожи, Санса жадно слушала рыцарские песни королевского арфиста, Рикон то и дело спрашивал, почему Джона нет с ними. «Потому что он бастард», — вынужден был наконец шепнуть ему Бран.

А теперь никого из них здесь нет. Словно какой-то жестокий бог протянул свою длань и расшвырял кого куда: девочек в неволю, Джона на Стену, Робба с матерью на войну, отца, короля Роберта, а может быть, и дядю Бенджена — в могилу.

Даже на нижних скамьях сидели теперь новые люди. Нет больше Джори, Толстого Тома, Портера, Алина, Десмонда, Халлена, прежнего мастера над конями, и его сына Харвина... и септы Мордейн, и Вейона Пуля — всех, кто уехал на юг с отцом. Другие отправились с Роббом на войну и тоже могут не вернуться. Брану нравились Хэйхед, Рябой Том, Скиттрик и другие новенькие, но он скучал по старым друзьям.

Он оглядывал лица за столами, веселые и печальные, и гадал, кого из них не окажется здесь на тот год и на следующий. Ему хотелось плакать, но нельзя было. Он — Старк из Винтерфелла, сын своего отца, наследник своего брата и почти взрослый мужчина.

Двери в конце зала открылись, и факелы вспыхнули ярче от порыва холодного воздуха. Вошел Эйлбелли с двумя новыми гостями.

— Леди Мира из дома Ридов, что в Сероводье, — громогласно объявил он, перекрывая шум, — с братом своим Жойеном.

Пирующие оторвались от своих кубков и мисок, чтобы взглянуть на новоприбывших.

— Лягушатники, — шепнул Уолдер Малый на ухо Уолдеру Большому.

Сир Родрик встал:

— Добро пожаловать, друзья, и прошу разделить с нами плоды этого урожая. — Слуги поспешили удлинить стол на помосте, поставив козлы и стулья.

— Кто это? — спросил Рикон.

— Болотные жители, — презрительно процедил Уолдер Малый. — Все они воры и трусы, и зубы у них зеленые, потому что они лягушек едят.

Мейстер Лювин, подойдя к Брану, сказал ему на ухо:

— Окажи им теплый прием. Я не думал увидеть их здесь, но... ты знаешь, кто они такие?

— Островные жители с Перешейка, — кивнул Бран.

— Хоуленд Рид был большим другом твоего отца, — заметил Водрик, — а это, как видно, его дети.

Пока новые гости шли через зал, Бран разглядывал девушку, одетую совсем не по-женски. На ней были овчинные бриджи, ставшие мягкими от долгой носки, и безрукавка, покрытая бронзовой чешуей. Она, хотя и ровесница Робба, фигурой походила на мальчика — длинные каштановые волосы связаны сзади, и грудь почти незаметна. На одном боку у нее висела нитяная сетка, а на другом — длинный бронзовый нож, на руке она несла старый железный шлем, тронутый ржавчиной, за спиной — лягушачью острогу и круглый кожаный щит.

Брат, на несколько лет младше ее, оружия не имел. Он был весь в зеленом, считая и сапоги. Когда он подошел поближе, Бран увидел, что и глаза у него цветом походят на мох, хотя зубы белые, как у всех людей. И брат, и сестра были тонки, стройны, как мечи, а ростом чуть повыше самого Брана. Они преклонили одно колено перед помостом.

— Милорд Старк, — сказала девушка, — века и тысячелетия минули с тех пор, как наш род впервые присягнул на верность Королю Севера. Мой лорд-отец послал нас сюда, чтобы вновь повторить эту клятву от имени всех наших людей.

Бран видел, что она смотрит на него, — надо было что-то отвечать.

— Мой брат Робб сражается на юге, но вы можете присягнуть мне, если хотите.

— От имени Сероводья присягаем Винтерфеллу на верность, — хором сказали брат и сестра. — Мы отдаем вам, милорд, сердце свое, дом и очаг. Наши мечи, копья и стрелы к вашим услугам. Будьте справедливы к нам всем, милосердны к тем, кто слаб, помогайте тем, кто нуждается в помощи, и мы никогда вас не оставим.

— Клянусь в этом землей и водой, — сказал мальчик в зеленом.

— Клянусь бронзой и железом, — сказала его сестра.

— Клянемся льдом и огнем, — вместе закончили они.

Бран не знал, что сказать. Может, ему тоже надо в чем-то поклясться? Их клятва была не такая, как та, которую велели выучить ему.

— Пусть зима ваша будет недолгой, а лето изобильным, — сказал он. Эти слова годились для всякого случая. — Брандон Старк говорит вам: встаньте.

Девушка, Мира, поднялась и помогла встать брату. Мальчик все это время не сводил глаз с Брана.

— Мы привезли вам в дар рыбу, лягушек и птицу, — сказал он.

— Благодарствую. — Уж не придется ли ему из учтивости съесть лягушку? — И предлагаю вам в ответ мясо и мед Винтерфелла. — Бран старался вспомнить все, что знал об островных людях, которые живут среди болот Перешейка и редко покидают родные топи. Это бедный народ, они промышляют рыболовством и ловлей лягушек, а живут в тростниковых хижинах на плавучих островках. Говорят, что они трусливы, пользуются отравленным оружием и предпочитают прятаться от врага, нежели встречаться с ним лицом к лицу. Однако Хоуленд Рид был одним из самых стойких сторонников отца в борьбе за корону для короля Роберта, когда Бран еще не родился.

Жойен Рид, сев на свое место, с любопытством оглядел зал.

— А где же лютоволки?

— В богороще, — ответил Рикон. — Лохматик плохо себя вел.

— Мой брат хотел бы посмотреть их, — сказала Мира.

— Как бы они его первые не увидели — как раз откусят что-нибудь, — громко вмешался Уолдер Малый.

— При мне не откусят. — Брану приятно было, что Риды хотят посмотреть на волков. — Лето уж точно нет, а Лохматого мы не подпустим близко. — Болотные жители вызывали в нем любопытство. Он не помнил, чтобы видел раньше хотя бы одного. Отец посылал лорду Сероводья письма в течение многих лет, но никто из них так и не появился в Винтерфелле. Брану хотелось о многом поговорить с этими двумя, но в чертоге стоял такой шум, что и себя-то с трудом было слышно. Но сир Родрик сидел рядом, и Бран спросил его:

— Они правда лягушек едят?

— Да, — ответил старый рыцарь. — Лягушек, рыбу, львояще-ров и всевозможную птицу.

«Может, это потому, что у них нет овец и крупного скота», — подумал Бран. Он приказал слугам подать гостям бараньи отбивные, зубрятину и налить им говяжьей похлебки. Еда, кажется, понравилась им. Девушка заметила, что Бран смотрит на нее, и улыбнулась. Он покраснел и отвел глаза.

Много позже, когда сладкое доели и запили его галлонами летнего вина, со столов убрали и сдвинули их обратно к стенам, освободив место для танцев. Музыканты заиграли громче, к ним присоединились барабанщики, а Хозер Амбер притащил огромный боевой рог, оправленный в серебро. Когда певец в «Конце долгой ночи» дошел до места, где Ночной Дозор выступает на Рассветную Битву с Иными, он затрубил так, что все собаки залились лаем.

Двое гловеровских домочадцев завели быстрый мотив на волынке и арфе. Морс Амбер вскочил первый и подхватил проходившую мимо служанку, выбив у нее из рук штоф с вином. Он закружился с ней по тростнику среди костей и огрызков хлеба, вскидывая ее на воздух. Девушка, вся красная, визжала и смеялась, а юбки у нее взлетали выше головы.

В пляску вступили другие пары. Ходор плясал один, лорд Виман пригласил маленькую Бет Кассель. Он двигался грациозно, несмотря на свою толщину. Когда он устал, с девочкой пошел Клей Сервин. Сир Родрик подошел к леди Хорнвуд, но она, извинившись, удалилась. Бран побыл еще немного, сколько требовала учтивость, а потом подозвал Ходора. Он устал, вспотел, разгорячился от вина, и танцы нагоняли на него тоску. Вот еще одно, чего он никогда не сможет делать.

— Я хочу уйти.

— Ходор, — ответил Ходор и стал на колени. Мейстер Лювин и Хэйхед посадили Брана в корзину. Винтерфеллцы сто раз это видели, но гостям, конечно, показалось чудно, и многие, любопытствуя, забыли о вежливости — Бран чувствовал, как они пялятся на него.

Они нырнули в боковой выход, чтобы не тащиться через весь зал, и Бран нагнул голову, проходя в дверь для лордов. В тускло освещенной галерее Джозет, мастер над конями, занимался верховой ездой особого рода. Он прижал к стене незнакомую Брану женщину, задрав ей юбки до пояса. Она хихикала, пока Ходор не остановился поглядеть — тогда она завизжала.

— Оставь их, Ходор, — пришлось сказать Брану. — Неси меня в спальню.

Ходор внес его по винтовой лестнице на башню и стал на колени перед одним из железных брусьев, вбитых Миккеном в стену. Бран, цепляясь за них, перебрался на кровать, и Ходор снял с него сапоги и бриджи.

— Ты можешь вернуться на праздник, только не докучай Джозету и той женщине, — сказал мальчик.

— Ходор, — ответил конюх, кивая.

Бран задул свечу у постели, и тьма покрыла его, как мягкое, знакомое одеяло. Сквозь ставни окна слабо доносилась музыка.

Мальчику вдруг вспомнились слова, которые когда-то давно сказал ему отец. Бран тогда спросил лорда Эддарда, правда ли, что в Королевской Гвардии служат самые достойные рыцари Семи Королевств. «Теперь уж нет, — ответил отец, — но когда-то они и верно были чудом, блистательным уроком миру». «А кто из них был самый лучший?» «Лучшим рыцарем, которого я знал, был сир Эртур Дейн, клинок которого звался Меч Зари и был выкован из сердца упавшей на землю звезды. Он убил бы меня, если б не Хоуленд Рид». Сказав это, отец опечалился и замолчал. Теперь Бран жалел, что не расспросил его получше.

Когда он ложился, голова его была полна рыцарей в блестящих доспехах, которые сражались мечами, сияющими, как звезды, но во сне снова оказался в богороще. Запах кухни и Великого Чертога были так сильны, словно он и не уходил. Он крался под деревьями вместе с братом. Буйная ночь полнилась воем играющей человеческой стаи. Эти звуки вселяли в него беспокойство. Ему хотелось бегать, охотиться, хотелось...

Лязг железа заставил его насторожить уши. Брат тоже услышал, и они ринулись сквозь подлесок на этот звук. Перепрыгнув через стоячую воду у подножия старого белого дерева, он уловил чужой запах — человечий дух с примесью кожи, земли и железа.

Чужие проникли в рощу на несколько ярдов, когда он настиг их — самка и молодой самец, и они не испугались, даже когда он показал им зубы. Брат грозно зарычал на них, но они и тогда не побежали.

— Вот они, — сказала самочка. «Мира», — шепнула какая-то часть его разума, часть памяти мальчика, спящего и видящего волчий сон. — Думал ли ты, что они окажутся такими большими?

— Они будут еще больше, когда вырастут совсем, — сказал молодой самец, глядя на них большими, зелеными, лишенными страха глазами. — Черный полон страха и ярости, но серый очень силен... он сам не знает, какой он сильный... чувствуешь ты это, сестра?

— Нет. — Она опустила руку на свой длинный бурый нож. — Будь осторожен, Жойен.

— Он меня не тронет. Не в этот день мне суждено умереть. — Самец подошел к ним, ничего не боясь, и протянул руку к его морде, коснувшись легко, как летний бриз. Но от прикосновения этих пальцев деревья исчезли и земля под ногами обратилась в дым и умчалась прочь — он вертелся в пустоте и падал, падал, падал...

КЕЙТИЛИН

Она спала среди зеленых холмов, и ей снилось, что Бран цел и невредим, Арья с Сансой держатся за руки, а Рикон, ее младенец, у ее груди. Робб, без короны, играл с деревянным мечом. Когда все они мирно уснули, ее в постели ждал улыбающийся Нед.

Какой это был сладкий сон, и как быстро он кончился. Жестокий рассвет пронзил ее своим кинжалом. Она проснулась измученная и одинокая, уставшая от езды, от разных недомоганий и от долга. «Заплакать бы сейчас — и чтобы кто-нибудь утешил. Я так устала быть сильной. Хочу хоть немножко побыть глупой и испуганной. Совсем немножко... один день... один час...»

Снаружи, за стенками шатра, уже суетились мужчины. Ржали лошади, Шадд жаловался на боль в спине, сир Вендел требовал свой лук. Провалиться бы им всем. Они люди славные и преданные, но она от них устала. Ее дети — вот кто был ей нужен сейчас. «Когда-нибудь непременно позволю себе не быть сильной», — пообещала она.

Но не сегодня. Сегодня не получится.

Она оделась, и собственные пальцы показались ей еще более неловкими, чем обычно. Что ж, надо быть благодарной и за то, что они хоть как-то ее слушаются. Тот кинжал был из валирийской стали, а валирийская сталь жалит остро и глубоко. Стоило только посмотреть на шрамы, чтобы вспомнить.

Шадд помешивал овсянку в котелке, сир Вендел Мандерли натягивал лук.

— Здесь в траве много птицы, миледи, — сказал он, когда Кейтилин вышла. — Не угодно ли жареного перепела на завтрак?

— Довольно будет овсянки с хлебом. Перед нами еще много лиг, сир Вендел.

— Как прикажете, миледи. — Круглое лицо рыцаря выразило огорчение, моржовые усы разочарованно поникли. — Овсянка с хлебом — что может быть лучше! — Он был одним из самых толстых людей, известных Кейтилин, но при всем своем обжорстве оставался человеком чести.

— Я нарвал крапивы и заварил чай, — объявил Шадд. — Не желаете ли чашечку, миледи?

— Охотно.

Она взяла чашку в свои изрезанные руки и подула, чтобы охладить. Шадд был из Винтерфелла. Робб дал двадцать лучших своих людей, чтобы проводить ее к Ренли. И послал с ней пятерых лордов, чтобы придать больший вес ее посольству. Путешествуя на юг и останавливаясь подальше от городов и селений, они не раз замечали отряды одетых в кольчуги людей и видели дым на восточном горизонте, однако па них никто не нападал. Они были слишком слабы, чтобы представлять для кого-то угрозу, и слишком многочисленны, чтобы показаться легкой добычей. Когда они переправились через Черноводную, худшее осталось позади — уже четыре дня им не встречалось никаких признаков войны.

Кейтилин не хотелось ехать — она так и сказала Роббу в Риверране.

— Когда я видела Ренли в последний раз, он был мальчиком не старше Брана. Я не знаю его. Пошли кого-нибудь другого.

Мое место здесь, рядом с отцом, на то время, что ему еще осталось.

Сын огорчился.

— Некого больше. Сам я ехать не могу, твой отец тяжко болен, Черная Рыба — мои глаза и уши, и я не решусь расстаться с ним. Твой брат нужен мне, чтобы удерживать Риверран, когда мы выступим...

— Выступим? — Об этом она слышала впервые.

— Я не могу сидеть в Риверране и ждать заключения мира. Подумают еще, будто я боюсь выйти в поле. Когда долго нет сражений, люди начинают думать о доме и урожае — так отец говорил. Даже мои северяне начинают беспокоиться.

Мои северяне. Он говорит теперь, как настоящий король.

— От беспокойства еще никто не умирал, а вот бесшабашность — дело иное. Мы посеяли семена — дай им прорасти.

Робб упрямо потряс головой.

— Мы бросили семена на ветер, только и всего. Если бы твоя сестра Лиза решила помочь нам, мы уже услышали бы об этом. Сколько птиц мы послали в Орлиное Гнездо, четырех? Я тоже хочу мира, но зачем Ланнистерам на него соглашаться, если я сижу здесь сиднем, а войско мое тем временем тает, как снег среди лета?

— Выходит, ты готов плясать под дудку лорда Тайвина, лишь бы только не показаться трусом? Ему того и нужно, чтобы ты двинулся на Харренхолл, — спроси своего дядю Бриндена...

— Разве я сказал хоть слово о Харренхолле? Так что же — поедешь ты к Ренли, или мне послать Большого Джона?

...Кейтилин улыбнулась слегка, вспомнив об этом. Хитрость, шитая белыми нитками, однако недурная для мальчика пятнадцати лет. Робб знал, как плохо подходит Большой Джон Амбер для переговоров с таким человеком, как Ренли Баратеон, — и знал, что она тоже знает. Ей оставалось только согласиться, уповая на то, что отец доживет до ее возвращения. Будь лорд Хостер здоров, он поехал бы сам. Но разлука с ним далась ей тяжело. Он даже не узнал ее, когда она пришла проститься. «Миниса, — сказал он ей, — а где же дети? Малютка Кет, душечка Лиза...» Кейтилин поцеловала его в лоб и сказала, что девочки здоровы. «Дождись меня, милорд, — добавила она, когда его глаза закрылись. — Я столько раз тебя ждала — дождись и ты меня».

«Судьба снова гонит меня на юг, — думала она, попивая терпкий чай, — хотя душа моя рвется на север, домой». В последнюю ночь она написала из Риверрана Брану и Рикону: «Я не забыла вас, мои дорогие, поверьте — но вашему брату я нужна больше».

— Сегодня мы должны добраться до верховьев Мандера, миледи, — сказал сир Вендел, пока Шадд раздавал овсянку. — Лорд Ренли где-то недалеко, если верить слухам.

«Что же я скажу ему, когда мы встретимся? Что мой сын не считает его королем?» Предстоящая встреча ее не радовала. Им нужны друзья, а не новые враги, однако Робб никогда не склонит колена перед человеком, не имеющим, по его мнению, никаких прав на трон.

Кейтилин очистила миску, даже не почувствовав вкуса, и отставила ее в сторону.

— Пора трогаться. — Чем скорее она поговорит с Ренли, тем скорее вернется домой. Она первая села в седло и задала темп всей колонне. Хел Моллен ехал рядом с ней со знаменем дома Старков — серым лютоволком на белоснежном поле.

Их встретили, когда до лагеря Ренли оставалось еще полдня езды. Робин Флинт, высланный на разведку, примчался галопом назад и доложил, что кто-то смотрит в подзорную трубу с крыши ветряной мельницы. Когда отряд Кейтилин добрался до мельницы, соглядатай давно исчез. Они двинулись дальше, но не успели покрыть и мили, как появился передовой дозор Ренли — двадцать конных в кольчугах под командой седобородого рыцаря с синими сойками на камзоле. Увидев знамена Кейтилин, он выехал ей навстречу один.

— Позвольте представиться, миледи, — я сир Колин Гринпул. Вы едете по опасным землям.

— Неотложное дело вынуждает меня к этому. Я приехала как посланница от моего сына, Робба Старка, Короля Севера, чтобы поговорить с Ренли Баратеоном, Королем Юга.

— Король Ренли есть венчанный и помазанный правитель всех Семи Королевств, миледи, — учтиво, но твердо ответил сир Колин. — Его величество стоит со своим войском у Горького Моста, где Дорога Роз пересекает Мандер. Для меня будет честью сопроводить вас к нему. — Рыцарь вскинул руку в кольчуге, и его люди построились по обе стороны отряда Кейтилин — не то почетный караул, не то конвой. Ей оставалось только положиться на честь сира Колина и лорда Ренли.

Дым лагерных костров стал виден ей в часе езды от реки. Потом через поля и равнины до них докатился шум, подобный рокоту далекого моря. Когда впереди блеснули под солнцем мутные воды

Мандера, в общем гуле стало возможно различить людские голоса, конское ржание и бряцание стали. Но ни дым, ни шум не подготовили их к открывшемуся перед ними виду.

Дымовую завесу создавали тысячи костров. Одни только лошадиные загоны тянулись на многие лиги. Не иначе как целый лес вырубили на шесты для знамен. Вдоль зеленой обочины Дороги Роз тянулись осадные машины — катапульты, требюшеты* и тараны на колесах выше всадника на коне. Наконечники пик рдели на солнце, словно уже обагренные кровью. Шатры лордов и рыцарей торчали в траве, как шелковые грибы. Повсюду копья, мечи, стальные шлемы и кольчуги, лагерные потаскушки, лучники, оперяющие стрелы, возницы, погоняющие свои упряжки, скотники со стадами свиней, пажи на побегушках, оруженосцы, острящие клинки, верховые рыцари, конюхи, ведущие в поводу горячих боевых скакунов.

— Да их тут тьма-тьмущая, — заметил сир Вендел Мандерли, переезжая старинный каменный мост, называемый Горьким.

— Да, — согласилась Кейтилин.

Казалось, что все рыцарство юга откликнулось на зов Ренли. Золотая роза Хайгардена мелькала повсюду: на груди латников и слуг, на зеленых шелковых знаменах, реющих на копьях и пиках, на щитах над шатрами сыновей, племянников и кузенов дома Тиреллов. Кроме них, Кейтилин разглядела лису среди цветов дома Флорентов, яблоки Фоссовеев, красное и зеленое, охотника лорда Тарли, дубовые листья Окхартов, журавлей Крейнов, черно-оранжевых мотыльков Маллендоров.

За Мандером поставили свои штандарты штормовые лорды — знаменосцы самого Ренли, присягнувшие дому Баратеонов и Штормовому Пределу. Кейтилин узнала соловьев Брюса Карона, перепелов Пенроза и морскую черепаху лорда Эстермонта, зеленую на зеленом. Но на каждый знакомый ей щит приходилась дюжина незнакомых, принадлежавших мелким лордам, вассалам знаменосцев, межевым рыцарям и вольным всадникам — все они собрались сюда, чтобы сделать Ренли королем на деле, а не только по имени.

Знамя Ренли развевалось выше всех на самой большой осадной башне, огромном дубовом сооружении, крытом сыромятными шкурами. Такого флага Кейтилин еще не видывала — им можно было застелить целый зал замка. Знамя переливалось золотом, и черный коронованный олень Баратеонов гордо высился на нем.

---

* Требюшет — камнеметная машина в виде рычага.

— Миледи, вы слышите этот шум? — спросил, подъехав к ней, Хеллис Моллен. — Что это?

Она прислушалась. Крики, отчаянное ржание, лязг стали и...

— Там кричат «ура». — Они поднимались на пологий холм с разноцветными шатрами вдоль гребня. Когда они въехали наверх, толпа стала гуще, шум громче, и Кейтилин увидела.

Внизу, под каменными с деревом стенами маленького замка, шел турнир.

Поле расчистили, поставив на нем изгороди, галереи и барьеры для конных поединков. Вокруг стояли сотни — если не тысячи, зрителей. Судя по изрытой, усеянной обломками доспехов и копий земле, турнир начался не сейчас, а может, и не сегодня, и уже близился к концу. Меньше двух десятков рыцарей, оставшихся в седлах, рубились друг с другом, зрители и выбывшие из боя сотоварищи подбадривали их криками. Два коня в полных доспехах на глазах у Кейтилин сшиблись и упали, превратившись в груду железа и копыт.

— Турнир, — произнес Хел Моллен, имевший привычку высказывать вслух то, что и так ясно.

— Отличная работа, — сказал сир Вендел, когда рыцарь в плаще семи цветов радуги нанес обратный удар боевым топором по щиту своего противника так, что тот зашатался в седле.

Толпа впереди затрудняла их продвижение.

— Леди Старк, — сказал сир Колин, — если ваши люди любезно согласятся подождать здесь, я представлю вас королю.

— Хорошо. — Она отдала приказ, повысив голос, чтобы быть услышанной. Сир Колин двинулся вперед пешком, ведя коня в поводу, Кейтилин ехала за ним. Толпа взревела — это один из рыцарей выбил из седла другого — без шлема, с рыжей бородой и грифоном на щите. Доспехи победителя сверкали яркой синевой, даже булава, которой он нанес столь мастерский удар, была синяя, на попоне коня красовались солнца и луны дома Тартов.

— Проклятие богам, Рыжего Роннета свалили, — выругался кто-то.

— Ничего, Лорас разделается с сине... — Общий рев заглушил остальные слова.

Раненый конь упал, придавив еще одного рыцаря. И конь, и всадник вопили от боли. Оруженосцы бросились им на помощь.

«Что за безумие, — подумала Кейтилин. — Самые настоящие враги со всех сторон, половина государства охвачена пламенем, а

Ренли сидит здесь и играет в войну, словно мальчик, впервые получивший деревянный меч».

Лордов и леди на галерее было не меньше, чем рыцарей на поле. Кейтилин присмотрелась к ним. Ее отец часто заключал договоры с южными лордами, и многие из них гостили в Риверране. Она узнала лорда Матиса Рована, раздобревшего и цветущего, как никогда, с золотым деревом своего дома на белом дублете. Чуть ниже сидела маленькая хрупкая леди Окхарт, слева от нее — лорд Рендилл Тарли с Рогова Холма. Свой меч, Губитель Сердец, он прислонил к спинке сиденья. Других она знала только по эмблемам, а некоторых вовсе не знала.

А в середине, рядом со своей молодой королевой, сидел смеющийся призрак в золотой короне.

Неудивительно, что лорды сбежались на его зов — он ведь вылитый Роберт. Такой же красивый, длинноногий и широкий в плечах, с теми же угольно-черными прямыми волосами, синими глазами и легкой улыбкой. Корона на лбу очень шла ему. Обруч мягкого золота состоял из искусно отлитых роз, а спереди возвышалась голова оленя из темно-зеленой яшмы, с золотыми глазами и рогами.

На зеленом бархатном камзоле короля тоже был вышит золотом коронованный олень — герб Баратеонов в цветах Хайгардена. Из Хайгардена происходила и юная дама, делившая высокое сиденье с королем, — Маргери, дочь лорда Мейса Тирелла. Их брак послужил раствором, скрепившим великий южный союз. Ренли двадцать один год, королева не старше Робба и очень хороша, с мягкими глазами лани и грудой каштановых локонов, ниспадающих на плечи, с робкой и милой улыбкой.

На поле еще один боец не выдержал натиска рыцаря в радужном плаще, и король закричал вместе с остальными:

— Лорас! Хайгарден! — А королева захлопала в ладоши.

Кейтилин обернулась посмотреть, чем кончится сражение. На поле осталось всего четверо, и не было сомнений в том, кому отдают предпочтение король и его народ. Она ни разу не встречалась с сиром Лорасом Тиреллом, но Рыцарь Цветов прославился даже на их далеком севере. Сир Лорас, на высоком скакуне в серебряной кольчуге, сражался длинным топором, и шлем его украшал гребень из золотых роз.

Два других рыцаря, объединившись, напали на воина в синей броне. Они набросились на него с двух сторон, но синий рыцарь, круто натянув поводья, ударил одного в лицо своим расщепленным щитом, а его вороной скакун лягнул кованым копытом другого. Один противник тут же вылетел из седла, другой зашатался. Синий рыцарь бросил на землю сломанный щит, освободив левую руку, и тут на него налетел Рыцарь Цветов. Тяжесть доспехов почти не влияла на грацию и проворство сира Лораса, радужный плащ развевался за плечами.

Белый конь и черный закружились, как влюбленная пара в танце на празднике урожая, но здесь обменивались не поцелуями, а ударами. Сверкнул топор, свистнула булава. И то, и другое оружие, хоть и затупленное, производило ужасный лязг. Синему рыцарю, оставшемуся без щита, приходилось несладко. Сир Лорас осыпал ударами его голову и плечи под рев толпы, кричащей «Хайгарден!». Тот отбивался булавой, но сир Лорас каждый раз подставлял под удары свой побитый зеленый щит с тремя золотыми розами. Топор, зацепив руку синего рыцаря, выбил из нее булаву, и толпа взвыла, как зверь во время гона. Рыцарь Цветов поднял топор для последнего удара.

Синий рыцарь ринулся вперед. Кони сшиблись, топор врезался в поцарапанный синий панцирь... но рыцарь из дома Тартов зажал рукоять своими стальными пальцами и вырвал топор из руки сира Лораса. Оба всадника сцепились и начали падать. Кони разомкнулись, и рыцари с грохотом рухнули наземь. Сир Лорас оказался внизу, а синий рыцарь, достав длинный кинжал, открыл ему забрало. За ревом толпы Кейтилин не слышала, что сказал сир Лорас, но видела, как разбитые губы сложились в слово: «Сдаюсь».

Синий рыцарь нетвердо поднялся на ноги и поднял кинжал, повернувшись к Ренли, — это был салют победителя своему королю. Оруженосец выбежал на поле, чтобы помочь побежденному рыцарю. С него сняли шлем, и Кейтилин подивилась его молодости — он был всего на пару лет старше Робба. Вероятно, красотой он не уступал сестре, но распухшие губы, расплывающийся взгляд и спутанные, испачканные кровью волосы мешали убедиться в этом.

— Приблизьтесь, — сказал король Ренли победителю.

Тот заковылял к галерее. Вблизи великолепные синие доспехи имели далеко не блестящий вид. Повсюду виднелись вмятины от палицы и боевого топора, царапины от меча, эмаль на шлеме и панцире во многих местах облупилась, плащ превратился в лохмотья. Человек внутри этой железной скорлупы, судя по его походке, пострадал не меньше. Немногие голоса кричали ему «Тарт!» и почему-то «Красотка! Красотка!», но большинство молчало. Синий рыцарь преклонил колени перед королем.

— Ваше величество, — глухо произнес он из-под шлема.

— Вы действительно таковы, как говорил ваш лорд-отец, — громко, так что слышали все, сказал Ренли. — Я видел пару раз, как сира Лораса выбивали из седла... но таким манером никогда.

— Так не спешивают, — проворчал какой-то пьяный лучник с розой Тиреллов на кафтане. — Это подлый прием — стаскивать человека с седла.

Толпа стала потихоньку расходиться.

— Сир Колин, — сказала Кейтилин, — кто этот человек и почему его так не любят?

— Потому что это не он, а она. Это Бриенна Тарт, миледи, дочь лорда Сельвина Вечерней Звезды.

— Дочь?! — ужаснулась Кейтилин.

— Ее называют Бриенна Красотка, но не в лицо, иначе за такие слова можно крепко поплатиться.

Король Ренли провозгласил Бриенну Тарт победителем большого турнирного сражения у Горького Моста, последней оставшейся в седле из ста шестнадцати рыцарей.

— Как победитель можете просить у меня чего пожелаете. И если это будет в моей власти, я вашу просьбу исполню.

— Ваше величество, я прошу о чести быть принятой в вашу Радужную Гвардию. Хочу быть одной из семерых ваших рыцарей, сопровождать вас конной и пешей и хранить от всякого вреда.

— Пусть будет так, — сказал король. — Встаньте и снимите ваш шлем.

Она повиновалась, и Кейтилин поняла, что имел в виду сир Колин.

Красоткой ее назвали в насмешку. Волосы под шлемом были как охапка грязной соломы, а лицо... у нее большие голубые глаза, настоящие девичьи глаза, доверчивые и невинные, но остальное... черты крупны и грубы, кривые зубы торчат из здоровенного рта, губы такие толстые, что кажутся опухшими. Лоб и щеки в сплошных веснушках, нос явно был сломан, и не раз. Сердце Кейтилин наполнилось жалостью. Есть ли в мире создание более несчастное, чем некрасивая женщина?

Но Бриенна Тарт, когда Ренли снял с нее изорванный плащ и накинул ей на плечи радужный, отнюдь не казалась несчастной. Улыбка озарила ее лицо, и она сказала голосом звучным и гордым:

— Моя жизнь принадлежит вам, ваше величество. Отныне и впредь я ваш щит — клянусь в этом старыми богами и новыми. — Кейтилин больно было видеть, как она смотрит на короля — притом смотрела Бриенна сверху вниз, будучи выше его на целую ладонь, хотя Ренли был ростом со своего покойного брата.

— Ваше величество! — сказал сир Колин Гринпул, подойдя к галерее. — Смиренно прошу вашего внимания. — Он преклонил колено. — Имею честь представить вам леди Кейтилин Старк, посланную к нам своим сыном Роббом, лордом Винтерфелла.

— Лордом Винтерфелла и Королем Севера, сир, — поправила Кейтилин, спешившись и став рядом с сиром Колином.

— Леди Кейтилин? — удивленно произнес Ренли. — Вот нежданная радость. Маргери, дорогая, это леди Кейтилин Старк из Винтерфелла.

— Мы рады видеть вас здесь, леди Старк, — с ласковой учтивостью сказала королева. — Я сожалею о вашей потере.

— Вы очень добры, — сказала Кейтилин.

— Клянусь, миледи, я заставлю Ланнистеров ответить за убийство вашего мужа, — объявил король. — Когда я возьму Королевскую Гавань, я пришлю вам голову Серсеи.

«Разве это вернет мне Неда?» — подумала она.

— Мне довольно будет знать, что правосудие свершилось, милорд.

— «Ваше величество», — резко поправила ее Бриенна Синяя. — И когда вы говорите с королем, полагается преклонять колени.

— Разница между «милордом» и «величеством» не так уж велика, миледи, — ответила Кейтилин. — Лорд Ренли носит корону, но и мой сын тоже. Мы можем сколько угодно стоять здесь в грязи и спорить о почестях и титулах, но мне думается, есть более важные дела, которые нам следует обсудить.

Кое-кто из лордов Ренли набычился, услышав это, но король только рассмеялся.

— Хорошо сказано, миледи. О величествах будем толковать после окончания войны. Скажите, когда ваш сын располагает выступить на Харренхолл?

Кейтилин не собиралась раскрывать планы Робба, не выяснив сначала, друг им этот король или враг.

— Я не присутствую на военных советах моего сына, милорд.

— Не имею ничего против его действий — лишь бы оставил нескольких Ланнистеров и на мою долю. Как он поступил с Цареубийцей?

— Джейме Ланнистер содержится под стражей в Риверране.

— Как, он еще жив? — изумился лорд Матис Рован.

— Как видно, у лютоволка нрав мягче, чем у льва, — заметил Ренли.

— «Мягче, чем Ланнистеры»? — с горькой улыбкой вставила леди Окхарт. — Это все равно что сказать «суше, чем море».

— Я бы назвал это слабостью. — Лорд Рендилл Тарли со щетинистой седой бородой славился своим прямым нравом. — И при всем моем уважении к вам, леди Старк, лорду Роббу подобало бы самому засвидетельствовать свое почтение королю, а не прятаться за материнские юбки.

— Король Робб ведет войну, милорд, — с ледяной вежливостью ответила Кейтилин, — а не выступает на турнирах.

— Берегитесь, лорд Рендилл, — как бы вам не оконфузиться, — усмехнулся Ренли, подозвав к себе стюарда в ливрее Штормового Предела. — Разместите спутников этой леди со всевозможными удобствами, сама же леди Кейтилин расположится в моем шатре. Мне он не нужен, поскольку лорд Касвелл любезно предоставил нам свой замок. Когда вы отдохнете, миледи, надеюсь иметь честь разделить с вами мясо и мед на пиру, который дает нам нынче вечером лорд Касвелл. Это прощальный пир — его милости, полагаю, не терпится поскорее выпроводить отсюда мою голодную орду.

— Ничего подобного, ваше величество, — возразил хлипкий молодой человек — это, видимо, и был Касвелл. — Все мое принадлежит вам.

— Если бы вы сказали это моему брату Роберту, он поймал бы вас на слове. У вас ведь есть дочери?

— Да, ваше величество. Две.

— Тогда благодарите богов, что я не Роберт. Моя милая королева — вот единственная женщина, желанная мне. — Ренли встал и подал руку Маргери. — Мы поговорим, когда вы подкрепите силы после дороги, леди Кейтилин.

Ренли повел жену обратно в замок, а его стюард проводил Кейтилин в королевский шатер из зеленого шелка.

— Если вам что-то понадобится, стоит только сказать, миледи.

Кейтилин не могла вообразить, что еще ей может понадобиться помимо того, что здесь имелось. Шатер, больше, чем комната в иной гостинице, был обставлен с необычайной роскошью: пуховые перины и меха, ванна из дерева и меди, где могли поместиться двое человек, жаровни, поддерживающие тепло в холодные ночи, складные кожаные стулья, письменный стол с перьями и чернильницей, вазы с персиками, сливами и грушами, штоф вина с набором серебряных кубков, кедровые сундуки, набитые одеждой Ренли, книгами, картами и игральными досками, большая арфа, длинный лук и колчан со стрелами, пара краснохвостых охотничьих ястребов и настоящий арсенал превосходного оружия. Он себя ни в чем не стесняет, этот Ренли, подумала Кейтилин, оглядываясь кругом. Неудивительно, что его войско движется так медленно.

У входа стояли королевские доспехи: лиственно-зеленый панцирь с золотой гравировкой, шлем с высокими золотыми оленьими рогами на гребне. Сталь была так начищена, что Кейтилин видела в панцире свое отражение, глядящее на нее, словно из глубокого зеленого пруда. «Лицо утопленницы», — подумала она. Можно ли утонуть в своем горе? Она резко отвернулась, рассердившись на себя за проявленную слабость. Не время предаваться жалости к себе. Надо смыть пыль с волос и переодеться в нечто более подобающее для королевского пира.

В замок ее сопровождали сир Вендел Мандерли, Люкас Блэквуд, сир Первин Фрей и другие ее высокородные спутники. Великий Чертог замка лорда Касвелла мог называться великим разве что из вежливости, но рыцари Ренли потеснились, и людям Кейтилин тоже нашлось место. Кейтилин усадили на помосте между краснолицым лордом Матисом Рованом и добродушным сиром Джоном из Фоссовеев зеленого яблока. Сир Джон отпускал шутки, лорд Матис учтиво расспрашивал о здоровье ее отца, брата и детей.

Бриенна Тарт сидела на дальнем конце высокого стола. К вечеру она оделась нарядно — но не как дама, а как рыцарь: в бархатный дублет с розовыми и лазурными квадратами и красивым наборным поясом, бриджи и сапоги. Новый радужный плащ покрывал ее плечи. Но никакой наряд не мог скрыть ее безобразия — огромных веснушчатых рук, широкого плоского лица, торчащих зубов. Без доспехов она казалась неуклюжей — широкие бедра, крутые мускулистые плечи, толстые руки и ноги и почти плоская грудь. Все движения Бриенны говорили о том, что она это знает и страдает из-за этого. Она говорила, только когда к ней обращались, и почти не поднимала глаз от стола.

Стол был весьма изобилен. Война не затронула сказочно богатых земель Хайгардена. Гости, под пение музыкантов и кувыркание акробатов, начали с груш в вине и перешли к мелкой рыбке, обвалянной в соли и зажаренной до хруста, а затем к каплунам, начиненным луком и грибами. На столах высились ковриги черного хлеба, горы репы, кукурузы и горошка, громадные окорока, жареные гуси и миски оленьей похлебки с ячменем и пивом. На сладкое слуги лорда Касвелла подали лакомства, изготовленные на кухне замка: сливочных лебедей, единорогов из жженого сахара, лимонные витушки в виде роз, медовые коврижки, пирожные с яблоками и смородиной и круги мягкого сыра.

От такой роскоши у Кейтилин кружилась голова, но нельзя было поддаваться слабости, когда столь многое зависело от ее силы. Она ела умеренно, наблюдая за человеком, который называл себя королем. По левую руку от Ренли сидела королева, по правую — ее брат. Сир Лорас, если не считать белой повязки на лбу, как будто совсем не пострадал от дневных передряг, и его красота не обманула предположений Кейтилин. В глазах, утративших остекленевшее выражение, светился живой ум, а буйным каштановым локонам позавидовала бы не одна из девиц. Истрепанный на турнире плащ он заменил новым, таким же — с переливчатыми красками Радужной Гвардии, а застежкой служила золотая роза Хайгардена.

Король Ренли время от времени подавал Маргери на кончике кинжала какой-нибудь лакомый кусочек или целовал ее в щеку, но большей частью он говорил и шутил с сиром Лорасом. Видно было, что еда и питье доставляют королю удовольствие, но он не казался ни обжорой, ни пьяницей. Смеялся он часто и от души и был одинаково приветлив со знатными лордами и с прислужницами.

Некоторые из его гостей были не столь умеренны — на взгляд Кейтилин, они пили слишком много и хвастались слишком громко. Сыновья лорда Виллюма Жозуа и Элиас горячо спорили о том, кто первый переберется через стену Королевской Гавани. Лорд Варнер качал на коленях служанку, зарывшись лицом в ее шею и запустив руку за корсаж. Гюйард Зеленый, воображавший себя певцом, пропел, бренча на арфе, стишки, отчасти даже зарифмованные, о львах, которых свяжут вместе за хвосты. Сир Марк Маллендор принес обезьянку, черную с белым, и кормил ее из своей тарелки, сир Тантон из Фоссовеев красного яблока взобрался на стол и поклялся убить Сандора Клигана на поединке. К этой клятве, возможно, отнеслись бы более серьезно, не стань сир Тантон одной ногой в соусницу.

Веселье достигло пика, когда прискакал толстый дурак на золоченой палочке с тряпичной львиной головой и стал гонять вокруг столов карлика, лупя его по голове надутым пузырем. Король Ренли в конце концов спросил его, зачем он бьет своего брата.

— Как же, ваше величество, я ведь хареубийца, — отвечал тот.

— Цареубийца надо говорить, глупый ты дурак, — сказал Ренли, и зал грохнул со смеху.

Лорд Рован рядом с Кейтилин не разделял общего веселья.

— Как же они все молоды, — сказал он.

Он говорил правду. Вряд ли Рыцарь Цветов дожил до своих вторых именин, когда Роберт убил на Трезубце принца Рейегара, и многие здесь были лишь на пару лет старше его. Они были младенцами во время взятия Королевской Гавани, и мальчиками, когда Бейлон Грейджой поднял восстание на Железных островах. Они и теперь еще не нюхали крови, думала Кейтилин, глядя, как сир Брюс подбивает сира Робара жонглировать кинжалами. Все это для них пока еще игра, большой турнир, на котором они жаждут отличиться и взять богатую добычу. Они совсем еще мальчики, охмелевшие от песен и сказаний, — и, как все мальчики, почитают себя бессмертными.

— Война скоро состарит их, как состарила нас, — сказала Кейтилин. Она тоже была девочкой, когда Роберт, Нед и Джон Аррен подняли свои знамена против Эйриса Таргариена, и стала женщиной, когда та война кончилась. — Мне жаль их.

— Почему? Посмотрите на них. Молодые, сильные, полные жизни и смеха. Похоть их тоже разбирает, да так, что они не знают, как и быть с ней. Немало бастардов будет зачато этой ночью, ручаюсь вам. За что же их жалеть?

— За то, что долго это не протянется, — с грустью ответила Кейтилин. — За то, что они рыцари лета, а зима между тем близко.

— Ошибаетесь, леди Кейтилин. — Бриенна устремила на нее свой взор, синий, как ее доспехи. — Для таких, как мы, никогда не настанет зима. Если мы падем в битве, о нас будут петь, а в песнях всегда стоит лето. В песнях все рыцари благородны, все девы прекрасны и солнце никогда не заходит.

«Зима настает для всех, — подумала Кейтилин. — Для меня она настала, когда умер Нед. К тебе она тоже придет, дитя, — и скорее, чем тебе бы хотелось». Но у нее недостало сердца сказать это вслух.

Ее выручил король, сказав:

— Леди Кейтилин, мне хочется подышать воздухом. Не хотите ли пройтись со мной?

Кейтилин тут же поднялась с места:

— Почту за честь.

Бриенна вскочила тоже:

— Ваше величество, прошу дать мне один миг, чтобы надеть кольчугу. Вам нельзя оставаться без охраны.

— Если я не могу быть спокоен за себя даже здесь, в замке лорда Касвелла, посреди моего войска, — улыбнулся Ренли, — то один меч меня не спасет, даже ваш, Бриенна. Ешьте и пейте. Если вы мне понадобитесь, я пошлю за вами.

Видно было, что его слова поразили девушку сильнее любого из ударов, которые она получила нынче днем.

— Как прикажете, ваше величество, — сказала она и села, опустив глаза. Ренли, взяв Кейтилин под руку, вывел ее из зала мимо вольготно стоящего часового, который вытянулся так поспешно, что чуть не выронил копье. Ренли весело хлопнул его по плечу.

— Сюда, миледи. — Король ввел Кейтилин в дверь, ведущую на башню. Они стали подниматься верх, и он спросил: — Сир Баристан Селми, случаем, не у вашего сына в Риверране?

— Нет, — с недоумением ответила она. — Разве он больше не служит Джоффри? Ведь он был лордом-командующим Королевской Гвардии.

— Да, был — но Ланнистеры заявили, что он слишком стар, и отдали его плащ Псу. Мне сказали, что он, покидая Королевскую Гавань, поклялся поступить на службу к настоящему королю. Тот плащ, что сегодня попросила себе Бриенна, я придерживал для Селми в надежде, что он предложит свой меч мне. Он так и не появился в Хайгардене — и я подумал, уж не отправился ли он в Риверран.

— Нет, мы его не видели.

— Он стар, это верно, но еще хоть куда. Надеюсь, с ним не случилось ничего худого. Ланнистеры — просто дураки. — Они поднялись еще на несколько ступенек. — В ночь смерти Роберта я предложил вашему мужу сто мечей, чтобы захватить Джоффри. Если бы он послушался меня, сейчас он был бы регентом, а мне не пришлось бы заявлять права на трон.

— Но Нед отказал вам. — Она не нуждалась в подтверждении.

— Он дал клятву защищать детей Роберта. У меня недоставало сил, чтобы действовать в одиночку, и когда лорд Эддард меня отверг, у меня не осталось иного выхода, кроме бегства. Если бы я остался, королева уж позаботилась бы о том, чтобы я не надолго пережил своего брата.

«Если бы ты остался и поддержал Неда, он был бы жив», — с горечью подумала Кейтилин.

— Ваш муж нравился мне, миледи. Он был верным другом Роберту, я знаю... но никого не слушал и ни перед чем не сгибался. Я хочу кое-что вам показать. — Лестница кончилась, Ренли открыл деревянную дверцу, и они вышли наружу.

Башня лорда Касвелла была совсем невелика, но в этом равнинном краю вид открывался на много лиг во все стороны — и повсюду Кейтилин видела огни. Они покрывали землю, как упавшие звезды, и, как звездам, им не было числа.

— Если хотите, можете сосчитать их, миледи, — сказал Ренли, — но вам пришлось бы считать до утренней зари. А сколько костров горит в эту ночь вокруг Риверрана, хотел бы я знать?

Из зала, где шел пир, доносилась тихая музыка. У Кейтилин недоставало смелости сосчитать эти звезды.

— Мне сказали, что ваш сын прошел через Перешеек с двадцатью тысячами мечей, — продолжал Ренли. — Теперь, когда к нему примкнули лорды Трезубца, у него, возможно, тысяч сорок.

«Нет, — подумала она, — далеко не так много — одних мы потеряли в бою, другие ушли убирать урожай».

— У меня здесь вдвое больше — и это лишь часть моей армии. Десять тысяч осталось у Мейса Тирелла в Хайгардене, в Штормовом Пределе тоже сильный гарнизон, и скоро ко мне присоединятся дорнийцы со всей своей мощью. Не забывайте и о Станнисе, который держит Драконий Камень и командует лордами Узкого моря.

— По-моему, это вы забываете о Станнисе, — ответила Кейтилин резче, чем намеревалась.

— О его претензиях, хотите вы сказать? — засмеялся Ренли. — Будем откровенны, миледи. Из Станниса вышел бы никуда не годный король. Да он им никогда и не станет. Станниса уважают, даже боятся, но мало кому он внушает любовь.

— Тем не менее он старший ваш брат. Если кто-то из вас имеет права на Железный Трон, то это лорд Станнис.

— А какие права имел на него мой брат Роберт? — пожал плечами Ренли. — Были, конечно, толки о кровных узах между Баратеонами и Таргариенами, о браках, заключенных сто лет назад, о вторых сыновьях и старших дочерях. Но никому, кроме мейстеров, дела до этого нет. Роберт добыл себе трон своим боевым молотом. — Ренли обвел рукой костры, пылавшие от горизонта до горизонта. — А вот это — мое право, которое ничем не хуже Робертова. Если ваш сын поддержит меня, как его отец поддержал Роберта, он убедится в том, что я умею быть благодарным. Я охотно закреплю за ним все его земли, титулы и почести, и пусть правит в Винтерфелле, как ему угодно. Он может даже называть себя Королем Севера, если хочет, — но он должен будет преклонить колено и признать меня своим сюзереном. «Король» — всего лишь слово, но служить и повиноваться он должен мне.

— А если он не захочет вам повиноваться, милорд?

— Я намерен стать королем, миледи, и не собираюсь дробить свое королевство. Проще, кажется, некуда. Триста лет назад король Старк преклонил колено перед Эйегоном Драконовластным, поняв, что победить его не сможет. И поступил мудро. Такую же мудрость должен проявить и ваш сын. Как только он примкнет ко мне, войну можно будет считать законченной. Мы... Это еще что такое? — внезапно прервал сам себя Ренли, услышав, как загремели цепи подъемной решетки.

Всадник в крылатом шлеме на взмыленном коне въехал в ворота.

— Позовите сюда короля! — крикнул он.

Ренли встал на зубец башни.

— Я здесь, сир.

— Ваше величество, — всадник подъехал поближе, — я скакал быстро, как только мог, от самого Штормового Предела. Мы окружены, ваше величество. Сир Кортни держится стойко, но...

— Это невозможно! Мне сказали бы, если б лорд Тайвин вышел из Харренхолла.

— Это не Ланнистеры, государь. Лорд Станнис стоит у ваших ворот. Король Станнис, как он себя именует.

ДЖОН

Под хлещущим в лицо дождем Джон направил коня через вздувшийся ручей. Рядом лорд-командующий Мормонт надвинул пониже капюшон плаща, ругательски ругая непогоду. Ворон сидел, нахохлившись, у него на плече, мокрый и недовольный, как сам Старый Медведь. Ветер носил и швырял палые листья, словно дохлых птиц. «Это не зачарованный лес, а потопленный», — с тоской подумал Джон.

Каково-то Сэму там, в хвосте? Он и в хорошую погоду был неважным наездником, а от шестидневного дождя земля расползлась — жидкая грязь, а под ней камни. Ветер бросал воду прямо в глаза. Этак и Стена на юге растает, и лед, смешавшись с теплым дождем, потечет в реки. Пип и Жаба теперь сидят у огня в общей комнате и пьют перед ужином подогретое вино. Джон завидовал им. Тело под мокрой шерстью чесалось, шея и плечи болели от тяжести кольчуги и меча, а от солонины, соленой трески и твердого сыра его мутило.

Впереди охотничий рог вывел дрожащую трель, чуть слышную за шумом дождя.

— Баквел трубит, — сказал Старый Медведь. — Крастер, слава богам, на месте. — Ворон хлопнул крыльями, каркнул «Зерно» и снова нахохлился.

В Дозоре ходило много рассказов о Крастере и его замке. Теперь Джон увидит его собственными глазами. После семи пустых деревень они боялись найти жилище Крастера таким же покинутым, но, как видно, им наконец посчастливилось. «Авось Старый Медведь наконец получит какой-то ответ — да и от дождя передохнем».

Торен Смолвуд уверял, что Крастер — друг Дозора, несмотря на свою паршивую репутацию. «Он наполовину сумасшедший, не спорю, — говорил разведчик Старому Медведю, — но ведь всякий свихнется, просидев всю жизнь в этом проклятом лесу. Но он никогда не прогонял разведчиков от своего очага, да и Манса-Разбойника не жалует. Он нам что-нибудь да посоветует».

«Лишь бы накормил нас горячим да позволил просушить одежду — и то хорошо». Дайвен говорил другое — что Крастер убийца, лгун, насильник и трус, и намекал, что тот якшается с работорговцами и водится с демонами. «Хуже того, — шептал старый лесовик, клацая деревянными зубами. — От него тянет холодом, вот что».

— Джон, — приказал Старый Медведь, — поезжай обратно вдоль колонны и оповести всех. Напомни офицерам, чтобы не было никаких неприятностей с женами Крастера. Пусть ребята держат руки при себе и разговаривают с этими женщинами как можно меньше.

— Да, милорд. — Джон повернул коня назад, радуясь, что оказался к дождю спиной хотя бы ненадолго. Все, мимо кого он проезжал, казались плачущими. Отряд растянулся по лесу на добрых полмили.

Посреди обоза скрючился в седле под огромной обвисшей шляпой Сэмвел Тарли. За собой он вел еще двух лошадей. Вороны в клетках, закутанных от дождя, кричали и трепыхались.

— Ты что, лису к ним посадил? — спросил Джон.

Сэм поднял голову, и с полей его шляпы потекла вода.

— А, Джон, здорово. Нет, просто они, как и мы, терпеть не могут дождь.

— Как ты тут, Сэм?

— Мокну. — Толстяк выдавил из себя улыбку. — Но жив пока, как видишь.

— Это хорошо. Впереди нас ждет Дворец Крастера. Если боги будут милостивы, он пустит нас переночевать у своего очага.

— Скорбный Эдд говорит, что Крастер ужасный дикарь, — засомневался Сэм. — Он берет в жены своих дочерей и соблюдает только те законы, которые придумывает сам. А Дайвен сказал Гренну, что у Крастера в жилах течет черная кровь. Его мать была одичалая, и она спала с разведчиком, поэтому он бас... — Сэм осекся.

— Бастард? — со смехом договорил Джон. — Не стесняйся, Сэм. Мне уже доводилось слышать это слово. — Он пришпорил своего крепконогого конька. — Мне надо найти сира Оттина. Смотри там, поосторожнее с женщинами Крастера. — Точно Сэмвел Тарли нуждался в подобном предостережении. — Поговорим после, когда разобьем лагерь.

Джон передал что следовало сиру Оттину Уитерсу, ехавшему в хвосте колонны. Сир Оттин, маленький и сморщенный, одних лет с Мормонтом, всегда казался усталым, даже в Черном Замке, а под дождем совсем сник.

— Хорошая новость, — сказал он. — Я промок до костей и ляжки протер до них же.

На обратном пути Джон отклонился от колонны и поехал коротким путем через лес. Мокрая зелень поглощала шум, производимый людьми и конями, и скоро стал слышен дождь, струящийся по листьям и камням. Была середина дня, но в лесу стоял полумрак. Джон пробирался между луж и валунов, мимо старых дубов, серо-зеленых страж-деревьев и черных железостволов. Кое-где ветви нависали низко над головой, ненадолго прикрывая от дождя. Около расколотого молнией каштана, увитого белыми дикими розами, он услышал в подлеске шорох и позвал:

— Призрак, ко мне.

Но из кустов вылез не волк, а Дайвен на лохматом сером коньке. С ним ехал Гренн. Старый Медведь разослал дозорных во все стороны от колонны, для прикрытия и на случай появления врагов. Даже здесь он соблюдал меры предосторожности и посылал людей не поодиночке, а парами.

— А, это ты, лорд Сноу. — Дайвен ощерился в своей дубовой улыбке. Зубы его, выточенные из дерева, плохо помещались во рту. — Я уж думал, нас с парнем нанесло на Иного. Волка своего потерял?

— Он охотится. — Призрак не любил бежать в колонне, но далеко тоже не уходил. Когда отряд останавливался на ночь, волк всегда находил Джона около палатки лорда-командующего.

— Скорей уж рыбачит в такую-то мокрядь.

— Моя мать всегда говорила, что дождь нужен для урожая, — вставил Гренн.

— Да уж, плесень уродится на славу, — проворчал Дайвен. — Одно только хорошо — мыться не надо. — Он клацнул деревянными зубами.

— Баквел нашел Крастера, — сообщил Джон.

— А он его терял? — хмыкнул Дайвен. — Глядите вы, молодые бычки, не лезьте к его бабам, слышите?

— Хочешь, чтоб все тебе достались, Дайвен? — улыбнулся Джон.

Тот снова клацнул зубами.

— А чего ж. У Крастера десять пальцев и один хрен, поэтому считать он умеет только до одиннадцати. Если парочка пропадет, он и не хватится.

— Сколько ж у него жен? — спросил Гренн.

— Больше, чем тебе хотелось бы иметь, браток. Хотя ему легче — он их сам разводит. Вот и твой зверь, Сноу.

Призрак возник рядом с лошадью Джона, задрав хвост, взъерошив мокрый белый мех. Он двигался так тихо, что Джон не заметил, откуда он взялся. Конь Гренна шарахнулся, почуяв волка; лошади и теперь еще, год спустя, не могли к нему привыкнуть.

— За мной, Призрак, — сказал Джон и поскакал к Дворцу Крастера.

Он не ожидал, конечно, найти каменный замок по эту сторону Стены — усадьба представлялась ему скорее глинобитной, с палисадом и деревянной сторожевой башней. В действительности же их взорам предстала навозная куча, свинарник, пустой овечий загон и служащая жильем мазанка без окон, низкая и длинная, кое-

287

как скрепленная бревнами и крытая дерном. Строение стояло на небольшом пригорке, окруженное земляным валом. Бурые ручейки стекали по склону в пробитые дождем бреши и впивались в бурный раздувшийся ручей, бегущий на север.

На юго-западной стороне находились открытые ворота, у которых торчали на высоких шестах черепа животных: по одну сторону медведь, по другую — дикий баран. Джон, проезжая мимо в череде других, заметил, что на черепе медведя еще сохранились ошметки мяса. Внутри передовые Джармена Барквела и Торена Смолвуда уже устраивали коновязи и ставили палатки. В хлеву вокруг трех огромных свиноматок копошилась целая орава поросят. В огороде маленькая девочка нагишом дергала морковку, две женщины связывали свинью, готовясь зарезать ее. Свинья визжала жутким, почти человеческим голосом. Собаки Четта в ответ подняли лай, несмотря на его ругань, пара псов Крастера не осталась в долгу. При виде Призрака собаки стали беситься еще пуще. Волк не обращал на них внимания, Джон тоже.

Обсушиться смогут разве что тридцать человек, решил Джон, разглядев дом как следует. От силы пятьдесят. Двести уж точно не поместятся — большинству придется остаться снаружи, вот только где? На дворе вязкая грязь перемежалась глубокими, по щиколотку, лужами.

Лорд-командующий передал своего коня Скорбному Эдду, и тот счищал грязь с лошадиных копыт, когда Джон подъехал и спешился.

— Лорд Мормонт в доме, — сообщил Эдд. — Велел тебе пройти туда же. Волка лучше оставь тут — как бы он не слопал когонибудь из Крастеровых детишек. Я, по правде сказать, сам готов слопать ребятенка, лишь бы его подали горячим. Иди, я возьму твою лошадь. Если внутри тепло и сухо, лучше не говори мне — меня туда не приглашали. — Он соскреб с копыта большой ком грязи. — Дерьмо, что ли? Тебе не кажется, что этот бугор слеплен из Крастерова дерьма?

— Все может быть — он ведь тут долго живет.

— Ну спасибо, утешил. Ступай к своему Старому Медведю.

— Призрак, жди здесь, — приказал Джон. Дверь во Дворец Крастера была сделана из двух оленьих шкур. Джон раздвинул их и пригнулся под низкой притолокой. Десятка два старших разведчиков стояли вокруг ямы посреди земляного пола, где горел огонь. У их сапог собрались лужи. Пахло копотью, навозом и мокрой псиной. В воздухе висел дым, но сырость все равно чувствовалась.

Дождь проникал сквозь дымовое отверстие в крыше. В единственной комнате наверху помещались полати, куда вели две приставные лесенки.

Джону вспомнилось, как они покидали Стену. В тот день он трепетал, как робкая дева, но жаждал увидеть тайны и чудеса, скрывавшиеся за каждым новым горизонтом. Ну что ж, вот тебе одно из чудес, подумал он, оглядывая жалкую зловонную хибару. От едкого дыма слезились глаза. Жаль, Пип с Жабой не видят, чего они лишились.

Крастер сидел у огня. Стул имелся только у него — даже лорду-командующему пришлось сесть на скамью. На плече у Мормонта бубнил ворон. Джармен Баквел стоял позади, роняя капли с кожаной куртки и кольчуги, рядом занял место Торен Смолвуд в тяжелом панцире и подбитом соболем плаще покойного сира Джареми.

Крастер в овчинном кожухе и сшитом из шкур плаще выглядел не в пример скромнее, но на запястье у него красовался тяжелый браслет — золотой, судя по блеску. Все еще мощный с виду, он был уже на склоне своих дней, и его седая грива кое-где совсем побелела. Плоский нос и рот углами вниз делали его лицо жестоким, одного уха недоставало. Вот, значит, какие они, одичалые. Джон вспомнил сказки старой Нэн о диких людях, пьющих кровь из человеческих черепов. Крастер пил жидкое желтое пиво из каменной чаши — наверно, он не слышал этих сказок.

— Бенджена Старка я уж три года как не видал, — говорил он Мормонту. — И, по правде сказать, не скучаю. — Между скамейками сновало с полдюжины черных щенков, тут же бродила пара свиней, а женщины в обтрепанных оленьих шкурах разносили рога с пивом, ворошили огонь, крошили в котел морковку и лук.

— Он должен был проехать тут в прошлом году, — сказал Торен Смолвуд. Собака подошла обнюхать его ногу — он пнул ее, и она с визгом отлетела.

— Бен искал сира Уэймара Ройса, — объяснил лорд Мормонт, — который пропал вместе с Гаредом и молодым Уиллом.

— Этих трех я помню. Лордик был не старше этих вот щенков. Слишком гордый, чтоб спать под моим кровом, в соболином плаще и черной стали. Бабы мои таращились на него коровьими глазами. — Крастер покосился на ближайшую к нему женщину. — Гаред мне сказал, что они преследуют разбойников, а я ему — с таким, мол, командиром за ними лучше не гоняться. Сам-то Гаред был не так уж плох для вороны. Ушей у него осталось еще меньше, чем у меня, — тоже отморозил. — Крастер засмеялся. — А теперь он, слыхать, и головы лишился — отморозил, видно, и ее.

Джон вспомнил струю красной крови на белом снегу и то, как Теон Грейджой отшвырнул ногой отрубленную голову. Тот человек был дезертир. Обратно в Винтерфелл Джон с Роббом скакали наперегонки и нашли в снегу шестерых волчат. Тысячу лет назад это было.

— Куда направился сир Уэймар, уехав от тебя?

— Делать мне больше нечего, только за воронами следить. — Он хлебнул еще пива и отставил чашу. — Ох и давненько я не пробовал хорошего южного винца. И топор бы мне новый. Мой уже не рубит, а это не годится, мне ведь женщин защищать надо.

— Вас здесь мало, и вы одни, — сказал Мормонт. — Если хочешь, я оставлю тебе людей, чтобы проводить вас на юг, к Стене.

Ворону эта мысль, видимо, понравилась.

— Стена, — крикнул он, растопырив крылья вокруг шеи Мормонта, словно черный воротник.

Крастер ухмыльнулся, показав поломанные бурые зубы.

— А что мы там будем делать — прислуживать тебе за ужином? Здесь мы свободные люди. Крастер не служит никому.

— Не те сейчас времена, чтобы жить одним в такой глуши. Холодные ветры задувают с севера.

— Пусть себе задувают — у меня глубокие корни. — Крастер поймал за руку проходившую мимо женщину. — Скажи им, жена. Скажи лорду Вороне, что мы тут всем довольны.

Женщина облизнула тонкие губы:

— Наше место здесь. Крастер о нас заботится. Лучше уж умереть свободными, чем жить рабами.

— Рабами, — повторил ворон.

Мормонт подался вперед:

— Все деревни, которые мы проезжали, покинуты. Вы — первые живые люди, которых мы встретили за Стеной. Других нет, и я не знаю, умерли они, бежали или их куда-то увели вместе со всей их живностью. А еще раньше мы нашли тела двух разведчиков Бена Старка, всего в нескольких лигах от Стены. Они были бледные, холодные, с черными руками и ступнями, и их раны уже перестали кровоточить. Мы привезли их в Черный Замок, но ночью они поднялись и стали убивать. Один убил сира Джареми Риккера, другой пришел ко мне — стало быть, они запомнили кое-что с тех времен, когда были живы, но милосердия больше в них не осталось.

Женщина широко разинула мокрый розовый рот, но Крастер только хмыкнул:

— Тут мы ничего такого не видим — и сделай милость, не рассказывай такие страсти в моем доме. Я человек набожный, и боги меня берегут. Если какой упырь и явится сюда, я знаю, как загнать его обратно в могилу. Топор бы мне только новый, чтобы острый был. — Он отослал жену прочь, хлопнув ее по ноге и приказав: — Тащи еще пива, да поживее.

— Допустим, мертвые тебя не беспокоят, — сказал Джармен Баквел, — а как насчет живых, милорд? Как насчет твоего короля?

— Короля! — каркнул ворон. — Короля, короля, короля.

— Это ты про Манса-Разбойника? — Крастер плюнул в огонь. — Король-за-Стеной. На кой вольным людям короли? — Он прищурился, глядя на Мормонта. — Я бы мог кое-что порассказать о Разбойнике и его делишках, если б захотел. Пустые деревни — его работа. Здесь бы вы тоже никого не застали, если б я слушался этого молодчика. Он шлет ко мне конного и велит мне бросить собственный дом и ползти к нему на брюхе. Я этого малого отправил назад, только язык его у себя оставил. Вон он, на стенке прибит. Я сказал бы вам, где искать Манса-Разбойника, — если б захотел. — Он снова оскалил бурые зубы в улыбке. — Ну, для этого еще времени хоть отбавляй. Вы же, поди, захотите заночевать здесь и пожрать моей свининки?

— Хорошо бы, милорд, — сказал Мормонт. — Дорога по такой мокряди далась нам тяжело.

— Ладно, оставайтесь. На одну ночь, не больше, — я не настолько люблю ворон. Я со своими лягу на полатях, а пол весь ваш. Но мяса и пива у меня только на двадцать человек — остальные вороны пусть клюют собственный корм.

— Съестного у нас достаточно, милорд. Мы с радостью разделим с тобой нашу еду и вино.

Крастер вытер рот волосатой рукой.

— Винца я выпью с удовольствием, лорд Ворона. Но вот что: если кто из твоих парней протянет руку к моей жене, руки у него больше не будет.

— Твой дом, твои и правила, — сказал Торен Смолвуд, а лорд Мормонт коротко кивнул, хотя вид у него был не слишком довольный.

— Ну, значит, договорились, — проворчал Крастер. — Есть у вас такой, что может карту нарисовать?

— Сэм Тарли может. — Джон выступил вперед. — Он любит рисовать карты.

— Пришли его сюда, когда поест, — распорядился Мормонт. — Пусть возьмет перо и пергамент. Толлета тоже найди — пусть принесет мой топор в подарок хозяину.

— Это кто же такой? — спросил Крастер, не успел Джон уйти. — Вроде на Старка смахивает.

— Мой стюард и оруженосец, Джон Сноу.

— Бастард, значит? — Крастер смерил Джона взглядом. — Если ты спишь с женщиной, надо брать ее себе в жены, как делаю я. Ладно, беги, бастард, да смотри, чтоб топор острый был. Тупая сталь мне ни к чему.

Джон сковано поклонился и вышел, чуть не столкнувшись в дверях с сиром Оттином Уитерсом. Дождь как будто начал утихать. Палатки занимали весь двор, под деревьями виднелись другие.

Скорбный Эдд кормил лошадей.

— Топор в подарок одичалому? Хорошее дело. — Он отыскал топор Мормонта, с короткой рукоятью и золотой гравировкой на черном лезвии. — Он вернет его воткнутым в череп Старого Медведя как пить дать. Почему бы не отдать ему все наши топоры, да и мечи в придачу? Уж больно они дребезжат во время езды. Без них мы доедем быстрее — прямиком до пекла. Как по-твоему, в пекле тоже идет дождь? Может, лучше поднести Крастеру хорошую шапку?

— Ему нужен топор, — улыбнулся Джон. — И вино.

— Умная голова наш Старый Медведь. Если одичалого напоить хорошенько, авось он только ухо ему отрубит, а не убьет до смерти. Ушей-то два, а голова одна.

— Смолвуд говорит, что Крастер друг Дозора.

— Знаешь разницу между одичалым — другом Дозора и одичалым-недругом? Недруги оставляют наши тела волкам и воронам, а друзья закапывают, чтобы никто не нашел. Знать бы, долго ли провисел этот медведь на воротах и что поделывал Крастер до нашего приезда? — Эдд смотрел на топор с сомнением, и дождь струился по его длинному лицу. — Как там внутри, сухо?

— Посуше, чем тут.

— Если я заберусь в уголок подальше от огня, может, меня до утра не заметят? Тех, кто будет ночевать в доме, он убьет первыми, зато по крайней мере умрешь в сухости.

Джон не удержался от смеха:

— Крастер один, а нас двести. Вряд ли он станет кого-то убивать.

— Ты меня радуешь, — с мрачным унынием сказал Эдд. — Впрочем, от хорошего острого топора и умереть можно. Не хотел бы я, чтоб меня убили дубиной. Я видел человека, которого огрели дубиной по лбу — кожа совсем чуток лопнула, зато голова раздулась что твоя тыква и побагровела. Он был хорош собой, а помер урод уродом. Хорошо, что мы дубину Крастеру не дарим. — Эдд ушел, тряся головой и роняя воду с черного плаща.

Джон покормил лошадей и только тогда подумал о собственном ужине. Прикидывая, где бы найти Сэма, он вдруг услышал испуганный крик:

— Волк!! — Джон бросился в ту сторону, чмокая сапогами по грязи. Одна из женщин Крастера прижалась к заляпанной стене дома, крича на Призрака: — Уйди! Уйди прочь! — Лютоволк держал в зубах кролика. Еще один, мертвый и окровавленный, лежал на земле перед ним. — Уберите его, милорд, — взмолилась женщина, увидев Джона.

— Он вас не тронет. — Джон сразу смекнул, что случилось: деревянная клетка, вся разломанная, валялась на боку в мокрой траве. — Он, должно быть, проголодался. В пути нам почти не попадалась дичь. — Джон свистнул. Призрак поспешно сожрал кролика, хрустя костями, и подбежал к нему.

Женщина смотрела на них с опаской. Она была моложе, чем показалось Джону с первого взгляда, — лет пятнадцати или шестнадцати, темные волосы от дождя прилипли к лицу, босые ноги в грязи по щиколотку. Фигура под платьем из шкур говорила о раннем сроке беременности.

— Вы, должно быть, дочь Крастера?

— Теперь жена. — Она приложила руку к животу, пятясь от волка, и в расстройстве упала на колени перед сломанной клеткой. — Вот тебе и развела кроликов. Овец-то у нас не осталось.

— Дозор возместит вам ущерб. — Своих денег у Джона не было, а то он заплатил бы... хотя вряд ли несколько медяков или даже серебро пригодятся ей здесь, за Стеной. — Завтра я поговорю с лордом Мормонтом.

Она вытерла руки о подол.

— Милорд...

— Я не лорд.

Но вокруг уже собрались другие, привлеченные женским криком и треском дерева.

— Не верь ему, девушка, — крикнул Ларк Сестринец, известный своим подлым нравом. — Это сам лорд Сноу.

— Бастард из Винтерфелла и брат короля, — ухмыльнулся Четт, бросивший своих собак, чтобы поглядеть, что стряслось.

— А волк-то глаз с тебя не спускает, девушка, — не унимался Ларк. — Зарится, должно, на лакомый кусочек у тебя в животе.

— Не пугай ее, — рассердился Джон.

— Он не пугает, а предупреждает. — Ухмылка у Четта была такая же мерзкая, как и чирьи, усеивающие его рожу.

— Нам нельзя говорить с вами, — спохватилась женщина.

— Погоди, — сказал Джон, но она уже убежала.

Ларк хотел сцапать второго кролика, но Призрак его опередил. Он оскалил зубы, и Сестринец шлепнулся тощей задницей в грязь под смех остальных. Волк взял кролика в пасть и принес Джону.

— Незачем было пугать девчонку, — укорил Джон.

— Ты нас не учи, бастард. — Четт винил Джона за то, что потерял свое теплое местечко около мейстера Эйемона, — и, в общем, был прав. Если бы Джон не пошел к Эйемону просить за Сэма Тарли, Четт и теперь ходил бы за стариком, а не возился бы со сворой злобных охотничьих псов. — Любимчик лорда-командующего еще не сам лорд-командующий... и ты не был бы таким смелым, не будь рядом твоего зверя.

— Я не стану драться с братом, пока мы за Стеной, — ответил Джон спокойно, хотя внутри у него все кипело.

Ларк припал на одно колено:

— Он тебя боится, Четт. У нас на Трех Сестрах есть хорошее словечко для таких, как он.

— Все словечки я знаю без тебя. Побереги дыхание. — Джон ушел вместе с Призраком. Когда они дошли до ворот, дождь сменился мелкой моросью. Скоро стемнеет, и настанет еще одна мокрая пакостная ночь. Тучи скроют луну, звезды и Факел Мормонта, и в лесу станет черным-черно. Даже отлучка за нуждой будет приключением — хотя и непохожим на то, что когда-то воображал себе Джон Сноу.

Разведчики нашли под деревьями достаточно сухого валежника, чтобы развести за наклонной скалой костер. Они поставили палатки или устроили шалаши, набросив плащи на нижние ветви. Великан забился в дупло сухого дуба.

— Как тебе мой замок, лорд Сноу?

— Похоже, там уютно. Не знаешь, где Сэм?

— Иди как шел. Палатка сира Оттина — это самый край. Если, конечно, Сэм тоже не сидит в дупле — недурственное это должно быть дуплецо.

В конце концов Сэма нашел Призрак, рванувшись вперед, как стрела из арбалета. Сэм кормил воронов под валунами, немного защищавшими от дождя. В сапогах у него хлюпало.

— Промочил ноги насквозь, — пожаловался он. — Слез с лошади и провалился по колено в какую-то яму.

— Снимай сапоги и сушись. Я наберу хвороста. Если под скалой не слишком мокро, запалим костер — и попируем. — Джон показал Сэму кролика.

— Ты разве не будешь прислуживать лорду Мормонту?

— Нет, а вот ты скоро к нему отправишься. Старый Медведь хочет, чтобы ты нарисовал для него карту. Крастер обещал навести нас на Манса-Разбойника.

— А-а. — Сэм явно не стремился повидаться с Крастером, даже у теплого очага.

— Но Мормонт сказал, чтобы ты сначала поел. Давай разувайся. — Джон стал собирать валежник, роясь под палыми листьями и отколупывая слои слежавшейся мокрой хвои. Но даже когда он отыскал подходящую растопку, огонь не занимался целую вечность. Преуспев наконец, Джон повесил на скалу плащ, чтобы защитить дымный костерок от влаги, и у них получилось уютное убежище.

Он принялся обдирать кролика, а Сэм стянул сапоги.

— По-моему, у меня уже мох пророс между пальцами, — сказал он жалобно, шевеля ими. — Кролик — это хорошо. Меня даже кровь не пугает... — Он отвел глаза. — Ну, разве что чуть-чуть.

Джон насадил тушку на прутик и пристроил его на двух камнях над огнем. Кролик был тощий, но запах от него шел восхитительный. Другие разведчики поглядывали на них с завистью, а Призрак жадно принюхивался с огоньком в красных глазах.

— Ты своего уже съел, — напомнил ему Джон.

— Крастер правда такой дикарь, как о нем говорят? — спросил Сэм. Кролик немного не дожарился, но от этого был не менее вкусен. — Какой у него замок?

— Навозная куча с крышей и ямой вместо очага. — И Джон рассказал Сэму обо всем, что видел и слышал во Дворце Крастера. К тому времени стало темно, и Сэм облизал пальцы.

— Вкусно было, но теперь мне захотелось съесть баранью ногу. Чтоб вся нога мне одному, с подливкой из мяты, меда и гвоздики. Ты там барашков не видал?

— Загон есть, но он пустой.

— Чем же он кормит своих людей?

— Всех людей там — это Крастер, его женщины и малолетние девчушки. Не знаю, как он ухитряется оборонять свои владения. Единственное его укрепление — земляной вал. Давай-ка иди рисуй свою карту. Дорогу найдешь?

— Если только в грязь не шлепнусь. — Сэм снова натянул сапоги, взял перо и пергамент и ушел в ночь. Дождь стучал по его плащу и обвислой шляпе.

Призрак, положив голову на лапы, задремал у огня. Джон вытянулся рядом с ним, благодарный за этот островок тепла. Было по-прежнему холодно и мокро, но уже не так, как раньше. «Возможно, Старый Медведь узнает что-нибудь, что наведет нас на след дяди Бенджена».

Проснувшись, он увидел в холодном утреннем воздухе облачко собственного дыхания. Он шевельнулся, и кости у него заныли. Призрак ушел, костер догорел. Джон сдернул плащ со скалы — тот застыл и не гнулся. Джон залез под него, встал и увидел вокруг кристальный лес.

Бледно-розовый свет зари сверкал на ветках, листьях и камнях. Каждая травинка превратилась в изумруд, каждая капля воды — в алмаз. Цветы и грибы остеклянели. Даже грязные лужи переливались, как бархатные. Черные палатки Дозора среди сверкающей зелени тоже оделись тонкой ледяной броней.

Значит, за Стеной все-таки есть волшебство? Джон подумал о своих сестрах — возможно, потому, что ночью они ему снились. Санса сказала бы, что здесь чудесно, и слезы бы навернулись ей на глаза, Арья же смеялась бы, скакала и старалась все кругом потрогать.

— Лорд Сноу! — позвал кто-то тихо, и Джон обернулся.

На скале, под которой он спал, съежилась вчерашняя девочка. Черный плащ был ей так широк, что она совсем утонула в нем. Это же плащ Сэма, сообразил Джон. Почему на ней плащ Сэма?

— Толстяк рассказал мне, где найти вас, милорд.

— Кролика мы съели, если вы за ним. — Сказав это, Джон почувствовал себя до нелепости виноватым.

— Старый лорд Ворона, у которого говорящая птица, подарил Крастеру арбалет, который стоит сотни кроликов. — Она обхватила живот руками. — Милорд, а вы правда брат короля?

— Наполовину. Я бастард Неда Старка, и мой брат Робб — Король Севера. Зачем ты пришла сюда?

— Толстяк Сэм послал меня к вам. И дал мне свой плащ, чтобы никто меня не узнал.

— А Крастер на тебя не рассердится?

— Отец ночью выпил слишком много вина лорда Вороны и теперь весь день проспит. — Дыхание вырывалось у нее изо рта дрожащими белыми клубами. — Говорят, что король справедлив и защищает слабых. — Женщина стала слезать со скалы, но поскользнулась и чуть не упала. Джон подхватил ее и благополучно спустил вниз. Она преклонила колени на обледенелой земле. — Молю вас, милорд...

— Не надо меня ни о чем молить. Ступай домой, тебе нельзя здесь оставаться. Нам не велели говорить с женами Крастера.

— Вам и не нужно со мной говорить, милорд. Просто возьмите меня с собой — больше я ни о чем не прошу.

Больше ни о чем. Как будто эта ее просьба — сущие пустяки.

— Я... Я буду вашей женой, если захотите. У отца и без того девятнадцать — обойдется и без меня.

— Черные братья дают обет никогда не жениться — ты разве не знаешь? Притом мы в гостях у твоего отца.

— Только не вы. Я видела. Вы не ели за его столом и не спали под его кровом. Он не оказывал вам гостеприимства, поэтому вы ничем не связаны. Это из-за ребенка я хочу уйти.

— Я даже имени твоего не знаю.

— Отец назвал меня Лилли — как цветок.

— Красиво. — Санса как-то учила его, что нужно говорить, когда леди называет тебе свое имя. Он не мог помочь этой женщине, но мог хотя бы проявить учтивость. — Кого ты боишься, Лилли? Крастера?

— Я не за себя боюсь — за ребенка. Будь это девочка, еще бы ничего — она подросла бы, и он на ней женился. Но Нелла говорит, что будет мальчик, а у нее своих шестеро было, она в этом толк знает. Мальчиков он отдает богам. Он делает это, когда приходит белый холод, а в последние времена холод стал приходить часто. Крастер уж овец всех отдал, хотя любит баранину. Больше ни одной не осталось. Потом настанет через собак, а потом... — Лилли потупилась, поглаживая свой живот.

— Что же это за боги такие? — Джон вспомнил, что не видел во Дворце Крастера ни мальчиков, ни мужчин, кроме самого хозяина.

— Боги холода. Боги ночи. Белые тени.

Внезапно Джон вновь перенесся в башню лорда-командующего. Отрубленная рука вцепилась ему в ногу, а когда он отшвырнул ее прочь острием меча, она продолжала раскрывать и сжимать пальцы. Мертвый встал, сверкая синими глазами на опухшем лице. Лохмотья мяса свисали с его взрезанного живота, но крови не было.

— А какого цвета у них глаза? — спросил он.

— Синие и яркие, как звезды, и такие же холодные.

«Она видела их, — подумал Джон. — Крастер лгал».

— Так вы возьмете меня с собой? Хотя бы до Стены...

— Мы едем не к Стене, а на север — к Мансу-Разбойнику, к Иным, к белым теням и упырям. Мы сами ищем их, Лилли. Мы не сможем уберечь твоего ребенка.

Ее лицо выражало неприкрытый страх.

— Но ведь вы вернетесь. Вы закончите свою войну и снова поедете мимо нас.

— Возможно. — «Если будем живы». — Это решит Старый Медведь, тот, которого ты зовешь лордом Вороной. Я всего лишь его оруженосец и не выбираю, какой дорогой нам ехать.

— Да-да, — сказала она, совсем упав духом. — Извините, что побеспокоила вас, милорд. Я просто слышала, что король всех берет под свою защиту, ну и... — И она пустилась бежать, хлопая плащом Сэма, как большими черными крыльями.

Джон посмотрел ей вслед, и вся его радость от хрупкой красоты этого утра пропала. «Провались ты совсем, — сердито подумал он, — а Сэм пусть дважды провалится за то, что послал тебя ко мне. Что он себе вообразил на мой счет? Мы здесь, чтобы драться с одичалыми, а не спасать их».

Черные братья выползали из своих шалашей, зевая и потягиваясь. Красота уже исчезала — яркая изморозь под солнцем превращалась в обычную росу. Кто-то разжег костер, запахло дымом и поджаренной ветчиной. Джон поколотил плащ о камень, разбив корочку льда, взял Длинный Коготь и надел на себя портупею. Отойдя на несколько ярдов, он помочился на замерзший куст — струя на холоде дымилась и плавила лед. Джон завязал свои черные шерстяные бриджи и пошел на запах съестного.

Гренн и Дайвен сидели у костра с другими братьями. Хейк отдал Джону краюху хлеба с ломтем ветчины и разогретыми в жиру кусочками соленой рыбы. Джон умял все это, слушая, как Дайвен хвастает, что поимел за ночь трех женщин Крастера.

— Врешь ты все, — нахмурился Гренн. — Я видел бы, будь это правда.

Дайен несильно съездил ему по уху.

— Это ты-то? Да ты слеп, как мейстер Эйемон. Ты даже медведя не видал.

— Какого медведя? Разве тут был медведь?

— Медведи всегда приходят, — со своей обычной мрачностью вмешался Скорбный Эдд. — Один убил моего брата, когда я был мал, а я после носил его зубы на кожаном шнурке вокруг шеи. У брата были хорошие зубы, лучше моих. Со своими мне одни хлопоты.

— Сэм ночевал в доме? — спросил его Джон.

— Тоже мне ночлег называется. Пол твердый, тростник вонючий, а братья ужас как храпят. Ни один медведь не рычит так громко, как Бурый Бернарр. Но, правда, тепло было, это да. Только на меня собаки залезли. Плащ мой почти высох, а какой-то пес возьми и обмочи его — то ли пес, то ли Бурый Бернарр. А вы заметили — стоило мне попасть под крышу, как дождь прекратился? Теперь я вернулся, и он начнется снова. Все кому не лень льют на меня — и боги, и собаки.

— Пойду-ка я к лорду Мормонту, — сказал Джон.

Хотя дождь перестал, земля оставалась раскисшей. Черные братья сворачивали палатки, кормили лошадей и жевали полоски вяленого мяса. Дозорные Джармена Баквела затягивали подпруги, готовясь выехать.

— Джон, — окликнул сидящий верхом Баквел, — наточи как следует свой бастардный меч. Скоро он нам понадобится.

В доме у Крастера после солнечного света было темно. Факелы за ночь почти догорели, и не верилось, что солнце уже взошло. Первым Джона заметил ворон Мормонта. Сделав три ленивых взмаха большими крыльями, он сел на рукоять Длинного Когтя, дернул Джона за волосы и сказал:

— Зерно.

— Гони этого попрошайку, Джон, — он только что слопал половину моей ветчины. — Старый Медведь сидел за столом Крастера и вместе с другими офицерами завтракал поджаренным хлебом, ветчиной и бараньей колбасой. Новый топор Крастера лежал на столе, поблескивая позолотой при свете факела. Сам хозяин дома в беспамятстве валялся на полатях, но женщины сновали вокруг, прислуживая гостям. — Как там погодка?

— Холодно, но дождь перестал.

— Это хорошо. Вели оседлать моего коня — я собираюсь выехать не позже чем через час. Ты поел? У Крастера еда простая, но сытная.

«Я не стану есть в доме Крастера», — внезапно решил Джон.

— Я уже перекусил с братьями, милорд, — сказал он и согнал ворона с Длинного Когтя. Тот снова перелетел на плечо Мормонта и тут же нагадил там.

— Мог бы и Сноу осчастливить вместо меня, — проворчал Старый Медведь. Ворон каркнул.

Джон нашел Сэма за домом — тот стоял с Лилли у сломанной кроличьей клетки. Женщина отдала Сэму плащ и шмыгнула прочь, увидев Джона, Сэм посмотрел на друга с горьким упреком.

— Я думал, ты ей поможешь.

— Это каким же образом? — напустился на него Джон. — Возьму ее с нами, завернув в твой плащ? Нам приказывали не...

— Я знаю, — виновато сказал Сэм, — но она так боится. Уж мне-то известно, что это значит — бояться. Я сказал ей... — Он проглотил слюну.

— Что ты ей сказал? Что мы возьмем ее с собой?

— На обратном пути. — Сэм густо побагровел, не глядя Джону в глаза. — У нее будет ребенок.

— Сэм, ты что, вконец рехнулся? Может, мы пойдем обратно совсем не той дорогой. А если даже и заедем сюда — думаешь, Старый Медведь позволит тебе умыкнуть одну из жен Крастера?

— Ну... может, к тому времени я придумаю что-нибудь...

— Некогда мне с тобой — мне еще лошадей чистить и седлать. — Джон зашагал прочь, смущенный и рассерженный в равной мере. «Сердце у Сэма большое, как и он сам, но при всей своей начитанности он временами бывает таким же тупицей, как Гренн. То, что он затеял, немыслимо и бесчестно к тому же. Почему же мне тогда так стыдно?»

Джон занял свое привычное место рядом с Мормонтом, и Ночной Дозор двинулся из ворот Крастера между двумя черепами. Путь их лежал на северо-запад по кривой звериной тропе. С деревьев капало, и тихая музыка этого медленного дождя играла по всему лесу. Ручей к северу от усадьбы разлился, запруженный ветками и листьями, но дозорные нашли брод, и отряд стал переправляться. Вода доходила коням до брюха. Призрак, переплыв поток, вылез на берег не белым, а бурым. Он отряхнулся, разбрызгивая воду и грязь во все стороны. Мормонт ничего на это не сказал, но ворон у него на плече выразил свое недовольство.

— Милорд, — сказал Джон тихо, когда они снова въехали в лес, — у Крастера нет ни овец, ни сыновей.

Мормонт не ответил.

— В Винтерфелле одна женщина рассказывала нам сказки, — продолжал Джон. — Она говорила, что у одичалых есть женщины, которые спят с Иными и потом рожают полулюдей.

— Бабьи россказни. Разве Крастер, по-твоему, не человек?

«Это как посмотреть», — подумал Джон.

— Он отдает своих сыновей лесу.

Мормонт долго молчал и наконец сказал:

— Да.

— Да, да-да, — откликнулся ворон.

— Так вы знали?

— Смолвуд мне сказал. Давно уже. Все разведчики знают, только не любят говорить об этом.

— И дядя тоже?

— Все разведчики, — повторил Мормонт. — Ты думаешь, что мне следует его остановить. Убить его, если понадобится. — Старый Медведь вздохнул. — Если бы он хотел только избавиться от лишних ртов, я охотно посылал бы Йорена или Конвиса забирать у него мальчиков. Мы бы их воспитали, как черных братьев, и они пригодились бы Дозору. Но боги одичалых более жестоки, чем наши с тобой. Эти мальчики — жертва, которую приносит Крастер. Его молитва, если угодно.

«Его жены, должно быть, молятся по-иному», — подумал Джон.

— А ты-то как узнал об этом? — спросил Мормонт. — От одной из жен Крастера?

— Да, милорд, — признался Джон. — Я не хотел бы говорить вам, как ее зовут. Ей страшно, и она просила о помощи.

— Мир полон людей, которые нуждаются в помощи, Джон. Лучше всего, если они наберутся мужества и помогут себе сами. Крастер сейчас валяется на полатях, упившись до бесчувствия, а на столе внизу лежит острый топор. Будь это я, я назвал бы его «Посланный Богами» и положил бы конец своим горестям.

Да, Джон подумал о Лилли и ее сестрах. Их девятнадцать, а Крастер один, но...

— Однако нам придется худо, если Крастера не станет. Твой дядя мог бы рассказать тебе, что его дом не раз спасал разведчиков от смерти.

— Мой отец... — Джон замялся.

— Смелей, Джон. Говори.

— Отец однажды сказал, что есть люди, которыми не стоит дорожить. Жестокий и неправедный знаменосец бесчестит не только себя, но и своего сюзерена.

— Крастер сам себе господин — он нам на верность не присягал. И нашим законам он не подчиняется. У тебя благородное сердце, Джон, но это будет для тебя полезным уроком. Мы не можем исправить мир. У нас другая цель. Ночной Дозор ведет свою войну.

«Свою войну. Да, придется мне это запомнить».

— Джармен Баквел сказал, что мой меч может скоро понадобиться мне.

— Вот как? — Мормонту это, видимо, не понравилось. — Крастер ночью наговорил такого, что нагнал на меня страху и обеспечил мне бессонную ночь у себя на полу. Манс-Разбойник собирает всех своих подданных в Клыках Мороза. Потому-то деревни и опустели. То же самое рассказал сиру Деннису Маллистеру одичалый, которого его люди взяли в Теснине, но Крастер назвал место — в этом вся разница.

— Он строит город или создает армию?

— Кабы знать. Сколько их там? Каково число боеспособных мужчин? Никто этого сказать не может. Клыки Мороза — это жестокая негостеприимная пустыня, сплошной камень и лед. Много народу там не прокормить. Я вижу только одну причину такого сбора. Манс намерен нанести удар на юг, на Семь Королевств.

— Одичалые и раньше к нам вторгались. — Об этом рассказывали и старая Нэн, и мейстер Люин. — Реймун Рыжебородый привел их на юг во времена моего деда, а перед ним был король по имени Баэль Бард.

— Да, а задолго до них был Рогатый Лорд и братья-короли Гендел и Горн, а в стародавние времена Джорамун, который протрубил в Рог Зимы и поднял из земли гигантов. Все они бывали разбиты либо у Стены, либо дальше, у Винтерфелла... но ныне Ночной Дозор только тень былого, и кто готов сразиться с одичалыми, кроме нас? Лорд Винтерфелла умер, а его наследник увел свои войска на юг, чтобы драться с Ланнистерами. Одичалым никогда больше не представится такого случая. Я знал Манса-Разбойника, Джон. Он клятвопреступник, но глаза у него есть, и никто не посмел бы назвать его слабодушным.

— Что же нам делать? — спросил Джон.

— Найти его. Сразиться с ним. Остановить его.

Триста человек против полчищ одичалых. Пальцы Джона сжались в кулак.

ТЕОН

Она была красавица — этого никто бы не дерзнул отрицать. «Впрочем, твоя первая всегда красавица», — подумал Теон Грейджой.

— Ишь как разулыбался, — сказал позади женский голос. — Нравится она тебе, молодой лорд?

Теон смерил женщину взглядом и остался доволен увиденным. Сразу видно, островитянка: стройная, длинноногая, с коротко остриженными черными волосами, обветренной кожей, сильными уверенными руками и кинжалом у пояса. Нос великоват и слишком остер для худого лица, но улыбка возмещает этот недостаток. Немного постарше его, пожалуй, но ей никак не больше двадцати пяти, и движется так, словно привыкла к палубе под ногами.

— Да, на нее приятно смотреть, — сказал Теон, — но и наполовину не столь приятно, как на тебя.

— Ого, — усмехнулась она. — Надо мне быть поосторожнее. У молодого лорда медовый язык.

— Это правда. Хочешь попробовать?

— Вот оно как? — Она дерзко смотрела прямо ему в глаза. На Железных островах встречаются женщины, которые плавают на ладьях вместе со своими мужчинами, и говорят, море до того меняет их, что они и в любви становятся жадными, как мужчины. — Ты так долго пробыл в море, лордик? Или там, откуда ты приплыл, женщин вовсе не было?

— Были — но не такие, как ты.

— Почем тебе знать, какая я?

— Мои глаза тебя видят, мои уши слышат твой смех, и мой член встает, как мачта.

Она подошла и пощупала его между ног.

— Смотри-ка, не соврал. — Ее рука сжала его сквозь одежду. — Сильно он тебя мучает?

— Невыносимо.

— Бедный лордик. — Она отпустила его и отошла на шаг. — Только я ведь замужем и понесла к тому же.

— Боги милостивы — стало быть, я не сделаю тебе бастарда.

— Мой тебе все равно спасибо не скажет.

— Зато, быть может, скажешь ты.

— С чего бы? У меня лорды и прежде бывали. Они сделаны так же, как все прочие мужики.

— Принца у тебя уж верно не было. Когда ты поседеешь, покроешься морщинами и груди у тебя отвиснут ниже пояса, будешь рассказывать своим внукам, что когда-то любила короля.

— Ах, теперь уже речь о любви? Не просто о том, что у нас между ног?

— Значит, тебе хочется любви? — Теону решительно нравилась эта бабенка, кем бы она ни была. Ее острый язычок служил приятным отдохновением после унылой сырости Пайка. — Хочешь, чтобы я назвал свою ладью твоим именем, играл тебе на арфе и поселил тебя в башне моего замка, одевая в одни драгоценности, как принцессу из песни?

— Ладью ты можешь назвать моим именем, — сказала она, умолчав об остальном. — Ведь это я ее строила.

— Ее строил Сигрин — корабельный мастер моего лорда-отца.

— И мой муж. Я Эсгред, дочь Амброда.

Теон не знал, что у Амброда есть дочь, а у Сигрина жена... но с молодым корабельщиком он виделся только раз, а старого и вовсе не помнил.

— Ты ему не пара.

— А вот Сигрин сказал мне, что этот славный корабль — не пара тебе.

— Так ты знаешь, кто я? — насторожился Теон.

— Принц Теон из дома Грейджоев, кто же еще? Скажи правду, милорд, — что ты думаешь о ней, о своей новой женщине? Сигрину любопытно будет узнать.

Ладья была такая новенькая, что от нее еще пахло смолой. Завтра дядя Эйерон освятит ее, но Теон нарочно приехал из Пайка, чтобы посмотреть на нее до того, как ее спустят на воду. Не такая большая, как отцовский «Великий кракен» или «Железная победа» дяди Виктариона, она тем не менее казалась ладной и быстрой даже в своей деревянной колыбели. Черная и стройная, ста футов длиной, с единственной высокой мачтой, пятьюдесятью длинными веслами и палубой, где хватит места для ста человек, — а на носу большой железный таран в форме наконечника стрелы.

— Сигрин сослужил мне хорошую службу — если она так же быстра, как кажется.

— Еще быстрее — если попадет в руки мастера.

— Вот уж несколько лет, как я не плавал на кораблях. — (И никогда не водил их, по правде сказать.) — Но я Грейджой и родом с островов — море у меня в крови.

— А кровь твоя скоро будет в море, потому что моряк из тебя аховый.

— Я не причиню вреда столь прекрасной деве.

— Прекрасной деве? — засмеялась женщина. — Она морская сука, вот она кто.

— Так я ее и назову. «Морская сука».

Это развеселило ее, и в темных глазах зажглись огоньки.

— Ты обещал назвать ее в мою честь, — упрекнула она.

— Обещал. — Он поймал ее руку. — Окажи мне услугу, миледи. В зеленых землях верят, что беременная женщина приносит удачу мужчине, который с ней спит.

— Что в зеленых землях могут знать о кораблях? Или о женщинах, если уж на то пошло? Мне сдается, ты сам это выдумал.

— Если я признаюсь, ты не утратишь любви ко мне?

— Не утрачу? Да разве я тебя любила?

— Нет — но я пытаюсь исправить этот ущерб, милая Эсгред. На ветру холодно. Пойдем ко мне на корабль и позволь мне согреть тебя. Завтра мой дядя Эйерон польет ее нос морской водой и прочтет молитву Утонувшему Богу, но я предпочитаю освятить ее молоком моих и твоих чресл.

— Утонувшему Богу это может не понравиться.

— Пропади он совсем, Утонувший Бог. Если он будет нам докучать, я утоплю его снова. Через две недели мы отплываем на войну. Неужели ты отпустишь меня в бой потерявшим сон от желания?

— Запросто.

— Жестокая. Я хорошо назвал свой корабль. Если я, доведенный до отчаяния, ненароком направлю его на скалы, вини в этом себя.

— Чем будешь править — им? — Эсгред снова коснулась его мужского естества, улыбнувшись железной твердости мышцы.

— Поедем со мной в Пайк, — сказал он внезапно и подумал: «Что-то скажет на это лорд Бейлон? Впрочем, какое мне дело. Я взрослый мужчина, и если я привожу с собой женщину, это касается только меня».

— А что я там буду делать? — спросила она, не убирая руки.

— Отец дает вечером пир своим капитанам. — Он задавал такие пиры каждую ночь в ожидании тех, кто еще не явился, но ей это знать было не обязательно.

— Ты и меня сделаешь своим капитаном на эту ночь, милорд принц? — Он еще ни у одной женщины не видел такой ехидной улыбки.

— Охотно — если ты благополучно введешь меня в гавань.

— Ну что ж, я знаю, каким концом макать в море весло, а с веревками и узлами никто лучше меня не управляется. — Свободной рукой она распустила завязки его бриджей и с усмешкой отступила назад. — Жаль, что я замужем и к тому же с ребенком.

Теон торопливо завязал тесемки.

— Мне пора обратно в замок. Если ты не поедешь со мной, я собьюсь с дороги от горя, и острова лишатся главного своего украшения.

— Этого я не могу допустить... но у меня нет лошади, милорд.

— Ты можешь взять лошадь моего оруженосца.

— Значит, бедный оруженосец пойдет в Пайк пешком?

— Тогда поедем вдвоем на моей.

— Тебе того и хотелось, да? — Снова эта улыбочка. — Где же ты меня посадишь — впереди или позади?

— Где захочешь.

— Я хочу сверху.

Где же эта женщина была всю его жизнь?

— В чертоге моего отца темно и сыро. Нужна Эсгред, чтобы огонь горел поярче.

— У молодого лорда медовый язык.

— Разве мы не с этого начинали?

— Этим и закончим. — Она вскинула руки вверх. — Эсгред твоя, прекрасный принц. Вези меня в свой замок — я хочу увидеть его гордые башни, встающие из моря.

— Я оставил коня в гостинице. Пойдем. — Они вместе зашагали по берегу, и когда Теон взял ее за руку, она не отстранилась. Ему нравилась ее походка — смелая, упругая, чуть вразвалку, — видно, она и в постели такая же бедовая.

В Лордпорте было людно, как никогда, — его наполняли команды с кораблей, стоящих у берега или на якоре за волнорезом. Железные Люди нечасто сгибают колено, но Теон заметил, что и гребцы, и горожане присмиревают при виде их и кланяются вслед. «Наконец-то они стали меня узнавать — да и пора бы».

Лорд Гудбразер подошел прошлой ночью со своими основными силами — около сорока ладей. Его люди кишели повсюду, приметные в своих полосатых кушаках из козьей шерсти. В гостинице говорили, что эти безусые мальчишки из Большого Вика так заездили шлюх Оттера Хромоногого, что те ходят враскоряку. Пусть себе ребята забавляются. Более рябых и гнусных баб Теон еще не видывал. Теперешняя его спутница ему куда больше по вкусу. То, что она замужем за отцовским корабельщиком и носит ребенка, придавало ей еще больше остроты.

— Милорд принц уже начал подбирать себе команду? — спросила на ходу Эсгред. — Эй, Синий Зуб, — окликнула она проходящего морехода в медвежьем полушубке и крылатом шлеме. — Как там твоя молодка?

— Брюхата — говорят, двойня будет.

— Так скоро? — Она снова сверкнула своей улыбкой. — Глубоко ты, видать, весло запускаешь.

— Ага — и гребу что есть мочи, — заржал моряк.

— Крепкий парень, — заметил Теон. — Синий Зуб его зовут? Может, взять его на «Морскую суку»?

— Не предлагай ему этого, если не хочешь его оскорбить. У него свой корабль.

— Я слишком долго отсутствовал, чтобы знать, кто есть кто, — сознался Теон. Он попробовал отыскать своих друзей, с которыми играл мальчишкой, но все они либо уехали, либо умерли, либо стали чужими ему. — Дядя Виктарион дает мне своего кормчего.

— Римолфа Буревестника? Славный моряк, пока трезв. Уллер, Кварл, — снова окликнула она, — а где ваш брат Скайт?

— Как видно, Утонувшему Богу понадобился хороший гребец, — ответил коренастый человек с проседью в бороде.

— Он хочет сказать, что брат выдул слишком много вина и у него лопнуло брюхо, — пояснил розовощекий юноша рядом с ним.

— То, что мертво, умереть не может, — сказала Эсгред.

— То, что мертво, умереть не может.

Теон произнес эти слова вместе с ними.

— Я вижу, тебя тут хорошо знают, — сказал он женщине, когда они двинулись дальше.

— Жену корабельщика все привечают — кому же охота, чтобы его корабль потонул? Если тебе нужны парни на весла, эти двое могли бы подойти.

— Сильные руки в Лордпорте всегда найдутся. — Теон немало думал об этом. Ему нужны бойцы — и такие, что будут преданы

307

ему, а не его лорду-отцу или дядьям. Роль послушного молодого принца он будет играть лишь до тех пор, пока отец не раскроет свои планы полностью. Если же ему не понравятся эти планы или та часть, которая отведена в них ему, тогда...

— Одной силы недостаточно. Весла ладьи должны двигаться как одно — только тогда она покажет все, на что способна. Умнее всего подбирать людей, которые уже сидели вместе на веслах.

— Хороший совет. Не поможешь ли мне подобрать их? — (Пусть думает, что я ценю ее ум, — женщинам это нравится.)

— Возможно, если будешь хорошо со мной обходиться.

— Как же иначе?

Около «Мириам», которая пустая покачивалась у причала, Теон прибавил шагу. Капитан хотел отплыть еще две недели назад, но лорд Бейлон ему не позволил. Никому из торговцев, оказавшихся в Лордпорте, не разрешалось покинуть его — лорд Бейлон не желал, чтобы весть о созыве им своего флота достигла материка раньше времени.

— Милорд, — позвал жалобный голосок с юта. Дочь капитана стояла у борта, глядя на них. Отец запретил ей сходить на берег, но всякий раз, когда Теон приезжал в Лордпорт, она слонялась по палубе. — Постойте, милорд, пожалуйста...

— Ну и как? — спросила Эсгред, когда Теон поспешно провел ее мимо барки. — Угодила она милорду?

Теон не видел нужды стесняться:

— На какое-то время. Она хочет стать моей морской женой.

— Ого. Ну, немного соли ей не помешало бы. Слишком она мягкотелая — или я ошибаюсь?

— Ты не ошибаешься. — (В самую точку — мягкотелая. Откуда она знает?)

Он велел Вексу ждать его у гостиницы. В общем зале было столько народу, что в дверь пришлось протискиваться. Внутри не осталось ни одного свободного места. Теон, оглядевшись, не увидел своего оруженосца.

— Векс, — заорал он, перекрикивая гвалт. «Если он с одной из этих рябых девок, шкуру спущу», — решил Теон. Наконец он углядел парня — тот играл в кости у очага и выигрывал, судя по куче монет перед ним.

— Нам пора, — сказал Теон. Парень и ухом не повел, пока Теон не поднял его за это самое ухо с пола. Векс собрал свои медяки и пошел за хозяином, не говоря ни слова. Это в нем Теону нравилось больше всего. Почти все оруженосцы любят чесать языком, но

Векс — глухонемой от рождения, что не мешает ему быть очень смышленым для двенадцатилетнего паренька. Он побочный сын одного из сводных братьев лорда Ботли, и взять его в оруженосцы входило в цену, которую Теон отдал за коня.

Увидев Эсгред, Векс вылупил глаза, точно никогда не встречал ни одной женщины.

— Эсгред едет со мной в Пайк. Седлай лошадей, да поживее.

Сам Векс приехал на тощем низеньком коньке из конюшен лорда Бейлона, но конь Теона был совсем другого рода.

— Где ты взял этого зверюгу? — спросила Эсгред. Но Теон по ее смеху понял, что конь произвел на нее впечатление.

— Лорд Ботли купил его в Ланниспорте в прошлом году, но конь оказался для него слишком прыток, и Ботли решил его продать. — Железные острова чересчур скудны и каменисты для разведения породистых лошадей, и местные жители в большинстве своем неважные наездники — они куда лучше чувствуют себя на палубе ладьи, чем в седле. Даже лорды ездят на мелких лошадках, на лохматых пони Харло, а в телеги здесь чаще запрягают волов, чем коней. Крестьяне, слишком бедные, чтобы иметь какую ни на есть животину, сами таскают свои плуги по тощей, полной камней земле.

Но Теон, проживший десять лет в Винтерфелле, не собирался идти на войну без хорошего скакуна, и неудачная покупка лорда Ботли пришлась ему кстати: жеребец с нравом таким же черным, как его шкура, и крупнее обычной скаковой лошади, хотя и не такой большой, какими бывают боевые кони. Теон тоже был не такой большой, как многие рыцари, поэтому его это вполне устраивало. Глаза у жеребца горели огнем. Увидев нового хозяина, он оскалил зубы и попытался укусить ему щеку.

— А имя у него есть? — спросила Эсгред.

— Улыбчивый. — Теон сел в седло, подал ей руку и усадил перед собой, где мог обнимать ее всю дорогу. — Вроде меня. Один человек сказал мне, что я вечно улыбаюсь когда не надо.

— Это правда?

— Разве что для тех, кто вовсе не улыбается. — Теон подумал о своем отце и дяде Эйероне.

— Ты и теперь улыбаешься, милорд принц?

— О да. — Он взял поводья, полуобняв ее и при этом заметив, что ей не мешало бы вымыть голову. Он увидел давний розовый шрам на ее красивой шее, и ему понравилось, как от нее пахнет — солью, потом и женщиной.

Обратная дорога обещала стать куда более приятной, чем поездка из Пайка сюда.

Когда они отъехали довольно далеко от Лордпорта, Теон положил руку ей на грудь, но Эсгред тут же ее сбросила.

— Держись лучше за поводья обеими руками, не то твой черный зверь скинет нас с себя и залягает насмерть.

— Это я из него уже выбил. — Некоторое время Теон вел себя пристойно, рассуждая о погоде (ненастной с самого его приезда и часто дождливой) и рассказывая ей, сколько человек он убил в Шепчущем Лесу. Объясняя, как близко он был от Цареубийцы, он вернул руку на прежнее место. Груди у нее были маленькие, но твердые, и он это оценил.

— Не стоит этого делать, милорд принц.

— Еще как стоит. — Он слегка стиснул пальцы.

— Твой оруженосец смотрит на нас.

— Пусть его. Он никому об этом не скажет — клянусь.

Эсгред отцепила от себя его пальцы, крепко зажав их в своих. У нее были сильные руки.

— Люблю, когда женщина держит крепко.

— Вот уж не сказала бы, судя по той бабенке у пристани, — фыркнула она.

— По ней не суди. Просто на корабле больше не было женщин.

— Как по-твоему — твой отец хорошо меня примет?

— С чего бы? Он и меня-то принял не слишком хорошо — а ведь я его родная кровь, наследник Пайка и Железных островов.

— Наследник? Но ведь у тебя, кажется, есть братья, несколько дядей и сестра.

— Братьев давно нет в живых, а сестра... говорят, любимый наряд Аши — это кольчуга, свисающая ниже колен, а бельишко у нее из вареной кожи. Но мужской наряд еще не делает ее мужчиной. Я хорошо выдам ее замуж, когда мы выиграем войну, если найду такого, кто согласится ее взять. Насколько я помню, нос у нее как клюв у коршуна, рожа вся в прыщах, а грудь плоская, как у мальчишки.

— Ладно, сестру ты выдашь замуж — а дядья?

— Дядья... — По праву Теон как наследник шел впереди трех братьев отца, однако женщина коснулась больного места. На островах нередко случалось так, что сильная рука дяди отпихивала в сторону слабого племянника, который при этом обычно прощался с жизнью. «Но я не из слабеньких, — сказал себе Теон, — и стану еще сильнее, когда отец умрет». — Они для меня не опасны, —

заявил он. — Эйерон пьян от морской воды и собственной святости и живет только ради своего бога...

— Разве его бог — не твой?

— Отчего же, мой. То, что мертво, умереть не может. — Он улыбнулся уголками губ. — Если я буду говорить слова вроде этих, с Мокроголовым у меня не будет хлопот. А Виктарион...

— Лорд-капитан Железного Флота и могучий воин. В пивных только о нем и поют.

— Когда мой лорд-отец поднял восстание, он отплыл в Ланниспорт вместе с дядей Эуроном и сжег флот Ланнистеров прямо на якоре, — вспомнил Теон. — Но этот план принадлежал Эурону. Виктарион все равно что большой серый буйвол — сильный, неутомимый и послушный, но скачку выиграть не может. Не сомневаюсь, что он и мне будет служить столь же преданно, как служил моему лорду-отцу. Для заговорщика у него маловато ума и честолюбия.

— Зато Эурону Вороньему Глазу хитрости не занимать. О нем рассказывают жуткие вещи.

Теон поерзал в седле.

— Дядю Эурона вот уже два года не видели на островах. Возможно, он умер. — Хорошо бы. Старший из братьев лорда Бейлона никогда не отказывался от старого закона. Его «Молчаливый» с черными парусами и темно-красным корпусом снискал себе мрачную славу во всех портах от Иббена до Асшая.

— Возможно, — согласилась Эсгред, — а если он и жив, то так долго пробыл в море, что стал здесь все равно что чужой. Железные Люди никогда не потерпят чужака на Морском Троне.

— Пожалуй, — ответил Теон и смекнул, что ведь и его тоже могут счесть чужаком. Он нахмурился, подумав об этом. «Десять лет — долгий срок, но теперь я вернулся, а отец еще и не думает умирать. У меня будет время показать себя».

Он подумывал, не поласкать ли снова грудь Эсгред, но она скорее всего скинет его руку, притом эти разговоры о дядюшках порядком охладили его пыл. Успеется еще поиграть, когда они окажутся в его покоях.

— Я поговорю с Хельей, когда мы приедем, и позабочусь, чтобы тебе дали почетное место на пиру. Я сам буду сидеть на помосте, по правую руку отца, но, когда он удалится, спущусь к тебе. Обычно он долго не засиживается — желудок не позволяет ему много пить.

— Печально это, когда великий человек стареет.

311

— Лорд Бейлон — всего лишь отец великого человека.

— Экая скромность.

— Только дурак принижает себя — ведь в мире полно людей, готовых сделать это за него. — Он легонько поцеловал ее в затылок.

— А что же я надену на твой роскошный пир? — Она протянула руку назад и оттолкнула его голову.

— Попрошу Хелью дать тебе одно из матушкиных платьев — авось подойдет. Моя леди-мать в Харло и возвращаться не собирается.

— Да, я слышала — холодные ветры изнурили ее. Почему ты не съездишь к ней? До Харло всего день морем, а леди Грейджой наверняка хочется увидеть сына.

— Надо бы, да дела не пускают. Отец после моего возвращения во всем полагается на меня. Возможно, когда настанет мир...

— Твой приезд мог бы принести мир ей.

— Теперь ты заговорила как женщина.

— Я и есть женщина... притом беременная.

Мысль об этом почему-то возбудила его.

— По тебе совсем незаметно. Как ты можешь это доказать? Прежде чем поверить, я должен посмотреть, набухли ли твои груди, и отведать твоего молока.

— А что скажет на это мой муж? Слуга твоего отца, присягнувший ему?

— Мы велели ему построить столько кораблей — он и не заметит, что тебя нет.

— Как жесток молодой лорд, похитивший меня, — засмеялась она. — Если я пообещаю дать тебе посмотреть, как мое дитя сосет грудь, ты расскажешь еще что-нибудь про войну, Теон из дома Грейджоев? Перед нами еще горы и мили — я хочу послушать о волчьем короле, которому ты служил, и о золотых львах, с которыми он сражается.

Теону очень хотелось угодить ей, и он стал рассказывать. Весь остаток длинной дороги он занимал ее историями о Винтерфелле и о войне. Некоторые ее замечания изумляли его. «Как с ней легко говорить, благослови ее боги, — словно я знаю ее уже много лет. Если она столь же хороша в постели, как умна, надо будет оставить ее себе...» Он вспомнил Сигрина-Корабельщика, грузного тугодума, с белобрысыми, уже редеющими над прыщавым лбом волосами, и потряс головой. Нет, такая женщина не для него.

Крепостная стена Пайка возникла перед ними как-то совсем неожиданно. Ворота были открыты. Теон пришпорил Улыбчивого и крупной рысью въехал во двор. Собаки подняли лай, когда он снял Эсгред с коня, и бросились к ним, виляя хвостами. Промчавшись мимо Теона, они чуть не сбили женщину с ног и принялись скакать вокруг нее, тявкать и лизаться.

— Прочь! — крикнул Теон, пнув большую бурую суку, но Эсгред только смеялась.

Вслед за собаками подоспел и конюх.

— Возьми коня, — сказал ему Теон, — и отгони этих проклятых...

Но малый, не обращая на него никакого внимания, осклабился всем своим щербатым ртом и сказал:

— Леди Аша. Вы вернулись...

— Да, прошлой ночью, — сказала она. — Лорд Гудбразер и я пришли с Большого Вика, и я заночевала в гостинице, а сегодня мой младший братец любезно подвез меня из Лордпорта. — Она чмокнула одну из собак в нос и усмехнулась, глядя на Теона.

Он только и мог, что стоять и пялить на нее глаза. Нет. Не может она быть Ашей. В его воображении, как он понял сейчас, жили две Аши — одна девчонка-подросток, которую он знал, другая смутно похожая на их мать. Ни одна из них не походила на эту... эту...

— Прыщи у меня пропали, когда груди выросли, — пояснила она, — но клюв, как у коршуна, остался.

Теон обрел дар речи:

— Почему ты мне не сказала?!

Аша отпустила собаку и выпрямилась.

— Хотела сперва посмотреть, каков ты есть. Вот и посмотрела. — Она отвесила ему насмешливый полупоклон. — А теперь прошу извинить меня, братец. Мне надо помыться и переодеться для пира. Не знаю, сохранилось ли еще у меня то кольчужное платьице, которое я так люблю носить поверх кожаного бельишка? — Она ухмыльнулась и пошла через мост своей легкой, чуть разваливстой походкой, которая так полюбилась ему.

Векс осклабился, и Теон съездил ему по уху.

— Это за то, что тебе так весело. — Еще одна затрещина, посильнее. — А это за то, что не предупредил меня. В следующий раз отрасти себе язык.

Его комнаты никогда еще не казались ему такими холодными, хотя жаровня горела постоянно. Теон стянул с себя сапоги, скинул плащ на пол и налил себе вина, вспоминая неуклюжую прыщавую девчонку с мосластыми коленками. «Она развязала мне бриджи, — бесился он, — и сказала... о боги, а я-то...» Он застонал. Нельзя было выставить себя большим дураком, чем это сделал он.

«Нет, это не я — это она сделала из меня дурака. Вот уж повеселилась, должно быть, сука вредная. А как она хватала меня между ног...»

Он взял чашу и сел на подоконнике, глядя, как солнце закатывается за море и Пайк. «Мне здесь не место — Аша права, Иные ее забери!» Вода внизу из зеленой стала серой, а после черной. Услышав далекую музыку, он понял, что пора одеваться для пира.

Он выбрал простые сапоги и еще более простую одежду — в черных и серых тонах, под стать своему настроению. Украшений никаких — ведь у него нет ничего, купленного железом. «Я мог бы снять что-то с одичалого, которого убил, спасая Брана Старка, но на нем ничего ценного не было. Таково уж мое счастье — я убил нищего».

В длинном дымном чертоге сидели отцовские лорды и капитаны — около четырехсот человек. Дагмер Щербатый еще не вернулся со Старого Вика со Стонхаузами и Драммами, но все остальные были в наличии — Харло с острова Харло, Блэкриды с Блэкрида, Спарры, Мерлины и Гудбразеры с Большого Вика, Сатклиффы и Сандерли с Сатклиффа, Ботли и Винчи с той стороны острова Пайк. Невольники разносили эль, играла музыка — скрипки, волынки и барабаны. Трое крепких парней плясали военный танец, перебрасываясь короткими топориками. Весь фокус был в том, чтобы поймать топор или перескочить через него, не прерывая танца. Пляска называлась «персты», поскольку танцоры в ней нередко теряли пару-другую пальцев.

Ни они, ни пирующие не обратили особого внимания на Теона Грейджоя, идущего к помосту. Лорд Бейлон сидел на Морском Троне в виде огромного кракена, вырубленном из глыбы блестящего черного камня. Легенда гласила, что Первые Люди, высадившись на Железных островах, нашли этот камень на берегу Старого Вика. Слева от трона помещались дядья Теона. Аша восседала на почетном месте, по правую руку.

— Ты опоздал, Теон, — заметил лорд Бейлон.

— Прошу прощения. — Теон сел на свободное место рядом с Ашей и прошипел ей на ухо: — Ты заняла мое место.

Она устремила на него невинный взор.

314

— Ты, должно быть, ошибся, брат. Твое место в Винтерфелле. — Ее улыбка резала его как ножом. — А где же твои красивые наряды? Я слышала, ты любишь носить шелк и бархат. — Сама она надела простое платье из мягкой зеленой шерсти, подчеркивающее стройные линии ее тела.

— Твоя кольчуга, должно быть, заржавела, сестрица, а жаль, — отпарировал он. — Хотел бы я поглядеть на тебя в железе.

— Поглядишь еще, братец, — засмеялась Аша, — если, конечно, твоя «Морская сука» угонится за моим «Черным ветром». — Один из невольников подошел к ним со штофом вина. — Что ты будешь пить сегодня, Теон, — эль или вино? — Она подалась к нему. — Или тебе все еще хочется отведать моего материнского молока?

Теон, покраснев, бросил невольнику:

— Вина. — Аша отвернулась и, стуча по столу, потребовала эля.

Теон разрезал надвое ковригу хлеба, вынул мякиш из одной половины и велел налить туда рыбной похлебки. От запаха его слегка замутило, но он заставил себя поесть, выпил еще и кое-как продержался две перемены, думая: «Если и выблюю, то на нее».

— Знает ли отец, что ты замужем за его корабельщиком? — спросил он.

— Не больше, чем сам Сигрин. «Эсгред» был первый корабль, который он построил, — он назвал его в честь своей матери. Не знаю, кого из них он любит больше.

— Значит, каждое твое слово было ложью.

— Нет, не каждое, — усмехнулась она. — Помнишь, я сказала, что люблю быть наверху?

Это рассердило его еще больше.

— А твои россказни о том, что ты замужем и ждешь ребенка?

— Это тоже правда. — Аша вскочила на ноги, протянула руку к танцорам и крикнула одному из них: — Рольф! — Он метнул свой топор, и тот, кувыркаясь и сверкая при свете факелов, полетел через зал. Теон и ахнуть не успел, как Аша поймала топор за рукоять и вогнала его в стол, разрубив его миску надвое и обрызгав его подливкой. — Вот он, мой лорд-муж. — Аша запустила руку за корсаж и достала кинжал, спрятанный между грудей. — А вот мое милое дитятко.

Теон Грейджой не мог видеть себя в эту минуту, но вдруг услышал, как весь Великий Чертог грохнул со смеху, и понял, что смеются над ним. Даже отец улыбался, проклятие богам, а дядя Викарион посмеивался вслух. Лучшее, на что оказался способен

315

Теон, — это выдавить из себя ухмылку. Посмотрим, кто будет смеяться последним, сука.

Аша выдернула топор и бросила его обратно танцору под свист и громкое «ура».

— На твоем месте я прислушалась бы к тому, что я сказала тебе насчет подбора команды. — Невольник поднес им блюдо, и Аша, подцепив кинжалом соленую рыбину, стала есть прямо с острия. — Если бы ты хоть что-нибудь знал о Сигрине, мне бы не удалось тебя одурачить. Ты десять лет пробыл волком, а теперь строишь из себя принца островов, ничего и никого не зная. С какой же стати люди станут сражаться и умирать за тебя?

— Я их законный принц, — надменно молвил Теон.

— По закону зеленых земель, может, и так. Но здесь у нас свои законы — или ты забыл?

Теон хмуро уставился на расколотую миску перед собой. Сейчас это все потечет ему на колени. Он приказал невольнику вытереть стол. «Полжизни я ждал, что вернусь домой, и что же я встретил здесь? Насмешки и пренебрежение». Это не тот Пайк, который он помнил, — да помнил ли он хоть что-нибудь? Он был совсем мал, когда его увезли отсюда.

Пир был довольно убог — сплошная рыба, черный хлеб да пресная козлятина. Самым вкусным Теону показался луковый пирог. Но вино и эль продолжали наливать в изобилии и после того, как со стола уже убрали.

Лорд Бейлон Грейджой поднялся с Морского Трона.

— Допивайте и приходите в мою горницу, — сказал он тем, кто сидел с ним на помосте. — Обсудим наши планы. — Не сказав больше ни слова, он удалился в сопровождении двух стражников. Его братья вскоре последовали за ним. Теон тоже встал с места.

— Не терпится, братец? — Аша, взяв рог, приказала налить ей еще эля.

— Наш лорд-отец ждет.

— Он ждал тебя много лет — пусть подождет еще немного... впрочем, если ты боишься прогневать его, то беги. Ты еще успеешь догнать дядюшек. Один из них пьян от морской воды, а другой, большой серый буйвол, до того туп — того гляди заблудится.

Теон раздраженно сел на место.

— Я не из тех, кто за кем-то бегает.

— А как насчет женщин?

— Я тебя за член не хватал.

— Так ведь у меня его и нет. Зато за все остальное ты хватался почем зря.

Он почувствовал, что краснеет.

— Я мужчина, и желания у меня, как у всех мужчин. А вот ты — извращенное существо.

— Я всего лишь робкая дева. — Рука Аши под столом снова стиснула его член, и Теон чуть не свалился со стула. — Так ты больше не хочешь, чтобы я ввела тебя в гавань, братец?

— Да, замужество — это явно не для тебя, — решил Теон. — Когда стану правителем, отправлю тебя к Молчаливым Сестрам. — Он встал и нетвердыми шагами устремился в покои отца.

Когда он дошел до подвесного моста в Морскую башню, начался дождь. Желудок у Теона бурлил, как волны внизу, и от вина его пошатывало. Теон, скрипнув зубами, вцепился в веревку и пошел через мост, представляя себе, что сжимает шею Аши.

В горнице было так же сыро и так же дуло, как во всем прочем замке. Отец в своей тюленьей накидке сидел у жаровни, дяди — у него по бокам. Виктарион, когда Теон вошел, говорил что-то о ветрах и приливах, но лорд Бейлон жестом велел ему замолчать.

— Мой план готов, и я хочу, чтобы вы его выслушали.

— Позволь мне предложить... — начал Теон.

— Когда мне понадобится твой совет, я спрошу его. Прилетела птица со Старого Вика. Дагмер возвращается с Драммами и Стонхаузами. Если боги даруют нам попутный ветер, мы отплывем, как только они прибудут... вернее, отплывешь ты. Я хочу, чтобы первый удар нанес ты, Теон. Ты поведешь на север восемь кораблей...

— Восемь?! — Теон побагровел. — Что же я смогу всего с восемью кораблями?

— Ты будешь совершать набеги на Каменный Берег, разорять рыбацкие деревни и топить все корабли, которые встретишь. Авось и выманишь кого-нибудь из северных лордов из-за каменных стен. С тобой пойдут Эйерон и Дагмер.

— И да благословит Утонувший Бог наши мечи, — сказал жрец.

Теон чувствовал себя так, словно получил пощечину. Его посылают делать разбойничью работу, жечь хибары рыбаков и насиловать их безобразных девок — притом лорд Бейлон явно не надеется, что он и с этим-то справится. Мало того что ему придется терпеть угрюмые попреки Мокроголового — с ним отправится еще и Дагмер Щербатый, а стало быть, командиром он будет только на словах.

— Аша, дочь моя, — продолжал лорд Бейлон, и Теон, оглянувшись, увидел, что сестра тоже здесь, — ты поведешь тридцать кораблей с лучшими нашими людьми вокруг мыса Морского Дракона. Вы причалите на отмелях к северу от Темнолесья. Действуйте быстро — и замок падет, не успев еще узнать о вашей высадке.

Аша улыбнулась, как кошка при виде сливок.

— Всегда мечтала иметь свой замок, — промурлыкала она.

— Вот и возьми его себе.

Теон прикусил язык, чтобы не сказать лишнего. Темнолесье — усадьба Гловеров. Теперь, когда Роберт и Галбарт воюют на юге, оборона там, вероятно, не так сильна — и Железные Люди, взяв его, займут сильную крепость в самом сердце Севера. Это его следовало бы послать в Темнолесье. Он знает этот замок, он несколько раз бывал у Гловеров вместе с Эддардом Старком.

— Виктарион, — сказал лорд Бейлон брату, — главный удар нанесешь ты. Когда мои дети начнут войну, Винтерфеллу придется ответить им, и ты не встретишь большого сопротивления, поднимаясь по Соленому Копью и Горячке. Достигнув верховий реки, ты окажешься менее чем в двадцати милях от Рва Кейлин. Перешеек — это ключ ко всему Северу. Западные моря уже наши. Когда мы возьмем Ров Кейлин, щенок не сможет вернуться на Север... а если у него хватит глупости попытаться, его враги закупорят южный конец Перешейка позади него, и Робб-молокосос застрянет, как крыса в бутылке.

Теон не мог больше молчать:

— Это смелый план, отец, но лорды в своих замках...

— Все лорды ушли на юг со щенком — кроме трусов, стариков и зеленых юнцов. Замки сдадутся или падут один за другим. Винтерфелл, может, с год и продержится, но что с того? Все остальное будет нашим — леса, поля и селения, и северяне станут нашими рабами, а их женщины — морскими женами.

Эйерон Мокроголовый воздел руки.

— И воды гнева подымутся высоко, и длань Утонувшего Бога протянется над зелеными землями.

— То, что мертво, умереть не может, — произнес Виктарион. Лорд Бейлон и Аша подхватили его слова, и Теону поневоле пришлось повторять за ними.

Дождь снаружи стал еще сильнее. Веревочный мост извивался и плясал под ногами. Теон Грейджой остановился посередине, глядя на скалы внизу. Волны ревели, и он чувствовал на губах соленые брызги. От внезапного порыва ветра он потерял равновесие и упал на колени.

Аша помогла ему встать.

— Пить ты тоже не умеешь, братец.

Теон, опершись на ее плечо, поплелся по скользкому настилу.

— Ты мне больше нравилась, когда была Эсгред, — с упреком сказал он.

— Хвалю за честность, — засмеялась она. — А ты мне больше нравился в девятилетнем возрасте.

ТИРИОН

Сквозь дверь доносились мягкие звуки высокой арфы и свирели. Голос певца глушили толстые стены, но Тирион узнал песню: «Была моя любовь прекрасна, словно лето, и локоны ее — как солнца свет...»

Этим вечером дверь в покои королевы охранял сир Меррин Трант. Его произнесенное сквозь зубы «Милорд» показалось Тириону весьма неучтивым, но дверь он все же открыл. Тирион вошел в опочивальню сестры, и песня внезапно оборвалась.

Серсея возлежала на груде подушек босая, с распущенными золотыми волосами, в зеленых с золотом шелках, отражавших пламя свечей.

— Дражайшая сестрица, как ты нынче хороша. И ты тоже, кузен, — сказал Тирион певцу. — Я и не знал, что у тебя такой красивый голос.

Похвала заставила сира Лансаля надуться — видимо, он принял ее за насмешку. Парень, на взгляд Тириона, подрос дюйма на три с тех пор, как его посвятили в рыцари. У него густые песочные волосы, зеленые ланнистерские глаза и светлый пушок над губой. Ему шестнадцать, и он страдает злокачественной юношеской самоуверенностью, не смягченной ни единым проблеском юмора или сомнения и усугубленной надменностью, столь естественной для тех, кто рождается красивым, сильным и белокурым. Его недавнее возвышение только ухудшило дело.

— Разве ее величество за тобой посылала? — осведомился он.

— Не припомню что-то, — признался Тирион. — Мне жаль прерывать ваше веселье, Лансель, но увы — у меня к сестре важное дело.

Серсея смерила его подозрительным взглядом.

— Если ты по поводу этих нищенствующих братьев, Тирион, то избавь меня от упреков. Нельзя было допускать, чтобы они вели на улицах свои грязные изменнические речи. Пусть проповедуют друг другу в темницах.

— И благодарят судьбу за то, что у них столь милосердная королева, — добавил Лансель. — Я бы вдобавок вырезал им языки.

— Один осмелился даже сказать, будто боги наказывают нас за то, что Джейме убил истинного короля, — молвила Серсея. — Такого терпеть нельзя, Тирион. Я предоставила тебе возможность разделаться с этой заразой, но вы с твоим сиром Джаселином не делали ровно ничего, поэтому я приказала Виларру взять это на себя.

— И он себя показал. — Тирион действительно был раздражен, когда красные плащи бросили в темницу с полдюжины покрытых паршой пророков, не посоветовавшись с ним, но из-за столь незначительных лиц воевать не стоило. — Тишина на улицах пойдет нам только на пользу, и я пришел не поэтому. Я получил новости, которые определенно обеспокоят тебя, дражайшая сестра, и о них лучше поговорить наедине.

— Хорошо. — Арфист и дудочник, поклонившись, поспешили выйти, а Серсея целомудренно поцеловала кузена в щеку. — Оставь нас, Лансель. Мой брат безобиден, когда он один, — а если бы он привел с собой своих любимцев, мы бы их учуяли.

Юный рыцарь, злобно посмотрев на кузена, захлопнул за собой дверь.

— Надо тебе знать, что я заставляю Шаггу мыться каждые две недели, — заметил Тирион.

— Я вижу, ты очень доволен собой. С чего бы это?

— А почему бы и нет? — Молотки звенели на Стальной улице днем и ночью, и громадная цепь росла. Тирион вспрыгнул на высокую, с пологом, кровать. — Это здесь умер Роберт? Странно, что ты сохранила ее.

— Она навевает мне сладкие сны. Выкладывай, в чем твое дело, и ступай прочь, Бес.

— Лорд Станнис отплыл с Драконьего Камня, — с улыбкой сообщил Тирион.

Серсея так и взвилась:

— А ты сидишь тут и скалишься, словно тыква в праздник урожая? Байвотер уже созвал городскую стражу? Надо сейчас же послать птицу в Харренхолл. — Видя, что он смеется, она схватила его за плечи и потрясла. — Перестань. Спятил ты, что ли, или пьян? Перестань!

— Н-не могу, — выдохнул он. — О боги... вот умора. Станнис...

— Ну?!

— Он отплыл не сюда, — выговорил наконец Тирион. — Он осадил Штормовой Предел. Ренли повернул назад, чтобы встретиться с ним.

Ногти сестры больно впились ему в плечи. Какой-то миг она смотрела на него, не понимая, словно он говорил на чужом языке.

— Станнис и Ренли сцепились друг с другом? — Он кивнул, и Серсея заулыбалась. — Боги праведные, я начинаю верить, что Роберт у них был самый умный.

Тирион откинул голову назад, и они оба расхохотались. Серсея, подхватив брата с кровати, покружила его и даже прижала к себе, расшалившись, как девчонка. У Тириона, когда она его отпустила, закружилась голова, и ему пришлось ухватиться за шкаф.

— Думаешь, они будут биться? Ведь если они придут к согласию...

— Не придут, — сказал Тирион. — Слишком они разные и слишком похожи в то же время, и оба не переваривают друг друга.

— Притом Станнис всегда полагал, что Штормовой Предел у него отняли нечестно, — задумчиво добавила Серсея. — Древнее поместье дома Баратеонов по праву принадлежит ему... он постоянно твердил это Роберту своим угрюмым, обиженным тоном. Когда Роберт отдал поместье Ренли, Станнис так заскрипел зубами, что я думала, они у него раскрошатся.

— Он воспринял это как оскорбление.

— Это и было оскорблением.

— Не выпить ли нам за братскую любовь?

— Да, — в изнеможении выдохнула она. — О боги, да.

Повернувшись к ней спиной, он наполнил две чаши сладким красным вином из Бора. Не было ничего легче, чем бросить в ее чашу щепотку порошка.

— За Станниса! — сказал он, подав ей вино. «Так я, по-твоему, безобиден, когда один?»

— За Ренли! — со смехом ответила она. — Пусть бьются долго и упорно, и пусть Иные возьмут их обоих!

Вот такой, наверно, видит Серсею Джейме. Когда она улыбается, она поистине прекрасна. «Была моя любовь прекрасна, словно лето, и локоны ее — как солнца свет». Он почти сожалел о том, что подсыпал ей отраву.

На следующее утро, когда он завтракал, от Серсеи прибыл гонец. Королева нездорова и сегодня не выйдет из своих комнат. «Вернее сказать — с горшка не слезет», — подумал Тирион. Он выразил подобающее сочувствие и передал Серсее: пусть, мол, отдыхает спокойно, он скажет сиру Клеосу все, что они намеревались сказать.

Железный Трон Эйегона Завоевателя встречал всякого дурака, желающего устроиться на нем с удобством, оскалом шипов и лезвий, а ступени были нешуточным испытанием для коротких ног Тириона. Он взбирался по ним, остро чувствуя, как должен быть смешон со стороны. Но одно свойство трона искупало все остальные: он был высок.

По одну его сторону выстроились гвардейцы Ланнистеров в своих красных плащах и львиных шлемах. Лицом к ним стояли золотые плащи сира Джаселина. У подножия трона несли караул Бронн и сир Престон из Королевской Гвардии. Галерею заполнили придворные, за дубовыми, окованными бронзой дверьми толпились просители. Санса Старк этим утром была особенно хороша, хотя и бледна как полотно. Лорд Джайлс кашлял, бедный кузен Тирек был в бархатной, отороченной горностаем жениховской мантии. Три дня назад он женился на маленькой леди Эрмесанде, и другие оруженосцы дразнили его «нянюшкой» и спрашивали, в каких пеленках была его невеста в брачную ночь.

Тирион смотрел на них сверху вниз, и ему это нравилось.

— Позовите сира Клеона Фрея. — Его голос, отразившись от каменных стен, прогремел по всему залу. Тириону это тоже понравилось. Жаль, что Шая не видит. Она хотела прийти, но это было невозможно.

Сир Клеос, идя по длинному проходу между красными и золотыми плащами, не смотрел ни вправо, ни влево. Он преклонил колени, и Тирион заметил, что кузен лысеет.

— Сир Клеос, — сказал Мизинец, сидевший за столом совета, — мы благодарим вас за то, что вы привезли нам мирное предложение от лорда Старка.

Великий мейстер Пицель прочистил горло.

— Королева-регентша, десница короля и Малый Совет обсудили условия, предложенные самозваным Королем Севера. К сожалению, они нам не подходят, и вы должны будете передать это северянам, сир.

— Наши условия таковы, — сказал Тирион. — Робб Старк должен сложить свой меч, присягнуть нам на верность и вернуться в Винтерфелл. Он должен освободить моего брата, не причинив ему никакого вреда, и поставить его во главе своего войска, дабы выступить против мятежников Ренли и Станниса Баратеонов. Каждый из знаменосцев Старка должен дать нам одного сына в заложники. Если нет сыновей, сгодится и дочь. С ними будут хорошо обращаться и дадут им почетные места при дворе. Если их отцы не совершат новой измены.

Клеос Фрей, позеленев, заявил:

— Милорд десница, лорд Старк никогда не согласится на такие условия.

— Мы и не ожидали, что он согласится, Клеос.

— Скажите ему, что мы собрали в Бобровом Утесе еще одно войско, которое выступит на него с запада и в то же время, когда мой лорд-отец ударит с востока. Скажите, что он один и союзников ему ждать неоткуда. Станнис и Ренли Баратеоны воюют друг с другом, а принц Дорнийский дал согласие женить своего сына Тристана на принцессе Мирцелле. — По галерее пробежал восторженно-испуганный шепот.

— Что до моих кузенов, — продолжал Тирион, — мы предлагаем Харриона Карстарка и сира Вилиса Мандерли в обмен на Виллема Ланнистера, а лорда Сервина и сира Доннела Локе за вашего брата Тиона. Скажите Старку, что двое Ланнистеров за четырех северян — это честная сделка. — Он подождал, когда утихнет смех. — Кроме того, мы отдаем ему кости его отца — в знак доброй воли Джоффри.

— Лорд Старк просит вернуть ему также сестер и отцовский меч, — напомнил сир Клеос.

Сир Илин Пейн стоял безмолвно с мечом Эддарда Старка за спиной.

— Лед он получит, когда заключит с нами мир, — сказал Тирион. — Не раньше.

— Хорошо. А его сестры?

Тирион, посмотрев на Сансу, ощутил укол жалости и сказал:

— Пока он не освободит моего брата Джейме целым и невредимым, они останутся здесь как заложницы. И от него зависит, насколько хорошо с ними будут обращаться. — И если боги будут милостивы, Байвотер найдет Арью живой до того, как Робб узнает, что она пропала.

— Я передам ему ваши слова, милорд.

Тирион потрогал кривое лезвие, торчащее из подлокотника. А теперь самое главное.

— Виларр, — позвал он.

— Да, милорд.

— Людей, которых прислал сюда Старк, достаточно для сопровождения тела лорда Эддарда, но Ланнистер должен иметь подобающий эскорт. Сир Клеос — кузен королевы и мой. Мы будем спать спокойнее, если вы лично проводите его обратно в Риверран.

— Слушаюсь. Сколько человек мне взять с собой?

— Всех, сколько есть.

Виларр стоял как каменный, но великий мейстер Пицель засуетился:

— Милорд десница, так нельзя... ваш отец, лорд Тайвин, сам прислал сюда этих воинов, чтобы они защищали королеву Серсею и ее детей...

— Королевская Гвардия и городская стража — достаточно сильная защита. Да сопутствуют вам боги, Виларр.

Варис за столом совета понимающе улыбался, Мизинец притворялся, что скучает, растерянный Пицель разевал рот, как рыба. Вперед выступил герольд:

— Если кто-то желает изложить свое дело перед десницей короля, пусть выскажется сейчас или хранит молчание отныне и навсегда.

— Я желаю. — Худощавый человек в черном приблизился к трону, растолкав близнецов Редвинов.

— Сир Аллистер? — воскликнул Тирион. — Я не знал о вашем приезде. Нужно было известить меня.

— Я известил, и вы это прекрасно знаете. — Торне был колюч, как всегда, — тощий, остролицый, лет пятидесяти, с тяжелым взглядом и тяжелой рукой, с проседью в черных волосах. — Но меня держали в отдалении и заставляли ждать, как простолюдина.

— В самом деле? Бронн, так не годится. Мы с сиром Аллистером старые друзья — мы вместе стояли на Стене.

— Дорогой сир Аллистер, — пропел Варис, — не думайте о нас слишком плохо. Столь многие ищут милости нашего Джоффри в эти смутные тревожные времена.

— Куда более тревожные, чем ты полагаешь, евнух.

— В глаза мы зовем его лордом евнухом, — съязвил Мизинец.

— Чем мы можем помочь вам, добрый брат? — успокаивающе вмешался Пицель.

— Лорд-командующий послал меня к его величеству королю. Дело слишком серьезно, чтобы отдавать его на рассмотрение слугам.

— Король играет со своим новым арбалетом, — сказал Тирион. Чтобы избавиться от Джоффри, довольно оказалось этой громоздкой мирийской игрушки, пускающей по три стрелы зараз — королю тут же загорелось ее испробовать. — Вам придется говорить с его слугами либо хранить молчание.

— Как вам угодно. — Сир Аллистер выражал недовольство всем своим существом. — Я послан, чтобы рассказать вам следующее: мы нашли двух наших разведчиков, давно пропавших. Они были мертвы, но, когда мы привезли их обратно на Стену, ночью они встали. Один убил сира Джареми Риккера, другой пытался убить лорда-командующего.

Тирион уловил краем уха чей-то смешок. Что он такое несет? Тирион беспокойно шевельнулся, посмотрев на Вариса, Мизинца и Пицеля. Уж не подстроил ли это кто-то из них, чтобы над ним пошутить? Достоинство карлика держится на тонкой нитке. Если двор и все королевство начнут над ним смеяться, ему конец. И все же...

Тирион вспомнил ту холодную ночь, когда он стоял под звездами рядом с юным Джоном Сноу и большим белым волком на Стене, на краю света, и смотрел в нехоженый мрак за ней. Он что-то почувствовал тогда... страх резанул его, как ледяной северный ветер, а волк завыл, и от этого звука его бросило в дрожь.

«Не будь дураком», — сказал он себе. Волк, ветер, темный лес — все это сущая чепуха. И все же... За время своего пребывания в Черном Замке он полюбил старого Джиора Мормонта.

— Надеюсь, Старый Медведь пережил это нападение?

— Да.

— И ваши братья убили этих... э-э... мертвецов?

— Да.

— Вы уверены, что на этот раз их окончательно убили? — Бронн прыснул со смеху, и Тирион понял, в каком духе должен продолжать. — Насовсем?

— Они и в первый раз были мертвы, — рявкнул сир Аллистер. — Белы и холодны, с черными руками и ногами. Я привез сюда руку Джареда, оторванную от тела волком бастарда...

— И где же эта диковина? — осведомился Мизинец.

Сир Аллистер нахмурился:

325

— Она сгнила, пока я дожидался приема. Остались только кости.

В зале раздались новые смешки.

— Лорд Бейлиш, — сказал Тирион, — купите нашему славному сиру Аллистеру сотню лопат — пусть увезет их с собой на Стену.

— Лопат? — подозрительно прищурился Торне.

— Если вы будете хоронить своих мертвых, они уже не встанут, — пояснил Тирион под смех двора. — Лопаты — и крепкие руки, которые будут ими орудовать, — положат конец вашим бедам. Сир Джаселин, позаботьтесь, чтобы добрый брат отобрал в городских темницах потребных ему людей.

— Слушаюсь, милорд, — ответил сир Джаселин Байвотер, — но тюрьмы почти пусты. Йорен забрал всех, кто чего-нибудь стоил.

— Ну так посадите новых. Или распустите слух, что на Стене дают хлеб и репу — тогда они повалят к вам по доброй воле. — В городе слишком много лишних ртов, а Ночной Дозор постоянно нуждается в людях.

Герольд по знаку Тириона объявил, что прием окончен, и присутствующие начали выходить из зала.

Но от сира Аллистера Торне отделаться было не так просто. Он остался у Железного Трона, ожидая, когда Тирион спустится.

— Думаете, я для того проделал путь от Восточного Дозора, чтобы такие, как вы, насмехались надо мной? Это не шутки. Я видел все своими глазами. Говорю вам: мертвые встают.

— Так постарайтесь убивать их понадежнее. — Тирион прошел мимо. Торне хотел поймать его за рукав, но Престон Гринфилд оттолкнул черного брата.

— Не приближайтесь, сир.

У Торне хватило ума не связываться с королевским гвардейцем, и он крикнул вслед Тириону:

— Ох и дурак же ты, Бес.

Карлик обернулся к нему лицом:

— Да ну? Почему же все тогда смеялись над тобой, а не надо мной? Тебе нужны люди, так или нет?

— Поднимаются холодные ветры. Мы должны удержать Стену.

— А чтобы удержать ее, нужны люди, и я тебе их дал... ты должен был это слышать, если у тебя уши на месте. Бери их, говори спасибо и убирайся, пока я опять не воткнул в тебя вилку для крабов. Передай мой горячий привет лорду Мормонту... и Джону Сноу.

Бронн взял сира Аллистера за локоть и повел к двери.

Великий мейстер Пицель уже удалился, но Варис и Мизинец слышали все с начала до конца.

— Я восхищаюсь вами еще больше, чем прежде, милорд, — сказал евнух. — Вы одним ударом умиротворили юного Старка, отдав ему кости отца, и лишили вашу сестру ее защитников. Вы даете черному брату людей и тем избавляете город от голодных ртов, но оборачиваете это в шутку, и никто не сможет сказать, что карлик боится снарков и грамкинов. Ловко, весьма ловко.

Мизинец погладил бороду.

— Вы действительно намерены отослать прочь всю вашу гвардию, Ланнистер?

— Не мою, а сестрину.

— Королева никогда этого не позволит.

— Я думаю иначе. Я как-никак ее брат, и вы, узнав меня получше, поймете, что слов на ветер я не бросаю.

— Даже если это ложь?

— Особенно если это ложь. Я, кажется, чем-то вызвал ваше недовольство, лорд Петир?

— Моя любовь к вам нисколько не убавилась, милорд. Просто я не люблю, когда из меня делают дурака. Если Мирцелла выходит за Тристана Мартелла, она едва ли сможет выйти за Роберта Аррена, не так ли?

— Разве что с большим скандалом, — согласился карлик. — Я сожалею о своей маленькой хитрости, лорд Петир, — но, когда мы разговаривали с вами, я еще не мог знать, примут дорнийцы мое предложение или нет.

Мизинца это не умиротворило.

— Я не люблю, когда мне лгут, милорд. Не надо больше обманывать меня, прошу вас.

«Тебя я мог бы попросить о том же», — подумал Тирион, бросив взгляд на кинжал у Мизинца на бедре.

— Я глубоко сожалею, если обидел вас. Все знают, как мы вас любим, милорд, и как мы в вас нуждаемся.

— Не забывайте же об этом, — сказал Мизинец и ушел.

— Пойдем со мной, Варис, — позвал Тирион. Они вышли в королевскую дверь за троном. Мягкие туфли евнуха тихо шуршали по камню.

— Знаете, лорд Бейлиш прав. Королева ни за что не позволит вам отослать ее гвардию из города.

— Позволит. Ты позаботишься об этом.

— Я? — На пухлых губах Вариса мелькнула улыбка.

— Да. Ты скажешь ей, что это входит в мой план освобождения Джейме.

Варис погладил свою напудренную щеку.

— Это, безусловно, объясняет, зачем ваш Бронн разыскивал по всем притонам Королевской Гавани четырех человек: вора, отравителя, лицедея и убийцу.

— Если надеть на них красные плащи и львиные шлемы, они ничем не будут отличаться от прочих гвардейцев. Я долго думал, как бы заслать их в Риверран, и наконец решил не прятать их вовсе. Они въедут туда через главные ворота, под знаменем Ланнистеров, сопровождая кости лорда Эддарда. За четырьмя чужаками наблюдали бы неусыпно, — криво улыбнулся Тирион, — но среди ста других их никто не заметит. Вот почему я должен послать туда и настоящих гвардейцев, не только фальшивых... так и скажи моей сестре.

— И она ради любимого брата согласится на это, несмотря на все свои опасения. — Они прошли через пустую колоннаду. — И все же утрата красных плащей определенно обеспокоит ее.

— Я люблю, когда она неспокойна.

Сир Клеос Фрей уехал в тот же день, сопровождаемый Виларром и сотней ланнистерских гвардейцев в красных плащах. Люди Робба Старка присоединились к ним у Королевских ворот, чтобы начать долгий путь на запад.

Тирион пашол Тиметта в казарме — тот играл в кости со своими Обгорелыми.

— Придешь ко мне в горницу в полночь, — приказал Тирион. Тиметт посмотрел на него единственным глазом и коротко кивнул — он был не из речистых.

В ту ночь Тирион пировал в Малом Чертоге с Каменными Воронами и Лунными Братьями, но сам пил мало, желая сохранить ясную голову.

— Шагга, которая теперь луна?

Шагга нахмурился, приняв свирепый вид.

— Вроде бы черная.

— На западе ее называют луной предателя. Постарайся не слишком напиваться, и пусть твой топор будет острым.

— Топоры Каменных Ворон всегда остры, а топор Шагги острее всех. Когда я срубаю человеку голову, он чувствует это только тогда, когда хочет причесаться, — тогда она отваливается.

— Вот, значит, почему ты сам никогда не причесываешься?

Каменные Вороны загоготали, топоча ногами. Шагга ржал громче всех.

К полуночи замок погасил огни и затих. Несколько золотых плащей на стенах, конечно, видели, как они вышли из башни Десницы, но голоса никто не подал. Тирион — десница короля, и это его дело, куда он идет.

Тонкая деревянная дверь раскололась, когда Шагга ударил в нее сапогом. Посыпались щепки, и внутри ахнула женщина. Шагга окончательно разнес дверь тремя ударами топора и вломился в комнату. Следом вошел Тиметт, за ним Тирион, осторожно переступая через обломки. Угли в очаге едва тлели, и спальню наполнял мрак. Тирион отдернул тяжелые занавески кровати, и голая служанка уставилась на него круглыми белыми глазами.

— Не трогайте меня, милорды, — взмолилась она, — прошу вас. — Она съежилась под взглядом Шагги, пытаясь прикрыться руками — но рук не хватало.

— Ступай, — сказал ей Тирион. — Ты нам без надобности.

— Шагга хочет эту женщину.

— Шагга хочет каждую шлюху в этом городе шлюх, — пожаловался Тиметт, сын Тиметта.

— Да, — не смутился Шагга. — Шагга сделает ей здорового ребенка.

— Если ей понадобится здоровый ребенок, она будет знать, к кому обратиться. Тиметт, проводи ее — только без грубостей.

Обгорелый стащил девушку с кровати и выволок за дверь. Шагга смотрел ей вслед грустными собачьими глазами. Крепкий тумак Тиметта препроводил служанку в коридор. Над головой орали вороны.

Тирион откинул одеяло, под которым обнаружился великий мейстер Пицель.

— Что сказала бы Цитадель на ваши шашни со служаночками, мейстер?

Старик был гол, как и девушка, хотя далеко не столь соблазнителен. Его глаза с тяжелыми веками, вопреки привычке, были распахнуты во всю ширь.

— Ч-то это значит? Я старый человек и верный ваш слуга...

Тирион вспрыгнул на кровать.

— До того верный, что отправил Дорану Мартеллу только одно из моих писем — а второе снесли моей сестре.

— Нет, — заверещал Пицель. — Это поклеп, клянусь, это не я. Это Варис, Паук, я предупреждал вас...

329

— Неужели все мейстеры так неумело лгут? Варису я сказал, что отдаю Дорану в воспитанники моего племянника Томмена. Мизинцу — что собираюсь выдать Мирцеллу за лорда Роберта из Орлиного Гнезда. О том, что я предложил Мирцеллу дорнийцу, я никому не говорил... это было только в письме, которое я доверил тебе.

Пицель вцепился в уголок одеяла.

— Птицы не долетели, письма пропали или были похищены... это все Варис, я расскажу вам об этом евнухе такое, что у вас кровь застынет в жилах.

— Моя дама предпочитает, чтобы кровь у меня оставалась горячей.

— Будьте уверены: на каждый секрет, который евнух шепчет на ухо, приходится семь, которые он оставляет про себя. А уж Мизинец...

— О лорде Петире мне все известно. Он почти такой же негодяй, как и ты. Шагга, отсеки ему мужские части и скорми их козлу.

Шагга взвесил на руке огромный обоюдоострый топор.

— Тут нет козлов, Полумуж.

— Делай, что говорят.

Шагга с ревом ринулся вперед. Пицель завизжал, пытаясь отползти, и обмочился. Горец сгреб его за пушистую белую бороду и одним ударом обрубил ее на три четверти.

— Не думаешь ли ты, Тиметт, что наш друг станет сговорчивей без этой поросли, за которой он прячется? — Тирион вытер концом простыни мочу, брызнувшую ему на сапоги.

— Скоро он скажет правду. — Выжженную глазницу Тиметта наполнял мрак. — Я чую, как смердит его страх.

Шагга швырнул пригоршню волос на пол и схватил мейстера за остаток бороды.

— Лежи смирно, мейстер, — предостерег Тирион. — Когда Шагга сердится, у него трясутся руки.

— У Шагги руки никогда не трясутся, — возмущенно возразил горец. Он прижал громадный полумесяц лезвия к дрожащему подбородку Пицеля и сбрил еще клок бороды.

— Как давно ты шпионишь на мою сестру? — спросил Тирион.

Пицель дышал часто и хрипло.

— Все, что я делал, я делал на благо дома Ланнистеров. — Испарина покрыла его лысый лоб, к сморщенной коже прилипли белые волоски. — Всегда... долгие годы... спросите вашего лорда-отца, я всегда преданно служил ему... это я убедил Эйериса открыть ворота...

Для Тириона это было внове. Когда город пал, он был еще мальчонкой и жил в Бобровом Утесе.

— Значит, взятие Королевской Гавани — тоже твоя работа?

— Для блага державы! С гибелью Рейегара война была проиграна. Эйерис был безумен, Визерис слишком мал, принц Эйегон — грудной младенец, а страна между тем нуждалась в короле... я молился, чтобы им стал ваш добрый отец, но Роберт был слишком силен, и лорд Старк действовал очень быстро...

— Скольких же ты предал, хотел бы я знать? Эйерис, Эддард Старк, я... кто еще? Король Роберт? Лорд Аррен, принц Рейегар? Когда это началось, Пицель? — Тирион не спрашивал, когда это кончится, — он и так знал.

Топор царапнул Пицеля по кадыку и лизнул отвисшую кожу под челюстью, сбрив последние волоски.

— Вас не было здесь, — прохрипел мейстер, когда лезвие двинулось к щеке. — Раны Роберта... если бы вы их видели, чувствовали, как от них пахнет, вы бы не сомневались...

— Да, я знаю, вепрь потрудился за тебя... но если бы он не доделал свою работу, ты, несомненно, завершил бы ее.

— Он был скверный король... тщеславный, распутный пьяница... он готов был оставить вашу сестру, свою королеву... Ренли замышлял привезти ко двору девицу из Хайгардена, чтобы соблазнить короля... это правда, клянусь богами...

— А что замышлял лорд Аррен?

— Он знал — знал о...

— Я знаю о чем, — прервал Тирион — он вовсе не желал, чтобы Шагга с Тиметтом тоже узнали об этом.

— Он отправил свою жену обратно в Гнездо, а сына хотел отдать в воспитанники на Драконий Камень... чтобы развязать себе руки...

— И ты поспешил его отравить.

— Нет, — затрепыхался Пицель. Шагга, зарычав, сгреб его за волосы. Казалось, что горец своей ручищей способен раздавить череп мейстера, как яичную скорлупу, — стоит только стиснуть.

Тирион поцокал языком:

— Я видел в твоей аптеке «слезы Лисса». Кроме того, ты отослал собственного мейстера лорда Аррена и лечил его сам, чтобы Аррен уж наверняка умер.

— Клевета!

331

— Побрей-ка его еще, — распорядился Тирион. — Там, на горле.

Топор царапнул кожу. С дрожащих губ Пицеля стекла струйка слюны.

— Я пытался спасти лорда Аррена, клянусь...

— Осторожно теперь, Шагга, ты его порезал.

— Дольф рождал воинов, а не брадобреев, — проворчал Шагга.

Почувствовав, что по шее течет кровь, старик содрогнулся, и последние силы оставили его. Он точно усох, съежившись и в длину, и в ширину.

— Да, — проскулил он, — Колемон давал лорду слабительное, и я отослал его прочь. Королеве нужно было, чтобы Аррен умер, — она этого не говорила, не могла сказать, Варис постоянно подслушивает, но я понимал это по ее лицу. Но не я дал ему яд, клянусь. — Старик заплакал. — Спросите Вариса — это был мальчишка, его оруженосец, Хью... это точно был он, спросите у своей сестры.

— Свяжи его и уведи отсюда, — с отвращением бросил Тирион. — Бросьте его в каменный мешок.

Мейстера выволокли за дверь.

— Ланнистеры, — стонал он. — Все, что я делал, было ради Ланнистеров...

Когда его увели, Тирион не спеша обшарил его комнаты и взял с полок еще несколько пузырьков. Вороны бормотали у него над головой — в этих звуках было что-то странно умиротворяющее. Надо будет приставить кого-нибудь ухаживать за птицами, пока Цитадель не пришлет нового мейстера на место Пицеля.

«А я-то надеялся, что смогу ему доверять. Варис и Мизинец скорее всего не более преданы, чем он... просто они хитрее, а следовательно, опаснее. Отец, пожалуй, предложил наилучший выход: призвать Илина Пейна, воткнуть три эти головы над воротами — и делу конец. Приятнейшее было бы зрелище».

АРЬЯ

Страх ранит глубже, чем меч, твердила себе Арья, но это плохо помогало. Страх стал такой же неотъемлемой частью ее жизни, как черствый хлеб или волдыри на ногах после твердой, изрытой колеями дороги.

Ей уже много раз бывало страшно, но настоящий страх она узнала только в том сарае у Божьего Ока. Восемь дней пробыла она там, пока Гора не отдал приказа выступать, и каждый день видела чью-нибудь смерть.

Гора являлся в сарай после завтрака и брал кого-нибудь из узников на допрос. Жители деревни старались не смотреть на него. Может быть, они думали, что тогда и он их не заметит... но он их видел и брал, кого хотел. Ни спрятаться, ни схитрить было нельзя, и спасения не было.

Одна девушка три ночи подряд спала с солдатом — на четвертый день Гора выбрал ее, и солдат ничего не сказал.

Улыбчивый старик чинил солдатам одежду и рассказывал о своем сыне, который служил золотым плащом в Королевской Гавани. «Он человек короля, — повторял старик, — и я тоже — мы за Джоффри». Он так часто это говорил, что другие узники называли его «Мы-за-Джоффри», когда стража не слышала. Мы-за-Джоффри взяли на пятый день.

Молодая мать с изрытым оспой лицом сама вызвалась рассказать все, что знает, — лишь бы её дочку не тронули. Гора выслушал ее, а на следующее утро забрал у нее ребенка — вдруг она что-то утаила.

Тех, кого выбирали, допрашивали на глазах у других: пусть видят, какая участь ждет мятежников и предателей. Допрос вел человек по прозвищу Щекотун. Лицо у него было самое обыкновенное, а одежда такая простая, что Арья могла бы принять его за кого-то из деревенских, пока не увидела за работой. «У Щекотуна всякий обмочится», — заявил пленным старый сутулый Чизвик — тот самый, кого Арья хотела укусить, который назвал ее злюкой и разбил ей голову кольчужным кулаком. Иногда Щекотуну помогал он, иногда другие. Сам сир Грегор Клиган только стоял и смотрел, пока жертва не умирала.

Вопросы были всегда одни и те же. Есть ли в деревне спрятанное золото, серебро, драгоценности? Не припрятано ли где-нибудь съестное? Где лорд Берик Дондаррион? Кто из местных ему помогал? В какую сторону он уехал? Сколько с ним было человек — рыцарей, лучников и пехотинцев? Как они вооружены? Сколько у них лошадей? Сколько раненых? Каких еще врагов видели селяне? Когда? Сколько? Под какими знаменами? Куда они направились? Где в деревне спрятано золото, серебро, драгоценности? Где лорд Берик Дондаррион? Сколько с ним было человек? К третьему дню Арья знала все эти вопросы наизусть.

Люди Клигана нашли немного золота, немного серебра, большой мешок с медными монетами и украшенный гранатами помятый кубок, из-за которого двое солдат чуть не подрались. Они узнали, что с лордом Бериком было десять заморышей, сотня конных рыцарей, что он направился на юг, на север, на запад, что он переправился через озеро на лодке, что он силен, как зубр, что он ослаб от кровавого поноса. Допроса Щекотуна не пережил никто — ни мужчины, ни женщины, ни дети. Самые крепкие дотягивали до вечера. Их тела вывешивали у деревни на поживу волкам.

Когда они выступили в поход, Арья поняла, что никакой она не водяной плясун. Сирио Форель никогда не позволил бы сбить его с ног и отнять у него меч — и он не стал бы стоять и смотреть, как убивают Ломми Зеленые Руки. Сирио не сидел бы молча в этом сарае и не тащился бы покорно в толпе других пленников. Эмблема Старков — лютоволк, но Арья чувствовала себя ягненком, бредущим в стаде других овец. Она ненавидела селян за их овечье непротивление — почти так же, как себя.

Ланнистеры отняли у нее все: отца, друзей, дом, надежду, мужество. Один забрал Иглу, другой сломал о колено ее деревянный меч. Даже ее глупую тайну у нее отняли. В сарае было достаточно места, чтобы справлять нужду в уголке, где никто не видит, но на дороге это стало невозможно. Она терпела сколько могла, но в конце концов ей пришлось присесть у обочины и спустить штаны на глазах у всех — иначе она бы обмочилась. Пирожок вылупил на нее глаза, но другие даже и не смотрели. Сиру Грегору и его людям было все равно, какого пола их овцы.

Разговаривать не разрешалось. Разбитая губа научила Арью держать язык за зубами, но многие так и не усвоили этот урок. Один мальчик — их было трое братьев — все время звал отца, и ему размозжили голову шипастой булавой. Тогда подняла крик его мать, и Рафф-Красавчик убил ее тоже.

Арья видела все это и ничего не сделала. Какой смысл быть храброй? Одна женщина, взятая на допрос, старалась быть храброй, но умерла, крича в голос, как и все остальные. В этом походе не было храбрецов — были испуганные, голодные люди, большей частью женщины и дети. Немногие мужчины были либо стары, либо совсем молоды — всех прочих оставили на виселице на корм волкам и воронам. Джендри пощадили только потому, что он признался, что сам сковал свой рогатый шлем — кузнецы, даже подмастерья, слишком ценились, чтобы убивать их.

Гора объявил, что их ведут в Харренхолл, где они будут служить лорду Тайвину Ланнистеру. «Благодарите богов, что лорд Тайвин дает вам, предателям и мятежникам, такой случай. Это больше, чем вы заслуживаете. Служите усердно — и будете жить».

— Это нечестно, — пожаловалась одна старуха другой, когда они укладывались на ночь. — Никакие мы не изменники — просто те, другие, пришли и взяли, что хотели, так же как эти.

— Лорд Берик нам зла не делал, — прошептала в ответ ее подруга. — А красный жрец заплатил за все, что они взяли.

— Заплатил? Забрал у меня двух кур, а взамен дал бумажку с каракулями. Съесть мне ее, что ли? А может, она мне яйца снесет? — Старуха посмотрела, не видят ли часовые, и плюнула трижды: на Талли, на Ланнистеров и на Старков.

— Стыд и срам, — прошипел старик. — Будь старый король жив, он не допустил бы такого.

— Король Роберт? — не сдержавшись, спросила Арья.

— Король Эйерис, да благословят его боги, — слишком громко ответил старик. Часовой тут же прибежал, чтобы заткнуть ему рот. Старик лишился обоих своих зубов и в ту ночь уже больше не разговаривал.

Кроме пленных, сир Грегор гнал с собой дюжину свиней, тощую корову, вез клетку с курами и девять повозок с соленой рыбой. Он и его люди ехали верхом, пленники были пешие. Слишком слабых и неспособных идти убивали на месте, как и тех, кто имел глупость бежать. Ночью солдаты уводили женщин в кусты — те как будто ждали этого и особо не противились. Одну девушку, красивее остальных, каждую ночь забирали четверо или пятеро человек, пока она не ударила кого-то камнем. Сир Грегор на глазах у всех срубил ей голову одним взмахом своего массивного двуручного меча.

— Бросьте ее волкам, — приказал он после и отдал меч оруженосцу, чтобы тот его вычистил.

Арья покосилась на Иглу, висящую на боку у чернобородого, лысеющего латника по имени Полливер. Хорошо, что меч у нее забрали. Иначе она попыталась бы заколоть сира Грегора, а он разрубил бы ее пополам, и волки съели бы и ее тоже.

Полливер был не так плох, как кое-кто из других, хотя и забрал себе Иглу. В ночь, когда ее схватили, все люди Ланнистеров были для Арьи безымянными и на одно лицо в своих шлемах с носовыми стрелками, но теперь она знала их хорошо. Это было просто необходимо — знать, кто ленив, а кто жесток, кто умен, а кто глуп. Полезно было знать, что солдат по прозвищу Сраный Рот хоть и сквернословит так, что уши вянут, может дать тебе лишний ломоть хлеба, если попросишь, а веселый старый Чизвик и сладкоречивый Рафф только влепят тебе затрещину.

Арья смотрела, слушала и наводила глянец на свою ненависть так, как Джендри прежде — на свой рогатый шлем. Теперь этот шлем носил Дансен, и она ненавидела его за это. Полливера она ненавидела за Иглу, старого Чизвика — за то, что полагал себя забавником. Раффа-Красавчика, пронзившего копьем горло Ломми, она ненавидела еще сильнее. Она ненавидела сира Амори Лорха из-за Йорена, сира Меррина Транта — из-за Сирио, Пса — за то, что убил мясницкого сына Мику, сира Илина, Джоффри и королеву — из-за отца, Толстого Тома, Десмонда и остальных, даже из-за Леди, волчицы Сансы. Щекотун был слишком страшен, чтобы его ненавидеть. Порой она даже забывала, что он по-прежнему с ними — когда он не допрашивал, он был солдат как солдат, даже смирнее многих, и с совсем неприметным лицом.

Каждую ночь Арья повторяла эти имена.

— Сир Грегор, — шептала она в свою соломенную подушку. — Дансен, Полливер, Чизвик, Рафф-Красавчик, Щекотун и Пес, сир Амори, сир Илин, сир Меррин, король Джоффри, королева Серсея. — В Винтерфелле она молилась с матерью в септе, а с отцом в богороще, но на дороге в Харренхолл богов не было, и эти имена составляли единственную молитву, которую она позаботилась заучить.

Весь день они шли, а ночью она повторяла имена — но вот деревья стали редеть, уступая место холмам, извилистым ручьям и солнечным полям, где, как гнилые зубы, торчали там и сям остовы сожженных укреплений. Еще один долгий дневной переход — и впереди, у голубых озерных вод, показались башни Харренхолла.

В Харренхолле им будет лучше, говорили друг другу пленники, но Арья не была в этом так уверена. Она слишком хорошо помнила сказки старой Нэн об этом страшном замке. Харрен Черный подмешивал в раствор, скреплявший кладку, человеческую кровь, говорила старая Нэн, понижая голос так, что детям приходилось подвигаться к ней поближе — но драконы Эйегона зажарили в этих стенах и его, и всех его сыновей. Арья закусывала губы, неотвратимо приближаясь к этому замку на своих ороговевших от мозолей ногах. Теперь уж скоро — до башен осталось не больше нескольких миль, по всему видно.

Однако они шли весь этот день и большую часть следующего, пока не увидели войско лорда Тайвина, расположившееся лагерем к западу от замка, среди сгоревших руин какого-то городка. Харренхолл обманывал глаз, ибо был огромен. Его колоссальные крепостные стены поднимались у озера, как утесы, и скорпионы на них казались маленькими, как насекомые, от которых получили свое название.

Вонь ланнистерского войска дошла до Арьи задолго до того, как она стала различать эмблемы на знаменах вдоль озера, над шатрами западных лордов. Судя по запаху, лорд Тайвин стоял здесь уже довольно долго. Отхожие канавы, окаймлявшие лагерь, переполнились и кишели мухами, заостренные колья ограждения обросли зеленой плесенью.

Воротная башня Харренхолла, величиной с винтерфеллский Великий Чертог, зияла трещинами. Снаружи поверх стен виднелись только верхушки пяти громадных башен. Самая маленькая из них в полтора раза превышала самую высокую башню Винтерфелла, но не было в них подобающей башням стройности. Они скорее напоминали скрюченные, узловатые стариковские пальцы, ловящие пролетающие облака. Нэн рассказывала, как во время пожара камень плавился и стекал, словно свечной воск, из окон и по ступеням, раскаленный докрасна, отыскивая Харрена в его убежище. Арья охотно этому верила: каждая башня была уродливее и чуднее другой, бугорчатая, кособокая и щербатая.

— Не хочу я туда, — заскулил Пирожок, когда Харренхолл открыл им свои ворота. — Там привидения.

Чизвик услышал его, но в кои-то веки ничего не сделал, только улыбнулся.

— Выбор за тобой, пекаренок. Либо живи с привидениями, либо станешь одним из них.

Пленники, и Пирожок в том числе, прошли в ворота.

В бане, гулком строении из камня и дерева, их заставили раздеться и отмыться дочиста в корытах с настоящим кипятком. Две злобные старухи надзирали за ними, обсуждая их без всякого стеснения, точно вновь приобретенных ослов. Тетка Амабель неодобрительно щелкнула языком, поглядев на ноги Арьи, а тетка Харра ощупала ее пальцы, ставшие мозолистыми от долгих упражнений с Иглой.

— Масло, поди, сбивала. Крестьянская дочка, что ли? Ничего, девка, — тут ты сможешь подняться повыше, только работай на совесть. А лениться вздумаешь, будешь бита. Как тебя звать-то?

Арья не осмелилась назвать свое настоящее имя, и Арри тоже не годилось — так зовут только мальчишек, а теперь уж видно, что она не мальчик.

— Ласка. — Это было первое девчоночье имя, пришедшее ей на ум. — Ломми звал меня Лаской.

— Да уж ясно почему, — фыркнула тетка Амабель. — Волосы — прямо страсть, и вшей в них небось полно. Снимем их — и пойдешь на кухню.

— Я лучше за лошадьми ходить буду. — Арья любила лошадей — и потом, она, быть может, сумеет увести одну и сбежать.

Тетка Харра закатила ей такую оплеуху, что ссадина на губе открылась заново.

— Прикуси язык, не то хуже будет. Тебя никто не спрашивал.

Кровь во рту отдавала солью и металлом. Арья, потупившись, промолчала, думая угрюмо: «Будь у меня Игла, она не посмела бы меня ударить».

— У лорда Тайвина и его рыцарей за лошадьми смотрят конюхи и оруженосцы — таких, как ты, там не надобно, — сказала тетка Амабель. — На кухне чисто и уютно, там тепло спать и еды вдоволь. Тебе бы там было хорошо, но я уж вижу, что для такой работы у тебя ума маловато. Отдадим-ка ее Визу, Харра.

— Как скажешь, Амабель. — Арье дали рубаху из грубой серой шерсти, пару башмаков не по ноге и отослали ее прочь.

Виз был младшим стюардом башни Плача — коренастый, с мясистым носом и россыпью красных прыщей в углу пухлого рта. Арья входила в число шестерых, присланных под его начало. Каждую из них он просверлил взглядом.

— Ланнистеры щедры с теми, кто хорошо им служит, — вы такого обхождения недостойны, но на войне приходится брать то, что есть. Работайте усердно, помните свое место — когда-нибудь сможете занять столь же высокое положение, как я. Но не рассчитывайте особо на доброту его милости — милорд-то был и ушел, а я всегда тут. — Он долго расхаживал перед ними, уча их уму-разуму: благородным господам в глаза не смотреть и не обращаться к ним, пока тебя не спросят, и не путаться под ногами у его милости. — Мой нос никогда не врет, — похвастался он. — Я мигом унюхаю и дерзость, и гордыню, и непослушание. И если я учую такой душок, вы мне за это ответите. Все, чем от вас должно пахнуть, — это страх.

ДЕЙЕНЕРИС

На стенах Кварта били в гонги, возвещая о ее прибытии, и трубили в невиданные рога, свернутые кольцами, как большие бронзовые змеи. Колонна всадников на верблюдах вышла из ворот, чтобы с почетом проводить ее в город. На верховых были чешуйчатые медные доспехи и шлемы в виде звериных морд с медными бивнями и длинными плюмажами из черного шелка, седла украшали рубины и гранаты. Верблюдов покрывали попоны ста различных цветов.

«Такого города, как Кварт, еще не бывало на свете и не будет, — сказал ей Пиат Прей в Вейес Толорро. — Это пуп земли, врата между севером и югом, мост между востоком и западом, он существует с незапамятных времен и столь великолепен, что Саатос Премудрый выколол себе глаза, увидев его впервые, — ибо знал, что отныне все по сравнению с ним покажется ему жалким и убогим».

Дени не приняла слов чародея слишком всерьез, но город, бесспорно, был великолепен. Три толстые стены опоясывали Кварт. Внешняя была из красного песчаника, тридцати футов высотой, и резьба на ней представляла животных: ползущих змей, парящих коршунов, плывущих рыб, перемежаемых волками красной пустыни, полосатыми зебрами и чудовищными слонами. На средней, из серого гранита сорока футов высотой, изображались батальные сцены: мечи и копья били в щиты, летели стрелы, сражались герои, гибли невинные младенцы и высились груды мертвых тел. Фигуры на третьей, пятидесятифутовой стене из черного мрамора вогнали Дени в краску, но она приказала себе не быть дурочкой. Она давно не девица; если она спокойно встретила страшные картины серой стены, с чего ей отводить глаза от мужчин и женщин, доставляющих удовольствие друг другу?

Внешние ворота были окованы медью, средние железом, внутренние усеяны золотыми глазами. Все трое открылись перед Дени, а когда она въехала на своей Серебрянке в город, малые дети стали бросать цветы под ноги лошади. Малыши были обуты в золотые сандалии, и их нагие тельца ярко раскрашены.

Все краски, которых недоставало в Вейес Толорро, собрались здесь, в Кварте. Дома, точно в горячечном сне, пестрели розовыми, лиловыми и янтарными тонами. Дени проехала под бронзовой аркой в виде двух совокупляющихся змей — их чешуя блистала яшмой, обсидианом и ляпис-лазурью. Стройные башни были выше всех виденных Дени, и на каждой площади стояли фонтаны с фигурами грифонов, драконов и мантикоров.

Квартийцы толпились на улицах и на балконах, которые казались слишком хрупкими, чтобы выдержать их вес. Высокие, светлокожие, они были одеты в полотно, шелка и тигровый мех — каждый казался Дени лордом или леди. Женские платья оставляли открытой одну грудь, мужчины носили шитые бисером шелковые юбки. Дени чувствовала себя нищенкой и варваркой, проезжая мимо них в своей львиной шкуре с черным Дрогоном на плече. Дотракийцы называли жителей Кварта «молочными людьми» за их белую кожу, и кхал Дрого мечтал когда-нибудь разграбить великие города востока. Дени взглянула на своих кровных всадников, чьи темные миндалевидные глаза не выдавали их мыслей. Неужели они думают только о добыче? «Какими дикарями должны мы казаться этим квартийцам».

Пиат Прей провел ее маленький кхаласар под большой аркадой, где стояли статуи древних героев втрое больше натуральной величины из белого и зеленого мрамора. Затем они пересекли громадное здание базара, чей ажурный потолок служил пристанищем тысяче пестрых птиц. На ступенчатых стенах за торговыми местами росли деревья и цветы, а внизу продавалось все, когда-либо созданное богами.

Серебристая кобылка беспокойно заплясала, когда к ней подъехал Ксаро Ксоан Даксос: Дени убедилась, что лошади не терпят близкого соседства верблюдов.

— Если ты пожелаешь здесь что-нибудь, о прекраснейшая из женщин, тебе стоит лишь сказать — и это будет твоим, — сказал Ксаро с высоты своего нарядного, украшенного рогами седла.

— Ей принадлежит весь Кварт — на что ей твои безделушки? — отозвался с другой стороны синегубый Пиат Прей. — Все будет так, как я обещал, кхалиси. Пойдем со мной в Дом Бессмертных, и ты вкусишь истину и мудрость.

— Зачем ей твой пыльный чертог, когда у меня ее ждет солнечный свет, сладкая вода и шелковая постель? — возразил Ксаро. — Тринадцать увенчают ее прекрасную голову короной из черной яшмы и огненных опалов.

— Единственный дворец, где я хотела бы жить, — это красный замок в Королевской Гавани, милорд Пиат. — Дени остерегалась чародея — мейега Мирри Маз Дуур отбила у нее охоту водиться с теми, кто занимается колдовством. — И если сильные мужи Кварта хотят поднести мне дары, Ксаро, пусть подарят мне корабли и мечи, чтобы я могла отвоевать то, что принадлежит мне по праву.

Синие губы Пиата сложились в учтивую улыбку.

— Как тебе будет угодно, кхалиси, — сказал он и поехал прочь, покачиваясь в такт шагам верблюда, а шитые бисером одежды колыхались у него за спиной.

— Юная королева мудра не по годам, — молвил Ксаро с высокого седла. — В Кварте говорят, что дом колдуна построен из костей и лжи.

— Почему же тогда люди понижают голос, говоря о колдунах Кварта? Весь восток почитает их силу и мудрость.

— Да, некогда они были могущественны, но теперь они похожи на дряхлых солдат, которые похваляются своей доблестью, давно утратив и силу, и мастерство. Они читают свои ветхие свитки, пьют «вечернюю тень», пока у них губы не посинеют, и намекают на некую смертоносную власть, но они — пустая шелуха по сравнению с белыми чародеями. Предупреждаю тебя: дары Пиата Прея в твоих руках обернутся прахом. — Ксаро стегнул своего верблюда кнутом и ускакал.

— Ворона говорит, что ворон черен, — пробормотал сир Джорах на общем языке Вестероса. Рыцарь-изгнанник, как всегда, ехал по правую руку от Дени. Ради въезда в Кварт он снял свою дотракийскую одежду и облачился в панцирь, кольчугу и шерсть Семи Королевств, лежащих за полсвета отсюда. — Лучше вам не иметь дела с этими людьми, ваше величество.

— Они помогут мне взойти на престол. Ксаро сказочно богат, а Пиат Прей...

— ...делает вид, что обладает тайной силой. — На темно-зеленом камзоле рыцаря стоял на задних лапах медведь дома Мормонтов, черный и свирепый. Сир Джорах, хмуро глядящий на кишащий народом базар, казался не менее свирепым. — Я бы не стал задерживаться здесь надолго, моя королева. Мне противен самый запах этого места.

— Возможно, это пахнет верблюдами, — улыбнулась Дени. — Запах самих квартийцев мне кажется весьма приятным.

— Сладкие ароматы порой прикрывают смрад.

«Мой медведь, — подумала Дени. — Пусть я его королева — для него я навсегда останусь маленьким медвежонком, и он всегда будет беречь меня». Это вселяло в нее чувство безопасности, но и печалило тоже. Она жалела, что не может любить его иной любовью.

Ксаро Ксоан Даксос давно уже предложил Дени свое гостеприимство, и она ожидала увидеть нечто грандиозное, но дворец, больше, чем иной рыночный городок, явился для нее неожиданностью. Дом магистра Иллирио в Пентосе рядом с ним показался бы хижиной свинопаса. Ксаро заверил ее, что здесь свободно разместятся все ее люди вместе с конями, и дворец в самом деле поглотил их без остатка. Самой Дени было предоставлено целое крыло с собственным садом, мраморным бассейном, магической кристальной башней и волшебным лабиринтом. Рабы предупреждали любое ее желание. Полы в ее покоях были из зеленого мрамора, на стенах висели шелковые драпировки, мерцающие красками при каждом дуновении.

— Ты слишком щедр, — сказала она Ксаро.

— Для Матери Драконов ни один дар не будет слишком велик. — Ксаро, томный щеголь с лысой головой и огромным крючковатым носом, был весь увешан рубинами, опалами и яшмой. — Завтра на пиру ты отведаешь павлинов и жавороньих язычков и услышишь музыку, достойную прекраснейшей из женщин. Тринадцать придут засвидетельствовать тебе свое почтение, а с ними все именитые граждане Кварта.

«Твои именитые граждане придут посмотреть моих драконов», — подумала Дени, но вслух поблагодарила Ксаро. Вскоре он покинул ее, как и Пиат Прей, пообещавший устроить ей встречу с Бессмертными. «Это честь столь же редкая, как снег летом», — сказал чародей. На прощание он поцеловал ее босые ноги бледно-синими губами и вручил ей баночку с мазью, которая, как он клялся, позволит Дени увидеть духов воздуха. Последней ушла Куэйта, заклинательница теней. От нее Дени получила только предостережение.

— Берегись, — сказала женщина в красной лакированной маске.

— Но чего?

— Всего. И всех. Они будут приходить днем и ночью, чтобы посмотреть на чудо, вновь пришедшее в мир, а увидев, они его возжелают. Ибо драконы — это огонь, облеченный плотью, а огонь — это власть.

После ее ухода сир Джорах сказал:

— Она говорит правду, моя королева... хотя нравится мне не больше, чем остальные.

— Я не понимаю ее. — Пиат и Ксаро осыпали Дени обещаниями с тех самых пор, как увидели драконов, и провозглашали себя ее верными слугами, но от Куэйты она слышала лишь редкие загадочные слова. Беспокоило Дени и то, что она никогда не видела лица этой женщины. «Помни Мирри Маз Дуур, — говорила она себе. — Помни ее измену». — Будем нести собственную стражу, пока мы здесь, — сказала Дени своим кровным всадникам. — Пусть никто не входит в это крыло дворца без моего разрешения, и пусть драконов охраняют неусыпно.

— Будет исполнено, кхалиси, — сказал Агго.

— Мы видели лишь ту часть Кварта, которую пожелал показать нам Пиат Прей. Осмотри остальное, Ракхаро, и расскажи мне об увиденном. Возьми с собой надежных мужчин — и женщин, чтобы они побывали там, куда мужчинам доступа нет.

— Будет исполнено, кровь моей крови.

— Ты, сир Джорах, отправляйся в гавань и посмотри, какие там стоят корабли. Я уже полгода не слышала никаких новостей из Семи Королевств. Быть может, боги прислали сюда из Вестероса какого-нибудь доброго капитана, который отвезет нас домой.

— Для этого доброта не требуется, — нахмурился рыцарь. — Узурпатор убьет вас, это ясно, как день. — Мормонт заправил большие пальцы за пояс. — Мое место здесь, рядом с вами.

— Меня постережет Чхого. Ты знаешь больше языков, чем мои кровные всадники, притом дотракийцы не доверяют морю и тем, кто плавает по нему. Эту услугу оказать мне можешь только ты. Походи между кораблей, поговори с матросами, узнай, откуда они пришли и куда следуют и что за люди командуют ими.

— Хорошо, моя королева, — неохотно кивнул рыцарь.

Когда мужчины разошлись, служанки сняли с Дени запылившуюся в пути одежду, и она прошла к мраморному бассейну в тени портика. Вода была восхитительно прохладна, и в ней плавали крошечные золотые рыбки — они легонько пощипывали кожу, заставляя Дени хихикать. Как хорошо было нежиться, закрыв глаза, и знать, что она может отдыхать, сколько ей вздумается. Есть ли в Красном Замке Эйегона такой бассейн и такие сады, благоухающие лавандой и мятой? Должны быть. Визерис всегда говорил, что Семь Королевств — самое прекрасное место на свете.

Мысль о доме нарушила ее покой. Будь ее солнце и звезды живы, он переправился бы со своим кхаласаром через злые воды и разбил бы ее врагов, но его сила ушла из мира. У нее есть кровные всадники — они посвятили ей свою жизнь и умеют убивать, но лишь так, как это заведено у табунщиков. Дотракийцы грабят города и разоряют королевства, но править ими не могут. Дени не желала превращать Семь Королевств в выжженную пустыню, полную неспокойных духов. Довольно она видела слез. «Я хочу, чтобы мое королевство было прекрасным, чтобы в нем жили веселые дородные люди, красивые девушки и беззаботные дети. Хочу, чтобы люди улыбались, когда я проезжаю мимо, как, по словам Визериса, улыбались моему отцу».

Но для этого она должна одержать победу.

«Узурпатор убьет вас, это ясно как день», — сказал Мормонт. Роберт убил ее отважного брата Рейегара, а один из его приспешников переплыл Узкое море и пересек дотракийские степи, чтобы убить ее вместе с сыном, которого она носила. Говорят, Роберт Баратеон силен как бык, бесстрашен в бою и любит войну больше всего на свете. На его стороне могучие лорды, которых Визерис называл псами узурпатора, — Эддард Старк с холодными глазами и ледяным сердцем и золотые Ланнистеры, отец и сын, богатые, всесильные и вероломные.

Может ли она надеяться победить их? Когда был жив кхал Дрого, люди дрожали перед ним и задаривали его, чтобы отвратить от себя его гнев. У тех, кто не делал этого, он отнимал их города, богатства и жен. Но его кхаласар был огромен, а ее — ничтожно мал. Ее люди пересекли вместе с ней красную пустыню, следуя за кометой, и последуют за ней через злые воды, но их будет недостаточно. Даже драконы не помогут. Визерис верил, что вся страна поднимется на защиту своего законного короля... но Визерис был глупец и верил в глупые вещи.

От этих сомнений Дени бросило в дрожь. Вода вдруг показалась ей холодной, покусывание рыбок стало раздражать. Она встала и вышла из бассейна, кликнув Ирри и Чхику.

Служанки вытерли ее, завернули в халат из песочного шелка, и мысли Дени вернулись к тем троим, что приехали к ней в Город Костей. «Кровавая Звезда привела меня в Кварт не напрасно. Здесь я найду то, что ищу, если у меня достанет силы взять то, что мне предлагают, и мудрости, чтобы избегнуть ловушек. Если боги хотят моей победы, они не оставят меня и пошлют мне знак, если же нет...»

Близился вечер, и Дени кормила драконов, когда Ирри, раздвинув шелковый занавес, сказала, что сир Джорах вернулся из гавани... и не один.

— Впусти их, кого бы он ни привел, — сказала охваченная любопытством Дени.

Когда они вошли, она расположилась на груде подушек, окруженная своими драконами. Человек, пришедший с рыцарем, был одет в плащ из зеленых и желтых перьев, а сам черен, как смола.

— Ваше величество, — сказал Мормонт, — позвольте представить вам Квухуру Мо, капитана «Пряного ветра» из города Высокодрева.

Чернокожий преклонил колени.

— Великая честь для меня, королева, — сказал он не на языке Летних островов, которого Дени не знала, а на беглом валирийском Девяти Вольных Городов.

— Взаимно, Квухуру Мо, — ответила ему Дени на том же языке. — Ты приплыл сюда с Летних островов?

— Это так, ваше величество, но прежде, с полгода тому назад, мы заходили в Старомест — и я привез вам оттуда чудесный подарок.

— Подарок?

— Да. Чудесную новость. Матерь Драконов, Бурерожденная, да будет тебе известно, что Роберт Баратеон мертв.

Над Квартом опускались сумерки, но в душе у Дени взошло солнце.

— Мертв! — повторила она. Черный Дрогон у нее на коленях зашипел, и бледный дымок окутал ее лицо, как вуаль. — Ты уверен? Узурпатор мертв?

— Так говорят в Староместе, и в Дорне, и в Лиссе, и во всех других портах, куда мы заходили.

«Он прислал мне отравленное вино — но я жива, а он умер».

— Какая смерть постигла его? — Белый Визерион у нее на плече захлопал кремовыми крыльями, всколыхнув воздух.

— Он был растерзан чудовищным вепрем, охотясь в своем королевском лесу, — так я слышал в Староместе. В других местах говорят, что его погубила королева, либо его брат, либо лорд Старк, который был его десницей. Но все истории сводятся к одному: король Роберт умер и лежит в могиле.

Дени никогда не видела узурпатора в лицо, но дня не проходило, чтобы она о нем не думала. Его тень легла на нее с самого ее рождения, с того часа, когда она под вой бури явилась в мир, где ей не было места. А теперь чернокожий мореход убрал эту тень.

— На Железном Троне теперь сидит мальчик, — сказал сир Джорах.

— Да, король Джоффри царствует, — подтвердил Квухуру Мо, — но правят за него Ланнистеры. Братья Роберта бежали из Королевской Гавани. Говорят, они намерены бороться за корону. А десница, лорд Старк, друг короля Роберта, схвачен за измену.

— Нед Старк — изменник? — фыркнул сир Джорах. — Вранье. Скорее Долгое Лето настанет вновь, чем этот молодчик запятнает свою драгоценную честь.

— О какой чести может идти речь? — сказала Дени. — Он предал своего короля, как и Ланнистеры. — Ей приятно было услышать, что псы узурпатора передрались между собой, и она этому нисколько не удивилась. То же самое произошло, когда умер Дрого и его большой кхаласар распался на части. — Мой брат Визерис, который был истинным королем, тоже умер, — сказала она капитану с Летних островов. — Кхал Дрого, мой лорд-муж, убил его, увенчав короной из расплавленного золота. — (Быть может, брат вел бы себя умнее, если бы знал, что возмездие, о котором он молился, свершится так скоро.)

— Я соболезную твоему горю, Матерь Драконов, — и несчастному Вестеросу, лишенному истинного короля.

Зеленый Рейегаль под ласковой рукой Дени уставился на гостя глазами из жидкого золота и оскалил зубы, блестящие, как черные иглы.

— Когда твой корабль опять придет в Вестерос, капитан?

— Боюсь, не раньше, чем через год. «Пряный ветер» отплывает на восток, чтобы совершить круг по Яшмовому морю.

— Вот как, — молвила разочарованная Дени. — Ну что ж, попутного тебе ветра и удачной торговли. Ты принес мне бесценный дар.

— Ты вознаградила меня с лихвой, о великая королева.

— Как так? — удивилась она.

— Я видел драконов, — с блеском в глазах ответил он.

— Надеюсь, не в последний раз, — засмеялась Дени. — Приезжай ко мне в Королевскую Гавань, когда я взойду на отцовский трон, и я вознагражу тебя по-настоящему.

Чернокожий пообещал, что приедет, поцеловал ее пальцы и удалился. Чхику пошла проводить его, но сир Джорах остался.

— Кхалиси, — сказал он, — на вашем месте я не стал бы столь откровенно говорить о своих планах. Этот человек будет сеять слухи повсюду.

— Пусть его. Пусть целый мир знает о моих намерениях. Узурпатор мертв — что мне за дело?

— Не всем моряцким байкам можно верить — и даже если Роберт на самом деле умер, страной теперь правит его сын. Его смерть, в сущности, ничего не меняет.

— Она меняет все! — Дени резко поднялась на ноги, и драконы, завопив, растопырили крылья. Дрогон взлетел на карниз, двое других поскакали по полу, скребя концами крыльев по мрамору. — Прежде Семь Королевств были как кхаласар моего Дрого, спаявшего своей волей сто тысяч человек. Теперь государство распалось, как кхаласар после смерти моего кхала.

— Знатные лорды всегда дрались между собой. Скажите мне, кто из них победил, и я скажу вам, что это значит. Кхалиси, Семь Королевств не упадут вам в руки, как спелые персики с ветки. Вам понадобится флот, армия, золото, союзники...

— Все это я знаю. — Она взяла его руки в свои и заглянула в его темные настороженные глаза. «Порой он смотрит на меня как на ребенка, которого должен защищать, порой как на женщину, с которой хотел бы лечь в постель, но видит ли он во мне по-настоящему свою королеву?» — Я уже не та испуганная девочка, которую ты встретил в Пентосе. Да, у меня за плечами всего пятнадцать именин... но я стара, как старухи из дош кхалина, и юна, как мои драконы. Я родила ребенка, схоронила кхала, я пересекла красную пустыню и Дотракийское море. Во мне течет кровь дракона.

— В вашем брате она тоже текла, — упрямо сказал Мормонт.

— Я не Визерис.

— Это верно. В вас, пожалуй, больше от Рейегара, но даже Рейегар дал себя убить. Роберт уложил его на Трезубец своим боевым молотом — всего лишь. Даже драконы смертны.

— Драконы смертны. — Она приподнялась на цыпочки и поцеловала его в небритую щеку. — Но смертны и те, кто их убивает.

БРАН

Мира настороженно описала круг. В левой ее руке болталась сетка, в правой она держала тонкий трезубец. Лето следил за ней своими золотистыми глазами, высоко держа неподвижный хвост.

— Йай! — крикнула девушка и сделала выпад острогой. Волк метнулся влево и прыгнул. Мира метнула сеть — та развернулась в воздухе, и волк угодил прямо в нее. Опутанный ею, он рухнул Мире на грудь и повалил ее на спину, выбив острогу у нее из руки. Влажная трава смягчила удар, но воздух с шумом вырвался у Миры из легких.

— Ты проиграла! — возликовал Бран.

— Нет, выиграла, — сказал ее брат Жойен. — Ведь Лето попался.

И правда — волк рычал и барахтался в сети, пытаясь ее разорвать, но только еще хуже запутывался. Прогрызть сеть он тоже не мог.

— Выпусти его.

Мира, смеясь, обхватила пленного волка руками и покатилась с ним по траве. Лето жалобно заскулил, дрыгая лапами. Мира стала на колени, распутала там, дернула здесь, и волк внезапно освободился.

Бран распростер руки.

— Лето, ко мне. Осторожно! — Но волк уже врезался в него. Они упали, сцепившись, и стали возиться — один рычал, другой смеялся. В конце концов Бран оказался наверху, а волк, весь перемазанный в грязи, под ним. — Хороший зверь, — выдохнул мальчик, и Лето лизнул его в ухо.

Мира покачала головой:

— Он совсем никогда не злится?

— На меня — нет. — Бран сгреб волка за уши, и тот свирепо лязгнул зубами, но это была только игра. — Иногда он рвет мне одежду, но до крови ни разу не укусил.

— Тебя-то нет, но если б он проскочил мимо моей сети...

— Тебя бы он тоже не тронул. Он знает, что ты мне нравишься. — Все прочие лорды и рыцари разъехались после праздника урожая, но Риды остались и сделались постоянными спутниками Брана. Жойен был так серьезен, что старая Нэн прозвала его маленьким дедушкой, но Мира напоминала Брану его сестру Арью — она не боялась испачкаться, а бегать, драться и кидать камни умела не хуже мальчика. Правда, она старше Арьи — ей почти шестнадцать, и она взрослая женщина. Они оба старше Брана, хотя его девятые именины наконец-то миновали, но никогда не обращаются с ним, как с ребенком.

— Лучше бы вы были нашими воспитанниками вместо Уолдеров. — Бран пополз к ближайшему дереву. Это было неприглядное зрелище, но когда Мира хотела поднять его, он сказал: — Нет, не надо мне помогать. — Он извернулся, опираясь на руки, и прива-

348

лился спиной к стволу высокого ясеня. — Вот видишь? — Лето растянулся рядом, положив голову ему на колени. — Никогда не видел раньше, как сражаются с помощью сети, — сказал Бран Мире, почесывая волка за ушами. — Это ваш мастер над оружием тебя научил?

— Нет, отец. У нас в Сероводье нет ни рыцарей, ни мастера над оружием, ни мейстера.

— А кто же занимается вашими воронами?

— Почтовые вороны не могут найти Сероводье, — улыбнулась она, — и враги тоже.

— Почему?

— Потому что наш дом движется.

Бран никогда еще не слышал о движущихся замках. Может, Мира дразнит его?

— Хотелось бы мне на это посмотреть. Как ты думаешь, ваш лорд-отец позволит мне побывать там, когда война кончится?

— Ты будешь у нас желанным гостем, мой принц, — и тогда, и теперь.

— Теперь? — Бран всю свою жизнь провел в Винтерфелле и очень хотел бы повидать дальние края. — Я спрошу сира Родрика, когда он вернется. — Старый рыцарь отправился на восток, чтобы уладить возникшие там беспорядки. Бастард Русе Болтона похитил леди Хорнвуд, когда она возвращалась с праздника урожая, и в ту же ночь женился на ней, хотя годился ей в сыновья. Затем лорд Мандерли захватил ее замок — чтобы защитить владения Хорнвудов от Болтонов, как уверял он в письме, но сир Родрик рассердился на него почти так же, как и на бастарда. — Он, может быть, меня отпустит — а вот мейстер Лювин ни за что.

Жойен Рид, сидевший, поджав ноги, под чардревом, серьезно сказал:

— Будет хорошо, если ты уедешь из Винтерфелла, Бран.

— Хорошо?

— Да. И чем скорее, тем лучше.

— У моего брата зеленый глаз, — сказала Мира. — Ему снится то, чего не было, но иногда его сны сбываются.

— Почему ты говоришь «иногда», Мира? — Они обменялись взглядом — она смотрела с вызовом, он с грустью.

— Тогда скажи, что с нами будет, — попросил Бран.

— Скажу, если и ты расскажешь мне о своих снах.

В богороще стало совсем тихо. Бран слышал, как шелестят листья и Ходор плещется в горячем пруду. Он вспомнил о золотом человеке и трехглазой вороне, вспомнил хруст костей на зубах и медный вкус крови.

— Мне ничего не снится. Мейстер Лювин дает мне сонное зелье.

— И как, помогает?

— Иногда.

— Весь Винтерфелл знает, что ты по ночам кричишь и просыпаешься весь в поту, Бран, — сказала Мира. — Женщины говорят об этом у колодца, а стражники — в караульной.

— Скажи нам — чего ты так боишься? — спросил Жойен.

— Не хочу. Это всего лишь сны. Мейстер Лювин говорит, что сны могут означать все что угодно или ничего.

— Брату тоже снятся самые обыкновенные сны, которые могут означать что угодно, но зеленые сны — дело иное.

Глаза у Жойена были цветом, как мох, и порой, когда он смотрел на тебя, казалось, будто он видит что-то другое — вот как теперь.

— Мне приснился крылатый волк, прикованный к земле серыми каменными цепями, — сказал он. — Это был зеленый сон, поэтому я знаю, что он правдивый. Ворона пыталась расклевать его цепи, но ее клюв откалывал от камня только крохотные кусочки.

— У этой вороны было три глаза?

Жойен кивнул. Лето поднял голову с колен Брана и уставился на юного Рида темно-золотыми глазами.

— Когда я был маленький, я чуть не умер от серой лихорадки — тогда ворона и явилась мне впервые.

— А ко мне она прилетела после того, как я упал, — вырвалось у Брана. — Я долго спал, и она сказала «лети или умри», и я проснулся сломанным, но так и не полетел.

— Ты можешь полететь, если захочешь. — Мира окончательно распутала свою сеть и стала складывать ее.

— Тот крылатый волк — это ты, Бран, — сказал Жойен. — Я не был уверен в этом, когда мы сюда приехали, но теперь я уверен. Ворона послала нас, чтобы разбить твои цепи.

— А где она? У вас в Серодоье?

— Нет. Ворона на севере.

— На Стене? — Брану всегда хотелось посмотреть Стену — а теперь и его сводный брат Джон служит там в Ночном Дозоре.

— За Стеной. — Мира прицепила сеть к поясу. — Когда Жойен рассказал свой сон нашему лорду-отцу, он послал нас в Винтерфелл.

— Как же мне разорвать эти цепи, Жойен? — спросил Бран.

— Ты должен открыть свой глаз.

— Они и так открыты оба — не видишь, что ли?

— Да, два глаза открыты.

— Так у меня больше и нет.

— У тебя их три. Ворона дала тебе третий глаз, но ты не хочешь его открывать. — Жойен говорил мягко и медленно. — Двумя глазами ты видишь мое лицо — тремя ты заглянул бы мне в сердце. Двумя глазами ты видишь вот этот дуб — тремя ты увидел бы желудь, из которого он вырос, и пень, который когда-нибудь от него останется. Двумя глазами ты видишь не дальше своих стен — тремя ты увидел бы южные земли вплоть до Летнего моря и северные, что лежат за Стеной.

Лето встал, а Бран сказал с нервной улыбкой:

— Мне незачем видеть так далеко. И я не хочу больше говорить о воронах. Поговорим лучше о волках. Или о львоящерах. Вы когда-нибудь охотились на них, Мира? У нас они не водятся.

Мира нашла в кустах свою острогу.

— Они живут в воде, в тихих ручьях и глубоких болотах...

— Львоящеры тебе тоже снились? — прервал Жойен.

— Нет. Я же сказал, что не хочу...

— А волки?

Его расспросы сердили Брана.

— Я не обязан рассказывать тебе мои сны. Я принц. Я Старк из Винтерфелла.

— Тебе снился Лето?

— Замолчи.

— В ночь праздника урожая тебе снилось, что ты Лето и бегаешь в богороще, правда?

— Перестань! — крикнул Бран. Лето подался к чардреву, оскалив белые зубы.

Жойен Рид, не обращая на них внимания, гнул свое:

— Когда я притронулся к Лету, я почувствовал в нем тебя. Ты и теперь в нем.

— Не мог ты ничего почувствовать. Я был в постели и спал.

— Ты был в богороще, одетый в серую шкуру.

— Это был просто дурной сон...

Жойен встал:

— Я почувствовал тебя. Почувствовал, как ты падаешь. Вот чего ты боишься, да? Падения?

«Да, падения, — подумал Бран, — и золотого человека, брата королевы. Но падения больше». Вслух он этого не сказал. Как он мог? Он не рассказывал об этом ни сиру Родрику, ни мейстеру Лювину — и Ридам тоже не скажет. Если не говорить, то все, может быть, и забудется. Он не хотел ничего помнить — да это, может, и не настоящее воспоминание.

— Ты каждую ночь падаешь, Бран? — тихо спросил Жойен.

Басовитое ворчание вырвалось из горла Лета, и это больше не было игрой. Волк двинулся вперед, ощерившись и сверкая глазами. Мира встала между ним и братом с острогой в руке.

— Отзови его, Бран.

— Жойен его злит.

Мира тряхнула сетью.

— Это твой гнев, Бран, — сказал ее брат. — И твой страх.

— Неправда. Я не волк. — Однако он выл с ними по ночам и чувствовал вкус крови в своих волчьих снах.

— Часть тебя — это Лето, а часть Лета — это ты. Ты это знаешь, Бран.

Лето ринулся вперед, но Мира загородила ему дорогу, грозя своим трезубцем. Волк шмыгнул в сторону, сделал круг и стал подкрадываться. Мира повернулась к нему лицом.

— Отзови его, Бран.

— Лето! Ко мне, Лето! — крикнул Бран и хлопнул себя ладонью по ляжке так, что руке стало больно — но мертвая нога ничего не почувствовала.

Волк снова бросился вперед, и снова Мира отогнала его, пригрозив острогой. Лето увернулся и отскочил назад. Кусты позади чардрева зашелестели, и оттуда появилась черная поджарая фигура с оскаленными зубами. Бран почуял запах ярости Лета. Волосы у Брана на затылке встали дыбом. Мира придвинулась к брату, волки были по обе стороны от них.

— Бран, отзови их.

— Не могу!

— Жойен, лезь на дерево.

— Нет нужды. Не в этот день мне суждено умереть.

— Быстро! — вскричала она, и Жойен полез на чардрево, цепляясь за вырезанный на нем лик. Волки приближались. Мира, бросив острогу и сеть, подпрыгнула и ухватилась за ветку у себя над головой. Лохматый Песик щелкнул зубами, едва не задев ее лодыжку, но она уже подобрала ноги. Лето сел и завыл, а Лохматый Песик принялся трепать сеть.

Только тогда Бран вспомнил, что они тут не одни. Он сложил руки у рта и позвал:

— Ходор! Ходор! Ходор!! — Он чувствовал сильный испуг и почему-то стыд. — Ходора они не тронут, — заверил он своих сидящих на дереве друзей.

Вскоре послышалось нестройное, без слов, пение. Ходор прибежал от горячих прудов полуодетый и весь в грязи, но Бран никогда еще так ему не радовался.

— Ходор, помоги мне. Прогони волков.

Ходор принялся за дело рьяно — он махал руками, топал ногами и бегал от одного волка к другому, крича: «Ходор! Ходор!» Лохматый Песик, рыкнув напоследок, удрал в кусты, а Лето вернулся к Брану и лег рядом с ним.

Мира слезла, подхватила с земли острогу и сеть, не сводя глаз с Лета.

— Мы еще поговорим с тобой, — пообещала она Брану.

«Но это ведь волки, а не я», — подумал он. Бран не понимал, с чего они так озверели. Может, мейстер Лювин и прав, что держит их в богороще.

— Ходор, — сказал Бран, — отнеси меня к мейстеру.

Башенка мейстера под вороньей вышкой принадлежала к числу излюбленных мест Брана. Лювин был безнадежным неряхой, но нагромождение его книг, свитков и бутылок казалось Брану столь же знакомым и успокоительным, как мейстерова плешь или широкие рукава его просторных серых одежд. Вороны Брану тоже нравились.

Лювин сидел на высоком табурете и что-то писал. С отъездом сира Родрика все хозяйственные заботы по замку пали на его плечи.

— А-а, мой принц! Что-то вы рано сегодня явились на уроки. — Мейстер каждый день по нескольку часов давал уроки Брану, Рикону и Уолдерам Фреям.

— Ходор, стой смирно. — Бран ухватился руками за стенной светильник, подтянулся и вылез из корзины. Какой-то миг он висел на руках, потом Ходор перенес его на стул. — Мира говорит, что у ее брата зеленый глаз.

Мейстер почесал нос гусиным пером.

— Вот как?

— Да. Вы говорили, что зеленым зрением обладали Дети Леса, — я помню.

— Некоторые их мудрецы будто бы имели такую власть — их называли «видящими сквозь зелень».

— Это было волшебство?

— Можно и так сказать, за неимением лучшего слова. Но в сущности это просто знание особого рода.

— Как они это делали?

Лювин отложил перо.

— Никто не знает толком, Бран. Дети Леса ушли из мира, и мудрость их ушла с ними. Мы думаем, что это было как-то связано с ликами на деревьях. Первые Люди верили, что видящие сквозь зелень каким-то образом способны смотреть глазами чардрев. Потому-то люди и рубили деревья, когда воевали с Детьми Леса. Считается также, что древовидцы имели власть над лесными зверями, птицами и даже рыбами. Маленький Рид хочет сказать, что он тоже обладает такой силой?

— Нет, не думаю. Но Мира говорит, что он видит сны, которые иногда сбываются.

— Все мы видим сны, которые иногда сбываются. Ты, скажем, увидел своего лорда-отца в крипте еще до того, как мы узнали о его смерти, — помнишь?

— Рикон тоже его видел. Нам приснился одинаковый сон.

— Ты можешь назвать его зеленым, если хочешь... но не забудь при этом о тех десятках тысяч ваших с Риконом снов, которые не сбылись. Помнишь, я рассказывал тебе о цепях, которые каждый мейстер носит на шее?

Бран подумал немного, вспоминая.

— Мейстер выковывает свою цепь в Цитадели Староместа. Вы надеваете ее на себя, потому что даете обет служения, и она сделана из разных металлов, потому что вы служите государству, а в государстве живут разные люди. Изучив какую-нибудь науку, вы прибавляете к цепи еще одно звено. Чугун дается за искусство воспитывать воронов, серебро — за врачевание, золото — за науку счета и цифири. А дальше я не помню.

Лювин продел палец под свою цепь и стал поворачивать ее дюйм за дюймом. Шея у него для человека маленького роста была толстая, и цепь сидела туго, но все же поддавалась вращению.

— Это валирийская сталь, — сказал мейстер, когда ему на кадык легло звено из темно-серого металла. — Только у одного мейстера из ста есть такое. Оно означает, что я изучил то, что в Цитадели называется «высшими тайнами» — то есть магию, за неимением лучшего слова. Захватывающая наука, но пользы от нее мало — вот почему лишь немногие из мейстеров дают себе труд заниматься ею.

Все те, кто изучает высшие тайны, сами рано или поздно пробуют чародействовать. Я тоже, должен сознаться, поддался искушению. Что поделаешь, я тогда был мальчишкой, а какой юнец не мечтает втайне открыть в себе неведомую ранее силу? Но в награду за свои усилия я получил не больше, чем тысяча мальчиков до меня и тысяча после. Магия, как это ни печально, не действует больше.

— Нет, иногда действует, — возразил Бран. — Мне ведь приснился тот сон, и Рикону тоже. И на востоке есть маги и колдуны...

— Вернее, люди, которые называют себя магами и колдунами. У меня в Цитадели был друг, который мог достать розу у тебя из уха, но колдовать он умел не больше, чем я. Есть, конечно, многое, чего мы еще не понимаем. Время складывается из веков и тысячелетий, а что видит всякий человек за свою жизнь, кроме нескольких лет и нескольких зим? Мы смотрим на горы и называем их вечными, и они действительно кажутся такими... но с течением времен горы вздымаются и падают, реки меняют русло, звезды слетают с небес, и большие города погружаются в море. Мне думается, даже боги умирают. Все меняется... Возможно, некогда магия была в мире могущественной силой, но теперь это больше не так. Нам осталась разве что струйка дыма, висящая в воздухе после большого пожара, да и она уже тает. Последним углем, тлеющим на пожарище, была Валирия, но Валирии больше нет. Драконы исчезли, великаны вымерли, Дети Леса вместе со всем своим знанием преданы забвению. Нет, мой принц, — может, Жойен Рид и видел пару снов, которые, как он думает, сбылись, но он не древовидец. Ни у кого из ныне живущих нет такой власти.

Все это Бран передал Мире — она пришла к нему в сумерки, когда он сидел на окне и смотрел, как в замке зажигаются огни.

— Я сожалею о том, что случилось с волками. Лето не должен был нападать на Жойена, но и Жойену не надо было расспрашивать меня про мои сны. Ворона солгала, сказав, что я могу летать, и твой брат тоже лжет.

— А может быть, это твой мейстер заблуждается?

— Ну уж нет. Даже мой отец доверял его советам.

— Да, твой отец выслушивал его, не сомневаюсь, но в конце концов решал все по-своему. Хочешь, я расскажу, что приснилось Жойену о тебе и твоих приемных братьях?

— Уолдеры мне не братья.

Мира пропустила это мимо ушей.

— Вы сидели за ужином, но вместо слуги еду вам подавал мейстер Люйвин. Перед тобой он поставил королевское жаркое, сочный кусок мяса с кровью, пахнущий так, что слюнки текли, а Фреям подал какую-то серую мертвечину. Но им их ужин понравился больше, чем тебе твой.

— Не понимаю.

— Еще поймешь — так брат сказал. Вот тогда и поговорим.

В тот вечер Бран побаивался садиться за ужин, но когда время пришло, ему подали пирог с голубями, как и всем остальным, и он не усмотрел ничего необычного в том, что ели Уолдеры. «Мейстер Люйвин прав, — сказал себе Бран. — Ничего плохого в Винтерфелле не случится, что бы там ни говорил Жойен». Бран испытал облегчение... но и разочарование тоже. Волшебство способно на все: мертвые оживают, деревья говорят, а сломанные мальчики становятся рыцарями, когда вырастают.

— Но волшебства больше нет, — сказал он во мрак своей комнаты, улегшись в постель, — а сказки — они и есть сказки.

Не будет он никогда ни ходить, ни летать и рыцарем тоже не станет.

ТИРИОН

Тростник на полу колол подошвы босых ног.

— Странное же время выбрал мой кузен для визита, — сказал Тирион одуревшему со сна Подрику Пейну, явно ожидавшему хорошей взбучки за то, что разбудил хозяина. — Проведи его в горницу и скажи, что я сейчас приду.

Судя по черноте за окном, было далеко за полночь. Быть может, Лансель рассчитывал найти его в этот час сонным и плохо соображающим? Да нет, Ланселю рассчитывать несвойственно — тут чувствуется воля Серсеи. Но сестру ждет разочарование. Тирион, даже когда укладывался в постель, работал допоздна при свече — читал, изучал донесения шептунов Вариса и корпел над счетными книгами Мизинца, пока цифры не расплывались и глаза не начинали болеть.

Он поплескал на лицо чуть теплой водой из таза и не спеша посидел на судне в чулане, где ночной воздух холодил голое тело. Сиру Ланселю шестнадцать, и терпением он не славится. Пусть

356

подождет и дозреет. Тирион накинул халат и взъерошил свои редкие желтые волосы, придав себе вид только что проснувшегося человека.

Лансель расхаживал взад-вперед перед догоревшим очагом в красном бархатном камзоле, чьи прорези открывали черную шелковую подкладку, с мечом в золоченых ножнах и украшенным драгоценностями кинжалом на поясе.

— Здравствуй, кузен, — сказал Тирион. — Ты нечасто балуешь меня визитами. Чему я обязан столь неожиданным удовольствием?

— Ее величество королева-регентша приказывает тебе освободить великого мейстера Пицеля. — Сир Лансель показал Тириону красную ленту с оттиснутой на золотом воске львиной печатью Серсеи. — Вот ее приказ.

— Вижу, — отмахнулся Тирион. — Надеюсь, сестра не переоценила свои силы — ведь она только что оправилась после болезни. Великая будет жалость, если она расхворается снова.

— Ее величество совершенно здорова, — кратко заверил сир Лансель.

— Это звучит музыкой для моего слуха. — (Только вот мотив не совсем мне по вкусу. Надо было дать ей дозу побольше.) Тирион надеялся, что еще несколько дней обойдется без вмешательства Серсеи, но ее быстрое выздоровление не слишком удивило его. Она как-никак близнец Джейме. Тирион изобразил на лице приятную улыбку. — Разведи нам огонь, Под, здесь слишком холодно, на мой взгляд. Выпьешь со мной, Лансель? От подогретого вина я сплю крепче.

— Я в снотворном не нуждаюсь. Я пришел по поручению ее величества, а не затем, чтобы пить с тобой, Бес.

«Рыцарство сделало мальчика дерзким, — подумал Тирион, — рыцарство и та печальная роль, которую он сыграл в смерти короля Роберта».

— Да, вино может быть опасным, — улыбнулся Тирион, наливая себе. — Что до великого мейстера Пицеля... я думаю, если бы мою дорогую сестру по-настоящему заботила его участь, она пришла бы ко мне сама. Вместо этого она посылает тебя. Что я должен из этого заключить?

— Заключай что хочешь, только освободи его. Великий мейстер — испытанный друг королевы-регентши и находится под ее личным покровительством. — На губах юноши мелькнула тень усмешки — он наслаждался своей ролью. Берет уроки у Серсеи. — Ее величество решительно не согласна с твоим самоуправством и напоминает тебе, что регент Джоффри — она.

— Однако я — десница Джоффри.

— Десница служит, — указал ему юный рыцарь, — регент же правит до совершеннолетия короля.

— Запиши это, чтобы я лучше запомнил. — Огонь разгорелся, весело треща. — Ты можешь идти, Под. — Мальчик вышел, и Тирион спросил кузена: — Ты хотел сказать еще что-то, верно?

— Да. Ее величество велела передать тебе, что сир Джаселин Байвотер отказался выполнить приказ, отданный от имени самого короля. Итак, Серсея уже приказывала Байвотеру освободить Пицеля, но он отказался.

— Понимаю.

— Она настаивает на том, чтобы снять его с должности и арестовать за измену. Предупреждаю тебя...

Тирион отставил свой кубок.

— Твоих предупреждений я слушать не стану, мальчик.

— Сир, — надменно поправил Лансель и положил руку на меч — возможно, чтобы напомнить Тириону, что он у него есть. — Выбирай слова, когда говоришь со мной, Бес. — Он очень старался быть грозным, но эти его нелепые усики портили все дело.

— Оставь свой меч в покое. Стоит мне крикнуть, сюда ворвется Шагга и убьет тебя — топором, заметь, а не винным мехом.

Лансель покраснел. Неужели он так глуп, что полагает, будто его участие в смерти Роберта прошло незамеченным?

— Я рыцарь...

— Это я уже понял. Скажи — Серсея посвятила тебя в рыцари до того, как уложила к себе в постель, или после?

Блеск в зеленых глазах Лансель ответил Тириону лучше всяких слов. Варис сказал правду. Ну что ж, никто не упрекнет Серсею в том, что она не любит своих родных.

— Тебе нечего сказать? Ты больше ни о чем не хочешь предупредить меня, сир?

— Возьми свои грязные обвинения назад, не то...

— Постой. Ты никогда не думал о том, как поступит Джоффри, когда я скажу ему, что ты убил его отца, чтобы спать с его матерью?

— Все было совсем не так! — в ужасе воскликнул Лансель.

— Да ну? А как же все было?

— То вино дала мне королева! И ваш собственный отец лорд Тайвин, когда меня назначили оруженосцем короля, наказал мне повиноваться ей во всем.

— А спать с ней он тебе тоже наказывал? — Поглядите только. Он не так высок, не так красив, и волосы у него не золотые, а песочные... но, как видно, даже бледная копия Джейме лучше, чем пустая постель. — Нет? Я так и думал.

— Я не хотел... Я делал только то, что мне приказывали, я...

— ...повиновался с глубочайшим отвращением — это ты хочешь мне внушить? Высокое положение при дворе, рыцарство, моя сестра, раздвигающая для тебя ноги по ночам, — что может быть ужаснее! — Тирион вскочил на ноги. — Жди здесь. Его величеству любопытно будет послушать об этом.

Вся дерзость мигом слетела с Ланселя. Юный рыцарь упал на колени, превратившись в испуганного мальчика.

— Сжальтесь, милорд, молю вас.

— Прибереги это для Джоффри. Он любит, когда его молят.

— Милорд, вы знаете, что я действовал по приказу вашей сестры, но его величество этого никогда не поймет...

— Ты хочешь, чтобы я скрыл правду от короля?

— Ради моего отца! Я уеду из города, и все забудется! Клянусь, я покончу...

Тириону трудно было удержаться от смеха.

— Да нет, не стоит.

— Милорд? — растерялся юноша.

— Ты говоришь, мой отец приказал тебе слушаться Серсеи? Вот и слушайся. Будь рядом с ней, не выходи у нее из доверия, доставляй ей удовольствие всякий раз, как она того пожелает. Никто ничего не узнает... пока будешь слушаться и меня тоже. Я хочу знать, что Серсея делает, куда она ходит, с кем видится, о чем они говорят, какие она строит планы, — все. Ты ведь будешь рассказывать мне об этом, правда?

— Да, милорд, — ответил Лансель не колеблясь. Тириону это понравилось. — Клянусь — я сделаю все, что вы прикажете.

— Встань. — Тирион наполнил второй кубок и дал кузену. — Выпей за наше понимание. Пей — в замке, насколько я знаю, вепрей не водится. — Лансель взял кубок и выпил, как неживой. — Улыбнись же, кузен. Сестра моя — красивая женщина, и ты делаешь это для блага государства. И с выгодой для себя. Рыцарство — это пустяки: Если будешь умницей, я сделаю тебя лордом. — Тирион качнул своим кубком. — Серсея должна верить в тебя нерушимо. Ступай к ней и скажи, что я прошу у нее прощения. Скажи, что ты меня напугал, что я не хочу с ней ссориться и отныне ничего не сделаю без ее согласия.

— Но как же...

— О, Пицеля я ей отдам.

— Отдадите?

— Я освобожу его завтра, — улыбнулся Тирион. — Я мог бы поклясться, что не тронул даже волоска на его голове, но это было бы не совсем правдиво. Во всяком случае, он почти не пострадал, хотя не поручусь за его бодрость. Каменные мешки — не слишком здоровое место для человека его лет. Серсея может оставить его при себе вместо собачки или отправить на Стену — мне все равно, лишь бы в совете его не было.

— А сир Джаселин?

— Скажи сестре, что со временем надеешься переманить его от меня. Это должно удовлетворить ее на какой-то срок.

— Как прикажете, — сказал Лансель и допил вино.

— И еще. Короля Роберта больше нет, и было бы нежелательно, если бы его скорбящая вдова вдруг забрюхатела.

— Милорд, я... мы... королева велела, чтобы я... — Уши у парня стали красными, как знамя Ланнистеров. — Я изливаю свою влагу ей на живот, милорд.

— Прелестный животик, не сомневаюсь. Орошай его сколько душе угодно... но смотри, чтобы твоя роса не пролилась мимо. Больше племянников мне не надобно — ясно?

Сир Лансель отвесил испуганный поклон и удалился.

На миг Тирион позволил себе пожалеть его. «Еще один дурачок, и слабенький к тому же, — но он не заслужил того, что я и Серсея с ним проделываем. Счастье, что у дяди Кивана есть еще два сына — этот едва ли протянет до конца года. Серсея убьет его на месте, если узнает, что он ее предал, и если даже она по милости богов этого не узнает, Лансель все равно не переживет того дня, когда Джейме вернется в Королевскую Гавань. Вопрос только в том, зарубит его Джейме в припадке ревности или Серсея прикончит его первая, чтобы оставить Джейме в неведении». Тирион ставил на Серсею.

Его обуяло беспокойство, и он понимал, что больше уже не уснет. Во всяком случае, здесь. Подрик Пейн спал на стуле за дверью горницы, и Тирион тряхнул его за плечо.

— Позови Бронна, а потом беги на конюшню и вели оседлать двух лошадей.

— Лошадей? — пробормотал сонный оруженосец.

— Ну да. Таких больших четвероногих тварей, которые любят яблоки. Ты их уже видел, я уверен. Но сначала Бронна.

Наемник не заставил себя ждать.

— Кто напрудил тебе в суп? — осведомился он.

— Серсея, кто же еще. Мне пора бы уже привыкнуть к этому вкусу. Моя дражайшая сестрица, похоже, принимает меня за Неда Старка.

— Я слыхал, он был выше ростом.

— Только не после того, как Джефф снял с него голову. Надо было тебе одеться потеплее — ночь холодная.

— Мы что, куда-то едем?

— Блестящий ум. Наемники все такие?

На улицах было опасно, но с Бронном Тирион не слишком боялся за себя. Стража выпустила их через калитку в северной стене, и они поехали по Дороге Тени вокруг холма Эйегона, а потом свернули в Свиной переулок, где стояли высокие дома с выбитыми окнами, чьи верхние этажи выдавались так далеко вперед, что почти соприкасались с противоположными. Луна бежала за всадниками, прячась за дымовые трубы. На всем пути им встретилась только старуха, тащившая за хвост дохлую кошку. Она с опаской посмотрела на них, словно боясь, что они отнимут у нее добычу, и молча шмыгнула во тьму.

Тирион размышлял о тех, кто был десницей до него и не сумел противостоять сестриному коварству. Да и где им! Чересчур честные, чтобы жить, чересчур благородные, чтобы срать. Серсея таких каждый день на завтрак ест. Единственный способ победить сестру — это играть по ее правилам, а на это лорды Старк и Аррен никогда бы не пошли. Не диво, что они оба мертвы, — а вот Тирион Ланнистер никогда еще не чувствовал себя более живым. Короткие ноги сделали бы его смешным на балу в праздник урожая, но этот танец он знает как никто.

Бордель, несмотря на поздний час, был полнехонек. Катая встретила их радушно и проводила в зал. Бронн отправился наверх с темноглазой девицей из Дорна, но Алаяйя была занята.

— Она будет вам рада, — сказала Катая. — Я распоряжусь, чтобы приготовили комнату в башне. Не хочет ли милорд тем временем выпить вина?

— Охотно.

Напиток был неважнецкий по сравнению с винами из Бора, которые подавались в этом доме прежде.

— Вы уж простите нас, милорд, — сказала Катая. — Хорошее вино теперь ни за какие деньги не купишь.

— Это ты верно говоришь.

Катая, посидев с ним немного, извинилась и ушла. «Красивая баба, — подумал Тирион, проводив ее взглядом. — Такое достоинство и грацию у шлюхи редко встретишь. Хотя она себя, конечно, считает скорее жрицей. В этом-то, пожалуй, и весь секрет. Не столь уж важно, что мы делаем, — важно как». Эта мысль почему-то успокоила его.

Другие посетители поглядывали на него искоса. В последний раз, когда он выезжал в город, один человек плюнул на него... вернее, попытался. Плевок вместо него попал на Бронна — впредь тот малый будет плеваться без зубов.

— Милорду одиноко? Его никто не любит? — Данси скользнула ему на колени и куснула за ухо. — У меня есть лекарство от этого.

Тирион с улыбкой покачал головой:

— Ты просто прелесть, милочка, но я уже привык к лекарству Алаяйи.

— Потому что мое не пробовали. Вы всегда выбираете одну только Яйю. Она, конечно, хороша, но я лучше — хотите удостовериться?

— Может быть, в следующий раз. — Тирион не сомневался, что с Данси он не соскучится. Этакая курносая попрыгунья, конопатенькая и с рыжей гривой ниже пояса. Но его ждет Шая.

Данси, хихикая, пощупала его между ног.

— А вот он не хочет ждать до следующего раза. Спорить могу, он хочет выскочить и пересчитать все мои веснушки.

— Данси. — Алаяйя появилась на пороге, черная и веющая холодом, в прозрачных зеленых шелках. — Его милость пришел ко мне.

Тирион мягко освободился из объятий другой и встал. Данси не стала возражать.

— В следующий раз, — напомнила она, сунув в рот палец.

— Бедная Данси, — сказала темнокожая девушка, поднимаясь с Тирионом по лестнице. — У нее осталось две недели, чтобы залучить к себе милорда, — иначе она проиграет свой черный жемчуг Мареи.

Тирион видел эту Мареи пару раз — бледная, сдержанная, деликатная. Зеленые глаза, фарфоровая кожа, длинные, прямые, серебристые волосы — очень красивая, но уж слишком серьезная.

— Мне будет жаль, если бедное дитя проиграет из-за меня.

— Ну так пойдите с ней в следующий раз.

— Может, и пойду.

— Я вам не верю, милорд, — улыбнулась Алаяйя.

«Да, она права. Пусть Шая всего лишь шлюха, я верен ей по-своему».

В башенке он, открыв шкаф, с любопытством взглянул на Алаяйю.

— А что ты делаешь, пока меня нет?

Она потянулась всем телом, как гибкая черная кошечка.

— Сплю. У меня стало куда больше отдыха, когда вы начали ходить к нам, милорд. Мареи учит нас читать — может быть, скоро я смогу коротать время с книгой.

— Сон — это хорошо. А книги еще лучше. — Тирион чмокнул ее в щеку и спустился в подземный ход.

Выехав из конюшни на своем лысом мерине, он услышал плывущие над крышами звуки музыки. Приятно было, что люди еще способны петь посреди всей этой бойни и голода. Знакомые ноты напомнили ему Тишу — так она пела ему полжизни назад. Он остановился послушать. Мотив был не тот, а слов за дальностью он не разбирал. Нет, это другая песня — оно и понятно. Его милая Тиша лгала ему с начала и до конца — она была обыкновенная шлюха, нанятая его братом Джейме, чтобы сделать Тириона мужчиной.

«Теперь я освободился от нее, — думал он. — Полжизни она преследовала меня, но теперь я не нуждаюсь в ней больше — точно так же, как в Алаяйе, Данси, Мареи и всех прочих, с которыми переспал за эти годы. Теперь у меня есть Шая. Шая».

Ворота ее дома были наглухо заперты. Тирион стучал, пока в них не открылся резной бронзовый глаз.

— Это я. — Человек, впустивший его, был одной из лучших находок Вариса — браавосский головорез с заячьей губой и бельмом на глазу. Тирион не желал, чтобы Шаю охраняли красивые молодые парни. «Подбери мне старых, безобразных, изуродованных, а всего лучше страдающих бессилием, — сказал он евнуху. — Таких, что предпочитают мальчиков — или овец, если на то пошло». Любителей овец Варис не нашел, зато сыскал евнуха-душителя и пару дурно пахнущих ибенессцев, любивших свои топоры не меньше, чем друг друга. Остальные, один другого страшнее, могли бы украсить любую тюрьму. Когда Варис провел их перед ним, Тирион испугался даже, не слишком ли далеко он зашел, но Шая не произнесла ни слова жалобы. Да и с чего бы? «На меня-то она не жалуется, а я страшнее всех ее стражников, вместе взятых. Может, она уже и не замечает чужого уродства».

Но он и теперь предпочел бы, чтобы Шаю охраняли его горцы — Черноухие Чиллы или Лунные Братья. Он полагался на их железную преданность и чувство чести больше, чем на корыстных наемников. Однако риск был слишком велик. Вся Королевская Гавань знала, что дикари служат ему. Если он пошлет сюда Черноухих, весь город рано или поздно узнает, что десница короля содержит наложницу.

Один из ибенессцев принял у него коня.

— Ты уже разбудил ее? — спросил Тирион.

— Нет, милорд.

— Хорошо.

Очаг в спальне прогорел до углей, но тепло еще держалось. Шая, сбросив во сне одеяло и простыни, лежала на перине нагая, и тусклый свет очага обрисовывал мягкие округлости ее молодого тела. Тирион стоял в дверях и упивался ее видом. «Она моложе Мареи, милее Данси, красивее Алаяйи — она все, что мне нужно, и больше того. Как может шлюха казаться такой чистой и невинной?»

Он не хотел ее беспокоить, но один ее вид привел его в полную готовность. Он сбросил одежду на пол, забрался в постель, тихонько раздвинул ей ноги и поцеловал ее там. Шая пробормотала что-то во сне. Он поцеловал еще раз и стал лизать ее тайную сладость, пока его борода и ее лоно не увлажнились. Она тихо застонала и вздрогнула — тогда он лег сверху, вошел в нее и почти сразу взорвался.

Она открыла глаза и с улыбкой погладила его по голове.

— Какой сладкий сон мне приснился, милорд.

Тирион куснул ее маленький твердый сосок и положил голову ей на плечо. Он не ушел из нее — он хотел бы никогда из нее не уходить.

— Это не сон, — сказал он. «Да, это не сон, а действительность — война, интриги, вся эта большая кровавая игра, — и в середине я, карлик, чудовище, презираемый и осмеиваемый, но крепко забравший в руки власть, город и эту женщину. Именно для этого я был создан — и мне это нравится, да простят меня боги.

А ее я люблю. Люблю».

АРЬЯ

Если Харрен Черный и дал своим башням какие-то имена, то они давно забылись. Теперь они назывались башня Страха, Вдовья башня, башня Плача, башня Призраков и Королевский Костер. Арья спала теперь в бездонных подвалах башни Плача, в маленькой нише, на соломе. У нее всегда было вдоволь воды, чтобы помыться, и мыла тоже. Работа была тяжелая, но не тяжелее целодневных пеших переходов. Ласке не приходилось каждый день искать себе жуков и червяков, как Арри, — ей давали хлеб и ячменную похлебку с морковкой и репой, а раз в две недели и кусочек мяса.

Пирожок устроился еще лучше — на своем исконном месте, на кухне, в круглом каменном строении под куполом, которое было в замке обособленным мирком. Виз и его подчиненные ели в подвале, за поставленным на козлы столом, но иногда Арью посылали за едой на кухню, и ей удавалось переговорить с Пирожком. Он никак не мог запомнить, что она теперь Ласка, и продолжал звать ее Арри, хотя и знал, что она девочка. Однажды он попытался сунуть ей еще горячее яблочное пирожное, но сделал это так неловко, что двое поваров заметили, отняли лакомство и побили его деревянной поварешкой.

Джендри отправили в кузницу, и Арья виделась с ним редко. Тех, с кем она работала, ей даже по именам не хотелось знать — так легче, если кто-нибудь из них умирает. Почти все они были старше ее и не стремились завязать с ней дружбу.

Харренхолл был огромен, но сильно разрушен. Прежде замком владела леди Уэнт, как знаменосец дома Талли, но она пользовалась только нижними этажами двух из пяти башен, а все остальное пришло в запустение. После ее бегства небольшое количество слуг, оставленных ею, никак не могло соответствовать нуждам всех лордов, рыцарей и знатных пленников, которых привез с собой лорд Тайвин, поэтому Ланнистеры в своих набегах добывали не только провизию, но и рабочую силу. Поговаривали, что лорд Тайвин хочет восстановить Харренхолл во всем его былом великолепии и сделать его своим поместьем после окончания войны.

Арья была у Виза на посылках, таскала воду, ходила за едой, а иногда прислуживала за столом в казармах над оружейной, где ели латники. Но чаще всего она занималась уборкой. Нижний этаж башни Плача отдали под кладовые и житницы, на двух других размещалась часть гарнизона, но верхние оставались необитаемыми в течение восьмидесяти лет, и лорд Тайвин приказал сделать их пригодными для жилья. Нужно было отскрести полы, отмыть окна, вынести вон поломанные стулья и прогнившие кровати. На самом верху гнездились громадные черные летучие мыши, которых дом Уэнтов избрал своей эмблемой, а в подвалах водились крысы... и призраки тоже, как утверждали многие, духи Харрена Черного и его сыновей.

Арья полагала, что это глупо. Харрен и его сыновья сгорели в башне Королевский Костер, потому ее так и назвали, — очень им нужно тащиться через двор, чтобы кого-то пугать. Их башня Плача плакала только тогда, когда ветер дул с севера, — и это был именно такой звук, который производит воздух, проходя через трещины в камне (эти щели образовались после пожара). Если в Харренхолле и были призраки, Арью они не тревожили. Она боялась живых — Виза, сира Грегора Клигана и самого лорда Тайвина Ланнистера, обитавшего в Королевском Костре; эта башня оставалась самой высокой и величественной из всех, хотя сильно покосилась и походила на оплывшую черную свечу.

Арье хотелось знать, как поступил бы лорд Тайвин, если бы она подошла к нему и призналась, что она Арья Старк. Впрочем, ей не удалось бы подойти к нему достаточно близко, да он и не поверил бы ей, а после Виз избил бы ее в кровь.

Виз на свой лад был почти так же страшен, как сир Грегор. Гора бил людей, как мух, но большую часть времени даже не замечал, что эти мухи вьются около. Виз же всегда знал, где ты, что ты делаешь, а порой и о чем ты думаешь. Он мог ударить за малейшую провинность, и у него была собака, такая же злющая, как и он, мерзкая пятнистая сука, от которой пахло противнее, чем от любой известной Арье собаки. Однажды Виз натравил ее на мальчишку-золотаря, чем-то ему не угодившего. Собака вырвала у мальчика из икры целый клок мяса, а Виз только посмеялся.

Ему понадобилось всего три дня, чтобы заслужить почетное место в ночных молитвах Арьи.

— Виз, — шептала теперь она. — Дансен, Чизвик, Полливер, Рафф-Красавчик, Щекотун и Пес, сир Грегор, сир Амори, сир Илин, сир Меррин, король Джоффри, королева Серсея. — Если она забудет хотя бы одного, как же она сможет потом найти его и убить?

На дороге Арья чувствовала себя овцой, но Харренхолл обратил ее в мышь. Серая, как мышь, в своей колючей шерстяной рубахе, она, как мышь, жалась по темным углам замка, чтобы не попасться на пути сильных и могущественных.

Иногда ей казалось, что все они мыши среди этих толстых стен — даже рыцари и знатные лорды. Этот замок даже Грегора Клигана делал маленьким. Харренхолл занимал втрое больше места, чем Винтерфелл, а его здания даже в сравнение не шли с винтерфеллскими. Харренхоллские конюшни вмещали тысячу лошадей, богороща покрывала двадцать акров, кухня была величиной с винтерфеллский Великий Чертог, а сам Великий Чертог пышно именовался Залом Тысячи Очагов, хотя их там было всего тридцать с лишком (Арья считала дважды, но один раз у нее вышло тридцать три, а другой тридцать пять), и был столь громаден, что лорд Тайвин мог бы задать там пир всему своему войску, хотя никогда этого не делал. Стены, двери, залы, лестницы — все здесь было таким нечеловечески большим, что Арье вспоминались сказки старой Нэн о великанах, живших за Стеной.

Лорды и леди не замечают маленьких серых мышек у себя под ногами, и Арья слышала самые разные секреты — для этого требовалось всего лишь не затыкать уши. Красотка Пиа из маслобойни — потаскушка, побывавшая под каждым рыцарем в замке. Жена тюремщика ждет ребенка, но настоящий отец — либо сир Алин Стакспир, либо певец по имени Уот Белозубый. Лорд Лефорд за столом смеется над привидениями, но всегда оставляет у постели зажженную свечу. Джодж, оруженосец сира Дунавера, прудит ночью в кровать. Сира Хариса Свифта повара не любят и плюют ему в еду. Однажды Арья даже подслушала, как служанка мейстера Тотмура рассказывала своему брату о каком-то письме, где говорилось, что Джоффри — бастард, а не настоящий король. «Лорд Тайвин велел мейстеру сжечь письмо и никому не повторять подобных мерзостей», — шептала девушка.

Братья короля Роберта Станнис и Ренли вступили в войну. «Они теперь короли оба, — сказал Виз. — В стране теперь больше королей, чем в ином замке крыс». Даже люди Ланнистера сомневались, долго ли Джоффри усидит на Железном Троне. «У мальчишки нет армии, одни золотые плащи, — говорил какой-то лорд за чашей вина, — а вертят им евнух, карлик и женщина. Много в них будет проку, если дело дойдет до боя!» Часто говорилось также о Берике Дондаррионе. Какой-то толстый лучник сказал, что Кровавые Скоморохи убили его, но другие только посмеялись.

«Лорх убил его у Водопадов и Гора тоже два раза убивал. Ставлю серебряного оленя, что он и теперь живехонек».

Арья не знала, кто такие Кровавые Скоморохи, — но прошло две недели, и в Харренхолл заявилось самое странное сборище, которое ей доводилось видеть. Под знаменем, изображавшим черного козла с окровавленными рогами, ехали меднокожие люди с колокольчиками в косах; копейщики на полосатых белых с черным лошадях; напудренные лучники; маленькие волосатые человечки с мохнатыми щитами; темнолицые чужеземцы в плащах из перьев; шут в зеленом и розовом наряде; воины с раздвоенными бородами, выкрашенными в зеленый, пурпурный и серебристый цвета; другие воины с разноцветными шрамами на лицах; худощавый человек в одеждах септона; другой, пожилой, в сером одеянии мейстера, и еще один, чахлый, в кожаном плаще, обшитом длинными белокурыми волосами.

Во главе следовал тощий, как палка, и очень высокий человек с вытянутым изможденным лицом, которое казалось еще длиннее из-за жидкой черной бороды, опускавшейся до самого пояса. Черный стальной шлем, висевший на луке его седла, имел форму козлиной головы. На шее у него болталось ожерелье из монет самой разной величины и ценности, а лошадь под ним была из тех, диковинных, в черную и белую полоску.

— От них лучше держись подальше, Ласка, — сказал Виз, увидев, что она смотрит на человека с козлиным шлемом. С Визом были двое его подвыпивших приятелей, латники лорда Леффорда.

— А кто это? — спросила Арья.

— Козлоногие, девочка, — засмеялся один из солдат. — Кровавые Скоморохи лорда Тайвина.

— Ты, умник, — вмешался Виз. — Если с нее сдерут шкуру, ступеньки будешь драить сам. Это наемники, Ласка. Именуют себя Бравыми Ребятами. По-другому их в глаза не называй, не то плохо тебе будет. Тот, что впереди, — их капитан, лорд Варго Хоут.

— Какой там лорд, — сказал второй солдат. — Сир Амори говорил, он просто наемник, только говорит красно и много о себе понимает.

— Да, — согласился Виз, — но лучше звать его лордом — целее будешь.

Арья посмотрела на Варго Хоута еще раз. Каких только чудищ нет на службе у лорда Тайвина!

Бравых Ребят разместили во Вдовьей башне, поэтому Арье не пришлось им прислуживать, и она порадовалась этому. В самую ночь их приезда между ними и солдатами Ланнистера завязалась драка, где зарезали насмерть оруженосца сира Хариса Свифта и ранили двух наемников. На другое утро лорд Тайвин повесил их обоих на воротах вместе с одним из лучников лорда Лиддена. Виз сказал, что из-за лучника все и началось: он дразнил наемников по поводу Берика Дондарриона. Когда повешенные перестали дергаться, Варго Хоут и сир Харис обнялись, поцеловались и поклялись в вечной дружбе перед лордом Тайвином. Шепелявая речь Варго Хоута показалась Арье забавной, но у нее хватило ума не засмеяться вслух.

Кровавые Скоморохи не задержались надолго в Харренхолле, но Арья успела услышать от одного из них, что северяне под командованием Русе Болтона заняли Красный брод на Трезубце.

— Если он перейдет, лорд Тайвин расколошматит его снова, как на Зеленом Зубце, — сказал ланнистерский лучник, но приятели высмеяли его.

— Не станет Болтон переходить, пока Молодой Волк не выступит из Риверрана со своими северными ордами и волками.

Арья не знала, что ее брат так близко. Риверран гораздо ближе Винтерфелла, хотя она не представляла, как он расположен по отношению к Харренхоллу. Но она могла бы это узнать — точно могла бы, надо только выбраться отсюда. При одной мысли о том, что она снова увидит Робба, Арья закусила губу. «Джона я тоже хочу увидеть, и Брана с Риконом, и матушку. Даже Сансу... я поцеловала бы ее и попросила прощения, как настоящая леди, — ей бы понравилось».

Из разговоров на дворе она узнала, что в верхних комнатах башни Страха помещаются три дюжины пленных, взятых на Зеленом Зубце. Почти всем разрешали свободно передвигаться по замку в обмен на честное слово не пытаться бежать. «Они пообещали, что сами бежать не станут, — сказала себе Арья, — но не обещали, что не станут помогать мне».

Пленные ели за собственным столом в Зале Тысячи Очагов, и их часто видели в замке. Четверо братьев каждый день упражнялись во дворе Расплавленного Камня с палками и деревянными щитами. Трое были Фреи с Переправы, четвертый — их сводный брат, бастард. Но они пробыли здесь недолго — однажды в замок явились еще двое братьев под мирным знаменем, с сундуком золота и выкупили Фреев у пленивших их рыцарей, а после все шестеро уехали.

А вот северян никто не выкупал. Пирожок сказал, что один толстый лорд все время толчется на кухне — норовит урвать лишний кусок. Усы у него такие лохматые, что весь рот закрывают, а плащ заколот серебряным трезубцем с сапфиром. Он пленник лорда Тайвина, а вот свирепый бородатый молодой человек, любящий гулять один по крепостной стене в черном плаще с белыми солнцами, взят межевым рыцарем, который надеется на нем разбогатеть. Санса сразу сказала бы, кто они оба такие, но Арья никогда особенно не интересовалась титулами и гербами. Когда септа Мордейн рассказывала им об истории того или иного дома, Арья витала в облаках и не могла дождаться конца урока.

Но лорда Сервина она помнила. Его земли граничили с Винтерфеллом, поэтому он и его сын Клей часто бывали у Старков. Однако судьба распорядилась так, что он, единственный из пленных, не показывался нигде, а лежал в башне, выздоравливая после ранения. Арья долго раздумывала, как бы ей пробраться мимо часовых и повидать его. Если он ее узнает, честь обяжет его помочь ей. У лорда должно быть золото — оно есть у всех лордов. Быть может, он заплатит одному из наемников лорда Тайвина, чтобы тот отвез ее в Риверран. Отец всегда говорил, что наемник за золото предаст кого угодно.

Но однажды она увидела во дворе трех женщин в серых с капюшонами одеждах Молчаливых Сестер — они укладывали в свою повозку мертвое тело, зашитое в плащ из тончайшего шелка с эмблемой боевого топора. Арья спросила, кто это, и один из часовых сказал ей, что умер лорд Сервин. Она восприняла эти слова как удар ногой в живот. «Он все равно бы тебе не помог, — сказала она себе, когда сестры выехали за ворота. — Он и себе-то не смог помочь, глупая ты мышка».

И снова она скребла полы, бегала на посылках и слушала под деревьями. Говорили, что лорд Тайвин скоро выступит на Риверран либо двинется на юг к Хайгардену, чего от него никто не ждет. Да нет же, он должен защитить Королевскую Гавань, которой угрожает Станнис. Он пошлет Грегора Клигана и Варго Хоута разгромить Русе Болтона — надо же убрать этот кинжал у себя из спины. Он отправил воронов в Орлиное Гнездо — он намерен жениться на леди Лизе Аррен и завладеть Долиной. Он закупил тонну серебра, чтобы выковать волшебные мечи против оборотней Старка. Он написал леди Старк, предлагая ей мир, и Цареубийцу скоро освободят.

Вороны прилетали и улетали каждый день, но сам лорд Тайвин почти все время проводил за закрытыми дверями со своим военным советом. Арья видела его мельком и всегда издали — один раз он прохаживался по стене с тремя мейстерами и толстым усатым пленником, другой — выезжал со своими лордами-знаменосцами осматривать лагерь, но чаще всего он стоял в арке крытой галереи и смотрел, как солдаты упражняются во дворе внизу. Он стоял, сложив руки на золотом эфесе своего длинного меча. Говорили, что лорд Тайвин любит золото больше всего на свете, что он даже испражняется золотом, так пошутил один оруженосец. Лорд Ланнистер, лысый, с густыми золотыми бакенбардами, казался крепким для своих лет. Что-то в его лице напоминало Арье собственного отца, хотя он и Ланнистер были совсем не похожи. У него лицо лорда — вот в чем дело. Леди-мать Арьи не раз говорила отцу, чтобы он сделал лицо как у лорда и уладил то или другое, а отец смеялся. Лорда Тайвина Арья себе не представляла смеющимся.

Как-то днем, когда она ждала своей очереди набрать воды из колодца, Арья услышала, как заскрипели петли восточных ворот. В них шагом въехал конный отряд. Арья увидела мантикора на щите предводителя, и ненависть пронзила ее.

При свете дня сир Амори Лорх казался совсем не таким страшным, как освещенный факелами, но его поросячьи глазки она запомнила хорошо. Одна из женщин сказала, что он объехал вокруг всего озера, преследуя Берика Дондарриона и убивая мятежников. «Но мы-то не были мятежниками, — подумала Арья. — Мы были Ночным Дозором, а Ночной Дозор ничью сторону не принимает». У сира Амори осталось меньше людей, чем ей помнилось, и многие были ранены. Хоть бы раны у них воспалились. Хоть бы они все перемерли.

Потом она увидела троих, едущих в конце колонны.

Рорж надел на себя черный полушлем с широкой стрелкой, скрывавшей отсутствие носа. Рядом высился Кусака — казалось, что конь вот-вот рухнет под его тяжестью. Полузажившие ожоги на теле делали его еще уродливее, чем раньше.

Но Якен Хгар улыбался, как всегда. Он был все в тех же грязных лохмотьях, но успел вымыть и расчесать волосы. Они струились у него по плечам — блестящие, рыжие с белым, и девушки рядом с Арьей восхищенно захихикали.

«Жаль, что я не дала им сгореть. Джендри так и хотел — напрасно я его не послушалась». Если бы она не бросила им тот топор, они бы все погибли. Арью охватил испуг, но они проехали мимо нее, не выказав ни малейшего интереса. Только Якен Хгар глянул в ее сторону, да и то поверх ее головы. «Он меня не узнал, — подумала она. — Арри был злой мальчишка с мечом, а я серая мышка-девочка с ведром».

Весь остаток дня она драила ступеньки в башне Плача. К вечеру она стерла руки в кровь, и они дрожали, когда она плелась с ведром обратно в подвал. От усталости ей даже есть не хотелось — Арья отпросилась у Виза и забралась в свою солому.

— Виз, — зевая, пробормотала она. — Дансен, Чизвик, Полливер, Рафф-Красавчик, Щекотун и Пес, сир Грегор, сир Амори, сир Илин, сир Меррин, король Джоффри, королева Серсея. — Ей подумалось, что к молитве нужно добавить еще три имени, но она слишком устала, чтобы решить это сегодня.

Арье снились волки, бегущие по лесу, когда чья-то сильная рука зажала ей рот, словно каменная. Арья проснулась и стала брыкаться.

— Пусть девочка молчит, — сказали шепотом у самого ее уха. — Незачем кому-то слышать — друзьям надо поговорить по секрету. Да?

Арья с бьющимся сердцем едва заметно кивнула.

Якен Хгар убрал руку. В подвале было черным-черно, и Арья не видела его лица даже в нескольких дюймах от себя. Но от него приятно пахло мылом, и он надушил себе волосы.

— Был мальчик, стала девочка, — тихо произнес он.

— Я всегда была девочкой. Я думала, ты меня не заметил.

— Человек замечает. Человек видит.

Она вспомнила, что ненавидит его.

— Ты меня напугал. Ты теперь с ними. Зря я не дала тебе сгореть. Что тебе здесь надо? Уходи, или я позову Виза.

— Человек платит свои долги. Человек должен тебе трех.

— Трех?

— Красный Бог должен получить свое, милая девочка, и только смертью можно расплатиться за жизнь. Девочка лишила его троих — девочка должна заменить их тремя другими. Назови имена, и человек сделает остальное.

«Он хочет мне помочь!» От прилива надежды у Арьи даже голова закружилась.

— Отвези меня в Риверран — это недалеко. Если украсть лошадей, мы могли бы...

Он приложил палец к ее губам:

— Три жизни ты получишь от меня. Ни больше ни меньше. Три — и мы в расчете. Пусть девочка поразмыслит. — Он легонько поцеловал ее в голову. — Но не слишком долго.

Когда Арья зажгла свой огарок, от Якена Хгара остался только запах — слабая струйка имбиря и гвоздики. Женщина в соседней нише заворочалась на соломе и пожаловалась на свет; Арья задула свечку, закрыла глаза, и перед ней поплыли лица. Джоффри и его мать, Илин Пейн, Меррин Трант, Сандор Клиган... но они все в Королевской Гавани, за сотни миль отсюда, а сир Грегор пробыл в замке всего несколько дней и снова уехал в набег, взяв с собой Раффа, Чизвика и Щекотуна. Но сир Амори здесь, а его она ненавидит не менее сильно. Ведь так? Она не была уверена. И, конечно, всегда остается Виз.

Наутро Арья снова подумала о нем. Она не выспалась и без конца зевала, а Виз промурлыкал:

— Ласка, если ты еще раз раззявишь рот, я вырву у тебя язык и скормлю его моей суке. — Для пущей убедительности он крутанул ей ухо и снова послал мыть лестницу — да чтобы до третьей площадки к вечеру все было чисто.

За работой Арья думала о людях, чьей смерти желала. Ей казалось, что она видит их лица на ступеньках, и она терла что есть силы, чтобы смыть их. Старки воюют с Ланнистерами, а она Старк, поэтому ей надо убить как можно больше Ланнистеров — на то и война. Но стоит ли доверяться Якену? «Нет, я должна убить их сама». Отец, приговаривая человека к смерти, всегда сам исполнял приговор своим мечом. «Если ты отнимаешь у человека жизнь, ты обязан перед этим взглянуть ему в лицо и выслушать его последние слова», — сказал он как-то Роббу и Джону.

Два дня она избегала Якена Хгара. Это было нетрудно. Она так мала, а Харренхолл так велик — в нем много мест, где может спрятаться мышка.

А потом вернулся сир Грегор, раньше, чем ожидалось, — на этот раз он вместо пленников пригнал стадо коз. Арья слышала, что он потерял четырех человек после очередной ночной атаки лорда Берика, но все ненавистные ей вернулись целехоньки и поселились на втором этаже башни Плача. Виз заботился о том, чтобы у них было вдоволь выпивки.

— Этих всегда жажда мучает, — проворчал он. — Ступай спроси, Ласка, не надо ли им какую одежду починить. Я засажу женщин за работу.

Арья взбежала по отмытым ею ступенькам. Никто не обратил на нее внимания, когда она вошла. Чизвик сидел у огня с рогом эля в руке и рассказывал одну из своих смешных историй. Арья не осмелилась прервать его, опасаясь схлопотать по губам.

— После турнира десницы это было, еще до войны. Ехали это мы обратно на запад, нас семеро и сир Грегор. Рафф тоже был с нами, и молодой Джосс Стилвуд — на турнире он состоял оруженосцем при сире Грегоре. Подъезжаем к этой вонючей речке, а она раздулась от дождей — ни пройти, ни проехать. Видим — кабак рядом, мы туда и наладились. Сир говорит хозяину — гляди, мол, чтоб у нас рога были полны, пока вода не спадет. Тот как увидал серебро, так у него поросячьи глазки и разгорелись. Ну, подают они нам, он и дочка, а пиво-то жидкое, чисто моча, — мне от него радости никакой, и сиру тоже. Только пивовар знай разливается: как он, мол, рад, что мы к нему завернули, а то из-за дождей, мол, никого не видать. И мелет, и мелет, точно не замечает, что сир ни слова в ответ и сидит туча тучей — все думает о подлости, которую Цветочный Рыцарь ему подстроил. Мы-то с ребятами видим, какой он, ну и помалкиваем, а кабатчик еще возьми и спроси: как, мол, милорд проявил себя на турнире? Сир только взглянул на него — вот этак. — Чизвик, хмыкнув, хлебнул эля и утер пену с губ. — А дочка тем временем подает и наливает — толстушка такая, лет восемнадцати...

— Скорей уж тринадцати, — протянул Рафф-Красавчик.

— Так или этак, глядеть там особо не на что, но Эггон подвыпил и стал ее щупать — ну, может, и я пощупал малость, а Рафф говорит молодому Стилвуду: своди-ка эту девку наверх, пора тебе стать мужчиной — подначивает его, стало быть. Джосс в конце концов и полез ей под юбку, а она как завизжит, кувшин бросила и бежать на кухню. Тут бы все и кончилось, так нет: старый дурак прется прямиком к сиру и просит его оставить девушку в покое: вы, мол, помазанный рыцарь и прочее.

Сир Грегор и не глядел, что мы делаем, — но тут взглянул, вот этак, и потребовал привести к нему девку. Старикан приволок ее из кухни — сам виноват, больше винить некого. Сир оглядел ее и говорит: «Из-за этой-то шлюхи ты так беспокоишься?» — а старый дурак ему прямо в лицо: «Моя Лайна не шлюха, сир». Сир глазом не моргнув говорит: «Ошибаешься». Кинул старику еще монету, разодрал на девке платье и взял ее тут же на столе, у него на глазах, хоть она брыкалась что твой кролик и орала почем зря.

Я только глянул на старикана и стал ржать так, что эль из носу потек. Тут парень услышал шум — сын, что ли, — и прибежал из подвала, пришлось Раффу пырнуть его в живот. Сир кончил и снова взялся за пиво, а мы все тоже попользовались по очереди. Тоббот, как у него водится, повернул ее и давай сзади наяривать. Когда до меня дошло, девчонка уж и трепыхаться перестала — может, ей понравилось в конце концов, хотя я бы не прочь, чтоб она малость подрыгалась. А самое лучшее вот что: когда все кончилось, сир возьми да и потребуй со старика сдачи. Она мол, серебра не стоит... и провалиться мне на этом месте: старик притащил пригоршню медяков, попросил у сира прощения и *поблагодарил за оказанную честь!*

Все заржали, а громче всех сам Чизвик — до того, что у него из носа потекло на всклокоченную седую бороду. Арья стояла в полумраке на лестнице и смотрела на него, а потом потихоньку вернулась в подвал, так ничего и не спросив. Виз за это задрал ей рубаху и отхлестал тростью до крови, но Арья закрыла глаза, повторяя все поговорки, которым научил ее Сирио, и почти ничего не почувствовала.

Еще через два вечера он послал ее в казарму прислуживать за столом. Она ходила вокруг столов со штофом вина и разливала. Вскоре на глаза ей попался Якен Хгар. Арья закусила губы и оглянулась, убедилась, что Виза поблизости нет, и сказала себе: страх ранит глубже, чем меч.

Она сделала шаг, потом другой. С каждым шагом она все меньше чувствовала себя мышью. Она продвигалась вдоль скамьи, наполняя чаши. Рорж сидел рядом с Якеном, но был сильно пьян и не заметил ее. Арья нагнулась и шепнула Якену на ухо:

— Чизвик. — Лоратиец не подал виду, что слышал ее.

Когда ее штоф опустел, Арья поспешила в погреб, чтобы наполнить его из бочонка, и быстро вернулась в зал. За это время никто не умер от жажды и не заметил ее отсутствия.

Назавтра ничего не случилось, на следующий день тоже, а на третий Арья вместе с Визом пошла на кухню за обедом.

— Один из людей Горы свалился ночью со стены и сломал свою дурацкую шею, — сказал Виз кухарке.

— Пьяный, что ли? — спросила женщина.

— Не больше, чем всегда. Кое-кто говорит, будто это призрак Харрена его спихнул. — Виз фыркнул, показывая, что уж его-то этим пс испугаешь.

«Нет, это не Харрен, — хотелось сказать Арье, — это я». Она убила Чизвика, прошептав его имя, и убьет еще двоих. «Призрак Харренхолла — это я», — подумала она и ночью помянула в своей молитве на одно имя меньше.

КЕЙТИЛИН

Встречу назначили на зеленом лугу, где торчали бледно-серые грибы и пни недавно срубленных деревьев.

— Мы первые, миледи, — заметил Хеллис Моллен. Они были здесь одни между двух армий. Знамя с лютоволком Старков трепетало у Хела на пике. Отсюда не было видно моря, но Кейтилин чувствовала, что оно близко. Ветер, дующий с востока, нес резкий запах соли.

Фуражиры Станниса Баратеона вырубили деревья на постройку осадных башен и катапульт. Знать бы, сколько простояла здесь эта роща и останавливался ли здесь Нед, когда вел свое войско на юг снять осаду со Штормового Предела. В тот день он одержал великую победу — тем более великую, что она обошлась без кровопролития.

«Пусть боги позволят мне добиться того же», — молилась Кейтилин. Ее вассалы между тем считали, что дать согласие было безумием с ее стороны. «Это не наша битва, миледи, — сказал ей сир Вендел Мандерли. — Я знаю, король не пожелал бы, чтобы его мать подвергала себя опасности». «Мы все подвергаемся опасности, — чуть резковато ответила она. — Думаете, мне самой этого хочется, сир? (Мое место в Риверране, рядом с умирающим отцом, или в Винтерфелле с сыновьями.) Робб послал меня на юг вести переговоры от его имени — это самое я и делаю». Она знала, что заключить мир между двумя братьями будет нелегко, но ради блага королевства она должна попытаться.

За мокрыми от дождя полями и грядами каменистых холмов высился, спиной к невидимому морю, замок Штормовой Предел. Под этой громадой бледно-серого камня осадная армия лорда Станниса Баратеона походила на мышей со знаменами.

В песнях говорилось, что Штормовой Предел построил в стародавние времена Дюранн, первый Штормовой Король, завоевавший любовь прекрасной Эленеи, дочери морского бога и богини ветра.

В их свадебную ночь Эленеи отдала свое девичество смертному, чем и себя обрекла на участь смертной, а ее опечаленные родители в гневе наслали ветер и воды на жилище Дюранна. Его друзья, братья и свадебные гости погибли под рухнувшими стенами или были смыты в море, но Эленеи укрыла Дюранна в своих объятиях, и он уцелел, а когда пришел рассвет, он объявил войну богам и поклялся отстроить замок вновь.

Пять замков построил он, каждый выше и крепче прежнего, но все они рушились, когда буря накатывала с залива, гоня перед собой губительные валы, от которых залив и получил свое название. Лорды умоляли короля строиться подальше от берега, жрецы говорили, что он должен умилостивить богов, вернув Эленеи в море, и даже простой народ просил его уступить. Но Дюранн не слушал никого. Седьмой замок воздвиг он, прочнее всех остальных. Одни говорили, что ему помогли Дети Леса, напитав камни своим волшебством, другие — что ему дал совет маленький мальчик, который, когда вырос, стал Браном-Строителем. Но как эту сказку ни рассказывать, конец у нее всегда один и тот же. Хотя гневные боги продолжали насылать шторм за штормом, седьмой замок выстоял, и Дюранн-Богоборец с прекрасной Эленеи жили в нем до конца своих дней.

Боги ничего не забывают, и штормы продолжали бушевать в Узком море, но Штормовой Предел стоял века и десятки веков, и не было ему равных. Его крепостные стены вздымались ввысь на сто футов, круглые, гладкие, без единой калитки или амбразуры. Их камни столь плотно прилегали друг к другу, что не осталось ни единой трещины, куда мог бы проникнуть ветер. Говорили, что эти стены в самом узком месте насчитывают в ширину сорок футов, а со стороны моря — восемьдесят: двойная кладка с песком и щебнем в середине. Службы за этими мощными укреплениями надежно защищены от ветра и волн. Башня там только одна — громадный каменный барабан, не имеющий окон со стороны моря, вмещающий в себя и житницу, и казарму, и пиршественный зал, и господские покои. Увенчанная укрепленным гребнем, издали она кажется рукой с воздетым шипастым кулаком.

— Миледи, — окликнул Хел Моллен. Из небольшого лагеря, аккуратно разбитого под стенами замка, медленным шагом выехали двое всадников. — Это, должно быть, король Станнис.

— Несомненно. — Кейтилин смотрела, как они приближаются. Это определенно должен быть Станнис, но едет он не под знаменем Баратеонов. Стяг у него ярко-желтый, а не густо-золотой, как штандарты Ренли, а эмблема на нем красная, хотя различить ее пока невозможно.

Ренли приедет последним. Он так и сказал ей, когда она выехала. Он не сядет на коня, пока не увидит, что брат его уже в пути. Первому, кто прибудет на место, придется ждать другого, а Ренли ждать не намерен. Таковы игры королей. Ну что ж — Кейтилин не король и может не играть в них, а ждать ей не в новинку.

На голове Станниса стала видна корона с зубцами в виде языков пламени, на поясе — гранаты и желтые топазы, на рукояти меча — большой четырехугольный рубин. Если не считать этого, он был одет просто: в кожаный колет со стальными заклепками поверх клетчатого дублета, поношенные сапоги и бурые грубошерстные бриджи. На его желтом, как солнце, знамени было изображено красное сердце, окруженное оранжевым пламенем. Коронованный олень тоже присутствовал... маленький и заключенный внутри сердца. Еще примечательнее был знаменосец — женщина, вся в красном, с лицом, закрытым глубоким капюшоном алого плаща. Красная жрица, с удивлением сказала себе Кейтилин. Их культ широко распространен и имеет большую власть в Вольных Городах и на далеком востоке, но в Семи Королевствах почти неизвестен.

— Леди Старк, — с холодной учтивостью произнес Станнис Баратеон, склонив голову. Лысина у него стала больше, чем запомнилось Кейтилин.

— Лорд Станнис, — ответила она.

Он стиснул челюсти под коротко подстриженной бородкой, но не стал ее поправлять — и на том спасибо.

— Не думал, что встречу вас в Штормовом Пределе.

— Я сама не думала, что окажусь здесь.

Взгляд его глубоко посаженных глаз выражал неловкость — светская беседа давалась ему с трудом.

— Я сожалею о смерти вашего мужа, — сказал он, — хотя Эддард Старк не был мне другом.

— Он никогда не был вам врагом, милорд. Когда лорды Тирелл и Редвин морили вас голодом в этом замке, именно Эддард Старк снял осаду.

— По приказу моего брата — не из любви ко мне. Лорд Эддард исполнил свой долг, не отрицаю. А разве я когда-нибудь не исполнял своего? Это мне следовало стать десницей Роберта.

— Такова была воля вашего брата. Нед этого не хотел.

— Однако дал согласие и принял то, что должно было принадлежать мне. Но вот вам мое слово: его убийцам скоро воздастся по заслугам.

Как они любят обещать чужие головы, эти люди, именующие себя королями.

— Ваш брат обещал мне то же самое. Но, по правде говоря, я предпочла бы вернуть назад моих дочерей, а правосудие оставить богам. Санса все еще у Серсеи, а об Арье ничего не было слышно со дня смерти Роберта.

— Если ваши дети будут найдены, когда я возьму город, их отдадут вам. — «Живыми или мертвыми», — говорил его тон.

— Когда же это будет, лорд Станнис? От вашего Драконьего Камня до Королевской Гавани рукой подать, между тем я нахожу вас здесь.

— Вы откровенны, леди Старк. Хорошо — я отвечу вам с той же откровенностью. Чтобы взять город, мне нужны силы тех южных лордов, которых я вижу по ту сторону поля. Они принадлежат Ренли, и я должен забрать их у него.

— Люди сами выбирают себе вождя, милорд. Эти лорды присягали на верность Роберту и дому Баратеонов. Если бы вы с братом согласились забыть о вашей ссоре...

— Мне не из-за чего ссориться с Ренли, если он будет послушен долгу. Я старший, и я его король. Я хочу лишь того, что принадлежит мне по праву. Ренли обязан повиноваться мне, и я добьюсь послушания — и от него, и от всех прочих лордов. — Станнис пристально посмотрел на Кейтилин. — Но что привело на это поле вас, миледи? Следует ли мне понять это так, что дом Старков принял сторону моего брата?

«Этого не согнешь, — подумала Кейтилин, — но все же попытаться надо. Слишком многое поставлено на карту».

— Мой сын коронован Королем Севера волей наших лордов и нашего народа. Он ни перед кем не склонит колена, но руку дружбы протягивает всем.

— У королей нет друзей, — заявил Станнис, — есть только подданные и враги.

— И братья, — произнес веселый голос за спиной у Кейтилин. Она обернулась — конь Ренли ступал по утыканному пнями лугу. Младший Баратеон был великолепен в зеленом бархатном дублете и атласном, подбитом горностаем плаще. На длинных черных волосах сидела корона из золотых роз с яшмовой головой оленя на лбу. Осколки черных алмазов усеивали рукоять меча, шею украшала золотая цепь с изумрудами.

В знаменосцы себе он тоже выбрал женщину, хотя по лицу и доспехам Бриенны трудно было определить ее пол. На ее двенадцатифутовом копье реял под ветром, дующим с моря, черный на золотом поле олень.

— Лорд Ренли, — кратко приветствовал его Станнис.

— *Король* Ренли. Неужели это правда ты, Станнис?

— А кто же еще? — нахмурился тот.

— Я уж было засомневался, увидев твое знамя. Чье оно?

— Мое собственное.

— Король избрал своей эмблемой огненное сердце Владыки Света, — пояснила красная жрица. Ренли это, по всей видимости, позабавило.

— Ну что ж, все к лучшему. Будь у нас одинаковые знамена, сражаться было бы ужасно неловко.

— Будем надеяться, что сражаться вам не придется, — сказала Кейтилин. — У нас троих общий враг, способный всех нас уничтожить.

Станнис посмотрел на нее без улыбки.

— Железный Трон мой по праву, и всякий, кто отрицает это, мой враг.

— Вся страна это отрицает, братец, — сказал Ренли. — Это отрицают старики, испускающие последний вздох, и младенцы во чреве матерей. Это отрицают в Дорне и на Стене. Никто не хочет тебя в короли — как ни жаль.

Станнис стиснул челюсти.

— Я поклялся, что не стану иметь с тобой дела, пока ты носишь свою изменническую корону. Я сожалею, что нарушил эту клятву.

— Это безумие, — резко вмешалась Кейтилин. — Лорд Тайвин сидит в Харренхолле с двадцатью тысячами мечей. Остатки войска Цареубийцы вновь собрались у Золотого Зуба, еще одна армия Ланнистеров собирается под сенью Бобрового Утеса, а Серсея с сыном держат Королевскую Гавань и ваш драгоценный Железный Трон. Вы оба именуете себя королями, а королевство между тем истекает кровью, и никто еще не поднял меч в его защиту, кроме моего сына.

— Ваш сын выиграл несколько сражений — я выиграю войну, — пожал плечами Ренли. — Ланнистеры могут подождать своей очереди.

— Если хочешь предложить мне что-то, предлагай, — отрывисто бросил Станнис, — не то я уеду.

— Очень хорошо. Я предлагаю тебе спешиться, склонить колено и присягнуть мне.

Станнис подавил порыв ярости.

— Этому не бывать никогда.

— Ты ведь служил Роберту — почему мне не хочешь?

— Роберт был моим старшим братом, а ты младший.

— Верно — я моложе, храбрее и гораздо красивее...

— ...к тому же вор и узурпатор.

— Таргариены называли узурпатором Роберта, однако он как-то это перенес — перенесу и я.

«Нет, так не пойдет», — подумала Кейтилин.

— Вдумайтесь в то, что вы говорите! Будь вы моими сыновьями, я стукнула бы вас лбами и заперла в спальне, пока вы не вспомнили бы, что вы братья.

— Вы слишком много на себя берете, леди Старк, — насупился Станнис. — Я законный король, а сын ваш изменник не в меньшей степени, чем мой брат. Его час еще настанет.

Откровенная угроза привела Кейтилин в ярость.

— Вольно вам называть других изменниками и узурпаторами, милорд, но вы-то сами чем от них отличаетесь? Вы говорите, что только вы — полноправный король, но у Роберта, помнится мне, осталось два сына. По всем законам Семи Королевств, законный наследник — принц Джоффри, а после него Томмен... а мы изменники все без исключения, какие бы благие побуждения нами ни руководили.

— Ты должен извинить леди Кейтилин, Станнис, — засмеялся Ренли. — Она едет верхом от самого Риверрана и, боюсь, не читала твоего письмеца.

— Джоффри — не сын моего брата, — заявил Станнис. — И Томмен тоже. Они бастарды, как и девочка. Все трое — гнусный плод кровосмешения.

Кейтилин лишилась дара речи. Неужели женщина могла быть столь безумной — даже Серсея?

— Славная история, правда, миледи? — спросил Ренли. — Я стоял лагерем у Рогова Холма, когда лорд Тарли получил письмо Станниса, — и, должен признаться, у меня захватило дух. Я и не подозревал, Станнис, что ты так умен. Будь это правдой, наследником Роберта в самом деле следовало бы считать тебя.

— Будь это правдой? Ты хочешь сказать, что я лжец?

— А чем ты можешь подкрепить свою басню? Хоть одно доказательство у тебя есть?

Станнис скрипнул зубами.

«Роберт не мог этого знать, — думала Кейтилин, — иначе Серсея мигом лишилась бы головы».

— Лорд Станнис, — сказала она, — если вы знали, что королева повинна в столь чудовищных преступлениях, почему же вы молчали?

— Я не молчал. Я поделился своими подозрениями с Джоном Арреном.

— Почему с ним, а не с вашим братом?

— В наших с ним отношениях он руководствовался только чувством долга. В моих устах эти обвинения показались бы ему вздорными и своекорыстными, выдвинутыми с целью занять место наследника. Я полагал, что Роберт отнесется с большим доверием к словам лорда Аррена, которого он любил.

— Итак, наш свидетель — мертвец, — сказал Ренли.

— Ты думаешь, он умер своей смертью, слепец несчастный? Серсея отравила его, боясь разоблачения. Лорд Джон собрал некоторые улики...

— ...которые, без сомнения, погибли вместе с ним. Весьма плачевно.

Кейтилин вспоминала, стараясь сложить вместе кусочки головоломки.

— Моя сестра Лиза обвиняла королеву в убийстве своего мужа в письме, которое прислала мне в Винтерфелл. Но позже, в Орлином Гнезде, она возложила вину на брата королевы, Тириона.

— Если вы вступили в змеиное гнездо, разве важно, которая ужалит вас первой? — фыркнул Станнис.

— Все эти фразы насчет змей и кровосмешения очень занятны, но ничего не меняют. Возможно, у тебя и больше прав, Станнис, зато у меня армия больше. — Ренли сунул руку за пазуху. Станнис, увидев это, схватился за меч, но прежде чем он успел обнажить свой клинок, его брат достал... персик. — Не хочешь ли, братец? Это из Хайгардена. Ты никогда еще не пробовал таких сладких, уверяю тебя. — Ренли надкусил плод, и с его губ потек сок.

— Я здесь не затем, чтобы есть персики, — рявкнул Станнис.

— Милорды! — вмешалась Кейтилин. — Нам следует выработать условия нашего союза, а не дразнить друг друга.

— Отказываться от персика — вот чего не следует делать. — Ренли выбросил косточку. — Тебе ведь может больше не представиться случая. Жизнь коротка, Станнис. Как говорят Старки, зима близко. — Он вытер рот ладонью.

— Угроз я тоже выслушивать не желаю.

— Это не угроза, — отрезал Ренли. — Если уж я возьмусь угрожать, ты поймешь это сразу. По правде говоря, я никогда не любил тебя, Станнис, но ты все же моя кровь, и мне не хочется тебя убивать. Поэтому, если тебе нужен Штормовой Предел, бери его... как подарок от брата. Роберт когда-то отдал его мне, а я отдаю тебе.

— Он не твой, чтобы им распоряжаться. Он мой по праву.

Ренли, вздохнув, повернулся в седле.

— Ну что прикажешь делать с таким братом, Бриенна? Он отказывается от моего персика, отказывается от моего замка, он даже на свадьбу мою не явился...

— Мы оба знаем, что твоя свадьба — просто комедия. Год назад ты замышлял подложить эту девицу в постель к Роберту.

— Год назад я замышлял сделать ее королевой — но какая теперь разница? Роберт достался вепрю, а Маргери — мне. Тебе будет приятно услышать, что она была девственницей.

— В твоей постели она наверняка ею и умрет.

— Полагаю, что еще до конца года она родит мне сына. Кстати, сколько сыновей у тебя, Станнис? Ах да — ни одного. — Ренли улыбнулся с невинным видом. — Что до твоей дочери, то будь у меня такая жена, как у тебя, я бы тоже приставил к ней дурака.

— Довольно! — взревел Станнис. — Я не позволю тебе насмехаться надо мной, слышишь? Не позволю. — Он выхватил свой меч из ножен, и сталь в слабом солнечном свете вспыхнула неожиданно ярко, переливаясь красным, желтым и ослепительно белым. Воздух вокруг клинка замерцал, словно от зноя.

Лошадь Кейтилин заржала и попятилась, но Бриенна, въехав в пространство между братьями с собственным мечом в руке, крикнула Станнису:

— Убери меч!

«Серсея Ланнистер сейчас, наверно, смеется до колик», — устало подумала Кейтилин.

Станнис указал сверкающим мечом на своего брата.

— Я не лишен милосердия, — прогремел он, хотя все знали, что он лишен его напрочь, — и не хочу осквернять Светозарный братской кровью. Ради матери, родившей нас обоих, я даю тебе ночь на раздумье. Если до рассвета ты придешь ко мне со всеми

383

своими знаменами, я оставлю тебе Штормовой Предел, твое старое место в совете и даже назначу тебя своим наследником, пока у меня не родится сын. В противном случае я тебя уничтожу.

— Станнис, — засмеялся Ренли, — меч у тебя очень красивый, спору нет, но мне думается, от его блеска у тебя повредилось зрение. Погляди через поле, братец. Видишь, сколько там знамен?

— Думаешь, эти тряпки сделают тебя королем?

— Королем меня сделают мечи Тирелла, топор Рована, палица Тарли, боевой молот Карона. Стрелы Тарта и копья Пенроза, Фоссовеи, Кью, Маллендоры, Эстермонты, Селми, Хайтауэры, Окхарты, Крейны, Касвеллы, Блэкбары, Морригоны, Бисбери, Шермеры, Дунны, Футли... даже дом Флорентов, братья и дядя твоей жены — вот кто сделает меня королем. За мной следует все рыцарство юга, и это еще самая меньшая часть моего войска. Следом идет моя пехота — сто тысяч мечей, копий и пик. И ты собираешься меня уничтожить? Каким образом, скажи на милость? Уж не с помощью ли той жалкой кучки, которую я вижу под стенами замка? Если я скажу, что у тебя их пять тысяч, я хвачу через край, — твоих тресковых лордов, луковых рыцарей и наемников. Половина из них перебежит ко мне еще до начала сражения. Мои разведчики доносят, что конницы у тебя меньше четырехсот человек — да и те вольные всадники в вареной коже, которым нипочем не устоять против рыцарей в броне и с копьями. Каким бы опытным воином ты себя ни мнил, Станнис, твое войско не выдержит первой же атаки моего авангарда.

— Там увидим, брат. — Станнис убрал меч в ножны, и всем показалось, что мир лишился части своего света. — Придет рассвет, и мы увидим.

— Надеюсь, брат, что твой новый бог милостив.

Станнис, не удостоив Ренли ответом, повернулся и поскакал прочь, но красная жрица задержалась еще на миг.

— Советую вам покаяться в своих грехах, лорд Ренли, — сказала она и последовала за Станнисом.

Кейтилин и лорд Ренли вернулись в лагерь, где его тысячи и ее горстка ждали их возвращения.

— Это было забавно, хотя большой пользы не принесло, — проронил Ренли. — Вот бы и мне такой меч! Впрочем, Лорас, несомненно, поднесет мне его в дар после битвы. Я сожалею, что до этого дошло.

— Уж очень весело выражаете вы свое сожаление, — сказала Кейтилин, чье огорчение было непритворным.

— В самом деле? Что ж, пусть так. Станнис, должен сознаться, не из тех братьев, которых любят. Как вы думаете, его сказка правдива? Если Джоффри — отродье Цареубийцы...

— ...то законный наследник — ваш брат.

— Да — пока он жив. Дурацкий, впрочем, закон — вы не находите? Почему старший сын, а не тот, который лучше годится? Корона мне к лицу куда больше, чем Роберту, не говоря уж о Станнисе. Я чувствую в себе задатки великого короля — сильного, но великодушного, умного, справедливого, усердного, верного друзьям и беспощадного к врагам, однако способного прощать, терпеливого...

— И скромного? — подсказала Кейтилин.

— Нет короля без порока, миледи, — засмеялся Ренли.

Кейтилин чувствовала большую усталость. Все было напрасно. Братья Баратеоны потопят друг друга в крови, и ее сын останется с Ланнистерами один на один — а она бессильна это остановить. «Давно пора мне вернуться в Риверран и закрыть глаза отцу, — подумала она. — Это по крайней мере в моих силах. Пусть я плохая посланница, зато хорошая плакальщица, да помилуют меня боги».

Их лагерь расположился на гребне низкой каменистой гряды, идущей с севера на юг. Он был намного аккуратнее, чем широко расползшийся стан на Мандере, поскольку и людей здесь было вчетверо меньше. Узнав о нападении брата на Штормовой Предел, Ренли разделил свое войско, как и Робб у Близнецов. Свою многочисленную пехоту он оставил у Горького Моста вместе со своей молодой королевой, обозами, вьючными животными и громоздкими осадными машинами, а сам повел своих рыцарей и вольных всадников быстрым маршем на восток.

Как он похож на Роберта, даже и в этом... но у Роберта всегда был Эддард Старк, сдерживавший его бесшабашные порывы. Нед, конечно, настоял бы на том, чтобы взять с собой все войско и окружить осадную армию Станниса. Ренли же отверг этот выбор в своем упрямом стремлении поскорее сцепиться с братом. И провизия, и фураж — все осталось в нескольких дневных переходах позади с повозками, мулами и волами. Он должен вступить в бой немедля — иначе они начнут голодать.

Кейтилин, отдав лошадей Хелу Моллену, направилась вместе с Ренли к королевскому шатру в середине лагеря. В его зеленых шелковых стенах собрались капитаны и лорды-знаменосцы, чтобы узнать, чем кончились переговоры.

— Мой брат совсем не изменился, — сказал молодой король, пока Бриенна расстегивала его плащ и снимала с него корону. — Его нельзя смягчить ни учтивостью, ни замками — он хочет крови. Ну что ж, я настроен удовлетворить его желание.

— Ваше величество, я не вижу нужды давать сражение здесь, — заметил лорд Матис Рован. — В замке сильный гарнизон, основательный запас провизии, сир Кортни Пенроз — опытный командир, и не построен еще такой требюшет, который проломил бы стену Штормового Предела. Пусть лорд Станнис держит свою осаду. Ничего хорошего это ему не принесет, а пока он сидит здесь голодный, холодный и без надежды на успех, мы возьмем Королевскую Гавань.

— И дадим повод говорить, что я испугался встретиться со Станнисом лицом к лицу?

— Только дураки могут сказать такое, — возразил лорд Матис.

— А вы что скажете? — обратился Ренли к остальным.

— Я скажу, что Станнис для вас опасен, — объявил лорд Рендилл Тарли. — Если оставить его в покое, он окрепнет, в то время как наши силы после сражения уменьшатся. Ланнистеров в один день не побьешь. К тому времени, когда вы с ними разделаетесь, лорд Станнис может стать столь же сильным, как вы... или еще сильнее.

Все прочие хором выразили свое одобрение. Король явно остался доволен этим.

— Хорошо. Будем сражаться.

«Я подвела Робба, как раньше Неда», — подумала Кейтилин.

— Милорд, — сказала она Ренли. — Коль скоро вы решили дать сражение, мне здесь более нечего делать. Прошу вашего разрешения вернуться в Риверран.

— Я не разрешаю вам этого, — сказал Ренли, садясь на походный стул.

Кейтилин оцепенела.

— Я надеялась помочь вам заключить мир, милорд. Помогать вам в войне я не стану.

— Без ваших двадцати пяти человек мы уж как-нибудь обойдемся, миледи, — пожал плечами Ренли. — Я не прошу вас принимать участие в битве — я хочу лишь, чтобы вы наблюдали за ней.

— Я была в Шепчущем Лесу, милорд, и вдоволь насмотрелась на всю эту резню. Я приехала сюда как посланница...

— И как посланница уедете — только знать будете больше, чем прежде. Вы увидите своими глазами, какая участь ждет мятежников, чтобы сын ваш мог бы услышать об этом из ваших собственных уст. От опасности мы вас оградим — можете не страшиться. — И Ренли принялся отдавать распоряжения. — Вы, лорд Матис, возглавите центр, ты, Брюс, возьмешь левый фланг, а я — правый. Вы, лорд Эстермонт, будете командовать резервом.

— Я не подведу вас, ваше величество, — заверил Эстермонт.

— А кто поведет авангард? — спросил Рован.

— Ваше величество, — сказал сир Джон Фоссовей, — прошу доверить эту честь мне.

— Проси сколько хочешь, — отозвался сир Гюйард Зеленый, — но по правилам первый удар должен нанести один из семерых.

— Чтобы атаковать стену из щитов, красивого плаща мало, — заметил Рендилл Тарли. — Я командовал авангардом Мейса Тирелла, когда ты еще титьку сосал, Гюйард.

В шатре поднялся шум — каждый отстаивал свое право. Летние рыцари, подумала Кейтилин.

— Довольно, милорды, — поднял руку Ренли. — Будь у меня дюжина авангардов, вы все получили бы по одному, но эта честь по праву принадлежит лучшему из рыцарей. Первый удар нанесет сир Лорас.

— С великой радостью, ваше величество. — Рыцарь Цветов преклонил колени перед королем. — Благословите меня и дайте мне рыцаря, который поскачет около меня с вашим знаменем. Пусть олень и роза идут в бой бок о бок.

Ренли посмотрел вокруг себя.

— Бриенна!

— Ваше величество. — Бриенна осталась в своих синих доспехах, только шлем сняла. В битком набитом шатре было жарко, и жидкие желтые волосы, намокшие от пота, прилипли к ее широкому некрасивому лицу. — Мое место рядом с вами. Я поклялась быть вашим щитом...

— Одним из семерых, — напомнил король. — Не опасайтесь — в бою меня будут сопровождать четверо ваших собратьев.

Бриенна упала на колени.

— Если уж я должна расстаться с вашим величеством, позвольте хотя бы облачить вас в доспехи перед битвой.

Кейтилин услышала чей-то смешок у себя за спиной. Она его любит, бедняжка. Как это грустно. Она предлагает ему услуги оруженосца, лишь бы дотронуться до него, и ей все равно, что другие считают ее дурой.

— Хорошо, — сказал Ренли. — А теперь прошу всех оставить меня. Даже короли должны отдыхать перед боем.

— Милорд, — сказала Кейтилин, — в последней деревне, которую мы проезжали, есть маленькая септа. Если вы не разрешаете мне уехать в Риверран, позвольте съездить туда и помолиться.

— Как вам будет угодно. Сир Робар, дайте леди Старк эскорт, чтобы проводить ее до септы... и позаботьтесь, чтобы перед рассветом она вернулась к нам.

— Вам тоже не мешало бы помолиться, — заметила Кейтилин.

— За победу?

— За ниспослание мудрости.

— Останься, Лорас, и помолись со мной, — засмеялся Ренли. — Я так давно этого не делал, что уж и позабыл, как надо. Остальные к рассвету должны быть на местах в доспехах, при оружии и конные. Это утро запомнится Станнису надолго.

Когда Кейтилин вышла из шатра, уже смеркалось. Сир Робар Ройс шел рядом с ней. Она знала его не слишком хорошо — один из сыновей Бронзового Джона, красивый на свой грубоватый лад, довольно известный турнирный боец. Ренли пожаловал ему радужный плащ и кроваво-красные доспехи, сделав его одним из семерых своих гвардейцев.

— Далеко же вы заехали от Долины, сир, — заметила она.

— Как и вы от Винтерфелла, миледи.

— Я знаю, что меня сюда привело, ну а вы? Это не ваша битва — не больше, чем моя.

— Эта битва стала моей, когда Ренли стал моим королем.

— Ройсы — знаменосцы дома Арренов.

— Мой лорд-отец обязан верностью леди Лизе, как и его наследник. Второй сын ищет славы там, где может. А турниры человеку со временем надоедают.

Ему наверняка не больше двадцати одного года — ровесник королю... но ее король, ее Робб, в свои пятнадцать умнее, чем этот юноша. По крайней мере Кейтилин хотелось в это верить.

В отведенном им уголке лагеря Шадд крошил морковку в котелок, Хел Моллен играл в кости с тремя своими винтерфеллцами, Люкас Блэквуд точил кинжал.

— Леди Старк, — сказал он, увидев ее, — Моллен говорит, что на рассвете будет бой.

— Это правда, — ответила она. (Экий длинный язык у этого Хела.)

— Ну и что же — будем биться или убежим?

— Мы будем молиться, Люкас. Молиться.

САНСА

— Чем дольше ты заставляешь его ждать, тем хуже тебе будет, — предупредил Сандор Клиган.

Санса старалась не медлить, но пальцы путались в завязках и пуговицах. Пес всегда был груб на язык, а то, как он на нее смотрел, вызывало в ней страх. Быть может, Джоффри узнал о ее встречах с сиром Донтосом? О нет, молилась она, расчесывая волосы. Сир Донтос — ее единственная надежда. «Я должна быть красивой. Джофф любит, когда я красива, а в этом платье я ему всегда нравилась». Санса разгладила ткань, туго натянувшуюся на груди.

Она держалась слева от Пса, чтобы не видеть обожженной стороны его лица.

— Скажите — что я сделала?

— Не ты. Король, твой братец.

— Робб — изменник. — Эти слова у Сансы теперь выговаривались сами собой. — Я не виновата в его поступках. — Боги праведные, только бы дело касалось не Цареубийцы. Если Робб что-то сделал с Джейме Ланнистером, это будет стоить ей жизни. Ей вспомнился сир Илин и его страшные белесые глаза, безжалостно глядящие с худого, изрытого оспой лица.

— Они хорошо тебя вышколили, птичка, — фыркнул Пес.

Он привел ее в нижний двор, где около мишеней для стрельбы из лука толпился народ. Люди расступились, пропуская их. Слышен был кашель лорда Джайлса. Бездельники конюхи нахально глазели на Сансу, но сир Хорас Редвин отвел взгляд, когда она прошла мимо, а его брат Хоббер притворился, что вовсе ее не видит. На земле жалобно мяукала, издыхая, рыжая кошка со стрелой из арбалета в боку. Санса обошла ее, чувствуя дурноту.

Подскакал на своей палочке сир Донтос. С того турнира, когда он так напился, что не смог сесть на коня, король приказал ему всегда передвигаться только верхом.

— Мужайтесь, — шепнул он, сжав руку Сансы.

Джоффри стоял в центре толпы, натягивая свой нарядный арбалет. С ним были сир Борос и сир Меррин. Одного их вида было достаточно, чтобы все внутренности Сансы свело узлом.

— Ваше величество, — сказала она, преклонив колени.

— Это тебя больше не спасет. Встань. Сейчас ты ответишь за последнюю измену своего брата.

— Ваше величество, что бы ни совершил мой брат-изменник, я в этом не виновата, вы же знаете. Молю вас...

— Поднимите ее!

Пес поставил Сансу на ноги, но не грубо.

— Сир Лансель, — сказал Джофф, — расскажи ей, что случилось.

Санса всегда считала Ланселя Ланнистера красивым и мягкоречивым, но сейчас в его взгляде не было ни жалости, ни доброты.

— Твой брат, прибегнув к злому волшебству, напал на сира Стаффорда Ланнистера с армией оборотней в каких-нибудь трех днях езды от Ланниспорта. Тысячи добрых людей были перебиты во сне, не успев поднять меч. А после резни северяне устроили пир, где пожирали тела убитых.

Ужас холодными пальцами стиснул горло Сансы.

— Значит, тебе нечего сказать? — спросил Джоффри.

— Ваше величество, бедное дитя от страха лишилось разума, — тихо сказал сир Донтос.

— Молчи, дурак. — Джоффри прицелился из арбалета в лицо Сансе. — Вы, Старки, такая же нечисть, как ваши волки. Я не забыл, как твое чудовище набросилось на меня.

— Это была волчица Арьи. Леди вас не трогала. Но вы все равно ее убили.

— Не я, а твой отец — но твоего отца убил я. Жаль, что не своими руками. Ночью я убил молодчика, который был больше его. Они явились к воротам, выкрикивая мое имя, и требовали хлеба, точно я булочник какой-нибудь, но я их научил уму-разуму. Попал прямо в горло самому горластому.

— И он умер? — Железный наконечник стрелы смотрел прямо на Сансу, и она как-то не нашла других слов.

— Еще бы он не умер с моей-то стрелой в горле. Одна их женщина кидалась камнями — я и в нее попал, но только в руку. — Джоффри, нахмурясь, опустил арбалет. — Я бы и тебя пристрелил, но мать говорит, что, если я это сделаю, они убьют дядю Джейме. Но ты будешь наказана, и мы известим твоего брата, что, если он не сдастся, тебе придется плохо. Пес, ударь ее.

— Позвольте мне ее побить! — Сир Донтос сунулся вперед, брякая жестяными доспехами. Булавой ему служила дыня. «Мой Флориан». Санса расцеловала бы его, несмотря на багровый нос. Он обскакал вокруг нее, крича: — Изменница, изменница, — и размахивая своей дыней у нее над головой.

Санса прикрылась руками — плод задел ее, и волосы сразу стали липкими. Кругом смеялись. От второго удара дыня разлетелась на куски. «Смейся же, Джоффри, — молила в душе Санса, а сок стекал ей по лицу на голубое шелковое платье. — Посмейся и покончим на этом».

Но Джоффри даже не улыбнулся.

— Борос. Меррин.

Сир Меррин Трант схватил Донтоса за руку и отшвырнул прочь. Шут растянулся на земле вместе с палкой, дыней и всем прочим. Сир Борос крепко стиснул Сансу.

— Лица не трогай, — приказал Джоффри. — Я хочу, чтобы она оставалась красивой.

Борос ударил Сансу кулаком в живот, вышибив из нее воздух. Когда она скрючилась, он сгреб ее за волосы и вытащил меч. На один жуткий миг ей показалось, что он сейчас перережет ей горло, но он ударил ее плашмя по ляжкам, да так сильно, что чуть ноги ей не переломал. Санса закричала, и слезы выступили у нее на глазах. «Это скоро кончится», — твердила она себе, но быстро потеряла счет ударам.

— Довольно, — раздался скрипучий голос Пса.

— Нет, не довольно, — возразил король. — Борос, обнажи ее.

Борос сунул мясистую лапу Сансе за корсаж и рванул. Шелк порвался, обнажив ее до пояса. Санса прикрыла груди руками, слыша вокруг жестокие смешки.

— Избей ее в кровь, — сказал Джоффри, — посмотрим, как это понравится ее братцу...

— Что это значит?!

Голос Беса хлестнул точно кнут, и внезапно освобожденная Санса упала на колени, скрестив руки на груди и хрипло дыша.

— Так-то вы понимаете ваш рыцарский долг, сир Борос? — С Тирионом Ланнистером был его наемник и один из его дикарей — тот, с выжженным глазом. — Может ли называться рыцарем тот, кто бьет беззащитную деву?

— Может, если он служит своему королю, Бес. — Сир Борос поднял меч, а сир Меррин стал рядом с ним, тоже достав клинок.

— Поосторожнее, — сказал наемник карлика. — Вам ведь не хочется забрызгать кровью эти красивые белые плащи?

— Эй, кто-нибудь, прикройте девушку, — распорядился Бес. Сандор Клиган расстегнул свой плащ и набросил его на Сансу. Она закуталась в белую шерсть, зажав ее в кулаках. Плащ колол кожу, но даже бархат никогда не казался ей столь желанным. —

Эта девочка будет твоей королевой, — сказал Бес Джоффри. — Зачем ты бесчестишь ее?

— Я ее наказываю.

— За какие грехи? Она не помогала своему брату сражаться.

— В ней волчья кровь.

— А у тебя куриные мозги.

— Ты не смеешь так говорить со мной. Король делает что хочет.

— Эйерис Таргариен тоже делал что хотел. Разве мать не рассказывала тебе, что с ним случилось?

— Никто не смеет угрожать его величеству в присутствии его Королевской Гвардии, — вмешался сир Борос.

Тирион Ланнистер поднял бровь:

— Я не угрожаю королю, сир, — я учу уму-разуму моего племянника. Бронн, Тиметт, если сир Борос откроет рот еще раз, убейте его. А вот это уже угроза, сир, — улыбнулся карлик. — Видите разницу?

Сир Борос густо побагровел:

— Королева еще услышит об этом.

— Не сомневаюсь — да и к чему это откладывать? Не послать ли за твоей матерью, Джоффри? — Король покраснел. — Вашему величеству нечего сказать? Прекрасно. Учитесь больше полагаться на свои уши, чем на рот, иначе ваше царствование будет короче, чем мой рост. Похвальбой и жестокостью любовь своего народа не завоюешь... как и любовь своей королевы.

— Мать говорит, что страх лучше любви. А она, — Джоффри показал на Сансу, — меня боится.

— Вижу, — вздохнул Бес. — Жаль, что Станнис с Ренли не двенадцатилетние девочки. Бронн, Тиметт, возьмите ее.

Санса двигалась как во сне. Она думала, что люди Беса доставят ее обратно в спальню в крепости Мейегора, но они отвели ее в башню Десницы. Санса ни разу не бывала здесь с того дня, как отец ее впал в немилость, и ощутила слабость, вновь поднимаясь по этим ступенькам.

Какие-то служанки занялись ею, всячески утешая и стараясь, чтобы она перестала дрожать. Одна сняла с Сансы превратившееся в лохмотья платье и белье, другая искупала, смыв липкий сок с лица и волос. Она мылила Сансу и поливала теплой водой, но та видела перед собой только лица, окружавшие ее во дворе. Рыцари дают обет защищать слабых, особенно женщин, и сражаться за правое дело, но ни один из них даже пальцем не шевельнул. Только сир Донтос пытался помочь ей — а он больше не рыцарь... и Бес тоже не рыцарь, и Пес... Пес ненавидит рыцарей. «Я тоже их ненавижу, — подумала Санса. — Они не настоящие рыцари, все до одного».

Когда Сансу помыли, к ней пришел толстый рыжий мейстер Френкен. Он велел ей лечь лицом вниз на тюфяк и помазал бальзамом красные рубцы на задней стороне ее ног, а после дал ей сонное питье — с медом, чтобы легче прошло.

— Поспи немного, дитя, а когда проснешься, все это покажется тебе дурным сном.

«Нет, не покажется, глупый ты человек», — подумала Санса, но все-таки выпила настой и уснула.

Она проснулась в сумерки и не сразу поняла, где находится, — комната была и чужой, и странно знакомой. Когда Санса встала, боль прошла ей ноги, и все вернулось. Слезы навернулись на глаза. Кто-то оставил халат рядом с кроватью — Санса надела его и открыла дверь. Снаружи стояла жестколицая коричневая женщина с тремя ожерельями на жилистой шее — одно золотое, другое серебряное, третье из человеческих ушей.

— Ты куда это? — спросила женщина, опираясь на длинное копье.

— В богорощу. — Надо повидаться с сиром Донтосом, умолить, чтобы он увез ее домой, пока еще не поздно.

— Полумуж не велел тебя никуда выпускать. Молись здесь — боги услышат.

Санса покорно опустила глаза и вернулась в комнату. Она поняла вдруг, почему это место казалось ей таким знакомым. «Они поместили меня в старую комнату Арьи — она жила здесь, когда отец был десницей короля. Все ее вещи убрали и мебель заменили, но комната та самая».

Вскоре служанка принесла ей хлеб, сыр, оливки и кувшин холодной воды.

— Убери это, — приказала Санса, но девушка оставила поднос на столе. Санса вдруг почувствовала, что ей хочется пить. При каждом шаге ляжки словно ножом пронзало, но она заставила себя пересечь комнату. Она выпила два кубка воды и грызла оливку, когда в дверь постучали.

Обеспокоенная Санса оправила складки халата.

— Да!

Дверь открылась, и вошел Тирион Ланнистер.

— Надеюсь, я не побеспокоил вас, милели?

— Я ваша узница?

— Вы моя гостья. — На нем была цепь из золотых рук — знак его сана. — Я хотел бы поговорить с вами.

— Как милорду будет угодно. — Ей было трудно не смотреть на него слишком пристально — безобразие его лица как-то странно притягивало к себе.

— Пищей и одеждой вы довольны? Если вам потребуется что-то, стоит только попросить.

— Вы очень добры. И утром совершили доброе дело... когда вступились за меня.

— Вы имеете право знать, отчего Джоффри так взбесился. Шесть дней назад ваш брат ночью напал на моего дядю Стаффорда, стоявшего со своим войском у деревни Окскросс, в трех переходах от Бобрового Утеса. Ваши северяне одержали сокрушительную победу, весть о которой дошла до нас лишь сегодня утром.

«Робб вас всех перебьет», — с торжеством подумала Санса.

— Это... ужасно. Милорд. Мой брат злодей и изменник.

— Во всяком случае, он не олененок, — слегка улыбнулся карлик, — это он доказал как нельзя яснее.

— Сир Лансель сказал, что Робб вел за собой армию оборотней...

Бес засмеялся, коротко и презрительно.

— Сир Лансель — бурдючный вояка. Обормоту всюду оборотни мерещатся. С вашим братом был его лютоволк — этим, думаю, дело и ограничилось. Северяне пробрались в дядин лагерь и открыли лошадиный загон, а лорд Старк пустил туда своего волка. И кони, несмотря на всю свою боевую выучку, обезумели. Рыцарей затаптывали насмерть в их шатрах, а простые латники в ужасе бежали, побросав оружие. Сира Стаффорда убили, когда он пытался поймать себе коня, — лорд Рикард Карстарк пронзил его грудь копьем. Убиты также сир Роберт Бракс, сир Лаймонд Викари, лорд Кракехолл и лорд Джаст. Полсотни других взяты в плен, включая сыновей Джаста и моего племянника Мартина Ланнистера. Выжившие горолят несусветную чушь и клянутся, что вашего брата поддерживают старые боги Севера.

— Значит, никакого колдовства не было?

— Колдовство — это соус, которым дураки поливают свое поражение, чтобы скрыть вкус собственной оплошности, — фыркнул Ланнистер. — Мой баран-дядюшка, как видно, даже посты не позаботился выставить. Войско свое он набрал из подмастерьев, рудокопов, крестьян, рыбаков и разного ланниспортского отребья. Единственная тайна заключается в том, как ваш брат сумел к нему подобраться. Наши люди до сих пор удерживают Золотой Зуб, и они клянутся, что мимо он не проходил. — Карлик раздраженно повел плечами. — Что поделаешь. Проклятие моего отца — это Робб Старк, а мое — это Джоффри. Скажите, что вы чувствуете к моему августейшему племяннику?

— Я люблю его всем сердцем, — без запинки ответила Санса.

— В самом деле? — Кажется, она его не убедила. — Даже теперь?

— Моя любовь к его величеству больше, чем когда-либо прежде.

— Кто-то научил вас лгать на совесть, — громко рассмеялся Бес. — Когда-нибудь ты скажешь ему спасибо, дитя. Ты ведь еще дитя, не так ли? Или уже расцвела?

Санса вспыхнула. Какой грубый вопрос — но по сравнению с позором быть раздетой на глазах половины замка это еще пустяки.

— Нет, милорд.

— Это к лучшему. Если это может тебя утешить, я не хочу, чтобы ты выходила за Джоффри. Боюсь, никакой брак не помирит Старков и Ланнистеров после всего происшедшего. А жаль. Это был один из лучших замыслов Роберта, вот только Джоффри его испортил.

Санса знала, что ей нужно что-то сказать, но все слова застряли у нее в горле.

— Что притихла? Ты ведь этого хотела? Разрыва помолвки?

— Я... — «Что же сказать? Не хитрость ли это? Не накажет ли он меня, если я скажу правду?» Она смотрела на выпирающий лоб карлика, на угольно-черный глаз и пронзительный зеленый, на кривые зубы и жесткую, как проволока, бороду. — Я хочу одного — сохранить лояльность.

— Сохранить лояльность — и оказаться подальше от Ланнистеров. Вряд ли тебя можно упрекнуть за это. В твоем возрасте я хотел точно того же. Мне сказали, что ты каждый день ходишь в богорощу, — улыбнулся он. — О чем ты молишься, Санса?

«Молюсь за победу Робба, погибель Джоффри и возвращение домой. За Винтерфелл».

— За то, чтобы война скорее кончилась.

— Этого недолго ждать. Будет еще одно сражение — между Роббом и моим лордом-отцом; оно-то и решит исход войны.

«Робб побьет его, — подумала Санса. — Он уже побил твоего дядю, твоего брата Джейме — и твоего отца тоже побьет».

Можно было подумать, что ее лицо — это открытая книга, так легко карлик разгадал ее надежды.

— Пусть Окскросс не слишком радует вас, миледи, — сказал он, хотя и не сурово. — Битва — еще не война, а мой отец — далеко не дядя Стаффорд. В следующий раз, как пойдете в богорощу, помолитесь, чтобы вашему брату достало мудрости склонить колено. Как только Север заключит мир с королем, я отправлю вас домой. — Карлик спрыгнул с подоконника, где сидел. — На ночь можете остаться здесь. Я поставлю своих людей охранять вас — скажем, Каменных Ворон...

— Нет, — в ужасе выпалила Санса. Если она будет сидеть в башне Десницы под охраной людей карлика, как же сир Донтос сумеет ее освободить?

— Предпочитаете Черноухих? Хорошо, я дам вам Челлу, если с женщиной вам удобнее.

— Пожалуйста, не надо, милорд. Эти дикари пугают меня.

— Меня тоже, — ухмыльнулся он. — Но главное в том, что они пугают также и Джоффри со всеми его гадами и ползающими на брюхе псами, которых он именует Королевской Гвардией. Если рядом будет Челла или Тиметт, никто не посмеет обидеть тебя.

— Я лучше вернусь к себе. — В голову Сансе пришла вдруг подходящая ложь, которую она не замедлила высказать: — В этой башне убили людей моего отца. Их призраки будут тревожить мой сон, и я буду видеть кровь повсюду, куда ни взгляну.

Тирион Ланнистер посмотрел на нее:

— Дурные сны не чужды и мне, Санса. Быть может, ты умнее, чем я полагал. Позволь хотя бы проводить тебя обратно в твои покои.

КЕЙТИЛИН

Когда они нашли нужную деревню, уже совсем стемнело.

Кейтилин не знала даже, как называется это место, — бежавшие жители унесли эту тайну вместе со всем своим скарбом, даже свечи из септы забрали. Сир Вендел зажег факел и ввел Кейтилин в низкую дверь.

Семь стен внутри растрескались и покосились. «Бог есть един в семи лицах, — учил ее септон Осминд, когда она была девочкой, — как септа есть единое здание с семью стенами». В богатых городских септах каждый из Семерых имел свою статую и свой алтарь, в Винтерфелле септон Шейли повесил на каждой стене резную маску, но здесь Кейтилин нашла только грубые рисунки углем. Сир Вендел вставил факел в кольцо у двери и вышел, чтобы подождать снаружи с Робаром Ройсом.

Кейтилин разглядывала лица. Отец был с бородой, как всегда. Матерь улыбалась, любящая и оберегающая. Под ликом Воина был изображен меч, под лицом Кузнеца — молот, Дева была прекрасна, изборожденная морщинами Старица — мудра.

А вот и седьмой... Неведомый, не мужчина и не женщина, но оба вместе. Вечный отверженец, пришелец из дальних стран, меньше и больше, чем человек, непознанный и непознаваемый. Здесь он был черным овалом, тенью со звездами вместо глаз. Кейтилин стало не по себе и подумалось, что она вряд ли найдет здесь утешение.

Она преклонила колени перед Матерью:

— Госпожа моя, взгляни на эту битву материнскими очами. Ведь все они чьи-то сыновья. Сохрани их, если можешь, и моих сыновей тоже сохрани. Не оставь Робба, Брана и Рикона и сделай так, чтобы я вновь была с ними.

Через левый глаз Матери змеилась трещина, и казалось, будто она плачет. Кейтилин слышала громовой голос сира Вендела и тихие ответы сира Робара — они говорили о предстоящей битве. Только они и нарушали тишину ночи. Где-то трещал сверчок, боги же молчали. «Хотела бы я знать, отвечали ли тебе когда-нибудь твои старые боги, Нед? Слышали ли они тебя, когда ты преклонял колени перед твоим сердце-деревом?»

Свет факела плясал на стенах, и лики богов менялись, как живые. Статуи в больших городских септах носят лица, которые им дали ваятели, но эти рисунки могли изображать кого угодно. Отец напоминал ей собственного отца, умирающего в своем Риверране. Воин был Ренли и Станнисом, Роббом и Робертом, Джейме Ланнистером и Джоном Сноу. Она даже Арью увидела в нем — правда, только на миг. Потом порыв ветра проник в дверь, факел зашипел, и струя оранжевого света унесла сходство.

Дым ел глаза, и Кейтилин протерла их своими израненными руками. Когда она снова взглянула на Матерь, это была ее собственная мать. Леди Миниса Талли умерла в родах, пытаясь дать лорду Хостеру второго сына. Ребенок умер вместе с ней, а из отца ушла частица жизни. «Она всегда была такая спокойная, — думала Кейтилин, вспоминая мягкие руки матери, ее теплую улыбку. — Будь она жива, и наши жизни сложились бы совсем по-иному. Что сказала бы леди Миниса о своей старшей дочери, стоящей перед ней на коленях? Я проехала много тысяч лиг, и все зря. Кому от этого польза? Дочерей я потеряла, Роббу я не нужна, Бран и Рикон наверняка считают меня холодной и бездушной. Меня даже с Недом не было в час его смерти».

У нее кружилась голова — а казалось, что септа кружится. Тени, словно испуганные животные, метались по растрескавшимся белым стенам. Кейтилин ничего не ела сегодня — пожалуй, это было неразумно. Она говорила себе, что осталась голодной из-за недостатка времени, но правда заключалась в том, что без Неда для нее всякая пища утратила вкус. «Отрубив ему голову, они убили и меня».

Факел снова зашипел, и на стене появилось лицо сестры, только взгляд был жестче — взгляд не Лизы, а Серсеи. Серсея тоже мать. Не важно, кто был отцом ее детей, — она чувствовала, как они шевелятся в ней, рожала их в крови и муках, качала у своей груди. Если они и правда от Джейме...

— Скажи, о Матерь, Серсея тоже молится тебе? — спросила Кейтилин.

На стене ей виделись гордые, холодные, красивые черты королевы Ланнистер. Трещина никуда не делась — даже Серсея способна плакать о своих детях. «Каждый из Семерых воплощает в себе всех остальных», — говорил септон Осминд. Старица не менее прекрасна, чем Дева, Матерь может быть свирепее Воина, когда ее дети в опасности. Да...

Глядя на Роберта Баратеона в Винтерфелле, Кейтилин видела, что король не питает к Джоффри особо теплых чувств. Будь мальчик в самом деле от Джейме, Роберт предал бы его смерти вместе с матерью, и мало кто осудил бы его. Бастарды — явление достаточно обычное, но кровосмешение — это чудовищный грех и перед старыми, и перед новыми богами, и плоды подобного союза именуются гнусными и в септе, и в богороще. У королей-драконов братья женились на сестрах, но они происходили из старой Валирии, где это было в порядке вещей, и, подобно драконам, не отвечали ни перед богами, ни перед людьми.

«Нед, должно быть, знал это, а до него — лорд Аррен. Неудивительно, что королева убила их обоих. Разве я не сделала бы того же ради своих детей?» Кейтилин стиснула пальцы, рассеченные до кости сталью убийцы, когда она боролась за жизнь своего сына.

— Бран тоже знает, — прошептала она, опустив голову. Боги праведные, как же иначе? Он что-то видел, что-то слышал — вот почему мальчика пытались убить в его постели.

Павшая духом и усталая, Кейтилин Старк предалась своим богам. Она преклонила колени перед Кузнецом, налаживающим все, что сломано, и попросила его сохранить ее милого Брана. Перешла к Деве и попросила ее вдохнуть мужество в Арью и Сансу, оградить их невинные души. К Отцу она обратилась с молитвой о правосудии, о силе, чтобы стремиться к нему, и о мудрости, чтобы понять, когда оно совершится; к Воину — с просьбой дать Роббу сил и хранить его в сражениях. Под конец она повернулась к Старице, которую ваятели часто изображали с лампой в руке.

— Веди меня, о мудрейшая. Укажи мне путь, которым я должна следовать, и не дай споткнуться во тьме, что лежит впереди.

Тут позади нее послышались шаги, и за дверью зашумели.

— Прошу прощения, миледи, — мягко сказал сир Робар, — но наше время на исходе. До рассвета мы должны вернуться в лагерь.

Кейтилин поднялась. Колени ныли, и она многое отдала бы сейчас за мягкую перину и подушку.

— Благодарю вас, сир. Я готова.

Они молча ехали через редкие рощи, где деревья, как пьяные, клонились в сторону, противоположную морю. Беспокойное ржание лошадей и бряцание стали указывали им дорогу к лагерю Ренли. Длинные шеренги коней и всадников в доспехах вырисовывались во мраке, словно Кузнец самую ночь перековал в сталь. Знамена тянулись и справа, и слева, и на много рядов впереди, но в предрассветной тьме не видно было ни цветов, ни эмблем. «Серая армия, — подумала Кейтилин. — Серые люди на серых конях под серыми знаменами». Теневые всадники Ренли ждали, подняв копья вверх, и она ехала через лес с высокими нагими деревьями, лишенными листьев и жизни. Штормовой Предел казался сгустком более глубокой тьмы, черной стеной, сквозь которую не просвечивали звезды, но на поле, где разбил свой лагерь лорд Станнис, мелькали факелы.

Шелковый шатер Ренли, озаренный свечами, светился точно волшебный изумрудный фонарь. Двое радужных гвардейцев охраняли вход. Зеленый свет из шатра придавал странный оттенок лиловым сливам на камзоле сира Пармена и болезненный — подсолнухам, усеивающим желтый эмалевый панцирь сира Эммона. Длинные шелковые плюмажи украшали их шлемы, плечи окутывали радужные плащи.

Внутри шатра Бриенна одевала короля в доспехи перед боем, а лорды Тарли и Рован обсуждали с ним диспозицию и тактику. От дюжины маленьких жаровен шло приятное тепло.

— Мне нужно поговорить с вами, ваше величество, — сказала Кейтилин, назвав его вопреки обыкновению королевским титулом: что угодно, лишь бы он ее выслушал.

— Одну минуту, леди Кейтилин. — Бриенна как раз застегивала его панцирь поверх стеганого нижнего камзола. Густо-зеленые, цвета летних листьев, королевские доспехи были так темны, что поглощали пламя свечей. Инкрустации и застежки отсвечивали золотом, точно костры в лесу, мерцая при каждом движении Ренли. — Продолжайте, пожалуйста, лорд Матис.

— Я говорю, ваше величество, что наше войско уже выстроено и готово к бою, — сказал Матис Рован, покосившись на Кейтилин. — К чему ждать рассвета? Прикажите выступать.

— Чтобы все потом говорили, что я победил предательским путем, предприняв вероломную атаку? Сражение назначено на рассвете.

— Назначено Станнисом, — заметил Ренди Тарли. — Ему-то как раз выгодно, чтобы мы наступали против восходящего солнца. Мы будем наполовину слепы.

— Только до первого удара. Сир Лорас прорвет их оборону, и все перемешается. — Бриенна затянула зеленые кожаные тесемки и застегнула золотые пряжки. — Когда мой брат погибнет, позаботьтесь, чтобы его тело не бесчестили. Он моя кровь, и я не допущу, чтобы его голову таскали на копье.

— А если он сдастся? — спросил лорд Тарли.

— Сдастся? — засмеялся лорд Рован. — Когда Мейс Тирелл осадил Штормовой Предел, Станнис ел крыс, но ворот так и не открыл.

— Как же, помню. — Ренли поднял подбородок, чтобы Бриенна могла закрепить латный воротник. — Ближе к концу сир Гавен Уайлд и трое его рыцарей попытались улизнуть через калитку, чтобы сдаться врагу. Станнис схватил их и велел выстрелить ими из катапульты. До сих пор вижу лицо Гавена, когда его привязывали. Он был у нас мастером над оружием.

— Но к нам со стен никого не сбрасывали, — удивился лорд Рован. — Я бы запомнил.

— Мейстер Крессен сказал Станнису, что нам, возможно, придется есть своих мертвецов и незачем выбрасывать хорошее мясо. — Ренли откинул волосы назад; Бриенна связала их бархатным шнуром и натянула на уши стеганый подшлемник. — Мертвых нам благодаря Луковому Рыцарю есть не пришлось, но мы были уже на грани. И сиру Гавену, умершему в темнице, грозила большая опасность.

— Ваше величество. — Кейтилин ждала терпеливо, но время было на исходе. — Вы обещали уделить мне внимание.

Ренли кивнул.

— Ступайте к войскам, милорды... и вот что: если Барристан Селми будет на стороне моего брата, я хочу, чтобы его пощадили.

— О сире Барристане ничего не было слышно с тех пор, как Джоффри его выгнал, — возразил лорд Рован.

— Я этого старика знаю. Ему непременно нужен король, которого бы он охранял, — только ради этого он и живет. Однако ко мне он не явился, и леди Кейтилин говорит, что у Робба Старка в Риверране его тоже нет. Где же еще ему быть, как не у Станниса?

— Приказ вашего величества будет исполнен. Ему не причинят вреда. — Лорды откланялись и вышли.

— Я слушаю вас, леди Старк. — Бриенна накинула плащ на широкие плечи Ренли — тяжелый, парчовый, с выложенным кусочками янтаря коронованным оленем Баратеонов.

— Ланнистеры пытались убить моего сына Брана. Я тысячу раз спрашивала себя почему, и ваш брат дал мне ответ. В тот день, когда он упал, была охота. Роберт, Нед и почти все остальные мужчины отправились травить вепря, но Джейме Ланнистер остался в Винтерфелле — и королева тоже.

Ренли быстро смекнул, в чем дело.

— И вы полагаете, что мальчик застал их на месте преступления...

— Прошу вас, милорд, позвольте мне отправиться к вашему брату Станнису и рассказать ему о моих подозрениях.

— С какой целью?

— Робб сложит с себя корону, если вы с братом поступите так же. — Кейтилин очень на это надеялась. Она заставит его, если нужно. Робб послушает ее, даже если его лорды не послушают. — Вы втроем созовете Великий Совет, который не созывался уже целое столетие. Мы пошлем в Винтерфелл за Браном, он расскажет свою историю, и все услышат, что настоящие узурпаторы — это

Ланнистеры. Пусть лорды Семи Королевств сами выберут себе правителя.

— Скажите, миледи, — засмеялся Ренли, — разве лютоволки решают большинством голосов, кто будет вожаком стаи? — Бриенна подала перчатки и шлем с золотыми оленьими рогами, которые сделают короля на полтора фута выше. — Время разговоров прошло. Настала пора решить, кто из нас сильнее. — Ренли надел расклешенную, зеленую с золотом перчатку на левую руку, а Бриенна стала на колени, чтобы застегнуть на нем пояс с мечом и кинжалом.

— Умоляю вас именем Матери... — начала Кейтилин, и тут сильный порыв ветра внезапно ворвался в дверь шатра. Ей померещилось какое-то движение — но нет, это только тень короля перемещалась по шелковым стенам. Ренли шутливо сказал что-то, и его тень, черная на зеленом, подняла меч. Огоньки свечей колебались, мигали, что-то было не так — и Кейтилин вдруг поняла что: меч короля оставался в ножнах, в то время как теневой меч...

— Холодно, — тихо и удивленно промолвил Ренли, а миг спустя его стальной латный ворот лопнул, как сырная корка, под напором теневого клинка. Ренли едва успел ахнуть, прежде чем кровь хлынула у него из горла.

— Ваше вел... нет! — закричала Бриенна Синяя, перепугавшись, как маленькая девочка. Король упал ей на руки, и кровь залила его доспехи темно-красной волной, затопившей и зелень, и золото. Свечи мигали и гасли. Ренли, пытаясь сказать что-то, захлебывался собственной кровью. Ноги подкосились под ним, и только сила Бриенны не давала ему упасть. Она запрокинула голову и издала громкий вопль, не находя слов от горя.

Тень. Произошло нечто темное, злое и недоступное пониманию Кейтилин. Эту тень отбрасывал не Ренли. Смерть вошла в эту дверь и задула его жизнь так же быстро, как ветер задул его свечи.

Всего через пару мгновений в шатер ворвались Робас Ройс и Эммон Кью — а казалось, будто прошла половина ночи. Позади толклись латники с факелами. Увидев Ренли на руках у Бриенны, залитой кровью, сир Робар в ужасе вскрикнул, а сир Эммон в расписанном подсолнечниками панцире завопил:

— Ведьма! Прочь от него, гнусная женщина!

— Боги праведные, Бриенна, за что? — спросил сир Робар.

Бриенна подняла на них глаза. Ее радужный плащ, весь мокрый от крови, сделался красным.

— Я... я...

— Ты поплатишься за это жизнью. — Сир Эммон выхватил боевой топор с длинной рукоятью из груды оружия у двери. — Твоя жизнь за жизнь короля!

— Нет! — вскричала Кейтилин Старк, обретя наконец голос, но было уже поздно: кровавое безумие овладело ими, и они кричали громче, чем она.

Зато Бриенна проявила невиданное проворство. Ее собственный меч был далеко, поэтому она выхватила из ножен клинок Ренли и успела отразить удар топора. Сталь, стукнувшись о сталь, высекла иссиня-белую искру, и Бриенна вскочила на ноги, бросив мертвого короля. Тело упало на Эммона, и он пошатнулся, а меч Бриенны расщепил деревянную рукоять топора, выбив его из руки рыцаря. Кто-то другой швырнул факел Бриенне в спину, но промокший радужный плащ не загорелся. Бриенна, повернувшись, отсекла руку, бросившую факел. Пламя ползло по ковру, раненый громко кричал. Сир Эммон возился с мечом. Второй латник ринулся вперед, Бриенна встретила его, и их клинки зазвенели. Эммон Кью пришел на подмогу, Бриенне пришлось отступить, но она умудрялась отбиваться от них обоих. Голова лежащего Ренли беспомощно откинулась набок, и на ней разверзся второй рот, медленно выбрасывая остатки крови.

Сир Робар, до сих пор медливший, тоже взялся за меч. Кейтилин схватила его за руку.

— Нет, Робар, послушайте меня. Это не она. Помогите ей! Это не она — это Станнис. — Кейтилин сама не знала, как ей пришло на ум это имя, но, произнеся его, поняла, что это правда. — Клянусь вам, вы же меня знаете: это Станнис убил его.

Молодой рыцарь уставился на нее, как на сумасшедшую, побелевшими от страха глазами.

— Станнис? Но как?

— Не знаю. Это колдовство, какая-то темная магия: здесь была тень. Тень! — Ей самой казалось, что ее голос безумен, но слова продолжали литься из нее под неутихающий лязг клинков. — Тень с мечом, клянусь. Я видела. Слепы вы, что ли, — эта девушка любила его! Помогите ей! — Кейтилин оглянулась — солдат упал, выронив меч из ослабевших пальцев. Снаружи слышались крики — вот-вот сюда ворвется еще больше разгневанных мужчин. — Она невинна, Робар, даю тебе слово, клянусь в том могилой моего мужа и честью женщины дома Старк!

Это его убедило.

— Я удержу их. Уведите ее. — Он повернулся и вышел.

Огонь добрался до стенки шатра. Сир Эммон наступал — желтая сталь против шерстяного камзола Бриенны. Он совсем забыл о Кейтилин, а напрасно: она огрела его по затылку железной жаровней. Он был в шлеме, и удар не причинил ему особого вреда, только повалил его на колени.

— Бриенна, за мной, — скомандовала Кейтилин, и девушка послушалась незамедлительно. Взмах клинка распорол шелк палатки, и они вышли в сумрачный холод рассвета. С другой стороны шатра слышались громкие голоса. — Сюда — только медленно, иначе нас спросят, почему мы бежим. Иди как ни в чем не бывало.

Бриенна сунула меч за пояс и зашагала рядом с Кейтилин. В воздухе пахло дождем. Королевский шатер позади пылал, выбрасывая высокий столб пламени. Женщин никто не останавливал. Люди бежали мимо них с криками «Пожар!», «Убивают!», «Колдовство!». Другие, собравшись в кучки, тихо переговаривались. Кто-то молился, а молодой оруженосец, стоя на коленях, плакал навзрыд.

Слух передавался из уст в уста, и боевые порядки Ренли ломались. Костры догорали, на востоке брезжил свет, громада Штормового Предела вырисовывалась на небе, как каменный сон, и клубы тумана ползли через поле, убегая от солнца на крыльях ветра. Утренние призраки, называла их старая Нэн, духи, что возвращаются в свои могилы. Теперь и Ренли стал одним из них — как его брат Роберт, как дорогой муж Кейтилин Нед.

— Я ни разу не обманывала его прежде, — тихо сказала Бриенна, идя сквозь суматоху встревоженного лагеря. Ее голос показывал, что она может сломаться в любое мгновение. — Только что он смеялся, и вдруг эта кровь... миледи, я ничего не понимаю. Вы ведь видели, да?

— Я видела тень. Сначала я подумала, что это тень Ренли, но это была тень его брата.

— Лорда Станниса?

— Я почувствовала, что это он. Я знаю, это звучит бессмысленно, но...

Но для Бриенны это имело смысл.

— Я убью его, — заявила она. — Убью собственным мечом моего лорда — клянусь. Клянусь. Клянусь.

Хел Моллен и другие люди Кейтилин ждали с лошадьми. Сиру Венделу Мандерли не терпелось узнать, что стряслось.

— Миледи, весь лагерь точно обезумел, — закричал он, увидев Кейтилин. — Правда ли, что лорд Ренли... — И он осекся, уставившись на залитую кровью Бриенну.

— Он мертв, но мы в этом неповинны.

— Но битва... — начал Хел Моллен.

— Битвы не будет. — Кейтилин села на коня, и весь эскорт последовал ее примеру. Сир Вендел поместился слева от нее, сир Первин Фрей — справа. — Бриенна, коней у нас вдвое больше, чем всадников. Выбери себе какого хочешь и едем с нами.

— У меня есть свой конь, миледи. И доспехи...

— Оставь их. Надо ускакать как можно дальше, пока нас не хватились. Мы обе были с королем в миг его гибели, и нам этого не забудут. — Бриенна молча отправилась выполнять приказ Кейтилин. — Поехали, — скомандовала та, когда все расселись по седлам. — Рубите всех, кто попытается задержать нас.

Длинные пальцы рассвета потянулись через поля, возвращая миру краски. Там, где серые люди сидели на серых конях с теневыми копьями, заблистали холодным блеском десять тысяч наконечников, и знамена налились красным, розовым и оранжевым, стали синими и бурыми, засверкали золотом и желтизной. Здесь была представлена вся мощь Штормового Предела и Хайгардена — мощь, еще час назад принадлежавшая Ренли. Теперь они принадлежат Станнису, поняла Кейтилин, хотя еще об этом не знают. Куда же еще им податься, как не к последнему Баратеону? Станнис победил их всех одним коварным ударом.

«Я законный король, — заявил он ей, сцепив свои железные челюсти, — а сын ваш изменник не в меньшей степени, чем мой брат. Его час еще настанет».

Кейтилин проняло холодом.

ДЖОН

Холм вздымался над лесом, одинокий и видный за много миль. Разведчики сказали, что одичалые называют его Кулаком Первых Людей. Он и правда походил на кулак, пробивший землю и лес, — голый, с каменными костяшками.

Джон въехал на его вершину вместе с лордом Мормонтом и офицерами, оставив Призрака внизу. Волк во время подъема убегал трижды и трижды неохотно возвращался на свист Джона. На третий раз лорд-командующий потерял терпение и рявкнул:

— Отпусти его, парень. Я хочу добраться до вершины еще засветло. После отыщешь своего волка.

Подъем был крут и каменист, вершину венчала кое-как сложенная стена по грудь вышиной. Им пришлось проехать немного на запад, прежде чем нашелся проем, достаточно широкий для лошадей.

— Хорошее место, Торен, — заметил Старый Медведь. — Едва ли мы могли надеяться на лучшее. Разобьем лагерь здесь и подождем Полурукого. — Мормонт спешился, стряхнув с плеча ворона, и тот, громко жалуясь, поднялся в воздух.

С холма открывался широкий вид, но внимание Джона прежде всего привлекла стена, обветренные серые камни с пятнами белого лишайника и зеленого мха. По преданию, Кулак был крепостью Первых Людей в Рассветные Века.

— Древнее место. Крепкое, — сказал Торен Смолвуд.

— Древнее, — подтвердил ворон Мормонта, хлопая крыльями у них над головами. — Древнее, древнее.

— Тихо ты, — проворчал Мормонт. Старый Медведь был слишком горд, чтобы сознаться в своей слабости, но Джона обмануть не мог. Усилия, которые он прилагал, чтобы держаться наравне с молодыми, тяжело сказывались на нем.

— Эту высоту будет легко оборонять в случае нужды, — заметил Торен, направив своего коня шагом вдоль стены. Его подбитый соболем плащ трепетал на ветру.

— Да, она нам в самый раз подходит. — Старый Медведь подставил руку под ветер, и ворон сел на нее, царапая когтями по черной кольчуге.

— А как же вода, милорд? — спросил Джон.

— У подножия холма течет ручей.

— Далеко же придется спускаться, чтобы попить, — и для этого надо будет выйти за стену.

— Тебе лень лишний раз влезть, парень? — спросил Торен.

— Другого такого удачного места нам не найти, — сказал лорд Мормонт. — Воды мы натаскаем и позаботимся, чтобы она всегда была в запасе. — Джон промолчал. Приказ был отдан, и Ночной Дозор разбил лагерь внутри каменного кольца, сложенного Первыми Людьми. Черные палатки выросли на холме, как грибы после дождя, и голую землю устелили одеяла. Стюарды привязывали лошадей, поили их и давали корм. Лесовики взяли топоры и при слабом предвечернем свете пошли запасать дрова на ночь. Строители корчевали кусты, копали отхожие канавы и распаковывали связки устойчивых против огня кольев.

— Чтоб до темноты все дыры в стене были загорожены, — приказал Старый Медведь.

Джон, поставив палатку лорду-командующему и позаботившись о лошадях, спустился с холма поискать Призрака. Волк сразу же появился, очень тихий. Только что Джон шел по лесу, крича и свистя, ступая один по шишкам и опавшим листьям, и вдруг рядом с ним возник большой лютоволк, белый, как утренний туман.

Но как только они дошли до стены, Призрак снова отступил. Он настороженно понюхал проем и повернулся назад, словно ему не понравился запах. Джон сгреб волка за шкирку и попытался втащить за кольцо, но не тут-то было: волк весил столько же, сколько он, и был гораздо сильнее.

— Призрак, что с тобой? — Это было совсем на него не похоже, но делать нечего — пришлось Джону в конце концов сдаться. — Ну, как хочешь. Ступай охотиться. — Красные глаза волка следили за ним, когда он прошел за обомшелые камни.

Позиция как будто бы сулила полную безопасность. С холма было видно далеко кругом, склоны на севере и западе представляли собой крутые обрывы, а восточный был немногим более доступен. Но по мере того как сгущались сумерки и темнота заполняла прогалы между деревьями, беспокойство Джона усиливалось. Это ведь Зачарованный Лес, сказал он себе. Быть может, здесь водятся привидения, духи Первых Людей. Как-никак это их место.

«Перестань ребячиться», — велел он себе, влез на стену и стал смотреть на закат. Река Молочная, текущая на юг, сверкала, как кованое золото. Вверх по течению местность делалась более гористой — густой лес на севере и западе уступал место голым каменным холмам. На горизонте цепь за цепью вставали горы с вечно одетыми снегом вершинами, уходя в серо-голубую даль. Даже издали они казались бескрайними, холодными и негостеприимными.

Ближе к Кулаку царили деревья. На юге и востоке лес тянулся, сколько видел глаз, переливаясь тысячью оттенков зелени. Красные пятна виднелись там, где чардрево росло среди сосен и страж-деревьев, желтые — там, где меняли цвет широколисты. Когда дул ветер, ветви, старше годами, чем Джон, поднимали стон и скрип, мириады листьев приходили в движение, и лес превращался в глубокое зеленое море, колеблемое штормом, вечное и непознаваемое.

«Призрак уж верно там не один», — подумал Джон. Что угодно может двигаться в глубинах этого моря, прячась под деревьями, подкрадываясь к холму сквозь темный лес. Что угодно. Неведомо что. Джон долго стоял на стене, пока солнце не скрылось за зубьями гор и тьма не затопила лес.

— Джон? — позвал Сэмвел Тарли. — Я так и думал, что это ты. Все в порядке?

— Вроде бы. — Джон соскочил вниз. — А у тебя как день прошел?

— Хорошо. Правда хорошо.

Джон не хотел делиться с другом своими опасениями, благо Сэм Тарли наконец-то начал обретать мужество.

— Старый Медведь хочет дождаться здесь Куорена Полурукого и людей из Сумеречной Башни.

— Что ж, место как будто подходящее. Крепость Первых Людей. Как ты думаешь, здесь были сражения?

— Конечно, были. Ты готовь птицу, вот что. Мормонт наверняка захочет отправить отсюда весть.

— Я бы всех воронов охотно разослал. Уж очень они не любят сидеть в клетке.

— Ты тоже не любил бы, если б умел летать.

— Если б я умел летать, я был бы уже в Черном Замке и ел пирог со свининой.

Джон стиснул плечо Сэма обожженной рукой, и они вместе зашагали по лагерю. Повсюду зажигались костры, а на небе показывались звезды. Длинный красный хвост Факела Мормонта светил ярко, как луна. Джон услышал воронов до того, как увидел их. Некоторые выкрикивали его имя. И любят же они погалдеть.

Они тоже это чувствуют...

— Пойду-ка я к Старому Медведю. Он тоже начинает каркать, если его не покормишь.

Мормонт разговаривал с Тореном Смолвудом и полудюжиной других офицеров.

— А, вот и ты, — проворчал старик. — Принеси-ка горячего вина. Холодно что-то.

— Да, милорд. — Джон развел костер, взял у обозных бочонок любимого Мормонтом красного вина, наполнил котелок и подвесил его над огнем, а сам стал собирать остальное. Старый Медведь был очень разборчив относительно своего горячего вина. Столько-то корицы, столько-то мускатного ореха, столько-то меда — ни больше ни меньше. Изюм, орехи, сушеные вишни, но лимона не надо — это гнуснейшая южная ересь. Странное дело — ведь утреннее пиво Мормонт всегда пьет с лимоном. Напиток должен быть достаточно горяч, чтобы согреть человека как следует, но не должен обжигать. Джон бдительно следил за котелком.

Занимаясь своим делом, он слышал голоса из палатки. Джармен Баквел говорил:

— Самая легкая дорога в Клыки Мороза — это идти по Молочной вверх до ее истока. Но если мы пойдем этим путем, Разбойник узнает о нашем приближении как пить дать.

— Можно пойти по Лестнице Гигантов, — сказал сир Маллавор Локе, — или через Воющий перевал, если он свободен.

От вина пошел пар. Джон снял котелок с огня, наполнил восемь чаш и отнес в палатку. Старый Медведь, щурясь, разглядывал грубую карту, которую нарисовал ему Сэм во Дворце Крастера. Он взял чашу с подноса, сделал глоток и коротко кивнул в знак одобрения. Ворон скакнул ему на руку, сказав:

— Зерно. Зерно.

Сир Оттин Уинтерс отмахнулся от вина.

— Я бы вовсе не стал лезть в горы, — сказал он тонким, выдающим усталость голосом. — Клыки Мороза даже летом не подарок, а уж теперь... если нас там застигнет буря...

— Я пойду туда лишь в случае крайней нужды, — сказал Мормонт. — Одичалые не больше нашего способны жить среди камней и снега. Скоро они спустятся со своих высот, а для войска, какой бы величины оно ни было, путь один — вдоль Молочной. Если так, то наша позиция здесь очень выгодна. Мимо нас они не проскочат.

— Может, им это и ни к чему. Их тысячи, а нас вместе с людьми Полурукого будет триста. — Сир Маллавор взял у Джона чашу.

— Если дойдет до боя, нам тем более нельзя терять эту позицию, — заявил Мормонт. — Мы укрепим оборону. Ямы, колья, колючки на склонах, все бреши в Стене заделаем. Джармен, поставь наблюдателями самых глазастых своих ребят. Пусть станут кольцом вокруг нас и вдоль реки тоже, чтобы сразу предупредить о приближении врага. Рассади их на деревьях. Кроме того, начнем таскать воду, чтобы запасти как можно больше. Выроем цистерны. Это даст людям занятие и пригодится впоследствии.

— Мои разведчики... — начал Торен Смолвуд.

— Твои разведчики будут ограничиваться этой стороной реки, пока не подойдет Полурукий, а там поглядим. Я не хочу больше терять людей.

— Может быть, Манс-Разбойник собирает свое войско в дневном переходе отсюда, а нам и невдомек, — возразил Смолвуд.

— Мы знаем, где собираются одичалые. Крастер сказал нам. Я его не люблю, но не думаю, что он солгал нам в этом.

— Воля ваша. — Смолвуд надулся и вышел. Остальные допили вино и более учтивым манером последовали за ним.

— Принести вам ужин, милорд? — спросил Джон.

— Зерно, — крикнул ворон. Мормонт ответил не сразу, да и то вопросом на вопрос:

— Нашел твой волк сегодня какую-нибудь дичь?

— Он еще не вернулся.

— Свежее мясо нам бы пригодилось. — Мормонт запустил руку в мешок и дал ворону пригоршню зерна. — По-твоему, я не прав, что удерживаю разведчиков здесь?

— Рассуждать не мое дело, милорд.

— Отвечай, когда спрашивают.

— Если разведчики будут оставаться в виду Кулака, я не вижу, как они найдут моего дядю, — признался Джон.

— Они его и так не найдут. Этот край слишком велик — что для двухсот, что для десяти тысяч. — Ворон принялся клевать с ладони Мормонта. Когда зерно кончилось, Старый Медведь перевернул руку.

— Но вы же не откажетесь от поисков?

— Мейстер Эйемон говорит, что ты умный парень. — Мормонт пересадил ворона на плечо. Тот склонил голову, поблескивая бусинками глаз.

Джон понял, что это и есть ответ.

— Мне кажется... кажется, что легче одному человеку найти двести, чем двумстам одного.

Ворон издал скрипучий вопль, а Старый Медведь улыбнулся в седую бороду.

— Такое количество людей и лошадей оставляет след, с которого даже Эйемон бы не сбился. Костры на этом холме должны быть видны от самых Клыков Мороза. Если Бен Старк жив и свободен, он придет к нам сам, не сомневаюсь.

— Ну а если... если он...

— Мертв? — подсказал Мормонт.

Джон неохотно кивнул.

410

— Мертв, — сказал ворон. — Мертв, мертв.

— Он все равно придет к нам. Как пришли Отор и Яфер Флауэрс. Я боюсь этого не меньше, чем ты, Джон, но мы должны и это принять в расчет.

— Мертв, — крикнул ворон, встопорщив крылья, громко и пронзительно. — Мертв.

Мормонт погладил его черные перья и зевнул, прикрыв рот рукой.

— Не буду я ужинать, пожалуй. Лучше отдохну. Разбуди меня, как рассветет.

— Спокойной ночи, милорд. — Джон собрал пустые чаши и вышел. Где-то слышался смех, и жалобно пела волынка. В середине лагеря трещал большой костер, и пахло мясной похлебкой. Джон, не в пример Старому Медведю, проголодался и пошел на огонь.

Дайвен разглагольствовал с ложкой в руке:

— Я знаю этот лес, как никто, и вот что скажу вам: не хотел бы я оказаться в нем один нынче ночью. Не чуете разве?

Гренн молча пялил на него глаза, Скорбный Эдд сказал:

— Я чую только дерьмо двухсот лошадей да еще похлебку. Одно на другое похоже, если принюхаться хорошенько.

— Схлопочешь сейчас, «похоже». — Хейк налил миску варева Джону.

Похлебка была густая, с ячменем, морковкой и луком. Кое-где попадались кусочки разварившейся солонины.

— А ты что чуешь, Дайвен? — спросил Гренн.

Лесовик отправил ложку в рот. Свои зубы он вынул. Лицо у него было морщинистое, пальцы скрюченные, как старые корни.

— Сдается мне, что пахнет тут... холодом.

— Зубы у тебя деревянные и башка тоже, — сказал Хейк. — У холода запаха нет.

Есть, подумал Джон, вспомнив ночь в покоях лорда-командующего. Он пахнет смертью. Ему вдруг расхотелось есть. Он отдал свою миску Гренну, который явно нуждался в лишней порции — у парня зуб на зуб не попадал.

Ветер усилился. К утру землю покроет иней, и палаточные растяжки задубеют. В котелке еще оставалось немного вина. Джон подбросил топлива в огонь и разогрел питье. В ожидании он сгибал и разгибал пальцы, пока по руке не побежали мурашки. Первая стража заняла посты вокруг лагеря. Вдоль всей стены мигали факелы. Ночь была безлунная, но с множеством звезд.

Из мрака донесся звук, слабый и далекий, но легко узнаваемый: волчий вой. Голоса стаи поднимались и опадали — от этой жуткой унылой песни у Джона встали дыбом волосы на затылке. При свете костра он увидел пару красных глаз, глядящих на него из темноты.

— Призрак, — изумленно выдохнул Джон, — так ты пришел все-таки? — Белый волк часто охотился всю ночь, и Джон не ожидал увидеть его до рассвета. — Что, охота плохая? Иди сюда.

Лютоволк беспокойно обошел вокруг костра, понюхал Джона, понюхал ветер. Мяса ему, похоже, сейчас не хотелось. «Когда мертвые встали, Призрак знал. Он разбудил меня, предостерег». Джон в тревоге поднялся на ноги.

— Там что-то есть? Ты что-то чуешь, да? — Дайвен сказал, что чует холод.

Лютоволк скакнул прочь, остановился, оглянулся. «Хочет, чтобы я шел за ним». Подняв капюшон плаща, Джон оставил тепло костра, двинулся мимо палаток, мимо загона с лохматыми лошадками. Одна из них тревожно заржала, когда около пробежал Призрак. Джон ласково пошептал ей, потрепал по морде. Стена была близко — ветер свистел, проникая в ее трещины. Услышав оклик часового, Джон вышел на свет факела.

— Мне надо принести воды для лорда-командующего.

— Ну давай, только быстро. — Съежился под черным плащом, нахлобучив капюшон от ветра — даже не посмотрел, есть у Джона ведро или нет.

Джон протиснулся боком между двумя острыми кольями, Призрак пролез внизу. Факел, воткнутый в трещину, под ветром выбрасывал бледно-рыжие языки. Джон взял его, выйдя за стену. Призрак понесся вниз по холму. Джон последовал за ним чуть медленнее, светя себе факелом. Звуки лагеря затихли позади. Ночь была черна, склон крут, каменист и неверен. Оплошаешь — и можно запросто сломать лодыжку... или шею. «Что я, собственно, делаю?» — спросил себя Джон, спускаясь вниз.

Под ним стояли деревья, воины в броне из коры и листьев. Молча сомкнули ряды — ждут команды, чтобы двинуться на холм. Черные... зелень проглядывает, только когда свет факела попадает на них. Слышалось слабое журчание воды по камням. Призрак скрылся в подлеске. Джон двинулся за ним, прислушиваясь к ручью и к шелесту листьев. Одни ветки цеплялись за плащ, другие, сомкнувшись над головой, заслоняли звезды.

Волк лакал из ручья.

— Призрак, — позвал Джон, — ко мне, быстро. — Волк поднял голову, зловеще светя красными глазами, вода стекала у него по морде, как слюна. Что-то страшное было в нем в этот миг. Он шмыгнул мимо Джона, понесся между деревьями. — Призрак, погоди. — Но волк его не слушал. Белый, он исчез во мраке, предоставив Джону выбирать — снова лезть на холм в одиночку или следовать за ним.

Джон сердито углубился в лес, держа факел как можно ниже, чтобы разглядеть камни и корни, сами лезущие по ноги, и ямки, где можно свихнуть ногу. Через каждые несколько футов он звал Призрака, но ветер, рыщущий между деревьями, уносил его голос. Это безумие, думал он, уходя все дальше. Он уже собирался повернуть назад, когда увидел белый проблеск впереди справа, по направлению к холму, и устремился туда, ругаясь вполголоса.

Он почти нагнал волка, потерял его снова и остановился перевести дух среди кустов, колючек и каменных осыпей у подножия холма. Мрак обступал его факел со всех сторон.

Скребущий звук заставил его обернуться. Он пошел в ту сторону, пробираясь между валунами и терновником. За поваленным стволом он опять увидел Призрака. Лютоволк яростно рыл землю, выбрасывая ее вверх.

— Что ты там нашел? — Джон опустил факел, осветив круглый холмик мягкой земли. Могила. Но чья?

Он стал на колени, воткнув факел в землю. Рыхлая песчаная почва легко поддавалась пальцам. Здесь не было ни камней, ни корней. Что бы ни лежало там внизу, это положили сюда недавно. На глубине двух футов его руки нащупали ткань. Джон ожидал и боялся найти труп, но это было что-то другое. Под тканью чувствовались мелкие, твердые, неуступчивые предметы. Запаха не было, могильных червей тоже. Призрак сел, наблюдая за Джоном.

В земле лежал круглый узел около двух футов в поперечнике. Джон подцепил его пальцами за края и вытащил — внутри при этом что-то звякнуло. «Клад», — подумал он, но содержимое узла не походило на монеты, а звук был не металлический.

Джон разрезал кинжалом истрепанную веревку и развернул ткань. Содержимое высыпалось на землю, сверкая темным блеском. Джон увидел дюжину ножей, листовидные наконечники копий, многочисленные наконечники стрел. Он взял в руки клинок — легкий как перышко, черный и блестящий, без рукоятки. При свете пламени тонкая оранжевая линия по краям указывала, что нож остер, как бритва. Драконово стекло. Мейстеры называют

413

его обсидианом. Может, Призрак открыл древний тайник Детей Леса, укрытый здесь тысячи лет назад? Кулак Первых Людей — место старинное, вот только...

Под драконовым стеклом лежал рог зубра, оправленный в бронзу. Старый боевой рог. Джон вытряхнул из него грязь и наконечники стрел, а после потер между пальцами угол ткани. Хорошая шерсть, толстая, двойная основа. Отсырела, но не сгнила. Она не могла долго пролежать в земле. И она темная. Джон подтянул ее ближе к факелу. Не просто темпая — черная.

Не успев еще развернуть ткань, Джон понял, что держит в руках плащ черного брата Ночного Дозора.

БРАН

Элбелли нашел его в кузнице, где Бран качал мехи для Миккена.

— Мейстер зовет вас в башню, милорд принц. От короля прилетела птица.

— От Робба? — Бран, придя в волнение, не стал дожидаться Ходора и позволил Элбелли внести его наверх. Элбелли тоже здоровяк, хотя не такой большой, как Ходор, и далеко не такой сильный. Когда они добрались до комнат мейстера, он стал весь красный и запыхался. Рикон был уже тут, и оба Уолдера тоже.

Мейстер Люви́н отпустил Элбелли и закрыл за ним дверь.

— Милорды, — сказал он торжественно, — мы получили известие от его величества, где есть и хорошие новости, и дурные. Он одержал великую победу на западе, разбив армию Ланнистеров в месте под названием Окскросс, и занял несколько замков. Он пишет нам из Эшмарка, бывшего поместья дома Марбрандов.

Рикон дернул мейстера за полу.

— Робб собирается домой?

— Боюсь, не теперь еще. Впереди у него новые сражения.

— Это он лорда Тайвина побил? — спросил Бран.

— Нет. Вражеским войском командовал сир Стаффорд Ланнистер. Он был убит в бою.

Бран никогда не слыхивал о сире Стаффорде Ланнистере и готов был согласиться с Уолдером Большим, когда тот сказал:

— Лорд Тайвин — единственный, кто чего-то стоит.

414

— Напиши Роббу, чтобы ехал домой, — сказал Рикон. — Волка пусть тоже привезет и отца с матерью. — Рикон знал, что лорд Эддард умер, но иногда забывал об этом... нарочно, как полагал Бран. Его брат очень упрям для четырехлетнего.

Бран порадовался победе Робба, но и обеспокоился тоже. Он помнил, что сказала Оша в тот день, когда Робб выступил с войском из Винтерфелла: «Он идет не в ту сторону».

— К сожалению, ни одна победа не обходится без потерь. — Мейстер Лювин повернулся к Уолдерам. — Милорды, ваш дядя Стеврон Фрей был в числе тех, кто расстался с жизнью при Оксероссе. Робб пишет, что он получил рану в бою. Ее не считали тяжелой, но через три дня сир Стеврон умер в своей палатке во время сна.

— Он был уже старый, — пожал плечами Уолдер Большой. — Шестьдесят пять, кажется, ему было. Слишком старый для сражений. Он всегда говорил, что устал.

— Устал ждать, когда дед умрет, вот что, — фыркнул Уолдер Малый. — Выходит, наследник теперь — сир Эммон?

— Не будь дураком, — сказал его кузен. — Сначала идут сыновья первого сына, а потом уж второй сын. Следующий в ряду — сир Риман, потом Эдвин, Уолдер Черный и Петир Прыщ. А после Эйегон и все его сыновья.

— Риман тоже старый. Ему уже за сорок как пить дать. И животом хворает. Думаешь, лордом будет он?

— Лордом буду я. Пусть и он побудет — мне все равно.

— Стыдитесь, милорды, — оборвал их мейстер Лювин. — Неужели вас не печалит кончина вашего дяди?

— Печалит, даже очень, — сказал Уолдер Малый.

Но это была неправда. Брану стало тошно. «Их блюдо понравилось им больше, чем мне мое». Он попросил у мейстера разрешения уйти.

— Хорошо. — Мейстер позвонил. Ходор, должно быть, был занят на конюшне, и на зов пришла Оша. Она была сильнее Элбелли и без труда снесла Брана на руках вниз.

— Оша, — сказал Бран, когда они шли через двор, — ты знаешь дорогу на север? К Стене и... еще дальше?

— Дорогу найти нетрудно. Держи путь на Ледяного Дракона и на голубую звезду в глазу всадника. — Она прошла в дверь и стала подниматься по винтовой лестнице.

— И там все еще живут великаны и эти... Иные и Дети Леса?

— Великанов я видела сама, о Детях слыхала, а Белые Ходоки... зачем тебе знать?

— А трехглазую ворону ты не видела?

— Нет. Да не больно-то и хотелось, — засмеялась она. Оша открыла ногой дверь в спальню Брана и посадила его на подоконник, откуда он мог видеть двор.

Всего через несколько мгновений после ее ухода дверь открылась снова и вошел, незваный, Жойен Рид с сестрой Мирой.

— Вы слыхали про птицу? — спросил Бран. Жойен кивнул. — Это был не ужин, как ты говорил, а письмо от Робба, и мы его не ели, но...

— Зеленые сны порой принимают странную форму, — признал Жойен. — Не всегда легко понять правду, заключенную в них.

— Расскажи мне другой свой сон. О том плохом, что должно прийти в Винтерфелл.

— Так милорд принц теперь верит мне? И прислушивается к моим словам, какими бы странными они ему ни показались?

Бран кивнул.

— Сюда придет море.

— Море?!

— Мне снилось, что вокруг Винтерфелла плещется море. Черные волны били в ворота и башни, а потом соленая вода перехлестнула через стенку и заполнила замок. Во дворе плавали утопленники. Тогда, в Сероводье, я еще не знал их, но теперь знаю. Один — это Элбелли, стражник, который доложил о нас на пиру. Еще ваш септон и кузнец.

— Миккен? — Испуг Брана равнялся его недоумению. — Но ведь море в многих сотнях лиг от нас, а стены Винтерфелла так высоки, что вода нипочем не поднимется до них, даже если бы оно и пришло.

— Глухой ночью соленое море перехлестнет через стену. Я видел раздутые тела утопленников.

— Надо им сказать. Элбелли, и Миккену, и септону Шейли. Сказать, чтобы остерегались воды.

— Это их не спасет, — сказал мальчик в зеленом.

Мира, подойдя к окну, положила руку на плечо Брану.

— Они не поверят, Бран. Ты ведь тоже не верил.

Жойен сел на кровать.

— Теперь расскажи, что снится тебе.

Бран все еще боялся говорить об этом, но он поклялся, что будет доверять им, а Старк из Винтерфелла держит свои клятвы.

— Это другое. Есть волчьи сны и есть другие, гораздо хуже. Когда я волк, я бегаю, охочусь и убиваю белок. А в других является ворона и велит мне лететь. Иногда в этих снах я вижу еще дерево — оно зовет меня по имени, и я боюсь. Но хуже всего бывает, когда я падаю. — Он смотрел на двор, чувствуя себя несчастным. — Раньше я никогда не падал. Я лазал всюду, по крышам и по стенам, и кормил ворон в Горелой башне. Мать боялась, что я упаду, но я знал, что этого не случится. Только потом все-таки случилось, и теперь я все время падаю во сне.

Мира сжала его плечо.

— Это все?

— Кажется, да.

— Оборотень, — сказал Жойен Рид. Бран уставился на него круглыми глазами.

— Что?

— Оборотень. Подменный. Бестия. Вот как тебя будут называть, если узнают про твои волчьи сны.

Эти имена напугали Брана заново.

— Кто будет называть?

— Твои же люди. От страха. Кое-кто даже возненавидит тебя и захочет убить.

Старая Нэн рассказывала про оборотней и подменных страшные вещи. В ее сказках они всегда были злыми.

— Я не такой. Не такой. Это только сны.

— Волчьи сны — не просто сны. Когда ты бодрствуешь, твой глаз крепко закрыт, но когда ты спишь, он открывается, и твоя душа ищет свою вторую половину. В тебе заключена большая сила.

— Не нужна мне такая сила. Я хочу быть рыцарем.

— Ты хочешь быть рыцарем, но на деле ты оборотень. Ты не можешь изменить это, Бран, не можешь отрицать, и отмахнуться от этого нельзя. Ты — тот крылатый волк, но летать никогда не будешь. — Жойен подошел к окну. — *Если не откроешь свой глаз.* — И он ткнул двумя пальцами Брана в лоб — сильно. Бран ощупал это место, но нашел только гладкую неповрежденную кожу. Глаза там не было — даже закрытого.

— Как же я его открою, если его там нет?

— Пальцами этот глаз не найдешь. Искать надо сердцем. — Жойен посмотрел Брану в лицо своими странными зелеными глазами. — Или ты боишься?

— Мейстер Лювин говорит, что в снах нет ничего такого, чего можно бояться.

— Есть.

— Что же это?

— Прошлое. Будущее. Правда.

Брат и сестра бросили его в полной растерянности. Оставшись один, Бран попытался открыть третий глаз, но он не знал, как это делается. Как он ни морщил лоб и ни тыкал в него, разницы не было. В последующие дни он попробовал предупредить тех, кого видел Жойен, но все вышло не так, как ему хотелось. Миккен счел это забавным. «Море, вон как? Всегда хотел повидать море, но так на нем и не побывал. Выходит, теперь оно само ко мне пожалует? Милостивы же боги, коли так заботятся о бедном кузнеце».

«Боги сами знают, когда взять меня к себе, — спокойно сказал септон Шейли, — но я не думаю, что встречу свою смерть в воде, Бран. Я ведь вырос на берегах Белого Ножа и хорошо плаваю».

Только Элбелли принял слова Брана близко к сердцу. Он сам переговорил с Жойеном, после чего перестал мыться, а к колодцу и близко не подходил. В конце концов от него пошел такой дух, что шесть других стражников бросили его в корыто с кипятком и отскребли докрасна, а он орал, что они его утопят, — лягушатник зря не скажет. После этого случая он при виде Брана или Жойена всегда хмурился и ругался втихомолку.

Через несколько дней после омовения Элбелли в Винтерфелл вернулся сир Родрик с пленником — мясистым молодым парнем с толстыми влажными губами. Разило от него как из нужника — хуже, чем от Элбелли.

— Его Вонючкой зовут, — сказал Хэйхед, когда Бран спросил, кто это. — Не знаю уж, как его настоящее имя. Он служил Бастарду Болтонскому и пособничал ему в убийстве леди Хорнвуд — так говорят.

За ужином Бран узнал, что сам бастард мертв. Люди сира Родрика застали его на землях Хорнвудов за каким-то ужасным делом (Бран не совсем понял, за каким, но он делал это без одежды) и расстреляли его из луков, когда он пытался ускакать прочь. Но для бедной леди Хорнвуд помощь запоздала. После свадьбы бастард запер ее в башне и не давал ей есть. Бран слышал, как рассказывали, что сир Родрик, вышибив дверь, нашел ее с окровавленным ртом и отъеденными пальцами.

— Из-за этого чудовища мы попали в недурной переплет, — сказал старый рыцарь мейстеру Лювину. — Хотим мы того или нет, а леди Хорнвуд была его женой. Он заставил ее поклясться и перед септоном, и перед сердце-деревом и в ту же ночь при свидетелях лег с ней в брачную постель. Она подписала завещание, где назначает его своим наследником, и печать свою приложила.

— Обеты, сделанные по принуждению, законной силы не имеют, — возразил мейстер.

— Русе Болтон может с этим не согласиться — как-никак речь идет о богатых землях. — Вид у сира Родрика был несчастный. — Я бы охотно отсек голову и слуге — он ничем не лучше своего хозяина. Но боюсь, с этим придется подождать до возвращения Робба. Он единственный свидетель худшего из преступлений бастарда. Возможно, лорд Болтон, услышав его рассказ, откажется от своих притязаний, но пока что рыцари Мандерли и люди из Дредфорта убивают друг друга в Хорнвудских лесах, а у меня недостает сил, чтобы остановить их. — Старый рыцарь устремил суровый взор на Брана. — А вы что поделывали, пока меня не было, милорд принц? Запрещали нашим стражникам мыться? Хотите, чтобы от них пахло, как от этого Вонючки?

— Сюда придет море, — сказал Бран. — Жойен видел это в зеленом сне. И Элбелли утонет.

Мейстер Лювин оттянул свою цепь.

— Юный Рид верит, что видит в своих снах будущее, сир Родрик. Я говорил Брану о ненадежности подобных пророчеств, но, по правде сказать, на Каменном берегу у нас неспокойно. Разбойники на ладьях грабят рыбачьи деревни, насилуют и жгут. Леобальд Толхарт послал своего племянника Бенфреда разделаться с ними, но они, полагаю, сядут на свои корабли и убегут, как только увидят вооруженных людей.

— Да — и нанесут удар где-нибудь еще. Иные бы взяли этих трусов. Они никогда бы на это не отважились, и Бастард Болтонский тоже, не будь наши главные силы на юге за тысячу лиг отсюда. Что еще говорил тебе этот парень? — спросил Брана сир Родрик.

— Что вода перехлестнет через наши стены. Он видел, что Элбелли утонул, и Миккен тоже, и септон Шейли.

— Ну что ж, если мне самому придется выступать против этих разбойников, Элбелли я с собой не возьму, — нахмурился сир Родрик. — Меня ведь малец не видел утонувшим? Нет? Вот и хорошо.

На сердце у Брана полегчало. Может, они еще и не утонут — если будут держаться подальше от моря.

Мира тоже так рассудила, когда они с Жойеном пришли вечером к Брану, чтобы поиграть в плашки, но Жойен покачал головой.

— То, что я вижу в зеленых снах, изменить нельзя.

Сестра рассердилась на него.

— Зачем тогда боги предупреждают нас, раз мы все равно ничего изменить не можем?

— Не знаю, — печально ответил Жойен.

— На месте Элбелли ты сам прыгнул бы в колодец, чтобы покончить разом, — так, что ли? Он должен бороться с судьбой, и Бран тоже.

— Я? — испугался Бран. — А мне зачем? Разве я тоже должен утонуть?

— Не надо мне было... — виновато сказала Мира.

Он понял, что она что-то скрывает.

— Ты и меня видел в зеленом сне? — с беспокойством спросил он Жойена. — Я тоже утонул?

— Нет, не утонул. — Жойен говорил так, будто каждое слово причиняло ему боль. — Мне снился человек, которого привезли сегодня — которого прозвали Вонючкой. Вы с братом лежали мертвые у его ног, а он сдирал с ваших лиц кожу длинным красным ножом.

Мира поднялась на ноги.

— Если я пойду сейчас в темницу, я смогу пронзить его сердце копьем. Как же он тогда убьет Брана, если умрет?

— Тюремщики тебе не позволят, — сказал Жойен. — А если ты скажешь им, почему хочешь его убить, тебе не поверят.

— У меня тоже есть охрана, — напомнил им Бран. — Элбелли, Рябой Том, Хэйхед и остальные.

Зеленые, как мох, глаза Жойена наполнились жалостью.

— Они его не остановят, Бран. Не знаю только почему — я ведь видел самый конец. Видел вас с Риконом в вашей крипте, в темноте, со всеми мертвыми королями и каменными волками.

«Нет, — подумал Бран. — Нет».

— Но если я уеду... в Сероводье или к вороне, куда-нибудь, где меня не найдут...

— Это не поможет. Сон был зеленый, Бран, а зеленые сны не лгут.

420

ТИРИОН

Варис грел мягкие руки над жаровней.

— По всей видимости, Ренли был убит самым ужасающим образом посреди своего войска. Ему раскроили горло от уха до уха клинком, режущим сталь и кость, точно мягкий сыр.

— Но чьей рукой он был убит? — спросила Серсея.

— Вы когда-нибудь задумывались над тем, что слишком много ответов — все равно что никакого? Мои осведомители не всегда занимают столь высокие посты, как нам было бы желательно. Когда умирает король, слухи множатся, как грибы во мраке ночи. Конюх говорит, что Ренли убил рыцарь его собственной Радужной Гвардии. Прачка уверяет, что Станнис прокрался через армию своего брата с волшебным мечом. Несколько латников полагают, что злодейство совершила женщина, но не сходятся на том, кто она. Девица, которую Ренли обесчестил, говорит один. Потаскушка, которую привели, чтобы он получил удовольствие перед битвой, говорит другой. А третий заявляет, что это была леди Кейтилин Старк.

Королева осталась недовольна.

— К чему занимать наше время всеми этими глупыми сплетнями?

— Вы хорошо мне платите за эти сплетни, всемилостивая моя королева.

— Мы платим вам за правду, лорд Варис. Помните об этом — иначе наш Малый Совет станет еще меньше.

— Этак вы и ваш благородный брат оставите его величество вовсе без советников, — нервно хихикнул Варис.

— Думаю, государство в состоянии пережить потерю нескольких советников, — с улыбкой заметил Мизинец.

— Милый Петир, — возразил Варис, — а не боитесь ли вы оказаться следующим в маленьком списке десницы?

— Перед вами, Варис? И в мыслях не держу.

— Как бы нам не стать братьями, оказавшись вместе на Стене, — снова хихикнул Варис.

— Это случится скорее, чем ты думаешь, если не перестанешь нести вздор, евнух. — Серсея, судя по всему, готова была кастрировать Вариса заново.

— Может, это какая-нибудь хитрость? — спросил Мизинец.

— Если так, то необычайно умная. Меня она уж точно ввела в заблуждение.

Тирион достаточно их наслушался.

— Джофф будет разочарован. Он приберегал прекрасную пику для головы Ренли. Кто бы это ни совершил, приходится предположить, что стоял за этим Станнис. Кому это выгодно, как не ему? — Новость пришлась Тириону не по вкусу — он рассчитывал, что братья Баратеоны порядком поистребят оба своих войска в кровавом бою. Локоть, ушибленный булавой, дергало — это бывало с ним иногда в сырую погоду. Он потер его без всякой пользы и спросил: — Как обстоит дело с армией Ренли?

— Почти вся его пехота осталась у Горького Моста. — Варис отошел от жаровни и сел за стол. — Но большинство лордов, которые отправились с лордом Ренли к Штормовому Пределу, перешли к Станнису со всеми своими рыцарями.

— Ручаюсь, что пример подали Флоренты, — сказал Мизинец.

— Вы совершенно правы, милорд, — с подобострастной улыбкой подтвердил Варис. — Первым действительно преклонил колено лорд Алестер, и многие последовали за ним.

— Многие — но не все? — со значением спросил Тирион.

— Не все, — согласился евнух. — Не Лорас Тирелл, не Рендил Тарли и не Матис Рован. Штормовой Предел тоже не сдается. Кортни Пенроз держит замок именем Ренли и не верит, что его сюзерен мертв. Он желает увидеть его останки, прежде чем открыть ворота, но похоже, что тело Ренли загадочным образом исчезло. Скорее всего его увезли. Пятая часть рыцарей Ренли отбыла с сиром Лорасом, не желая склонять колено перед Станнисом. Говорят, Рыцарь Цветов обезумел, увидев своего короля мертвым, и в гневе убил троих его телохранителей, в том числе Эммона Кью и Робара Ройса.

«Жаль, что он ограничился только тремя», — подумал Тирион.

— Сир Лорас скорее всего направился к Горькому Мосту, — продолжал Варис. — Там находится его сестра, королева Ренли, и большое количество солдат, внезапно лишившихся короля. Чью сторону они теперь примут? Вопрос щекотливый. Многие из них служат лордам, оставшимся у Штормового Предела, а эти лорды теперь поддерживают Станниса.

— Я вижу здесь надежду для нас, — подался вперед Тирион. — Если переманить Лораса Тирелла на нашу сторону, лорд Мейс Тирелл со своими знаменосцами может тоже перейти к нам. Хотя они присягнули Станнису, любви к нему они явно не питают — иначе пошли бы за ним с самого начала.

— По-твоему, нас они любят больше? — спросила Серсея.

— Едва ли. Они любили Ренли, но Ренли убит. Возможно, мы сумеем дать им вескую причину предпочесть Джоффри Станнису... если будем действовать быстро.

— Что за причину ты имеешь в виду?

— Золото — очень веский довод, — вставил Мизинец. Варис поцокал языком.

— Дорогой Петир, ведь не думаете же вы, что этих могущественных лордов и благородных рыцарей можно скупить всех разом, как цыплят на рынке?

— Приходилось ли вам последнее время бывать на наших рынках, лорд Варис? Там легче купить лорда, чем цыпленка, смею вас заверить. Лорды, конечно, кудахчут громче и воротят нос, если ты так прямо суешь им монету, но редко отказываются от подарков... земель, замков и почестей.

— Лордов помельче, может быть, и удастся перекупить, — сказал Тирион, — но только не Хайгарден.

— Это верно, — признал Мизинец. — Ключевая фигура здесь — Рыцарь Цветов. У Мейса Тирелла есть еще два старших сына, но Лорас всегда был его любимцем. Завоюете Лораса — и Хайгарден ваш.

«Да», — подумал Тирион.

— Тут, мне кажется, мы можем взять урок у покойного Ренли. И заключить с Тиреллами союз так же, как сделал он, — посредством брака.

Варис смекнул первым:

— Вы хотите поженить короля Джоффри с Маргери Тирелл.

— Да, хочу. — Молодой королеве Ренли лет пятнадцать-шестнадцать, не более... постарше Джоффри, но пара лет ничего не значит... Тирион прямо-таки смаковал эту сдобную мысль.

— Джоффри помолвлен с Сансой Старк, — возразила Серсея.

— Всякую помолвку можно расторгнуть. Какой смысл нам женить короля на дочери мертвого изменника?

— Можно обратить внимание его величества на то, — подал голос Мизинец, — что Тиреллы намного богаче Старков, а Маргери, как говорят, прелестна... к тому же созрела для брачного ложа.

— Верно. Думаю, Джоффу это придется по душе.

— Мой сын слишком юн, чтобы разбираться в подобных вещах.

423

— Ты так думаешь? Ему тринадцать, Серсея. Я женился в том же возрасте.

— Ты всех нас опозорил этой своей выходкой. Джоффри сделан из более благородного вещества.

— Из столь благородного, что велел сиру Боросу разорвать на Сансе платье.

— Он рассердился на нее, вот и все.

— На поваренка, который прошлым вечером пролил суп, он тоже рассердился, однако раздеть его не велел.

— С Сансой дело шло не о пролитом супе.

Верно, не о нем, а о чьих-то славных титечках. После происшествия во дворе Тирион говорил с Варисом о том, как бы устроить Джоффри визит к Катае. Авось мальчик смягчится, вкусив меда. Даже испытает благодарность, чего доброго, — а королевская благодарность Тириону отнюдь бы не помешала. Это, конечно, следует проделать тайно. Самое трудное — это разлучить Джоффа с Псом. «Этот Пес никогда не отходит далеко от хозяина, — заметил Тирион Варису, — однако спать всем надо. Равно как играть, распутничать и посещать кабаки». «Все вами перечисленное входит в обычаи Пса, если вы об этом спрашиваете», — сказал Варис. «Нет. Я спрашиваю когда». Варис с загадочной улыбкой приложил палец к щеке. «Милорд, подозрительный человек мог бы подумать, что вы хотите улучить время, когда Сандор Клиган не охраняет короля Джоффри, чтобы причинить мальчику какой-то вред». «Ну уж вы-то должны знать меня лучше, лорд Варис. Все, чего я хочу, — это чтобы Джоффри меня любил».

Евнух пообещал заняться этим делом — но у войны свои запросы, и посвящение Джоффри в мужчину придется отложить.

— Ты, конечно, знаешь своего сына лучше, чем я, — сказал Тирион Серсее, — тем не менее есть много доводов в пользу его брака с Тирелл. Возможно, только в этом случае Джоффри сумеет дожить до своей брачной ночи.

— Маленькая Старк не даст Джоффри ничего, кроме своего тела, — согласился Мизинец, — каким бы прелестным оно ни было. Маргери Тирелл принесет ему пятьдесят тысяч мечей и всю мощь Хайгардена.

— Верно. — Варис коснулся мягкой рукой рукава королевы. — У вас материнское сердце, и я знаю, что его величество любит свою маленькую подружку. Но короли должны учиться ставить нужды государства превыше своих желаний. Мне думается, это предложение должно быть сделано.

Королева освободилась от его прикосновения.

— Вы все не думали бы так, будь вы женщинами. Говорите что хотите, милорды, но Джоффри слишком горд, чтобы довольствоваться объедками Ренли. Он никогда на это не согласится.

Тирион пожал плечами:

— Через три года король достигнет совершеннолетия и тогда сможет давать или не давать свое согласие, как пожелает. Но до тех пор ты его регентша, а я его десница, и мы женим его, на ком сочтем нужным, будь то объедки или нет.

Серсея расстреляла все свои стрелы.

— Что ж, делай свое предложение, но да спасут тебя боги, если Джоффу невеста не понравится.

— Я очень рад, что мы пришли к согласию. Но кто же из нас отправится в Горький Мост? Мы должны успеть с нашим предложением, пока сир Лорас еще не остыл.

— Ты хочешь послать одного из членов совета?

— Вряд ли Рыцарь Цветов станет вести переговоры с Бронном или Шаггой, правда? Тиреллы — люди гордые.

Королева не замедлила обратить ситуацию в свою пользу:

— Сир Джаселин Байвотер благородного происхождения. Пошли его.

— Нет-нет. Нам нужен человек, способный не только пересказать наши слова и привезти обратно ответ. Наш посол должен незамедлительно уладить это дело сам, говоря от имени короля и совета.

— Голосом короля говорит десница. — При свечах зеленые глаза Серсеи сверкали, как дикий огонь. — Если мы пошлем тебя, Тирион, это будет все равно как если бы Джоффри поехал сам. Кто может быть лучше? Ты владеешь словами столь же искусно, как Джейме — мечом.

«Тебе так не терпится удалить меня из города, Серсея?»

— Ты очень добра, сестрица, но мне кажется, что мать жениха куда лучше устроит его брак, чем дядя. Притом такой дар завоевывать себе друзей с моим уж никак не сравнится.

Она сузила глаза.

— Джоффу нужно, чтобы я была рядом с ним.

— Ваше величество, милорд десница, — сказал Мизинец, — вы оба нужны королю здесь. Позвольте мне отправиться вместо вас.

— Вам? — «Какую же выгоду ты тут усмотрел для себя?» — подумал Тирион.

— Я советник короля, но не принадлежу к королевскому роду, поэтому заложник из меня незавидный. Я довольно близко сошелся с сиром Лорасом, когда он гостил при дворе, и у него не было повода невзлюбить меня. Мейс Тирелл тоже, насколько я знаю, не питает ко мне вражды, и я льщу себе тем, что переговоры вести умею.

«Похоже, он нас поймал». Тирион не доверял Петиру Бейлишу и не хотел терять его из виду, но что ему оставалось? Либо Мизинец, либо сам Тирион — а стоит ему уехать из Королевской Гавани хотя бы ненадолго, и все, чего он сумел добиться, пойдет прахом.

— Между нами и Горьким Мостом идет война, — осторожно сказал Тирион. — И можете быть уверены, что лорд Станнис отрядит собственных пастухов собрать заблудших овечек своего брата.

— Пастухов я никогда не боялся. Кто меня беспокоит, так это овцы. Но я полагаю, мне дадут эскорт.

— Могу уделить вам сотню золотых плащей.

— Пятьсот.

— Триста.

— В придачу двадцать рыцарей и столько же оруженосцев. Без рыцарской свиты Тиреллы сочтут меня ничтожеством.

И то верно.

— Согласен.

— Я возьму с собой Орясину и Боббера, которых после передам их лорду-отцу. Жест доброй воли. Пакстер Редвин нужен нам — он самый старый друг Мейса Тирелла, да и сам по себе крупная величина.

— И предатель, — нахмурилась королева. — Бор переметнулся бы к Ренли заодно с остальными, если б Редвин не знал, что его щенки поплатятся за это.

— Ренли больше нет, ваше величество, — заметил Мизинец, — и ни лорд Станнис, ни лорд Пакстер не забыли, как галеи Редвина сторожили море во время осады Штормового Предела. Отдайте близнецов, и у нас появится надежда завоевать любовь Редвина.

— Пусть Иные забирают его любовь — мне нужны его мечи и паруса, — отрезала Серсея. — А самый верный способ получить их — это оставить близнецов у себя.

— Вот что сделаем, — решил Тирион. — Вернем назад сира Хоббера, а сира Хораса оставим здесь. Полагаю, у лорда Пакстера хватит ума разгадать, что это значит.

Его предложение приняли без споров, но Мизинец еще не закончил.

— Нам понадобятся сильные и быстрые кони. Вряд ли мы сможем обеспечить себе замену из-за войны. Нужен будет также солидный запас золота — для подарков, о которых мы говорили ранее.

— Берите сколько нужно. Если город падет, Станнис так и так все заберет себе.

— Я хочу получить письменную грамоту. Документ, убеждающий Мейса Тирелла в моих полномочиях обсуждать с ним этот брак, а также другие вопросы, могущие у нас возникнуть, и принимать присягу от имени короля. Грамота должна быть подписана Джоффри и всеми членами совета, с приложением соответствующих печатей.

Тирион беспокойно поерзал на месте.

— Будь по-вашему. Это все? Напоминаю вам — от нас до Горького Моста путь неблизкий.

— Я выеду еще до рассвета, — сказал Мизинец и встал. — Надеюсь, по моему возвращении король соизволит достойно вознаградить меня за мои старания?

— Джоффри — благодарный государь, — хихикнул Варис. — Уверен, у вас не будет причин жаловаться, драгоценный мой, отважный милорд.

Королева высказалась более прямо:

— Чего вы хотите, Петир?

Мизинец с хитрой улыбкой покосился на Тириона.

— Я должен подумать — авось в голову и придет что-нибудь. — Он отвесил небрежный поклон и удалился с таким видом, словно покидал один из своих борделей.

Тирион выглянул в окно. Туман стоял такой густой, что не было видно даже крепостной стены по ту сторону двора. Сквозь серую пелену тускло светили немногочисленные огни. Скверный день для путешествия. Петиру Бейлишу не позавидуешь.

— Надо составить ему этот документ. Лорд Варис, пошлите за пергаментом и перьями. И кому-нибудь придется разбудить Джоффри.

Было по-прежнему темно и туманно, когда заседание наконец кончилось. Варис ускользнул куда-то, шаркая мягкими туфлями по полу. Ланнистеры ненадолго задержались у двери.

— Как подвигается твоя цепь, брат? — спросила королева, пока сир Престон накидывал серебряный плащ, подбитый горностаем, ей на плечи.

— Растет, звено за звеном. Мы должны благодарить богов за то, что сир Кортни Пенроз так упрям. Станнис ни за что не выступит на север, оставив невзятый Штормовой Предел у себя в тылу.

— Тирион, мы с тобой не во всем соглашаемся, но мне кажется, я ошиблась в тебе. Ты не такой дурак, как я думала. По правде говоря, ты оказал нам большую помощь, и я благодарю тебя за это. Прости меня, если я говорила с тобой резко.

— Простить? — Тирион с улыбкой пожал плечами. — Милая сестра, ты не сказала ничего такого, что требовало бы прощения.

— Сегодня, ты хочешь сказать? — Они оба рассмеялись... и Серсея, наклонившись, легонько поцеловала брата в лоб.

Тирион, изумленный до глубины души, молча проводил ее взглядом. Она удалялась в сопровождении сира Престона.

— Я рехнулся, или моя сестра в самом деле меня поцеловала? — спросил карлик у Бронна.

— Что, сладко?

— Скорее неожиданно. — Серсея последнее время вела себя странно, и Тириона это очень беспокоило. — Я пытаюсь вспомнить, когда она целовала меня в последний раз. Мне тогда было шесть или семь, никак не больше. Это Джейме подзадорил ее.

— Эта женщина наконец-то поддалась твоим чарам.

— Нет. Эта женщина что-то замышляет — и хорошо бы выяснить что, Бронн. Ты же знаешь, как я ненавижу сюрпризы.

ТЕОН

Теон вытер плевок со щеки.

— Робб выпустит тебе кишки, Грейджой, — вопил Бенфред Толхарт. — Он скормит твое вероломное сердце своему волку, ты, куча овечьего дерьма.

Голос Эйерона Мокроголового рассек поток оскорблений, как меч — кусок сыра.

— Теперь ты должен убить его.

— Сначала он ответит на мои вопросы.

— Пошел ты со своими вопросами. — Бенфред, весь в крови, беспомощно висел между Стиггом и Верлагом. — Раньше ты ими подавишься, чем я тебе отвечу, трус. Предатель.

Дядя Эйерон был непреклонен.

— Плюнув на тебя, он плюнул на всех нас. Он плюнул на Утонувшего Бога. Он должен умереть.

— Отец назначил командиром меня, дядя.

— А меня послал давать тебе советы.

«И следить за мной». Теон не осмеливался заходить с дядей чересчур далеко. Да, командир он, но его люди верят не в него, а в Утонувшего Бога, а Эйерон Мокроголовый внушает им ужас. (За это трудно их винить.)

— Ты поплатишься за это головой, Грейджой. И вороны выклюют тебе глаза. — Бенфред хотел плюнуть опять, но вместо слюны изо рта у него выступила кровь. — Пусть Иные имеют в задницу твоего мокрого бога.

«Ты выплюнул прочь свою жизнь, Толхарт».

— Стигг, заставь его замолчать, — приказал Теон.

Бенфреда поставили на колени. Верлаг, сорвав кроличью шкурку у пленного с пояса, заткнул ему рот, Стигг достал свой топор.

— Нет, — заявил Эйерон Мокроголовый. — Он должен быть отдан богу. По старому закону.

Какая разница? Он все равно мертвец.

— Ладно, забирай его.

— Ты тоже иди со мной. Ты командир, и жертва должна исходить от тебя.

Этого Теон переварить уже не мог.

— Ты жрец, дядя, и бога я предоставляю тебе. Окажи мне ту же услугу и предоставь мне воевать, как я хочу. — Он махнул рукой, и Верлаг со Стиггом поволокли пленника по берегу. Эйерон, с укоризной взглянув на племянника, последовал за ними. Они утопят Бенфреда Толхарта в соленой воде на усыпанном галькой берегу — по старому закону.

«Возможно, это даже милосердно», — подумал Теон, шагая в другую сторону. Стигг не мастер рубить головы, а у Бенфреда шея как у борова — здоровенные мускулы и жир. Раньше Теон не раз дразнил его этим, чтобы позлить. Ну да, три года назад. Нед Старк ездил к сиру Хелману в Торрхенов Удел, а Теон сопровождал его и две недели провел в обществе Бенфреда.

Победные крики слышались из-за поворота дороги, где произошла битва... если это, конечно, можно назвать битвой. Скорее уж похоже на бойню, где режут овец. Овцы остаются овцами, даже если на них сталь, а не шерсть.

Теон, взобравшись на груду камней, посмотрел на убитых всадников и издыхающих лошадей. Лошади не заслуживали такой участи. Тимор с братьями собирал уцелевших коней, Урцен и Черный Лоррен добивали тяжко раненных животных. Остальные обирали трупы. Гевин Харло, став коленями на грудь мертвеца, оттяпал ему палец, чтобы снять кольцо. «Платит железную цену. Мой отец-лорд одобрил бы это». Теон подумал, не поискать ли тела тех двоих, которых убил он сам, — вдруг на них есть что-нибудь ценное, но эта мысль вызвала горечь у него во рту. Он представил, что сказал бы на это Эддард Старк, и рассердился. «Старк мертв, он гниет в могиле и ничего не значит для меня».

Старый Ботли по прозвищу Рыбий Ус сидел, хмурясь, над грудой добычи, в которую трое его сыновей то и дело что-то добавляли. Один из них обменивался тычками с толстым Тодриком, который таскался между трупами с рогом эля в одной руке и топором в другой, в плаще из белой лисицы, лишь слегка запачканном кровью прежнего владельца. «Пьян», — решил Теон. Говорят, в старину Железные Люди так пьянели от крови в бою, что не чувствовали боли и не страшились врага, но Тодрик был пьян самым обычным образом, от эля.

— Векс, мой лук и колчан. — Мальчуган сбегал и принес их. Теон согнул лук и натянул тетиву. Тодрик тем временем повалил молодого Ботли и стал лить эль ему в глаза. Рыбий Ус с руганью вскочил на ноги, но Теон его опередил. Он целил в руку, державшую рог, намереваясь сделать выстрел, который запомнится всем надолго, однако Тодрик испортил все дело, качнувшись вбок в этот самый миг. Стрела проткнула ему живот.

Искатели добычи разинули рты. Теон опустил лук.

— Никакого пьянства, я сказал, и никаких свар из-за добычи. — Тодрик шумно умирал, рухнув на колени. — Утихомирь его, Ботли. — Рыбий Ус с сыновьями, не замедлив повиноваться, перерезали Тодрику горло. Он задрыгал ногами, а они содрали с него плащ, кольца и оружие, не успел он еще испустить дух.

«Будут теперь знать, что я держу свое слово». Хотя лорд Бейлон и поставил его во главе, Теон знал, что многие люди видят в нем слабака с зеленых земель.

— Может, еще кого жажда донимает? — Никто не ответил. — Вот и ладно. — Теон пнул знамя Бенфреда, зажатое в руке мертвого оруженосца. Под стягом была привязана кроличья шкурка. Он хотел спросить Бенфреда, зачем она здесь, но плевок заставил его забыть об этом. Теон сунул лук обратно Вексу и зашагал прочь, вспоминая, каким окрыленным чувствовал себя после Шепчущего

Леса. Почему же теперь он не ощущает той сладости? «Толхарт, гордец проклятый, ты даже разведчиков не выслал вперед».

Они перешучивались и даже пели на марше — три дерева Толхартов развевались над ними, и дурацкие кроличьи шкурки трепались на пиках. Лучники, засевшие в вереске, испортили им песню, осыпав их градом стрел, и сам Теон повел своих молодцов завершить мясницкую работу кинжалом, топором и боевым молотом. Предводителя он приказал взять живым для допроса.

Но он не ожидал, что им окажется Бенфред Толхарт.

Его безжизненное тело как раз вытащили из воды, когда Теон вернулся к «Морской суке». Мачты его кораблей рисовались на небе у галечного берега. От рыбацкой деревни остался только холодный пепел, смердевший, когда шел дождь. Всех мужчин предали мечу, только нескольким Теон позволил уйти, чтобы доставить весть о набеге в Торрхенов Удел. Женщин, молодых и недурных собой, взяли в морские жены. Старух и дурнушек просто изнасиловали и убили — или взяли в рабство, если они умели делать чтото полезное и не проявляли строптивости.

Теон и эту атаку подготовил — он подвел свои корабли к берегу в холодном предрассветном мраке и, прыгнув с носа ладьи с топором в руке, повел своих людей на спящую деревню. Эта победа тоже не принесла ему радости, но разве у него был выбор?

Его трижды проклятая сестра сейчас плывет к северу на своем «Черном ветре», чтобы завоевать себе замок. Лорд Бейлон не дал известиям о созыве кораблей просочиться с Железных островов, и кровавую работу Теона на Каменном Берегу припишут простым грабителям, морским разбойникам. Северяне увидят свою беду, лишь когда молоты островитян обрушатся на Темнолесье и Ров Кейлин. «И когда мы победим, эту суку Ашу будут славить в песнях, а обо мне забудут вовсе. Если, конечно, предоставить событиям идти своим чередом».

Дагмер Щербатый стоял у высокого резного носа своей ладьи, «Пеноходца». Теон поручил ему охранять корабли — иначе победу приписали бы Дагмеру, а не ему. Более обидчивый человек воспринял бы это как оскорбление, но Щербатый только посмеялся.

— День принес нам победу, — крикнул он Теону, — а ты даже не улыбнешься, парень. Улыбайся, пока жив — ведь мертвым это не дано. — Сам он улыбался во весь рот, и зрелище было не из приятных. Под своей белоснежной гривой Дагмер носил самый жуткий шрам из всех виденных Теоном, память о топоре, чуть не убившем его в юности. Удар раздробил ему челюсть, вышиб перед-

ние зубы и наделил четырьмя губами вместо двух. Дагмер весь зарос косматой бородищей, но на шраме волосы не росли, и вздувшийся блестящий рубец пролегал через его лицо, как борозда через снежное поле. — Мы слышали, как они поют, — сказал старый
вояка. — Хорошая песня, и голоса смелые.

— Пели они лучше, чем дрались. От арф было бы не больше
проку, чем от их копий.

— Сколько человек погибло?

— Из наших-то? — Теон пожал плечами. — Тодрик. Я убил его
за то, что он напился и полез в драку из-за добычи.

— Некоторые прямо-таки родятся для того, чтобы их убили. —
Другой поостерегся бы показывать такую улыбку, но Дагмер ух-
мылялся гораздо чаще, чем лорд Бейлон.

Эта его улыбка при всем своем безобразии вызывала множество воспоминаний. Теон часто видел ее мальчишкой, когда пере-
прыгивал на коне через замшелую стену или разбивал мишень топором. Видел, когда отражал удар Дагмерова меча, когда попадал
стрелой в летящую чайку, когда с рулем в руке благополучно проводил ладью мимо кипящих пеной скал. «Он улыбался мне чаще,
чем отец и Эддард Старк, вместе взятые. Даже Робб... он мог бы
расщедриться на улыбку в тот день, когда я спас Брана от одичалых, а он только обругал меня, точно повара, у которого похлебка
пригорела».

— Надо поговорить, дядя. — Дагмер не был Теону дядей — он
просто вассал с толикой крови Грейджоев давности четырех-пяти
поколений, да и та примешалась не с той стороны одеяла. Но Теон
всегда звал его так.

— Тогда поднимайся ко мне на борт. — У себя на борту Дагмер
его милордом не величал. Каждый капитан с Железных островов
король на собственном корабле.

Теон взошел на сходни «Пеноходца» четырьмя большими шагами, и Дагмер, проводив его в тесную кормовую каюту, налил ему
и себе по рогу кислого эля, но Теон пить отказался.

— Жаль, мало лошадей мы захватили. Ну что ж... придется
обойтись теми, что есть. Меньше людей — больше славы.

— На что нам лошади? — Дагмер, как большинство остров
тян, предпочитал сражаться пешим или на палубе корабля. — Они
только на палубу срут да под ногами путаются.

— В плавании да, — согласился Теон, — но у меня другой
план. — Он бдительно наблюдал за Дагмером, желая понять, как
тот к этому отнесется. Без Щербатого на успех надеяться нече-

432

го. Командир он или нет, люди никогда не пойдут за ним, если и Эйерон, и Дагмер будут против, а угрюмого жреца уговорить не удастся.

— Твой лорд-отец велел нам грабить берег — больше ничего. — Глаза, светлые, как морская пена, смотрели на Теона из-под кустистых белых бровей. Что в них — неодобрение или искра любопытства? Теон надеялся на последнее.

— Ты — человек моего отца.

— Лучший его человек. И всегда таким был.

Гордость. Ее можно использовать, сыграть на ней.

— Нет никого на Железных островах, кто так владел бы копьем и мечом.

— Тебя слишком долго не было, мальчик. Когда ты уезжал, дело обстояло именно так, но я состарился на службе у лорда Грейджоя. Теперь в песнях лучшим называют Андрика — Андрика Неулыбу. Здоровенный, просто великан. Служит лорду Драмму со Старого Вика. Черный Лоррен и Кварл-Девица тоже хоть куда.

— Может, этот Андрик и великий воин, но боятся его не так, как тебя.

— И то верно. — Дагмер стиснул рог пальцами, унизанными кольцами, золотыми, серебряными и бронзовыми, с гранатами, сапфирами и драконовым стеклом. Теон знал, что за каждое из них он заплатил железом.

— Будь у меня на службе такой человек, я не тратил бы его на ребячьи забавы, не посылал бы грабить и жечь. Это не работа для лучшего бойца лорда Бейлона...

Улыбка Дагмера искривила губы, показав бурые обломки зубов.

— И для его сына и наследника — так, что ли? Я чересчур хорошо тебя знаю, Теон. Я видел, как ты сделал свой первый шаг, помог тебе согнуть твой первый лук. Мне это дело ребячьим не кажется.

— Флотилию моей сестры по праву должен был получить я, — выпалил Теон, сознавая, что говорит, как обиженный ребенок.

— Ты принимаешь это слишком близко к сердцу, мальчик. Просто твой лорд-отец тебя не знает. Когда твои братья погибли, а тебя забрали волки, твоя сестра стала его единственным утешением. Он привык полагаться на нее, и она никогда его не подводила.

— Я тоже. Старки знают мне цену. Я был в числе лучших разведчиков Бриндена Черной Рыбы и в числе первых шел в Шепчущем Лесу. Я чуть было не скрестил меч с самим Цареубийцей — вот на столько от него был. — Теон расставил руки на два фута. — Дарин Хорнвуд вклинился между нами и погиб.

— Зачем ты мне это рассказываешь? Это ведь я вложил твой первый меч тебе в руку. И знаю, что ты не трус.

— А отец? Он знает?

Старый воин посмотрел на него так, словно попробовал что-то очень невкусное.

— Дело в том... Теон, Волчонок — твой друг, и ты десять лет прожил у Старков.

— Я не Старк. (Лорд Эддард об этом позаботился.) — Я Грейджой и намерен стать наследником моего отца. Но как я могу надеяться на это, если не совершу какого-нибудь славного подвига?

— Ты еще молод. Будут и другие войны, и ты совершишь еще свои подвиги. А теперь наша задача — тревожить Каменный Берег.

— Пусть этим займется мой дядя Эйерон. Я оставлю ему шесть кораблей — все, кроме «Пеноходца» и «Морской суки», — пусть себе жжет и топит на радость своему богу.

— Командовать назначили тебя, а не Эйерона Мокроголового.

— Какая разница, если набеги будут продолжаться? Но ни один жрец не способен на то, что я задумал и о чем хочу просить тебя. Такое дело по плечу только Дагмеру Щербатому.

Дагмер потянул из своего рога.

— Ну, говори.

«Он клюнул, — подумал Теон. — Эта разбойничья работа ему нравится не больше, чем мне».

— Если моя сестра может взять замок, я тоже могу.

— У Аши вчетверо-впятеро больше людей, чем у нас.

Теон позволил себе хитрую улыбку:

— Зато у нас вчетверо больше ума и впятеро — мужества.

— Твой отец...

— ...скажет мне спасибо, когда я вручу ему его королевство. Я намереваюсь совершить подвиг, о котором будут петь тысячу лет.

Он знал, что это заставит Дагмера задуматься. О топоре, раздробившем челюсть старика, тоже сложили песню, и Дагмер любил слушать ее. В подпитии он всегда требовал разбойничьих песен, громких и удалых, о славных героях и их свирепых делах. Волосы у него побелели и зубы сгнили, но вкуса славы он не забыл.

— Какую часть в своем замысле ты назначил мне, мальчик? — спросил Дагмер после долгого молчания, и Теон понял, что победил.

— Посеять ужас в тылу врага, как это доступно лишь человеку с твоим именем. Ты возьмешь большую часть нашего войска и выступишь на Торрхенов Удел. Хелман Толхарт увел лучших своих людей на юг, а Бенфред погиб здесь вместе с их сыновьями. В замке остался лишь его дядя Леобальд с небольшим гарнизоном. — (Если бы мне дали допросить Бенфреда, я знал бы, насколько он мал.) — Не делай тайны из своего приближения. Пой все бравые песни, которые знаешь. Пусть вовремя закроют свои ворота.

— Этот Торрхенов Удел хорошо укреплен?

— Довольно хорошо. Стены каменные, тридцати футов вышиной, с четырехугольными башнями по углам и с четырехугольным же замком внутри.

— Каменные стены не подожжешь. Лезть нам на них, что ли? У нас недостаточно людей для взятия замка, хотя бы и маленького.

— Ты станешь лагерем у их стен и начнешь строить катапульты и осадные башни.

— Это не по старому закону. Забыл разве? Железные Люди сражаются мечами и топорами, а не кидают камни. Нет славы в том, чтобы морить врага голодом.

— Но Леобальд этого не знает. Когда он увидит, что ты строишь осадные машины, его старушечья кровь похолодеет, и он станет звать на помощь. Удержи своих лучников, дядя, — пусть его вороны летят, куда хотят. Кастелян Винтерфелла — храбрый человек, но с годами мозги у него окостенели, как и члены. Узнав, что один из знаменосцев его короля осажден страшным Дагмером Щербатым, он соберет войско и двинется на помощь Толхарту. Это его долг, а сир Родрик — человек долга.

— Какое бы войско он ни собрал, оно все равно будет больше моего, а эти старые рыцари хитрее, чем ты думаешь, иначе они не дожили бы до седых волос. Эту битву нам не выиграть, Теон. Торрхенов Удел нипочем не падет.

— Я не Торрхенов Удел хочу взять, — улыбнулся Теон.

АРЬЯ

По всему взбудораженному замку звенела сталь. В повозки грузились бочонки с вином, мешки с мукой и связки свежеоперенных стрел. Кузнецы выпрямляли мечи, заглаживали вмятины на панцирях, подковывали коней и вьючных мулов. Кольчуги укладывали в бочки с песком и чистили, катая по неровному двору

Расплавленного Камня. Женщинам Виз дал починить двадцать плащей и еще сто выстирать. Высокородные и простые сходились в септу, чтобы помолиться. За стенами замка сворачивали палатки. Оруженосцы заливали костры, солдаты намасленными брусками придавали окончательную остроту своим клинкам. Шум рос, как прибой в бурю: лошади ржали, лорды выкрикивали команды, латники ругались, потаскушки лаялись.

Лорд Тайвин Ланнистер наконец-то собрался в поход.

Сир Аддам Марбранд выступил первым, за день до остальных. Он устроил целое представление, гарцуя на горячем гнедом скакуне с медной гривой того же цвета, что волосы, струящиеся по плечам сира Аддама. Бронзовая попона с эмблемой горящего дерева гармонировала с плащом всадника. Некоторые женщины из замка плакали, провожая его. Виз сказал, что он отменный наездник и боец, самый отважный капитан лорда Тайвина.

«Хоть бы он погиб, — думала Арья, глядя, как он выезжает из ворот, ведя за собой двойную колонну. — Хоть бы они все полегли». Она знала, что они идут сражаться с Роббом. Слушая за работой в оба уха, она проведала, что Робб одержал какую-то большую победу на западе. Он то ли сжег Ланниспорт, то ли собрался сжечь, он взял Бобровый Утес и предал всех мечу. Он осадил Золотой Зуб... словом, что-то случилось, это уж точно.

Виз гонял ее с поручениями от рассвета до заката — иногда даже за стены замка, в грязь и суматоху лагеря. «Я могла бы убежать, — думала Арья, — когда мимо катилась повозка — залезть туда и спрятаться или уйти с маркитантками, и никто бы меня не остановил». Может, она так бы и сделала. Если б не Виз. Он не раз говорил им, что сделает со всяким, кто попытается убежать. «Бить не буду, нет. Даже пальцем не трону. Поберегу для квохорца. Варго Хоут его звать — он вернется и отрубит такому прыткому ноги». Вот если бы Виз умер, другое дело, а так... Он смотрит на тебя и чует, о чем ты думаешь, он всегда так говорит.

Однако Визу не приходило в голову, что она умеет читать, иначе он запечатывал бы письма, которые давал ей. Арья заглядывала во все, но ничего путного не находила. Глупости всякие: ту повозку послать в житницу, эту в оружейную. В одном письме содержалось требование уплатить проигрыш, но рыцарь, которому Арья его вручила, не умел читать. Она сказала ему, что там написано, а он замахнулся на нее, но она увернулась, сдернула у него с седла оправленный в серебро рог и убежала. Рыцарь с ревом погнался за ней. Она прошмыгнула между двумя телегами, пробралась сквозь толпу лучников и перескочила через сточную канаву. Он в своей кольчуге не смог угнаться за ней. Когда она отдала рог Визу, он сказал, что такая умная маленькая Ласка заслуживает награды.

— Я нынче наметил хорошего жирного каплуна себе на ужин. Мы с тобой поделимся — будешь довольна.

Арья повсюду искала Якена Хгара, чтобы шепнуть ему на ухо еще одно имя, пока все, кого она ненавидела, не ушли в поход, но лоратиец ей не попадался. Он задолжал ей еще две смерти — чего доброго, она так и не получит их, если он уедет воевать вместе с остальными. Наконец она набралась смелости и спросила часового у ворот, уехал Якен или нет.

— Он из людей Лорха? Да нет, не должен бы. Его милость назначил сира Амори кастеляном Харренхолла. Весь его отряд остается тут, держать замок. И Кровавые Скоморохи тоже — фуражирами будут. Этот козел Варго Хоут прямо кипит — они с Лорхом всегда терпеть не могли друг друга.

Зато Гора уходит с лордом Тайвином и будет командовать авангардом в бою, а это значит, что Дансен, Полливер и Рафф проскользнут у нее между пальцами, если она не найдет Якена и не заставит его убить одного из тех, пока они еще здесь.

— Ласка, — в тот же день сказал ей Виз, — ступай в оружейную и скажи Люкану, что сир Лионель затупил свой меч в учебном бою и нуждается в новом. Вот его мерки. — Он дал ей клочок бумаги. — Беги живее, он отправляется с сиром Киваном Ланнистером.

Арья взяла бумагу и припустилась бегом. Оружейная примыкала к замковой кузнице — длинному высокому помещению с двадцатью горнами, встроенными в стену, и длинными каменными желобами с водой для закалки стали. Половина горнов пылала вовсю, звенели молоты, и крепкие мужчины в кожаных передниках обливались потом у мехов и наковален. Арья увидела Джендри — его голая грудь блестела от пота, но голубые глаза под шапкой черных волос смотрели все так же упрямо. Арье не очень-то хотелось с ним разговаривать. Это из-за него их всех схватили.

— Который тут Люкан? — Она показала ему свою бумажку. — Мне нужен новый меч для сира Лионеля.

— Сир Лионель подождет. — Джендри ухватил ее за руки и отвел в сторону. — Пирожок намедни спрашивал меня — слышал ли я, как ты кричала «Винтерфелл» в крепости, когда мы все дрались на стене?

— Ничего я такого не кричала.

— Нет. Кричала. Я тоже слыхал.

— Там все что-то кричали. Пирожок вот орал «пирожки горячие». Раз сто повторил.

— Главное в том, что кричала ты. Я сказал Пирожку, чтобы он уши прочистил — ты, мол, орала «вот и съел», только и всего. Если он спросит, скажи то же самое.

— Скажу. — Какой это дурак станет кричать «вот и съел»? Арья не решилась сказать Пирожку, кто она на самом деле. Не назвать ли его имя Якену Хгару?

— Сейчас найду тебе Люкана, — сказал Джендри.

Люкан заворчал, пробежав письмо (хотя Арье показалось, что читать он не умеет), и принес тяжелый длинный меч.

— Он слишком хорош для этого олуха — так ему и передай, — сказал он, вручая клинок Арье.

— Передам, — пообещала она. Как бы не так. Если она это сделает, Виз изобьет ее до крови. Пусть Люкан сам говорит, если ему надо.

Меч был гораздо тяжелее Иглы, но Арье нравилась эта тяжесть. Держа в руках меч, она казалась себе сильнее. «Может, я пока не водяной плясун, но я и не мышь. Мышь не умеет владеть мечом, а я умею». Ворота были открыты — солдаты сновали взад-вперед, фуры вкатывались пустые, а выкатывались, поскрипывая и раскачиваясь, тяжело нагруженные. Не пойти ли на конюшню и сказать, что сиру Лионелю нужен новый конь? Бумага у нее есть, а читать конюхи умеют не лучше Люкана. Взять коня и меч да выехать за ворота. «Если часовые остановят, покажу им бумагу и скажу, что еду к сиру Лионелю». Вот только она понятия не имеет, какой из себя этот сир Лионель и где его искать. Если ее начнут расспрашивать, то сразу все поймут, и Виз... Виз...

Она прикусила губу, стараясь не думать, каково это, когда тебе отрубают ноги. Мимо прошли лучники в кожаных куртках и железных шлемах, с луками через плечо. Она услышала обрывки их разговора:

— ...говорю тебе, великаны, у него есть великаны из-за Стены двадцати футов росту — они идут за ним, как собаки...

— ...нечисто это, что он налетел на них так внезапно, ночью и все такое. Он больше волк, чем человек, как все они, Старки.

— ...срать я хотел на ваших волков и великанов — мальчуган намочит штаны, как увидит, что мы подходим. На Харренхолл-то ему идти духу не хватило, так ведь? В другую сторону побежал? И теперь побежит — небось не дурак.

— Это ты так говоришь. Может, этот мальчуган знает то, чего мы не знаем, может, это нам впору бежать.

«Да, — подумала Арья, — это вам надо бежать — вместе с вашим лордом Тайвином, Горой, сиром Аддамом и сиром Амори и дурацким сиром Лионелем, кто бы он ни был, не то мой брат вас всех убьет — он Старк, больше волк, чем человек, и я тоже».

— Ласка, — хлестнул ее голос Виза. Она не заметила, откуда он взялся, просто вырос вдруг справа от нее. — Давай сюда. Сколько можно прохлаждаться? — Он выхватил у нее меч и влепил ей затрещину. — В другой раз поживее поворачиваться будешь.

Только что она была волком — но затрещина Виза сбила это с нее, оставив только вкус крови во рту. Она прикусила язык, когда он ее ударил. Ох как она его ненавидела.

— Еще хочешь? За мной дело не станет. Нечего пялить на меня свои наглые зенки. Ступай на пивоварню и скажи Тофльбери, что у меня для него есть две дюжины бочек, только пусть живо пришлет за ними своих парней, не то отдам другому. — Арья отправилась, но Виз счел ее шаг недостаточно быстрым. — Бегом, если хочешь ужинать нынче вечером. — О жирном каплуне он уже и думать забыл. — Да не пропадай опять, не то выпорю до крови.

«Не выпорешь, — подумала Арья. — Больше ты меня не тронешь». Но все-таки побежала, как он велел. Должно быть, старые боги Севера направляли ее — на полпути к пивоварне, проходя под каменным мостом, соединявшим Вдовью башню и Королевский Костер, она услышала раскатистый гогот. Из-за угла вышел Рорж и с ним еще трое, с мантикорами сира Амори на груди. Увидев Арью, он остановился и ухмыльнулся, показав кривые зубы под кожаным клапаном, который иногда надевал, чтобы скрыть недостаток носа.

— Гляди-ка — сучонка Йорена. Теперь нам ясно, зачем тот черный ублюдок вез тебя на Стену! — Он снова заржал, и другие вместе с ним. — Ну, где теперь твоя палка? — спросил Рорж, и улыбка у него пропала так же быстро, как и появилась. — Я, помнится, обещал поиметь тебя ею. — Он шагнул к ней, и Арья попятилась. — Поубавилось храбрости-то, когда я без цепей, а?

— Я тебе жизнь спасла. — Арья держалась на добрый ярд от него, готовясь шмыгнуть прочь, если он попытается схватить ее.

— Надо будет за это оттянуть тебя лишний разок. Как тебя Йорен — в щелку или в твой тугой задочек?

— Я ищу Якена. У меня к нему письмо.

Рорж осекся. Что-то в его глазах... уж не боится ли он Якена Хгара?

— Он в бане. Уйди прочь с дороги.

Арья повернулась и побежала, быстрая как олень, мелькая ногами по булыжнику. Якен сидел в чане, окруженный паром, а прислужница поливала ему голову горячей водой. Длинные волосы, рыжие с одной стороны и белые с другой, падали ему на плечи, мокрые и тяжелые.

Арья подкралась тихо, как тень, но он все равно открыл глаза.

— Крадется, как мышка, но человек все слышит. — «Как он мог услышать?» — подумала она, а он, похоже, услышал и это. — Шорох кожи по камню поет громко, как боевой рог, для человека, чьи уши открыты. Умные девочки ходят босиком.

— Мне надо передать тебе кое-что. — Арья нерешительно покосилась на служанку. Та явно не собиралась уходить, поэтому Арья нагнулась к самому уху Якена и шепнула: — Виз.

Он снова закрыл глаза, блаженствуя, словно в полудреме.

— Скажи его милости, что человек придет, когда время будет. — Рука его внезапно взметнулась и плеснула на Арью горячей водой, но та отскочила, спасаясь.

Она передала Тофльбери слова Виза, и пивовар разразился руганью.

— Скажи Визу, что у моих ребят и без него работы хватает, а еще передай ему, рябому ублюдку, что семь преисподних раньше замерзнут, чем он получит хоть рог моего эля. Чтоб бочки его были у меня через час, не то лорд Тайвин услышит об этом.

Виз тоже стал ругаться, хотя «рябого ублюдка» Арья опустила. Он кипел и грозился, но в конце концов отыскал шестерых парней и заставил их катать бочки на пивоварню.

Ужин в тот вечер состоялся из жидкой ячменной похлебки с морковкой и луком и куска черствого черного хлеба. Одна из женщин, последнее время спавшая в постели Виза, получила в придачу ломоть зрелого голубоватого сыра и крылышко каплуна, о котором Виз говорил утром. Остальную птицу Виз слопал сам, и прыщи в углу его рта заблестели от жира. Он почти совсем уже с ней расправился, когда увидел, что Арья на него смотрит.

— Ласка, поди-ка сюда.

На полуобглоданной ножке еще оставалось немного темного мяса. Он забыл, а теперь вспомнил. Арья почувствовала вину за то, что велела Якену убить его. Она встала со скамейки и прошла во главу стола.

— Я заметил, как ты на меня смотришь. — Он вытер пальцы о её рубаху, схватил её за горло одной рукой, а другой закатил ей оплеуху. — Тебе что было сказано? — Он ударил её ещё раз, тыльной стороной ладони. — Не пяль на меня свои зенки, не то в другой раз я выковырну у тебя один глаз и скормлю своей суке. — Он толкнул Арью так, что она упала на пол. При этом она зацепилась за торчащий из скамьи гвоздь и разорвала себе рубаху. — Пока не зашьёшь это, спать не ляжешь, — заявил Виз, приканчивая каплуна. Потом он шумно обсосал свои пальцы, а кости бросил своей мерзкой пятнистой собаке.

— Виз, — шептала Арья ночью, зашивая прореху. — Дансен, Полливер, Рафф-Красавчик. — При каждом новом имени она проталкивала костяную иглу сквозь некрашеную шерсть. — Щекотун и Пёс. Сир Грегор, сир Амори, сир Илин, сир Меррин, король Джоффри, королева Серсея. — Долго ли ей ещё придётся поминать Виза в своей молитве? Она уснула с мечтой о том, что утром, когда она проснётся, он уже будет мёртв.

Но разбудил её, как всегда, пинок Визова сапога. Когда они завтракали овсяными лепёшками, Виз объявил им, что сегодня из замка уходит основная часть войска лорда Тайвина.

— Не думайте, что теперь, когда милорд Ланнистер отбывает, ваша жизнь будет легче, — предупредил он. — Замок от этого меньше не станет, а вот рабочих рук в нём поубавится. Уж теперь-то вы, лодыри, узнаете, что такое работа.

«Только не от тебя», — пробурчала Арья в свою лепёшку. Виз глянул на неё, как будто учуял её секрет. Она быстро потупилась и больше не осмелилась поднять глаза.

Когда двор наполнился бледным светом, лорд Тайвин Ланнистер отбыл из Харренхолла. Арья смотрела на это из полукруглого окна на половине высоты башни Плача. Его конь выступал в багряной эмалевой чешуе, в золочёном наголовнике и подбраднике, сам лорд Тайвин был в толстом горностаевом плаще. Его брат сир Киван почти не уступал ему своим великолепием. Перед ними везли целых четыре красных знамени с золотыми львами. За Ланнистерами ехали их лорды и капитаны. Их знамена развевались, блистая всевозможными красками: красный буйвол и золотая гора, пурпурный единорог и пёстрый петух, ощетинившийся вепрь и барсук, серебристый хорёк и жонглёр в шутовском наряде, павлин и пантера, шеврон и кинжал, чёрный капюшон, синий жук, зелёная стрела.

Последним проехал сир Грегор Клиган в своей серой стали, на жеребце столь же злом, как сам наездник. Рядом следовал Полливер с собачьим знаменем в руке, с рогатым шлемом Джендри на голове. При всей своей вышине рядом с хозяином он казался мальчишкой-недоростком.

Когда они проехали под решеткой в воротах Харренхолла, Арью проняла дрожь. Она вдруг сообразила, что совершила ужасную ошибку. «Ох, какая же я дура», — подумала она. Виз ничего не значит, как и Чизвик. Вот они, те люди, которых ей надо было убить. Вчера она могла назвать любое из их имен, если б не обозлилась на Виза за то, что он ее побил и наврал про каплуна. «Лорд Тайвин. Ну почему я не сказала «лорд Тайвин»?»

Быть может, еще не поздно. Виз еще жив. Если найти Якена и сказать ему...

Арья торопливо побежала вниз по лестнице, забыв о заданной ей работе. Скрежетали цепи, решетка медленно опускалась. Ее острия ушли глубоко в землю... а потом раздался другой звук, вопль страха и боли.

С дюжину человек поспело на место раньше Арьи, но близко никто не подходил. Арья протиснулась вперед. Виз лежал на булыжнике с разодранным горлом, уставясь невидящими глазами на серую гряду облаков. Его мерзкая пятнистая собака стояла у него на груди, лакала кровь, бьющую из шеи, и терзала лицо мертвеца.

Наконец кто-то принес арбалет и пристрелил собаку, которая в это время глодала Визу ухо.

— Проклятущая тварь, — сказал мужской голос. — Он ведь ее сызмальства вырастил.

— Это место проклято, — сказал человек с арбалетом.

— Призрак Харрена, вот что это такое, — ввернула тетка Амабель. — Больше я тут на ночь не останусь, нет уж.

Арья отвела взгляд от мертвого Виза и мертвой собаки. Якен Хгар стоял, прислонясь к стене башни Плача. Увидев, что Арья смотрит на него, он небрежно приложил к щеке два пальца.

КЕЙТИЛИН

В двух днях езды от Риверрана, когда они поили лошадей у мутного ручья, их заметил разведчик. Кейтилин никогда еще так не радовалась при виде его эмблемы — двух башен дома Фреев.

Она попросила его проводить их к ее дяде, но он ответил:

— Черная Рыба ушел на запад с королем, миледи. Вместо него дозорными командует Мартин Риверс.

— Хорошо. — Она встречалась с Риверсом в Близнецах — он незаконный сын лорда Уолдера Фрея, сводный брат сира Первина. Ее не удивило, что Робб двинулся на занятые Ланнистерами земли, — ясно, что он замышлял это уже в то время, когда услал ее вести переговоры с Ренли. — Где Риверс теперь?

— Его лагерь в двух часах отсюда, миледи.

— Веди нас к нему, — скомандовала она. Бриенна помогла ей сесть в седло, и они отправились.

— Вы из Горького Моста едете, миледи? — спросил разведчик.

— Нет. — Она не посмела ехать туда. После смерти Ренли она не знала, какой прием окажет ей его молодая вдова со своими защитниками. Путь Кейтилин пролегал через самую гущу военных действий, по плодородным речным землям, которые свирепость Ланнистеров обратила в выжженную пустыню, и каждую ночь ее разведчики возвращались с рассказами, от которых ей делалось дурно. — Лорд Ренли убит, — добавила она.

— Мы надеялись, что это выдумка Ланнистеров или...

— Увы. Кто командует в Риверране — мой брат?

— Да, миледи. Его величество поручил сиру Эдмару держать Риверран и охранять его тыл.

Пусть боги дадут ему силу выполнить это. И мудрость.

— Нет ли вестей с запада, от Робба?

— Так вы не слышали? — удивился солдат. — Его величество одержал большую победу при Окскроссе. Сир Стаффорд Ланнистер мертв, его войско разбито.

Сир Вендел Мандерли издал радостный вопль, но Кейтилин только кивнула. Завтрашние испытания волновали ее больше, чем вчерашние победы.

Мартин Риверс устроил свой лагерь в стенах сожженной крепости, около оставшейся без крыши конюшни и сотни свежих могил. Когда Кейтилин спешилась, он преклонил колено.

— Добро пожаловать, миледи. Ваш брат наказал нам высматривать вас и проводить в Риверран со всей поспешностью, как только вы появитесь.

Кейтилин это не понравилось.

— Случилось что-то? Мой отец?

— Нет, миледи; лорд Хостер в том же положении. — Риверс был рыж и мало походил на своих сводных братьев. — Мы просто опасались, как бы вы не напоролись на передовые отряды Ланнистеров. Лорд Тайвин покинул Харренхолл и движется на запад со всем своим войском.

— Встаньте, — сказала она Риверсу, нахмурясь. Станнис Баратеон скоро тоже выступит в поход, и да помогут им всем боги. — Долго ли лорду Тайвину до нас?

— Дня три или четыре, трудно сказать. Мы следим за всеми дорогами, но лучше не мешкать.

Мешкать не стали. Риверс быстро свернул лагерь, и они двинулись дальше все вместе, теперь около пятидесяти человек, под лютоволком, прыгающей форелью и двумя башнями.

Ее люди хотели услышать побольше о победе Робба, и Риверс не заставил себя просить.

— В Риверран пришел певец, именующий себя Раймунд-Рифмач, и спел нам об этой битве. Вечером вы сами услышите его, миледи. «Волк в ночи» — так называется песня.

Риверс рассказал, как остатки войска сира Стаффорда отступили в Ланниспорт. Без осадных машин штурмовать Бобровый Утес нельзя, но Морской Волк отплатил Ланнистерам за разорение речных земель. Лорды Карстарк и Гловер отправились вдоль побережья, леди Мормонт захватила тысячи голов скота и теперь гонит их к Риверрану. Большой Джон занял золотые копи у Кастамере, Впадины Нанн и холмов Пендрика. Сир Вендел засмеялся.

— Ланнистера ничто так не раззадорит, как угроза лишиться своего золота.

— Как королю удалось взять Зуб? — спросил сир Первин Фрей своего сводного брата. — Это сильная крепость, и она бдительно охраняет дорогу через холмы.

— Он и не думал его брать — просто взял и обошел его ночью. Говорят, дорогу ему указал лютоволк, этот его Серый Ветер. Зверь нашел козью тропу, идущую по ущелью и вдоль хребта, извилистую и каменистую, но достаточно широкую, чтобы проехать по ней гуськом. Ланнистеры на своих сторожевых башнях даже и не глядели в ту сторону. — Риверс понизил голос. — Рассказывают, что после битвы король вырезал сердце Стаффорда Ланнистера и скормил его волку.

— Я не верю этим россказням, — резко сказала Кейтилин. — Мой сын не дикарь.

— Как скажете, миледи. Однако зверь это заслужил. Он ведь не простой волк. Большой Джон говорит, что не иначе, как старые боги Севера послали этих лютоволков вашим детям.

Кейтилин вспомнила день, когда ее мальчики нашли волчат в снегу позднего лета. Пятеро их было, три самца и две самочки, для законных детей Старка... и шестой, белый и красноглазый, для бастарда Джона Сноу. Да, не простые это волки. Совсем не простые.

Когда они остановились на ночлег, Бриенна пришла к ней в палатку.

— Миледи, теперь вы в безопасности среди своих, в одном дне езды от замка вашего брата. Позвольте мне вас покинуть.

Вряд ли стоило этому удивляться. Девушка всю дорогу держалась замкнуто и почти все время проводила с лошадьми, расчесывала их и удаляла камни из копыт. Еще она помогала Шадду стряпать и потрошить дичь, а охотиться умела не хуже мужчин. О чем бы ни попросила ее Кейтилин, Бриенна со всем справлялась ловко и без жалоб и отвечала вежливо, когда к ней обращались, но сама не разговаривала ни с кем, никогда не плакала и не смеялась. Она ехала рядом с ними все дни и спала рядом все ночи, но так и не стала одной из них.

«Она и у Ренли так себя вела, — подумала Кейтилин. — И на пиру, и на турнире, даже в шатре короля со своими собратьями из Радужной Гвардии. Она воздвигла вокруг себя стену повыше винтерфеллских».

— Но куда же ты поедешь, если оставишь нас?

— Обратно. В Штормовой Предел.

— Одна. — Это не был вопрос.

Широкое лицо Бриенны, как тихая вода, не выдавало того, что скрывалось в глубинах.

— Да.

— Ты хочешь убить Станниса.

Бриенна сжала толстыми мозолистыми пальцами рукоять меча, принадлежавшего прежде королю.

— Я поклялась. Поклялась трижды. Вы слышали.

— Да, слышала. — Кейтилин знала, что девушка, выбросив свою окровавленную одежду, сохранила радужный плащ. Все свои вещи она оставила в лагере, и ей пришлось довольствоваться тем, что смог уделить ей сир Вендел, — все остальные были для нее слишком мелки. — Клятву нужно держать, я согласна, но Станнис окружен большим войском, и его телохранители тоже дали клятву — защищать его.

— Я не боюсь его стражи. Я способна справиться с любым из них. Напрасно я бежала.

— Вот, значит, что тебя беспокоит — как бы какой-нибудь дурак не счел тебя трусливой? — Кейтилин вздохнула. — Ты не повинна в смерти Ренли. Ты храбро служила ему, но если ты последуешь за ним в землю, то никому этим не послужишь. — Кейтилин протянула руку, желая приласкать Бриенну и утешить. — Я знаю, как тебе тяжело...

Бриенна стряхнула ее руку:

— Этого никто не может знать.

— Ошибаешься, — резко возразила Кейтилин. — Каждое утро, просыпаясь, я вспоминаю, что Неда больше нет. Я не владею мечом, но это не значит, что я не мечтаю въехать в Королевскую Гавань и стиснуть белое горло Серсеи Ланнистер и давить, пока ее лицо не почернеет.

«Красотка» подняла глаза, единственное, что было в ней красивым.

— Если вы мечтаете об этом, почему хотите меня удержать? Из-за того, что Станнис сказал во время переговоров?

Может быть, и правда из-за того? Кейтилин посмотрела наружу, где расхаживали с копьями в руках двое часовых.

— Меня учили, что добрые люди должны сражаться со злом этого мира, а убийство Ренли — безусловное зло. Но меня учили также, что королей создают боги, а не людские мечи. Если Станнис не имеет права быть королем...

— Конечно, не имеет. И Роберт не имел — Ренли сам так говорил. Настоящего короля убил Джейме Ланнистер, а Роберт еще до этого разделался с наследником престола на Трезубце. Где же тогда были боги? Богам до людей столько же дела, сколько королям до крестьян.

— Хороший король заботится и о своих крестьянах.

— Лорд Ренли... его величество... он был бы лучшим из королей, миледи... он был так добр, он...

— Его больше нет, Бриенна, — сказала Кейтилин как могла мягко. — Остались Станнис, Джоффри... и мой сын.

— Но он ведь... он не станет заключать мир со Станнисом, правда? Не склонит колено? Вы не...

— Скажу тебе правду, Бриенна: я не знаю. Если мой сын король, то я не королева... просто мать, которая стремится защитить своих детей по мере сил.

— Я не создана для материнства. Сражаться — вот мой удел.

— Так сражайся... но за живых, а не за мертвых. Враги Ренли и Роббу враги.

Бриенна потупилась, переминаясь на месте:

— Вашего сына я не знаю, миледи. Но вам я готова служить, если вы меня примете.

— Мне? Но почему? — опешила Кейтилин. Бриенну ее вопрос тоже озадачил.

— Вы помогли мне — там, в шатре, когда они подумали, что я... что я...

— Ты пострадала безвинно.

— Все равно вы не обязаны были этого делать. Вы могли бы дать им убить меня — ведь я вам никто.

«Быть может, я просто не захотела остаться единственной, кто знает темную правду о том, что там произошло».

— Бриенна, мне служили многие благородные леди, но таких, как ты, у меня еще не было. Ведь я не боевой командир.

— Но вы мужественная. Пускай это не воинское мужество, а женское, что ли. И мне думается, что, когда время придет, вы не станете меня удерживать. Обещайте мне это — что не будете препятствовать мне убить Станниса.

Кейтилин до сих пор слышала слова Станниса о том, что час Робба еще настанет. Они пронизывали ей затылок, как холодное дыхание.

— Хорошо. Когда время придет, я не стану тебя удерживать.

Бриенна, неуклюже опустившись на колени, обнажила длинный меч Ренли и положила его у ног Кейтилин.

— Тогда я ваша, миледи. Ваш вассал... и все, что вам будет угодно. Я буду прикрывать вашу спину, подавать вам советы и отдам за вас жизнь в случае нужды. Клянусь в этом старыми богами и новыми.

— А я клянусь, что у тебя всегда будет место близ моего очага и мясо и мед за моим столом, и обещаю не требовать от тебя службы, которая могла бы запятнать твою честь. Клянусь в этом старыми богами и новыми. Встань. — Взяв руки Бриенны в свои, Кейтилин не сдержала улыбки. «Недаром я столько раз видела, как Нед принимает присягу. Что-то он сказал бы, увидев теперь меня?»

Назавтра во второй половине дня они переправились через Красный Зубец выше Риверрана, где река, закладывая широкую излучину, была мутной и мелкой. Брод охранял смешанный отряд лучников и копейщиков с орлиной эмблемой Маллистеров. Увидев знамена Кейтилин, они вышли из-за своего частокола и послали на тот берег человека, чтобы помочь ей переправиться.

447

— Потихоньку, миледи, — предупредил он, взяв ее коня под уздцы. — Мы накидали на дно железных шипов, а на берегу полно колючек. Так на каждом броде, по приказу вашего брата.

Эдмар готовится к бою. От этой мысли ей стало нехорошо, но она промолчала.

Между Красным Зубцом и Камнегонкой они влились в поток простонародья, идущего в Риверран. Одни гнали перед собой скотину, другие толкали тележки, но все уступали Кейтилин дорогу, приветствуя ее криками «Талли!» или «Старк!». В полумиле от замка они проехали через большой лагерь с алым знаменем Блэквудов над палаткой лорда. Люкас расстался с ними, чтобы повидаться со своим отцом, лордом Титосом, остальные поехали дальше.

Кейтилин заметила на северном берегу Камнегонки второй лагерь, где развевались знакомые штандарты — танцующая дева Марка Пайпера, пахарь Дарри, сплетенные, красные с белым, змеи Пэгов. Все это были знаменосцы ее отца, лорды Трезубца. Почти все они уехали из Риверрана еще до нее, чтобы защитить собственные земли. Если они вернулись снова, значит, это Эдмар вызвал их. Да помилуют нас боги, так и есть. Он намерен дать бой лорду Тайвину.

Еще издали она увидела, что на стенах Риверрана болтается что-то темное. Когда они подъехали поближе, стали видны мертвецы, висящие на длинных пеньковых веревках, с черными распухшими лицами. Воронье клевало их, и красные плащи ярко выделялись на фоне сложенных из песчаника стен.

— Каких-то Ланнистеров повесили, — заметил Хел Моллен.

— Отрадное зрелище, — весело воскликнул сир Вендел Мандерли.

— Наши друзья начали без нас, — пошутил Первин Фрей, и все засмеялись, кроме Бриенны, которая смотрела на повешенных не мигая, молча и без улыбки.

«Если они умертвили Цареубийцу, мои дочери тоже все равно что мертвы». Кейтилин пришпорила коня, пустив его рысью. Хел Моллен и Робин Флинт галопом промчались мимо, окликая стражников у ворот. На стенах, несомненно, уже разглядели ее знамена, потому что решетка была поднята.

Эдмар выехал из замка ей навстречу в сопровождении трех вассалов ее отца — толстобрюхого сира Десмонда Грелла, мастера над оружием, Утерайдса Уэйна, стюарда, и сира Робина Ригера, высокого лысого капитана стражи. «Все трое ровесники лорда Хостера, всю жизнь прослужившие ему, — старики», — осознала вдруг Кейтилин.

Эдмар был в красно-синем плаще поверх камзола, расшитого серебряными рыбами. Судя по его виду, он не брился с тех самых пор, как она уехала на юг, — зарос до самых глаз.

— Кет, как хорошо, что ты вернулась благополучно. Услышав о смерти Ренли, мы стали бояться за твою жизнь. А тут еще и лорд Тайвин выступил в поход.

— Да, мне уже сказали. Как там наш отец?

— То полегчает как будто, то... — Эдмар покачал головой. — Он о тебе спрашивал. Я не знал, что ему сказать.

— Тотчас же навещу его. Были какие-нибудь вести из Штормового Предела после гибели Ренли? Или из Горького Моста? — К путникам вороны прилететь не могут, и Кейтилин не знала, что оставила позади.

— Из Горького Моста — ничего. Из Штормового Предела тамошний кастелян сир Кортни Пенроз прислал трех птиц все с той же просьбой о помощи. Станнис осадил его с суши и с моря. Сир Кортни предлагает свою поддержку любому королю, который прорвет осаду. Пишет, что боится за мальчика. Не знаешь ли ты, о каком мальчике речь?

— Это Эдрик Шторм, — сказала Бриенна. — Незаконный сын Роберта.

Эдмар посмотрел на нее с любопытством.

— Станнис пообещал, что гарнизон замка сможет уйти, и он не принесет им никакого вреда, при условии, что они сдадут крепость в течение двух недель и доставят мальчика ему. Но сир Кортни не согласился.

Рискует всем ради бастарда, который ему даже не родня.

— Ты что-нибудь ответил ему?

— Зачем, раз мы не можем предложить ему ни помощи, ни надежды? Да и Станнис нам не враг.

— Миледи, — молвил сир Робин Ригер, — не скажете ли вы нам, каким образом умер лорд Ренли? Об этом ходят самые странные слухи.

— Одни говорят, что Ренли убила ты, Кет, другие — что это сделала какая-то женщина с юга. — Взгляд Эдмара остановился на Бриенне.

— Мой король был убит, — тихо ответила та, — но не леди Кейтилин. Клянусь в этом моим мечом, клянусь богами старыми и новыми.

— Это Бриенна Тарт, дочь лорда Сельвина Вечерняя Звезда, служившая в Радужной Гвардии Ренли, — пояснила Кейтилин. — Бриенна, имею честь представить тебе моего брата сира Эдмара Талли, наследника Риверрана. Его стюард Утерайдс Уэйн, сир Робин Ригер, сир Десмонд Грелл.

Мужчины выразили свое удовольствие от знакомства с ней, и девушка покраснела — даже самая обыкновенная любезность смущала ее. Эдмар, видимо, счел ее весьма странной леди, но из галантности ничем этого не проявил.

— Бриенна была при Ренли, когда он был убит, и я тоже, — сказала Кейтилин, — но в его смерти мы не повинны. — Она не хотела говорить о тени здесь, при всем народе, и вместо этого спросила: — Что это за люди, которых вы повесили?

Эдмар замялся:

— Они приехали с сиром Клеосом, когда он привез ответ королевы на наше мирное предложение.

— Вы убили посланников?! — поразилась Кейтилин.

— Фальшивых посланников. Они поклялись мне в своих мирных намерениях и отдали оружие, поэтому я позволил им свободно передвигаться по замку. Три ночи, пока я вел беседы с сиром Клеосом, они ели мое мясо и пили мой мед — а на четвертую попытались освободить Цареубийцу. Вон тот детина, — Эдмар указал вверх, — убил двух стражей голыми руками, сгреб их за шеи и разбил череп о череп, а тот тощий парнишка рядом с ним отпер дверь Цареубийцы куском проволоки, да проклянут его боги. Тот, в конце, был чем-то вроде лицедея — он подделался под мой голос и приказал открыть Речные ворота. Все трое клянутся, что приняли его за меня, — Энгер, Делп и Длинный Лью. По мне, так совсем не похоже, но эти олухи все-таки подняли решетку.

«Это работа Беса, — подумала Кейтилин, — чувствуется та же самая хитрость, которую он проявил в Орлином Гнезде». Раньше она считала Тириона наименее опасным из всех Ланнистеров, но теперь не была в этом уверена.

— Как же ты их поймал?

— Меня, видишь ли, в ту пору не было в замке — я поехал за Камнегонку...

— К какой-нибудь бабе. Рассказывай дальше.

Щеки Эдмара стали красными. Как его борода.

— Был предрассветный час, и я возвращался назад. Длинный Лью, увидев мою лодку и узнав меня, наконец-то задал себе вопрос, кто же это внизу отдает ему приказы, и поднял крик.

— Цареубийцу ведь задержали, правда? Скажи, что да!

— Задержали, хотя и с трудом. Джейме, завладев чьим-то мечом, убил Поула Пемфорда и Майлса, оруженосца сира Десмонда, а Делпа ранил так тяжело, что мейстер Виман и за его жизнь не ручается. Там завязалась настоящая битва. Услышав звон стали, некоторые из красных плащей бросились ему на помощь, хотя и были безоружны. Их я повесил рядом с четырьмя устроителями побега, а остальных бросил в темницу, как и Джейме. Больше уж он не убежит. Он сидит в подземелье, в цепях, прикованный к стене.

— А Клеос Фрей?

— Клянется, что ничего не знал о заговоре. Кто его разберет. Он наполовину Ланнистер, наполовину Фрей — лживая порода и те, и другие. Я поместил его в башню, где прежде сидел Джейме.

— Ты говоришь, он привез условия мира?

— Если их можно так назвать. Тебе они придутся по вкусу не больше, чем мне, сама увидишь.

— Можем ли мы надеяться на помощь с юга, леди Старк? — спросил Утерайдс Уэйн, стюард ее отца. — Это обвинение в кровосмесительном блуде... лорд Тайвин такого не потерпит. Он захочет очистить имя своей дочери кровью ее обвинителя. Лорд Станнис должен это понимать. У него нет другого выхода, кроме как объединиться с нами.

Станнис объединился с силой более темной и могущественной...

— Мы поговорим об этом после. — Кейтилин переехала подъемный мост, оставив позади мрачную вереницу повешенных гвардейцев. Брат ехал рядом с ней. В кишащем народом верхнем дворе какой-то голый малыш сунулся прямо под ноги лошадям. Кейтилин натянула поводья, чтобы не растоптать его, и огляделась. В замок впустили сотни простого люда, и вдоль стен стояли шалаши. Дети шмыгали повсюду, и двор был полон коровами, овцами и курами.

— Что это за люди?

— Мои люди. Им страшно, и они пришли сюда.

«Только мой добрый братец мог впустить все эти лишние рты в замок, который того и гляди подвергнется осаде». Кейтилин знала, что у Эдмара мягкое сердце, порой ей казалось, что мозги у него еще мягче. Она любила его за это, но все же...

— Нельзя ли послать к Роббу ворона?

— Он в поле, миледи, — ответил сир Десмонд. — Птица его не найдет.

Утерайдс Уэйн кашлянул.

— Перед отъездом молодой король повелел нам отправить вас по возвращении в Близнецы, леди Старк. Он хочет, чтобы вы поближе познакомились с дочерьми лорда Уолдера, дабы помочь ему выбрать невесту, когда придет время.

— Мы снабдим тебя свежими лошадьми и провизией, — добавил брат. — Ты, конечно, захочешь отдохнуть, прежде чем...

— Я останусь здесь. — Кейтилин спешилась. Она не собиралась покидать Риверран и умирающего отца ради того, чтобы выбрать Роббу жену. «Робб не хочет подвергать меня опасности, и упрекать его за это нельзя, но уж слишком неуклюжий предлог он для этого выбрал». — Мальчик, — позвала она, и конюшонок подбежал, чтобы принять у нее коня.

Брат соскочил с седла. Он был на голову выше, но для нее всегда оставался младшеньким.

— Кет, — огорченно сказал он, — сюда идет лорд Тайвин...

— Он идет на запад, чтобы защитить собственные земли. Если мы закроем ворота и спрячемся за стенами, он пройдет мимо, не причинив нам вреда.

— Это земля Талли — и если лорд Тайвин Ланнистер полагает, что может ходить по ней, когда ему вздумается, я докажу ему, что он ошибается.

Так же, как доказал его сыну? Ее брат бывал незыблем, как речной утес, когда задевали его гордость, но оба они помнили, как сир Джейме расколошматил войско Эдмара в недавнем бою.

— Встретившись с лордом Тайвином в поле, мы ничего не приобретем, а потерять можем все, — тактично ответила Кейтилин.

— Двор — не место для обсуждения моих военных планов.

— Хорошо. Где же нам тогда поговорить?

Брат потемнел, и она подумала, что сейчас он сорвется, но он только буркнул:

— В богороще — если ты настаиваешь.

Она последовала за ним по галерее к воротам богорощи. В гневе Эдмар всегда бывал угрюм. Кейтилин жалела, что огорчила его, но дело было слишком важным, чтобы нянчиться с его гордостью. Когда они вдвоем прошли под сень деревьев, брат обернулся к ней лицом.

— У тебя недостаточно сил для встречи с Ланнистером в поле, — сказала она напрямик.

— Когда подойдут все, у меня будет восемь тысяч пехоты и три конницы.

— Почти вдвое меньше, чем у лорда Тайвина.

— Робб выигрывал битвы с худшим перевесом, и у меня есть план. Ты забыла о Русе Болтоне. Лорд Тайвин разбил его на Зеленом Зубце, но преследовать не стал. Когда лорд Тайвин удалился в Харренхолл, Болтон занял Красный брод и перекресток дорог. С ним десять тысяч человек. Я послал Хелману Толхарту приказ присоединиться к нему с гарнизоном, который Робб оставил в Близнецах...

— Эдмар, Робб оставил этих людей держать Близнецы и обеспечить нам преданность лорда Уолдера.

— Он и так нам предан, — упрямо сказал Эдмар. — Фреи храбро сражались в Шепчущем Лесу, а старый сир Стеврон, как мы слышали, погиб при Окскроссе. Сир Риман, Уолдер Черный и остальные сейчас на западе с Роббом, Мартин отменно служит нам в качестве разведчика, сир Первин сопровождал тебя к Ренли. Большего с них и требовать нельзя, праведные боги! Робб помолвлен с одной из дочерей лорда Уолдера, Русе Болтон, я слышал, женат на другой. И разве ты не взяла в воспитанники двух его внуков?

— Воспитанник в случае нужды легко может стать заложником. — Она не знала ни о смерти сира Стеврона, ни о женитьбе Болтона.

— Что ж, раз у нас имеются двое заложников, лорд Уолдер тем более не посмеет сыграть с нами шутку. Болтону нужны люди Фрея — и люди сира Хелмана тоже. Я приказал им взять Харренхолл.

— Кровопролитная задача.

— Зато когда замок падет, отступать лорду Тайвину будет некуда. Мои собственные люди станут у бродов на Красном Зубце и не дадут ему переправиться. Если он попытается форсировать реку, его постигнет участь Рейегара, когда тот попробовал перейти Трезубец. Если останется на берегу, он окажется между Риверраном и Харренхоллом, а когда Робб вернется с запада, мы разделаемся с ним раз и навсегда.

Голос брата звучал уверенно, но Кейтилин пожалела о том, что Робб взял с собой ее дядю Бриндена. Черная Рыба — ветеран полусотни битв, а Эдмар побывал лишь в одной, да и ту проиграл.

— Это хороший план, — завершил он. — Лорд Титос так говорит, и лорд Джонас тоже. А уж если Блэквуд с Бракеном на чем-то сошлись, значит, дело это верное.

— Будь по-твоему. — Кет ощутила внезапную усталость. Возможно, она напрасно перечит ему. Возможно, его план великолепен, а ее предчувствия — всего лишь женские страхи. Хорошо бы здесь был Нед, или дядя Бринден, или... — Ты не спрашивал, что думает об этом отец?

— Отец не в том состоянии, чтобы заниматься стратегией. Два дня назад он рассуждал о том, как выдаст тебя за Брандона Старка. Пойди к нему сама, если мне не веришь. Мой план себя покажет, Кет, — вот увидишь.

— Надеюсь на это, Эдмар. От всей души надеюсь. — Она поцеловала его в щеку, чтобы подтвердить свои слова, и отправилась к отцу.

Лорд Хостер Талли почти не изменился с тех пор, как она его оставила, — он лежал изможденный, бледный, с липкой кожей. В комнате одинаково сильно пахло застарелым потом и лекарствами — болезнью. Когда Кейтилин раздвинула занавески, отец с тихим стоном открыл глаза. Он смотрел на нее, словно не понимая, кто она и что ей нужно.

— Отец. — Она поцеловала его. — Я вернулась.

Он как будто узнал ее и прошептал, едва шевеля губами:

— Ты пришла.

— Да. Робб посылал меня на юг, но я вернулась.

— Как на юг... разве Орлиное Гнездо на юге, милая? Я не помню... ох, душа моя, я так боялся... ты простила меня теперь? — По щекам у него покатились слезы.

— Ты не сделал ничего, что нуждалось бы в прощении, отец. — Она погладила его редкие белые волосы и пощупала лоб. Лихорадка продолжала сжигать его изнутри, несмотря на все снадобья мейстера.

— Так лучше для тебя, — прошептал отец. — Джон хороший человек... сильный и добрый... он позаботится о тебе... и рода знатного. Слушай меня, я твой отец... ты выйдешь замуж вслед за Кет. Вот и весь сказ...

«Он принимает меня за Лизу», — поняла Кейтилин. Боги праведные, он говорит с ней как с незамужней девицей.

Отец стиснул ее руки в своих, трепещущих, как две большие белые испуганные птицы.

— Этот несчастный юнец... не произноси его имени... твой долг... твоя мать тоже... — Лорд Хостер вскрикнул в приступе боли. — О, да простят меня боги, дай мое лекарство.

Мейстер Виман поднес чашу к его губам. Лорд Хостер стал сосать густую белую жидкость жадно, как дитя сосет грудь, и мир снова снизошел на него.

— Теперь он будет спать, миледи, — сказал мейстер, когда чаша опустела. Маковое молоко оставило белую пленку на губах отца, и мейстер вытер ее рукавом.

Кейтилин не могла больше смотреть на это. Она помнила, каким сильным и гордым человеком был Хостер Талли, и ей больно было видеть, как он пал. Она вышла на террасу. Во дворе толпились и шумели беженцы, но реки за стенами замка текли вдаль все такие же чистые. Это его реки, и скоро он отплывет в свой последний путь.

Мейстер Виман вышел вслед за ней.

— Миледи, я не могу более оттягивать его конец. Надо послать гонца за его братом. Я знаю, сир Бринден желал бы этого.

— Да, — осипшим от горя голосом сказала Кейтилин.

— Возможно, и леди Лиза тоже?

— Лиза не приедет.

— Быть может, если бы вы написали ей сами...

— Извольте, напишу. — «Кто же он был, Лизин «несчастный юнец»? Какой-нибудь молодой оруженосец или межевой рыцарь скорее всего... хотя судя по тому, как рьяно отвергал его лорд Хостер, это мог быть купеческий сын или незаконнорожденный подмастерье, даже певец. Лиза всегда питала слишком большое пристрастие к певцам. Впрочем, винить ее трудно. Джон Аррен был на двадцать лет старше нашего отца, хотя и хорошего рода».

Башня, которую отдал в ее распоряжение брат, была та самая, где они с Лизой жили в девушках. Хорошо будет снова поспать на перине, у теплого очага. Она отдохнет, и мир покажется ей менее унылым.

Но у ее комнат ждал Утерайдс Уэйн с двумя женщинами в сером, с капюшонами, опущенными до самых глаз. Кейтилин сразу поняла, зачем они здесь.

— Нед?!

Сестры опустили глаза, а Утерайдс сказал:

— Сир Клеос привез его из Королевской Гавани, миледи.

— Отведите меня к нему, — приказала она.

Его положили на козлы и покрыли знаменем, белым знаменем Старков с серым лютоволком на нем.

— Я хочу посмотреть на него, — сказала Кейтилин.

— Это лишь кости его, миледи.

— Я хочу посмотреть на него.

Одна из Молчаливых Сестер откинула знамя.

«Да, кости. Это не Нед, не мужчина, которого я любила, не отец моих детей». Руки сложены на груди, костяные пальцы охватывают рукоять длинного меча — но это не руки Неда, такие сильные и полные жизни. Они обрядили эти кости в камзол Неда, в тонкий белый бархат с эмблемой лютоволка на груди, но не осталось на них теплой плоти, где столько ночей покоилась ее голова, не осталось мышц на руках, обнимавших ее. Голову прикрепили к телу тонкой серебряной проволокой, но все черепа похожи один на другой, и нет больше в глазницах темно-серых глаз ее лорда, которые могли быть мягкими, как туман, и твердыми, как камень. Они скормили его глаза воронам, вспомнила она.

Кейтилин отвернулась:

— Это не его меч.

— Меч нам не вернули, миледи, — сказал Утерайдс. — Только кости лорда Эддарда.

— Полагаю, мне следует поблагодарить королеву хотя бы за это.

— Благодарите Беса, миледи. Это он распорядился.

«Когда-нибудь я отблагодарю их всех».

— Спасибо вам за службу, сестры, — сказала Кейтилин, — но я должна возложить на вас еще одно поручение. Лорд Эддард был Старком, и кости его должны покоиться под Винтерфеллом. — Они сделают его статую, его каменное подобие, которое будет сидеть там во тьме с лютоволком у ног и мечом на коленях. — Дайте сестрам свежих лошадей и все прочее, что понадобится им для путешествия, — сказала она Утерайдсу. — Хел Моллен проводит их в Винтерфелл, где ему надлежит быть как капитану гвардии. — Она посмотрела на то, что осталось от ее лорда и ее любви. — А теперь оставьте меня все. В эту ночь я буду с Недом одна.

Женщины в сером наклонили головы. «Молчаливые Сестры не разговаривают с живыми, — тупо подумала Кейтилин, — но кое-кто говорит, что они способны разговаривать с мертвыми». О, как она завидовала им...

ДЕЙЕНЕРИС

Занавески отгораживали ее от пыли и зноя улицы, но не могли оградить от разочарования. Дени устало забралась в носилки, радуясь, что может укрыться от бесчисленных глаз квартийцев.

— Дорогу, — крикнул Чхого с коня, щелкнув своим кнутом. — Дорогу Матери Драконов.

Ксаро Ксоан Даксос, откинувшись на прохладные атласные подушки, разлил рубиново-красное вино по двум кубкам из яшмы и золота рукой твердой и уверенной, несмотря на покачивание паланкина.

— Я вижу глубокую печаль на твоем лице, свет любви моей. — Он подал ей кубок. — Не о несбывшейся ли мечте ты печалишься?

— Исполнение моей мечты откладывается, только и всего. — Тугой серебряный обруч натирал Дени горло. Она расстегнула его и отбросила прочь. Обруч был украшен волшебным аметистом, который, как уверял Ксаро, оградит ее от яда. Чистокровные славились тем, что подавали отравленное вино людям, которых считали опасными, но Дени они предложили только чашу с водой. «Они не видят во мне королеву, — с горечью думала она. — Для них я всего лишь мимолетное развлечение, табунщица с диковинной зверюшкой».

Рейегаль зашипел и вонзил острые коготки в ее голое плечо, когда она протянула руку за кубком. Поморщившись, она пересадила его на другое плечо, прикрытое тканью. Она оделась по квартийскому обычаю. Ксаро предупредил ее, что дотракийку Чистокровные слушать не станут, поэтому она предстала перед ними в плотном зеленом шелке с одной открытой грудью, серебряных сандалиях и шнуром черно-белого жемчуга вокруг талии. «За ту помощь, что я от них получила, можно было явиться туда голой. Возможно, так и следовало поступить...» Она отпила большой глоток.

Потомки древних королей и королев Кварта, Чистокровные командовали Гражданской Гвардией и флотилией нарядных галей, охранявшей проливы между морями. Дейенерис Таргариен нуждалась в этом флоте, по крайней мере в части его, а также в солдатах. Она совершила традиционное жертвоприношение в Храме Памяти, вручила традиционную взятку Хранителю Длинного Списка, послала традиционную хурму Открывателю Дверей и наконец получила традиционные туфли из голубого шелка, чтобы войти в Зал Тысячи Тронов.

Чистокровные выслушали ее просьбу с высоких седалищ своих предков, которые поднимались ярусами от мраморного пола до купола, расписанного сценами былой славы Кварта. Троны, покрытые замысловатой резьбой, блистали позолотой и каменьями — янтарем, ониксом, ляпис-лазурью и яшмой. Каждый чем-то отличался от всех остальных и стремился перещеголять их сказочной роскошью. Но люди, восседавшие на них, были столь вялыми и утомленными, что казалось, будто они спят. Они слушали ее, но не слышали — или им было все равно. Вот уж поистине молочные души. Они и не собирались помогать ей. Пришли из одного любопытства. Собрались от скуки, и дракон на плече Дени занимал их больше, чем она сама.

— Перескажи мне слова Чистокровных, — попросил Ксаро Ксоан Даксос. — Что в их речах столь опечалило королеву моего сердца?

— Они сказали «нет». — Вино имело вкус гранатов и жарких летних дней. — С величайшей учтивостью, конечно, но под всеми красивыми словами это все-таки «нет».

— Ты льстила им?

— Самым бессовестным образом.

— Ты плакала?

— Кровь дракона не плачет, — возмутилась она.

— Надо было поплакать, — вздохнул Ксаро. Квартийцы плакали часто и с большой легкостью — это считалось признаком просвещенного человека. — Так что же они сказали, люди, взявшие наши деньги?

— Матос не сказал ничего, Венделло похвалил мою манеру говорить, Блистательный отказал мне вместе с остальными, но после заплакал.

— Какое вероломство — а еще квартийцы. — Ксаро сам не принадлежал к Чистокровным, но научил ее, кому и сколько дать. — Прольем же слезу над предательской натурой людей.

Дени скорее пролила бы слезу над своим золотом. На взятки, которые она дала Матосу Малларавану, Венделло Кар Диту и Эгону Эменосу, Блистательному, можно было купить корабль или завербовать два десятка наемников.

— А что, если я пошлю сира Джораха с требованием вернуть мои подарки?

— А что, если ночью в мой дворец явится один из Жалостливых и убьет тебя во сне? — Жалостливые были древней священной гильдией убийц и назывались так потому, что всегда шептали жертве «Сожалею», прежде чем убить ее. Вежливость — отличительная черта квартийцев. — Верно говорят: легче подоить Каменную Корову Фароса, чем выжать золото из Чистокровных.

Дени не знала, что такое Фарос, но каменных коров в Кварте было полно. Купеческие старшины, нажившие огромные богатства на морской торговле, делились на три соперничающие фракции: Гильдию Пряностей, Турмалиновое Братство и Тринадцать, в число которых входил Ксаро. Все три постоянно боролись за первенство как друг с другом, так и с Чистокровными. А где-то позади таились колдуны, синегубые и могущественные, — их редко видели, но очень боялись.

Без Ксаро Дени совсем пропала бы. Золотом, которое она истратила, чтобы открыть двери Зала Тысячи Тронов, она была обязана его щедрости и хитроумию. Слух о живых драконах распространялся по всему востоку, и все больше путников прибывало, чтобы удостовериться в нем, — а Ксаро следил за тем, чтобы и великие, и малые приносили дары Матери Драконов. Ручеек, проложенный им, скоро превратился в поток. Капитаны судов несли мирийское кружево, сундуки с шафраном из Йи Ти, янтарь и драконово стекло из Ашшая. Купцы дарили мешки с деньгами, серебряных дел мастера — кольца и цепочки. Дудари дудели для нее, акробаты кувыркались, жонглеры жонглировали, красильщики рядили ее в цвета, о которых она прежде понятия не имела. Двое джогоснхайцев привели ей в дар свирепую полосатую зебру из своих краев. Вдова принесла высохший труп своего мужа, покрытый коркой посеребренных листьев — считалось, что такие останки имеют великую силу, особенно если покойник был колдуном, как этот. А Турмалиновое Братство поднесло Дени корону в виде трехглавого дракона — туловище золотое, крылья серебряные, головы из яшмы, слоновой кости и оникса.

Только корону она и оставила у себя — остальное продала, чтобы собрать мзду для Чистокровных. Ксаро хотел продать и корону, обещая, что Тринадцать подарят ей другую, гораздо лучше, но Дени не позволила. «Визерис продал корону моей матери, и его прозвали попрошайкой. Я сохраню свою — пусть меня называют королевой». Так она и сделала, хотя от тяжести короны у нее болела шея.

«В короне или нет, я все-таки попрошайка. Самая великолепная на свете, однако побирушка». Ей это было ненавистно — ее брат, должно быть, испытал то же самое. Годами бегать из города в город, на шаг опережая ножи узурпатора, прося о помощи архонов, принцев и магистров, лестью добывая свое пропитание. Он не мог не знать, как над ним насмехаются. Не диво, что он так ожесточился, а в конце концов совсем обезумел. «И со мной будет то же самое, если я позволю». Часть ее души ничего так не желала, как увести свой народ обратно в Вейес Толорро и заставить этот мертвый город расцвести. Нет, это было бы поражением. «У меня есть то, чего никогда не было у Визериса: драконы. С ними у меня все будет по-другому».

Она погладила Рейегаля, и зеленый дракон прикусил ей руку. Снаружи кипел и шумел город — мириады его голосов сливались в единый звук, подобный рокоту моря.

— Дорогу, молочные люди, дорогу Матери Драконов, — кричал Чхого, и квартийцы расступились — хотя, возможно, причиной этому были скорее быки, чем его крик. Дени иногда видела его сквозь щель в занавесках. Верхом на сером жеребце, он погонял быков кнутом с серебряной рукояткой, который она ему подарила. Агго охранял ее с другой стороны, Ракхаро ехал во главе процессии, высматривая злоумышленников. Сира Джораха она оставила дома — стеречь драконов; опальный рыцарь противился этой ее затее с самого начала. Он никому здесь не доверяет — и правильно скорее всего.

Рейегаль понюхал вино в кубке Дени, втянул голову и зашипел.

— У твоего дракона хороший нюх. — Ксаро вытер губы. — Вино не из важных. Говорят, за Яшмовым морем растят золотой виноград, столь сладостный, что по сравнению с его соком все прочие вина кажутся уксусом. Давай сядем на мою барку и поплывем пробовать его — только ты и я.

— Лучшие на свете вина делают в Бору, — заявила Дени. Лорд Редвин сражался вместе с ее отцом против узурпатора — один из тех немногих, кто остался верным до конца. «Станет ли он и за меня сражаться? Кто знает, после стольких-то лет?» — Поплывем со мной в Бор, Ксаро, и ты испробуешь вина, подобных которым еще не пил. Но для этого нам придется сесть на боевой корабль, а не на барку.

— У меня нет боевых кораблей. Война дурно сказывается на торговле. Я тебе уже много раз говорил: Ксаро Ксоан Даксос — человек мирный.

«Ксаро Ксоан Даксос — золотой человек, а золото может купить мне все корабли и мечи, в которых я нуждаюсь».

— Я не прошу тебя браться за меч — ссуди мне только свои корабли.

— Некоторое количество торговых судов у меня имеется, это так, — скромно улыбнулся он. — Но кто скажет, сколько их? Быть может, в этот самый миг один из них тонет в каком-нибудь бурном углу Летнего моря, а другой завтра станет добычей корсаров. Кто-то из моих капитанов посмотрит на богатства в своем трюме и подумает: «Все это могло бы быть моим». Таковы опасности, подстерегающие каждого купца. Чем дольше мы говорим, тем меньше кораблей, весьма вероятно, у меня остается. Я делаюсь беднее с каждым мгновением.

— Дай мне корабли, и я снова сделаю тебя богатым.

— Выходи за меня замуж, свет мой, и ты будешь править кораблем моего сердца. Твоя красота лишает меня сна по ночам.

Дени улыбнулась. Цветистые излияния Ксаро забавляли ее, тем более что они в корне расходились с его поведением. Сир Джорах не мог отвести глаз от ее голой груди, подсаживая ее в носилки, а Ксаро не удостаивал ее вниманием даже в столь тесном соседстве. А по его дворцу сновало, шелестя шелками, множество красивых мальчиков.

— Говоришь ты сладко, Ксаро, но за твоими словами я слышу еще одно «нет».

— Этот твой Железный Трон кажется мне чудовищно холодным и жестким. Меня страшит мысль о зазубренном железе, терзающем твою нежную кожу. — Ксаро с драгоценными камнями в носу имел вид диковинной разноцветной птицы. Он небрежно махнул своими длинными изящными пальцами. — Пусть эта земля будет твоим королевством, о прелестнейшая из королев, а я — твоим королем. Я подарю тебе золотой трон, если захочешь. Когда Кварт наскучит мне, мы совершим путешествие вокруг Йи Ти и поищем волшебный город поэтов, чтобы вкусить вина мудрости из мертвого черепа.

— Я намерена отправиться в Вестерос и вкусить вина мести из черепа узурпатора. — Она почесала Рейегаля под глазом, и он на миг развернул зеленые, как яшма, крылья, всколыхнув застоявшийся воздух паланкина.

Одинокая слеза красиво скатилась по щеке Ксаро.

— Неужели ничто не отвратит тебя от этого безумия?

— Ничто. — Хотела бы она чувствовать такую же уверенность, которая звучала в ее голосе. — Если бы каждый из Тринадцати дал мне десять кораблей...

— Ты получила бы сто тридцать кораблей, но некому было бы плавать на них. Правота твоего дела для простолюдинов Кварта ничего не значит. Что моим матросам до того, кто сидит на троне чужого королевства за тридевять земель отсюда?

— Если я заплачу, им будет дело.

— Чем же ты им заплатишь, о звезда моих небес?

— Золотом, которое приносят паломники.

— Это возможно, — признал Ксаро, — но такие вещи стоят дорого. Тебе придется заплатить гораздо больше, чем плачу я, а над моей расточительностью смеется весь Кварт.

— Если Тринадцать не захотят мне помочь, я попрошу Гильдию Специй или Турмалиновое Братство.

Ксаро томно пожал плечами:

— От них ты не получишь ничего, кроме лести и лживых посулов. В Гильдии одни притворщики и хвастуны, а в Братстве полно пиратов.

— Тогда я послушаюсь Пиата Прея и пойду к колдунам.

Купец резко выпрямился.

— У Пиата Прея синие губы, и люди справедливо говорят, что с синих губ слетает только ложь. Послушайся того, кто тебя любит. Колдуны — погибшие создания, они едят прах и пьют тень. Они ничего не дадут тебе — им нечего дать.

— Я не искала бы их помощи, если бы мой друг Ксаро Ксоан Даксос дал мне то, о чем я прошу.

— Я отдал тебе свой дом и свое сердце — разве этого мало? Я дал тебе духи и гранаты, веселых обезьянок и плюющихся змей, свитки из древней Валирии, подарил голову идола и ногу чудовища. Я подарил тебе этот паланкин из слоновой кости с золотом и пару быков, чтобы возить его, — белого, как кость, и черного, как смоль, с дорогими каменьями на рогах.

— Да — но мне нужны корабли и солдаты.

— Разве я не подарил тебе целое войско, о прекраснейшая из женщин? Тысячу рыцарей в блестящих доспехах?

Доспехи на них из серебра и золота, а сами рыцари — из яшмы и берилла, оникса и турмалина, из янтаря, опала и аметиста, и каждый с ее мизинец величиной.

— Это прекрасные рыцари — вот только враги мои их не испугаются. А мои быки не могут перенести меня через море. Я... но почему мы останавливаемся? — Быки заметно сбавили ход.

— Кхалиси! — крикнул Агго, и носилки, качнувшись, резко остановились. Дени приподнялась на локте и выглянула наружу. Они находились около базара, и путь загораживала толпа народу.

— На что они смотрят?

— Это заклинатель огня, кхалиси, — сказал Чхого, подъехав к ней.

— Я тоже хочу посмотреть.

— Сейчас устроим. — Чхого протянул ей руку, поднял к себе на коня и усадил перед собой, где она могла все видеть поверх голов толпы. Заклинатель построил в воздухе лестницу — трескучую рыжую лестницу из огня, которая висела над полом без всякой опоры и росла, стремясь к ажурной кровле базара.

462

Зрители, как заметила Дени, большей частью были нездешние: матросы с торговых кораблей, купцы, прибывшие с караванами, запыленные путники из красной пустыни, наемные солдаты, ремесленники, работорговцы. Чхого, обняв ее за талию, нагнулся к ней.

— Молочные люди его остерегаются, кхалиси. Видишь ту девушку в фетровой шляпе? Вон там, рядом с толстым жрецом? Она...

— ...карманница, — закончила Дени. Она не какая-нибудь изнеженная леди, не ведавшая о таких вещах. Она навидалась воров на улицах Вольных Городов за те годы, что убегала с братом от наемных убийц узурпатора.

Маг широкими взмахами рук заставлял пламя расти все выше и выше. Зрители запрокидывали головы, а карманники между тем шныряли в толпе со своими ножичками, укрытыми в ладонях, и избавляли зажиточную публику от кошельков одной рукой, другой указывая вверх.

Когда огненная лестница выросла на сорок футов, маг прыгнул на нее и полез вверх, перебирая руками быстро, как обезьяна. Перекладины позади него таяли, оставляя струйки серебристого дыма. Когда он достиг вершины, лестница исчезла, и он вместе с ней.

— Вот так фокус, — восхищенно воскликнул Чхого.

— Это не фокус, — произнес женский голос на общем языке.

Дени не разглядела в толпе Куэйту — но она стояла здесь, блестя влажными глазами из-под красной лакированной маски.

— Как так не фокус, госпожа?

— Полгода назад этот человек едва умел вызвать огонь из драконова стекла. Он проделывал кое-что с порохом и диким огнем — достаточно, чтобы увлечь толпу, пока его карманники делали свою работу. Он ходил по горячим углям и заставлял огненные розы цвести в воздухе, но по лестнице из огня был способен подняться не больше, чем простой рыбак — поймать кракена в свой невод.

Дени с беспокойством смотрела на место, где была лестница. Теперь и дым исчез, а публика расходилась по своим делам. Скоро многие обнаружат, что их кошельки опустели.

— А теперь?

— Теперь его мастерство увеличилось, кхалиси, и причина этому — ты.

— Я? — засмеялась Дени. — Как это возможно?

Женщина подошла близко и коснулась ее запястья двумя пальцами.

— Ты Матерь Драконов — так ведь?

— Это так, и никакая нечисть не смеет ее трогать. — Чхого отбросил руку Куэйты прочь рукоятью кнута. Женщина отступила.

— Тебе нужно поскорее покинуть этот город, Дейенерис Таргариен, иначе ты не сможешь уехать вовсе.

Рука Дени зудела в том месте, где Куэйта коснулась ее.

— И куда же, по-твоему, я должна уехать?

— Чтобы попасть на север, ты должна отправиться на юг. Чтобы попасть на запад, должна отправиться на восток. Чтобы продвинуться вперед, надо вернуться назад, чтобы достичь света, надо пройти через тень.

«Асшай, — подумала Дени. — Она хочет, чтобы я отправилась в Асшай».

— Даст мне Асшай войско? — спросила она. — Или золото? Или корабли? Что есть в Асшае такого, чего нельзя найти в Кварте?

— Истина, — ответила женщина в маске и с поклоном скрылась в толпе.

Ракхаро презрительно фыркнул в свои вислые черные усы.

— Кхалиси, лучше уж проглотить скорпиона, нежели довериться порождению теней, которое не смеет открыть лицо солнцу. Это все знают.

— Это все знают, — подтвердил Агго.

Ксаро наблюдал за этой сценой с подушек. Когда Дени вернулась в паланкин, он сказал:

— Твои дикари мудрее, чем сами полагают. Те истины, которые можно найти в Асшае, вряд ли вызовут у тебя улыбку. — Он предложил ей еще один кубок вина и всю дорогу до дома толковал о любви, страсти и тому подобных пустяках.

В тиши своих комнат Дени сняла свой наряд и облачилась в просторную хламиду из пурпурного шелка. Драконы проголодались, поэтому она порубила на куски тушку змеи и зажарила ее на углях. «Они растут, — подумала Дени, глядя, как они дерутся из-за обугленного мяса. — Теперь они, пожалуй, вдвое тяжелее, чем были в Вейес Толорро. Но все равно пройдут годы, прежде чем они дорастут до войны. Притом их надо воспитать — иначе они опустошат мое королевство». Дени же, несмотря на свою таргариенскую кровь, не имела понятия, как воспитывать драконов.

На закате к ней пришел сир Джорах Мормонт.

— Чистокровные отказали вам?

— Как ты и предсказывал. Сядь — мне нужен твой совет. — Дени усадила его на подушки рядом с собой, и Чхику принесла им чашу оливок и луковок в пурпурном вине.

— В этом городе вы помощи не найдете, кхалиси, — сказал сир Джорах, взяв луковку. — Каждый прошедший день все больше меня в этом убеждает. Чистокровные видят не дальше стен Кварта, а Ксаро...

— Он снова просил меня стать его женой.

— Да — и я знаю почему. — Когда рыцарь хмурился, его тяжелые черные брови сходились вместе над глубоко сидящими глазами.

— Он грезит обо мне днем и ночью, — засмеялась она.

— Простите великодушно, моя королева, но грезит он о ваших драконах.

— Ксаро уверяет, что в Кварте мужчина и женщина сохраняют раздельную собственность после свадьбы. Драконы мои и больше ничьи. — Дрогон проскакал по мраморному полу и залез на подушку рядом с ней.

— Да, это правда, но он забыл упомянуть кое о чем. У квартийцев есть любопытный свадебный обычай. В день бракосочетания жена может попросить мужа о подарке — и если у него есть то, чего она желает, он обязан удовлетворить ее просьбу. А муж может о том же попросить жену. Просить можно только одну вещь — но какой бы она ни была, отказывать нельзя.

— Одну вещь. И отказывать нельзя?

— С одним драконом Ксаро Ксоан Даксос станет правителем этого города, а вам от одного корабля пользы будет немного.

Дени откусила от луковицы, грустно размышляя о вероломстве мужчин.

— На обратном пути из Зала Тысячи Тронов мы проехали через базар. Там была Куэйта. — Дени рассказала Мормонту о заклинателе огня, огненной лестнице и о том, что сказала ей женщина в красной маске.

— Я, по правде сказать, с радостью уехал бы из этого города, — сказал рыцарь, — но только не в Ашай.

— Тогда куда же?

— На восток.

— Я и так нахожусь за тридевять земель от моего королевства. Если я уеду еще дальше на восток, то могу и вовсе не найти дорогу в Вестерос.

— Ехать на запад опасно для вашей жизни.

— У дома Таргариенов есть друзья в Вольных Городах, — напомнила она. — Более верные, чем Ксаро или Чистокровные.

— Не знаю, право, так ли это, если речь об Иллирио Мопатисе. За хорошую сумму золотом он продал бы вас, как рабыню.

— Мы с братом полгода гостили у него в доме. Если бы он хотел нас продать, то уже сделал бы это.

— Так ведь он вас и продал. Кхалу Дрого.

Дени покраснела. Это была правда, но ей не понравилась прямота, с которой Мормонт это высказал.

— Иллирио защищал нас от ножей узурпатора и верил в дело моего брата.

— Иллирио верит только в дело Иллирио. Обжоры, как правило, люди жадные, а магистры известны своей неверностью. Иллирио же Мопатис — и то, и другое. Что вы, собственно, знаете о нем?

— Я знаю, что он подарил мне мои драконьи яйца.

— Будь ему известно, что они способны проклюнуться, он оставил бы их при себе.

Это вызвало у Дени невольную улыбку.

— О, в этом-то я не сомневаюсь, сир. Я знаю Иллирио лучше, чем ты думаешь. Я была ребенком, когда покинула его дом в Пентосе, чтобы выйти замуж за мое солнце и звезды, но ни слепой, ни глухой не была. А теперь я больше не ребенок.

— Даже если Иллирио и друг вам, как вы полагаете, — упорствовал рыцарь, — у него недостанет сил возвести вас на трон в одиночку, как было и с вашим братом.

— Он богат. Возможно, не так, как Ксаро, но достаточно богат, чтобы нанять для меня и корабли, и людей..

— Наемники могут иногда пригодиться, но с подонками из Вольных Городов вы отцовский трон не отвоюете. Ничто так не сплачивает расколовшееся королевство, как чужеземная армия, вторгшаяся в его пределы.

— Я — их законная королева, — возразила Дени.

— Вы чужестранка, которая хочет высадиться на их берег с ордой захватчиков, не говорящих даже на общем языке. Лорды Вестероса вас не знают и имеют веские причины питать к вам страх и недоверие. Вы должны завоевать их до того, как отплывете, — по крайней мере некоторых.

— Как же я это сделаю, если уеду на восток по твоему совету?

Мормонт съел оливку и выплюнул косточку в ладонь.

— Не знаю, ваше величество, — признался он, — зато я знаю другое: чем дольше вы остаетесь на одном месте, тем легче вашим врагам будет найти вас. Имя Таргариен все еще пугает их до такой степени, что они послали человека убить вас, когда услышали, что вы ждете ребенка. Что же они сделают, узнав о ваших драконах?

Дрогон свернулся у нее под рукой, горячий, как камень, пролежавший весь день под палящим солнцем. Рейегаль и Визерион сражались из-за кусочка мяса, колотя друг друга крыльями и пуская дым из ноздрей. «Свирепые мои детки. Нельзя допустить, чтобы им причинили вред».

— Комета привела меня в Кварт не напрасно. Я надеялась собрать здесь войско, но дело, как видно, не в этом. В чем же тогда? — (Мне страшно, но я должна быть храброй.) — Завтра ты пойдешь к Пиату Прею.

ТИРИОН

Девочка не плакала. Мирцелла Баратеон, несмотря на свои детские годы, была прирожденной принцессой. «И она Ланнистер, хотя имя у нее другое, — напомнил себе Тирион, — в ней столько же от Джейме, сколько от Серсеи».

Улыбка у нее, правда, сделалась несколько судорожной, когда братья простились с ней на палубе «Быстрокрылого», но она нашла нужные слова и произнесла их с мужеством и достоинством. Это принц Томмен расплакался при расставании, а Мирцелла его утешала.

Тирион наблюдал за их прощанием с высокой палубы «Молота короля Роберта», большой боевой галеи на четыреста весел. «Молот Роба», как называют его гребцы, — главная сила эскорта Мирцеллы, в который входят также «Львиная звезда», «Дерзкий ветер» и «Леди Лианна».

Тирион был порядком обеспокоен, расставаясь со столь значительной частью своего и без того малочисленного флота — ведь сколько кораблей ушло с лордом Станнисом на Драконий Камень, не вернувшись больше, — но Серсея и слышать не хотела о меньшем количестве. Пожалуй, она права. Если девочку захватят в плен до Солнечного Копья, союз с дорнийцами развалится. Пока что Лоран Мартелл всего лишь созвал свои знамена, но обещал, что, когда Мирцелла благополучно доберется до Браавоса, он поставит свое войско на перевалах и преградит дорогу тем лордам Марки, которые вздумают переметнуться к Станнису. Это, конечно, только стратегический ход. Мартеллы не вступят в бой, пока сам Дорн не окажется под угрозой, а Станнис не такой дурак, чтобы нападать на них. Хотя о некоторых его знаменосцах этого не скажешь. Надо будет это обдумать.

Тирион прочистил горло.

— Приказ вам известен, капитан.

— Да, милорд. Мы должны следовать вдоль побережья, оставаясь в виду земли, до мыса Раздвоенный Коготь, а от него отправиться через Узкое море в Браавос. И ни в коем случае не подходить к берегам Драконьего Камня.

— А если враг все-таки заметит вас?

— Если корабль один, мы должны уйти или уничтожить его. Если больше, «Дерзкий ветер» уходит с «Быстрокрылым», чтобы защищать его, а остальные принимают бой.

Тирион кивнул. Если дойдет до худшего, авось маленький «Быстрокрылый» сумеет уйти от погони. Это суденышко с большими парусами быстрее любого военного корабля — так уверяет его капитан. Добравшись до Браавоса, Мирцелла будет в безопасности. Он дал ей в телохранители сира Ариса Окхарта и нанял браавосцев, чтобы проводили ее до самого Солнечного Копья. Даже Станнис поостережется ссориться с самым большим и могущественным из Вольных Городов. Плыть из Королевской Гавани в Дорн через Браавос — путь не самый прямой, зато наиболее безопасный... так по крайней мере надеялся Тирион.

«Если бы Станнис знал об этом отплытии, он не мог бы выбрать лучшего времени для того, чтобы послать против нас свой флот». Тирион посмотрел туда, где Черноводная вливалась в залив, и испытал облегчение, не увидев парусов на широком зеленом горизонте. Согласно последнему донесению, флот Баратеона по-прежнему стоит у Штормового Предела, где сир Кортни Пенроз продолжает держать замок именем покойного Ренли. Тем временем заградительные башни Тириона достроены только на три четверти. Люди и теперь ведут кладку, ворочая тяжелые каменные блоки, и, конечно, проклинают его за то, что он заставил их работать в праздник. Ничего, пусть ругаются. «Еще две недели, Станнис, — вот все, чего я прошу. Две недели — и все будет сделано».

Племянница опустилась на колени перед верховным септоном, чтобы он благословил ее в путь. Солнце, отражаясь в его кристальной короне, бросало радужные блики на запрокинутое лицо Мирцеллы. Слов молитвы за шумом гавани не было слышно. «Надо надеяться, у богов более острый слух. Верховный септон здоров, как буйвол, а многословием и важностью превосходит даже Пицеля. Довольно, старик, заканчивай, — с раздражением думал Тирион. — У богов есть дела позанятнее, чем слушать тебя, и у меня тоже».

Священнослужитель перестал наконец бубнить, и Тирион распрощался с капитаном «Молота Роба».

— Доставьте благополучно мою племянницу в Браавос, и по возвращении вас сделают рыцарем, — пообещал он.

Спустившись по крутым сходням на берег, Тирион ощутил на себе недобрые взоры. Из-за того, что он сошел с корабля, его развалистая походка стала еще заметнее. «Бьюсь об заклад, им охота посмеяться». Открыто это делать никто не осмеливался, но сквозь потрескивание снастей и плеск воды у свай ему слышались шепотки. «Они меня не любят. Что ж, ничего удивительного. Я, урод, ем досыта, а они голодают».

Бронн проводил его через толпу к сестре и племяннице. Серсея не смотрела на него, предпочитая расточать улыбки кузену. Тирион, поглядев на очаровашку Ланселя с глазами зелеными, как изумруды на ее белой шее, усмехнулся про себя, думая: «Я знаю твой секрет, Серсея». Его сестра последнее время часто посещает верховного септона, чтобы получить благословение богов в предстоящей войне со Станнисом... таков по крайней мере предлог. На самом деле после краткого пребывания в Великой Септе Бейелора она облачается в бурый дорожный плащ и отправляется к некоему межевому рыцарю, носящему неудобопроизносимое имя сир Осмунд Кеттлблэк, и его столь же неблагозвучным братьям Осни и Осфиду. Об этом Тириону рассказал Лансель. С помощью Кеттлблэков Серсея намерена собрать собственный отряд наемников.

Что ж, пусть тешится своим заговором. Она гораздо любезнее, когда полагает, что перехитрила его. Кеттлблэки будут дурить ей голову, брать ее деньги и обещать ей все что угодно — почему бы и нет, если Бронн платит им ровно столько же до последнего гроша? Мошенничать эта милая троица умеет куда лучше, чем лить кровь. Серсея приобрела три пустых барабана — гремят они так, что любо-дорого, но внутри нет ничего. Тириона это забавляло как нельзя более.

Затрубили рога — «Львиная звезда» и «Леди Лианна» отошли от берега и отправились вниз по реке, чтобы освободить дорогу «Быстрокрылому». Из толпы на берегу послышалось жидкое и нестройное «ура». Мирцелла улыбалась и махала с палубы. Рядом с ней стоял Арис Окхарт в белом плаще. Капитан приказал отдать швартовы, весла вывели корабль на быстрый стрежень Черноводной, и его паруса распустились на ветру — Тирион настоял на простых белых парусах вместо красных, цвета Ланнистеров. Принц Томмен плакал навзрыд.

— Чего разнылся, как грудной младенец, — цыкнул на него брат. — Принцы не плачут.

— Принц Эйемон, Рыцарь-Дракон, плакал в тот день, когда принцесса Нейерис вышла за его брата Эйегона, — заметила Санса Старк, — и близнецы сир Аррик и сир Эррик умерли со слезами на глазах, смертельно ранив друг друга.

— Замолчи, или я прикажу сиру Меррину нанести смертельную рану тебе, — одернул Джоффри свою невесту. Тирион посмотрел на сестру, но Серсея с увлечением слушала сира Бейлона Сванна. Неужели она на самом деле слепа и глуха к истинной натуре своего сына?

«Дерзкий ветер» спустил весла на воду и двинулся следом за «Быстрокрылым». Последним шел «Молот короля Роберта»... цвет королевского флота, если не считать тех судов, что в прошлом году ушли на Драконий Камень со Станнисом. Тирион сам отбирал корабли, избегая капитанов, чья верность, по словам Вариса, была сомнительна... но Варис и сам сомнителен, полностью на него полагаться нельзя. «Мне нужны собственные осведомители, — думал Тирион. — Им, впрочем, тоже не следует доверяться. Доверься — и будешь убит».

Ему снова вспомнился Мизинец. Они не получили ни слова от Петира Бейлиша с тех пор, как он отправился к Горькому Мосту. Это могло означать что угодно — или ничего. Даже Варис не мог сказать наверное — он лишь предполагал, что в пути с Мизинцем могло случиться несчастье. Возможно, он даже убит. Тирион только фыркнул на это. «Если Мизинец убит, то я гигант». Вероятнее всего, что Тиреллы тянут с ответом. Едва ли их можно за это винить. «На месте Мейса Тирелла я предпочел бы вздеть голову Джоффри на пику, нежели пустить его в постель к моей дочери».

Маленькая флотилия вышла в залив, и Серсея сказала, что пора возвращаться. Бронн подвел Тириону коня и помог ему сесть. Этим должен был заниматься Подрик Пейн, но Подрика оставили в Красном Замке. Иметь рядом наемника было куда надежнее, чем мальчугана.

Вдоль узких улиц стояли стражники, тесня толпу назад древками копий. Сир Джаселин Байвотер ехал впереди, возглавляя клин конных копейщиков в черных кольчугах и золотых плащах. За ним следовали сир Арон Сантагар и сир Бейлон Сванн с королевскими знаменами — львом Ланнистеров и коронованным оленем Баратеонов.

Король Джоффри ехал на высоком сером скакуне, в золотой короне на золотых локонах. Санса Старк сопровождала его на гнедой кобыле, не глядя ни вправо, ни влево; ее густые волосы цвета осени струились по плечам из-под сетки с лунными камнями. С боков их охраняли двое королевских гвардейцев — Пес справа от короля и сир Мендон Мур слева от Сансы.

Далее следовали шмыгающий носом Томмен с сиром Престоном Гринфилдом и Серсея с сиром Ланселем под охраной Меррина Транта и Бороса Блаунта. Тирион держался рядом с сестрой. За ними везли в носилках верховного септона, а следом тянулся длинный хвост придворных — сир Хорас Редвин, леди Танда с дочерью, Джалабхар Ксо, лорд Джайлс Росби и прочие. Двойная колонна стражников замыкала процессию.

Горожане, небритые и неумытые, с угрюмой злобой взирали на всадников из-за линии копий. «Ох, не нравится мне это», — думал Тирион. Бронн разместил в толпе два десятка своих наемников с наказом предотвращать возможные беспорядки. Возможно, Серсея отдала своим Кеттлблэкам такое же распоряжение, но Тирион не слишком верил в подобные меры. Если пудинг стоит на слишком сильном огне, ты не спасешь его от подгорания, добавив в кастрюлю пригоршню изюма.

Они пересекли Рыбную площадь и проехали по Грязной улице, повернув затем в узкий крюк, чтобы начать подъем на холм Эйегона. «Да здравствует Джоффри!» — крикнуло несколько голосов, когда молодой король проехал мимо, но на каждого подхватившего здравицу сто человек хранило молчание. Ланнистеры двигались сквозь море оборванных мужчин и голодных женщин, рассекая волны ненавидящих взоров. Серсея смеялась над какой-то шуткой Ланселя, но Тирион подозревал, что ее веселье притворно. Она не могла не чувствовать настроения толпы, но ни за что не показала бы виду.

На середине подъема между двумя стражниками с воем протиснулась женщина, держа над головой трупик своего ребенка — синий, распухший и жуткий, но еще страшнее были глаза матери. Джоффри чуть было не растоптал ее конем, но Санса что-то сказала ему, и король, порывшись в кошельке, бросил женщине серебряного оленя. Монета, отскочив от мертвого ребенка, покатилась под ноги золотым плащам в толпу, где дюжина человек вступила в драку из-за нее. Мать смотрела немигающими глазами, и ее руки, вздымавшие мертвую ношу, дрожали.

— Оставьте ее, ваше величество, — крикнула королю Серсея, — ей уже ничем не поможешь, бедняжке.

Голос королевы пробудил что-то в поврежденном разуме женщины. Ее лицо искривилось в гримасе ненависти, и она завопила:

— Шлюха Цареубийцы! Кровосмесительница! — Ребенок кулем покатился у нее из рук, протянувшихся к Серсее. — Кровосмесительница! С братом спала!

Кто-то залепил в едущих навозом. Санса ахнула. Джоффри выругался, и Тирион увидел, что король вытирает грязь со щеки. Навоз застрял в его золотых волосах и обрызгал ноги Сансы.

— Кто это сделал? — заорал Джоффри, запустив руку в волосы и вытряхнув оттуда еще пригоршню грязи. — Подать его сюда! Сто золотых драконов тому, кто выдаст его!

— Вон он, наверху! — крикнул кто-то из толпы. Король повернул коня кругом, оглядывая крыши и балконы. Люди в толпе тыкали пальцами вверх, ругая друг друга и короля.

— Прошу вас, ваше величество, не надо, — взмолилась Санса, но король не слушал ее.

— Приведите мне человека, который швырнул эту мерзость! Пусть слижет ее с меня, если не хочет лишиться головы! Пес, найди его немедля!

Сандор Клиган послушно спешился, но не было и речи о том, чтобы пробиться сквозь живую стену тел. Передние шарахались, задние напирали, чтобы поглядеть. Тирион почуял беду.

— Брось это, Клиган, он давно удрал.

— Взять его! Он был вон там! — Джоффри указал на крышу. — Пес, руби их всех и приведи...

Рев, хлынувший со всех сторон, заглушил его слова — рев, полный ярости, страха и ненависти.

— Бастард! — вопили голоса. — Гнусный ублюдок! — В адрес королевы неслось: — Шлюха! Братнина подстилка! — Тириону кричали: — Урод! Полчеловека! — В общем шуме он расслышал голоса: — Правосудия! Робб, король Робб, Молодой Волк! Станнис! — И даже: — Ренли! — Толпа по обеим сторонам улицы напирала на стражников, едва сдерживавших живой прилив. В воздухе мелькали комья навоза и камни. — Накормите нас! — крикнула женщина. — Хлеба! — заревел мужчина. — Дай нам хлеба, ублюдок! — Тысяча голосов подхватила его призыв. Король Джоффри, король Робб и король Станнис были забыты — воцарился Король Хлеб. — Хлеба! — ревело вокруг. — Хлеба! Хлеба!

— В замок! — крикнул Тирион сестре. — Скорее! — Серсея кивнула, сир Лансель обнажил меч, Джаселин Байвотер выкрикнул команду, и его конники, опустив копья, клином двинулись вперед. Король крутился на месте, и множество рук из-за ряда золотых плащей пытались схватить его. Одна вцепилась ему в ногу, но меч сира Мендона тут же отсек ее. — Вперед! — крикнул Тирион племяннику, хлопнув его коня по крупу. Скакун взвился на дыбы и помчался, заставив толпу шарахнуться прочь.

Тирион скакал по пятам короля, Бронн, с мечом в руке, держался рядом. Мимо их голов просвистел камень, гнилой кочан капусты шмякнулся о щит сира Мендона. Слева трое золотых плащей рухнули, не выдержав напора, и толпа хлынула вперед, топча упавших. Пес остался где-то позади, но его конь бежал рядом с остальными. Арона Сантагара стащили с седла, вырвав у него золотое с черным знамя Баратеонов. Сир Бейлон сам бросил льва Ланнистеров и выхватил меч. Он рубил направо и налево, а упавшее знамя рвали на куски, и красные клочья кружились над толпой, словно листья на ветру. Еще миг — и они исчезли. Кто-то сунулся под копыта коня Джоффри и завопил, когда король его смял. Тирион не успел разглядеть, кто это был — мужчина, женщина или ребенок. Джоффри скакал с белым как мел лицом, сир Мендон Мур маячил слева от него, как белая тень.

Но тут копыта застучали по булыжнику перед навесной башней замка. Шеренга копейщиков держала ворота. Сир Джаселин развернул своих, обратив их копья назад. Король со свитой проехал под решеткой, и блеклые красные стены сомкнулись вокруг, успокоительно высокие, с лучниками на гребне.

Тирион не помнил, как слез с коня. Сир Мендон помог сойти дрожащему королю. Подъехали Серсея, Томмен и Ланель с сиром Меррином и сиром Боросом. Борос обагрил свой меч кровью, с Меррина сорвали белый плащ. Сир Бейлон Сванн лишился шлема, рот его взмыленного коня кровоточил. Хорас Редвин сопровождал леди Танду, обезумевшую от страха за свою дочь Лоллис, которая, сдернутая с седла, осталась позади. Лорд Джайлс с лицом еще более серым, чем обычно, повествовал, заикаясь, как верховного септона вытащили из носилок и он, взывающий к богам, исчез в толпе. Джалабхар Ксо как будто видел, что сир Престон Гринфилд устремился к его перевернутым носилкам, но поручиться за это не мог.

Тирион смутно расслышал голос мейстера, спрашивающего, не ранен ли он, и прошел через двор к племяннику, стоявшему в сбившейся набекрень, залепленной навозом короне.

— Предатели, — захлебываясь, лепетал Джоффри. — Я их всех обезглавлю, я...

Тирион закатил ему такую пощечину, что корона скатилась с головы, толкнул обеими руками и сбил с ног.

— Ах ты дурак этакий! Проклятый слепец!

— Они предатели! — вопил Джоффри снизу. — Они ругали меня бранными словами и нападали на меня!

— А кто натравил на них своего Пса? Ты что ж думал, они станут на колени, пока тот будет рубить их? Ты безмозглый испорченный мальчишка — ты погубил Клигана и боги ведают скольких еще, а сам не получил ни единой царапины. Будь ты проклят! — Тирион пнул его ногой. Это было так приятно, что он собрался повторить еще раз, но сир Мендон Мур оттащил его от воющего Джоффри, а Бронн удержал на месте. Серсея опустилась на колени рядом с сыном, сир Бейлон Сванн сдерживал сира Ланселя. Тирион освободился из рук Бронна. — Сколько еще человек осталось в городе? — крикнул он сам не зная кому.

— Моя дочь, — вопила леди Танда. — Прошу вас, вернитесь за ней. Лоллис...

— Сира Престона нет, — доложил сир Борос Блаунт, — и Арона Сантагара.

— И нянюшки тоже, — сказал сир Хорас Редвин — так оруженосцы прозвали юного Тирека Ланнистера.

Тирион оглядел двор:

— Где Санса Старк?

После общего молчания Джоффри сказал:

— Она ехала рядом со мной. Не знаю, куда она подевалась.

Тирион прижал пальцы к пульсирующим вискам. Если с Сансой что-то случилось, Джейме все равно что мертвец.

— Сир Мендон, ее щитом были вы.

— Когда толпа поглотила Пса, я подумал прежде всего о короле.

— И правильно, — похвалила Серсея. — Борос, Меррин — ступайте назад и найдите девочку.

— И мою дочь, — рыдала леди Танда. — Пожалуйста, сиры...

Сира Бороса явно не прельщала мысль покинуть безопасные стены замка.

— Ваше величество, — сказал он королеве, — один вид ваших белых плащей приведет толпу в ярость.

У Тириона лопнуло терпение.

— Пусть Иные возьмут ваши поганые плащи! Сними его, если боишься, олух ты этакий, но найди мне Сансу Старк... не то, клянусь, Шагга расколет твою башку надвое, и мы поглядим, есть ли там что внутри, кроме опилок.

Сир Борос побагровел от гнева.

— И ты еще смеешь грозить мне, уродец? — Он стал поднимать окровавленный меч, все еще зажатый в его кольчужном кулаке. Бронн, бесцеремонно отпихнув Тириона, загородил его собой.

— Перестаньте! — рявкнула Серсея. — Борос, исполняй приказ, или мы найдем твоему плащу другого хозяина. Ты присягал...

— Вот она! — закричал вдруг Джоффри.

Сандор Клиган рысью въехал в ворота на гнедой лошади Сансы. Девочка сидела позади него, обхватив Пса за пояс.

— Леди Санса, вы ранены? — окликнул ее Тирион.

На лоб ей стекала кровь из глубокой раны в голове.

— Они... они бросались разными вещами, камнями и грязью, яйцами... Я хотела сказать им, что у меня нет хлеба, чтобы им дать, и какой-то человек стал тащить меня из седла. Пес, наверное, убил его... его рука. — Ее глаза округлились, и она зажала рот. — Он отрубил ему руку!

Клиган спустил ее наземь. Его белый плащ был замаран и порван, из прорехи на левом рукаве сочилась кровь.

— Пташка ранена. Отведите ее кто-нибудь в клетку и перевяжите. — Мейстер Френкен поспешно повиновался. — Сантагару конец, — продолжал Пес. — Четверо мужиков зацапали его и поочередно били головой о булыжник. Я выпустил кишки одному, но сиру Арону это пользы не принесло.

— Моя дочь... — бросилась к нему леди Танда.

— Ее я не видал. — Пес хмуро оглядел двор. — Где мой конь? Если с ним что-то стряслось, кое-кто мне заплатит.

475

— Он бежал рядом с нами, — сказал Тирион, — но куда потом девался, не знаю.

— Пожар! — раздался крик с навесной башни. — Милорды, в городе дым. Блошиный Конец горит.

Тирион устал до предела, но отчаиваться не было времени.

— Бронн, возьми людей, сколько нужно, и бочки с водой. — Боги, дикий огонь! Если пожар до него доберется... — Пусть Блошиный Конец хоть весь сгорит, но огонь ни в коем случае не должен дойти до Гильдии Алхимиков, ты понял? Клиган, отправишься с ним.

На миг Тириону показалось, что он увидел страх в темных глазах Пса. Ну да — огонь. «Иные меня возьми, конечно же, он боится огня, он испробовал его на своей шкуре». Однако страх тут же сменился привычной для Пса хмурой гримасой.

— Я пойду, но не по твоему приказу. Мне надо найти моего коня.

Тирион повернулся к трем оставшимся королевским гвардейцам:

— Каждый из вас отправится в город с герольдом. Прикажите людям вернуться в свои дома. Все, кто останется на улице после вечернего сигнала, будут преданы смерти.

— Наше место рядом с королем, — проворчал сир Меррин.

Серсея взвилась, как змея.

— Ваше место там, где укажет мой брат. Десница говорит голосом короля, и неповиновение ему есть измена.

Борос и Меррин переглянулись.

— Должны ли мы надеть свои плащи, ваше величество?

— Отправляйтесь хоть голые, мне дела нет. Может, это напомнит толпе, что вы мужчины. Об этом немудрено забыть, поглядев, как вы вели себя на улице.

Тирион предоставил сестре бушевать. Голова у него раскалывалась. Ему казалось, что он чует дым, хотя это, возможно, его мозги дымились. Дверь в башню Десницы охраняли двое Каменных Ворон.

— Найдите мне Тиметта, сына Тиметта, — приказал им Тирион.

— Каменные Вороны не бегают за Обгорелыми, — надменно ответствовал один из дикарей.

Да, правда — Тирион позабыл, с кем имеет дело.

— Тогда найдите Шаггу.

— Шагга спит.

Тирион сделал над собой усилие, чтобы не заорать в голос.

— Так разбуди его.

— Непростое это дело — будить Шаггу, сына Дольфа. В гневе он страшен, — проворчал горец, однако ушел.

Вождь клана явился, зевая и почесываясь.

— Половина города бунтует, другая половина горит, а Шагга знай себе дрыхнет, — сказал Тирион.

— Шагга не любит вашу нечистую воду, поэтому ему приходится пить ваш слабый эль и кислое вино, а потом у него болит голова.

— Шая живет в доме у Железных ворот. Отправляйся туда и позаботься о ней, что бы ни случилось.

Громадный дикарь ощерился, открыв желтые зубы в косматой бороде.

— Шагга приведет ее сюда.

— Просто присмотри, чтобы с ней не случилось худого. Скажи ей, что я приду, как только смогу. Ночью, если получится, а завтра уж точно.

К вечеру город был еще неспокоен, хотя Бронн доложил, что пожар успешно тушат и возбужденные толпы расходятся по домам. Как ни жаждал Тирион обрести утешение в объятиях Шаи, он понял, что ночью отлучиться не сможет.

Когда он ужинал холодным каплуном и черным хлебом в полумраке своей горницы, сир Джаселин Байвотер принес ему список убитых. К тому времени совсем уже стемнело, но когда слуги пришли зажечь свечи и растопить очаг, Тирион наорал на них и прогнал прочь. Настроение его было столь же мрачным, как ночь за окном, и Байвотер не помог ему исправиться.

Список возглавлял верховный септон, растерзанный на куски в то самое время, как взывал к богам о милосердии. Голодные, надо полагать, не выносят вида слишком жирных священников.

Тело сира Престона нашли не сразу: золотые плащи искали рыцаря в белых доспехах и проходили мимо искромсанного трупа, красно-бурого с головы до пят.

Сир Арон Сантагар валялся в канаве — его голова превратилась в месиво внутри разбитого шлема.

Дочь леди Танды отдала свое девичество полусотне мужиков на задах мастерской дубильщика. Когда подоспели золотые плащи, она блуждала голая по Свиному ряду.

Тирека не нашли до сих пор, как и кристальную корону верховного септона. Девять золотых плащей было убито, двадцать ранено. Сколько погибло горожан, никто подсчитать не потрудился.

— Тирека нужно найти живым или мертвым, — отрезал Тирион, когда Байвотер закончил. — Он совсем еще мальчик, сын моего покойного дяди Тигетта. Его отец всегда был добр ко мне.

— Мы найдем его. И корону септона тоже.

— Пусть ее Иные суют друг дружке в зад, септонскую корону.

— Поставив меня командовать городской стражей, вы сказали, что всегда хотите слышать только правду.

— Я чувствую, мне совсем не понравится то, что вы хотите сказать, — угрюмо молвил Тирион.

— Сегодня мы отстояли город, милорд, но относительно завтрашнего дня я вам не поручусь. Котел бурлит вовсю. Кругом развелось столько воров и убийц, что никто не может быть спокойным за свой дом, в трущобах вдоль Вонючей Канавы множится кровавый понос, еды не купишь ни за медяк, ни за сребреник. Если раньше об этом шептались по углам, теперь в цехах и на рынках изменнические разговоры ведутся в открытую.

— Вам нужны еще люди?

— Из тех, что у меня есть сейчас, я и половине не доверяю. Слинт утроил свою стражу, но для того, чтобы стать стражем порядка, золотого плаща мало. Среди новобранцев встречаются хорошие люди, но скотов, олухов, трусов и предателей тоже хватает. Все они плохо обучены, недисциплинированны, и собственная шкура у них на первом месте. Если дойдет до боя, долго они, боюсь, не продержатся.

— Я на это и не надеюсь. Как только стену проломят, нам конец — я это знал с самого начала.

— Мои люди набраны в основном из простонародья. Они ходят по тем же улицам, пьют в тех же кабаках, хлебают похлебку в тех же харчевнях. Вы, должно быть, уже знаете от вашего евнуха, что Ланнистеров в Королевской Гавани не очень-то любят. Многие еще помнят, как ваш лорд-отец разорил город, когда Эйерис открыл ему ворота. В народе ходят разговоры, что боги карают нас за грехи вашего дома — за то, что ваш брат убил короля Эйериса, за убиенных детей Рейегара, за казнь Эддарда Старка и неправедный суд Джоффри. Кое-кто открыто говорит о том, что при Роберте жилось куда лучше, и намекают, что со Станнисом на троне все снова будет хорошо. Это слышно повсюду — в кабаках, харчевнях и борделях, да и в казармах, боюсь, тоже.

— Вы хотите сказать, что мое семейство в городе ненавидят?

— Да — и расправятся с ним, если представится случай.

— И меня в том числе?

— Спросите вашего евнуха.

— Я спрашиваю вас.

Глубоко сидящие глаза Байвотера не мигая встретили разномастный взгляд карлика.

— Вас ненавидят больше всех, милорд.

— Больше всех?! — Тирион чуть не поперхнулся от такой несправедливости. — Это Джоффри посоветовал им есть своих мертвецов, Джоффри натравил на них своего пса. За что они меня-то винят?

— Его величество всего лишь мальчик. На улицах говорят, что у него дурные советчики. Королева никогда не была известна как друг народа, и лорда Вариса не от большой любви прозвали Пауком... но вас винят в первую очередь. Ваша сестра и евнух были здесь и в лучшие времена, при короле Роберте, а вот вас не было. Говорят, что вы наводнили город наглыми наемниками и немытыми дикарями, зверями, которые берут что хотят и не знают никаких законов, кроме своих собственных. Говорят, что вы изгнали Яноса Слинта потому, что он был слишком прям и честен на ваш вкус. Говорят, что вы бросили мудрого и доброго Пицеля в темницу, когда он осмелился поднять голос против вас. Некоторые утверждают даже, что вы сами хотите сесть на Железный Трон.

— Притом я урод и чудовище, не забывайте об этом. — Рука Тириона сжалась в кулак. — С меня довольно. Нас обоих ждут дела. Оставьте меня.

«Возможно, мой лорд-отец не напрасно презирал меня все эти годы, раз это все, чего я добился». Тирион посмотрел на остатки своего ужина, и его замутило при виде холодного жирного каплуна. Он с отвращением отодвинул блюдо, кликнул Пода и велел ему позвать Вариса и Бронна. «Мои самые доверенные советники — евнух и наемник, а дама моя — шлюха. Что после этого можно сказать обо мне?»

Бронн пожаловался на темноту и настоял на том, чтобы разжечь очаг. Когда явился Варис, огонь уже разгорелся.

— Где ты был? — осведомился Тирион.

— Исполнял поручение короля, милорд.

— Короля, короля. Мой племянник и на горшке-то неспособен сидеть, не говоря уж о Железном Троне.

— Подмастерье учится ремеслу смолоду, — пожал плечами Варис.

— Половина подмастерий с Вонючей Канавы правила бы лучше, чем твой король. — Бронн уселся за стол и оторвал от каплуна крыло.

Тирион, как правило, не замечал наглых выходок наемника, но сегодня это его взбесило.

— Я не помню, чтобы разрешил тебе доедать мой ужин.

— Ты ж все равно не ешь, — с набитым ртом проговорил Бронн. — В городе голод, и едой бросаться грешно. А вина у тебя нет?

«Скоро он захочет, чтобы я ему налил», — подумал Тирион и предупредил:

— Ты заходишь слишком далеко.

— Зато ты — недостаточно далеко. — Бронн кинул обглоданную кость на тростник. — Подумай только, как легко было бы жить, если б другой мальчуган родился первым. — Он запустил пальцы в каплуна и оторвал кусок грудки. — Плакса Томмен. Он, похоже, делал бы то, что ему велят, как и подобает хорошему королю.

Холод пробежал у Тириона по спине: он понял, на что намекает наемник. Если бы королем был Томмен...

Томмен может стать королем лишь в одном случае. Нет, нельзя даже думать об этом. Джоффри — его родная кровь и сын Джейме не меньше, чем Серсеи.

— Я мог бы отрубить тебе голову за такие слова, — сказал карлик Бронну, но тот засмеялся.

— Друзья, — сказал Варис, — сейчас не время ссориться. Прошу вас, не держите сердца.

— Чьего? — буркнул Тирион. Он охотно подержал бы несколько, на выбор.

ДАВОС

Сир Кортни Пенроз, без доспехов, сидел на гнедом жеребце, его знаменосец — на сером в яблоках. Над ними, рядом с коронованным оленем Баратеонов, развевались скрещенные гусиные перья Пенрозов, белые на рыжем поле. Лопатообразная борода сира

480

Кортни тоже была рыжей, а вот голова совсем облысела. Если великолепие королевской свиты и поражало его, на обветренном лице рыцаря это не отражалось.

Отряд короля приближался, позванивая дорогими цепями и бряцая сталью. Даже Давос имел на себе кольчугу, непонятно зачем надетую. Плечи и поясница у него болели от непривычной тяжести, он чувствовал себя неуклюже, как последний дурак, и снова спрашивал себя, зачем он здесь.

«Не мне обсуждать королевский приказ, но все же...»

Каждый в свите короля был выше по рождению и занимал более важный пост, чем Давос Сиворт, — все эти знатные лорды прямо блистали на утреннем солнце. Их доспехи были отделаны серебром и золотом, на шлемах вздымались шелковые плюмажи, перья, искусно отлитые геральдические звери с глазами из драгоценных камней. Сам Станнис казался не к месту в этом блистательном обществе, одетый, как и Давос, в шерсть и вареную кожу, только корона червонного золота придавала ему определенное величие. Зубцы в виде языков пламени сверкали на солнце, когда он поворачивал голову.

Сейчас Давос был еще ближе к его величеству, чем за все восемь дней с того времени, как «Черная Бета» присоединилась к остальному флоту у Штормового Предела. Он явился к королю сразу после прибытия, но ему сказали, что король занят. От своего сына Девана, одного из королевских оруженосцев, Давос узнал, что король теперь занят постоянно. Сейчас, когда Станнис Баратеон вошел в силу, лорды всех мастей жужжат вокруг него, как мухи вокруг мертвеца. Он и сам словно мертвец — здорово постарел с тех пор, как Давос отплыл с Драконьего Камня. Деван сказал, что король почти вовсе не спит. «После смерти лорда Ренли его мучают страшные сны, — признался отцу мальчик. — Лекарства мейстера ему не помогают. Только леди Мелисандре удается усыпить его».

Вот, значит, почему она теперь живет в его шатре? Чтобы молиться с ним вместе? Или она убаюкивает его иным способом? Но такой вопрос Давос даже сыну не посмел задать. Деван хороший мальчик, но он носит на груди пылающее сердце, и Давос видел его у вечерних костров — он молил Владыку Света принести в мир утреннюю зарю. Ну что ж, он королевский оруженосец — следовало ожидать, что он будет молиться тому же богу, что и его король.

Давос успел уже позабыть, какими высокими и толстыми выглядят вблизи стены Штормового Предела. Король Станнис остановился под ними в нескольких футах от сира Кортни.

— Сир, — с холодной учтивостью произнес он, оставшись в седле.

— Милорд. — Не столь учтиво, но иного и ожидать было нечего.

— К королю принято обращаться «ваше величество», — заметил лорд Флорент.

На его панцире светился червонным золотом лис в кольце лазоревых цветов. Очень высокий, очень знатный, очень богатый, лорд Брайтуотера первым из знаменосцев Ренли перешел к Станнису и первым отрекся от старых богов ради Владыки Света. Свою королеву Станнис оставил на Драконьем Камне вместе с ее дядей Акселлом, но ее люди стали многочисленнее и сильнее, чем когда-либо, а главным у них был Алестер Флорент.

Сир Кортни не ответил ему, обращаясь только к Станнису:

— Избранное общество. Лорды Эстермонт, Эррол и Варнер. Сир Джон из Фоссовеев зеленого яблока и сир Брайан из Фоссовеев красного. Лорд Карон и сир Гюйард из Радужной Гвардии Ренли... и, разумеется, знатный лорд Алестер Флорент из Брайтуотера. Не вашего ли Лукового Рыцаря я вижу там позади? Здравствуйте, сир Давос. Дама, к сожалению, мне незнакома.

— Меня зовут Мелисандра, сир. — Она одна была без доспехов, в своих развевающихся красных одеждах. Большой рубин у нее на шее пил солнечный свет. — Я служу вашему королю и Владыке Света.

— Желаю вам всяческой удачи в этом, миледи, — но я верую в других богов, и король у меня другой.

— Есть лишь один истинный король и один истинный бог, — объявил лорд Флорент.

— Нам предстоит изощряться в богословии, милорд? Знай я об этом, я прихватил бы с собой септона.

— Вам отлично известно, зачем мы здесь собрались, — сказал Станнис. — Я дал вам две недели, чтобы обдумать мое предложение. Вы рассылали воронов, но помощь не пришла. И не придет. Штормовой Предел остался в одиночестве, и мое терпение иссякло. В последний раз, сир, приказываю вам открыть ворота и вручить мне то, что принадлежит мне по праву.

— Ваши условия? — спросил сир Кортни.

— Они остаются прежними. Я прощу вам вашу измену, как простил тем лордам, которых вы видите позади меня. Люди вашего гарнизона вольны перейти на службу ко мне либо отправиться по домам, не понеся никакого ущерба. Вы можете оставить свое оружие и столько имущества, сколько можно унести на себе, но я заберу ваших лошадей и вьючных животных.

— А Эдрик Шторм?

— Бастард моего брата должен быть передан мне.

— В таком случае я снова отвечу «нет», милорд.

Король молча стиснул челюсти, Мелисандра же сказала:

— Да охранит вас Владыка Света в темноте вашей, сир Кортни.

— Да поимеют Иные вашего Владыку Света, — рявкнул Пенроз, — и да подотрут ему задницу тряпкой, под которой вы приехали.

Лорд Алестер Кортни прочистил горло.

— Сир Кортни, следите за своим языком. Его величество не желает мальчику зла. Это дитя — его родная кровь, и моя тоже. Его матерью была моя племянница Делена — это всем известно. Если вы не верите королю, доверьтесь мне. Вы знаете, что я человек чести...

— Я знаю, что вы человек честолюбивый. Человек, который меняет королей и богов, как я сапоги. То же касается и других перевертышей, которых я вижу перед собой.

По свите короля пробежал гневный ропот. «А ведь он, в сущности, прав», — подумал Давос. Еще совсем недавно Фоссовеи, Гюйард Морриген, лорды Карон, Варнер, Эррол и Эстермонт были сторонниками Ренли. Они заседали в его шатре, помогали ему составлять военные планы, направленные против того же Станниса. И лорд Флорент был среди них — он родной дядя королевы Селисы, но это не помешало ему склонить колено перед Ренли, когда звезда Ренли всходила.

Брюс Карон выехал немного вперед — его длинный радужный плащ полоскался под ветром с залива.

— Здесь нет перевертышей, сир. Я присягал Штормовому Пределу, а король Станнис — его полноправный властелин... и наш истинный король. Он последний из дома Баратеонов, наследник Роберта и Ренли.

— Если это так, почему с вами нет Рыцаря Цветов? Где Матис Рован? Рендил Тарли? Леди Окхарт? Почему с вами нет тех, кто любил Ренли больше всего? Где Бриенна Тарт, спрашиваю я вас?

— Она-то? — рассмеялся сир Гюйард Морриген. — Она сбежала, и ясно почему. Это от ее руки погиб король.

— Ложь, — сказал сир Кортни. — Я знал Бриенну еще девочкой, когда она играла у ног своего отца в Вечернем Замке, и узнал еще лучше, когда Вечерняя Звезда прислал ее сюда, в Штормовой Предел. Она полюбила Ренли Баратеона, как только увидела его впервые, — это и слепому было ясно.

— Верно, — бросил лорд Флорент, — и она не первая девица, убившая мужчину, который ее обесчестил. Но что до меня, я верю, что короля убила леди Старк. Она ехала от самого Риверрана, чтобы добиться союза с ним, а Ренли ей отказал. Она, конечно, усматривала в этом опасность для своего сына и убрала короля с дороги.

— Это была Бриенна, — настаивал лорд Карон. — Сир Эммон Кью поклялся в этом перед смертью — а я клянусь вам, сир Кортни.

— Да чего она стоит, твоя клятва? — презрительно проворчал сир Кортни. — На тебе разноцветный плащ — тот самый, который дал тебе Ренли, когда ты поклялся в верности ему. Если он мертв, почему ты жив? То же самое я спрашиваю у вас, сир, — обратился он к Гюйарду Морригену. — Вы ведь Гюйард Зеленый из Радужной Гвардии? И тоже клялись отдать жизнь за своего короля? Будь у меня такой плащ, я стыдился бы носить его.

— Радуйся, что у нас мирные переговоры, Пенроз, — взъярился Морриген, — не то я отрезал бы тебе язык за такие слова.

— И похоронил бы его заодно со своим мужским признаком?

— Довольно! — сказал Станнис. — Владыка Света покарал моего брата смертью за его измену. Кто совершил это, не имеет значения.

— Для вас, возможно, и не имеет. Я выслушал ваше предложение, лорд Станнис, — теперь выслушайте мое. — Сир Кортни снял с руки перчатку и бросил ее прямо в лицо королю. — Вызываю вас на поединок. Оружие назовите сами — мечи, копья, что угодно. Если же вы боитесь сами выйти против старика со своим волшебным мечом, рискнув королевской шкурой, назовите своего бойца — и я брошу вызов ему. — Рыцарь метнул уничтожающий взгляд на Гюйарда Морригена и Брюса Карона. — Любой из этих щенков подойдет в самый раз.

Сир Гюйард Морриген потемнел от гнева.

— Я подниму перчатку, если будет угодно королю.

— Я тоже. — Брюс Карон смотрел на Станниса. Король скрипнул зубами.

— Нет.

Сира Кортни это не удивило.

— В чем вы сомневаетесь, милорд, — в правоте своего дела или в силе своей руки? Или вы боитесь, что я помочусь на ваш меч и он погаснет?

— А вы, я вижу, за дурака меня держите, сир? У меня двадцать тысяч человек. Вы осаждены с суши и с моря. С чего мне выходить на поединок, если победа и так будет за мной? — Король погрозил рыцарю пальцем. — Предупреждаю вас: если вы вынудите меня брать мой замок штурмом, пощады не ждите. Я перевешаю вас всех до единого, как изменников.

— Это уж как богам будет угодно. Штурмуйте, милорд, — только вспомните прежде, как этот замок называется. — Сир Кортни дернул поводья и поехал обратно к воротам.

Станнис, помолчав, тоже повернул коня и поехал в свой лагерь. Остальные последовали за ним.

— При штурме этих стен погибнут тысячи, — заволновался престарелый лорд Эстермонт, дед короля с материнской стороны. — Уж лучше рискнуть чьей-то одной жизнью, разве нет? Дело наше правое, и боги наверняка даруют победу нашему бойцу.

Не боги, а бог, старик, заметил про себя Давос. Ты забываешь — теперь он у нас только один, Мелисандрин.

— Я сам охотно принял бы вызов, — сказал сир Джон Фоссовей, — хотя владею мечом и вполовину не так хорошо, как лорд Карон или сир Гюйард. Ренли не оставил в Штормовом Пределе ни одного именитого рыцаря. Гарнизонная служба — это для стариков и зеленых юнцов.

— Легкая победа, — согласился лорд Карон. — А какая слава — завоевать Штормовой Предел одним ударом!

Станнис метнул на них гневный взгляд.

— Стрекочете как сороки, а смысла в ваших речах еще меньше. Я требую тишины. — Он остановил взор на Давосе. — Поезжайте рядом со мной, сир. — Пришпорив коня, король отделился от свиты — только Мелисандра не отставала от него, держа в руке стяг, где пылало огненное сердце с коронованным оленем внутри — словно его проглотили целиком.

От Давоса не укрылись взгляды, которыми обменялись лорды и рыцари, когда он проехал мимо них, повинуясь приказу короля. У них-то в гербе не луковица — они происходят из древних, покрытых славой домов. «Ренли уж точно никогда не унижал их так, — подумал Давос. — Младший из Баратеонов обладал даром изящной учтивости, которого его брат, увы, лишен напрочь».

Конь Давоса поравнялся с королевским, и он перешел на медленный шаг.

— Ваше величество. — Вблизи вид у Станниса был еще хуже, чем издали. Лицо осунулось, и под глазами пролегли темные круги.

— Контрабандист должен хорошо разбираться в людях. Какого ты мнения о сире Кортни Пенрозе?

— Упорный человек, — осторожно ответил Давос.

— Я бы сказал, что ему не терпится умереть. Он швырнул мое прощение мне в лицо — а в придачу свою жизнь и жизнь каждого человека внутри этих стен. Поединок, подумать только! — презрительно фыркнул король. — Не иначе как он принимает меня за Роберта.

— Скорее всего он просто отчаялся. На что ему еще надеяться?

— Надеяться не на что. Замок падет — но как сделать это побыстрее? — Станнис задумался, и Давос расслышал сквозь перестук копыт, как он скрипнул зубами. — Лорд Алестер советует привезти сюда старого лорда Пенроза, отца сира Кортни. Ведь ты его знаешь, не так ли?

— Когда я был вашим послом, лорд Пенроз принял меня любезнее, чем большинство других. Он человек преклонных лет, государь, дряхлый и хворый.

— Флорент положит конец его хворям. На глазах у сына, с веревкой на шее.

Людям королевы перечить было опасно, но Давос поклялся всегда говорить королю правду.

— Я думаю, это дурное дело, государь мой. Сир Кортни скорее позволит своему отцу умереть, чем предаст его. Нам это ничего не даст, кроме бесчестья.

— Какого еще бесчестья? — ощетинился король. — Ты хочешь, чтобы я щадил изменников?

— Тех, кто едет позади, вы пощадили.

— Ты упрекаешь меня за это, контрабандист?

— Я никогда не посмел бы. — Давос испугался, что зашел слишком далеко, а король не уступал:

— Ты ценишь этого Пенроза выше, чем моих лордов-знаменосцев. Почему?

— Он хранит свою веру.

— Лурацкую веру в мертвого узурпатора.

— Да — однако хранит.

— А те, что позади, выходит, нет?

Давос сказал слишком много, чтобы стесняться.

— В прошлом году они были людьми Роберта. Одну луну назад — людьми Ренли. Нынче утром они ваши. Чьими они будут завтра?

Станнис ответил на это внезапным смехом — грубым и презрительным.

— Видишь, Мелисандра? Мой Луковый Рыцарь всегда говорит мне правду.

— Вы хорошо его знаете, ваше величество, — сказала красная женщина.

— Мне очень не хватало тебя, Давос. Это верно, они сплошь изменники — твой нюх тебя не обманул. И даже в измене своей они непостоянны. Сейчас они нужны мне, но ты-то знаешь, как мне претит прощать такую сволочь, хотя я наказывал лучших людей за меньшие преступления. Ты в полном праве упрекать меня, сир Давос.

— Вы сами вините себя больше, чем когда-либо смел я, ваше величество. Эти знатные лорды нужны вам, чтобы завоевать трон...

— Поэтому приходится смотреть на них сквозь пальцы, — угрюмо улыбнулся король.

Давос безотчетно потрогал искалеченной рукой ладанку у себя на шее, нащупав косточки внутри. Его удача.

Король заметил это.

— Они еще там, Луковый Рыцарь? Ты их не потерял?

— Нет.

— Зачем ты хранишь их? Мне часто бывало любопытно.

— Они напоминают мне, кем я был и откуда вышел. Напоминают о вашем правосудии, мой король.

— Да, я рассудил справедливо. Хороший поступок не может смыть дурного, как и дурной не может замарать хороший. И за тот, и за другой положена своя награда. Ты был героем, но и контрабандистом тоже. — Станнис оглянулся на лорда Флорента и прочих, радужных рыцарей, перевертышей, следующих за ними на расстоянии. — Прощенным мною лордам не мешало бы поразмыслить над этим. Немало хороших людей сражаются на стороне Джоффри из ложной веры в то, что истинный король — он. Северяне полагают таковым же Робба Старка. Но эти лорды, собравшиеся под знамя моего брата, знали, что он узурпатор. Они повернулись спиной к своему истинному королю потому лишь, что мечтали о власти и славе, и я узнал им цену. Да, я простил их — но

487

ничего не забыл. — Станнис помолчал, размышляя о грядущем правосудии, и неожиданно спросил: — Что говорят в народе о смерти Ренли?

— Горюют. Люди любили вашего брата.

— Дураки всегда дураков любят. Но я тоже скорблю о нем. О мальчике, которым он был, — не о мужчине, в которого он вырос. А что говорят о кровосмесительном блуде Серсеи?

— В нашем присутствии они кричали «да здравствует король Станнис». Я не поручусь за то, что они говорили после нашего отплытия.

— По-твоему, они не поверили?

— В бытность свою контрабандистом я убедился, что одни люди верят всему, а другие — ничему. Нам встречались и те, и другие. В народе ходит и другой слух...

— Да, — оборвал Станнис. — Будто Серсея наставила мне рога, привязав к каждому дурацкий бубенец. И дочь моя рождена от полоумного шута! Басня столь же гнусная, как и нелепая. Ренли бросил ее мне в лицо во время переговоров. Надо быть таким же безумным, как Пестряк, чтобы поверить в это.

— Может быть, государь... но верят они в эту историю или нет, рассказывается она с большим удовольствием. — Во многие места она добралась раньше них, испортив их собственный правдивый рассказ.

— Роберт мог помочиться в чашу, и люди назвали бы это вином — я же предлагаю им ключевую воду, а они морщатся подозрительно и шепчут друг другу, что у нее странный вкус. — Станнис скрипнул зубами. — Скажи им кто-нибудь, что я превратился в вепря, чтобы убить Роберта, они бы и в это поверили.

— Рты им не заткнешь, государь, — но, когда вы отомстите истинным убийцам своего брата, страна убедится в лживости подобных россказней.

Станнис слушал его невнимательно, думая о своем.

— Я не сомневаюсь, что Серсея приложила руку к смерти Роберта. Да, он будет отомщен — и Нед Старк тоже, и Джон Аррен.

— И Ренли? — выпалил Давос не подумав.

Король долго молчал, а потом сказал очень тихо:

— Иногда это снится мне. Смерть Ренли. Зеленый шатер, свечи, женский крик. И кровь. — Станнис опустил глаза. — Я был еще в постели, когда он погиб. Спроси своего Девана — он пытался разбудить меня. Рассвет был близок, и мои лорды волновались.

Мне следовало уже сидеть на коне, одетому в доспехи. Я знал, что Ренли атакует при первом свете дня. Деван говорит, что я кричал и метался, но что с того? Мне снился сон. Я был у себя в шатре, когда Ренли умер, и когда я проснулся, руки мои были чисты.

Сир Давос Сиворт ощутил зуд в своих отрубленных пальцах. «Что-то тут нечисто», — подумал бывший контрабандист, однако кивнул и сказал:

— Конечно.

— Ренли предложил мне персик. На переговорах. Он смеялся надо мной, подзуживал меня, угрожал мне — и предложил мне персик. Я думал, он хочет вынуть клинок, и схватился за свой. Может, он того и добивался — чтобы я проявил страх? Или это была одна из его бессмысленных шуток? Может, в его словах о сладости этого персика был какой-то скрытый смысл? — Король тряхнул головой — так собака встряхивает кролика, чтобы сломать ему шею. — Только Ренли мог вызвать у меня такое раздражение с помощью безобидного плода. Он сам навлек на себя беду, совершив измену, но я все-таки любил его, Давос. Теперь я это понял. Клянусь, я и в могилу сойду, думая о персике моего брата.

Они уже въехали в лагерь, следуя мимо ровных рядов палаток, реющих знамен, составленных вместе щитов и копий. Ядреный дух лошадиного навоза смешивался с запахом дыма и жареного мяса. Станнис краткой фразой отпустил лорда Флорента и остальных, приказав им через час собраться у него в шатре на военный совет. Они склонили головы и разъехались в разные стороны, а Давос с Мелисандрой проехали за королем к его шатру.

Шатер был велик, поскольку в нем проводились советы, но роскошью отнюдь не блистал. Простая солдатская палатка из плотного холста, выкрашенного в темно-желтый цвет, который мог сойти за золотой. Только знамя на серединном шесте указывало, что это королевская резиденция, да еще стража — люди королевы, опершиеся на длинные копья, с пылающими сердцами на груди.

Подоспели грумы, чтобы помочь им спешиться. Один из часовых освободил Мелисандру от ее громоздкого штандарта, вогнав древко глубоко в рыхлую землю. Деван стоял у входа, приготовясь поднять полотнище для короля. Рядом с ним стоял оруженосец постарше. Станнис, сняв с себя корону, вручил ее Девану.

— Подай нам две чаши холодной воды. Давос, пойдем со мной. За вами, миледи, я пришлю, когда вы мне понадобитесь...

— Да, ваше величество, — с поклоном ответила Мелисандра.

После яркого утра шатер показался Давосу холодным и темным. Станнис сел на простой походный табурет и указал Давосу другой.

— Когда-нибудь я сделаю тебя лордом, контрабандист, — хотя бы в пику Селтигару и Флоренту, но ты мне за это спасибо не скажешь. Придется тебе тогда торчать на этих советах и притворяться, что внимательно слушаешь, как регочут эти мулы.

— Зачем вы созываете их, раз от них нет никакого проку?

— Мулы любят собственный голос — почему бы и нет? Лишь бы тащили мою повозку. Бывает, кто и полезную мысль выскажет в кои-то веки. Сегодня, полагаю, этого не произойдет — ага, вот твой сын несет нам воду.

Деван поставил поднос на стол и наполнил две глиняные чаши. Король бросил в свою щепотку соли, Давос стал пить просто так, жалея, что это не вино.

— Вы говорили о вашем совете.

— Сейчас я скажу тебе, как все будет. Лорд Веларион предложит мне штурмовать замок на рассвете, с крючьями и лестницами против стрел и кипящего масла. Молодые мулы сочтут эту мысль великолепной. Эстермонт будет за то, чтобы уморить их голодом, как Тирелл и Редвин пытались уморить меня. Это может затянуться на целый год, но старые мулы терпеливы. Лорд Карол и прочие, любящие лягаться, захотят поднять перчатку сира Кортни и рискнуть всем в единоборстве — каждый из них уже воображает, что станет моим бойцом и покроет себя неувядаемой славой. — Король допил свою воду. — А что ты посоветовал бы мне, контрабандист?

Давос подумал немного и ответил:

— Идти на Королевскую Гавань.

— И оставить Штормовой Предел в руках неприятеля? — фыркнул король.

— Сир Кортни не в силах причинить вам вред в отличие от Ланнистеров. Осада может затянуться надолго, поединок — дело рискованное, а штурм будет стоить вам тысяч жизней без верной надежды на успех. Да и нужды в нем нет. Когда вы низложите Джоффри, этот замок отойдет к вам вместе со всеми остальными. В лагере говорят, что лорд Тайвин Ланнистер двинулся на запад — спасать Ланниспорт от северян.

— Твой отец замечательно умен, Деван, — сказал король стоящему подле мальчику. — Он заставляет меня пожелать, чтобы мне служило побольше контрабандистов и поменьше лордов. Но в одном ты заблуждаешься, Давос. Нужда есть. Если я оставлю Штормовой Предел невзятым у себя в тылу, все скажут, что я здесь потерпел поражение. А этого я допустить не могу. Ко мне не питают любви, как питали к моим братьям. За мной идут потому, что боятся меня, а поражение убивает страх. Замок должен быть взят. — Челюсти короля двинулись из стороны в сторону. — И быстро. Доран Мартелл созвал свои знамена и укрепил горные перевалы. Его дорнийцы готовы ринуться на Марки. Да и Хайгардену далеко еще не конец. Брат оставил у Горького Моста основную часть своего войска — около шестидесяти тысяч пехоты. Я послал женина брата сира Эррола с сиром Парменом Крейном взять этих солдат под мою руку, но они так и не вернулись. Боюсь, что сир Лорас Тирелл добрался до Горького Моста раньше моих посланников и забрал пехоту себе.

— Тем больше причин взять Королевскую Гавань как можно скорее. Салладор Саан говорил мне...

— У Салладора Саана на уме одно — золото! — вспылил Станнис. — Он только и мечтает о сокровищах, которые, по его мнению, лежат под Красным Замком. Слышать о нем не желаю. В день, когда мне вздумается держать совет с лиссенийским пиратом, я сниму с себя корону и надену черное. — Рука короля сжалась в кулак. — Чего ты хочешь, контрабандист, — служить мне или раздражать меня своими поперечными словами?

— Я ваш, — сказал Давос.

— Тогда слушай. Помощник сира Кортни лорд Медоуз — кузен Фоссовеев, двадцатилетний юнец. Если с Пенрозом что-то приключится, командование Штормовым Пределом перейдет к этому сопляку, и его кузены полагают, что он мои условия примет и замок сдаст.

— Я помню другого сопляка, командовавшего Штормовым Пределом, — ему в ту пору тоже было немногим больше двадцати.

— Лорд Медоуз не такой твердолобый упрямец, каким был я.

— Упрямец или трус — какая разница? Сир Кортни Пенроз жив и здоров.

— Как и мой брат перед смертью. Ночь темна и полна ужасов, Давос.

У Давоса встали дыбом волосы на затылке.

— Я не понимаю вас, милорд.

— Мне и не нужно, чтобы ты меня понимал, — мне нужно, чтобы ты послужил мне. Не пройдет и суток, как сир Кортни умрет. Мелисандра видела это в пламени грядущего — и умрет он, само собой, не в рыцарском единоборстве. — Станнис протянул свою чашу, и Деван снова наполнил ее водой. — Пламя не лжет. Смерть Ренли она тоже видела, еще на Драконьем Камне, и сказала об этом Селисе. Лорд Веларион и твой друг Саллатор Саан хотели, чтобы я дал сражение Джоффри, но Мелисандра сказала, что если я отправлюсь к Штормовому Пределу, то лучшая часть войска моего брата перейдет ко мне, — и была права.

— Н-но ведь лорд Ренли пришел сюда только потому, что вы осадили замок. Он шел на Королевскую Гавань и готов был...

— Шел, готов был — это все в прошлом времени, — хмуро проворчал Станнис. — Что сделано, то сделано. Он явился сюда со своими знаменами и своими персиками, чтобы встретить свою судьбу... к счастью для меня. Мелисандра видела в пламени и другое — день, когда Ренли в своих зеленых доспехах разбил мое войско у Королевской Гавани. Если бы я встретился с братом там, погибнуть бы мог я, а не он.

— Вы могли бы объединиться с ним и свергнуть Ланнистеров, — возразил Давос. — И если она видела два разных будущих, оба они не могут быть правдой.

Король поднял вверх палец.

— А вот тут ты ошибаешься, Луковый Рыцарь. Не всякий огонь отбрасывает одну тень. Стань ночью перед костром — сам увидишь. Огонь танцует и движется, не зная покоя. Тени перемещаются, длинные и короткие — на каждого человека приходится целая дюжина. Одни просто слабее других, только и всего. Человек и в будущем отбрасывает тень — одну или несколько, и Мелисандре видны они все. Я знаю, Давос, ты не любишь эту женщину, я ведь не слепой. И мои лорды ее не любят. Эстермонт считает огненное сердце дурным знаком и хотел бы сражаться под королевским оленем, как в старину. Сир Гюйард говорит, что эта женщина не должна нести мое знамя. Другие шепчутся, что ей не место в военном совете, что ее надо отправить обратно в Асшай, что грешно оставлять ее в моем шатре на ночь. Они шепчутся, а она делает свое дело.

— Какое? — спросил Давос, боясь услышать ответ.

— Нужное мне. А ты готов исполнить свое?

— Приказывайте. — Давос облизнул губы. — Что я должен сделать?

— Ничего такого, чего не делал бы раньше. Провести лодку в замок под покровом ночи, только и всего. Сможешь?

— Да. Этой ночью?

Станнис коротко кивнул:

— Маленькую лодку, не «Черную бету». Никто не должен знать об этом.

Давос хотел возразить. Он теперь рыцарь, не контрабандист, а наемным убийцей и вовсе никогда не был. Но слова застряли у него в горле. Это ведь Станнис, его господин и повелитель, которому он обязан всем, что имеет. Да и о сыновьях надо подумать. Боги праведные, что она сделала с ним?

— Ты молчишь, — заметил Станнис.

«И правильно делаю», — подумал Давос, однако сказал:

— Государь, замок должен стать вашим, теперь я это понимаю, но ведь есть же другие способы. Более чистые. Позвольте сиру Кортни оставить бастарда при себе, и он наверняка сдастся.

— Этот мальчик нужен мне, Давос. Нужен. Мелисандра и это видела в пламени.

Давос лихорадочно подыскивал другой выход.

— В Штормовом Пределе нет рыцаря, который способен справиться с сиром Гюйардом, лордом Кароном и сотней других, присягнувших вам. Этот поединок... быть может, сир Кортни просто ищет способа сдаться с честью? Даже если это будет стоить ему жизни?

Тревожная мысль прошла по лицу короля, как облако.

— Скорее всего тут кроется какое-то вероломство. Поединка не будет. Сир Кортни умер еще до того, как бросил свою перчатку. Пламя не лжет, Давос.

«Однако для того, чтобы его правда подтвердилась, нужен я». Давно уже Давос Сиворт не чувствовал такой печали.

Это чувство не прошло и тогда, когда он снова пустился через залив Губительные Валы на утлой лодчонке с черным парусом. Небо осталось прежним, и море тоже. Та же соль висела в воздухе, и волны плескались у борта так же, как ему помнилось. Тысяча костров мерцала у стен замка, как костры Тирелла и Редвина шестнадцать лет назад, но все остальное переменилось.

«В прошлый раз я вез в Штормовой Предел жизнь, принявшую вид луковиц, — теперь везу смерть в виде Мелисандры из Асшая». Шестнадцать лет назад паруса скрипели и щелкали при каждом порыве ветра, пока он не опустил их и не перешел на обмотанные тряпками весла, — но и тогда сердце у него трепыхалось. Однако люди на галеях Редвина за долгий срок утратили бдительность, и Давос прошел через их кордон, как по черному шелку. Теперь все корабли на море принадлежали Станнису, и опасность исходила только от часовых на стенах замка, но Давос все равно был напряжен, как тетива лука.

Мелисандра съежилась на скамейке в темно-красном плаще, окутывающем ее с головы до пят, лицо бледным пятном маячило под капюшоном. Давос любил море. Ему лучше спалось, когда палуба покачивалась под ним, и пение ветра в снастях было для него слаще звуков самого искусного арфиста. Но в эту ночь даже море не приносило ему утешения.

— От вас пахнет страхом, сир рыцарь, — тихо молвила красная женщина.

— Кто-то сказал мне, что ночь темна и полна ужасов. Нынче ночью я не рыцарь — я снова Давос-контрабандист. Жаль только, что вы не луковица.

— Так это меня вы боитесь? — засмеялась она. — Или того, что нам предстоит?

— Вам, а не нам. Я в этом деле не участник.

— Но парус поставила ваша рука, и она держит руль.

Давос молча держался своего курса. Берег здесь щерился скалами, поэтому он взял мористее, ожидая прилива, чтобы повернуть. Штормовой Предел остался далеко позади, но красную женщину это, видимо, не беспокоило.

— Скажите, Давос Сиворт, — вы хороший человек?
Разве стал бы хороший человек заниматься таким делом?

— Человек, как все прочие, — ответил он. — Я добр к своей жене, но знавал и других женщин. Стараюсь быть хорошим отцом своим сыновьям, помочь им обрести место в этом мире. Да, я нарушал законы, но до этой ночи ни разу не чувствовал, что делаю зло. Пожалуй, во мне всего намешано поровну, миледи, — и хорошего, и плохого.

— Серый человек. Не белый и не черный, того и другого понемногу. Так, сир Давос?

«А если и так, то что? Мне сдается, большинство людей и есть серые».

— Если половина лука почернела от гнили, мы говорим, что лук гнилой. Человек либо хорош, либо плох.

Костры позади превратились в тусклое зарево на черном небе, и земля почти скрылась из виду. Пришло время поворачивать назад.

— Поберегите голову, миледи. — Давос налег на руль, и лодка сделала поворот, взрезая черную воду. Мелисандра пригнулась под реем, держась рукой за планшир, спокойная, как всегда. Казалось, что в замке непременно должны услышать шум, производимый треском дерева, хлопаньем паруса и плеском воды, — но Давос знал, что это не так. Рокот волн, бьющих о скалы, — вот и все, что проникает за массивную морскую стену Штормового Предела, да и то слабо.

Рябь потянулась за ними, когда они двинулись к берегу.

— Мы говорили о мужчинах, — сказал Давос. — С луком тоже все ясно. Ну а женщины как же? Это и к ним относится? Вот вы, миледи, хорошая или плохая?

— Ну что ж, — усмехнулась она, — я тоже рыцарь своего рода, достойный сир. Рыцарь света и жизни.

— Однако нынче собираетесь убить человека — как убили мейстера Крессена.

— Ваш мейстер сам отравился. Он хотел отравить меня, но меня охраняла высшая сила, а его — нет.

— А Ренли Баратеона кто убил?

Она повернула голову. Ее глаза в тени капюшона светились, как тусклые красные свечи.

— Не я.

— Лжете. — Теперь Давос был в этом уверен. Мелисандра засмеялась снова.

— Вы блуждаете во мраке, сир Давос.

— Оно и к лучшему. — Давос указал на далекие огни Штормового Предела. — Чувствуете, какой ветер холодный? Часовые на стенах будут жаться поближе к своим факелам. Немного тепла, немного света — это утешительно в столь бурную ночь. Но снег ослепит их, и они нас не заметят. — (Надеюсь.) — Сейчас нас защищает бог тьмы, миледи, — даже и вас.

Ее глаза вспыхнули чуть ярче.

— Не произносите этого имени, сир, и да не глянет на нас его черное око. Он никого не может защитить, ручаюсь вам. Он враг всего живого. Вы сами сказали: нас скрывают факелы, то есть огонь — сияющий дар Владыки Света.

— Будь по-вашему.

— Не по-моему, но так, как хочет Он.

Ветер переменился — Давос видел это по колебаниям черного паруса. Он взялся за фалы.

— Помогите мне спустить парус. Остаток пути пройдем на веслах.

Вместе они убрали парус, стоя в раскачивающейся лодке, и Давос, опустив весла в бурную черную воду, спросил:

— А кто вез вас к Ренли?

— В этом не было нужды. Его ничто не защищало. Но Штормовой Предел — древняя крепость, и его камни напитаны чарами. Сквозь эти темные стены не пройдет ни одна тень — старые чары давно забыты, но действуют до сих пор.

— Тень? — По телу Давоса прошли мурашки. — Но тень — порождение тьмы.

— Вы невежественнее, чем малый ребенок, сир рыцарь. Во тьме нет теней. Тени — слуги света, дети солнца. Чем ярче пламя, тем они темнее.

Давос, нахмурясь, велел ей замолчать. Они приблизились к берегу, и над водой послышались голоса. Давос греб, и тихий плеск его весел терялся в грохоте прибоя. С моря Штормовой Предел защищал белый меловой утес — он круто вставал из воды, в полтора раза выше массивной крепостной стены наверху. В утесе зияла трещина — туда-то и правил Давос, как шестнадцать лет назад. Трещина вела в пещеру под замком, где штормовые лорды в старину построили пристань.

Этот канал, проходимый только во время прилива, был очень коварен, но Давос не забыл былых контрабандистских навыков. Он ловко провел лодку между острыми скалами, и скоро перед ними разверзлось устье пещеры. Он позволил волнам внести лодку внутрь — они швыряли ее туда-сюда и промочили его с Мелисандрой насквозь. Каменный палец в кольце пены высунулся из мрака, и Давос едва успел оттолкнуться веслом.

Они прошли в пещеру, волны улеглись, и тьма объяла их со всех сторон. Лодка медленно кружилась на месте. Эхо их дыхания отражалось от стен. Давос не ожидал, что будет так темно. В прошлый раз вдоль всего канала горели факелы, и глаза оголодавших защитников смотрели сквозь амбразуры в потолке. Он знал, что где-то впереди подъемная решетка. Работая веслами, он придержал лодку, и она мягко причалила к железной преграде.

— Вот и все — если только у вас в замке нет человека, который поднял бы решетку для вас. — Его шепот пробежал по воде, как вереница мышей на мягких розовых лапках.

— Мы уже прошли под стеной?

— Да, мы под замком, но дальше хода нет. Решетка доходит до самого дна, а прутья поставлены так близко, что даже ребенок не пролезет.

Вместо ответа послышался тихий шорох, и во тьме блеснул свет.

Давос заслонил рукой глаза, и у него перехватило дыхание. Мелисандра сбросила свой плащ. Под ним она была нагая и на последнем сроке беременности. Тяжелые груди набухли, живот, казалось, вот-вот лопнет.

— Да помогут нам боги, — прошептал он, а она засмеялась, низко и гортанно. Глаза ее горели, как раскаленные угли, а потная кожа светилась, точно изнутри. Она сияла во мраке.

Тяжело дыша, она присела и широко расставила ноги. По ее ляжкам хлынула кровь, темная, как чернила. Крик, полный муки и экстаза, вырвался у нее. Давос увидел, как из нее показалась голова ребенка. Следом выскользнули две руки, черные пальцы впились в напрягшиеся ляжки Мелисандры, и наконец тень выбралась наружу вся и поднялась — выше Давоса, под самый потолок, нависла она над лодкой. Еще миг — и тень пролезла сквозь прутья решетки и помчалась прочь по воде, но Давосу хватило и этого мгновения.

Он узнал эту тень. Он знал человека, которому она принадлежала.

ДЖОН

Звук плыл в черноте ночи. Джон приподнялся на локте, по привычке нашарив Длинный Коготь. Весь лагерь пришел в движение. «Рог, пробуждающий спящих», — подумал Джон.

Долгий низкий зов замер на грани слуха. Часовые у стены стояли на местах, дыша паром, повернув головы на запад. Звук рога затих, а с ним и ветер. Люди вылезали из-под одеял, разбирая копья и пояса с мечами, прислушиваясь. Один из коней заржал, но его заставили умолкнуть. Казалось, будто весь лес затаил дыхание. Братья Ночного Дозора ждали, не затрубит ли рог второй раз, молясь о том, чтобы этого не случилось, и боясь услышать его.

Тишина тянулась нескончаемо. Наконец все поняли, что рог дважды не затрубит, и заухмылялись, стараясь скрыть испытанное ими беспокойство. Джон Сноу подбросил несколько веток в огонь, застегнул пояс, натянул сапоги, отряхнул плащ от росы и грязи и надел его на себя. Костер трещал, и желанное тепло согревало Джона, пока он одевался. Лорд-командующий зашевелился в палатке и поднял входное покрывало:

— Один раз трубили? — Ворон, нахохленный и несчастный, молча сидел у него на плече.

— Один, милорд. Братья возвращаются.

Мормонт подошел к костру.

— Полурукий. Да и пора уж. — С каждым днем, проведенным ими здесь, Старый Медведь делался все беспокойнее: еще немного — и кидаться бы начал. — Позаботься о горячей еде для них и корме для лошадей. Куорена сразу ко мне.

— Я приведу его, милорд. — Отряд из Сумеречной Башни ожидался много дней назад. Но он не появлялся, и у костров начались мрачные разговоры, которые заводил не один только Скорбный Эдд. Сир Оттин Уитерс стоял за то, чтобы вернуться в Черный Замок как можно скорее. Сир Малладор Локе предлагал идти к Сумеречной Башне, надеясь найти следы Куорена и выяснить, что с ним случилось. Торен Смолвуд хотел двигаться дальше в горы. «Манс-Разбойник знает, что сражения с Дозором ему не миновать, но не ожидает, что мы зайдем так далеко на север. Если мы пойдем вверх по Молочной, то захватим его врасплох и разобьем в пух и прах, не успеет он опомниться».

— Их намного больше, чем нас, — возражал сир Оттин. — Крастер сказал, что Манс собрал большое войско, много тысяч человек. А нас без Полурукого всего двести.

— Пошлите двести волков, сир, на десять тысяч овец — и увидите, что будет, — не сдавался Смолвуд.

— Среди этих овец немало козлищ, Торен, — заметил Джармен Баквел, — да и львы попадаются. Гремучая Рубашка, Харма Собачья Голова, Альфин Убийца Ворон...

— Я их знаю не хуже, чем ты, Баквел, — огрызнулся Смолвуд, — и намерен со всех снять головы. Это одичалые, а не солдаты. Несколько сотен героев, скорее всего беспробудно пьяных, на громадную орду женщин, детей и рабов. Мы разобьем их и загоним обратно в их логовища.

Они спорили часами, но к согласию так и не пришли. Старый Медведь был слишком упрям, чтобы отступать, но и вверх по Молочной идти не желал. В конце концов решили подождать братьев из Сумеречной Башни еще несколько дней, а если они не придут, собрать совет снова.

И вот они здесь — стало быть, решение откладывать больше нельзя. Джон и этому был рад. Если уж сражения с Мансом не избежать, пусть это случится поскорее.

Скорбный Эдд сидел у костра, жалуясь на рога, трубящие в лесу и не дающие ему спать. Джон дал ему новый повод для жалоб. Вместе они разбудили Хейка, который встретил приказ лорда-командующего градом проклятий, но все-таки встал и тут же поставил дюжину человек резать ему овощи для супа.

Когда Джон шел через лагерь, его догнал запыхавшийся Сэм, чье круглое лицо под черным капюшоном маячило во мраке, как бледная луна.

— Я слышал рог. Не твой ли это дядя возвращается?

— Это только люди из Сумеречной Башни. — Надежды на благополучное возвращение Бенджена Старка оставалось все меньше. Плащ, найденный Джоном у подножия Кулака, вполне мог принадлежать его дяде или кому-то из его людей — это даже Старый Медведь признавал, хотя зачем этот плащ зарыли здесь, завернув в него груду изделий из драконова стекла, оставалось загадкой. — Мне надо идти, Сэм.

У стены часовые вытаскивали колья из промерзшей земли, освобождая проход. Вскоре на склоне показались первые братья из Сумеречной Башни. Среди кожи и мехов там и сям поблескивала сталь или бронза, косматые бороды скрывали исхудалые лица, придавая новоприбывшим сходство с их лохматыми лошадьми. Джон с удивлением заметил, что на некоторых конях едет по двое всадников, а присмотревшись получше, он разглядел, что многие братья ранены. Видно, в пути у них не обошлось без стычки.

Куорена Полурукого Джон узнал сразу, хотя никогда его прежде не видел. Этот легендарный разведчик слыл в Дозоре скупым на слова, но быстрым в деле. Высокий и прямой, как копье, длинноногий, длиннорукий и сумрачный. В отличие от своих людей он был чисто выбрит. Из-под его шлема спускалась тяжелая коса, тронутая инеем, а черная одежда так выцвела, что казалась серой. На руке, держащей поводья, остались только большой палец и мизинец — остальные пальцы отсек топор одичалого, который иначе бы раздробил Куорену череп. Рассказывали, что он ткнул изувеченной рукой в лицо врагу, залив ему глаза кровью, и убил его. С того дня у одичалых за Стеной не было недруга более беспощадного.

— Лорд-командующий хочет вас видеть, — обратился к нему Джон. — Я провожу вас к его палатке.

Куорен слез с седла.

— Мои люди голодны, и лошади нуждаются в уходе.

— О них обо всех позаботятся.

Полурукий отдал коня одному из своих и пошел за Джоном.

— Ты Джон Сноу. У тебя отцовский взгляд.

— Вы знали его, милорд?

— Я не лорд, просто брат Ночного Дозора. Да, я знал лорда Эддарда — и отца его тоже.

Джону приходилось шагать пошире, чтобы Куорен его не обгонял.

— Лорд Рикард умер, когда я еще не родился.

— Он был другом Дозора. — Куорен оглянулся. — Говорят, ты приручил лютоволка?

— Призрак вернется сюда на рассвете. Ночью он охотится.

Скорбный Эдд поджаривал на костре Старого Медведя ломтики ветчины, и в котелке варилась дюжина яиц. Мормонт сидел на походном стуле из кожи и дерева.

— Я уж начал за вас бояться. Случилось что-нибудь?

— Мы встретились с Альфином Убийцей Ворон. Манс послал его произвести разведку вдоль Стены, и мы напоролись на него, когда он возвращался. — Куорен снял шлем. — Он уж больше не будет беспокоить страну, но часть его шайки от нас ушла. Мы преследовали их, сколько могли, но малое число все-таки вернется в горы.

— И чего вам это стоило?

— Четверо братьев убиты, дюжина ранены. У врага потерь втрое больше, и мы взяли пленных. Один сразу же умер от ран, но второй дотянул до допроса.

— Об этом лучше поговорим в палатке. Джон принесет вам эля — или ты предпочитаешь подогретое вино?

— С меня и горячей еды будет довольно — еще яйцо и ломтик ветчины.

— Как скажешь. — Мормонт приподнял входное полотнище, и Куорен, пригнувшись, вошел внутрь.

Эдд стоял над котелком, поворачивая яйца ложкой.

— Завидую этим яйцам. Будь котелок побольше, я бы сам залез в кипяток. Только лучше бы вместо воды было вино. Есть худшие способы умереть — а тут тебе и тепло, и пьяно. У нас один брат утонул в вине. Пойло было так себе, и утопленник его не улучшил.

— Ты что, пробовал?!

— Если б ты нашел одного из братьев мертвым, Джон Сноу, тебе тоже захотелось бы выпить с горя. — Эдд добавил в котелок щепотку мускатного ореха.

Джон присел у огня, вороша костер палкой. В палатке слышался голос Старого Медведя, перемежаемый карканьем ворона и тихим говором Куорена, но слов Джон не разбирал. Хорошо, что Альфин Убийца Ворон убит. Он был одним из самых кровожадных вожаков одичалых и заслужил свое прозвище, убив немало черных братьев. Почему же Куорен так мрачен, если он одержал победу?

Джон надеялся, что приход отряда из Сумеречной Башни взбодрит братьев в лагере. Прошлой ночью, выйдя справить нужду, он услышал, как пять или шесть человек тихо разговаривают у догоревшего костра. Четт заявил, что давно пора повернуть назад, и Джон остановился послушать.

«Старикан дурачится, а мы терпим. В этих горах мы найдем себе могилу, вот и весь сказ». «В Клыках Мороза живут великаны, оборотни и еще худшие твари», — сказал Ларк Сестринец. «Я туда не пойду, так и знайте». «Не больно-то Старый Медведь тебя спросит». «А может, мы сами его не спросим», — буркнул Четт.

Тут одна из собак зарычала, и пришлось Джону убираться, пока его не заметили. Этот разговор явно не предназначался для его ушей. Джон думал, не пересказать ли слышанное Мормонту, но ему претило доносить на своих братьев, даже таких, как Четт и Сестринец. «Все это пустые слова, — сказал он себе. — Им просто холодно и страшно, как всем нам. Тяжело это — ждать, сидя на каменном бугре над лесом, не зная, что принесет тебе завтрашний день. Невидимый враг — самый ужасный».

Джон вытащил из ножен свой новый кинжал, глядя, как отражается пламя в его блестящем черном лезвии. Он сам выстрогал к нему деревянную рукоять и обмотал ее веревкой, чтобы легче было держать. Не больно красиво, зато удобно. Эдд говорил, что от стеклянного ножа проку как от сосков на рыцарском панцире, но Джон не был в этом так уверен. Драконово стекло острее стали, хотя гораздо более хрупкое. И все эти вещи зарыли в лесу не зря.

Он и для Гренна сделал кинжал, и для лорда-командующего, а боевой рог подарил Сэму. Рог при ближайшем рассмотрении оказался надтреснутым, и Джон, даже вычистив из него всю грязь, не смог выдуть ни единой ноты, а обод был весь щербатый, но Сэм любит старинные вещи, даже бесполезные. «Будешь из него пить, — сказал ему Джон, — и вспоминать, как ходил в поход за Стену, до самого Кулака Первых Людей». Еще он дал Сэму наконечник копья и дюжину наконечников стрел, а остальное роздал другим своим друзьям на счастье.

Старому Медведю кинжал вроде бы понравился, но на поясе он по-прежнему носил стальной. Мормонт понятия не имел, кто мог зарыть этот клад и что это означало. Может быть, Куорен знает? Полурукий заходил в эту глушь дальше, чем любой из ныне живущих.

— Сам им подашь или мне пойти?

Джон убрал кинжал в ножны.

— Давай я. — Ему хотелось послушать, о чем они говорят.

Эдд отрезал три толстых ломтя от черствой ковриги овсяного хлеба, положил на них ветчину, накапал сала и выложил в миску сваренные вкрутую яйца. Джон взял миску в одну руку, деревянное блюдо с хлебом в другую и, пятясь задом, вошел в палатку.

Куорен сидел, скрестив ноги, на полу, с прямой как копье спиной. Огонь свечей обрисовывал его скулы.

— Гремучая Рубашка, Плакальщик и прочие главари, большие и малые, — говорил он. — Еще оборотни, мамонты, а людей видимо-невидимо. Если, конечно, верить его речам, за истинность которых не могу поручиться. Эббен полагает, он плел нам эти басни, чтобы продлить свою жизнь.

— Правда это или ложь, Стену нужно предупредить, — сказал Старый Медведь, когда Джон поставил перед ними еду. — И короля тоже.

— Которого?

— Всех, сколько есть, истинных и ложных. Если хотят стать во главе государства, пусть защищают его.

Полурукий взял себе яйцо и разбил его о край миски.

— Короли сделают то, что им заблагорассудится, — то есть скорее всего очень мало, — сказал он, облупливая скорлупу. — Вся надежда на Винтерфелл. Старки должны поднять Север.

— Правильно. — Мормонт развернул карту, нахмурился, смял ее, раскрыл другую. Думает, куда упадет молот, понял Джон. Когда-то у Дозора было семнадцать замков на протяжении ста лиг, занимаемых Стеной, но по мере уменьшения братства их покидали один за другим. Теперь только в трех есть гарнизоны, и Мансу-Разбойнику это известно не хуже их. — Можно надеяться, что сир Аллистер Торне приведет из Королевской Гавани новое пополнение. Если Сумеречная Башня даст людей в Серый Дозор, а Восточный Дозор заселит Бочонок...

— Серый Дозор сильно разрушен. Лучше уж заселить Каменную Дверь, если будет кем, еще Ледовый порог и Глубокое озеро.

С дозорными отрядами, которые ежедневно будут ходить между ними.

— Да. Даже дважды в сутки, если будет возможность. Стена и сама по себе солидное препятствие. Без защитников она не остановит их, но задержит. Чем больше у них войско, тем больше времени им понадобится. Женщин они наверняка возьмут с собой — не бросать же их в той морозной пустыне. И детей, и скотину... видел ты козу, способную взобраться по приставной лестнице? Или по веревке? Придется им строить настоящую лестницу или откос... на это уйдет не меньше одной луны, а то и больше. Манс, конечно, понимает, что для него самое лучшее пройти *под* Стеной. Через ворота или...

— Через брешь.

— Что? — резко вскинул голову Мормонт.

— Они не собираются лезть на Стену или подкапываться под нее, милорд. Они хотят ее проломить.

— В Стене семьсот футов вышины, а у основания она такая толстая, что сто человек должны работать целый год, чтобы продолбить ее кирками.

— Все равно.

Мормонт запустил пальцы в бороду.

— Но как?

— Колдовством, как же иначе. — Куорен откусил половину яйца. — С чего бы еще Манс стал собирать свое войско в Клыках Мороза? Это голый суровый край, и до Стены от него будь здоров.

— Я полагал, он просто хочет скрыть свои маневры от глаз моих разведчиков.

— Может, и так, — сказал Куорен, приканчивая яйцо, — но я думаю, дело не только в этом. Он что-то ищет на этих холодных высотах — что-то, необходимое ему до зарезу.

— Но что? — Ворон Мормонта задрал голову и завопил так, что в палатке всем уши заложило.

— Некую силу. Наш пленник не мог сказать, в чем она заключается. Его, вероятно, допрашивали слишком ретиво, и он умер, не успев сказать всего, что знал. Но этого он, видимо, не знал вовсе.

Джон слышал, как снаружи воет ветер, проникая сквозь круглую стену и дергая растяжки палатки. Мормонт задумчиво потер подбородок.

— Сила, — задумчиво повторил он. — Я должен знать, в чем она.

— Тогда вам нужно послать разведчиков в горы.

— Не хочу я больше рисковать людьми.

— Двум смертям не бывать. Для чего мы еще надеваем черные плащи, как не для того, чтобы умереть за отечество? Предлагаю послать пятнадцать человек, разбив их на три отряда. Один пойдет по Молочной, второй — на Воющий перевал, третий поднимется на Лестницу Гигантов. Командирами будут Джармен Баквел, Торен Смолвуд и я. Надо узнать, что таится в этих горах.

— Таится, — крикнул ворон. — Таится.

Лорд-командующий испустил глубокий вздох.

— Другого выхода я не вижу, — признался он, — но если вы не вернетесь...

— Кто-нибудь непременно спустится с гор, милорд. Если не мы, то Манс-Разбойник, и мимо вас он не пройдет. Он не сможет оставить вас у себя в тылу и вынужден будет атаковать, а это крепкое место.

— Не настолько.

— Что ж, возможно, мы все умрем, зато выиграем время братьям на Стене. Время, чтобы заселить пустые замки и наглухо заморозить ворота, чтобы призвать себе на помощь лордов и королей, чтобы наточить топоры и починить катапульты. Мы потратим свою жизнь не без пользы.

— Умрем, — сказал ворон, расхаживая по плечам Мормонта. — Умрем, умрем, умрем. — Старый Медведь сидел молча, сгорбившись, словно придавленный тяжестью этих слов. Наконец он сказал:

— Да простят меня боги. Отбирай людей.

Куорен Полурукий, повернув голову, встретился глазами с Джоном и не отвел их.

— Хорошо. Я выбираю Джона Сноу.

Мормонт моргнул:

— Он совсем еще мальчишка и мой стюард к тому же. Даже не разведчик.

— Вам сможет прислуживать Толлет, милорд. — Куорен поднял искалеченную двупалую руку. — Старые боги за Стеной еще сильны. Боги Первых Людей... и Старков.

— Что скажешь ты, Джон? — спросил Мормонт.

— Я готов, — сразу же ответил тот.

— Я так и думал, — грустно улыбнулся старик.

Когда Джон с Куореном вышли из палатки, забрезжил рассвет. Ветер шевелил их черные плащи и выдувал из костра красные угли.

— В полдень мы выступаем, — сказал Джону разведчик. — Постарайся найти своего волка.

ТИРИОН

— Королева намерена отослать принца Томмена из города. — Они стояли рядом на коленях, одни в тишине и полумраке септы, окруженные мерцанием свечей, но Лансель все равно старался говорить потише. — Лорд Джайлс увезет его в Росби и скроет там под видом пажа. Они хотят перекрасить ему волосы в темный цвет и выдать его за сына межевого рыцаря.

— Чего она боится? Толпы? Или меня?

— И того, и другого.

— Ага. — Тирион ничего не знал об этой затее. Неужто певчие пташки Вариса в кои-то веки подвели его? Даже паукам случается задремать... а может, евнух ведет какую-то свою игру? — Прими мою благодарность, сир.

— Вы исполните мою просьбу?

— Возможно. — Лансель просил, чтобы в следующем бою ему позволили командовать собственным отрядом. Превосходный способ умереть, еще не отрастив как следует усов, но юные рыцари всегда считают себя непобедимыми.

Отпустив кузена, Тирион задержался и поставил на алтарь Воина свечу, зажженную от другой. «Храни моего брата, ублюдок этакий, — он ведь один из твоих». Вторую свечу он поставил Неведомому — за себя.

Ночью, когда в Красном Замке погасли огни, к нему в покои пришел Бронн. Тирион запечатывал письмо.

— Отнесешь это сиру Джаселину Байвотеру, — сказал карлик, капая золотым воском на пергамент.

— А что там написано? — Бронн читать не умел, поэтому задавал беззастенчивые вопросы.

— Что он должен взять пятьдесят своих лучших мечей и произвести разведку по Дороге Роз. — Тирион приложил свою печать к мягкому воску.

— Станнис скорее уж приедет по Королевскому Тракту.

— Без тебя знаю. Скажи Байвотеру — пусть не смотрит на то, что написано в письме, и ведет своих людей на север. Надо устроить засаду на дороге в Росби. Лорд Джайлс через день-другой отбудет в свой замок с дюжиной латников, слугами и моим племянником. Принц Томмен может быть одет пажом.

— Ты хочешь вернуть парнишку обратно?

— Нет, пусть его отвезут в Росби. — Убрать мальчика из города — один из лучших замыслов Серсеи. В Росби ему не грозит опасность от бунтующих толп — кроме того, его удаление затруднит жизнь Станнису. Даже если тот возьмет Королевскую Гавань и казнит Джоффри, у Ланнистеров все-таки останется претендент на престол. — Лорд Джайлс слишком хвор, чтобы бежать, и слишком труслив, чтобы драться. Он прикажет кастеляну открыть ворота. Войдя в замок, Байвотер должен разогнать тамошний гарнизон и остаться стеречь Томмена. Спроси его, как ему нравится сочетание «лорд Байвотер».

— «Лорд Бронн» еще лучше. Я бы тоже мог постеречь мальчонку. Я качал бы его на колене и пел ему колыбельные, раз за это лордом делают.

— Ты нужен мне здесь. — (И своего племянника я тебе не доверю). — Случись что-нибудь с Джоффри, вся надежда Ланнистеров на Железный Трон окажется в слабых ручонках Томмена. Золотые плащи сира Джаселина сберегут мальчика, а наемники Бронна вполне способны продать его врагу.

— А как новый лорд должен поступить со старым?

— Как угодно, лишь бы кормить его не забывал. Я не хочу, чтобы Джайлс умер. — Тирион вылез из-за стола. — Моя сестра пошлет с принцем одного из королевских гвардейцев.

Бронна это не встревожило.

— Пес — телохранитель Джоффри и не оставит его, а с остальными золотые плащи Железнорукого уж как-нибудь управятся.

— Скажи сиру Джаселину: если дело дойдет до драки, на глазах у Томмена никого убивать нельзя. — Тирион накинул тяжелый плащ из темно-бурой шерсти. — У моего племянника нежное сердце.

— Ты уверен, что он Ланнистер?

— Ни в чем я не уверен, кроме зимы и войны. Пошли. Я проеду с тобой часть пути.

— К Катае?

— Слишком ты много обо мне знаешь.

Они вышли через калитку в северной стене. Тирион пришпорил лошадь каблуками и поскакал по Дороге Тени. Несколько фигур шмыгнуло во мрак, услышав стук копыт, но напасть никто не осмелился. Совет подтвердил и продлил его указ: всякому, взятому на улице после вечернего звона, грозила смерть. Эта мера немного умиротворила Королевскую Гавань и вчетверо сократила число трупов, находимых утром в переулках, но Варис сказал, что народ клянет Тириона за это. «Им бы спасибо сказать мне за то, что они живы и могут ругаться». На улице Медников их остановили двое золотых плащей, но, увидев, кто едет, извинились перед десницей и пропустили. Бронн повернул на юг к Грязным воротам, и они расстались.

Тирион продолжил путь к Катае, но терпение вдруг изменило ему. Повернувшись в седле, он оглядел улицу — за ним никто не следил. Все окна были темны или плотно закрыты ставнями, и только ветер свистал в переулках. Если Серсея и послала за ним соглядатая, тот скорее всего прикинулся крысой.

— А, пропади все пропадом, — проворчал Тирион. Предосторожности обрыдли ему. Он развернул и пришпорил коня. «Если позади кто-то есть, посмотрим, как он за мной угонится». Он несся по лунным улицам мимо темных извилистых закоулков, цокая по булыжнику, спеша к своей любви.

Постучав в ворота, он услышал из-за утыканных пиками стен слабую музыку. Один из иббенессцев впустил его. Тирион отдал ему коня и спросил:

— Кто там у нее? — Оконные ромбы зала светились желтым, и мужской голос пел.

— Какой-то толстопузый певец.

Пока Тирион шел от конюшни к дому, звуки стали громче. Он никогда особенно не любил певцов, а этот, хоть и невидимый, нравился ему еще меньше всех остальных. Когда Тирион толкнул дверь, мужчина умолк.

— Милорд десница, — пробормотал он, преклонив колени, лысеющий и пузатый. — Какая честь.

— Милорд, — улыбнулась Шая. Тирион любил ее быструю искреннюю улыбку, так шедшую к ее красивому личику. Шая облачилась в свои пурпурные шелка и подпоясалась кушаком из серебряной парчи. Эти цвета тоже шли к ее темным волосам и гладкой молочной коже.

— Здравствуй, милая, — а это кто такой?

— Меня зовут Саймон Серебряный Язык, милорд, — отозвался певец. — Я и музыкант, и певец, и сказитель...

— И набитый дурак к тому же. Как ты назвал меня, когда я вошел?

— Я только... — Серебро Саймонова языка, видимо, обратилось в свинец. — Я сказал «милорд десница, какая честь...».

— Умный притворился бы, что меня не узнал. Я, конечно, понял бы, что это притворство, но вид сделать стоило. А теперь что

507

прикажешь с тобой делать? Ты знаешь мою милую Шаю, знаешь, где она живет, и знаешь, что я навещаю ее по ночам.

— Клянусь, я никому не скажу...

— В этом я с тобой согласен. Доброй тебе ночи. — И Тирион повел Шаю вверх по лестнице.

— Боюсь, мой певец никогда уже не будет петь, — поддразнила она. — Со страху лишился голоса.

— Наоборот — страх поможет ему брать высокие ноты.

Она закрыла за ними дверь спальни.

— Ты ведь ничего ему не сделаешь, правда? — Шая зажгла ароматическую свечу и стала на колени, чтобы снять с него сапоги. — Его песни помогают мне коротать ночи, когда тебя нет.

— Хотел бы я бывать здесь каждую ночь. — Шая растерла ему ноги. — Хорошо он хоть поет-то?

— Не хуже других, но и не лучше.

Тирион распахнул ее платье и зарылся лицом в ее грудь. От нее всегда пахло чистотой, даже в этом городе, похожем на грязный хлев.

— Оставь его при себе, если хочешь, только не отпускай никуда. Я не хочу, чтобы он шлялся по городу и сеял сплетни в харчевнях.

— Не отпущу, — пообещала она.

Тирион закрыл ей рот поцелуем. Довольно с него было разговоров — он нуждался в том сладостно-простом блаженстве, которое находил меж ее ног. Здесь ему по крайней мере были рады.

Позже он высвободил руку из-под ее головы, натянул рубашку и вышел в сад. Месяц серебрил листья плодовых деревьев и гладь выложенного камнем пруда. Тирион сел у воды. Где-то справа заливался сверчок — уютные домашние звуки. Какой тут покой — вот только надолго ли?

Неприятный запах заставил его повернуть голову. Шая стояла на пороге в серебристом халате, который он ей подарил. «Была моя любовь, как снег, прекрасна, и волосы ее — как свет луны». Рядом маячил нищенствующий брат, дородный, в грязных лохмотьях, с покрытыми грязью босыми ногами. На шее, где септоны носят кристалл, у него на кожаном шнурке висела чашка для подаяния, и запах от него шел такой, что впору крыс морить.

— К тебе лорд Варис, — объявила Шая.

Нищенствующий брат изумленно заморгал, а Тирион засмеялся.

— Ну конечно. Как это ты догадалась? Я вот его не узнал.

— Да ведь это он, — пожала плечами Шая, — только одет по-другому.

— И одет по-другому, и пахнет по-другому, и походка у него другая. Многие бы обманулись.

— Только не шлюхи. Шлюха учится видеть не одежду мужчины, а его суть — иначе ее находят мертвой в переулке.

Вариса явно что-то мучило — но не фальшивые язвы на ногах. Тирион хмыкнул.

— Шая, ты не принесешь нам вина? — Выпить не помешает. Если уж евнух явился сюда среди ночи, хорошего не жди.

— Я просто боюсь говорить вам, зачем пришел, милорд, — сказал Варис, когда Шая ушла. — У меня дурные вести.

— Тебе бы черные перья, Варис, — ты, как ворон, только дурные вести и носишь. — Тирион неуклюже поднялся на ноги, боясь спрашивать. — Это Джейме? — Если они с ним что-то сделали, их ничто не спасет.

— Нет, милорд. Не то. Сир Кортни Пенроз мертв, и Штормовой Предел открыл ворота Станнису Баратеону.

Испуг изгнал все прочие мысли из головы Тириона. Когда Шая вернулась с вином, он выпил только глоток и швырнул чашу о стену дома. Шая заслонилась рукой от осколков. Вино протянуло по камню длинные пальцы, черные в лунном свете.

— Будь он проклят! — крикнул Тирион.

Варис улыбнулся, показав гнилые зубы.

— Кто, милорд? Сир Кортни или лорд Станнис?

— Оба. — (Штормовой Предел мог бы продержаться с полгода, если не больше... это дало бы отцу время покончить с Роббом Старком.) — Как это случилось?

Варис посмотрел на Шаю:

— Милорд, стоит ли тревожить сон нашей прелестной дамы столь мрачными и кровавыми делами?

— Дама, может, и побоялась бы, — сказала Шая, — но я нет.

— А надо бы, — ответил Тирион. — Раз Штормовой Предел пал, Станнис скоро обратит свой взор на Королевскую Гавань. — Он пожалел, что выплеснул вино. — Лорд Варис, дайте мне немного времени, и я вернусь в замок с вами.

— Я буду ждать на конюшне. — Евнух поклонился и ушел.

Тирион привлек к себе Шаю:

— Тебе опасно здесь оставаться.

— У меня есть стены и стража, которую ты мне дал.

— Наемники. Мое золото им по вкусу, но станут ли они умирать за него? Что до стены, то один человек, став на плечи другому, мигом через нее перескочит. Точно такой же дом сожгли во время бунта. Убили хозяина, золотых дел мастера, только за то, что у него была полная кладовая, а верховного септона разорвали на куски, а Лоллис изнасиловали пятьдесят человек, а сиру Брону разбили череп всмятку. Что они, по-твоему, сделают с любовницей десницы, если она попадется им в руки?

— Со шлюхой десницы, ты хочешь сказать? — Она смотрела на него своими большими дерзкими глазами. — А хотела бы я быть твоей леди, милорд. Наряжаться в то, что ты мне надарил, — в атлас, шелк и парчу, носить твои драгоценности, держать тебя за руку и сидеть рядом с тобой на пирах. Я могла бы родить тебе сыновей, знаю, что могла бы... и никогда не посрамила бы тебя, клянусь.

«Моя любовь к тебе — сама по себе позор».

— Сладкие мечты, Шая. Оставь их, прошу тебя. Этому никогда не бывать.

— Из-за королевы? Ее я тоже не боюсь.

— Зато я боюсь.

— Тогда убей ее и покончи с этим. Не похоже, что вы сильно любите друг друга.

— Она моя сестра, — вздохнул Тирион. — Тот, кто убивает свою родную кровь, проклят навеки и богами, и людьми. И потом, что бы ни думали о Серсее мы с тобой, моему отцу и брату она дорога. Я могу перехитрить любого жителя Семи Королевств, но боги не создали меня для того, чтобы противостоять Джейме с мечом в руках.

— У Молодого Волка и лорда Станниса тоже есть мечи, однако их ты не боишься.

«Много ты знаешь, милая».

— Против них у меня вся мощь дома Ланнистеров, а против отца с братом — только кривая спина да пара коротких ног.

— У тебя есть я. — Шая поцеловала его, обвив руками его шею и прижавшись к нему.

Ее поцелуй возбудил его, как всегда, но он мягко освободился из ее объятий.

— Не теперь, милая. У меня появился... ну, скажем, зачаток плана. Быть может, мне удастся устроить тебя на замковую кухню.

Ее лицо застыло.

— На кухню?

— Да. Если действовать через Вариса, никто не узнает.

— Милорд, да я ж вас отравлю, — хихикнула она. — Каждый мужчина, который попробовал мою стряпню, начинал говорить мне, как я хороша в постели.

— В Красном Замке поваров хватает, равно как мясников и пекарей. Тебя мы пристроим в посудомойки.

— Горшечница в колючей бурой тканине. Вот, значит, какой милорд желает меня видеть?

— Милорд желает видеть тебя живой. А в шелку и бархате горшки скрести затруднительно.

— Я уже наскучила милорду? — Рука Шаи, скользнув ему под рубашку, нашла его член, который от этого сразу затвердел. — А вот он хочет меня по-прежнему. Не приляжете ли со своей посудомоечкой, милорд? — засмеялась она. — Можете посыпать меня мукой и облизать с меня подливку...

— Перестань. — Ее поведение напомнило ему Данси, которая так старалась выиграть спор. Он отвел от себя ее руку, чтобы пресечь дальнейшие шалости. — Сейчас не время кувыркаться в постели, Шая. Возможно, речь идет о твоей жизни.

Ее улыбка погасла.

— Я сожалею, если вызвала неудовольствие милорда, но... нельзя ли просто усилить мою стражу?

Помни, она совсем еще молода, с глубоким вздохом сказал себе Тирион.

— Драгоценности можно заменить другими, — ответил он, взяв Шаю за руку, — и платьев нашить еще красивее старых. Для меня самая большая драгоценность в этих стенах — ты. В Красном Замке тоже небезопасно, но все-таки гораздо безопаснее, чем здесь. Я хочу, чтобы ты была там.

— На кухне, — тусклым голосом отозвалась она. — И скребла бы горшки.

— Это ненадолго.

— Отец меня тоже загнал на кухню — потому-то я от него и сбежала, — скривилась Шая.

— Ты говорила, что сбежала, потому что отец заставлял тебя спать с собой.

— Это тоже было. Скрести горшки мне нравилось не больше, чем терпеть его на себе. — Она вздернула голову. — Почему ты не можешь поселить меня в твоей башне? Половина лордов при дворе содержит наложниц.

— Мне решительно запретили брать тебя ко двору.

— Твой отец — старый дурак. Ты достаточно взрослый, чтобы завести себе целую кучу шлюх. Он что, за безусого юнца тебя держит? И что он тебе сделает, если не послушаешься, — отшлепает?

Он ударил ее по щеке — не сильно, но достаточно чувствительно.

— Будь ты проклята. Не смей насмехаться надо мной. От тебя я этого не потерплю.

Шая на миг умолкла, и только сверчок продолжал трещать.

— Виновата, милорд, — сказала она наконец деревянным голосом. — Я не хотела проявлять неуважения.

«А я не хотел тебя бить. Боги милостивые, я веду себя, как Серсея».

— Мы оба виноваты. Шая, ты не понимаешь. — Слова, которые он вовсе не собирался говорить, вдруг посыпались из него, как скоморохи из брюха деревянного коня. — Когда мне было тринадцать, я женился на дочери издольщика. То есть это я так думал. Любовь к ней ослепила меня, и я думал, что она чувствует ко мне то же самое, но отец ткнул меня носом в правду. Моя невеста была шлюхой, которую Джейме нанял, чтобы сделать меня мужчиной. — (А я-то всему верил, дурак этакий). — Чтобы я окончательно усвоил этот урок, лорд Тайвин послал мою жену в казарму к своим гвардейцам, чтобы они позабавились вволю, а мне велел смотреть. — (И взять ее последним, после всех остальных. Напоследок, уже безо всякой любви или нежности. «Так ты лучше запомнишь, какая она на самом деле», — сказал он. Я не хотел этого делать, но мое естество подвело меня, и я повиновался.) — После этого отец расторг наш брак. Все чисто, как будто мы и не женились совсем, объяснили мне септоны. — Тирион сжал Шае руку. — Пожалуйста, не будем больше говорить о башне Десницы. На кухне ты пробудешь недолго. Как только мы разделаемся со Станнисом, ты получишь новый дом и шелка, мягкие, как твои руки.

Глаза Шаи сделались большими, но он не мог разгадать, что за ними скрывается.

— Мои руки перестанут быть мягкими, если я день-деньской буду выгребать золу да мыть посуду. Захочешь ли ты коснуться их, когда они все покраснеют и потрескаются от воды и щелока?

— Еще больше, чем прежде. Их вид будет напоминать мне, какая ты храбрая.

Она опустила глаза, и он не понял, поверила она ему или нет.

— Я ваша, милорд, — приказывайте.

Он видел, что большего от нее на этот раз не добьется, и поцеловал ее щеку в месте удара, чтобы хоть немного загладить свою вину.

— Я пришлю за тобой.

Варис ждал на конюшне, как обещал, со своей полудохлой клячей. Тирион сел верхом, и один из наемников открыл им ворота. Некоторое время они ехали молча. «Боги, и зачем я рассказал ей о Тише?» — испугался вдруг Тирион. Есть тайны, которые нельзя открывать — свой позор мужчина должен унести с собой в могилу. Чего он хотел от нее — прощения? Что означал взгляд, которым она смотрела на него? В чем причина — в ненавистных горшках или в его исповеди? Разве можешь ты после этого надеяться на ее любовь? — говорила часть его души, а другая смеялась: дурак ты, карлик, шлюха любит только золото да драгоценности.

Его ушибленный локоть давал о себе знать при каждом шаге лошади. Порой ему казалось, что он слышит скрежет трущихся костей. Надо бы сходить к мейстеру, пусть даст какое-нибудь лекарство... но Тирион не доверял больше мейстерам с тех пор, как Пицель показал свое истинное лицо. Одни боги знают, с кем они состоят в заговоре и что подмешивают в свои снадобья.

— Варис, — сказал он, — мне надо перевести Шаю в замок без ведома Серсеи. — И вкратце изложил свой кухонный план.

Евнух, выслушав, поцокал языком.

— Я, разумеется, исполню приказ милорда... но должен предупредить, что на кухне полно глаз и ушей. Даже если девушка не вызовет особых подозрений, ее будут выспрашивать без конца. Где родилась? Кто родители? Как попала в Королевскую Гавань? И поскольку правду сказать нельзя, ей придется все время лгать. — Варис бросил взгляд на Тириона. — Еще: такая пригожая посудомойка будет разжигать не только любопытство, но и похоть. Ее начнут трогать, щипать и лапать. Поварята будут лазать к ней ночью под одеяло, одинокий повар захочет взять ее в жены, пекари будут мять ее груди обсыпанными мукой руками.

— Пусть уж ее лучше щупают, чем убьют.

— Можно найти другой способ, — через некоторое время сказал Варис. — Дело в том, что горничная, прислуживающая дочери леди Танды, крадет у нее драгоценности. Если я скажу об этом леди Танде, ей придется уволить девицу немедленно — и дочери потребуется новая горничная.

— Понятно. — Тирион сразу смекнул, что это не в пример удобнее. Горничная знатной дамы одевается куда лучше, чем посудомойка, и даже украшения может носить. Шае это понравится. А Серсея, считающая леди Танду скучной и взбалмошной, а Лоллис — безмозглой, вряд ли будет наносить им визиты.

— Лоллис — существо робкое и доверчивое, — сказал Варис, — она проглотит любую историю, которую ей преподнесут. После того как чернь лишила ее девственности, она боится выходить из своих комнат, поэтому Шая не будет на виду... но вы найдете ее поблизости, когда захотите утешиться.

— Ты не хуже меня знаешь, что за башней Десницы следят. Серсее уж точно станет любопытно, если горничная Лоллис начнет ко мне захаживать.

— Авось мне удастся провести ее к вам незаметно. Дом Катаи — не единственный, где есть тайные ходы.

— Потайная дверь? В моих комнатах? — Это вызвало у Тириона скорее раздражение, чем удивление. Для чего же тогда Мейегор Жестокий велел умертвить всех рабочих, которые строили его замок, если не ради сохранения подобных тайн? — Я так и думал, что там есть нечто подобное. Где она? В горнице? В спальне?

— Друг мой, не хотите же вы, чтобы я открыл вам все свои маленькие секреты?

— Думай о них впредь как о *наших* маленьких секретах, Варис. — Тирион посмотрел снизу вверх на евнуха в зловонном нищенском наряде. — Если, конечно, ты на моей стороне.

— Вы еще сомневаетесь?

— О нет, я верю тебе безгранично. — Горький смех Тириона отразился от наглухо запертых окон. — Как члену собственной семьи. Ладно — расскажи, как умер Кортни Пенроз.

— Говорят, он бросился с башни.

— Бросился? Сам? Не верю!

— Его стража не видела, чтобы кто-то входил к нему, и в его комнатах потом никого не нашли.

— Значит, убийца пришел раньше и спрятался под кроватью — или спустился с крыши по веревке. Либо стражники лгут. Может, они сами его и убили.

— Вы, безусловно, правы, милорд.

Тон евнуха расходился с его словами.

— Но ты так не думаешь? Как же тогда это было сделано?

Варис долго молчал, и только копыта стучали по булыжнику. Наконец он прочистил горло.

— Милорд, вы верите в древнюю силу?

— В колдовство, что ли? Заклинания, проклятия, превращения и прочее? Ты полагаешь, что сира Кортни уморили путем волшебства?

— Утром того же дня сир Кортни вызвал лорда Станниса на поединок. Разве это — поступок человека отчаявшегося? Возьмите также загадочное и весьма своевременное убийство лорда Ренли, совершенное в тот самый час, когда его войско строилось, чтобы наголову разбить немногочисленные силы брата. — Евнух помолчал немного. — Милорд, вы однажды спросили меня, как я стал кастратом.

— Да, помню. Но ты не захотел отвечать.

— И теперь не хочу, но... — На этот раз молчание длилось еще дольше, а после Варис заговорил странно изменившимся голосом. — Я был тогда мальчишкой, сиротой при бродячем балагане. У нашего хозяина была маленькая барка, и мы плавали по всему Узкому морю, давая представления в вольных городах, а время от времени также в Староместе и Королевской Гавани.

Однажды в Мире к нам в балаган пришел некий человек. После выступления он сделал хозяину предложение относительно меня, против которого тот не смог устоять. Я был в ужасе. Я думал, этот человек хочет совершить со мной то, что, я знал, некоторые мужчины делают с мальчиками, но ему было нужно от меня только одно: мое мужское естество. Он дал мне снадобье, от которого я лишился способности двигаться и говорить, но чувствительности не утратил. Длинным загнутым ножом он подсек меня под корень, все время распевая что-то, и у меня на глазах сжег мои мужские части на жаровне. Пламя сделалось синим, и некий голос ответил ему, хотя слов я не понимал.

После этого я стал ему не нужен, и он выгнал меня вон. Скоморохи к этому времени уже уплыли. Я спросил его, что же мне теперь делать, и он сказал «умереть». Назло ему я решил выжить. Я попрошайничал, воровал и продавал те части моего тела, которые остались при мне. Скоро я вошел в число лучших воров Мира, а потом подрос и понял, что чужие письма часто бывают ценнее содержимого чужих кошельков.

Но та ночь все время снилась мне, милорд. Не колдун, не его нож, даже не то, как поджаривались мои мужские органы. Мне снился голос — голос из пламени. Был ли то бог, демон или просто фокус? Не могу вам сказать, хотя в фокусах знаю толк. Скажу одно: колдун вызвал это нечто, и оно ответило, а я с того дня возненавидел магию и всех, кто ею занимается. Если лорд Станнис один из них, я намерен пресечь его жизнь.

Часть пути они проехали молча. Затем Тирион сказал:

— Душераздирающая история. Прими мои соболезнования.

— Вы мне соболезнуете, но не верите, — вздохнул евнух. — Нет, милорд, не извиняйтесь. Я был одурманен, страдал от боли, и все это случилось давным-давно и очень далеко. Этот голос мне, конечно же, приснился. Я сам твердил себе это тысячу раз.

— Я верю в стальные мечи, золотые монеты и человеческий разум, — сказал Тирион. — И верю, что драконы когда-то жили на свете, — я ведь видел их черепа.

— Будем надеяться, что ничего худшего вам не доведется увидеть, милорд.

— Согласен с тобой, — улыбнулся Тирион. — Что до смерти сира Кортни, то нам известно, что Станнису служат наемники из вольных городов — быть может, он нанял и искусного убийцу.

— Чрезвычайно искусного.

— Такие существуют. Прежде я мечтал, что когда-нибудь разбогатею и пошлю к моей сестрице Безликого.

— Как бы ни умер сир Кортни, он мертв, и замок пал. Станнис свободен и может выступать.

— Есть ли у нас хоть малейшая возможность убедить дорнийцев перевалить через Марки?

— Ни малейшей.

— Жаль. Ну что ж, хорошо и то, что лорды Марки будут сидеть по своим замкам. Что слышно о моем отце?

— Если лорд Тайвин и сумел переправиться через Красный Зубец, до меня весть об этом еще не дошла. Если он не поторопится, то может оказаться зажатым между вражескими силами. Лист Окхарта и дерево Рована видели к северу от Мандера.

— От Мизинца по-прежнему ничего?

— Возможно, он так и не добрался до Горького Моста. Или погиб там. Лорд Тарли захватил обозы Ренли и многих предал мечу — в основном Флорентов. Лорд Касвелл заперся в своем замке.

Тирион запрокинул голову и расхохотался.

— Милорд? — невозмутимо сказал Варис, натянув поводья.

— Разве ты не видишь, как это забавно, Варис? — Тирион обвел рукой закрытые ставнями окна и весь спящий город. — Штормовой Предел пал, Станнис идет сюда с огнем, мечом и боги ведают какими еще темными силами, а добрых горожан некому защитить. Нет здесь ни Джейме, ни Роберта, ни Ренли, ни Рейегара, ни их любимого Рыцаря Цветов. Есть только я, ненавидимый ими. Я, карлик, дурной советчик, уродливый маленький демон. Я — это все, что стоит между ними и хаосом.

КЕЙТИЛИН

— Скажи отцу: я ухожу, чтобы он мог гордиться мной. — Брат сел в седло — лорд с головы до пят в своей блестящей кольчуге и струящемся плаще цвета речной воды. Серебристая форель украшала его шлем, еще одна была нарисована на щите.

— Он и без того гордится тобой, Эдмар. И очень любит тебя, парень.

— Теперь у него появится более весомый повод для гордости, помимо того, что я его сын. — Эдмар, развернув коня, поднял руку. Затрубили трубы, забил барабан, рывками опустился подъемный мост, и войско сира Эдмара Талли вышло из Риверрана с поднятыми копьями и реющими знаменами.

«Мое войско побольше твоего», — подумала Кейтилин, глядя на них. Целая рать сомнений и тревог.

Горе Бриенны рядом с ней было почти осязаемым. Кейтилин приказала сшить по ее мерке красивое платье, подобающее ей по рождению и полу, но Бриенна по-прежнему предпочитала кольчугу и вареную кожу. На поясе у нее висел меч. Она охотнее отправилась бы с Эдмаром на войну, но стены, даже такие крепкие, как в Риверране, тоже надо кому-то защищать. Брат увел всех боеспособных мужчин к переправам, оставив сира Десмонда Грелла командовать гарнизоном, состоящим из раненых, стариков и больных, в придачу — немного оруженосцев да крестьянских парней-подростков. Вот и вся защита замка, битком набитого женщинами и детьми.

Когда последние пехотинцы Эдмара прошли под решеткой, Бриенна спросила:

— Что будем делать, миледи?

— Исполнять свой долг. — Кейтилин мрачно зашагала через двор. Она всегда его исполняла — потому-то, быть может, ее лорд-отец и дорожил ею больше всех своих детей. Двое ее старших братьев умерли в младенчестве, и она была лорду Хостеру и сыном, и дочерью, пока не родился Эдмар. Потом умерла мать, и отец сказал Кейтилин, что она теперь хозяйка Риверрана. Что ж, она и с этим справилась. А когда лорд Хостер пообещал ее Брандону Старку, она поблагодарила отца за столь блестящую партию.

«Я дала Брандону свою ленту, не сказала Петиру ни одного ласкового слова, когда он был ранен, и не попрощалась с ним, когда отец отослал его прочь. А когда Брандона убили и отец сказал, что я должна выйти за его брата, я подчинилась с охотой, хотя ни разу не видела Неда до самой свадьбы. Я отдала свое девичество этому угрюмому незнакомцу и проводила его на войну, к его королю и к женщине, которая родила ему бастарда, потому что всегда исполняла свой долг».

Ноги сами привели ее в септу, семигранный храм из песчаника, стоящий в садах ее матери и сияющий радужными огнями. Когда они с Бриенной вошли, там было полно народу — не одна Кейтилин нуждалась в молитве. Она опустилась на колени перед раскрашенной мраморной статуей Воина и зажгла душистую свечу за Эдмара и другую за Робба там, за холмами. Сохрани их и приведи их к победе, молилась она, упокой души убитых и утешь тех, кто горюет по ним.

В это время вошел септон с кадилом и кристаллом, и Кейтилин осталась послушать службу. Она не знала этого септона, серьезного молодого человека, ровесника Эдмару. Он неплохо справлялся со своими обязанностями и возносил хвалы Семерым звучно и красиво, но Кейтилин скучала по тонкому дребезжащему голосу септона Осминда, давно уже умершего. Осминд терпеливо выслушал бы рассказ о том, что она видела и чувствовала в шатре Ренли, — а быть может, объяснил бы ей, что это значило и что ей делать, чтобы изгнать тени из своих снов. «Осминд, отец, дядя Бринден, старый мейстер Ким — мне всегда казалось, что они знают все на свете, а теперь я осталась одна, и мне кажется, что я ничего не знаю — даже того, в чем состоит мой долг. Как же мне исполнить его, если я не знаю, в чем он?»

У Кейтилин затекли колени, когда она поднялась, а знания так и не прибавилось. Быть может, стоит ночью пойти в богорощу и помолиться заодно богам Неда? Они старше Семерых.

Выйдя, она услышала совсем другое пение. Раймунд-Рифмач, сидя у пивоварни в кругу слушателей, пел своим зычным голосом о лорде Деремонте на Кровавом Лугу.

Из десяти последний он
Стоит с мечом в руке...

Бриенна остановилась послушать, сгорбив широкие плечи и скрестив толстые руки на груди. Мимо пронеслась стайка оборванных мальчишек, вопя и размахивая палками. И почему мальчишки так любят играть в войну? Быть может, ответ нужно искать у Раймунда. Песня завершалась, и голос его гремел:

Красна у ног его трава,
И знамя как в огне,
И красным пламенем закат
Пылает в вышине.
«Сюда, — врагов окликнул лорд, —
Мой меч еще не сыт».
И хлынули они вперед —
Так с гор поток бежит...

— Лучше сражаться, чем вот так сидеть и ждать, — сказала Бриенна. — В сражении ты не чувствуешь себя беспомощной. Там у тебя есть конь и меч, а то и топор. Притом ты в доспехах, и ранить тебя не так просто.

— В бою рыцари гибнут, — напомнила ей Кейтилин.

Бриенна посмотрела на нее своими красивыми голубыми глазами.

— А женщины умирают в родах — но о них песен не поют.

— Ребенок — тоже битва. — Кейтилин снова двинулась через двор. — Без знамен и трубящих рогов, но не менее жестокая. Выносить дитя, произвести его на свет... твоя мать, верно, говорила тебе, какая это боль...

— Я не знала своей матери. У отца были дамы — каждый год другая, но...

— Какие они дамы. Рожать тяжело, Бриенна, но то, что приходит потом, еще труднее. Временами я чувствую себя так, будто меня раздирают на части. И с радостью разделилась бы, чтобы защитить всех своих детей.

— А кто же защитит вас, миледи?

— Мужчины моего дома, — с усталой улыбкой ответила Кейтилин. — Так по крайней мере говорила мне моя леди-мать. Отец, брат, дядя, муж... но поскольку они сейчас не со мной, их можешь заменить ты, Бриенна.

Девушка склонила голову:

— Я постараюсь, миледи.

Позже мейстер Виман принес письмо. Кейтилин приняла его незамедлительно, надеясь на весть от Робба или от сира Родрика из Винтерфелла, но письмо оказалось от лорда Медоуза, именующего себя кастеляном Штормового Предела. Оно было адресовано ее отцу, ее брату, ее сыну «или тому, кто нынче управляет Риверраном». Сир Кортни Пенроз мертв, писал лорд, и Штормовой Предел открыл ворота Станнису Баратеону, истинному и полноправному королю. Гарнизон замка присягнул ему, как один человек, и никому не причинили вреда.

— Кроме Кортни Пенроза, — промолвила Кейтилин. Она не знала его, но ее опечалила весть о его кончине. — Робб должен узнать об этом немедленно. Известно ли нам, где он сейчас?

— Согласно последним сведениям, он шел на Крэг, усадьбу дома Вестерлингов, — ответил мейстер Виман. — Если отправить ворона в Эшмарк, они, возможно, пошлют к нему гонца.

— Хорошо, отправьте.

Мейстер ушел, и Кейтилин перечитала письмо еще раз.

— Лорд Медоуз ничего не говорит о бастарде Роберта, — сказала она Бриенне. — Должно быть, мальчика сдали заодно со всем замком, хотя я, признаться, не понимаю, зачем он был так нужен Станнису.

— Быть может, Станнис боится, что тот будет претендовать на трон.

— Бастард? Нет, дело не в этом. Каков он с виду, этот мальчик?

— Ему лет семь или восемь, он пригожий, черноволосый, с ярко-голубыми глазами. Гости часто принимали его за сына лорда Ренли.

— А Ренли был очень похож на Роберта. — Кейтилин начала что-то понимать. — Станнис хочет показать бастарда своего брата народу, чтобы люди увидели его сходство с отцом и спросили себя, почему Джоффри его не имеет.

— Неужели это так важно?

— Те, кто поддерживает Станниса, назовут это уликой. Сторонники Джоффри скажут, что это сущие пустяки. — Ее собственные дети — скорее Талли, чем Старки. Только Арья напоминает Неда. («И Джон Сноу, но он не мой сын».) Кейтилин снова подумала о матери Джона. Тайная любовь, о которой ее муж не желал говорить. «Горюет ли она по Неду так, как горюю я? Или ненавидит его за то, что он бросил ее ради меня? Молится ли за своего сына, как я за моего?»

Беспокойные мысли — и праздные. Если Джон родился от Эшары Дейн в Звездопаде, как шептались некоторые, эта леди давно мертва, если нет, то вовсе не известно, кем могла быть его мать. Да это и не важно. Неда больше нет, и все его любови и тайны умерли вместе с ним.

Однако ее заново поразило отношение мужчин к побочным детям. Нед всегда яростно защищал Джона, сир Кортни Пенроз отдал жизнь за Эдрика Шторма, а вот для Русе Болтона его бастард значит меньше собаки, судя по холодному письму, которое получил Русе Эдмар три дня назад. Болтон перешел через Трезубец и двинулся, согласно приказу, на Харренхолл. «Крепкий замок, и с сильным гарнизоном, — писал он, — но король получит его, хотя бы мне пришлось перебить всех защитников до последнего». Он надеялся, что в глазах его величества это искупит преступления его незаконного сына, преданного смерти сиром Родриком Касселем. «Эту судьбу он вполне заслужил, — писал Болтон. — Нечистая кровь всегда вероломна, и Рамси был хитер, жаден и жесток от природы. Избавление от него я почитаю за счастье. Мои законные сыновья, которых обещала мне моя молодая жена, всегда были бы под угрозой, покуда он жив».

Звук торопливых шагов развеял ее мрачные мысли. В комнату, задыхаясь, влетел оруженосец сира Десмонда и преклонил колени.

— Миледи... Ланнистеры за рекой!

— Отдышись, мальчик, и расскажи все по порядку.

Он повиновался и доложил:

— Колонна вооруженных людей за Красным Зубцом. Их эмблема — пурпурный единорог под львом Ланнистеров.

Кто-то из сыновей лорда Бракса. Бракс приезжал в Риверран, когда она была девочкой, и предлагал обручить одного из своих сыновей с ней или с Лизой. Не тот ли сын теперь командует атакой?

Ланнистеры появились с юго-востока под развернутыми знаменами, сказал ей сир Десмонд, когда она поднялась к нему на стену.

— Передовой отряд, и только, — заверил он. — Главные силы лорда Тайвина находятся гораздо дальше к югу. Здесь нам ничего не грозит.

Местность к югу от Красного Зубца была открытой и плоской. Кейтилин со сторожевой башни видела вдаль на многие мили, однако не дальше ближайшего брода. Эдмар поручил лорду Ясону

Маллистеру защищать и его, и три других выше по течению. Разведчики Ланнистера нерешительно крутились у воды под багряными с серебром знаменами.

— Их не больше полусотни, миледи, — заявил сэр Десмонд.

Всадники растянулись в длинную линию. Люди лорда Ясона ждали их, засев за валунами и пригорками. Запела труба, и всадники торжественным маршем двинулись вперед, расплескивая воду. Это было красивое зрелище — яркие доспехи, развернутые знамена, сверкающие на солнце острия копий.

— Ну же, — прошипела Бриенна.

Трудно было разобрать, что происходит, но дикое ржание лошадей донеслось до самого замка, сопровождаемое более слабым лязгом стали о сталь. Знамя рухнуло вместе со знаменосцем, и мимо стен замка проплыл, увлекаемый течением, первый труп. Ланнистеры поспешно отступили. Они перестроились, посовещались и ускакали в ту сторону, откуда пришли. Люди на стенах улюлюкали им вслед, хотя те за дальностью не могли этого слышать.

Сир Десмонд похлопал себя по животу.

— Эх, видел бы это лорд Хостер — сразу бы в пляс пошел.

— Боюсь, отец уже не запляшет, да и битва только начинается. Ланнистеры еще вернутся. У лорда Тайвина людей вдвое больше, чем у моего брата.

— Да хоть бы и вдесятеро. Западный берег Красного Зубца выше восточного, миледи, и густо зарос лесом. У наших лучников хорошее прикрытие и открытое поле для стрельбы... а если даже враг пробьет брешь, Эдмар оставил в резерве своих лучших рыцарей, готовых выехать в случае нужды. Через реку им не перебраться.

— Молюсь, чтобы вы оказались правы, — сумрачно сказала Кейтилин.

Ночью враг вернулся. Кейтилин приказала разбудить себя, если это случится, и далеко за полночь служанка тронула ее за плечо. Кейтилин тут же села.

— Что там?

— Снова брод, миледи.

Кейтилин, завернувшись в халат, поднялась на крышу. Оттуда поверх стен она видела залитую луной реку, где кипела битва. Защитники разложили вдоль берега костры, и Ланнистеры, вероятно, надеялись ночью застать их врасплох, но напрасно. Темнота — ненадежный союзник. Войдя по грудь в воду, люди начали проваливаться в специально вырытые ямы, спотыкаться о камни и разбросанные по дну колючки. Лучники Маллистера послали через реку тучу огненных стрел, очень красивых издали. Один солдат, пронзенный в дюжине мест, в горящей одежде, крутился по колено в воде. Наконец он упал, и его унесло течением. Когда он проплыл мимо Риверрана, огни уже погасли, как и его жизнь.

«Маленькая, но победа», — подумала Кейтилин, когда бой кончился и уцелевшие враги отошли обратно в ночь. Спускаясь по винтовой лестнице с башни, она спросила Бриенну, что та думает на этот счет.

— Лорд Тайвин коснулся нас пальцем, миледи. Он нащупывает слабое место, незащищенный брод. Если он его не найдет, то сожмет все свои пальцы в кулак и попытается пробиться силой. Я бы на его месте поступила именно так. — Рука Бриенны потрогала рукоять меча, словно проверяя, на месте ли он.

«И да помогут нам тогда боги», — подумала Кейтилин. Она тут ничего не могла поделать. Биться на реке — дело Эдмара, ее дело — держать замок.

Наутро, сев завтракать, она послала за пожилым стюардом отца, Утерайдсом Уэйном.

— Пусть сиру Клеосу Фрею принесут штоф вина. Я собираюсь вскоре допросить его, и мне нужно, чтобы язык у него развязался.

— Слушаюсь, миледи.

Некоторое время спустя гонец с вышитым на груди орлом Маллистеров привез послание от лорда Ясона, где говорилось о еще одной стычке и еще одной победе. Сир Флемент Бракс пытался перейти реку у другого брода в шести лигах к югу. На этот раз Ланнистеры укоротили копья и двинулись через реку пешими, но лучники стали пускать стрелы высоко, им за щиты, а скорпионы, поставленные на берегу Эдмаром, метали тяжелые камни.

— Дюжина убитых осталась в воде, и только двое добрались до нашего берега, где мы мигом с ними разделались, — рассказывал гонец. Рассказал он и о сражении выше по реке, где брод держал лорд Карил Венс. — Там враг тоже отбит и понес тяжелые потери.

«Быть может, Эдмар умнее, чем я полагала, — подумала Кейтилин. — Все лорды одобрили его план — возможно, я просто слепа? Мой брат уже не тот маленький мальчик, каким я его помню, как и Робб».

Посещение сира Клеоса Фрея она отложила до вечера, рассудив, что чем дольше она промедлит, тем больше он напьется. Когда она вошла к нему в башню, сир Клеос хлопнулся на колени.

— Миледи, я ничего не знал о побеге. Бес сказал, что у Ланнистера должен быть достойный эскорт. Клянусь своей рыцарской честью...

— Встаньте, сир, — сказала Кейтилин и села. — Я знаю, что внук Уолдера Фрея не может быть клятвопреступником. — (Если только не видит в этом выгоды для себя.) — Мой брат говорил, что вы привезли условия мира.

— Это так. — Сир Клеос поднялся на ноги, и Кейтилин с удовлетворением заметила, как нестойко он на них держится.

— Расскажите мне о них, — велела она, и он рассказал. Кейтилин, выслушав его, нахмурилась. Эдмар прав: это вообще не условия, кроме разве что... — Значит, Ланнистер готов поменять Арью и Сансу на своего брата?

— Он поклялся в этом, сидя на Железном Троне.

— При свидетелях?

— Перед всем двором, миледи. И перед богом. Я передал это сиру Эдмару, но он сказал, что это невозможно, что его величество Робб никогда не согласится.

— Он верно сказал. — Быть может, Робб даже прав. Арья и Санса — дети. Цареубийца же, живой и свободный, — чуть ли не самый опасный человек в королевстве. Этот путь никуда не ведет. — Вы видели моих девочек? С ними хорошо обращаются?

— Да... как будто бы... — замялся сир Клеос.

«Ищет, как бы соврать, — поняла Кейтилин, — вино затуманило ему мозги».

— Сир Клеос, — холодно сказала она, — вы злоупотребили званием посла, приведя сюда злоумышленников. Если будете мне лгать, вас повесят на стене рядом с ними. Можете мне верить. Я спрашиваю вас еще раз: видели ли вы моих дочерей?

На лбу у него выступила испарина.

— Видел Сансу при дворе в тот день, когда Тирион назвал мне свои условия. Она очень хороша, миледи, — разве что похудела немного. Осунулась.

«Сансу, но не Арью. Это может означать все что угодно. Арью всегда было нелегко укротить. Быть может, Санса не захотела брать ее ко двору, боясь, что она скажет или сделает что-нибудь не то, и Арью просто убрали с глаз долой. Но могли и убить». Кейтилин прогнала от себя эту мысль.

— Вы сказали — его условия... но ведь регентша — королева Серсея.

— Тирион говорил от лица их обоих. Мне объяснили, что королеве нездоровится.

— Любопытно. — Кейтилин вспомнила жуткий путь через Лунные горы, когда Тирион умудрился переманить к себе ее наемника. Он чересчур умен, этот карлик. Кейтилин до сих пор не понимала, как он проделал обратную дорогу, когда Лиза выгнала его из Долины, но ее не удивляло, что он остался жив. Но в убийстве Неда он не участвовал. «И встал на мою защиту, когда горцы напали на нас. Если б я могла доверять его словам...»

Раскрыв руки, она посмотрела на свои шрамы и напомнила себе, что это след его кинжала. Его кинжала в руке убийцы, которому он заплатил за смерть Брана. Карлик, конечно же, это отрицает. Даже когда Лиза заперла его в своей небесной камере и угрожала ему лунной дверью, он продолжал отрицать.

— Он лжет, — резко поднявшись, сказала Кейтилин. — Ланнистеры — лжецы все до единого, а карлик худший из них. Убийца был вооружен его кинжалом.

— Я ничего не знаю о... — опешил сир Клеос.

— Верно, не знаете, — сказала она, повернулась и вышла. Бриенна молча шагала рядом с ней. Ей проще, с внезапной завистью подумала Кейтилин. Она как мужчина, а для мужчин ответ всегда один и тот же и находится там же, где и меч. Для женщины, для матери путь гораздо более крут.

Ужинала она поздно, в Большом Чертоге вместе со своим гарнизоном. Надо было насколько возможно приободрить людей. Раймунд-Рифмач пел во время всей трапезы, избавляя ее от необходимости разговаривать. Закончил он сложенной им песней о победе Робба при Окскроссе: «И звезды в ночи словно волчьи глаза, и ветер — словно их зов». Между куплетами Раймунд задирал голову и выл. К концу песни гарнизон выл вместе с ним, в том числе и порядком захмелевший Десмонд Грелл. Под стропилами гуляло эхо.

«Пусть поют, если это прибавляет им храбрости», — думала Кейтилин, вертя в руках серебряный кубок.

— Когда я была девочкой, у нас в Вечернем Замке всегда жил какой-нибудь певец, — тихо сказала Бриенна. — Я знаю все песни наизусть.

— Санса тоже знала, хотя мало кто из певцов давал себе труд проделать весь долгий путь до Винтерфелла. — (Я сказала ей, что при дворе короля много певцов. Сказала, что там она будет слушать всевозможную музыку и что отец найдет мастера, который обучит ее играть на большой арфе. Да простят меня боги...)

— Помню одну женщину, — сказала Бриенна. — Она приехала откуда-то из-за Узкого моря. Не знаю даже, на каком языке она пела, но голос ее был столь же прекрасен, как она сама. Глаза у нее были как сливы, а талия такая тонкая, что мой отец охватывал ее ладонями. У меня руки почти такие же большие, как и у него. — Бриенна смущенно убрала с глаз свои толстые пальцы.

— А ты для отца не пела? — спросила Кейтилин.

Бриенна потрясла головой, уставившись в свою миску.

— А для лорда Ренли?

— Никогда. — Бриенна залилась краской. — Его дурак очень зло шутил, и я...

— Я когда-нибудь попрошу тебя спеть для меня.

— Нет. Я не обладаю таким даром. — Бриенна поднялась из-за стола. — Простите, миледи, — можно мне уйти?

Кейтилин кивнула, и девушка вышла из зала большими неуклюжими шагами, почти незамеченная среди буйного веселья. «Да будут с тобой боги», — подумала Кейтилин, вновь с неохотой возвращаясь к еде.

Через три дня обрушился удар молота, предсказанный Бриенной, а через пять они услышали об этом. Кейтилин сидела с отцом, когда прибыл гонец от Эдмара — в щербатых доспехах, пыльных сапогах, разодранном камзоле, но его лицо, когда он преклонил колени, сказало Кейтилин, что он привез добрые вести.

— Победа, миледи. — Он подал ей письмо Эдмара, и она дрожащими руками взломала печать.

«Лорд Тайвин пытался переправиться у дюжины разных бродов, — писал брат, — но каждый раз его отбрасывали назад. Лорд Леффорд утонул, рыцарь Кракехоллов по прозвищу Дикий Вепрь взят в плен, сира Аддама Марбранда заставили отступить трижды... но самый жестокий бой завязался у Каменной Мельницы, где атакой командовал сир Грегор Клиган. Он понес такие потери, что туши убитых коней едва не запрудили реку. В конце концов Гора с горстью лучших своих бойцов выбрался-таки на западный берег, но Эдмар бросил на них свой резерв, и они насилу унесли ноги обратно. Сам сир Грегор лишился коня и побрел через Красный Зубец, покрытый кровью из дюжины ран, осыпаемый градом стрел и камней. Им нипочем не перейти реку, Кет, — писал Эдмар. — Лорд Тайвин повернул на юго-восток. Уловка это или полное отступление — разницы нет. Здесь они не пройдут».

Сир Десмонд Грелл ликовал.

— Хотел бы я быть вместе с ним, — сказал старый рыцарь, когда Кейтилин прочла ему письмо. — Где этот дурак Раймунд? Это просится в песню, клянусь богами — такую даже Эдмар захочет послушать. Я сам готов сочинить, как мельница смолола гору, вот только таланту не хватает.

— Не стану я слушать никаких песен до конца войны, — чуть резковато ответила Кейтилин, однако позволила сиру Десмонду рассказать о происшедшем и согласилась с его предложением открыть несколько бочек вина в честь Каменной Мельницы. Настроение в Риверране напряженное и мрачное — пусть выпьют немного и воспрянут духом.

Ночью замок шумно праздновал. «Риверран! Талли!» — кричал народ. Эти люди пришли сюда напуганные и беспомощные, и брат впустил их, хотя большинство лордов закрыли перед ними ворота. Их голоса проникали сквозь высокие окна и тяжелые двери красного дерева. Раймунд играл на арфе в сопровождении пары барабанщиков и юноши, дудевшего на тростниковой свирели. Кейтилин слышала девичий смех и болтовню мальчишек, оставленных ей братом в защитники. Но эти приятные звуки не трогали ее — она не разделяла общего веселья.

Она нашла в отцовской горнице тяжелый, переплетенный в кожу том и раскрыла его на карте речных земель. Вот он, Красный Зубец. Кейтилин вела вдоль него глазами при мерцающем огоньке свечи. Повернул на юго-восток... Теперь они уже, вероятно, достигли истоков Черноводной.

Она закрыла книгу, и ее тревога стала еще сильнее. Боги даруют им победу за победой. При Каменной Мельнице, при Окскроссе, в Шепчущем Лесу...

Почему же тогда ей так страшно?

БРАН

Звук царапнувшей о камень стали был едва слышен. Он поднял голову, вслушиваясь и принюхиваясь.

Вечерний дождь пробудил к жизни сто уснувших запахов, сделав их густыми и сильными. Трава, колючки, осыпавшиеся ягоды ежевики, земля, черви, прелые листья, крыса, крадущаяся в кустах. Он уловил лохматый черный запах братнина меха и резкий медный дух крови белки, которую убил. Другие белки шмыгали в ветвях наверху — от них пахло мокрым мехом и страхом, их коготки царапали кору. Незнакомый звук походил на этот.

Звук послышался снова, и он вскочил на ноги и поднял хвост. Он испустил вой — низкий дрожащий зов, пробуждающий спящих, но человечьи скалы оставались темными и мертвыми. В такую тихую сырую ночь люди всегда забираются в берлоги. Дождь уже кончился, но они все еще жмутся к огню в своих норах.

Брат выбежал из-за деревьев тихо, как другой брат, которого он помнил смутно, — белый, с кровавыми глазами. У этого брата глаза темные и не видны, но шерсть на спине стоит дыбом. Он тоже слышал звуки и знает, что они означают опасность.

На этот раз за царапаньем последовал скользящий шорох и тихое шлепанье босых ног по камню. Ветер донес слабую струйку человечьего запаха, незнакомого ему. Чужой. Опасность. Смерть.

Он помчался на этот звук. Брат бежал рядом. Человечья скала возникла впереди, мокрая и скользкая. Он оскалил зубы, но скала не обратила внимания. Ворота — туго свернувшийся черный железный змей. Он бросился на них, и змей дрогнул и лязгнул, но удержался. Сквозь прутья виднелся длинный каменный ров, бегущий между стен к каменному полю, но пути к нему не было. Между прутьями только морду можно просунуть, больше ничего. Брат не раз пытался разломать черные кости ворот своими зубами, но они не ломались. Внизу тоже не подкопаешься — там лежат большие плоские камни, присыпанные землей и палыми листьями.

Рыча, он побегал перед воротами и снова бросился на них. Они отшвырнули его назад. «Заперты», — шепнуло ему что-то. Замком и цепью. Голоса он не слышал и запаха не учуял. Другие пути тоже закрыты — все проходы в человечьей скале загорожены толстым крепким деревом. Выхода отсюда нет.

«Есть», — возразил шепот, и он увидел образ большого дерева с иглами, в десять раз выше человека. Он огляделся, но его тут не было. На том конце богорощи, скорей, скорей...

Во мраке раздался приглушенный крик и тут же оборвался.

Он кинулся обратно в лес — мокрые листья шуршали под лапами, ветки хлестали его. Брат бежал за ним по пятам. Они промчались под сердце-деревом, вокруг холодного пруда, сквозь кусты ежевики, через дубраву, ясени, терновник — и вот оно, дерево, которое он увидел не видя, кривое, наклоненное в сторону крыш. «Страж-дерево», — промелькнуло в голове.

Он помнил, как лазал по нему. Иглы колют лицо, сыплются за шиворот, руки в липкой смоле, остро пахнущей. Но лезть легко — дерево наклонное, ветки посажены близко, почти как лестница, и взбираешься прямо на крышу.

Ворча, он обнюхал ствол, поднял ногу и пометил его. Низкая ветка задела его морду — он схватил ее зубами, потянул и оторвал прочь. Пасть наполнилась иглами и горьким соком. Он потряс головой и зарычал.

Брат сел и протяжно, скорбно завыл. Никакой это не выход. Они не белки и не человечьи детеныши — не могут они лазить по деревьям, у них лапы не так устроены. Они бегуны, охотники, пластуны.

В ночи, за каменным ограждением, подняли лай собаки — сперва одна, потом другая, потом все прочие. Они тоже учуяли это — врага и страх.

Бессильная ярость переполняла его, жгучая, как голод. Он отбежал от стены, пронесся под деревьями, где тени листвы пятнали его серую шкуру, вихрем повернул назад. Иглы и листья летели у него из-под ног — он охотился, гнал рогатого оленя, видя и чуя его. Запах страха заставлял сердце колотиться, и слюна бежала изо рта. С разбега он прыгнул на дерево, цепляясь когтями за кору. Еще прыжок, другой, третий — и он добрался до нижних ветвей. Он путался в них лапами, иглы кололи ему глаза, как он на них ни огрызался. Пришлось сбавить ход. Задняя лапа застряла, и он с рычанием выдернул ее. Ствол стал узким, почти отвесным и мокрым. Кора рвалась, как кожа, под его когтями. Он проделал уже треть пути, половину, еще больше, и крыша уже маячила перед ним... но он оступился на мокром дереве и заскользил вниз. Он взвыл от страха и ярости — он падал, падал, кувыркаясь в воздухе, и земля ринулась навстречу, чтобы сломать его.

Бран снова лежал в постели, один в своей башне, запутавшись в одеяле, и тяжело дышал.

— Лето, — позвал он вслух. — Лето. — Плечо у него болело, как будто он упал на него, но он знал, что это пустяки по сравнению с тем, что чувствует волк. «Жойен правду сказал — я оборотень». Снаружи доносился лай собак. Море пришло. Оно перехлестнуло через стену, как и говорил Жойен. Бран схватился за брус у себя над головой, подтянулся и позвал на помощь. Никто не пришел, да и не мог прийти. У его двери больше нет часового. Сиру Родрику нужно было как можно больше боеспособных мужчин, и гарнизон в Винтерфелле остался самый незначительный.

Остальные ушли восемь дней назад — шестьсот человек из Винтерфелла и окрестных селений. На пути к ним присоединился Клей Сервин еще с тремя сотнями, а мейстер Лювин послал воронов, вызывая подкрепление из Белой Гавани, с пустоши и даже из чащ Волчьего Леса. На Торрхенов Удел напал некий страшный воин по имени Дагмер Щербатый. Старая Нэн говорила, что убить его нельзя — однажды ему уже раскололи голову топором, но свирепый Дагмер просто свел половинки вместе и держал, пока они не срослись. А вдруг он победит, этот Дагмер? От Винтерфелла до Торрхенова Удела много дней пути, и все же...

Бран сполз с кровати и по брусьям добрался до окна. Повозившись немного, он открыл ставни. Двор был пуст, все окна, видные ему, темны — Винтерфелл спал.

— Ходор! — крикнул Бран вниз как можно громче. Ходор сейчас спит у себя над конюшней, но если кричать громко, авось услышит либо он, либо еще кто-нибудь. — Ходор, иди скорей! Оша! Мира, Жойен, кто-нибудь! — Бран сложил руки ковшом у рта. — ХОООООООООДОООООООР!

Дверь наконец открылась, но в нее вошел неизвестный Брану человек, в кожаном кафтане с нашитыми сверху железными дисками, с кинжалом в руке и топором за спиной.

— Чего тебе надо? — испугался Бран. — Это моя комната. Уходи отсюда.

Следом за незнакомцем вошел Теон Грейджой.

— Мы не причиним тебе зла, Бран.

— Теон? — У Брана даже голова закружилась от облегчения. — Тебя Робб послал? Он тоже здесь?

— Робб далеко и тебе не поможет.

— Не поможет? — испугался Бран. — Не пугай меня, Теон.

— Теперь я принц Теон. Мы оба с тобой принцы. Кто бы мог подумать? Однако я взял твой замок, мой принц.

— Винтерфелл? Да нет, это невозможно.

— Оставь нас, Верлаг. — Человек с кинжалом вышел, и Теон сел на кровать. — Я послал на стену четырех человек с крючьями и веревками, и они открыли нам калитку. Сейчас мои люди расправляются с твоими. Говорю тебе: Винтерфелл мой.

— Но ты воспитанник моего отца! — недоумевал Бран.

— А теперь вы с братом будете моими воспитанниками. Когда бой окончится, мои люди соберут все население замка в Большом Чертоге, и мы с тобой обратимся к ним. Ты скажешь, что сдал Винтерфелл мне, и велишь им служить новому лорду и слушаться его, как прежнего.

— Не скажу. Мы тебя побьем и вышвырнем вон. Я тебе не сдавался, и ты не заставишь меня сказать, что я сдался.

— Это не игра, Бран, так что перестань капризничать — я этого не потерплю. Замок мой, но люди в нем пока еще твои. Если принц хочет их уберечь, надо сделать так, как я сказал. — Теон встал и подошел к двери. — Сейчас кто-нибудь придет одеть тебя и отвести в Великий Чертог. Подумай хорошенько о том, что будешь говорить.

Ожидание заставило Брана почувствовать себя еще более беспомощным, чем прежде. Он сидел на подоконнике, глядя на темные башни и черные во мраке стены. Один раз ему почудился крик у кордегардии и что-то похожее на звон мечей, но сейчас у него не было ни острого слуха Лета, ни его обоняния. «Наяву я сломанный, но во сне, когда я Лето, я бегаю, дерусь, все слышу и все чую».

Бран ждал, что к нему придет Ходор или кто-то из служанок, но вошел мейстер Лювин со свечой.

— Бран... ты ведь знаешь уже, что случилось? Тебе сказали? — Под глазом у мейстера была неглубокая рана, и по щеке текла кровь.

— Теон приходил сюда. И сказал, что Винтерфелл теперь его.

Мейстер поставил свечу и вытер кровь с шеи.

— Они переплыли ров, влезли на стену с крючьями и веревками и обрушились на замок мокрые, с мечами наголо. — Он сел на стул у двери. На его лице снова проступила кровь. — На воротах стоял Элбелли — его захватили в башне и убили. Хэйхед ранен. Я успел отправить двух воронов, прежде чем они ворвались. Тот, что направляется в Белую Гавань, улетел, но другого сбили стрелой. — Мейстер опустил глаза в пол. — Сир Родрик увел с собой слишком много людей, но винить следует не его, а меня. Я не подумал о том, что нам грозит, я...

«Жойен знал», — подумал Бран и сказал:

— Помогите-ка мне одеться.

— Да-да. — Мейстер достал из окованного железом сундука в ногах кровати рубашку, бриджи и камзол. — Ты Старк из Винтерфелла, наследник Робба — ты должен быть одет, как принц. — С его помощью Бран облачился в подобающий лорду наряд.

— Теон хочет, чтобы я сдал ему замок, — сказал он, когда мейстер застегнул на нем плащ его любимой, серебряной с янтарем пряжкой в виде волчьей головы.

— Это не стыдно. Лорд должен защищать своих людей. В жестоких местах рождаются жестокие люди — помни об этом, Бран, когда имеешь дело с жителями Железных островов. Твой лорд-отец делал что мог, чтобы смягчить нрав Теона, но, боюсь, эти меры были недостаточны, да и запоздали.

За ними пришел коренастый воин с угольно-черной бородищей, закрывавшей половину груди. Брана он поднял довольно легко, хотя эта повинность явно его не радовала. Спальня Рикона была на полпролета ниже. Малыш раскапризничался, когда его разбудили.

— Хочу маму, — ныл он. — И Лохматика.

— Твоя мать далеко, мой принц, — зато мы с Браном здесь. — Мейстер натянул на мальчика одежки и повел с собой, держа за руку.

Внизу они увидели Миру и Жойена — их выводил из комнаты лысый островитянин, вооруженный копьем на три фута длиннее, чем он сам. Жойен посмотрел на Брана зелеными, полными скорби глазами. Другие захватчики конвоировали Фреев.

— Твой брат потерял свое королевство, — сказал Брану Уолдер Малый. — Ты теперь не принц, а только заложник.

— Ты тоже, — сказал Жойен, — и я, и мы все.

— Тебя, лягушонок, никто не спрашивал.

Один островитянин пошел впереди с факелом, но дождь, зарядивший снова, скоро погасил огонь. Идя через двор, они слышали, как воют лютоволки в богороще. Бран надеялся, что Лето не слишком пострадал, упав с дерева.

Теон Грейджой сидел на высоком месте Старков. Плащ он снял. Поверх его тонкой кольчуги был надет черный камзол с золотым кракеном его дома. Руки лежали на волчьих головах, вырезанных на конце широких каменных подлокотников.

— Теон сидит на месте Робба, — сказал Рикон.

— Тихо, Рикон. — Бран чувствовал вокруг угрозу, но брат был для этого слишком мал. Горело несколько факелов, и в большом очаге тлел огонь, но основная часть зала тонула во мраке. Скамьи составили у стен — сесть было негде, и обитатели замка стояли кучками, не смея переговариваться. Бран видел старую Нэн, открывавшую и закрывавшую беззубый рот. Хэйхеда поддерживали двое других стражников — его голую грудь обматывала окровавленная повязка. Рябой Том безутешно рыдал, Бет Кассель тихо плакала от страха.

— Это еще кто такие? — спросил Теон, указав на Ридов и Фреев.

— Это воспитанники леди Кейтилин — их обоих зовут Уолдер Фрей, — объяснил мейстер Лювин. — А это Жойен Рид и его сестра Мира — дети Хоуленда Рида из Сероводья. Они приехали, чтобы заново присягнуть Винтерфеллу.

— Другой бы сказал, не ко времени, а по мне — в самый раз. — Теон встал со своего места. — Раз приехали, тут и останутся. Лоррен, давай сюда принца. — Чернобородый плюхнул Брана на каменное сиденье, словно мешок с овсом.

Людей продолжали сгонять в Великий Чертог, подгоняя их копьями и криками. Гейдж и Оша явились с кухни все в муке — они замешивали хлеб на утро. Миккена тащили волоком, а он ругался. Прихрамывающий Фарлен поддерживал Паллу — платье на ней разодрали надвое, она зажимала его в кулаке и шла так, будто ей было больно. Септон Шейли бросился им на помощь, но один из островитян повалил его на пол.

Последним, кто вошел в дверь, был пленный Вонючка — ядреный запах опережал его, и Брана замутило.

— Этот был заперт в башне, — доложил конвоир, рыжий безусый парень, весь мокрый — несомненно, один из тех, кто переплывал ров. — Говорит, что звать его Вонючка.

— С чего бы это? — улыбнулся Теон. — Ты всегда так пахнешь, или только что полюбился со свиньей?

— Я ни с кем не любился с той поры, как меня взяли, милорд. Вообще-то меня зовут Хеке. Я служил Бастарду из Дредфорта, пока Старки не угостили его стрелой в спину вместо свадебного подарка.

Теона это, похоже, развеселило.

— И на ком же он женился?

— На вдове Хорнвуда, милорд.

— На этой старухе? Ослеп он, что ли? У нее титьки как пустые бурдюки, сухие и сморщенные.

— Так он не ради титек ее взял, милорд.

Островитяне закрыли высокие двери в дальнем конце. С высокого сиденья Бран насчитал их около двадцати. Теон, наверное, оставил стражу у ворот и оружейни, но все равно их никак не может быть больше тридцати.

Теон вскинул руки, призывая к тишине:

— Вы все меня знаете...

— Еще бы тебя не знать, дерьма мешок! — крикнул Миккен, но лысый двинул его концом копья в живот и ударил древком в лицо. Кузнец рухнул на колени и выплюнул выбитый зуб.

— Миккен, молчи. — Бран старался говорить сурово и важно, как Робб, когда командует, но голос подвел его, и он сорвался на писк.

— Слушайся своего маленького лорда, Миккен, — сказал Теон. — У него разума побольше, чем у тебя.

Хороший лорд защищает своих людей, напомнил себе Бран и объявил:

— Я сдал Винтерфелл Теону.

— Громче, Бран. И называй меня принцем.

— Я сдал Винтерфелл принцу Теону, — повысил голос Бран. — Вы все должны делать то, что он приказывает.

— Да будь я проклят, если стану его слушаться! — взревел Миккен.

Теон сделал вид, что не слышит.

— Мой отец возложил на себя древнюю корону соли и камня и провозгласил себя королем Железных островов. По праву завоевателя он требует себе также и Север. Вы все — его подданные.

— Да пошел ты. — Миккен вытер окровавленный рот. — Я служу Старкам, а не каким-нибудь поганым спрутам... а-а... — Тупой конец копья сбил его на каменный пол.

— Известно, что у кузнеца руки сильные, а голова слабая, — заметил Теон. — Но если вы все будете служить мне столь же преданно, как Неду Старку, то найдете во мне лорда настолько великодушного, как только можете пожелать.

Миккен привстал на четвереньки, выплюнув кровь. Пожалуйста, не надо, мысленно взмолился Бран, но кузнец уже крикнул:

— Если ты думаешь, что сможешь удержать Север с твоей жалкой...

Лысый вогнал острие копья Миккену в затылок. Сталь пробила шею и вышла из горла с потоком крови. Закричала какая-то женщина, а Мира обхватила руками Рикона. «Он утонул в крови, — подумал Бран. — В собственной крови».

— Кто еще хочет высказаться? — спросил Теон Грейджой.

— Ходор-Ходор-Ходор, — завопил конюх, выпучив глаза.

— Заткните-ка этого полудурка.

Двое островитян начали бить Ходора концами копий, и он опустился на пол, прикрываясь руками.

— Я буду вам лордом не хуже, чем был Эддард Старк. — Теон поднял голос, чтобы перекрыть удары дерева по телу. — Но тот, кто предаст меня, горько пожалеет. И не думайте, что люди, которых вы видите здесь, — это все мое войско. Торрхенов Удел и Темнолесье тоже скоро будут нашими, а мой дядя, поднявшись по Соленому Копью, захватит Ров Кейлин. Пусть Робб Старк правит на Трезубце, если отобьется от Ланнистеров, — Север отныне принадлежит дому Грейджоев.

— Лорды Старка выступят против тебя, — отозвался Вонючка. — Тот боров из Белой Гавани, Амберы, Карстарки. Тебе понадобятся люди. Освободи меня — и я твой.

Теон поразмыслил немного:

— Говоришь ты лучше, чем пахнешь, но твою вонь я долго не выдержу.

— Ну что ж — если меня освободят, и я помыться могу.

— Редкого ума человек, — улыбнулся Теон. — Преклони колено.

Один из Железных Людей подал Вонючке меч, а тот положил его к ногам Теона и поклялся повиноваться дому Грейджоев и королю Бейлону. Бран не мог на это смотреть. Зеленый сон сбывался.

— Милорд Грейджой! — Оша вышла вперед, переступив через тело Миккена. — Я здесь тоже пленница. Вы были тут, когда меня взяли.

«Я думал, ты мне друг», — с болью молвил про себя Бран.

— Мне нужны бойцы, а не кухонные замарашки.

— Это Робб Старк отправил меня на кухню. Скоро год, как я скребу горшки, чищу котлы и грею солому вот для него. — Она оглянулась на Гейджа. — Я сыта этим по горло. Дайте мне снова копье.

— У меня есть для тебя копьецо, — сказал лысый, убивший Миккена, и с ухмылкой взялся за ширинку.

Оша двинула его между ног своим костлявым коленом.

— Оставь свою тряпичную висюльку при себе. — Выхватив у островитянина копье, она тупым концом сшибла его с ног. — Мне подавай дерево и железо. — Лысый скорчился на полу, а все остальные захватчики грохнули со смеху.

Теон смеялся вместе с ними.

— Ладно, сгодишься. Оставь копье при себе. Стигг найдет себе другое. Преклони колено и присягай.

Больше охотников принести присягу не нашлось, и всех отпустили с наказом исполнять свою работу и не смутьянничать. Ходору велели отнести Брана обратно в постель. Лицо у парня было все в синяках, нос распух, один глаз закрылся.

— Ходор, — жалобно проскулил он разбитым ртом, поднял Брана большими вымазанными кровью руками и вынес его под дождь.

АРЬЯ

— Есть тут призраки — я знаю, что есть. — Пирожок, по локоть в муке, месил тесто. — Пиа видела что-то в маслобойне прошлой ночью.

Арья изобразила неприличный звук. Пиа всегда что-то видела в маслобойне — в основном мужчин.

— Можно мне плюшку? Ты их целый противень напек.

— Он мне весь нужен. Сир Амори их очень любит.

Она ненавидела сира Амори.

— Давай на них наплюем.

Пирожок тревожно огляделся. Кухня была полна теней и шорохов, но все повара и посудомойки уже спали на просторных полатях над печками.

— Он узнает.

— Не узнает. Плевки вкуса не имеют.

— Если узнает, то выпорют меня. — Пирожок перестал месить. — Тебе тут и быть-то не полагается. Ночь во дворе.

Ну и что ж, что ночь. Кухня даже ночью не затихает — всегда тут кто-то валяет хлебы на завтра, помешивает в котле деревянной поварешкой или разделывает свинью, чтобы подать сиру Амори ветчину на завтрак. Нынче очередь Пирожка.

— Если Кролик проснется и увидит, что тебя нет...

— Кролик никогда не просыпается. — По-настоящему его звали Меббл, но все называли его Кроликом из-за красных глаз. — Уж если завалился дрыхнуть — все. — Каждое утро Кролик начинал с эля, а вечером валился, как колода, пуская окрашенные вином слюни. Арья ждала, когда он захрапит, и прокрадывалась босиком по черной лестнице, производя не больше шума, чем мышь, которой и была. Ни свечи, ни коптилки она не брала. Сирио сказал

536

как-то, что темнота может стать ей другом, и был прав. Довольно луны и звезд, чтобы найти дорогу. — Спорю, мы могли бы бежать, а Кролик меня бы и не хватился.

— Не хочу я никуда бежать. Здесь лучше, чем в лесу. Охота была снова червяков жрать. Посыпь-ка лучше муки на доску.

Арья склонила голову набок.

— Что это?

— А что? Я не...

— Слушай ушами, а не языком. Это рог трубит. Два раза — не слышишь разве? А вот цепи загремели, поднимают решетку — кто-то либо приехал, либо выезжает. Пошли посмотрим?

Ворота Харренхолла не открывались с того дня, как лорд Тайвин выступил в поход со своим войском.

— Мне хлеб печь надо. И я не люблю, когда темно, — я ж тебе говорил.

— Тогда я пойду, а потом расскажу тебе. Можно плюшку?

— Нет.

Но она все равно стянула одну и съела по дороге. Начинка была из толченых орехов, фруктов и сыра, корочка мягкая и еще теплая. Съев плюшку сира Амори, Арья осмелела. «Босоножка-легконожка, — напевала она себе под нос. — Я призрак Харренхолла».

Рог пробудил замок от сна — люди выходили во двор посмотреть, что за шум. Арья смешалась с остальными. В ворота въезжали запряженные волами телеги. «Добыча», — сразу смекнула Арья. Всадники, сопровождавшие обоз, говорили на смеси разных языков. Их доспехи блестели при луне, и Арья разглядела пару полосатых зебр. Кровавые Скоморохи. Арья отодвинулась подальше в тень. На одной из телег ехал в клетке громадный черный медведь. Другие были нагружены серебряной посудой, оружием, щитами, мешками муки, визжащими свиньями, тощими собаками и курами. Арья подумала, что давно уже не ела свинины, — и тут увидела пленников.

Первый из них, судя по его гордой осанке, был лордом, под его рваным красным камзолом поблескивала кольчуга. Сначала Арья приняла его за Ланнистера, но, когда он прошел мимо факела, она разглядела его эмблему — это был серебряный кулак, а не лев. Руки у него были туго скручены, а веревка вокруг щиколотки связывала его с теми, кто шел позади, так что вся вереница еле тащилась. Многие были ранены. Если кто-то останавливался, всадник подъезжал и хлестал его кнутом. Арья попыталась сосчитать пленных, но сбилась со счета, не дойдя и до пятидесяти, а их было по крайней мере вдвое больше. Их одежда была вымазана грязью и кровью, и при плохом свете трудно было различить все их эмблемы, но некоторые Арья узнала. Две башни. Солнце. Окровавленный человек. Топор. Топор — это Сервины, белое солнце на черном — Карстарки. Это северяне. Люди ее отца и Робба. Ей не хотелось даже думать, что это может означать.

Кровавые Скоморохи спешивались. Сонные конюхи вылезли из соломы, чтобы принять у них взмыленных лошадей. Один из всадников требовал эля. Шум вызвал на галерею сира Амори Лорха с двумя факельщиками по бокам. Варго Хоут в козлином шлеме остановил коня под ним.

— Милорд каштелян. — Наемник шепелявил так, словно у него язык не умещался во рту.

— В чем дело, Хоут? — нахмурился сир Амори.

— Пленные. Русе Болтон хотел перейти реку, но мои Бравые Ребята разбили его авангард вдребезги. Многие убиты, и Болтон обратился в бегство. Это их лорд-командующий, Гловер, а позади него шир Эйениш Фрей.

Сир Амори уставился на связанных пленников своими поросячьими глазками. Он не казался довольным. Весь замок знал, что они с Варго Хоутом ненавидят друг друга.

— Прекрасно. Сир Кадвин, отведите этих людей в темницу.

Лорд с кольчужным кулаком на камзоле поднял глаза.

— Нам обещали достойное обращение...

— Молчать!!! — завизжал на него Хоут, брызгая слюной.

— Что обещал вам Хоут, меня не касается, — заявил сир Амори. — Лорд Тайвин поставил кастеляном Харренхолла меня, и я поступлю с вами, как мне заблагорассудится. — Он махнул стражникам. — В подвале под Вдовьей башней они все должны поместиться. Всякий, кто не желает туда идти, волен умереть прямо здесь.

Пленных увели, подталкивая копьями, и Арья увидела, что Кролик тоже вылез наружу, щурясь на свет. Если бы он ее хватился, то поднял бы крик и пригрозил бы спустить с нее шкуру, но Арья его не боялась. Это не Виз. Он вечно грозится спустить с кого-нибудь шкуру, но никого ни разу даже не ударил. И все же незачем показываться ему на глаза. Она оглянулась. Волов распрягали, телеги разгружали, Бравые Ребята требовали выпивку, зеваки толпились вокруг клетки с медведем. В суматохе нетрудно было ускользнуть незамеченной. Арья вернулась той же дорогой, что пришла, пока никто ее не заметил и не заставил работать.

Вдали от ворот и конюшен большой замок казался пустынным. Шум позади затихал. Ветер свистал и выл, проходя сквозь трещины в башне Плача. Листья в богороще начали опадать — они носились по дворам, между пустыми зданиями, тихо шурша по камням. Теперь, когда Харренхолл снова опустел, со звуками стали происходить странные вещи. Порой камни словно впитывали всякий шум, окутывая дворы покровом тишины. Порой в замке оживало эхо — за каждым твоим шагом следовала призрачная армия, каждый далекий голос сопровождался призрачным хором. Эти игры звука относились к тому, что пугало Пирожка, но не Арью.

Тихая как тень, она прошмыгнула через средний двор, обошла башню Страха и миновала пустой охотничий вольер, где, как говорили, бьют призрачными крыльями духи мертвых соколов. Она могла ходить, где ей вздумается. В гарнизоне осталось не больше ста человек — их в Харренхолле и видно-то не было. Зал Тысячи Очагов заперли вместе с множеством более мелких зданий, куда входила и башня Плача. Сир Амори занял покои кастеляна в Королевском Костре, не менее просторные, чем у самого лорда, и Арья с прочими слугами перешла в подвал под его башней, чтобы быть под рукой. При лорде Тайвине латники вечно спрашивали, куда ты идешь, — но когда на тысячу дверей осталось сто стражников, никто особенно не заботился, кто где находится.

Проходя мимо оружейни, Арья услышала стук молотка. В высоких окнах светилось рыжее зарево. Арья взобралась на крышу и заглянула вниз. Джендри ковал панцирь. Когда он работал, для него ничего не существовало, кроме металла, мехов и огня. Молот казался продолжением его руки. Арья видела, как играют мускулы у него на груди, слышала, как поет сталь под его ударами. «Он сильный», — подумала она. Когда он, взяв длинные клещи, погрузил панцирь в желоб с водой, она проскользнула в окно и спрыгнула на пол рядом с ним.

Он как будто не удивился, увидев ее.

— Тебе давно спать пора. — Панцирь в холодной воде зашипел, как кот. — Что это там за шум?

— Варго Хоут вернулся с пленными, я видела их эмблемы. Среди них Гловер из Темнолесья, вассал моего отца. Другие почти все тоже наши. — Арья вдруг поняла, почему ноги привели ее сюда. — Ты мне поможешь освободить их.

— Это каким же манером? — засмеялся Джендри.

— Сир Амори отправил их в темницу под Вдовьей башней — это один большой подвал. Ты мог бы выбить дверь своим молотом...

— А стража будет смотреть и биться об заклад, с какого удара я ее высажу?

Арья прикусила губу:

— Часовых придется убить.

— Как?

— Может, их будет не так много.

— Для нас с тобой и двое уж чересчур. Ты так ничему и не научилась в той деревне, что ли? Сунься только — и Варго Хоут отрубит тебе руки и ноги, как у него заведено. — Джендри снова взял клещи.

— Ты просто боишься.

— Отвяжись.

— Джендри, северян целая сотня. А может, и больше — я сбилась со счета. Столько же, сколько у сира Амори, не считая, правда, Кровавых Скоморохов. Лишь бы освободить их — а там мы захватим замок и убежим.

— Освободить ты их не сможешь, как не смогла спасти Ломми. — Джендри поворачивал панцирь клещами, осматривая его. — А если мы даже убежим, куда нам податься?

— В Винтерфелл. Я расскажу матери, как ты мне помог, и ты сможешь остаться...

— С разрешения миледи? Чтобы я подковывал лошадей для тебя и ковал мечи для твоих лордов-братцев?

Временами он просто злил ее.

— Перестань!

— На кой мне рисковать своими ногами, чтобы потеть в Винтерфелле вместо Харренхолла? Знаешь старого Бена Чернопалого? Он попал сюда еще мальчишкой. Работал на леди Уэнт, и на ее отца, и даже на лорда Лотстона, который владел Харренхоллом до Уэнтов. Теперь он работает на лорда Тайвина, и знаешь, что он говорит? Меч — это меч, шлем — это шлем, и если ты сунешься в огонь, то обожжешься, кому бы ты ни служил. А Люкан — неплохой хозяин. Я хочу остаться тут.

— Чтобы попасть в руки королевы? Небось за Беном Чернопалым она золотых плащей не посылала!

— Может, им вовсе не я был нужен.

— Прекрасно знаешь, что ты. Ты какая-то важная персона.

— Я кузнечный подмастерье и когда-нибудь стану мастером-оружейником... если не стану бегать, не лишусь ног и не дам себя убить. — Он отвернулся, взял молот и начал ковать.

Руки Арьи от бессилия сжались в кулаки.

— К очередному шлему можешь приделать ослиные уши вместо бычьих рогов! — выкрикнула она и убежала — иначе она накинулась бы на него и стала колотить. Хотя он, наверное, даже не почувствовал бы. Вот узнают, кто он такой, и отрубят ему его ослиную башку — тогда он пожалеет, что не помог ей. Без него даже лучше. Это из-за него ее схватили в деревне.

Вспомнив о деревне, она вспомнила дорогу, сарай и Щекотуна. Мальчика, которому разбили лицо палицей, глупого старого «мыза-Джоффри», Ломми Зеленые Руки. «Сперва я стала овцой, потом мышью. Только и могу, что прятаться. Но нет, теперь я опять изменилась». Арья попыталась вспомнить, когда же мужество вернулось к ней. «Это Якен сделал меня храброй. Он превратил меня из мыши в призрак».

Она избегала лоратийца со дня смерти Виза. С Чизвиком все было просто — столкнуть человека со стены всякий может, но Виз растил свою противную суку со щенячьего возраста, и только колдовством можно было натравить собаку на него. Йорен нашел Якена в каменном мешке вместе с Роржем и Кусакой. Якен сделал что-то ужасное, и Йорен знал об этом, потому и держал его в цепях. А если лоратиец колдун, то, возможно, Рорж и Кусака — вовсе не люди, а демоны, вызванные им из преисподней.

Якен все еще должен ей одну смерть. В сказках старой Нэн человеку, которому грамкин предлагает исполнить три желания, следовало быть особенно осторожным с третьим, потому что оно последнее. «Чизвик и Виз были мелкой сошкой. Последняя смерть должна быть весомой», — говорила себе Арья каждую ночь, прежде чем прочесть свою молитву. Но в этом ли истинная причина ее колебаний? Пока она способна убивать одним своим шепотом, она может никого не бояться... но когда последнее желание исполнится, она снова станет мышью.

Кролик проснулся, и она не посмела вернуться к себе в постель. Не зная, где бы еще укрыться, она отправилась в богорощу. Ей нравился резкий запах сосен и страж-деревьев, ощущение травы и земли под ногами, шелест ветра в листве. По роще протекал тихий ручеек, уходя потом в землю.

В этом месте, под гнилушками и переплетенными корнями, Арья хранила свой меч.

Упрямый Джендри не захотел сковать ей настоящий, и Арья сделала свой из черенка метлы. Меч был слишком легок и не давал нужной опоры пальцам, зато у него был острый расщепленный конец. Когда у Арьи выдавался свободный час, она бежала сюда и проделывала упражнения, которым научил ее Сирио, — прыгала босиком по палым листьям, рубила ветки и листья. Иногда она даже забиралась на дерево и плясала на верхних ветвях, обхватывая их пальцами ног. С каждым днем она держалась все лучше — чувство равновесия возвращалось к ней. Ночь была самым хорошим временем — ночью ее никто не беспокоил.

Она и теперь взобралась наверх и там, в листве, забыла обо всем — о сире Амори, о Скоморохах и о северянах. Подошвы ее ног упирались в шершавую кору, а меч свистал в воздухе. Надломленная ветка превратилась в Джоффри, и Арья рубила ее, пока та не отвалилась совсем. Королева, сир Илин, сир Меррин и Пес были просто листьями — их она тоже порубила на зеленые ленты. Когда рука устала, Арья уселась верхом, дыша ночной прохладой и слушая, как пищат, охотясь, летучие мыши. Сквозь полог листьев виднелись белые, как кость, ветви сердце-дерева. Отсюда оно кажется таким же, как в Винтерфелле. Будь это правда, она слезла бы вниз и снова оказалась бы дома — и может быть, отец сидел бы под чардревом, как он делал всегда.

Заткнув меч за пояс, Арья с ветки на ветку спустилась вниз. Луна посеребрила чардрево, но красные пятиконечные листья ночью казались черными. Арья посмотрела на вырезанный в стволе лик — страшный, с искривленным ртом, с широко раскрытыми, полными ненависти глазами. Неужели это облик бога? Могут ли боги чувствовать боль, как люди? Надо бы помолиться, внезапно подумала она.

Арья опустилась на колени, не зная, с чего начать, и стиснула руки. «Помогите мне, старые боги, — произнесла она про себя. — Помогите выпустить этих людей из темницы, чтобы убить сира Амори, и верните меня домой в Винтерфелл. Сделайте меня водяной плясуньей и волком, чтобы я больше никогда ничего не боялась».

Хватит или нет? Быть может, надо молиться вслух, если она хочет, чтобы боги ее услышали. И подольше. Отец иногда молился подолгу, но старые боги так ему и не помогли. Вспомнив об этом, она рассердилась.

— Вы должны были спасти его, — упрекнула она богов, обращаясь к дереву. — Он вам все время молился. Не хотите мне помогать — не надо. Да вы и не смогли бы, если б даже захотели.

— Богам дерзить негоже, девочка.

Голос испугал ее. Она вскочила и выхватила свой деревянный меч. Якен Хгар стоял во тьме так тихо, что его самого можно было принять за дерево.

— Человек пришел услышать имя. Сначала один, потом два, потом три. Человек хотел бы покончить с этим.

Арья опустила расщепленную палку к земле.

— Откуда ты узнал, что я тут?

— Человек видит. Человек слышит. Человек знает.

Арья смотрела на него подозрительно. Уж не боги ли послали его?

— Как ты заставил собаку убить Виза? А Роржа и Кусаку ты вызвал из ада? А Якен Хгар — твое настоящее имя?

— У некоторых людей бывает много имен. Ласка. Арри. Арья.

Она попятилась от него, пока не уперлась в чардрево.

— Тебе Джендри сказал?

— Человек знает, миледи Старк.

Может, это все-таки боги послали его в ответ на ее молитвы?

— Ты нужен мне, чтобы освободить пленных из темницы. Гловера и всех остальных. Надо убить часовых и открыть дверь...

— Девочка забыла. Она получила двух — я должен трех. Если умереть должен часовой, ей стоит только назвать его имя.

— Но одного часового убить мало — их надо убить всех, чтобы открыть подземелье. — Арья сильно прикусила губу, чтобы не заплакать. — Я хочу, чтобы ты спас северян, как я спасла тебя.

Он смотрел на нее без всякой жалости.

— У бога отняли три жизни. Три жизни он должен получить назад. Богам дерзить негоже. — Голос его был как шелк и сталь.

— Я им не дерзила. Так, значит... я могу назвать любое имя? И ты этого человека убьешь?

Якен Хгар склонил голову.

— Человек так сказал.

— Кого бы я ни назвала? Мужчину, женщину, малого ребенка? Лорда Тайвина, верховного септона, родного отца?

— Родитель человека давно умер, но будь он жив и знай ты его имя, он умер бы по твоему повелению.

— Поклянись в этом. Поклянись богами.

— Клянусь всеми богами моря и воздуха и даже им, владыкой огня. — Он вложил руку в рот, вырезанный на чардреве. — Клянусь семерыми новыми богами и старыми, которым несть числа.

— А если бы я назвала короля?

— Назови имя, и смерть придет. Завтра, с новой луной, через год — но она настанет. Человек не умеет летать, как птица, но он переставляет ноги, одну за другой. Однажды он оказывается на месте, и король умирает. — Он стал перед ней на колени, и они оказались лицом к лицу. — Пусть девочка скажет шепотом, если боится сказать вслух. Ну, говори же. Это Джоффри?

Арья приложила губы к его уху.

— Это Якен Хгар.

Даже там, в горящем амбаре, когда стены пылали вокруг, а он был в цепях, он не выказывал такого ужаса.

— Девочка шутит.

— Ты поклялся. И боги тебя слышали.

— Да, они слышали. — В руке у него вдруг возник нож, тонкий, как ее мизинец. Для кого он — для Якена или для нее? — Девочка будет плакать. Девочка лишится своего единственного друга.

— Ты мне не друг. Друг помог бы мне. — Она отступила от него, покачиваясь на пятках на случай, если он метнет нож. — Друга я бы не стала убивать.

На лице Якена мелькнула улыбка.

— И девочка могла бы... назвать другое имя, если друг ей поможет?

— Девочка могла бы. Если друг поможет.

Нож исчез.

— Пошли.

— Прямо сейчас? — Она не ожидала от него такой прыти.

— Человек слышит, как сыплется песок в склянке. Человек не уснет, пока девочка не отменит того, что сказала. Пойдем, злое дитя.

«Я не злое дитя, — подумала она, — я лютоволк и призрак Харренхолла». Она спрятала свою палку обратно в тайник и пошла с Якеном.

Несмотря на поздний час, в Харренхолле царило оживление. Прибытие Варго Хоута нарушило весь распорядок. Повозки, подводы и лошади исчезли со двора, но клетка с медведем осталась. Ее подвесили на цепях под горбатым мостиком, соединявшим внешний двор со средним, в нескольких футах над землей. Расположенные кольцом факелы заливали этот участок светом. Конюшенные мальчишки бросали в медведя камни, и он ревел. Из казармы по ту сторону двора тоже лился свет. Там гремели кружки, и мужские голоса требовали еще вина. Около дюжины человек завело песню на гортанном языке, чуждом для слуха Арьи.

Они пьют и едят, а потом завалятся спать. Кролик наверняка послал разбудить ее, чтобы прислуживать за столом, и уже знает, что ее нет на месте. А впрочем, он должен быть занят по горло — Бравым Ребятам и людям из гарнизона сира Амори только поспевай наливать, и шум, который они производят, очень отвлекает.

— Голодные боги этой ночью напьются крови, если человек сделает что задумано, — сказал Якен. — Славная, добрая девочка. Отмени одно имя, назови другое, и забудем эту безумную блажь.

— Нет.

— Ну что ж. — Он, видимо, смирился со своей участью. — Дело будет сделано, но девочка должна слушаться. У человека нет времени на разговоры.

— Девочка будет слушаться. Что я должна делать?

— Сто человек голодны, их надо накормить, лорд приказал сварить им суп. Пусть девочка бежит на кухню и передаст это своему приятелю пирожнику.

— Суп, — повторила она. — А ты что будешь делать?

— Девочка поможет сварить суп и будет ждать на кухне, пока человек не придет за ней. Беги.

Когда Арья влетела на кухню, Пирожок доставал свои хлебы из печи, но он был там уже не один. Поваров подняли, чтобы накормить Кровавых Скоморохов Варго Хоута. Слуги сновали с корзинами хлеба и плюшек, главный повар резал холодный окорок, поварята жарили на вертелах кроликов, которых другие обмазывали медом, женщины крошили лук и морковь.

— Чего тебе, Ласка? — спросил главный, увидев ее.

— Мне нужен суп. Милорд приказал.

— А это что, по-твоему? — Он ткнул ножом в сторону чугунных котлов, висящих над огнем. — Нассать бы туда да и подать козлу. Даже ночью покоя нет, — плюнул он. — Так что беги назад и скажи, что котел раньше срока не вскипит.

— Я здесь подожду, пока не будет готово.

— Так не путайся под ногами. А еще лучше займись чем-нибудь. Сбегай на маслобойню — его козлиной милости понадобится масло и сыр. Разбуди Пиа и скажи, пусть пошевелится раз в жизни, если ноги дороги.

Арья пустилась бегом. Пиа на полатях уже стонала под одним из Скоморохов, но живо напялила свои одежды, услышав, как разоряется Арья. Она наполнила шесть корзин кругами масла и пахучего сыра, обернутого в ткань, и попросила Арью:

— Помоги мне это снести.

— Не могу. Но ты лучше поторопись, не то Варго Хоут отрубит тебе ноги. — И Арья умчалась, не дав Пиа себя поймать. На обратном пути она задумалась о том, почему же никому из пленных не отрубили ни рук, ни ног. Может быть, Варго Хоут боится вызвать гнев Робба? Хотя он, похоже, не из тех, кто хоть кого-то боится.

Пирожок помешивал в котлах длинной деревянной ложкой. Арья схватила такую же и взялась ему помогать. Она раздумывала, не сказать ли ему, но вспомнила деревню и решила этого не делать. Он опять захочет сдаться.

Потом она услышала гнусный голос Роржа:

— Эй, кухарь! Мы забираем твой поганый суп. — Арья в испуге бросила ложку. Она не просила Якена брать их с собой. Рорж был в своем железном шлеме со стрелкой, скрывающей недостаток носа. Следом за ним шли Якен и Кусака.

— Поганый суп для погани еще не поспел. Он должен закипеть. Мы только что бросили лук и...

— Заткнись, не то вставлю вертел тебе в задницу да поверну пару раз. Сказано — давай сюда.

Кусака с шипением оторвал кусок мяса от недожаренного кролика, вымазав пальцы медом, и смолол его своими заостренными зубами. Повар сдался.

— Забирай свой суп, но если козел спросит, почему он так жидок, сам будешь объяснять.

Кусака слизал с пальцев жир и мед, Якен надел пару толстых рукавиц, а вторую пару дал Арье.

— Помогай, Ласка. — Арья с Якеном взяли один горячий котел, Рорж — другой, Кусака захватил целых два и зашипел от боли, когда дужки обожгли ему руки, однако ноши не бросил. Они вынесли котлы из кухни и потащили через двор. У двери Вдовьей башни стояли двое часовых.

— Это что у вас? — спросил один Роржа.

— Горшок горяченькой мочи — не хочешь хлебнуть?

— Узникам тоже надо есть, — обезоруживающе улыбнулся Якен.

— Нам никто ничего не говорил насчет...

— Это им, а не вам, — вмешалась Арья.

Второй часовой махнул рукой:

— Ладно, тащите вниз.

Винтовая лестница за дверью вела в темницу. Рорж шел впереди, Якен с Арьей замыкали.

— Девочка будет держаться в стороне, — сказал он ей.

Лестница привела их в длинный сводчатый подвал без окон. Несколько факелов освещало ближний его конец, где часовые сира Амори за исцарапанным деревянным столом играли в плашки. Тяжелая железная решетка отделяла их от сгрудившихся во тьме узников. Запах супа привлек к брусьям многих из них.

Арья посчитала: восемь часовых. Они тоже унюхали суп.

— Ну и красотку вы себе нашли в подавальщицы, — сказал старший Рорж. — Что в котле-то?

— Твои причиндалы. Вы жрать хотите или нет?

Один солдат разгуливал взад-вперед, другой стоял у решетки, третий сидел на полу у стены, но охота поесть всех толкнула к столу.

— Наконец-то почесались нас накормить.

— Никак луком пахнет?

— А хлеб где?

— А миски, ложки...

— Обойдетесь. — Рорж выплеснул горячее варево прямо на них, Якен тоже. Кусака метнул свои котлы так, что они пролетели по всему подвалу, расплескивая кипяток. Один угодил приставшему начальнику караула в висок, и тот рухнул как подкошенный. Остальные орали в голос и пытались отползти.

Арья прижалась к стене, а Рорж принялся резать глотки. Кусака предпочитал брать человека за темя и сворачивать ему шею. Только один стражник успел вытащить клинок. Якен отскочил назад, достал собственный меч, загнал часового в угол, осыпая ударами, и убил прямым выпадом в сердце. Подойдя к Арье, лоратиец вытер окровавленный клинок о ее рубаху.

— На девочке тоже должна быть кровь. Это ее работа.

Ключ от темницы висел на стене у стола. Рорж снял его и отпер дверь. Первым вышел лорд с кольчужным кулаком на камзоле.

— Молодцы, ребята. Я Роберт Гловер.

— Милорд, — поклонился ему Якен.

Пленники сняли с часовых оружие и бросились вверх по лестнице с клинками в руках. Остальные, безоружные, бежали следом. Все происходило быстро и почти без слов. Они казались совсем не такими изнуренными, как тогда, когда Варго Хоут гнал их через ворота Харренхолла.

— Умно вы устроили с супом — я такого не ожидал, — сказал Гловер. — Это лорд Хоут придумал?

Роржа разобрал такой смех, что сопли потекли из дыры на месте носа. Кусака сидел на одном из мертвецов, держа его за руку, и обгрызал пальцы, похрустывая костями.

— Вы кто? — На лбу у Роберта Гловера образовалась складка. — Вас не было с Хоутом, когда он напал на лагерь лорда Болтона. Вы не из Бравых Ребят?

Рорж вытер сопли с подбородка.

— Из них, а как же.

— Этот человек имеет честь быть Якеном Хгаром из вольного города Лората. Его недостойных соратников зовут Рорж и Кусака. Милорд сам поймет, кто из них Кусака. — Якен указал на Арью. — А это...

— Я Ласка, — выпалила она, чтобы не дать ему сказать, кто она на самом деле. Незачем произносить ее имя здесь, где могут услышать и Рорж, и Кусака, и все остальные, неизвестные ей.

Гловер не обратил на нее внимания.

— Хорошо, — сказал он. — Давайте покончим с этим кровавым делом.

Когда они выбрались из подвала, наружные часовые лежали в лужах собственной крови, а северяне бежали через двор. Раздались крики. Дверь казармы распахнулась, и оттуда с криком вывалился раненый. Беглецы, выскочив вслед за ним, прикончили его копьем и мечом. В караульне у ворот тоже шел бой. Рорж и Кусака последовали за Гловером, но Якен Хгар опустился на колени рядом с Арьей.

— Девочка не поняла, в чем дело?

— Почему же, поняла, — не совсем уверенно ответила она.

— Козел переметнулся. Скоро здесь, думаю, поднимут волчье знамя. Но сначала человек должен услышать, как одно имя возьмут назад.

— Я беру его назад. Ты все еще должен мне одну смерть?

— Жадная девочка. — Якен потрогал мертвого часового и показал ей окровавленные пальцы. — Здесь двое, там четверо, еще восемь лежат внизу. Долг уплачен.

— Уплачен, — нехотя, с грустью признала Арья. Теперь она снова серая мышка.

— Бог получил свое. Теперь человек должен умереть. — Странная улыбка тронула губы Якена Хгара.

— Умереть?! — растерялась Арья. Что это значит? — Но ведь я взяла имя назад. Тебе больше не нужно умирать.

— Нужно. Мое время пришло. — Якен провел рукой по лицу от лба до подбородка, и оно изменилось. Щеки стали полнее, глаза сдвинулись и сели близко, нос загнулся крючком, на правой щеке появился шрам. Якен потряс головой, и длинные прямые волосы, рыжие с белым, словно растаяли, уступив место шапке черных густых завитков.

Арья открыла рот.

— Кто ты? — прошептала она, слишком пораженная, чтобы бояться. — Как ты это делаешь? Это трудно?

Он усмехнулся, сверкнув золотыми зубами.

— Не труднее, чем взять новое имя, если знаешь как.

— Научи меня. Я тоже так хочу.

— Если хочешь учиться, ты должна пойти со мной.

— Куда?

— Далеко, за Узкое море.

— Я не могу. Мне надо домой, в Винтерфелл.

— Тогда нам придется расстаться — у меня тоже есть свои обязательства. — Он сунул ей в ладонь монетку. — Возьми.

— Что это?

— Великая ценность.

Арья попробовала монету на зуб — такой твердый металл мог быть только железом.

— А лошадь на нее можно купить?

— Она не предназначена для покупки лошадей.

— На что же она тогда нужна?

— Спроси еще, на что нужны жизнь и смерть. Если придет день, когда ты захочешь найти меня, дай эту монетку любому браавосцу и скажи ему такие слова: «Валар моргулис».

— Валар моргулис, — повторила Арья — это было нетрудно запомнить. Монету она зажала в кулаке. Побоище на той стороне двора продолжалось. — Пожалуйста, Якен, не уходи.

— Якен теперь мертв, как и Арри, — печально ответил он, — и я дал обещания, которые должен сдержать. Валар моргулис, Арья Старк. Повтори еще раз.

— Валар моргулис. — Чужой человек в одежде Якена поклонился ей и ушел во тьму, колыхнув плащом. Она осталась одна с мертвыми. Они заслужили смерть, сказала она себе, вспоминая всех тех, кого сир Амори Лорх убил в крепости у озера.

Вернувшись на свою соломенную постель, она нашла подвал под Королевским Костром пустым. Она перечислила все свои имена, а под конец шепнула: «Валар моргулис», думая, что это может означать.

На рассвете вернулись Кролик и все прочие, кроме одного мальчика, которого убили в свалке ни за что ни про что. Кролик снова вышел наружу посмотреть, как обстоят дела при свете дня, кряхтя и сетуя на ступеньки, изнурительные для старых костей. Вернувшись, он объявил, что Харренхолл взят.

— Кровавые Скоморохи перебили много людей сира Амори прямо в постелях и пьяных, что сидели с ними за столом, тоже убили. Новый лорд будет здесь еще до исхода дня со всем своим войском. Он с дикого севера, оттуда, где Стена, и, говорят, крутенек. Ну, тот лорд или другой, а работу выполнять надо. Будете дурить — шкуру спущу. — При этих словах он посмотрел на Арью, но так и не спросил, где она была ночью.

Все утро она видела, как Кровавые Скоморохи обирают мертвых и волокут их во Двор Расплавленного Камня, где сложили костер. Шагвелл-Дурак отрубил головы двум мертвым рыцарям и носился с ними по замку, говоря за них.

«Отчего ты умер?» — спрашивала одна голова. «От Ласкиного супа», — отвечала другая.

Арью послали отмывать засохшую кровь. Никто не сказал ей ничего, помимо самых обычных слов, но она то и дело ловила на себе странные взгляды. Роберт Гловер и другие, освобожденные ею, рассказали, наверное, что случилось в темнице, вот Шагвелл со своими дурацкими говорящими головами и зарядил про Ласкин суп. Она с радостью велела бы ему заткнуться, но боялась. Дурак наполовину сумасшедший и, говорят, как-то убил человека за то, что тот не посмеялся над его шуткой. «Но лучше ему замолчать, не то я внесу его в свой список», — думала она, отскребая очередное бурое пятно.

Уже вечерело, когда прибыл новый хозяин Харренхолла — некрасивый, безбородый и самый обыкновенный. Примечательны в нем были только странные бледные глаза. Не толстый, не тонкий и не могучего сложения, он был в черной кольчуге и замызганном розовом плаще. Эмблема на его знамени изображала человека, покрытого кровью.

— На колени перед лордом Дредфорта! — крикнул его оруженосец, мальчик не старше Арьи, и Харренхолл преклонил колени.

Варго Хоут вышел вперед.

— Милорд, Харренхолл ваш.

Лорд что-то ответил, но так тихо, что Арья не расслышала. Роберт Гловер и сир Эйенис Фрей, вымытые и переодетые в чистые дублеты и плащи, подошли к нему и после краткого разговора подвели его к Роржу и Кусаке. Арья удивилась, что они еще здесь, ей почему-то казалось, что они исчезнут вместе с Якеном. Рорж прогнусил что-то, но слов она не разобрала. Тут к ней подскочил Шагвелл и поволок через двор.

— Милорд, милорд — вот она, Ласка, которая состряпала суп.

— Пусти, — крикнула Арья, вырываясь.

Лорд оглядел ее. Только глаза и двигались на его лице — очень светлые, цвета льда.

— Сколько тебе лет, дитя?

Арья не сразу вспомнила.

— Десять.

— Десять, милорд, — поправил он. — Ты любишь животных?

— Некоторых люблю... милорд.

— Но не львов, как видно, — с тонкой улыбкой заметил он. — И не мантикоров.

Не зная, что на это ответить, она промолчала.

— Мне сказали, что тебя зовут Ласка. Так не годится. Какое имя дала тебе мать?

Арья прикусила губу, думая, как бы еще назваться. Ломми звал ее Вороньим Гнездом, Санса — Лошадкой, люди ее отца — Арьей-Надоедой, но вряд ли эти имена ему подойдут.

— Нимерия, — сказала она. — А если коротко, то Нэн.

— Всегда добавляй «милорд», когда говоришь со мной, Нэн. Для службы в Бравых Ребятах ты слишком мала и к тому же принадлежишь к слабому полу. А пиявок ты не боишься?

— За что же их бояться... милорд?

— Вижу, моему оруженосцу есть чему у тебя поучиться. Лечение пиявками — секрет долгой жизни. Человек должен очищать свою кровь. Думаю, ты мне подойдешь. Во время моего пребывания в Харренхолле, Нэн, ты будешь моей чашницей, будешь прислуживать мне за столом и в покоях.

На сей раз она благоразумно воздержалась от замечания, что предпочла бы работать на конюшне.

— Да, милорд.

— Приведите ее в приличный вид, — распорядился лорд, ни к кому в отдельности не обращаясь, — и научите лить вино в чашу, а не мимо. А вы, лорд Хоут, займитесь знаменами над воротной башней.

Четверо Бравых Ребят, взобравшись на стену, спустили льва Ланнистеров и черного мантикора сира Амори, а на их место подняли ободранного человека Болтонов и лютоволка Старков. В тот же вечер чашница по имени Нэн наливала вино Русе Болтону и Варго Хоуту, которые, стоя на галерее, смотрели, как Бравые Ребята гоняют голого сира Амори Лорха по двору. Он плакал, молил о пощаде и цеплялся за ноги своих мучителей. Наконец Рорж отпустил его, а Шагвелл спихнул ногой в медвежью яму.

«Этот медведь весь черный, — подумала Арья. — Как Йорен». И наполнила чашу Русе Болтона, не пролив ни капли.

ДЕЙЕНЕРИС

Дени ожидала, что в этом городе чудес Дом Бессмертных окажется самым большим чудом, но, выйдя из паланкина, она увидела перед собой серые ветхие руины.

Здание, длинное и низкое, без окон и башен, вилось каменным змеем среди деревьев с черной корой, из чьих чернильных листьев делали колдовской напиток, называемый в Кварте вечерней тенью. Других домов поблизости не было. Крытая черной черепицей кровля зияла дырами, известь, скреплявшая камни, раскрошилась. Теперь Дени поняла, почему Ксаро Ксоан Даксос звал этот дом пыльным дворцом. Даже черному Дрогону не понравился его вид, и он зашипел, выпустив дым сквозь острые зубы.

— Кровь моей крови, — сказал Чхого по-дотракийски, — это дурное место, жилище призраков и мейег. Видишь, как оно пьет утреннее солнце? Давай уйдем отсюда, пока оно и нас не высосало.

Сир Джорах Мормонт подошел к ним.

— Какую власть они могут иметь, если живут в таком доме?

— Прислушайся к словам тех, кто тебя любит, — подал голос Ксаро Ксоан Даксос из паланкина. — Колдуны — это нежить, они питаются прахом и пьют тень. Они ничего тебе не дадут — им нечего дать.

Агго положил руку на свой арах.

— Кхалиси, я слышал, что многие входили в Пыльный Дворец, но немногие выходили оттуда.

— Я тоже слышал, — подтвердил Чхого.

— Мы кровь от крови твоей, — сказал Агго, — мы поклялись жить и умереть вместе с тобой. Мы войдем с тобой в это темное место, чтобы защищать тебя от всякого зла.

— Есть места, в которые кхал должен входить один, — ответила Дени.

— Тогда возьмите меня, — предложил сир Джорах. — Опасность...

— Королева Дейенерис войдет либо одна, либо не войдет вовсе. — Из-за деревьев вышел колдун Пиат Прей. Быть может, он все это время был здесь? — И если она отступит сейчас, двери мудрости навеки закроются перед ней.

— Моя барка ждет у причала, — заметил Ксаро. — Откажись от этой блажи, о упорнейшая из королев. Мои флейтисты убаюкают твою смятенную душу сладкой музыкой, и есть у меня маленькая девочка, чей язычок заставит тебя вздыхать и таять.

Сир Джорах угрюмо глянул на купеческого старшину.

— Ваше величество, вспомните Мирри Маз Дуур.

— Я помню ее, — внезапно решившись, ответила Дени, — и помню, как много она знала, хотя была только мейегой.

— Это дитя говорит мудро, как старая женщина, — улыбнулся Пиат Прей. — Дай мне руку, и я поведу тебя.

— Я не дитя, — сказала Дени, но все-таки приняла его руку.

Под черными деревьями было темнее, чем ей представлялось, и путь был дольше. Ей казалось, что дорожка с улицы ведет прямо к дверям дворца, но Пиат Прей свернул куда-то вбок. Дени спросила его почему, и он ответил:

— Передняя дверь ведет внутрь, но не наружу. Внемли моим словам, королева: этот дом создан не для смертных. Если твоя душа дорога тебе, делай только то, что я тебе говорю.

— Хорошо, — согласилась Дени.

— Войдя, ты окажешься в комнате с четырьмя дверями: той, в которую вошла, и тремя другими. Ступай в правую дверь и поступай так каждый раз. Если тебе встретится лестница, иди только вверх. Никогда не спускайся и входи только в крайнюю справа дверь.

— В крайнюю справа. Хорошо, я поняла. А когда я пойду обратно, нужно делать наоборот?

— Ни в коем случае. Туда или обратно, все равно. Всегда вверх и всегда в крайнюю справа дверь. Перед тобой будут открываться другие двери, и в них ты увидишь многое, что смутит тебя, — картины страшные и прелестные, чудеса и ужасы. Картины прошлого, грядущего и того, чего никогда не бывало. Обитатели и слуги дворца могут заговорить с тобой. Отвечай или молчи, как тебе угодно, но не входи ни в одну комнату, пока не придешь к приемной зале.

— Я поняла.

— Придя в палату Бессмертных, будь терпелива. Наши жизни для них не важнее, чем взмах мотылькового крыла. Слушай внимательно и запечатлевай каждое слово в своем сердце.

Когда они дошли до двери — овального зева, проделанного в стене, напоминающей человеческое лицо, — на пороге появился карлик, самый крохотный из виденных Дени. Ростом он доходил ей до колена, и его острое вытянутое личико напоминало звериную мордочку. Одет он был в нарядную пурпурную с синим ливрею и в розовых ручках держал серебряный поднос. Стройный хрустальный бокал на подносе был наполнен густо-синей «вечерней тенью», вином колдунов.

— Выпей это, — велел Пиат Прей.

— И у меня посинеют губы?

— Один бокал лишь раскупорит твои уши и снимет пелену с твоих глаз, чтобы ты могла видеть и слышать истины, которые откроются перед тобой.

Дени поднесла бокал к губам. Первый глоток хотя и отдавал чернилами и протухшим мясом, но внутри ее как будто ожил. Щупальцы зашевелились в ее груди, охватили сердце огненными пальцами, вызвав на языке вкус меда, аниса и сливок, вкус материнского молока и семени Дрого, красного мяса, горячей крови и расплавленного золота. Она ощущала все, что когда-либо пробовала и не пробовала никогда... а затем бокал опустел.

— Теперь ты можешь войти, — сказал колдун. Дени поставила бокал обратно на поднос и вошла.

Она оказалась в каменной передней с четырьмя дверями, по одной в каждой стене. Дени не колеблясь прошла в крайнюю справа. Вторая комната была двойником первой, и снова Дени повернула в правую дверь. Открыв ее, она увидела такую же комнату с четырьмя дверями. Вот оно, колдовство, — началось.

Четвертая комната, облицованная не камнем, а источенным червями деревом, была скорее овальной, чем прямоугольной, и в ней имелось шесть дверей вместо четырех. Дени выбрала правую и оказалась в длинном темном коридоре с высокими сводами. Справа дымным оранжевым пламенем горели факелы, а двери были только слева. Дрогон развернул черные крылья, всколыхнув затхлый воздух, и пролетел двадцать футов, а потом шлепнулся. Дени устремилась за ним.

Заплесневелый ковер у нее под ногами некогда играл яркими красками, и в его серо-зеленой тусклоте еще поблескивали золотые нити. Даже обветшалый, он глушил ее шаги, и это не всегда было к лучшему. В этих стенах бродили шорохи, напоминающие крысиную возню. Дрогон тоже их слышал и поворачивал на них голову, а когда они смолкали, сердито кричал. Из-за закрытых дверей доносились другие звуки, еще более тревожные. Одна ходила ходуном, словно кто-то пытался взломать ее изнутри, нестройный визг дудок из-за другой заставил дракона бешено замахать хвостом. Дени поспешила пройти мимо.

Не все двери были закрыты. Не стану смотреть, сказала себе Дени, но искушение оказалось слишком сильным.

В одной комнате на полу лежала красивая нагая женщина, а по ней ползали четверо маленьких человечков с острыми крысиными мордочками и розовыми лапками, вроде того, что подал Дени «вечернюю тень». Один трудился меж ее ног, другой терзал ее соски мокрым красным ртом.

Чуть дальше Дени наткнулась на пир мертвецов. Зверски убитые, они валялись среди поломанных стульев и разрубленных столов в лужах стынущей крови. Многие лишились рук, ног и даже голов, но отрубленные руки по-прежнему сжимали кровавые чаши, деревянные ложки, куски дичи и краюхи хлеба. Над ними сидел на троне мертвец с волчьей головой, в железной короне. Вместо скипетра он держал в руке баранью ногу, и его глаза с немым призывом смотрели на Дени.

Она спаслась бегством, но следующая дверь тоже была открыта, и Дени узнала эту комнату. Она хорошо помнила эти толстые стропила с вырезанными на них головами животных. И лимонное дерево за окном! Его вид наполнил тоской ее сердце. Это он — дом в Браавосе, дом с красной дверью. Не успела Дени сообразить это, в комнату вошел старый сир Виллем, тяжело опираясь на трость.

— Вот и ты, маленькая принцесса, — сказал он своим ворчливым добрым голосом. — Поди ко мне, миледи, теперь ты дома и в безопасности. — Его большая морщинистая, как старый кошелек, рука протянулась к ней, и Дени захотелось ее поцеловать — еще ничего на свете ей так не хотелось. Она уже ступила вперед, но сказала себе: «Он мертв, славный старый медведь, он давно уже умер...» И пустилась бежать.

Коридор тянулся все дальше, с нескончаемыми дверьми на левой стороне и одними только факелами на правой. Дени бежала мимо этих дверей, открытых и закрытых, деревянных и железных, резных и простых, с ручками, замками и молоточками. Дрогон бил хвостом по ее спине, подгоняя ее, и Дени бежала, пока не выбилась из сил.

Слева возникли двойные бронзовые двери, превосходящие роскошью все остальные. Они раскрылись при ее приближении, и она поневоле заглянула внутрь. Там простирался огромный зал, самый большой из виденных ею. Черепа драконов смотрели вниз с его стен. На величественном шипастом троне сидел старик в богатых одеждах, темноглазый, с длинными серебристыми волосами.

— Да будет он королем обгорелых костей и поджаренной плоти, — сказал он человеку внизу. — Да будет он королем пепла. — Дрогон завопил, вцепившись когтями в шелк и кожу на ее плече, но король на троне его не услышал, и Дени прошла дальше.

Визерис, подумала она, когда перед ней предстала следующая картина, но тут же поняла, что ошиблась. Волосы у этого человека были как у ее брата, но он был выше и глаза имел не лиловые, а цвета индиго.

— Эйегон, — сказал он женщине, лежавшей с новорожденным на большой деревянной кровати. — Лучше имени для короля не найти.

— Ты сложишь для него песню? — спросила женщина.

— У него уже есть песня. Он тот принц, что был обещан, и его гимн — песнь льда и огня. — Сказав это, мужчина поднял голову, встретился глазами с Дени и как будто узнал ее. — Должен быть еще один, — сказал он, но Дени не поняла, к кому он обращается — к ней или к женщине на постели. — У дракона три головы. — Он взял с подоконника арфу и провел пальцами по ее серебряным струнам. Звуки, полные сладкой грусти, наполнили комнату. Мужчина, женщина и ребенок растаяли, как утренний туман, и только музыка лилась, провожая Дени.

Прошел, по ее расчетам, целый час, и коридор уперся в лестницу, уходящую вниз, во тьму. Справа по-прежнему не было ни одной двери. Дени оглянулась назад и со страхом увидела, что факелы гаснут. Только двадцать или тридцать оставались зажженными. Вот погас еще один, и тьма продвинулась чуть дальше по коридору, подползая ближе. Дени показалось, что к ней приближается еще что-то, шаркая и волочась по истертому ковру. Ужас охватил ее. Вернуться назад она не могла, оставаться на месте боялась и не знала, куда ей деваться. Дверей справа не было, и ступеньки вели вниз, а не вверх.

Еще один факел погас, и звук стал чуть громче. Дрогон вытянул длинную шею и закричал, пуская дым. Он тоже слышал. Дени тщетно всматривалась в правую стену. Может быть, там есть потайная дверь, невидимая? Факелы гасли один за другим. Он сказал — крайняя дверь справа, всегда только первая справа.

Но первая дверь справа, вдруг осенило ее... это последняя слева.

Дени бросилась туда и вновь очутилась в маленькой комнате с четырьмя дверьми. Она повернула направо, и снова направо, и еще, и еще... силы снова оставили ее, и голова пошла кругом.

В очередной комнате противоположная дверь оказалась круглой, напоминающей открытый рот, и за ней на лужайке под деревьями стоял Пиат Прей.

— Неужели Бессмертные отпустили тебя так скоро? — изумленно спросил он, увидев ее.

— Скоро? — растерялась она. — Я блуждала много часов, а их так и не нашла.

— Значит, ты не туда повернула. Пойдем я провожу тебя. — Пиат Прей протянул ей руку.

Дени заколебалась, глядя на правую, закрытую дверь.

— Не туда, — твердо сказал Пиат Прей, неодобрительно сжав синие губы. — Бессмертные не будут ждать тебя вечно.

— Наши жизни для них не важнее, чем взмах мотылькового крыла, — вспомнила Дени.

— Упрямая девчонка. Ты заблудишься там, и тебя никогда не найдут.

Она отступила от него к правой двери.

— Нет, — завопил Пиат. — Не туда, ко мне, ко мне, ко мне-е-е... — Он стал меняться, превращаясь в какого-то бледного червяка.

Правая дверь вела на лестницу, и Дени стала подниматься по ней. Скоро у нее заболели ноги — а ведь в Доме Бессмертных как будто не было башен.

Наконец лестница кончилась, и справа явились двойные двери, отделанные черным деревом и чардревом. Черные и белые волокна переплетались в странные узоры — очень красивые, но чем-то пугающие. Нет. Кровь дракона не должна бояться. Дени произнесла краткую молитву, прося Воина дать ей мужество, а дотракийского лошадиного бога — силу, и заставила себя ступить вперед.

За дверьми в огромном зале ее ожидало собрание чародеев. Одни были в великолепных одеждах из алого бархата с горностаем и золотой парчи, другие блистали доспехами с множеством драгоценных камней, на третьих высились остроконечные шапки, усеянные звездами. Были среди них и женщины в прекраснейших нарядах. Лучи солнца падали сквозь разноцветные окна, и небывало сладостная музыка наполняла воздух.

Царственного вида мужчина встал и улыбнулся Дени.

— Добро пожаловать, Дейенерис из дома Таргариенов. Приди и раздели с нами хлеб вечности. Мы — Бессмертные Кварта.

— Долго мы ждали тебя, — сказала женщина рядом с ним, в розовом с серебром платье. Одна грудь, оставленная обнаженной по квартийскому обычаю, была ослепительно прекрасна.

— Мы знали, что ты придешь к нам, — сказал король мудрецов. — Мы знаем это уже тысячу лет и ждем тебя все это время. Мы послали комету, чтобы указать тебе путь.

— Мы поделимся с тобой нашим знанием, — сказал воин в изумрудных доспехах, — и дадим тебе в руки волшебное оружие. Ты выдержала все испытания. Иди же и сядь с нами, и мы ответим на все твои вопросы.

Дени шагнула вперед, но Дрогон взлетел с ее плеча на верхушку черно-белых дверей и принялся грызть резное дерево.

— Храбрый воин, — со смехом сказал красивый юноша. — Хочешь, мы научим тебя их языку? Иди же.

Дени засомневалась. Створки дверей были очень тяжелы, но Дени с великим трудом сдвинула одну из них — и увидела позади другую дверь, из простого неоструганного дерева, находившуюся, однако, правее черно-белой. Мудрецы продолжали манить ее сладкозвучными голосами, и она бросилась прочь. С Дрогоном, снова севшим ей на плечо, она влетела в другую дверь и оказалась в сумраке.

Здесь стоял длинный каменный стол, а над ним висело человеческое сердце, распухшее и синее, но еще живое. Оно билось гулкими толчками, с каждым ударом исторгая из себя вспышку индигового света. Вокруг стола маячили синие тени. Когда Дени прошла к пустому стулу на дальнем конце стола, они не шелохнулись и не повернулись к ней. В тишине слышалось только гулкое биение полуразложившегося сердца.

— Матерь Драконов... — произнес кто-то полушепотом-полустоном, и другие голоса отозвались: — Драконов... драконов... драконов... — Голоса мужские и женские, один как будто даже детский. Бьющееся сердце превращало сумерки в мрак. Дени с трудом обрела дар речи, с трудом вспомнила слова, которые так часто твердила.

— Я Дейенерис Бурерожденная из дома Таргариенов, королева Семи Королевств Вестероса. — «Слышат ли они меня? Почему они не шевелятся?» Она села, сложив руки на коленях. — Я пришла просить у вас совета. Уделите мне толику вашей мудрости, о победившие смерть.

Сквозь индиговый мрак она различала черты Бессмертного справа от себя — древнего старца, сморщенного и безволосого. Тело у него было густого сине-лилового цвета, губы и ногти еще темнее, почти черные. Даже белки глаз посинели. Глаза эти смотрели невидящим взором на старуху по ту сторону стола, одетую в давно сгнившее шелковое платье. Одна высохшая грудь была обнажена по квартийскому обычаю, и острый синий сосок казался твердым, как железо.

Да ведь она не дышит. Дени прислушалась к тишине. Никто из них не дышит, и не шевелится, и глаза у них ничего не видят. Неужели Бессмертные мертвы?

Ей ответил шепот, тихий, как мышиный шорох.

— Мы живы... живы... живы... — И другие шепчущие голоса подхватили: — Мы знаем... знаем... знаем...

— Я пришла сюда в поисках истины. Истинно или ложно то, что я видела в коридорах? Прошлое это или грядущее? И что означают эти видения?

— Игра теней... дни, еще не осуществленные... испей из чаши льда... испей из чаши огня...

— Матерь Драконов... дитя троих...

— Троих? — непонимающе повторила она.

— Ибо три головы у дракона... — Призрачный хор шуршал у нее в голове, хотя губы вокруг не шевелились, и ничье дыхание не колебало синий воздух. — Матерь Драконов... дитя бури... — Шепоты складывались в песнь. — Три огня должна ты зажечь... один за жизнь, один за смерть, один за любовь... — Сердце Дени билось в такт с тем, что плавало над столом. — Трех коней должна ты оседлать... один для похоти, один для страха, один для любви... — Ей показалось, что голоса стали громче, а ее сердцебиение и дыхание — медленнее. — Три измены должна ты испытать... одну из-за золота, одну из-за крови, одну из-за любви...

— Я не... — прошептала она почти так же тихо, как они. Что с ней творится? — Я не понимаю, — сказала она погромче. Почему здесь так трудно разговаривать? — Помогите мне. Научите меня.

— Помогите... — передразнили голоса. — Научите...

В синем мраке замелькали картины. Визерис кричал, а расплавленное золото текло по его лицу и заливало рот. Высокий меднокожий лорд с серебристо-золотыми волосами стоял под знаменем с эмблемой огненного коня, а позади него пылал город. Рубины, словно капли крови, брызнули с груди гибнущего принца, и он упал на колени в воду, прошептав напоследок женское имя. Матерь Драконов, дочь смерти... Красный меч светился в руке голубоглазого короля, не отбрасывающего тени. Тряпичный дракон раскачивался на шестах над ликующей толпой. С дымящейся башни взлетело крылатое каменное чудище, выдыхая призрачный огонь. Матерь Драконов, истребительница лжи... Ее серебристая кобылка трусила по траве к темному ручью под звездным небом. На носу корабля стоял труп с горящими глазами на мертвом лице, с печальной улыбкой на серых губах. На ледовой стене вырос голубой цветок, наполнив воздух своим ароматом. Матерь Драконов, невеста огня...

Все быстрее и быстрее мелькали видения, одно за другим — самый воздух вокруг словно ожил. В палатке плясали тени, бескостные и жуткие. Маленькая девочка бежала босиком к большому дому с красной дверью. Мирри Маз Дуур истошно кричала в пламени, и дракон проклевывался наружу из ее лба. Серебристая лошадь волокла за собой окровавленный голый труп. Белый лев бежал в траве выше человеческого роста. Трясущиеся нагие старухи вылезали из озера близ Матери Гор и становились перед ней на колени, склонив седые головы. Десять тысяч рабов воздевали окровавленные руки, пока она неслась мимо, как ветер, на своей Серебрянке. «Матерь, матерь!» — кричали они и тянулись к ней, хватали за плащ, за подол юбки, за ноги, за грудь. Они желали ее, нуждались в ней, в огне, в жизни — и Дени распростерла руки, чтобы отдаться им...

Но черные крылья забили вокруг ее головы, яростный вопль прорезал индиговый воздух, и видения вдруг пропали, а страстный порыв Дени преобразился в ужас. Бессмертные обступили ее, синие и холодные, — продолжая шептать, они трогали ее своими сухими руками, гладили, хватали за платье, запускали пальцы ей в волосы. Все силы покинули ее, даже сердце перестало биться, и она не могла шевельнуться. Чья-то рука легла ей на голую грудь, стиснула сосок, чьи-то зубы нашарили мягкое горло, чей-то рот лизал ее глаз и покусывал веко...

Но индиговый воздух полыхнул оранжевым, и шепоты превратились в вопли. Сердце Дени бурно забилось, руки и рты исчезли, кожу омыло тепло, и она заморгала от яркого света. Дракон у нее на плече, растопырив крылья, терзал страшное синее сердце, то и дело выбрасывая изо рта огонь, яркий и горячий. Бессмертные, охваченные огнем, выкрикивали тонкими голосами какие-то слова на давно забытых языках. Их плоть пылала, как старый пергамент, кости — как сухие дрова. Они плясали, крутились и корчились, высоко воздевая горящие руки.

Дени вскочила на ноги и ринулась к выходу. Бессмертные, легкие как шелуха, падали от одного прикосновения. Когда она добралась до двери, вся комната была в огне.

— Дрогон, — крикнула она, и он сквозь огонь прилетел к ней.

Перед ней вился темный коридор, освещаемый мерцающим заревом пожара. Дени бежала, высматривая дверь — справа или слева, все равно, но по бокам тянулись сплошные стены, а пол словно извивался под ее ногами, стараясь задержать ее. Но она, не поддаваясь, бежала все быстрее, и вот впереди возникла дверь, похожая на открытый рот.

Она выбежала на солнце и закачалась от яркого света. Пиат Прей, бормоча что-то на неизвестном языке, перескакивал с одной ноги на другую. Дени оглянулась — сквозь щели древней постройки ползли тонкие щупальца дыма, и черная черепичная крыша тоже дымилась.

Пиат Прей с громкими проклятиями выхватил нож и устремился к Дени, но Дрогон бросился на него. Щелкнул кнут Чхого — никогда еще она не слышала столь сладкого звука. Нож вылетел из руки колдуна, и Ракхаро тут же повалил его наземь. Дени опустилась на прохладную зеленую траву, а сир Джорах стал рядом на колени и обнял ее за плечи.

ТИРИОН

— Если умрешь глупой смертью, я скормлю твое тело козлу, — пригрозил Тирион, когда первая партия Каменных Ворон отчалила от берега.

— У Полумужа нет козлов, — засмеялся Шагга.

— Я нарочно заведу их для тебя.

Занимался рассвет, и его блики бежали по реке, дробясь под шестами и вновь смыкаясь за кормой парома. Тиметт переправился со своими Обгорелыми в Королевский Лес еще два дня назад. Вчера туда же отправились Черноухие и Лунные Братья, сегодня Каменные Вороны.

— Что бы там ни было, в бой не вступайте, — сказал Тирион. — Нападайте на их лагеря и обозы. Подкарауливайте их передовые отряды и развешивайте трупы на деревьях вдоль пути их следования, режьте отбившихся от войска. Действуйте ночью, часто и внезапно, чтобы они боялись ложиться спать...

Шагга положил руку на голову Тириона.

— Я всему этому уже научился от Дольфа, сына Хольгера, когда у меня еще борода не выросла. У нас в Лунных горах только так и воюют.

— Королевский лес — не Лунные горы, и ты будешь сражаться не с Молочными Змеями и не с Крашеными Псами. Слушай проводников, которых я тебе дал, — они знают этот лес не хуже, чем ты свои горы. Не пренебрегай ими, и они сослужат тебе хорошую службу.

— Шагга будет слушать собачонок Полумужа, — пообещал горец и взошел с конем на паром. Тирион посмотрел, как они, отталкиваясь шестами, правят к стрежню Черноводной. Когда Шагга скрылся в утреннем тумане, у него засосало под ложечкой — без своих горцев он казался себе голым.

У него остались наемники Бронна, теперь около восьмисот человек, но верность наемников всем известна. Тирион сделал что мог, чтобы ее укрепить: пообещал Бронну и дюжине лучших людей земли и рыцарство после победы. Они пили его вино, смеялись над его шуточками и величали друг друга сирами, пока все не повалились... все, кроме Бронна, который знай себе усмехался своей наглой улыбочкой, а после сказал: «За это рыцарство они будут убивать почем зря, но не надейся, что они умрут за него».

Тирион и не надеялся.

На золотых плащей надежда была столь же плоха. Стараниями Серсеи в городскую стражу входило теперь шесть тысяч человек, но разве что на четверть из них можно было положиться. «Откровенных предателей мало, хотя есть и такие — ваш паук не всех выловил, — предупредил его Байвотер. — Но в наших рядах сотни зеленых новобранцев, поступивших на службу ради хлеба, эля и безопасности. Никому не хочется выглядеть трусом перед другими, и поначалу они будут сражаться храбро — тут ведь и рога трубят, и знамена вьются, и все такое. Но если битва обернется не в нашу пользу, они дрогнут, да так, что не поправишь. За первым, кто бросит копье и побежит, ринется тысяча других».

Были, конечно, в городской страже и опытные бойцы — те, что получили золотые плащи от Роберта, а не от Серсеи, около двух тысяч. Но и эти... стражник не солдат, говаривал лорд Тайвин Ланнистер. Рыцарей же, оруженосцев и латников у Тириона имелось не более трехсот. Скоро ему придется проверить на деле еще одну отцовскую поговорку: «Один человек на стене стоит десяти под ней».

Бронн с эскортом ждал Тириона на пристани, в толпе нищих, шлюх и рыбачек, распродающих улов. У этих последних дело шло бойчее, чем у всех остальных, вместе взятых. Покупатели толклись у их лотков и бочонков, торгуясь из-за моллюсков, плотвы и щук. Поскольку другой провизии в город не подвозили, цены на рыбу подскочили вдесятеро против довоенных и продолжали расти. Те, у кого водились деньги, приходили к реке каждое утро и каждый вечер, надеясь принести домой угря или корзинку раков; те, у кого их не было, шныряли повсюду в надежде что-нибудь стащить или стояли, исхудалые и безразличные, под стеной.

Золотые плащи расчищали дорогу в толпе, расталкивая народ древками копий. Тирион старался пропускать приглушенные проклятия мимо ушей. Тухлая рыба шмякнулась у его ног и распалась на куски. Он осторожно переступил через нее и сел на коня. Детишки с раздутыми животами уже дрались из-за вонючих ошметков.

Тирион оглядел берег с седла. В утреннем воздухе звенели молотки — это плотники у Грязных ворот ставили деревянную загородку вдоль гребня стены. Работа шла споро — значительно менее радовали глаз ветхие строения, разросшиеся вдоль реки, — все эти лавчонки, харчевни, притоны с дешевыми шлюхами, облепившие городскую стену, как ракушки днище корабля. Все это придется снести — иначе Станнису даже лестницы не понадобится.

Он подозвал к себе Бронна.

— Возьми сотню человек и сожги все, что находится между рекой и городскими стенами. — Тирион обвел своими короткими пальцами прибрежные трущобы. — Чтоб от всего этого следа не осталось — понял?

Наемник оценил предстоящую ему работу.

— Хозяевам это не понравится.

— Само собой. Делать нечего — зато им будет за что проклинать уродливого маленького демона.

— Некоторые могут и в драку полезть.

— Постарайся, чтобы победа осталась за тобой.

— А как быть с теми, кто здесь живет?

— Дай им время вынести пожитки и гони. От смертоубийства воздерживайся — они нам не враги. И никаких насилий над женщинами. Держи своих молодцов в руках.

— Они наемники, а не септоны. Ты им еще и пить не вели.

— Это бы им не повредило.

Жаль, что заодно нельзя сделать городские стены вдвое выше и втрое толще. Впрочем, какая разница. Массивные стены и высокие башни не спасли ни Штормовой Предел, ни Харренхолл, ни даже Винтерфелл.

Тирион вспомнил Винтерфелл, каким его видел в последний раз. Не чудовищно громадный, как Харренхолл, не столь неприступный на вид, как Штормовой Предел, но в его камнях чувствовалась сила, уверенность, что в этих стенах человек может ничего не бояться. Весть о падении замка потрясла Тириона. «Боги дают одной рукой и отнимают другой», — пробормотал он, когда Варис сообщил ему новость. Они дали Старкам Харренхолл и отняли Винтерфелл — страшная мена.

Ему бы следовало радоваться. Роббу Старку придется теперь повернуть на север — если он не отстоит собственный дом и очаг, королем ему не бывать, и дом Ланнистеров вернет себе запад, но все же...

Теона Грейджоя со времени, проведенного им у Старков, Тирион помнил очень смутно. Совсем юный, вечно с улыбкой, искусный стрелок из лука — трудно представить его лордом Винтерфелла. Винтерфеллом всегда владели Старки.

Тирион вспомнил их богорощу: высокие страж-деревья в серо-зеленой хвое, кряжистые дубы, терновник, ясень и сосны, а в самой середине — сердце-дерево, как застывший во времени бледный великан. Он прямо-таки ощущал запах этого места, земляной, вечный. Как темно там было даже днем. Эта роща и есть Винтерфелл. Это север. «Я нигде еще не чувствовал себя таким чужим, таким незваным гостем. Может, и Грейджой это чувствует? Замок теперь принадлежит ему, но богороща — нет. И никогда не будет принадлежать — ни через год, ни через десять лет, ни через пятьдесят».

Тирион медленно двинулся к Грязным воротам. «Какое тебе дело до Винтерфелла? — сказал он себе. — Будь доволен, что он пал, и думай о собственных стенах». За открытыми воротами на рыночной площади стояли три больших требюшета, выглядывая поверх стены, как журавли. Их рычаги сделаны из дуба и окованы железом, чтобы не раскололись. Золотые·плащи прозвали их Тремя Шлюхами: они встретят лорда Станниса с распростертыми объятиями — надо надеяться.

Тирион пришпорил коня и въехал в ворота навстречу людскому потоку. За Шлюхами толпа поредела, и улица открылась перед ним.

Возвращение в Красный Замок обошлось без происшествий, но в башне Десницы его ждала дюжина сердитых торговых капитанов, у которых отобрали корабли. Тирион искренне извинился перед ними и пообещал возместить ущерб после войны. Это их мало устроило.

— А если вы проиграете, милорд? — спросил один браавосец.

— Обращайтесь тогда за возмещением к королю Станнису.

Когда он от них отделался, колокола уже звонили, и он спохватился, что опоздает к началу службы. Чуть ли не бегом он пустился через двор и втиснулся в замковую септу, когда Джоффри уже застегивал белые шелковые плащи на плечах двух новых королевских гвардейцев. По обряду всем полагалось стоять, и Тирион не видел ничего, кроме стены придворных задов. Но нет худа без добра: когда новый верховный септон примет у двух рыцарей торжественный обет и помажет их елеем во имя Семерых, можно будет выйти одним из первых.

Тирион одобрил выбор септона, предназначивший сира Бейлона Сванна на место убитого Престона Гринфилда. Сванны — лорды Марки, гордые, могущественные и осторожные. Лорд Гулиан Сванн, сославшись на болезнь, остался в замке и не принимал участия в войне, его старший сын примкнул сначала к Ренли, потом к Станнису. Бейлон же, младший, служил в Королевской Гавани. Тирион подозревал, что, будь у лорда третий сын, он отправился бы к Роббу Старку. Поведение, может быть, не самое благородное, зато здравое: кто бы ни занял Железный Трон, Сванны уцелеют. Помимо знатного происхождения, молодой сир Бейлон отважен, учтив, отменно владеет оружием — и копьем, и булавой, а лучше всего луком. Он будет служить с честью.

Как ни жаль, ко второму избраннику сестры Тирион относился не столь одобрительно. Хотя вид у Осмунда Кеттлблэка весьма внушительный — рост шесть футов шесть дюймов, сплошные жилы и мускулы, нос крючком, кустистые брови, и бурая бородища лопатой делает его свирепым, когда он не улыбается. Низкого происхождения, захудалый межевой рыцарь, Кеттлблэк обязан своим возвышением исключительно Серсее — потому-то она, конечно, его и выбрала. «Сир Осмунд столь же предан нам, как и храбр», — сказала она Джоффри, назвав его имя. К несчастью, это правда. Сир Осмунд продает ее секреты Бронну с того самого дня, как поступил к ней на службу, но ей ведь об этом не скажешь.

Что ж, пожалуй, все к лучшему. Его назначение даст Тириону еще одно приближенное к королю ухо без ведома сестры. И даже если сир Осмунд окажется полным трусом, он не может быть хуже сира Бороса Блаунта, ныне пребывающего в темнице замка Росби. Сир Борос сопровождал Томмена и лорда Джайлса, когда Джаселин Байвотер со своими золотыми плащами налетел на них, и сдал своего подопечного с готовностью, которая взбесила бы старого сира Барристана Селми не меньше, чем взбесила Серсею: рыцарю Королевской Гвардии полагается умереть, защищая короля и членов его семьи. Сестра убедила Джоффри лишить Блаунта белого плаща за трусость и предательство — и заменила его не менее подлым малым.

На молитвы, обеты и помазание ушло чуть ли не все утро. У Тириона разболелись ноги, и он переносил вес с одной на другую. Леди Танда стояла в нескольких рядах от него, но дочери с ней не было, а он так надеялся хоть одним глазком посмотреть на Шаю. Варис сказал, что у нее все хорошо, но Тирион предпочел бы сам в этом убедиться.

«Горничная лучше, чем горшечница, — согласилась она, когда он рассказал ей план евнуха. — Можно мне взять пояс из серебряных цветочков и золотой обруч с черными алмазами — ты еще сказал, что они похожи на мои глаза? Я не стану надевать их, если ты не велишь».

Как ни жаль Тириону было ей отказывать, он заметил, что, хотя леди Танда умом и не славится, даже ее может удивить то, что у дочкиной горничной украшения лучше, чем у ее ребенка. «Возьми пару платьев, не больше. Из добротной шерсти — никаких шелков и мехов. Остальное я буду держать для тебя в своих комнатах». Шая, конечно, ждала не такого ответа, зато теперь она в безопасности.

Церемония наконец завершилась, и Джоффри прошел к выходу, сопровождаемый сиром Бейлоном и сиром Осмундом в новых белых плащах. Тирион задержался, чтобы перемолвиться словом с новым верховным септоном (это был уже его избранник, хорошо знавший, чье масло мажет на свой хлеб).

— Я хочу, чтобы боги были на нашей стороне, — напрямик сказал ему Тирион. — Объявите народу, что Станнис поклялся сжечь Великую Стену Бейелора.

— Это правда, милорд? — спросил верховный септон, высохший старичок с жидкой белой бородой.

— Очень может быть, — пожал плечами Тирион. — Он сжег богорощу в Штормовом Пределе, принеся ее в дар Владыке Света. Раз он так расправляется со старыми богами, с чего ему щадить новых? Скажите об этом народу. Скажите, что всякий, замышляющий оказать помощь узурпатору, предает и богов, а не только своего законного короля.

— Скажу, милорд. И велю молиться за здоровье короля и его десницы.

Галлин-пиромант ждал Тириона в его горнице. Мейстер Френкен как раз принес письма, и Тирион заставил алхимика подождать еще немного, пока не прочел вести, доставленные воронами. Было одно старое письмо от Дорана Мартелла, извещавшее, что Штормовой Предел пал, и гораздо более занимательное — от Бейлона Грейджоя на Пайке, объявлявшего себя королем Железных островов и Севера. Он предлагал королю Джоффри отправить посланника на Железные острова для обсуждения границ между обоими государствами и возможного заключения союза.

Тирион перечитал письмо трижды и отложил в сторону. Ладьи лорда Бейлона могли оказать большую помощь против флота, идущего от Штормового Предела, но они находятся за тысячи лиг отсюда, по ту сторону Вестероса, притом Тирион далеко не был уверен, что готов отдать островитянам полкоролевства. Этим, пожалуй, надо поделиться с Серсеей или созвать совет.

Лишь тогда он выслушал последний отчет Галлина.

— Не может быть, — сказал Тирион, сверившись со счетной книгой. — Около тринадцати тысяч сосудов? Вы что, за дурака меня держите? Предупреждаю, я не намерен отдавать королевское золото за горшки с дерьмом, запечатанные воском.

— Нет-нет, — засуетился Галлин, — цифры верные, клянусь вам. Нам весьма посчастливилось, милорд десница. Найден еще один тайник лорда Россарта, более трехсот сосудов. Прямо под

Драконьей Ямой! Некоторые шлюхи водили в эти руины своих клиентов. Один из них провалился сквозь прогнивший пол в подвал, нашел там сосуды и решил, что в них вино. Будучи сильно пьян, он взломал печать и попробовал.

— Один принц тоже как-то попробовал, — сухо заметил Тирион. — Я не видел, чтобы над городом взлетали драконы, — стало быть, и на этот раз не получилось. — Драконья Яма на холме Рейенис уже полтора века стояла заброшенная. Дикий огонь, конечно, можно хранить и там, место не хуже всякого другого, но лучше бы покойный лорд Россарт кому-нибудь вовремя сказал об этом. — Триста сосудов, говорите? Все равно с общей суммой не сходится. Этот итог на несколько *тысяч* превышает ваши последние прикидки.

— Все так. — Галлин промокнул бледный лоб рукавом черно-алого одеяния. — Но мы трудились не покладая рук, милорд десница.

— Тогда понятно, почему вы теперь производите настолько больше субстанции. — Тирион с улыбкой вперил в пироманта свой разномастный взгляд. — Возникает, правда, вопрос, отчего же вы раньше трудились не столь усердно.

Цветом лица Галлин напоминал гриб, и трудно было поверить, что он может побледнеть еще больше, однако он это сделал.

— Нет, трудились, милорд десница, — и днем, и ночью с самого начала. Просто теперь мы... хм-м... приобрели сноровку, и кроме того... есть древние секреты нашего ордена, способы тонкие и весьма опасные, но необходимые для того, чтобы субстанция получалась такой, как надо.

Тирион начинал терять терпение. Сир Джаселин Байвотер, должно быть, уже здесь, а он ждать не любит.

— Ну да, у вас есть всякие секреты, заклинания и прочее. И что же?

— Теперь они как будто стали действовать сильнее, чем раньше. Тут ведь нигде поблизости не может быть... не может быть драконов, как вы думаете?

— Если вы только не нашли их в Драконьей Яме. А что?

— Прошу прощения... я просто вспомнил то, что сказал его мудрость старый Поллитор, когда я был еще послушником. Я спросил его, почему многие наши заклинания не так действенны, как говорится в книгах, и он ответил — это потому, что магия стала уходить из мира после смерти последнего дракона.

— Мне жаль вас разочаровывать, но я никаких драконов не видел. Зато я часто вижу королевского палача. Если хоть в одном из этих плодов, которые вы мне продаете, окажется что-нибудь, кроме дикого огня, вы с ним тоже встретитесь.

Галлин удалился так быстро, что чуть не налетел на сира Джаселина — нет, лорда Джаселина, это надо запомнить. Железная Рука, как всегда, говорил с беспощадной прямотой. Он вернулся из Росби с пополнением, набранным в поместьях лорда Джайлса, чтобы снова возглавить городскую стражу.

— Как там мой племянник? — спросил Тирион, когда они закончили обсуждать оборону города.

— Принц Томмен здоров и весел, милорд. Он взял на свое попечение олененка, которого один из моих людей принес с охоты. Говорит, что у него уже был один, но Джоффри содрал с него шкуру себе на кафтан. Иногда он спрашивает о матери и постоянно начинает письмо к принцессе Мирцелле, но до конца никогда не дописывает. О брате он как будто совсем не скучает.

— Вы приняли все необходимые меры на случай поражения?

— Мои люди получили нужные указания.

— И в чем они состоят?

— Вы приказывали не говорить об этом никому, милорд.

Его слова вызвали у Тириона улыбку.

— Мне приятно, что вы это запомнили. — Если Королевская Гавань падет, его могут взять живым — лучше ему не знать, где находится наследник Джоффри.

Варис явился вскоре после ухода лорда Джаселина.

— Как вероломны люди, — вместо приветствия произнес он.

— Кто изменил нам на этот раз? — вздохнул Тирион. Евнух подал ему свиток.

— Печальную славу оставит по себе наш век. Неужели честь умерла вместе с нашими отцами?

— Мой отец еще не умер. — Тирион пробежал глазами список. — Некоторые из этих имен мне знакомы. Это богатые люди. Купцы, лавочники, ремесленники. Зачем им злоумышлять против нас?

— Видимо, они верят, что победит лорд Станнис, и желают разделить с ним его победу. Они называют себя Оленьими Людьми, в честь коронованного оленя.

— Надо бы известить их, что Станнис сменил свою эмблему, пусть называются Горячими Сердцами. — Впрочем, шутки тут плохи: эти Оленьи Люди, похоже, вооружили несколько сотен своих единомышленников, чтобы захватить Старые ворота, когда начнется сражение, и впустить врага в город. В списке значился мастер-оружейник Саллореон. — Не видать мне теперь, полагаю, нового шлема с демонскими рогами, — пожаловался Тирион, подписывая приказ о его аресте.

ТЕОН

Он спал и вдруг проснулся.

Кира лежала рядом, слегка обняв его одной рукой, прильнув грудью к его спине. Он слышал ее дыхание, тихое и ровное. Простыни под ними сбились. Стояла глубокая ночь, и в спальне было темно и тихо.

В чем же дело? Он, кажется, что-то слышал?

Ветер тихо вздыхал за ставнями, и где-то далеко орали коты. Больше ничего. «Спи, Грейджой, — сказал он себе. — В замке все спокойно, и ты выставил стражу. У своей двери, у ворот, около оружейни».

Пробуждение можно было приписать дурному сну, но Теон ничего такого не помнил. Кира измотала его вконец. Все свои восемнадцать лет она прожила в зимнем городке и даже ногой не ступала в замок, пока Теон за ней не послал. Она явилась к нему на все готовая, охочая, юркая, как ласка, да и сладко это как-никак — тискать трактирную девку в кровати самого лорда Эддарда Старка.

Она сонно пробормотала что-то, когда Теон освободился от нее и встал. В очаге еще тлели угли. Векс спал в ногах кровати на полу, свернувшись под плащом, глухой ко всему миру. Все было тихо. Теон подошел к окну и распахнул ставни. Ночь коснулась его холодными пальцами, и по голой коже побежали мурашки. Облокотившись на каменный подоконник, он оглядел темные башни, пустые дворы и небо, где горело столько звезд, что человеку не счесть их, проживи он хоть сто лет. Месяц висел над Часовой башней, отражаясь в кровле теплицы. Ни тревожных звуков рога, ни голосов — даже шагов не слышно.

Все хорошо, Грейджой. Слышишь, какая тишь? Тебе бы прыгать от радости. Ты взял Винтерфелл меньше чем с тридцатью людьми — такой подвиг достоин песен. Сейчас он вернется в постель, перевернет Киру на спину и возьмет ее снова, чтобы прогнать призраки. Ее вздохи и смешки рассеют застывшую тишину.

Теон уже отошел от окна и вдруг замер на месте. Он так привык к вою лютоволков, что уже не слышал его... но что-то в нем, какое-то охотничье чутье услышало отсутствие воя.

У его двери стоял Урцен — жилистый, с круглым щитом за спиной.

— Волки замолкли, — сказал ему Теон. — Поди посмотри, что они делают, и сразу назад. — Мысль, что волки могли вырваться на волю, внушала беспокойство. Теон помнил день, когда одичалые напали в Волчьем Лесу на Брана — Лето и Серый Ветер растерзали их на куски.

Он пихнул Векса ногой. Мальчуган сел и протер глаза.

— Проверь, на месте ли братья Старки, да поживее.

— Милорд? — сонно окликнула Кира.

— Спи, тебя это не касается. — Теон налил себе вина и выпил. Все это время он прислушивался, надеясь, что вой раздастся снова. «Нас слишком мало, — мрачно подумал он. — Если Аша не придет на подмогу...»

Векс вернулся первым, мотая головой. Теон с бранью отыскал камзол и бриджи на полу, куда скинул их, спеша дорваться до Киры. Поверх камзола он натянул кожаный кафтан с заклепками и застегнул пояс с мечом и кинжалом. Волосы торчали во все стороны, но ему было не до них.

Вернулся Урцен и доложил:

— Волков на месте нет.

Теон придал себе холодный и решительный вид по образу лорда Эддарда:

— Поднимай замок. Выгоняйте всех во двор — посмотрим, кого не хватает. А Лоррен пусть обойдет ворота. Векс, за мной.

Знать бы, добрался ли уже Стигг до Темнолесья. Он не столь хороший наездник, как уверяет — мало кто из островитян может похвастаться этим искусством, — но времени у него было достаточно. Возможно, Аша уже в пути. И если она узнает, что Старки пропали... Невыносимая мысль.

Комната Брана была пуста, спальня Рикона, на полпролета ниже, — тоже. Теон выругался. Надо было и к ним поставить стражу, но он счел, что держать караул на стенах и у ворот важнее, чем приставлять няньку к двум ребятишкам, один из которых калека.

Снаружи слышался плач — обитателей замка вытаскивали из постелей и сгоняли во двор. Сейчас они еще не так заплачут. «Я обходился с ними мягко, и вот благодарность». Он даже высек до крови двух своих людей за то, что изнасиловали ту девчонку с псарни, чтобы доказать, как он справедлив. «Но они продолжали винить меня и за это насилие, и за все остальное. Так нечестно». Миккен сам навлек на себя смерть своим языком, и Бенфред тоже. Что до Шейли, то надо было хоть кого-нибудь отдать Утонувшему Богу — островитяне этого ждали. «Я не держу на тебя зла, — сказал Теон септону перед тем, как того бросили в колодец, — но тебе и твоим богам здесь отныне места нет». Другим бы спасибо сказать ему за то, что он не выбрал кого-то из них, — так ведь нет. Сколько участвовало в этом заговоре? Неизвестно.

Урцен вернулся с Черным Лорреном.

— Там, у Охотничьих ворот, — сказал тот. — Погляди лучше сам.

Охотничьи ворота находились поблизости от псарни и кухни и открывались прямо в поле и в лес, позволяя охотникам не проезжать через зимний городок.

— Кто нес там караул? — спросил Теон.

— Дреннан и Сквинт.

Дреннан был одним из тех, кто изнасиловал Паллу.

— Если они дали мальчишкам убежать, я с них не так еще шкуру спущу, клянусь.

— Не понадобится, — кратко ответил Лоррен.

И верно. Сквинт плавал лицом вниз во рву, и внутренности тянулись за ним, как клубок бледных змей. Дреннан валялся полуголый в караульне, в каморке, откуда опускали мост. Ему перерезали горло от уха до уха. Рваный камзол прикрывал полузажившие рубцы на его спине, но сапоги лежали на полу, и штаны были спущены. На столе лежал сыр и стоял пустой винный штоф с двумя кубками.

Теон взял один и понюхал.

— Сквинт был на стене, так?

Лоррен подтвердил. Теон швырнул кубок в очаг.

— Дреннан, видать, собрался засадить бабенке, но она ему первая засадила. Скорее всего ножом, которым он сыр резал. Возьмите кто-нибудь багор да выудите того другого дурня из воды.

Другой дурень пострадал куда больше, чем Дреннан. Когда Черный Лоррен вытащил его, стало видно, что одна рука у него оторвана по локоть, половина горла выдрана, на месте пупка и промежности зияет рваная дыра. Багор прорвал кишки, и смрад стоял страшный.

— Лютоволки, — сказал Теон. — Похоже, оба сразу. — С отвращением он вернулся на мост. Винтерфелл опоясывали две гранитные стены с широким рвом между ними. Во внешней было восемьдесят футов вышины, во внутренней более сотни. За недостатком людей Теону пришлось отказаться от внешних постов и расставить караулы на внутренней, более высокой стене. Он опасался отправлять людей на ров на случай, если замок восстанет против него.

Злоумышленников было не меньше двух, сообразил он. Пока женщина отвлекала Дреннана, другой или другие выпустили волков.

Потребовав факел, Теон первым поднялся на стену. Факел он держал низко, ища следы, и нашел — в амбразуре между двумя зубцами.

— Кровь, наспех стертая. Я думаю, женщина, убив Дреннана, опустила мост. Сквинт услышал лязг цепей, пошел посмотреть и дошел вот до этого места. Труп через амбразуру спихнули в ров, чтобы другой часовой не нашел.

Урцен посмотрел вдоль стены:

— Другие сторожевые башни недалеко. И факелы там горят.

— Факелы горят, но часовых нет, — раздраженно бросил Теон. — В Винтерфелле этих голубятен больше, чем у меня людей.

— У главных ворот четверо, — сказал Лоррен, — да пять на стене, помимо Сквинта.

— Ему бы в рог затрубить, — посетовал Урцен.

«Мне служат одни дурни».

— Поставь себя на его место, Урцен. Кругом темно, тебе холодно. Ты вышагиваешь уже несколько часов, дожидаясь, когда тебя сменят. Ты слышишь шум, идешь к воротам и вдруг видишь на лестнице глаза, горящие зеленым огнем. Две тени бросаются к тебе с немыслимой быстротой. Ты видишь блеск их зубов и хочешь поднять копье, но они уже обрушиваются на тебя и разрывают тебе живот, точно шкурку от сыра. — Теон сильно толкнул Урцена. — И вот ты лежишь на спине с выпущенными кишками, а одна из теней рвет тебе горло. — Теон сгреб воина за тощую шею и улыбнулся. — А теперь выбери среди всего этого миг, чтобы затрубить в свой хренов рог! — Он швырнул Урцена на зубец стены. Тот растирал шею. «Надо было прикончить этих зверей, как только мы взяли замок. Я должен был распорядиться — я же знал, как они опасны».

— Надо снарядить погоню, — сказал Лоррен.

— Только не ночью. — Недоставало еще гоняться за лютоволками по лесу в темноте — как бы охотникам самим не стать добычей. — Дождемся рассвета. А я тем временем поговорю с моими верными подданными.

Во дворе собралась встревоженная толпа мужчин, женщин и детей. Многим не дали даже одеться — они кутались в одеяла, в плащи или в простыни. Их караулила дюжина Железных Людей с факелами в одной руке и оружием в другой. Ветер усилился, и дрожащий оранжевый свет отражался в стальных шлемах, озаряя косматые бороды и неулыбчивые лица.

Теон расхаживал перед согнанными, вглядываясь в лица. Все они казались ему виноватыми.

— Скольких недостает?

— Шестерых. — К Теону подошел Вонючка — от него пахло мылом, и длинные волосы шевелились на ветру. — Обоих Старков, мальчишки-лягушатника с сестрой, недоумка с конюшни и твоей одичалой.

Оша. Он подозревал ее с того мгновения, как увидел второй кубок. Не надо было ей доверяться. Она такая же порченая, как Аша, — даже имена у них похожи.

— Кто-нибудь смотрел на конюшне?

— Аггар говорит, лошади все на месте.

— И Плясунья тоже?

— Плясунья? — Вонючка нахмурился. — Аггар говорит, все лошади в стойлах. Только дурака нет.

Значит, они ушли пешими. Лучшая новость, которую он услышал с того мгновения, как проснулся. Бран, конечно, едет в корзине на спине у Ходора. А Оше придется нести Рикона — сам он далеко не уйдет. Скоро он опять приберет их к рукам.

— Бран и Рикон бежали, — сказал он, глядя в глаза жителям замка. — Кто-нибудь знает, куда они ушли? — Никто не ответил. — Они не могли бежать без чьей-то помощи. Без пищи, одежды и оружия. — Он запер под замок все мечи и топоры, но кое-что от него могли утаить. — Я узнаю, кто им помогал — и кто знал об этом, но помалкивал. — Ни звука, только ветер свищет. — На рассвете я собираюсь вернуть их назад. — Он заложил большие пальцы за пояс. — Мне понадобятся охотники. Кто хочет получить на зиму теплую волчью шкуру? Гейдж? — Повар всегда приветливо встречал Теона, когда он возвращался с охоты, и спрашивал, не привез ли он чего вкусного для стола, но теперь молчал. Теон продолжал шарить глазами по лицам, ища признания вины. — Лес не место для калеки. Да и маленький Рикон — долго ли он там протянет? Подумай, Нэн, как ему должно быть страшно. — Старуха десять лет ворчала на него и рассказывала ему свои бесконечные сказки, а теперь смотрит на него, как на чужого. — Я мог бы перебить здесь всех мужчин, а женщин отдать на потеху моим солдатам, но не сделал этого. Хорошо же вы меня отблагодарили. — Джозет, который ходил за его лошадьми, Фарлон, который делился с ним своими знаниями о собаках, Барт, жена пивовара, которая была у него первой, — все избегали смотреть ему в глаза. «Они меня ненавидят», — понял он.

— Сдери с них шкуру, — посоветовал Вонючка, облизывая толстые губы. — Лорд Болтон говаривал, что у голого человека секретов немного — а у ободранного их и вовсе нет.

Человек с содранной кожей — эмблема дома Болтонов. В старину лорды этого дома делали себе плащи из кожи своих врагов, но Старки положили этому конец — добрых тысячу лет назад, когда Болтоны преклонили колено перед Винтерфеллом. Но Теону ли не знать, как тяжело умирают старые законы.

— На севере ни с кого не будут сдирать кожу, пока Винтерфеллом правлю я, — громко заявил он. «Я — единственная ваша защита от таких, как он», — хотелось крикнуть Теону. Напрямик, конечно, этого не скажешь, но авось те, кто поумнее, его поймут.

Небо над стенами замка стало светлеть. Скоро рассвет.

— Джозет, оседлай Улыбчивого и возьми коня себе. Мэрч, Гарисс, Рябой Том — вы тоже едете. — Мэрч и Гарисс были лучшими охотниками в замке, а Том хорошо стрелял из лука. — Аггар, Красноносый, Гельмарр, Вонючка, Векс. — Свои тоже нужны, чтобы прикрывать ему спину. — Ты, Фарлен, возьмешь собак.

Седой мастер над псарней скрестил руки на груди.

— Так я тебе и стану травить моих природных лордов, к тому же детей.

Теон подошел к нему:

— Теперь я твой лорд, и благополучие Паллы зависит от меня.

Вызов в глазах Фарлена погас.

— Да, милорд.

Теон оглянулся, думая, кого бы еще взять:

— Мейстер Лювин.

— Я в охоте ничего не смыслю.

«Верно — но в замке я тебя в свое отсутствие не оставлю».

— Самое время поучиться.

— Возьмите меня. Я хочу плащ из волчьей шкуры. — Вперед вышел мальчик не старше Брана — Теон не сразу вспомнил, кто это. — Я уже много раз охотился, — сказал Уолдер Фрей. — На красного оленя, на лося, даже на вепря.

Кузен поднял его на смех.

— Он ездил на вепря со своим отцом, но к зверю его и близко не подпустили.

Теон посмотрел на мальчугана с сомнением.

— Езжай, если хочешь, но коли отстанешь, я с тобой нянчиться не буду. Винтерфелл я оставляю на тебя, — сказал Теон Черному Лоррену. — Если мы не вернемся, поступай по своему усмотрению. — (Молитесь, люди добрые, за мою удачу — не то хуже будет.)

Когда первые лучи солнца осветили Часовую башню, они собрались у Охотничьих ворот, дыша паром на утреннем холоде. Гельмарр вооружился длинным топором — им хорошо отбиваться от волков. Таким лезвием можно убить зверя с одного удара. Аггар надел стальные поножи. Вонючка пришел с копьем для охоты на вепря и с мешком, набитым каким-то тряпьем. Теон взял свой лук — больше он ни в чем не нуждался. Однажды он спас своим выстрелом жизнь Брана и надеялся, что ему не придется отнять ее другим, но в случае нужды он это сделает.

Одиннадцать мужчин, двое мальчишек и дюжина собак перешли через ров. За внешней стеной на мягкой земле ясно виднелись следы — волчьи лапы, глубокие отпечатки Ходора и более мелкие — двух Ридов. Дальше, на каменистой почве и палых листьях, видно было уже хуже, но рыжая сука Фарлена взяла след. Остальные собаки с лаем понеслись за ней — два громадных мастиффа замыкали свору. Их величина и свирепость могли решить схватку с загнанным лютоволком.

Теон полагал, что Оша подалась на юг к сиру Родрику, но след вел на северо-запад, в самую чащу Волчьего Леса. Теону это крепко не понравилось. Вот смеху будет, если Старки отправятся в Темнолесье и попадут прямиком в руки Аши. «Лучше бы я убил их, — с горечью думал Теон. — Пусть бы лучше во мне видели зверя, чем глупца».

Бледный туман клубился между стволами. Здесь густо росли страж-деревья и сосны, а мрачнее хвойного леса нет ничего. Опавшие иглы скрывали неровности почвы, делая ее опасной для лошадей, и двигаться приходилось медленно. Но уж точно не медленнее, чем парень, несущий калеку, или тощая баба с четырехлеткой на спине. Терпение. Он настигнет их еще до конца дня.

Они ехали по звериной тропе вдоль глубокой лощины. Мейстер Лювин поравнялся с Теоном.

— На мой взгляд, охота мало чем отличается от прогулки по лесу, милорд.

— Сходство есть, — улыбнулся Теон, — только охота всегда кончается кровью.

— Это обязательно? Их побег был большой глупостью, но почему бы вам не проявить милосердия? Ведь они ваши названые братья.

— Ни один Старк, кроме Робба, не проявлял ко мне братских чувств, но Бран с Риконом мне нужнее живые, чем мертвые.

— То же относится и к Ридам. Ров Кейлин расположен на краю болот. Лорд Хоуленд может превратить жизнь вашего дяди в ад, если захочет, но, зная, что его наследники в ваших руках, будет вынужден воздержаться.

Об этом Теон не подумал. По правде сказать, он почти вовсе не думал об этих лягушатниках — только полюбопытствовал как-то про себя, девственница ли еще Мира.

— Тут ты, пожалуй, прав. Надо будет пощадить их по возможности.

— И Ходора тоже. Вы же знаете, как он прост. Он делает то, что ему велят. Вспомните, как он холил вашего коня, как чистил вам кольчугу...

На Ходора Теону было наплевать.

— Если не станет лезть в драку, пусть живет. Но, — Теон поднял палец, — если ты скажешь хоть слово в защиту одичалой, то умрешь вместе с ней. Она присягнула мне и наплевала на свою присягу.

— Клятвопреступницу я оправдывать не могу, — склонил голову мейстер. — Поступайте как считаете нужным. Спасибо вам за ваше милосердие.

«Милосердие, — подумал Теон, когда Лювин отстал. — Проклятая ловушка. Переберешь через край — скажут, что ты слаб, недоберешь — ославят чудовищем». Он понимал, однако, что мейстер дал ему хороший совет. Его отец мыслит как завоеватель — но что толку завоевывать себе королевство, если ты не можешь его удержать? На силе и страхе долго не продержишься. Жаль, что Нед Старк увез дочек на юг, иначе Теон скрепил бы узы с Винтерфеллом, женившись на одной из них. Санса миленькая девочка и теперь уже, наверное, созрела для брака — но она за тысячи лиг отсюда, в лапах у Ланнистеров. А жаль.

Лес становился все гуще. Сосны и страж-деревья уступили место темным кряжистым дубам. Разросшийся терновник скрывал предательские водомоины. Каменистые бугры перемежались впадинами. Они проехали мимо заброшенной хижины дровосека и затопленной копи, где тихая вода отливала сталью. Собаки залились, и Теон решил, что беглецы уже близко. Он пришпорил Улыбчивого и рысью пустился вперед, но это оказалась туша молодого лося... вернее, то, что от нее осталось.

Он спешился, чтобы рассмотреть ее поближе. Лося убили недавно, и это явно сделали волки. Собаки жадно принюхивались, и один из мастиффов запустил зубы в лосиную ляжку, но Фарлен его отозвал. Но тушу, как заметил Теон, никто не разделывал. Волки наелись, но люди мяса не тронули. Если даже Оша опасалась разводить костер, кусок мякоти она могла отрезать. Куда это годится — бросать столько хорошего мяса?

— Фарлен, ты уверен, что мы идем правильно? Может, твои псы гонятся не за теми волками?

— Моя сука хорошо знает запах Лета и Лохматого.

— Надеюсь на это — ради твоего же блага.

Менее чем через час след спустился по склону к мутному ручью, раздувшемуся после недавних дождей, и здесь пропал. Фарлен и Векс перешли с собаками на тот берег и вернулись, качая головами. Псы рыскали взад-вперед вдоль ручья.

— Они вошли в воду здесь, милорд, но непонятно, где они вышли, — доложил мастер над псарней.

Теон, став на колени у ручья, окунул в него руку.

— Долго они в такой воде оставаться не могли. Иди с половиной собак вниз по течению, а я пойду вверх. — Векс громко захлопал в ладоши. — Чего ты? — Немой показал пальцем на илистый берег, где хорошо были видны волчьи следы. — Отпечатки лап, да. Ну и что же?

Векс вогнал каблук в ил и покрутил ногой — она оставила глубокую впадину.

— Такой детина, как Ходор, оставил бы в грязи глубокие следы, — догадался Джозет. — Тем более с мальчиком на спине. Но следов сапог тут нет, кроме наших, — поглядите сами.

Пораженный Теон убедился, что это правда. В эту бурую воду волки вошли одни.

578

— Оша, должно быть, свернула в сторону еще до лося — а волков послала вперед, чтобы сбить нас со следа. Если вы помогли ей надуть меня... — накинулся он на охотников.

— След был только один, милорд, клянусь, — оправдывался Гарисс, — и лютоволки ни за что не расстались бы с мальчиками надолго.

«И то верно, — подумал Теон. — Лето и Лохматый Песик, должно быть, отлучились поохотиться, но рано или поздно вернутся к Брану и Рикону».

— Гарисс, Мэрч, берите четырех собак и ступайте назад — найдите, где они разделились. Ты, Аггар, пойдешь с ними, чтобы не вздумали хитрить. Мы с Фарленом пойдем за волками. Трубите в рог, когда нападете на след, и два раза, если увидите зверей. Найти бы волков — а уж они приведут нас к своим хозяевам.

Теон с Вексом, юным Фреем и Гиниром Красноносым двинулся вверх по ручью. Они с Вексом ехали по одному берегу с парой собак, Красноносый и Уолдер Фрей, тоже с собаками, — по другому. Волки могли вылезти на любой стороне. Теон искал следы, помет, сломанные ветки — все что угодно. Им попадалось множество оленьих, лосиных и барсучьих следов, Векс спугнул пьющую из ручья лисицу, Уолдер — трех кроликов, одного из которых успел подстрелить. На высокой березе виднелись следы медвежьих когтей, но лютоволки исчезли бесследно.

Чуть дальше, говорил себе Теон. За тем дубом, за тем пригорком, за поворотом ручья они непременно найдутся. Он упорствовал, хотя было уже ясно, что пора возвращаться. Тревога грызла его. Была середина дня, когда он с неохотой повернул Улыбчивого назад.

Оша и эти несчастные мальчишки как-то провели его. Как она это сделала — пешая, обремененная калекой и малым ребенком? Каждый час увеличивал вероятность того, что им удастся уйти. Стоит им только добраться до деревни... Северяне никогда не откажут в приюте сыновьям Неда Старка, братьям Робба. Им дадут лошадей, снабдят их провизией. Мужчины будут спорить за честь защитить их, и весь треклятый Север сплотится вокруг них.

Волки ушли вниз по течению, только и всего. Теон цеплялся за эту мысль. «Рыжая сука учует, где они вышли из воды, и мы снова пустимся в погоню».

Но один взгляд на лицо Фарлена отнял у Теона всякую надежду.

— Медведю бы их скормить, твоих шавок, — больше они ни на что не годны. Жаль, у меня медведя нет.

— Собаки не виноваты. — Фарлен стоял на коленях между мастиффом и своей драгоценной рыжей сукой, обнимая их. — Проточная вода запаха не держит, милорд.

— Должны же были волки где-то вылезти из ручья!

— Ясное дело — выше или ниже. Если мы будем продолжать, то найдем это место, только в какую сторону податься?

— Не знал, что волк способен бежать по воде несколько миль, — сказал Вонючка. — Человек — иное дело, если он знает, что за ним охотятся. Но волк?

Кто их знает. Эти твари — не простые волки. Надо было сразу с них шкуру содрать.

Когда они съехались с Гариссом, Мэрчем и Аггаром, история повторилась. Охотники прошли полпути до Винтерфелла, но так и не нашли места, где Старки расстались с волками. Собаки Фарлена казались раздосадованными не менее, чем люди, — они тщетно обнюхивали деревья и камни, огрызаясь друг на друга.

Теон не смел сознаться в своем поражении.

— Вернемся к ручью и поищем снова. На этот раз пойдем до конца.

— Мы их ни за что не найдем, — сказал вдруг юный Фрей, — пока с ними лягушатники. Эти подлые болотные твари сражаются не как порядочные люди — они прячутся и пользуются отравленными стрелами. Ты их не видишь, а они тебя да. Те, кто уходил за ними в болото, никогда оттуда не вышли. А дома у них движутся, даже замки вроде Сероводья. — Малец беспокойно оглядел зелень, обступившую их со всех сторон. — Может, они сидят где-то здесь и слушают, что мы говорим.

Фарлен засмеялся:

— Мои собачки учуяли бы в этих кустах кого угодно и накинулись бы на них, не успел бы ты ветер пустить, парень.

— Лягушатники пахнут не как все люди, — упорствовал Фрей. — Они болотом пахнут, как лягушки или стоячая вода. Под мышками у них мох растет вместо волос, а жрать они могут один ил.

Теон уже собрался послать мальчишку подальше вместе с его россказнями, но тут вмешался мейстер Лювин.

— История гласит, что болотные жители сблизились с Детьми Леса в те дни, когда древовидцы хотели обрушить воды на Перешеек. Возможно, они и в самом деле обладают тайным знанием.

Лес вдруг стал казаться темнее, чем раньше, как будто облако набежало на солнце. Глупый мальчишка может молоть что угодно, но мейстеры, как известно, народ ученый.

— Единственные дети, до которых мне есть дело, это Бран и Рикон, — рявкнул Теон. — Возвращаемся к ручью.

На миг он испугался, что они не подчинятся ему, но старая привычка возобладала, и они угрюмо повиновались. Мальчишка Фрей держался пугливо, как кролики, попавшиеся ему в кустах. Расставив людей по обоим берегам, Теон направился вниз по течению. Они ехали много миль, медленно и осторожно, то и дело спешиваясь и ведя за собой лошадей на зыбкой почве, давая «никуда не годным шавкам» обнюхивать каждый куст. Там, где ручей запрудило упавшее дерево, им пришлось объехать глубокую зеленую заводь, но след лютоволков так и не нашелся. Похоже, они просто уплыли вниз по ручью. «Вот поймаю вас, тогда наплаваетесь вволю, — злобно думал Теон. — Обоих отдам Утонувшему Богу».

В лесу стало темнеть, и Теон Грейджой понял, что он побит. Либо лягушатникам в самом деле известна магия Детей Леса, либо Оша пустила в ход какую-то хитрость одичалых. Он продолжал гнать своих лошадей по лесу, но, когда последний свет померк, Джозет наконец набрался мужества сказать:

— Это бесполезно, милорд, — так мы только лошадей перекалечим.

— Джозет прав, — сказал мейстер Лювин. — Блуждая по лесу с факелами, мы ничего не добьемся.

Желчь жгла Теону глотку, а в животе словно клубок змей шевелился. Если он заявится в Винтерфелл с пустыми руками, можно с тем же успехом надеть на себя дурацкий колпак — весь Север будет над ним потешаться. А уж когда отец с Ашей прознают...

— Милорд принц, — сказал, подъехав к нему, Вонючка, — может, Старки здесь и вовсе не проходили. На их месте я подался бы на северо-восток. К Амберам. Те крепко стоят за Старков, но до их земель далеко. Мальчишки должны были приютиться где-то поблизости — я, пожалуй, даже знаю где.

Теон посмотрел на него подозрительно.

— Говори.

— Знаешь мельницу на Желудевой? Мы останавливались там, когда меня вели в Винтерфелл пленного. Мельничиха продала нам сена для лошадей, а старый рыцарь возился с ее ребятами. Там-то, думаю, Старки и прячутся.

Теон знал эту мельницу и даже позабавился пару раз с мельничихой. Ни в мельнице, ни в ней ничего примечательного не было.

— Почему именно там? Здесь поблизости будет с дюжину селений и острогов.

Белесые глаза Вонючки весело блеснули.

— Почему? Не знаю. Но они там, я чувствую.

Теону надоели его выверты. И что за пакостные у него губы — точно два червяка любятся.

— О чем ты? Если ты что-то от меня утаиваешь...

— Милорд принц! — Вонючка спешился и знаком пригласил Теона сделать то же самое, а после раскрыл мешок, который захватил с собой из Винтерфелла. — Вот погляди-ка.

В темноте становилось трудно что-то разглядеть. Теон нетерпеливо сунул руку в мешок и натолкнулся на мягкий мех и грубую колючую шерсть. Палец что-то укололо — Теон зажал эту штуку в кулак и вытащил пряжку в виде волчьей головы, серебряную с янтарем. Тогда он понял.

— Гелмарр, — позвал он, думая, кому из них можно довериться. Нет, пожалуй, никому. — Аггар, Красноносый — едете с нами. Остальные могут вернуться с собаками в Винтерфелл — мне они больше не нужны. Я знаю, где прячутся Бран и Рикон.

— Принц Теон, — умоляюще сказал мейстер Люмин, — вы ведь помните свое обещание? Будьте милосердны.

— Милосердным я был утром. — (Пусть лучше меня боятся, чем смеются надо мной.) — Пока они не рассердили меня.

ДЖОН

Огонь светился в ночи на склоне горы, как упавшая звезда, — но был краснее звезд и не мигал, только вспыхивал ярко и снова превращался в тусклую, слабую искру.

В полумиле впереди и двух тысячах футах выше, прикинул Джон, — как раз там, откуда хорошо видно всякое движение на перевале.

— Караульщики на Воющем перевале, — подивился самый старший из них. В юности он служил оруженосцем у короля, и братья до сих пор звали его Оруженосец Далбридж. — Хотел бы я знать, чего боится Манс-Разбойник?

— Знал бы он, что они развели костер, он бы с этих бедолаг шкуру содрал, — заметил Эббен, коренастый и лысый, весь в буграх мускулов, точно камнями набитый.

— Огонь там наверху — это жизнь, — сказал Куорен Полурукий, — но может стать и смертью. — Им он запретил разводить огонь, как только они вошли в горы. Питались они холодной солониной, сухарями и еще более твердым сыром, спали одетыми, сбившись в кучку под грудой плащей и меха. Джону вспоминались холодные ночи в Винтерфелле, когда он спал вместе со своими братьями. Эти люди ему тоже братья, хотя вместо постели у них земля и камень.

— У них, должно быть, рог есть, — сказал Каменный Змей.

— Этот рог не должен затрубить, — ответил Полурукий.

— Попробуй заберись туда ночью. — Эббен поглядел на далекую искру сквозь расщелину скал, где прятались черные братья. Небо было ясное, и горы высились, черные на черном, — только их снеговые шапки белели при луне.

— Да, падать высоко будет, — сказал Куорен. — Думаю, идти надо двоим. Там, наверху, наверно, тоже двое — чтобы сменять друг друга.

— Я пойду. — Разведчик по прозвищу Каменный Змей уже проявил себя лучшим среди них скалолазом — он просто должен был вызваться.

— И я, — сказал Джон Сноу.

Куорен посмотрел на него. Ветер выл, пролетая через перевал над ними. Одна из лошадей заржала, скребя копытом тощую каменистую почву.

— Волк останется с нами, — сказал Полурукий. — Он белый, и его при луне хорошо видно. Вот что, Каменный Змей, как управитесь, брось вниз горящую головню. Мы увидим ее и придем.

— Идти, так прямо сейчас, — сказал Каменный Змей.

Оба взяли по длинной свернутой веревке, а Каменный Змей захватил еще мешок с железными колышками и обмотанный плотным фетром молоток. Лошади остались в укрытии вместе со шлемами, кольчугами и Призраком. Джон, став на колени, потерся лицом о морду волка.

— Жди меня тут, — приказал он. — Я вернусь за тобой.

Каменный Змей шел впереди, маленький и жилистый. Ему уже почти пятьдесят, и борода у него поседела, но он был сильнее, чем казался, а ночью видел лучше всех известных Джону людей. Сейчас этот его талант придется кстати. Горы, днем серо-голубые, тронутые инеем, с наступлением темноты почернели, а восходящая луна побелила их серебром.

Двое черных братьев пробирались в черной тени черных скал, поднимаясь вверх по извилистой тропе, и их дыхание стыло паром в черном воздухе. Джон чувствовал себя почти голым без кольчуги, зато ее тяжесть не давила на плечи. Они продвигались медленно, с трудом. Поспешишь — можешь сломать лодыжку, если не хуже. Змей точно чуял, куда поставить ногу, но Джону приходилось напрягать все свое внимание.

Воющий перевал на самом деле представлял собой целый ряд перевалов, длинную тропу, которая то сгибала ледяные вершины, то спускалась вниз, в долины, почти не видящие солнца. Разведчики не встретили ни единой живой души с тех пор, как оставили за собой лес. Клыки Мороза — одно из самых жестоких мест, созданных богами, и человеку оно враждебно. Ветер здесь режет, как ножом, а ночью воет, словно мать по убиенным детям. Малочисленные деревья криво торчат из расщелин. Тропу часто пересекают полуразвалившиеся карнизы, увешанные сосульками, похожими издали на длинные белые зубы.

Но Джон Сноу не жалел, что отправился сюда. Здесь встречались и чудеса. Он видел, как блещет солнце в маленьких замерзших водопадах, видел россыпь цветов на горном лугу — голубые холодянки, алые зимовки, высокую красновато-золотистую дудочную траву. Видел пропасти, глубокие и черные, наверняка ведущие в преисподнюю, и проехал на коне по выветренному природному мосту, где по бокам не было ничего, кроме неба. Орлы, гнездящиеся на высотах, кружили над долинами на серовато-голубых крыльях, почти неотличимых от небес. Сумеречный кот скрадывал барана, дымком струясь по склону горы, выжидая время для прыжка.

«Теперь мы тоже готовимся прыгнуть». Хотел бы Джон двигаться так же уверенно и тихо, как тот кот, и убивать так же быстро. Длинный Коготь висел у него за спиной, но неизвестно, хватит ли места, чтобы его вынуть. Для схватки в тесноте Джон имел два кинжала. У караульщиков тоже, конечно, есть оружие, а он ничем не защищен. Любопытно знать, кто к исходу ночи окажется сумеречным котом, а кто бараном.

Долгое время они придерживались тропы, вьющейся по горе все вверх и вверх. Костер временами пропадал из виду, но каждый раз появлялся опять. Каменный Змей выбрал путь, по которому лошади нипочем бы не прошли. Кое-где приходилось прижиматься спиной к холодному камню и двигаться боком, как краб, дюйм за дюймом. Даже в более широких местах тропа была коварной — того и гляди попадешь ногой в трещину, или споткнешься на осыпи, или поскользнешься на замерзшей ночью луже. Один шаг, потом другой, твердил себе Джон. Один, потом другой — тогда не упадешь.

Он не брился с тех пор, как они покинули Кулак Первых Людей, и усы над губой заиндевели. Уже два часа поднимались они, и ветер сделался так неистов, что оставалось только пригибаться, держась за скалу и молясь, чтобы тебя не сдуло. «Один шаг, потом другой, — повторил Джон, оправившись от особенно свирепого натиска. — Один, потом другой, и я не упаду».

Они уже забрались так высоко, что вниз лучше было не смотреть. Внизу ничего, кроме зияющей пустоты, вверху ничего, кроме луны и звезд. «Гора — все равно что мать, — сказал ему Змей несколько дней назад, во время другого, более легкого подъема. — Прильни к ней, прижмись лицом к ее груди, и она тебя не уронит». Джон тогда пошутил — всегда, мол, хотел выяснить, кто была его мать, и думать не думал, что найдет ее в Клыках Мороза. Теперь ему было не до шуток. «Один шаг, потом другой», — думал он, цепляясь за камень.

Тропа внезапно оборвалась, упершись в массивное плечо черного гранита. Тень скалы при ярком лунном свете казалась черной, как устье пещеры.

— Теперь прямо вверх, — тихо сказал Змей. — Надо подняться выше их. — Он заткнул перчатки за пояс и обвязал одним концом веревки себя, а другим Джона. — Лезь за мной, когда веревка натянется. — И разведчик полез вверх, перебирая руками и ногами так быстро, что Джон глазам своим не верил. Длинная веревка медленно разматывалась. Джон следил за каждым движением Змея, замечая, за что тот держится руками, и на последнем витке веревки тоже снял перчатки и стал карабкаться, только намного медленнее.

Змей пропустил веревку вокруг выступа, на котором сидел, дождался Джона и снова двинулся вверх. На конце их связки теперь не оказалось удобного места, поэтому Змей достал молоток и несколькими ловкими ударами вбил в трещину колышек. Звуки, хотя и тихие, вызвали такое гулкое эхо, что Джон сморщился, уверенный, что одичалым тоже слышно. Змей прикрепил к колышку веревку, и Джон полез за ним. «Соси грудь горы, — напоминал он себе. — Не смотри вниз. Перемести вес выше ног. Не смотри вниз.

Смотри на скалу перед собой. Правильно, возьмись рукой вот здесь. Не смотри вниз. Передохнешь вон там, на карнизе. Главное — добраться до него. Никогда не смотри вниз».

Однажды нога, на которую он слишком сильно оперся, скользнула, и сердце остановилось в груди, но боги сжалились над ним, и он удержался. Джон чувствовал, как холод из камня сочится в его пальцы, но не смел надеть перчатки — перчатки скользят, как бы туго ни сидели на руке, ткань и мех мешают чувствовать камень, это может стоить ему жизни. Обожженная рука закоченела и начала болеть. Потом он сорвал ноготь большого пальца, и оттуда потекла кровь. Джон мог лишь надеяться, что к концу подъема сохранит все свои пальцы.

Они взбирались все выше и выше, две черные тени, ползущие по освещенной луной скале. С нижней точки перевала их всякий мог разглядеть, но от костра одичалых их скрывала гора. Одичалые были уже близко, Джон это чувствовал, но думал не о предстоящей схватке с ничего не подозревающим врагом, а о своем брате в Винтерфелле. «Бран — вот кто был верхолаз. Мне бы десятую долю его отваги».

В двух третях пути наверх скалу рассекала кривая трещина. Змей подал руку, чтобы помочь Джону влезть. Он снова надел перчатки, и Джон сделал то же самое. Разведчик мотнул головой влево, и они проползли по трещине около трехсот ярдов, пока не увидели тусклое оранжевое зарево за краем утеса.

Одичалые развели свой костер в выемке над самой узкой частью перевала — впереди у них был отвесный обрыв, позади скала прикрывала от ветра. Эта-то скала и позволила черным братьям подобраться к ним на несколько футов. Джон и Змей, лежа на животе, смотрели сверху на людей, которых им предстояло убить.

Один из них спал, свернувшись клубком под грудой шкур. Джон видел только его волосы, ярко-рыжие при свете костра. Другой сидел у огня, подкладывая в него ветки и сварливо жалуясь на ветер. Третий наблюдал за перевалом, где нечего было видеть — сплошная огромная чаша тьмы, окаймленная снеговыми плечами гор. Рог был у него.

Так их трое. Джон на миг заколебался. Один, правда, спит. Впрочем, будь их двое, трое или двадцать, он все равно должен сделать то, для чего пришел. Змей, тронув его за руку, указал на одичалого с рогом, а Джон кивнул на того, кто сидел у костра. Странное это чувство — выбирать, кого убьешь. Полжизни он провел с мечом и щитом, готовясь к этому мгновению. Может, Робб чувствовал то же самое перед своей первой битвой? Но раздумывать об этом не было времени. Змей с быстротой создания, давшего ему прозвище, сиганул вниз, обрушив целый град щебня. Джон выхватил из ножен Длинный Коготь и устремился следом.

Все произошло в мгновение ока. После Джон восхищался мужеством одичалого, который первым делом схватился не за меч, а за рог и уже поднес его к губам, но Змей выбил у него рог своим коротким мечом. Противник Джона вскочил на ноги, ткнув вперед головней. Джон отскочил от опалившего лицо жара, заметив краем глаза, что спящий шевелится. Надо было поскорее прикончить своего. Джон ринулся навстречу головне, держа меч обеими руками. Валирийская сталь рассекла кожаный верх, мех, шерсть и тело, но одичалый, падая, вырвал у Джона меч. Спящий сел под своими шкурами. Джон выхватил кинжал, сгреб его за волосы и приставил лезвие к подбородку.

— Да это девушка.

— Одичалая, — сказал Змей. — Зарежь ее.

Джон видел в ее глазах страх и огонь. По белому горлу из-под острия ножа струилась кровь. Один укол — и кончено. От нее пахло луком, и она была не старше его. Джон почему-то вспомнил Арью, хотя никакого сходства между ними не было.

— Ты сдаешься? — спросил он, сильнее нажав клинком. А если она не сдастся?

— Сдаюсь, — дохнув паром, сказала она.

— Тогда ты наша пленница. — Джон отвел кинжал.

— Куорен о пленных ничего не говорил, — возразил Змей.

— Но и не запрещал их брать. — Джон опустил девушку, и она отползла назад.

— Воительница. — Змей показал на длинный топор рядом с меховой постелью. — Она тянулась к нему, когда ты ее схватил. Моргни только, и она вгонит его тебе между глаз.

— А я не буду моргать. — Джон ногой отшвырнул топор подальше. — У тебя имя есть?

— Игритт. — Она приложила руку к горлу и уставилась на окровавленную ладонь.

Джон спрятал кинжал и выдернул Длинный Коготь из тела убитого им человека.

— Ты моя пленница, Игритт.

— А тебя как звать?

— Джон Сноу.

— Плохое имя, — поморщилась она.

— Имя бастарда. Моим отцом был лорд Эддард Старк из Винтерфелла.

Девушка ответила ему настороженным взглядом, а Змей хмыкнул.

— Раз она пленница, говорить полагается ей, а не тебе. — Разведчик взял из костра длинную ветку. — Да только она не станет. Я знавал одичалых, которые откусывали себе язык, лишь бы не отвечать на вопросы. — Змей бросил горящую ветку вниз, и она, крутясь, полетела во мрак.

— Надо сжечь тех, кого вы убили, — сказала Игритт.

— Для этого нужен костер побольше, а большие костры чересчур ярко горят. — Змей всматривался в ночь, ища проблески света. — Здесь поблизости еще есть одичалые?

— Сожгите их, — настаивала девушка, — а то как бы снова не пришлось браться за мечи.

Джон вспомнил мертвого Отора и его холодные черные руки.

— Она дело говорит.

— Есть другой способ. — Змей снял с убитого им одичалого плащ, сапоги, пояс и кафтан, взвалил труп на плечо и швырнул вниз с обрыва. Миг спустя оттуда донесся тяжелый мокрый удар. Змей раздел второй труп, и они с Джоном, взяв мертвеца за руки и за ноги, отправили его вслед за первым.

Игритт молча смотрела на это. Она была старше, чем показалось Джону с первого взгляда, — лет двадцати, невысокая, кривоногая, круглолицая и курносая. Рыжие вихры торчали во все стороны. Она могла показаться толстой, но виной тому были многочисленные одежды из шерсти, кожи и меха. Если снять с нее все это, она будет худенькой, как Арья.

— Вас послали следить за нами? — спросил Джон.

— За всеми, кто придет.

Змей погрел руки над огнем.

— Что у вас там, за перевалом?

— Вольный народ.

— Сколько вас?

— Сотни и тысячи. Столько ты еще не видал, ворона. — Она улыбнулась, показав неровные, но очень белые зубы.

Она не знает, сколько их всего.

— Зачем вы собрались здесь, в горах?

Она промолчала.

— Что нужно в Клыках Мороза вашему королю? Без еды вы тут долго не протянете.

Она отвернулась.

— Вы намерены идти к Стене? Когда?

Она смотрела в огонь, словно не слыша его.

— Знаешь ты что-нибудь о моем дяде, Бенджене Старке?

Игритт не отвечала. Змей засмеялся.

— Сейчас язык выплюнет — не говори потом, что я тебя не предупреждал.

Низкий рык прокатился во мраке. Сумеречный кот, понял Джон, и тут же услышал другого, поближе. Он достал свой меч и прислушался.

— Нас они не тронут, — сказала Игритт. — Они за мертвыми пришли. Коты чуют кровь за шесть миль. Они не уйдут, пока не обгложут трупы дочиста и не разгрызут кости.

Звуки их пиршества отдавались эхом от скал, и Джону стало не по себе. У костра его разморило, и он вдруг понял, как сильно устал, но уснуть не посмел. Он взял пленную и теперь должен ее охранять.

— Они тебе не родственники, эти двое? — тихо спросил он.

— Такие же, как и ты.

— Я? О чем ты?

— Ты сказал, что ты бастард из Винтерфелла?

— Ну да.

— А кто твоя мать?

— Женщина, как у всех. — Так ему ответил однажды кто-то из взрослых — он уже не помнил кто.

Она снова улыбнулась, сверкнув белыми зубами.

— Разве она не пела тебе песню о зимней розе?

— Я не знал своей матери и песни такой не знаю.

— Ее сложил Баэль-Бард, стародавний Король-за-Стеной. Весь вольный народ знает его песни, но, может быть, у вас на юге их не поют.

— Винтерфелл — это не юг.

— Для нас все, что за Стеной, — это юг.

Об этом он как-то не думал.

— Наверно, все зависит от того, откуда смотреть.

— Конечно.

— Расскажи мне свою сказку, — попросил Джон. Пройдет несколько часов, пока Куорен поднимется к ним, — авось сказка поможет ему не уснуть.

— Пожалуй, она тебе не понравится.

— Все равно расскажи.

— Ишь какая храбрая ворона. Так вот: до того, как стать королем вольного народа, Баэль был великим воином.

— То есть грабителем, насильником и убийцей, — фыркнул Каменный Змей.

— Все зависит от того, откуда смотреть. Старк из Винтерфелла хотел отрубить Баэлю голову, но не мог его поймать, и это бесило Старка. Однажды в своем озлоблении он обозвал Баэля трусом, который нападает только на слабых. Баэль, услышав об этом, решил преподать лорду урок. Он перебрался через Стену и по Королевскому Тракту пришел зимней ночью в Винтерфелл — пришел с арфой, назвавшись Сигерриком со Скагоса. Сигеррик на языке Первых Людей значит «обманщик» — великаны до сих пор говорят на этом наречии.

Певцов и на севере, и на юге встречают радушно, поэтому Баэль ел за столом лорда Старка и до середины ночи играл ему, сидящему на своем высоком месте. Баэль пел и старые песни, и новые, которые сочинял сам, и делал это так хорошо, что лорд сказал ему: проси в награду чего хочешь. «Я прошу только цветок, — сказал Баэль, — самый прекрасный цветок из садов Винтерфелла».

Зимние розы как раз расцвели тогда, а нет цветов более редких и драгоценных. Старк послал в свою теплицу и приказал отдать певцу самую прекрасную из этих роз. Так и сделали. Но наутро певец исчез... а с ним девица, дочь лорда Брандона. Постель ее была пуста, и лишь на подушке лежала оставленная Баэлем голубая роза.

Джон никогда не слышал прежде эту историю.

— Это который же Брандон? Брандон-Строитель жил в Век Героев, за тысячи лет до Баэля. Был еще Брандон-Поджигатель и его отец Брандон-Корабельщик, но...

— Брандон Бездочерний, — отрезала Игритт. — Ты будешь слушать или нет?

— Ладно, рассказывай.

— Других детей у лорда Брандона не было. По его велению черные вороны сотнями вылетели из своих замков, но ни Баэля, ни девушки так и не нашли. Больше года искали они, и наконец лорд отчаялся и слег в постель. Казалось, что род Старков прервется на нем, но однажды ночью, лежа в ожидании смерти, лорд Брандон услышал детский плач. Лорд пошел на этот звук и увидел, что дочь его снова спит в своей постели с младенцем у груди.

— Значит, Баэль вернул ее назад?

— Нет. Они все это время пробыли в Винтерфелле, в усыпальнице под замком. Дева так полюбила Баэля, что родила ему сына...

хотя, по правде сказать, его все девушки любили за песни, которые он пел. Но одно верно: Баэль оставил лорду дитя за сорванную без спроса розу, и мальчик, когда вырос, стал следующим лордом Старком. Вот почему в тебе, как и во мне, течет кровь Баэля.

— Ничего этого не было.

— Было или не было, песня все равно красивая. Мне ее пела мать. Такая же женщина, как и твоя, Джон Сноу. — Игритт потрогала оцарапанное кинжалом горло. — Песня кончается на том, как лорд находит ребенка, но у этой истории есть и другой конец, печальный. Тридцать лет спустя, когда Баэль стал Королем-за-Стеной и повел вольный народ на юг, молодой лорд Старк встретил его у Замерзшего Брода... и убил, ибо у Баэля не поднялась рука на родного сына, когда они сошлись в поединке.

— А сын, выходит, убил отца.

— Да. Но боги не терпят отцеубийц, даже тех, кто не ведает, что творит. Когда лорд Старк вернулся с поля битвы и мать увидела голову Баэля у него на копье, она бросилась с башни. Сын ненадолго пережил ее. Один из его лордов содрал с него кожу и сделал из нее плащ.

— Вранье все это, — уже уверенно ответил Джон.

— Просто у бардов правда не такая, как у нас с тобой. Ты просил сказку — вот я и рассказала. — Игритт отвернулась от него, закрыла глаза и, судя по всему, уснула.

Куорен Полурукий явился вместе с рассветом. Черные камни стали серыми, а восточный небосклон — индиговым, когда Змей разглядел братьев внизу. Джон разбудил свою пленницу и, держа ее за руку, спустился к Куорену. Тропа с северо-западной стороны горы была, к счастью, много легче той, по которой они со Змеем поднимались. В узком ущелье они дождались братьев с лошадьми. Призрак, почуяв хозяина, ринулся вперед. Джон присел на корточки, и волк любовно стиснул ему зубами запястье, раскачивая руку туда-сюда. Игритт вытаращила на них побелевшие от страха глаза.

Куорен ничего не сказал, увидев пленницу, а Змей только и проронил:

— Их было трое.

— Мы видели двоих, — сказал Эббен, — вернее, то, что коты от них оставили. — На девушку он смотрел с явным подозрением.

— Она сдалась, — счел нужным заметить Джон.

— Ты знаешь, кто я? — с бесстрастным лицом спросил ее Куорен.

— Куорен Полурукий. — Рядом с ним Игритт казалась совсем ребенком, но держалась храбро.

— Скажи правду: если бы я сдался вашим, что бы мне это дало?

— Ты умер бы медленнее.

— Нам нечем ее кормить, — сказал командир Джону, — и сторожить ее некому.

— Впереди опасно, парень, — добавил Оруженосец Далбридж. — Стоит один раз крикнуть там, где надо молчать, — и нам всем крышка.

— Стальной поцелуй ее успокоит. — Эббен вынул кинжал.

У Джона пересохло в горле, и он обвел их беспомощным взглядом.

— Но она мне сдалась.

— Тогда сам сделай то, что нужно, — сказал Куорен. — Ты родом из Винтерфелла и брат Ночного Дозора. Пойдемте, братья. Оставим его. Ему будет легче без наших глаз. — И он увел их навстречу розовой заре, а Джон и Призрак остались одни с одичалой.

Он думал, что Игритт попытается убежать, но она стояла и ждала, глядя на него.

— Ты никогда еще не убивал женщин? — Джон покачал головой. — Мы умираем так же, как мужчины, но тебе не нужно этого делать. Манс примет тебя, я знаю. Есть тайные тропы — твои вороны нас нипочем не догонят.

— Я такая же ворона, как и они.

Она кивнула, покоряясь судьбе.

— Ты сожжешь меня после?

— Не могу. Дым далеко виден.

— Ну что ж, — пожала плечами она. — Желудок сумеречного кота — еще не самое плохое место.

Он снял со спины Длинный Коготь.

— Ты не боишься?

— Ночью боялась, — призналась она, — но солнце уже взошло. — Она отвела волосы, обнажив шею, и стала перед ним на колени. — Бей насмерть, ворона, не то я буду являться тебе.

Длинный Коготь, не такой длинный и тяжелый, как отцовский Лед, был тем не менее выкован из валирийской стали. Джон приложил клинок к шее Игритт, чтобы отметить место удара, и она содрогнулась.

— Холодно. Давай быстрее.

Он поднял Длинный Коготь над головой обеими руками. Надо сделать это с одного раза, вложив в удар весь свой вес. Самое ма-

592

лое, что он может дать ей, — это легкая, чистая смерть. Он — сын своего отца. Ведь так? Ведь так?

— Ну давай же, бастард. Моей храбрости надолго не хватит. — Удара не последовало, и она повернула голову, чтобы взглянуть на него.

Джон опустил меч и сказал:

— Ступай.

Она смотрела на него во все глаза.

— Уходи, пока разум не вернулся ко мне.

И она ушла.

САНСА

Весь южный небосклон заволокло дымом. Он поднимался от сотни пожарищ, пачкая черными пальцами звезды. За Черноводной огни пылали от горизонта до горизонта, на этом берегу Бес жег причалы и склады, дома и харчевни — все, что находилось за стеной.

Даже в Красном Замке пахло пеплом. Когда Санса встретилась с сиром Донтосом в тишине богорощи, он спросил, почему она плачет.

— Из-за дыма, — солгала она. — Можно подумать, что половина Королевского Леса горит.

— Лорд Станнис хочет выкурить оттуда дикарей Беса. — Донтос покачивался, придерживаясь за ствол каштана. Его шутовской красный с желтым камзол был залит вином. — Они убивают его разведчиков и грабят его обозы. И сами поджигают лес. Бес сказал королеве, что Станнису придется приучать своих лошадей питаться пеплом — травы он там не найдет. Я сам слышал. Став дураком, я слышу то, о чем понятия не имел, будучи рыцарем. Они говорят так, словно меня нет рядом, а Паук, — Донтос нагнулся, дыша вином в лицо Сансе, — Паук платит золотом за каждую мелочь. Думаю, что Лунатик давным-давно у него на жалованье.

«Он снова пьян. Он называет себя моим бедным Флорианом — таков он и есть. Но больше у меня нет никого».

— Правда ли, что лорд Станнис сжег богорощу в Штормовом Пределе?

— Да. Он сложил огромный костер из деревьев в жертву своему новому богу. Это красная жрица его заставила. Говорят, она владеет и душой его, и телом. Великую Септу Бейелора он тоже поклялся сжечь, если возьмет город.

— Пусть жжет. — Впервые увидев Великую Септу с ее мраморными ступенями и семью кристальными башнями, Санса подумала, что прекраснее здания на свете нет, — но на этих самых ступенях Джоффри велел обезглавить ее отца. — Я хочу, чтобы она сгорела.

— Тише, дитя, — боги услышат.

— Не верю. Они никогда не слышат меня.

— Нет, слышат. Разве не они послали меня вам?

Санса потрогала кору дерева. Голова у нее кружилась, словно от лихорадки.

— Послали, да что от вас проку? Вы обещали увезти меня домой, а я все еще здесь.

Донтос потрепал ее по руке:

— Я говорил с одним человеком, моим хорошим другом... и вашим тоже, миледи. Он наймет быстрый корабль, чтобы увезти вас, когда время придет.

— Время уже прошло — потом начнется битва. Сейчас про меня все забыли, и можно попробовать убежать.

— Дитя, дитя. Из замка убежать нетрудно, но городские ворота охраняются еще бдительнее, чем обычно, а Бес даже реку закрыл.

Это правда. Санса никогда еще не видела Черноводную такой пустой. Все паромы угнали на северный берег, торговые галеи, не успевшие уйти, задержаны Бесом. На реке остались только королевские боевые корабли — они все время ходили взад-вперед, держась посередине и обмениваясь стрелами с лучниками Станниса на южном берегу.

Сам лорд Станнис еще в пути, но его авангард уже показался две ночи назад, когда луны не было. Королевская Гавань, проснувшись, увидела чужие палатки и знамена. Санса слышала, что их пять тысяч — почти столько же, сколько в городе золотых плащей. На знаменах у них красные и зеленые яблоки дома Фоссовеев, черепаха Эстермонта, флорентовская лиса в цветах, а командует ими сир Гюйард Морригон, знаменитый южный рыцарь, именуемый ныне Гюйард Зеленый. Его эмблема — летящая ворона, распростершая черные крылья на грозовом зеленом небе. Но город больше взволнован видом бледно-желтого знамени с хвостами как языки огня — на нем эмблема не лорда, но бога: пылающее сердце Владыки Света.

— У Станниса людей в десять раз больше, чем у Джоффри, — все так говорят.

Донтос сжал плечо Сансы:

— Это все равно, сколько у него войска, дорогая, пока оно находится по ту сторону реки. Без кораблей Станнису не переправиться.

— У него и корабли есть — больше, чем у Джоффри.

— От Штормового Предела плыть долго — надо обогнуть крюк Масси, пройти Глотку и Черноводный залив. Авось милостивые боги пошлют шторм и потопят их. Вам нелегко, я знаю, но будьте терпеливы, дитя. Когда мой друг вернется в город, у нас будет корабль. Положитесь на своего Флориана и постарайтесь не бояться.

Санса впилась ногтями в ладонь. Страх поселился у нее в животе и с каждым днем мучил ее все сильнее. События, произошедшие в день отплытия принцессы Мирцеллы, продолжали вторгаться в ее сны, и она просыпалась, задыхаясь. Во сне ее обступали люди, издающие бессловесный звериный рев. Они тянули ее за подол, забрасывали грязью, старались стащить с лошади. Было бы еще хуже, если бы к ней не пробился Пес. Верховного септона они разорвали на куски, сиру Арону разбили голову о камни. Хорошо ему говорить «постарайся не бояться»!

Весь город боится — это даже из замка видно. Люди прячутся за ставнями и накрепко запирают двери, как будто это может их спасти. При последнем взятии Королевской Гавани Ланнистеры грабили, насиловали и предали сотни человек мечу, хотя город сам открыл им ворота. На этот раз Бес намерен сражаться, а город, оказывающий сопротивление, не может ждать пощады.

— Останься я рыцарем, — продолжал трещать Донтос, — мне пришлось бы надеть доспехи и занять место на стене вместе с другими. Впору в ножки поклониться королю Джоффри.

— Если вы поклонитесь ему за то, что он сделал вас дураком, он снова сделает вас рыцарем, — отрезала Санса.

— Как умна моя Джонквиль, — прищелкнул языком Донтос.

— Джоффри и его мать говорят, что я глупа.

— Пусть себе говорят — так безопаснее, дорогая. Королева Серсея, Бес и лорд Варис следят друг за другом, как коршуны, и платят шпионам, чтобы узнать, что делают другие, зато дочь леди Танды никого не волнует, правда? — Донтос рыгнул, прикрыв рот. — Да хранят вас боги, маленькая моя Джонквиль. — Вино сделало его слезливым. — Поцелуйте своего Флориана — на счастье.

Он качнулся к ней. Санса, избегая его мокрых губ, чмокнула его в небритую щеку и пожелала ему доброй ночи. Ей стоило огромного труда не заплакать — она слишком много плакала последнее время. Она знала, что так не годится, но ничего не могла с собой поделать — слезы текли по самому ничтожному поводу, и нельзя было удержать их.

Мост в крепость Мейегора никем не охранялся. Бес забрал почти всех золотых плащей на городские стены, а у белых рыцарей Королевской Гвардии были обязанности поважнее, чем сторожить Сансу. Она могла ходить где угодно в пределах замка, но ей нигде не хотелось бывать.

Она перешла сухой ров со страшными железными пиками на дне и поднялась по узкой винтовой лестнице. У двери в свою комнату она остановилась, не в силах войти. В этих стенах она чувствовала себя как в западне, и даже с распахнутым настежь окном ей казалось, что там нечем дышать.

Она взошла на самый верх лестницы. Дым затмевал звезды и тонкий серп месяца, и крышу окутывал мрак. Зато отсюда она видела все: высокие башни и массивные угловые откосы Красного Замка, путаницу городских улиц за его стенами, черную ленту реки на юге и западе, залив на востоке, столбы дыма и пожары, пожары. Солдаты сновали по городским стенам, как муравьи с факелами, и толпились на свежесрубленных деревянных подмостках. У Грязных ворот, где дым стоял всего гуще, виднелись очертания трех огромных катапульт. Таких больших Санса еще не видывала: они возвышались над стеной на добрые двадцать футов. Но страха это зрелище в ней не убавляло. Боль вдруг пронзила ее — такая острая, что Санса всхлипнула и схватилась за живот. Она упала бы, но к ней придвинулась тень и сильные пальцы сжали ее руку.

Санса схватилась за зубец крыши, царапая ногтями по грубому камню.

— Пустите меня. Пустите.

— Пташка думает, что у нее есть крылышки, — так, что ли? Или ты хочешь стать калекой, как твой братец?

— Я не нарочно. Вы... испугали меня, только и всего.

— Такой я страшный?

Санса сделала глубокий вдох, стараясь успокоиться.

— Я думала, что одна здесь...

— Пташка по-прежнему не может выносить моего вида? — Пес отпустил ее. — Когда тебя окружила толпа, ты не была так разборчива — помнишь?

Санса помнила это слишком хорошо — и злобный вой, и кровь, текущую по щеке из раны, нанесенной камнем, и чесночное дыхание человека, который пытался стащить ее с лошади. И пальцы, вцепившиеся ей в запястье, когда она потеряла равновесие и начала падать.

Она уже приготовилась умереть, но пальцы разжались, человек издал животный вопль. Его отрубленная рука отлетела прочь, а другая, более сильная, вернула Сансу в седло. Пахнущий чесноком лежал на земле с хлещущей из культи кровью, но вокруг толпились другие, с дубинками в руках. Пес ринулся на них — меч его так и мелькал, окутанный кровавым туманом. Когда бунтовщики дрогнули и побежали от него, он рассмеялся, и его жуткое обожженное лицо на миг преобразилось.

Санса заставила себя снова взглянуть на это лицо — и не отводить глаз. Простая вежливость этого требует, а леди никогда не должна забывать о вежливости. Шрамы — еще не самое страшное, и судорога, кривящая ему рот, — тоже. Все дело в его глазах. Санса еще ни в чьем взгляде не видела столько злобы.

— Мне... мне следовало бы прийти к вам после этого. Поблагодарить вас за спасение... Вы так храбро вели себя.

— Храбро? — У него вырвался смех, похожий на рычание. — Псу не нужно храбрости, чтобы крыс гонять. Их было тридцать против меня одного, и ни один не посмел сразиться со мной.

Она не выносила его речи, всегда злой и резкой.

— Вам доставляет удовольствие пугать людей?

— Мне доставляет удовольствие их убивать. — Пес скривил рот. — Морщись сколько хочешь, только святошу из себя не строй. Ты дочка знатного лорда. Не говори мне, что лорд Эддард Старк из Винтерфелла никого не убивал.

— Он исполнял свой долг, но это не приносило ему радости.

— Это он тебе так говорил, — засмеялся Клиган. — Лгал он, твой отец. Убивать — самое сладкое дело на свете. — Он обнажил свой длинный меч. — Вот она, правда. Твой драгоценный батюшка постиг ее на ступенях Бейелора. Лорд Винтерфелла, десница короля, Хранитель Севера, могущественный Эддард Старк, чей род насчитывал восемь тысячелетий... однако Илин Пейн перерубил ему шею, как всякому другому. Помнишь, как он заплясал, когда его голова слетела с плеч?

Санса обхватила себя руками, как от холода.

— Почему вы всегда такой злой? Ведь я хотела поблагодарить вас...

— Как истинного рыцаря, которых ты так любишь. А на что, по-твоему, они нужны, рыцари? Получать знаки отличия от дам да красоваться в золотых доспехах? Дело рыцарей — убивать. — Клиган приложил лезвие меча к ее шее под самым ухом, и Санса ощутила остроту стали. — Я впервые убил человека, когда мне было двенадцать, а после и счет потерял. Знатные лорды из древних родов, толстосумы в бархате, рыцари, раздувшиеся от спеси, и женщины, и дети, да-да — все это просто мясо, а я мясник. Пусть оставят при себе свои земли, своих богов и свое золото. Пусть кличут себя сирами. — Клиган сплюнул под ноги Сансе. — У меня есть вот это, — он отвел клинок от горла Сансы, — и я никого на свете не боюсь.

«Кроме своего брата», — подумала Санса, но благоразумно промолчала. Он и правда пес. Полудикий и злобный, который кусает руку, желающую его погладить, но разорвет любого, кто тронет его хозяев.

— Даже тех, кто за рекой?

Клиган обратил взгляд к далеким огням.

— Ишь как полыхает. — Он спрятал меч в ножны. — Только трусы дерутся с помощью огня.

— Лорд Станнис не трус.

— Но до брата ему тоже далеко. Роберта ни одна река не могла остановить.

— Что вы будете делать, когда он переправится?

— Драться. Убивать. Может, и меня убьют.

— Вам не страшно? Боги пошлют вас в самое ужасное пекло за все зло, которое вы совершили.

— Какое там зло? — засмеялся он. — Какие боги?

— Боги, которые создали нас всех.

— Неужто всех? Что это за бог, птичка, который создает чудовище вроде Беса или полоумную дочь леди Танды? Боги, если они существуют, создали овец, чтобы волки ели баранину, и слабых, чтобы сильные ими помыкали.

— Настоящие рыцари защищают слабых.

— Нет настоящих рыцарей, и богов тоже нет. Если ты не можешь защитить себя сам, умри и уйди с дороги тех, кто может. Этим миром правят сильные руки и острая сталь — не верь тому, кто скажет тебе другое.

— Вы ужасный человек, — попятилась от него Санса.

— Просто честный. Это мир ужасен. Ладно, птичка, лети — я сыт по горло твоим чириканьем.

Санса поспешила уйти. Она боялась Сандора Клигана... и все же отчасти желала, чтобы у сира Донтоса была хоть доля свирепости Пса. Есть боги, твердила она себе, и настоящие рыцари тоже есть. Не могут же все рассказы о них быть ложью.

Ночью ей снова приснился бунт. Толпа кишела вокруг с воплями, бешеный зверь с тысячью лиц, которые у нее на глазах превращались в чудовищные маски. Она плакала и говорила, что никому из них не делала зла, но они все равно стащили ее с лошади. «Нет, — кричала она, — не надо, не надо», но никто ее не слушал. Она звала сира Донтоса, и своих братьев, и казненного отца, и убитую волчицу, и отважного сира Лораса, подарившего ей однажды красную розу, но никто из них не пришел. Она звала героев из песен, Флориана, и сира Раэма Редвина, и принца Эйемона, Драконьего Рыцаря, но они не вняли ей. Женщины накинулись на нее, как куницы, — они щипали ее, пинали, и кто-то ударил ее в лицо так, что зубы зашатались. Сверкнула сталь — в живот ей вонзился нож и стал кромсать, кромсать, разрезая ее на мелкие куски.

Когда она проснулась, в окно лился бледный утренний свет, но Санса чувствовала себя такой разбитой, словно вовсе не спала. Между ног ощущалось что-то липкое. Санса откинула одеяло, увидела кровь и подумала, что сон ее каким-то образом сбылся, — не зря тот нож так терзал ее. Она в ужасе отпрянула, путаясь в простынях, и свалилась на пол, нагая, окровавленная и перепуганная.

Тут она начала понимать, что с ней случилось.

— О нет, — прошептала Санса, — пожалуйста, не надо. — Она не хотела этого — только не здесь, не сейчас, не сейчас, не сейчас.

Безумие овладело ею. Придерживаясь за столбик кровати, она поднялась и смыла с себя всю кровь. Вода в тазу порозовела. Служанки увидят это и все поймут. Вспомнив о простынях, Санса в ужасе уставилась на красноречивое красное пятно. В голове у нее было одно: избавиться от него, пока никто не увидел. Нельзя им этого показывать — иначе они выдадут ее за Джоффри и заставят лечь с ним в постель.

Схватив свой нож, Санса принялась полосовать простыню. Если спросят, откуда взялась дыра, что сказать? Слезы текли у нее по щекам. Она стащила с кровати изрезанную простыню и испачканное одеяло. Надо все это сжечь. Она скомкала обличающие ее тряпки, сунула в очаг, полила маслом из лампы и подожгла. Заметив, что кровь просочилась на перину. Санса скомкала и ее, но перина была слишком громоздкая, и в очаге поместилась только ее половина. Санса, стоя на коленях, пыталась затолкать ее поглубже в огонь. Густой серый дым заволок комнату, дверь отворилась, и вошедшая служанка ахнула.

Понадобились еще двое, чтобы оттащить Сансу от очага. Все ее усилия пошли прахом. То, что она запихала в огонь, сгорело, но по ногам уже снова текла кровь. Собственное тело предательски толкало ее в руки Джоффри, развернув красное знамя Ланнистеров напоказ всему свету.

Потушив огонь, служанки вынесли вон обгоревшую перину, кое-как проветрили комнату и принесли ванну. Они сновали туда-сюда, перешептываясь и странно поглядывая на Сансу. Ее выкупали в обжигающе горячей воде, вымыли ей голову и дали тряпицу заткнуть между ног. Санса к тому времени успокоилась и устыдилась своей глупости. Дым испортил почти всю ее одежду. Одна из женщин принесла зеленую шерстяную рубаху, пришедшуюся Сансе впору.

— Это не так красиво, как ваши наряды, ну да ничего, сойдет. Хорошо, что хоть башмаки не сгорели, не то пришлось бы идти к королеве босиком.

Серсея завтракала, когда Сансу ввели в ее горницу.

— Можешь сесть, — приветливо сказала королева. — Есть хочешь? — На столе стояла овсянка, молоко, мед, вареные яйца и только что зажаренная рыба. От вида еды Сансу затошнило.

— Нет, благодарю, ваше величество.

— И не диво. Между Тирионом и лордом Станнисом вся еда имеет вкус пепла. А тут еще и ты пожар устроила. Чего ты думала этим добиться?

— Я увидела кровь и испугалась, — потупилась Санса.

— Кровь — это печать твоей зрелости. Леди Кейтилин должна была тебя подготовить. Это твой расцвет, только и всего.

Санса никогда не чувствовала себя менее цветущей.

— Моя леди-мать говорила мне, но я думала, все будет по-другому.

— Как это — по-другому?

— Не знаю. Чище. Красивее.

— Вот погоди, как рожать будешь, Санса, — засмеялась королева. — Женская жизнь — это на девять частей грязь и только на одну красота, скоро сама узнаешь... и та ее часть, которая кажется красивой, на поверку порой оказывается самой грязной. — Серсея отпила немного молока. — Так, теперь ты женщина. Имеешь ли ты хоть какое-то понятие о том, что это значит?

— Это значит, что я созрела для брака и для ложа — и могу родить королю детей.

— Я вижу, эти грядущие радости уже не так чаруют тебя, как бывало, — криво улыбнулась королева. — Я тебя за это не виню — с Джоффри всегда было трудно. Даже при родах... я мучилась около полутора суток, чтобы произвести его на свет. Ты не представляешь себе, какая это боль, Санса. Я кричала так, что Роберт, должно быть, слышал меня в Королевском Лесу.

— Разве его величество был не с вами?

— Роберт? Роберт охотился, как это у него заведено было. Когда мое время приближалось, король, мой супруг, улепетывал в лес со своими охотниками и гончими. Вернувшись, он подносил мне меха или оленью голову, а я ему — ребенка. Впрочем, не думай, что я хотела иметь его при себе. На то у меня были великий мейстер Пицель, целая армия повитух и мой брат. Когда Джейме говорили, что ему нельзя к роженице, он только улыбался и спрашивал, кто и как намерен ему помешать. Боюсь, что Джоффри тебе такой преданности не окажет. Благодари за это свою сестру, если она еще жива. Он так и не забыл, как она у Трезубца посрамила его у тебя на глазах, — вот и старается посрамить тебя в свою очередь. Но ты крепче, чем кажешься с виду, и авось переживешь немного унижения, как пережила я. Пусть ты не любишь короля, но детей от него полюбишь.

— Я люблю его величество всем своим сердцем.

— Придумай лучше что-нибудь новенькое, да поскорее, — вздохнула королева. — Эта твоя ложь лорду Станнису не понравится, уверяю тебя.

— Новый верховный септон сказал, что боги никогда не позволят лорду Станнису победить, ибо Джоффри — наш законный король.

По лицу королевы мелькнула улыбка.

— Законный сын Роберта и наследник престола. Хотя Джофф плакал всякий раз, как Роберт брал его на руки. Его величеству это не нравилось. Его бастарды в таких случаях всегда ворковали и сосали его палец, который он клал в их ублюдочные ротики. Роберт всегда жаждал улыбок и восторгов и уходил туда, где мог их найти, — к своим друзьям и своим шлюхам. Роберт хотел быть любимым. У моего брата Тириона та же болезнь. Ты тоже хочешь быть любимой, Санса?

— Кто же не хочет.

— Я вижу, расцвет не прибавил тебе ума. Позволь мне в этот особенный день поделиться с тобой женской мудростью. Любовь — это яд, Санса. Да, он сладок, но убивает не хуже всякого другого.

ДЖОН

Темно было на Воющем перевале. Горные склоны почти весь день скрывали солнце, и всадники ехали в глубокой тени, дыша паром в холодном воздухе. Ледяные струйки воды, стекая с верхних снегов, застывали в лужицы, хрустевшие под копытами коней. В трещинах порой пробивалась чахлая трава или белел лишайник — и только, а лес остался далеко позади.

Узкая и крутая тропа вела все время вверх. Иногда перевал так сжимался, что приходилось ехать гуськом. Оруженосец Далбридж следовал первым и оглядывал высоты, всегда держа под рукой свой длинный лук. Говорили, что у него самый острый глаз во всем Ночном Дозоре.

Призрак трусил рядом с Джоном и постоянно оборачивался, насторожив уши, словно слышал что-то позади. Джон не думал, что сумеречные коты способны напасть на людей — разве что очень оголодают, — но все-таки брался за Длинный Коготь.

Созданная ветром арка из серого камня отмечала наивысшую точку перевала. Здесь тропа расширялась, начиная долгий спуск в долину Молочной. Куорен постановил устроить здесь перевал, пока не стемнеет.

— Темнота — друг черных братьев, — сказал он.

Джон понимал, что командир прав. Приятно, конечно, ехать при свете дня, когда яркое горное солнце пригревает сквозь плащ, изгоняя холод из костей, но, кроме трех караульщиков, в горах могут быть и другие, готовые поднять тревогу.

Каменный Змей свернулся под своим драным меховым плащом и заснул почти мгновенно. Джон поделился солониной с Призраком, Эббен и Далбридж покормили лошадей. Куорен, сидя спиной к скале, точил свой длинный меч медленными плавными движениями. Джон, набравшись смелости, подошел к нему.

— Милорд... вы так и не спросили меня, как я поступил с девушкой.

— Я не лорд, Джон Сноу. — Куорен ловко водил бруском, держа его двухпалой рукой.

— Она сказала, что Манс примет меня, если я убегу с ней.

— Она правду сказала.

— Еще она заявила, что мы родня, и рассказала мне сказку...

— О Баэле-Барде и розе Винтерфелла. Змей сказал мне. Я знаю эту песню. Манс певал ее в былые дни, возвращаясь из дозора. У него была слабость к песням одичалых — и к их женщинам тоже.

— Так вы его знали?

— Мы все его знали, — с грустью ответил Куорен.

Они были друзьями и братьями, а теперь они — заклятые враги.

— Отчего он дезертировал?

— Одни говорят — из-за женщины, другие — из-за короны. — Куорен попробовал меч на ногте большого пальца. — Манс правда любил женщин и колени сгибал нелегко, это верно. Но дело не только в этом. Он любил лес больше, чем Стену. У него это было в крови. Он родился одичалым и попал к нам ребенком после разгрома какой-то шайки. Покинув Сумеречную Башню, он вернулся домой, только и всего.

— Он был хороший разведчик?

— Лучший из нас — и худший в то же время. Только дураки вроде Торена Смолвуда презирают одичалых. Храбростью они не уступают нам, равно как силой, умом и проворством. Вот только дисциплины у них нет. Они именуют себя вольным народом, и каждый из них почитает себя не ниже короля и мудрее мейстера. И Манс такой же — он так и не научился повиноваться.

— Как и я, — тихо произнес Джон.

Куорен просверлил его насквозь своими серыми глазами.

— Так ты отпустил ее? — без всякого удивления спросил он.

— Вы знаете?

— Теперь знаю. Скажи — почему ты ее пощадил?

Это было трудно выразить словами.

— Мой отец никогда не держал палача. Он говорил, что человеку, которого ты казнишь, ты обязан посмотреть в глаза и выслушать его последние слова. Я посмотрел в глаза Игритт, и... — Джон потупился. — Я знаю, что она нам враг, но в ней не было зла.

— В двух других его тоже не было.

603

— Там речь шла о нашей жизни — либо они, либо мы. Если бы они заметили нас и протрубили в свой рог...

— Одичалые нашли бы нас и убили, это верно.

— Рог теперь у Змея, и мы забрали у Игритт нож и топор. Она осталась позади, пешая и безоружная...

— И вряд ли сможет навредить нам. Если бы я хотел ее смерти, то оставил бы ее с Эббеном или сам выполнил эту работу.

— Почему же вы тогда поручили это мне?

— Я не поручал. Я сказал тебе, как следует поступить, а решать предоставил тебе. — Куорен встал и спрятал меч в ножны. — Когда мне нужно взобраться на гору, я зову Каменного Змея. Когда нужно попасть стрелой в глаз врагу против ветра, я обращаюсь к Далбриджу. А Эббен развяжет язык кому угодно. Чтобы командовать людьми, ты должен их знать, Джон Сноу. Теперь я знаю о тебе больше, чем знал утром.

— А если бы я убил ее?

— Она была бы мертва, а я опять-таки знал бы о тебе больше, чем прежде. Ну, хватит разговоров. Тебе надо поспать. Перед нами еще много лиг опасного пути, и тебе понадобятся силы.

Джон не думал, что ему удастся уснуть, но понимал, что Полурукий прав. Он выбрал себе место за скалой, в затишье, и снял плащ, чтобы укрыться им.

— Призрак, поди сюда. — Ему всегда лучше спалось рядом с волком — от Призрака уютно пахло, и лохматый белый мех хорошо грел. Но на этот раз Призрак только посмотрел на Джона, обежал вокруг лошадей и улетучился. «Поохотиться хочет, — подумал Джон. — Может, здесь козы водятся. Должны же сумеречные коты чем-то питаться». — Только кота не трогай, — произнес Джон ему вслед, — это опасно даже для лютоволка. — Потом завернулся в плащ и улегся.

Он закрыл глаза, и ему приснились лютоволки.

Их было пятеро вместо шестерых, и все они были разделены, одиноки. Он чувствовал щемящую пустоту, тоску незавершенности. Лес огромен и угрюм, а они так малы. Он потерял следы братьев и сестры, не чуял их запаха. Он сел, задрал голову к темнеющему небу и огласил лес своим скорбным одиноким зовом. Вой замер вдали, и он насторожил уши в ожидании ответа, но только вьюга отозвалась ему.

Джон... донеслось откуда-то сзади легче шепота, но внятно. Может ли крик быть беззвучным? Он повернул голову, ища своего брата, поджарую серую тень между стволами, но позади не было ничего, кроме... чардрева.

Оно росло на голом камне, вцепившись бледными корнями в едва заметные трещины, совсем тонкое по сравнению с другими известными ему чардревами, — но оно крепло у него на глазах, ветви утолщались и тянулись к небу. Он с опаской обошел гладкий белый ствол, чтобы увидеть лицо. Глаза, красные и свирепые, обрадовались ему. У дерева лицо его брата — но разве у брата три глаза?

«Не всегда было три, — произнес беззвучный голос. — Так стало после вороны».

Он обнюхал кору, пахнущую волком, деревом и мальчиком, но за этими запахами скрывались другие: густой бурый дух теплой земли, резкий серый — камней и еще что-то, страшное. Он знал: так пахнет смерть. Он отпрянул, ощетинившись, и оскалил клыки.

«Не бойся! Я люблю, когда темно. Они тебя не видят, а ты их — да. Но сначала надо открыть глаза. Вот так, смотри», — и дерево, склонившись, коснулось его.

Он снова оказался в горах. Увязнув лапами в снегу, он стоял на краю глубокой пропасти. Перед ним обрывался в воздух Воющий перевал, а внизу, как стеганое одеяло, лежала длинная клинообразная долина, играя всеми красками осени.

В одном ее конце между горами высилась огромная голубовато-белая стена, и он на миг подумал, что сон перенес его обратно в Черный Замок, но тут же понял, что смотрит на ледяную реку высотой в несколько тысяч футов. Под этим ледовым утесом простиралось большое озеро, в чьих глубоких густо-синих водах отражались окрестные снежные вершины. Теперь он разглядел в долине людей — много народу, тысячи, целое войско. Одни долбили ямы в промерзшей земле, другие упражнялись в боевых ремеслах. Куча всадников атаковала стену из щитов — их кони отсюда казались не больше муравьев. Ветер доносил шум этого потешного боя, похожий на шорох стальных листьев. В лагере не было порядка — ни канав, ни частокола, ни лошадиных загонов. Повсюду, словно оспины на лице земли, грудились землянки и шалаши из шкур, торчали растрепанные копны сена. Он чуял коз и овец, лошадей и свиней, собак в большом количестве. От тысячи костров тянулись столбы темного дыма.

Это не армия и не город. Здесь собрался вместе целый народ.

Один из пригорков за длинным озером зашевелился, и он разглядел, что это не пригорок вовсе, а огромный косматый зверь со змеистым носом и клыками больше, чем у самого крупного вепря. Его наездник тоже был громаден и чересчур толстоног для человека.

Внезапный порыв холодного воздуха взъерошил его шерсть, и в воздухе захлопали крылья. С неба над ледяной горой падала какая-то тень, и пронзительный крик резал уши. Голубовато-серые перья распростерлись, заслоняя солнце...

— Призрак! — закричал Джон и сел. Он еще чувствовал эти когти, эту боль. — Призрак, ко мне!

Эббен схватил его и потряс.

— Тихо! Ты наведешь на нас одичалых! Что с тобой такое, парень?

— Сон, — пролепетал Джон в ответ. — Я был Призраком, стоял на краю обрыва и смотрел на ледяную реку, когда что-то напало на меня... Птица... орел, наверно...

— А мне всегда снятся красивые женщины, — улыбнулся Оруженосец Далбридж. — Жаль, что я редко вижу сны.

— Ледяная река, говоришь? — спросил подошедший Куорен.

— Молочная берет начало из большого озера у подножия ледника, — вставил Каменный Змей.

— Мне снилось дерево с лицом моего брата. И одичалые... их там тысячи, я и не знал, что их столько. И великаны верхом на мамонтах. — Судя по перемене света, Джон проспал около четырех-пяти часов. У него болела голова и затылок в том месте, где в него впились когти. Но ведь это был сон?

— Расскажи мне все, что помнишь, с начала и до конца, — сказал Куорен.

— Да ведь это только сон...

— Волчий сон. Крастер сказал лорду-командующему, что одичалые собираются у истока Молочной — может быть, это и есть причина твоего сна, а может быть, ты увидел то, что ждет нас впереди, через несколько часов пути. Рассказывай.

Джон, вынужденный говорить при всех о таких вещах, почувствовал себя дураком, однако повиновался. Никто из братьев, впрочем, не смеялся над ним, а когда он закончил, даже Оруженосец Далбридж перестал улыбаться.

— Оборотень! — угрюмо сказал Эббен, обращаясь к Полурукому. «О ком это он, — подумал Джон, — об орле или обо мне?» Оборотни — это существа из сказок старой Нэн и не из мира, где Джон прожил всю свою жизнь. Но здесь, в этой пустыне из камня и льда, в них не так уж трудно поверить.

— Поднимаются холодные ветра. Мормонт опасался не зря. И Бенджен Старк это тоже чувствовал. Мертвые встают, и у деревьев снова открываются глаза. Стоит ли бояться такой малости, как оборотни и великаны?

— Выходит, мои сны тоже правдивы? — спросил Далбридж. — Пусть лорд Сноу берет себе своих мамонтов — мне подайте моих красоток.

— Я сызмальства в Дозоре и бывал за Стеной дальше многих других, — сказал Эббен. — Я видел кости великанов и слышал много разных историй, но живых в глаза не видал ни разу.

— Смотри, как бы они первые тебя не увидели, Эббен, — отозвался Змей.

К тому времени, как они снова отправились в путь, Призрак так и не появился. Тени легли на дно перевала, и солнце быстро закатывалось за раздвоенную вершину огромной горы, которую разведчики называли Двузубой. Если этот сон правдив... Даже мысль об этом пугала Джона. Вдруг орел ранил Призрака, сбросил его в пропасть? И это чардрево с лицом его брата, пахнущее смертью и мраком...

Последний луч солнца погас за вершиной Двузубой, и сумерки затопили Воющий перевал. Сразу похолодало. Тропа понемногу начала спускаться вниз, усеянная трещинами, камнями и осыпями. Скоро совсем стемнеет, а Призрака не видать. Это терзало Джона. Но он не смел позвать волка — мало ли кто может его услышать.

— Куорен, — тихо окликнул Далбридж, — погляди-ка.

Высоко над ними сидел на скале орел, еще заметный на темнеющем небе. «Орлы нам уже встречались, — подумал Джон. — Может, это вовсе не тот, который мне снился».

Эббен все-таки собрался пустить в него стрелу, но бывший оруженосец его удержал.

— Он за пределами выстрела.

— Не нравится мне, что он следит за нами.

— Мне тоже, но помешать ему ты не можешь — только стрелу зря изведешь.

Куорен, сидя в седле, долго разглядывал орла.

— Поехали, — сказал он наконец, и разведчики возобновили спуск.

«Призрак, — хотелось крикнуть Джону, — где ты?»

Он уже собирался последовать за остальными, как вдруг увидел между камнями что-то белое. «Остатки снега», — подумал

Джон, но белое вдруг зашевелилось, и он мигом соскочил с коня. Призрак поднял голову ему навстречу. Шея волка мокро поблескивала, но он не издал ни звука, когда Джон снял перчатку и ощупал его. Орлиные когти разодрали шерсть и мясо, однако хребет остался цел.

Куорен уже стоял над ними.

— Что, плохо дело?

Призрак, как бы в ответ, с трудом поднялся на ноги.

— Молодец, крепкий зверюга. Эббен, воды. Змей, подай свой мех с вином. Подержи его, Джон.

Вместе они смыли с волка засохшую кровь. Призрак заартачился и оскалил зубы, когда Куорен стал лить вино на рваную рану, но Джон обхватил его, шепча ласковые слова, и волк успокоился. Его перевязали, оторвав полоску от плаща Джона. К тому времени совсем уже стемнело, и только россыпь звезд отделяла черноту неба от черноты камня.

— Дальше поедем или как? — осведомился Змей.

Куорен прошел к своему коню.

— Поедем, только не вперед, а назад.

— Назад? — опешил Джон.

— У орлов зрение острее, чем у людей. Нас заметили — значит пора убираться. — Полурукий обмотал лицо длинным черным шарфом и сел в седло.

Другие разведчики переглянулись, но спорить никому и в голову не пришло. Все один за другим повернули коней в сторону дома.

— Призрак, пошли, — позвал Джон, и волк последовал за ним бледной тенью.

Они ехали всю ночь, пробираясь ощупью по неровной извилистой тропе. Ветер крепчал. Порой становилось так темно, что они слезали и вели лошадей в поводу. Эббен предложил зажечь факелы, но Куорен отрезал:

— Никакого огня. — Вот и весь разговор.

Они пересекли каменный мост у вершины перевала и снова начали спускаться. Во мраке яростно взвыл сумеречный кот, вызвав такое эхо, будто их там собралось не меньше дюжины. Джону показалось, что он видит на верхнем карнизе пару горящих глаз, здоровенных, как луны.

Перед рассветом они остановились напоить лошадей, дав каждой пригоршню овса и пару пучков сена.

— Мы недалеко от места гибели одичалых, — сказал Куорен. — С той высоты один человек может сдержать сотню — если этот человек подходящий. — И он посмотрел на Оруженосца Далбриджа.

Тот склонил голову.

— Оставьте мне стрел сколько сможете, братья. — Он погладил свой лук. — И дайте моей лошадке яблоко, как доберетесь до дому, — заслужила, бедная скотинка.

Он остается, чтобы умереть, понял Джон.

Куорен стиснул плечо Далбриджа рукой в перчатке.

— Если орел слетит вниз поглядеть на тебя...

— ...у него отрастут новые перья.

На прощание Джон увидел только спину Оруженосца Далбриджа, когда тот карабкался вверх по узкой тропке.

Когда рассвело, Джон поднял глаза к небу и увидел на нем темное пятнышко. Эббен тоже заметил его и выругался, но Куорен велел ему замолчать.

— Слышите?

Джон затаил дыхание. Далеко позади в горах пропел рог и прокатилось гулкое эхо.

— Они идут, — сказал Куорен.

ТИРИОН

Для предстоящего испытания Под облачил его в бархатный камзол цвета знамени Ланнистеров и принес ему цепь десницы, но ее Тирион оставил на ночном столике. Серсея не любит, когда ей напоминают, что он десница короля, а он не желал сейчас обострять отношения с ней.

Во дворе его догнал Варис.

— Милорд, — с легкой одышкой сказал он, — советую вам прочесть это незамедлительно. — В мягкой белой руке он держал пергамент. — Донесение с севера.

— Хорошие новости или плохие?

— Не мне судить.

Тирион развернул свиток и прищурился, чтобы разобрать написанное при свете факелов.

— Боги праведные. Оба?

— Боюсь, что да, милорд, как это ни печально. Столь юные, невинные существа.

Тирион вспомнил, как выли волки, когда маленький Старк упал. И теперь, наверно, воют...

— Ты уже кому-нибудь говорил об этом?

— Пока нет, но придется.

Тирион свернул письмо.

— Я сам скажу сестре. — Ему очень хотелось посмотреть, как она воспримет новость.

Королева в эту ночь была особенно прелестна в открытом платье из темно-зеленого бархата, подчеркивающего цвет ее глаз. Золотые локоны ниспадали на обнаженные плечи, талию охватывал пояс с изумрудами. Тирион сел, взял поданную ему чашу вина и только тогда вручил ей письмо, не сказав ни слова. Серсея с недоумением приняла от него пергамент.

— Тебе это, думаю, будет приятно, — сказал он, когда она принялась за чтение. — Ты ведь хотела, чтобы юный Старк умер.

Серсея скривилась:

— Это Джейме выбросил его из окошка, а не я. Ради любви, сказал он, — как будто это могло доставить мне удовольствие. Глупость, конечно, притом опасная, но когда наш любезный братец давал себе труд подумать?

— Мальчик вас видел, — заметил Тирион.

— Он совсем еще мал. Можно было запугать его и принудить к молчанию. — Она задумчиво уставилась на письмо. — Почему меня обвиняют всякий раз, когда кто-то из Старков наколет себе ногу? То, о чем говорится здесь, — работа Грейджоя, я к этому непричастна.

— Будем надеяться, что леди Кейтилин в это поверит.

— Неужели она способна... — округлила глаза Серсея.

— Убить Джейме? А почему бы и нет? Что бы сделала ты, если бы Джоффри с Томменом убили?

— Но Санса по-прежнему у меня!

— У нас, — поправил он, — и мы должны заботиться о ней как следует. Ну а где же обещанный ужин, сестрица?

Стол Серсея, надо признать, накрыла отменный. Они начали с густого супа из каштанов, горячего хлеба и салата с яблоками и лесными орехами. За этим последовали пирог с миногами, сдобренная медом ветчина, тушенная в масле морковь, белые бобы с салом и жареный лебедь, начиненный грибами и устрицами. Тирион держался с изысканной учтивостью, предлагая сестре самые лакомые кусочки, и ел только то, что ела она. Не то чтобы он опасался отравы — просто осторожность никогда не помешает.

Новость о постигшей Старков участи явно огорчила ее.

— Из Горького моста по-прежнему ничего? — спросила она озабоченно, насадив яблоко на острие кинжала и понемножку откусывая от него.

— Ничего.

— Никогда не доверяла Мизинцу. Если предложить ему хорошие деньги, он мигом перебежит к Станнису.

— Станнис Баратеон чересчур праведен, чтобы кого-то подкупать. Притом для Петира он весьма неудобный лорд. На нынешней войне заключаются самые неожиданные союзы, но эти двое? Нет.

Он отрезал себе еще окорока, а она сказала:

— За эту свинью мы должны благодарить леди Танду.

— Знак ее нежной любви?

— Взятка. Она просит разрешения вернуться в свой замок. Не только у меня, но и у тебя. Боится, наверно, как бы ты не перехватил ее по дороге, как это случилось с лордом Джайлсом.

— Но она как будто не везет с собой наследника трона? — Тирион подал сестре ломоть ветчины, взяв другой себе. — Пусть лучше остается, а если она стремится к безопасности, предложи ей вызвать сюда стоквортский гарнизон — сколько сможет.

— Если мы так нуждаемся в людях, зачем было отсылать твоих дикарей? — недовольно осведомилась Серсея.

— Это наилучший способ распорядиться ими, — откровенно ответил Тирион. — Они свирепые воины, но не солдаты, а в битве двух регулярных войск дисциплина важнее мужества. В Королевском Лесу они уже принесли нам больше пользы, чем могли бы принести на городских стенах.

Когда подали лебедя, королева спросила Тириона о заговоре Оленьих Людей, который явно больше раздражал ее, нежели пугал.

— Почему нам постоянно изменяют? Что плохого сделал дом Ланнистеров этим несчастным?

— Ничего — просто они надеялись оказаться на стороне победителя, и это доказывает, что они не только изменники, но и глупцы.

— Ты уверен, что всех их выловил?

— Варис говорит, что всех. — Лебедь был слишком приторным на его вкус.

Между прекрасных глаз Серсеи на белом челе прорезалась морщинка.

— Ты слишком доверяешься этому евнуху.

— Он хорошо мне служит.

— Вернее, делает вид. Ты думаешь, он тебе одному шепчет на ухо свои секреты? Он говорит каждому из нас ровно столько, чтобы мы уверились, будто без него нам не обойтись. Точно такую же игру он вел со мной, когда я только-только вышла за Роберта. Многие годы я верила, что надежнее друга при дворе у меня нет, но теперь... — Серсея пристально посмотрела на Тириона. — Он говорит, что ты хочешь забрать у Джоффри Пса.

«Будь ты проклят, Варис».

— Для Клигана у меня есть более важные задачи.

— Нет ничего важнее, чем жизнь короля.

— Жизни короля ничто не угрожает. У Джоффри остаются храбрый сир Осмунд и Меррин Трант. — (Эти больше все равно ни на что не годятся.) — Бейлон Сванн и Пес нужны мне, чтобы командовать вылазками и не дать Станнису закрепиться на нашей стороне Черноводной.

— Джейме всеми вылазками командовал бы сам.

— Из Риверрана ему это будет затруднительно.

— Джофф еще мальчик.

— Мальчик, который хочет сражаться, — и это самая здравая мысль, которая его когда-либо посещала. Я не собираюсь бросать его в гущу боя, но надо, чтобы люди его видели. Они будут лучше драться за того короля, который делит с ними опасность, чем за того, который прячется за материнскими юбками.

— Ему всего лишь тринадцать, Тирион.

— Вспомни Джейме в этом возрасте и позволь Джоффри доказать, что он сын своего отца. У него самые лучшие доспехи, которые только можно купить за деньги, и его все время будет окружать дюжина золотых плащей. А при малейшей опасности падения города я тут же верну его в Красный Замок.

Тирион хотел успокоить сестру, но не увидел облегчения в ее зеленых глазах.

— По-твоему, город падет?

— Нет. — (Но если это случится, молись, чтобы мы удержали хотя бы Красный Замок, пока наш лорд-отец не подоспеет нам на подмогу.)

— Ты лжешь, Тирион, ты и прежде мне лгал.

— У меня были на то причины, сестрица. Я не меньше твоего желаю, чтобы мы были добрыми друзьями, — и решил освободить лорда Джайлса. — Тирион держал Джайлса в целости и сохранности как раз для такого случая. — Сира Бороса Бланта ты тоже можешь получить назад.

Королева сжала губы:

— По мне, пусть сир Борос хоть сгниет в Росби — но Томмен...

— Томмен останется там, где он есть. Под защитой лорда Джаселина он будет куда сохраннее, чем под защитой лорда Джайлса.

Слуги убрали лебедя, почти не тронутого, и Серсея приказала подать сладкое.

— Надеюсь, ты любишь ежевичное пирожные?

— Я все сладкое люблю.

— Это я давно знаю. Известно ли тебе, почему Варис так опасен?

— Я вижу, мы перешли к загадкам? Нет, не известно.

— У него нет мужского члена.

— У тебя его тоже нет. — (И это, похоже, бесит тебя, Серсея.)

— Возможно, я тоже опасна. А вот ты — такой же дурак, как все прочие мужчины. Этот червяк между ног отнимает у тебя добрую половину разума.

Тирион слизнул крошки с пальцев — сестрина улыбка ему крепко не нравилась.

— Да — и теперь мой червячок думает, что нам пора удалиться.

— Тебе нехорошо, братец? — Она наклонилась вперед, позволив ему обозреть верхнюю часть своей груди. — Ты что-то засуетился.

— Засуетился? — Тирион посмотрел на дверь, и ему послышался какой-то шум. Он начинал сожалеть, что пришел сюда один. — Раньше ты никогда не выказывала интереса к моим мужским достоинствам.

— Меня интересуют не твои мужские достоинства, а место их приложения. И я не во всем завишу от евнуха в отличие от тебя. У меня есть свои способы выяснить то и другое... особенно то, что от меня хотят скрыть.

— Что ты хочешь этим сказать?

— Только одно: твоя шлюшка у меня.

Тирион схватился за винную чашу, пытаясь собраться с мыслями.

— Я думал, что ты предпочитаешь мужчин.

— Забавный ты человек. Ты, случаем, на ней не женился? — Не услышав ответа, Серсея сказала: — Отец вздохнет с облегчением, узнав, что этого не случилось.

Тириону казалось, что в животе у него копошатся угри. Как она умудрилась найти Шаю? Может, это Варис его предал? Или он сам свел на нет все свои меры предосторожности той ночью, когда поехал прямо к ней?

— Какое тебе дело до того, кто греет мне постель?

— Ланнистеры всегда платят свои долги. Ты строил против меня козни с того самого дня, как явился в Королевскую Гавань. Ты продал Мирцеллу, похитил Томмена, а теперь замышляешь убить Джоффри. Ты хочешь его смерти, чтобы править от имени Томмена.

«Соблазнительная мысль, отрицать не стану».

— Это безумие, Серсея. Станнис будет здесь со дня на день. Без меня тебе не обойтись.

— Почему это? Ты такой великий воин?

— Наемники Бронна без меня в бой не пойдут, — солгал он.

— Еще как пойдут. Они любят золото, а не твою бесовскую хитрость. Впрочем, можешь не бояться — без тебя они не останутся. Не скрою, мне порой очень хочется перерезать тебе глотку, но Джейме мне этого никогда не простит.

— А женщина? — Он не хотел называть ее имени. Если он сумеет убедить Серсею, что Шая для него ничего не значит, то, возможно...

— С ней будут прилично обращаться. Пока мои сыновья целы и невредимы. Но если Джофф погибнет или Томмен попадет в руки наших врагов, твоя потаскушка умрет смертью более мучительной, чем ты можешь себе представить.

«Неужели она искренне верит, что я намерен убить своего родного племянника?»

— Мальчикам ничего не грозит, — устало заверил Тирион. — Боги, Серсея, ведь в нас течет одна кровь. Что же я, по-твоему, за человек после этого?

— Маленький и подлый.

Тирион уставился на остатки вина в чаше. «Что сделал бы Джейме на моем месте? Убил бы эту суку скорее всего, а уж потом бы задумался о последствиях. Но у меня нет золотого меча, и я не умею с ним управляться». Тирион любил своего безрассудно-гневного брата, но в этом случае ему лучше руководствоваться примером их лорда-отца. «Я должен быть как камень, как Бобровый Утес, твердый и непоколебимый. Если я не выдержу этого испытания, мне останется только поступить в ближайший балаган».

— Почем мне знать — может, ты ее уже убила.

— Хочешь с ней повидаться? Я так и подумала. — Серсея, пройдя через комнату, распахнула тяжелую дубовую дверь. — Введите сюда шлюху моего брата.

Братья сира Осмунда, Осни и Осфрид, того же поля ягоды, что и старший, высокие, темноволосые, с крючковатыми носами и жестокими ухмылками, вошли с девушкой. Она висела между ними с широко раскрытыми белыми глазами на темном лице. Из ее разбитой губы сочилась кровь, и на теле сквозь прорехи в одежде виднелись синяки. Руки ей связали, а рот заткнули кляпом.

— Ты сказала, что ей не причинят вреда.

— Она сопротивлялась. — Осни Кеттлблэк в отличие от братьев был выбрит, и на его голых щеках остались царапины. — У нее когти, как у сумеречной кошки.

— От синяков не умирают, — проронила Серсея. — Твоя шлюха будет жить, пока жив Джофф.

Тирион с великим наслаждением рассмеялся бы ей в лицо, но это испортило бы всю игру. «Ты попала впросак, Серсея, а твои Кеттлблэки еще глупее, чем утверждает Бронн. Стоит мне произнести эти слова...»

Но Тирион спросил только, глядя девушке в лицо:

— Ты клянешься освободить ее после битвы?

— Если ты отпустишь Томмена — да.

Тирион встал с места.

— Что ж, будь по-твоему, но не причиняй ей вреда. Если эти скоты полагают, что могут ею пользоваться... то позволь тебе напомнить, сестрица, что у всякой палки есть два конца. — Он говорил спокойно и равнодушно, отцовским голосом. — То, что случится с ней, может случиться и с Томменом, включая побои и насилие. — (Если она считает меня чудовищем — воспользуемся этим.)

Серсея не ожидала такого оборота.

— Ты не посмеешь.

Тирион раздвинул губы в медленной холодной улыбке. Его глаза, зеленый и черный, смеялись.

— Не посмею? Я сам этим займусь.

Рука сестры метнулась к его лицу, но Тирион перехватил ее и заломил так, что Серсея вскрикнула. Осфрид бросился ей на выручку.

— Еще шаг — и я сломаю ей руку, — предупредил карлик. — Я уже говорил тебе, Серсея: больше ты меня не ударишь. — Он толкнул ее на пол и приказал Кеттлблэкам: — Развяжите девушку и выньте кляп.

Веревку стянули так туго, что на руках у нее проступила кровь. Девушка закричала, когда кровообращение вернулось к ней. Тирион осторожно помассировал ее пальцы.

— Мужайся, милая. Я сожалею, что тебе сделали больно.

— Я знала, что вы освободите меня, милорд.

— Непременно освобожу, — пообещал он, и Алаяйя, склонившись, поцеловала его в лоб. От ее разбитых губ остался кровавый след. «Я не заслуживаю такого поцелуя, — подумал Тирион. — Если бы не я, с ней бы ничего не случилось».

Не стирая крови со лба, он посмотрел на королеву:

— Я никогда не любил тебя, Серсея, но ты моя сестра, и я не делал тебе зла. До настоящего времени. Эта выходка тебе даром не пройдет, так и знай. Я не знаю еще, как поступлю с тобой, но со временем решу. Когда-нибудь, будучи весела и благополучна, ты вдруг ощутишь во рту вкус пепла и поймешь, что я уплатил свой долг.

Отец как-то сказал ему, что на войне все решает миг, когда одна из армий обращается в бегство. Пусть это войско не менее многочисленно, чем миг назад, пусть оно по-прежнему вооружено и одето в доспехи — тот, кто побежал, уже не обернется, чтобы принять бой. Так же было и с Серсеей.

— Убирайся! — только и смогла ответить она. — Прочь с моих глаз!

— Доброй тебе ночи, — поклонился Тирион. — И приятных снов.

Он шел к башне Десницы, и тысяча обутых в броню ног топотала у него в голове. «Надо было предвидеть это с первого же раза, когда я пролез в потайной шкаф Катаи». Возможно, он просто не хотел об этом думать. Когда он взобрался по лестнице, ноги у него разболелись. Он послал Пода за вином и прошел в спальню.

На кровати под балдахином, поджав ноги, сидела Шая — голая, но с золотой цепью на груди. Цепь была составлена из золотых рук, сжимающих одна другую.

Этого Тирион никак не ожидал.

— Что ты тут делаешь?

Она со смехом погладила цепь.

— Хоть чьи-то руки почувствовать на себе... только эти, золотые, холодноваты.

Тирион на миг онемел. Как сказать ей, что вместо нее взяли другую женщину, которая вполне может умереть, если с Джоффри в бою что-то случится? Он вытер со лба кровь Алайяйи.

— Леди Лоллис...

— Да спит она. Только и знает, что дрыхнуть, корова, да еще жрать, а иногда и за едой засыпает. Еда изо рта валится в постель, а она так и лежит, пока не уберешь. Подумаешь, позабавились с ней — эка важность!

— Ее мать говорит, что она больна.

— Брюхата, только и всего.

Тирион оглядел комнату — со времени его ухода здесь ничего не изменилось.

— Как ты сюда вошла? Покажи мне дверь.

— Лорд Варис завязал мне глаза, и я ничего не видела. Только в одном месте разглядела пол... там такая картинка выложена из мелких кусочков.

— Мозаика?

— Ага. Черная и красная, вроде как дракон. А так везде темно было. Мы спустились по приставной лестнице и долго шли — я совсем запуталась. Один раз мы остановились, и он отпер какую-то железную калитку. Дракон был после, уже за ней. Потом поднялись по другой лестнице в коридор, очень низкий — я пригнулась, а лорду Варису не иначе как ползти пришлось.

Тирион обошел спальню, и ему показалось, что один из светильников держится непрочно. Привстав на цыпочки, Тирион повернул его, и оттуда выпал огарок. Тростник, разбросанный по каменному полу, тоже как будто не был нарушен.

— Не хочет ли милорд лечь в постель? — спросила Шая.

— Сейчас. — Тирион открыл шкаф, выбросил оттуда одежду и ощупал заднюю стенку. Что годится для публичного дома, может пригодиться и в замке... но нет, прочное дерево не поддавалось. Выступающий камень у окна тоже не уступил, сколько Тирион ни налегал на него. Раздосадованный, он вернулся к Шае.

Она развязала ему тесемки и обняла за шею.

— У тебя плечи как каменные. Иди ко мне скорее. — Но когда ее ноги обвились вокруг Тириона, мужская сила его подвела. Шая, почувствовав это, скользнула под одеяло и стала ласкать его ртом, но и тогда не смогла возбудить.

Немного погодя он ее остановил.

— Что с тобой? — спросила она. Вся невинность мира заключалась в этом юном лице.

«Невинность? Это у шлюхи-то? Права Серсея — ты думаешь не тем местом, дурак».

— Давай-ка спать, милая. — Он погладил Шаю по голове. Но когда она уже уснула, он еще долго лежал, держа в ладони ее маленькую грудь и прислушиваясь к ее дыханию.

КЕЙТИЛИН

В Великом Чертоге Риверрана было слишком одиноко ужинать вдвоем. Тени наполняли зал. Один факел погас, и остались гореть только три. Кейтилин сидела, глядя в свой кубок. Вино казалось ей кислым и водянистым. Бриенна поместилась напротив. Высокое место отца между ними пустовало, как и все прочие сиденья. Даже слуги, отпущенные Кейтилин на праздник, ушли.

Даже сквозь толстые стены было слышно, как веселятся на дворе. Сир Десмонд выкатил из подвалов двадцать бочек, и народ поднимал рога темного эля за скорое возвращение Эдмара и взятие Робба Крэга.

«Нельзя их винить, — думала Кейтилин. — Они ничего не знают. А если бы и знали, что им за дело? Они не знали моих сыновей. Не видели, как Бран лазит по крышам, и сердце не замирало у них в груди, охваченное гордостью и ужасом. Не слышали, как он смеется, не улыбались, глядя, как тянется Рикон за старшими братьями». Ужин стоял перед ней нетронутым: форель, обернутая ломтиками ветчины, салат из вершков репы с красным укропом, горошек, лук и горячий хлеб. Бриенна поглощала все это добросовестно, словно выполняя очередную задачу. «Я становлюсь угрюмой, — думала Кейтилин. — Не нахожу больше радости в мясе и меде, а смех и песни кажутся мне подозрительными. Я соткана из горя, праха и злой тоски, а на месте сердца у меня пустота».

Ей невыносимо было слушать, как жует другая.

— Бриенна, тебе со мной скучно. Ступай повеселись, если хочешь. Выпей эля и попляши под арфу Раймунда.

— Я не создана для веселья, миледи. — Бриенна разломила большими руками краюху черного хлеба и уставилась на нее, словно забыв, для чего она нужна. — Но если вы приказываете, я...

Кейтилин видела, как она мучается.

— Я просто подумала, что с ними тебе будет приятнее, чем со мной.

— Мне и тут хорошо. — Девушка принялась подбирать хлебом соус с тарелки.

— Утром прилетела еще одна птица. — Кейтилин сама не знала, к чему это говорит. — Мейстер тотчас же разбудил меня. Он исполнил свой долг, но лучше бы он этого не делал. — Она не собиралась ничего говорить Бриенне. Никто не знал об этом, кроме нее самой и мейстера Вимана, и Кейтилин хотела сохранить это в тайне, пока... пока...

«Пока что? Глупая женщина — как будто сохранение тайны делает утрату менее горькой! Как будто, если ты будешь молчать, это превратится в сон, в полузабытый кошмар. О, если бы боги могли сотворить чудо...»

— Новости из Королевской Гавани? — спросила Бриенна.

— Если бы. Птица прилетела из замка Сервин от сира Родрика, моего кастеляна. — Черные крылья, черные вести. — Он собрал людей, сколько смог, и идет на Винтерфелл, чтобы отбить замок обратно. — (Кому это нужно теперь?) — Но он пишет... он пишет, что...

— Миледи, в чем дело? Что-нибудь о ваших сыновьях?

Какой простой вопрос — вот если бы и ответ на него был столь же прост. Слова застряли у Кейтилин в горле.

— У меня больше нет сыновей, кроме Робба. — Она выговорила это страшное известие, не всхлипнув, — и на том спасибо.

— Миледи? — в ужасе воскликнула Бриенна.

— Бран и Рикон пытались бежать, но их схватили на мельнице, на берегу Желудевой. Теон Грейджой поместил их головы на стене Винтерфелла. Теон Грейджой, который ел за моим столом с десятилетнего возраста. — «Вот я и сказала это, да простят меня боги. Я сказала, и теперь это — правда».

Лицо Бриенны расплылось перед ней. Девушка протянула руку через стол, но так и не коснулась Кейтилин, словно боясь потревожить ее.

— Я... не нахожу слов, миледи. Добрая моя госпожа. Ваши сыновья теперь на небе...

— На небе? — взъярилась Кейтилин. — Что это за боги, если они допустили такое? Рикон был совсем еще дитя — чем он заслужил такую смерть? А Бран... когда я уехала на юг, он еще не открыл глаз после падения. Я покинула его до того, как он очнулся.

Теперь я уже больше не вернусь к нему, не услышу, как он смеется. — Она показала Бриенне свои ладони. — Эти шрамы... когда Бран лежал без чувств, они послали убийцу перерезать ему горло. Бран погиб бы тогда, и я вместе с ним, но волк Брана сам перегрыз глотку тому человеку. Должно быть, Теон и волков тоже убил. Иначе они не дали бы мальчиков в обиду. Как Серый Ветер Робба. А у дочерей моих больше нет волков.

Столь резкая перемена разговора смутила Бриенну.

— У дочерей?

— Санса уже в три года была леди, всегда вежливой и стремящейся всем угодить. Больше всего на свете она любила истории о рыцарях. Говорят, она похожа на меня, но когда она вырастет, то будет гораздо красивее, вот увидишь. Я часто отсылала прочь ее горничную и сама расчесывала ей волосы. Они у нее цвета осенних листьев, легче, чем у меня, очень густые и мягкие... при свете факелов они блестят словно медь. Что до Арьи, гости Неда часто принимали ее за конюшонка, если въезжали во двор нежданно-негаданно. С ней я, надо признаться, порядком намучилась. Полу-мальчишка-полуволчонок. Запрети ей что-нибудь, и ей этого захочется больше всего на свете. Лицо у нее длинное, как у Неда, а волосы каштановые и всегда так всклокочены, словно в них птица гнездо свила. Я отчаялась сделать из нее леди. Она собирала шишки, как другие девочки кукол, и говорила все, что в голову взбредет. Должно быть, ее тоже нет в живых. — Кейтилин сказала это, и точно гигантская рука стиснула ей грудь. — Я хочу, чтобы они умерли все до одного, Бриенна. Сначала Теон Грейджой, потом Джейме Ланнистер, Серсея, Бес — все. Но мои девочки... мои девочки...

— У королевы ведь тоже есть маленькая дочка. И сыновья — ровесники вашим. Может быть, она сжалится, когда услышит...

— И отправит моих дочерей назад? — печально улыбнулась Кейтилин. — Как ты еще наивна, дитя. Хорошо бы... но этому не бывать. Робб отомстит за своих братьев. Лед убивает не хуже, чем огонь. «Лед» — так звался большой меч Неда. Из валирийской стали, покрытой волнистым узором после долгой ковки, и такой острый, что я боялась к нему прикасаться. Клинок Робба по сравнению с ним туп, как полено. Боюсь, им не так просто будет снести голову Теону. Старки не держат палачей. Нед всегда говорил, что человек, выносящий приговор, должен выполнить его сам, хотя не находил никакого удовольствия в исполнении этого долга. Но я бы сделала это с радостью. — Сжав и снова разжав свои изрезанные руки, она медленно подняла глаза. — Я послала ему вина.

— Вина? — опешила Бриенна. — Кому, Роббу? Или... Теону Грейджою?

— Цареубийце. — С Клеосом Фреем эта ее уловка хорошо себя оправдала. «Надеюсь, у тебя сильная жажда, Джейме. Надеюсь, у тебя как следует пересохло в горле». — Мне хотелось бы, чтобы ты пошла со мной.

— Приказывайте, миледи.

— Хорошо. — Кейтилин порывисто поднялась с места. — Останься и доешь свой ужин. Я пришлю за тобой позже, в полночь.

— Так поздно, миледи?

— В темницах нет окон и все часы похожи один на другой, а для меня теперь всякий час — полночь. — Шаги выходящей из зала Кейтилин гулко отдались в тишине. Она поднялась в горницу лорда Хостера, слыша, как люд снаружи кричит: «Талли!» и «За нашего храброго молодого лорда!» «Мой отец еще жив, — хотелось крикнуть ей. — Сыновья мои умерли, но отец еще жив, будьте вы все прокляты, и он все еще ваш лорд».

Лорд Хостер крепко спал.

— Недавно он выпил чашу сонного вина, миледи, чтобы облегчить боль, — сказал мейстер Виман. — Он не услышит вас.

— Ничего. — «Он наполовину мертв, но все-таки жив — а моих милых сыновей больше нет».

— Миледи, не могу ли я помочь вам? Не дать ли и вам сонного зелья?

— Спасибо, мейстер, не надо. Я не хочу усыплять свое горе — Бран и Рикон заслуживают лучшего. Ступайте на праздник, я посижу с отцом.

— Как прикажете, миледи. — Виман поклонился и вышел.

Лорд Хостер лежал на спине с открытым ртом, дыша чуть слышно. Одна рука свесилась с кровати — бледная, почти бесплотная, но теплая. Кейтилин переплела его пальцы со своими. «Как бы крепко я ни держала, долго мне его не удержать», — с грустью подумала она. Уж лучше отпустить... Но ее пальцы не хотели разжиматься.

— Мне не с кем больше поговорить, отец. Я молюсь, но боги мне не отвечают. — Она поцеловала его руку, где голубые вены ветвились, как реки, под бледной прозрачной кожей. Там, снаружи, тоже текут реки, Камнегонка и Красный Зубец, которые будут течь вечно в отличие от этих, чье течение остановится слишком скоро. — Ночью мне приснилось, как мы с Лизой заблудились, возвращаясь верхом из Сигарда. Помнишь? Откуда ни возьмись пал туман, и мы отстали от других. Все стало серым, и я не видела ничего дальше носа моей лошади. Мы сбились с дороги, и ветви деревьев хватали нас, как длинные костлявые руки. Лиза расплакалась, а я стала кричать, но туман поглощал все звуки. Только Питер догадался, где мы, — он вернулся назад и нашел нас... А вот теперь меня никто не найдет. Я должна сама искать дорогу, а это тяжко, ох как тяжко. Мне все время вспоминается девиз Старков. Для меня зима уже настала, отец. Роббу теперь, кроме Ланнистеров, придется сражаться с Грейджоями — и чего ради? Ради золотой шапки и железного стула? Довольно крови пролито. Я хочу вернуть своих девочек, хочу, чтобы Робб отложил меч и взял в жены какую-нибудь дочку Уолдера Фрея, которая сделает его счастливым и родит ему сыновей. Хочу, чтобы Бран и Рикон были живы, хочу... — Кейтилин поникла головой. — Хочу, — произнесла она еще раз и умолкла.

Через некоторое время свеча догорела и погасла. Лунный свет, проникая сквозь ставни, расчертил бледными полосами лицо отца. Она слышала его тихое трудное дыхание, и неумолчный плеск вод, и отзвуки любовной песни со двора, сладкие и печальные. «Была моя любовь прекрасна, словно осень, — пел Раймунд, — и локоны ее — как золото листвы».

Кейтилин не заметила, когда умолкло пение. Часы промелькнули для нее как одно мгновение, и Бриенна, появившись в дверях, тихо оповестила:

— Уже полночь, миледи.

«Уже полночь, отец, и я должна исполнить свой долг». Кейтилин отпустила его руку.

Тюремщик, суетливый красноносый человек, сидел за кружкой эля и остатками голубиного пирога в порядочном подпитии. Увидев их, он подозрительно прищурился.

— Прошу прощения, миледи, но лорд Эдмар не велел никого пускать к Цареубийце без его письменного приказа с печатью.

— Лорд Эдмар? Выходит, мой отец умер, а мне забыли сказать?

— Да вроде нет, миледи, — облизнул губы тюремщик.

— Открой темницу — а нет, так пойдем со мной к лорду Хостеру, и объяснишь ему сам, как посмел мне перечить.

— Как прикажете, миледи. — Тюремщик потупил взор. Бормоча что-то, он порылся в связке, висевшей на его кожаном с заклепками поясе, и отыскал ключ от двери Цареубийцы.

— Пей свой эль и оставь нас, — приказала Кейтилин. На крюке под низким потолком висела масляная лампа. Кейтилин сняла ее и прибавила огня. — Бриенна, позаботься, чтобы меня не беспокоили.

Бриенна кивнула и стала у самой двери в темницу, опустив руку на рукоять меча.

— Зовите, если я вам понадоблюсь, миледи.

Кейтилин, отворив тяжелую, окованную железом дверь, ступила в смрадную тьму. Это было подбрюшье Риверрана, и пахло здесь соответственно. Под ногами хрустела старая солома, на стенах проступила селитра. Сквозь камень слышался слабый плеск Камнегонки. При свете лампы Кейтилин разглядела кадку с нечистотами в одном углу и скрюченную фигуру в другом. Винный штоф стоял за дверью нетронутый. Вот тебе и схитрила. Хорошо еще, что тюремщик сам все не выпил.

Джейме прикрыл руками лицо, звякнув цепями.

— Леди Старк, — произнес он хрипло. — Боюсь, я не в том виде, чтобы принимать дам.

— Посмотрите на меня, сир.

— Свет режет мне глаза. Повремените немного. — Джейме Ланнистеру не давали бритвы с той ночи, как взяли его в Шепчущем Лесу, и он оброс косматой бородой, утратив сходство с королевой. Эта поросль, отливающая золотом при свете, делала его похожим на большого зверя, великолепного даже в цепях. Немытые волосы космами падали ему на плечи, одежда сопрела и превратилась в лохмотья, лицо побледнело и осунулось, но сила и красота этого человека до сих пор останавливала взгляд.

— Я вижу, присланное мной вино не пришлось вам по вкусу.

— Столь внезапная щедрость показалась мне подозрительной.

— Я могу отрубить вам голову, когда захочу. К чему мне травить вас?

— Смерть от яда можно представить как естественную — а вот притвориться, что моя голова сама собой свалилась с плеч, будет потруднее. — Он поднял на нее прищуренные зеленые кошачьи глаза, медленно привыкающие к свету. — Я предложил бы вам сесть, но ваш брат не позаботился снабдить меня стулом.

— Я вполне в состоянии постоять.

— Так ли? Вид у вас, должен заметить, ужасный, хотя, возможно, дело в освещении. — Он был скован по рукам и ногам так, что не мог ни встать, ни лечь поудобнее. Ножные кандалы крепились к стене. — Мои браслеты достаточно тяжелы для вас, или вы пришли, чтобы сделать их поувесистее? Я могу побренчать ими, если желаете.

— Вы сами навлекли это на себя. Мы поместили вас в башне в соответствии с вашим родом и положением, вы же отплатили нам тем, что попытались бежать.

— Тюрьма есть тюрьма. У нас под Бобровым Утесом есть такие, рядом с которыми эта покажется солнечным садом. Когда-нибудь я надеюсь показать их вам.

«Если он и боится, то хорошо это скрывает», — подумала она.

— Человеку, скованному по рукам и ногам, следует выражаться более учтиво, сир. Я пришла не затем, чтобы выслушивать угрозы.

— Вот как? Зачем же тогда — чтобы поразвлечься немного? Вдовам, говорят, надоедает пустая постель. Мы в Королевской Гвардии приносим обет безбрачия, но я мог бы оказать вам услугу, если вы этого хотите. Налейте нам вина, снимите ваше платье, и посмотрим, гожусь ли я еще на что-нибудь.

Кейтилин посмотрела на него с отвращением. Обитала ли когда-нибудь столь порочная душа в столь красивом теле?

— Если бы вы сказали это при моем сыне, он убил бы вас.

— Разве что скованного. — Джейме погремел цепями. — Мы оба знаем, что ваш мальчик боится сойтись со мной в поединке.

— Пусть мой сын молод, но если вы принимаете его за глупца, то горько заблуждаетесь... и вы не очень-то спешили послать ему вызов, когда стояли во главе войска.

— Старые Короли Зимы тоже прятались за материнскими юбками?

— Довольно, сир. Я пришла кое-что узнать.

— С какой стати я должен отвечать вам?

— Чтобы спасти свою жизнь.

— Вы думаете, я боюсь смерти? — Эта мысль как будто позабавила его.

— А следовало бы. За ваши преступления вам уготовано место в самой глубокой из семи преисподних, если боги хоть сколько-нибудь справедливы.

— О каких богах вы говорите, леди Кейтилин? О деревьях, которым молился ваш муж? Хорошо же они послужили ему, когда моя сестра сняла с него голову! Если боги есть, почему тогда в мире столько страданий и несправедливости?

— Из-за таких, как вы.

— Таких, как я, больше нет. Я один в своем роде.

«В нем нет ничего, кроме надменности, гордыни и пустой отваги безумца. Я попусту трачу с ним время. Если и была в нем искра чести, она давно умерла».

— Ну что ж, не хотите со мной говорить — не надо. Можете выпить это вино или помочиться в него — мне дела нет.

Она уже взялась за дверь, но Джейме окликнул ее:

— Леди Старк. — Она обернулась. — В этой сырости все ржавеет, даже правила хорошего тона. Останьтесь, и я отвечу вам... но не даром.

Стыда у него нет.

— Узники не назначают цену.

— Мою вы найдете достаточно скромной. Ваш ключарь все время потчует меня ложью, притом неумелой. То он говорит, что с Серсеи содрали кожу, то такой же участи подвергается мой отец. Ответьте на мои вопросы, и я отвечу на ваши.

— Правдиво ответите?

— Так вам нужна правда? Осторожней, миледи. По словам Тириона, люди всегда требуют правды, но она редко приходится им по вкусу.

— У меня достанет сил выслушать все, что вы скажете.

— Что ж, как угодно. Но сначала, будьте добры... вина. У меня в горле совсем пересохло.

Кейтилин повесила лампу на дверь и пододвинула ему штоф и чашу. Джейме прополоскал вином рот, прежде чем проглотить.

— Кислятина — ну ничего, сойдет. — Он привалился спиной к стене, подтянув колени к груди. — Я слушаю вас, леди Кейтилин.

Не зная, сколько будет продолжаться эта игра, она не стала терять времени.

— Джоффри — ваш сын?

— Вы не стали бы спрашивать, если бы уже не знали ответа.

— Я хочу услышать его из ваших собственных уст.

— Да, Джоффри мой, — пожал плечами Джейме. — Как и весь прочий выводок Серсеи, полагаю.

— Вы сознаетесь в том, что были любовником своей сестры?

— Я ее всегда любил, а вы теперь должны мне два ответа. Мои родственники живы?

— Сир Стаффорд Ланнистер убит при Окскроссе, как мне сказали.

— А-а, дядюшка Олух — так сестра его называла. Я спрашивал о Серсее и Тирионе — и моем лорде-отце.

— Все трое живы. — (Но им недолго осталось, если будет на то воля богов.)

Джейме выпил еще вина.

— Спрашивайте дальше.

Осмелится ли он ответить на ее следующий вопрос, не солгав при этом?

— Как вышло, что мой сын Бран упал?

— Я выбросил его из окна.

Легкость этих слов на миг отняла у нее дар речи. «Будь у меня нож, я убила бы его на месте», — подумала она, но вспомнила о девочках и сдавленно выговорила:

— А ведь вы рыцарь, поклявшийся защищать слабых и невинных.

— Ваш мальчуган был слаб, спору нет, но не столь уж невинен. Он шпионил за нами.

— Бран никогда бы не стал этого делать.

— Что ж, вините своих драгоценных богов за то, что они привели мальчика к нашему окошку и показали ему то, что ему видеть не полагалось.

— Богов?! Да ведь это вы швырнули его вниз. Вы хотели, чтобы он умер.

— Не для того же я бросил его с башни, чтобы он стал здоровее. Конечно, я хотел, чтобы он умер.

— А когда этого не случилось, вы поняли, что ваше положение стало еще хуже прежнего, и дали вашему наймиту мешок серебра, чтобы Бран никогда уж больше не встал.

— Вот как? — Джейме надолго припал к чаше. — Не скрою, мы говорили об этом, но вы находились при мальчике день и ночь, ваш мейстер и лорд Эддард часто навещали его, его стерегла стража и даже эти проклятые лютоволки... мне пришлось бы прорубать себе путь через половину Винтерфелла. Да и к чему было трудиться, если мальчик все равно умирал?

— Если вы лжете мне, считайте нашу беседу законченной. — Кейтилин показала ему свои ладони. — Эти шрамы оставил на мне человек, пришедший перерезать Брану горло. Вы клянетесь, что не посылали его?

— Клянусь честью Ланнистера.

— Ваша честь Ланнистера стоит меньше, чем это. — Кейтилин пнула зловонную кадку, и оттуда пролилась бурая жижа, впитываясь в солому.

Джейме попятился, насколько ему позволила цепь.

— Отрицать не стану, но я никого еще не нанимал убивать за меня. Думайте что хотите, леди Старк, но если бы я хотел прикончить вашего Брана, то убил бы его сам.

Боги милостивые, а ведь он правду говорит.

— Если не вы послали убийцу, значит, это сделала ваша сестра.

— Я бы знал. У Серсеи от меня нет секретов.

— Тогда Бес.

— Тирион еще более невинен, чем ваш Бран, — уж он-то ни к кому не подглядывал в окна.

— Почему тогда убийца был вооружен его кинжалом?

— Что это за кинжал?

— Вот такой длины, — показала она, — простой, но изящно сделанный, с клинком из валирийской стали и рукояткой драконьей кости. Ваш брат выиграл его у лорда Бейлиша на турнире в день именин принца Джоффри.

Джейме налил себе, выпил и налил снова.

— Если выпить этого вина побольше, его вкус улучшается. Вы знаете, я припоминаю этот кинжал. Так Тирион выиграл его, вы говорите? Каким образом.

— Поставив на вас, когда вы вышли против Рыцаря Цветов, — сказала Кейтилин и тут же поняла, что ошиблась. — Или наоборот?

— Тирион на турнирах всегда ставил на меня, но в тот день сир Лорас выбил меня из седла. Я недооценил этого мальчика, но суть не в этом. Мой брат проиграл, но тот кинжал, как мне помнится, действительно сменил владельца. Роберт показал мне его в тот же вечер на пиру. Его величество любил сыпать соль на мои раны, особенно подвыпив, — а когда он бывал трезв?

Тирион сказал ей почти то же самое, когда они ехали через Лунные горы, а она ему не поверила. Петир клялся ей в другом — Петир, который был ей почти братом и любил ее так, что дрался на поединке за ее руку. Но рассказ Джейме не расходится с рассказом Тириона, а между тем они не виделись с тех пор, как уехали из Винтерфелла больше года назад.

— Вы хотите меня обмануть? — Где-то здесь должна быть западня, иначе быть не может.

— Я ведь признался, что выкинул вашего драгоценного отпрыска за окно, — с чего бы я стал лгать насчет ножа? — Он осушил еще одну чашу вина. — Думайте что хотите — я давно уже не забочусь о том, что обо мне говорят. Теперь моя очередь. Братья Роберта вступили в войну?

— Да.

— Это слишком кратко. Расскажите подробнее, иначе в следующий раз получите столь же скупой ответ.

— Станнис идет на Королевскую Гавань, — неохотно молвила она. — Ренли убит своим братом у Горького Моста с помощью какой-то черной магии.

— Жаль. Ренли мне скорее нравился, а вот Станнис — иное дело. Чью сторону приняли Тиреллы?

— Сперва Ренли, теперь не знаю.

— Ваш паренек, должно быть, чувствует себя одиноким.

— Роббу на днях исполнилось шестнадцать... он взрослый мужчина и король. Он выигрывает все свои сражения. Согласно последнему известию от него, он отбил у Вестерлингов Крэг.

— Но с моим отцом он еще не встречался, верно?

— Когда они встретятся, он и его побьет, как побил вас.

— Меня он застиг врасплох с помощью трусливой уловки.

— Не вам бы говорить об уловках. Ваш брат Тирион прислал сюда головорезов, переряженных посланниками, под мирным знаменем.

— Если бы здесь сидел один из ваших сыновей, разве его братья не сделали бы для него то же самое?

«У моего сына больше нет братьев», — подумала она, но не стала делиться своей болью с таким человеком.

Джейме выпил еще вина.

— Что такое жизнь брата, когда речь идет о чести, скажете вы? Но у Тириона хватает ума понять, что ваш сын ни на какой выкуп не согласится.

Этого Кейтилин не могла отрицать.

— Знаменосцы Робба скорее увидят вас мертвым, особенно Рикард Карстарк. Вы убили в Шепчущем Лесу двух его сыновей.

— Это которые с белыми солнцами? — Джейме пожал плечами. — По правде сказать, я хотел убить вашего сына — эти просто подвернулись мне под руку. Я убил их в честном бою, и любой рыцарь на моем месте сделал бы то же самое.

— Как вы можете считать себя рыцарем, нарушив все данные вами обеты?

Джейме снова потянулся за штофом.

— Их так много, этих обетов... язык устанет клясться. Защищать короля. Повиноваться королю. Хранить его тайны. Исполнять его приказания. Отдать за него жизнь. Повиноваться своему отцу, помимо этого. Любить свою сестру. Защищать невинных. Защищать слабых. Уважать богов. Подчиняться законам. Это уж чересчур — что бы ты ни сделал, какой-нибудь обет да нарушишь. — Он хлебнул вина и на миг закрыл глаза, прислонившись головой к пятну селитры на стене. — Я был самым младшим из тех, кто когда-либо носил белый плащ.

— И самым младшим, предавшим все, что стоит за ним, Цареубийца.

— Цареубийца, — медленно повторил он. — Такого царя убил, шутка сказать! — Джейме наполнил чашу. — За Эйериса Таргариена, второго этого имени, правителя Семи Королевств и *Хранителя Государства*. И за меч, раскроивший ему горло. Золотой меч, заметьте. Ставший красным от его крови. Цвета Ланнистеров — красное с золотом.

Он засмеялся, и она поняла, что вино сделало свое дело. Джейме выпил больше половины штофа и опьянел.

— Только такой, как вы, способен гордиться подобным деянием.

— Я уже говорил вам: таких, как я, больше нет. Ответьте мне вот на что, леди Старк: ваш Нед не рассказывал вам, как умер его отец? Или брат?

— Брандона удушили на глазах у отца, а затем убили и лорда Рикарда. — Мрачная история, и ей уже шестнадцать лет. Почему Джейме вдруг вспомнил об этом?

— Верно, убили — но как?

— Веревкой или топором, полагаю.

Джейме выпил еще и вытер рот.

— Нед, несомненно, щадил чувства своей милой, юной, хотя и не совсем невинной невесты. Вы хотели знать правду — так спросите меня. Мы заключили сделку, и я не вправе вам отказать. Спрашивайте.

— Мертвые от этого не воскреснут.

— Брандон был не такой, как его брат, верно? У него в жилах текла кровь, а не холодная вода. Он скорее походил на меня.

— Брандон ни в чем на вас не походил.

— Вам виднее — ведь вы с ним собирались пожениться.

— Он как раз ехал в Риверран, когда... — Странно, как сжалось ее горло при этих словах — после стольких лет. — ...когда услышал о Лианне и повернул в Королевскую Гавань. Он сделал это, не подумав. — Ей вспомнилось, как бушевал ее отец, узнав об этом в Риверране, и обзывал Брандона рыцарственным дуралеем.

Джейме вылил остаток штофа в чашу.

— Он явился в Красный Замок вместе с несколькими спутниками и стал громко требовать, чтобы принц Рейегар вышел к нему. Но Рейегара не было в замке, а Эйерис послал стражу и арестовал их всех за покушение на убийство его сына. Все остальные, насколько я помню, тоже были сыновьями лордов.

— Этан Гловер был оруженосцем Брандона. Он единственный остался в живых. Остальные были Джеффори Маллистер, Кайл Ройс и Элберт Аррен, племянник и наследник Джона Аррена. — Странно, что она все еще помнила их имена. — Эйерис обвинил их в измене и вызвал их отцов ко двору держать ответ за сыновей. Когда же они прибыли, он убил без суда и сыновей, и отцов.

— Нет, суд состоялся — в своем роде. Лорд Рикард просил поединка, и король удовлетворил его просьбу. Старк оделся в доспехи, как для боя, думая, что будет сражаться с одним из королевских гвардейцев — возможно, со мной. Вместо этого его привели в тронный зал, подвесили к стропилам, и двое пиромантов Эйериса развели под ним огонь. Король сказал ему, что огонь выступает как боец от дома Таргариенов. Поэтому лорду Рикарду, чтобы доказать свою невиновность в измене, оставалось одно... не сгореть.

Когда огонь разгорелся, привели Брандона. Руки ему сковали за спиной, а шею обвязали мокрым кожаным шнуром, прикрепив его к приспособлению, привезенному королем из Тироша. Однако ноги ему оставили свободными и за самым пределом его досягаемости положили длинный меч.

Пироманты поджаривали лорда Рикарда медленно, то убавляя, то раздувая огонь, чтобы тот давал хороший ровный жар. Сначала на лорде вспыхнул плащ, потом камзол, и он остался в одних доспехах. Эйерис пообещал, что скоро он испечется... если только сын его не освободит. Брандон пытался, но чем сильнее он боролся, тем туже затягивалась веревка вокруг его горла, и в конце концов он удавил сам себя.

Что до лорда Рикарда, его доспехи раскалились докрасна, и расплавленное золото со шпор стало капать в огонь. Я стоял у подножия Железного Трона в своей белой броне и белом плаще, стараясь думать о Серсее. После сам Герольд Хайтауэр отвел меня в сторону и сказал: «Ты давал обет защищать короля, а не судить его». Таков был Белый Бык, верный до конца, хороший человек, не то что я.

— Эйерис... — Кейтилин чувствовала вкус желчи во рту. Столь жуткую историю, пожалуй, нельзя было выдумать. — Эйерис был безумен, вся страна это знала, но не пытайтесь уверить меня, что вы убили его, мстя за Брандона Старка.

— А я и не пытаюсь. Просто нахожу странным, что один человек любит меня за добро, которого я никогда не совершал, и столь многие ненавидят за лучший в моей жизни поступок. На коронации Роберта меня заставили преклонить колени перед королем вместе с великим мейстером Пицелем и Варисом-евнухом, дабы государь простил нам наши прегрешения, прежде чем взять к себе на службу. А ваш Нед? Ему следовало бы поцеловать руку, убившую Эйериса, он же предпочел облить презрением зад, севший на трон Роберта. Мне сдается, Нед Старк любил Роберта больше, чем своего отца и брата... даже чем вас, миледи. Роберту-то он никогда не изменял! — Джейме залился пьяным смехом. — Полно, леди Старк, — разве все это не кажется вам забавным?

— Ничего забавного в тебе я не вижу, Цареубийца.

— Опять эта кличка. Пожалуй, я все-таки не стану с вами спать. Первым у вас был Мизинец, не так ли? Никогда не ем из чужой миски. Притом вы и в подметки не годитесь моей сестре. — Он уже не улыбался. — Я не спал ни с одной женщиной, кроме Серсеи, значит, я по-своему вернее вашего Неда. Бедный старина Нед. Так чья же честь в итоге не стоит кадки с дерьмом? Как бишь зовут его бастарда?

Кейтилин отступила на шаг.

— Бриенна!

— Нет, не так. — Джейме перевернул штоф кверху дном, и кровавая струйка побежала по его лицу. — Сноу — вот как его звать. Какое белое имя... ни дать ни взять те плащи, которые давали в Королевской Гвардии после произнесения наших прекрасных обетов.

Бриенна, толкнув дверь, вошла в темницу.

— Вы звали, миледи?

— Дай мне свой меч, — протянув руку, сказала Кейтилин.

ТЕОН

Лес под ненастным небом стоял мертвый, застывший. Корни цепляли бегущего Теона за ноги, голые ветви хлестали по лицу, оставляя кровавые следы. Но он продолжал ломиться вперед, задыхаясь, стряхивая лед с веток. «Сжальтесь», — рыдал он. Сзади несся вой, от которого кровь стыла в жилах. «Сжальтесь, сжальтесь». Оглядываясь, он видел, что они приближаются — волки величиной с лошадь, но с детскими головами. «О, сжальтесь, сжальтесь». Из их пастей капала кровь, черная, как смола, прожигая дыры в снегу. Каждый шаг приближал их к нему. Теон пытался бежать быстрее, но ноги не слушались его. У всех деревьев были лица, и они смеялись над ним, а волки все выли. Он уже чуял горячее дыхание зверей, отдающее серой и гнилью. «Но они же мертвы, мертвы, — хотелось крикнуть ему, — я видел, как их убили, как их головы обмакнули в смолу...» — но изо рта вырывался только бессловесный стон. Затем что-то коснулось его, и он обернулся с криком...

Он схватился за кинжал, который держал у кровати, но только сбил его на пол. Векс отскочил прочь. За ним стоял Вонючка со свечой в руке.

— В чем дело? — крикнул Теон. — Чего тебе надо? — (Сжальтесь.) — Зачем ты явился ко мне в спальню?

— Милорд принц, ваша сестра приехала. Вы просили тотчас же уведомить вас об этом.

— Наконец-то, — буркнул Теон, расчесывая пятерней волосы. Он уж начал бояться, что Аша бросила его на произвол судьбы. «Сжальтесь». Он посмотрел в окно, где первый проблеск рассвета обрисовал башни Винтерфелла. — Где она?

— Лоррен проводил ее с людьми в Великий Чертог, где им подали завтрак. Пойдете к ней прямо сейчас?

— Да. — Теон откинул одеяло. Огонь в очаге прогорел до углей. — Подай горячей воды, Векс. — Нельзя показываться Аше потным и растрепанным. О, эти волки с детскими лицами... Он содрогнулся. — И закрой ставни. — В спальне было холодно, как в лесу из его сна.

Последнее время ему всегда снятся холодные сны, один страшнее другого. Прошлой ночью он снова оказался на мельнице — он стоял на коленях, обряжая мертвых. Их члены уже коченели и как будто сопротивлялись его озябшим пальцам, пока он надевал бриджи, завязывал узлы и натягивал меховые сапоги на твердые негнущиеся ноги и застегивал кожаный пояс на тельце, которое мог бы охватить ладонями. «Я не хотел этого, — говорил он им, занимаясь всем этим. — Они не оставили мне выбора!» Мертвые не отвечали ему, только холодели и становились все тяжелее.

А позавчерашней ночью ему приснилась мельничиха. Теон забыл ее имя, но помнил ее мягкие, как подушки, груди, следы от родов на животе и то, как она вонзала ногти ему в спину во время

632

любви. Во сне он снова спал с ней, но теперь у нее и внизу были зубы — верхними она перегрызла ему горло, а нижними вцепилась в его мужское естество. Безумие какое-то — ведь она тоже умерла. Гелмарр свалил ее одним ударом топора, когда она молила Теона о милосердии. «Оставь меня, женщина. Он убил тебя, а не я». Гелмарр теперь тоже мертв, но он по крайней мере не является Теону во сне.

Когда Векс принес воду, сон уже немного отступил. Теон смыл его с себя вместе с потом, а после не спеша оделся. Аша долго заставила себя ждать — теперь его очередь. Он выбрал атласный камзол в черную и золотую полоску, кафтан тонкой кожи с серебряными заклепками... и только тогда вспомнил, что его злосчастная сестра больше ценит оружие, чем наряды. Выругавшись, он оделся заново — в черную шесть и кольчугу. Опоясавшись мечом и кинжалом, он вспомнил, как она унизила его за отцовским столом. «Твое милое дитятко? Ладно, у меня тоже есть нож, и я умею с ним обращаться».

Напоследок он надел корону — холодный железный обруч не толще пальца с необработанными черными алмазами и золотыми самородками. Убор получился корявый, но тут уж ничего не поделаешь. Миккен лежит в могиле, а его преемник одни только гвозди да подковы умеет делать. Теон утешался тем, что это корона принца — став королем, он раздобудет что-нибудь поизящнее.

Вонючка ждал его за дверью с Урценом и Кроммом. Теон теперь всюду ходил с охраной, даже в отхожее место. Винтерфелл хотел его смерти. В ту самую ночь, когда они вернулись с Желудевой, Гелмарр Угрюмый свалился с какой-то лестницы и сломал себе хребет. Аггара на следующий день нашли с перерезанным горлом. Гинир Красноносый сделался таким подозрительным, что отказывался от вина, спал в панцире и шлеме и взял с псарни самую брехливую собаку, чтобы та предупреждала его о каждом, кто приблизится к нему ночью. Однажды утром весь замок проснулся от лая этой собаки — она носилась вокруг колодца, в котором плавал труп Красноносого.

Теон не мог оставить все это безнаказанным. Фарлен мог быть виновным не меньше, чем всякий другой, поэтому Теон назначил суд, обвинил псаря в убийствах и осудил его на смерть. Но Фарлен и тут ему подгадил — уже стоя на коленях у плахи, он сказал: «Милорд Эддард всегда сам приводил приговор в исполнение». Пришлось Теону взяться за топор, чтобы не показаться слабым. Руки у него вспотели, топорище скользило в них, и первый удар пришелся Фарлену между плеч. Понадобилось еще три, чтобы отделить голову от туловища, а после Теона стошнило. Он хорошо помнил, как они с Фарленом сиживали за чашей меда, толкуя об охоте и гончих. «У меня не было выбора, — хотел бы он крикнуть обезглавленному трупу. — Железные Люди не умеют хранить секретов — их надо было убрать и свалить на кого-то вину». Жаль только, что он не сумел убить Фарлена быстро. Нед Старк всегда обезглавливал человека с одного удара.

После казни Фарлена убийства прекратились, но люди Теона все равно ходили угрюмые и озабоченные. «В бою они врага не боятся, — сказал Черный Лоррен. — Иное дело — жить среди врагов, не зная, поцелует тебя прачка или убьет и что мальчишка льет тебе в чашу — эль или яд. Лучше нам убраться из этого места».

«Я принц Винтерфелла, — крикнул в ответ Теон. — Это моя усадьба, и никто меня отсюда не выживет — ни мужчина, ни женщина!»

Аша. Все из-за нее. Драгоценная сестрица, Иные бы ее лапали. Она хочет его смерти, чтобы стать наследницей отца. Потому-то она и заставляла его томиться здесь, несмотря на все призывы, которые он слал ей.

Она сидела на высоком месте Старков, разрывая руками каплуна. В зале стоял гул — ее спутники обменивались новостями с людьми Теона, и его появления почти никто не заметил.

— А где остальные? — спросил он Вонючку. За столами сидели не более полусотни человек, в основном из его отряда, — Великий Чертог Винтерфелла мог вместить в десять раз больше.

— Тут все, милорд принц.

— Как все? Сколько же человек она с собой привела?

— Я насчитал двадцать.

Теон устремился к сестре. Она смеялась шутке кого-то из своих, но умолкла, увидев его.

— Ба, никак сам принц Винтерфеллский. — Она бросила каплунью кость одной из собак, шнырявших по залу, и ее большой рот под ястребиным носом насмешливо искривился. — А может, Принц Дураков?

— Зависть девице не к лицу.

Аша слизнула жир с пальцев. Черная прядь упала ей на глаза. Ее люди орали, требуя хлеба и ветчины, и производили великий шум, несмотря на свое малое число.

— Зависть, говоришь?

— А как же иначе? Я взял Винтерфелл за одну ночь, с тридцатью людьми. Тебе, чтобы взять Темнолесье, понадобилась целая луна и тысяча человек.

— Ну, я ведь не столь великий воин, как ты, братец. — Она выпила полрога эля и вытерла рукой рот. — Я видела головы у тебя над воротами. Скажи, кто из них боролся дольше — калека или младенец?

Кровь бросилась в лицо Теону. Ему от этих голов радости было не больше, чем от обезглавленных тел, выставленных перед замком. Старая Нэн стояла, жуя беззубым ртом, а Фарлен бросился на Теона, рыча, словно один из его псов. Урцену и Кадвилу пришлось избить его копьями до бесчувствия. «Как же я дошел до этого?» — думал Теон тогда, стоя над телами, на которых кишели мухи.

Только у мейстера Лювина хватило духа подойти к нему. Маленький серый мейстер с каменным лицом попросил позволения пришить головы мальчиков на место и похоронить их в крипте вместе с другими Старками.

«Нет, — сказал Теон. — Только не в крипте». «Но почему, милорд? Теперь-то вам их нечего опасаться. Все Старки лежат там...» «Я сказал — нет». Головы Теон выставил на стене, а тела в их богатой одежде сжег в тот же день. После он нашел среди пепла и костей крохотный слиток серебра и треснувший янтарь — все, что осталось от Брановой пряжки в виде волчьей головы. Теон и теперь носил ее с собой.

— Я поступил с Браном и Риконом великодушно, — сказал он сестре. — Они сами навлекли на себя эту участь.

— Как и все мы, братец.

Его терпение истощилось.

— Как я, по-твоему, удержу Винтерфелл, если ты привела мне всего двадцать человек?

— Десять. Остальные вернутся со мной назад. Ведь не допустишь же ты, чтобы твоя любимая сестра ехала через темный лес без охраны? Там лютоволки рыщут. — Аша поднялась со своего каменного сиденья. — Пойдем куда-нибудь, где мы сможем поговорить наедине.

Это было резонно, но его взбесило, что это предложила Аша, а не он. «Не надо было приходить в чертог, — с запозданием подумал он. — Надо было вызвать ее к себе».

Теперь ему не оставалось ничего иного, как проводить ее в горницу Неда Старка. Усевшись перед угасшим очагом, он выпалил:

— Дагмер проиграл бой при Торрхеновом Уделе...

— Да, старый кастелян проломил его стену из щитов, — спокойно сказала Аша. — А ты чего ждал? Сир Родрик знает этот край в отличие от Дагмера, и у него большая конница — нашим островитянам недостает дисциплины, чтобы выдержать атаку одетой в броню кавалерии. Дагмер жив и ушел с уцелевшими обратно на Каменный Берег — скажи спасибо и за это.

«Она знает больше, чем я», — подумал Теон, и это еще сильнее рассердило его.

— Победа придала Леобальду Толхарту смелости — он вышел из-за своих стен и примкнул к сиру Родрику. Мне доносят, что лорд Мандерли послал вверх по реке дюжину барок, набитых рыцарями, конями и осадными машинами. Амберы за Последней рекой собирают свое войско. Еще до исхода луны у моих ворот окажется целая армия, а ты приводишь мне десять человек?!

— Могла бы и вовсе ничего не приводить.

— Я тебе приказывал...

— Отец приказал мне взять Темнолесье, — огрызнулась она. — Он не упоминал, что я должна спасать своего младшего братца.

— Да провались оно, твое Темнолесье. Подумаешь, ночной горшок на бугре. Винтерфелл — это сердце всего края, но как я удержу его, не имея гарнизона?

— Надо было думать об этом до того, как его брать. О, ты проделал это ловко, отдаю тебе должное. Если бы у тебя еще хватило ума сровнять замок с землей и увезти маленьких принцев заложниками в Пайк, ты мог бы выиграть войну одним ударом.

— Тебе бы очень хотелось, чтобы мой трофей превратился в груду руин, правда?

— Этот твой трофей тебя погубит. Кракены живут в море, Теон, — или ты забыл это за годы, проведенные среди волков? Наша сила — это наши ладьи. Мой «ночной горшок» находится достаточно близко к морю, чтобы я могла получить припасы и свежих людей, когда понадобится. А вот Винтерфелл стоит в сотнях лиг от моря, окруженный лесами, холмами, враждебными нам замками и острогами. Каждый человек на тысячу лиг окрест теперь твой враг, можешь не сомневаться. Ты позаботился об этом, водрузив головы принцев у себя над воротами. Ну можно ли быть таким дураком? Это же дети...

— Они бросили мне вызов! — крикнул он ей в лицо. — Кровь за кровь — два сына Эддарда Старка за Родрика и Марона. — Эти слова вырвались у него неожиданно, но Теон сразу понял, что отец одобрит его. — Теперь души моих братьев могут успокоиться.

— *Наших* братьев, — напомнила Аша с полуулыбкой, доказывающей, что своими разговорами о мести он ее не провел. — Ты захватил их души с собой из Пайка? Да и там они, по-моему, беспокоили только отца.

— Разве женщина когда-нибудь могла понять, что значит месть для мужчины? — Даже если отец не оценит по достоинству взятие Винтерфелла, он просто обязан одобрить то, что Теон отомстил за братьев!

— А ты не подумал о том, что сир Родрик тоже мужчина и хорошо понимает, что это такое? — фыркнула она. — В нас течет одна кровь, Теон, каков ты ни есть. Ради матери, родившей нас обоих, я говорю: вернись со мной в Темнолесье. Предай Винтерфелл огню и отступи, пока еще возможно.

— Нет. — Теон поправил свою корону. — Я взял этот замок и намерен его удержать.

Сестра посмотрела на него долгим взглядом.

— Ну что ж, держи — держи до конца дней своих. По мне, это чистое безумие, — вздохнула она, — но что может робкая дева понимать в таких делах? — У самой двери она послала ему свою последнюю насмешливую улыбку. — Знаешь, я еще в жизни не видывала такой безобразной короны. Ты сам ее сделал?

Оставив его кипящим от злости, она задержалась в замке ровно настолько, чтобы накормить и напоить лошадей. Половина ее людей, как она и сказала, выехала вместе с ней через те самые Охотничьи ворота, которыми воспользовались при побеге Бран и Рикон.

Теон смотрел им вслед со стены. Сестра скрылась в туманах Волчьего Леса, и он невольно подумал, что зря не послушался ее и не уехал вместе с ней.

— Что, не захотела остаться? — спросил Вонючка.

Теон не слышал, как он подошел, и не учуял его запаха. Не было человека, которого он меньше желал бы видеть. Его тревожило, что Вонючка расхаживает живой, зная то, что знает. Надо было убить и его, когда он покончил со всеми остальными. Вот только... Вонючка, как ни странно, умел читать и писать — с него станется оставить в каком-нибудь тайнике отчет о происшедшем.

— Вы уж простите, милорд принц, да только не следовало ей бросать вас. Десять человек — это очень мало.

— Без тебя знаю. — И Аша, конечно, это тоже сознает.

— Мне думается, я мог бы помочь вам. Дайте мне коня и мешок с монетой — и я наберу вам подходящих ребят.

— Сколько? — прищурился Теон.

— Сотню, скажем, или две — а может, и больше. — Он улыбнулся с огоньком в бледных глазах. — Я родился к северу отсюда и знаю многих, и Вонючку тоже многие знают.

Двести человек — еще не армия, но чтобы удержать такой замок, как Винтерфелл, многие тысячи не нужны. Лишь бы они знали, каким концом держать копье, — остальное не так уж важно.

— Хорошо, поезжай — и ты увидишь, что я умею быть благодарным. Проси у меня что хочешь.

— У меня не было женщины с тех пор, как я служил у лорда Рамси, милорд. Я положил глаз на Паллу — говорят, ею уже попользовались, так что...

Теон зашел с ним слишком далеко, чтобы идти на попятный.

— Двести человек — и она твоя. Но если приведешь хоть на одного меньше, будешь по-прежнему довольствоваться свиньями.

Вонючка уехал еще до заката, увозя с собой мешок с серебром Старков и последнюю надежду Теона. «Скорее всего я больше не увижу этого негодяя», — подумалось ему, но он должен был пойти на этот риск.

Ночью ему приснился пир, который задал Нед Старк, когда король Роберт прибыл в Винтерфелл. Чертог звенел от музыки и смеха, хотя снаружи дули холодные ветры. Вина и жареного мяса было вдосталь — Теон шутил, глазел на прислужниц и веселился, пока не заметил, что в зале стало темнеть. Музыка перестала казаться ему веселой — он стал различать в ней нестройные аккорды и длинные, режущие ухо ноты. Вино стало горьким — Теон поднял глаза от чаши и увидел, что трапезничает с мертвыми.

У короля Роберта кишки вывалились на стол из распоротого живота. Рядом с ним сидел лорд Эддард без головы. На нижних скамьях тоже сидели мертвецы, и серое мясо сползало у них с костей, когда они поднимали заздравные чаши, а в пустых глазницах кишели черви. Он знал их всех — Джори Касселя и Толстого Тома, Портера, Кейна и Халлена, мастера над коням, и прочих, кто отправился на юг в Королевскую Гавань, чтобы не вернуться оттуда. Миккен и Шейли сидели рядом — с одного текла кровь, с другого вода. Часть стола занимал Бенфред Толхарт со своими Дикими Зайцами. Мельничиха тоже была здесь, и Фарлен — даже тот одичалый, которого Теон убил в Волчьем Лесу, спасая Брана.

Но были здесь и другие, которых он не знал при жизни и видел только их изваяния. Стройная печальная девушка в короне из бледно-голубых роз и в белом платье, забрызганном кровью, могла быть

638

только Лианной. Рядом с ней стоял ее брат Брандон, позади — их отец лорд Рикард. Вдоль стен маячили еще какие-то фигуры, бледные тени с длинными угрюмыми лицами. При виде их страх полоснул Теона как ножом. Вот растворились высокие двери, пахнуло леденящим холодом, и в зал из ночи ступил Робб. Рядом шел Серый Ветер с горящими глазами, и оба, человек и волк, истекали кровью из множества страшных ран.

Теон проснулся с воплем, напугав Векса так, что мальчуган голый выскочил из комнаты. В спальню ворвались часовые с мечами наголо, и Теон велел им привести мейстера. Когда явился сонный Лювин, вино уже помогло Теону унять дрожь в руках, и он устыдился своей паники.

— Дурной сон, — пробормотал он, — только и всего. Ничего страшного.

— Конечно, — согласился мейстер. Он оставил Теону сонный напиток, но тот вылил снадобье в отхожее место, едва мейстер ушел. Лювин не только мейстер, но и человек, и этот человек Теона не любит. «Хочет, чтобы я уснул, ну да... вечным сном. Ему этого хочется не меньше, чем Аше».

Теон послал за Кирой, подмял ее под себя и взял с яростью, которой в себе не подозревал. Кира плакала навзрыд — он изукрасил ей шею и грудь синяками и укусами. Теон спихнул ее с кровати и швырнул ей одеяло:

— Убирайся. — Но уснуть все равно не смог.

Как только рассвело, он оделся и вышел прогуляться по внешней стене. Дул свежий осенний ветер — он румянил щеки и жалил глаза. Лес внизу постепенно из серого становился зеленым. Слева над внутренней стеной торчали верхушки башен, позолоченные восходящим солнцем. Среди зелени пламенели красные листья чардрева. Дерево Неда Старка — лес Старков, замок Старков, меч Старков, боги Старков. «Это их место, не мое. Я Грейджой из Пайка, рожденный носить кракена на щите и плавать по великому соленому морю. Надо было уехать с Ашей».

Над воротами на своих железных пиках его поджидали головы. Теон молча смотрел на них, а ветер дергал его за плащ маленькими призрачными руками. Сыновья мельника были примерно одного возраста с Браном и Риконом, походили на них ростом и цветом волос, а когда Вонючка ободрал кожу с их лиц и обмакнул головы в смолу, всякий мог узнать знакомые черты в этих бесформенных комках гниющего мяса. Люди такие олухи. Скажи им, что это бараньи головы, они отыскали бы на них рога.

САНСА

В септе пели все утро, с тех пор как в замке узнали о показавшихся вдали вражеских парусах. Поющие голоса смешивались с конским ржанием, бряцанием стали и скрипом больших бронзовых ворот. Все это складывалось в странную пугающую музыку. В септе взывают к милосердию Матери, на стенах же молча молятся Воину. Септа Мордейн говорила, что Воин и Матерь — лишь два лика одного великого божества. Но если бог один, чьи молитвы он услышит скорее?

Сир Меррин Трант подвел Джоффри гнедого коня. И конь, и всадник были в золоченой кольчуге и красных эмалевых панцирях, с золотыми львами на головах. Золото и красная эмаль сверкали на бледном солнце. «Блестящий, но пустой», — подумала Санса о Джоффе.

Бес уже сидел на рыжем жеребце. В своей броне, гораздо проще королевской, он казался мальчиком, нарядившимся в отцовские доспехи. Но топор, висящий у него под щитом, был далеко не детский. Рядом с ним ждал сир Мендон Мур, сверкающий, как льдом, своей белой сталью. Увидев Сансу, Тирион повернул коня в ее сторону.

— Леди Санса, сестра, конечно же, пригласила вас вместе с другими высокородными дамами в Мейегор?

— Да, милорд, но король Джоффри послал за мной, чтобы я его проводила. Я хочу еще зайти в септу — помолиться.

— Не стану спрашивать за кого. — Карлик скривил рот — если это была улыбка, то Санса такой еще не видывала. — Этот день может изменить все — как для вас, так и для дома Ланнистеров. Надо было, пожалуй, отправить вас вместе с Томменом. Ну что ж, в Мейегоре вам ничего не грозит, пока...

— Санса! — прозвенел мальчишеский голос — Джоффри увидел ее. — Поди сюда!

«Подзывает меня, точно собачонку», — подумала она.

— Его величество нуждается в вас, — сказал Тирион. — Поговорим после боя, если боги позволят.

Санса прошла сквозь ряды копейщиков в золотых плащах.

— Битва начнется скоро, — сказал ей Джоффри. — Все так говорят.

— Да смилуются боги над всеми нами.

— Мой дядя — вот кому понадобится их милость, но от меня он ее не дождется. — Джоффри обнажил меч. На его эфесе рубин в виде сердца был зажат в пасти льва. На клинке были вырезаны три глубоких желоба. — Мой новый меч — Пожиратель Сердец.

«Раньше у него был меч под названием Львиный Зуб, — вспомнила Санса, — но Арья отняла его у Джоффа и бросила в реку». Санса надеялась, что Станнис поступит с этим таким же образом.

— Он очень красив, ваше величество.

— Благослови мою сталь своим поцелуем. — Он протянул ей клинок. — Ну же, поцелуй его.

Никогда еще он не казался ей таким глупым мальчишкой. Санса приложилась губами к стали. Уж лучше мечи целовать, чем самого Джоффри. Он как будто остался доволен и с размаху вдел меч в ножны.

— Ты поцелуешь его снова, когда я вернусь, и отведаешь дядиной крови.

«Разве что если один из твоих гвардейцев убьет его за тебя». С Джоффри и Тирионом их ехало трое: сир Меррин, сир Мендон и сир Осмунд Кеттлблэк.

— Вы сами поведете своих рыцарей в бой? — с надеждой спросила Санса.

— Повел бы, но дядя Бес говорит, что дядя Станнис нипочем не переправится через реку. Зато я буду командовать Тремя Шлюхами и сам отправлю предателей в дорогу. — При этой мысли Джофф улыбнулся. Пухлые розовые губы придавали ему вечно надутый вид. Раньше Сансе это нравилось, теперь ее от этого тошнило.

— Говорят, мой брат Робб всегда сражается в самой гуще боя, — храбро сказала она. — Правда, он старше вашего величества — он уже взрослый.

Джофф, услышав это, нахмурился.

— С твоим братом я разделаюсь, когда покончу со своим изменником-дядей. Мой Пожиратель Сердец выпустит ему кишки, вот увидишь. — Он повернул коня и поскакал к воротам. Сир Меррин и сир Осмунд поравнялись с ним справа и слева, золотые плащи последовали за ними по четыре в ряд. Бес и сир Мендон Мур замыкали. Стража у ворот проводила их криками «ура». Они уехали, и тишина повисла над двором, словно на море перед бурей.

В этой тишине пение зазвучало громче, и Санса направилась к септе вместе с двумя конюхами и одним из сменившихся часовых.

Санса никогда еще не видела замковую септу столь полной и ярко освещенной — радужные лучи лились сквозь кристаллы ее высоких окон, и повсюду горели свечи, мерцая, как звезды. Алтари Матери и Воина купались в свете, но у Кузнеца, Старицы, Девы и Отца были свои молельщики, и даже перед получеловеческим ликом Неведомого теплилось несколько огоньков... ибо кто же был Станнис Баратеон, как не этот Неведомый, пришедший судить их? Санса обошла каждого из Семерых и каждому поставила свечу, а потом нашла себе место на скамье между старой сморщенной прачкой и мальчонкой не старше Рикона, одетым в нарядный полотняный камзольчик рыцарского сына. Рука старухи была жесткой и мозолистой, рука мальчика — маленькой и мягкой, и Санса с радостью взяла их в свои. В горячем густом воздухе пахло благовониями и потом — от его тяжести, от мерцания свечей и кристаллов кружилась голова.

Санса, знавшая этот гимн еще от матери в Винтерфелле, присоединила свой голос к общему хору:

> Матерь, Матерь всеблагая,
> Помилуй наших сыновей,
> Огради щитом их крепким
> От стрел каленых и мечей.
> Матерь, женщин оборона,
> Помилуй наших дочерей.
> Утишь безумство супостата
> Рукою благостной своей.

«В Великой Септе Бейелора на холме Висеньи сейчас толпятся тысячи людей и тоже поют — их голоса плывут над городом и рекой, уходя прямо в небо. Боги непременно услышат нас».

Почти все другие гимны Санса тоже знала, а тем, которых не знала, подпевала как могла. Она пела вместе с седыми слугами и встревоженными молодыми женами, с горничными и солдатами, с поварами и сокольничими, с рыцарями и пажами, с оруженосцами, кухонными мальчишками и кормящими матерями. Пела со всеми, кто был в замке, и с людьми вне его стен, пела со всем городом. Пела, моля о милости для живых и для мертвых, для Брана, Рикона и Робба, для сестры Арьи, сводного брата Джона Сноу на далекой Стене. Пела за мать и за отца, за своего деда лорда Хостера и дядю Эдмара Талли, за свою подругу Джейни Пуль, за старого пьяницу короля Роберта, за септу Мордейн, сира Донтоса, Джори Касселя и мейстера Люви на, за всех храбрых рыцарей и солдат, которые сегодня умрут, за жен и детей, которые будут оплакивать их — даже за Тириона-Беса и за Пса. «Он не настоящий рыцарь, но все-таки спас меня, — говорила она Матери. — Спаси и ты его, если можешь, и утишь гнев, снедающий его».

Но когда септон, взойдя на возвышение, стал молить богов защитить «нашего истинного и благородного короля», Санса поднялась с места. Проходы были забиты народом, и ей пришлось проталкиваться к выходу, пока септон призывал Кузнеца вложить силу в меч и щит Джоффри, Воина — вселить в короля мужество и Отца — защитить его в час опасности. «Пусть его меч сломается и щит расколется, — думала Санса, пробираясь к двери, — пусть мужество изменит ему и все солдаты до единого покинут его».

По стене расхаживали часовые, но внизу замок казался пустым. Санса прислушалась, и до нее донеслись звуки битвы. Пение почти заглушало их, но всякий имеющий уши мог слышать гул боевых рогов, грохот катапульт, мечущих камни, всплески, треск кипящей смолы и гудение, с которым скорпионы пускали свои стрелы длиною в ярд с железными наконечниками... а за всем этим крики умирающих.

Это тоже был гимн — страшный гимн. Санса натянула на уши капюшон плаща и поспешила к крепости Мейегора, к замку внутри замка, где королева обещала им полную безопасность. У подъемного моста она увидела леди Танду и двух ее дочерей. Фалиса вчера приехала из замка Стокворт с небольшим отрядом солдат. Сейчас она уговаривала сестру взойти на мост, но Лоллис, цепляясь за свою служанку, рыдала:

— Не хочу, не хочу, не хочу.

— Но битва уже началась, — дрожащим голосом говорила леди Танда.

— Не хочу, не хочу.

Обойти их было нельзя. Санса вежливо поздоровалась с ними.

— Не могу ли я помочь?

Леди Танда покраснела от стыда.

— Нет, миледи, покорно вас благодарим. Вы уж простите мою дочь — она нездорова.

— Не хочу. — Горничной Лоллис, хорошенькой девушке с короткими темными волосами, похоже, как раз очень хотелось спихнуть свою госпожу в сухой ров, прямо на железные пики. — Не надо, не надо, я не хочу.

— Там, внутри, мы будем втройне защищены, — ласково обратилась к ней Санса, — там будет много еды, питья и песен.

Лоллис уставилась на нее, открыв рот. Ее тусклые карие глаза всегда казались мокрыми от слез.

— Не хочу.

— А придется, — рявкнула ее сестра Фалиса. — Шая, помоги.

Вдвоем они подхватили Лоллис под локти и поволокли ее через мост. Санса и леди Танда последовали за ними.

— Она больна, — сокрушалась мать. «Если беременность можно назвать болезнью», — подумала Санса. Весь замок сплетничал о том, что Лоллис беременна.

Двое часовых у двери были в львиных шлемах и красных плащах дома Ланнистеров, но Санса знала, что это просто наемники. Третий сидел на ступеньке лестницы, держа алебарду на коленях, хотя часовому полагалось стоять, однако при виде их встал и открыл им дверь.

Бальный Зал Королевы был раз в десять меньше замкового Великого Чертога и наполовину — Малого Чертога в башне Десницы, но все же мог принять сто человек и недостаток пространства возмещал изяществом. За каждым настенным светильником висело зеркало кованого серебра, отчего огни казались вдвое ярче, стены были обшиты резными деревянными панелями, а пол устилал душистый тростник. С галереи наверху неслись веселые звуки дудок и скрипок. Вдоль южной стены тянулись закругленные окна, закрытые, однако, плотными бархатными шторами, не пропускающими внутрь ни света, ни молитв, ни шума битвы. «Только от войны все равно не спрячешься, как ни старайся», — подумала Санса.

Почти все высокородные женщины города собрались здесь за длинными столами вместе с небольшим количеством стариков и мальчиков — жены, дочери, матери и сестры мужчин, ушедших сражаться с лордом Станнисом. Все знали, что многие воины не вернутся назад, и это висело в воздухе. Санса как нареченная Джоффри должна была сидеть на почетном месте по правую руку от королевы. Всходя на помост, она увидела человека, стоявшего в полумраке у задней стены. Одетый в длинную намасленную черную кольчугу, он опирался на меч — меч ее отца, Лед, почти с него ростом. Костлявые пальцы крепко сплелись вокруг эфеса. У Сансы перехватило дыхание. Сир Илин Пейн, видимо, почувствовал ее взгляд и обратил к ней свое изможденное, изрытое оспой лицо.

— Что он здесь делает? — спросила Санса Осфрида Кеттлблэка, который командовал теперь новыми красными плащами — личной гвардией королевы.

— Ее величество полагает, что он понадобится ей еще до исхода ночи, — усмехнулся Осфрид.

Но сир Илин — королевский палач и может понадобиться только в одном случае. Чью голову потребует у него королева?

— Ее величество Серсея из дома Ланнистеров, королева-регентша и Хранительница Государства, — провозгласил королевский стюард.

Все встали, и вошла Серсея в платье из тонкого полотна, белом, как плащи королевских гвардейцев. Длинные рукава с прорезями показывали золотую атласную подкладку. Грива ярко-желтых волос ниспадала локонами на обнаженные плечи, стройную шею окружало ожерелье из бриллиантов с изумрудами. Белое придавало ей невинный, почти девический вид, щеки пылали румянцем.

— Садитесь, — сказала королева, заняв свое место на помосте, — и будьте моими гостями. — Осфрид Кеттлблэк придвинул ей стул, паж сделал то же самое для Сансы. — Ты что-то бледна, Санса. Твой красный цветок еще цветет?

— Да.

— Весьма кстати. Мужчины проливают кровь там, а ты здесь. — Королева сделала знак подавать первое блюдо.

— Зачем здесь сир Илин? — выпалила Санса.

Королева посмотрела на безмолвного палача.

— Чтобы покарать измену и защитить нас в случае нужды. Он был рыцарем до того, как стал палачом. — Серсея указала ложкой в конец зала, на высокие запертые на засов двери. — Когда на эту дверь обрушатся топоры, ты, возможно, порадуешься, что он здесь.

Санса больше порадовалась бы Псу. Она верила, что Сандор Клиган, при всем его злобном нраве, не допустил бы, чтобы ей причинили вред.

— Но разве ваша стража не защитит нас?

— Да — вот только кто защитит нас от стражи? — Королева покосилась на Осфрида. — Преданные наемники — такая же редкость, как шлюхи-девственницы. Если битва будет проиграна, мои гвардейцы мигом сдерут с себя свои красные плащи и пустятся наутек, прихватив все, что можно, а за ними побегут слуги, прачки и конюхи, спасая свою драгоценную шкуру. Знаешь ли ты, что происходит с городом, захваченным неприятелем, Санса? Нет, конечно, где тебе знать. Все, что тебе известно о жизни, почерпнуто из песен, а про грабеж и разорение песен не поют.

— Истинные рыцари не причинят зла женщинам и детям, — произнесла Санса, чувствуя всю пустоту этих слов.

— Истинные рыцари. — Это, видимо, от души позабавило королеву. — Ты, безусловно, права. Будь же умницей, ешь свой суп и жди, когда тебе на выручку явятся Симеон Звездоглазый и принц Эйемон, Драконий Рыцарь. Я уверена, они не замедлят прийти.

ДАВОС

Черноводный залив был покрыт крупной зыбью с белыми барашками. «Черная Бета» шла вместе с приливом, щелкая парусом при каждой перемене ветра. «Дух» и «Леди Мария» двигались следом не более чем в двадцати ярдах друг от друга. Давос гордился, что его сыновья так хорошо держат строй.

Боевые рога взревели за морем, словно чудовищные звери, перекликаясь от корабля к кораблю.

— Спустить парус, — скомандовал Давос. — Опустить мачту. Берись за весла. — Гребцы бросились по местам, расталкивая солдат, которые мешали всюду, где бы ни стояли. Сир Имри приказал войти в реку на веслах, чтобы не подставлять паруса скорпионам и огнеметам на стенах Королевской Гавани.

К юго-востоку от себя Давос видел «Ярость» — она тоже спускала свои отливающие золотом паруса с коронованным оленем Баратеонов. С ее палубы Станнис Баратеон шестнадцать лет назад командовал высадкой на Драконий Камень, но теперь он выступил во главе сухопутной армии, вручив «Ярость» и командование флотом брату своей жены сиру Имри, который примкнул к нему у Штормового Предела вместе с лордом Алестером и всеми прочими Флорентами.

Лавос знал «Ярость» не хуже, чем собственные корабли. Палуба над тремя сотнями ее весел полностью предоставлена скорпионам, а на корме и на носу верхней стоят катапульты, способные метать бочки с горящей смолой. Грозный корабль и очень быстроходный — хотя сир Имри немного застопорил его, нагрузив до отказа рыцарями и латниками в доспехах.

Рога на «Ярости» запели снова, подавая команды другим кораблям, и Давос ощутил зуд в отсутствующих пальцах.

— Весла на воду, — прокричал он. — Строй держать. — Сто весел упали на воду, и забил барабан мастера. Он стучал медленно, как большое сердце, и сто гребцов двигали веслами в лад ему, как один человек.

У «Духа» и «Леди Марии» тоже отросли деревянные крылья. Все три корабля согласно пенили воду.

— Тихий ход, — скомандовал Давос. Серебристая «Гордость Дрифтмарка» лорда Веларион заняла свою позицию с левого борта от «Духа», «Дерзкий смех» был на подходе, но «Ведьма» только-только опустила весла на воду, а «Морской конь» еще возился с мачтой. Давос посмотрел на корму. Да, там, на юге, может быть только «Меч-рыба», отстающая, как всегда. Она имела на борту двести весел и самый большой на флоте таран, но ее капитан вызывал у Давоса серьезные сомнения.

Солдаты на разных кораблях перекликались, подбадривая друг друга. Им надоело быть балластом всю дорогу от Штормового Предела, и они рвались в бой, уверенные в победе. Эту уверенность разделял с ними лорд верховный адмирал, сир Имри Флорент.

Три дня назад, поставив флот на якорь в устье Путеводной, он собрал своих капитанов, чтобы объяснить каждому его позицию. Давосу с сыновьями назначили места во второй линии наступления, на передовом крае опасного правого крыла. «Почетное место», — заявил Аллард, радуясь случаю проявить себя. «Гибельное», — заметил отец, и сыновья, даже юный Марек, посмотрели на него с жалостью. Трусит Луковый Рыцарь, читал он в этих взглядах — в душе он так и остался контрабандистом.

Что ж, последнее он готов был признать. «Сиворт» звучит по-господски, но в глубине души он по-прежнему Давос с Блошиного Конца, вернувшийся в свой родной город на трех высоких холмах. В парусах, веслах и берегах он смыслит больше всякого другого в Семи Королевствах, и за плечами у него немало рукопашных схваток на мокрой палубе. Но в битву такого рода он вступал боязливо, словно девушка. Контрабандисты не трубят в рога и не поднимают флагов. Почуяв опасность, они ставят паруса и мчатся прочь быстрее ветра.

Будь он адмиралом, он все сделал бы по-другому. Для начала послал бы вверх по реке несколько самых быстрых кораблей и посмотрел бы, как их там встретят, а не ломился бы очертя голову. Когда он предложил это сиру Имри, лорд-адмирал вежливо поблагодарил его, но в глазах его Давос благодарности не увидел. «Кто

647

этот трусливый выскочка? — вопрошали они. — Не тот ли, который купил себе рыцарство за кучу лука?»

Имея вчетверо больше кораблей, чем юный король, сир Имри не видел нужды в обманной тактике. Он разделил флот на десять линий, по двадцать кораблей в каждой. Две первые пойдут вверх по реке, чтобы уничтожить маленький флот Джоффри — «мальчишкины игрушки», как выразился сир Имри, заслужив смех своих знатных капитанов. Последующие высадят под городскими стенами лучников и копейщиков и лишь тогда присоединятся к сражению на реке. Более мелкие и тихоходные корабли, замыкающие порядок, будут переправлять с южного берега войско Станниса под защитой Салладора Саана и его лиссенийцев, которые останутся в заливе на случай, если у Ланнистеров есть еще корабли, скрытые вдоль побережья и готовые ударить неприятелю в хвост.

По правде сказать, сир Имри спешил не без причины. Ветры были немилостивы к ним во время перехода от Штормового Предела. Они потеряли две барки на скалах залива Губительные Валы в самый день отплытия — недобрый знак. Одна из мирийских галей пошла ко дну в Тарском проливе, а при входе в Глотку их застал шторм, разметав флот по Узкому морю. Они собрались вновь под защитой Крюка Масси в более спокойных водах Черноводного залива, потеряв много времени и двенадцать кораблей.

Станнис должен был добраться до Черноводной еще несколько дней назад. Королевский Тракт ведет от Штормового Предела прямо к Королевской Гавани — это гораздо короче, чем плыть морем, — а войско его состоит в основном из конницы. Ренли, сам того не желая, оставил брату в наследство около двадцати тысяч рыцарей, легкой кавалерии и вольных всадников. Сам переход отнял у них мало времени, но закованные в броню кони и двенадцатифутовые копья — плохая подмога против глубокой реки и высоких городских стен. Станнис со своими лордами давно уже, по всей видимости, разбил лагерь на южном берегу Черноводной и кипит от нетерпения, не зная, куда подевался сир Имри со своим флотом.

Два дня назад у скалы Мерлинга с кораблей было замечено несколько рыбачьих лодок. Рыбаки обратились в бегство, но их переловили одного за другим. «Ложка победы — как раз то, что нужно, чтобы успокоить желудок перед боем, — весело объявил сир Имри. — У людей появляется желание получить порцию побольше». Но Давоса больше интересовало то, что показали пленные относительно обороны Королевской Гавани. Карлик строил какое-то заграждение, чтобы запереть устье реки, но рыбаки расходились в мнениях о том, закончена эта работа или нет. Давос про себя пожелал ей успешного завершения. Если река будет закрыта для них, сиру Имри ничего не останется, как остановиться и подумать.

Над морем стоял шум — крики, рога, барабаны и флейты смешивались с плеском нескольких тысяч весел.

— Держи строй, — крикнул Давос. Налетевший ветер рванул его старый зеленый плащ. Куртка вареной кожи и круглый шлем — вот и все его доспехи. В море стальная броня может погубить человека с той же вероятностью, что и спасти. Сир Имри и другие знатные капитаны не разделяли его взглядов и сверкали, расхаживая по своим палубам.

«Ведьма» и «Морской конь» заняли свои места, как и «Красный коготь» лорда Селтигара. Справа от Аллардовой «Леди Марии» шли еще три галеи, отнятые Станнисом у злосчастного лорда Сангласса: «Благочестие», «Молитва» и «Вера» с лучниками на борту. Даже «Меч-рыба» подходила на веслах и под парусом, переваливаясь среди крепнущей зыби. «Корабль с таким количеством весел должен двигаться гораздо быстрее, — неодобрительно подумал Давос. — Все из-за тарана — он слишком велик и нарушает его равновесие».

Ветер дул с юга, но, поскольку они шли на веслах, это не имело значения. Они движутся вместе с приливом, но Ланнистерам будет благоприятствовать речное течение, быстрое и сильное там, где Черноводная впадает в море. Первое столкновение неизбежно окончится в пользу врага. «Глупо мы поступаем, встречаясь с ними на Черноводной», — думал Давос. При битве в открытом море их боевые линии окружили бы вражеский флот с обоих флангов, оттеснили к суше и уничтожили. На реке же их численный перевес не так уж много значит. Там они могут идти не более чем по двадцать кораблей в ряд — иначе возникает опасность перепутаться веслами и врезаться друг в друга.

За строем кораблей Давос видел Красный Замок на холме Эйегона, темный на лимонном небе, с устьем Черноводной внизу. Южный берег реки был черен от людей и коней — завидев корабли, они закопошились, как рассерженные муравьи. Станнис, должно быть, заставлял их вязать плоты и делать стрелы, но ждать всегда тяжело. В гуще войска затрубили крошечные блестящие трубы, но рев тысяч глоток скоро заглушил их. Давос взялся рукой за ладанку, где лежали фаланги его пальцев, и безмолвно помолился за удачу.

«Ярость» занимала середину первой линии, с «Лордом Стеффоном» и «Морским оленем», каждый на двести весел по бокам. С правого и левого борта от них шли стовесельные галеи: «Леди Харра», «Золотая рыбка», «Веселый лорд», «Морской демон», «Черная честь», «Дженна-оборванка», «Горящий трезубец», «Быстрый меч», «Принцесса Рейенис», «Собачий нос», «Скипетр», «Верный», «Красный ворон», «Королева Алисанна», «Кошка», «Отважный» и «Погибель драконов». На каждой корме развевалось огненное сердце Владыки Света, переливаясь красными, желтыми и оранжевыми бликами. За Давосом и его сыновьями шла другая линия стовесельников под командой рыцарей и лордов-капитанов, а дальше следовали более мелкие мирийские корабли, каждый не больше чем на восемьдесят весел. За ними должны идти парусники, карраки и неуклюжие барки, а последним — Салладор Саан на своей горделивой трехсотвесельной «Валирийке» в сопровождении остальных приметных полосатых галей. Лиссенийский корсар остался недоволен тем, что его поставили в арьергард, но сир Имри явно доверял ему не больше, чем Станнис. Слишком много жалоб и разговоров о золоте, которое ему задолжали. Тем не менее Давос сожалел об этом решении. Салладор Саан — хитроумный старый пират, а его люди — прирожденные моряки, не знающие страха в бою. В хвосте они попусту пропадают.

Аоооооооооооо, пронеслось над волнами и пенящими воду веслами с мостика «Ярости»: сир Имри трубил наступление. Аоооооооооооо, аоооооооооооо.

«Меч-рыба» наконец встала в строй, но так и не спустила паруса.

— Быстрый ход, — рявкнул Давос. Барабан забил чаще, и галея прибавила скорости, кромсая веслами воду. Солдаты на палубе стучали мечами о щиты, стрелки тихо натягивали луки и доставали первые стрелы из колчанов на поясе. Корабли первой линии заслоняли вид, и Давос расхаживал по палубе, ища наилучшую точку обзора. Никакого заграждения он не видел — устье реки было открыто, как зев, готовый поглотить их. Разве только...

В бытность свою контрабандистом Давос часто шутил, что знает берег у Королевской Гавани гораздо лучше, чем свои пять пальцев, поскольку между пальцами всю жизнь не плавает. Приземистые башни свежей постройки по обеим сторонам устья для сира Имри Флорента ничего не означали, но Давосу показалось, будто у него на руке отросло два лишних пальца.

650

Заслонив рукой глаза от клонящегося к западу солнца, он пригляделся к башням получше. Они были слишком малы, чтобы вместить значительный гарнизон. Башня на северном берегу примыкала к утесу, на котором высился Красный Замок, южная поднималась прямо из воды. Построили, а потом прорыли канал, сразу сообразил Давос. Это делало башню очень трудной для захвата — атакующим пришлось бы идти вброд или наводить мост через канал. Станнис поставил внизу лучников, чтобы стрелять во всякого, кто осмелится высунуть голову, но больше ничего не предпринимал.

В темной воде у подножия башни что-то блеснуло — это солнце отразилось от стали. Больше Давосу Сиворту ничего не нужно было знать. Заградительная цепь... однако они не заперли реку. Почему?

Он и об этом догадывался, но на раздумья не было времени. На передних кораблях кричали и трубили в рога: впереди был враг.

В просвет между веслами «Скипетра» и «Верного» Давос увидел тонкую линию галей поперек реки — их позолоченные борта сверкали на солнце. Эти корабли он знал превосходно. Будучи контрабандистом, он по одному парусу на горизонте мог сказать, быстрый это корабль или тихоход и кто его капитан: юноша, жаждущий славы, или старикан, дослуживающий свой срок.

Аоооооооооооооо, пели рога.

— Боевой ход, — крикнул Давос. За правым и левым бортом Дейл и Аллард отдали такую же команду. Барабаны забили частую дробь, весла замолотили по воде, и «Черная Бета» рванулась вперед. Дейл с палубы «Духа» отсалютовал отцу. «Меч-рыба» снова отставала, переваливаясь в хвосте у кораблей помельче, но вся остальная линия была ровной, словно стена из сомкнутых щитов.

Река, казавшаяся такой узкой издали, сделалась широкой, как море, и город на ее берегу тоже представлялся огромным. Красный Замок грозно глядел вниз с высокого холма Эйегона. Окованные железом зубцы, массивные башни и толстые красные стены придавали ему вид свирепого зверя, присевшего для прыжка над городом и рекой. Крутые скалы, служившие ему подножием, обросли лишайником, и на них торчали низкие кривые деревца. Чтобы попасть в гавань и город за ней, флот должен был пройти мимо замка.

Первая линия уже вошла в реку, а вражеские галеи отступали. «Заманивают. Хотят, чтобы мы сбились в плотную кучу и не смогли обойти их с флангов... а позади останется эта цепь». Давос метался по палубе, стараясь получше рассмотреть флот Джоффри. В число «мальчишкиных игрушек» входили величественная «Милость богов», старый медлительный «Принц Эйемон», «Шелковая леди» и ее сестра «Бесстыдница», «Вихрь», «Страж Гавани», «Белый олень», «Копье», «Морской цветок». Но где же «Львиная звезда»? Где красавица «Леди Лианна», названная королем Робертом в честь возлюбленной, которую он потерял? «Молот короля Роберта», самая большая галея королевского флота на четыреста весел, единственный у Джоффри корабль, способный одолеть «Ярость»? Он по всем правилам должен был занять центр обороны.

Давос чуял западню, но не видел позади никаких вражеских сил — только флот Станниса Баратеона, протянувшийся стройными рядами до самого водного горизонта. «Может, они, подняв свою цепь, разрежут нас надвое?» Давос не видел в этом смысла. Корабли, оставшиеся в заливе, могут высадить людей к северу от города — так переправа пойдет медленнее, зато безопаснее.

Из замка вылетела стая оранжевых птиц, штук двадцать или тридцать, — горшки с горящей смолой, разбрызгивающие огонь. Большинство из них плюхнулось в реку, но некоторые упали на палубы галей первой линии. Солдаты на «Королеве Алисанне» засуетились, а на «Погибели драконов», ближайшей к берегу, дым поднимался сразу в трех местах. Из замка пустили новый залп, а из башенных амбразур густо посыпались стрелы. Какой-то солдат вывалился за борт «Кошки», ударился о весла и пошел ко дну. «Первая, но не последняя наша потеря», — подумал Давос.

На стенах Красного Замка развевались знамена короля-мальчика: коронованный олень Баратеонов на золотом поле, лев Ланнистеров на красном. Оттуда летели новые горшки со смолой. С загоревшегося «Отважного» послышались крики. Его гребцов защищала палуба, но солдаты, столпившиеся наверху, никакого прикрытия не имели. Правое крыло принимало на себя всю тяжесть удара, как и опасался Давос. «Скоро настанет наш черед», — с тревогой подумал он. «Черная Бета» полностью попадала под огонь, будучи шестым кораблем от северного берега. С правого борта шли только «Леди Мария», неуклюжая «Меч-рыба», так отставшая, что принадлежала скорее к третьей линии, чем ко второй, а также «Благочестие», «Молитва» и «Вера» — в такой позиции им понадобится вся помощь, которую боги способны дать.

Когда вторая линия прошла мимо двух башен, Давос разглядел три звена огромной цепи, выходящей из отверстия величиной с человеческую голову, — остальное скрывалось под водой. Обе башни были снабжены единственной дверью футах в двадцати над землей. Лучники с крыши северной обстреливали «Молитву» и «Веру». Стрелки на «Вере» открыли ответный огонь, и кто-то вскрикнул, пораженный стрелой.

— Сир капитан, — сказал, подбежав к нему, сын Маттос. — Ваш шлем. — Давос взял его и нахлобучил на голову. Шлем не имел забрала, и Давоса бесил ограниченный обзор.

Горшки со смолой сыпались вокруг градом. Один разбился о палубу «Леди Марии», но команда Алларда тут же скинула его за борт. Слева на «Гордости Дрифтмарка» трубили рога, и ее весла поднимали водяные фонтаны. Стрела из скорпиона в ярд длиной пролетела в двух футах от Маттоса и с гудением вонзилась в палубу. Первая линия приблизилась к врагу на расстояние полета стрелы, и летучие древка засвистали между кораблями.

К югу от Черноводной люди тащили к воде наспех сооруженные плоты, и под тысячью знамен строились колонны. Повсюду реяло огненное сердце с крохотным, едва заметным черным оленем внутри. «Нам следовало бы идти в бой под коронованным оленем, — подумал Давос. — Олень — эмблема короля Роберта, и горожанам он хорошо знаком, а это чужое знамя только настроит их против нас».

Давос не мог видеть этого сердца, не вспомнив о тени, которую родила Малисандра в сумрачных недрах Штормового Предела. Этот бой по крайней мере ведется честным оружием, при свете дня. Красная женщина и ее черное отродье в нем не участвуют. Станнис отправил ее обратно на Драконий Камень вместе со своим побочным племянником Эдриком Штормом. Его капитаны и лорды-знаменосцы настояли на том, что женщине в бою не место. Только люди королевы говорили обратное, да и то не слишком громко. Король, вопреки этому, был готов оставить жрицу, но лорд Брюс Карон сказал ему: «Ваше величество, если колдунья останется, люди будут говорить, что это ее победа, а не ваша. И что своей короной вы обязаны ее чарам». Это решило дело. Сам Давос помалкивал, не принимая участия в спорах, но отнюдь не опечалился, когда жрица отбыла. Он не желал иметь дела ни с ней, ни с ее богом.

«Вера» справа подошла к берегу и опустила сходни. Лучники побежали с нее на отмель, держа луки высоко над головой, чтобы не замочить тетиву. Они высаживались на узкую полоску берега под утесами. Из замка на них сыпались камни, стрелы и копья, но угол был слишком крут, и снаряды почти не наносили ущерба.

«Молитва» причалила ярдах в двадцати выше, а «Благочестие» готовилось сделать то же самое, когда на берегу появился конный отряд защитников. Копыта их коней расплескивали воду на отмели. Рыцари накинулись на лучников, как волки на кур, и загнали их обратно в реку, прежде чем те успели наложить стрелы на тетивы. Солдаты с копьями и топорами бросились на выручку стрелкам, и на берегу закипела кровавая сеча. Давос узнал шлем в виде собачьей головы, принадлежавший Псу. Клиган в белом плаще въехал по сходням на палубу «Молитвы», рубя всех, кто попадался под руку.

Позади замка, окруженная стенами, раскинулась на холмах Королевская Гавань. Вдоль реки виднелись черные руины — Ланнистеры сожгли все постройки за пределами Грязных ворот. На отмелях торчали остовы сожженных кораблей, преграждая путь к длинным каменным молам. «Здесь нам нипочем не высадиться». Поверх Грязных ворот Давос видел верхушки трех огромных требюшетов, а на холме Висеньи сверкали на солнце семь кристальных башен Великой Септы Бейелора.

Давос не заметил, в какое мгновение началась битва, зато услышал треск двух столкнувшихся галей — он не видел которых. Затем по воде разнеслось эхо второго удара и третьего. За треском ломающегося дерева слышалась отдача носовой катапульты «Ярости». «Морской олень» расколол пополам одну из галей Джоффри, но «Собачий нос» горел, а «Королева Алисанна» застряла между «Шелковой леди» и «Бесстыдницей» и вступила с ними в рукопашный бой.

Прямо по курсу вражеский «Страж Гавани» устремился в промежуток между «Верным» и «Скипетром». «Верный» успел убрать свои правые весла, но левые весла «Скипетра» от столкновения переломились, как лучинки.

— Пли! — скомандовал Давос, и его лучники послали над водой целую тучу стрел. Давос увидел, как упал капитан «Стража», но не смог вспомнить, как его звали.

Огромные требюшеты на берегу вскинули руки, и сотня камней взвилась в желтое небо. Каждый с голову величиной, они с плеском рушились в воду, ломали дубовую обшивку и превращали живых людей в кровавое месиво. Вся первая линия вступила в бой. Летели абордажные крючья, железные тараны дробили борта, люди прыгали на палубу вражеских кораблей, стаи стрел сталкивались в дыму, падали убитые и раненые... но у Давоса пока все были целы.

«Черная Бета» шла вверх по реке, и барабан мастера над гребцами отдавался в голове капитана, высматривающего, кого бы протаранить. Два вражеских корабля, зажавшие «Королеву Алисанну», сцепились с ней крючьями и веревками.

— На таран! — вскричал Давос.

Барабанный бой превратился в сплошную лихорадочную дробь, и «Черная Бета» ринулась вперед по белой, как молоко, воде. Аллард понял замысел отца и направил туда же «Леди Марию». Первая линия разбилась на целый ряд отдельных схваток. Три сцепившихся вместе корабля медленно поворачивались. Их палубы заливала кровь людей, рубившихся мечами и топорами. «Еще немного, — воззвал к Воину Давос Сиворт. — Разверни ее еще немного, бортом ко мне».

И Воин, как видно, услышал его. «Черная Бета» и «Леди Мария» протаранили борт «Бесстыдницы» с носа и с кормы, да так, что люди посыпались с палубы «Шелковой леди» через два корабля от нее. У Давоса зубы так лязгнули, что он чуть не откусил себе язык. Он сплюнул кровью. В следующий раз не разевай рот, болван. Сорок лет он на море, а на таран пошел впервые. Его лучники пускали стрелы сами, без команды.

— Задний ход. — Весла «Черной Беты» отработали назад, и река хлынула в проделанную ею дыру. «Бесстыдница» на глазах у Давоса развалилась на части, роняя в воду десятки людей. Кое-кто из живых поплыл к берегу, кое-кто из мертвых закачался на волнах. Те, кто был в кольчуге и броне, пошли на дно — и живые, и мертвые. Мольбы утопающих звучали в ушах Давоса.

Зеленая вспышка впереди слева бросилась ему в глаза, и клубок изумрудных змей поднялся, шипя, над кормой «Королевы Алисанны». Миг спустя до него донесся вопль: «Дикий огонь!!»

Давос скривился. Горящая смола — одно дело, а дикий огонь — совсем другое. Потушить его почти невозможно. Накроешь его плащом — плащ загорится, прихлопнешь ладонью — загорится рука. «А пустишь на него струю — хрен отвалится», — говорили старые моряки. Сир Имри предупреждал их, что без этой паскудной «субстанции» дело не обойдется. Хорошо еще, что настоящих пиромантов осталось мало — скоро совсем повыведутся, уверял сир Имри.

«Черная Бета» по команде Давоса оттолкнулась веслами с одного борта, дав задний ход другим, и развернулась. «Леди Мария» тоже освободилась, и хорошо: огонь охватил «Королеву Алисанну» и ее противниц с такой быстротой, что Давос глазам не поверил. Люди, объятые зеленым пламенем, с нечеловеческими воплями бросались в воду. Огнеметы на стенах Королевской Гавани изрыгали эту зеленую смерть, требюшеты за Грязными воротами кидали камни. Один, величиной с вола, плюхнулся между «Черной Бетой» и «Духом» — оба корабля закачались, и на палубах все промокли насквозь. Другой, немногим меньше, угодил в «Дерзкий смех». Галея Велариона разлетелась в щепки, словно игрушка, сброшенная с башни, но эти щепки были длиной с руку.

Сквозь черный дым и клубящийся зеленый огонь Давос увидел флотилию маленьких лодок, плывущих вниз по реке: плоскодонки, баркасы, шлюпки, какие-то полусгнившие развалины. Враг, как видно, пустился во все тяжкие: подобные посудины не могли переломить ход битвы, они только мешали большим кораблям. Боевые линии безнадежно перепутались. С левого борта «Лорд Стеффон», «Дженна-оборванка» и «Быстрый меч» прорвались и двигались вверх по реке. Но все правое крыло сражалось, а центр принимал на себя град камней из требюшетов. Несколько капитанов повернули вниз, другие отклонились вправо, пытаясь уйти из-под обстрела. «Ярость» стреляла по городу из кормовой катапульты, но бочки со смолой падали, не долетая до стены. «Скипетр» лишился большей части своих весел, пробитый тараном «Верный» кренился набок. Давос вклинился между ними, задев резную, с позолотой, прогулочную барку королевы Серсеи, нагруженную теперь солдатами вместо сластей. От столкновения около десятка их упало в воду, где лучники «Беты» принялись расстреливать их.

Крик Маттоса предупредил об опасности слева: одна из ланнистерских галей шла на таран.

— Право на борт, — заорал Давос. Одни гребцы оттолкнулись веслами от барки, другие развернули корабль носом к атакующему «Белому оленю». На миг Давос испугался, что он опоздал и сейчас его потопят, но течение благоприятствовало «Черной Бете»: оба корабля лишь соприкоснулись бортами, поломав друг другу весла. Кусок дерева, острый, как копье, просвистел мимо головы Давоса. Он поморщился и крикнул:

— На абордаж! — Через борт полетели крючья. Он выхватил меч и сам повел людей в атаку.

Команда «Белого оленя» встретила их у борта, но латники с «Черной Беты» обрушились на нее стальным валом и смели. Давос отыскивал взглядом вражеского капитана, но он уже пал. Когда

Давос добрался до его тела, кто-то рубанул его сзади топором, но шлем отвел удар, и череп остался цел — только в голове загудело. Оглушенный, Давос откатился прочь. Враг с воплем накинулся на него, но Давос, перехватив меч двумя руками, вогнал его острием в живот другому.

Один из его людей помог Давосу подняться.

— Сир капитан, «Олень» наш. — Это была правда. Часть врагов была перебита, часть при смерти, часть сдалась. Давос снял шлем, вытер кровь с лица и вернулся на свой корабль, осторожно ступая по доскам, скользким от человеческих внутренностей. Маттос помог ему перелезть через борт.

В эти несколько мгновений «Черная Бета» и «Белый олень» представляли собой мертвое око урагана. «Королева Алисанна» и «Шелковая леди», сцепившиеся вместе, превратились в бушующий зеленый ад и плыли вниз по течению, увлекая за собой обломки «Бесстыдницы». Одна из мирийских галей врезалась в них и тоже горела. «Кошка» снимала людей с тонущего «Отважного». «Погибель драконов» ее капитан загнал между двумя молами, продырявив днище, и команда выпрыгивала на берег вместе с латниками и лучниками. Протараненный «Красный ворон» медленно кренился. «Морской олень» боролся с огнем и абордажниками, зато над вражеским «Неподкупным» взвилось огненное сердце. «Ярость», чей гордый нос раздробил камень из катапульты, билась с «Милостью богов». «Гордость Дрифтмарка», вклинившись между двумя лодками, перевернула одну и подожгла другую горящими стрелами. Рыцари на южном берегу взводили коней на барки, и несколько мелких галей уже перевозили солдат через реку. Им приходилось лавировать среди тонущих кораблей и островков дикого огня. Весь флот короля Станниса был теперь на реке, за исключением лиссенийских галей Салладора Саана. Скоро они овладеют Черноводной. Сир Имри получит свою победу, а Станнис переправит свое войско, но какой ценой, о боги!

— Сир капитан! — Маттос тронул отца за плечо.

«Меч-рыба» работала обоими рядами весел. Она так и не спустила парусов, и от горящей смолы у нее занялись снасти. Пламя разгоралось на глазах у Давоса, венчая корабль желтой короной. Громоздкий железный таран, сделанный в виде рыбы, давшей название галее, резал воду. Прямо на него, сидя низко в воде, дрейфовала одна из ланнистерских развалюх. Сквозь щели в ее бортах медленно сочилась зеленая кровь.

У Давоса при виде этого остановилось сердце.

— Нет, — сказал он. — НЕЕЕЕЕЕЕТ!

Но никто не услышал его в грохоте битвы, кроме Маттоса. Капитан «Меч-рыбы» упорно пер на таран. Давос схватился изувеченной рукой за ладанку с костяшками своих пальцев.

«Меч-рыба» с оглушительным треском разнесла гнилую посудину на части. Та лопнула, как переспелый плод, и из тысячи разбитых горшков хлынула зелень, как яд из брюха издыхающего зверя, сверкая и растекаясь по реке...

— Задний ход! — взревел Давос. — Уходим! Уходим! — Люди бросились рубить абордажные лини, и палуба колыхнулась под ногами — «Черная Бета» отчалила от «Белого оленя», погрузив весла в воду.

Давос услышал короткое резкое «уфф», как будто кто-то дунул ему в ухо, и сразу вслед за этим — грохот. Палуба ушла из-под ног, и черная вода ударила в лицо, залив нос и рот. Он захлебывался, тонул. Не зная, где верх, где низ, Давос отчаянно бился в воде, но внезапно выскочил на поверхность. Выплюнув воду, он глотнул воздуха и схватился за ближайший кусок дерева.

«Меч-рыба» и погубившая ее лодка пропали. Вниз по течению плыли обгоревшие тела, и тонущие цеплялись за дымящиеся обломки. В пятидесяти футах выше над рекой плясал зеленый огненный демон. В каждой из десяти своих рук он держал бич, и все, на что падали удары, воспламенялось. Горела «Черная Бета», горели «Белый олень» и «Неподкупный» у нее по бокам. Пылали «Скипетр», «Красный ворон», «Ведьма», «Верный», «Ярость», а заодно с ними «Страж Гавани» и «Милость богов» — демон не щадил ни чужих, ни своих. Великолепная «Гордость Дрифтмарка» пыталась отвернуть в сторону, но демон лениво протянул зеленый палец к ее серебристым веслам, и они вспыхнули, как фитили. Какой-то миг казалось, что корабль вспахивает реку двумя рядами длинных ярких факелов.

Течение подхватило Давоса и, крутя, помчало вниз. Работая ногами, он увернулся от пятна дикого огня на воде. Давос думал о сыновьях, но где же было найти их в этом хаосе. Еще одна лодка, начиненная диким огнем, покачивалась рядом. Казалось, что Черноводная кипит в своих берегах, а по воздуху носились горящие снасти, горящие тела и обломки кораблей.

Давоса несло к заливу. Там нет такого ужаса, и он сумеет добраться до берега — ведь он хороший пловец. Притом в заливе должны быть галеи Салладора Саана — сир Имри приказал им не вступать в бой.

Течение снова повернуло Давоса, и он увидел, что ждет его ниже по реке.

Цепь. Да помилуют нас боги, они подняли цепь.

Она натянулась футах в двух или трех над водой в широком месте, где Черноводная впадала в залив. Около дюжины кораблей уже врезалось в нее, и течение несло к ним другие. Почти все они горели — сейчас займутся и те, что в пути. Давос видел вдали полосатые галеи Салладора Саана, но знал, что ему до них не доплыть. Впереди вставала стена раскаленной стали, пылающего дерева и зеленого огня. Устье Черноводной преобразилось в жерло ада.

ТИРИОН

Неподвижный, как каменная горгулья, Тирион Ланнистер стоял, преклонив колено, на зубце крепостной стены. Казалось, что там, за Грязными воротами, за пожарищем на месте рыбного рынка и верфи, сама река полыхает огнем. Половина флота Станниса горела, а с ним чуть ли не весь флот Джоффри. Поцелуи дикого огня превращали корабли в погребальные костры, а людей — в живые факелы. Воздух был полон дыма, стрел и криков.

Ниже по течению простые солдаты и знатные лорды встречали зеленую смерть, несущуюся по реке на их плоты и карраки. Длинные белые весла мирийских галей мелькали, словно ноги обезумевших сороконожек, но тщетно: сороконожкам некуда было уйти.

Около десятка костров полыхало под городской стеной там, где разбились бочки со смолой, но по сравнению с диким огнем они казались свечками, мигающими в горящем доме, — их красно-оранжевые языки бледнели рядом с ядовито-зеленым адом. Низкие облака, перенимающие цвет горящей реки, окрашивали небо в бегущие диковинно-красивые оттенки зелени. Страшная красота — словно драконий огонь. Быть может, Эйегон Завоеватель чувствовал то же самое, пролетая над Огненным Полем.

Раскаленный ветер трепал его красный плащ и обжигал лицо, но Тирион не мог отвести глаз от этого зрелища. Он слышал, как ликуют на стенах золотые плащи, но не испытывал охоты присоединиться к ним. Это еще не победа, а лишь половина победы.

Еще одна лодка из тех, которые он начинил переспевшими плодами короля Эйериса, вошла в жадное пламя, и над рекой взмыл зеленый столб, такой яркий, что пришлось заслонить глаза. Огненные языки высотой в тридцать и сорок футов заплясали, шипя и потрескивая, заглушив на несколько мгновений людские вопли. Сотни человек барахтались в реке — одни горели, другие тонули, третьи совмещали одно с другим.

«Слышишь, как они кричат, Станнис? Видишь, как они горят? Это не только моя работа, но и твоя». Тирион знал, что Станнис, где-то среди толчеи к югу от Черноводной, тоже наблюдает за рекой. Он не страдает жаждой битвы, как его брат Роберт. Он командует боем издали, как поступил бы и лорд Тайвин Ланнистер. Наверняка сидит теперь на боевом коне, в блестящих доспехах, с короной на голове. Корона у него из червонного золота, говорит Варис, с зубцами в виде языков пламени.

— Мои корабли, — сорвавшимся голосом вскрикнул Джоффри, прятавшийся вместе со своей охраной за парапетом. Золотой королевский обруч окружал его боевой шлем. — Они все горят — «Страж Гавани», «Королева Серсея», «Неподкупный». Смотрите — вон «Морской цветок». — Он указал своим новым мечом туда, где зеленое пламя лизало золоченые борта «Морского цветка» и ползло вверх по веслам. Его капитан повернул вверх, но от дикого огня уйти не успел.

Тирион знал, что корабль обречен. Иного пути не было. «Если бы наши корабли не вышли навстречу вражеским, Станнис почуял бы западню». Стрелу можно послать в цель, и копье, даже камень из катапульты, но дикий огонь распоряжается по-своему. Отпущенный на волю, он уже не повинуется человеку.

— Ничего не поделаешь, — сказал Тирион племяннику. — Наш флот в любом случае был обречен.

Даже сверху — Тирион был слишком мал, чтобы смотреть поверх парапета, и потому велел подсадить себя на зубец, — он из-за дыма, пламени и сумятицы боя не видел, что происходит на реке ниже замка, но очень хорошо себе это представлял. Бронн должен был привести волов в движение в тот миг, когда головной корабль Станниса пройдет под Красным Замком. Цепь невероятно тяжела, и огромные вороты вращаются медленно, со скрипом и грохотом. Весь флот узурпатора уже войдет в реку, когда под водой впервые станет виден блеск металла. Звено за звеном поползут, мокрые, измазанные илом, пока не натянется вся цепь. Король Станнис ввел свои корабли в реку, но обратно их не выведет.

Некоторым, однако, удавалось уйти. Речное течение — коварная вещь, и дикий огонь распространялся не так ровно, как Тирион надеялся. Главная протока горела вся, но довольно много мирийцев устремилось к южному берегу, и не меньше восьми кораблей причалило под городской стеной. Если они даже разбились, то людей все равно на берег высадили. Хуже того — значительная часть южного крыла первых двух вражеских корабельных линий успела уйти вверх по реке еще до пуска огненных лодок. У Станниса останется галей тридцать или сорок — вполне достаточно, чтобы переправить все его войско, когда они опять соберутся с духом.

На это, впрочем, уйдет некоторое время — даже самые храбрые будут напуганы, увидав, как дикий огонь пожрал около тысячи их товарищей. Галлин говорил, что субстанция иногда горит так жарко, что плоть тает словно воск. И все же...

Тирион не питал иллюзий относительно своих собственных людей. «Если битва обернется не в нашу пользу, они побегут», — предупреждал его Джаселин Байвотер. Стало быть, единственный путь к победе — это удерживать свой перевес от начала до конца.

Среди обугленных руин на берегу копошились темные фигуры. Пора предпринять новую вылазку. Люди всего уязвимее, когда они выбираются из воды на берег. Нельзя позволить им закрепиться на северном берегу.

Тирион слез с зубца.

— Скажи лорду Джаселину, что враг высаживается на берег, — велел он одному из гонцов, которых приставил к нему Байвотер. Другому он сказал: — Передай мои поздравления сиру Арнельду и попроси его развернуть Шлюх на тридцать градусов к западу. — Под этим углом камни будут лететь дальше — не в реку, а через нее.

— Мать обещала отдать Шлюх мне. — Тирион с раздражением увидел, что король снова поднял забрало своего шлема. Мальчишка, конечно, совсем спекся в своем железе... но последнее, что им нужно, это шальная стрела, могущая угодить племяннику в глаз.

Тирион защелкнул забрало.

— Держите его закрытым, ваше величество, — ваша особа драгоценна для всех нас. — (И ты ведь не хочешь испортить свое красивое личико, правда?) — Шлюхи ваши. — Пусть позабавится — метать камни в горящие корабли больше не имеет смысла. Внизу на площади для Джоффа приготовлены Оленьи Люди, голые и связанные, с рогами, приколоченными к головам. Когда их привели на суд к Железному Трону, Джофф пообещал отправить их к Станнису. Человек не камень и не бочонок со смолой, его можно запустить гораздо дальше. Золотые плащи спорили, перелетят предатели через Черноводную или нет. — Но поспешите, ваше величество. Требюшеты скоро опять понадобятся нам для метания камней. Даже дикий огонь не будет гореть вечно.

Джоффри весело побежал вниз, сопровождаемый сиром Меррином, но сира Осмунда Тирион задержал.

— Охраняйте его, что бы ни произошло, и пусть он останется там — понятно?

— Как прикажете, — дружелюбно улыбнулся Осмунд.

Тирион заранее предупредил Транта и Кеттлблэка о том, что будет с ними, если с королем случится несчастье. А у подножия лестницы Джоффа ждет дюжина золотых плащей из числа ветеранов. «Я оберегаю твоего бастарда как могу, Серсея, — с горечью подумал Тирион. — И жду от тебя того же в отношении Алайяйи».

Не успел Джофф спуститься, по ступенькам взбежал запыхавшийся гонец.

— Милорд, скорее! — Он припал на одно колено. — Они высадились на турнирном поле — их там сотни! И к Королевским воротам тащат таран.

Тирион, выругавшись, заковылял вниз. Там его ждал Подрик Пейн с лошадьми. Он поскакал по Речной с Подом и сиром Мендоном Муром за спиной. Зеленая тень окутывала ветхие дома, и на улице не было ни души. Тирион запретил всякое постороннее движение с тем, чтобы защитники могли быстро перебираться от одних ворот к другим. Но, подъехав к Королевским воротам, он услышал грохот — таран уже пустили в ход. Скрип огромных петель напоминал стоны умирающего великана. На площади между воротами лежали раненые, но многие кони остались целы, а наемников и золотых плащей было достаточно, чтобы составить сильную колонну.

— Стройся, — скомандовал Тирион, спрыгнув наземь. Ворота содрогнулись от очередного удара. — Кто здесь командир? На вылазку.

— Нет. — От стены отделилась тень, превратившись в высокого человека в темно-серых доспехах. Сандор Клиган обеими руками сорвал с себя шлем и бросил под ноги. Обгоревшая сталь покоробилась, от оскаленной собачьей головы отвалилось левое ухо. Кровь из раны над глазом текла по старым ожогам Пса, заливая пол-лица.

— Да, — сказал ему Тирион.

— Да пошел ты, — тяжело дыша, огрызнулся Пес.

В разговор вмешался какой-то наемник:

— Мы уже выходили наружу. Три раза. Половина наших людей убита или ранена. Повсюду дикий огонь, кони кричат как люди, а люди — как кони...

— А ты думал, тебя наняли выступать на турнире? Не угодно ли сладкого замороженного молочка и чашку малины? Нет? Так садись на своего сраного коня. И ты тоже, Пес.

Глаза Клигана на залитом кровью лице казались белыми. Он вытащил меч.

«Ему страшно, — понял пораженный Тирион. — Пес боится».

— Они бьют в ворота тараном, — попытался объяснить карлик, — сами слышите. Надо их разогнать...

— Открой ворота — а когда они ворвутся, окружи их и убей. — Пес воткнул меч острием в землю и оперся на рукоять. Его шатало. — Я потерял половину моих людей вместе с лошадьми. Больше я в этот огонь не полезу.

К ним подошел сир Мендон Мур в безукоризненно белом эмалевом панцире.

— Тебе приказывает десница короля.

— Пусть десница идет в задницу. — Лицо Пса за пределами кровавого пятна было белым, как молоко. — Дайте кто-нибудь попить. — Офицер золотых плащей подал ему чашу. Клиган сделал глоток, плюнул и отшвырнул ее прочь. — Пошел ты со своей водой. Вина дайте.

Да ведь он умирает, понял Тирион. Рана, огонь... ему конец. Надо найти другого, но кого? Сира Мендона? Нет, не годится. Эти люди заражены страхом Клигана. Без вожака они не двинутся с места, а сир Мендон... да, он опасный человек, Джейме говорил верно, но не из тех, кто способен повести за собой других.

Издали тоже донесся грохот, и меркнущее небо над стеной озарилось зеленовато-оранжевым огнем. Долго ли выдержат ворота?

«Это безумие, — подумал Тирион, — но лучше оно, чем поражение. Поражение — это смерть и позор».

— Хорошо! Я сам поведу вылазку.

Если он думал устыдить этим Пса, то ошибся. Тот только рассмеялся.

— Ты?

Тирион читал недоверие на лицах солдат.

— Да, я. Сир Мендон, вы будете нести королевское знамя. Под, подай шлем. — Мальчик бросился выполнять приказание. Пес, опершись на зазубренный, обагренный кровью меч, смотрел на Тириона белыми глазами. Сир Мендон помог деснице снова сесть на коня. — Стройся! — прокричал Тирион.

Его большой рыжий жеребец имел на себе доспехи, защищающие голову, круп поверх кольчуги покрывала попона красного шелка. Высокое седло сверкало позолотой. Подрик подал шлем и тяжелый дубовый щит с золотой рукой на красном поле, окруженной мелкими золотыми львами. Тирион пустил коня по кругу, оглядывая свой маленький отряд. Его команде подчинилось не более двадцати человек — они сидели в седлах с белыми, как у Пса, глазами. Тирион окинул презрительным взором остальных, рыцарей и наемников.

— Меня прозвали полумужем. Что же тогда сказать о вас?

Это их проняло. Один рыцарь, без шлема, сел на коня и присоединился к отряду. Пара наемников последовала за ним, следом потянулись другие. Королевские ворота содрогнулись снова. Еще несколько мгновений — и войско Тириона удвоилось. Он поймал их. «Придется им драться наравне со мной, чтобы не считать самих себя ниже карлика».

— Я не стану выкликать имя Джоффри, — сказал он им. — И клича «Бобровый Утес» вы от меня тоже не услышите. Это ваш город Станнис хочет взять, ваши ворота он ломает. Так вперед же — и убьем этого сукина сына! — Тирион вынул из чехла свой топор, развернул коня и двинулся рысью к калитке. Он надеялся, что они последуют за ним, но оглянуться назад не смел.

САНСА

Факелы, ярко отражаясь в кованых зеркалах, заливали Бальный Зал Королевы серебряным светом. И все же здесь царил мрак — для Сансы он воплощался в бледных глазах сира Илина Пейна, который стоял у задней двери недвижно, как каменный, не прикасаясь ни к еде, ни к вину. Он слышался ей в мучительном кашле лорда Джайлса и в шепоте Осни Кеттлблэка, сообщавшего королеве новости.

Санса доедала суп, когда он появился впервые, войдя в заднюю дверь. Переговорив со своим братом Осфридом, он взошел на помост и опустился на колени. От него пахло лошадью, на щеке подсыхали четыре длинные царапины, волосы рассыпались по плечам и падали на глаза. Санса не могла не слышать его слов, несмотря на шепот.

— Оба флота вступили в бой. Некоторое число лучников высадилось на берег, но Пес разбил их вдребезги. Ваш брат подал сигнал поднять цепь. Какие-то пьянчуги на Блошином Конце вышибают двери домов и лезут в окна — лорд Байвотер послал золотых плащей разделаться с ними. Септа Бейелора битком набита молящимися.

— Что мой сын?

— Король заехал к Бейелору получить благословение верховного септона. Теперь он вместе с десницей находится на стене и подбадривает людей.

Серсея велела своему пажу подать ей еще чашу густого золотистого вина из Бора. Она много пила, но вино только прибавляло ей красоты — щеки ее горели, глаза светились ярким, лихорадочным блеском. «Как дикий огонь», — подумалось Сансе.

Музыканты играли, жонглеры жонглировали, Лунатик мотался по залу на ходулях, насмехаясь над всеми и каждым, сир Донтос гонялся за служанками на своей палке от метлы. Гости смеялись, но это был вымученный смех, готовый в любой миг обернуться плачем. Телом они здесь, но душой и сердцем — на городских стенах.

За супом последовал салат из яблок, орехов и винограда. В другое время этому блюду воздали бы должное, но сегодня вся еда была приправлена страхом. Не одна Санса страдала отсутствием аппетита. Лорд Джайлс больше кашлял, чем ел, Лоллис Стокворт сидела съежившись и вся дрожа, молодая жена одного из рыцарей сира Ланселя разразилась рыданиями. Королева велела мейстеру Френкену уложить ее в постель, напоив сонным вином.

— Слезы — оружие женщины, — презрительно бросила Серсея Сансе, когда даму вывели из зала. — Так говорила моя ледимать. А оружие мужчины — меч. Этим все сказано, не так ли?

— Мужчинам требуется большая храбрость. Скакать навстречу мечам и топорам, когда каждый стремится тебя убить...

— Джейме сказал мне однажды, что чувствует себя живым только на войне и в постели. — Серсея припала к чаше — к салату она так и не притронулась. — Я лучше бы вышла навстречу мечам, чем сидеть здесь и притворяться, что наслаждаешься обществом этих перепуганных куриц.

— Вы сами пригласили их, ваше величество.

— Это входит в обязанности королевы. От тебя будут ждать того же, если ты выйдешь за Джоффри, так что учись. — Королева обвела взглядом женщин на скамьях. — Сами по себе эти куры ничего не значат, но их петушки могут быть полезны, и кое-кто из них наверняка останется в живых после битвы. Посему мне приличествует взять этих женщин под свою защиту. Если несчастный карлик, мой брат, умудрится одержать верх, они вернутся к своим мужьям и отцам с рассказами о моей храбрости, поднимавшей им дух, ибо я ни на миг не сомневалась в победе.

— А если замок падет?

— Тебе бы хотелось этого, правда? — Серсея не стала дожидаться ответа. — Если моя гвардия меня не предаст, я сумею продержаться здесь некоторое время. А затем выйду на стену и сдамся лорду Станнису лично — это избавит нас от самого худшего. Но если крепость Мейегора падет до того, как сюда явится Станнис, мои гостьи скорее всего подвергнутся насилию. Нельзя исключать также увечий, пыток и убийств.

— Но ведь это безоружные женщины, — ужаснулась Санса, — благородные дамы.

— Да, их происхождение может защитить их — но не по той причине, что ты думаешь. За каждую из них можно взять хороший выкуп, но солдаты, обезумевшие в бою, часто предпочитают плотские утехи звонкой монете. Впрочем, золотой щит лучше, чем вовсе никакого. С горожанками церемониться уж точно не станут и с нашими служанками тоже. Хорошеньких, вроде горничной леди Лоллис, ждет горячая ночка, но старым, больным и безобразным тоже нечего ждать пощады. После обильной выпивки слепая прачка и вонючая свинарка всякому покажется столь же желанной, как ты, дорогая.

— Я?

— Нечего пищать, Санса. Ты теперь женщина, помнишь? И невеста моего первенца. — Королева выпила еще вина. — Будь там за воротами кто-нибудь другой, я питала бы надежду соблазнить его. Но там Станнис Баратеон — скорее я смогу соблазнить его коня. — Она взглянула на Сансу и засмеялась. — Мои речи коробят вас, миледи? — Серсея наклонилась в ее сторону. — Дурочка. Слезы — не единственное оружие женщины. Между ног у тебя есть другое, и неплохо бы научиться пользоваться им. Мужчины-то орудуют своими мечами вовсю — мечами обоего рода.

Двое Кеттлблэков, снова войдя в зал, избавили Сансу от необходимости отвечать. Сир Осмунд и его братья, улыбчивые и скорые на шутку, сделались любимцами всего замка — с конюхами и егерями они ладили столь же хорошо, как с рыцарями и оруженосцами. Молва, впрочем, гласила, что лучше всего они ладят со служанками. Недавно сир Осмунд занял при Джоффри место Пса, и женщины, стиравшие у колодца, говорили, что он силен, как Клиган, только моложе и проворнее. «Если это правда, — думала Санса, — почему же тогда никто и не слыхивал об этих Кеттлблэках, пока сира Осмунда не взяли в Королевскую Гвардию?»

Осни, улыбаясь, преклонил колени перед королевой.

— Огненные лодки сработали, ваше величество. Вся Черноводная охвачена диким огнем. Сто кораблей горит, а то и больше.

— Что мой сын?

— Он у Грязных ворот с десницей и своими гвардейцами, ваше величество. До этого он говорил с лучниками на стене и дал им указания насчет стрельбы из арбалета. Люди восхищены его храбростью.

— Храбрость хороша в меру — был бы жив. — Серсея обернулась к другому брату, Осфриду, более высокому и суровому, с вислыми черными усами. — Говорите!

Осфрид, в стальном шлеме на длинных черных волосах, был мрачен.

— Ваше величество, мы схватили конюха и двух служанок, которые пытались уйти через калитку с тремя королевскими лошадьми.

— Первая измена этой ночи, но, боюсь, не последняя. Пусть ими займется сир Илин, а головы воткните перед конюшней в назидание другим. — Кеттлблэки ушли, и королева сказала Сансе: — Вот еще урок, который ты должна усвоить, если хочешь занять место рядом с моим сыном. Если проявить мягкость в подобную ночь, измена начнет размножаться вокруг тебя, как грибы после дождя. Твой народ останется тебе верным только в одном случае: если будет бояться тебя больше, чем врага.

— Я запомню это, ваше величество, — сказала Санса, хотя ей всегда говорили, что любовь обеспечивает верность народа надежнее, чем страх. «Если я когда-нибудь стану королевой, я сделаю так, что меня будут любить».

За салатом подали пироги с крабами, затем жареную баранину с луком и морковью в полых хлебных краюхах. Лоллис, которая ела слишком жадно, стошнило на себя и на сестру. Лорд Джайлс, который между приступами кашля усердно пил, повалился без чувств лицом в миску, среди луж вина. Королева посмотрела на него с отвращением.

— Видно, боги не в своем уме, если делают подобные создания мужчинами, — а я была не в своем уме, когда потребовала его освободить.

Вернулся Осфрид Кеттлблэк в развевающемся красном плаще.

— На площади собрался народ, ваше величество, — они просят впустить их в замок. Почтенные горожане, не какой-нибудь сброд — купцы и прочее.

— Велите им разойтись по домам. А если они не захотят, пусть арбалетчики подстрелят нескольких. Вылазок не устраивать — ворота нельзя открывать ни под каким видом.

— Слушаюсь. — Осфрид поклонился и вышел. Лицо королевы отвердело от гнева.

— Я сама бы охотно посшибала им головы мечом. — Речь ее сделалась не совсем внятной. — Детьми мы с Джейме были так похожи, что даже наш лорд-отец не мог различить нас. Порой мы менялись одеждой и целый день изображали один другого. Но когда Джейме вручили его первый меч, я ничего не получила. «А мне?» — спросила, помнится, я. Мы были так похожи — я не могла понять, почему со мной обращаются по-другому. Джейме учили владеть мечом, копьем и палицей, а меня — петь, улыбаться и очаровывать. Он стал наследником Бобрового Утеса, а меня продали чужому мужчине, как лошадь — чтобы ездил на мне, когда захочется, бил, когда заблагорассудится, а со временем бросил ради кобылки помоложе. Уделом Джейме были слава и могущество, моим — роды и ежелунная кровь.

— Но ведь вы были королевой всех Семи Королевств...

— Когда дело доходит до мечей, даже королева — всего лишь женщина. — Чаша Серсеи опустела, и паж хотел наполнить ее снова, но королева отрицательно качнула головой. — Довольно. Я должна сохранить ясность ума.

Напоследок гостям подали козий сыр с печеными яблоками. В зале запахло корицей, и Осни Кеттлблэк снова преклонил колени перед королевой.

— Ваше величество, Станнис высадил людей на турнирном поле, и переправа продолжается. Штурмуют Грязные ворота, и к Королевским притащили таран. Бес предпринял вылазку, чтобы отогнать их.

— Это, без сомнения, устрашит их, — сухо молвила Серсея. — Надеюсь, Джоффа он с собой не взял?

— Нет, ваше величество. Король вместе с моим братом находится у Шлюх и швыряет Оленьих Людей в реку.

— В то время, когда штурмуют Грязные ворота? Что за глупость! Скажите сиру Осмунду, чтобы немедленно забрал Джоффри оттуда — там слишком опасно. Пусть возвращаются в замок.

— Но Бес сказал...

— Вас должно касаться лишь то, что говорю я, — сузила глаза Серсея. — Ваш брат сделает, что ему велят, — иначе следующую вылазку возглавит он сам, и вы отправитесь вместе с ним.

Когда со столов убрали, многие гости попросили разрешения пойти в септу. Серсея милостиво дала свое позволение. Леди Танда с дочерьми была в числе ушедших. Для оставшихся позвали певца, и он наполнил зал сладостными звуками высокой арфы. Он пел о Джонквиль и Флориане, о принце Эймоне, Драконьем Рыцаре, и его любви к королеве, супруге его брата, о Нимерии и десяти тысячах ее кораблей. Красивые песни, но такие печальные! Женщины плакали, и у Сансы тоже увлажнились глаза.

— Не трать попусту слезы, дорогая, — наклонилась к ней королева. — Они тебе еще понадобятся для короля Станниса.

— Ваше величество? — беспокойно шевельнулась Санса.

— Избавь меня от своих пустых любезностей. Раз уж дошло до карлика, значит, дело совсем плохо — можешь смело снять свою маску. Я ведь знаю, зачем ты бегала в богорощу.

— В богорощу? — (Только не смотри на сира Донтоса! Не смотри! Она не может этого знать, никто не может. Мой Донтос, мой Флориан обещал, что никто не узнает.) — Я ходила туда молиться.

— За Станниса. Или за своего брата — все равно. Зачем еще тебе были нужны боги твоего отца? Ты молилась за наше поражение. Что это, по-твоему, как не измена?

— Я молилась за Джоффри, — настаивала испуганная Санса.

— Еще бы — он ведь так ласков с тобой! — Королева взяла у проходившей мимо прислужницы штоф сладкой сливянки и налила Сансе. — Пей, — холодно приказала она, — авось наберешься мужества сказать правду в кои-то веки.

Санса пригубила приторно-сладкое и очень крепкое вино.

— Ну уж нет. Пей до дна, Санса, — твоя королева приказывает тебе.

Санса едва не поперхнулась, но исполнила приказание, и у нее закружилась голова.

— Еще? — осведомилась Серсея.

— Нет. Пожалуйста, не надо.

Вид у королевы был недовольный.

— Когда ты спросила меня про сира Илина, я тебе солгала. Хочешь услышать правду, Санса? Хочешь узнать, зачем он здесь на самом деле?

Санса не посмела ответить, да в этом и не было нужды. Королева уже сделала рукой знак. Санса не заметила, когда сир Илин вернулся в зал, но он был здесь и шел к помосту неслышно, как кот. Лед он нес наголо. Отец после казни всегда очищал свой меч в богороще, но сир Илин был не столь заботлив. На волнистой стали сохла кровь, из красной уже ставшая бурой.

— Скажи леди Сансе, зачем я держу тебя здесь.

Сир Илин открыл рот и проскрипел что-то без всякого выражения на изрытом оспой лице.

— Он говорит, что находится здесь ради нас. Станнис может взять город и занять трон, но суда над собой я не допущу. Я не желаю, чтобы мы достались ему живыми.

— Мы?!

— Ты не ослышалась. Советую тебе помолиться заново — и не по-прежнему. Старкам не придется порадоваться падению дома Ланнистеров, даю тебе слово. — Королева ласково коснулась волос Сансы, убрав их с шеи.

ТИРИОН

Зрение Тириона ограничивала прорезь шлема, но, поворачивая голову, он мог видеть три галеи, приставшие к турнирному полю, и четвертую, побольше остальных, — она стояла на середине реки и стреляла бочонками горящей смолы из катапульты.

— Стройся клином, — скомандовал он, когда его отряд выехал за ворота. Они сформировали наконечник копья, где острием был он. Сир Мендон Мур занял место справа от него — пламя отражалось в белой эмали его панциря, мертвые глаза бесстрастно поблескивали сквозь забрало. Угольно-черный конь под ним имел на себе белые доспехи, к руке был прикреплен чисто-белый щит королевского гвардейца. Слева удивленный Тирион обнаружил Подрика Пейна с мечом в руке.

— Тебе тут не место, мальчик, — отправляйся назад.

— Я ваш оруженосец, милорд.

На споры не было времени.

— Ладно — держись подле меня. — Тирион пришпорил жеребца.

Колено к колену они ехали вдоль городской стены. С древка в руке сира Мендона струился красный с золотом штандарт Джоффри — лев и олень, выступающие бок о бок. С шага они перешли на рысь, развернувшись вокруг подножия башни. Со стены сыпались стрелы, и камни летели куда попало — на землю, в воду и на людей. Впереди высились королевские ворота, где толпа солдат орудовала громадным тараном из черного дуба с железной головой. Лучники с кораблей, стоя вокруг, обстреливали всех, кто показывался наверху.

— Копья наперевес, — скомандовал Тирион, посылая коня вперед.

Почва была скользкой от ила и крови. Конь, споткнувшись о труп, зашатался, и Тирион подумал было, что тут его атаке и конец, — но как-то удержался в седле, а тут и конь выровнялся. Люди у ворот торопливо поворачивались, готовясь к бою. Тирион вскинул топор с криком:

— Королевская Гавань! — Другие голоса поддержали его, и клин, бряцая сталью, свистя шелком и гремя копытами, ринулся вперед.

Сир Мендон опустил копье в самый последний миг, вогнав знамя Джоффри в грудь чьего-то клепаного колета и подняв врага на воздух — потом древко переломилось. Перед Тирионом возник рыцарь, на камзоле которого выглядывала из-за цветочный венок. «Флорент, — мелькнуло в уме у Тириона, и тут же следом: — Он без шлема». Топор обрушился на лицо рыцаря, и такова была сила конского разбега, что тому снесло полголовы. От удара плечо Тириона онемело. «Вот бы Шагга посмеялся», — подумал он на скаку.

Чье-то копье грохнуло о его щит. Под мчался рядом, рубя каждого встречного-поперечного. Краем уха Тирион слышал, как радостно вопят люди на стенах. Брошенный всеми таран хлопнулся в грязь. Тирион сшиб конем лучника, разрубил копейщика от плеча до подмышки, безуспешно рубанул по шлему с меч-рыбой на гребне. У тарана его рыжий взвился на дыбы, но вороной взял препятствие с ходу, и сир Мендон унесся вперед, словно смерть в белоснежном плаще. Его меч рубил руки, раскалывал головы, дробил щиты — впрочем, мало кто из врагов переправился через реку с целыми щитами.

Тирион послал коня через таран. Враги обратились в бегство. Он вертел головой туда-сюда, но нигде не видел Пода. О шлем сбоку стукнулась стрела, на дюйм разминувшись с глазным отверстием, и Тирион от испуга чуть не свалился с коня. «Если я буду торчать тут как чурбан, почему бы заодно не нарисовать мишень на панцире?»

Он снова пришпорил коня. Тот поскакал, перепрыгивая через мертвые тела. Всю реку ниже по течению загораживали горящие галеи. Острова дикого огня еще плыли по воде, выбрасывая зеленое пламя на двадцать футов в воздух. Все, кто бил в ворота тараном, разбежались, но по всему берегу шли бои. Люди сира Бейлона Сванна или Ланселя пытались оттеснить назад врагов, спасающихся с горящих кораблей.

— За мной! К Грязным воротам! — скомандовал Тирион.

— К Грязным воротам! — громогласно повторил сир Мендон, и все поскакали туда. — Королевская Гавань! — нестройно кричали солдаты, и еще: — Полумуж! Полумуж! — Кто их только этому научил? Сквозь сталь и мягкую подкладку шлема Тириону слышались крики боли, треск огня, вой боевых рогов и медные голоса труб. Огонь бушевал повсюду. Боги, неудивительно, что Пес так испугался. Огонь вселяет в него страх...

С Черноводной донесся оглушительный треск — это камень с коня величиной обрушился на одну из галей. Нашу или чужую? Тирион не мог этого разглядеть через клубящийся дым. Его клин рассыпался — каждый теперь вел свой собственный бой. «Надо бы повернуть назад», — подумал Тирион, продолжая скакать вперед.

Топор в руке отяжелел. Горстка бойцов еще следовала за ним — остальные были убиты или отстали. Ему стоило труда направлять коня на восток. Скакун любил огонь не больше, чем Сандор Клиган, но легче поддавался уговорам.

Из реки вылезали люди — обожженные, истекающие кровью, выкашливающие воду, шатающиеся, еле живые. Тирион мчался через них, приканчивая тех, кто еще стоял. Битва сузилась до пределов его смотровой щели. Рыцари вдвое больше него разбегались или гибли от его руки. Страх делал их маленькими.

— Ланнистер! — кричал Тирион, убивая. Его рука, обагрившаяся по локоть, рдела в отблесках огня. Конь снова взвился на дыбы — Тирион вознес топор к небу, и звезды ответили ему: — Полумуж! Полумуж! — Он чувствовал себя опьяненным.

Боевая горячка. Не думал он, что способен ее испытать, хотя Джейме часто о ней рассказывал. Как время замедляет свой ход и даже останавливается, как исчезают прошлое и будущее, оставляя лишь один-единственный миг, как улетучиваются страхи и мысли, как забываешь о собственном теле. «Ты не чувствуешь ни ран, ни ноющей от доспехов спины, ни пота, льющегося тебе в глаза. Ты перестаешь чувствовать, перестаешь думать, перестаешь быть собой, остается только бой и враг — один, другой, третий, десятый, и ты знаешь, что не подвластен усталости и страху в отличие от них. Ты жив! Вокруг тебя смерть, но они так медленно поворачиваются со своими мечами — ты танцуешь среди них, смеясь». Боевая горячка. «Я полумуж, охмелевший от резни, — пусть убьют меня, если смогут!»

Они пытались. На него набежал человек с копьем — Тирион отсек наконечник, потом кисть, потом руку по локоть, описывая круги вокруг копейщика. Лучник, потерявший лук, бросился на него со стрелой, держа ее, как нож. Конь Тириона ударил его копытом в бедро и сбил с ног, а Тирион издал лающий смех. Проезжая мимо знамени, воткнутого в землю — одного из огненных сердец Станниса, — он разрубил его древко надвое. Невесть откуда взявшийся рыцарь рубанул по его щиту двуручным мечом — и еще раз, и еще, пока кто-то не ткнул ему кинжалом под мышку. Тирион так и не увидел кто — один из защитников города, вероятно.

— Я сдаюсь, сир, — закричал ему другой рыцарь. — Сир рыцарь, я сдаюсь вам. Вот знак. — Лежа в луже черной воды, он поднимал вверх свою перчатку. Тириону пришлось нагнуться, чтобы взять ее, — и в этот самый миг над головой у него пролетел сосуд с диким огнем, разбрызгивая зеленое пламя. В его свете Тирион разглядел, что лужа под рыцарем не черная, а красная. В перчатке застряла отрубленная рука. Тирион швырнул ее обратно. — Сдаюсь, — безнадежно прорыдал рыцарь, когда Тирион поскакал прочь.

Какой-то латник сгреб коня за узду и ткнул Тириону в лицо кинжалом, но карлик выбил у него нож и обрушил топор ему на затылок. Вытаскивая лезвие назад, он увидел краем глаза что-то белое. Тирион подумал, что это сир Мендон Мур, но это был другой белый рыцарь — сир Бейлон Сванн. Доспехи на нем были те же, но на конской броне чередовались белые и черные лебеди его дома. Скорее пегий рыцарь, чем белый, мелькнуло у Тириона в голове: сир Бейлон был весь в крови и копоти. Рыцарь указал вниз по реке палицей, облепленной мозгами и осколками кости.

— Смотрите, милорд.

Тирион развернул коня, чтобы взглянуть. Быстрые черные воды реки покрылись кровью и пламенем, небо переливалось красным, оранжевым и ярко-зеленым.

— Куда смотреть-то? — спросил Тирион и тогда увидел.

Люди в стальных латах карабкались с разбившейся о причал галеи. Как их много — откуда они взялись? Тирион проследил их путь сквозь дым и пламя. Там сбилось вместе штук двадцать галей, а то и больше — сосчитать было трудно. Их весла скрестились, борта соединялись абордажными крючьями, таран одной торчал в боку другой, упавшие снасти переплелись. Один большой корабль плавал кверху дном между двумя помельче. Разбитые галеи образовали мост, по которому можно было пересечь Черноводную.

Сотни наиболее храбрых бойцов Станниса Баратеона именно этим и занимались. Один рыцарь сдуру пустился через реку верхом, заставляя охваченного ужасом коня перескакивать через планширы и весла и преодолевать накренившиеся, залитые кровью и охваченные зеленым огнем палубы. «Мы сами построили им этот мост», — подумал пораженный Тирион. Местами он ушел под воду, местами горел, местами потрескивал, угрожая развалиться, но врагов это не останавливало.

— Экие смельчаки, — восхищенно сказал Тирион сиру Бейлону. — Надо перебить их.

Он повел своих бойцов и людей сира Бейлона сквозь гаснущий огонь, копоть и пепел по длинному каменному молу. Их нагнал сир Мендон с разбитым в щепки щитом. Дым, полный искр, наполнял воздух. Враг дрогнул под их атакой и стал отступать обратно в реку, топча тех, кто пытался выбраться на берег. Началом моста служила полузатопленная вражеская галея с именем «Погибель драконов» на носу — она напоролась днищем на одну из затопленных посудин, которые Тирион насовал между молами. Латник с красным крабом дома Селтигаров пронзил копьем грудь коня сира Бейлона — рыцарь не успел соскочить и вылетел из седла. Тирион, проносясь мимо, рубанул латника по голове и хотел натянуть поводья — но было уже поздно. Его конь махнул с конца мола, перескочил через разбитый планшир и с диким ржанием ушел в воду по самые бабки. Тирион упустил топор, вылетел из седла сам, и мокрая палуба взмыла ему навстречу.

Вслед за этим началось какое-то безумие. Его конь, сломавший ногу, исходил криком. Тирион умудрился вытащить кинжал и перерезал бедняге горло. Кровь фонтаном брызнула из раны, окатив ему руки и грудь. Тирион поднялся и заковылял к борту, скользя по вспученным, залитым водой доскам. Навстречу попадались люди. Кого-то он убил, кого-то ранил, кто-то уклонился, но откуда-то брались все новые и новые. Он потерял свой нож и подобрал сломанное копье. Он колол им, выкрикивая проклятия. Люди бежали от него, и он гнался за ними, перелезая на другой корабль и на третий. Две его белые тени, Бейлон Сванн и Мендон Мур, прекрасные в своей снежной броне, сопровождали его неотступно. Окруженные латниками Веларионa, они сражались спина к спине, превращая битву в подобие танца.

Действия самого Тириона не отличались изяществом. Одного он ткнул в почки, когда тот повернулся спиной, другого поймал за ногу и скинул в реку. Стрелы свистели мимо его головы и стукались о броню. Одна вонзилась в щель между плечом и панцирем, но Тирион не почувствовал боли. Голый человек рухнул с неба на палубу и лопнул, как сброшенная с башни дыня. Кровь его брызнула в смотровую щель Тириона. Полетели камни, падая на корабли и превращая их в щепки. Наконец весь мост содрогнулся и сбросил с себя Тириона.

В шлем внезапно полилась вода. Тирион сорвал его с себя и дополз по перекошенной палубе до места, где ему было по шею. В воздухе стоял стон, исторгаемый словно неким издыхающим чудищем. Корабль, сообразил Тирион. Корабль хочет оторваться. Разбитые галеи расцеплялись, и мост рушился. Не успев толком осмыслить это явление, Тирион услышал треск, подобный грому, палуба под ним колыхнулась, и он полетел обратно в воду.

Крен был так силен, что обратно он лез, держась за какой-то канат и подтягиваясь дюйм за дюймом. Краем глаза он увидел, что соседний корабль медленно, кружась, уплывает вниз по течению, а люди прыгают с него в реку. Одни носили на себе огненные сердца Станниса, другие — льва и оленя Джоффри, третьи — другие эмблемы, но никто уже не обращал на это внимания. И внизу, и вверху пылали пожары. На одном берегу кипел бой — там реяли яркие знамена, составлялись и рушились стены из щитов, конные рыцари скакали по кровавой грязи среди дыма и пыли. С другой стороны высился на своем холме Красный Замок, изрыгая огонь. Да нет же, не может быть. На миг Тирион подумал, что сошел с ума или Станнис и замок поменялись местами. Как ухитрился Станнис переправиться на северный берег? С опозданием Тирион сообразил, что корабль крутится вместе с ним — отсюда и путаница. Но что там за битва? С кем может сражаться Станнис на том берегу? Тирион слишком устал, чтобы угадывать. Плечо ужасно болело — он хотел потереть его, увидел стрелу и вспомнил. Хорошо бы убраться с этого корабля. Впереди не было ничего, кроме огненной стены, — если эта посудина поплывет, то врежется прямо в нее.

Кто-то звал его по имени.

— Сюда! — отозвался Тирион. — Я здесь! Помогите! — Но из горла шел какой-то писк — он сам себя едва слышал. Он подтянулся повыше и ухватился за поручни борта. Галея столкнулась с другой так сильно, что его чуть не сбросило в реку. Куда подевался весь его пыл? Теперь он только и мог, что держаться.

— МИЛОРД! ДЕРЖИТЕ МОЮ РУКУ! МИЛОРД ТИРИОН!

На палубе ближнего корабля, за ширящимся прогалом черной воды, стоял сир Мендон Мур, протягивая руку. Желто-зеленый огонь отражался в его белых доспехах, боевая перчатка запеклась от крови. Тирион потянулся к нему, сожалея о недостаточной длине своих рук. Лишь в последний миг, когда их пальцы соприкоснулись, его поразило то, что сир Мендон протягивает ему *левую* руку...

Не потому ли он откачнулся назад — или он все-таки увидел меч? Тирион так никогда и не узнал. Острие задело его чуть ниже глаз — он ощутил холодное прикосновение стали, а затем боль. Голова дернулась, словно от оплеухи, и холодная вода тут же нанесла ему другую. Тирион отчаянно барахтался, зная, что если уж пойдет ко дну, то больше не выплывет. Каким-то чудом он нащупал расщепленный конец весла. Вцепившись в него, как страстный любовник, Тирион полез вверх фут за футом. Вода заливала глаза, кровь наполняла рот, голова раскалывалась. «Боги, дайте мне силы добраться до палубы...» В мире не осталось ничего, кроме весла, воды и палубы.

Наконец он перевалился через борт и без сил растянулся на спине. Шары зеленого и оранжевого пламени трещали над головой, оставляя следы между звезд. Тирион успел еще подумать, как это красиво, но тут сир Мендон загородил ему вид — белая стальная тень с поблескивающими темными глазами. Сил у Тириона осталось не больше, чем у тряпичной куклы. Сир Мендон приставил меч к его горлу, обеими руками держась за рукоять.

Внезапно он качнулся влево и повалился на поручни. Они треснули, и сир Мендон Мур с криком и плеском ушел под воду. Миг спустя разбитые корабли снова столкнулись, и палуба подскочила вверх. Кто-то стоял рядом на коленях.

— Джейме? — прохрипел Тирион, захлебываясь собственной кровью. Кто же еще мог спасти его, если не брат?

— Лежите спокойно, милорд, вы ранены. — Мальчишеский голос — что это значит? Почти как у Пода.

САНСА

Когда сир Лансель Ланнистер сообщил королеве, что битва проиграна, она лишь проронила, вертя в руках пустую чашу:

— Скажите об этом моему брату, сир. — Голос ее звучал отстраненно, как будто эта новость очень мало интересовала ее.

— Ваш брат скорее всего убит. — Камзол сира Ланселя намок от крови, сочившейся из раны под мышкой. Когда он вошел в зал, несколько женщин подняли визг. — Он был на корабельном мосту, когда тот распался. Сир Мендон, вероятно, тоже погиб, а десницу так и не нашли. Проклятие богам, Серсея, зачем вы велели вернуть Джоффри в замок? Золотые плащи бросают копья и бегут — сотнями. Увидев, что с ними нет короля, они совсем пали духом. Вся Черноводная покрыта обломками, огнем и трупами, но мы могли бы продержаться, если...

Осни Кеттлблэк, отстранив его, вышел вперед.

— Бой идет на обоих берегах реки, ваше величество. Можно подумать, что лорды Станниса сцепились друг с другом — ничего нельзя понять. Никто не знает, куда делся Пес, а сир Бейлон отступил за стены города. Весь берег захвачен врагом. В Королевские ворота снова бьют тараном, а ваши люди, как верно сказал сир Лансель, покидают стены и убивают своих офицеров. У Железных и Божьих ворот собрались толпы, рвущиеся наружу, в Блошином Конце бушует перепившаяся чернь...

«Боги праведные, — подумала Санса. — Вот оно. Джоффри потерял голову, а с ним и я». Она искала взглядом сира Илина, но палача не было видно. И все же она чувствовала, что он здесь, рядом, и ей от него не уйти.

Королева со странным спокойствием обратилась к Осфриду:

— Поднимите мост и заприте двери. Никто не войдет в крепость Мейегора и не выйдет из нее без моего разрешения.

— А как быть с женщинами, которые ушли помолиться?

— Они пренебрегли моей защитой. Пусть себе молятся — авось их защитят боги. Где мой сын?

— В надвратной башне замка. Он пожелал командовать арбалетчиками. Снаружи бушует толпа, половину которой составляют золотые плащи, покинувшие Грязные ворота вслед за королем.

— Приведите его сюда — немедленно.

— Нет! — Лансель так разозлился, что прокричал это в голос. — Мы должны отбить Грязные ворота назад. Пусть остается на своем месте — он король, в конце концов...

— Он мой сын. — Серсея Ланнистер поднялась на ноги. — Ты тоже Ланнистер, кузен, — докажи же это на деле. Что ты стоишь, Осфрид? Я сказала — немедленно.

Осфрид поспешно вышел вместе с братом. Многие женщины тоже ринулись вон, плача и бормоча молитвы. Другие остались за столами, требуя еще вина.

— Серсея, — взмолился Лансель, — если замок падет, Джоффри все равно убьют, ты же знаешь. Пусть останется на месте — я не покину его, клянусь...

— Прочь с дороги. — Серсея хлопнула его ладонью прямо по ране. Он закричал и чуть не лишился чувств, а королева удалилась, не удостоив Сансу даже взглядом. «Она забыла обо мне. Сир Илин убьет меня, а она и не вспомнит».

— О боги, — причитала какая-то старуха. — Мы погибли, битва проиграна, а она убегает. — Дети, чувствуя общий страх, плакали. Санса осталась одна на помосте. Как быть — сидеть здесь или бежать вслед за королевой и молить ее о пощаде?

Сама не зная, зачем это делает, Санса поднялась и громко сказала:

— Не бойтесь. Королева велела поднять мост. Это самое безопасное место в городе. Здесь толстые стены и ров с острыми пиками...

— Но что случилось? — спросила женщина, которую Санса немного знала, — жена какого-то мелкого лорда. — Что Осни сказал ей? Король ранен? Город пал?

— Скажи нам! — подхватили другие женщины. Одна спрашивала про отца, другая про сына.

Санса успокаивающим жестом подняла руки.

— Джоффри вернулся в замок. Он не ранен. Битва продолжается — вот все, что я знаю, и наши сражаются храбро. Королева скоро вернется. — Последнее было ложью, но должна же она была как-то успокоить их. Под галереей Санса заметила шутов. — Ну-ка, Лунатик, рассмеши нас.

Лунатик перекувыркнулся, вскочил на стол, схватил четыре кубка и начал жонглировать ими. Один то и дело падал и бил его по голове. Раздались робкие смешки. Санса опустилась на колени рядом с сиром Ланселем, чья рана после удара королевы стала кровоточить сильнее.

— Безумие, — выдохнул он. — Боги, как же прав был Бес...

— Помогите ему, — приказала Санса двум слугам. Один только посмотрел на нее и бросился наутек вместе со штофом. Прочая челядь тоже разбегалась, и Санса не могла этому помешать. Вместе со вторым слугой она поставила раненого рыцаря на ноги. — Отведи его к мейстеру Френкену. — Лансель был один из них, но ему Санса почему-то не желала смерти. «Я слабая, мягкая и глупая — Джоффри верно говорит. Мне бы следовало убить его, а я ему помогаю».

Факелы догорали — один или два уже погасли. Никто не трудился заменять их. Серсея не возвращалась. Сир Донтос, пользуясь тем, что все смотрели на другого дурака, взобрался на помост и прошептал:

— Ступайте к себе в комнату, милая Джонквиль. Запритесь — и вы будете в безопасности. Я приду к вам, когда битва кончится.

«Кто-нибудь уж точно придет, — подумала Санса, — не ты, так сир Илин». В один безумный миг она чуть не взмолилась, чтобы Донтос ее защитил. Он ведь тоже рыцарь, обученный владеть мечом и поклявшийся защищать слабых. Но нет. У него нет ни отваги, ни умения. «Я и его заодно погублю».

Ей понадобились все ее силы, чтобы выйти из Бального Зала Королевы медленно — она охотно пустилась бы бежать. Дойдя до винтовой лестницы, она побежала-таки наверх — так, что перехватило дыхание и голова закружилась. С ней столкнулся несущийся вниз стражник — украшенный драгоценностями кубок и пара серебряных подсвечников вывалились из его красного плаща и загремели по ступенькам. Он заторопился вслед, не обращая на Сансу внимания, — ведь она не собиралась отнять у него добычу.

В ее комнате было черным-черно. Санса заперлась на засов и ощупью пробралась к окну. Отодвинув шторы, она ахнула.

Южный небосклон, залитый многоцветным заревом, отражал пылающие внизу пожары. Зловещий зеленый прилив омывал облака, и ширились пятна оранжевого света. Красно-желтые отблески обычного пламени боролись с изумрудом и яшмой дикого огня — каждый цвет то вспыхивал, то меркнул, порождая орды недолговечных, тут же умирающих теней. Зеленые рассветы сменялись оранжевыми сумерками. В воздухе пахло как от котла с супом, который слишком долго пробыл на огне и весь выкипел. Во мраке, как рои светляков, носились искры.

Санса попятилась от окна, торопясь зарыться в постель. «Надо уснуть. Когда я проснусь, будет уже новый день, и небо снова станет голубым. Битва окончится, и кто-нибудь скажет, что мне суждено — жить или умереть».

— Леди, — пролепетала Санса. Встретится ли она после смерти со своей волчицей?

Что-то шевельнулось во тьме, и чья-то рука сомкнулась у нее на запястье.

Санса хотела закричать, но другая рука зажала ей рот, едва не удушив. Пальцы были жесткие, мозолистые, липкие от крови.

— Пташка. Я знал, что ты придешь, — прохрипел пьяный голос.

За окном к звездам стрельнуло копье изумрудного света, озарив комнату, и Санса увидела его — черно-зеленого, с темной, как смола, кровью на лице и светящимися по-собачьи глазами. Затем свет померк, и остался только сгусток тьмы в замаранном белом плаще.

— Закричишь — убью. Можешь мне поверить. — Он убрал руку от ее рта. Санса учащенно дышала. Пес взял штоф вина, стоящий рядом с кроватью, и потянул из него. — Не хочешь ли спросить, кто побеждает, пташка?

— И кто же? — Она слишком испугалась, чтобы перечить ему.

— Я знаю только, кто потерпел поражение, — засмеялся он. — Это я.

Таким пьяным она его еще не видела — и он спал на ее постели. Что он здесь делает?

— Почему вы так говорите?

— Потому что это правда. — Засохшая кровь скрывала ожоги на его лице. — Проклятый карлик. Жаль, что я не убил его давным-давно.

— Говорят, он убит.

— Убит? Ну нет. Не хочу я, чтобы он погиб просто так. — Пес отшвырнул от себя опустевший штоф. — Хочу, чтобы он сгорел. Если боги справедливы, они сожгут его, но я должен это видеть. Я ухожу.

— Уходите? — Санса попыталась освободиться, но он держал ее как в тисках.

— Маленькая пташка повторяет все, что слышит. Да, ухожу.

— Но куда?

— Подальше отсюда. Подальше от огня. Через Железные ворота. Куда-нибудь на север.

— Вы не выйдете отсюда. Королева закрыла крепость Мейегора, и городские ворота тоже заперты.

— Только не для меня — ведь на мне белый плащ. И это тоже при мне. — Он похлопал по рукояти своего меча. — Всякий, кто попробует меня остановить, — мертвец. Если только у него нет под рукой огонька, — с горьким смехом сказал Пес.

— Зачем вы пришли сюда?

— Ты обещала мне песню, пташка, — забыла?

Она не понимала, о чем он. Как может она петь для него здесь, под пламенеющим небом, когда люди гибнут сотнями и тысячами?

— Я не могу. Отпустите меня — мне страшно.

— Тебе всегда страшно. А ну посмотри на меня. Посмотри!

Кровь скрывала его шрамы, но широко раскрытые белые глаза пугали ее, и угол его изуродованного рта дергался. От него разило потом, кислым вином и блевотиной, но запах крови заглушал все.

— Я позаботился бы о тебе. Они все меня боятся. Пусть-ка кто-нибудь посмеет тебя тронуть — убью! — Он дернул ее к себе, и ей показалось, что он хочет ее поцеловать. Он был слишком силен, чтобы с ним бороться. Санса закрыла глаза, молясь, чтобы это поскорее кончилось, но ничего так и не случилось. — Не можешь на меня смотреть, да? — Он вывернул ей руку и швырнул ее на кровать. — Давай пой — про Флориана и Джонквиль, как обещала. — Он приставил кинжал к ее горлу. — Пой, пташка, пой, если жизнь дорога.

В горле у нее пересохло со страху, и все песни, которые она знала, вылетели из головы. «Пожалуйста, не убивайте меня», — хотелось закричать ей. Он нажал острием чуть сильнее, и она уже закрыла было глаза опять, покорясь судьбе, но потом вспомнила. Не песню о Флориане и Джонквиль, но все-таки песню. Тонким дрожащим голоском она завела:

> Матерь, Матерь всеблагая,
> Помилуй наших сыновей,
> Огради щитом их крепким
> От стрел каленых и мечей.
> Матерь, женщин оборона,
> Помилуй наших дочерей,
> Утешь безумство супостата
> Рукою благостной своей.

Другие слова она забыла и умолкла, боясь, что он убьет ее, но Пес молча отвел кинжал от ее горла.

Чутье побудило ее поднять руку и коснуться пальцами его щеки. Она не видела его в темноте, но чувствовала липкость крови и что-то другое, не кровь, хотя и мокрое.

— Пташка, — проскрежетал он, как сталь о камень, и встал. Санса услышала треск разрываемой ткани и удаляющиеся шаги.

Отважившись наконец слезть с кровати, она поняла, что осталась одна. На полу валялся белый плащ Пса, скомканный, покрытый копотью и кровью. Небо за окном потемнело, и лишь редкие бледно-зеленые призраки плясали среди звезд. Холодный ветер хлопал ставнями. Санса озябла. Она развернула разорванный плащ и съежилась под ним на полу, вся дрожа.

Она не знала, долго ли там оставалась, но через некоторое время где-то в городе зазвонил колокол. Густой бронзовый звон становился все чаще. Что это могло означать? К первому колоколу примкнул второй, потом третий — звон плыл по холмам и низинам, по площадям и переулкам, проникая во все уголки Королевской Гавани. Санса сбросила плащ и подошла к окну.

На востоке брезжил рассвет. Колокола звонили теперь и в Красном Замке, вплетаясь в реку звуков, льющуюся от семи кристальных башен Великой Септы Бейелора. Когда король Роберт умер, тоже звонили в колокола, но тот звон был медленный, скорбный, а не веселый, как теперь. Люди на улицах кричали что-то — тоже весело.

Новости ей принес сир Донтос. Он ввалился в ее открытую дверь, обхватил Сансу своими ручищами и закружил по комнате. Она ни слова не понимала из его восклицаний. Он был пьян не меньше, чем Пес, но счастлив. У нее голова пошла кругом, когда он наконец поставил ее на пол.

— В чем дело? — Она ухватилась за столбик кровати. — Что случилось? Говорите же!

— Кончено! Кончено! Город спасен! Лорд Станнис то ли убит, то ли бежал — никто не знает, да никому и дела нет, его войско разбито, опасность миновала. Они разбиты, они бегут! О, эти яркие знамена, Джонквиль! Нет ли у вас вина? Мы должны выпить вместе. Вы спасены теперь, понимаете?

— Да скажите же толком! — потрясла его Санса.

Сир Донтос запрыгал с ноги на ногу, с трудом умудряясь не упасть.

— Они пришли сквозь пепел горящей реки. Станнис уже по шею зашел в воду, и они напали на него сзади. О, если бы мне снова стать рыцарем! Говорят, люди Станниса почти не сопротивлялись. Они либо пустились в бегство, либо склонили колено и перешли на другую сторону, выкликая имя Ренли! Не знаю уж, что подумал Станнис, слыша это! Мне сказал об этом Осни Кеттлблэк, а ему — сир Осмунд, и люди сира Бейлона говорят то же самое, и золотые плащи. Мы спасены, дорогая! Они пришли по Дороге Роз, вдоль реки, через сожженные Станнисом поля, и доспехи их посерели от пепла, но на их знаменах блистают золотая роза и золотой лев, и дерево Марбрандов, и дерево Рованов, охотник Тарли и виноград Редвина, и дубовый лист леди Окхарт. Все лорды западных земель, вся мощь Хайгардена и Бобрового Утеса. Сам лорд Тайвин перешел с правым крылом на северный берег. Центром командовал Рендил Тарли, а левым крылом — Мейс Тирелл, но битву выиграл авангард. Он врезался в Станниса, как копье в тыкву, и бойцы его выли, как одетые сталью демоны. А знаете, кто вел авангард? Знаете? Знаете?

— Робб? — Едва ли она могла на это надеяться, но все же...

— Лорд Ренли! Лорд Ренли в своих зеленых доспехах, с мерцающими при свете пламени золотыми оленьими рогами! Лорд Ренли с длинным копьем в руке! Говорят, он убил в единоборстве сира Гюйарда Морригена и еще дюжину знаменитых рыцарей. Это был Ренли, Ренли, Ренли! Ах, если бы мне снова стать рыцарем!

ДЕЙЕНЕРИС

Дени завтракала холодной похлебкой из креветок и хурмы, когда Ирри принесла ей квартийское платье из плотного шелка цвета слоновой кости, украшенное мелким жемчугом.

— Убери это, — сказала Дени. — Гавань не место для такого наряда.

Если молочные люди считают ее дикаркой, она будет одеваться по-дикарски. Дени отправилась на конюшню в выгоревших штанах из песочного шелка и травяных сандалиях. Ее маленькие груди свободно колыхались под расшитой дотракийской безрукавкой, на поясе из медальонов висел кривой кинжал. Чхику заплела ее на дотракийский лад, привесив к косе серебряный колокольчик.

683

— Но я не одержала никакой победы, — сказала служанке Дени.

— Ты сожгла мейег в их доме праха и послала их души в ад, — возразила Чхику.

Это победа Дрогона, а не моя, хотела сказать Дени, но смолчала. Колокольчики в волосах обеспечат ей уважение дотракийцев. Позванивая, она села на свою серебристую кобылку, и ни она, ни сир Джорах, ни ее кровные всадники ни словом об этом не обмолвились. Охранять людей и драконов в ее отсутствие она оставила Ракхаро. Чхого и Агго сопровождали ее в порт.

Мраморные дворцы и ароматные сады остались позади — теперь они ехали через бедный квартал, где скромные кирпичные дома смотрели на улицу глухими стенами. Здесь было меньше лошадей и верблюдов, не говоря уж о паланкинах, зато улицы кишели детьми, нищими и тощими псами песочного цвета. Бледнокожие люди в пыльных полотняных балахонах провожали их взглядами с порогов. «Они знают, кто я, и не питают ко мне любви», — догадывалась Дени.

Сир Джорах предпочел бы усадить ее в носилки, укрыв за шелковыми занавесками, но она отказалась. Слишком долго Дени возлежала на атласных подушках, предоставляя волам возить ее туда-сюда. Сидя верхом, она хотя бы чувствовала, что куда-то едет.

Не по своей воле отправилась она в гавань. Ей снова приходилось спасаться бегством. Всю свою жизнь Дени только этим и занималась. Она пустилась бежать еще во чреве матери и с тех пор никогда не останавливалась. Как часто они с Визерисом убегали во мраке ночи, лишь на шаг опережая наемников узурпатора! Бежать или умереть — иного выбора не было. А теперь Ксаро узнал, что Пиат Прей собирает уцелевших колдунов, чтобы наслать на нее порчу.

Дени только посмеялась, когда он сказал ей об этом.

— Не ты ли говорил, что они точно престарелые солдаты, хвастающие былыми победами?

— Когда я это говорил, все так и было, — серьезно ответил Ксаро. — Но теперь я уже в этом не уверен. Говорят, что в доме Урратона-полуночника горят стеклянные свечи, которые не зажигались уже сто лет. Призрак-трава выросла в саду Сеана, призрачные черепахи переносят вести между не имеющими окон домами на Дороге Колдунов, и все городские крысы отгрызли себе хвосты. Жена Матоса Малларавана, который посмеялся над ветхими лохмотьями одного колдуна, лишилась рассудка и не желает одеваться вовсе. Даже от свежевыстиранного шелка отказывается, ей кажется, что по ней ползают насекомые. А слепой Сибассион, Пожиратель Глаз, прозрел снова, как уверяют его рабы. Чудеса, да и только, — вздохнул Ксаро. — Странные времена настали в Кварте — а странные времена дурно сказываются на торговле. Мне грустно это говорить, но тебе, пожалуй, лучше уехать. Совсем уехать — и чем скорее, тем лучше. — Ксаро успокаивающим жестом погладил ее пальцы. — Но тебе не обязательно ехать одной. Во Дворце Парха ты насмотрелась немало страшного, мне же снятся более светлые сны. Я вижу тебя на пышной постели, с ребенком у груди. Поплывем с тобой по Яшмовому морю и осуществим это на деле! Еще не поздно. Подари мне сына, о сладкая песня моего счастья!

(А заодно и дракона.)

— Я не пойду за тебя, Ксаро.

Его лицо сразу стало холодным.

— Тогда уезжай.

— Но куда?

— Как можно дальше.

Ну что ж, пожалуй, время и правда пришло. Ее кхаласар был рад случаю отдохнуть от лишений красной пустыни, но теперь, отдохнув и отъевшись, они начали отбиваться от рук. Дотракийцы не привыкли долго оставаться на одном месте. Они воинственный народ, не созданный для городов. Она и так уж слишком долго задержалась в Кварте, соблазнившись его удобствами и красотами. Но этот город обещал ей больше, чем мог дать, а после того дня, когда Дом Бессмертных исчез в клубах огня и дыма, перестал быть приветливым к ней. За одну ночь квартийцы вспомнили, что драконы могут быть опасны. Они не являлись больше к Дени, спеша принести ей свои дары. Турмалиновое Братство открыто ратовало за ее изгнание, а Гильдия Пряностей — за ее смерть. Тринадцать не примыкали к ним только благодаря Ксаро.

Но куда же им деваться? Сир Джорах предлагал отправиться еще дальше на восток, где их не достанут ее враги из Семи Королевств. Ее кровные всадники с большей охотой вернулись бы в свое великое Травяное море, даже если для этого требовалось снова пересечь красную пустыню. Сама Дени носилась с мыслью осесть в Вейес Толорро, пока ее драконы не подрастут и не окрепнут, но ее одолевали сомнения. Каждый из этих путей казался неверным — и даже когда она решила, куда ехать, оставалось неясным, как они туда доберутся.

Она знала, что Ксаро Ксоан Даксос ей больше не помощник. Несмотря на все свои уверения в преданности, он вел свою игру, мало чем отличаясь от Пиата Прея. В ту ночь, когда он велел ей уезжать, она попросила его о последней услуге.

— Что тебе нужно — войско? — спросил он. — Горшок золота? Корабль?

Дени вспыхнула — она терпеть не могла просить.

— Да. Корабль.

Глаза Ксаро сверкнули, как дорогие камни у него в носу.

— Я торговый человек, кхалиси. Быть может, мы перейдем от подарков к сделкам? В обмен на одного из своих драконов ты получишь десять лучших кораблей моей флотилии. Одно твое слово — и бери их.

— Нет, — ответила она.

— Не такое слово желал я от тебя услышать, — огорчился Ксаро.

— Это все равно что предложить матери продать одного из ее детей.

— Что ж тут такого? Еще родит. Матери продают своих детей ежедневно.

— Только не Матерь Драконов.

— Даже за двадцать кораблей?

— Даже за сто.

Углы его рта опустились.

— Столько у меня нет. Но ведь у тебя три дракона. Уступи мне одного, и у тебя останутся целых два — и тридцать кораблей в придачу.

С тридцатью кораблями она могла бы высадить небольшое войско на берегу Вестероса, но у нее нет войска, даже маленького.

— Сколько у тебя всего кораблей, Ксаро?

— Восемьдесят три, не считая увеселительной барки.

— А у твоих собратьев из числа Тринадцати?

— На всех наберется около тысячи.

— А у Гильдии и Турмалинового Братства?

— Сущие пустяки. Они не в счет.

— Все равно скажи.

— У Гильдии тысяча двести или тысяча триста, у Братства не более восьмисот.

— А если взять ашайцев, браавосцев, жителей Летних островов, иббенессцев — всех, кто плавает по великому соленому морю, — каково общее количество их кораблей?

— Оно очень велико, — раздраженно бросил он. — Почему ты спрашиваешь?

— Пытаюсь установить цену для одного из трех живых драконов, единственных в мире, — ласково улыбнулась Дени. — Мне кажется, что треть всех существующих на свете кораблей будет в самый раз.

Слезы потекли у Ксаро по щекам, по обе стороны от украшенного драгоценностями носа.

— Говорил я тебе — не ходи во Дворец Праха! Как раз этого я и боялся. Нашептывания колдунов сделали тебя безумной, как жену Малларавана. Треть всех кораблей мира! У меня нет слов.

С тех пор они не виделись. Сенешаль Ксаро передавал ей послания — еще холоднее его последних слов. Она должна покинуть его дом. Больше он не намерен кормить ее и ее людей. Он требует возвращения своих подарков, которые она принимала, подавая ему ложные надежды. Дени утешалась тем, что у нее хватило ума не выйти за него замуж.

Колдуны говорили о трех изменах — одна из-за крови, одна из-за золота, одна из-за любви. Первая — это, конечно, Мирри Маз Дуур, убившая кхала Дрого и ее народившегося сына, чтобы отомстить за свой народ. Быть может, вторая и третья — это Пиат Прей и Ксаро Ксоан Даксос? Но Пиат Прей действовал не ради золота, а Ксаро никогда ее не любил.

Улицы становились все более малолюдными — теперь по бокам тянулись угрюмые каменные склады. Агго ехал впереди нее, Чхого позади, сир Джорах сбоку. Под звяканье колокольчика мысли Дени вновь вернулись во Дворец Праха — так язык возвращается на место отсутствующего зуба. Дитя троих, называли они ее... дочь смерти... истребительница лжи... невеста огня. И все время — число «три». Три огня, три скакуна, три измены.

— Ибо три головы у дракона, — вздохнула она. — Ты понимаешь, что это значит, Джорах?

— Эмблема дома Таргариенов — это трехглавый дракон, красный на черном поле.

— Я знаю — но ведь трехглавых драконов не бывает.

— Три головы — это Эйегон и его сестры.

— Висенья и Рейенис, — вспомнила она. — Я происхожу от Эйегона и Рейенис через их сына Эйениса и их внука Джейехериса.

— Из синих губ можно услышать только ложь — разве не так говорил Ксаро? Зачем вдумываться в то, что нашептали вам колдуны? Теперь вы знаете, что они хотели одного: высосать из вас жизнь.

— Может быть. Но я видела такие вещи...

— Мертвеца на носу корабля, голубую розу, кровавый пир... но какой в этом смысл, кхалиси? Еще вы упоминали о скоморошьем драконе — что это за дракон такой?

— Тряпичный, на палках. С такими сражаются герои в скоморошьих представлениях.

Сир Джорах нахмурился, но Дени продолжала гнуть свое:

— «Его гимн — песнь льда и огня» — сказал мой брат. Я уверена, это был он.

Не Визерис — Рейегар. Он играл на арфе с серебряными струнами.

Сир Джорах нахмурился еще пуще, сведя брови вместе.

— У принца Рейегара была такая арфа, — признал он. — Вы его видели?

— Да. И женщину в постели, с ребенком у груди. Брат сказал, что это дитя — принц, что был обещан, и что имя ему — Эйегон.

— Принц Эйегон — это сын Рейегара от Элии Дорнийской. Но если он был кому-то обещан, то это обещание нарушилось в тот миг, когда Ланнистеры разбили ему голову о стену.

— Да, я помню. Они убили и дочь Рейегара, маленькую принцессу. Ее звали Рейенис. В честь сестры Эйегона. Висеньи у них не было, но он сказал, что у дракона три головы. Что это за песнь льда и огня?

— Я такой никогда не слышал.

— Я пошла к колдунам, чтобы найти ответы, а они наградили меня кучей новых вопросов.

На улицах снова стал появляться народ.

— Дорогу! — кричал Агго, а Чхого, подозрительно понюхав воздух, заявил:

— Я чую ее, кхалиси. Чую дурную воду. — Дотракийцы не доверяли морю и всему, что плавает в нем. Они не признавали воду, которую не могут пить лошади. «Ничего, научатся, — решила Дени. — Я переплыла их море вместе с кхалом Дрого — они переплывут мое».

Кварт был одним из величайших портов мира, и его большая крытая гавань ошеломляла изобилием красок, звуков и ароматов. Склады, игорные притоны и кабаки чередовались с дешевыми борделями и храмами неведомых богов. В толпе сновали карманники, головорезы, гадальщики и менялы. Набережная представляла собой сплошной рынок, где купля-продажа велась день и ночь и любой товар можно было купить за малую долю его базарной цены, если не спрашивать, откуда он взялся. Сгорбленные старухи торговали сладкой водой и козьим молоком из глазурованных кувшинов, которые носили на спине. Моряки пятидесяти разных народностей бродили между лотками, пили пряные напитки и перешучивались на непонятных языках. Здесь пахло солью, жареной рыбой, горячей смолой, медом, благовониями, маслом и мужским семенем.

Агго купил у мальчишки за медяк вертел поджаренных с медом мышей и ел их, сидя в седле. Чхого разжился горстью крупных белых черешен. Повсюду продавались красивые бронзовые кинжалы, сушеные кальмары, резной оникс, волшебный эликсир из молока девственниц и «вечерней тени» — даже драконьи яйца, подозрительно похожие на расписные булыжники.

У длинных каменных молов, отведенных для кораблей Тринадцати, Дени видела сундуки с шафраном, ладаном и перцем — их как раз сгружали с «Алого поцелуя» Ксаро. На соседнюю «Лазурную невесту» тащили по сходням бочки с вином, вязанки кислолиста и кипы шкур — она собиралась отплыть с вечерним приливом. Чуть дальше толпа собралась у гильдийской галеи «Солнечный блеск», торгующей невольниками. Всем известно, что раба дешевле всего покупать прямо с корабля, а флаг на мачте оповещал, что «Солнечный блеск» только что пришел из Астапора в Заливе Работорговцев.

Дени не ждала больше помощи ни от Тринадцати, ни от Турмалинового Братства, ни от Гильдии Специй. Она ехала милю за милей на своей Серебрянке, мимо причалов и складов, в дальний конец подковообразной гавани, где позволялось причаливать судам с Летних островов, из Вестероса и Девяти Вольных Городов.

Она спешилась у бойцовой ямы, где василиск под крики зрителей-мореходов терзал большого рыжего пса.

— Агго и Чхого, стерегите лошадей — мы с сиром Джорахом поговорим с капитаном.

— Как скажешь, кхалиси. Мы будем присматривать за тобой.

Приятно было услышать снова валирийскую речь и даже общий язык. Моряки, грузчики и купцы расступались перед Дени, озадаченные видом стройной молодой девушки с серебристо-золотыми волосами, одетой на дотракийский манер, но сопровождаемой рыцарем. Сир Джорах, несмотря на жару, надел поверх кольчуги свой зеленый шерстяной камзол с черным медведем Мормонтов.

Но ни ее красота, ни его рост и сила не помогли им в переговорах.

— Значит, я должен взять на борт сотню дотракийцев вместе с конями, вас двоих да еще трех драконов? — сказал капитан большой барки «Задушевный друг» и отошел со смехом. Когда Дени сказала лиссенийцу с «Трубача», что она Дейенерис Бурерожденная, королева Семи Королевств, он ответил:

— А я лорд Тайвин Ланнистер и каждую ночь сру золотом в мой горшок.

Грузовой мастер с мирийской галеи «Шелковый дух» заявил, что драконы слишком опасны в море, где даже слабая струйка огня может поджечь снасти. Владелец «Брюха лорда Фаро» соглашался на драконов, но дотракийцев брать не желал.

— Этих безбожных дикарей я на своем «Брюхе» не повезу. — Два брата, капитаны кораблей «Ртуть» и «Гончая», посочувствовали им и пригласили в каюту на бокал красного вина из Бора. Видя их учтивость, Дени возымела надежду, но они запросили цену, намного превышавшую ее возможности — а быть может, и возможности Ксаро. «Ущипни меня» и «Косоглазка» были слишком малы для нее, «Головорез» шел в Яшмовое море, «Магистр Маноло» непонятно как держался на плаву.

На пути к следующему причалу сир Джорах коснулся ладонью ее спины.

— Ваше величество, за вами следят. Нет, не оборачивайтесь. — Он осторожно направил ее к лотку медника. — Вот отменная работа, моя королева, — сказал он громко, подавая ей большое блюдо. — Видите, как оно блестит на солнце?

В ярко начищенной меди Дени увидела себя, а когда сир Джорах слегка отвел блюдо вправо — и то, что происходит позади.

— Я вижу темнокожего толстяка и другого — старого, с посохом. Который?

— Оба. Они преследуют нас с самой «Ртути».

Медь искажала отражение — один незнакомец казался длинным и тощим, как скелет, другой — необычайно широким.

— Превосходное блюдо, госпожа, — уверял торговец. — Яркое, как само солнце! Для Матери Драконов — всего тридцать монет.

Блюдо стоило не больше трех.

— Где моя стража? — воскликнула Дени. — Этот человек хочет ограбить меня! — Джораху она, понизив голос, сказала на общем языке: — Быть может, они не желают мне зла. Мужчины глазели на женщин испокон веков — возможно, все дело в этом.

Медник не обращал внимания на ее шепот.

— Тридцать? Разве я сказал тридцать? Экий я дуралей. Двадцать, конечно.

— Вся медь у тебя на лотке не стоит двадцати монет, — бросила Дени, изучая отражение. Старик с виду походил на вестеросца, а темнокожий, должно быть, весил не меньше двадцати стоунов. «Узурпатор обещал сделать лордом того, кто меня убьет, а эти двое заплыли далеко от дома. А может, их наняли колдуны, чтобы захватить меня врасплох?»

— Десять, кхалиси, — за твою красоту. Будешь в него смотреться. Только моя медь достойна отражать твое лицо.

— Да, оно может пригодиться — нечистоты выносить. Если ты его выбросишь, я, может, его и подберу, но платить за него? — Дени сунула блюдо обратно. — Видно, черви заползли тебе в нос и съели твои мозги.

— Восемь монет, — вскричал торговец. — Мои жены побьют меня и обзовут дураком, но в твоих руках я — беспомощное дитя. Ну же, восемь! Себе в убыток!

— На что мне тусклая медь, если у Ксаро Ксоана Даксоса я ем на золоте? — И Дени отвернулась, посмотрев при этом на незнакомцев. Темнокожий был почти столь же широк, как отражение в блюде, с блестящей лысиной и гладким лицом евнуха. За его потемневшим от пота желтым шелковым кушаком торчал длинный кривой арах. Выше пояса он был гол, если не считать до нелепости маленькой безрукавки с железными заклепками. На мощных ручищах, широкой груди и объемистом животе виднелись старые шрамы, белые по сравнению с коричневой кожей.

На его спутнике был дорожный плащ из некрашеной шерсти с откинутым назад капюшоном. Длинные белые волосы падали на плечи, шелковистая белая борода скрывала нижнюю часть лица. Старик опирался на крепкий посох с себя ростом. Только дураки стали бы так пялить на нее глаза, если бы замышляли дурное. Однако благоразумнее все же было вернуться к Агго и Чхого.

— У старика меча нет, — заметила она Джораху на общем языке, увлекая его за собой.

Медник кинулся за ними.

— Пять монет — и оно твое! Оно же создано для тебя!

— Посохом из твердого дерева можно расколоть череп не хуже, чем палицей, — сказал сир Джорах.

— Четыре! Я ведь вижу — оно тебе понравилось! — Медник плясал перед ними, тыча блюдом в лицо.

— Идут они за нами?

— Подними чуть повыше, — сказал рыцарь торговцу. — Да. Старик притворяется, что разглядывает гончарный товар, но смуглый не сводит с вас глаз.

— Две монеты! Две! — Медник запыхался оттого, что бежал задом наперед.

— Заплати ему. Пока он себя не уморил, — сказала Дени сиру Джораху, не зная, на что ей огромное медное блюдо. Пока рыцарь доставал деньги, она обернулась, вознамерившись положить конец этой комедии. Кровь дракона не станет бегать по базару от дряхлого старца и жирного евнуха.

Перед ней возник какой-то квартиец.

— Это тебе, Матерь Драконов, — сказал он, преклонив колени и сунув ей украшенную драгоценностями коробочку.

Дени безотчетно приняла ее. Коробочка была из резного дерева, с перламутровой крышкой, выложенной яшмой и халцедонами.

— Ты слишком щедр. — Внутри лежал блестящий скарабей, сделанный из оникса и изумруда. «Как красиво, — подумала Дени. — Это поможет мне заплатить за проезд». Когда она протянула руку к жуку, человек сказал что-то вроде «Сожалею», но она пропустила это мимо ушей.

Скарабей с шипением развернулся.

Дени успела разглядеть зловещее черное лицо, почти человеческое, и выгнутый хвост, с которого капал яд... В следующий миг коробочку выбили у нее из рук. Дени закричала от боли, держась за пальцы, заорал медник, завизжала какая-то женщина — все кругом подняли крик и начали толкаться. Сир Джорах ринулся куда-то, уронив Дени на одно колено. Старик вогнал в землю конец своего посоха. Агго, проскакав через палатку торговца яйцами, спрыгнул с седла. Щелкнул кнут Чхого. Сир Джорах огрел евнуха блюдом по голове. Вокруг с криками теснились моряки, торговцы и шлюхи.

— Тысяча извинений, ваше величество, — опустился на колени старик. — Он мертв. Я не сломал вам руку?

Дени, поморщившись, сжала пальцы в кулак.

— Не думаю.

— Я должен был выбить ее у вас, — начал он, но ее кровные всадники уже накинулись на него. Агго пинком вышиб у него посох, Чхого обхватил его за плечи и приставил к горлу кинжал.

— Кхалиси, мы видели, как он тебя ударил. Показать тебе, какого цвета у него кровь?

— Отпустите его. — Дени поднялась на ноги. — Посмотри на нижний конец его посоха, кровь моей крови. — Евнух тем временем повалил сира Джораха. Дени бросилась между ними в тот самый миг, когда аракх и длинный меч вылетели из ножен. — Опустите оружие! Перестаньте!

— Ваше величество? — Мормонт опустил свой меч всего на дюйм. — Эти люди напали на вас.

— Они меня спасали. — Дени потрясла ушибленной рукой. — Это тот, другой, квартиец, замышлял недоброе. — Она оглянулась вокруг, но он уже исчез. — Он из Жалостливых. В коробочке, которую он дал мне, был мантикор, а старик у меня ее выбил. — Медник все еще валялся на земле, и Дени помогла ему встать. — Мантикор тебя ужалил?

— Нет, добрая госпожа, — трясясь, ответил он, — иначе я был бы уже мертв. Но он коснулся меня. А-ай! Упал прямо мне на руку. — Он обмарался — и не диво.

Дени дала ему серебряную монету за урон и отослала прочь, а потом снова обернулась к старику:

— Кому я обязана своей жизнью?

— Вы ничем не обязаны мне, ваше величество, а зовут меня Арстан, хотя Бельвас в пути нарек меня Белобородым. — Чхого отпустил его, но старик так и остался стоять на одном колене. Агго перевернул его посох, тихо выбранился по-дотракийски, соскреб о камень останки мантикора и отдал посох старику.

— А кто такой Бельвас? — спросила Дени.

Громадный коричневый евнух вышел вперед, спрятав в ножны свой аракх.

— Это я. Бельвас-Силач, как прозвали меня в бойцовых ямах Миэрина. Я ни разу не терпел поражения. — Он похлопал себя по животу, покрытому шрамами. — Я даю противнику один раз пустить мне кровь, а потом убиваю его. Сосчитайте порезы — и вы будете знать, скольких человек убил Бельвас-Силач.

Дени не было нужды считать — она и так видела, что шрамов много.

— А что ты делаешь здесь, Бельвас-Силач?

— Из Миэрина меня продали в Квохор, а оттуда в Пентос, толстяку с душистыми волосами. Он-то и послал Бельваса назад через море, дав ему Белобородого для услуг.

Толстяк с душистыми волосами...

— Иллирио? Вас послал магистр Иллирио?

— Да, ваше величество, — ответил Белобородый. — Магистр просит извинить его за то, что вместо себя послал нас, но он уже не может сидеть на коне, как в молодости, а море дурно влияет на его желудок. — Старик, начавший говорить на валирийском Вольных Городов, перешел на общий язык. — Сожалею, если мы встревожили вас. По правде сказать, мы не были уверены, ибо ожидали увидеть особу более... более...

— Царственную? — засмеялась Дени. Сегодня она не взяла с собой дракона, а ее наряд и правда затруднительно было счесть королевским. — Ты хорошо владеешь общим языком, Арстан. Ты из Вестероса?

— Да. Я родился на Дорнийских Марках, ваше величество. Мальчиком я служил оруженосцем у рыцаря из числа домочадцев лорда Сванна. — Он поднял перед собой посох, как древко знамени. — Теперь я — оруженосец Бельваса.

— Староват ты для оруженосца. — Сир Джорах стал рядом с Дени, держа под мышкой медное блюдо. От соприкосновения с крепкой головой Бельваса оно сильно погнулось.

— Не так уж стар для того, чтобы служить моему сюзерену, лорд Мормонт.

— Ты и меня знаешь?

— Я пару раз видел вас на турнирах. В Ланниспорте вы чуть не вышибли из седла Цареубийцу. И на Пайке мы встречались. Вы не помните меня, лорд Мормонт?

— Твое лицо мне знакомо, — нахмурился сир Джорах, — но в Ланниспорте были сотни народу, а на Пайке — тысячи. И не называй меня лордом. Медвежий остров у меня отобрали — теперь я просто рыцарь.

— Рыцарь моей Королевской Гвардии. — Дени взяла его за руку. — Мой верный друг и добрый советчик. — Достоинство и спокойная сила, которые чувствовались в Арстане, пришлись ей по душе. — Встань, Арстан Белобородый. Добро пожаловать, Бельвас-Силач. Сира Джораха вы уже знаете, а это ко Агго и ко Чхого, кровь от моей крови. Они пересекли со мной красную пустыню и видели рождение моих драконов.

— Лошадники, — осклабился Бельвас. — Бельвас много лошадников убил в бойцовых ямах. Они дребезжат, когда умирают.

Агго выхватил свой аракх.

— А вот я черномазых толстяков еще ни разу не убивал. Бельвас будет первым.

— Убери свою сталь, кровь моей крови, — сказала Дени. — Этот человек приехал, чтобы служить мне. А ты, Бельвас, отнесись к моему народу со всем уважением, иначе ты покинешь свою службу скорее, чем тебе желательно, и с большим количеством шрамов, чем носишь на себе теперь.

Щербатая улыбка на широком коричневом лице гиганта сменилась сконфуженной гримасой. Как видно, он не часто выслушивал угрозы — тем более от девчушки в три раза тоньше его.

Дени улыбнулась ему, чтобы смягчить свой укор.

— А теперь скажи, что понадобилось от меня магистру Иллирио, если он послал вас в такую даль?

— Ему нужны драконы, — проворчал Бельвас, — и девушка, которая умеет их выводить, то есть ты.

— Бельвас правду говорит, ваше величество, — подтвердил Арстан. — Нам велено отыскать вас и привезти обратно в Пентос. Семь Королевств нуждаются в вас. Роберт Узурпатор умер, и страна истекает кровью. Когда мы отплывали из Пентоса, в ней было четыре короля и правило беззаконие.

В сердце Дени вспыхнула радость, но она не подала виду.

— У меня три дракона и кхаласар, где больше ста человек с пожитками и лошадьми.

— Ничего, — пробасил Бельвас. — Мы всех возьмем. Толстяк нанял три корабля для своей маленькой королевы с серебряными волосами.

— Это так, ваше величество, — молвил Арстан. — Большая барка «Садулеон» стоит в конце пристани, а галеи «Летний сон» и «Шалунья Джозо» — за волнорезом.

У дракона три головы, вспомнила Дени.

— Я велю своему народу тотчас же приготовиться к отъезду. Но корабли, которые доставят меня домой, должны называться по-другому.

— Как вам будет угодно, — сказал Арстан. — Какие имена вы желаете дать им?

— «Вхагар», «Мираксес» и «Балерион». Напиши на них эти имена золотыми буквами в три фута вышиной, Арстан. Пусть каждый, кто увидит их, поймет, что драконы вернулись.

АРЬЯ

Головы обмакнули в смолу, чтобы приостановить разложение. Каждое утро, когда Арья шла к колодцу за водой для Русе Болтона, ей приходилось проходить под ними. Головы смотрели вдаль, и лиц она не видела, но ей нравилось представлять, что одно из них принадлежит Джоффри. Будь она вороной, то первым делом склевала бы его надутые губенки.

Головы не могли пожаловаться на недостаток внимания. Воронье кружило над воротами, ссорясь из-за каждого глаза и взмывая вверх, когда по стене проходил часовой. Порой к пиру присоединялись вороны мейстера, слетая с вышки на своих широких черных крыльях. При их появлении мелочь обращалась в бегство и возвращалась, лишь когда вороны улетали.

«Помнят ли вороны мейстера Тотмура? — думала Арья. — Грустят ли о нем? Зовут ли его и удивляются ли, что он не отвечает? Быть может, мертвые способны говорить с ними на каком-то тайном языке, которого живые не слышат?»

Тотмура послали на плаху за то, что он отправил воронов в Бобровый Утес и Королевскую Гавань в ночь, когда пал замок. Люкана-оружейника — за то, что ковал оружие Ланнистерам, тетку Харру — за то, что заставила прислугу леди Уэнт работать на них, стюарда — за то, что отдал лорду Тайвину ключи от сокровищницы замка. Повара пощадили (потому что он сварил Ласкин суп, как гласила молва), но красотку Пиа и других женщин, даривших утехи солдатам Ланнистера, забили в колодки. Раздетые донага, обритые, они сидели в среднем дворе, у медвежьей ямы, и всякий мужчина мог попользоваться ими.

Трое фреевских латников как раз этим и занимались, когда Арья шла к колодцу. Она пыталась не смотреть, но слышала, как смеются мужчины. Когда она с тяжелым ведром повернула обратно к Королевскому Костру, тетка Амабель схватила ее за руку, плеснув себе на ноги водой.

— Ты это нарочно сделала, — проскрежетала старуха.

— Чего тебе надо? — Амабель наполовину спятила после того, как Харре отрубили голову.

— Видишь ее? — Амабель показала на Пиа. — Когда твой северянин падет, ты окажешься на ее месте.

— Пусти. — Арья попыталась вырваться, но Амабель только сильнее сжала пальцы.

696

— Он непременно падет. Харренхолл никого не терпит долго. Лорд Тайвин одержал победу, он движется назад со всем своим войском, и скоро настанет его черед наказывать предателей. И не думай, что он не узнает о твоих делишках. Я еще сама над тобой потешусь, — засмеялась старуха. — Я приберегла для тебя старую метлу Харры — ручка у нее вся расщепленная, в самый раз...

Арья замахнулась ведром. Его тяжесть не позволила ей попасть Амабель по голове, но вся вода вылилась на старуху, и та отпустила ее.

— Еще тронешь — убью! — крикнула Арья. — Убирайся прочь!

Амабель ткнула костлявым пальцем в человека с содранной кожей у Арьи на камзоле.

— Думаешь, с этой падалью на титьках тебе уже ничего не грозит? Ошибаешься! Ланнистеры уже в пути! Увидишь, что будет, когда они сюда доберутся.

Пришлось Арье снова вернуться к колодцу. Если передать лорду Болтону ее слова, ее голова еще засветло окажется рядом с головой Харры. Но Арья ничего не собиралась говорить.

Однажды, когда голов было наполовину меньше, чем теперь, Джендри застал ее около них и спросил: «Любуешься делом своих рук?»

Арья знала, что он злится из-за Люкана, к которому был привязан, но все равно это было нечестно.

«Это сделал Уолтон Железные Икры, — возразила она. — И Скоморохи, и лорд Болтон». «А кто выдал им нас всех? Ты со своим Ласкиным супом».

Арья ущипнула его за руку. «Никакой он был не Ласкин — просто суп. Ты же сам ненавидел сира Амори».

«Этих я ненавижу еще больше. Сир Амори сражался за своего лорда, а Скоморохи — наемники, продажные шкуры. Половина из них даже на общем языке не говорит. Септон Утт любит маленьких мальчиков, Квиберн занимается черной магией, а твой друг Кусака и вовсе людоед».

Самое худшее состояло в том, что ей нечего было на это возразить. Бравые Ребята занимались в основном фуражировкой, и Русе Болтон поставил перед ними задачу искоренить Ланнистеров. Варго Хоут поделил их на четыре отряда, чтобы охватить как можно больше деревень. Самым большим отрядом он командовал сам, во главе других поставил своих доверенных людей. Рорж со смехом рассказывал о том, как лорд Варго выявляет предателей. Просто возвращается в те места, где бывал, когда служил лорду Тайвину, и хватает всех, кто ему тогда помогал. Многие из таких людей были куплены на ланнистерское серебро, поэтому Скоморохи привозили с собой не только корзины голов, но и мешки денег. «Отгадай загадку! — пристал как-то к Арье Шагвелл. — Козел лорда Болтона ест людей, которые кормили козла лорда Ланнистера. Сколько всего будет козлов?» «Один», — ответила Арья. «Ишь ты, ласка-то не глупей козла!» — заржал дурак.

Рорж и Кусака были ничем не лучше остальных. Арья видела их каждый раз, как лорд Болтон трапезничал со своим гарнизоном. От Кусаки воняло, как от тухлого сыра, поэтому Бравые Ребята отправляли его на самый конец стола, где он шипел, урчал и рвал зубами мясо. Он принюхивался к Арье, когда она проходила мимо, но Рорж пугал ее еще больше. Он сидел рядом с Верным Утсивоком, но глаз с нее не спускал.

Порой она жалела, что не отправилась за Узкое море с Якеном Хгаром. Она сохранила дурацкую монетку, которую он дал ей, — железную, заржавевшую по ободку. На одной ее стороне были какие-то письмена, которые она не могла прочесть. На другой помещалась мужская голова с давно стершимися чертами лица. Он сказал, что это великая ценность, но это, наверное, такая же ложь, как его имя и даже его лицо. Однажды Арья так разозлилась, что выбросила монету, но потом раскаялась и снова отыскала ее, чтобы сохранить, если даже она ничего и не стоила.

Думая обо всем этом, она тащила свое ведро через Двор Расплавленного Камня.

— Нэн, — окликнул ее чей-то голос, — поставь ведро и помоги мне.

Элмар Фрей был не старше ее и мал для своих лет. Он катал по неровным камням бочонок с песком и весь раскраснелся. Вдвоем они пару раз прокатили бочонок через двор и поставили торчком. Песок зашуршал внутри. Элмар отковырнул крышку и достал кольчугу.

— Ну как, чистая? — Начищать кольчугу до блеска входило в его обязанности. Как оруженосца Русе Болтона.

— Стряхни песок. Да нет, ржавчина осталась еще кое-где, видишь? Давай-ка еще раз.

— Займись этим сама. — Элмар мог быть дружелюбным, когда нуждался в помощи, но никогда не упускал случая напомнить ей, что он оруженосец, а она всего лишь служанка. Он любил хвастаться тем, что он сын Лорда Переправы — не какой-нибудь там племянник, бастард или внук, а законный сын, и потому непременно женится на принцессе.

Арье не было дела до его принцессы, и она не любила, когда он ею командовал.

— Милорду нужна вода для омовения. Ему поставлены пиявки. Не черные, как обычно, а большие бледные.

Глаза у Элмара сделались как блюдца. Пиявки наводили на него ужас — особенно эти бледные, похожие на студень, пока не наполнялись кровью.

— И то сказать — ты слишком тоща, чтобы толкать такой тяжелый бочонок.

— А ты слишком глуп. — Арья взялась за ведро. — Тебе бы тоже не мешало пиявок поставить. На Перешейке они большие, как поросята. — И она оставила Элмара с его бочкой.

В опочивальне лорда было полно народу. Квиберн, мрачный Уолтон в кольчуге и поножах да дюжина Фреев — братья, сводные братья и кузены. Русе Болтон лежал на кровати голый. Пиявки сидели у него под мышками, в паху и на бледной груди — длинные, прозрачные, делающиеся розовыми по мере насыщения. Болтон обращал на них внимания не больше, чем на Арью.

— Мы не должны позволить лорду Тайвину запереть нас в Харренхолле, — говорил сир Эйенис Фрей, пока Арья выливала воду в таз для умывания. Седой сгорбленный великан с красными слезящимися глазами и огромными корявыми ручищами, сир Эйенис привел в Харренхолл полторы тысячи мечей от Фреев, но похоже было, что он даже своими братьями командовать не способен. — Замок так велик, что для его обороны потребуется целая армия, которую в случае осады нечем будет прокормить. Сделать большие запасы мы тоже не можем. Вся округа превратилась в пепел, по деревням рыщут волки, урожай сожжен или вывезен. На носу осень, а у нас ничего не запасено и ничего не посеяно. Мы живем фуражировкой, и если Ланнистеры положат ей конец, мы в течение одной луны перейдем на крыс и сапоги.

— Я не намерен подвергаться осаде. — Русе Болтон говорил так тихо, что другим приходилось напрягаться, чтобы расслышать его, и у него в покоях всегда стояла необычайная тишина.

— Что же тогда? — спросил сир Джаред Фрей, тощий, рябой и лысеющий. — Неужели Эдмар Талли так опьянен победой, что хочет дать лорду Тайвину бой в открытом поле?

Ну и что же? Он лорда Тайвина побьет, подумала Арья. Побьет, как побил на Красном Зубце — вот увидите. Никем не замечаемая, она стала рядом с Квиберном.

— Лорд Тайвин за много лиг от нас, — спокойно ответил Болтон. — У него еще много дел в Королевской Гавани, и в Харренхолл он выступит не скоро.

— Вы не знаете Ланнистеров так, как мы, милорд, — гнул свое сир Эйенис. — Король Станнис тоже думал, что лорд Тайвин за тысячу лиг от него, — и поплатился за это.

Бледный человек, чью кровь сосали пиявки, улыбнулся краями губ.

— Я не из тех, кто платит за свои ошибки, сир.

— Даже если Риверран соберет все свои силы и Молодой Волк вернется с запада, разве сможем мы выстоять против полчищ лорда Тайвина? Когда он придет, у него будет гораздо больше войска, чем было на Зеленом Зубце. Не забудьте, что Хайгарден тоже примкнул к Джоффри!

— Я помню.

— Я уже побывал в плену у лорда Тайвина, — сказал сир Хостин — смуглый, с квадратным лицом, — говорили, что он у Фреев самый сильный. — У меня нет желания наслаждаться гостеприимством Ланнистеров снова.

Сир Харис Хэй, родня Фреям с материнской стороны, усердно закивал.

— Если уж лорд Тайвин победил такого опытного воина, как Станнис Баратеон, что тогда говорить о нашем юном короле? — Он обвел взглядом своих кузенов, и некоторые из них выразили свое согласие.

— Кто-то должен иметь мужество сказать это, — сказал сир Хостин. — Война проиграна, и нужно это внушить королю Роббу.

Русе Болтон внимательно посмотрел на него своими бледными глазами.

— Его величество побеждал Ланнистеров всякий раз, как сходился с ними в бою.

— Но Север он потерял, — настаивал Хостин Фрей. — И Винтерфелл тоже! Его братья мертвы...

Арья на миг перестала дышать. Мертвы? Бран и Рикон? Что это значит? И что он такое сказал о Винтерфелле? Джоффри не мог взять Винтерфелл — Робб никогда бы ему не позволил. Но тут она вспомнила, что Робба нет в Винтерфелле. Он на западе, а Бран — калека, а Рикону всего четыре года. Ей стоило всех ее сил остаться спокойной и промолчать, как учил ее Сирио Форель. Как будто она неодушевленный предмет. К глазам подступили слезы, но Арья усилием воли отогнала их. Это неправда, это не может быть правдой, это ложь, придуманная Ланнистерами.

— Если бы Станнис победил, все было бы по-другому, — грустно молвил Ронел Риверс, один из бастардов лорда Уолдера.

— Но Станнис проиграл, — отрубил сир Хостин, — и наши пожелания ничего тут не изменят. Король Робб должен заключить мир с Ланнистерами. Он должен сложить с себя корону и преклонить колено, нравится ему это или нет.

— А кто ему об этом скажет? — улыбнулся Русе Болтон. — Хорошо иметь так много доблестных братьев в столь тяжелые времена. Я обдумаю все, что вы сказали.

Этой фразой он дал понять, что отпускает их, и Фреи, откланявшись, вышли. Остались только Квиберн, Уолтон и Арья. Лорд Болтон поманил ее к себе.

— Можешь снять пиявок, Нэн, — они достаточно насосались.

— Сейчас, милорд. — Приказы Русе Болтона благоразумнее всего было исполнять незамедлительно. Арье хотелось спросить его насчет Винтерфелла, но она не осмелилась. «Спрошу Элмара, — подумала она. — Элмар мне скажет». Пиявки извивались, когда она снимала их с тела Болтона, — влажные на ощупь, раздувшиеся от крови. Это только пиявки, напомнила себе Арья. Если сжать руку, они лопнут.

— Письмо от вашей леди-жены. — Квиберн достал из рукава пергаментный свиток. Он был в одеждах мейстера, но цепи на шее не носил — поговаривали, что он лишился ее за свои занятия некромантией.

— Прочти.

Леди Уолда писала из Близнецов чуть ли не каждый день, и все ее письма были одинаковые. «Молюсь о вас утром, днем и вечером, дражайший милорд, считаю дни и не могу дождаться, когда вы вернетесь на наше ложе. Возвращайтесь ко мне поскорей, и я подарю вам много сыновей, которые заменят вам вашего дорогого Домерика и будут править Дредфортом после вас». Арья вообразила себе пухлого розового младенца, покрытого пухлыми розовыми пиявками.

Она подошла к лорду Болтону с мокрым полотенцем, чтобы обтереть его мягкое безволосое тело.

— Я тоже хочу отправить письмо, — сказал он бывшему мейстеру.

— Леди Уолде?

— Сиру Хелману Толхарту.

Гонец от сира Хелмана прибыл в замок два дня назад. Люди Толхарта взяли замок Дарри, чей ланнистерский гарнизон сдался им после недолгой осады.

— Напиши, чтобы он предал пленных мечу, а замок огню — так приказывает король. После этого пусть объединится с Робертом Гловером, чтобы ударить на восток, на Синий Дол. Это богатые земли, не тронутые войной. Пора им чем-нибудь поживиться. Гловер потерял замок, Толхарт — сына. Пусть отыграются на Синем Доле.

— Я подготовлю письмо, чтобы вы приложили печать, милорд.

Арья рада была услышать, что замок Дарри сожгут. Это туда ее привели после драки с Джоффри, и там королева приказала отцу убить волчицу Сансы. Он заслужил, чтобы его сожгли. Но ей хотелось, чтобы Роберт Гловер и сир Хелман Толхарт вернулись в Харренхолл — они уехали слишком быстро, и она не успела решить, может ли доверить им свою тайну.

— Сегодня я намерен поохотиться, — объявил лорд Болтон, когда Квиберн подал ему стеганый камзол.

— Не опасно ли это, милорд? — спросил Квиберн. — Не далее трех дней назад на людей септона Утта напали волки. Явились прямо в лагерь и зарезали двух лошадей в каких-нибудь пяти ярдах от костра.

— Как раз на волков я и хочу поохотиться. Я не могу спать по ночам из-за их воя. — Болтон застегнул пояс, поправив на нем меч и кинжал. — Говорят, что на севере лютоволки блуждали стаями в сотню голов и больше, не боясь ни людей, ни мамонтов, но это было давно и в другом краю. Странно, что обыкновенные волки так обнаглели.

— В страшные времена случаются страшные вещи, милорд.

Болтон оскалил зубы в подобии улыбки.

— Разве наши времена так уж страшны, мейстер?

— Лето позади, и в стране четыре короля.

— Один король может быть страшен, но четверо? — Болтон пожал плечами. — Нэн, мой меховой плащ. Комнаты к моему возвращению должны быть чисто убраны, — сказал он, когда она застегнула пряжку. — И позаботься о письме леди Уолды.

— Слушаюсь, милорд.

Лорд с мейстером вышли из комнаты, даже не взглянув на Арью. Она положила письмо в очаг и поворошила поленья кочергой. Пергамент съежился, почернел и воспламенился. Если Ланнистеры что-то сделали Брану и Рикону, Робб их всех убьет. Никогда он не преклонит колено, никогда и ни за что. Он никого из них не боится. Хлопья пепла полетели в трубу. Арья, присев на корточки перед огнем, смотрела на них сквозь пелену горячих слез. «Если Винтерфелла и правда больше нет — значит мой дом теперь здесь? И я уже не Арья, а просто служанка Нэн — на веки вечные?»

Следующие несколько часов она провела за уборкой. Она вымела старый тростник и разбросала по полу свежий, душистый, заново развела огонь в очаге, поменяла простыни и взбила перину, вылила ночную посуду в отхожее место и вымыла ее, отнесла охапку грязной одежды прачкам и принесла из кухни корзину сочных осенних груш. Управившись со спальней, она спустилась на пол-пролета вниз и стала убираться в большой горнице — просторной, полной сквозняков, величиной с зал иного мелкого замка. Свечи совсем догорели, и Арья сменила их. Под окнами стоял огромный дубовый стол, за которым лорд писал свои письма. Она сменила свечи и там, сложила книги, привела в порядок перья, чернильницу и воск.

Поверх бумаг лежал большой потрепанный пергамент. Арья стала сворачивать его, и ей в глаза бросились краски: голубизна озер и рек, красные пятнышки, обозначающие замки и города, зеленые леса. Она развернула карту снова и увидела под ней надпись: «Области Трезубца». Карта показывала местность от Перешейка до Черноводной. Вот Харренхолл, у верхушки большого озера, — а Риверран где? Арья нашла и его. Не так уж далеко...

Закончив свою работу еще до середины дня, Арья отправилась в богорощу. Ее обязанности в качестве прислужницы лорда Болтона были легче, чем при Визе или даже при Кролике, хотя теперь от нее требовалось одеваться, как паж, и мыться чаще, чем ей бы хотелось. Охотники еще не скоро вернутся, и у нее будет время поработать иглой.

Она рубила березовые ветки, пока расщепленный конец ее деревяшки не позеленел.

— Сир Грегор, — приговаривала она при этом. — Дансен, Полливер, Рафф-Красавчик. — Она отпрыгнула, покачалась на пятках и принялась за сосновые шишки. — Щекотун, Пес, сир Илин, сир Меррин, королева Серсея. — Перед нею вырос дубовый ствол, и она ткнула в него острием, бормоча: — Джоффри, Джоффри, Джоффри. — Кружевная тень листвы падала на нее. Вся в поту, она остановилась. Она ободрала до крови правую пят-

ку, поэтому стала под сердце-деревом на одной ноге, отсалютова-
ла мечом и сказала старым богам Севера: — Валар моргулис. —
Ей нравилось, как звучат эти слова.

Идя через двор к бане, она увидела, что над вышкой снижается
ворон. Вот бы узнать, откуда он прилетел и какую весть принес.
Может быть, это Робб пишет, что слухи о Бране и Риконе оказались ложными?

Арья прикусила губу в порыве надежды. Будь у нее крылья,
она бы полетела в Винтерфелл и посмотрела сама. И если бы это
оказалось правдой, она просто полетела бы дальше, мимо звезд и
луны, и увидела бы все чудеса из сказок старой Нэн: драконов,
морских чудищ и Браавосского Исполина — и не возвращалась бы
назад, пока сама не захотела.

Охотники вернулись ближе к вечеру с девятью убитыми волками. Семеро взрослых серо-бурых зверей, сильных и свирепых, с
обнаженными в смертном оскале желтыми зубами, — и двое волчат. Лорд Болтон приказал сшить себе из шкур одеяло.

— У волчат-то мех будет помягче, милорд, — заметил один из
его людей. — Из них выйдет пара славных рукавиц.

Болтон взглянул на знамена над воротами.

— Как нам любят напоминать Старки, зима близко. Пусть будут рукавицы. — Увидев Арью, он сказал: — Нэн, подашь мне
штоф подогретого вина с пряностями. Я прозяб в лесу — смотри,
чтобы оно не остыло. Ужинать я буду один. Ячменный хлеб, масло
и свинина.

— Слушаюсь, милорд. — Так отвечать было умнее всего.

Когда она пришла на кухню, Пирожок пек овсяные лепешки.
Еще трое поваров готовили рыбу, а поваренок поворачивал над
огнем кабанью тушу.

— Милорд требует ужин и горячее вино, чтобы запить его, —
горячее, а не теплое, — объявила Арья.

Один из поваров вымыл руки, взял котелок и налил в него густого сладкого красного вина. Пирожку велели отмерить пряности,
и Арья стала ему помогать.

— Я сам, — пробурчал он. — Я и без твоей указки знаю, как
вино сдабривать.

«Он тоже меня ненавидит — или боится». Арья отошла, скорее
опечаленная, чем рассерженная. Приготовив еду, повара накрыли
ее серебряной крышкой, а штоф закутали в толстое полотенце. На
дворе уже смеркалось. Вороны кружили над головами на стене,

как придворные вокруг короля. Один из часовых открыл перед ней дверь в Королевский Костер.

— Надеюсь, это не Ласкин суп, — пошутил он.

Росе Болтон, сидя у огня, читал толстый, переплетенный в кожу том.

— Зажги несколько свечей, — приказал он, перевернув страницу. — Здесь становится темно.

Арья поставила поднос у его локтя и пошла исполнять приказание. Комната наполнилась мерцающим светом и запахом гвоздики. Болтон перелистнул еще несколько страниц, закрыл книгу, сунул ее в огонь и стал смотреть, как она горит. Пламя отражалось в его бледных глазах. Старая сухая кожа вспыхнула мигом, и желтые страницы зашевелились, словно их листал призрак.

— Больше ты мне сегодня не понадобишься, — сказал лорд, не глядя на Арью.

Ей следовало бы уйти тихо, как мышка, но что-то ее удержало.

— Милорд, — спросила она, — вы возьмете меня с собой, когда покинете Харренхолл?

Он уставился на нее так, словно это его ужин вдруг заговорил с ним.

— Разве я разрешал тебе обращаться ко мне с вопросом, Нэн?

— Нет, милорд, — потупилась она.

— В таком случае тебе не следовало этого делать — так или нет?

— Так, милорд.

Он усмехнулся:

— Хорошо, на этот раз я тебе отвечу. Когда я вернусь на север, то передам Харренхолл лорду Варго. Ты останешься здесь, вместе с ним.

— Но я не... — начала она.

— Я не привык, чтобы меня допрашивали слуги, Нэн. Может, тебе язык отрезать?

Она знала, что он способен сделать это с той же легкостью, как другой — стукнуть собаку.

— Нет, милорд.

— Значит, больше ты голоса не подашь?

— Нет, милорд.

— Хорошо, ступай. Я закрою глаза на твою дерзость.

Арья оставила его, но спать не пошла. Когда она вышла на темный двор, часовой у двери кивнул ей и сказал:

— Гроза идет. Чуешь, как пахнет?

Резкий ветер рвал пламя факелов, поставленных на стене рядом с головами. На пути в богорощу Арья прошла мимо башни Плача, где еще недавно жила в страхе перед Визом. После взятия Харренхолла Фреи забрали ее себе. В окно слышались сердитые голоса спорящих мужчин. Элмар сидел на крыльце один.

— Что случилось? — спросила Арья, увидев слезы у него на щеках.

— Моя принцесса, — прорыдал он. — Эйенис сказал, что мы обесчещены. Из Близнецов прилетела птица. Мой лорд-отец говорит, что мне придется жениться на ком-нибудь другом или пойти в септоны.

«Нашел о чем плакать, — подумала она, — о какой-то дурацкой принцессе».

— А я слышала, что мои братья умерли, — призналась она.

— Да кому до них дело, до твоих братьев? — презрительно спросил Элмар.

Она с трудом удержалась, чтобы не стукнуть его.

— Хоть бы твоя принцесса тоже умерла, — сказала она и пустилась бежать, чтобы он ее не поймал.

В богороще она нашла свой деревянный меч и опустилась на колени перед сердце-деревом. Его красные листья шелестели, и красные глаза смотрели прямо в нее — глаза богов.

— Скажите, что мне делать, о боги, — помолилась она.

Ответа долго не было — только ветер, журчание воды и шорох листьев. Потом из-за богорощи, из-за необитаемых башен и высоченных стен Харренхолла, с вольных просторов мира, донесся одинокий волчий вой. У Арьи на миг помутилось в глазах, и по коже побежали мурашки. Ей почудился голос отца, едва слышный: «Когда выпадет снег и дуют белые ветры, одинокий волк умирает, но стая живет».

— Но у меня нет стаи, — прошептала она чардреву. Бран и Рикон мертвы, Санса у Ланнистеров, Джон ушел на Стену. — И меня тоже больше нет. Я теперь Нэн.

— Ты Арья из Винтерфелла, дочь Севера. Ты говорила мне, что можешь быть сильной. В тебе течет волчья кровь.

— Волчья кровь. — Теперь она вспомнила. — Да, я буду сильной. Сильной, как Робб. — Втянув в себя воздух, она обеими руками взяла деревянный меч и с громким треском переломила его о колено. — Я лютоволк, и мне не нужны деревянные зубы.

В ту ночь, лежа на своей колючей соломе, она слушала шепчущие голоса живых и мертвых и дожидалась восхода луны. Только

706

этим голосам она теперь и доверяла. Она слышала собственное дыхание и волков — теперь их была целая стая. «Они ближе, чем тот, кого я слышала в богороще. Они зовут меня». Она вылезла из-под одеяла, натянула камзол и босиком спустилась по лестнице. Русе Болтон был человек осторожный, и вход в Королевский Костер охранялся днем и ночью — пришлось выбраться через узкое подвальное оконце. На дворе было тихо — огромный замок спал, погруженный в свои призрачные сны. Ветер выл в трещинах башни Плача. В кузнице огни были потушены и двери заперты на засов. Арья снова пролезла в окно. Джендри делил постель с двумя другими подмастерьями. Арья долго сидела на корточках в темноте, пока не уверилась, что он — тот, что с краю. Тогда она зажала ему рот и ущипнула его. Должно быть, он спал не очень крепко, потому что сразу открыл глаза.

— Пошли со мной, — прошептала она и убрала руку от его рта.

Сначала он как будто не понял ее, но потом выбрался из-под одеяла, прошлепал голый по комнате, влез в грубую холщовую рубаху и спустился за ней с чердака. Спящие подмастерья даже не шевельнулись.

— Ну, чего тебе еще? — проворчал Джендри.

— Меч.

— Мечи под замком у кузнеца — я тебе сто раз говорил. Это для твоего лорда Пиявки, что ли?

— Для меня. Возьми молот и сломай замок.

— Чтобы мне потом руку сломали? Если не хуже.

— Не сломают, если убежишь со мной.

— Ага, убежишь. Поймают и убьют.

— Смотри, как бы хуже не было. Лорд Болтон мне сказал, что оставляет замок Кровавым Скоморохам.

Джендри откинул черные волосы с глаз.

— Ну и что?

— А то, что, когда Варго Хоут станет лордом, он отрубит ноги всем слугам, чтобы не убежали. И кузнецам тоже.

— Сочиняешь, — фыркнул он.

— А вот и нет. Лорд Варго сам так сказал — я слышала. Что отрубит каждому одну ногу — левую. Ступай на кухню и разбуди Пирожка — тебя он послушает. Нам понадобится хлеб или лепешки — что-нибудь. Ты возьмешь мечи, а я добуду лошадей. Встретимся у калитки в восточной стене, за башней Призраков. Там никто не ходит.

— Я знаю эту калитку. Она охраняется, как и все прочие.

707

— Ну и что? А про мечи ты забыл?

— Я не говорил, что пойду с тобой.

— Но если пойдешь, то возьмешь мечи?

— Ладно, — нахмурился он. — Возьму.

Вернувшись в Королевский Костер тем же путем, Арья прокралась по винтовой лестнице вверх. В своей каморке она разделась догола и оделась заново — в две смены белья, одну поверх другой, теплые чулки и самый чистый свой камзол. Это была ливрея лорда Болтона с нашитой на груди эмблемой — ободранным человеком из Дредфорта. Она завязала башмаки, затянула тесемки шерстяного плаща и, тихая как тень, снова двинулась вниз. У двери в горницу лорда она прислушалась и медленно приоткрыла ее. Внутри было тихо.

Карта так и лежала на столе, среди остатков Болтонова ужина. Арья туго скатала ее и сунула за пояс. Лорд оставил на столе свой кинжал — она и его прихватила на случай, если Джендри не хватит смелости взять меч.

Какая-то лошадь тихо заржала, когда она вошла в конюшню. Все конюхи спали. Арья растолкала одного ногой. Наконец он сел и осведомился сонно:

— Чего еще?

— Лорд Болтон велит оседлать трех лошадей.

Парень поднялся, вытряхивая солому из волос.

— В такой-то час? — Он поморгал, пялясь на ее камзол с эмблемой. — На кой ему лошади ночью?

— Лорд Болтон не привык, чтобы его допрашивали слуги. — Она скрестила руки на груди.

Конюх все не сводил глаз с ободранного человека — он знал, что это значит.

— Трех, говоришь?

— Угу. Одну да еще двух. Охотничьих — быстрых и надежных. — Арья помогла ему с седлами и уздечками, чтобы не будить кого-то еще. Она надеялась, что ему ничего за это не будет, — хотя вряд ли. Самым трудным было провести лошадей через замок. Она держалась в тени крепостной стены, где только возможно, чтобы часовые наверху ее не заметили. «А если и заметят, что с того? Я чашница самого лорда». Ночь была осенняя, холодная и сырая. С запада шли тучи, застилая звезды, и башня Плача скорбно завывала при каждом порыве ветра. Дождем пахнет. Арья не знала, хорошо это для побега или плохо. Никто ее не увидел, и она никого не встретила — только серая кошка кралась по стене богорощи. Она зашипела на Арью, вызвав воспоминания о Красном Замке, об отце и Сирио Форреле.

— Я бы могла поймать тебя, если б захотела, да только мне некогда. — Кошка снова зашипела и скрылась.

Башня Призраков из пяти громадных башен Харренхолла пострадала больше всех. Она стояла, темная и заброшенная, за развалинами септы, где последние триста лет молились только крысы. Там Арья стала дожидаться Джендри и Пирожка. Ей казалось, что она ждет уже долго. Лошади щипали траву, проросшую среди разрушенных камней, а тучи между тем окончательно закрыли звезды. Арья достала кинжал и стала точить его, чтобы занять руки. Длинными плавными взмахами, как учил ее Сирио Форрель. Этот звук ее успокаивал.

Она услышала их задолго до того, как увидела. Пирожок тяжело дышал, а потом еще споткнулся впотьмах, ободрал ногу и стал ругаться так, что половине Харренхолла впору проснуться. Джендри шел тише, но мечи, которые он нес, звякали.

— Я тут, — поднялась Арья. — Тихо, не то услышат.

Мальчишки пробирались к ней через каменную осыпь. У Джендри под плащом была промасленная кольчуга, а за спину он повесил свой кузнечный молот. Круглая красная рожица Пирожка выглядывала из-под капюшона. В руке он нес мешок с хлебом, а под мышкой — большой круг сыра.

— У этой калитки стоит часовой, — тихо прошипел Джендри. — Говорил я тебе.

— Стойте тут с лошадьми. Я его уберу. Как услышите, что я зову, идите быстрей.

— Ты ухни по-совиному, — сказал Пирожок.

— Я не сова, а волк. Я завою.

Арья прокралась в тени башни Призраков. Она шла быстро, чтобы опередить свой страх, и ей казалось, что рядом идут Сирио Форрель, и Йорен, и Якен Хгар, и Джон Сноу. Она не взяла с собой меча, который принес ей Джендри. Сейчас лучше подойдет кинжал. Это хороший клинок, острый. Восточная калитка в Харренхолле самая маленькая — узкая дубовая дверца с железными гвоздями в углу стены под оборонительной башней. Ее охраняет только один человек, но она знала, что в башне тоже есть часовые, а другие расхаживают по стене поблизости. Она должна быть тиха, как тень. Нельзя, чтобы он закричал. Начали падать редкие дождевые капли. Одна плюхнулась Арье на лоб и медленно потекла по носу.

Она не стала прятаться, а подошла к калитке открыто, как будто ее послал сам лорд Болтон. Часовой смотрел на нее, любопытствуя, что могло привести сюда пажа среди ночи. Подойдя поближе, она разглядела, что это северянин, длинный и тощий, закутанный в драный меховой плащ. Это ее не обрадовало. Кого-нибудь из фреевских людей или из Бравых Ребят она могла бы перехитрить, но люди из Дредфорта служат Русе Болтону всю жизнь и знают его лучше, чем она. *А если сказать ему, что я Арья Старк, и приказать отойти в сторону?* Но нет, она не осмелится. Он хотя и северянин, но не винтерфеллец. Он служит Русе Болтону.

Арья распахнула плащ, чтобы он видел ее эмблему.

— Меня послал лорд Болтон.

— В такой час? Зачем?

Она видела блеск стали у него под плащом и не знала, хватит ли у нее сил проткнуть кинжалом кольчугу. Надо метить в горло, но он слишком высок — она не достанет. *Что бы такое ему ответить?* На миг она снова стала маленькой испуганной девочкой, и дождевые капли на лице превратились в слезы.

— Он велел раздать всем часовым по серебряной монете за исправную службу, — неожиданно для себя выпалила она.

— Серебро? — Он не поверил ей, но хотел бы поверить. — Хорошее дело. Давай сюда.

Она сунула руку за пазуху и достала монетку, подаренную Якеном. В темноте железо сойдет за тусклое серебро. Арья протянула руку... и выронила монету.

Солдат, тихо выругавшись, опустился на колени и стал искать ее в грязи, а его горло оказалось прямо перед Арьей. Она провела по нему кинжалом — легко, как рукой по шелку. Его кровь хлынула ей на руки горячей струей. Он попытался крикнуть, но кровь уже залила ему рот.

— Валар моргулис, — шепнула она в миг его смерти.

Когда он затих, она подобрала монету. За стенами Харренхолла долго и громко провыл волк. Арья сняла засов и отворила тяжелую дубовую дверь. Когда Джендри и Пирожок подошли с лошадьми, дождь уже лил вовсю.

— Ты убила его? — ахнул Пирожок.

— А как ты думал? — Пальцы слиплись от крови, и этот запах тревожил ее. «Ничего, — сказала она себе, садясь в седла. — Дождь все отмоет».

САНСА

Тронный зал представлял собой море драгоценностей, мехов и ярких тканей. Лорды и леди, сгрудившиеся под высокими окнами, толкались, как торговки на рынке.

Придворные Джоффри нынче постарались перещеголять друг друга. Джалабхар Ксо явился весь в перьях — того и гляди взлетит. Кристальная корона верховного септона переливалась радугами всякий раз, когда он поворачивал голову. Королева Серсея за столом совета блистала золотой парчой поверх винно-красного бархата, рядом восседал подобострастный Варис в лиловом шелку.

Лунатику и сиру Донтосу сшили новые пестрые наряды, чистые, как весеннее утро. Даже леди Танда и ее дочки вырядились в бирюзовые шелка с беличьим мехом. А лорд Джайлс кашлял в алый шелковый платок, обшитый золотым кружевом. Король Джоффри сидел выше всех, среди шипов и лезвий Железного Трона, в багряном атласе и черной мантии, усеянной рубинами, с тяжелой золотой короной на голове.

Пробившись сквозь толпу рыцарей, оруженосцев и богатых горожан, Санса прошла в первый ряд галереи как раз в тот миг, когда трубы возвестили о прибытии лорда Тайвина Ланнистера.

Он приехал на своем боевом коне через весь зал и спешился перед Железным Троном. Санса никогда еще не видела таких доспехов — из полированной красной стали с золотой отделкой. Накладные солнца сияли на них, шлем венчал вздыбленный лев с рубиновыми глазами, две львицы на плечах придерживали парчовый плащ, столь длинный и широкий, что он покрывал весь круп коня. Даже конские доспехи блистали позолотой. А попону из красного шелка украшали львы Ланнистеров.

Лорд Бобрового Утеса являл собой столь великолепное зрелище, что все опешили, когда его конь уронил несколько яблок у самого трона. Джоффри пришлось обойти их, когда он сошел вниз, чтобы обнять деда и провозгласить его Спасителем Города. Санса прикрыла рот, пряча нервную улыбку.

Джофф торжественно обратился к деду с просьбой принять бразды правления государством, и тот торжественно выразил согласие, «пока ваше величество не достигнет совершенных лет». Затем оруженосцы сняли с него доспехи, а Джофф надел ему на шею цепь десницы. Лорд Тайвин занял место за столом совета рядом с королевой. Скакуна вывели, его следы убрали, и Серсея сделала знак продолжать церемонию.

Фанфары приветствовали каждого из героев, входящих через высокие дубовые двери. Герольды во всеуслышание объявляли их имена и совершенные ими подвиги, а благородные лорды и леди орали во все горло, словно простолюдины у петушиной ямы. Почетное место отдали Мейсу Тиреллу, лорду Хайгардена, известному некогда силачу. Теперь он растолстел, но остался красавцем. За ним шли его сыновья, сир Лорас и старший — сир Гарлан Отважный. Все трое были одеты одинаково — в зеленый бархат, отороченный соболем.

Король еще раз сошел с трона им навстречу, оказав им великую честь. Он застегнул на каждом цепь из золотых роз с золотым диском посередине, где был выложен рубинами лев Ланнистеров.

— Розы поддерживают льва, как мощь Хайгардена — королевство, — произнес Джоффри. — Просите меня о чем хотите, и это будет вашим.

«Начинается», — подумала Санса.

— Ваше величество, — сказал сир Лорас, — я прошу о чести служить в вашей Королевской Гвардии и защищать вас от врагов.

Джоффри поднял Рыцаря Цветов, преклонившего колено, и поцеловал его в щеку.

— Будь по-твоему, брат.

Лорд Тирелл склонил голову.

— Для меня нет большей радости, чем служить его величеству. Если бы меня сочли достойным вступить в королевский совет, более верного слуги у вас бы не было.

Джоффри положил руку на плечо лорда Тирелла и поцеловал его.

— Ваше желание исполнено.

Сир Гарлан Тирелл, на пять лет старше сира Лораса, был высоким бородатым подобием более известного младшего брата. Шире Лораса в груди и в плечах, он был недурен собой, но не обладал его ослепительной красотой.

— Ваше величество, — сказал он, когда король приблизился, — у меня есть сестра, девица Маргери, украшение нашего дома. Как вам известно, она была выдана за Ренли Баратеона, но лорд Ренли ушел на войну, не успев осуществить свой брак, и посему она осталась невинной. Маргери, наслушавшись рассказов о вашей мудрости, отваге и рыцарской доблести, воспылала любовью к вашему величеству. Молю вас послать за ней и вступить с нею в брак, навеки обручив ваш дом с моим.

Король Джоффри разыграл удивление.

— Сир Гарлан, красота вашей сестры славится по всем Семи Королевствам, но я обещан другой. Король должен держать свое слово.

Королева Серсея, прошуршав юбками, поднялась с места.

— Ваше величество, ваш Малый Совет рассудил, что не пристало вам жениться на дочери человека, обезглавленного за измену, на девице, чей брат поднял открытый мятеж против трона. Государь, ваши советники просят вас ради блага государства отказаться от Сансы Старк. Леди Маргери будет для вас гораздо более достойной королевой.

Придворные лорды и леди, словно свора дрессированных собак, разразились криками:

— Хотим Маргери! Не хотим королеву-изменницу! Тирелл! Тирелл!

Джоффри поднял руку.

— Я был бы рад удовлетворить желание моего народа, матушка, но я дал священный обет.

Верховный септон вышел вперед.

— Ваше величество, боги считают обручение нерушимым, но ваш отец, светлой памяти король Роберт, заключил этот союз еще до того, как Старки из Винтерфелла показали свое истинное лицо. Их преступления против государства освобождают вас от всех данных вами обещаний. Что же касается веры, то между вами и Сансой Старк еще нет брачного договора.

Собравшиеся снова загомонили, крича: «Маргери! Маргери!» Санса подалась вперед, вцепившись руками в перила. Она знала, что будет дальше, но все-таки боялась того, что скажет Джоффри, боялась, что он не даст ей свободы даже теперь, когда от этого зависит судьба его царствования. Ей казалось, что она опять стоит на мраморных ступенях септы Бейелора и ждет, когда ее принц объявит помилование ее отцу — а он вместо этого велел сиру Илину Пейну отрубить узнику голову. Пожалуйста, горячо молилась она про себя, пусть он скажет это, пусть он скажет.

Лорд Тайвин пристально смотрел на своего внука. Джоффри ответил ему угрюмым взглядом, потоптался на месте и помог сиру Гарлану встать.

— По милости богов я волен исполнить желание моего сердца и с радостью принимаю руку вашей прекрасной сестры, сир. —

Он поцеловал бородатую щеку сира Гарлана, и вокруг раздалось громкое «ура».

Санса почувствовала странную легкость. «Я свободна, но не должна улыбаться — на меня смотрят». Королева предупредила ее: что бы она ни чувствовала, миру она должна показывать только печаль. «Я не позволю, чтобы моего сына унизили, — сказала Серсея. — Слышишь?» «Да. Но если я не стану королевой, что со мной будет дальше?» «Это мы решим после. Пока что ты останешься при дворе, как наша воспитанница». «Я хочу домой». «Мы никогда не получаем то, чего хотим, — пришла в раздражение королева, — пора бы уже это усвоить».

«А вот я получила, — думала Санса. — Я освободилась от Джоффри. Мне не придется целовать его, и дарить ему свою невинность, и рожать ему детей. Все это будет делать бедная Маргери Тирелл».

Когда шум утих, лорда Хайгарденского усадили за стол совета, а его сыновья присоединились к рыцарям и лордам в зале. Пока награждали других героев битвы при Черноводной, Санса старалась казаться одинокой и покинутой.

По залу шел Пакстер Редвин, лорд Бора, в сопровождении своих сыновей — близнецов Боббера и Орясины. Один из них прихрамывал от полученной в бою раны. Далее следовали: лорд Матис Рован в белоснежном дублете с золотым деревом на груди; лорд Рендилл Тарли, тощий и лысый, с длинным мечом в украшенных драгоценностями ножнах за спиной; сир Киван Ланнистер, плотный и лысый, с коротко подстриженной бородкой; сир Аддам Марбранд с медно-красными волосами по плечам и видные западные лорды Лидден, Кракехолл и Бракс.

За ними шли четверо воинов более скромного происхождения, отличившиеся в бою: одноглазый рыцарь сир Филип Фоот, убивший в единоборстве лорда Брюса Карона; вольный всадник Лотор Брюн, прорубивший дорогу через полсотни фоссовеевских латников, взявший в плен сира Джона из ветви зеленого яблока и убивший сира Брайана и сира Эдвида из ветви красного, за что получил прозвище Лотор-яблочник; Виллит, седой латник на службе у сира Хариса Свифта, — он вытащил своего господина из-под убитого коня и отвоевал у дюжины врагов: и наконец, розовощекий оруженосец Джосмин Пекльдон, в свои четырнадцать лет убивший двух рыцарей, ранивший третьего и взявший в плен еще двоих. Виллита ввиду тяжелых ран несли на носилках.

Сир Киван сел рядом со своим братом лордом Тайвином. Когда герольды перечислили подвиги каждого из героев, он встал.

— Его величество пожелал вознаградить этих славных людей за доблесть. По его указу сир Филип отныне будет именоваться лордом Филипом из дома Фоотов, вкупе с чем к нему перейдут все земли, права и доходы дома Каронов. Лотор Брюн получит рыцарское звание, а также земли и замок в речных областях после окончания войны. Джосмину Пекльдону жалуется меч, доспехи и любой конь из королевских конюшен по его выбору, а также рыцарство по достижении им совершеннолетия. Доброму солдату Виллиту жалуется копье с оправленным в серебро древком, новая кольчуга и полный шлем с забралом. Сыновья его поступят на службу дому Ланнистеров в Бобровом Утесе, старший оруженосцем, а младший — пажом, дабы стать впоследствии рыцарями при условии усердной и преданной службы. Все сие заверено десницей короля и Малым Советом.

Вслед за этим были награждены капитаны боевых кораблей «Вихрь», «Принц Эйемон» и «Стрела», а также офицеры с «Милости богов», «Копья», «Шелковой леди» и «Бараньей головы». Их главной заслугой, насколько поняла Санса, было то, что они пережили бой на реке, — таким мог похвастать далеко не каждый. Галлин-пиромант и мастера Гильдии Алхимиков тоже получили королевскую благодарность, а Галлин еще и титул лорда, но Санса заметила, что к этому не прибавили ни земель, ни замка — стало быть, алхимик мог считаться лордом не больше, чем Варис. Лордство сира Ланселя Ланнистера было куда более весомым — Джоффри пожаловал ему земли, замок и права дома Дарри, чей последний лорд, еще ребенок, погиб во время боевых действий в речных областях, «не оставив после себя законных наследников крови Дарри, кроме кузена-бастарда».

Сир Лансель не явился получать свою награду — говорили, что его рана может стоить ему руки или даже жизни. Бес, согласно слухам, тоже лежал при смерти от страшной раны в голове.

— Сир Петир Бейлиш, — возгласил герольд, и показался Мизинец, весь в розово-сливовых тонах, в плаще, расшитом пересмешниками. Он улыбался, преклоняя колени перед Железным Троном. «Какой довольный у него вид», — подумала Санса. Она не слышала, чтобы он совершил какой-нибудь подвиг в бою, но его, видимо, тоже собирались наградить.

Сир Киван снова встал.

— По воле его королевского величества верный его советник Петир Бейлиш награждается за преданную службу короне и государству. Объявляем всем, что лорду Бейлишу жалуется замок Харренхолл со всеми его землями и доходами, из каковой своей усадьбы он и будет отныне править как верховный лорд Трезубца. Сии права закрепляются за Петиром Бейлишем, сыновьями его и внуками до конца времен, и все лорды Трезубца должны повиноваться ему как законному их сюзерену. Сие заверено десницей короля и Малым Советом.

Мизинец с колен поднял глаза на короля Джоффри.

— Покорнейше благодарю, ваше величество. Самая пора позаботиться о сыновьях и внуках.

Джоффри засмеялся, а за ним и весь двор. Верховный лорд Трезубца и к тому же лорд Харренхолла. Санса не понимала, чему он так радуется — эти его титулы столь же пусты, как и титул Галлина-пироманта. Все знают, что на Харренхолле лежит проклятие — даже Ланнистеры не смогли его удержать. Кроме того, лорды Трезубца присягнули на верность Риверрану, дому Талли и королю Севера — никогда не примут они Мизинца как своего сюзерена. Если их, конечно, не принудят к этому, а брата, дядю и деда Сансы не убьют. Эта мысль встревожила ее, но она укорила себя за глупость. Робб бьет их каждый раз — побьет и лорда Бейлиша, если придется.

Более шестисот человек произвели в этот день в рыцари. Всю ночь они совершали бдение в Великой Септе Бейелора, а утром прошли по городу босые, чтобы доказать свое смирение. Теперь они в рубахах из некрашеной шерсти предстали перед королевскими гвардейцами, которые и совершили обряд посвящения. Это заняло много времени, поскольку только трое Братьев Белого Меча были налицо. Мендон Мур погиб в бою, Пес исчез, Эйерис Окхарт уехал в Дорн с принцессой Мирцеллой, Джейме Ланнистер сидел в плену у Робба — остались только Бейлон Сванн, Меррин Трант и Осмунд Кеттлблэк. Вновь посвященные вставали, застегивали на себе пояса с мечами и примыкали к стоящим под окнами. У многих ноги были ободраны в кровь после пешего перехода, но все они, на взгляд Сансы, держались прямо и гордо.

К тому времени, как все новые рыцари получили своих «сиров», зал начал проявлять нетерпение — Джоффри первый. С галереи кое-кто начал потихоньку ускользать прочь, но вельможам внизу деваться было некуда — они не могли уйти без позволения короля. Судя по тому, как ерзал Джофф на своем Железном Троне, он охотно отпустил бы всех, но его дневные труды были еще далеки от завершения. Теперь монета обернулась обратной стороной, и в зал ввели пленников.

Среди них тоже были знатные лорды и благородные рыцари: старый угрюмый лорд Селтигар, Красный Краб; сир Бонифер Добрый; лорд Эстермонт, еще древнее Селтигара; лорд Варнер, ковылявший с разбитым коленом, но не желавший принять ничьей помощи; сир Марк Маллендор, серолицый, с отрубленной по локоть левой рукой; свирепый Рыжий Роннет из Гриффин-Руста; сир Дермот из Дождевого Леса; лорд Виллюм и его сыновья Жозуа и Элиас; сир Джон Фоссовей; сир Тимон Разящий Меч; Ауран, бастард Дрифтмарский; лорд Стедмон по прозванию Душигрош и сотни других.

Тем, кто перешел на сторону противника во время боя, требовалось только присягнуть Джоффри на верность, но те, кто стоял за Станниса до конца, должны были высказаться — и судьба их зависела от того, что они скажут. Винившихся в своей измене и обещавших впредь верно служить королю Джоффри милостиво прощал и оставлял за ними все их земли и права. Но горстка пленников повиниться отказалась.

— Не думай, мальчик, что на этом все и кончилось, — заявил один, бастард кого-то из Флорентов. — Короля Станниса хранит Владыка Света, и никакие мечи и козни не спасут тебя, когда его час придет.

— *Твой* час уже пришел. — Джоффри сделал сиру Илину Пейну знак вывести этого человека и отрубить ему голову. Но как только его выволокли прочь, какой-то суровый рыцарь с огненным сердцем на камзоле воскликнул:

— Станнис — вот наш истинный король! На Железном Троне сидит чудовище, гнусный плод греха и кровосмешения!

— Молчать! — взревел сир Киван Ланнистер, но рыцарь еще больше повысил голос:

— Джоффри — это черный червь, въевшийся в сердце королевства! Мрак был его отцом и смерть его матерью! Убейте его, пока он не осквернил вас всех! Истребите их — королеву-шлюху и короля-гадину, злобного карлика и паука-шептуна, вырвите с корнем ядовитые цветы. Только так вы спасете себя! — Один из золотых плащей сбил рыцаря с ног, но тот продолжал кричать: — Придет всеочищающий огонь! Король Станнис вернется!

Джоффри вскочил на ноги.

— Король здесь я! Убейте его! Убейте сейчас же! Я приказываю! — Он резко взмахнул рукой сверху вниз... и вскрикнул от боли, задев один из острых железных клинков, окружавших его. Красный атлас его рукава потемнел от крови, и Джоффри завопил:

— Мама!

Пользуясь тем, что все взоры устремились на короля, человек на полу выхватил копье у золотого плаща и с его помощью поднялся на ноги:

— Трон отвергает его! Он не король!

Серсея бросилась к трону, но лорд Тайвин, каменно-недвижимый, только поднял палец — и сир Меррин Трант тут же обнажил меч. Конец был жесток и краток. Золотые плащи схватили рыцаря за руки.

— Он не король! — еще раз крикнул тот, и длинный меч сира Меррина вонзился ему в грудь.

Джофф упал на руки матери. Трое подоспевших мейстеров вынесли его через королевскую дверь. Все заговорили разом. Золотые плащи потащили прочь убитого рыцаря, оставляя яркий кровавый след на каменном полу. Лорд Бейлиш поглаживал бороду, Варис что-то шептал ему на ухо. «Может быть, теперь они отпустят нас?» — подумала Санса. Десятка два пленных еще ждали своей очереди — присягнуть на верность или проклясть победителя.

Лорд Тайвин встал с места.

— Будем продолжать, — сказал он сильным звучным голосом, разом угомонившим всякий шум. — Те, кто хочет попросить прощения за свою измену, могут это сделать, но больше глупостей мы не потерпим. — Он прошел к Железному Трону и сел на его ступени, всего в трех футах от пола.

За окнами стало смеркаться, когда церемония подошла к концу. Санса спустилась с галереи на затекших от долгого стояния ногах, думая, сильно ли порезался Джоффри. Говорят, Железный Трон бывает очень жесток к тем, кто не предназначен сидеть на нем.

Вернувшись наконец к себе, она прижала подушку к лицу, чтобы заглушить радостный писк. «О боги праведные, он сделал это — он отказался от меня перед всеми!» Когда служанка принесла ужин, Санса чуть не расцеловала ее. На подносе был горячий хлеб и свежее масло, густой говяжий суп, каплун с морковью и персики в меду. Даже еда теперь казалась Сансе вкуснее.

Когда стемнело, она накинула плащ и отправилась в богорощу. Подъемный мост охранял сир Осмунд Кеттлблэк в белых доспехах. Санса пожелала ему доброго вечера, очень старалась казаться удрученной, но его ухмылка не внушала ей уверенности в успехе.

Донтос ждал ее в лунной тени листвы.

— Отчего вы так печальны? — весело спросила Санса. — Вы ведь были там и все слышали. Джофф отказался от меня, он...

Он взял ее за руку.

— О, Джонквиль, бедная моя Джонквиль, вы ничего не понимаете. Все ваши беды только начинаются.

У нее упало сердце.

— Как так? Почему?

— Королева никогда вас не отпустит, никогда. Вы слишком ценная заложница. А Джоффри... милая, он все еще король. Если он захочет лечь с вами в постель, то ляжет — только теперь будет делать вам бастардов вместо законных сыновей.

— Нет, — пролепетала пораженная Санса. — Он отпустил меня, он...

Сир Донтос звучно чмокнул ее в ухо.

— Мужайтесь. Я обещал доставить вас домой, и теперь это стало возможно. День уже назначен.

— Когда же? Когда мы уедем?

— В ночь свадьбы Джоффри. После пира. Все необходимые приготовления уже сделаны. Замок будет полон гостей, половина двора перепьется, а другая половина будет устраивать Джоффри брачную ночь. На время о вас все забудут — этим мы и воспользуемся.

— Но до свадьбы еще целый лунный месяц. Маргери Тирелл в Хайгардене, и за ней только-только послали.

— Вы так долго ждали — подождите еще немного. Вот, это вам. — Донтос порылся в кошельке и достал какую-то серебряную паутинку.

Это была сетка для волос, такая тонкая, что Сансе показалось, будто она весит не больше вздоха. Каждую ячейку украшали темные камешки, впивавшие в себя лунный свет.

— Что это за камни?

— Черные аметисты из Асшая, очень редкого вида — при свете дня они темно-пурпурные.

— Очень красиво, — сказала Санса, подумав про себя: «Мне нужен корабль, а не сетка для волос».

— Красивее, чем вы думаете, дитя мое. Она волшебная. Вы держите в руках отмщение за отца. — Донтос поцеловал ее снова. — И родной дом.

ТЕОН

Мейстер Лювин пришел к нему, как только за стенами показались первые разведчики.

— Милорд принц, вы должны сдаться.

Теон тупо уставился на принесенный ему завтрак — овсяные лепешки, мед и кровяную колбасу. Еще одна бессонная ночь выбила его из колеи, и от одного вида еды его мутило.

— От дяди ответа нет?

— Нет. И от вашего отца в Пайке тоже.

— Пошли еще птиц.

— Это не поможет. Когда птицы доберутся до места...

— Отправь их! — Сбив на пол поднос с едой, Теон откинул одеяло и встал с кровати Неда Старка голый и злой. — Ты хочешь моей смерти? Ведь так, Лювин? Скажи правду.

Маленький серый мейстер не испугался.

— Дело моего ордена — служить.

— Да, только кому?

— Государству. И Винтерфеллу. Теон, когда-то я обучал тебя буквам и цифрам, истории и военному делу. И еще бы многому научил, будь у тебя такое желание. Я не стану уверять, что люблю тебя, но ненависти к тебе я тоже не питаю. И даже если бы я ненавидел тебя — пока Винтерфеллом владеешь ты, присяга обязывает меня помогать тебе советом. Сдавайся — вот мой совет.

Теон поднял с пола плащ, встряхнул и накинул на плечи. «Огонь! Мне нужен огонь и чистая одежда. Где этот Векс? Не умирать же мне в грязном?»

— Вы не можете надеяться удержать замок, — продолжал мейстер. — Если бы ваш лорд-отец хотел послать вам помощь, он бы уже это сделал. Для него главное — Перешеек. Битва за Север будет дана среди руин Рва Кейлин.

— Может быть. Но пока Винтерфелл в моих руках, сир Родрик и лорды-знаменосцы Старка не выступят на юг и не ударят моему дяде в тыл. — (Не такой уж я профан в военном деле, как ты полагаешь, старик.) — А провизии у меня столько, что я могу год выдерживать осаду.

— Осады не будет. Разве что пара дней, чтобы смастерить лестницы и привязать крючья к веревкам. Вслед за этим они взберутся к вам на стены сразу в сотне мест. Вы продержитесь час-другой — и замок падет. Лучше уж открыть ворота и попросить о...

— О пощаде? Знаю я их пощаду.

— Есть один выход.

— Я человек Железных островов, — напомнил Теон, — и у меня свой закон. Разве они оставили мне выбор? Нет, не отвечай — довольно с меня твоих советов. Ступай и отошли птиц, как я приказывал, да скажи Лоррену, что он мне нужен. И Вексу. Пусть мою кольчугу вычистят, а гарнизон построят во дворе.

Ему показалось, что мейстер не подчинится ему, но тот лишь чопорно поклонился и сказал:

— Слушаюсь.

Построенный гарнизон являл собой жалкое зрелище — островитян было мало, а двор велик.

— Северяне будут здесь еще до ночи, — сказал им Теон. — Сир Родрик Кассель и все лорды, которые явились на его зов. Бежать я не намерен. Я взял этот замок и буду держать его, оставаясь принцем Винтерфелла до смертного часа. Но я никому не приказываю умереть вместе со мной. Если вы уйдете сейчас, пока силы сира Родрика еще не подошли, то получите шанс спастись. — Он обнажил свой меч и провел по земле черту. — Тот, кто останется и будет сражаться — шаг вперед.

Никто ему не ответил. Люди стояли в своих кольчугах, мечах и вареной коже как каменные. Кое-кто обменялся взглядами. Дикк Харло сплюнул. Длинные светлые волосы Эндегара взметнулись на ветру.

Теону казалось, будто он тонет. Дивиться нечему, уныло подумал он. Все его покинули: отец, дяди, сестра, даже этот несчастный Вонючка. С чего же люди будут хранить ему верность? Говорить и делать больше нечего. Только стоять под этими серыми стенами, под неуютным белым небом, с мечом в руке и ждать...

Векс первым переступил черту. Три быстрых шага — и он, сгорбив плечи, встал рядом с Теоном. Черный Лоррен, устыдившись, последовал за ним мрачнее тучи.

— Кто еще? — спросил Теон. Вперед вышли Рыжий Рольф, Кромм, Верлаг, Тимор с братьями, Злобный Ульф, Харрат-Овцекрад, четверо Харло, двое Ботли и Кеннед-Кит — всего семнадцать человек.

Урцен остался на месте, и Стигг, и те десять, что приехали с Ашей из Темнолесья.

— Что ж, ступайте, — сказал им Теон. — Бегите к моей сестре. Не сомневаюсь, что она окажет вам радушный прием.

У Стигга хватило совести устыдиться — остальные удалились, не сказав ни слова.

— На стену, — сказал Теон семнадцати оставшимся. — И если боги смилуются над нами, я вас не забуду.

Все ушли, но Черный Лоррен остался.

— Вся замковая челядь обернется против нас, как только бой начнется.

— Знаю. И что ты предлагаешь?

— Перебить их, всех до единого.

Теон покачал головой.

— Петля готова?

— Да. Хочешь ею воспользоваться?

— Тебе известен лучший способ?

— Да. Я стану с топором на подъемном мосту, и пусть попробуют пройти. Один, двое, трое — мне все равно. Никто не пройдет через ров, пока я жив.

«Он хочет умереть, — подумал Теон. — Ему нужна не победа, а смерть, достойная песни».

— Мы используем петлю.

— Как знаешь, — с презрением ответил Лоррен.

Векс помог Теону одеться для битвы. Сперва твердая вареная кожа, затем хорошо смазанная кольчуга, поверх — черный камзол и золотая мантия. Одевшись и вооружившись, Теон взошел на сторожевую башню в углу южной и восточной стен, чтобы взглянуть в лицо своей судьбе. Северяне окружали замок. Об их численности трудно было судить. Не меньше тысячи, а то и двух. Это против семнадцати-то человек. Они привезли с собой катапульты и скорпионы. Осадных башен Теон на Королевском Тракте не видел, но в лесу дерева хватит, чтобы построить их сколько угодно.

В мирийскую подзорную трубу мейстера Теон посмотрел на их знамена. Повсюду реяли боевые топоры Сервинов, деревья Толхартов и водяные Белой Гавани. Чуть реже встречались эмблемы Флинтов и Карстарков. Кое-где мелькал даже лось Хорнвудов. Гловеров нет — Аша об этом позаботилась, Болтонов тоже, и Амберы так и не выползли из-под своей Стены. Впрочем, в них и не было нужды. Вскоре у ворот появился юный Клей Сервин с мирным знаменем и объявил, что сир Родрик Кассель желает говорить с Теоном-Перевертышем.

Перевертыш. Эта кличка была ему горче желчи. Он отплыл в Пайк, чтобы повести отцовские ладьи на Ланниспорт, а теперь...

— Сейчас спущусь, — крикнул он вниз. — Один.

Черный Лоррен не одобрил этого.

— Кровь можно смыть только кровью. Может, рыцари и соблюдают уговор с другими рыцарями, но с теми, кого считают разбойниками, они не столь щепетильны.

— Я принц Винтерфелла и наследник Железных островов, — ощетинился Теон. — Ступай найди девчонку и сделай так, как я велел.

Лоррен ответил ему убийственным взглядом.

— Да, мой принц.

«Он тоже против меня. — Последнее время Теону казалось, что сами камни Винтерфелла обернулись против него. — Я умру, покинутый всеми. Значит, остается одно — жить!»

Он подъехал к воротам с короной на голове. Женщина черпала воду из колодца, Гейдж-повар стоял в дверях кухни. Они скрывали свою ненависть за угрюмыми взглядами и ничего не выражающими лицами, но он все равно ее чувствовал.

Когда опустили мост, через ров дохнул холодный ветер, и Теон содрогнулся. «Это я от холода», — сказал он себе. Даже самые храбрые могут дрожать от холода. Он проехал по мосту и под решеткой — прямо в зубы этому ветру. Внешние ворота растворились перед ним. Он выехал за стены замка, чувствуя, как мальчики смотрят ему в спину своими пустыми глазницами.

Сир Родрик ждал на рыночной площади верхом на сером в яблоках мерине. Клей Сервин держал над ним знамя с лютоволком Старков. Они были одни на площади, но Теон видел лучников на крышах ближних домов, копейщиков справа, а слева стояла шеренга конных рыцарей под водяным с трезубцем дома Мандерли. «Каждый из них хочет моей смерти». Среди них были юнцы, с которыми Теон пил, играл в кости, даже ходил по бабам, но это не спасет его, если он попадет к ним в руки.

— Сир Родрик. — Теон натянул поводья. — Мне грустно, что мы встречаемся врагами.

— Мне тоже грустно — оттого, что не могу повесить тебя прямо сейчас. — Старый рыцарь плюнул в грязь. — Перевертыш.

723

— Меня зовут Грейджой из Пайка, — напомнил ему Теон. — На плаще, в который завернул меня отец при рождении, был кракен, а не лютоволк.

— Ты десять лет был воспитанником Старков.

— Заложником их и узником.

— Скажешь, лорд Эддард держал тебя закованным в темнице? Нет, он воспитывал тебя вместе со своими сыновьями, славными мальчиками, которых ты убил, а я, к непреходящему моему стыду, учил тебя боевому мастерству. Мне бы проткнуть твое брюхо мечом, а не вкладывать его тебе в руку.

— Я пришел говорить, а не выслушивать оскорбления. Говори, старик, — что тебе от меня надо?

— Две вещи. Винтерфелл и твою жизнь. Прикажи своим людям открыть ворота и сложить оружие. Тот, кто не убивал детей, сможет уйти, но ты предстанешь перед судом короля Робба — и да смилуются над тобой боги, когда он вернется.

— Робб никогда больше не увидит Винтерфелла. Он сложит голову у Рва Кейлин, как это происходило со всеми южанами на протяжении десяти тысяч лет. Север теперь наш, сир.

— Вы заняли три замка, и один я сейчас у тебя отберу, Перевертыш.

Теон пропустил это мимо ушей.

— Мои условия таковы. До наступления вечера вы должны разойтись. Те, кто присягнет на верность Бейлону Грейджою как своему королю и мне как принцу Винтерфелла, сохранят за собой свои права и имущество, не потерпев никакого ущерба. Те, кто не сделает этого, будут истреблены.

— Ты что, рехнулся, Грейджой? — удивленно спросил юный Сервин.

— Он только пыжится, мальчик, — сказал сир Родрик. — Боюсь, Теон всегда был слишком высокого мнения о себе самом. Не думай, Перевертыш, что я буду ждать Робба, чтобы двинуться на Перешеек и разделаться с твоими сородичами. Со мной около двух тысяч человек, а у тебя, если верить слухам, не больше пятидесяти.

Семнадцать, если быть точным. Теон заставил себя улыбнуться.

— У меня есть кое-что получше людей. — И он поднял над головой кулак, подавая сигнал Черному Лоррену.

Винтерфелл был у него за спиной, но сир Родрик смотрел прямо на стену и не мог видеть. Когда подбородок рыцаря задрожал под пышными белыми бакенбардами, Теон понял, что он увидел. Нет, старик не удивился, с грустью отметил Теон, но страх налицо.

724

— На это способен только трус, — сказал сир Родрик. — Использовать ребенка... какая подлость.

— Знаю. Я сам отведал этого кушанья — забыл? Меня десятилетним забрали из отцовского дома, чтобы отец больше не бунтовал.

— Это не одно и то же!

— Верно. Веревка, которую носил на шее я, была не из пеньки, однако я ее чувствовал. И она натирала мне шею, сир Родрик, — до крови натирала. — Теон до сих пор не сознавал этого, но, произнеся, понял, что это правда.

— Тебе никогда не причиняли зла.

— Твоей Бет тоже не причинят, если ты...

Сир Родрик не дал ему закончить.

— Ядовитая гадина. — Лицо рыцаря побагровело под белыми бакенбардами. — Я дал тебе случай спасти твоих людей и умереть хотя бы с видимостью чести. Мне следовало бы знать, что от детоубийцы хорошего ждать не приходится. — Сир Родрик опустил руку на меч. — Я мог бы зарубить тебя прямо здесь и положить конец твоим мерзостям. Клянусь богами, так мне и следует поступить.

Теон не боялся старика, но лучники и рыцари в строю — другое дело. Если дойдет до мечей, живым в замок ему уже не вернуться.

— Что ж, преступи свою клятву, убей меня — и увидишь, как твоя малютка Бет закачается в петле.

У сира Родрика побелели костяшки пальцев, но руку с меча он убрал.

— Поистине я зажился на свете.

— Не стану спорить, сир. Так как, принимаете вы мои условия?

— На мне лежит долг перед Кейтилин и домом Старков.

— А как же твой собственный дом? Бет — последняя у вас в роду.

Старый рыцарь выпрямился.

— Я предлагаю себя вместо дочери. Отпусти ее и возьми в заложники меня. Кастелян Винтерфелла, уж конечно, стоит больше, чем маленькая девочка.

— Только не для меня. — (Благородный жест, старик, но я не такой дурак.) — И не для лорда Мандерли с Леобальдом Толхартом, спорить могу. — (Не больно-то им дорога твоя старая шкура.) — Нет, я оставлю девочку у себя... и ничего ей не сделаю, пока ты будешь меня слушаться. Ее жизнь в твоих руках.

— Праведные боги, Теон, как ты можешь? Ты же знаешь, что я обязан штурмовать замок, я дал присягу...

— Если твое войско на заходе солнца не отойдет от моих стен, Бет будет повешена. За ней на рассвете последует другой заложник, а на закате еще один. На каждой заре, утренней и вечерней, кто-то будет умирать, пока вы не уйдете. В заложниках у меня недостатка нет. — Не дожидаясь ответа, Теон повернул Улыбчивого и поехал обратно к замку. Сначала двигался шагом, но при мысли о лучниках за спиной перешел на рысь. Маленькие головы смотрели на него со своих пик, ободранные и просмоленные, увеличиваясь с каждым ярдом, а между ними стояла маленькая Бет Кассель, плачущая, с петлей на шее. Теон, пришпорив Улыбчивого, перешел в галоп. Копыта коня простучали по подъемному мосту, как барабанные палочки.

Во дворе Теон спешился и передал поводья Вексу.

— Авось это их остановит, — сказал он Черному Лоррену. — На закате увидим. Убери пока девчонку и укрой где-нибудь. — Он был весь мокрый под слоями кожи, стали и шерсти. — Мне надо выпить чашу вина, а еще лучше чан.

В спальне Неда Старка развели огонь. Сев перед ним, Теон налил себе красного из погребов замка, кислого под стать настроению. Все равно они атакуют, думал он мрачно, глядя в очаг. Сир Родрик любит свою дочь, но при этом остается кастеляном, а прежде всего — рыцарем. Если бы это Теон стоял с петлей на шее, а лорд Бейлон командовал осадной армией, рога уже трубили бы штурм. Слава богам, что сир Родрик родился не на Железных островах. Люди зеленых земель сделаны из более мягкого теста — но кто знает, достаточно ли оно мягкое? Если старик все-таки отдаст приказ идти на приступ, Винтерфелл падет. Теон не питал на этот счет иллюзий. Его семнадцать могут убить вдвое, втрое, впятеро больше врагов, но в конце концов их одолеют.

Он смотрел на пламя поверх обода чаши, размышляя о том, как несправедливо устроена жизнь.

— В Шепчущем Лесу я ехал рядом с Роббом Старком, — пробормотал он. — Тогда ему тоже было страшно, но не так, как мне теперь. Одно дело — идти в бой плечо к плечу с друзьями, и совсем другое — умирать одному, презираемому всеми. — «Сжальтесь», — произнес он про себя.

Видя, что вино не приносит облегчения, Теон послал Векса за луком и спустился в старый внутренний дворик. Он пускал в мишень стрелу за стрелой, останавливаясь только, чтобы выдернуть их обратно, пока плечи не заболели и пальцы не начали кровоточить. «Этим самым луком я спас Бране жизнь, — вспомнил он. — Хорошо бы спасти заодно и свою». Женщины приходили к колодцу за водой, но не задерживались надолго — то, что они видели на лице Теона, гнало их прочь.

Позади торчала разрушенная башня с зубчатой, как корона, вершиной — там в древние времена прошелся пожар. Солнце двигалось по небу, а с ним и тень от башни — она удлинялась, протягивая черную руку к Теону Грейджою. Когда солнце коснулось стены, рука настигла его. «Если я повешу девочку, северяне тут же пойдут на приступ, — подумал он, пуская очередную стрелу. — А если не повешу, они поймут, что я грозился попусту. — Он наложил на лук новую стрелу. — Выхода нет».

— Будь у тебя сотня таких, как ты, лучников, ты бы еще мог на что-то надеяться, — произнес тихий голос. Теон обернулся — позади стоял мейстер Лювин.

— Уходи. Хватит с меня твоих советов. Надоело.

— А жизнь? Она тебе тоже надоела, милорд принц?

Теон поднял лук.

— Еще одно слово — и я пошлю эту стрелу тебе в сердце.

— Не пошлешь.

Теон согнул лук, приложив к щеке серое гусиное оперение.

— Может, поспорим?

— Я — твоя последняя надежда, Теон.

«Нет у меня никакой надежды», — подумал он, но все-таки опустил лук и сказал:

— Бежать я не стану.

— Разве я говорил о бегстве? Надень черное.

— Ночной Дозор? — Лук медленно разогнулся, и стрела склонилась к земле.

— Сир Родрик служит дому Старков всю свою жизнь, а дом Старков всегда был другом Дозора. Рыцарь тебе не откажет. Открой ворота, сложи оружие, прими его условия, и он непременно позволит тебе надеть черное.

Брат Ночного Дозора... Ни короны, ни сыновей, ни жены... но это жизнь, и жизнь почетная. Родной брат Неда Старка ушел в Дозор, и Джон Сноу тоже.

«Черного у меня хоть отбавляй — только спороть кракенов. Даже конь у меня черный. В Дозоре я смогу подняться высоко —

стану главой разведчиков, а то и лордом-командующим. Пусть Аша забирает поганые острова себе — они такие же страхолюдные, как и она. Если я буду служить в Восточном Дозоре, мне могут дать собственный корабль, а за Стеной можно хорошо поохотиться. Что до женщин — какая из одичалых откажется принять принца в свою постель? — Медленная улыбка тронула губы Теона. — Черный плащ ни на какой другой уж не сменишь, и я буду не хуже других».

— Принц Теон! — оглушительно ворвалось в его думы. Через двор несся Кромм. — Северяне...

Теон ощутил внезапный тошнотворный страх.

— Что они? Атакуют?

Мейстер сжал его руку.

— Время еще есть. Подними мирное знамя...

— Они дерутся, — выпалил Кромм. — К ним приехали еще какие-то люди, несколько сотен, и сначала присоединились к остальным, а потом на них напали!

— Что за люди? Аша? — Может, она все-таки решила спасти его?

— Да нет же, говорю тебе — северяне. У них на знамени ободранный человек.

Человек с содранной кожей из Дредфорта. Вонючка до плена служил Бастарду Болтонскому. Трудно поверить, что такой гнусный малый сумел склонить Болтонов на измену, но иного объяснения нет.

— Пойду посмотрю сам, — сказал Теон.

Мейстер Лювин поплелся за ним. Со стены перед ним открылась рыночная площадь, усеянная трупами людей и коней. В сражении не было порядка — сплошная свалка знамен и клинков. В холодном осеннем воздухе звенели крики. У сира Родрика людей было больше, но дредфортцы напали внезапно, и вождь у них был сильнее. Теон смотрел, как они атакуют, отскакивают и атакуют опять, рубя противников в капусту всякий раз, когда те пытаются построиться между домами. Топоры обрушивались на дубовые щиты под дикое ржание раненых лошадей. В городке загорелась гостиница.

Черный Лоррен, стоя рядом с ним, молча смотрел на все это. Солнце склонилось к западу, окрасив дома и поля багровым заревом. Тонкий, полный боли крик плыл над стенами, за горящими домами трубил рог. Раненый, теряя кровь, полз по грязи к колодцу на середине площади. Он умер, так и не добравшись туда. Он был в кожаном кафтане и остроконечном шлеме, но без эмблемы, которая помогла бы понять, на чьей стороне он бился.

Вороны закружились в синих сумерках, и зажглись первые звезды.

— Дотракийцы верят, что звезды — это души погибших в бою, — сказал Теон. Об этом ему когда-то рассказывал мейстер Лювин.

— Дотракийцы?

— Табунщики из-за Узкого моря.

— А, эти. Во что они только не верят, дикари.

Ночь и дым почти не позволяли рассмотреть, что происходит внизу, но лязг стали постепенно затихал, а крики и звуки рогов уступили место стонам и причитаниям. Из дыма показался конный отряд. Во главе его ехал рыцарь в темных доспехах. Его круглый шлем отсвечивал красным, бледно-розовый плащ струился с плеч. У главных ворот он остановился, и кто-то из его людей потребовал, чтобы им открыли.

— Кто вы — друзья или враги? — прокричал в ответ Черный Лоррен.

— Разве враг станет приносить такие дары? — Красный Шлем махнул рукой, и у ворот сбросили три мертвых тела, осветив их факелом, чтобы защитники на стенах могли видеть лица.

— Старый кастелян, — сказал Черный Лоррен.

— И Леобальд Толхарт, и Клей Сервин. — Мальчику-лорду попала в глаз стрела, сиру Родрику по локоть отсекли левую руку. Мейстер Лювин с горестным криком упал на колени, и его стошнило.

— У жирного кабана Мандерли не хватило духу покинуть Белую Гавань, не то бы мы и его притащили, — крикнул Красный Шлем.

«Я спасен, — подумал Теон. — Отчего же я тогда чувствую такую пустоту? — Это же победа, сладкая победа, избавление, о котором он молился. Он взглянул на мейстера Лювина. — И подумать только, что я уже собрался сдаться, надеть черное...»

— Откройте нашим друзьям ворота. — Может, хоть сегодня он уснет, не боясь того, что ему приснится.

Дредфортцы въехали через ров во внутренние ворота. Теон спустился вниз с Лорреном и мейстером, чтобы встретить их во дворе. Тускло-красные штандарты трепались на немногочисленных пиках — гораздо больше воинов было вооружено топорами, мечами и щитами, порядком изрубленными.

— Сколько человек вы потеряли? — спросил Теон спешившегося Красного Шлема.

— Двадцать или тридцать. — Свет факелов мерцал на выщербленной эмали его забрала. Шлем и латный ворот имели вид человеческого лица и плеч с содранной кожей, с разинутым в беззвучном вопле ртом.

— У сира Родрика было впятеро больше войска.

— Да, но он думал, что мы друзья. Распространенная ошибка. Когда старый дурень протянул мне руку, я оттяпал ее, а потом показался ему. — Предводитель обеими руками снял шлем и взял его на сгиб локтя.

— Вонючка, — произнес обеспокоенный Теон. Откуда простой слуга мог взять такие доспехи?

— Вонючка давно окочурился, — засмеялся воин. — А все из-за девки. Если б она не бежала так быстро, его лошадь не захромала бы, и нам обоим удалось бы уйти. Я отдал ему свою, когда увидел всадников с холма. С девкой я уже позабавился, а он любил получать свое, покуда они еще теплые. Пришлось оттащить его от нее и сунуть ему мою одежду — сапоги телячьей кожи, бархатный дублет, пояс с серебром, даже подбитый соболем плащ. Скачи в Дредфорт, сказал я ему, и приведи помощь. Бери мою лошадь, она быстрее, и кольцо, подарок отца, возьми, чтобы поверили, что я тебя послал. Он знал, что лишних вопросов мне лучше не задавать. К тому времени, как ему попали стрелой в спину, я вымазался в девкиной пакости и оделся в его лохмотья. Меня, конечно, могли повесить, но иного выхода не было. — Воин вытер рукой рот. — Итак, милорд принц, ты обещал мне женщину, если я приведу двести человек. Я привел втрое больше — и не юнцов каких-нибудь или там батраков, а гарнизон своего отца.

Теон дал слово и не мог идти на попятный. Надо отдать ему обещанное и поквитаться с ним после.

— Харрат, ступай на псарню и приведи Паллу для...

— Рамси. — На пухлых губах появилась улыбка, не отразившаяся в бледных глазах. — Сноу — так звала меня жена до того, как съела свои пальцы, но я себя называю Болтон. — Улыбка застыла, кривя губы. — Значит, за мою службу ты предлагаешь мне девчонку с псарни — так, что ли?

Теону не нравился ни его тон, ни дерзость, с которой смотрели на него дредфортцы.

— Я даю тебе то, что обещал.

— От нее пахнет псиной, а мне уже надоела вонь. Я, пожалуй, лучше возьму твою подружку. Как бишь ее звать — Кира?

— Спятил ты, что ли? — вспылил Теон. — Да я тебя...

Рука Бастарда в стальной перчатке смазала его по лицу, и мир исчез в красном реве боли.

Чуть позже Теон очнулся, лежа на земле. Он перекатился на живот и проглотил кровь. «Закройте ворота!» — хотел крикнуть он, но было уже поздно.

Дредфортцы убили Рыжего Рольфа и Кеннеда, а в ворота шли все новые и новые — целая река из кольчуг и острых мечей. В ушах гудело, и вокруг царил ужас. Черный Лоррен выхватил меч, но на него накинулись сразу четверо. Ульф, бежавший к Великому Чертогу, упал с арбалетной стрелой в животе. Мейстер Лювин устремился к нему, но конный рыцарь пронзил копьем его спину и проскакал по нему. Кто-то из пришельцев, покрутив факел над головой, метнул его на соломенную кровлю конюшни.

— Найдите мне Фреев, — крикнул Бастард, когда пламя взвилось вверх, — а всех остальных сожгите, чтоб духу их не было.

Последнее, что увидел Теон Грейджой, был Улыбчивый, выскочивший из конюшни с горящей гривой — он кричал и взвивался на дыбы...

ТИРИОН

Ему снился каменный, весь в трещинах, потолок, снились запахи крови, дерьма и горелого мяса. В воздухе стоял едкий дым. Вокруг стонали, скулили, а порой и кричали от боли. Попытавшись пошевелиться, он обнаружил, что сделал под себя. От дыма слезились глаза. «Плачу я, что ли? Только бы отец не увидел. Я Ланнистер из Бобрового Утеса и должен жить, как лев, и умереть, как он». Если бы не эта боль. Он лежал в собственных нечистотах, закрыв глаза, слишком слабый, чтобы стонать. Рядом кто-то клял богов унылым монотонным голосом. «Кто бы это мог быть?» — подумал Тирион, проваливаясь в небытие.

Теперь он шел где-то за городом, в лишенном красок мире. Вороны парили в сером небе на широких черных крыльях, серые вороны взмывали тучами над своей добычей, когда он приближался. Белые черви кишели на черной мертвечине. Серые волки и серые

Молчаливые Сестры совместно обдирали павших. По всему турнирному полю валялись трупы. Солнце, как горящий белый грош, заливало блеском серую реку, текущую среди черных остовов сгоревших кораблей. С погребальных костров поднимался черный дым и белый пепел. «Это моих рук дело, — подумал Тирион Ланнистер. — Они умерли по моему приказу».

Сначала в этом мире не было звуков, но потом он стал слышать голоса мертвых, тихие и страшные. Они рыдали и стонали, просили прекратить их мучения, молили о помощи, звали своих матерей. Тирион своей матери не знал. Он позвал бы Шаю, но ее не было здесь. Он шел один среди серых теней, пытаясь вспомнить...

Молчаливые Сестры снимали с мертвых доспехи и одежду. С камзолов исчезли все яркие краски, оставив серые и белые тона с черной запекшейся кровью. Нагие тела брали за руки и за ноги и, раскачав, забрасывали на костры. Сталь и тряпье бросали в белую телегу, влекомую двумя черными лошадьми.

Как же их много, этих мертвых. Обмякших, окоченевших, раздувшихся от газов, неузнаваемых, потерявших человеческий облик. На снятых с них одеждах виднелись черные сердца, серые львы, неживые цветы, бледные призрачные олени. Доспехи были все во вмятинах, кольчуги в прорехах. «Зачем я убил их всех?» Он знал раньше, но забыл.

Он хотел спросить одну из сестер, но тут понял, что у него нет рта. Зубы покрывала гладкая кожа. Это открытие ужаснуло его. Как же он мог жить без рта? Он бросился бежать. Город был недалеко. Там он будет в безопасности, без всех этих мертвых. Он к ним не принадлежит. Пусть у него нет рта — он еще живой человек. Нет, лев! Живой лев. Но когда он добежал до городской стены, ворота закрылись перед ним.

Когда он очнулся снова, было темно. Сначала он ничего не видел, но потом вокруг возникли смутные очертания кровати. Занавески были задернуты, но он различал резные столбики и бархатный балдахин над головой. Под собой он ощущал мягкую перину, под головой — подушку из гусиного пуха. «Моя кровать. Я лежу на своей кровати, в собственной спальне».

Ему было тепло здесь, под грудой мехов и одеял. Он потел. Это жар, с трудом сообразил он. Его одолевала слабость, а когда он попытался поднять руку, тело пронзила боль. Он отказался от дальнейших попыток. Голова казалась огромной, величиной с кровать, и такой тяжелой, что нипочем не поднимешь. Тела он почти совсем не чувствовал. «Как я сюда попал?» Битва вспоминалась ему обрывками и проблесками.

Бой у реки, рыцарь, протянувший ему перчатку, корабельный мост...

Сир Мендон! Он вспомнил мертвые пустые глаза, протянутую руку, зеленый огонь, отраженный в белом эмалевом панцире. Холодный страх накатил на Тириона, и он обмочился. Он закричал бы, будь у него рот. «Да нет же, это сон, — подумал он с рвущейся на части головой. — Помогите мне кто-нибудь. Джеймс, Шая, мама... Тиша...»

Никто не услышал его. Никто не пришел. Один в темноте, он снова провалился в пахнущий мочой сон. Ему снилось, что над ним стоит его сестра, а рядом их хмурый лорд-отец. Конечно же, это сон — ведь лорд Тайвин за тысячу лиг отсюда, он сражается с Роббом Старком на западе. Приходили к нему и другие. Варис вздохнул, глядя на него. Мизинец отпустил какую-то шуточку. «Зловредный ублюдок, предатель, — подумал Тирион. — Мы послали тебя в Горький Мост, а ты так и не вернулся». Иногда он слышал, как они разговаривают, но не понимал слов. Их голоса звучали в ушах, как осы сквозь толстый войлок.

Ему хотелось спросить их, выиграна ли битва. «Должно быть, да, иначе моя голова торчала бы где-нибудь на пике. Я жив — значит мы победили». Он не знал, что его радует больше: победа или то, что он сумел прийти к такому выводу. Разум возвращался к нему, хотя и медленно. Это хорошо. Разум — все, что у него есть.

Когда он очнулся в следующий раз, занавески были отдернуты и рядом стоял Подрик Пейн со свечой. Увидев, что Тирион открыл глаза, он убежал. «Нет, не уходи, помоги мне», — хотел крикнуть Тирион, но лишь глухо застонал. Конечно, если рта нет. Он поднял руку к лицу, перебарывая боль и скованность, и пальцы нащупали ткань на месте губ. Полотно. Нижняя часть его лица была туго забинтована — плотная маска с дырами для дыхания и кормления.

Под вскоре вернулся с незнакомым мейстером в мантии и с цепью на шее.

— Милорд, лежите смирно, — сказал тот. — Вы тяжело ранены и можете себе навредить. Вам хочется пить?

Тирион с трудом кивнул. Мейстер вставил в отверстие повязки медную воронку и стал что-то лить туда тонкой струйкой. Тирион слишком поздно смекнул, что эта жидкость — маковое молоко, и снова полетел в пучины сна.

Теперь ему приснилось, что он присутствует на пиру в честь победы в каком-то большом зале.

Он сидел на почетном высоком месте, и гости пили за его здоровье, восхваляя его доблесть. Мариллон, певец, путешествовавший с ним через Лунные горы, пел о славных подвигах Беса, и даже отец одобрительно улыбался. Когда песня закончилась, Джейме встал со своего места, велел Тириону встать на колени и коснулся своим золотым мечом сперва одного его плеча, потом другого, посвятив его в рыцари. Шая, бывшая тут же, взяла его за руку, смеясь, и назвала его своим гигантом Ланнистером.

Он проснулся в темноте, в холодной пустой комнате. Занавески снова задернули, и что-то было не на месте, только он не знал что. Откинув одеяло, он попытался сесть, но боль не позволила, и он сдался, дыша хрипло и неровно. Лицо было далеко не главным. Весь правый бок болел невыносимо, а грудь пронзало каждый раз, когда он поднимал руку. «Что со мной такое стряслось?» Битва теперь тоже представлялась ему полусном. Он не думал, что так тяжело ранен. Сир Мендон...

Воспоминание о нем пугало его, но Тирион заставил себя не отводить глаз. «Он хотел убить меня — ошибки нет. Это уж точно не сон. Он разрубил бы меня пополам, если бы не Под... А где Под, кстати?»

Скрипнув зубами, Тирион ухватил занавески и дернул. Они оторвались и упали — частично на пол, частично на него. Даже от этого небольшого усилия у него помутилось в глазах, и комната завертелась колесом — голые стены, темные тени, единственное узкое окно. Он увидел свой сундук, сваленную в кучу одежду, помятые доспехи — но это была не его спальня и даже не башня Десницы. Его куда-то перенесли. Повязка преобразила его гневный крик в глухой стон. «Меня положили здесь умирать», — подумал он, отказавшись от борьбы и снова закрыв глаза. В комнате было сыро и холодно, но он весь горел.

Ему приснился уютный маленький домик у предзакатного моря. Несмотря на кособокие, с трещинами, стены и земляной пол, там ему всегда было тепло, даже когда огонь в очаге гас. «Она дразнила меня тем, что я всегда забывал подкладывать дрова — привык, что этим занимаются слуги. «Теперь у тебя одна служанка — я, да и та ленивая. Что делают с ленивыми слугами в Бобровом Утесе, милорд?» А я отвечал: «Их целуют», и это всегда вызывало у нее смех. «Ну уж нет. Их бьют». А я настаивал: «Нет, их целуют — вот так. Сначала пальчики, один за другим, потом ручки, потом локотки. Потом ушки — ведь у слуг такие чудесные ушки. Перестань смеяться! Целуют щечки, и вздернутые носы, вот так, и бровки, и волосы, и губы, м-м...»

Они целовались часами и сутками валялись в постели, слушая прибой и лаская друг друга. Ее тело было для него чудом, и ей он как будто тоже нравился. Она пела ему: «Была моя любовь прекрасна, словно лето, и локоны ее — как солнца свет». «Я люблю тебя, Тирион, — шептала она перед сном. — Люблю твои губы. Люблю твой голос и слова, которые ты мне говоришь, и твою нежность. Люблю твое лицо». «Лицо?!» «Да. Люблю твои руки и люблю, как ты меня трогаешь. Люблю твоего петушка и люблю, когда он во мне». «Он тебя тоже любит, госпожа моя». «Люблю говорить твое имя. Тирион Ланнистер. Оно подходит к моему. Не Ланнистер, а Тирион. Тирион и Тиша. Тиша и Тирион. Тирион. Милорд Тирион...»

Ложь. Ложь и притворство — все ради золота. «Шлюха Джейме, его подарок мне, моя лживая леди». Ее лицо расплылось за пеленой слез, но он еще слышал ее голос, зовущий его по имени:

— ...милорд, вы меня слышите? Милорд Тирион! Милорд!

Сквозь дымку макового сна он увидел над собой чье-то розовое лицо. Он снова был в сырой комнате, на кровати с сорванными занавесками, и лицо было не ее — слишком круглое, с коричневой бородкой.

— Хотите пить, милорд? У меня есть для вас вкусное молочко. Нет, не боритесь, не надо, вам нужен покой... — В одной пухлой розовой руке он держал воронку, в другой флягу.

Когда он наклонился пониже, Тирион сгреб его за цепь и рванул. Мейстер выронил флягу, и маковое молоко разлилось по одеялу. Тирион закрутил цепь так, что она врезалась в толстую шею, и прохрипел:

— Нет. — Как ни слабо это прозвучало, мейстер, вероятно, все же услышал, потому что просипел в ответ:

— Отпустите, милорд... Я даю вам молоко, чтобы унять боль... Отпустите же...

Розовое лицо начало багроветь. Тирион отпустил цепь, и мейстер отшатнулся, глотая воздух. На горле у него остались глубокие впадины, и глаза побелели. Тирион поднял руку к лицу и сделал над маской несколько срывающих движений.

— Вы хотите снять повязку, не так ли? Но это крайне... крайне неразумно, милорд. Вы еще не оправились, и королева...

От упоминания о сестре Тирион зарычал. Так мейстер — ее ставленник? Тирион указал на него пальцем и сжал руку в кулак: снимай, мол, не то хуже будет.

Тот, к счастью, его понял.

— Хорошо, я это сделаю. Но лучше бы не надо, милорд. Ваши раны...

— Снимай! — На этот раз получилось громче.

Мейстер с поклоном вышел, но тут же вернулся, неся длинный нож с тонким пилообразным лезвием, таз с водой, кучу мягкой ветоши и несколько фляг. Тирион тем временем принял полусидячее положение, привалившись к подушке. Мейстер, наказав ему не шевелиться, поддел ножом нижний край повязки. «Стоит ему промахнуться немного, и Серсея освободится от меня». Тирион чувствовал, как лезвие пилит плотную ткань в нескольких дюймах над его горлом.

К счастью, этот розовый сестрин наемник храбростью не отличался. Миг спустя Тирион почувствовал на щеках прикосновение холодного воздуха — и боль тоже, но ее он старался не замечать. Мейстер снял жесткие от какого-то снадобья бинты.

— А теперь потерпите — мне нужно промыть вашу рану. — Он делал это бережно, и теплая вода успокаивала. Рана? Тирион вспомнил яркую серебристую вспышку чуть ниже глаз. — Будет немножко больно, — предупредил мейстер, обмакнув тряпицу в вино, пахнущее травами. «Немножко» было мягко сказано — по лицу Тириона словно огненную черту прожгли, а потом ткнули раскаленной кочергой в нос. Тирион вцепился в простыни и затаил дыхание, но подавил крик. Мейстер кудахтал, как наседка: — Лучше было бы оставить повязку на месте, пока все не зарубцуется, милорд. Но ничего, рана хорошая, чистая. Когда мы нашли вас в том подвале среди мертвых и умирающих, ваши раны гноились. Одно из ребер было сломано — вы и теперь, конечно, это чувствуете, — то ли от удара палицей, то ли при падении. А в плечевом суставе застряла стрела. Там уже началось омертвение, и я опасался, что вы можете лишиться руки, но мы применили червей и кипящее вино — теперь все благополучно заживает...

— Имя, — выдохнул Тирион. — Имя...

— Имя? — заморгал мейстер. — Вы Тирион Ланнистер, милорд. Брат королевы. Вы помните битву? Иногда от ран в голову...

— Твое. — В горле пересохло, и язык разучился выговаривать слова.

— Я мейстер Баллабар.

— Баллабар, — повторил Тирион. — Принеси зеркало.

— Милорд, я не советовал бы... это неразумно... ваша рана...

— Принеси. — Ему казалось, что у него рассечены губы. — И пить. Вино. Без мака.

Мейстер, залившись краской, убежал и вернулся со штофом янтарного вина и маленьким серебряным зеркальцем в золотой оправе. Сев на край кровати, он наполнил чашу до половины и поднес ее к распухшим губам Тириона. Холодная струйка потекла внутрь, но вкуса Тирион не распробовал.

— Еще, — сказал он, когда чаша опустела, и мейстер налил еще. К концу второй чаши Тирион Ланнистер обрел силы, чтобы взглянуть себе в лицо.

Он уставился в зеркало, не зная, плакать или смеяться. Рубленая рана, начинаясь на волосок ниже левого глаза, обрывалась на правой стороне челюсти. Недоставало трех четвертей носа и куска губы. Кто-то зашил разрез, и корявые стежки еще виднелись между красных, вспухших, полузаживших краев раны.

— Красота, — прохрипел он, отшвырнув от себя зеркало.

Теперь он вспомнил все. Корабельный мост, сир Мендон Мур, рука, меч, целящий в лицо. «Если бы я не отшатнулся, он снес бы мне макушку». Джейме всегда говорил, что сир Мендон — самый опасный из Королевской Гвардии, потому что по его мертвым глазам не видно, что он намерен сделать в следующий миг. Да и никому из них нельзя было доверяться. Он знал, что сир Меррин и сир Борос, а потом и сир Осмунд — люди Серсеи, но верил, что остальные еще сохранили остатки чести, а напрасно. Должно быть, Серсея заплатила Мендону за то, чтобы Тирион уж наверняка не вернулся из боя. Как это иначе объяснить? Он никогда не делал Мендону зла. Тирион потрогал воспаленный рубец своими короткими пальцами. «Еще один подарочек от моей дражайшей сестрицы».

Мейстер топтался рядом, как гусь, которому не терпится улететь.

— У вас, милорд, скорее всего останется шрам...

— Скорее всего? — Смех перешел в гримасу боли. Еще как останется, да и нос вряд ли отрастет. Теперь на него и вовсе смотреть будет страшно. — Вперед наука... не играй с топором. Мы где? Что это за место? — Говорить было больно, но он уже намолчался.

— Вы в крепости Мейегора, милорд. В комнате над Бальным Залом Королевы. Ее величество пожелала поместить вас поблизости, чтобы самой присматривать за вами.

(Охотно верю.)

— Верни меня обратно, — распорядился Тирион. — В мою постель. В мою комнату. — (Где около меня будут мои люди и мой собственный мейстер, если я сумею такого найти.)

— Но, милорд... это невозможно. В ваших прежних покоях поместился десница короля.

— Десница короля — это я. — Тирион устал говорить, и его ошеломило то, что он услышал.

— О, милорд, — сокрушенно молвил мейстер, — ведь вы были при смерти. Теперь эти обязанности принял на себя ваш лорд-отец.

— Отец?! Он здесь?

— С самой ночи сражения. Лорд Тайвин спас нас всех. Простой народ говорит, что это был призрак короля Ренли, но мудрые люди знают, кого благодарить: вашего отца, лорда Тирелла, рыцаря Цветов и лорда Мизинца. Они прошли сквозь пепел и ударили узурпатору Станнису в тыл. Это была великая победа, а лорд Тайвин теперь поселился в башне Десницы, дабы помочь его величеству навести порядок в стране. Хвала богам!

— Хвала богам, — рассеянно повторил Тирион. Возлюбленный батюшка, ненаглядный Мизинец, да еще и призрак Ренли в придачу? — Позови сюда... — («Но кого? Нельзя же просить его, этого розового Баллабара, чтобы он привел ко мне Шаю. Кому же довериться? Варису? Бронну? Сиру Джаселину?») — ...позови моего оруженосца, Пода Пейна. — (Это Под спас мне жизнь — там, на корабельном мосту.)

— Мальчика? Странного такого?

— Мальчика. Странного. Позови.

— Как прикажете, милорд. — Мейстер вышел. Тирион стал ждать, чувствуя, как уходят из него силы. Сколько же он пролежал здесь? «Серсея хотела, чтобы я спал вечно, но я ей такого удовольствия не доставлю».

Подрик Пейн вошел в спальню робко, как мышка.

— Милорд... — Такой был храбрый в бою, а теперь снова притих. — Я хотел остаться при вас, но мейстер меня прогнал.

— Теперь ты... его прогонишь. Слушай. Говорить трудно. Принеси сонного вина. Не макового молока. Сонного вина. Пойди к Френкену. Не к Баллабару. Пусть приготовит... при тебе. — Под метнул взгляд на лицо Тириона и тут же отвел глаза. Ну что ж, вряд ли его можно винить за это. — Моя охрана, — продолжал Тирион. — Бронн. Где Бронн?

— Его посвятили в рыцари.

Даже хмуриться и то было больно.

— Найди его. Приведи сюда.

— Хорошо, милорд.

Тирион стиснул руку Пода.

— Сир Мендон?

Мальчик сморщился.

— Я н-не хотел его у-у...

— Ты уверен? Он мертв?

Под переминался с ноги на ногу.

— Утонул.

— Хорошо. Не говори никому. Про нас с ним.

С уходом оруженосца Тириона оставили последние силы. Он лег и закрыл глаза. «Может быть, мне снова приснится Тиша. Как-то ей понравилось бы мое лицо теперь?»

ДЖОН

Когда Куорен Полурукий велел собрать ему топлива для костра, Джон понял, что конец близок.

«Хорошо будет согреться, хоть ненадолго», — подумал он, рубя сучья сухого дерева. Призрак сидел и смотрел на него — молча, как всегда. «Будет ли он выть по мне, когда я умру, как выл волк Брана, когда тот упал? Будет ли выть Лохматый Песик там, в Винтерфелле, и Серый Ветер, и Нимерия, где бы они ни были?»

За одну гору закатывалось солнце, над другой вставала луна. Джон кинжалом высек искру из кремня, и над костром заструился дымок. Куорен подошел, когда первый язычок пламени лизнул кору и сухую хвою.

— Робкий, как девушка в первую брачную ночь, — сказал он тихо, — и такой же красивый. Иногда забываешь, как прекрасен может быть огонь.

Джон не думал, что Куорен способен говорить о девушках и свадебных ночах. Полурукий, насколько было известно, всю жизнь провел в Дозоре. Любил он кого-нибудь? Праздновал ли свою свадьбу? Джон не мог спросить его об этом, поэтому принялся раздувать огонь. Когда пламя затрещало, он снял промерзшие перчатки и стал греть руки. Неужели поцелуй бывает столь же сладок? Тепло струилось по пальцам, как растопленное масло.

Полурукий, поджав ноги, сел на землю. Свет играл на его твердом лице. Только их двое осталось из пяти разведчиков, бежавших с Воющего перевала в серо-голубую каменную пустыню Клыков Мороза.

Поначалу Джон лелеял надежду, что оруженосец Далбридж запрет одичалых на перевале. Но, услышав далекий звук рога, все они поняли, что Далбридж погиб. В сумерках они увидели орла, парящего над ними на серо-голубых крыльях, и Каменный Змей снял с плеча лук, но птица улетела, не успел он его натянуть. Эббен плюнул, кляня оборотней и прочую нечисть.

На другой день они еще дважды видели орла и слышали охотничий рог. Каждый раз казалось, что он звучит все громче и ближе. Когда настала ночь, Куорен велел Эббену взять коня Далбриджа помимо своего и со всей поспешностью ехать на восток, обратно к Мормонту. Оставшиеся будут отвлекать погоню. «Пошли лучше Джона, — возразил Эббен. — Он ездит верхом не хуже меня». «У Джона своя роль». «Да ведь он еще мальчик». «Он брат Ночного Дозора».

Когда взошла луна, Эббен простился с ними. Змей проводил его немного, замел следы, и трое оставшихся двинулись на юго-запад.

После этого все дни и ночи слились для Джона воедино. Они спали в седлах и останавливались только покормить и напоить коней. Они ехали по голым скалам, через темные сосновые леса и заносы старого снега, через ледяные торосы и мелкие безымянные речки. Порой Куорен или Змей возвращались назад, чтобы запутать следы, но тщетны были их усилия. За ними следили. Каждый раз на рассвете и в сумерках они видели орла, парящего между вершинами, — пятнышко на безбрежной равнине неба.

Они поднимались на невысокую гряду между двумя снежными пиками, когда из своего логова ярдах в десяти от них с рычанием вылез сумеречный кот. Зверь отощал от голода, но кобыла Змея ударилась в панику от одного его вида — она понеслась, не слушаясь всадника, оступилась па крутом склоне и сломала ногу.

Призрак в тот день наелся досыта, а Куорен настоял, чтобы разведчики подмешали лошадиную кровь в овсянку для восстановления сил. Джон давился от этой мерзости, но ел. Они срезали с туши по десятку полосок твердого жилистого мяса, чтобы жевать во время езды, а остальное оставили сумеречным котам.

О том, чтобы ехать вдвоем на одном коне, не было и речи. Змей предложил остаться в засаде и напасть на одичалых, когда они подойдут, — авось прихватим нескольких с собой в ад, но Куорен ему отказал. «Если есть в Ночном Дозоре человек, способный пройти через Клыки Мороза один и пеший, то это ты, брат. Ты сможешь выбрать прямую дорогу там, где конь пошел бы в обход. Ступай к Кулаку. Расскажи Мормонту, что и каким образом видел Джон. Скажи, что древние силы пробуждаются, и ему придется встретиться с великанами, оборотнями и еще более страшными вещами. Скажи, что деревья снова обрели глаза».

«Ему не дойти», — подумал Джон, глядя, как Змей перевалил через заснеженный хребет — маленький черный жучок среди неоглядной белизны.

После этого каждая ночь казалась холоднее предыдущей, и одиночество угнетало все сильнее. Призрак не всегда был с ними, но никогда не уходил далеко, а Джон чувствовал его даже на расстоянии. Это его радовало — Полурукий был не из общительных. Длинная седая коса Куорена медленно моталась в такт шагам лошади. Часто они ехали часами, не произнося ни единого слова, слыша только звук скребущих по камню копыт и вой дующего без передышки ветра. Когда Джон засыпал, ему больше не снились ни волки, ни его братья — вообще ничего. Здесь даже сны не приживались.

— Остер ли твой меч, Джон Сноу? — спросил Куорен через мигающий костер.

— Он у меня из валирийской стали. Мне его подарил Старый Медведь.

— Помнишь ли ты слова своего обета?

— Да. — Разве такие слова забудешь? Произнеся их, назад уже не возьмешь. Они меняют твою жизнь навсегда.

— Давай повторим их еще раз, Джон Сноу.

— Как хочешь. — Два голоса слились под восходящей луной. Их слушал Призрак, и горы стояли вокруг, как свидетели. — Ночь собирается, и начинается мой дозор. Он не окончится до самой моей смерти. Я не возьму себе ни жены, ни земель, не буду отцом детям. Я не надену короны и не буду добиваться славы. Я буду жить и умру на своем посту. Я — меч во тьме, я — Дозорный на Стене; я — огонь, который разгоняет холод; я — свет, который приносит зарю; я — рог, который будит спящих; я — щит, который охраняет царство людей. Я отдаю свою жизнь и честь Ночному Дозору среди этой ночи и всех, которые грядут после нее.

Они умолкли, и настала тишина — только костер потрескивал да тихо вздыхал ветер. Джон сжимал и разжимал обнаженные пальцы, перебирая в уме эти слова и моля отцовских богов дать ему силы умереть достойно, когда его час придет. Ждать уже недолго. Лошади совсем выбились из сил, а конь Куорена, пожалуй, и дня не протянет.

Костер уже догорал, и тепло уходило.

— Он скоро угаснет, — сказал Куорен, — но если падет Стена, огни угаснут во всем мире.

Джон, не зная, что на это ответить, молча кивнул.

— Может, нам еще удастся уйти, — а может, и нет.

— Я не боюсь смерти. — Джон лгал только наполовину.

— Так просто ты не отделаешься, Джон.

— Как так? — не понял юноша.

— Если они догонят нас, ты должен будешь сдаться.

— Сдаться? — недоверчиво повторил Джон. Одичалые не брали в плен тех, кого называли воронами. Они убивали их на месте, если только... — Но они щадят только клятвопреступников. Которые переходят к ним, как Манс-Разбойник.

— И ты.

— Нет. Ни за что. Я не сделаю этого.

— Сделаешь. Я приказываю тебе.

— Приказываешь? Но...

— Наша честь стоит не больше нашей жизни, когда речь идет о безопасности всех людей. Ты брат Ночного Дозора — так или нет?

— Да, но...

— Никаких «но», Джон Сноу. Либо да, либо нет.

— Да. Я брат Ночного Дозора, — выпрямился Джон.

— Тогда слушай меня. Если нас догонят, ты перейдешь к ним, как советовала тебе та девушка, твоя пленница. Они могут потребовать, чтобы ты изрезал свой черный плащ, чтобы ты поклялся им могилой своего отца, чтобы ты проклял своих братьев и своего лорда-командующего. Ты не должен колебаться, что бы они ни попросили. Делай то, что они велят... но в сердце своем помни, кто ты есть. Дели с ними дорогу, еду, сражайся с ними рядом — и примечай.

— Что примечать?

— Если бы я знал... Твой волк видел ямы в долине Молочной. Что они ищут в такой глуши? Нашли они это или еще нет? Ты должен это узнать, прежде чем вернешься к лорду Мормонту и своим братьям. Таков долг, который я возлагаю на тебя, Джон Сноу.

— Хорошо, я все сделаю, но... ты ведь скажешь им? Старому Медведю хотя бы? Скажешь, что на самом деле я не нарушал клятвы?

Глаза Куорена по ту сторону костра казались двумя колодцами тени.

— Когда увижу его, скажу непременно. Подкинь-ка еще дров. Надо, чтобы костер горел ярко.

Джон пошел нарубить еще веток и, ломая каждую пополам, стал бросать их в костер. Дерево, давно высохшее, в костре снова ожило, и резвые плясуньи закружились на каждой хворостине в своих красных, желтых и оранжевых платьях.

— Хватит, — резко бросил Куорен. — Едем.

— Едем? — За костром караулила темная холодная ночь. — Но куда?

— Назад. — Куорен сел на своего усталого коня. — Надеюсь, костер отведет им глаза. Поехали, брат.

Джон натянул перчатки и поднял капюшон. Даже лошадям не хотелось уходить от огня. Солнце давно село, и только серебристый месяц освещал неверную дорогу. Джон не знал, что у Куорена на уме, но надеялся на лучшее. Ему не хотелось изображать из себя клятвопреступника, даже ради самой благой цели.

Они ехали осторожно, так тихо, как только возможно для верховых, пока не оказались у входа в узкое ущелье, откуда между двух гор вытекал ледяной ручеек. Джон помнил это место — здесь они перед закатом поили лошадей.

— Вода замерзает, — заметил Куорен, сворачивая в сторону. — Если бы не это, мы поехали бы прямо по ней, но если мы проломим лед, они могут это заметить. Держись поближе к утесам. В полумиле отсюда будет поворот — он нас спрячет. — Куорен въехал в ущелье, и Джон, бросив последний грустный взгляд на горящий вдалеке костер, последовал за ним.

Чем дальше они ехали, тем теснее смыкались утесы с обеих сторон. Лунная лента ручья вела их к своему истоку. Каменные берега обросли льдинками, но под тонкой коркой еще журчала вода.

Скоро дорогу им загородил большой обвал, но крепконогие лошади преодолели осыпь. Скалы сошлись почти вплотную — впереди шумел водопад. В воздухе стоял туман, похожий на холодное дыхание громадного зверя. Вода при луне сверкала серебром. Джон испуганно огляделся. Да ведь это же тупик! Они с Куореном еще могли бы вскарабкаться на утес, а лошади? Пешими они далеко не уйдут.

— Давай быстрей, — скомандовал Куорен и проехал, большой на маленькой лошади, по обмерзшим камням прямо сквозь водяной занавес. Когда он исчез, Джон тронул своего коня каблуками и двинулся следом. Конь упирался что есть мочи. Ледяные кулаки воды обрушились на них, и от холода у Джона остановилось дыхание — но тут он, промокший насквозь и дрожащий, оказался на той стороне.

Трещина в скале едва позволяла проехать конному, но дальше скалы расступались, и почву покрывал мягкий песок. Брызги стыли у Джона в бороде. Призрак проскочил сквозь водопад, отряхнулся, подозрительно принюхался к темноте и задрал ногу у скалы. Куорен уже спешился, и Джон сделал то же самое.

— Ты знал про это место?

— Когда я был не старше тебя, один брат рассказывал, как гнался за сумеречным котом сквозь этот водопад. — Он расседлал коня, снял с него уздечку и расчесал пальцами косматую гриву. — Этот путь ведет нас сквозь сердце горы. На рассвете, если нас не найдут, двинемся дальше. Первая стража моя, брат. — Куорен сел на песок спиной к скале — смутная тень во мраке пещеры. Сквозь шум падающей воды Джон расслышал тихий шорох стали о кожу. Полурукий обнажил меч.

Джон снял мокрый плащ, но холод и сырость не позволяли раздеться дальше. Призрак растянулся рядом и лизнул его перчатку, а потом свернулся клубком. Джон был благодарен ему за тепло. Горит ли еще их костер или уже погас? Если Стена падет, огни погаснут во всем мире... Луна, светя сквозь водяной занавес, ложилась бледной полосой на песок. Потом и она погасла, и стало темно.

Сон пришел наконец, а с ним и кошмары. Ему снились горящие замки и мертвецы, встающие из могил. Было еще темно, когда Куорен разбудил его. Полурукий лег спать, а Джон сел спиной к стене пещеры, слушая шум воды и дожидаясь рассвета.

Когда рассвет пришел, они сжевали по мороженой полоске конины, снова оседлали коней и накинули на себя черные плащи. Куорен, пока караулил, сделал с полдюжины факелов, пропитав пучки сырого мха маслом, которое возил в седельной сумке. Теперь он зажег один из них и первым двинулся во тьму, держа бледное пламя перед собой. Джон с лошадьми тронулся за ним. Каменная тропа вилась то вниз, то вверх, а потом круто пошла под уклон.

Временами она становилась такой узкой, что трудно было убедить лошадей в возможности прохода по ней. «Теперь-то мы от них оторвемся, — думал Джон. — Сквозь камень даже орлы не видят. Мы оторвемся, и поедем обратно к Кулаку, и расскажем Старому Медведю все, что знаем».

Но когда они, несколько долгих часов спустя, вышли на дневной свет, орел уже ждал их, сидя на сухом дереве в сотне футов над ними. Призрак помчался к нему по камням, но орел захлопал крыльями и взлетел.

Куорен сжал губы, следя за его полетом.

— Для привала это место не хуже всякого другого. Устье пещеры защищает нас сверху, да и сзади к нам нельзя подобраться, не пройдя через гору. Остер ли твой меч, Джон Сноу?

— Да.

— Давай-ка покормим лошадей. Они хорошо послужили нам, бедолаги.

Джон скормил своему коньку последний овес и погладил его густую гриву. Призрак беспокойно рыскал среди камней. Сняв перчатку, Джон размял обожженные пальцы. «Я — щит, который защищает царство человека».

В горах отозвался охотничий рог, и послышался лай гончих.

— Скоро они будут здесь, — сказал Куорен. — Держи своего волка при себе.

— Призрак, ко мне, — позвал Джон. Волк неохотно повиновался, держа на отлете напряженный хвост.

Одичалые показались из-за хребта в какой-нибудь полумиле от них. Собаки бежали впереди — свирепые серо-бурые звери с немалой долей волчьей крови. Призрак оскалил зубы и ощетинился.

— Тихо, — шепнул ему Джон. — Сидеть. — Вверху зашумели крылья.

Орел сел на выступ скалы и торжествующе закричал.

Охотники приближались с опаской — возможно, боялись стрел. Джон насчитал четырнадцать человек и восемь собак. На больших круглых плетеных щитах, обтянутых кожей, были намалеваны черепа. Половина лиц пряталась за корявыми шлемами из дерева и вареной кожи. Лучники на флангах держали стрелы на маленьких роговых луках, но не стреляли. Другие несли копья и дубины. У одного был зазубренный каменный топор. Части доспехов, надетые на них, были сняты с убитых разведчиков или взяты в набегах. Одичалые не добывали и не плавили руду, и кузнецов к северу от Стены было мало, а кузниц и того меньше.

Куорен вытащил свой длинный меч. О том, как он научился драться левой рукой, потеряв половину пальцев на правой, ходили легенды — говорили, будто теперь он владеет мечом лучше, чем прежде. Джон, стоя с ним плечом к плечу, достал Длинный Коготь. Пот, несмотря на холод, стекал на лоб и ел глаза.

В десяти ярдах ниже пещеры охотники остановились. Их вожак стал подниматься вверх один, верхом на животном, больше похожем на козу, чем на лошадь, — так ловко оно взбиралось по неровному склону. Когда скакун и всадник приблизились, Джон услышал лязг: на них обоих были доспехи из костей. Коровьих, овечьих, козьих, лосиных. Присутствовали громадные кости мамонтов... и человеческие тоже.

— Здравствуй, Гремучая Рубашка, — с ледяной учтивостью приветствовал одичалого Куорен.

— Для ворон я Костяной Лорд. — Шлем всадника был сделан из проломленного черепа великана, на кафтане из вареной кожи висели медвежьи когти.

— Никакого лорда я не вижу, — фыркнул Куорен. — Только пса, увешанного куриными костями, которые дребезжат во время езды.

Одичалый злобно зашипел, а его конь стал на дыбы. Он и правда дребезжал — кости были связаны друг с другом неплотно.

— Скоро я буду греметь твоими костями, Полурукий. Я выварю твое мясо и сделаю себе панцирь из твоих ребер. Я буду гадать на твоих зубах и хлебать овсянку из твоего черепа.

— Если тебе нужны мои кости, иди и возьми их.

Но этого Гремучей Рубашке делать явно не хотелось. Его численный перевес мало что значил среди скал, где заняли позицию черные братья: к пещере одичалые могли подниматься только по двое. К вожаку подъехала одна из воительниц, называемых копьеносицами.

— Нас четырнадцать против вас двоих, вороны, и восемь собак против вашего волка, — крикнула она. — Драться вы будете или побежите — все равно вам конец.

— Покажи им, — велел Гремучая Рубашка.

Женщина полезла в окровавленный мешок и достала свой трофей. Эббен был лыс, как яйцо, поэтому она подняла его голову за ухо, сказав:

— Он умер достойно.

— Однако умер — как и с вами будет, — добавил Гремучая Рубашка. Он поднял над головой свой топор. Обоюдоострое лезвие из хорошей стали отливало зловещим блеском: Эббен всегда заботился о своем оружии. Одичалые взбирались в гору, подзадоривая противников. Некоторые из них избрали своей мишенью Джона.

— Это твой волк, мальчуган? — спрашивал тощий парень, вооруженный каменным цепом. — Он пойдет мне на плащ еще до захода солнца.

Одна из копьеносиц, распахнув потрепанные меха, показала Джону тяжелую белую грудь.

— Не хочешь ли пососать, малыш? — Все это сопровождалось собачьим лаем.

— Они нарочно дразнят нас, чтобы вывести из себя. — Куорен пристально посмотрел на Джона. — Помни, что я тебе приказывал.

— Придется, видно, вспугнуть ворон, — проревел Гремучая Рубашка, перекрывая других. — Посшибать с них перья!

— Нет! — крикнул Джон, опередив изготовившихся к выстрелу лучников. — Мы сдаемся!

— Мне говорили, что в бастардах течет трусливая кровь, — холодно проронил Куорен. — Теперь я вижу, что это и в самом деле так. Беги, трус, беги к своим новым хозяевам.

Джон, залившись краской, спустился к Гремучей Рубашке. Тот, глядя на него сквозь отверстия своего шлема, сказал:

— Вольному народу трусы ни к чему.

— Он не трус. — Один из лучников снял овчинный шлем и тряхнул косматой рыжей головой. — Это Бастард Винтерфеллский, который меня пощадил. Оставь ему жизнь.

Джон узнал Игритт и не нашел слов.

— Он умрет, — настаивал Костяной Лорд. — Черная ворона — хитрая птица. Я не верю ему.

Орел наверху захлопал крыльями и взвился в воздух с яростным криком.

— Он ненавидит тебя, Джон Сноу, — сказала Игритт, — и не зря. Он был человеком до того, как ты его убил.

— Я не знал, — искренне ответил Джон, пытаясь вспомнить лицо одичалого, которого убил на перевале. — Ты говорила, что Манс примет меня.

— Верно, примет.

— Манса здесь нет, — сказал Гремучая Рубашка. — Выпусти ему кишки, Рагвил.

Большая копьеносица прищурилась.

— Если ворона хочет примкнуть к свободному народу, пусть докажет, что не лжет.

747

— Я сделаю все, что вы скажете. — Эти слова дались Джону нелегко, но он сказал их.

Гремучая Рубашка расхохотался, клацая своими доспехами.

— Ладно, бастард, тогда убей Полурукого.

— Где уж ему, — сказал Куорен. — Повернись ко мне, Сноу, и умри.

Меч Куорена устремился вперед, и Длинный Коготь, почти помимо воли Джона, взлетел, чтобы отразить удар. Сила столкновения чуть не вышибла меч из руки юноши и отшвырнула его назад. «Ты не должен колебаться, что бы они ни потребовали». Джон перехватил меч двумя руками, но разведчик отвел его удар с пренебрежительной легкостью. Они стали биться, мелькая черными плащами, — проворство юноши против убийственной силы левой руки Куорена. Меч Полурукого казался вездесущим — он сверкал то с одной стороны, то с другой, ошарашивая Джона и нарушая его равновесие. Руки юноши уже начинали неметь.

Зубы Призрака вцепились в икру разведчика. Куорен устоял на ногах, но открылся, и Джон тут же вторгся в брешь. Куорен отклонился, и Джону показалось, что удар его не достиг цели — но тут из горла разведчика закапали красные слезы, яркие, как рубиновое ожерелье. Затем кровь хлынула струей, и Куорен Полурукий упал.

С морды Призрака тоже капала кровь, но у Длинного Когтя обагрилось только острие — последние полдюйма. Джон оттащил волка и стал на колени, поддерживая Куорена. Свет уже угасал в глазах разведчика.

— Острый, — сказал он, подняв изувеченную руку, уронил ее и скончался.

«Он знал, — немо подумал Джон. — Знал, чего они от меня потребуют». Он вспомнил Сэмвела Тарли, Гренна, Скорбного Эдда, Пипа и Жабу в Черном Замке. Неужели он потерял их всех, как потерял Брана, Рикона и Робба? Кто он теперь и что он?

— Поднимите его. — Грубые руки поставили Джона на ноги — он не сопротивлялся. — Как тебя звать?

— Джон Сноу, — ответила за него Игритт. — Он сын Эддарда Старка из Винтерфелла.

— Кто бы мог подумать? — засмеялась Рагвил. — Куорен Полурукий убит ублюдком какого-то лорда.

— Выпусти ему кишки, — бросил Гремучая Рубашка, не сходя с коня. Орел с криком опустился на его костяной шлем.

— Он сдался, — напомнила Игритт.

— И брата своего убил, — добавил коротышка в проржавевшем железном полушлеме.

Гремучая Рубашка подъехал ближе, лязгая костями.

— Волк это сделал за него. Грязная работа. Полурукого полагалось убить мне.

— Мы все видели, как ты рвался с ним сразиться, — съязвила Рагвил.

— Оборотень вороньей породы. Не нравится он мне.

— Может, он и оборотень, — сказала Игритт, — но нас это никогда не пугало. — Остальные шумно согласились с ней. Гремучая Рубашка, злобно глядя сквозь глазницы желтого черепа, неохотно уступил. «Вот уж поистине вольный народ», — подумал Джон.

Куорена Полурукого сожгли там же на месте, сложив костер из хвои и веток. Сырое дерево горело медленно и дымно, посылая черный столб в яркую голубизну неба. Гремучая Рубашка подобрал несколько обугленных костей, а остальные разыграли в кости имущество разведчика. Игритт достался плащ.

— Мы вернемся через Воющий перевал? — спросил ее Джон, не зная, как он еще раз вынесет вид этих гор и как его конь выдержит такой переход.

— Нет. Там нам больше нечего делать. — Взгляд у нее был грустный. — Манс уже спускается вниз по Молочной — он идет на вашу Стену.

БРАН

Пепел падал, как тихий серый снег.

Он вышел по хвое и бурым листьям на опушку леса, где сосны росли редко. Человечьи скалы за полем были объяты пламенем. Горячий ветер нес запах крови и горелого мяса, такой сильный, что у него потекла слюна.

Но на этот манящий запах приходилось много других, остерегающих. Он принюхался к плывущему на него дыму. Люди, много людей и коней — и огонь, огонь, огонь. Нет запаха страшнее — даже холодное железо, которым пахнут человечьи когти и шкуры, не так опасно. Дым и пепел застилали глаза, а в небе парил огромный крылатый змей, изрыгающий пламя. Он оскалил зубы, но змей уже исчез. Высокий огонь над скалами поедал звезды.

Всю ночь трещал огонь, а потом раздался грохот, от которого земля колыхнулась под ногами. Завыли собаки, закричали в ужасе лошади, и заголосила человечья стая, исходя воплями, плачем и смехом. Нет зверя более шумного, чем человек. Он наставил уши, а брат его рычал, слушая этот шум. Они крались под деревьями, а ветер швырял в небо пепел и угли. Со временем пламя стало гаснуть, и они ушли. Солнце утром встало серое, застланное дымом.

Только тогда он вышел из-под деревьев и медленно двинулся через поле. Брат трусил рядом, привлекаемый запахом крови и смерти. Они пробрались через берлоги, построенные человеком из дерева, травы и глины. Многие из берлог сгорели, другие рухнули, третьи остались стоять, но живым человеком не пахло нигде. Вороны, обсевшие мертвых, с криком взвились в воздух, когда они с братом приблизились, и дикие собаки шарахнулись прочь.

Под серыми человечьими утесами шумно умирала лошадь со сломанной ногой. Брат, покружив около нее, перегрыз ей горло — лошадь слабо дернула ногами и закатила глаза. Когда он подошел к туше, брат огрызнулся на него, прижав уши к голове, а он шлепнул его и укусил за лапу. Они сцепились среди грязи, травы и пепла около мертвой лошади, но брат скоро опрокинулся на спину, поджав хвост. Он еще раз куснул незащищенное братнино горло, поел и дал поесть брату и слизнул кровь с его черного меха.

Темное место тянуло его к себе — жилище шепотов, где все люди слепы. Он чувствовал на себе его холодные пальцы. Каменный запах был как шепот в носу. Он боролся с этим зовом. Он не любил темноты. Он волк, охотник, пластун и убийца, он должен бегать с братьями и сестрами по лесу, под звездным небом. Он сел, задрал голову и завыл. Не пойду туда, говорил его вой. Я волк. Я туда не пойду. Но тьма сгущалась — она покрыла его глаза, забралась в нос, закупорила уши — он ничего больше не видел, не слышал, не чуял и не мог убежать; пропали серые утесы, и лошадь, и брат — все стало черным и тихим, черным и холодным, черным и мертвым, черным...

— Бран, — прошептал чей-то голос. — Вернись. Ну же, Бран. Вернись.

Он закрыл третий глаз и открыл два других, слепых глаза. В темноте все люди слепы. Кто-то теплый обнимал его, прижимая к себе, и Ходор тихонько пел:

— Ходор, Ходор, Ходор.

— Бран, — сказал голос Миры, — ты бился и ужасно кричал. Что ты видел?

— Винтерфелл. — Язык ворочался во рту, как чужой. «Когда-нибудь, вернувшись, я забуду, как надо говорить». — Он горел. Пахло лошадьми, сталью и кровью. Они убили всех, Мира.

Ее рука погладила его волосы.

— Ты весь потный. Хочешь пить?

— Да. — Она поднесла мех к его губам, и он стал пить так жадно, что вода потекла по подбородку. По возвращении он всегда был слаб и испытывал жажду. И голод. Он вспомнил мертвую лошадь, вкус крови во рту, запах жареного в утреннем воздухе. — Долго меня не было?

— Три дня, — ответил Жойен. То ли он подошел очень тихо, то ли все время был здесь — в этом черном мире Бран ни в чем не был уверен. — Мы уже стали бояться за тебя.

— Я был с Летом.

— Слишком долго. Ты так с голоду умрешь. Мира понемножку поила тебя, и мы мазали тебе губы медом, но этого мало.

— Я ел. Мы загнали лося и отпугнули дикую кошку, которая хотела его утащить. Кошка, желтая с коричневым, была наполовину меньше волков, но свирепая. — Он помнил ее мускусный запах и то, как она рычала на них с дубовой ветки.

— Это волк ел, а не ты. Будь осторожен, Бран. Не забывай, кто ты.

Он помнил это слишком хорошо: он мальчик, сломанный мальчик. Уж лучше быть зверем. Можно ли удивляться тому, что ему нравится смотреть волчьи сны? Здесь, в сырой холодной тьме гробницы, его третий глаз наконец открылся. Он мог соединиться с Летом, когда хотел, а однажды даже до Призрака добрался и поговорил с Джоном. Хотя это тоже могло быть сном. Он не понимал, почему Жойен так старался вернуть его назад. Бран оперся на руки и сел.

— Надо рассказать Оше, что я видел. Она тут? Куда она ушла?

Одичалая откликнулась сама:

— Никуда, милорд. Мне уже надоело бродить в потемках. — Услышав стук каблука о камень, Бран повернул к ней голову, но ничего не увидел. Ему казалось, что он чует ее, но от них от всех теперь воняло одинаково, и нужен был нос Лета, чтобы отличить одного от другого. — Ночью я посикала на ногу одному королю, — продолжала Оша. — А может, это утро было? Я спала, потом проснулась. — Они все спали, не только Бран. Больше здесь делать было нечего — только спать, есть и опять спать, а иногда разговаривать... но недолго и всегда шепотом, на всякий случай. Ошу больше бы устроило, если бы они не разговаривали вовсе, но им надо было успокаивать Рикона и останавливать бубнящего Ходора.

— Оша, — сказал Бран, — я видел, как Винтерфелл горит. — Слева от него тихонько сопел Рикон.

— Это сон, — сказала Оша.

— Волчий сон. Я ведь и чуял это тоже. Так, как огонь и кровь, ничего не пахнет.

— Кровь? Чья?

— Людская, человеческая, собачья — разная. Надо пойти и посмотреть.

— Шкура у меня хоть и плохонькая, но одна, — сказала Оша. — А если этот осьминожий принц меня сцапает, мне ее живо спустят кнутом.

Мира в темноте нашла и сжала руку Брана.

— Давай я пойду, если ты боишься.

Чьи-то пальцы, прошуршав кожаным, ударили сталью о кремень — еще раз и еще. Оша раздула искру, и бледный огонек потянулся ввысь, как танцующая на цыпочках девочка. Над ним возникло лицо Оши. Она зажгла факел, и Бран зажмурился, когда мир озарился оранжевым светом. Рикон проснулся и сел, зевая.

Тени двигались, и казалось, будто мертвые тоже встают. Лианна и Брандон, лорд Рикард Старк, их отец, лорд Эдвил, его отец, лорд Виллам и его брат Артос Несокрушимый, лорд Доннор, лорд Берон, лорд Родвелл, одноглазый лорд Джоннел, лорд Барт, лорд Брандон и лорд Криган, сражавшийся с Рыцарем-Драконом. Они сидели на своих каменных тронах с каменными волками у ног. Они все сошли сюда, когда тепло покинуло их тела, — это была темная обитель мертвых, куда живые боялись ступить.

А в пустой гробнице, ожидающей лорда Эддарда Старка под его гранитным изваянием, ютились шестеро беглецов, деля свой скудный запас хлеба, воды и вяленого мяса.

— Совсем мало осталось, — сказала Оша. — За едой все равно идти надо — иначе придется нам съесть Ходора.

— Ходор, — ухмыльнулся тот.

— Что там наверху — день или ночь? Я уже счет потеряла.

— День, — сказал Бран, — только от дыма темно.

— Милорд уверен?

Не шевельнув своим сломанным телом, он выглянул наружу. Его зрение раздвоилось — он видел Ошу с факелом, Миру, Жойена и Ходора, и гранитные колонны, и умерших лордов, уходящих

752

во тьму... и в то же время Винтерфелл, серый от дыма, с выбитыми покосившимися дубовыми воротами и рухнувшим в куче порванных цепей подъемным мостом. Во рву плавали тела, и на них, как на островах, сидели вороны.

— Уверен, — сказал он.

Оша поразмыслила:

— Ладно, рискну. Вы все пойдете со мной. Мира, найди корзину Брана.

— Мы домой идем? — заволновался Рикон. — Хочу мою лошадку. И яблочный пирог, и масло, и мед, и Лохматика. Мы к Лохматику идем?

— Да, — заверил Бран, — молчи только.

Мира привязала плетеную корзину на спину Ходору и помогла посадить в нее Брана, просунув в дыры его бесполезные ноги. Он чувствовал странную дрожь в животе. Он знал, что ждет их наверху, но его страх от этого не убавлялся. Он бросил прощальный взгляд на отца, и ему показалось, что лорд Эддард смотрит печально, будто не хочет, чтобы они уходили. «Но мы должны, — мысленно сказал Бран. — Время пришло».

Оша в одной руке несла свое длинное дубовое копье, в другой — факел. За спиной у нее висел обнаженный меч, один из последних, носящих клеймо Миккена. Кузнец выковал его для гробницы лорда Эддарда, чтобы успокоить дух усопшего. Но Миккен погиб, оружейню захватили островитяне, и хорошей сталью пренебрегать не годилось, даже если для этого приходилось грабить мертвых. Мира взяла себе клинок лорда Рикарда, хотя и жаловалась, что он слишком тяжел. Бран вооружился мечом дяди, своего тезки, которого не застал в живых. Он знал, что в бою от него будет мало толку, но с мечом было как-то спокойнее.

Впрочем, он сознавал, что это только игра.

Их шаги отражались эхом в громаде крипты. Тени позади поглотили отца, тени впереди расступились, открыв другие статуи — уже не лордов, но старых Королей Севера, с каменными коронами на головах. Торрхен Старк, Король, Преклонивший Колено; Эдвин Весенний Король; Теон Старк, Голодный Волк; Брандон-Поджигатель и Брандон-Корабельщик; Джорах и Джонас, Брандон Дурной, Уолтон Лунный Король, Эддерион Жених, Эйрон, Бенджен Сладкий и Бенджен Горький, Эдрик Снежная Борода. У них были суровые сильные лица, и некоторые из них делали ужасные вещи, но все они были Старки, и Бран знал историю каждого. Он никогда не боялся крипты — она была частью его дома и частью его самого; он всегда знал, что когда-нибудь сам будет лежать здесь.

Сейчас он не был в этом так уверен. «Вернусь ли я вниз, если выйду наверх? И куда отправлюсь после смерти?»

— Ждите тут, — сказала Оша, когда они дошли до лестницы, ведущей наверх, к выходу, и вниз, где еще более древние короли сидели на своих темных тронах. Факел она отдала Мире. — Я поднимусь на ощупь. — Некоторое время они слышали ее шаги, но потом стало тихо.

— Ходор, — сказал Ходор с тревогой.

Бран сто раз твердил себе, как ему надоело прятаться в темноте, как ему хочется опять увидеть солнце, ощутить ветер и дождь, прокатиться на своей лошадке. Но теперь, когда этот миг настал, он испугался. В темноте было безопасно. Когда ты даже руки своей не видишь, легко поверить, что враги тебя тоже не найдут. А каменные лорды вселяли в него мужество. Даже не видя их, он знал, что они здесь.

Казалось, что прошло очень много времени, прежде чем они услышали какой-то звук. Бран уже стал бояться, не случилось ли чего с Ошей, а Рикон места себе не находил.

— Хочу домой! — заявил он громко. Ходор, покивав, сказал:

— Ходор. — Потом снова послышались шаги, и на свет вышла Оша с мрачным лицом.

— Что-то загораживает дверь. Не могу ее сдвинуть.

— Ходор может сдвинуть все что угодно, — сказал Бран. Оша окинула здоровенного конюха придирчивым взглядом.

— Может, и так. Пошли.

Лестница была узкая, и приходилось идти гуськом. Оша шла впереди, за ней Ходор с Браном, пригибавшим голову, чтобы не стукнуться о потолок. Мира несла факел, Жойен, ведущий Рикона за руку, замыкал шествие. Виток за витком они поднимались вверх, Брану казалось, что он чует дым, но, возможно, так пахло от факела.

Дверь крипты, сделанная из железного дерева, старая и тяжелая, сидела под углом к земле. Оша нажала на нее еще раз, но Бран видел, что дверь не двигается.

— Пусть Ходор попробует.

Пришлось сначала вынуть Брана из корзины, чтобы Ходор его не раздавил. Мира присела рядом с ним на ступенях, обнимая его за плечи, а Оша и Ходор поменялись местами.

— Открой дверь, Ходор, — сказал Бран.

Конюх уперся в дверь ладонями, нажал, проворчал «Ходор» и стукнул по ней кулаком.

— Навались спиной, — велел ему Бран, — упрись ногами.

Ходор нажал спиной — еще раз, еще и еще.

— Ходор! — Поставив одну ногу на верхнюю ступеньку, он попытался приподнять дверь. На этот раз дерево заскрипело. — Ходор! — Он встал наверх обеими ногами, расставил их, напрягся и выпрямился. Он побагровел, и Бран видел, как напряглись жилы у него на шее. — Ходор — Ходор — Ходор — Ходор — Ходор! — Что-то заскрежетало, дверь подалась вверх, и на лицо Брана упал дневной свет, ослепив его на мгновение. Еще один рывок сдвинул что-то вроде камня, и путь был открыт. Оша, просунув в щель копье, вышла следом. Рикон пролез у Миры между ногами и протиснулся за Ошей. Ходор открыл дверь во всю ширь и тоже вышел. Риды втащили Брана на последние несколько ступенек.

Небо было бледно-серым, и дым заволакивал все. Они стояли в тени Первой Твердыни — вернее, того, что от нее осталось. Одна ее стена рухнула, и по всему двору валялись разбитые камни и горгульи. «Они упали туда же, куда и я», — подумал Бран. Видя, на какие мелкие куски разбились некоторые из них, он подивился тому, что еще жив. Вороны клевали придавленный камнем труп, но он лежал лицом вниз, и Бран не видел, кто это.

Первой Твердыней не пользовались уже много веков, но теперь она превратилась в настоящие руины. Все половицы и стропила в ней сгорели. За рухнувшей стеной открылись все комнаты и даже отхожее место. Но разрушенная башня позади стояла по-прежнему — пожар не сделал ее хуже, чем была. Жойен Рид закашлялся от дыма.

— Ведите меня домой! — потребовал Рикон. — Я хочу *домой!*

Ходор бродил кругами, жалобно ноя:

— Ходор. — Только они были живы среди этой смерти и разрушения.

— Мы так нашумели, что дракону впору проснуться, — сказала Оша, — но никто так и не пришел. Замок сожжен, как и снилось Брану, но нам лучше... — Внезапный шум заставил ее обернуться с копьем наготове.

Две поджарые темные фигуры тихо вышли из-за разрушенной башни.

— Лохматик! — радостно завопил Рикон, и черный волк помчался к нему. Лето, бежавший чуть медленнее, потерся головой о руку Брана и лизнул его в лицо.

— Надо идти, — сказал Жойен. — Эта бойня скоро привлечет сюда других волков, кроме Лета и Лохматого Песика, в том числе и двуногих.

— Верно, — согласилась Оша, — но нам нужна еда, и здесь могут быть живые. Держитесь вместе. Мира, прикрывай нас щитом сзади.

Весь остаток утра ушел у них на медленный обход замка. Большие гранитные стены уцелели, только почернели от огня. Но внутри царило разрушение. Двери Великого Чертога еще дымились, стропила внутри рухнули, и вся кровля обвалилась. Зеленые и желтые стекла теплицы разлетелись вдребезги, деревья, плоды и цветы погибли. От деревянной, крытой соломой конюшни не осталось ничего, кроме пепла, углей и лошадиных трупов. При мысли о Плясунье Брану захотелось плакать. Под Библиотечной башней дымилось мелкое озерцо, и горячая вода струилась из трещины в ее боку. Мост между Часовой башней и Вороньей вышкой обвалился во двор, и башенка мейстера Лювина исчезла. В подвальные окошки Большого замка виднелось красное зарево, и в одном из амбаров тоже догорал пожар.

Оша тихо звала живых сквозь клубы дыма, но никто не откликнулся. Какая-то собака терзала труп, но убежала, почуяв волков, — остальные погибли на псарне. Вороны мейстера занимались своими мертвыми, их сородичи из разрушенной башни — своими. Бран узнал Рябого Тома, хотя ему кто-то размозжил лицо топором. Обугленный труп под сгоревшей стеной септы Матери сидел, вскинув руки и сжав черные кулаки, словно грозя каждому, кто осмелится подойти.

— Если есть в мире справедливость, — гневно бросила Оша, — Иные заберут всех, кто это сделал.

— Это сделал Теон, — мрачно ответил Бран.

— Нет. Посмотри-ка. — Она указала копьем через двор. — Вон один из его островитян, а вон другой. А это конь самого Грейджоя — видишь? Черный, в котором стрелы торчат. — Нахмурясь, она шла между телами. — А вот и Черный Лоррен. Его изрубили так, что борода сделалась рыжевато-бурой. — Этот кое-кого захватил с собой. — Оша перевернула ногой труп. — На нем эмблема — какой-то красный человечек.

— Ободранный человек из Дредфорта, — сказал Бран. Лето с воем устремился куда-то.

— Богороща. — Мира бросилась за волком со щитом и лягушачьей острогой в руках. Остальные последовали за ними, пробираясь сквозь дым и упавшие камни. В роще воздух был чище. Несколько сосен на ее краю обгорели, но дальше сырая почва и зелень остановили пожар.

— В живом лесу есть сила, — сказал Жойен, словно читая мысли Брана, — сила, способная победить огонь.

У черного пруда, под сердце-деревом, лежал лицом вниз мейстер Лювин. На палых листьях там, где он полз, остался кровавый след. Лето стоял над ним. Бран подумал, что мейстер умер, но Мира коснулась его шеи, и он застонал.

— Ходор! — скорбно промолвил Ходор.

Они осторожно перевернули Лювина на спину. У него были серые глаза и серые седые волосы, и одежды раньше тоже были серые, но теперь промокли от крови.

— Бран, — сказал он тихо, увидев мальчика на спине у Ходора. — И Рикон. — Он улыбнулся. — Хвала богам. Я знал...

— Знал? — повторил Бран.

— По ногам. Одежда была твоя, но мускулы ног... бедный парнишка. — Мейстер закашлялся, и изо рта у него выступила кровь. — Но вы исчезли в лесу... как?

— А мы никуда и не уходили, — сказал Бран. — Дошли до опушки, а потом повернули назад. Волки побежали дальше, как я им велел, а мы спрятались в отцовской гробнице.

— Крипта. — У Лювина вырвался смех, и на губах запузырилась кровавая пена. Он попытался пошевелиться и вскрикнул от боли.

У Брана на глаза навернулись слезы. Когда человек ранен, зовут мейстера — но что делать, когда сам мейстер ранен?

— Надо будет сделать ему носилки, — сказала Оша.

— Бесполезно, женщина. Я умираю.

— Ты не умрешь, — сердито сказал Рикон. — Не умрешь. — А Лохматый Песик оскалил зубы и зарычал.

— Тише, дитя, — улыбнулся мейстер. — Я намного старше тебя и знаю, что мое время пришло.

— Ходор, вниз, — сказал Бран, и Ходор опустился на колени перед мейстером.

— Слушай, — сказал Лювин Оше, — эти принцы — наследники Робба. Раздели их... поняла?

— Да, — кивнула она, опершись на копье. — Порознь безопаснее. Но куда их отвести? Я думала — к Сервинам...

Мейстер, сделав отчаянное усилие, мотнул головой.

— Юный Сервин мертв. Сир Родрик, Леобальд Толхарт, леди Хорнвуд... все убиты. Темнолесье пало, Ров Кейлин взят. Скоро падет и Торрхенов Удел. Островитяне заняли Каменный Берег. А на востоке орудует Бастард Болтонский.

— Куда же тогда? — спросила Оша.

— В Белую Гавань... К Амберам... Не знаю... повсюду война... сосед воюет с соседом, а зима близится... какое безумие, какой мрак... — Мейстер схватил Брана за руку, с отчаянной силой сомкнув пальцы. — Ты должен быть сильным теперь... Сильным.

— Буду, — сказал Бран. Но это так трудно. Сир Родрик убит, и мейстер Люмвин... Никого не осталось.

— Хорошо, — сказал мейстер. — Ты хороший мальчик. Сын своего отца. А теперь иди, Бран.

Оша смотрела на чардрево, на красный лик, врезанный в белый ствол.

— Уйти и оставить тебя богам?

— Я прошу... глоток воды... и еще об одном. Если ты...

— Хорошо, — кивнула она и сказала Мире: — Уведи ребят.

Жойен и Мира взяли Рикона за руки, Ходор пошел за ними. Ветки хлестали Брана по лицу, и листья утирали слезы. Оша догнала их во дворе. О мейстере Люмвине она не сказала ни слова, только распорядилась коротко:

— Ходор останется с Браном и будет его ногами, Рикон пойдет со мной.

— Мы тоже пойдем с Браном, — сказал Жойен.

— Да, я так и думала. Я, пожалуй, двинусь через Восточные Ворота, по Королевскому Тракту.

— Мы выйдем через Охотничьи, — сказала Мира.

— Ходор, — сказал Ходор.

У кухни они задержались. Оша нашла несколько ковриг обгорелого, но еще съедобного хлеба, и даже холодную жареную курицу, которую разделила пополам. Мира отыскала горшок с медом и мешок с яблоками. Поделив припасы, они простились. Рикон плакал и цеплялся за ногу Ходора, пока Оша не хлопнула его концом копья — тогда он мигом пошел с ней. Лохматый Песик затрусил за ними. Последнее, что увидел Бран, был волчий хвост, пропавший за разрушенной башней.

Железная решетка, запиравшая Охотничьи Ворота, так перекосилась от огня, что поднялась не больше чем на фут. Им пришлось проползти под ней одному за другим.

— Мы идем к вашему лорду-отцу? — спросил Бран, когда они пересекли подъемный мост между двумя стенами. — В Сероводье?

Мира вместо ответа посмотрела на брата, и Жойен сказал:

— Наш путь лежит на север.

На опушке Волчьего Леса Бран повернулся в корзине, чтобы еще раз взглянуть на замок, где прожил всю свою жизнь. Дым еще поднимался в серое небо, но не в большем количестве, чем шел бы из труб Винтерфелла в холодный осенний день. Амбразуры кое-где почернели от копоти, там и сям зияли прогалы на месте обвалившихся зубцов, но издали ущерб казался не таким уж большим. За стенами, как много веков подряд, торчали верхушки зданий и башен — кто бы подумал, что замок разграблен и сожжен? «Камень крепок, — сказал себе Бран, — корни деревьев уходят глубоко, а под землей сидят Короли Зимы на своих тронах. Пока они существуют, существует и Винтерфелл. Он не умер, он просто сломан, как я, — я ведь тоже жив».

ПРИЛОЖЕНИЕ

ДОМ ЗАРАТЕОНОВ

Нам ярость

ДОМ БАРАТЕОНОВ

Самый младший из [...] дома [...] во время [...]
них [...]. Основатель его. Орис Баратеон, по слухам, был побочным [...]
рождении брата Энгона Дракона. Орис возвысился, стал одним из [...]
наиболее свирепых полководцев Эйегона. Когда Орис победил и убил
Аргилака Надменного, последнего короля Шторма, Эйегон наградил его
замком Аргилака, землями и дочерью. Орис взял девушку в жены, принял знамя, почести и девиз ее рода. Знак Баратеонов — [...] коронованный
олень, за ним на золотом поле девиз их — «Нам ярость».

КОРОЛЬ РОБЕРТ БАРАТЕОН первый этого имени,
    Жена его КОРОЛЕВА СЕРСЕЯ, из дома Ланнистров

    Их дети:
    ПРИНЦ ДЖОФФРИ, наследник Железного трона, мальчик на тринад-
        цати лет,
    ПРИНЦЕССА МИРЦЕЛЛА, девочка восьми [...]
    ПРИНЦ ТОММЕН, мальчик семи [...]

    Его братья:
    СТАННИС БАРАТЕОН, лорд Драконьего Камня
        Жена его ЛЕДИ СЕЛИСА, из дома Флорентов,
        их дочь ШИРЕН, девочка девяти лет,
    РЕНЛИ БАРАТЕОН, лорд Штормового Предела

    Его Малый Совет:
    ВЕЛИКИЙ МЕЙСТЕР ПИЦЕЛЬ,
    ЛОРД ПЕТИР БЕЙЛИШ, по прозвищу МИЗИНЕЦ, мастер над мо-
        нетой,
    ЛОРД СТАННИС БАРАТЕОН, мастер над кораблями,
    ЛОРД РЕНЛИ БАРАТЕОН, мастер над законом,
    СЕР БАРРИСТАН СЕЛМИ, лорд-командующий Королевской гвар-
        дией
    ВАРИС ЕВНУХ, по прозвищу Паук, мастер над шептунами,

    Его двор и свита:
    СЕР ИЛИН ПЕЙН, Королевское Правосудие, палач
    САНДОР КЛИГАН, по прозвищу Пес, приставленный на вопросы
        принцу Джоффри
    ЯНОС СЛИНТ, простолюдин, командующий городской стражей
        Королевской гавани,
    ДЖАЛАБХАР КСО, принц дотнахостровcя изгнанник,
    АЙГАЙН, шут и дурак

Самый младший из великих домов; возник во время Завоевательных войн. Основатель его, Орис Баратеон, по слухам, был незаконнорожденным братом Эйегона Дракона. Орис возвысился, став одним из наиболее свирепых полководцев Эйегона. Когда Орис победил и убил Аргилака Надменного, последнего короля Шторма, Эйегон наградил его замком Аргилак, землями и дочерью. Орис взял девушку в жены, принял знамя, почести и девиз ее рода. Знак Баратеонов — коронованный олень, черный на золотом поле; девиз их — «Нам ярость».

КОРОЛЬ РОБЕРТ БАРАТЕОН, первый этого имени.
Жена его, КОРОЛЕВА СЕРСЕЯ, из дома Ланнистеров.

Их дети:

ПРИНЦ ДЖОФФРИ, наследник Железного Трона, мальчик двенадцати лет.
ПРИНЦЕССА МИРЦЕЛЛА, девочка восьми лет.
ПРИНЦ ТОММЕН, мальчик семи лет.

Его братья:

СТАННИС БАРАТЕОН, лорд Драконьего Камня.
Жена его, ЛЕДИ СЕЛИСА, из дома Флорентов.
их дочь ШИРЕН, девочка двенадцати лет.
РЕНЛИ БАРАТЕОН, лорд Штормового Предела.

Его Малый Совет:

ВЕЛИКИЙ МЕЙСТЕР ПИЦЕЛЬ.
ЛОРД ПЕТИР БЕЙЛИШ, по прозвищу МИЗИНЕЦ, мастер над монетой.
ЛОРД СТАННИС БАРАТЕОН, мастер над кораблями.
ЛОРД РЕНЛИ БАРАТЕОН, мастер над законом.
СИР БАРРИСТАН СЕЛМИ, лорд-командующий Королевской Гвардией.
ВАРИС-ЕВНУХ, по прозвищу Паук, мастер над шептунами.

Его двор и свита:

СИР ИЛИН ПЕЙН, Королевское Правосудие, палач.
САНДОР КЛИГАН, по прозвищу Пес, присягнувший на верность принцу Джоффри.
ЯНОС СЛИНТ, простолюдин, командующий городской стражей Королевской Гавани.
ДЖАЛАБХАР КСО, принц Летних островов, изгнанник.
ЛУНАТИК, шут и дурак.

ЛАНСЕЛЬ и ТИРЕК ЛАНКАСТЕРЫ, сквайры короля, кузены королевы.

СИР АРОН САНТАГАР, мастер над оружием.

Его Королевская Гвардия:

СИР БАРРИСТАН СЕЛМИ, лорд-командующий.

СИР ХАЙМЕ БЛАУНТ.

СИР МЕРРИН ТРАНТ.

СИР АРИС ОКХАРТ.

СИР ПРЕСТОН ГРИНФИЛД.

СИР МЕНДОН МУР.

Штормовому Пределу присягнули на верность следующие дома:
Селми, Вилде, Трант, Пенроз, Эррол, Эстермонт, Тарт, Сванн, Дондаррион, Карон.

Драконьему Камню присягнули на верность: Селтигары, Веларио-
ны, Сиворты, Бар-Эммоны и Санглассы.

Зима близко

ДОМ СТАРКОВ

Происхождение Старков восходит к Брандону-Строителю и древним Королям Зимы. Тысячи лет они правили в Винтерфелле, называя себя Королями Севера, пока наконец Торрхен Старк, Король, Преклонивший Колено, решил присягнуть на верность Эйегону Драконовластному, а не сражаться с ним. На гербе их серый лютоволк мчится на снежно-белом фоне. Девиз Старков — «Зима близко».

ЭДДАРД СТАРК, лорд Винтерфелла, Хранитель Севера.
Жена его, ЛЕДИ КЕЙТИЛИН, из дома Талли.

Их дети:

РОББ, наследник Винтерфелла, мальчик четырнадцати лет.

САНСА, старшая дочь, одиннадцати лет.

АРЬЯ, младшая дочь, девочка девяти лет.

БРАНДОН, зовущийся Браном, семи лет.

РИКОН, трехлетний малыш.

Незаконнорожденный сын его, ДЖОН СНОУ, мальчик четырнадцати лет.

Его воспитанник, ТЕОН ГРЕЙДЖОЙ, наследник Железных островов.

Его родственники:

БРАНДОН, старший брат, убитый по приказу Эйериса II Таргариена.

ЛИАННА, его младшая сестра, скончавшаяся в горах Дорна.

БЕНДЖЕН, его младший брат, Черный Брат Ночного Дозора.

Его приближенные:

МЕЙСТЕР ЛЮВИН, советник, целитель и учитель.

ВЕЙОН ПУЛЬ, стюард Винтерфелла.

ДЖЕЙНИ, его дочь, ближайшая подруга Сансы.

ДЖОРИ КАССЕЛЬ, капитан гвардии.

ХЕЛЛИС МОЛЛЕН, ДЕСМОНД, ДЖЕКС, ПОРТЕР, КВЕНТ, ЭЛИН, ТОМАРД, ВАРЛИ, ХЬЮАРД, КЕЙН, УИЛ, гвардейцы.

СИР РОДРИК КАССЕЛЬ, мастер над оружием, дядя Джори.

БЕТ, его младшая дочь.

СЕПТА МОРДЕЙН, воспитательница дочерей лорда Эддарда.

СЕПТОН ШЕЙЛИ, хранитель замковой септы и библиотеки.

ХАЛЛЕН, мастер над конями.

ДЖОЗЕТ, мастер над конями.

ФАРЛЕН, мастер над псарней.

СТАРАЯ НЭН, сказительница, прежде няня.

ХОДОР, ее правнук, простодушный конюх.
ГЕЙДЖ, повар.
МИККЕН, кузнец и оружейник.

Его главные лорды-знаменосцы:

Сир Хелман Толхарт.

Рикард Карстарк, лорд Карлхолла.

Сир Русе Болтон, лорд Дредфорта.

Джон Амбер, по прозвищу Большой Джон.

Галбарт и Роберт Гловеры.

Виман Мандерли, лорд Белой Гавани.

Мейдж Мормонт, леди Медвежьего острова.

На верность Винтерфеллу присягнули Карстарки, Амберы, Флинты, Мормонты, Хорнвуды, Сервины, Риды, Мандерли, Гловеры, Толхарты, Болтоны.

Услышь мой рев!

ДОМ ЛАННИСТЕРОВ

Светловолосые, высокие и красивые Ланнистеры являются потомками лордов-завоевателей, создавших когда-то королевство в Западных холмах и долинах. По женской линии они преуспели и на протяжении от Анны Эмпор легендарного пути. Всё же герои: Золото доброго Утеса и Золотого Зуба сделало их самыми богатыми среди великих домов. Их герб — золотой лев на алом фоне. Их девиз — «Услышь мой рев».

ТАЙВИН ЛАННИСТЕР, лорд доброго Утеса, хранитель Запада, Щит Ланнисфорда.
— Его жена ЛЕДИ ДЖОАННА, кузина, умерла в родах.

Их дети:

СИР ДЖЕЙМ, по прозвищу Цареубийца, наследник доброго Утеса близнец Серсеи
КОРОЛЕВА СЕРСЕЯ, жена короля Роберта Первого, близнец Джейме
ТИРИОН по прозвищу Бес, карлик.

Родственники его:

СИР КИВАН, его старший брат,
— Его жена ДОРНА, из дома Свифтон
— Их старший сын ЛАНСЕЛЬ, оруженосец короля,
— Их близнецы сыновья ВИЛЛЕМ и МАРТИН,
— Их дочь, младенец ДЖЕНЕЙ,
ДЖЕННА, его сестра, замужем за принцем Эмионом Фреем,
— Их сын СИР КЛЕОС ФРЕЙ,
— Их сын ШОЙ ФРЕЙ, сквайр,
СИР ТИГЕТТ, его второй брат, умер от оспы,
— Его вдова ДАРЛЕСА, из дома Марбрандов,
— Их сын ТИРЕК, сквайр короля,
ГЕРИОН, его младший брат, пропавший на море,
— Его незаконнорожденная дочь ДЖОЙ, девятилетняя девочка,
Их кузен СИР СТАФФОРД ЛАННИСТЕР, брат покойной леди Джоанны,
— Его дочери СЕРЕНА и МИРИЭЛЬ,
— Его сын СИР ДАВЕН ЛАННИСТЕР,
Его советник, МЕЙСТЕР КРЕЙЛЕН,

Его основные рыцари и лорды-знаменосцы:

лорд ЛЕО ЛЕФФОРД,
сэр АДАМ МАРБРАНД,

Светловолосые, высокие и красивые Ланнистеры являются потомками андалов-завоевателей, создавших могучее королевство в Западных холмах и долинах. По женской линии они претендуют на происхождение от Ланна Умного, легендарного шута Века Героев. Золото Бобрового Утеса и Золотого Зуба сделало их самыми богатыми среди великих домов. Их герб — золотой лев на алом фоне. Их девиз — «Услышь мой рев!».

ТАЙВИН ЛАННИСТЕР, лорд Бобрового Утеса, Хранитель Запада, Щит Ланниспорта.
Его жена ЛЕДИ ДЖОАННА, кузина, умерла в родах.

Их дети:

СИР ДЖЕЙМЕ, по прозвищу Цареубийца, наследник Бобрового Утеса и близнец Серсеи.
КОРОЛЕВА СЕРСЕЯ, жена короля Роберта I Баратеона, близнец Джейме.
ТИРИОН, по прозвищу Бес, карлик.

Родственники его:

СИР КИВАН, его старший брат.
Его жена ДОРНА, из дома Свифтов.
Их старший сын ЛАНСЕЛЬ, сквайр короля.
Их близнецы сыновья, ВИЛЛЕМ и МАРТИН.
Их дочь, младенец ДЖЕНЕЯ.
ДЖЕННА, его сестра, замужем за сиром Эммоном Фреем.
Их сын СИР КЛЕОС ФРЕЙ.
Их сын ШОН ФРЕЙ, сквайр.
СИР ТИГЕТТ, его второй брат, умер от язвы.
Его вдова, ДАРЛЕССА из дома Марбрандов.
Их сын ТИРЕК, сквайр короля.
ГЕРИОН, его младший брат, пропавший на море.
Его незаконнорожденная дочь ДЖОЙ, девятилетняя девочка.
Их кузен, СИР СТАФФОРД ЛАННИСТЕР, брат покойной леди Джоанны.
Его дочери СЕРЕННА и МИРИЭЛЬ.
Его сын, СИР ДАВЕН ЛАННИСТЕР.
Его советник, МЕЙСТЕР КРЕЙЛИН.

Его основные рыцари и лорды-знаменосцы:

лорд ЛЕО ЛЕФФОРД.
сир АДДАМ МАРБРАНД.

сир ГРЕГОР КЛИГАН, Скачущая Гора.
СИР ХАРИС СВИФТ, тесть сира Кивана.
ЛОРД АНДРОС БРАКС.
СИР ФОРЛИ БРАКС.
СИР АМОРИ ЛОРХ.
ВАРГО ХОУТ, наемник из Вольного Города Квохора.

На верность Бобровому Утесу присягнули Пейны, Свифты, Марбранды, Лиддены, Вейнфорты, Леффорды, Кракехоллы, Серреты, Брумы, Клиганы, Пристеры и Вестерлинги.

Высокий как честь

ДОМ АРРЕНОВ

Аррены происходят от Королей Горы и Долины, это одна из стариннейших и самых чистых линий андальской знати. Их знак — месяц и сокол, белые на небесно-синем фоне. Девиз Арренов — «Высокий как честь».

ДЖОН АРРЕН, недавно почивший лорд Орлиного Гнезда, Защитник Долины, Хранитель Востока, десница короля.

Его первая жена, ЛЕДИ ДЖЕЙНЕ из дома Ройсов, умерла, родив мертвую дочь.

Его вторая жена, бездетная ЛЕДИ РОВЕНА из дома Арренов, его кузина, умерла от зимней простуды.

Его третья жена и вдова, ЛЕДИ ЛИЗА из дома Талли.

Их сын

РОБЕРТ АРРЕН, болезненный мальчик шести лет, нынешний лорд Орлиного Гнезда и Защитник Долины.

Их свита и подданные:

МЕЙСТЕР КОЛЕМОН, советник, целитель и наставник.

СИР ВАРДИС ИГЕН, капитан гвардии.

СИР БРИНДЕН ТАЛЛИ, по прозвищу Черная Рыба, Рыцарь Ворот и дядя леди Лизы.

ЛОРД НЕСТОР РОЙС, Высокий Стюард Долины.

СИР АЛБАР РОЙС, его сын.

МИЯ СТОУН, незаконнорожденная девушка, прислужница.

ЛОРД ЕОН ХАНТЕР, ухажер леди Лизы.

СИР ЛИН КОРБРЕЙ, ухажер леди Лизы.

МИКЕЛЬ РЕДФОРТ, его сквайр.

ЛЕДИ АНЬЯ УЭЙНВУД, вдова.

СИР МОРТОН УЭЙНВУД, ее сын, ухажер леди Лизы.

СИР ДОННЕЛ УЭЙНВУД, ее сын.

МОРД — жестокий тюремщик.

На верность Орлиному Гнезду присягнули Ройсы, Бейлиши, Игнеты, Уэйнвуды, Хантеры, Редфорты, Корбреи, Бельморы, Мелколмы и Херси.

ИЗДАТ МОД

Семья, долгъ, честь

ДОМ ТАЛЛИ

Талли никогда не были королями, хотя они владеют богатыми землями и великим замком Риверрана уже тысячу лет. Во время Завоевательных войн Речной край принадлежал Харрену Черному, Королю Островов. Дед Харрена, король Харвин Жестокая Рука отобрал Трезубец у Аррека, короля Шторма, чьи предки захватили весь край вплоть до Перешейка три столетия назад, убив наследника прежних королей Реки. Подданные не любили тщеславного и кровожадного тирана Харрена Черного, и многие из речных лордов, оставив его, присоединились к войску Эйегона. Первым среди них был Эдмин Талли из Риверрана. Когда Харрен и его род погибли при пожаре Харренхолла, Эйегон возвысил дом Талли, наградив его главу Эдмина Талли властью над землями Трезубца. Лордам Реки пришлось присягнуть на верность новому властелину. Герб Талли — прыгающая форель, серебряная среди синих и красных волн. Девиз Талли — «Семья, долг, честь».

ХОСТЕР ТАЛЛИ, лорд Риверрана.
Жена его, ЛЕДИ МИЛИСА из дома Уэнт, умершая в родах.

Их дети:

КЕЙТИЛИН, старшая дочь, замужем за лордом Эддардом Старком.
ЛИЗА, младшая дочь, вдова Джона Аррена.
СИР ЭДМАР, наследник Риверрана.
Его брат, СИР БРИНДЕН, зовущийся Черной Рыбой.

Его челядь:

МЕЙСТЕР ВИМАН, советник, целитель и наставник.
СИР ДЕСМОНД ГРЕЛЛ, мастер над оружием.
СИР РОБИН РИГЕР, капитан гвардии.
УТЕРАЙДС УЭЙН, стюард Риверрана.

Его рыцари и лорды-знаменосцы:

ЯСОН МАЛЛИСТЕР, лорд Сигарда.
ПАТРЕК МАЛЛИСТЕР, его сын и наследник.
УОЛДЕР ФРЕЙ, лорд Переправы.
Его многочисленные сыновья, внуки и бастарды.

ДЖОНАС БРАККЕН, лорд Каменной Изгороди, Стоунхеджа.

ТИТОС БЛЭКВУД, лорд Древорона.

СИР РЕЙМЕН ДАРРИ.

СИР КАРИЛ ВЕНС.

СИР МАРК ПАЙПЕР.

ШЕЛЛА УЭНТ, леди Харренхолла.

СИР УИЛЛИС ВОДЕ, рыцарь, служащий ей.

На верность Риверрану присягнули меньшие дома: Дарри, Фреи, Маллистеры, Браккены, Блэквуды, Венты, Ригеры, Пайперы, Венсы.

Выростая — крепнем

ДОМ ТИРЕЛЛОВ

Тиреллы возвысились как стюарды Королей Раздолья, власть которых распространялась на плодородные равнины, лежащие на северо-запад от Дорнской Марни и на юго-запад от Черноводной. По женской линии они претендуют на происхождение от венчанного лозами и цветами Гарта Зеленая Длань, короля и садовника, правителя Первых Людей, при котором край процветал. Когда король Мерн, последний представитель древней династии, пал на Пламенном поле, стюард его Харлен Тирелл сдал Хайгарден Эйегону-Завоевателю Таргариену и присягнул ему. Эйегон даровал ему замок и власть над Раздольем. Знак Тиреллов — золотая роза на зеленом, как трава, поле. Их девиз: «Вырастая — крепнем».

МЕЙС ТИРЕЛЛ, лорд Хайгардена, Хранитель Юга, Защитник Марни, Верховный Маршал Раздолья.

Его жена, ЛЕДИ АЛЕРИЯ, из дома Хайтауэров Староместских.

Их дети:

УИЛЛАС, старший сын, наследник Хайгардена.

СИР ГАРЛАН, прозванный Отважным, средний сын.

СИР ЛОРАС, Рыцарь Цветов, младший сын.

МАРГЕРИ, дочь, дева четырнадцати лет.

Его вдовствующая мать, ЛЕДИ ОЛЕННА из дома Редвинов, прозванная Королевой Шипов.

Его сестры:

МИНА, замужем за лордом Пакстером Редвином.

ЯННА, замужем за сиром Джоном Фоссовеем.

Его дяди:

ГАРТ, прозванный Тучным, лорд-сенешаль Хайгардена.

Его сыновья, бастарды ГАРСЕ и ГАРРЕТТ ФЛАУЭРСЫ.

СИР МОРИН, лорд-командующий городской стражей Староместа.

МЕЙСТЕР ГОРМЕН, ученый в Цитадели.

Его челядь:

МЕЙСТЕР ЛОМИС, советник, целитель и наставник.

АЙГОН ВИРВЕЛ, капитан гвардии.

СИР ВОРТИМЕР КРЕЙН, мастер над оружием.

Его рыцари и лорды-знаменосцы:

ПАКСТЕР РЕДВИН, лорд Бора.

Его жена, ЛЕДИ МИНА, из дома Тиреллов.

Их дети:

СИР ХОРАС, известный как Орясина, близнец Хоббера.

СИР ХОББЕР, известный как Боббер, близнец Хораса.

ДЕСМЕРА, дева пятнадцати лет.

РЕНДИЛЛ ТАРЛИ, лорд Рогова Холма.

СЭМВЕЛ, его старший сын, брат Ночного Дозора,

ДИКОН, его младший сын, наследник Рогова Холма.

АРВИН ОКХАРТ, леди Старого Дуба.

МАТХИС РЕВАН, лорд Золотой Рощи.

ЛЕЙТОН ХАЙТАУЭР, Глас Староместа, лорд Гавани.

СИР ДЖОН ФОССОВЕЙ.

На верность Хайгардену присягнули Вирвелы, Флоренты, Окхарты, Хайтауэры, Крейны, Тарли, Рованы, Фоссовеи и Маллендоры.

Мы не сеем

РОД ГРЕЙДЖОЕВ

Грейджой из Пайка претендует на происхождение от Серого Короля из Века Героев. Легенды утверждают, что Серый Король правил не только Западными островами, но и самим морем, и даже был женат на русалке.

Тысячи лет пираты с Железных островов — Железными Людьми называли их те, кого они грабили, — сеяли на морях ужас, доплывая даже до Порт-Иббена и Летних островов. Они гордились своей свирепостью в битве и священной свободой. На каждом островке был свой король «камня и соли». Верховного правителя островов долго выбирали из их числа, пока наконец король Уррон не учредил наследственное правление, перебив собравшихся на выборы королей. Род самого Уррона пресекся через тысячу лет, когда андалы захватили острова. Грейджой, как и прочие островные владыки, смешал свою кровь с кровью завоевателей.

Железные короли простерли свою власть за пределы самих островов, добывая себе владения на материке огнем и мечом. Король Кхоред справедливо хвастал тем, что власть его простирается повсюду, «где люди чуют запах соленой воды и слышат плеск волн». В последующие столетия наследники Кхореда утратили Бор, Староместь, Медвежий остров и большую часть западного побережья. Все же перед Завоевательными войнами король Харрен Черный правил всеми землями, что между гор — от Перешейка до Черноводной. Когда Харрен вместе с сыновьями пал, обороняя Харренхолл, Эйегон Таргариен отдал Речные земли дому Талли и позволил уцелевшим людям Железных островов возобновить свой древний обычай и избрать среди себя того, кто будет править ими. Они назвали лорда Викона Грейджоя, из Пайка. Знак Грейджоев — золотой кракен на черном поле. Их девиз — «Мы не сеем».

БЕЙЛОН ГРЕЙДЖОЙ, лорд Железных островов, король Соли и Камня, сын Морского Ветра, Лорд-Жнец Пайка.
Его жена, ЛЕДИ АЛАННИС, из дома Харло.

Их дети:

РОДРИК, старший сын, убитый при Сиграде во время бунта Грейджоя.
МАРОН, средний сын, убитый на стенах Пайка во время бунта Грейджоя.
АША, их дочь, капитан «Черного ветра».
ТЕОН, их единственный уцелевший сын, наследник Пайка, воспитанник лорда Эддарда Старка.

Его братья:

ЭУРОН, прозванный Вороньим Глазом, капитан «Молчаливого», беззаконный пират и разбойник,

ВИКТАРИОН, лорд-капитан Железного Флота,

ЭЙЕРОН, прозванный Мокроголовым, жрец Утонувшего Бога.

На верность Пайку присягнули меньшие дома, в том числе Харлоу, Стоунхазсы, Мерлины, Сандерли, Бетли, Тауни, Уинги, Гудбразеры.

Непреклонные, несгибаемые, несдающиеся

ДОМ МАРТЕЛЛОВ

Нимерия, воинствующая королева ройнаров с десятью тысячами кораблей высадилась в Дорне, самом южном из Семи Королевств, и взяла в мужья лорда Морса Мартелла. С ее помощью он устранил всех, кто мешал ему добиться единоличной власти над Дорном. Ройнаров не забыли в стране. По обычаю правители Дорна называют себя принцами, а не королями. По местным законам земли и титулы наследуются старшим сыном. Лишь Дорн из всех Семи Королевств не был покорен Эйегоном Драконом. Постоянное присоединение состоялось лишь два века спустя — по браку и договору, а не мечом. Миролюбивый король Дейерон II преуспел там, где потерпели неудачи воины. Он женился на дорнийской принцессе Мириах и отдал свою сестру правящему принцу Дорнскому. На знамени Мартеллов красное солнце пронзено золотым копьем. Девиз их — «Непреклонные, несгибаемые, несдающиеся».

ДОРАН НИМЕРОС МАРТЕЛЛ, лорд Солнечного Копья, принц Дорнский.

Его жена МЕЛЛАРИО из Вольного Города Норвоса.

Их дети:

ПРИНЦЕССА АРИАННА, старшая дочь, наследница Солнечного Копья.

ПРИНЦ КВЕНТИН, их старший сын.

ПРИНЦ ТРИСТАН, их младший сын.

Его родственники:

Сестра ПРИНЦЕССА ЭЛИЯ, замужем за принцем Рейегаром Таргариеном, убита при взятии Королевской Гавани.

Их дети:

ПРИНЦЕССА РЕЙЕНИС, маленькая девочка, убита при взятии Королевской Гавани.

ПРИНЦ ЭЙЕГОН, младенец, убит при взятии Королевской Гавани.

Его брат, ПРИНЦ ОБЕРИН, Красный Змей.

Его челядь:

АРЕО ХОТАХ, норвошийский наемник, капитан гвардии,

МЕЙСТЕР КАЛЕОТТ, советник, целитель, наставник.

Его рыцари и лорды-знаменосцы:

ЭДРИК ДЕЙН, лорд Звездопада.

Среди главных домов, присягнувших Солнечному Копью, числятся Джордейны, Сантагары, Аллирионы, Толанды, Айронвуды, Уилы, Фаулеры и Дейны.

Пламя и кровь

СТАРАЯ ДИНАСТИЯ
ДОМ ТАРГАРИЕНОВ

Таргариены от крови дракона, потомки знатных лордов древнего Фригольда Валирии; о происхождении их свидетельствует потрясающая (некоторые утверждают — нечеловеческая) красота: сиреневые, индиговые или фиолетовые глаза, серебряные с золотым отливом или платиново-белые волосы.

Предки Эйегона уцелели при гибели Валирии и в последующем кровавом хаосе и поселились на Драконьем Камне, скалистом острове в Узком море. Именно отсюда Эйегон Драконовластный и его сестры Висенья и Рейенис отправились покорять Семь Королевств. Чтобы сохранить в чистоте королевскую кровь, в доме Таргариенов нередко предпочитали, придерживаясь валирийского обычая, выдавать сестру за брата. Сам Эйегон взял в жены обеих сестер и имел сыновей от каждой. На знамени Таргариенов изображен трехголовый дракон, красный на черном, три головы его символизируют Эйегона и его сестер. Девиз Таргариенов — «Пламя и кровь».

ДИНАСТИЯ ТАРГАРИЕНОВ
В ГОДАХ ОТ ВЫСАДКИ ЭЙЕГОНА

1—37, Эйегон I, Эйегон Завоеватель, Эйегон Драконовластный.

37—42, Эйегон I, Сын Эйегона и Рейенис.

42—48, Мейегор I, Мейегор Жестокий, сын Эйегона и Висеньи.

48—103, Джейехерис I, Старый король, Умиротворитель, сын Эйениса.

103—129, Визерис I, Внук Джейехериса.

129—131, Эйегон II, Старший сын Визериса (Восшествию на престол Эйегона воспротивилась его сестра Рейенира, старшая на год. Оба погибли в междоусобной войне, названной сказителями Пляской Драконов).

131—157, Эйегон III, Губитель Драконов, сын Рейениры (Во время правления Эйегона III умер последний дракон Таргариенов)

157—161, Дейерон I, Юный Дракон, Король-мальчик, старший сын Эйегона III (Дейерон покорил Дорн, но не сумел его удержать и умер молодым).

161—171, Бейелор I, Возлюбленный, Благословенный, септон и король, второй сын Эйегона III.

171—172, Визерис II, Четвертый сын Эйегона III.

172—184, Эйегон IV, Недостойный, старший сын Визериса (Его младший брат, принц Эйемон Рыцарь-Дракон, назвал своей дамой королеву Нейерис и, по слухам, был ее любовником).

184—209, Дейерон II, Сын королевы Нейерис от Эйегона или Эйемона (Дейерон присоединил к государству Дорн своим браком на дорнийской принцессе Мириах).

209—221, Эйерис I, Второй сын Дейерона II (не оставил потомства).

221—233, Мейенар I, Четвертый сын Дейерона II.

233—259, Эйегон V, Невероятный, четвертый сын Мейенара.

259—262, Джейехерис II, Второй сын Эйегона Невероятного.

262—283, Эйерис II, Безумный король, единственный сын Джейехериса.

Династия королей-драконов пресеклась, когда Эйерис II был низвергнут и убит; наследник его кронпринц Рейегар Таргариен погиб от руки Роберта Баратеона у Трезубца.

ПОСЛЕДНИЕ ТАРГАРИЕНЫ

КОРОЛЬ ЭЙЕРИС ТАРГАРИЕН, второй обладатель этого имени, убит Джейме Ланнистером во время взятия Королевской Гавани. Его сестра и жена КОРОЛЕВА РЕЙЕЛЛА из дома Таргариенов, умерла в родах на Драконьем Камне.

Их дети:

ПРИНЦ РЕЙЕГАР: наследник Железного Трона, убит Робертом Баратеоном у Трезубца, его жена ПРИНЦЕССА ЭЛИЯ из дома Мартеллов, убита при взятии Королевской Гавани.

Их дети:

ПРИНЦЕССА РЕЙЕНИС, маленькая девочка, убита при взятии Королевской Гавани.

ПРИНЦ ЭЙЕГОН, младенец, убит при взятии Королевской Гавани.

ПРИНЦ ВИЗЕРИС, называвшийся Визерисом, третьим носителем этого имени, лордом Семи Королевств, прозванный Королем-Попрошайкой.

ПРИНЦЕССА ДЕЙЕНЕРИС, прозванная Бурерожденная, дева тринадцати лет.

СОДЕРЖАНИЕ

Литературно-художественное издание

16+

Мартин Джордж Р. Р.

Битва королей
Цикл «Песнь льда и огня»

Фантастический роман

Компьютерная верстка С.Б. Клещёв
Технический редактор Т.В. Полонская

Общероссийский классификатор продукции
ОК-005-93, том 2; 953000 — книги, брошюры

Наши электронные адреса: WWW.AST.RU
E-mail: astpub@aha.ru

ООО «Издательство АСТ»
129085, г. Москва, Звездный бульвар,
дом 21, строение 3, комната 5

Отпечатано в соответствии с предоставленными материалами
в ООО ИПК «Парето-Принт». 170546, Тверская обл.,
Калининский р-н, Бурашевское сельское поселение,
Промышленная зона Боровлево-1, комплекс № 3 «А»
www.pareto-print.ru